पुनरुत्थान

उपन्यास

पुनरुत्थान

लेव तोलस्तोय

अनुवाद

भीष्म साहनी

राजकमल
विश्व क्लासिक

ISBN : 978-81-267-1382-0

मूल्य : ₹450

इस रूप में पहली बार 2007

This book is printed on **Print on Demand** Technology : 2026

प्रकाशक : राजकमल प्रकाशन प्रा.लि.
1-बी, नेताजी सुभाष मार्ग, दरियागंज
नई दिल्ली-110 002

शाखाएँ : अशोक राजपथ, साइंस कॉलेज के सामने, पटना-800 006
पहली मंजिल, दरबारी बिल्डिंग, महात्मा गांधी मार्ग, प्रयागराज-211 001
1, अनमोल सोराबजी संतुक लेन, धोबी तलाव, मरीन लाइंस, मुम्बई-400 002
वेबसाइट : www.rajkamalprakashan.com
ई-मेल : info@rajkamalprakashan.com

चयन : रामबाबू
संयोजन : हरीश आनन्द

PUNARUTTHAN
Novel by Leo Tolstoy
Translated by Bhishm Sahni

इस श्रृंखला के बारे में

थाती विश्व की उन सुप्रसिद्ध कृतियों के हिन्दी अनुवादों की शृंखला है, जो पहले कभी प्रकाशित हुए थे, और अब जिन्हें या तो भुलाया जा चुका है या फिर वे नये पाठकों के लिए दुर्लभ हो गये हैं।

इस तरह, यह शृंखला स्मरण का, याददिहानी (रिमाइण्डिग) का, एक जरूरी उपक्रम है।

राष्ट्रीय स्वातंत्र्य-संघर्ष के दौरान हमारे यशस्वी पूर्वजों ने राष्ट्रीय जागरण का सर्जनात्मक साहित्य रचने के साथ ही विश्व-साहित्य की महान कृतियों से हिन्दी संसार को परिचित कराने की शुरुआत की। उनकी राष्ट्रीय चेतना अन्तर्मुख-आत्मकेन्द्रित नहीं थी। उदग्र विकास के लिए क्षैतिज विस्तार जरूरी है, यह वे समझते थे। भारतीय राष्ट्रीय चेतना के ऊर्ध्वमुखी विकास के लिए उन्होंने उसे बहिर्मुख बनाना–विश्वोन्मुख बनाना, जरूरी समझा। औपनिवेशिक पराधीनता के काल में ही, हिन्दी पाठक **डिकेन्स, जोला, तोल्स्तोय, अनातोल फ्रांस, रोम्याँ रोलाँ, स्टीनबेक, चेखव, गोर्की, हावर्ड फास्ट** आदि-आदि से परिचित हो चुके थे। कमोबेश गत शती के छठे दशक तक, यानी जब तक स्वाधीनता-संघर्ष से जन्मी ऊष्मा, ऊर्जा, स्वप्न और आशाएँ किसी सीमा तक बची हुईं थीं, यह सिलसिला जारी रहा। बाद के दौर में, यह सिलसिला क्रमशः कमजोर पड़ता चला गया। छिटपुट कुछ अच्छी कृतियों के अच्छे अनुवाद आये। पर ज्यादातर, अच्छी कृतियों के चलताऊ, घटिया और मनमाने ढंग से सम्पादित-संक्षेपित अनुवाद ही प्रकाशित होते रहे। बाजार की दृष्टि से कुछ चर्चित समकालीन कृतियों के भी अनुवाद हुए, जो प्रायः स्तरीय नहीं थे। विशेषकर, विगत शताब्दी के अन्तिम दो दशकों के दौरान साहित्यिक अभिरुचि का जो संकुचन और बाजारीकरण हुआ, उसके चलते विश्व-क्लासिकी के आम हिन्दी पाठकों की संख्या में काफी गिरावट आयी। ऐसा नहीं है कि हिन्दी का नया पाठक श्रेष्ठ विश्व-साहित्य नहीं पढ़ना चाहता। यह एक मिथ्याभास है जो बाजार-तंत्र और उसके सहोदर प्रचार-तंत्र (विशेषकर इलेक्ट्रॉनिक मीडिया और प्रिण्ट मीडिया का नया अवतार) की माया है।

यह एक अकाट्य सत्य है कि भूतपूर्व समाजवादी देशों के प्रकाशनों–विशेषकर सोवियत संघ के प्रकाशन संस्थानों (विदेशी भाषा प्रकाशन गृह/प्रगति प्रकाशन/रादुगा प्रकाशन आदि) ने भी विश्व-क्लासिकी और क्रान्तिकारी साहित्य से हिन्दी पाठकों को परिचित कराने में कभी अत्यन्त महत्त्वपूर्ण भूमिका निभायी थी। इन देशों में समाजवाद से विचलन जब विपथगमन बन चुका था, विकृतियाँ रंग ला चुकी थीं और 1990 के दशक में सामने आनेवाला भवितव्य निश्चित हो चुका था, तब भी, स्तरीय साहित्य के हिन्दी अनुवादों के प्रकाशन का सिलसिला जारी था। पूर्वी यूरोप और सोवियत संघ में व्यवस्था-परिवर्तन और सोवियत संघ के विघटन के बाद यह प्रक्रिया रुक गयी।

आज स्थिति यह है कि हिन्दी के जिन युवा पाठकों ने विगत दस-पन्द्रह वर्षों के भीतर होश सँभाला है, वे **गोर्की, तुर्गनेव, पुश्किन, तोल्स्तोय, दोस्तोयेव्स्की, चेखव** आदि के महान कृतित्व से भी लगभग अपरिचित हैं। यूँ कहें कि उनसे उनकी जान-पहचान करवानेवाले सूत्र ही विलुप्त हो गये हैं। बहुतेरे तो जानते भी नहीं कि इन महान रचनाकारों की बहुतेरी रचनाओं के हिन्दी अनुवाद पहले कभी हो चुके हैं। हमारी हिन्दी-पट्टी के सार्वजनिक पुस्तकालयों–इनमें सरकारी, गैर-सरकारी और विश्वविद्यालयों के पुस्तकालय, सभी शामिल हैं–की दुर्दशा सर्वज्ञात है। 1990 के बाद कई प्रगतिशील और साहित्यिक अभिरुचि वाले बुजुर्गों ने, निराशा और मोहभंग की फौरी मनःस्थिति में अपने निजी पुस्तकालय भी कबाड़ी को बेच डाले। जिन्होंने ऐसा नहीं किया, उनमें से कइयों के उत्तराधिकारी इस काम को अंजाम दे रहे हैं।

इस स्थिति में, हमें यह जरूरी लगा कि दुनिया की जिन चर्चित और महान कृतियों के अनुवाद स्वाधीनता-संघर्ष के जमाने से लेकर छठे दशक तक, हिन्दी के प्रतिष्ठित साहित्यकारों ने किये थे और भूतपूर्व समाजवादी देशों से विश्व-क्लासिकी कृतियों तथा महत्त्वपूर्ण क्रान्तिकारी साहित्य के जो अनुवाद प्रकाशित हुए थे, उनमें से चुनी हुई पुस्तकों को पुनर्प्रकाशित किया जाये।

जाहिरा तौर पर, हमारा यह उपक्रम विश्व-साहित्य की हिन्दी में प्रस्तुति की दृष्टि से संतोषजनक नहीं कहा जा सकता। पहले हुए अनुवादों की संख्या यूँ भी कम ही है। यदि सिर्फ आधुनिक विश्व इतिहास की चुनी हुई श्रेष्ठतम कृतियों की एक सूची तैयार की जाये तो वह हजार की संख्या पार कर जायेगी। अतः तय है कि हिन्दी की समृद्धि के लिए अनुवाद की नयी महत्त्वाकांक्षी परियोजनाओं की जरूरत है। वैसे भी, पहले हो चुके अनुवादों में से कइयों की भाषा आज की हिन्दी के मिजाज से मेल नहीं खाती। कुछ अनुवाद भी सन्तोषजनक नहीं हैं। इसलिए, हम पुराने अनुवादों में से चुनिंदा कृतियों का ही पुनर्प्रकाशन करेंगे। साथ ही, जैसाकि हमने पहले ही कहा है, हमारी कोशिश हिन्दी के साहित्येतिहास के कुछ विस्मृतप्राय पन्नों से युवा पाठकों को परिचित कराने की है। जो नया करना है, उसकी पृष्ठभूमि में हमारी थाती है। उसे जानना जरूरी है।

नये पाठकों की सुविधा के लिए हर अनुवाद के साथ कृति और कृतिकार से संक्षिप्त परिचय कराने वाली एक प्रस्तावना हम अपनी ओर से देंगे।

हिन्दी पाठकों की साहित्यिक अभिरुचि में हमारी निष्ठा असंदिग्ध है। स्तरीय विश्व-साहित्य को जन-जन तक पहुँचाना हिन्दी भाषा और हिन्दीभाषी समाज की प्रगति की एक आवश्यकता है और नये सांस्कृतिक प्रबोधन का एक कार्यभार है, हमारी यह मान्यता अविचल है। हिन्दी के पाठक इस नयी पहल का स्वागत करेंगे, हमारा यह विश्वास दृढ़ है।

–सम्पादक

तोल्स्तोय : रूसी क्रान्ति के दर्पण

आधुनिक इतिहास में यदि किसी विचारक-लेखक की ख्याति उसकी ज़िन्दगी में ही पूरी दुनिया में फैल चुकी थी और जीते-जी ही यदि वह एक मिथक बन गया था, तो वे निस्सन्देह **लेव तोल्स्तोय** ही थे।

उन्नीसवीं शताब्दी के पूर्वार्द्ध के साहित्यिक परिदृश्य पर जिस तरह **बाल्ज़ाक** छाये हुए थे, उसी तरह उत्तरार्द्ध के साहित्यिक परिदृश्य पर तोल्स्तोय का प्रभाव-साम्राज्य फैला हुआ था। मानव-जीवन की समस्त त्रासदियों-विडम्बनाओं का तर्कपरक, इतिहाससंगत और वस्तुगत निरूपण और व्याख्या करते-करते तोल्स्तोय हालाँकि ऐतिहासिक विकृतियों से मुक्त एक 'सच्चे' ईसाई धर्म में, और आत्म-परिष्करण के जरिये आधुनिक सभ्यता की सभी बुराइयों का समाधान प्रस्तुत करते हैं, लेकिन कलात्मक-दार्शनिक चिन्तन के इस अन्तर्विरोध के बावजूद वे, मुख्य पहलू की दृष्टि से, एक महान मानवतावादी चिन्तक और महान यथार्थवादी कलाकार थे। अपने 'लेजिटिमिस्ट' राजनीतिक विचारों के बावजूद **बाल्ज़ाक** ने ह्रासमान वर्गों की नियति और 'भविष्य के वास्तविक लोगों' की स्थिति को अपनी रचनाओं में दर्शाया जिसे **फ्रेडरिक एंगेल्स** ने *"यथार्थवाद की सबसे महती विजयों में से एक, प्रिय बाल्ज़ाक के भव्यतम गुणों में से एक"* बताया था। ठीक इसी तरह, तोल्स्तोय ने अपने देशकाल के यथार्थ का जितने सजीव-सटीक ढंग से, और उत्पीड़ित-दमित आम आबादी के प्रति जिस गहरे सरोकार के साथ, अपनी कृतियों में कलात्मक पुनर्सृजन किया, उसका प्रभाव पाठक के मन-मस्तिष्क पर छा जाता है और तोल्स्तोय स्वयं अपने द्वारा प्रस्तुत धार्मिक यूटोपियाई समाधान से इतर समाधान के बारे में सोचने के लिए पाठक को प्रेरित कर देते हैं। दरअसल, जैसाकि **लेनिन** ने इंगित किया था, तोल्स्तोय के अन्तर्विरोध तत्कालीन रूसी समाज के अन्तर्विरोधों को प्रतिबिम्बित कर रहे थे और जब संघर्षों ने जनता की चेतना को उन्नत कर दिया तो तोल्स्तोय की कृतियों को पढ़कर उसने वस्तुतः अपनी कमजोरियों के बारे में जानना सीख लिया।

आम तौर पर, तोल्स्तोय को उनके दो वृहद और महान उपन्यासों–*'युद्ध और शान्ति'* तथा *'आन्ना कारेनिना'*–के लिए जाना जाता है। इनकी गणना निर्विवाद रूप से, अब तक लिखे गये दुनिया के सर्वोत्कृष्ट उपन्यासों में की जाती है। कुछ लोग उनके तीसरे

प्रसिद्ध उपन्यास *'पुनरुत्थान'* को भी इसी कोटि में शामिल करते हैं। उनकी एक और चर्चित कृति *'इवान इलिच की मौत'* की गणना उपन्यासिका के सर्वश्रेष्ठ उदाहरणों में की जाती है। अपने अन्तिम तीस वर्षों के दौरान एक धार्मिक और नैतिक शिक्षक के रूप में उन्हें विश्वस्तरीय ख्याति मिली। बुराई का प्रतिरोध न करने के उनके सिद्धान्त का गाँधी पर भी महत्त्वपूर्ण प्रभाव पड़ा था। दुनिया आज तोल्स्तोय की धार्मिक मान्यताओं को भुला चुकी है, लेकिन साहित्यकार तोल्स्तोय की ख्याति आज भी अक्षुण्ण है और विश्व-साहित्य की क्लासिकी सम्पदा में अद्वितीय अभिवृद्धि करनेवाले महान साहित्य-सर्जक के रूप में उन्हें शताब्दियों बाद ही नहीं बल्कि सहस्राब्दियों बाद भी याद किया जाएगा।

उन्नीसवीं शताब्दी के प्रसिद्ध अंग्रेज कवि और आलोचक **मैथ्यू आर्नल्ड** ने एक बार कहा था कि तोल्स्तोय के उपन्यास कलाकृति नहीं, बल्कि जीवन का एक हिस्सा होते हैं। तोल्स्तोय के कृतित्व से परिचित किसी भी पाठक के लिए इस विचार से असहमत होना जरा मुश्किल है। रूसी लेखक **इसाक बाबेल** ने तोल्स्तोय के बारे में कहा था कि यदि विश्व स्वयं लिख पाता तो वह तोल्स्तोय की तरह ही लिखता। परस्पर विरोधी विचारोंवाले साहित्य-चिन्तक और आलोचक भी इस बात पर एकमत रहे हैं कि तोल्स्तोय की रचनाओं में कहीं भी कोई कृत्रिमता या छल नहीं होता। तोल्स्तोय के समकालीन ऐसा बताते थे और उनकी रचनाएँ भी इस बात की पुष्टि करती हैं कि भावनाओं-विचारों में होनेवाले छोटे से छोटे परिवर्तन और शरीर की मद्धमतम गतिमानता भी तोल्स्तोय की नजरों से अदेखी नहीं रह पाती थी। अंग्रेज उपन्यासकार **वर्जीनिया वुल्फ** के अनुसार, यह प्रचण्ड पर्यवेक्षण-क्षमता पाठकों में एक तरह के भय का संचार करती है जो *"उस घूरती-भेदती दृष्टि से बच निकलना चाहता है जो तोल्स्तोय हमारे ऊपर टिका देते हैं।"* वर्जीनिया वुल्फ इस बात को एकदम निर्विवाद रूप से स्थापित मानती हैं कि तोल्स्तोय विश्व के *"सभी उपन्यासकारों में महानतम"* थे। उनके लेखन की महानता उनकी कलात्मक उत्कृष्टता, यथार्थ-चित्रण की वस्तुपरकता, साहस और ईमानदारी में होने के साथ ही इस बात में भी थी कि वे जीवन के तात्पर्य की तलाश के जीवित प्रतीक थे।

रूसी और विश्व-साहित्य के किसी भी लेखक में रूसी क्रान्ति के नेता लेनिन ने उतनी गहरी रुचि नहीं दिखायी जितनी कि लेव तोल्स्तोय में। तोल्स्तोय पर लिखे गये उनके छोटे-बड़े कुल पाँच लेख मौजूद हैं, जिनमें उन्होंने उस समय तक के मार्क्सवादी-गैरमार्क्सवादी–सभी तरह के आलोचकों-विचारकों से एकदम अलग ढंग से, द्वंद्वात्मक ऐतिहासिक विश्लेषण प्रस्तुत करते हुए यह दिखलाया है कि तोल्स्तोय के कृतित्व में वस्तुतः असाधारण, वस्तुतः महान तत्त्व क्या हैं! तोल्स्तोय के विचारों और कृतित्व की विशेषताओं एवं मूल्यांकन को लेनिन ने 1905-07 की पहली रूसी क्रान्ति की कमजोरियों और विफलताओं के समाहार से सम्बद्ध करते हुए बताया कि उस क्रान्ति की ऐतिहासिक विशिष्टताओं को *"तोल्स्तोय ने एक कलाकार, विचारक और*

उपदेशक के नाते–अपनी कृतियों में...आश्चर्यजनक स्पष्टता के साथ उभारा है।" इसी दृष्टि से लेनिन ने तोल्स्तोय को *"रूसी क्रान्ति के दर्पण"* की संज्ञा दी है जिनका कृतित्व उसके सकारात्मक और नकारात्मक–दोनों ही पक्षों को सामने लाता है। तोल्स्तोय ने अपनी रचनाओं में किसानों की बुर्जुआ क्रान्ति के रूप में *"समूची प्रथम रूसी क्रान्ति की ऐतिहासिक विशिष्टताओं को, उसकी शक्ति और दुर्बलता को"* मूर्त रूप में प्रस्तुत किया। जारशाही रूस की समाज-व्यवस्था की तोल्स्तोय ने जो आलोचना की थी, उसमें, लेनिन के अनुसार, जोश, तीव्रानुभूति, निष्ठा, ताजगी, सच्चाई और... जनता की दुर्दशा के वास्तविक कारण का पता लगाने के मामले में निर्भीकता थी। साथ ही लेनिन ने उनके विचारों, शिक्षाओं तथा कृतियों में मौजूद अन्तर्विरोधों, विसंगतियों और विरोधाभासों को भी रेखांकित किया। उन्होंने यह स्थापना रखी कि तोल्स्तोय के अन्तर्विरोध उन्नीसवीं शताब्दी के अन्तिम तृतीयांश के रूसी जीवन की परिस्थितियों का प्रतिबिम्ब थे।

तोल्स्तोय के दार्शनिक-धार्मिक विचारों की यदि सूत्रवत चर्चा की जाये तो उनके साथ न्याय होगा और यह स्पष्ट हो जाएगा कि वे किसी विज्ञान-विरोधी पादरी के रूप में नहीं, बल्कि वैज्ञानिक दृष्टि के अभाव के कारण, उच्च नैतिक-मानवीय आदर्शों की स्थापना के रूप में एक यूटोपिया रचते हुए धार्मिक विश्व-दृष्टिकोण तक जा पहुँचते थे। तोल्स्तोय के दर्शन पर ईसाई धर्म, कन्फ्यूशियसवाद, और बौद्ध धर्म के साथ ही **रूसो, शोपेनहार** और 'स्लावोफिल्स' के विचारों का प्रभाव स्पष्ट है। वे आस्था को बुनियादी संप्रत्यय मानते हैं, लेकिन आस्था की तर्कबुद्धिवादी नैतिकता के रूप में व्याख्या करते हुए बताते हैं कि *'आस्था इस बात का ज्ञान है कि मनुष्य क्या है और उसके जीवन का अर्थ क्या है।'* तोल्स्तोय के अनुसार, मानव-जीवन का अर्थ लोगों के परकीयकरण को दूर करने में, प्यार के आधार पर उन्हें एक-दूसरे से स्वतंत्र रूप से ऐक्यबद्ध करने में और अपने में दिव्यात्मा की चेतना की प्राप्ति के जरिये ईश्वर के साथ जुड़ जाने में निहित है। यही तोल्स्तोय द्वारा प्रस्तुत उस 'सच्चे' ईसाई धर्म का आदर्श था जिसे वे ऐतिहासिक विकृतियों से मुक्त और आत्म- परिष्करण के माध्यम से प्राप्य मानते थे। तोल्स्तोय का मानना था कि राज्य, निजी सम्पत्ति, चर्च तथा आधुनिक सभ्यता, जो सब जनता के लिए परकीय हैं, इस आदर्श को मूर्त रूप देने में बाधक हैं और समस्त सामाजिक बुराइयों को जन्म देते हैं। फलतः वह राज्य को, अराजकतावादी अवस्थिति के समीपस्थ होकर, नकारने की ओर तथा साथ ही विज्ञान और संस्कृति की उपलब्धियों को भी नकारने की ओर प्रवृत्त होते हैं। इसके साथ ही, वे किसानों के श्रम और सामुदायिक जीवन का आदर्शीकरण करते हैं और सादा जीवन बिताने का आह्वान करते हैं। तोल्स्तोय के अनुसार, मनुष्य केवल तभी स्वतंत्र होता है, जब वह ईश्वर की सेवा (भलाई) करता है। सामाजिक-ऐतिहासिक प्रक्रिया ईश्वर द्वारा निर्देशित होती है और उसे जनसाधारण का कार्यकलाप मूर्त रूप देता है। आम जन से सम्राट तक, सभी इतिहास के दास होते हैं। *'कला क्या है?'* शीर्षक अपनी सौन्दर्यशास्त्र

विषयक कृति में और अन्यत्र तोल्स्तोय ने कलात्मक सर्जना में पतनशीलता और सरकारी संस्कृति का विरोध किया और कला की व्याख्या ऐसे कार्यकलाप के रूप में की जिसे लोगों को ऐक्यबद्ध करना चाहिए और उन्हें अपने आदर्शों को मूर्त रूप देने में सहायक बनना चाहिए। लेकिन *"पृथ्वी पर ईश्वरीय राज्य"* की स्थापना को मनुष्यता का परम लक्ष्य मानने के चलते, उनकी यह भी स्थापना थी कि नैतिक-धार्मिक अवधारणा को कला का मार्ग-दर्शन करना चाहिए।

तोल्स्तोय की असामान्य प्रतिभा का उच्च मूल्यांकन करने के साथ ही लेनिन उनके विश्व-दृष्टिकोण के नकारात्मक पक्ष–'पेशेवर पादरियों के स्थान पर अपनी नैतिक धारणा से प्रेरित होनेवाले धर्माचार्य बैठाने की कोशिश', सामाजिक बुराइयों के विरुद्ध सक्रिय संघर्ष की बजाय आत्मोद्धार और 'हिंसा के अप्रतिरोध' की नपुंसकतापूर्ण अपील–का भी उल्लेख करते हैं। वे बताते हैं कि तोल्स्तोय के विचारों और कृतित्व के ये अन्तर्विरोध और विसंगतियाँ अत्यन्त तीव्र हैं, लेकिन उन्होंने इस बात पर जोर दिया कि ये तोल्स्तोय की अपनी सनकों की उपज नहीं हैं बल्कि *"...उन अत्यन्त जटिल, असंगत परिस्थितियों, सामाजिक प्रभावों एवं ऐतिहासिक परम्पराओं का बिम्ब मात्र हैं जिनका सुधार (1861 के सुधार–सं.) के* ***बाद के,*** *किन्तु क्रान्ति के* ***पहले के*** *युग के रूसी समाज के विभिन्न वर्गों और तबकों की मनोवृत्ति पर गहरा असर पड़ा था।"* लेनिन ने उस युग को तोल्स्तोय के युग का नाम दिया और बताया कि रूसी जीवन के पुराने–भूदास प्रथात्मक–ढर्रे का निर्मम ढंग से तोड़ा जाना तथा देश में नये बुर्जुआ सम्बन्धों का सुदृढ़ीकरण इस युग की मुख्य विशेषताएँ थीं। वे बताते हैं कि *"तोल्स्तोय की साहित्यिक गतिविधियों का आरम्भ इस युग के आरम्भ से पहले और अन्त इसके अन्त के बाद हुआ,"* लेकिन वह जोर देते हैं कि *"विचारक के रूप में तोल्स्तोय का पूर्ण विकास इसी युग में हुआ, जिसकी संक्रमणात्मक प्रकृति से तोल्स्तोय की रचनाओं तथा 'तोल्स्तोयवाद' की* ***सभी*** *विशिष्टताएँ पनपीं।"*

लेनिन, तोल्स्तोय द्वारा आधुनिक समाज में व्याप्त झूठ और पाखण्ड के विरोध, पूँजीवादी शोषण की निर्मम आलोचना और सरकारी दमनतंत्र के पर्दाफाश को रेखांकित करते हुए उनके गम्भीर यथार्थवाद पर जोर देते हैं। वे लिखते हैं, *"तोल्स्तोय की महानता इस बात में है कि रूस में बुर्जुआ क्रान्ति से पहले लाखों रूसी किसानों में जो भावनाएँ और विचार पनप रहे थे, उन्हें उन्होंने अभिव्यक्त किया है। तोल्स्तोय की मौलिकता इस बात में है कि समूचे तौर पर उनके विचार* ***किसानों की*** *बुर्जुआ क्रान्ति के रूप में हमारी क्रान्ति की विशेषताओं को ही व्यक्त करते हैं।"*

लेनिन ने तोल्स्तोय की "विचार-समष्टि" और कृतित्व-समष्टि की विवेचना करते हुए वस्तुगत यथार्थ और कलात्मक यथार्थ के अन्तर्सम्बन्धों का जो निरूपण प्रस्तुत किया, उससे साहित्यिक- सौन्दर्यशास्त्रीय आलोचना का सर्वथा नया दृष्टिकोण और नया मापदण्ड सामने आये। और यह स्वाभाविक ही प्रतीत होता है कि तोल्स्तोय के विश्व-दृष्टिकोण

और कृतित्व जैसी अत्यन्त जटिल वैचारिक परिघटना का विश्लेषण करते हुए स्वयं विश्लेषण के उपकरणों को ही नयी समृद्धि अर्जित हो जाये।

लेव निकोलायेविच तोल्स्तोय का जन्म रूसी साम्राज्य के तूला प्रान्त की यास्नाया पोल्याना जागीर के मालिक, कुलीन भूस्वामी परिवार में 9 सितम्बर (पुराने कैलेण्डर के हिसाब से 28 अगस्त), 1828 को हुआ था।

उनके पिता काउण्ट **निकोलाई इलिच तोल्स्तोय** ने 1812 में नेपोलियन के हमले के विरुद्ध देशभक्तिपूर्ण युद्ध में हिस्सा लिया था। तोल्स्तोय जब दो वर्ष के थे, तभी उनकी माँ मारिया निकोलायेव्ना का देहान्त हो गया। 1837 में उनके पिता का भी देहान्त हो गया। एक वर्ष बाद उनकी दादी का और फिर उनकी अगली अभिभाविका चाची अलेक्सान्द्रा का भी 1841 में निधन हो गया। फिर देखभाल के लिए तोल्स्तोय को उनके चार भाई-बहनों के साथ कज़ान में एक और चाची के पास भेज दिया गया। बचपन में तोल्स्तोय पर यास्नाया पोल्याना में रहनेवाली रिश्ते की एक बहन तात्याना अलेक्सान्द्रा यर्गोल्स्काया का गहरा प्रभाव पड़ा। युवा होने के बाद तोल्स्तोय ने अपने कुछ सर्वाधिक मर्मस्पर्शी पत्र तात्याना को ही लिखे थे। मौत की लगातार मौजूदगी के बावजूद, आगे चलकर, तोल्स्तोय ने अपने बचपन के दिनों को बहुत सुखद रूप में याद किया है।

प्रारम्भिक शिक्षा घर पर ही हासिल करने के बाद तोल्स्तोय ने पूर्वी भाषाओं के अध्ययन के लिए 1844 में कज़ान विश्वविद्यालय में दाखिला लिया, लेकिन उनका रिकार्ड अच्छा नहीं रहा। नतीजतन, वे विषय बदलकर कानून का अध्ययन करने लगे। इस दौरान उन्होंने **मोंतेस्क्यू** की पुस्तक *'कानूनों की भावना'* और **कैथेरीन द्वितीय** की *'विधि-संहिता के लिए निर्देश'* के तुलनात्मक अध्ययन पर एक निबन्ध लिखा, जो लेखन के क्षेत्र में उनका प्रथम प्रयास था। जल्दी ही तोल्स्तोय साहित्य और दर्शन के अध्ययन की दिशा में प्रवृत्त हुए। अंग्रेज उपन्यासकार **लॉरेंस स्टर्न, चार्ल्स डिकेंस** और खास तौर पर प्रबोधनकालीन फ्रांसीसी दार्शनिक-लेखक **जां-ज़ाक रूसो** के कृतित्व ने उन्हें प्रभावित किया। ज्ञातव्य है कि वे गले में क्रॉस की जगह रूसो का चित्र-जड़ा एक तमगा पहना करते थे। लेकिन इस दौरान उन्होंने अपना ज्यादा समय अतिलम्पटता, शराबखोरी, जुएबाज़ी में खर्च किया। 1847 में बिना डिग्री हासिल किये ही तोल्स्तोय यास्नाया पोल्याना लौट गये तथा खुद को शिक्षित करने, जागीर सम्हालने और अपने भूदासों की स्थिति में सुधार की योजनाएँ बनाने लगे। अपनी ज़िन्दगी बदलने की कोशिशों के बावजूद तूला, मास्को और सेण्ट पीटर्सबर्ग प्रवासों के दौरान उनके भोग-विलास-व्यभिचार का सिलसिला जारी रहा। 1851 में वे काकेशस चले गये जहाँ उनके बड़े भाई निकोलाई तोल्स्तोय सैन्य-सेवा में थे। तोल्स्तोय भी सेना में भरती हो गये। इस दौरान उन्होंने स्थानीय काकेशियाई जनजातियों के विरुद्ध सैन्य अभियानों और क्रीमियाई

युद्ध (1853-56) में हिस्सा लिया।

तोल्स्तोय की शुरुआती साहित्यिक परियोजनाओं की रूपरेखा उनकी 1851 की डायरी में मिलती है, जिसमें *'बीते हुए कल का इतिहास'* जैसी कई रचनाओं के कच्चे मसविदे या रूपरेखाएँ मौजूद हैं। तोल्स्तोय 1847 से ही नियमित डायरी लिखते थे, जो उनके आत्मविश्लेषण के प्रयोगों के लिए और उनके कृतित्व के लिए प्रयोगशाला की भूमिका निभाती थी। चन्द एक व्यवधानों को छोड़कर, तोल्स्तोय जीवनपर्यन्त डायरियाँ लिखते रहे। उनकी शुरुआती डायरियों में नियम बनाने के प्रति एक विशेष रुझान दीखती है। सामाजिक और नैतिक व्यवहार के विभिन्न पहलुओं के लिए तोल्स्तोय नियम बनाते थे और फिर उन नियमों का पालन करने में बार-बार असफल होते थे। फिर पुराने नियमों का पालन सुनिश्चित करने के लिए वे कुछ और नये नियमों को सूत्रबद्ध करते थे, उनका भी उल्लंघन करते थे, फिर आत्मभर्त्सना करते थे और यह सब कुछ ब्यौरेवार डायरी में दर्ज़ करते थे। बाद के दिनों में तोल्स्तोय की यह मान्यता थी कि जीवन इतना जटिल और अव्यवस्थित है कि नियमों और दार्शनिक प्रणालियों के अनुकूल हो ही नहीं सकता। इस नतीजे तक पहुँचने में शायद उनके इन प्रारम्भिक प्रयोगों की भी कहीं कुछ भूमिका रही हो। बहरहाल, तोल्स्तोय के उपन्यासों में जो आत्मकथात्मक तत्त्व मौजूद रहते हैं, उसकी जड़ में उनके डायरी-लेखन की अवश्य ही भूमिका रही है।

तोल्स्तोय काकेशस में बिताये गये दो वर्षों के एकाकी जीवन को अपने आत्मिक विकास के लिए बहुत महत्त्वपूर्ण मानते थे। *'बचपन'* उपन्यासिका तोल्स्तोय की प्रकाशित होनेवाली पहली रचना थी। यह प्रसिद्ध कवि **नेक्रासोव** द्वारा सम्पादित पत्रिका *'सोव्रेमेन्निक'* ('समकालीन') में 1852 में छपी। इसे तोल्स्तोय ने अपनी पहचान छिपाकर, सिर्फ **एल. एन.** नाम से छपवाया। इसी क्रम में तोल्स्तोय ने फिर *'किशोरावस्था'* और *'युवावस्था'* (1855-57) शीर्षक उपन्यासिकाएँ लिखीं। तोल्स्तोय की मूल योजना चार खण्डों में *'विकास के चार काल'* नामक वृहद आत्मकथात्मक उपन्यास लिखने की थी, जिसका चौथा खण्ड *'युवा पौरुष'* लिखा नहीं जा सका और यह पूरी परियोजना उपन्यास-त्रयी के रूप में ही फलीभूत हो सकी।

अपनी इन प्रारम्भिक अर्द्ध-आत्मकथात्मक उपन्यासिकाओं में तोल्स्तोय ने 1840 के दशक के प्रारम्भिक प्रकृतवाद के यथार्थवादी सिद्धान्तों—वस्तुपरकता, सटीकता और विस्तृत वर्णन—का पालन करते हुए एक बच्चे, एक किशोर और एक युवा के मनोविज्ञान का अध्ययन प्रस्तुत किया है। उन्होंने अपने को मानव-प्रकृति का विश्लेषक बताया जो चेतना के गुप्त नियमों को समझने की कोशिश में जुटा है। *'बचपन'* का नायक निकोलेंका इर्तनेव झूठ और कपट के हर रंग-रूप को पहचानना सीखता है, चाहे वह खुद उसके भीतर हो या फिर दूसरे के भीतर। त्रयी के दूसरे और तीसरे भाग में, नायक का आत्म-असन्तोष, और साथ ही उसकी मननशीलता और आत्म-विश्लेषण की प्रवृत्ति भी गहराती चली जाती है। जीवन के अन्तर्विरोधों का अमूर्त बोध और नैतिक परिशुद्धता की

आग्रही आकांक्षा दुर्निवार होती जाती है। निकोलेंका के अन्तर्जगत का अध्ययन, तोल्स्तोय द्वारा बाद में किये गये, वर्ग-विशेषाधिकारों से रहित 'प्राकृतिक मनुष्य' के विश्लेषणों का पहला स्केच था।

क्रीमियाई युद्ध के दौरान तोल्स्तोय के खुद के अनुरोध पर उन्हें सेवास्तोपोल भेज दिया गया। सैनिक जीवन और युद्ध की घटनाओं से तोल्स्तोय ने *'एक धावा'* (1853) और *'जंगल-कटाई'* (1853-55) जैसी कहानियों तथा *'दिसम्बर, 1854 में सेवास्तोपोल'*, *'मई, 1855 में सेवास्तोपोल'*, और *'अगस्त, 1855 में सेवास्तोपोल'* जैसे रेखाचित्रों के लिए सामग्री जुटाई। ये सभी रचनाएँ *'सोव्रेमेन्निक'* में प्रकाशित हुईं। दस्तावेज़ी रिपोर्टिंग और रचनात्मक तफ़सीलों से युक्त, *'सेवास्तोपोल के रेखाचित्र'* नामक बाद की तीन रचनाओं में युद्ध को मानव-प्रकृति के प्रतिकूल, वीभत्स नरसंहार के रूप में प्रस्तुत किया गया है। रूसी जनता पर इनका जबर्दस्त प्रभाव पड़ा। इनमें से एक रेखाचित्र के अन्त में तोल्स्तोय इस बात पर बल देते हैं कि *सत्य उनका एकमात्र नायक* है। यह सूत्र-वाक्य तोल्स्तोय के समस्त उत्तरवर्ती कृतित्व का मार्गदर्शक सिद्धान्त बना रहा। तोल्स्तोय की युगान्तरकारी सर्जनात्मकता को सबसे पहले समझने और रेखांकित करनेवालों में महान रूसी भौतिकवादी दार्शनिक लेखक, क्रान्तिकारी जनवादी और काल्पनिक समाजवादी **निकोलाई चेर्निशेव्स्की** अग्रणी थे। उन्होंने तोल्स्तोय की इन प्रातिनिधिक विशिष्टताओं को रेखांकित किया : पहला, मनोवैज्ञानिक विश्लेषण की एक विशिष्ट कोटि के रूप में *"आत्मा की द्वंद्वात्मकता"* का निरूपण, और दूसरा, *"उनके नैतिक बोध की निरपेक्ष शुद्धता।"*

1855 में तोल्स्तोय सेण्ट पीटर्सबर्ग पहुँचे और 'सोव्रेमेन्निक' से जुड़े साहित्यकारों–**नेक्रासोव, तुर्गनेव, गोंचारोव** और **चेर्निशेव्स्की** आदि–की मण्डली से निकटता से जुड़ गये। लेकिन अपनी चुभनेवाली अहम्मन्यता, किसी भी बौद्धिक खेमे से जुड़ने से इनकार और अपनी सम्पूर्ण निजी आजादी पर जोर के कारण तोल्स्तोय तत्कालीन रैडिकल बुद्धिजीवियों के बीच जल्दी ही अलोकप्रिय हो गये। आगे भी वे जीवनपर्यन्त तमाम प्रभावी बौद्धिक प्रवृत्तियों के विरुद्ध रहे और सत्ता का सक्रिय विरोध तो वैसे भी उनके जीवन-दर्शन के प्रतिकूल था। 1856 में उनकी एक कहानी *"एक ज़मींदार की सुबह"* प्रकाशित हुई जो वस्तुतः *'एक रूसी ज़मींदार का उपन्यास'* नामक एक भावी परियोजना का एक अंश था। यह उपन्यास अधूरा ही रह गया। इस रचना के बारे में लिखते समय, चेर्निशेव्स्की वह पहले व्यक्ति थे जिन्होंने तोल्स्तोय के 'किसानी' दृष्टिकोण को रेखांकित किया। अपनी अगली कृति *'अल्बर्ट'* नामक उपन्यासिका में द्रुझिनिन की मण्डली के प्रभाव में तोल्स्तोय ने इस विचार का प्रतिपादन किया कि कलाकार वह व्यक्ति होता है जो स्वर्ग से आयी पवित्र अग्नि को ग्रहण करने के लिए ईश्वर द्वारा चुना गया होता है।

1857 में, पश्चिम यूरोप की पहली यात्रा से लौटने के बाद उसके अनुभवों के आधार पर लिखी गयी तोल्स्तोय की कहानी *'लूसर्न'* प्रकाशित हुई। इसमें लेखक ने बुर्जुआ पाखण्ड, हृदयहीनता और सामाजिक अन्याय को हमले का निशाना बनाया है। यही

आलोचना आगे हमें तोल्स्तोय के *'पुनरुत्थान'* (1899) उपन्यास और अन्य निबन्धों-कहानियों में और अधिक परिपक्व एवं विकसित रूप में देखने को मिलती है। 1859 में उनकी एक और कहानी *'तीन मौतें'* प्रकाशित हुई जिसमें एक कुलीन महिला इस सच्चाई का सामना नहीं कर पाती कि वह मर रही है, एक किसान अपनी मौत को सामान्य ढंग से स्वीकार करता है और अन्त में एक पेड़ का वर्णन है जिसका नितान्त स्वाभाविक अन्त समस्त मानवीय कृत्रिमताओं का विलोम प्रतीत होता है। इन तीनों घटनाओं को लेखक की अतीन्द्रिय चेतना परस्पर सम्बद्ध करती है।

1853-59 में ही तोल्स्तोय ने अपना उपन्यास 'सुखी दम्पति' पूरा किया जिसमें परिवार की अलग-थलग स्थिति, खुश-प्रसन्न दुनिया के आदर्श की तबाही का चित्रण किया गया है। एक पत्नी के कर्तव्य, गुण और शादी में उसके आत्मत्याग की तोल्स्तोयवादी अवधारणा इस कृति के निष्कर्ष के रूप में पहली बार सामने आयी है और उनकी उत्तरवर्ती कृतियों के ही समान, यहाँ भी, तोल्स्तोय की इच्छा से स्वतंत्र, यथार्थ का जो पहलू आलोकित होकर सामने आ गया है, वह है परिवार संस्था में स्त्री की त्रासद नियति और मानव इतिहास का एक विकट प्रश्नचिह्न–स्त्री-प्रश्न!

1863 में तोल्स्तोय ने एक कहानी लिखी, *'खोल्सतोमर : एक घोड़े की कहानी' ('इन्सान और हैवान')* जो काफी बाद में, 1886 में प्रकाशित हुई। यह कहानी तोल्स्तोय की प्रिय कलात्मक तकनीक–'अपरिचितिकरण' (डिफ़ैमिलियराइज़ेशन) के नाटकीय इस्तेमाल के लिए प्रसिद्ध है। इसमें किसी परिचित सामाजिक चलन का वर्णन किसी ऐसे पर्यवेक्षक के 'भोले-निष्कपट' नजरिये से किया जाता है जो उस चलन को आम मानकर नहीं चलता। इस कहानी का मुख्य 'नैरेटर' एक घोड़ा है। तोल्स्तोय की अन्य प्रारम्भिक रचनाओं की तरह इस कहानी में भी मानव समाज की कृत्रिमता और परम्पराबद्धता पर व्यंग्य किया गया है। तोल्स्तोय के उपन्यास *'कज़्ज़ाक'* का भी मूल कथ्य इसी के इर्दगिर्द घूमता है। यह लघु उपन्यास लोक-जीवन से कथावस्तु उठाता है ओर उसे एक तरह की महाकाव्यात्मक शैली में प्रस्तुत करता है। काकेशस में भव्य प्राकृतिक दृश्यों और सरल, शुद्ध-हृदय लोगों के बीच नायक को ऊँची सोसाइटी के झूठ और पाखण्डपूर्ण जीवन का अहसास होता है और वह उसे छोड़ने का फैसला करता है। तोल्स्तोय यह दिखलाते हैं कि दूसरों के साथ किसी के रिश्तों में ईमानदारी स्वयं प्रकृति से आती है और उस व्यक्ति की चेतना से आती है जो प्रकृति के इतने निकट होता है कि उसके साथ लगभग एकाकार हो गया रहता है।

अपने लेखन से, नागर कुलीन समाज से और साहित्यिक मण्डलियों से असन्तुष्ट तोल्स्तोय ने 1850 के दशक के उत्तरार्द्ध में साहित्य छोड़कर गाँव में जा बसने की सोची। 1859 से 1862 के बीच उन्होंने कुछ समय यास्नाया पोल्याना में किसानों के बच्चों को शिक्षा देने और शिक्षणशास्त्र के अध्ययन पर खर्च किया, विदेश-यात्रा की और 'यास्नाया पोल्याना' नामक शिक्षणशास्त्र की एक पत्रिका निकाली जिसमें रूढ़ पाठ्यक्रम और

औपचारिक अनुशासन से मुक्त अपारम्परिक शिक्षा विषयक अपने विचारों को प्रस्तुत किया। साहित्यिक लेखन वे फिर भी नहीं छोड़ सके। वह भी जारी रहा।

1862 में सोफिया आन्द्रेयेव्ना से उनकी शादी हुई और अपनी जागीर में अलग-थलग शान्त-सुखद पारिवारिक जीवन बिताते हुए तोल्स्तोय ने अपने जीवन के सर्वाधिक सर्जनशील दौर में प्रवेश किया।

उच्च कुलीन पारिवारिक पृष्ठभूमि और पालन-पोषणवाले तोल्स्तोय ने 1850 के दशक के उत्तरार्द्ध में, आम लोगों के हितों और आवश्यकताओं से जुड़ने में अपने आत्मिक संकट का समाधान ढूँढ़ा। 1860-61 में उन्होंने *'दिसम्बरवादी'* नामक उपन्यास लिखना शुरू किया था जिसका पहला खण्ड 1884 में छपा। इस उपन्यास में, समकालीन जीवन को समझने के लिए तोल्स्तोय ने इतिहास की मदद लेने की कोशिश की थी। *पोलिकुश्का* (1861-63) कहानी में उन्होंने आम किसानों के जीवन का वर्णन किया था। इसी नये अप्रोच और महाकाव्यात्मक शैली का संश्लेषण 'कज़्ज़ाक' में दीखता है, जो *'युद्ध और शान्ति'* में अपने चरमोत्कर्ष पर जा पहुँचता है।

'युद्ध और शान्ति' के चार खण्डों का लेखन तोल्स्तोय ने 1863 से 1869 के बीच किया। 1865 में इसके प्रकाशन की शुरुआत हुई।

'युद्ध और शान्ति' विश्व का महानतम उपन्यास ही नहीं बल्कि साहित्यिक इतिहास की एक परिघटना है। ऐसी संजटिल, ऐतिहासिक-मनोवैज्ञानिक बहुसंस्तरीय महाकाव्यात्मक कलात्मक संरचना के बारे में, एक हद तक सरलीकरण का खतरा मोल लेते हुए कहा जा सकता है कि इसमें तीन तरह की सामग्री का दक्ष संश्लेषण किया गया है– (i) नेपोलियानिक युद्धों और रूसी जनता के एकजुट दुर्धर्ष प्रतिरोध का ब्योरा, (ii) औपन्यासिक चरित्रों का अन्तरंग एवं बहिरंग जीवन, परिवेश और जीवन-दर्शन, तथा (iii) इतिहास-दर्शन विषयक तोल्स्तोय के विचारों को निरूपित करनेवाले निबन्धों की एक शृंखला। इनके सहायक पहलुओं के रूप में परिवार, विवाह, स्त्रियों की स्थिति, कुलीनों के निस्सार, जनविमुख, पाखण्डपूर्ण जीवन आदि पर तोल्स्तोय के विचार और मौजूद स्थिति की प्रखर आलोचना भी कहानी के साथ गुँथी-बुनी प्रस्तुत होती चलती है। विस्तृत ऐतिहासिक विवरण और मनोवैज्ञानिक गहराइयों के साथ ही इतिहास-दर्शन विषयक अपने विचारों की निबन्धात्मक प्रस्तुति को जिस दक्षता के साथ उपन्यास में पिरोया गया है, वह अद्वितीय और विस्मित कर देनेवाला है।

उपन्यास के ऐतिहासिक घटना-क्रम का ढाँचा 1805 का अभियान, उसकी परिणति के तौर पर ऑस्टरलित्ज के युद्ध में नेपोलियन की विजय और फिर 1812 में रूस पर नेपोलियन का आक्रमण है। मान्य धारणा के विरुद्ध, तोल्स्तोय ने नेपोलियन को एक अप्रभावी, उन्मादी होने की हद तक अहम्मन्य और विदूषक के रूप में तथा जार

अलेक्सान्द्र प्रथम को एक मुहावरेबाज के रूप में चित्रित किया है जिसको हरदम यही चिन्ता सताती रहती है कि इतिहासकार उसे किस रूप में प्रस्तुत करेंगे। अतीत में अप्रतिष्ठा का शिकार हो चुके, प्रसिद्ध रूसी जनरल मिखाइल कुतुजोव को उन्होंने एक ऐसे धैर्यवान बुजुर्ग के रूप में चित्रित किया है जो मानवेच्छा और मानव-निर्मित योजनाओं की सीमाओं को समझता है। उपन्यास के युद्ध-दृश्य विशेष उल्लेखनीय हैं जिनमें मुठभेड़ों को विशुद्ध अराजकता के रूप में चित्रित किया गया है। जनरल 'सभी आकस्मिक या सम्भाव्य घटनाओं के पूर्वानुमान' की कल्पना कर सकते हैं, लेकिन युद्ध वास्तव में 'करोड़ों विविध इत्तफाकों' का नतीजा होता है, जिसका फैसला ऐन वक्त पर, ऐसी परिस्थितियों द्वारा होता है जिनका पूर्वानुमान नहीं किया जा सकता। तोल्स्तोय की मान्यता थी कि जीवन की ही तरह युद्ध में भी, किसी प्रणाली, व्यवस्था या मॉडल को लागू करना मानव-व्यवहार की अनगिन जटिलताओं का लेखा-जोखा तैयार करने जैसा काम होगा जो असम्भव है।

उपन्यास के दूसरे अर्द्धांश से इतिहास-दर्शन विषयक तोल्स्तोय के जिन निबन्धों की बीच-बीच में पिरोयी गयी कड़ियों की शुरुआत होती है, उनमें भी इतिहास के सामान्य नियमों को सूत्रबद्ध करने की कोशिशों का वे मजाक उड़ाते हैं और सभी ऐतिहासिक विवरणों के अविवेकी सामान्यीकरणों के रूप में प्रस्तुत अभिधारणाओं को खारिज करते हैं। तोल्स्तोय के विचार से, युद्ध की ही तरह इतिहास भी मूलतः, आकस्मिकता का उत्पाद है, इसकी कोई दिशा नहीं होती, कोई 'पैटर्न' नहीं होता। ऐतिहासिक घटनाओं के कारणों में अनन्त वैविध्य होता है और वे चिरन्तन अज्ञेय होते हैं और इसलिए, अतीत की व्याख्या का दावा करनेवाला ऐतिहासिक लेखन अनिवार्यतः उसका मिथ्याकरण करता है। ऐतिहासिक आख्यानों की आकृति-संरचना घटनाओं की वास्तविक प्रक्रिया को नहीं, बल्कि साहित्यिक मानदण्डों को परावर्तित करती है। तोल्स्तोय के इतिहास-विषयक इन 'निबन्धों' के अनुसार, इतिहासकार इसी से निकटता से जुड़ी अनेक गलतियाँ करते हैं। प्रायः वे मानकर चलते हैं कि इतिहास का निर्माण महान लोगों के विचारों और योजनाओं के अनुसार होता है, चाहे वे सेनापति हों, राजनीतिक नेता हों या बुद्धिजीवी हों, और यह कि बड़े निर्णयों के लिए स्थिति पैदा करनेवाले नाटकीय क्षणों द्वारा इसकी दिशा तय होती है। जबकि इतिहास ऐसे आम लोगों के असंख्य छोटे-छोटे निर्णयों के कुल योग द्वारा निर्मित होता है जिनके क्रियाकलाप इतने उल्लेखनीय नहीं होते कि दस्तावेजों में दर्ज हो सकें। सामान्य की प्रभावोत्पादकता और प्रणाली-निर्माण की निरर्थकता में तोल्स्तोय के इस विश्वास ने उन्हें अपने समय के तमाम क्रान्तिकारी जनवादी विचारकों के खिलाफ खड़ा कर दिया। एक ओर इतिहास-निर्माण में सामान्य जन की भूमिका का प्रतिपादन और उसकी परिणतियों के किसी सामान्य समीकरण की तलाश तथा दूसरी ओर, इतिहास के किसी भी आम नियम को सचेतन सैद्धान्तिक धरातल पर खारिज करना—यह भी तोल्स्तोय के उस मूल दार्शनिक अन्तर्विरोध की ही इतिहास-दर्शन के धरातल पर अभिव्यक्ति है

जिसका उल्लेख हम पूर्व में कर चुके हैं।

समग्रता में, कहा जा सकता है कि स्वतंत्रता और आवश्यकता के बारे में तथा इतिहास की चालक शक्ति के बारे में तोल्स्तोय के विचार सारतः भाग्यवादी या दैवाधीनवादी हैं। स्वतंत्रता को वे तर्कणा से स्वतंत्र एक सहजवृत्तिक जीवन-शक्ति के रूप में देखते हैं। लेकिन इसके साथ ही, वे जीवन की प्रक्रियाओं के बोध, व्याख्या और विशदीकरण के लिए सतत चेष्टारत रहते हैं। वे आवश्यकता और स्वतंत्रता के द्वंद्वात्मक अन्तर्सम्बन्धों की पड़ताल करते हैं तथा असंख्य व्यक्तियों की आकांक्षाओं की अभिव्यक्तियों का सामान्यीकरण करते हैं। इन अर्थ-सन्दर्भों में, वे अपने समकालीन सुप्रसिद्ध इतिहासकार **ए. तियेर** से (और **त्येरी, मिन्ये** और **गिज़ो** जैसे पुनःस्थापनकाल के अन्य फ्रांसीसी इतिहासकारों से भी) आगे थे। वर्ग संघर्ष के ऐतिहासिक यथार्थ को स्वीकारते हुए भी तियेर अपवाद व्यक्तियों की कथित तौर पर) स्वतंत्र कार्रवाइयों को इतिहास की चालक शक्ति मानते थे।

तोल्स्तोय के सूत्रबद्ध इतिहास-दर्शन से उनका कलात्मक व्यवहार अलग है। यदि इतिहास-विकास के कुछ व्यापक सामान्य नियम नहीं होते तो उनके पात्रों द्वारा न तो जीवन के अर्थ के तलाश की चेतना का कोई अर्थ होता, न ही सामाजिक-नैतिक आचरण के किसी आम नियम की जरूरत होती और न ही तोल्स्तोय के उपन्यासों में समकालीन जीवन के समस्त अन्तर्विरोधों का सटीक परावर्तन ही सम्भव हो पाता। तोल्स्तोय के कलात्मक प्रयोग स्वयं यहाँ उनके सचेतन इतिहास-दर्शन के विरुद्ध जा खड़े होते हैं। जो सामने आता है, वह इतिहास के नियमों की विजय है और यथार्थवाद की भी विजय है।

युद्ध और शान्ति तोल्स्तोय के सर्वाधिक महत्त्वपूर्ण विचारों और अनुभूतियों को अभिव्यक्त करता है। राष्ट्रीय-सामुदायिक ऐक्य की भावना के साथ ही उनका 'यूटोपियावाद' भी उन्नीसवीं शताब्दी के प्रारम्भ के भूस्वामी कुलीन परिवारों के जीवन की पुनर्रचना में स्पष्ट है। वे सेण्ट पीटर्सबर्ग के दरबार और हाई सोसाइटी के लोगों के मिथ्याभासी जीवन और राष्ट्र की कठिन परीक्षा की घड़ी में आम जन से उनके कटाव को रूसी समाज के संकट का मुख्य कारण मानते हैं। दूसरी ओर, आम लोगों के तात्त्विक जीवन के एक अंग के तौर पर उन्होंने रोस्तोव की देशभक्ति को चित्रित किया है। *'युद्ध और शान्ति'* में तोल्स्तोय व्यक्ति के रूप में मनुष्य के आत्मचेतस् होने की पहली मंजिल वर्ग, जाति और सामाजिक मण्डलियों से उसका आत्म-विमोचन मानते हैं, जैसाकि दरबार और शेरर की बैठक के प्रति अन्द्रेई बोल्कोंस्की और पियेर बेजुखोव की उदासीनता के जरिये दिखलाया गया है। मनुष्य के आत्मचेतस् होने की दूसरी मंजिल वह होती है जब वह अपनी वैयक्तिक चेतना को, व्यक्ति से परे, व्यापकतर विश्व के साथ एक कर देता है, आम जन के सत्य के साथ अभिन्न हो जाता है, उसे आत्मसात कर लेता है। बोल्कोंस्की और बेजुखोव की आध्यात्मिक खोजें अन्तर्विरोधों से भरपूर हैं, लेकिन दोनों नायक अपनी

अहम्मन्यता और वर्ग-पार्थक्य को तोड़ने की ओर आगे बढ़ते हैं और गर्वपूर्ण मनोगतता से उबरकर अन्यों के साथ, और सामान्य जनता के साथ, अपनी सम्पृक्तता के अहसास की दिशा में विकसित होते हैं। *'आन्ना कारेनिना'* के पात्र लेविन और *'पुनरुत्थान'* के नेख्लूदोव के साथ भी तोल्स्तोय ने यही होते हुए दिखलाया है।

'युद्ध और शान्ति' में तोल्स्तोय ने *'देशभक्ति की गुप्त उष्मा'* को राष्ट्रीय रूसी अभिलाक्षणिकता के रूप में रेखांकित करते हुए, आम सैनिकों के साहस, विनम्र आत्मसम्मान और न्याय में मौन-अविचल आस्था का प्रभावी चित्रण किया है। जिन ऐतिहासिक चरित्रों को तोल्स्तोय ने कलात्मक स्वतंत्रता के साथ चित्रित किया है, उनका उपन्यास में केन्द्रीय स्थान नहीं है। केन्द्र में तोल्स्तोय की दार्शनिक चिन्ताओं-खोजों के निमित्त-पात्र हैं या फिर उन आम जनों के प्रतिनिधि चरित्र हैं जिन्हें तोल्स्तोय किसी राष्ट्र के नियति-निर्धारक और भाग्य-विधाता मानते हैं।

चरित्रों के जटिल अन्तर्सम्बन्धों के विकास के विस्तृत, प्रभावशाली निरूपण के साथ ही रूसी भूदृश्य का अतुलनीय चित्रण *'युद्ध और शान्ति'* की महाकाव्यात्मक शैली की विशिष्टता है। क्लासिकी महाकाव्य के आधार के रूप में काम करनेवाली, भाग्य और भवितव्य की अवधारणाओं की जगह तोल्स्तोय ने स्वतःस्फूर्त गति और जीवन के प्रवाह की अवधारणाओं को स्थापित किया है। नायक के परम्परागत विचार को तोल्स्तोय अस्वीकार करते हैं : उनका नायक स्वयं जीवन है, व्यक्तिगत और सार्वजनिक दोनों ही, एक सजीव 'भीड़।' वे जीवन के विमन्द प्रवाह का, इसकी खुशियों और दुखों-उदासियों का, जन्म, प्यार और मृत्यु के शाश्वत क्षणों का तथा जीवन के सतत पुनर्नवा होते रहने का आख्यान प्रस्तुत करते हैं।

'युद्ध और शान्ति' में जीवन की बाह्य घटनाओं की अपेक्षा मनुष्य के आन्तरिक जीवन पर अधिक जोर है। तोल्स्तोय के नायक लगातार जटिल अन्तर्संघर्षों, अप्रत्याशित मोहभंगों और अन्वेषणों तथा नयी अन्तर्दृष्टियों और नयी शंकाओं से गुजरते रहते हैं। लेखक सत्य और न्याय के लिए संघर्ष पर आधारित, सतत प्रवहमान मनस्तात्त्विक प्रक्रिया का, एक तरह का विभ्रम रचता है। जीवन के जड़त्व, एक नकारात्मक परिवेश के लोकाचार और आत्म-पराजय की क्षणिक मनःस्थितियों के बावजूद, अन्वेषण की प्रक्रिया निरन्तर जारी रहती है।

'युद्ध और शान्ति' के लेखन ने तोल्स्तोय की सारी क्षमता को निचोड़कर, एकबारगी तो उन्हें मानसिक थकान से चूर कर दिया। 1870 के दशक के प्रारम्भिक वर्षों में वे एक बार फिर शिक्षणशास्त्र विषयक अपने सरोकारों की ओर उन्मुख हुए और बच्चों के लिए *'एक प्रवेशिका'* (1871-72) तथा *'एक नयी प्रवेशिका'* (1874-75) की रचना की जिनमें मौलिक लघुकथाओं के साथ ही परीकथाओं और नीति-कथाओं के संशोधित रूपान्तरण भी शामिल थे। तोल्स्तोय ने ऐसी ही रचनाओं को मिलाकर कुल चार *'रूसी रीडर'* तैयार किये। एक बार फिर वे यास्नाया पोल्याना के स्कूल में पढ़ाने लगे।

लेकिन, उनकी आन्तरिक दुनिया में जल्दी ही नये संकटों की उथल-पुथल शुरू हो गयी। संशयवादी प्रवृत्ति और आलोचनात्मक विश्लेषण की आदत के चलते परम्परागत धर्म में उनका विश्वास नाममात्र का ही था। अब, व्यक्तिगत अनश्वरता में उनका विश्वास भी चरमरा रहा था। 1870 के दशक में बुर्जुआ विकास के मार्ग पर रूस के संक्रमण से उत्पन्न सामाजिक संकट के बोध ने उनके अपने नैतिक-दार्शनिक संकट को घनीभूत करने में महत्त्वपूर्ण भूमिका निभायी।

तोल्स्तोय के आत्मसंघर्ष के इस नये पीड़ादायी दौर की कलात्मक-सर्जनात्मक परिणति एक दूसरे महान उपन्यास *'आन्ना कारेनिना'* के रूप में सामने आयी। 1873-77 के बीच के पाँच वर्षों का समय तोल्स्तोय ने इसके लेखन में लगाया। 1876-77 में इसका प्रकाशन हुआ।

महाकाव्यात्मक त्रासदी को नये दिक्-काल सन्दर्भों में पुनर्परिभाषित करने का दबाव बनानेवाला यह महान उपन्यास अपराध या पाप के नैतिक प्रश्न को गहरे ऐतिहासिक-सामाजिक सन्दर्भों में प्रस्तुत करते हुए, समाज और स्वयं अपने जीवन के प्रति प्रत्येक व्यक्ति के उत्तरदायित्व को चिन्तन के केन्द्र में उपस्थित करता है। इसके साथ ही, यह तत्कालीन रूसी जीवन के सभी बुनियादी और केन्द्रीय अन्तर्विरोधों को भी चित्रित करता है। सामाजिक जीवन की समस्याओं तथा कला और दर्शन के प्रश्नों के साथ ही तोल्स्तोय ने इस उपन्यास में परिवार और नैतिक जीवन की समस्याओं पर केन्द्रित करते हुए स्त्री-प्रश्न को गहरी दार्शनिक चिन्ता के साथ प्रस्तुत किया है। उल्लेखनीय है कि इस उपन्यास के प्रकाशन के बाद, तोल्स्तोय गम्भीर विचारधारात्मक संकट के दौर से गुजरे, जिसकी परिणति के तौर पर, बल के द्वारा बुराई के अप्रतिरोध का सिद्धान्त प्रतिपादित करते हुए भी, वे मौजूद व्यवस्था की सभी बुनियादों को खारिज करने तथा सामाजिक ढाँचे की निर्मम-बेलाग आलोचना करने की स्थिति तक जा पहुँचे।

उपन्यास की शुरुआत ओब्लिन्स्की परिवार से होती है, जहाँ तमाम तकलीफ़ें झेलनेवाली, धैर्यवान पत्नी डॉली को अपने खुशमिजाज़ और विलासप्रिय पति स्टिवा की बेवफ़ाई के बारे में पता चलता है। तोल्स्तोय ने डॉली को उसकी दयालुता, परिवार का ख़याल रखने की उसकी आदत और दैनन्दिन जीवन के उसके सरोकारों के साथ, उपन्यास के नैतिक कुतुबनुमा के रूप में प्रस्तुत करने की कोशिश की है। इसके विपरीत, स्टिवा बदनीयत न होते हुए भी, फ़िज़ूलखर्ची और बरबादी करता रहता है, परिवार की उपेक्षा करता है और सुख-भोग को जीवन का उद्देश्य मानता है। स्टिवा का व्यक्तित्व शायद यह इंगित करने के लिए भी गढ़ा गया है कि अच्छे की तरह बुरा भी, अन्ततोगत्वा इन्सान द्वारा क्षण-प्रतिक्षण चुने जानेवाले छोटे-छोटे नैतिक विकल्पों से ही निगमित-निर्धारित होता है।

स्टिवा की बहन आन्ना कठोर, गैर-रोमानी अलेक्सेई कारेनिन की वफ़ादार पत्नी है। कारेनिन सरकारी मंत्री है और आम व्यवहार में अच्छा आदमी है। आन्ना का एक छोटा बच्चा भी है–सेर्योझा। आन्ना अकसर अपनी कल्पना एक रोमानी उपन्यास की नायिका के रूप में करती है और अपने वैवाहिक जीवन में रिक्तता और भावनात्मक अतृप्ति का उसका अहसास गहराता चला जाता है। वह एक फ़ौजी अफ़सर अलेक्सेई व्रोन्स्की के प्रेम में पड़ जाती है। अन्ततोगत्वा वह बच्चे और पति को छोड़कर व्रोन्स्की के साथ चली जाती है। सुखी परिवार और उसमें स्त्री के दायित्वों के बारे में अपने घनघोर प्रत्ययवादी, पितृसत्तात्मक सामुदायिक जीवन-समर्थक किसानी दृष्टिकोण के चलते तोल्स्तोय, समूचे उपन्यास में यह इंगित करना चाहते हैं कि प्यार के जिस रोमानी ख़याल को ज्यादातर लोग प्यार समझते हैं, उसका उन्नत किस्म के प्यार से और अच्छे परिवारों के अन्तरंग प्यार से, कुछ भी लेना-देना नहीं होता। उपन्यास जैसे-जैसे आगे बढ़ता है, आन्ना की अन्तरात्मा पति और बच्चे को छोड़ने के लिए उसे ज्यादा से ज्यादा धिक्कारने लगती है। गहरी मनोव्यथा उसे पागल जैसी मनःस्थिति में पहुँचा देती है और वह यथार्थ से पूरी तरह कट-सी जाती है। अन्त में वह ट्रेन के आगे लेटकर आत्महत्या कर लेती है। जीवन के बारे में वह शायद गलत ढंग से सोच रही थी, यह ख़याल उसके दिमाग में आता है, जब वह पटरी पर लेटी हुई है। पर तब तक देर हो चुकी होती है।

तीसरी कहानी डॉली की बहन किटी से सम्बन्धित है जो पहले सोचती है कि वह व्रोन्स्की से प्यार करती है, लेकिन बाद में उसे अहसास होता है कि वास्तविक प्यार वह गहन आत्मीय अनुभूति है जो उसके भीतर परिवार के पुराने मित्र कोन्स्तान्तिन लेविन के लिए मौजूद है। उनकी कहानी प्यार, विवाह और पारिवारिक जीवन की सामान्य घटनाओं के इर्द-गिर्द आगे बढ़ती है, जिनमें तमाम कठिनाइयों के बावजूद वास्तविक खुशी और सार्थक जीवन शक्ल अख्तियार करते हैं। पूरे उपन्यास में लेविन मृत्यु के समक्ष जीवन के अर्थ जैसे दार्शनिक प्रश्नों से जूझता रहता है। इन प्रश्नों का कभी उत्तर नहीं मिलता है, लेकिन लेविन जब 'सही ढंग से' जीवन बिताते हुए अपने परिवार और दैनन्दिन कामों में लग जाता है, तो ये प्रश्न गायब हो जाते हैं। अपने सर्जक तोल्स्तोय की ही भाँति लेविन भी दार्शनिकों की चिन्तन-प्रणालियों को नकली तथा जीवन की जटिलताओं को पकड़ पाने में अक्षम मानता है।

लेकिन लेविन सिर्फ इतना ही नहीं है। तोल्स्तोय-साहित्य में वह बोल्कोंस्की, बेजुखोव *(युद्ध और शान्ति)* तथा नेख्लूदोव *(पुनरुत्थान)* की कतार का पात्र है जो जीवन की सार्थकता की तलाश में अपने सरोकारों के प्रति सजग होते हैं, अपने दायित्व तय करते हैं और लोक-जीवन से जुड़ने की कोशिश करते हैं। साथ ही, उपन्यास में लेविन किसानी यूटोपिया को स्वर देता है और भूदास-प्रथा को विस्थापित करनेवाले पूँजीवादी भूमि-सम्बन्धों की पड़ताल किसानी दृष्टि से करता है।

'आन्ना कारेनिना' के लेखन-काल तक तोल्स्तोय किसानों और 'अन्तरात्मा के मारे'

कुलीन भूस्वामियों के हितों के बीच समन्वय-समझौते की सम्भावनाओं के प्रति अपना विश्वास काफी हद तक खो चुके थे। 1860 के बुर्जुआ भूमि-सुधारों के नतीजों और उनसे जनता के व्यापक मोहभंग ने तोल्स्तोय को विश्वास दिला दिया कि आकस्मिक सामाजिक परिवर्तन पूरी तरह अनुपयोगी हैं। बुर्जुआ प्रगति के प्रभाव में पितृसत्तात्मक व्यवस्था के अवशेषों के ध्वंस को वे गहरी चिन्ता-परेशानी के साथ देख रहे थे। वे यह भी देख रहे थे कि मुद्रा के इर्दगिर्द जीवन को केन्द्रित कर देनेवाली बुर्जुआ प्रगति नैतिक मूल्यों को पतन की ओर धकेल रही है, पारिवारिक बन्धन कमजोर पड़ रहे हैं और अपनी पुश्तैनी खेती और जंगल धनिक रियाबिनियों को बेच देनेवाले ओब्लोन्स्की परिवार जैसे अव्यावहारिक और झक्की कुलीन तबाह हो रहे हैं।

अपना ऐतिहासिक आशावाद खोते हुए तोल्स्तोय परिवार में और पितृसत्तात्मक लोकाचारों में शरण और सम्बल ढूँढ़ रहे थे। जीवन में अर्थ की तलाश और अर्थव्यवस्था तथा समाज-व्यवस्था की बुनियादों को समझने की लेविन की सभी कोशिशें उसे एक बन्द गली के छोर पर ला खड़ा करती हैं। उसके तमाम व्यक्तिगत संकटों में पारिवारिक सुख उसके लिए मजबूत सहारे का काम करता है और बूढ़े किसान फोकानिच का यह मासूम-बचकाना विश्वास कि वह "अपनी आत्मा की प्रेरणाओं का अनुपालन करता है और ईश्वर को याद करता है।"

लेकिन कलाकार तोल्स्तोय और उनके यथार्थवाद की महानता इस बात में निहित है कि किसानी-धार्मिक यूटोपिया, पितृसत्तात्मकता के प्रति अतीतोन्मुख लगाव और तात्कालिक मोहभंग और निराशा के बावजूद, उन्होंने वास्तविक लोगों और वास्तविक चीजों को वहाँ और उसी रूप में देखा, जहाँ और जिस रूप में वे मौजूद थीं। सामन्ती अभिजातों के अनिवार्य पतन-विघटन की प्रक्रिया को रेखांकित करने के साथ ही बुर्जुआ समाज की मानव-द्रोही संस्कृति और अनैतिकता को उन्होंने एकदम साफ नजर से देखा जो पितृसत्तात्मक समाज के तमाम काव्यात्मक सम्बन्धों को आने-पाई के ठण्डे पानी में डुबो देती है। यह यथार्थवादी तस्वीर तोल्स्तोय के दार्शनिक-वैचारिक समाधान के पक्ष पर हावी हो जाती है। जहाँ तक तोल्स्तोय के दार्शनिक-वैचारिक समाधान के बचकानेपन का प्रश्न है, उसे बुर्जुआ किसान क्रान्ति के युग की वैचारिक सीमा और कमजोरी की कलात्मक प्रतिछवि के रूप में देखा जाना चाहिए।

आन्ना की कहानी के सूत्र लेविन की कहानी से आवयविक संश्लिष्टता के साथ अन्तर्सम्बद्ध हैं। आन्ना खुद को अपनी भावनाओं के सुपुर्द कर देती है, विवाह के बन्धन की अवहेलना करती है और नतीजतन, उस सबसे ऊँची अदालत में उसकी पेशी होती है, जिसका हवाला लेखक द्वारा इस सूक्ति में दिया गया है : *"प्रतिशोध मेरा है। मुझे ही चुकाना होगा।"* लेकिन इस अदालत के सामने आन्ना के मुक़दमे में, उसके व्यक्तित्व और उसके सामाजिक परिवेश की अनदेखी नहीं करनी होगी। नागरिक और धार्मिक विधि-संहिताओं तथा कुलीन समाज की नैतिकता के असंख्य अलिखित रिवाज़ों-परिपाटियों

के द्वारा विवाह की कथित पवित्रता की हिफ़ाज़त की जाती है, लेकिन ईमानदार भावनाओं-अनुभूतियों-कामनाओं का इनके लिए कोई मतलब नहीं। वे इन्हें बस कुचलने-रौंदने का ही काम करती हैं। ज़िन्दगी के लिए आन्ना की तड़प-भरी चाहत को कोई रास्ता नहीं मिलता और वह समाज के पाखण्ड की चट्टानी दीवार से जा टकराती है।

लेविन के जीवन और डॉली की नैतिक मान्यताओं के बरक्स आन्ना की त्रासदी को रखते हुए तोल्स्तोय अपनी रोमानी भावनाओं-कामनाओं के बहाव में बहकर जीने के बजाय पारिवारिक पितृसत्तात्मक संरचना के भीतर त्याग और सरोकार के आधार पर पनपने वाले 'वास्तविक प्यार' को स्थापित करना चाहते हैं, लेकिन आन्ना के अन्तर्जगत और बहिर्जगत का यथार्थ वस्तुपरक आधिकारिकता के साथ प्रस्तुत करते हुए वे एक बार फिर 'यथार्थवाद की विजय' का रास्ता साफ कर देते हैं। स्त्री की दोयम दर्जे की स्थिति वाली सामाजिक संरचना में विवाह और परिवार की संस्थाओं पर, तोल्स्तोय चाहें या न चाहें, प्रश्नचिह्न उठ खड़े होते हैं। समय की यात्रा तोल्स्तोयपंथी समाधान के यूटोपिया को जितना साफ करती जाती है, उतने ही ये प्रश्नचिह्न विकट होते जाते हैं।

स्त्री-प्रश्न पर तोल्स्तोय का चिन्तन और उसके अन्तर्विरोध अलग से अध्ययन का एक गम्भीर और दिलचस्प विषय है। इतिहास के लगभग उसी दौर में, रूस के महान क्रान्तिकारी जनवादी दार्शनिक **चेर्निशेव्स्की** ने स्त्रियों की पारिवारिक गुलामी से मुक्ति और सामाजिक जीवन में भागीदारी के साथ ही क्रान्तिकारी संघर्ष में भी उनकी भूमिका पर बल दिया। *'क्या करें'* उपन्यास में उन्होंने एक ऐसा स्त्री-चरित्र प्रस्तुत किया जिसने संकीर्ण पारिवारिक दायरे से मुक्त होकर अपनी स्वतंत्र सामाजिक-आर्थिक स्थिति बनायी थी और जो सामाजिक सक्रियताओं में भी संलग्न थी। इसी समय इंग्लैण्ड में **जॉन स्टुअर्ट** मिल की पुस्तक *'स्त्री की पराधीनता'* प्रकाशित हुई थी। फ्रांस में स्त्रियों की पारिवारिक गुलामी और सामाजिक असमानता की आलोचना करने वाले, लेखिका **जार्ज सांद** के उपन्यास कुछ दशक पहले ही छपकर चर्चित हो चुके थे। यही समय था जब **मार्क्स** और **एंगेल्स** ने परिवार की पुरुषवर्चस्ववादी संरचना पर सवाल उठाते हुए बुर्जुआ समाज में विवाह को *"संस्थाबद्ध वेश्यावृत्ति"* का नाम दिया था। अपनी दार्शनिक अवस्थिति के प्रतिगामी चरित्र के बावजूद महान मानवतावादी और यथार्थवादी कलाकार होने के नाते तोल्स्तोय ने (यूटोपियाई, अतीतोन्मुख समाधान सुझाने के बावजूद) परिवार और समाज में घुटती-पिसती स्त्री के यातनामय अन्तर्जगत और बहिर्जगत को वास्तविक रूप में यों चित्रित किया कि निरूपित स्थितियों के भीतर से परिवार और विवाह की पुरुषवर्चस्ववादी संरचना को कठघरे में खड़ा कर देनेवाले प्रश्नचिह्न उभर आये। आगे चलकर, *'पुनरुत्थान'* उपन्यास में भी, हालाँकि मूल कथा नेख्लूदोव के चरित्र के आत्मिक विकास के इर्द-गिर्द आगे बढ़ती है, लेकिन कात्यूशा का जीवन स्त्री-प्रश्न का एक नया आयाम प्रस्तुत करने लगता है।

'आन्ना कारेनिना' का दायरा हालाँकि *'युद्ध और शान्ति'* की अपेक्षा संकुचित है, लेकिन इस उपन्यास के चरित्र अधिक जटिल हैं। वे अधिक संवेदनशील प्रतीत होते हैं

और उनके आन्तरिक तनाव और चिन्ताएँ उपन्यास में समग्र जीवन की अनिश्चितता और अस्थायित्व के परिवेश को परावर्तित करती हैं। *'युद्ध और शान्ति'* की अपेक्षा चरित्रों के आन्तरिक जीवन का चित्रण भी यहाँ अधिक परिष्कृत और संश्लिष्ट रूप में हुआ है। अपनी पूर्ववर्ती रचनाओं में भी तोल्स्तोय ने नायक की आत्मा के भीतर चल रहे संघर्ष को आन्तरिक एकालाप की युक्ति के माध्यम से दर्शाया है तथा मनोवैज्ञानिक स्थितियों को दर्शाने के लिए ऊपरी तौर पर अप्रासंगिक लगनेवाले वर्णनों-विवरणों को प्रस्तुत करने की युक्ति अपनायी है, लेकिन *'आन्ना कारेनिना'* में प्यार, मोहभंग, ईर्ष्या, निराशा, आत्मिक-प्रबोधन आदि की परिष्कृत अभिव्यक्ति के लिए उपरोक्त प्रविधियों का अधिक दक्ष और अधिक कलात्मक इस्तेमाल किया गया है।

'आन्ना कारेनिना' एक हद तक आत्मकथात्मक उपन्यास भी है। इसे लिखते हुए तोल्स्तोय अपने समय और अपने खुद के जीवन के बारे में स्वयं ही स्पष्ट होने की प्रक्रिया से गुजर रहे थे। उपन्यास में जिन समस्याओं को उठाने और हल करने की कोशिश की गयी थी, उनके प्रति तोल्स्तोय के सरोकार ने 1870 के दशक के अन्त में उन्हें एक नये विचारधारात्मक संकट के भँवर में धकेल दिया और पितृसत्तात्मक किसानी नजरिये के प्रति उनकी पक्षधरता भी संकटग्रस्त हो गयी।

1880 और 1890 के दशक तक तोल्स्तोय की विचार-यात्रा उस दौर में प्रविष्ट हो चुकी थी जहाँ वे तत्कालीन व्यवस्था और उसकी समस्त सामाजिक एवं नैतिक आधारशिलाओं को खारिज करने लगे थे। जैसाकि लेनिन ने लिखा था : *"मानवता की मुक्ति के लिए नया रामबाण खोज लेनेवाले पैगम्बर के रूप में तोल्स्तोय बेतुके हैं...बुर्जुआ क्रान्ति के समय लाखों रूसी किसानों के बीच उभरने वाले विचारों और भावनाओं के प्रवक्ता के रूप में तोल्स्तोय महान हैं।"*

तोल्स्तोय का नया विश्व-दृष्टिकोण *'एक आत्मस्वीकृति'* (1979-80, 1884 में प्रकाशित) और *'जो मेरा विश्वास है'* (1982-84) नामक कृतियों में सम्पूर्णता के साथ अभिव्यक्त हुआ है। तोल्स्तोय की यह धारणा पक्की हो चुकी थी कि समाज के ऊँचे तबके के कुलीनों का जीवन झूठा, नकली और पाखण्डपूर्ण है। अपरिहार्य मृत्यु के सामने, जीवन के मिथ्याभिमानी आडम्बर के बारे में उनके नये बोध ने उनके धार्मिक विश्वासों को और अधिक मजबूत बनाया। समाज के जीवन के बारे में उनके नतीजे भी उतने ही फैसलाकुन थे। अतीत में वे प्रगति की भौतिकवादी और प्रत्यक्षवादी सिद्धान्तों की आलोचना करते हुए चेतना की अकृत्रिम निष्कपटता की वकालत किया करते थे। अब वे राज्य और राज्य-प्रायोजित चर्च के साथ ही अपने खुद के वर्ग (उच्चकुलीन भूस्वामी) की जीवन-शैली और विशेषाधिकारों की भी तीखी आलोचनाएँ करने लगे थे तथा भूदासता, भौतिकवाद और नौकरशाही से पैदा होनेवाली सामाजिक-नैतिक-आत्मिक विकृतियों को

हमलों का निशाना बनाने लगे थे।

समाज के बारे में तोल्स्तोय की यह नयी दृष्टि उनके नैतिक और धार्मिक दर्शन के साथ गुँथी-बुनी हुई थी। उनके चिन्तन का धार्मिक पक्ष अपने समग्र रूप में *'मताग्रही धर्मशास्त्र की पड़ताल'* (1879-80) और *'चार सुसमाचारों का एकीकरण और अनुवाद'* (1880-81) के रूप में सामने आया और तोल्स्तोयपंथ की बुनियाद बना जिसे लेनिन ने तोल्स्तोय के चिन्तन का सबसे पिछड़ा हुआ पहलू बताया है। तोल्स्तोय का विचार था कि जनता को प्यार और पारस्परिक क्षमा-भाव की सार्वभौमिक स्पिरिट से ऐक्यबद्ध करने के लिए ईसाइयत को अपने पुनर्नवीकृत रूप में युगों पुरानी विकृतियों और भोंड़े चर्च-अनुष्ठानों से मुक्त होना होगा। गौरतलब है कि धर्म के सामन्तवादी और पूँजीवादी संस्करणों की मूल भावना से बेमेल होने के कारण स्थापित धर्मों के लिए तोल्स्तोय के धार्मिक विचार नास्तिकता और भौतिकवाद जैसे ही 'भयानक' बने रहे। अपने इन विचारों के गहन अन्तर्विरोधों को तोल्स्तोय जीवनपर्यंत नहीं सुलझा पाये और एक सम्प्रदाय के रूप में तोल्स्तोयपंथ जल्दी ही अप्रासंगिक हो गया, लेकिन तोल्स्तोय के मानवतावाद और यथार्थवाद की चमक आज तक कायम है। सामाजिक बुराइयों की आलोचना करते हुए भी तोल्स्तोय उनके प्रति निष्क्रिय अप्रतिरोध की नीति अपनाने की वकालत करते थे। उनका मानना था कि बुराइयों का प्रतिकार बल द्वारा नहीं किया जाना चाहिए, बल्कि उन्हें जनता की नजरों के सामने उजागर किया जाना चाहिए और सत्ता के प्रति निष्क्रिय अवज्ञा का रुख अपनाया जाना चाहिए। उनका विश्वास था कि नैतिक-आत्मिक शुद्धता प्राप्त करने के असंख्य व्यक्तियों के अनगिन प्रयासों के जरिये व्यक्ति और मानवता का पुनर्नवीकरण होता है। इसलिए वे राजनीतिक संघर्षों और क्रान्तिकारी उभारों के महत्त्व से इनकार करते हैं।

1880 के दशक में, साहित्यिक रचनात्मकता और अपने पुराने कृतित्व को 'कुलीनों के शगल' के रूप में खारिज करते हुए तोल्स्तोय शारीरिक श्रम पर आधारित सादगी-भरे जीवन पर जोर देने लगे, खेत जोतने लगे, अपने जूते भी खुद बनाने लगे और शाकाहारी हो गये। इस दौरान, स्वयं अपने परिवार की जीवन-शैली के प्रति उनका असन्तोष गहराता चला गया। *'तब हमें क्या करना चाहिए'* (1882-86) और *'हमारे समय की गुलामी'* (1899-1900) नामक प्रचारपरक कृतियों में उन्होंने बुर्जुआ सभ्यता की बुराइयों की तीखी आलोचना करते हुए, समाधान के तौर पर, नैतिक एवं धार्मिक आत्मविकास की यूटोपियाई अपीलें कीं।

साहित्य-सर्जना से तोल्स्तोय, घोषणाएँ करने के बावजूद, खुद को कभी दूर नहीं कर पाये। एक धार्मिक-दार्शनिक के रूप में जीवन की समस्याओं के खुद द्वारा प्रस्तुत समाधानों के प्रति उनका जो असन्तोष-अविश्वास अन्तस्तल के अँधेरे कोनों में गहरे पैठा रहता था, शायद यथार्थवादी कलाकार तोल्स्तोय उन्हें कुरेदकर बाहर लाता था और जीवन को यथातथ्यतः प्रस्तुत करने पर बल देता था ताकि इतिहास-प्रवाह समाधानों को अपनी

स्वचलित आन्तरिक गति से अवक्षेपित कर सके।

1880 के बाद का तोल्स्तोय का साहित्यिक लेखन प्रकरण-केन्द्रिक चरित्र वाला और नैतिक निदेशनों से भरपूर है। लेकिन इनमें तोल्स्तोय का आलोचनात्मक यथार्थवादी स्वर भी पहले की अपेक्षा अधिक प्रखर रूप में सामने आया है। वे अन्यायपूर्ण अदालतों, विवाह की संस्था, भूस्वामित्व और चर्च पर सीधे हमला करते हैं और पाठकों की अन्तरात्मा, तर्कणा तथा आत्मसम्मान-बोध से भावाकुल अपीलें करते हैं।

अपने दो प्रसिद्ध लघु उपन्यासों *'इवान इलिच की मौत* (1886) और *'क्रूज़र सोनाटा'* (1889) में तोल्स्तोय मुख्यतः अभिजातों के जीवन के खोखलेपन और पाखण्ड को उजागर करते हैं। *'इवान इलिच की मौत'* एक सामान्य आदमी की कहानी है जिसे मौत की दहलीज पर अपने व्यतीत जीवन की निरर्थकता का अहसास होता है। इवान इलिच के जीवन के अन्तिम क्षणों की अनुभूति धार्मिक मुक्ति विषयक तोल्स्तोय की अवधारणा को प्रस्तुत करती है, लेकिन इन मिथ्याभासों के ऊपर रचना का गम्भीर मनोवैज्ञानिक यथार्थवाद हावी है। अगली दो उपन्यासिकाओं *'क्रूज़र सोनाटा'* और *'शैतान'* (1889-90, 1911 में प्रकाशित) में ऐन्द्रिक प्यार और वासना के विरुद्ध संघर्ष को विषय बनाया गया है और निःस्वार्थ प्यार के ईसाई सिद्धान्त की वकालत की गयी है, लेकिन यहाँ भी तोल्स्तोय के धर्मोपदेश के पहलू पर वस्तुस्थिति का आलोचनात्मक यथार्थवादी चित्रण हावी है।

व्यापक आम जनता तक पहुँच के लिए अधिक सम्प्रेषणीय और सरल भाषा में लिखने की जरूरत तोल्स्तोय लम्बे समय से महसूस कर रहे थे। इसे मूर्त रूप देते हुए 1880 और 1890 के दशक में उन्होंने *'लोग कैसे ज़िन्दा रहते हैं', 'मोमबत्ती', 'दो बूढ़े आदमी'* और *'एक आदमी को कितनी जमीन चाहिए?'* जैसी लोककथानुमा नीतिकथाएँ तथा *'मालिक और आदमी'* जैसी कहानी लिखी।

1880 के दशक में तोल्स्तोय ने नाटक के क्षेत्र में भी कुछ गम्भीर काम किया। 1887 में प्रकाशित प्रयोगपरक नाटक *'अन्धकार की शक्ति'* लोक-शैली में लिखा गया है जो गाँवों पर शहरी सभ्यता के दुष्प्रभावों का यथार्थवादी चित्रण प्रस्तुत करता है। दूसरा नाटक *'प्रबोधन के फल'* (1886-90, 1891 में प्रकाशित) एक कामदी है जिसमें एक जागीर के निठल्ले मालिकों की नैतिकता, उनके झक्कीपन, सनक और समय बिताने के तौर-तरीकों को प्रस्तुत किया गया है जो किसानों की निर्धनता और कठिन जीवन की पृष्ठभूमि में भद्दे-अश्लील और अपमानजनक प्रतीत होते हैं।

1890 के दशक में तोल्स्तोय ने कला और सौन्दर्यशास्त्र विषयक अपने विचारों को सूत्रबद्ध करते हुए उनका सैद्धान्तिकीकरण करने की कोशिश की। उन्होंने पतनशील कला के बरक्स उस कला को खड़ा किया जिसकी अन्तर्वस्तु गम्भीर हो तथा जिसके उच्च-उदात्त नैतिक-धार्मिक आदर्श हों। अपने प्रसिद्ध निबन्ध *'कला क्या है'* (1897-98) में उन्होंने कला के द्वारा अनुप्रेरण या संसर्गात्मक प्रभाव का सिद्धान्त विकसित किया जिसके

अनुसार, कला में, लेखक या कलाकार पंक्तियों, ध्वनियों, रंगों और बिम्बों के माध्यम से अपनी अनुभूतियों को संचरित-संक्रमित करता है और पाठक-दर्शक-श्रोता तक सम्प्रेषित ये अनुभूतियाँ उसके अपने भावनात्मक अनुभव का आधार बन जाती हैं। तोल्स्तोय के अनुसार, *"कला की मुख्य महत्ता यह है कि यह जनता को ऐक्यबद्ध करती है।"*

1884 में तोल्स्तोय के अनुयायी और मित्र चेर्तकोव और गोर्बुनोव-पोसादोव ने आम लोगों तक तोल्स्तोयपंथी विचारों को पहुँचाने के लिए एक प्रकाशन गृह खोला जिसमें उन्होंने भरपूर मदद की। रूस में कठोर सेंसरशिप के कारण तोल्स्तोय की बहुतेरी किताबें जेनेवा और लन्दन से छपीं। 1891, 1893 और 1894 में तोल्स्तोय ने रूस के अकाल-पीड़ित राज्यों में किसानों के लिए राहतकार्य संगठित करने में हिस्सा लिया। अलेक्सान्द्र तृतीय और निकोलस द्वितीय को लिखे गये अपने पत्रों में उन्होंने निरंकुश स्वेच्छाचारी दमन और सत्ता के मनमानेपन के विरुद्ध अपना विरोध मुखर रूप में प्रकट किया।

1890 के दशक तक यास्नाया पोल्याना न सिर्फ रूसी, बल्कि पूरी दुनिया के साहित्यकारों- संस्कृतिकर्मियों के लिए एक तीर्थस्थल बन चुका था।

पुनरुत्थान

1890 के दशक में तोल्स्तोय की प्रमुख रचना उनका तीसरा विश्वविख्यात उपन्यास *'पुनरुत्थान'* (1889-99) है जिसका प्लॉट एक वास्तविक मुक़दमे पर आधारित है। उपन्यास का नायक एक कुलीन जागीरदार द्मीत्री नेख्लूदोव है जो कात्यूशा मास्लोवा नामक एक वेश्या पर चलाये जानेवाले मुक़दमे में जूरी का सदस्य है। वह कात्यूशा को सहसा पहचान लेता है। कभी वह एक मासूम गरीब लड़की के रूप में नेख्लूदोव की जागीर में लायी गयी थी और नेख्लूदोव ने उसका यौन-शोषण किया था। नेख्लूदोव कात्यूशा की जिन्दगी को पतन की राह पर धकेलने के लिए स्वयं को जिम्मेदार महसूस करता है और उसकी अन्तरात्मा उसे धिक्कारने लगती है। कात्यूशा को जब साइबेरिया-निर्वासन का दण्ड मिल जाता है तो नेख्लूदोव अपनी आराम की जिन्दगी छोड़कर उसके पीछे जाने का, और यदि वह राजी हो तो उससे शादी करने का फैसला करता है। उपन्यास के एक महत्त्वपूर्ण संवाद में कात्यूशा नेख्लूदोव को फटकार लगाती है कि एक बार तो उसने उसे आनन्दोपभोग के लिए इस्तेमाल किया और अब उसी के जरिए अपनी मुक्ति चाहता है। वह शादी से इनकार कर देती है। इस पूरी प्रक्रिया में, तोल्स्तोय का आविष्कार कात्यूशा के आन्तरिक पुनरुत्थान की गाथा है। साथ ही प्रिन्स नेख्लूदोव का भी एक तरह का नैतिक पुनर्जन्म होता है। *'पुनरुत्थान'* एक नये प्रकार का उपन्यास था जिसमें पात्रों के गहन आत्मसंघर्ष और रूपान्तरण के साथ ही, सेण्ट पीटर्सबर्ग के दरबार के लोगों और ग्रामीण कुलीनों से लेकर किसानों, कैदियों और साइबेरिया- निर्वासन पर जा रहे कैदियों के चरित्रों के माध्यम से तत्कालीन रूस के समूचे, वैविध्यपूर्ण सामाजिक

परिदृश्य को एक इतिहासकार-सदृश वस्तुपरकता और आधिकारिकता के साथ उपस्थित कर दिया गया है। कात्यूशा का मुकदमा और उसमें जूरी सदस्य के रूप में नेख्लूदोव की उपस्थिति सामाजिक अन्याय पर आधारित जीवन की निरर्थकता और न्यायतंत्र की कुरूपता को एकदम नंगा कर देती है।

'पुनरुत्थान' में तोल्स्तोय सरकार, न्यायालय, चर्च, कुलीन भूस्वामियों के विशेषाधिकारों, भूमि के निजी स्वामित्व, मुद्रा, जेलों और वेश्यावृत्ति की मर्मभेदी आलोचना करते हैं। धनी और शक्तिशाली लोगों द्वारा उत्पीड़ित निम्न वर्गों के प्रति सहानुभूति-प्रदर्शन पर उपन्यास तीखा व्यंग्य करता है। किसानों, क्रान्तिकारियों और निर्वासित अपराधियों सहित सामान्य जनसमुदाय का चित्रण करते हुए तोल्स्तोय का जोर इस बात पर है कि उत्पीड़न और अधिकारहीनता ने आम जन की आत्मिक शक्तियों को पंगु बना डाला है। *'पुनरुत्थान'* में चर्च के अनुष्ठानों को हमले का निशाना बनाने के कारण 1901 में रूसी आर्थोडाक्स चर्च की 'पवित्र धर्मसभा' ने तोल्स्तोय को पंथ-बहिष्कृत कर दिया।

बीसवीं शताब्दी की दहलीज पर, समाज में जिस बढ़ते-गहराते अलगाव के तोल्स्तोय साक्षी हो रहे थे, उसने उनकी व्यक्तिगत और नैतिक जिम्मेदारियों और सामाजिक चिन्ताओं-सरोकारों को और अधिक गहन-गम्भीर बनाने का काम किया। इस प्रक्रिया ने सघन आन्तरिक सन्ताप, प्रबोधन या ज्ञानप्राप्ति की अवधियों और नैतिक संकटों से गुजरने के बाद तोल्स्तोय को वहाँ पहुँचा दिया जहाँ वे अपने परिवेश से ही बेगाने हो गये। जीवन के विभिन्न दायरों से साक्षात्कार कराती घटनाओं की शृंखला का प्रयोग और नायकों के नये टाइपों का सृजन–तोल्स्तोय की इस दौर की रचनाओं की अभिलाक्षणिक विशिष्टता है। इसके प्रतिनिधि उदाहरण *'पुनरुत्थान'* के अतिरिक्त *हाजी मुराद* (1896-1904, 1912 में प्रकाशित), *नकली कूपन* (1902-1904, 1911 में प्रकाशित) और असमाप्त कथा *'कोई व्यक्ति दोषी नहीं'* (1911 में प्रकाशित) हैं।

इस दौर की तोल्स्तोय की कुछ अन्य रचनाओं के प्लॉट पूर्व-धारणाओं के परित्याग, आकस्मिक और जबर्दस्त व्यक्तिगत संकट और एक नये विश्वास की ओर झुकाव जैसी घटनाओं और प्रवृत्तियों से गुँथे-बुने हैं। *'फादर सेर्जियस'* (1890-98, 1912 में प्रकाशित), *'सजीव मुर्दा'* (1900, 1911 में प्रकाशित), *'नाच के बाद'* (1903, 1911 में प्रकाशित) और *'बड़ेफेदोर कुजमिच की मरणोपरान्त प्रकाशित टिप्पणियाँ'* (1905-1912 में प्रकाशित) ऐसी रचनाओं के प्रतिनिधि उदाहरण हैं।

'हाजी मुराद' उपन्यासिका और *'सजीव मुर्दा'* नाटक तोल्स्तोय के जीवन के संध्याकाल की आखिरी महत्त्वपूर्ण रचनाएँ मानी जा सकती हैं। 'हाजी मुराद' में तोल्स्तोय एक काकेशियन नेता शमील और निकोलस प्रथम की स्वेच्छाचारी निरंकुशता की समान तीक्ष्णता के साथ आलोचना करते हैं और अपनी प्रारम्भिक उपन्यासिका 'कज्जाक' की ही तरह प्राकृतिक मनुष्य की नैसर्गिकता और शुद्धता पर बल देते हैं। उल्लेखनीय है कि इस रचना में निष्क्रिय अप्रतिरोध के अपने ही सिद्धान्त के खिलाफ खड़े होते हुए तोल्स्तोय

जीवन के प्रति प्यार के साथ ही साहसिक संघर्ष और प्रतिरोध की गरिमा को भी महिमामण्डित करते हैं। *'सजीव मुर्दा'* एक प्रयोगात्मक नाट्य-कृति है जो फेदिया प्रोतासोव द्वारा अपने परिवार और अपने परिवेश के परित्याग की कहानी है, जहाँ रहने में उसे शर्म महसूस होने लगी है। 'सबटेक्स्चुअल' मनोवैज्ञानिक स्तर पर और बहुस्तरीय संवाद के सन्दर्भ में इस नाटक की चेखव के नाटकों के साथ कुछ समानताएँ लक्षित की जा सकती हैं।

अपने जीवन के अन्तिम दशक के दौरान तोल्स्तोय साहित्यिक यथार्थवाद की मुखर पक्षधरता के साथ ही पतनशील बुर्जुआ कलात्मक प्रवृत्तियों-रुझानों का मुखर विरोध कर रहे थे। रूसी साहित्य के वे निर्विवाद शीर्षस्थ व्यक्तित्व थे। **कोरोलेंको, चेखव, गोर्की** आदि से उनके अन्तरंग भावनात्मक सम्बन्ध थे। विभिन्न सामाजिक-राजनीतिक मुद्दों पर अपील जारी करने और लेख लिखने जैसी उनकी प्रचारपरक गतिविधियाँ लगातार जारी थीं।

तोल्स्तोयपंथ जब एक विश्वविख्यात सिद्धान्त के रूप में स्थापित हो रहा था, तब तक स्वयं तोल्स्तोय ही उसकी सार्थकता और तर्कसंगति के बारे में संशय प्रकट करने लगे थे। 1905-07 की रूसी क्रान्ति की ओर अग्रसर घटना-प्रवाह उनके पितृसत्तात्मक आदर्शों के लिए निर्णायक परीक्षा का समय था। 1908 में मृत्युदण्ड के विरुद्ध जोरदार शब्दों में विरोध प्रकट करते हुए उन्होंने अपना विश्व-प्रसिद्ध लेख लिखा था : *'मैं चुप नहीं रह सकता।'*

यास्नाया पोल्याना में अपने जीवन के अन्तिम वर्षों में तोल्स्तोय भी कुछ-कुछ अपने नाटक *'सजीव मुर्दा'* के नायक फेदिया प्रोतासोव जैसा ही महसूस करने लगे थे। गहराते पारिवारिक कलह में एक ओर उनकी पत्नी थीं, दूसरी ओर शेष तोल्स्तोय परिवार। जागीर में जिन्दगी के इस ढर्रे से तंग आकर और अपने विश्वासों के साथ अपनी जीवन-शैली की संगति बैठाने के उद्देश्य से तोल्स्तोय ने 10 नवम्बर (पुराने कैलेण्डर से 28 अक्टूबर), 1910 को गुप्त रूप से यास्नाया पोल्याना छोड़ दिया। यात्रा के दौरान ठण्ड लग जाने से वे बीमार पड़ गये और 20 नवम्बर (पुराने कैलेण्डर के अनुसार, 7 नवम्बर), 1910 को अस्तापोवो रेलवे स्टेशन पर स्टेशन मास्टर के घर में उनका निधन हो गया।

तोल्स्तोय के निधन के बाद लिखे गये अपने लेख में लेनिन ने लिखा था कि तोल्स्तोय *"इतनी अधिक संख्या में महान समस्याओं को उठाने में सफल रहे और कलात्मक शक्ति की ऐसी ऊँचाइयों तक ऊपर उठने में सफल रहे कि उनका कृतित्व विश्व-साहित्य के महानतम की कोटि में शामिल हो गया।"*

तोल्स्तोय ने यूरोपीय मानवतावाद और विश्व साहित्य में यथार्थवादी धारा के विकास

को बहुत बड़े पैमाने पर प्रभावित किया। **रोम्या रोलाँ, फ्रांस्वा मौरियाक, रोझा मारतन दि गार** (फ्रांस), **अर्नेस्ट हेमिंग्वे, थॉमस वुल्फ़** (अमेरिका), **जॉर्ज बर्नार्ड शॉ, जॉन गाल्सवर्दी** (ब्रिटेन), **थॉमस मान, आना ज़ेगर्स** (जर्मनी), **यूहान ओग्यूस्त स्ट्रिण्डबर्ग** (स्वीडन), **रेनर मारिया रिल्के** (आस्ट्रिया), **लाओ श** (चीन) और **तोकुतोमी रोका** (जापान) आदि दर्ज़नों प्रसिद्ध लेखकों को तोल्स्तोय ने विचार और कलात्मक यथार्थवादी शैली के धरातल पर प्रभावित किया।

तोल्स्तोय का कृतित्व रूस में और पूरी दुनिया में, यथार्थवाद के विकास की एक नयी मंज़िल का द्योतक है। यह उन्नीसवीं शताब्दी के परम्परागत उपन्यास और बीसवीं शताब्दी के साहित्य को जोड़ने वाली कड़ी है। तोल्स्तोय के यथार्थवाद की अद्वितीय स्वयंस्फूर्तता और प्रत्यक्षता सामाजिक अन्तर्विरोधों को उद्घाटित करनेवाले कुशाग्र उपकरणों का काम करती हैं। तत्काल प्रभावित करनेवाली भावनात्मक अपील और जीवन के रग-रेशे की सजीव प्रस्तुति के साथ सूक्ष्म-सटीक, अन्तर्भेदी बौद्धिक शक्ति और गम्भीर मनोवैज्ञानिक विश्लेषण का सम्मिलन तोल्स्तोय की कला की अभिलाक्षणिक विशिष्टता है। विश्व और मानव-जीवन को संचालित करनेवाले नियमों की समाकलित समझ तक पहुँचने के लिए तोल्स्तोय का सप्राण-ओजस्वी यथार्थवाद विश्लेषण और संश्लेषण में कुशल द्वन्द्वात्मक समन्वय स्थापित करता है।

तोल्स्तोय के यथार्थवाद ने रूसी राष्ट्रीय परम्पराओं से खाद-पानी लिया था और फिर उसे समृद्ध करते हुए अपना कर्ज मय ब्याज के उतार दिया था, पर राष्ट्रीय से कहीं अधिक इसका दायरा और स्कोप सार्वभौमिक है।

स्थापित विचारों और पूर्वग्रहों में तोल्स्तोय को कोई विश्वास नहीं था। कुछ भी उनके लिए सन्देह से परे नहीं था, प्रश्नोपरि कुछ भी नहीं था। उन्होंने जीवन के हर पहलू की, नये सिरे से और अपने ढंग से जाँच-पड़ताल की। हर तरह के साहित्यिक 'स्टीरियोटाइपों' को अस्वीकार करते हुए उन्होंने जो खुद देखा, समझा और सहजानुभूत बोध से अर्जित किया, उसी को रचना के यथार्थ में ढाला। लोगों के आन्तरिक जीवन, स्वप्नों-आकांक्षाओं और अन्तरात्मा की टीसों को जान लेने की उनकी क्षमता असाधारण थी। दैनन्दिन जीवन और इतिहास से लिये गये दृश्यों की वैविध्यमय पुनर्रचना के मामले में वे अद्वितीय थे।

यथार्थवाद की धारा को इक्कीसवीं सदी में भी आगे जाने के लिए तोल्स्तोय से अभी काफी कुछ लेना है और पहले का भी उनका काफी कर्ज है जो चुकाना है। समकालीन जीवन के संश्लिष्ट यथार्थ की वस्तुगत प्रस्तुति के द्वारा ही, भविष्य और वर्तमान के वास्तविक पात्रों को उनके वास्तविक स्थान पर दिखाकर ही, विगत के कर्ज को उतारा जा सकता है।

—कात्यायनी

सत्यम

पुनरुत्थान

पहला भाग

मत्ती, अध्याय 18, पद 21।

तब पतरस ने पास आकर, उससे कहा, हे प्रभु, यदि मेरा भाई अपराध करता रहे, तो मैं कितनी बार उसे क्षमा करूँ, क्या सात बार तक ? 22 यीशु ने उससे कहा, मैं तुझसे यह नहीं कहता, कि सात बार, वरन सात बार के सत्तर गुने तक।

मत्ती, अध्याय, 7, पद 3।

तू क्यों
अपने भाई की आँख के तिनके को देखता है, और अपनी आँख का लट्ठा तुझे नहीं सूझता ?

यूमन्ना, अध्याय 8, पद 7।

...तुममें
जो निष्पाप हो, वही पहले उसको पत्थर मारे।

लूका, अध्याय 6, पद 40।

चेला
अपने गुरु से बड़ा नहीं, परन्तु जो कोई सिद्ध होगा, वह अपने गुरु के समान होगा।

1

धरती के एक छोटे-से टुकड़े पर रहनेवाले लाखों इन्सानों ने उसे कलुषित करने में कोई कसर नहीं छोड़ी थी। पत्थरों से उस पर फ़र्श बाँधे, कहीं हरियाली की कोंपल भी फूटती हुई देखी तो उसे उखाड़ फेंका, पेड़ों की शाखें काट डालीं, पशु-पक्षियों को मार भगाया, और वातावरण को कोयले और तेल के विषैले धुएँ से भर दिया। फिर भी शहर में भी वसन्त तो आख़िर वसन्त ही था ! धूप खिली थी, जगह-जगह घास उगने लगी थी। हरी-हरी घास सड़कों के किनारे बने लॉनों पर ही नहीं, पटरी की सिलों के बीच-बीच भी दिख रही थी। बर्च, पॉप्लर तथा बर्ड-चेरी के वृक्षों पर चिपचिपी, महक भरी कोंपलें फूटने लगीं, लाइम वृक्षों पर कलियाँ चिटकने लगीं। वसन्त की हिलोर में चहचहाते पक्षी–चिड़ियाँ, कबूतर, कौवे–तिनके बटोर-बटोरकर अपने नीड़ बनाने लगे। और सूरज की सुहावनी धूप में अलसाई मक्खियाँ दीवारों पर भनभनाने लगीं। सभी ख़ुश थे : पेड़-पौधे, पक्षी, कीट-पतंग, बच्चे। परन्तु लोगों ने, वयस्क पुरुषों और स्त्रियों ने, अपने को तथा एक दूसरे को ठगना और यातनाएँ पहुँचाना नहीं छोड़ा। उनकी नज़रों में वसन्त की इस प्रातः का कोई महत्व न था, उसकी पवित्रता को वे अनुभव नहीं कर रहे थे। भगवान की सृष्टि का सौन्दर्य वे नहीं देख रहे थे। यह सौन्दर्य सभी जीवों के लिए आनन्द का स्रोत है, इससे हृदय में शान्ति, प्रेम तथा सद्भावना का संचार होता है। परन्तु लोगों के लिए अगर किसी चीज़ का महत्व था, अगर कुछ पवित्र था, तो ये थीं वे तरक़ीबें, जो उन्होंने एक दूसरे पर हुक्म चलाने को निकाल रखीं थीं।

इसी तरह, प्रादेशिक जेल के दफ़्तर में भी वसन्त के पुण्यागमन को कोई महत्व नहीं मिला। किसी ने यह नहीं सोचा कि यह मनुष्य तथा पशु-पक्षियों के लिए वरदान है, आनन्द का स्रोत है। उनकी नज़रों में यदि किसी चीज़ का महत्व था तो उस काग़ज़ का जो इस जेल में एक दिन पहले भेजा गया था। काग़ज़ पर बकायदा सरकारी मोहर लगी थी, और उसे रजिस्टर में दर्ज कर लिया गया था। उसमें लिखा था कि आज 28 अप्रैल के दिन, प्रातः 9 बजे तीन क़ैदियों को अदालत-सुपुर्द कर दिया जाए। इन तीन क़ैदियों में एक आदमी और दो स्त्रियाँ थीं। हुक्म था कि इन दो में से एक स्त्री को–जो सबसे बड़ी मुज़रिम करार दी गई थी–औरों से अलग पहुँचाया जाए। इसीलिए आज 28 अप्रैल के दिन, प्रातः 8 बजे, जेल का बड़ा जमादार जेल में औरतों की बैरक में दाख़िल हुआ। अँधेरे गलियारे में बदबू से नाक फटती थी। उसके पीछे-पीछे एक औरत चली आ रही थी, चेहरे पर यातना के चिन्ह और सिर पर सफ़ेद, घुँघराले बाल। उसने वर्दी पहन रखी थी जिसकी आस्तीनों पर सुनहरी डोरी और पेटी पर नीले रंग की मगजी लगी थी। यह औरतों की बैरक की जमादारिन थी।

"मास्लोवा को ले जाना है ?" उसने पूछा। बड़ा जमादार और वह एक कोठरी के पास पहुँच गए थे, जिसका दरवाज़ा अँधेरे गलियारे में खुलता था।

जमादार ने लोहे के ताले को खड़काते हुए कोठरी का दरवाज़ा खोला और चिल्लाकर बोला–

"मास्लोवा, अदालत के लिए तैयार हो !"

कोठरी के अन्दर से गन्दी हवा का झोंका आया जो गलियारे की बदबू से भी ज़्यादा तीखी थी। पुकार लगाने के बाद जमादार ने दरवाज़ा बन्द कर दिया।

जेल के आँगन तक में हवा में ताज़गी थी। प्रातः समीर के स्वच्छ, जीवनदायी झोंके खेतों की ओर से बहते चले आए थे। परन्तु गलियारे में दम घुटता था। यहाँ की हवा तपेदिक़ के कीटाणुओं से, मल-मूत्र, कोलतार तथा सड़न की गन्ध से भरी थी। जो कोई नया आदमी यहाँ आता, खिन्न और हताश हो जाता था। यह जमादारिन भी, जो रोज़ इस बदबू में काम करती थी, यहाँ आकर थकी-थकी और उनींदी महसूस करने लगी थी। कोठरी के अन्दर हलचल हुई। औरतों के बतियाने और फ़र्श पर नंगे पैर पड़ने की आवाज़ें आने लगीं।

''जल्दी करो !'' बड़ा जमादार चिल्लाया।

मिनट, दो मिनट बाद एक मँझले क़द की युवा स्त्री जल्दी से दरवाज़े में से निकली और जमादार के पास जा खड़ी हुई। उसका वक्ष उभरा हुआ था। वह सफ़ेद रंग की जॉकेट और घाघरा पहने थी और ऊपर भूरे रंग का चोग़ा डाले थी। पैरों में सूती मोज़े और जेल के जूते थे। सिर पर उसने सफ़ेद रूमाल बाँध रखा था जिसके नीचे से काले-काले बालों की कुछेक कुंडलियाँ निकल आई थीं। जान पड़ता था जैसे जान-बूझकर उन्हें माथे पर सजाया गया हो। युवा स्त्री का चेहरा पीला था। यह वह पीलापन था, जो लम्बे समय तक अँधेरी कोठरी में बन्द पड़े रहने के कारण लोगों के चेहरे पर आ जाता है और जिसे देखकर अनजाने में ही उन आलुओं की याद हो आती है जिन पर तहख़ाने में ही पड़े-पड़े कल्ले फूट आते हैं। हाथों और गरदन का रंग भी सफ़ेद पड़ गया था। हाथ छोटे-छोटे मगर चौड़े थे। गरदन सुडौल थी, जो चोग़े के चौड़े कॉलर के नीचे से दिख रही थी। पीले चेहरे पर गहरी काली चमकदार, थोड़ी सूजी हुई, किन्तु चंचल आँखें आकर्षित और विस्मित करती थीं। एक आँख कुछ तिरछे देखती थी। वह चलती तो तनकर, सीधी, जिससे उसकी छातियाँ और भी उभर आतीं। सिर को ज़रा-सा पीछे किए हुए, वह गलियारे में जमादार के ऐन सामने आ खड़ी हुई और सीधे उसकी आँखों में देखने लगी, मानो हुक्म बजा लाने के लिए तैयार हो। जमादार कोठरी के दरवाज़े को ताला लगाने जा ही रहा था कि पीछे से एक बुढ़िया ने अपना सिर बाहर निकाल दिया। उसका कठोर पीला चेहरा झुर्रियों से भरा था और बाल सफ़ेद थे। बुढ़िया मास्लोवा से कुछ कहने लगी। लेकिन जमादार ने दरवाज़ा उसके सिर पर दबाया और बुढ़िया का सिर पीछे हट गया। कोठरी में से किसी औरत के ज़ोर से हँसने की आवाज़ आई। मास्लोवा भी मुस्करा दी और दरवाज़े में बने सीखचों के झरोखे की तरफ़ मुड़ गई। बुढ़िया इस झरोखे से सिर लगाकर खड़ी थी और फटी आवाज़ में कह रही थी :

''मेरी बात गाँठ बाँध लो। जब वे सवाल पूछें तो एक ही बात कहना और उसी को दोहराती रहना। इधर-उधर की बात कोई नहीं कहना।''

''इससे बदतर हालत और क्या होगी। इधर या उधर, कुछ तो फ़ैसला हो जाए,'' सिर झटकते हुए मास्लोवा ने कहा।

''फ़ैसला तो होगा ही, और एक ही होगा। फ़ैसले दो नहीं होते,'' बड़े जमादार ने अफ़सरों के लहजे में चुहल करते हुए कहा, ''चलो, मेरे पीछे-पीछे !''

बुढ़िया झरोखे में से हट गई और मास्लोवा गलियारे के ऐन बीच आकर बड़े जमादार के पीछे छोटे क़दम बढ़ाती हुई तेज़-तेज़ चलने लगी। वे पत्थर की बनी सीढ़ियों पर से नीचे उतरकर जाने लगे। यह जेल का वह हिस्सा था जहाँ पुरुष क़ैदी रखे जाते थे। यहाँ पर शोर मचा हुआ था और हवा औरतों की बैरक से भी ज़्यादा गन्दी थी। क़ैदी झरोखों में से इन्हें झाँक-झाँककर देखने लगे।

मर्दों की बैरक पार कर ये लोग दफ़्तर में पहुँचे जहाँ दो सिपाही मास्लोवा को साथ ले जाने के लिए पहले से खड़े थे। दफ़्तर के बाबू ने जो वहाँ बैठा काम कर रहा था एक सिपाही के हाथ में तम्बाकू की गन्ध से भरा कागज़ दिया और कै़दी की ओर इशारा करते हुए बोला :

"ले जा।"

सिपाही ने कागज़ को अपने कोट की आस्तीन में खोंस लिया, और कै़दी की ओर कनखियों से देखकर अपने जोड़ीदार को आँख मारी। यह सिपाही नीज्नी नोवगोरोद का रहनेवाला कोई किसान था। उसका चेहरा लाल और चेचक के दाग़ों से भरा था। दूसरा सिपाही कोई चुवाश था और उसके गालों की हड्डीयाँ उभरी हुई थीं। दोनों सिपाही कै़दी को साथ लिए बाहर के दरवाज़े की ओर बढ़ गए, और जेल का आँगन पार करके सड़क पर आ गए, जिस पर सड़क के बीचोबीच चलते हुए वे शहर में से जाने लगे।

राह जाते लोग–गाड़ीवान, दूकानदार, रसोइए, मज़दूर, सरकारी दफ़्तरों के बाबू–सभी रुक-रुककर कुतूहल के साथ कै़दी की ओर देखते। कुछ तो सिर हिलाकर मन-ही-मन कहते : "बुरे कामों का यही फल होता है। अगर इसका आचरण अच्छा होता–जैसा कि मेरा है–तो इसे यह दिन न देखना पड़ता।" बच्चे उसे डाकू समझकर सहमी हुई नज़रों से घूर-घूरकर देखते। पर कै़दी के साथ सिपाहियों को देखकर उनका डर दूर हो जाता, वे आश्वस्त हो जाते कि कै़दी उनको कोई नुक़सान नहीं पहुँचा सकता। एक किसान शहर में कोयला बेचने आया था; कोयला बेचकर, और चाय पीकर अपने गाँव लौट रहा था। कै़दी को देखकर उसके पास जा पहुँचा, छाती पर सलीब का निशान बनाया और एक कोपेक निकालकर कै़दी के हाथ में दिया। मास्लोवा शर्म से लाल हो गई, सिर झुका लिया और कुछ बुदबुदा दी।

सब लोग कै़दी की ओर देख रहे थे। उसे इस बात से प्रसन्नता हुई कि लोग उससे आकर्षित हो रहे हैं। सिर उठाए बिना वह भी कनखियों से हर देखनेवाले को देख लेती। जेल के बाद यहाँ हवा साफ़ थी। इससे भी उसका दिल ख़ुश हुआ। परन्तु उसके पैर चलने के आदी नहीं थे। जेल के रद्दी जूतों में नुकीले पत्थरों पर पाँव रखते हुए उसे दर्द होता था। जहाँ तक बन पड़ता वह रुक-रुककर, हलके-हलके पाँव रखती। अनाज की एक दूकान के सामने कुछ कबूतर गुटरगूँ, गुटरगूँ करते घूम-फुदक रहे थे। कोई उनसे छेड़ नहीं कर रहा था। उनके पास से गुज़रते हुए कै़दी का पाँव एक भूरे-नीले रंग के कबूतर को छू गया। कबूतर फर्र से उड़ा और पर फड़फड़ाता हुआ उसके कान के पास से निकल गया। वह मुस्कराई, पर फिर अपनी स्थिति का ख़याल करके उसने गहरी साँस ली।

2

कै़दी मास्लोवा की जीवन-कहानी बड़ी साधारण-सी है। उसकी माँ एक जागीर में नौकरानी थी और उसी जागीर की गोशाला में ग्वालिन का काम करनेवाली स्त्री की बेटी थी। शादी-ब्याह नहीं हुआ था। यह ज़मींदारी दो बुढ़िया बहिनों की मिलकियत थी। इन बुढ़िया बहिनों ने भी उम्रभर शादी नहीं की थी। मास्लोवा की माँ के हर साल एक बच्चा हो जाता था। और जैसा कि गाँव-गँवई के लोगों में अक्सर होता है, जब इस तरह का अवांछित बच्चा पैदा होता तो माँ उसका बपतिस्मा तो करवा देती, पर बाद में उसकी कोई सुध-बुध न लेती। जिस औरत की गोद में बच्चा हो वह काम क्या करेगी ? नतीजा यह होता कि बच्चा घूरे पर पड़ा रहता। एक-एक करके पाँच बच्चे

इसी तरह परलोक सिधार चुके थे।

पाँचों का बपतिस्मा हुआ, पाँचों में से किसी को भी खाना नहीं मिला, और पाँचों ही घूरे पर मरने के लिए छोड़ दिए गए। छठे बच्चे का बाप कोई आवारा जिप्सी था। वह बच्चा भी परलोक की राह लेता, लेकिन भाग्य बली है, एक दिन कहीं बुढ़िया ज़मींदारिन गोशाला में आ निकली। ग्वालिनों को डाँटने लगी कि क्रीम में से गोबर की बदबू आ रही है। मास्लोवा की माँ उस वक़्त गोशाला के एक कोने में पड़ी थी, और पास में एक ख़ूबसूरत, स्वस्थ, नव-जात बच्चा लेटा था। बुढ़िया ने ज़च्चा को यों गोशाला में लेटे देखा तो उसका पारा और चढ़ गया। ग्वालिनों को डाँटने लगी कि इसे क्यों यहाँ लेटने की इजाज़त दी गई है। इसके बाद वह वहाँ से जाने को हुई, जब बच्चे पर नज़र पड़ते ही उसे रहम आ गया, और उसी वक्त बच्चे को अपनी सरपरस्ती में लेने के लिए तैयार हो गई। बस, छोटी बच्ची के प्रति दयाभाव से प्रेरित होकर उसने उसका बपतिस्मा करवाया, माँ के लिए कुछ नक़दी और थोड़े-से दूध का इन्तज़ाम करवा दिया ताकि बच्ची की परवरिश होती रहे। बच्ची बच निकली। दोनों बुढ़िया बहिनें उसे "रक्षिता" कहा करती थीं।

जब बच्ची तीन बरस की हुई तो एक दिन उसकी माँ बीमार पड़ गई और आनन-फ़ानन में मर गई। बच्ची को उसकी नानी ने पालना शुरू किया। लेकिन वृद्ध महिलाओं ने बच्ची को बुढ़िया नानी से ले लिया। नानी उसे क्या पालती, वह तो उस पर बोझ बनी हुई थी। लड़की बला की ख़ूबसूरत निकली। आँखें काली-काली और स्वभाव चंचल और हँसमुख। दोनों बुढ़िया बहिनों को मनबहलाव का एक साधन मिल गया।

दोनों बहिनों में से छोटी बहिन अधिक दयालु स्वभाव की थी, उसका नाम सोफ़िया इवानोव्ना था और उसी ने बच्ची का बपतिस्मा करवाया और उसकी धर्म-माता बनी थी। बड़ी बहिन जिसका नाम मारिया इवानोव्ना था, दिल की ज़रा कठोर थी। सोफ़िया इवानोव्ना बच्ची को अच्छे-अच्छे कपड़े पहनाती, उसे पढ़ना-लिखना सिखाती। वह चाहती थी कि कुलीन लड़कियों की तरह यह भी पढ़-लिख जाए। परन्तु बड़ी बहिन मारिया इवानोव्ना को यह पसन्द न था। वह चाहती थी कि लड़की घर का काम-काज सीखे, बड़ी होकर अच्छी नौकरानी बने। वह सख़्ती से काम लेती, सज़ाएँ देती, और कभी-कभी जब पारा तेज़ होता तो बच्ची को पीट भी देती। इस तरह यह छोटी लड़की दो भिन्न-भिन्न प्रभावों के नीचे पलने लगी। नतीजा यह हुआ कि वह आधी नौकरानी और आधी कुलीन-बाला बनकर रह गई। दोनों बहिनें उसे कात्यूशा कहकर बुलातीं। यह नाम इतना परिष्कृत नहीं था जितना कि कातेन्का, पर साथ ही इतना भद्दा भी नहीं था जितना कि कात्का। वह कमरों की झाड़-पोंछ करती, सीने-पिरोने का काम करती, देव-चित्रों के चौखटों को खड़िया मिट्टी से पालिश करती, और इसी तरह के छोटे-मोटे ऊपर के काम करती। कभी-कभी कोई किताब लेकर बैठ जाती और बुढ़िया बहिनों को पढ़कर सुनाती।

यद्यपि कई लोगों ने उसके सामने शादी के प्रस्ताव रखे, परन्तु वह नहीं मानी। कात्यूशा जानती थी कि इनमें से किसी के साथ ब्याह करने का मतलब होगा उम्रभर चक्की पीसना। कुलीनों के घर में रहकर वह आराम तलब हो गई थी।

दिन बीतते गए और कात्यूशा सोलह बरस की हुई। एक दिन दोनों बहिनों का जवान भतीजा कुछ दिन उनके पास ठहरने के लिए आया। वह बेहद अमीर था, और विश्वविद्यालय में पढ़ता था। कात्यूशा, मन में ना-ना करती हुई भी, उससे प्रेम करने लगी। दो साल बाद यही भतीजा अपनी रेजिमेन्ट में दाख़िल होने जा रहा था। रास्ते में चार दिन के लिए अपनी फूफियों को मिलने के लिए रुक गया। रवाना होने से एक रात पहले उसने कात्यूशा की अस्मत लूटी, उसे सौ रूबल का नोट

दिया और चलता बना। पाँच महीने बाद कात्यूशा को यक़ीन हो गया कि उसे गर्भ हो गया है।

इसके बाद हर चीज़ उसे बुरी लगने लगी। एक ही बात रह-रहकर उसके मन में उठती कि किसी तरह आनेवाली लाँछना से बच सके, अब इन महिलाओं की सेवा में उसका मन नहीं लगता था और वह काम में लापरवाही करने लगी थी। एक बार तो ऐसा हुआ कि वह दोनों मालकिनों के सामने किसी बात पर गुस्ताख़ी कर बैठी। उसकी समझ में नहीं आया कि बात कैसे हो गई। बाद में उसे बड़ा पछतावा भी हुआ। उसने मालकिनों को बुरा-भला सुनाया और कहा कि वे उसे रुख़सत कर दें। दोनों बहिनें उससे काफ़ी नाराज़ थीं, इसलिए रुख़सत पाने में देर नहीं लगी। इसके बाद उसे किसी पुलिस-अफ़सर के घर में नौकरानी की जगह मिल गई। यहाँ वह केवल तीन महीने तक टिक पाई। पुलिस-अफ़सर पचास साल का बूढ़ा कात्यूशा से छेड़-छाड़ करने लगा। एक दिन तो उसके पीछे ही पड़ गया। कात्यूशा आपे-से बाहर हो गई। उसने उसे "गधा" और "शैतान" कहकर इस ज़ोर से धक्का दिया कि पुलिस-अफ़सर के पाँव लड़खड़ा गए और वह फ़र्श पर जा गिरा। इस "गुस्ताख़ी" के लिए कात्यूशा को नौकरी से हाथ धोना पड़ा। अब कहीं नौकरी ढूँढना फ़िज़ूल था क्योंकि प्रसव का समय नज़दीक आ रहा था और वह गाँव की एक दाई के घर जा पहुँची। यह दाई लुक-छिपकर कच्ची शराब भी बेचा करती थी। प्रसव में कोई कठिनाई न हुई। कात्यूशा के बेटा हुआ। लेकिन कात्यूशा को दाई से कोई छूत की बीमारी लग गई–दाई गाँव में किसी दूसरे घर में जाया करती थी जहाँ से वह रोग ले आई थी। मजबूर होकर कात्यूशा को अपना बच्चा अनाथालय में भेजना पड़ा। एक बुढ़िया उसे वहाँ पहुँचाने गई, लेकिन बच्चे ने वहाँ पहुँचते ही दम तोड़ दिया। यह ख़बर बुढ़िया ने लौटकर बताई।

जब कात्यूशा दाई के घर आई थी तो उसके पास कुल मिलाकर एक सौ सत्ताईस रूबल थे। इनमें से सत्ताईस रूबल तो उसकी अपनी कमाई के थे और सौ रूबल उस शख़्स ने दिए थे जिसने उसकी अस्मत लूटी थी। जिस दिन कात्यूशा ने दाई का घर छोड़ा उस दिन उसके पास केवल छह रूबल बाक़ी बच रहे थे। सोच-समझकर पैसे खर्च करना कात्यूशा के स्वभाव के प्रतिकूल था। वह अपने आप पर भी ख़र्च करती और जो कोई माँगता उसे देने में भी हाथ न रोकती। चालीस रूबल तो दाई ने इस बात के लिए ले लिए कि दो महीने तक उसने कात्यूशा को घर में रखा था और उसकी देख-रेख की थी। पच्चीस रूबल बच्चे को अनाथालय में भेजने में लग गए। चालीस रूबल दाई ने उधार माँग लिए–वह अपने लिए एक गाय ख़रीदना चाहती थी। इसके अलावा बीस रूबल कपड़े-लत्ते, खाने-पीने और अन्य छोटी-मोटी चीज़ों पर ख़र्च हो गए। जब जेब में पैसे न रहे तो कात्यूशा को फिर नौकरी की तलाश करनी पड़ी, और अबकी बार उसे जंगलात के एक अफ़सर के घर जगह मिल गई। यह अफ़सर शादी-शुदा आदमी था, परन्तु वह पहले दिन से ही कात्यूशा के पीछे पड़ गया। कात्यूशा को वह बुरा लगता था, और उससे बचने की उसने भरसक कोशिश की। लेकिन वह मालिक था और कात्यूशा नौकरानी थी। जिस काम पर जहाँ भी वह उसे भेजता उसे जाना पड़ता। इसके अलावा वह बड़ा धूर्त था, कई घाट का पानी पी चुका था। आख़िर वह कात्यूशा को भ्रष्ट करने में सफल हो गया। पर उसकी पत्नी को पता चल गया। एक दिन उसने कात्यूशा और अपने पति को एक कमरे में अकेले पाया तो वह कात्यूशा को पकड़कर पीटने लगी। कात्यूशा ने भी अपना बचाव करने के लिए हाथ उठाया, जिससे दोनों आपस में भिड़ गईं। कात्यूशा को निकाल बाहर किया गया, और उसे तनख़्वाह का एक पैसा भी नहीं दिया गया। कात्यूशा की एक मौसी शहर में रहती थी। कात्यूशा उसके पास चली गई। उसका पति जिल्दसाज़ी का काम करता था और किसी ज़माने में अच्छा खाता-पीता आदमी था। लेकिन एक-एक करके

उसके सब ग्राहक टूट गए थे, और उसे शराब पीने की लत पड़ गई थी। अब जो पैसे हाथ लगते वह जेब में डालकर शराबख़ाने में जा पहुँचता था।

मौसी ने एक छोटी-सी लॉन्ड्री खोल रखी थी। जो थोड़ी बहुत आमदनी होती उससे वह घर चलाती, बच्चों का पालन करती तथा अपनी और अपने उजाड़ू पति की ज़रूरतें पूरी करती। कात्यूशा को उसने लॉन्ड्री में धोबिन का काम करने की सलाह दी। पर कात्यूशा सोच में पड़ गई। मौसी की लॉन्ड्री में और भी धोबिनें काम करती थीं, उनकी कड़ी और यातनापूर्ण ज़िन्दगी को देखकर कात्यूशा का मन नहीं माना, और उसने रोज़गार दफ़्तर में नौकरी के लिए दरख़्वास्त कर दी। एक महिला के घर उसे नौकरी मिल गई जो अपने दो बेटों के साथ रहती थी। दोनों बेटे स्कूल में पढ़ते थे। बड़े लड़के ने शीघ्र ही अपनी पुस्तकों को ताक पर रखा और कात्यूशा के इर्द-गिर्द मँडराने लगा। वह कात्यूशा का घड़ी-भर भी पीछा नहीं छोड़ता था। माँ ने देखा तो दोष कात्यूशा के सिर मढ़ा और उसे नौकरी से बरख़ास्त कर दिया।

कात्यूशा फिर नौकरी की तलाश में इधर-उधर भटकने लगी। आख़िर लाचार होकर वह फिर रोज़गार दफ़्तर में अर्जी देने गई। वहाँ उसे एक महिला मिली, जिसके हाथों में अँगूठियाँ और नंगी गदराई बाँहों में कंगन चमक रहे थे। जब उसने देखा कि कात्यूशा नौकरी के लिए मारी-मारी फिर रही है तो उसने कात्यूशा को अपना पता लिखकर दिया और उसे अपने घर आने को कहा। कात्यूशा गई। स्त्री ने बड़े प्यार से उसका स्वागत किया, केक-मिठाई और मीठी हलकी शराब उसके सामने रखी, फिर एक पुर्ज़ा लिखा और अपने नौकरानी को देकर उसे कहीं भेज दिया। शाम के वक़्त एक ऊँचा-लम्बा आदमी आ पहुँचा, सिर पर लम्बे-लम्बे सफ़ेद बाल और मुँह पर सफ़ेद दाढ़ी थी। कमरे में आते ही वह कात्यूशा से सटकर बैठ गया और मुस्कराते हुए, अपनी चमकती आँखों से उसकी ओर देखने लगा और हँसी-मज़ाक़ करने लगा। घर-मालकिन बूढ़े को साथवाले कमरे में ले गई। कात्यूशा के कान में कुछ शब्द पड़ गए। "अभी-अभी गाँव से आई है, बिलकुल ताजा है," घर-मालकिन कह रही थी। इसके बाद वह लौटकर आई और कात्यूशा को एक तरफ़ ले गई और उसे बताया कि यह आदमी लेखक है, और बड़ा अमीर है, और यदि कात्यूशा उसके मन को भा गई तो वह उसकी मुँहमाँगी मुराद पूरी करेगा। कात्यूशा सचमुच ही उसे भा गई और उसने उसे पचीस रूबल दिए। साथ ही यह भी कहा कि वह उसे अक्सर मिलता रहेगा। पचीस रूबल ख़र्च होते पता भी न चले। कुछ तो मौसी को दिए गए–रिहाइश और खान-पान के लिए, बाक़ी से कात्यूशा ने एक नया फ़्रॉक और टोपी और रिब्बन ख़रीद लिए। कुछ दिन बाद लेखक का फिर सन्देसा आया। कात्यूशा गई। अब की भी उसने पचीस रूबल दिए और साथ ही यह भी कहा कि मैं तुम्हारे अलग रहने के लिए इन्तज़ाम किए देता हूँ

एक जगह किराए पर ले ली गई, और कात्यूशा उसमें रहने चली गई। वहाँ पड़ोस में ही एक हँसमुख, जवान लड़का रहता था जो किसी दूकान में कारिन्दे का काम करता था। शीघ्र ही कात्यूशा उसे अपना दिल दे बैठी। उसने लेखक से बात छिपाई नहीं, बल्कि साफ़-साफ़ बता दिया और मकान छोड़कर एक छोटी-सी कोठरी कहीं पर अपने लिए किराए पर ले ली। कारिन्दे ने शादी करने का वचन दिया, लेकिन एक दिन बिना कुछ कहे-सुने किसी काम पर नीज्नी नोवगोरोद के लिए रवाना हो गया। ज़ाहिर था कि उसने यह काम कात्यूशा से पल्ला छुड़ाने के लिए किया था। कात्यूशा अकेली रह गई। उसकी इच्छा तो थी कि वहीं पर रहती रहे लेकिन पुलिसवालों ने कहा कि अगर अलग रहना चाहोगी तो पीला कार्ड (वेश्याओं का कार्ड) बनवाना पड़ेगा, और बक़ायदा डॉक्टरी जाँच के लिए जाना पड़ेगा। कात्यूशा अपनी मौसी के घर वापिस लौट गई। जब

मौसी ने कात्यूशा के बढ़िया कपड़े देखे, सिर पर टोपी और कन्धों पर बढ़िया ओढ़नी देखी तो उसे साहस न हुआ कि उसे धोबिन का काम करने को कह सके। उसने समझा कि उसकी भाँजी धोबिन के स्तर से बहुत ऊँची उठ गई है। कात्यूशा को तो धोबिन का काम करने का ख़याल तक नहीं आया। मौसी की लॉन्ड्री में जो धोबिनें काम करती थीं, उन्हें जी-तोड़ मेहनत करनी पड़ती थी। कइयों को तो तपेदिक का रोग लग चुका था। सामनेवाले कमरे में दिन भर वे अपनी पतली-पतली बाँहों से कपड़े धोतीं या लोहा करती थीं। कमरा बेहद गरम और साबुन की भाप से भरा रहता था। खिड़कियाँ गरमी-सरदी बारहों महीने खुली रहती थीं। उन्हें देखकर कात्यूशा का दिल हमदर्दी से भर उठता था। वह सोचती कि अगर मुझे भी यही काम करना पड़ता तो मेरी क्या दशा होती और वह सिर से पाँव तक काँप उठती।

ऐन इसी समय जब कात्यूशा की स्थिति संकटमय हो रही थी, और कहीं भी कोई ''अभिभावक'' नज़र नहीं आ रहा था, एक कुटनी की नज़र उस पर पड़ गई।

कुछ मुद्दत पहले कात्यूशा ने सिगरेट पीना शुरू कर दिया था, और जब दूकान का कारिन्दा उसे धोखा देकर भाग गया तो उसने शराब भी पीनी शुरू कर दी। यह आदत अब दिन-ब-दिन जड़ पकड़ने लगी थी। वह शराब इसलिए नहीं पीती थी कि उसे इसमें मज़ा आता था, बल्कि इसलिए कि इससे वह अपने दुख भूले रहती थी। शराब पीकर वह अपने को अधिक स्वच्छन्द महसूस करती, अपनी नज़रों में कुछ ऊँची उठ जाती, उसका आत्मविश्वास बढ़ जाता। जब वह न पिए होती तो लज्जित और उदास महसूस करती।

कुटनी ने मौसी को स्वादिष्ट मिठाइयाँ दीं और कात्यूशा के लिए शराब लाई। शराब पिलाते समय कुटनी ने उस पर डोरे डाले : मैं तुम्हारे लिए शहर के सबसे बड़े, सबसे शानदार चकले में इन्तज़ाम कर दूँगी। वहाँ सुख-चैन से रहोगी, बीसियों तरह के फ़ायदे होंगे। कात्यूशा के सामने दो ही रास्ते थे। या तो किसी के घर चाकरी करे, रोज़-रोज़ का अपमान सहे, घर के आदमी उसे परेशान करें, और कभी-कभी लुक-छिपकर उसके साथ व्यभिचार करें। या फिर वह आराम से किसी चकले में जा बैठे, जहाँ से निकाले जाने का डर न हो, क़ानून की मँज़ूरी हो, और खुलेआम इन्द्रियभोग करे, और साथ में पैसे भी अच्छे बनाए। कात्यूशा को दूसरा रास्ता अच्छा लगा। उसने यह भी सोचा कि इस तरह मैं उन सब लोगों से जी खोलकर बदला ले सकूँगी जिन्होंने मुझे यातनाएँ पहुँचाई हैं—उस अमीरज़ादे से जिसने मेरी अस्मत लूटी और उस कारिन्दे से जिसने मेरे साथ छल किया। इसके अलावा, इस फ़ैसले पर पहुँचने का एक और कारण भी था। कुटनी ने कात्यूशा को तड़क-भड़कवाले कपड़ों का लालच दिया। वहाँ मनचाहे कपड़े पहन सकोगी, वह कहती, मख़मल के, रेशमी, साटिन के, मन आए तो नीचे गले के फ़्रॉक बनवाना जो औरतें नाच के वक़्त पहनती हैं। कात्यूशा ने अपनी कल्पना में अपने को ऐसी ही एक पोशाक में देखा : शोख़ पीले रंग का रेशमी फ़्रॉक, जिस पर काली मख़मल का किनारा लगा है, नीचा गला और आधी-आस्तीनें। कात्यूशा का मन ललक उठा और उसने झट से अपना पासपोर्ट कुटनी के हवाले कर दिया। उसी दिन शाम को कुटनी ने एक गाड़ी पर उसे मदाम किताएवा के बदनाम वेश्याघर में पहुँचा दिया।

उस दिन से कात्यूशा मास्लोवा का जीवन सभी मानवीय तथा दैवी नियमों के विरुद्ध घोर पाप का जीवन बन गया। ऐसा ही जीवन संसार में लाखों-करोड़ों स्त्रियाँ व्यतीत करती हैं और सरकार न केवल उसकी खुली छूट देती है, बल्कि उसकी सरपरस्ती भी करती है। इस तरह का जीवन बितानेवाली हर दस में से नौ औरतें घोर बीमारियों, युवावस्था में ही शारीरिक क्षति तथा मौत का शिकार हो जाती हैं।

वेश्याघर में रात भर विषय-वासना की आग धधकती रहती। रात बीतते-न-बीतते वेश्याएँ खाटों पर जा पड़तीं और दूसरे दिन दोपहर तक गहरी नींद में डूबी रहतीं। दोपहर को तीन और चार बजे के दरम्यान वे अपने गन्दे बिस्तरों पर से निढाल-सी उठतीं। तब सोडे की बोतलें खुलतीं, कॉफ़ी के दौर चलते। फिर वे शिथिल-सी अपने-अपने कमरों में, रात के कपड़ों में या चोग़े-लबादे पहले इधर-उधर टहलने लगतीं। खिड़कियों के पर्दों में से बाहर झाँकती, एक-दूसरे के साथ झगड़तीं, लेकिन ये झगड़े बेजान निरुत्साह होते। फिर नहातीं, इत्र छिड़कतीं, शरीर और बालों पर तरह-तरह के ख़ुशबूदार तेल लगातीं, चुन-चुनकर कपड़े निकालतीं, उन्हें पहन-पहनकर देखतीं और वेश्याघर की मालकिन से उनके लिए झगड़तीं। बार-बार शीशे में अपना रूप निहारतीं, मुँह पर पाउडर सुर्खी लगातीं, भौंहें बनातीं। इसके बाद भोजन होता, पौष्टिक, चर्बीदार भोजन। फिर शोख़ रंग के रेशमी कपड़े पहने, जिनमें शरीर का बहुत-सा भाग नंगा रहता, वे नीचे बैठक में उतर आतीं। बैठक जगमग कर रही होती और ख़ूब सजी होती। कुछ देर बाद, चकलों के शौक़ीन आने लगते, संगीत बज उठता, नाच होने लगता। तरह-तरह के लोग इनसे व्यभिचार करते–बूढ़े, जवान और अधेड़ उम्र के; इनमें तरुण युवक भी होते और अस्थि-पंजर बूढ़े भी; कुँवारे भी होते और ब्याहे हुए भी; व्यापारी, दफ़्तरों के बाबू, यहूदी, तातार, आर्मीनियाई; अमीर और ग़रीब, बीमार और स्वस्थ, सभी तरह के लोग होते। कोई शराब पिए होता, कोई बिना शराब पिए, कोई दुत्कारता और बुरा बोलता, कोई प्यार से बात करता; कोई फ़ौजी होता तो कोई नागरिक; कोई विद्यार्थी होता तो कोई स्कूल का बालक–हर वर्ग, हर उम्र और हर श्रेणी के लोग उनके साथ इन्द्रियभोग करते। वहाँ शोर मचा रहता, लोग लड़ते, झगड़ते, चिल्लाते, मज़ाक़ करते। शाम से लेकर पौ फटने तक गाना-बजाना होता रहता, लोग सिगरेट फूँकते और शराब पीते। सुबह तक क्षण-भर के लिए भी वेश्याओं को चैन न मिलता। जब सुबह हो जाती तो वे पड़ रहतीं और गहरी नींद में डूब जातीं। हर रोज़ यही कुछ होता, हफ़्ते में छः दिन यही दिनचर्या रहती। सातवें दिन सरकारी कानून के मुताबिक वे पुलिस चौकी में डॉक्टरी जाँच के लिए जातीं। यहाँ पर सरकारी डॉक्टर कभी ध्यान से और कभी ठिठोलियाँ करते हुए उनका मुआइना करते। आत्मरक्षा के लिए जो शर्म और हया न केवल इनसानों को बल्कि हैवानों को भी प्राप्त है, उसे यहाँ तार-तार किया जाता। डॉक्टर उन्हें बक़ायदा लिखकर इजाज़त दे देते कि जो पाप वेश्याएँ और उनके सहापराधी हफ़्ता भर करते रहे हैं, वे भविष्य में भी कर सकते हैं। दूसरा सप्ताह शुरू हो जाता, वही दिनचर्या, वही क्रम हर रात, गरमी हो या सरदी, काम का दिन हो या छुट्टी का, वही कुछ चलता रहता।

इसी तरह कात्यूशा मास्लोवा के जीवन के सात साल बीत गए। इस बीच उसने दो बार अपना स्थान बदला, एक बार अस्पताल में भी गई। चकले में रिहाइश के सातवें साल, जब उसकी उम्र छब्बीस बरस की थी वह घटना घटी जिसके लिए उसे गिरफ़्तार कर लिया गया। और आज, छः महीने तक चोरों और हत्यारों के बीच रखे जाने के बाद उसे कचहरी में पेश होने के लिए ले जाया जा रहा था।

3

जब कात्यूशा मास्लोवा दोनो सिपाहियों की निगरानी में कचहरी के सामने पहुँची तो वह चल-चलकर थक चुकी थी। ऐन उसी वक़्त प्रिन्स द्मीत्री इवानोविच नेख़्लूदोव अपने ऊँचे पलंग पर लेटा हुआ था। यह वही शख़्स था जिसने मास्लोवा की अस्मत लूटी थी, ऊँचा पलंग, कमानीदार तोशक और

तोशक के ऊपर पंखोंवाला गद्दा। प्रिन्स नेख़्लूदोव, बढ़िया साफ़ कपड़े पहने, लेटे-लेटे सिगरेट के कश लगा रहा था और सोच रहा था कि आज उसे क्या-क्या काम करना है और कल का दिन कैसे बीता था।

उसे याद आया, उसने पिछली शाम कोर्चागिन परिवार के साथ बिताई थी। कोर्चागिन परिवार बड़ा धनी और कुलीन परिवार था, और इस बात की बड़ी चर्चा थी कि इसी घर की लड़की से प्रिन्स नेख़्लूदोव शादी करेगा। उसने गहरी साँस ली और सिगरेट का टोटा फेंक दिया। फिर अपना चाँदी का सिगरेट-केस खोला, उसमें से वह दूसरा सिगरेट निकालने ही जा रहा था जब उसका इरादा बदल गया और बिस्तर में से अपनी नरम-नरम सफ़ेद टाँगें निकालकर वह उठ खड़ा हुआ। प्रिन्स नेख़्लूदोव ने स्लीपर पहने, अपने मांसल कन्धों पर रेशमी ड्रेसिंग-गाउन ओढ़ा और बोझल किन्तु तेज़ चाल से चलता हुआ ड्रेसिंग-रूम में दाख़िल हुआ। ड्रेसिंग-रूम में से ओ-डी-कलोन और इत्रों की महक आ रही थी। वहाँ उसने एक ख़ास मंजन से दाँत साफ़ किए (बहुत से दाँतों के खोल भरे हुए थे) और गुलाब के पानी से कुल्ले किए, फिर शरीर के अलग-अलग भागों को धोने और अलग-अलग तौलियों से रगड़ने लगा। बढ़िया ख़ुशबूदार साबुन से हाथ धोकर उसने बड़े ध्यान से अपने लम्बे-लम्बे नाख़ूनों को साफ़ किया। संगमरमर की चिलमची में अपने मुँह और स्थूल गरदन को धोया। इसके बाद तीसरे कमरे में गया जहाँ नहाने के लिए ऊपर फ़व्वारा लगा हुआ था। वहाँ उसने अपने बलिष्ठ, गोरे-चिट्टे और मांसल शरीर को ताज़ादम किया, खुरदरे तौलिए के साथ मल-मलकर पोंछा। फिर साफ़ बढ़िया अंडरवियर पहने, चमकते पालिश किए बूट चढ़ाए और शीशे के सामने बैठकर अपने घुँघराले बालों और छोटी-सी काली दाढ़ी को दो अलग-अलग ब्रुशों से कंघी किया। उसके माथे पर के बाल कुछ हलके पड़ने लगे थे।

पहनावे की हर चीज़–बनियान, क़मीज़, सूट-बूट और नेकटाई से लेकर पिन, कफ़-बटन तक–सबसे बढ़िया स्तर की, टिकाऊ, देखने में सादा और क़ीमती थी।

तरह-तरह की दस नेकटाइयाँ लटक रही थीं, और इतने ही नेकटाई पर लगानेवाले पिन भी पड़े थे। प्रिन्स ने हाथ बढ़ाया और जो पहले हाथ लगा, उठा लिया। ज़माना था जब इन नई-नई चीज़ों में उसकी रुचि थी। लेकिन अब उसके लिए इनमें कोई आकर्षण नहीं रहा था।

कुर्सी पर कपड़े तैयार रखे थे जिन्हें पहले से ब्रुश कर दिया गया था। नेख़्लूदोव ने कपड़े पहने, और टहलता हुआ खानेवाले कमरे में दाख़िल हुआ। वह तरोताज़ा तो नहीं महसूस कर रहा था लेकिन साफ़-सुथरा ज़रूर हो गया था और कपड़ों से इत्र की महक आ रही थी। यह कमरा चौड़ा कम और लम्बा ज़्यादा था, और उसके बीचोबीच एक शानदार मेज़ रखी थी, जिसके चारों पाए शेर के पंजों की शक्ल के बने थे। पास में इसी से मिलती-जुलती बरतनों की बड़ी अलमारी भी रखी थी। अभी एक ही रोज़ पहले तीन नौकरों ने इस कमरे के फ़र्श को रगड़-रगड़कर पालिश किया था। मेज़ पर एक बढ़िया कलफ़ लगा मेज़पोश बिछा था जिस पर परिवार के नाम के अक्षर बड़े-बड़े और ख़ूबसूरत ढंग से कढ़े हुए थे। कॉफ़ी का पात्र चाँदी का था, जिसमें से भाप के साथ कॉफ़ी की महक की लपटें उठ रही थीं, साथ में चीनीदान, गरम-गरम क्रीम का जग, ताज़ा बनी पाव-रोटी के टुकड़े, रस्क और बिस्कुटें रखी थीं। इनके साथ कुछेक चिट्ठियाँ, समाचारपत्र और +Revue des deux Mondes" नामक नई किताब रखी थी।

नेख़्लूदोव चिट्ठियाँ खोलकर पढ़ना ही चाहता था कि गठीले बदन की एक अधेड़ उम्र की स्त्री ने गलियारे के दरवाज़े से हौले से कमरे में प्रवेश किया। उसने मातमी लिबास और सिर पर जालीदार टोपी पहन रखी थी जिससे पीछे की ओर अधिक चौड़ी होती हुई उसकी माँग ढकी हुई

थी। यह स्त्री नेख़्लूदोव की स्वर्गीय माँ की निजी नौकरानी आग्राफ़ेना पेत्रोव्ना थी। माँ के परलोक सिधारने के बाद वह बेटे के पास घर की देख-रेख करने के लिए रह गई थी।

देखने में और चाल-ढाल में आग्राफ़ेना पेत्रोव्ना कुलीन महिला लगती थी। मालकिन की ज़िन्दगी में उसके साथ उसने कुल मिलाकर लगभग दस बरस विदेश में बिताए थे। छोटी उम्र से ही वह नेख़्लूदोव परिवार में काम करती आ रही थी, इसलिए द्मीत्री इवानोविच को उस समय से जानती थी, जब घर के लोग उसे प्यार से मीतेन्का कहकर पुकारा करते थे।

"नमस्ते, द्मीत्री इवानोविच।"

"नमस्ते, कहो क्या है ?" नेख़्लूदोव ने मज़ाक़िया लहजे में पूछा।

"प्रिन्सेस के घर से चिट्ठी आई है–यह मुझे नहीं मालूम की माँ की तरफ़ से है या बेटी की तरफ़ से। बहुत पहले नौकरानी लेकर आई है। और अब मेरे कमरे में बैठी जवाब का इन्तज़ार कर रही है।" चिट्ठी पकड़ाते हुए आग्राफ़ेना पेत्रोव्ना के होंठों पर एक महत्वपूर्ण मुस्कान खेल गई।

"अच्छी बात है, ज़रा रुको," नेख़्लूदोव ने चिट्ठी लेते हुए कहा। आग्राफ़ेना पेत्रोव्ना को मुस्कराते देखकर उसकी भवें सिकुड़ गईं।

यह मुस्करा रही है, इसका मतलब है कि चिट्ठी छोटी प्रिन्सेस कोर्चागिना की ओर से आई है। यह समझे बैठी है कि मैं उस लड़की से शादी करूँगा। लेकिन आख़िर इस तरह के अनुमान लगाने का क्या मतलब है ?

"मैं उसे कहती हूँ कि इन्तज़ार करे," आग्राफ़ेना पेत्रोव्ना ने कहा, और मेज़ साफ़ करनेवाले ब्रुश को जो कहीं ग़लती से वहाँ पड़ा हुआ था, हटाते हुए तैरती हुई बाहर निकल गई।

चिट्ठी में से इत्र की महक आ रही थी। नेख़्लूदोव खोलकर पढ़ने लगा।

जिस काग़ज़ पर चिट्ठी लिखी गई थी वह मोटा और भूरे रंग का था, और कोनों पर खुरदरा था। लिखावट तीखी और शब्द एक दूसरे से दूर-दूर लिखे हुए थे। लिखा था :

"आपने अपनी मौज में आकर कल कह तो दिया कि आज कोलोसोव और हमारे साथ कला-मंडप देखने चलेंगे। लेकिन आप चल कैसे सकते हैं। इजाज़त हो तो आपको याद करा दूँ कि आज 28 अप्रैल है और आपको कचहरी में जाकर जूरी में बैठना है; a moins que vous ne soyez dispose a payer a la cour d+ assises les 300 roubles d+amende, que vous vous refusez pour votre cheval,* कल आपके चले जाने के बाद मुझे याद आया। सो, भूलना नहीं। चिट्ठी की दूसरी तरफ़ लिखा था :

+Maman vous fait dire que votre couvert vous attendra jusqu+a la nuit. Venez absolument a quelle heure que cela soit.**

M.K."

नेख़्लूदोव ने पढ़कर मुँह बनाया। पिछले दो महीने से प्रिन्सेस कोर्चागिना बड़ी पटुता से उसके साथ चालें चल रही थी, डोरे डाल रही थी। वह अप्रत्यक्ष बन्धनों से उसे अपने साथ गाँठती जा रही थी। यह रुक्क़ा भी इसी खेल में एक चाल थी। परन्तु एक तो जो लोग अपनी जवानी खो

*अगर कचहरी में वक़्त से न पहुँचकर जुर्माने के 300 रूबल भरना मंजूर हो, न कि उन 300 से घोड़ा ख़रीदना, जैसा कि आपका इरादा है, तो बात और है। (फ्रेंच)

**माँ ने आपको लिखने को कहा है कि आपका खाना रात तक लगा रहेगा। तो जब चाहें, अवश्य आएँ। (फ्रेंच)

चुके होते हैं यों भी शादी के मामले मे बड़े हिचकिचाते हैं, हाँ अगर उन्हें किसी से गहरा प्रेम हो जाए तो और बात है, दूसरे यदि नेख़्लूदोव शादी करने का निश्चय कर भी लेता तो इस समय वह लड़की से विवाह का प्रस्ताव नहीं कर सकता था। इसका एक कारण था। यह नहीं कि दस बरस पहले उसने मास्लोवा की अस्मत लूटी थी और उसका परित्याग किया था। इस बात को तो वह भूल भी चुका था और इस कारण वह शादी न करे, इसका तो उसे ख़याल भी नहीं आ सकता था। नहीं, वास्तव में कारण यह था कि उसका एक विवाहिता स्त्री के साथ सम्बन्ध हो गया था। अपनी ओर से तो वह इस सम्बन्ध को तोड़ चुका था लेकिन वह स्त्री मानने में न आती थी, इसे तोड़ने के लिए तैयार न थी।

स्त्रियों के मामले में नेख़्लूदोव कुछ-कुछ शर्माता था। इसी शर्मीलेपन ने ही उस विवाहिता स्त्री को उकसाया और उसके मन में यह शर्मीलापन तोड़ने की उत्कट इच्छा पैदा हुई। जिस ज़िले में नेख़्लूदोव को वोट देने का हक़ दिया गया था, यह स्त्री उसी ज़िले के अभिजातों के प्रधान की पत्नी थी। इस औरत ने धीरे-धीरे उसके साथ घनिष्ठता बढ़ा ली थी, और अब इसमें से निकलना उसके लिए कठिन हो रहा था। दिन-प्रतिदिन इस सम्बन्ध से उसे अधिकाधिक विरुचि हो रही थी। एक बार वह प्रलोभन में फँस तो गया, पर फिर वह अपने को अपराधी महसूस करने लगा। पर उस औरत की स्वीकृति के बिना इस सम्बन्ध को तोड़ने का भी उसमें साहस नहीं था। यही कारण था जिससे वह प्रिन्सेस कोर्चागिना से आगे विवाह का प्रस्ताव यदि चाहता तो भी नहीं रख सकता था।

मेज़ पर पड़ी चिट्ठियों में एक चिट्ठी इसी स्त्री के पति की थी। पता और डाकख़ाने की मोहर देखकर नेख़्लूदोव ने पहचान लिया, और पहचानते ही उसका चेहरा लाल हो गया और बदन में तनाव आने लगा। नेख़्लूदोव का स्वभाव ही ऐसा था कि जब कभी उसे ख़तरे का भास होता तो उसका जोश उभरने लगता। पर यह जोश शीघ्र ही ठंडा पड़ गया। नेख़्लूदोव की जमींदारी का सबसे बड़ा टुकड़ा इसी ज़िले में था। अभिजातों के प्रधान ने केवल यह सूचना दी थी कि मई के अन्त में एक ज़रूरी बैठक होनेवाली है जिसमें स्कूलों और सड़कों के प्रश्न पर वाद-विवाद होगा। वाद-विवाद में उसका भाग लेना बेहद ज़रूरी है, क्योंकि उम्मीद की जाती है कि प्रतिक्रियावादी इसका कड़ा विरोध करेंगे।

मार्शल उदारवादी विचारों का था। उन दिनों, ज़ार अलेक्सांद्र तृतीय के राज्यकाल में, प्रतिक्रियावाद की जो तेज़ लहर उठी थी, मार्शल अपने कुछ सहविचारकों के साथ उसके विरुद्ध संघर्ष कर रहा था, और यहाँ तक इस संघर्ष में खोया हुआ था कि उसे अपने पारिवारिक संकट की भी ख़बर न हुई।

इस आदमी के कारण नेख़्लूदोव को कैसी-कैसी विकट परिस्थितियों का सामना करना पड़ा था। एक-एक करके सभी नेख़्लूदोव को याद आने लगीं। एक बार उसे ऐसा भास हुआ था जैसे पति को पता चल गया है कि उसकी पीठ पीछे क्या हो रहा है, और वह उसे द्वन्द्व युद्ध के लिए ललकारनेवाला है। नेख़्लूदोव ने निश्चय किया कि यदि द्वन्द्व युद्ध हुआ तो वह अपनी पिस्तौल हवा में छोड़ेगा। उसे वह कांड भी याद हो आया जब वह स्त्री एक दिन मायूस होकर बाहर बाग़ में दौड़ आई थी, यह कहती हुई कि वह तालाब में डूब मरेगी और वह उसे रोकने के लिए उसके पीछे-पीछे भागा आया था।

''अब मैं वहाँ नहीं जा सकता और न ही उसका उत्तर पाए बिना कोई क़दम उठा सकता हूँ,'' नेख़्लूदोव ने सोचा। हफ़्ता भर पहले उसने उसे-एक निर्णायक पत्र लिख दिया था। उस ख़त

में उसने अपना दोष स्वीकार किया और कहा कि मैं इसका प्रायश्चित करने के लिए तैयार हूँ, पर साथ ही यह भी लिख दिया कि आज से हमारा एक दूसरे के साथ कोई सम्बन्ध नहीं होगा। इसमें मुझे तुम्हारे ही हित का ख़याल है, उसने लिखा। इस पत्र का अभी तक कोई उत्तर नहीं आया था। और यह एक अच्छा लक्षण भी हो सकता था। क्योंकि यदि वह सम्बन्ध तोड़ने से सहमत न होती तो ज़रूर लिखती, या ख़ुद चली आती, जैसे कि पहले कई बार आ चुकी थी। नेख़्लूदोव के कान में यह बात पड़ी थी कि कोई अफ़सर उस औरत पर डोरे डाल रहा है। यह सुनकर वह मन-ही-मन बेचैन तो हुआ था क्योंकि इससे उसकी ईर्ष्या जाग उठी थी, पर साथ ही उसे इस मिथ्याचार से छुटकारा पाने की उम्मीद भी बनने लगी थी।

दूसरा ख़त उसके अपने कारिन्दे की ओर से था। कारिन्दे ने लिखा था कि हुज़ूर का ज़मींदारी में एक बार आना बहुत ज़रूरी है ताकि ज़मीन-जायदाद आपके नाम हो सके। यह भी पूछा था कि क्या ज़मीन की देख-रेख उसी तरह चलती रहेगी जिस तरह माँ जी के जीवन-काल में चलती थी या उसमें कोई परिवर्तन होगा। मैंने तो आपकी माता स्वर्गीय प्रिन्सेस से निवेदन किया था, और अब आपसे निवेदन करता हूँ कि कृषि औज़ारों की मात्रा बढ़ानी चाहिए और जो ज़मीन हमने किसानों को भाड़े पर दे रखी है उसकी अब ख़ुद काश्त करनी चाहिए। इस तरह ज़मीन-जायदाद से ज़्यादा लाभ होगा। कारिन्दे ने इस बात के लिए क्षमा माँगी थी कि वह तीन हज़ार रूबल की रक़म अभी तक नहीं भेज पाया जो पहली तारीख़ तक भेज दी जानी चाहिए थी। अगली डाक से ज़रूर भेज दूँगा। कारण यह था कि किसानों से वसूली नहीं हो पाई थी। उनका अब कोई विश्वास नहीं रहा, मुझे मजबूर होकर अधिकारियों के आगे दरखास्त करनी पड़ी। चिट्ठी पढ़कर नेख़्लूदोव को ख़ुशी भी हुई और कुछ-कुछ बुरा भी लगा। ख़ुशी इस बात की हुई कि कितनी बड़ी रियासत पर उसका अधिकार है। परन्तु इसी कारण उसे निराशा भी हुई, क्योंकि किसी ज़माने में वह हर्बर्ट स्पेंसर का बड़ा उत्साही समर्थक रहा था। स्पेंसर ने अपनी पुस्तक "Social statics" में लिखा था कि निजी सम्पत्ति का अधिकार न्यायोचित नहीं। स्वयं एक बड़ी ज़मींदारी का उत्तराधिकारी होने के बावजूद नेख़्लूदोव ने इस मत का समर्थन किया था। उस समय वह युवक था और उसमें विचारों की दृढ़ता थी, जिस कारण उसने न केवल लोगों से वाद-विवाद ही किया कि ज़मीन को निजी सम्पत्ति क़रार देना अन्याय है और विश्वविद्यालय में इस विषय पर लेख ही नहीं लिखे बल्कि अपने विश्वास के अनुरूप आचरण भी किया, और जो पाँच सौ एकड़ भूमि पिता की ओर से विरासत में मिली थी, उसे किसानों को दे दिया। परन्तु अब जब माँ की बड़ी ज़मींदारी विरासत में मिलने पर वह भूमिपति बन रहा था तो उसके सामने दो में से एक ही रास्ता खुला था। या तो वह यह ज़मीन-जायदाद भी किसानों का सौंप दे जैसा कि आज से दस साल पहले उसने अपने पिता की ज़मीन के सम्बन्ध में किया था, या फिर चुपचाप यह क़बूल कर ले कि उसके पहले विचार ग़लत और झूठे थे।

ज़मीन-जायदाद वह किसानों को नहीं दे सकता था, क्योंकि यही उसकी जीविका का एकमात्र साधन था। वह सरकारी नौकरी करना नहीं चाहता था। साथ ही उसे अब ख़र्चीली आदतें पड़ गई थीं जिन्हें छोड़ना उसके वश की बात नहीं थी। यह व्यर्थ भी था क्योंकि अब उन विचारों में उसके लिए पहले का सा आकर्षण भी नहीं रहा था। विचारों की दृढ़ता, जवानी का जोश और विलक्षण कार्य करने की महत्वाकांक्षा अब नहीं रही थी। पर वह यह भी नहीं कर सकता था कि ज़मीन-मिलकियत के अन्याय पर आँखें मूँद सके, जिसके स्पष्ट और अकाट्य तर्क उसने स्पेंसर के "Social statics" में पढ़े थे। इन्हीं तर्कों का योग्य समर्थन बाद में हैनरी जार्ज की

पुस्तकों में उसे मिला था। फिर भी वह यह नहीं कर सकता था।

यही कारण था कि कारिन्दे का ख़त पढ़कर उसका मन खिन्न हो उठा।

4

कॉफ़ी पी चुकने के बाद नेख़्लूदोव उठा और अपने पढ़नेवाले कमरे में चला गया ताकि सम्मन से देख सके कि उसे किस वक़्त कचहरी पहुँचना है। साथ ही वह प्रिन्सेस के ख़त का जवाब भी देना चाहता था। जाते हुए वह अपने स्टूडियो में से गुज़रा। ईज़ल पर अब भी एक अधूरी तस्वीर लगी थी। उस तस्वीर पर वह दो साल तक निष्फल मेहनत करता रहा था। दीवारों पर कुछेक चित्र टँगे थे जो किसी ज़माने में उसने बनाए थे। यह सोचकर कि वह चित्रकला में भी आगे नहीं बढ़ पाया, उसमे कोई योग्यता नहीं, उसका मन क्षुब्ध हो उठा। कुछ दिनों से उसके मन को यह विचार परेशान किए हुए था, पर वह अपने आपको यह कहकर ढाढ़स दे लेता कि उसकी सौन्दर्य-भावना बेहद सूक्ष्म और विकसित है। जो भी हो, उसके मन में क्षोभ उठा।

सात साल पहले उसने नौकरी को लात मार दी थी, यह सोचकर कि उसमें कलाकार बनने की सच्ची योग्यता है। कला के शिखर पर खड़े हुए उसे बाक़ी सब काम तुच्छ नज़र आए थे। पर अब ज़ाहिर हो गया था कि ऐसा सोचने का उसे कोई अधिकार नहीं था। अब जब भी कोई चीज़ उसे इन बातों की याद दिलाती तो उसका मन क्षुब्ध हो उठता। स्टूडियो की अमीराना ढँग की साज-सज्जा को देखकर भी उसका मन उदास हुआ। इसलिए जब वह अपने अध्ययन-कक्ष में पहुँचा तो वह कुछ खीझा हुआ था। अध्ययन-कक्ष भी बड़े ठाठ का था, खुला, बड़ा कमरा और ऊँची छत। उसे इस तरह सजाया गया था कि आरामदेह भी हो और बेहद सुन्दर भी लगे।

लिखने के बड़े मेज़ पर, काग़ज़ रखने के ख़ाने में कचहरी का सम्मन पड़ा था। ऊपर ''अविलम्ब'' का लेबल लगा था। ग्यारह बजे उसे कचहरी पहुँचना था।

प्रिन्सेस के ख़त का जवाब देने के लिए नेख़्लूदोव मेज़ के पास बैठ गया। वह लिखना चाहता था कि आपके निमन्त्रण के लिए धन्यवाद, मैं ज़रूर भोजन के समय आने की कोशिश करूँगा। उसने एक रुक़्क़ा लिखा, लेकिन फिर फाड़ दिया। उसमें कुछ अधिक घनिष्ठता आ गई थी। उसने दूसरा रुक़्क़ा लिखा। लेकिन वह भी ठीक नहीं बन पाया, उसमें उपेक्षा का भास होता था। उसने उसे भी फाड़ दिया, यह सोचकर कि कहीं प्रिन्सेस पढ़कर नाराज़ न हो। उसने बिजली की घंटी का बटन दबाया। नौकर हाज़िर हुआ। वह अधेड़ उम्र का चिड़चिड़ा-सा आदमी लगता था, मुँह पर गलमुच्छे, ठुड्डी पर के बाल और मूँछें मुंडी हुईं, एक सूती एप्रन लटकाए हुए था।

''गाड़ी बुलाओ।''

''बहुत अच्छा हुज़ूर।''

''और जो नौकरानी चिट्ठी लेने के लिए बैठी है उसे कहो कि मैं ज़रूर आने की कोशिश करूँगा। निमन्त्रण के लिए धन्यवाद कहना।''

''बहुत अच्छा हुज़ूर।''

नेख़्लूदोव मन में सोचने लगा–''जवाब तो लिखकर ही देना चाहिए, यों ज़बानी कहलवा देने में रुखाई-सी लगती है, लेकिन क्या करूँ, लिखा नहीं जाता। कोई बात नहीं, आज उसे मिलूँगा ही।'' और वह उठकर अपना ओवरकोट लेने चला गया।

जब वह घर में से निकला तो एक गाड़ी दरवाज़े पर खड़ी थी, जिसके पहियों पर रबड़ के

टायर लगे थे। वह गाड़ीवान को जानता था। नेख़्लूदोव गाड़ी में बैठा ही था कि गाड़ीवान ने तनिक घूमकर कहा–

''कल आप प्रिन्स कोर्चागिन के घर से अभी निकले ही होंगे कि मैं गाड़ी लेकर पहुँच गया। दरवाज़े पर दरबान ने बताया कि अभी-अभी निकल गए हैं।''

''गाड़ीवानों तक को पता चल गया है कि कोर्चागिनों के साथ मेरे कैसे सम्बन्ध हैं,'' नेख़्लूदोव ने सोचा। और यह सवाल फिर उसके मन में उठा कि प्रिन्सेस कोर्चागिना के साथ शादी करे या न करे। परन्तु वह कोई फ़ैसला नहीं कर पाया। आजकल वह किसी सवाल का भी फ़ैसला नहीं कर पा रहा था।

शादी के हक़ में कई बातें थीं। गृहस्थी का आराम तो होगा ही, साथ में, भलमनसाहत से ज़िन्दगी गुज़रने लगेगी, और मुख्यतः परिवार से, बाल-बच्चों से जीवन में कोई लक्ष्य आ जाएगा। आजकल तो जीवन बिलकूल शून्य हो उठा है। शादी के विरुद्ध भी कई बातें थीं, परन्तु उनमें मुख्य यही थी कि वह डरता था। सभी लोग जो अपने यौवन का पहला भाग गुज़ार चुके होते हैं शादी करने से घबराते हैं, डरते हैं कि उनकी आज़ादी छिन जाएगी। साथ ही, अनजाने में ही उनकी नज़रों में स्त्री बड़ी रहस्यमयी जीव हो उठती है, जिससे वे कुछ-कुछ भय खाने लगते हैं।

इस विशेष स्थिति को सोचते हुए, मिस्सी के साथ शादी करने के हक़ में कई बातें थीं। (उसका असली नाम मारिया था, पर जैसा कि एक ख़ास श्रेणी के लोगों में पाया जाता है, उसे एक प्यार का नाम भी दिया गया था।) एक तो यह कि घर-परिवार अच्छा था। दूसरे लड़की हर बात में आम लड़कियों से भिन्न थी–उसके बोलने का ढंग, चलने का, हँसने का ढंग, हर बात में भिन्नता थी। किसी विलक्षणता के कारण नहीं, वरन् अपनी ''भद्रता'' के कारण ही यह गुण उसने ग्रहण किया था। ''भद्रता'' से इस गुण की ठीक-ठीक व्याख्या तो नहीं होती थी, हालाँकि भद्रता का उसकी नज़रों में बड़ा मूल्य था। साथ ही वह किसी भी दूसरे आदमी को इतना अच्छा नहीं समझती जितना कि उसे–जिसका मतलब है कि वह उसके गुणों को पहचानती है, उसे समझती है। और जो लड़की उसके गुणों का मूल्य आँक सकती है, उसे समझ सकती है, ज़ाहिर है कि वह सूझ-बूझवाली लड़की है, उसकी पहचान अच्छी है। मिस्सी से शादी करने के विरुद्ध सबसे बड़ी बात यह थी कि सम्भव है उससे भी अच्छी लड़की मिल जाए। मिस्सी सत्ताईस बरस की हो चली है, जिसका मतलब है कि ज़रूर उसने पहले भी किसी से प्रेम किया होगा, कि उसे ही उसने सबसे पहले अपना दिल नहीं दिया। यह सोचकर उसके मन में चुभन-सी हुई। उसके आत्मसम्मान को चोट लगी कि कोई दूसरा भी आदमी हो सकता है जिसे वह प्रेम कर सकती थी, भले ही वह अतीत में कभी रहा हो। बेशक उसे उस वक़्त यह मालूम तो नहीं हो सकता था कि भविष्य में कभी उसकी नेख़्लूदोव से मुलाक़ात होगी, परन्तु वह किसी दूसरे को प्यार कर सकती थी, यह सोचकर ही नेख़्लूदोव को बुरा लगा।

सो शादी करने के हक़ में भी उतने ही तर्क थे जितने कि उसके विरुद्ध। कम-से-कम नेख़्लूदोव को लगता था कि दोनों पलड़े एक जैसे भारी हैं। मैं भी कैसा गधा हूँ, नेख़्लूदोव ने सोचा और हँसने लगा। उसे उस गधे की कहानी याद हो आई जो यह निश्चय नहीं कर पाता था कि भूसे के किस ढेर की ओर जाए।

''कुछ भी हो, जब तक मुझे मारिया वासील्येव्ना (अभिजातों के प्रधान की पत्नी) का जवाब नहीं आ जाता, और वह क़िस्सा ख़त्म नहीं हो जाता, मैं कुछ भी नहीं कर सकता,'' उसने मन-ही-मन कहा।

इस विश्वास से कि वह इस निश्चय को स्थगित कर सकता है, बल्कि उसे ज़रूर इसे स्थगित कर देना चाहिए उसके मन को बड़ा ढाढ़स मिला।

"बस ठीक है, इस बारे में फिर सोचा जाएगा," उसने मन-ही-मन कहा। गाड़ी पक्की सड़क पर चलती हुई धीरे-से कचहरी के फाटक के सामने जाकर रुक गई।

"अब तो मेरा काम यह है कि पूरी ईमारदारी से अपना सार्वजनिक कर्तव्य निभाऊँ, जैसे कि मैं सदा करता रहा हूँ, और जैसा करना उचित भी है। और यह काम अक्सर दिलचस्प भी होता है।" पहरी के पास से होकर नेख़्लूदोव ने कचहरी में प्रवेश किया।

5

कचहरी के गलियारों में अभी से बड़ी चहल-पहल थी। चपरासी काग़ज़ों के फ़ाइल उठाए, और तरह-तरह के सन्देशों के पुर्जे पकड़े, इधर-से-उधर, पाँव घसीटते भागे फिरते थे। उनके साँस फूल रहे थे। दरबान, वकील और अदालती अफ़सर इधर-उधर आ जा रहे थे। मुद्दई ओर मुद्दालेह, जो हिरासत में नहीं थे, दीवारों के साथ-साथ, मुँह लटकाए घूम रहे थे या बैठे इन्तज़ार कर रहे थे।

"जिला अदालत कहाँ पर है ?" नेख़्लूदोव ने एक चपरासी से पूछा।

"कौन-सी अदालत, दीवानी या फ़ौजदारी ?"

"मैं जूरी का सदस्य हूँ।"

"वह फ़ौजदारी अदालत है। इधर दाएँ हाथ जाइए, फिर बाएँ घूमकर दूसरा दरवाज़ा।"

नेख़्लूदोव उसी रास्ते जाने लगा।

दरवाज़े पर दो आदमी खड़े इन्तज़ार कर रहे थे। उनमें से एक कोई व्यापारी था, ऊँचा-लम्बा और मोटा-ताजा आदमी, जो ख़ूब चहक रहा था। प्रत्यक्षतः अभी-अभी खा-पीकर आया था और कुछ चढ़ा रखी थी। दूसरा कोई यहूदी था और किसी दूकान का कारिन्दा था। वे ऊन के भाव के बारे में बात कर रहे थे जब नेख़्लूदोव ने पास आकर पूछा कि क्या जूरी का यही कमरा है ?

"जी श्रीमान, यही कमरा है। क्या आप भी हमीं में से हैं–जूरी में बैठने आए हैं ?" व्यापारी ने हँसकर आँख मारते हुए पूछा।

नेख़्लूदोव ने हाँ में जवाब दिया।

"तो फिर एक साथ ही काम करेंगे, क्यों ?" व्यापारी कहता गया। "मेरा नाम बाक्लाशोव है, द्वितीय व्यापारी गिल्ड का सदस्य हूँ।" और उसने अपना चौड़ा, पिलपिला हाथ, जो इतना मोटा था कि मुड़ता भी नहीं था, आगे बढ़ाया। "जो बन पड़ा करेंगे। और श्रीमान् का शुभनाम ?"

नेख़्लूदोव ने अपना नाम बताया और सीधा जूरी के कमरे में चला गया।

कमरे में उस वक़्त दसेक आदमी होंगे, सभी भिन्न-भिन्न प्रकार के। कुछ बैठे थे, कुछ इधर-उधर टहल रहे थे, कुछेक खड़े एक दूसरे की ओर देख रहे थे और आपस में परिचय प्राप्त कर रहे थे। सभी लोग अभी-अभी आए थे। उनमें से एक अवकाश प्राप्त फ़ौजी अफ़सर था जिसने वर्दी पहन रखी थी। कुछेक ने फ़्रॉक-कोट पहने थे, बाक़ियों ने साधारण कोट। एक आदमी देहाती लिबास में था।

सभी सन्तुष्ट नज़र आते थे क्योंकि एक सामाजिक कर्तव्य पूरा करने जा रहे थे। हालाँकि कुछ लोगों को अपना काम-धन्धा छोड़कर आना पड़ा था, और वे इस पर बड़बड़ा भी रहे थे।

मौसम की चर्चा हो रही थी कि इस बार वसन्त जल्दी आ गया है, और इस बात की कि कैसे केस उन्हें सुनने होंगे। कुछेक का एक दूसरे के साथ परिचय हो चुका था, कुछ लोग खड़े-खड़े एक दूसरे के बारे में अनुमान लगा रहे थे कि कौन आदमी कौन है। जिन लोगों का नेख़्लूदोव से परिचय नहीं हुआ था वे उसके साथ हाथ मिलाने के लिए उत्सुक हो उठे, उससे परिचय प्राप्त करना वे अपना गौरव समझते थे। और नेख़्लूदोव इसे अपना हक़ समझता था। अपरिचित लोगों के बीच सदा उसे ऐसा ही महसूस होता था। यदि कोई आदमी उससे पूछता कि वह क्यों अपने को अधिकांश लोगों से बड़ा समझता है, तो शायद इस सवाल का वह स्वयं कोई जवाब न दे पाता। जिस प्रकार का जीवन उसने अब तक बिताया था उसमें कोई विशेषता नहीं थी। हाँ, वह अंग्रेजी, फ्रांसीसी और जर्मन भाषाएँ बड़ी नफ़ासत से बोल सकता था, और उसके कपड़े नेकटाइयाँ, कफ़-बटन वग़ैरा बहुत बढ़िया होते थे। उन्हें वह सबसे फ़ैशनेबुल दूकानों पर ख़रीदा करता था। परन्तु इन बातों के कारण तो कोई अपने को औरों से बड़ा नहीं समझ सकता। फिर भी वह अपने को बड़ा समझना चाहता था, लोगों से जो सम्मान प्राप्त होता उसे वह अपना हक़ समझता, और यदि कोई उसके प्रति उपेक्षा से पेश आता तो उसके दिल को चोट लगती। इस जूरी के कमरे में उसे वह मान नहीं मिला, इसलिए उसकी भावनाओं को ठेस लगी। जूरी के सदस्यों में से एक आदमी को वह पहले से जानता था। प्योत्र गेरासिमोविच उसका नाम था, किसी ज़माने में वह नेख़्लूदोव की बहिन के बच्चों को पढ़ाने आया करता था। नेख़्लूदोव उसके कुल नाम से अनभिज्ञ था। कई बार इस बात के लिए नेख़्लूदोव ने डींग भी मारी थी। अब यह आदमी एक पब्लिक स्कूल का अध्यापक था। उसकी बेतकल्लुफ़ी नेख़्लूदोव सहन नहीं कर सका। वह हँसता तो बड़े आत्मतुष्ट लोगों की तरह। नेख़्लूदोव को वह आदमी बड़ा अशिष्ट लगा।

"ओ-हो ! तो तुम्हें भी फँसा लिया इन्होंने !" कहते हुए प्योत्र गेरासिमोविच ने नेख़्लूदोव का अभिवादन किया, और ठहाका मारकर हँसने लगा। "तुम बचकर निकल नहीं पाए, हैं ?"

"मैंने बचकर निकलने की कोई कोशिश भी नहीं की," नेख़्लूदोव ने गम्भीर आवाज़ में उत्तर दिया। उसके लहजे में कठोरता थी।

"वाह, मान लिया! जन-सेवा का क्या बढ़िया शौक़ है ! पर ज़रा ठहर जाओ। जब भूख लगेगी और नींद से ऊँघने लगोगे, तब पूछूँगा। तब कोई दूसरा ही राग आलापोगे।"

नेख़्लूदोव ने सोचा कि "यह पादरी का बच्चा अभी मेरा कन्धा भी थपथपाने लगेगा," और सीधा वहाँ से हटकर दूसरी तरफ़ जाने लगा। उसका मुँह लटक गया, मानो किसी ने अभी-अभी आकर ख़बर दी हो कि उसके सब सम्बन्धी स्वर्ग सिधार गए हैं। एक जगह पर कुछ आदमी एक ऊँचे-लम्बे, रोबीले आदमी के इर्द-गिर्द खड़े थे, जो बड़े जोश से कोई बात सुना रहा था। उसकी दाढ़ी-मूँछ मुंडी हुई थी। बात एक मुक़दमे के बारे में थी जो दीवानी अदालत में चल रहा था। जिस मज़े से वह प्रख्यात वकीलों और जजों के नाम ले-लेकर बात सुना रहा था उससे जान पड़ता था कि उसे मुक़दमे की पूरी-पूरी जानकारी है। मुक़दमा एक बुढ़िया औरत का था। वह कह रहा था कि वकील ने इतनी कुशलता से पैरवी की कि मुक़दमे का सारा रुख़ ही बदल गया। बुढ़िया औरत के हक़ में न्याय था, पर उस उसे उल्टे लेने-के-देने पड़ रहे हैं। अब उसे अच्छी ख़ासी रक़म अपने मुख़ालिफ़ को देनी पड़ेगी।

"वकील नहीं जादूगर है," वह कह रहा था।

सब लोग बड़े ध्यान से सुन रहे थे। सबके चेहरे पर आदर का भाव था। कुछेक ने अपनी राय देने की कोशिश की, लेकिन उसने किसी को बोलने नहीं दिया, मानो वही मुक़दमे के बारे

में सब कुछ जानता हो।

नेख़्लूदोव को बड़ी देर तक इन्तज़ार करना पड़ा, हालाँकि वह ख़ुद भी देर से आया था। एक जज अभी तक नहीं पहुँचा था, और सब लोग उसका इन्तज़ार कर रहे थे।

6

अदालत का प्रधान जज वक़्त से पहले पहुँच गया था। ऊँचा-लम्बा, हृष्ट-पुष्ट व्यक्ति, बड़े-बड़े सफ़ेद गलमुच्छे। विवाहित होते हुए भी वह बेलगाम होकर भोग-विलास करता था। उसकी पत्नी भी यही कुछ करती थी। इसलिए दोनों स्वतन्त्र थे। आज प्रातः उसे स्विट्ज़रलैंड की एक लड़की से ख़त आया था। यह लड़की पहले इसके बच्चों की गवर्नेस रह चुकी थी और अब दक्षिणी रूस के किसी स्थान से पीटर्सबर्ग जा रही थी। उसने लिखा था कि वह शाम को होटल ''इतालिया'' में 3 और 6 बजे के बीच उसका इन्तज़ार करेगी। लड़की का नाम क्लारा वासील्येव्ना था। क़द-बुत की गुड़िया-सी, और सिर पर लाल-लाल बाल थे। पिछले साल गर्मी के दिनों में देहात में इनका रोमांस शुरू हुआ था। अब प्रधान जज की इच्छा थी कि जितनी जल्दी हो सके अदालत की कार्यवाही शुरू की जाए, ताकि वह 6 बजे से पहले उसके पास पहुँच सके।

वह निजी कमरे में गया और दरवाज़े को अन्दर से चिटख़नी चढ़ा दी। फिर एक अलमारी में से डंबल का जोड़ा निकालकर सामने रखा। दोनों बाजुओं को सामने, ऊपर नीचे, दाएँ और बाएँ बीस बार हिला-हिलाकर व्यायाम किया। फिर दोनों डंबल उठाकर, हाथों को ऊपर करके, धीरे-धीरे, तीन बार उठक-बैठक लगाई।

''सेहत क़ायम रखने का अगर कोई साधन है तो ठंडे जल से स्नान और व्यायाम,'' वह बोला, और अपने बाएँ हाथ से दाएँ बाज़ू की मांसपेशी को दबा-दबाकर देखने लगा। तर्जनी में उसने सोने की अँगूठी पहन रखी थी। इसके बाद वह व्यायाम का दूसरा आसन करने की तैयारी करने लगा। (जब भी अदालत की कार्रवाही लम्बी हो तो वह ये दोनों आसन ज़रूर कर लिया करता था)। लेकिन उसी वक़्त किसी ने दरवाज़े को धक्का दिया। प्रधान जज ने फ़ौरन डंबल अपनी जगह पर रख दिए और दरवाज़ा खोला।

''माफ़ कीजिए, आपको इन्तज़ार करना पड़ा।''

अदालत के एक सदस्य ने कमरे में प्रवेश किया। छोटा क़द, आँखों पर सुनहरी चश्मा और ऊँचे-ऊँचे कन्धे। उसके चेहरे पर असन्तोष की छाप थी।

''आज फिर मात्वेई निकीतिच अभी तक नहीं पहुँचा,'' उसने खीजकर कहा।

''अभी तक नहीं पहुँचा। वह हमेशा देर से आता है,'' प्रधान जज ने वर्दी पहनते हुए कहा।

''मैं हैरान हूँ कि उसे शर्म तक नहीं आती,'' सदस्य ने गुस्से से कहा, और बैठकर सिगरेट सुलगाने लगा।

यह आदमी हर काम में बड़ी मीन-मेख़ निकालता था। उस दिन प्रातः इसका अपनी पत्नी के साथ झगड़ा हो गया था। महीना ख़त्म होने से पहले ही पत्नी के पास घर-खर्च के पैसे चुक गए थे और उसने इससे कुछ पैसे पेशगी माँगे। इसने देने से इनकार कर दिया था। इस पर झगड़ा हो गया। पत्नी ने साफ़ कह दिया कि अगर तुम्हारा ऐसा व्यवहार रहेगा तो आज घर में खाना नहीं बनेगा। इस बात पर वह घर से निकल आया था, लेकिन दिल-ही-दिल में डर रहा था कि कहीं उसकी धमकी सच्ची ही न निकले, क्योंकि उसकी पत्नी अपनी सनक में जो करे सो थोड़ा।

प्रधान जज के दमकते, स्वस्थ, हँसमुख और दयालु स्वभाव चेहरे को देखकर उसने मन-ही-मन कहा, ''भोगो सदाचार का फल।'' प्रधान कुर्सी पर बैठा, दोनों कोहनियाँ मेज पर दूर-दूर रखे, अपने नाज़ुक गोरे-गोरे हाथों से अपने गलमुच्छे सहला रहा था। घने, सफ़ेद गलमुच्छों के नीचे वर्दी कोट के कालर पर बढ़िया कसीदाकारी थी। ''यह आदमी सदा प्रसन्नचित्त और सन्तुष्ट रहता है, और मेरी क़िस्मत में क्लेश भोगना ही लिखा है।''

सेक्रेटरी ने प्रवेश किया। वह किसी केस के काग़ज़ात लाया था।

''धन्यवाद,'' प्रधान जज ने सिगरेट सुलगाते हुए कहा, ''पहले कौन-सा मुक़दमा शुरू करें ?''

''मैं सोचता हूँ ज़हरवाला मुक़दमा ठीक रहेगा,'' सेक्रेटरी ने उपेक्षा से कहा।

''ठीक है, यही सही,'' प्रधान जज ने कहा। उसने सोचा कि चार बजे तक मैं इसे ख़त्म कर सकूँगा और फिर यहाँ से जा सकूँगा। ''क्या मात्वेई निकीतिच आ गया है ?''

''अभी तक नहीं आया।''

''और ब्रेवे ?''

''ब्रेवे आ गया है।''

''तो अगर मिले तो उसे कह देना कि हम पहले ज़हरवाला मुक़दमा लेंगे।''

ब्रेवे सरकारी वकील था जिसे इस मुक़दमे की पैरवी करनी थी।

गलियारे में ब्रेवे और सेक्रेटरी की मुठभेड़ हो गई। ब्रेवे कन्धे ऊपर को उठाए, बग़ल में बैग दबाए, एड़ियाँ खटखटाता हुआ तेज़-तेज़ जा रहा था। वह दूसरे बाजू को अपने सामने दाएँ-बाएँ झुला रहा था।

''तैयार हो न ? मिख़ाईल पेत्रोविच पूछ रहे थे,'' सेक्रेटरी ने कहा।

''मैं हर वक़्त तैयार रहता हूँ,'' सरकारी वकील ने जवाब दिया, ''कौन-सा मुक़दमा पहले होगा ?''

''ज़हरवाला मुक़दमा।''

''ठीक है,'' सरकारी वकील ने कहा। परन्तु दिल में उसे यह ठीक नहीं लगा। रात को वह अपने एक दोस्त की विदाई पार्टी में गया था और रात के 2 बजे तक शराब और जुआ चलता रहा था और बाद में सब यार-दोस्त चकले में गए थे। उसी चकले में जहाँ छः महीने पहले मास्लोवा रह रही थी। इस कारण उसे ज़हरवाला केस पढ़ने का वक़्त नहीं मिला था, और वह सोच रहा था कि अब बैठकर उसे देखूँगा। सेक्रेटरी को यह मालूम था, इसीलिए उसने ज़हरवाले मुक़दमे से ही कार्यवाही शुरू करने की सलाह प्रधान जज को दी थी। सेक्रेटरी उदारवादी विचारों का था, बल्कि किसी हद तक रेडिकल था। इसके विपरीत ब्रेवे कट्टरपंथी था, और रूस में आकर आबाद हुए सभी जर्मनों की तरह, उसके मन में भी आर्थोडाक्स मत के लिए विशेष अनुराग था। सेक्रेटरी को वह बुरा लगता था और उसे इस पद पर देख-देखकर जलता था।

''और स्कोप्त्सी* वाले मुक़दमे का क्या करोगे ?'' सेक्रेटरी ने पूछा।

''मैंने पहले ही कह दिया है कि गवाहों के बिना मैं कुछ नहीं कर सकता। यही बात मैं अदालत में भी कह दूँगा।''

''वाह, इससे क्या फ़र्क पड़ता है ?''

''मैं नहीं कर सकता,'' ब्रेवे ने झुँझलाकर हाथ हिलाते हुए कहा, और तेज़-तेज़ चलता हुआ

---

* स्कोप्सी—एक धार्मिक समुदाय।

अपने निजी दफ़्तर में चला गया।

वह जानबूझकर इस मुक़दमे को स्थगित करना चाहता था और जिन गवाहों का बहाना वह बना रहा था वे बिलकुल ग़ैरज़रूरी थे। असल वजह यह थी कि अगर मुक़दमा पढ़े-लिख जूरी के सामने पेश हुआ तो सम्भव है अपराधी छूट जाएँ। इसलिए प्रधान जज से मिलकर उसने यह फ़ैसला कर लिया था कि इस मुक़दमे की पेशी अगले इजलास में रखी जाएगी, और वह भी इलाक़े के किसी छोटे क़स्बे में जहाँ जूरी में किसानों की संख्या अधिक होगी और इससे सज़ा दिलवाना आसान होगा।

गलियारे में हलचल बढ़ने लगी। दीवानी अदालत के दरवाज़े पर लोगों की भीड़ जमा हो गई। यहाँ पर उसी मुक़दमे की सुनवाई हो रही थी जिसकी चर्चा वह रोबीला आदमी कर रहा था जिसे सभी मुक़दमों की ख़बर रहती थी।

कचहरी में थोड़ी देर के लिए इजलास बरख़ास्त हुआ, और वह बूढ़ी महिला निकलकर बाहर आई, जिसकी ज़मीन-जायदाद छिन गई थी। प्रतिभावान वकील ने ऐसी बढ़िया जिरह की थी कि सारी सम्पत्ति उसके मुवक्किल व्यापारी के हाथ आ गई थी, जिस पर वास्तव में उसका कोई अधिकार न था। जजों को सब मामला मालूम था। वकील और मुवक्किल भी मामले को ख़ूब जानते थे। पर वकील ने जो चाल चली वे ऐसी थी कि यह फ़ैसला अनिवार्य हो गया कि बुढ़िया की ज़मीन-जायदाद व्यापारी को दे दी जाए।

बुढ़िया गठीले बदन की स्त्री थी। उसने बढ़िया कपड़े पहन रखे थे और टोपी पर बड़े-बड़े फूल लगा रखे थे। दरवाज़े में से निकलकर वह रुक गई और अपनी छोटी लेकिन मोटी-मोटी बाँहें फैलाकर बार-बार अपने वकील से कहने लगी– ''इसका मतलब क्या है? यह हो कैसे सकता है? इसका ख़याल ही किसी को कैसे आ सकता है ?''

वकील का ध्यान किसी दूसरी तरफ़ था, और उसकी आँखें बुढ़िया की टोपी में लगे फूलों को देखे जा रही थीं।

बूढ़ी महिला के पीछे-पीछे वह प्रतिभावान वकील दीवानी अदालत के कमरे में से निकलकर बाहर आया जिसने यह मुक़दमा जीता था और अपने मुवक्किल से दस हज़ार रूबल लेकर उसे एक लाख रूबल की ज़मीन-जायदाद दिलवा दी थी। यह उसकी ही एक चाल का करिश्मा था कि बुढ़िया अपना सब कुछ गँवा बैठी। कमरे में से निकलते वक़्त उसकी सफ़ेद कलफ़ चढ़ी कमीज़ उसकी छोटी-सी वास्कट के नीचे से ख़ूब चमक रही थी। वह तेज़-तेज़ क़दम रखता हुआ चला आ रहा था, चेहरा ख़ुशी और आत्मसन्तोष से दमक रहा था, और चाल-ढाल ऐसी मानो सबकी आँखें उसी पर लगी हों और वह कह रहा हो–''नहीं, नहीं ताली बजाने की कोई ज़रूरत नहीं।''

7

आख़िर मात्वेई निकीतिच भी आ पहुँचा। उसके पहुँचने पर अदालत के पेशकार ने जूरी के कमरे में प्रवेश किया। पतला-सा आदमी, जब वह चलता तो एक ओर को झूलता था। उसका निचला होंठ भी एक ओर को लटका हुआ था।

पेशकार पढ़ा-लिखा आदमी था, विश्वविद्यालय में तालीम पा चुका था, और बेहद ईमानदार था, पर ज़्यादा देर तक कहीं भी नौकरी नहीं कर पाता था, क्योंकि उसे शराब पीने की इल्लत पड़ गई थी। तीन महीने हुए एक काउंटेस की सिफ़ारिश पर उसे कचहरी में नौकरी मिली थी।

काउंटेस ने भी सिफ़ारिश इसलिए की कि वह उसकी पत्नी पर मेहरबान था। और वह इस बात पर बड़ा ख़ुश था कि इस नौकरी पर अब तक डटा हुआ था।

नाक पर अपनी कमानीदार ऐनक चढ़ाते हुए और उसके पीछे से सबको देखते हुए पेशकार बोला–

''तो साहिबान, सब पहुँच गए ?''

''सब मौजूद हैं,'' हँसमुख व्यापारी ने कहा।

''अच्छी बात है, अभी देख लेते हैं।'' और जेब में से एक सूची निकाल उसने एक-एक करके नाम पढ़ने शुरू कर दिए। नाम पढ़ता जाता और कभी ऐनक में से और कभी ऐनक के ऊपर से झाँक-झाँककर वहाँ बैठे आदमियों को देखता जाता।

''राज्य-परिषद् के सदस्य श्री इ.म. निकीफ़ोरोव !''

''हाँ, मैं हाज़िर हूँ।'' एक रोब-दाबवाले आदमी ने कहा। यह वही सज्जन थे जो कचहरियों के मामलात की पूरी-पूरी जानकारी रखते थे।

''पैंशन याफ़्ता कर्नल इवान सेम्योनोविच इवानोव !''

''हाज़िर !'' एक पतला-सा आदमी बोला जिसने अवकाश प्राप्त अफ़सरों की वर्दी पहन रखी थी।

''द्वितीय व्यापारी गिल्ड के सदस्य, प्योत्र बाक्लाशोव !''

''तैयार-बर-तैयार,'' हँसमुख व्यापारी ने खीसियाँ निपोरते हुए कहा।

''गार्ड्स के लेफ़्टिनेंट प्रिन्स द्मीत्री नेख़्लूदोव !''

''हाजिर !'' नेख़्लूदोव ने जवाब दिया।

ऐनक के ऊपर से झाँकते हुए पेशकार ने झुककर बड़ी नम्रता तथा प्रसन्नता से अभिवादन किया, मानो उन्हें औरों से अलग समझकर सत्कार करना चाहता हो।

''कैप्टेन यूरी द्मीत्रियेविच दानचेंको, ग्रिगोरी येफ़ीमोविच कुलेशोव, व्यापारी,'' इत्यादि। दो को छोड़कर सभी उपस्थित थे।

''तो साहिबान अदालत में तशरीफ़ ले चलिए,'' बड़े आतिथ्यपूर्ण ढंग से दरवाज़े की ओर इशारा करते हुए पेशकार ने कहा।

सभी दरवाज़े की ओर बढ़े। एक दूसरे के लिए रास्ता छोड़ देने के लिए वे तनिक रुक जाते फिर आगे बढ़ जाते। गलियारे में से होते हुए वे कचहरी में दाख़िल हुए।

अदालत का कमरा ख़ूब खुला और लम्बा था। कमरे के एक ओर मंच था जिस पर चढ़ने के लिए तीन सीढ़ियाँ थीं। मंच पर एक बड़ा मेज़ रखा था जिस पर हरे रंग का मेज़पोश बिछा था। मेज़पोश के किनारों पर गहरे हरे रंग का बार्डर लगा था। मेज़ के पीछे तीन बड़ी-बड़ी बलूत की कुर्सियाँ रखी थीं। कुर्सियों की पीठ ऊँची थी, और उन पर नक़्क़ाशी का काम हुआ था। कुर्सियों के पीछे, दीवार पर ज़ार का एक वृहत् रंगीन चित्र लटक रहा था। चित्र में ज़ार ने वर्दी और कन्धे पर पट्टा पहन रखे थे, हाथ तलवार की मूठ पर था, और एक पाँव तनिक आगे को रखा था। दाईं ओर कोने में एक चौखटा लटक रहा था जिसमें ईसा की प्रतिमा थी, सिर पर काँटों का ताज, और चौखटे के नीचे बाईबिल-पाठ के लिए मेज़ रखी थी। उसी तरफ़ सरकारी वकील की मेज़ लगी थी। बाईं ओर, सरकारी वकील की मेज़ के ऐन सामने सेक्रेटरी की मेज़ थी, और लोगों के बैठने की जगह के नज़दीक बलूत की लकड़ी का डंडहरा लगा था। डंडहरे के पीछे कटघरा था जिसमें क़ैदी के बैठने की बेंच थी। इस वक़्त कटघरा खाली था। मंच के दाएँ हाथ

जूरी के लिए ऊँची पीठ की कुर्सियाँ रखी थीं। नीचे फ़र्श पर वकीलों की मेज़ें थीं। यह सब कमरे के सामनेवाले हिस्से में था। कमरे के बीचोबीच एक डंडहरा लगा था जो पिछले हिस्से और सामने के हिस्से को एक दूसरे से अलग करता था। कमरे के पिछले हिस्से में बेंचों की क़तारें लगी थीं। सामने के बेंच पर चार औरतें और दो आदमी बैठे थे। औरतें या नौकरानियाँ थी या किसी फ़ैक्टरी की मज़दूरिनें। दोनों आदमी श्रमिक थे। कमरे के वैभवपूर्ण वातावरण का उन पर इतना रोब था कि वे एक दूसरे से बात भी करते तो फुसफुसाकर।

जब जूरी के सदस्य अपनी-अपनी जगह पर बैठ गए, तो पेशकार फिर तिरछा चलता हुआ सामने आ खड़ा हुआ और ऊँची आवाज़ में बोला, मानो वहाँ बैठे लोगों को डराना हो –

"जज साहिबान तशरीफ़ ला रहे हैं !"

सभी उठ खड़े हुए। जज साहिबान मंच की ओर बढ़े। सबसे आगे प्रधान जज था, बढ़िया गलमुच्छों और मांसपेशियोंवाला। उसके पीछे सुनहरी ऐनकवाला दूसरा जज था जिसका मुँह हर वक़्त लटका रहता था और आज वह पहले से भी अधिक लटका हुआ था। दरअसल अभी-अभी उसे उसका साला मिला था। साला बहिन को मिलकर चला आ रहा था, और बहिन ने कहा था कि आज खाना नहीं पकेगा।

"मतलब है आज किसी ढाबे की तलाश करनी होगी," हँसते हुए साले ने कहा।

"यह हँसी की बात नहीं है," जज ने कहा, और उसका मुँह और भी लटक आया।

अन्त में अदालत के तीसरे जज ने प्रवेश किया। यह मात्वेई निकीतिच था, वही आदमी जो हमेशा देर से पहुँचता था। लम्बी-सी दाढ़ी और बड़ी-बड़ी गोल-गोल, सद्‌भावनापूर्ण आँखें। उसे पेट में सूजन की शिकायत रहती थी आज सुबह, अपने डाक्टर के कहने पर एक नया इलाज शुरू किया था, जिस कारण उसे घर पर ज़्यादा देर तक रुकना पड़ा। मंच पर चढ़ते समय वह बड़ा विचारमग्न नज़र आ रहा था। कारण, उसकी एक आदत थी–उसके मन में तरह-तरह के सवाल उठते, और उन सवालों का हल ढूँढने के लिए वह तरह-तरह की अजीब तरकीबें सोचता रहता। अभी-अभी उसके मन में सवाल उठा था कि यह नया इलाज फ़ायदेमन्द होगा या नहीं। और जवाब में उसने सोचा था कि मैं दरवाज़े से लेकर अपनी कुर्सी तक अपने क़दम गिनूँगा। अगर तो ये क़दम तीन पर तक़सीम हो सके तब तो मेरी सूजन ठीक हो जाएगी वरना नहीं। क़दम संख्या में छब्बीस निकले, लेकिन उसने कुर्सी के पास पहुँच एक हलका-सा क़दम और लेकर पूरे सत्ताईस बना लिए।

तीनों जज, प्रधान और उसके साथी अपनी-अपनी वर्दियों में जिनके कॉलरों पर सुनहरी गोटा लगा था, बड़े रोबीले नज़र आ रहे थे। ऐसा लगता जैसे वे स्वयं भी इस बात को महसूस कर रहे हों। वे बड़ी जल्दी से मेज़ के पीछे लगी अपनी ऊँची कुर्सियों पर आ बैठें, मानो अपने ही गौरव से अभिभूत हो उठे हों। मेज़ पर हरा कपड़ा बिछा था, एक तिकोनी वस्तु जिसके सिर पर उक़ाब बना था, मेज़ पर रखी थी। इसके अलावा दो काँच के गुलदान थे, जो शक्ल-सूरत से उन पात्रों के से लगते थे जिनमें जलपान गृहों में मिठाई रखी जाती है। साथ ही क़लमदान, क़लमें, साफ़ काग़ज़ और तरह-तरह की ख़ूब तराशी हुई पेंसिलें रखी थीं।

जजों के पीछे-पीछे सरकारी वकील भी आया। एक बाजू के नीचे बैग, दूसरा झूलता हुआ, वह आते ही सीधा खिड़की के पास अपनी जगह पर जा बैठा, और फ़ौरन काग़ज़ात पर नज़रसानी करने लगा। वह एक क्षण भी ज़ाया नहीं करना चाहता था। उसका ख़याल था कि कार्रवाई शुरू होने से पहले वह अपना केस तैयार कर लेगा। उसे सरकारी वकील बने बहुत अरसा नहीं हुआ था। अभी तक उसने केवल चार मुक़दमे लिए थे। ऊपर उठने की उसके मन में बड़ी लालसा

थी, और उसने दृढ़ निश्चय कर रखा था कि ज़रूर किसी-न-किसी ऊँचे ओहदे पर पहुँचूँगा। इसलिए उसकी यही कोशिश होती कि जो भी मुक़दमा वह हाथ में ले उसमें मुद्दालेह को सज़ा दिलवाए। ज़हरवाले केस को वह मोटे तौर पर जानता था, उसने अपनी तक़रीर की रूपरेखा भी तैयार कर ली थी, लेकिन उसे कुछ तथ्यों की ज़रूरत थी, जिन्हें वह अब जल्दी-जल्दी नोट कर रहा था।

मंच से हटकर ऐन दूसरी तरफ़ सेक्रेटरी बैठा था। जिस-जिस काग़ज़ की उसे ज़रूरत हो सकती थी उसने पहले से तैयार कर लिया था, और अब बैठा एक लेख पढ़ रहा था। यह वह लेख था जिस पर सेंसर ने प्रतिबन्ध लगा दिया था। एक दिन पहले उसने यह लेख मँगवाकर पढ़ लिया था, मगर इस वक़्त उसे दोबारा इसलिए पढ़ रहा था कि वह इसकी चर्चा दाढ़ीवाले जज के साथ करना चाहता था, जिसके साथ उसके विचार मिलते थे।

8

प्रधान जज ने कुछेक क़ागज़ों को उलट-पुलटकर देखा, पेशकार और सेक्रेटरी से कुछेक सवाल पूछे जिनका उत्तर उन्होंने हाँ में दिया। इसके बाद उसने क़ैदियों को पेश करने का हुक्म दिया।

फ़ौरन कटघरे का दरवाज़ा खुला और दो सशस्त्र पुलिस के सिपाही टोपियाँ लगाए और हाथों में नंगी तलवारें पकड़े दाख़िल हुए। उनके पीछे-पीछे तीन क़ैदी–एक आदमी और दो औरतें–अन्दर आईं। आदमी का चेहरा दागों से भरा था और सिर पर लाल रंग के बाल थे। उसने क़ैदियों का लबादा पहन रखा था जो उसके लिए बहुत बड़ा था, लम्बाई में भी और चौड़ाई में भी। आस्तीनों में से हाथों के अँगूठे निकालते हुए उसने अपने दोनों बाजू बग़लों के साथ सटाकर रखे थे ताकि आस्तीनें खिसककर हाथों को भी न ढँक लें, क्योंकि लबादे की आस्तीनें भी बड़ी लम्बी थीं। जजों और दर्शकों की ओर उसने नहीं देखा। वह सीधा बेंच की ओर एकटक देखता रहा और उसके दूसरे सिरे पर जाकर बड़े ध्यान से एक कोने में बेंच के सिरे पर बैठ गया, और बाक़ी सारी जगह दूसरों के लिए ख़ाली छोड़ दी। फिर उसकी आँखें प्रधान जज पर जम गईं, और उसकी गालों की मांसपेशियाँ थिरकने लगीं, मानो वह कुछ फुसफुसा रहा हो। उसके पीछे-पीछे एक स्त्री आई। इसने भी क़ैदियों का लबादा पहन रखा था और सिर पर भी क़ैदियों का रूमाल बाँधे हुए थी। वह बड़ी उम्र की थी, और चेहरा ज़र्द था। आँखों पर न बरौनियाँ थीं, न भौहें। और आँखें लाल थीं। वह बिलकुल शान्त जान पड़ती थी। चलते हुए उसका लबादा किसी चीज़ के साथ अटक गया। बड़े ध्यान से उसने उसे छुड़ाया और आराम से आकर बैठ गई।

तीसरी क़ैदी मास्लोवा थी।

ज्यों ही वह अन्दर आई, कचहरी में बैठे सभी आदमियों की नज़रें उसकी ओर घूम गईं और वे उसके गोरे मुँह, चमकती काली आँखों और लबादे के नीचे छातियों के उभार को देखने लगे। और-तो-और जब तक वह बैठ नहीं गई पुलिस का हथियारबन्द सिपाही भी जिसके पास से वह होकर आई थी, एकटक उसकी ओर देखता रहा, और फिर घूमकर खिड़की की ओर देखने लगा। उसके बदन में एक सिरहन-सी हुई मानो उसे किसी जुर्म का एहसास होने लगा हो।

प्रधान जज चुप बैठा रहा। जब क़ैदी अपनी-अपनी जगह पर बैठ गए और मास्लोवा भी बैठ गई तो वह सेक्रेटरी की तरफ़ मुख़ातिब हुआ।

फिर रोज़मर्रा की कार्रवाई शुरू हुई। जूरी में बैठे सदस्यों की गणना हुई, कौन आया है, कौन नहीं आया। जो नहीं पहुँचे उनकी प्रधान जज ने टीका-टिप्पणी की, और उन पर जुर्माने लगाए;

जिन सदस्यों ने छुट्टी की दरख़्वास्त दे रखी थी, उनके बारे में फ़ैसला किया, साथ ही अतिरिक्त सदस्यों को नियुक्त किया।

प्रधान जज ने छोटे-छोटे काग़ज़ के टुकड़े लिए, और उन्हें तह करके एक गुलदान में रखा। फिर अपनी बाँहों पर से आस्तीनें थोड़ी-सी पीछे को हटाईं। आस्तीनों पर सुनहरा गोटा लगा था। आस्तीनें हटाने पर उसकी कलाई पर के बाल नज़र आने लगे। फिर उसने एक मदारी के से अन्दाज़ में हाथ हिलाए और एक-एक करके काग़ज़ निकाल-निकालकर खोलने और पढ़ने लगा। उसके बाद, आस्तीनें नीची करके, प्रधान जज पादरी की तरफ़ मुख़ातिब हुआ और उसे जूरी के सदस्यों से शपथ लेने का आदेश दिया।

बूढ़ा पादरी चलता हुआ देवप्रतिमा के नीचे रखे मेज़ के पास आकर खड़ा हो गया। उसका चेहरा फूला हुआ और ज़र्द था। बदन पर उसने कत्थई रंग का चोग़ा पहन रखा था। गले से सोने का क्रॉस झूल रहा था और सीने पर एक छोटा-सा तमग़ा लटका हुआ था। वह चलता तो अपनी कड़ी, बोझल टाँगों को घसीटते हुए।

जूरी के सदस्य उठे और जमघट-सा बनाकर मेज़ की ओर जाने लगे।

"आइए, चले आइए," अपने गुदगुदे हाथ से क्रॉस को खींचते हुए पादरी ने कहा, और मेज़ के पास जूरी के सदस्यों के पहुँचने का इन्तज़ार करने लगा।

यह काम करते हुए पादरी को पूरे छियालीस बरस हो चुके थे। और तीन साल बाद वह अपनी स्वर्ण जयन्ती मनाने की तैयारी कर रहा था और उसी ठाठ-बाठ से मनाना चाहता था। जिससे कुछ ही मुद्दत पहले लाट पादरी ने अपनी स्वर्ण जयन्ती मनाई थी। जिस दिन ज़िला अदालत खुली थी, यह पादरी उसी दिन से इसमें काम कर रहा था। उसे बड़ा गर्व था कि उसने हज़ारों आदमियों को शपथ दिलवाई है, और अपनी वृद्धावस्था के बावजूद अपने धर्म, देश और परिवार के हित में बराबर मेहनत किए जा रहा है। उसे आशा थी कि वह अपने परिवार के लिए एक मकान और कम-से-कम तीस हज़ार रूबल तक के सूदवाले शेयर छोड़ जाएगा। उसे इस बात का कभी ख़याल नहीं आया कि जिस पवित्र इंजील पर हाथ रखवाकर वह लोगों से शपथ दिलवाता है, उसी इंजील का यह उपदेश है कि शपथ लेना पाप है। उसने अपनी स्थिति का ख़याल करते हुए यह कभी नहीं सोचा कि वह कितनी लज्जाजनक बात कर रहा है। बजाय इसके कि यह काम उसके अन्तःकरण को कचोटता, उसे अपना यह काम अच्छा लगता था क्योंकि इसमें उसे तरह-तरह के बड़े लोगों से मिलने का मौक़ा मिलता था। अभी-अभी उसे विख्यात वकील से मिलकर बहुत ख़ुशी हुई थी जिसने एक ही मुक़दमे में दस हजार रूबल कमा लिए थे। यह वही बड़े-बड़े फूल लगी टोपीवाली बूढ़ी महिला का मुक़दमा था। पादरी का दिल वकील के प्रति आदर से भर उठा था।

जब सबके सब सीढ़ियों पर से मंच पर चढ़ गए तो पादरी ने अपना मैला-कुचैला लबादा उठाया और सिर टेढ़ा करके उसे पहन लिया। उसके बाद अपने बिरले बालों को ठीक करके वह जूरी के सदस्यों की ओर घूमकर काँपती आवाज़ में बोला–

"अपना दायाँ हाथ उठाइए, इस तरह, और उँगलियों को एक साथ जोड़कर रखिए।" अपना मोटा, गुदगुदा हाथ उठाया और अँगूठे और दो उँगलियों को एक साथ इस तरह जोड़कर दिखाया मानो चुटकी लेने जा रहा हो। "अब मेरे पीछे-पीछे बोलिए : सर्वशक्तिमान परमात्मा, परम पावन इंजील, तथा भगवान के संजीवनी क्रॉस का नाम लेकर मैं वचन देता हूँ कि इस कार्य में..." एक-एक वाक्यांश के बाद रुक-रुककर वह बोल रहा था। "हाथ मत झुकाओ, इस तरह सीधा

रखो,'' उसने एक युवक को कहा जिसकी बाजू ढीली पड़ गई थी, ''...कि इस कार्य में जिसे. ..''

कुछ लोगों ने–जैसे गलमुच्छोंवाले रोबीले आदमी, कर्नल और व्यापारी आदि ने–अपने बाजू ख़ूब ऊँचे और उँगलियों को बिलकुल उसी तरह बनाकर रखा जैसे पादरी ने कहा था, मानो उन्हें ऐसे करना अच्छा लगता हो। बाक़ी लोगों ने भी हाथ उठाए मगर लापरवाही से और अनमनेपन से। कुछ लोग ख़ूब ऊँची आवाज़ में ललकारते हुए इन शब्दों को बोलने लगे मानो कह रहे हों, ''कुछ भी हो जाए, मैं मन की बात कहके छोड़ूँगा।'' कुछ लोग बड़ी धीमी, फुसफुसाती आवाज़ में बोल रहे थे, और बड़े धीरे-धीरे। जब पीछे रह जाते, तो, मानो डरकर, तेज़-तेज़ बोलने लगते, ताकि पादरी के साथ-साथ चलने लगें। कुछेक ने अपनी उँगलियाँ ख़ूब ज़ोर से मिला रखी थीं, मानो डर रहे हों कि चुटकी में से कुछ गिर न जाए। बाक़ी लोगों की उँगलियाँ कभी खुलती और कभी बन्द होतीं। सभी को झेंप हो रही थी- सिवाय पादरी के। पादरी समझ रहा था कि वह बड़ा उपयोगी और महत्वपूर्ण कार्य सम्पन्न कर रहा है।

शपथ के बाद प्रधान जज ने जूरी को अपना मुखिया निर्धारित करने के लिए कहा। सभी सदस्य उठे और भीड़-सी बनाते हुए परामर्श-कक्ष में चले गए। वहाँ पहुँचते ही, लगभग सभी ने सिगरेट सुलगा लिए। किसी ने रोबीले आदमी को मुखिया बनाने की तजवीज़ की। सर्वसम्मति से उसे चुन लिया गया। इस पर जूरी के सदस्यों ने सिगरेट बुझाए, टुकड़े फेंके और अदालत में वापस आ गए। रोबीले आदमी ने प्रधान जज को सूचित किया कि उसे मुखिया चुना गया है, इसके बाद सभी अपनी ऊँची-ऊँची पीठवाली कुर्सियों पर जा बैठे।

सब काम जल्दी-जल्दी, विधिवत् और बड़े सुचारू रूप से हो रहा था। प्रत्यक्षतः इसमें भाग लेनेवाले ख़ुश थे, उन्हें इस तरह का काम अच्छा लगता था जो विधिवत्, व्यवस्थित और गम्भीर ढंग से किया जाए। इससे उन्हें इस बात का दृढ़ विश्वास होने लगता था कि वे जनता के प्रति कोई बड़ा गम्भीर और महत्वपूर्ण कर्तव्य निभा रहे हैं। नेख़्लूदोव भी ऐसा ही महसूस कर रहा था।

जब जूरी बैठ गए तो प्रधान जज ने उन्हें एक भाषण दिया जिसमें उन्हें बताया कि उनके क्या कर्तव्य, अधिकार तथा ज़िम्मेदारियाँ हैं। बोलते समय वह बार-बार करवट बदलता, कभी दाएँ हाथ की टेक लेता कभी बाएँ की, कभी कुर्सी की पीठ का सहारा लेकर बैठता, कभी कुर्सी के बाजुओं का। कभी सामने पड़े काग़ज़ों को सीधा रखता, कभी पेंसिल उठा लेता, कभी काग़ज़ काटने का चाकू उठा लेता।

जो सवाल भी आपको क़ैदियों से पूछने हों, आप मेरी मार्फ़त पूछेंगे, प्रधान जज ने कहा। आप काग़ज़-पेंसिल का प्रयोग कर सकते हैं, और जो चीज़ें यहाँ सबूत के लिए रखी गई हैं, उनकी जाँच कर सकते हैं। आपका फ़ैसला न्याय पर आधारित होना चाहिए, झूठ पर नहीं। आपको अपनी ज़िम्मेदारी का अहसास करते हुए कोई भेद की बात बाहर नहीं करनी होगी, और बाहर के किसी आदमी से सम्पर्क स्थापित नहीं करना होगा। यदि आपकी ओर से भूल हुई तो आपको इसकी सज़ा भुगतनी पड़ेगी।

सभी बड़े ध्यान से सुन रहे थे, सभी के चेहरों पर आदर का भाव था। व्यापारी, जिससे ब्रांडी की बू आ रही थी, और जो अपनी हिचकी दबाने की भरसक कोशिश कर रहा था, एक-एक वाक्य पर सिर हिला-हिलाकर अपनी सम्मति प्रकट कर रहा था।

9

अपना भाषण समाप्त करने पर प्रधान जज क़ैदियों की ओर मुख़ातिब हुआ।

"सीमन कार्तीनकिन !"

सीमन उछलकर उठ खड़ा हुआ। उसके गालों की मांसपेशियाँ पहले से भी ज़्यादा तेज़ी से थिरकने लगीं।

"तुम्हारा नाम ?"

"सीमन पेत्रोविच कार्तीनकिन," उसने फटी हुई आवाज़ में तेज़-तेज़ जवाब दिया। ज़ाहिर था कि वह यह जवाब देने के लिए पहले से ख़ूब तैयारी करके आया था।

"कौन वर्ण ?"

"किसान, हुज़ूर।"

"अपना गाँव, ज़िला व इलाक़ा बताओ।"

"गाँव बोर्की, कुप्यान्स्की पेरिश, जिला क्रापीवेन्स्की, तूला प्रदेश।"

"उम्र ?"

"तैंतीस साल, जन्म सन् अठारह सौ..."

"धर्म ?"

"धर्म रूसी, ऑर्थोडोक्स ईसाई।"

"शादी हुई है ?"

"जी नहीं, हुज़ूर।"

"क्या धन्धा करते हो ?"

"होटल 'माव्रीतानिया' में नौकर था।"

"पहले कभी तुम पर मुक़दमा चला है ?"

"नहीं हुज़ूर, कभी नहीं, क्योंकि जिस तरह पहले हम रहते थे..."

"पहले तुम पर कभी मुक़दमा नहीं चलाया गया ?"

"नहीं हुज़ूर, ख़ुदा रहम करे।"

"क्या नालिश की नक़ल तुम्हें मिल गई है ?"

"जी, मिल गई है।"

"बैठ जाओ।"

"येवफ़ीमिया इवानोव्ना बोच्कोवा," प्रधान जज ने दूसरी क़ैदी को पुकारा।

परन्तु सीमन बोच्कोवा के सामने अब भी खड़ा था।

"बैठ जाओ, कार्तीनकिन।"

कार्तीनकिन फिर भी खड़ा रहा।

"कार्तीनकिन बैठ जाओ !"

परन्तु कार्तीनकिन फिर भी खड़ा रहा। इस पर पेशकार भागा हुआ उसके पास गया, और सिर एक तरफ़ को टेढ़ा किए आँखें फाड़-फाड़कर उसकी तरफ़ देखते हुए बड़े दर्द भरे लहजे में फुसफुसाया–"बैठ जाओ, बैठ जाओ!" तब वह झट से बैठ गया, उसी तरह जिस तरह वह उठा था, अपना गाउन अपने इर्द-गिर्द लपेटा, और उसके गाल फिर चलने लगे।

"तुम्हारा नाम ?" प्रधान जज ने थककर गहरी साँस लेते हुए पूछा, बिना क़ैदी की ओर देखे।

उसकी नज़र सामने पड़े काग़ज़ पर थी। प्रधान जज को अपने काम में इतना अभ्यास हो गया था कि जल्दी-जल्दी काम भुगताने के लिए वह एक वक़्त में दो काम करता था।

बोच्कोवा 43 बरस की थी, और कोलोम्ना नगर की रहनेवाली थी। वह भी ''माव्रीतानिया'' होटल में नौकरानी का काम करती थी।

''मुझ पर पहले कभी मुक़दमा नहीं चलाया गया, और मुझे नालिश की नक़ल मिल गई है।'' उसने तुनककर जवाब दिए। उसके लहजे-से ऐसा जान पड़ता था मानो हर जवाब के साथ यह भी कहना चाहती हो, ''हाँ मैं येवफ़ीमिया बोच्कोवा हूँ, मुझे नालिश की नक़ल मिल गई है, जो जानता है जाने, मुझे किसी की कोई परवाह नहीं, और देखना, मेरे साथ मुँह मत लगाना।''

आख़िरी सवाल का जवाब देते ही वह अपने आप बैठ गई। उसने इस बात का इन्तज़ार नहीं किया कि कोई कहेगा तब बैठूँगी।

प्रधान जज तीसरी क़ैदी की ओर मुख़ातिब हुआ :

''तुम्हारा नाम ?'' प्रधान जज की आवाज़ में विशेष नम्रता आ गई, क्योंकि उसके दिल में औरतों के लिए बेहद प्रेम था। ''तुम्हें खड़ा होना पड़ेगा,'' उसने धीमी, मृदु आवाज़ में कहा, जब उसने देखा कि मास्लोवा अब भी बैठी हुई है।

मास्लोवा झट उठ खड़ी हुई, और छाती फुलाए प्रधान जज की ओर देखने लगी। उसकी काली-काली हँसती आँखों में अजीब तत्परता का भाव था।

''तुम्हारा नाम?''

''ल्यूबोव,'' उसने जल्दी से कहा।

जिस समय क़ैदियों से सवाल पूछे जाने लगे थे, तो नेख़्लूदोव ने अपनी कमानीदार ऐनक नाक पर चढ़ा ली थी। ''नहीं, यह नहीं हो सकता, नामुमकिन है !'' उसकी आँखें क़ैदी के चेहरे पर से हटाए न हटती थीं। उसने क़ैदी का जवाब सुना और मन-ही-मन कहा–''ल्यूबोव! यह कैसे हो सकता है ?''

प्रधान जज अगला सवाल पूछने ही जा रहा था, परन्तु साथ में बैठे ऐनकवाले जज ने टोक दिया, और गुस्से से फुसफुसाकर प्रधान जज को कुछ कहा। इस पर प्रधान जज ने सिर हिलाया और फिर क़ैदी की ओर मुख़ातिब हुआ :

''क्या बात है, यहाँ पर ल्यूबोव नहीं, तुम्हारा नाम कुछ और ही लिखा है।''

क़ैदी चुप रही।

''तुम्हारा असली नाम क्या है ?''

''बपतिस्मे के वक़्त तुम्हें कौन-सा नाम दिया गया ?'' उस जज ने पूछा जो गुस्से से लाल-पीला हो रहा था।

''पहले मुझे येकातेरीना के नाम से बुलाते थे।''

नेख़्लूदोव ने फिर मन-ही-मन कहा–''नहीं, यह नहीं हो सकता,'' पर अब उसे यक़ीन हो गया था कि यह वही लड़की है–जो उस घर में आधी नौकरानी और आधी कुलीन-बाला की तरह रहती थी–वही है जिसे वह सचमुच कभी प्रेम करता था, और एक दिन मदान्ध होकर जिसकी उसने अस्मत लूटी थी। और अस्मत लूटने के बाद ऐसा त्यागा था कि फिर कभी याद तक न किया था। याद इसलिए नहीं किया था कि याद करके वह बहुत दुखी होता, स्वयं अपनी नज़रों में गिरता और मुजरिम बनता। नेख़्लूदोव को अपने आचार की दृढ़ता का अभिमान था। इस घटना को याद करके उसे क़बूल करना पड़ता कि उसने इस औरत के साथ बड़ा घृणित और निन्दनीय व्यवहार किया है।

हाँ, यह वही औरत थी। अब उसे उसके चेहरे पर उसके व्यक्तित्व की झलक नज़र आने लगी। हर चेहरे की अपनी विशेषता होती है, और इसी में वह और सभी चेहरों से पृथक् होता है। उसका चेहरा भरा हुआ था लेकिन उस पर एक प्रकार की रुग्ण पीलिमा छाई थी। इसके बावजूद वह विशेष मृदु व्यक्तित्व इसमें से झलक रहा था, उन होंठों से, उसकी आँखों के हलके-से ऐंचेपन से, और विशेषकर उसकी भोली मुस्कान से, उसके सारे शरीर और चेहरे पर छाए तत्परता के भाव से।

"तुम्हें यही बताना चाहिए था," प्रधान जज ने फिर विनम्र लहजे में कहा, "तुम्हारा पितृ नाम ?"

"मैं अवैध लड़की हूँ।"

"बपतिस्में के वक़्त पिता की जगह कौन था ?"

"उसके नाम से मिख़ाइलोव्ना।"

नेख़्लूदोव के लिए साँस लेना मुश्किल हो रहा था। वह मन-ही-मन सोच रहा था–"इसने कौन-सा अपराध किया होगा ?"

"तुम्हारा कुलनाम ?" प्रधान जज पूछ रहा था।

"माँ के कुलनाम से मेरा भी मास्लोवा रखा गया था।"

"वर्ण ?"

"मेश्चान्का।"[1]

"धर्म–ओर्थोडोक्स ?"

"हाँ।"

"धन्धा ? तुम क्या काम करती थीं ?"

मास्लोवा चुप रही।

"तुम कहाँ नौकरी करती थीं ?"

"मैं एक अड्डे में थी।"

"कैसा अड्डा ?" ऐनकोंवाले जज ने रूखी आवाज़ में पूछा।

"आप तो जानते हैं," उसने कहा और मुस्करा दी। इसके बाद उसने जल्दी से कमरे में चारों ओर नज़र दौड़ाई और फिर प्रधान जज की ओर देखने लगी।

उसके चेहरे के भाव में कुछ ऐसी विलक्षणता थी, उसके इन शब्दों में एक ऐसा भयानक तथा दयनीय अर्थ छिपा था, उसकी मुस्कान में, उसके यों तेजी से कमरे में नज़र घुमाने में, कि प्रधान जज शर्मा गया, और क्षण भर के लिए अदालत में चुप्पी छा गई। यह चुप्पी तब टूटी जब सामने बैठे लोगों में एक आदमी हँसने लगा। फिर किसी ने कहा–"श्श्श... ! !" इस पर प्रधान जज ने नज़र ऊपर उठाई और अपने प्रश्न जारी रखते हुए बोला–

"पहले कभी किसी जुर्म में पकड़ी गई हो ?"

"कभी नहीं," मास्लोवा ने धीमे-से कहा और एक ठंडी साँस ली।

"क्या तुम्हें नालिश की नक़ल मिल गई है ?"

"जी, मिल गई है।"

"बैठ जाओ।"

---

*मध्य वर्ग के शहरी लोग

जिस भाँति कोई कुलीन महिला बैठने से पहले, तनिक-सा पीछे की ओर झुककर, हाथों से गाउन का लटकता पल्लू उठाकर बैठती है, इसी तरह मास्लोवा ने भी किया। अपने घाघरे को सँभालकर बैठ गई, और अपने गाउन की आस्तीनों के तहों में अपने छोटे-छोटे सफ़ेद हाथ छिपा लिए। वह अब भी प्रधान जज की ओर देखे जा रही थी।

गवाहों के नाम बताए गए, फिर उन्हें कमरे में से भेज दिया गया। इसके बाद डाक्टर के बारे में निर्णय किया गया, जो मुक़दमे में विशेषज्ञ के नाते अपनी राय देगा, और उसे अदालत में बुला भेजा गया।

इसके बाद सेक्रेटरी उठा और नालिश पढ़कर सुनाने लगा। उसकी आवाज़ ऊँची और साफ़ थी हालाँकि उसका 'ल' और 'र' बोलने का ढंग एक ही था। पर वह इतना तेज़-तेज पढ़ रहा था कि शब्द एक दूसरे में मिलते जा रहे थे और ऐसा जान पड़ता था जैसे कोई शहद की मक्खी सारा वक़्त एक ही आवाज़ में भिनभिनाए जा रही है।

जज कभी कुर्सी के एक बाजू पर कोहनियाँ टेकते, कभी दूसरे बाजू पर, कभी मेज़ पर झुकते, कभी फिर कुर्सी की पीठ का सहारा लेते, कभी आँखें बन्द करते, कभी खोलते, कभी एक दूसरे से फुसफुसाकर कुछ कहते। सशस्त्र पुलिस का एक सिपाही बार-बार जम्हाइयाँ दबाने की चेष्टा कर रहा था।

क़ैदी कार्तीनकिन के गाल अब भी उसी तरह चल रहे थे। बोच्कोवा सीधी तनकर बैठी थी, केवल कभी-कभी सिर खुजलाने के लिए अपना हाथ उठाती और सिर पर बँधे रूमाल के नीचे ले जाती।

मास्लोवा मूर्तिवत् बैठी थी और नालिश पढ़नेवाले की ओर देखे जा रही थी। केवल कभी-कभी वह चौंक-सी उठती, मानो कुछ जवाब देना चाहती हो, फिर शर्मा जाती और ठंडी साँस लेकर अपने हाथ एक जगह से उठाकर दूसरी जगह रख लेती और अपने आस-पास नज़र घुमाकर फिर नालिश पढ़नेवाले की ओर एकटक देखने लगती।

नेख़्लूदोव अगली क़तार में एक सिरे से दूसरी कुर्सी पर बैठा था, और अपनी कमानीदार ऐनक हाथ में पकड़े एकटक मास्लोवा की ओर देखे जा रहा था। उस समय उसके अन्दर एक संघर्ष चल रहा था जो जटिल भी था और दुखपूर्ण भी।

10

नालिश में लिखा था–

"17 जनवरी, 188... के दिन, होटल "माव्रीतानिया" में फ़ेरापोंत स्मेल्कोव नामी द्वितीय गिल्ड के व्यापारी की सहसा मृत्यु हो गई। यह आदमी साइबेरिया में कुरगान नामक नगर का रहनेवाला था।

"शहर के चौथे वार्ड के स्थानीय पुलिस-डाक्टर ने तसदीक़ की कि मौत दिल की नाड़ी फट जाने के कारण हुई है"–मृत व्यक्ति ने अत्यधिक शराब पी रखी थी। उसके शरीर को दफ़ना दिया गया।

"कुछ दिन बाद मृत व्यक्ति स्मेल्कोव का एक मित्र तीमोख़िन पीटर्सबर्ग से लौटकर आया। यह आदमी भी साइबेरिया का व्यापारी है और स्मेल्कोव के ही शहर का रहनेवाला है। जब उसे पता चला कि किन स्थितियों में स्मेल्कोव की मृत्यु हुई तो उसे सन्देह हुआ और उसने सूचित

किया कि स्मेल्कोव का रुपया चुराने की ग़रज़ से उसे ज़हर दिया गया है।

''पहली तफ़तीश में यह शक ठीक साबित हुआ।'' मालूम हुआ कि–

1. मौत से पहले स्मेल्कोव ने अपने बैंक में से 3,800 रूबल निकलवाए थे। लेकिन जब बाद में उसकी चीजों की सूची तैयार की गई तो उसके पास से केवल 312 रूबल और 16 कोपेक निकले।

2. मौत से पहले सारा दिन और सारी रात स्मेल्कोव ने वेश्या ल्यूब्का (येकातेरीना मास्लोवा) के साथ चकले में और होटल ''माव्रीतानिया'' के अपने कमरे में गुज़ारी। एक बार उसके कहने पर येकातेरीना मास्लोवा चकले से उसके कमरे में पैसे लाने के लिए गई। वह उसके साथ नहीं था। स्मेल्कोव ने ख़ुद उसे अपने बैग की चाभी दी थी जिसमें उसके पैसे रखे थे। होटल के दो नौकरों येवफ़ीमिया बोच्कोवा और सीमन कार्तीनकिन की मौजूदगी में मास्लोवा ने चाभी लगाकर बैग खोला और फिर बन्द कर दिया। बोच्कोवा और कार्तीनकिन ने इस बात की शहादत दी है कि जब बैग खुला था तो उसमें उन्होंने सौ-सौ रूबल के नोटों की गड्डियाँ देखी थीं।

3. जब स्मेल्कोव चकले से लौटकर अपने कमरे में आया तो वेश्या ल्यूब्का उसके साथ आई। कार्तीनकिन के कहने पर उसने एक गिलास शराब में सफ़ेद-सा पाउडर डाला और स्मेल्कोव को पीने के लिए दिया। यह पाउडर भी स्वयं कार्तीनकिन ने ही उसे दिया था।

4. ''इसके दूसरे दिन ल्यूब्का (येकातेरीना मास्लोवा) ने एक हीरे की अँगूठी अपनी मालकिन (गवाह कितायेवा, चकले की मालकिन) को बेची। मास्लोवा का कहना है कि यह अँगूठी स्मेल्कोव ने स्वयं उसे भेंट की थी।

5. स्मेल्कोव की मौत के दूसरे दिन नौकरानी येवफ़ीमिया बोच्कोवा ने बैंक में अपने चालू खाते में 1800 रूबल जमा करवाए।

''स्मेल्कोव की शव-परीक्षा की गई, तथा उसके मेदे के द्रव्यों का रासायनिक विश्लेषण किया गया, जिससे पता चला कि मौत ज़हर दिए जाने के कारण हुई है।

तीनों मुजरिम : मास्लोवा, बोच्कोवा तथा कार्तीनकिन कहते हैं कि उन्होंने कोई जुर्म नहीं किया। मास्लोवा ने अपने बयान में कहा है कि जिस वक़्त स्मेल्कोव चकले में था, जहाँ वह 'काम करती है' –उसने इसी शब्द का प्रयोग किया है–तो उसे ख़ुद स्मेल्कोव ने ही 'माव्रीतानिया' होटल से कुछ पैसे लाने के लिए भेजा था। जो चाभी व्यापारी ने उसे दी थी, उससे उसने बैग खोला और उसमें से स्मेल्कोव के आदेशानुसार 40 रूबल निकाले, इससे ज़्यादा कुछ नहीं लिया। उसका कहना है कि बोच्कोवा और कार्तीनकिन इस बात की शहादत दे सकते हैं, क्योंकि उनकी मौजूदगी में उसने बैग खोला और बन्द किया था।

''आगे चलकर बयान में कहा है कि जब वह दूसरी बार होटल में आई तो उसने सीमन कार्तीनकिन के कहने पर स्मेल्कोव को शराब में कोई पाउडर ज़रूर दिया था। उसका ख़याल था कि यह नींद दिलानेवाला पाउडर है और उसके पीने से वह सो जाएगा और उसे और तंग नहीं करेगा। जहाँ तक अँगूठी का सवाल है, उसका कहना है कि स्मेल्कोव ने उसे पीटा, पर जब वह रोने लगी और कहा कि वहाँ से चली जाएगी तो उसने ख़ुद वह अँगूठी उसे दी।

''मुजरिम येवफीमिया बोच्कोवा ने जिरह के वक़्त कहा कि उसे गुमशुदा रुपए के बारे में कुछ भी मालूम नहीं कि वह स्मेल्कोव के कमरे में गई तक नहीं थी, कि सब काम वहाँ ल्यूब्का ने ही किया है। अगर चोरी हुई है तो रुपया ल्यूब्का ने ही उस वक़्त चुराया होगा जब वह व्यापारी से चाभी लेकर पैसे लेने आई थी।''

इस जगह मास्लोवा चौंकी, उसने मुँह खोला और बोच्कोवा की ओर देखने लगी।

सेक्रेटरी पढ़ता गया–''जब बोच्कोवा को 1,800 रूबल की बैंक रसीद दिखाई गई और पूछा गया कि यह रक़म उसे कहाँ से मिली है तो उसने जवाब दिया कि यह उसकी और सीमन की पिछले बारह साल की कमाई की रक़म है, और वह शीघ्र ही सीमन से शादी करनेवाली है।''

''पहली जिरह में मुजरिम कार्तीनकिन ने क़बूल किया कि मास्लोवा के उकसाने पर जो चकले से चाभी लेकर आई थी, उसने और बोच्कोवा ने रक़म चुरायी थी, और उसे दोनों ने मास्लोवा के साथ मिलकर बराबर-बराबर आपस में बाँट लिया था।''

यहाँ पर भी मास्लोवा चौंकी, बल्कि उठ खड़ी हुई, और शर्म-से लाल हुए बोलने लगी। लेकिन पेशकार ने उसे चुप करा दिया।

सेक्रेटरी पढ़ता गया–''अन्त में कार्तीनकिन ने क़बूल किया कि स्मेल्कोव को सुलाने के लिए उसी ने पाउडर दिया था। जब दूसरी बार जिरह की गई तो उसने इन दोनों बातों से इनकार कर दिया, और कहा कि न ही पैसे चुराने के मामले में और न ही पाउडर के मामले में उसका कोई हाथ था, कि जो कुछ भी किया है, अकेली मास्लोवा ने किया है। जब उससे पूछा गया कि बैंक में जो रक़म बोच्कोवा ने जमा कराई उसके बारे में उसे क्या कहना है, तो उसने भी वही जवाब दिया जो बोच्कोवा ने दिया था कि यह वह रक़म है जो होटल में रहनेवाले लोगों ने गाहे-बगाहे पिछले बारह साल की नौकरी के दौरान उन्हें इनाम के रूप में दी थी।''

इसके बाद जाँच का विवरण, गवाहियाँ और विशेषज्ञों की राय पढ़कर सुनाई गई। नालिश को समाप्त करते हुए सेक्रेटरी ने अन्त में पढ़ा–

''उपरोक्त तथ्यों के अनुसार, सीमन कार्तीनाकिन, उम्र तैंतीस साल, गाँव बोर्की, किसान; मेश्चान्का येवफ़ीमिया बोच्कोवा, उम्र 43 साल; और मेश्चान्का येकातेरीना मास्लोवा, उम्र 27 साल–पर यह फ़र्दे-जुर्म लगाया जाता है कि 17 जनवरी, 188... के दिन तीनों ने मिलकर उपरोक्त व्यापारी स्मेल्कोव की चोरी की जिसमें नक़दी और हीरे की अँगूठी शामिल थे। कुल मिलाकर यह चोरी 2,500 रूबल की हुई। अपने जुर्म को छिपाने के लिए उपरोक्त व्यापारी स्मेल्कोव को ज़हर दिया गया ताकि वह मर जाए। और इसी ज़हर से उसकी मौत हुई।''

''इस जुर्म पर दंड-विधान की धारा 1453 (पैरा 4 और 5) लागू होती है। अतः जाब्ता फ़ौजदारी की धारा 201 के अनुसार, किसान सीमन कार्तीनकिन, मेश्चान्का येवफ़ीमिया बोच्कोवा तथा मेश्चान्का येकातेरीना मास्लोवा को ज़िला कचहरी में जूरी युक्त अदालत के सामने पेश किया जाता है।''

सेक्रेटरी ने नालिश का चिट्ठा समाप्त किया, काग़ज़ों को समेटा और लम्बे बालों पर हाथ फेरते हुए अपनी जगह पर जा बैठा। कमरे में बैठे सभी लोगों ने चैन की साँस ली। सभी ने सोचा कि अब मुक़दमा शुरू होगा, सब बात साफ़ होगी और इन्साफ़ किया जाएगा। केवल नेख़्लूदोव ही एक ऐसा आदमी था जिसके हृदय में पृथक् भावनाएँ उठ रही थीं। उसे यह देखकर गहरा धक्का लगा था कि यह लड़की मास्लोवा, जो दस ही साल पहले कितनी भोली-भाली और प्यारी हुआ करती थी आज न जाने कैसे घोर अपराध करने लगी।

11

नालिश पढ़े जाने के बाद प्रधान जज ने बाक़ी जजों से मशविरा किया और कार्तीनकिन की ओर मुख़ातिब हुआ। उसके चेहरे का भाव देखकर ऐसा जान पड़ता था मानो कह रहा हो–''अभी हम

सच-झूठ का पता लगा लेंगे कि क्या हुआ और क्या नहीं हुआ। छोटी-छोटी बात तक का पता चल जाएगा।'' फिर बाईं ओर झुककर बोला –

''किसान सीमन कार्तीनकिन।''

सीमन कार्तीनकिन उठ खड़ा हुआ, दोनों बाजू नीचे की ओर सीधे किए, और अपने समूचे शरीर से आगे की ओर झुक गया। उसके गाल अब भी चल रहे थे हालाँकि मुँह में से एक शब्द भी नहीं निकल रहा था।

''तुम पर यह जुर्म लगाया गया है कि तुमने 17 जनवरी, सन् 188... के दिन येवफ़ीमिया बोच्कोवा और येकातेरीना मास्लोवा के साथ मिलकर स्मेल्कोव नामी व्यापारी के बैग में से रुपए चुराए। इसके बाद तुमने संखिए की पुड़िया येकातेरीना मास्लोवा को दी और कहा कि वह उसे शराब में मिलाकर स्मेल्कोव को पिला दे। वह रज़ामन्द हो गई और इस तरह स्मेल्कोव की मौत हुई। बोलो, तुम अपना जुर्म क़बूल करते हो या नहीं ?'' प्रधान जज ने दाईं ओर झुकते हुए कहा।

''यह कैसे, नहीं जी, हमारा काम तो मेहमानों की सेवा करना है, हम तो...''

''यह सब बाद में कहना। जुर्म क़बूल करते हो ?''

''जी नहीं हुज़ूर, हम तो केवल...''

''यह बाद में कहना, हम सुन लेंगे। जुर्म क़बूल करते हो ?'' प्रधान जज ने धीमी, दृढ़ आवाज़ में कहा।

''हम कभी ऐसा काम कर सकते हैं, हम तो...''

पेशकार फिर भागा हुआ सीमन कार्तीनकिन के पास गया, और पहले जैसे ही दुखपूर्ण लहजे में फुसफुसाकर उसे चुप रहने को कहा।

प्रधान जज ने अपना हाथ हिलाया जिसमें काग़ज़ पकड़ा हुआ था, फिर अपनी कोहनी दूसरे रुख़ रखी, मानो कह रहा हो–''बस, एक काम भुगत गया,'' और इसके बाद येवफ़ीमिया बोच्कोवा की ओर मुख़ातिब हुआ।

''येवफ़ीमिया बोच्कोवा तुम पर यह जुर्म लगाया गया है कि 17 जनवरी, 188... के दिन होटल 'माव्रीतानिया' में तुमने सीमन कार्तीनकिन और येकातेरीना मास्लोवा से मिलकर व्यापारी स्मेल्कोव के बैग में से कुछ रुपया और एक अँगूठी चुराई, यह रक़म तुमने आपस में बाँटी और व्यापारी स्मेल्कोव को ज़हर दी जिससे वह मर गया। अपना जुर्म क़बूल करती हो ?''

''मैंने कोई जुर्म नहीं किया,'' क़ैदी ने बड़े दुस्साहस और दृढ़ता से जवाब दिया। ''मैं उस कमरे के नज़दीक तक नहीं गई। यही डायन उस कमरे में गई और इसी ने सब कुछ किया।''

''यह सब बाद में कहना,'' प्रधान जज ने फिर धीमी आवाज़ में दृढ़ता से कहा, ''तो तुम कहती हो कि तुमने कोई जुर्म नहीं किया ?''

''मैंने कोई पैसे नहीं लिए, न ही उसे कुछ पिलाया और न ही मैं उस कमरे में गई। अगर मैं अन्दर गई होती तो इसे धक्के मारकर बाहर निकाल देती।''

''तो तुम अपने को दोषी नहीं मानती ?''

''बिलकुल नहीं।''

''अच्छी बात है।''

''येकातेरीना मास्लोवा,'' प्रधान जज तीसरी क़ैदी की ओर मुख़ातिब हुआ। ''तुम पर यह जुर्म लगाया गया है कि जब तुम व्यापारी स्मेल्कोव के बैग की चाभी लेकर चकले से होटल में आई तो तुमने उसके बैग में से कुछ रुपया और एक अँगूठी चुराई।'' प्रधान जज ने ये शब्द इस तरह

कहे मानो पाठ पहले से याद कर रखा हो। वह बाएँ हाथ बैठे जज की ओर झुक गया जो उसके कानों में फुसफुसा रहा था कि शहादती चीज़ों की सूची में जिस मर्तबान का ज़िक्र है, वह नहीं मिल रहा है। "उसके बैग में से कुछ रुपया और एक अँगूठी चुराई," प्रधान जज ने दोहराकर कहा, "और उस रक़म को आपस में बाँटा। फिर तुम स्मेल्कोव के साथ होटल 'माव्रीतानिया' में वापिस आईं जहाँ तुमने उसे शराब में ज़हर मिलाकर पिलाया जिससे उसकी मौत हो गई। अपना जुर्म क़बूल करती हो ?"

"मैंने कोई जुर्म नहीं किया," मास्लोवा तेज़-तेज़ बोलने लगी, "मैंने पहले भी कहा था और अब भी कहती हूँ–मैंने नहीं लिया, नहीं लिया, मैंने कुछ भी नहीं लिया। अँगूठी उसने ख़ुद मुझे दी थी।"

"क्या तुम अपना जुर्म क़बूल नहीं करती हो कि तुमने 2 हज़ार 5 सौ रूबल चुराए ?" प्रधान जज ने पूछा।

"मैंने कह दिया है कि 40 रूबल को छोड़कर मैंने कुछ भी नहीं लिया।"

"और यह जुर्म मानती हो कि तुमने व्यापारी स्मेल्कोव को शराब में एक पाउडर मिलाकर पिलाया ?"

"हाँ, यह मैंने किया था। पर मैंने इन लोगों की बात पर विश्वास किया। इन्होंने कहा कि यह नींद लाने की दवाई है, इससे कोई नुक़सान नहीं हो सकता। मुझे इसका ख़याल तक नहीं आया, न ही मैं चाहती थी...भगवान साक्षी है, मेरा उसे ज़हर देने का कोई मतलब न था।"

"तो तुम अपना यह जुर्म नहीं क़बूलती हो कि तुमने व्यापारी स्मेल्कोव के रुपए और अँगूठी चुराई, मगर यह मानती हो कि तुमने उसे पाउडर दिया।"

"हाँ, मैं यह मानती हूँ। पर मैंने समझा वह सोने की दवा थी। मैंने उसे इसलिए दिया कि वह सो जाए। मेरा कोई बुरा इरादा नहीं था, मुझे ख़याल भी नहीं आया कि इसका कोई बुरा नतीजा निकल सकता है।"

"अच्छी बात है," प्रधान जज बोला। प्रत्यक्षतः इस जाँच के परिणाम से वह सन्तुष्ट था। "अब सारी बात बताओ क्या-क्या हुआ ?" और वह कुर्सी की पीठ के साथ सटकर बैठ गया, और दोनों हाथ मेंज़ पर रख लिए। "सारी बात खोलकर बताओ। जो सच-सच बताओगी तो इसमें तुम्हारा ही फ़ायदा है।"

मास्लोवा चुपचाप सीधी प्रधान जज की ओर देखे जा रही थी।

"बताओ यह बात कैसे हुई।"

"कैसे हुई ?" मास्लोवा ने सहसा तेज़-तेज़ बोलना शुरू कर दिया। "मैं होटल में गई, और मुझे उसके कमरे में भेजा गया। जब मैं अन्दर गई तो वह बहुत शराब पिए हुए था।" "वह" शब्द कहते हुए उसकी बड़ी-बड़ी आँखें त्रस्त हो उठीं। "मैं लौट जाना चाहती थी, मगर उसने मुझे जाने नहीं दिया।"

वह चुप हो गई मानो उसे घटनाक्रम भूल गया हो, या उसे कोई बात याद हो आई हो।

"अच्छा तो फिर क्या हुआ ?"

"तो फिर क्या ? मैं थोड़ी देर तक वहाँ रही, और फिर वापस घर लौट गई।"

यहाँ सरकारी वकील अपनी कोहनी का सहारा लेकर थोड़ा-सा ऊपर को उठा। उसकी मुद्रा बड़ी अटपटी-सी लग रही थी।

"क्या आप कोई सवाल पूछना चाहते हैं ?" प्रधान जज ने पूछा। वकील के हाँ में जवाब

देने पर प्रधान जज ने उसे बोलने का इशारा किया।

"मैं यह पूछना चाहता हूँ कि क्या मुजरिम सीमन कार्तीनकिन को पहले से जानती थी ?" उसने बिना मास्लोवा की ओर देखे हुए पूछा।

सवाल पूछने के बाद उसने अपने होंठ भींचे और भौंहें सिकोड़ लीं।

प्रधान जज ने सवाल दोहराया। मास्लोवा डरी हुई नज़र से सरकारी वकील की ओर एकटक देखने लगी।

"सीमन को ? हाँ," उसने कहा।

"मैं जानना चाहता हूँ कि यह वाक़फ़ियत कैसी थी? क्या वे दोनों एक दूसरे को अक्सर मिलते थे ?"

"कैसी थी ? वह मुझे होटल के मेहमानों के लिए बुलाया करता था। उससे मेरी कोई ख़ास वाक़फ़ियत नहीं है," मास्लोवा ने जवाब दिया। उसने घबराई हुई नज़र से पहले प्रधान जज की ओर देखा, फिर सरकारी वक़ील की ओर, और उसके बाद फिर प्रधान जज की ओर देखने लगी।

"मैं पूछना चाहता हूँ कि कार्तीनकिन होटल के मेहमानों के लिए केवल मास्लोवा को ही क्यों बुलाता था, और लड़कियों में से किसी को क्यों नहीं बुलाता था ?" आँखों को सिकोड़े, धूर्तता भरी मुस्कान के साथ सरकारी वकील ने पूछा।

"मैं नहीं जानती। मुझे क्या मालूम?" मास्लोवा ने कहा और घबराई हुई आँखों से इधर-उधर देखा। क्षण भर के लिए उसकी नज़र नेख़्लूदोव पर टिक गई। "जिसे वह चाहता था बुला लेता था।"

"क्या यह मुमकिन है कि इसने मुझे पहचान लिया हो ?" नेख़्लूदोव ने सोचा, और उसका मुँह लाल हो गया। परन्तु मास्लोवा की नज़र उस पर से हट गई। उसने यह नहीं जाना कि यह औरों से भिन्न है और फिर घबराकर सरकारी वकील की ओर देखने लगी।

"तो मुजरिम इस बात से इनकार करती है कि उसका कार्तीनकिन के साथ कोई गहरा सम्बन्ध रहा है? अच्छी बात है, मुझे और कोई सवाल नहीं पूछना है।"

सरकारी वकील ने मेज़ पर से अपनी कोहनी हटाई और कुछ लिखने लगा। वास्तव में वह कुछ भी नहीं लिख रहा था, केवल अपनी क़लम टिप्पणियों के उन्हीं शब्दों पर फेर रहा था जो उससे पहले से लिख रखे थे। उसने बड़े सरकारी वकील और दूसरे वकीलों को ऐसा करते देखा था। वे कोई चतुर-सा सवाल पूछते और अपनी टिप्पणियों में कुछ दर्ज कर लेते ताकि बाद में अपने विरोधी को परेशान कर सकें।

प्रधान जज ने उसी वक़्त मुजरिम से सवाल नहीं किया। वह ऐनकवाले जज से यह पूछ रहा था कि वह इस बात से सहमत है या नहीं कि ये सवाल पूछे जाएँ (ये सवाल पहले से तैयार किए गए थे बाक़ायदा लिखे हुए थे)।

"फिर? फिर क्या हुआ?" उसने पूछा।

"मैं घर आ गई," मास्लोवा ने कहा। उसकी आँखों में कुछ साहस आ गया, और वह केवल प्रधान जज की ओर देखती रही। "मैंने पैसे मालकिन को दिए और सोने चली गई। मुझे नींद आने ही लगी थी जब वहीं की एक लड़की, बेर्ता ने मुझे जगा दिया। कहने लगी–'जाओ, वह व्यापारी फिर आया है और तुम्हें पूछ रहा है।' मैं नहीं जाना चाहती थी पर मालकिन ने मुझे जाने का हुक्म दिया। 'वह आदमी,' उसने फिर बड़ी त्रस्त आवाज़ में 'वह आदमी' कहा, "वह आदमी हमारे घर की लड़कियों को खिलाता-पिलाता रहा। फिर वह और शराब मँगवाना चाहता था, पर

उसके सब पैसे चुक गए थे, और मालकिन उसका विश्वास नहीं करती थी। इसलिए उस आदमी ने मुझे अपने होटल में भेजा जहाँ उसके पैसे पड़े हुए थे। उसने मुझे बता दिया कि कितने पैसे निकालकर लाने हैं। इसलिए मैं गई।''

प्रधान जज अपने बाएँ हाथ बैठे जज के साथ धीमे-धीमे बातें कर रहा था, पर यह दिखाने के लिए कि वह सब कुछ सुन रहा है, उसने मास्लोवा के अन्तिम शब्द दोहराते हुए कहा–

''तो तुम गई। फिर? फिर क्या हुआ?''

''मैं गई और जैसे उसने कहा था किया। मैं उसके कमरे में गई। मगर मैं अकेली नहीं गई, मैंने सीमन और इसे बुलाया,'' बोच्कोवा की ओर इशारा करते हुए उसने कहा।

''यह सरासर झूठ है। मैं बिलकुल उस कमरे में नहीं गई,'' बोच्कोवा बोली, मगर उसे रोक दिया गया।

''इन दोनों की मौजूदगी में मैंने बैग में से दस-दस रूबल के चार नोट निकाले,'' बिना बोच्कोवा की ओर देखे मास्लोवा ने भौंहें सिकोड़कर फिर कहना शुरू किया।

''ठीक है, मगर क्या मुजरिम ने बैग में से चालीस रूबल निकालते समय यह भी देखा कि उसमें कितनी रक़म पड़ी थी ?'' सरकारी वकील ने फिर सवाल किया।

सरकारी वकील का सवाल सुनते ही मास्लोवा काँप उठी। अनजाने में ही उसे ऐसा लगने लगा था जैसे यह आदमी उसका बुरा चाहता है।

''मैंने गिने नहीं, मगर मैंने देखा कि उसमें कुछ सौ-सौ रूबल के नोट पड़े थे।''

''आह ! तो मुजरिम ने उसमें सौ-सौ रूबल के नोट पड़े देखे। बस, मैं इतना ही जानना चाहता था।''

''तो तुम पैसे लेकर वापस आ गईं,'' प्रधान जज ने घड़ी की ओर देखते हुए कहा।

''हाँ।''

''फिर ? फिर क्या हुआ ?''

''फिर वह मुझे वापस होटल में ले गया,'' मास्लोवा ने कहा।

''तो तुमने उसे पाउडर किस तरह दिया ?''

''किस तरह दिया ? मैंने पाउडर शराब के गिलास में डाला और उसे दे दिया।''

''तुमने ऐसा क्यों किया ?''

इस सवाल का उसने सहसा जवाब नहीं दिया, बल्कि एक गहरी आह भरी।

''वह मुझे छोड़ता नहीं था,'' क्षण भर चुप रहने के बाद वह कहने लगी, ''पर मैं थककर चूर हो गई थी। मैं बरामदे में गई और सीमन से बोली कि यह मुझे जाने ही नहीं देता, मैं बहुत थक गई हूँ। सीमन कहने लगा, हम भी तंग आ गए हैं, हम सोच रहे हैं कि उसे सोने की दवाई पिला दें। वह पीकर यह सो जाएगा, और फिर तुम चली जाना। मैंने कहा, अच्छा। मैंने समझा इसे देने में कोई डर नहीं। सीमन ने मुझे एक पुड़िया दी और मैं उसे लेकर अन्दर चली गई। वह पार्टीशन के पीछे लेटा हुआ था। मेरे अन्दर पहुँचते ही उसने ब्रांडी माँगी। मैंने ब्रांडी की बोतल मेज़ पर से उठाई, दो गिलास भरे, एक उसके लिए, एक अपने लिए, फिर उसके गिलास में पाउडर डाला और गिलास उसके हाथ में दे दिया। मुझे मालूम होता कि यह क्या चीज़ है तो मैं देती ही क्यों ?''

''अच्छा यह बताओ, यह अँगूठी तुम्हारे हाथ कैसे लगी ?'' प्रधान जज ने पूछा।

''यह उसने ख़ुद मुझे दी थी।''

"कब ?"

"जब मैं होटल में लौटकर उसके साथ आई। मैं घर जाना चाहती थी, पर उसने मुझे सिर पर घूँसा मारा जिससे मेरी कंघी टूट गई। मुझे गुस्सा आ गया और मैंने कहा कि मैं वहाँ नहीं ठहरूँगी, वहाँ से ज़रूर चली जाऊँगी। तब उसने अपनी ऊँगली में से अँगूठी निकालकर मुझे दे दी ताकि मैं नहीं जाऊँ," मास्लोवा ने कहा।

सरकारी वकील फिर तनिक-सा उठा, और बड़ा मासूम दिखने की कोशिश करते हुए कुछ सवाल और पूछने की इजाज़त माँगी। प्रधान जज ने इजाज़त दे दी। इस पर अपना सिर आगे को झुकाते हुए, जिससे उसका क़सीदा किया हुआ कॉलर कुछ-कुछ ढँक गया, वह बोलने लगा–

"मैं जानना चाहता हूँ कि मुजरिम कितनी देर तक व्यापारी स्मेल्कोव के कमरे में रही।"

मास्लोवा जैसे फिर डर गई। घबराई हुई आँखों से पहले सरकारी वकील की ओर और फिर जज की ओर देखते हुए तेज़-तेज़ बोलते हुए कहने लगी–

"मुझे याद नहीं कितनी देर।"

"ठीक है। पर क्या मुजरिम को इतना याद है कि स्मेल्कोव के कमरे में से निकलने के बाद वह कहीं और गई थी या नहीं?"

मास्लोवा क्षण भर सोचती रही।

"हाँ, उसके साथवाले कमरे में गई थी। वह ख़ाली था।"

"तुम वहाँ क्यों गई ?" सरकारी वकील क़ायदा भूलकर सीधा उससे पूछने लगा।

"मैं थोड़ी देर आराम करने के लिए वहाँ चली गई थी, साथ ही मुझे गाड़ी का भी इन्तज़ार करना था।"

"क्या मुजरिम के साथ कमरे में कार्तीनकिन भी था या नहीं?"

"वह अन्दर आया था।"

"वह क्यों आया था?"

"व्यापारी की थोड़ी-सी शराब बच रही थी। वह हमने मिलकर पी डाली।"

"ओह, मिलकर पी डाली। ख़ूब! क्या उस वक़्त सीमन के साथ कोई बातचीत हुई ? यदि हुई तो किस बारे में ?"

मास्लोवा की भवें चढ़ गई, शर्म से उसका चेहरा लाल हो गया, और जल्दी-जल्दी बोलते हुए वह कहने लगी–

"किसके बारे में ? मैंने कोई बात नहीं की। बस, मुझे यही कुछ मालूम है। जो मन में आए, करो। मैंने कोई जुर्म नहीं किया। बस, इससे ज़्यादा मैं कुछ नहीं जानती।"

"मुझे और कुछ नहीं पूछना है," सरकारी वकील ने कहा, और बड़े अस्वाभाविक ढंग से अपने कन्धे सीधे करके अपने भाषण की टिप्पणियों में यह दर्ज कर लिया कि मुजरिम ने ख़ुद तस्लीम किया है कि वह कार्तीनकिन के साथ ख़ाली कमरे में गई थी।

अदालत में थोड़ी देर के लिए ख़ामोशी छा गई।

"तुम्हें कुछ और कहना है ?"

"मैंने सब कुछ बता दिया है," मास्लोवा ने ठंडी साँस भरते हुए कहा और बैठ गई।

इसके बाद प्रधान जज ने कुछ नोट किया। उसके बाएँ हाथ बैठे हुए जज ने प्रधान जज को कुछ फुसफुसाकर कहा, जिसपर प्रधान जज ने 10 मिनट के लिए अदालत स्थगित कर दी,

और झट से उठकर कमरे में से निकल गया। जिस जज की बात सुनकर प्रधान जज ने अदालत स्थगित की थी, वह वही ऊँचा लम्बा दाढ़ीवाला जज था जिसकी आँखों से दयालुता टपकती थी। जज के पेट में कुछ गड़बड़ हो गई थी, और उसे ठीक करने के लिए वह पेट की थोड़ी मालिश करना चाहता था और कुछ बूँदें दवाई की पीना चाहता था।

जजों के उठने पर वकील, जूरी के सदस्य और गवाह भी उठ खड़े हुए। उस समय वे सब यह सोच कर ख़ुश और सन्तुष्ट थे कि एक महत्वपूर्ण काम का कम-से-कम कुछ हिस्सा तो उन्होंने ख़त्म कर दिया है। और यह सोचते हुए वे अलग-अलग दिशा में जाने लगे।

नेख़्लूदोव जूरी के कमरे में चला गया और खिड़की के पास जाकर बैठ गया।

12

हाँ, यह कात्यूशा ही है!

नेख़्लूदोव और कात्यूशा के आपसी सम्बन्धों की कहानी इस प्रकार है।

पहली बार वे तब मिले जब नेख़्लूदोव विश्वविद्यालय के तीसरे वर्ष में था। गर्मी की छुट्टियाँ थीं और वह अपनी फूफियों के पास रहने के लिए गया था। इन्ही छुट्टियों में वह भूमि-स्वामित्व के सवाल पर एक निबन्ध लिखने की तैयारी कर रहा था। इससे पहले वह गर्मी का मौसम हमेशा अपनी माँ और बहिन के साथ मास्को के नज़दीक गुज़ारा करता था जहाँ उसकी माँ की बहुत बड़ी ज़मींदारी थी। पर इस साल उसकी बहिन की शादी हो गई थी, और माँ विदेश चली गई थीं जहाँ वह गर्मी का मौसम किसी स्वास्थ्यप्रद स्थान में खनिज-जल के झरनों के पास व्यतीत करना चाहती थीं। चूँकि नेख़्लूदोव को अपना निबन्ध लिखना था, इसलिए उसने ये दिन अपनी फूफियों के घर बिताने का निश्चय किया। यहाँ वातावरण में शान्ति थी, क्योंकि ज़मींदारी अलग-थलग जगह पर थी और कोई ऐसी चीज़ भी न थी जो उसका ध्यान दूसरी तरफ़ खींच सके। दोनों फूफियाँ उसे बेहद प्यार करती थीं। नेख़्लूदोव उनका भतीजा ही न था, उनकी ज़मीन-जायदाद का वारिस भी था। नेख़्लूदोव को भी अपनी फूफियाँ बड़ी अच्छी लगती थीं। उसे उनका सीधा-सादा, पुराने ढंग का जीवन बड़ा पसन्द था।

उन गर्मी के दिनों में इस जागीर पर रहते हुए नेख़्लूदोव को जीवन में पहली बार उस अपूर्व आनन्द का अनुभव हुआ जो एक युवक को उस समय होता है जब वह अपने आप, बिना किसी दूसरे की मदद के जीवन के अद्‌भुत सौन्दर्य और महत्व को देखने लगता है। जब उसे नज़र आने लगता है कि जीवन में उस काम का अपार महत्व है जो मनुष्य को करने के लिए सौंपा गया है। उसे इस काम द्वारा पूर्णता तक पहुँचने के लिए प्रगति की असीम सम्भावनाएँ नज़र आने लगती हैं–न केवल अपने लिए बल्कि सकल मानव-जाति के लिए–और वह अपने काम में जुट जाता है। उसके हृदय में न केवल आशा की तरंगें उठती हैं, बल्कि यह दृढ़ विश्वास भी होता है कि वह अवश्य उस पूर्णता को प्राप्त करेगा जिसके वह स्वप्न देखता है। उसी साल नेख़्लूदोव ने यूनिवर्सिटी में स्पेंसर की पुस्तक "सोशल स्टेटिक्स" पढ़ी थी। उसे पढ़कर वह स्पेंसर के विचारों से बेहद प्रभावित हुआ था, विशेषकर उन विचारों से जिनका सम्बन्ध भूमि-स्वामित्व से था। विशेषकर इसलिए कि वह ख़ुद एक बड़ी ज़मींदारनी का बेटा था। नेख़्लूदोव के पिता अमीर नहीं थे, लेकिन उसकी माँ को दहेज़ में पचीस हज़ार एकड़ ज़मीन मिली थी। उस समय उसने पहली बार यह समझ लिया था कि भूमि के निजी स्वामित्व की प्रथा कितनी क्रूर और अन्यायपूर्ण है।

कुछ लोगों को अपने अन्तःकरण की ख़ातिर कुर्बानी देते हुए अध्यात्मिक आनन्द का अनुभव होता है। नेख़्लूदोब भी इन्हीं में से था। उसने निश्चय कर लिया कि वह भूमि-स्वामित्व के अपने अधिकार त्याग देगा, और जो ज़मीनें उसे पिता की ओर से मिली थीं, उन्हें उसने किसानों को सौंप दिया। इसी भूमि-स्वामित्व के सवाल पर वह इस समय अपना निबन्ध लिख रहा था।

इस जागीर पर रहते हुए उसने अपनी दिनचर्या इस प्रकार बना रखी थी सुबह सवेरे बड़ी जल्दी उठता, कभी-कभी तो तीन बजे ही उठ जाता। सूरज निकलने से पहले, जिस समय चारों ओर धुन्ध छाई होती, वह पहाड़ी के नीचे नदी-स्नान करने जाता। जब लौटता तो उस समय भी घास और फूलों पर अभी ओस के कण चमक रहे होते। घर आकर वह कॉफ़ी पीता और उसके बाद अपनी निर्देश-पुस्तकें और काग़ज़ लेकर निबन्ध पर काम करने बैठ जाता। पर ऐसा वह कभी-कभी करता। अक्सर वह कॉफ़ी पी चुकने के बाद फिर घर से निकल जाता और खेतों और जंगलों में घूमता रहता। दोपहर के भोजन से पहले वह बाग़ के किसी कोने में आकर सो जाता। भोजन के समय वह अपनी फूफियों को खुश करने के लिए हँसी-मज़ाक करता, फिर घोड़े पर सवार हो घुड़सवारी के लिए निकल जाता या नदी पर जाकर नाव चलाता रहता। शाम के वक़्त कोई किताब पढ़ता या फिर फूफियों के साथ ताश खेलता।

कई-कई रातें वह सो नहीं पाता था, विशेषकर जब आकाश में चाँद खिला होता–उसका हृदय जीवन के आनन्द से प्रफुल्लित हो उठता था। सोने के बजाय वह अपने स्वप्नों और विचारों में खोया हुआ रात भर बाग़ में टहलता रहता।

इस तरह पूर्ण सुख और शान्ति का अनुभव करते हुए, उसे फूफियों के साथ रहते एक महीना हो चला। इस दौरान उसने कात्यूशा में कोई विशेष रुचि नहीं दिखाई। कात्यूशा की आँखें काली और पाँव फुर्तीले थे और इस घर में उसकी स्थिति आधी नौकरानी और आधी कुलीन युवती की सी थी।

नेख़्लूदोव (जिसकी उम्र उस समय उन्नीस वर्ष की थी) अभी तक अपनी माँ की देख-रेख में रहा था, इस कारण उसका चाल-चलन अच्छा रहा था। यदि स्वप्न में भी उसे कभी कोई युवती नज़र आती तो केवल पत्नी के रूप में। वह अन्य स्त्रियों को जिनके साथ उसका विवाह-सम्बन्ध नहीं हो सकता था, साधारण इन्सान समझता था।

पवित्र बृहस्पतिवार अर्थात् ईसा के ऊर्ध्वगमन दिवस के पर्व पर फूफियों की एक पड़ोसिन महिला अपनी दो बेटियों और एक स्कूल जाते बालक को साथ लेकर उनके घर आई। उनके साथ उनका मेहमान–एक युवा कलाकार भी था। इस कलाकार का जन्म एक मामूली किसान के घर में हुआ था।

घर के सामने एक खुला मैदान था जिसमें पहले से घास काट दी गई थी। चाय के बाद सभी लोग वहाँ खेलने के लिए गए। ''गोरेल्की'' नाम का खेल शुरू हुआ। कात्यूशा को भी खेलने के लिए बुलाया गया। इस खेल में बार-बार भागना और अपना साथी बदलना पड़ता था। एक बार नेख़्लूदोव ने कात्यूशा को छू लिया जिससे वह उसकी साथिन बन गई। अब तक नेख़्लूदोव को यह लड़की यों तो बहुत भली लगती थी लेकिन उसके मन में यह विचार कभी नहीं आया था कि उन दोनों के बीच किन्हीं सम्बन्धों की भी सम्भावना हो सकती है।

''लो, अब इन दोनों को पकड़ना आसान नहीं। अगर खुद गिर पड़े तभी पकड़ाई देंगे,'' युवा कलाकार ने कहा जो तबीयत का बड़ा हँसोड़ था। अब पकड़ने की उसी की बारी थी। उसकी टाँगें छोटी-छोटी और टेढ़ी थीं, लेकिन आख़िर वह किसान था, उसकी टाँगें तो मज़बूत होनी ही

थीं। भागता भी वह ख़ूब तेज था।

"वाह !... क्या तुम भी हमें नहीं पकड़ सकते ?" कात्यूशा बोली।

"एक, दो, तीन," और कलाकार ने ताली बजाई।

कात्यूशा खिलखिलाकर हँस पड़ी, उसने नेख़्लूदोव के साथ अपनी जगह बदली और उसके चौड़े हाथ को अपने छोटे-से खुरदरे हाथ से दबाकर बाईं ओर को भाग गई। मांडी लगे उसके घाघरे के सर्रसर्र की आवाज़ आ रही थी।

नेख़्लूदोव दाईं ओर को तेज़-तेज़ भागने लगा। वह नहीं चाहता था कि कलाकार उसे पकड़ पाए। लेकिन जब उसने सिर घुमाकर देखा तो पाया कि कलाकार कात्यूशा के पीछे भागा जा रहा है। कात्यूशा काफ़ी आगे थी और उसकी मज़बूत छोटी-छोटी टाँगें ख़ूब तेज़ भागे जा रही थीं। उनके सामने लिलक की एक झाड़ी थी। कात्यूशा ने अपना सिर झटककर नेख़्लूदोव को इशारा किया कि उसके पीछे चलो। खेल के मुताबिक अगर वे दोनों फिर एक दूसरे का हाथ पकड़ लें तो उन्हें आकर कोई नहीं पकड़ सकता। नेख़्लूदोव इशारा समझ गया और झाड़ी के पीछे की ओर भागा। उसे मालूम नहीं था कि आगे एक छोटा-सा गढ़ा पड़ता है जिसमें काँटेदार झाड़ियाँ उग रही हैं। ठोकर खाकर वह उसमें जा गिरा और उसके हाथ छिल गए। झाड़ियाँ शाम के वक़्त पड़ी ओस से भीगी थीं। पर वह फ़ौरन ही उठ खड़ा हुआ, और हँसता हुआ खुली जगह पर निकल आया।

कात्यूशा मानो उड़ती चली आ रही थी, काली-काली जंगली बेरों जैसी आँखें और ख़ुशी से चमकता चेहरा। उन्होंने एक दूसरे का हाथ पकड़ लिया।

"अरे, तुम्हारा तो हाथ छिल गया है।" उसने हाँफते हुए कहा, और दूसरे हाथ से अपने बाल ठीक करते हुए, मुँह उठाकर नेख़्लूदोव की ओर देखा। उसके होंठों पर एक मीठी-सी मुस्कान खेल रही थी।

"मुझे क्या मालूम कि वहाँ पर गढ़ा है," उसने भी मुस्कराते हुए कहा और कात्यूशा का हाथ पकड़े रहा।

वह उसके ज़्यादा नज़दीक आ गई। फिर किसी अज्ञात प्रेरणावश नेख़्लूदोव का मुँह कात्यूशा के मुँह की ओर झुक गया। कात्यूशा पीछे नहीं हटी। नेख़्लूदोव ने उसका हाथ ज़ोर से दबाया और उसके होंठ चूम लिए। नेख़्लूदोव को ख़ुद भी मालूम नहीं था कि उसने ऐसा क्यों किया।

"अरे, वह क्या!" उसने कहा और जल्दी से हाथ छुड़ाकर वहाँ से भाग गई।

लिलक की झाड़ियों के पास पहुँचकर, जिनके फूल कुछ-कुछ झर चुके थे, उसने सफ़ेद लिलक की दो टहनियाँ तोड़ीं और उनसे अपने तमतमाते चेहरे पर थपकी देते हुए गरदन घुमाकर नेख़्लूदोव की ओर देखा और फिर अपनी बाँहों को आगे की ओर ज़ोर-ज़ोर से झुलाते हुए वह बाक़ी खिलाड़ियों की ओर भाग गई।

इसके बाद इन दोनों के बीच एक अजीब-सा रिश्ता पनपने लगा, एक ऐसा रिश्ता जो अक्सर शुद्ध चाल-चलन के लड़कों और लड़कियों के बीच पैदा हो जाता है जो एक दूसरे को चाहने लगते हैं।

जब कात्यूशा कमरे में आती, या नेख़्लूदोव को दूर से ही उसके सफ़ेद एप्रन की झलक मिलती तो उसकी आँखों में हर चीज़ रोशन हो उठती, उसी तरह जैसे सूरज के निकलने पर प्रत्येक वस्तु अधिक रोचक, उल्लसित और महत्त्वपूर्ण हो उठती है। जीवन अधिक आनन्दपूर्ण बन जाता। कात्यूशा की भी यही मनः स्थिति थी। और ऐसा केवल कात्यूशा की मौजूदगी में ही नहीं होता था। नेख़्लूदोव के लिए इतना सोच भर लेना ही काफ़ी था कि कात्यूशा जीती है (और कात्यूशा

के लिए नेख़्लूदोव जीता है) वही असर होता। यदि कभी घर से कोई बुरा ख़त आ जाता, या निबन्ध लिखने में कोई मुश्किल दरपेश होती, या अकारण ही कभी उदास हो उठता, जैसा कि जवानी में अक्सर होता है, तो कात्यूशा का नाम लेते ही, और इस विचार से ही कि वह उससे मिलेगा उसकी सारी उदासी फ़ौरन दूर हो जाती।

कात्यूशा को घर में बहुत काम रहता लेकिन किसी-न-किसी तरह वह पढ़ने के लिए थोड़ा वक़्त निकाल लेती थी। नेख़्लूदोव ने उसे दोस्तोयेव्स्की और तुर्गेनेव की किताबें पढ़ने को दीं, जिन्हें उसने खुद हाल ही में पढ़ा था। तुर्गेनेव की रचना ''शान्त नीड़'' उसे सबसे अधिक पसन्द आई। जब कभी दोनों एक दूसरे को अचानक कहीं मिल जाते–गलियारे में या बरामदे में या बाहर अहाते में–तो डरते, झिझकते एक-दो बातें कर लेते। उसी घर में फूफियों की एक बूढ़ी दासी मत्र्योना पाव्लोव्ना रहती थी। कात्यूशा उसी के कमरे में सोती थी, और नेख़्लूदोव उनके साथ बैठकर कभी-कभी चाय पिया करता था। यहाँ पर बिताई घड़ियाँ सबसे ज़्यादा खुशगवार होतीं। जब अकेले मिलते तो उन्हें बड़ी झिझक होती। तब आँखें कुछ कहतीं और मुँह में से कुछ निकलता। आँखों का भाव बेहद महत्वपूर्ण होता और बातें मामूली होतीं। उनके होंठ फड़फड़ाते, मन में एक तरह का भय छा जाता और वे फ़ौरन एक दूसरे से अलग हो जाते।

जितनी देर नेख़्लूदोव वहाँ पर रहा, दोनों के बीच इस तरह के सम्बन्ध बने रहे। फूफियों ने भी देखा और उनका माथा ठनका, और उन्होंने नेख़्लूदोव की माँ, प्रिन्सेस येलेना इवानोव्ना को विदेश में एक ख़त लिख दिया। बड़ी फूफी को डर था कि इन दोनों के बीच अवैध सम्बन्ध पैदा हो जाएगा। लेकिन यह डर निराधार था। नेख़्लूदोव को कात्यूशा से प्रेम था, हालाँकि उसे ख़ुद भी इसकी ख़बर न थी। पर उसका प्रेम वैसा ही था जैसा कि एक निश्छल युवक का हो सकता है। इस कारण उनके कुमार्ग पर पड़ जाने की कोई आशंका नहीं हो सकती थी। शारीरिक भोग की इच्छा तो दूर, उसका ख़याल तक आते ही उसका मन घृणा से काँप उठता। छोटी फूफी के स्वभाव में कवित्व अधिक था। उसकी आशंकाएँ इतनी निर्मूल भी न थीं। वह जानती थी कि द्मीत्री दृढ़ स्वभाव युवक है, जो बात मन में ठान ले उसे पूरी करके छोड़ता है। इसलिए उसे डर था कि यदि वह कात्यूशा से प्रेम करने लगा तो ऐन मुमकिन है उससे शादी करने का फ़ैसला कर ले। उस वक़्त वह यह नहीं सोचेगा कि लड़की का ख़ानदान कैसा है और उसकी स्थिति क्या है।

यदि उस समय नेख़्लूदोव को मालूम होता कि उसे कात्यूशा से प्रेम है, और विशेषकर यदि उसे कहा जाता कि लड़की छोटी जात की है, उसके साथ तुम्हें किसी हालत में भी शादी नहीं करनी चाहिए, तो वह ज़रूर उससे शादी करने का निश्चय कर लेता। उस निश्छल युवक की दृष्टि में शादी की यथेष्टता प्रेम से थी, प्रेम के अतिरिक्त सब विचार असंगत थे। पर उसकी फूफियों ने अपने डर उस पर ज़ाहिर नहीं होने दिए। और जब वह वहाँ से चला गया तब भी उसे मालूम न था कि वह कात्यूशा से प्रेम करता है।

उन दिनों उसका रोम-रोम जीवन के असीम आनन्द का अनुभव कर रहा था। उसे विश्वास था कि कात्यूशा के प्रति जो भावनाएँ उसके मन में उठती हैं, वे इसी आनन्द का एक रूप हैं, और यह प्यारी, हँसमुख बालिका भी उसके साथ इस आनन्द का उपभोग कर रही है। और जब वह जाने लगा और कात्यूशा उसकी फूफियों के साथ सायबान के नीचे खड़ी, अपने काले-काले, आँसू भरे नेत्रों से उसे देखे जा रही थी, तो उसे ऐसा जान पड़ा जैसे उसके जीवन में से कोई सुन्दर, अमूल्य चीज़ निकली जा रही है जो फिर उसे कभी प्राप्त नहीं होगी। और इससे उसका मन उदास हो उठा।

"अलविदा कात्यूशा," बग्घी में बैठते हुए उसने कात्यूशा की ओर देखकर कहा जिसका चेहरा छोटी फूफी की टोपी के पीछे से नज़र आ रहा था, "तुम्हारा बहुत-बहुत शुक्रिया, हर बात के लिए !"

"अलविदा, द्मीत्री इवानोविच," कात्यूशा ने कोमल, मधुर आवाज़ में जवाब दिया। उसकी आँखें आँसुओं से भर आई थीं और वह उन्हें रोकने की भरसक कोशिश कर रही थी। फिर वह ड्योढ़ी के अन्दर भाग गई ताकि वहाँ खुलकर रो सके।

13

इसके बाद तीन साल तक नेख़्लूदोव कात्यूशा से नहीं मिला। जब वह दोबारा उसे मिला तब वह फ़ौज का अफ़सर बन चुका था और अपनी रेजिमेन्ट में भरती होने जा रहा था। रास्ते में वह कुछ दिन के लिए अपनी फूफियों के पास ठहर गया। पर अब नेख़्लूदोव तीन साल पहलेवाला नेख़्लूदोव नहीं रहा था, जो यहाँ गर्मी की छुट्टियाँ बिताने आया था। अब वह बहुत कुछ बदल गया था।

तब वह एक सच्चा, निःस्वार्थ युवक था जो किसी भी अच्छे काम के लिए अपनी जान तक कुर्बान करने के लिए तत्पर रहता। परन्तु अब वह एक भ्रष्टाचारी युवक था, बाहर से शिष्ट किन्तु अन्दर से घोर अहंवादी, जिसकी एकमात्र रुचि विलासिता में थी। पहले उसे यह संसार एक पहेली नज़र आता था जिसे वह अपने हृदय के समूचे उत्साह और उमंग के साथ सुलझाने की चेष्टा करता था। किन्तु अब हर बात स्पष्ट और सरल नज़र आती थी, जिस प्रकार का उसका जीवन था उसके अनुसार वह हर चीज़ की व्याख्या कर लेता था। पहले उसे प्रकृति के संसर्ग में रहना आवश्यक और महत्वपूर्ण जान पड़ता था। न केवल प्रकृति के ही, बल्कि उन दार्शनिकों और कवियों के भी संसर्ग में रहना, जो उससे पहले अपना जीवन व्यतीत कर गए थे और अपनी भावनाएँ और विचार मानवजाति को सौंप गए थे। अब उसे केवल क्लब, नाचघर और साथियों से मेल-मिलाप ही आवश्यक और महत्वपूर्ण लगता था। तब स्त्रियाँ बड़ी रहस्यपूर्ण और सुन्दर नज़र आती थीं–उनकी रहस्यमयता ही उन्हें सौन्दर्य प्रदान करती थीं। अब सभी स्त्रियों का एक ही मतलब था, सिवाय अपने परिवार की स्त्रियों के या उन स्त्रियों के जो उसके मित्रों की पत्नियाँ थीं। स्त्रियाँ सम्भोग की वस्तु थीं, और इस सम्भोग का रस वह कई बार ले चुका था। पहले उसे धन की कोई ज़रूरत नहीं थी। जेब-खर्च के लिए जितने पैसे उसे माँ से मिलते थे, उसके एक-तिहाई से भी उसका काम चल जाता था। और जो ज़मीन-जायदाद उसे पिता की ओर से विरासत में मिली थी, उसे वह लेने से इनकार कर सकता था और किसानों में बाँट सकता था। अब माँ से हर महीने मिलनेवाले पन्द्रह सौ रूबलों से भी पूरी न पड़ती थी। और इस पर वह अपनी माँ से झगड़ा भी कर चुका था। अब उसकी दृष्टि में "अहं" का अर्थ था आत्मा, अब उसकी दृष्टि में "अहं" का अर्थ था एक स्वस्थ, हृष्ट-पुष्ट शरीर।

इस घोर परिवर्तन का एकमात्र कारण यह था कि उसके अपने आप पर विश्वास करना छोड़ दिया था और औरों पर विश्वास करने लगा था। यदि अपने आप पर विश्वास रखो तो जीना दूभर हो जाता है। तब हर प्रश्न का उत्तर स्वयं ढूँढ़ना पड़ता है, और यह उत्तर लगभग सदैव ही शारीरिक "अहं" के विरुद्ध और आत्मिक "अहं" के हक़ में होता है। शारीरिक "अहं" में तो केवल भोग की लालसा रहती है। परन्तु यदि औरों पर विश्वास करो तो किसी भी सवाल का जवाब स्वयं ढूँढ़ने की ज़रूरत नहीं रहती। सभी निश्चय गढ़े-गढ़ाए मिल जाते हैं, और ये निश्चय सदैव शारीरिक "अहं" के हक़ में और आत्मिक "अहं" के विरुद्ध होते हैं। इतना ही नहीं। यदि मनुष्य का अपने आप

में विश्वास हो तो लोग उसकी खिल्ली उड़ाते है, और यदि औरों पर विश्वास हो तो लोग शाबाश कहते हैं।

जब नेख़्लूदोव जीवन के गम्भीर विषयों पर विचार करता या उनकी चर्चा करता–- जैसे भगवान, सत्य, धन-दौलत, दारिद्रय इत्यादि–तो उसके मित्र-सम्बन्धी इस चर्चा को असंगत समझते, बल्कि किसी हद तक हास्यास्पद भी। उसकी माँ और फूफियाँ बड़े प्यार से उसपर व्यंग्य करतीं और उसे notre cher philosophe* कहतीं। परन्तु जब वह नावेल पढ़ता, अश्लील कहानियाँ कहता, मज़ाकिया, फ्रांसीसी नाटक देखने जाता और उनके चुटकुले हँस-हँसकर सुनाता तो सभी उसकी सराहना करते और उसका साहस बढ़ाते। जब वह अपनी ज़रूरतों को कम करना चाहता और सादा जीवन बिताना चाहता–जैसे पुराना ही ओवरकोट लटकाए रहता, या शराब नहीं पीता–तो सब हैरान होते और समझते कि वह दिखावा कर रहा है। लेकिन जब वह शिकार पर पैसे लुटाता या अपने पढ़नेवाले कमरे की सजावट पर पैसे बरबाद करता तो लोग उसकी पसन्द की वाह-वाह करते, और उसके शौक़ को प्रोत्साहित करने के लिए उसे बढ़िया, क़ीमती उपहार देते। जब वह ब्रह्मचर्य व्रत का पालन करता और कहता कि विवाह के समय तक वह अपने शरीर को पवित्र रखेगा, जो रिश्तेदारों को उसके स्वास्थ्य की चिन्ता होने लगती। यहाँ तक कि जब उसकी माँ को पता चला कि उसके बेटे ने अपना "पुरुषत्व" प्रमाणित कर दिया है, और एक फ्रांसीसी लड़की को, तो उसी के एक मित्र की प्रेयसी थी, अपने वश में कर लिया है, तो दुखी होने के बजाय वह ख़ुश हुई। लेकिन कात्यूशा वाली बात याद करके और यह कि उसका बेटा उस लड़की से शादी करने की सोच सकता था, प्रिन्सेस-माँ का तो दिल ही बैठ जाता।

इसी तरह जब नेख़्लूदोव बालिग़ हुआ और उसने विरसे में मिली पिता की छोटी-सी ज़मीन किसानों को दे डाली–क्योंकि वह भूमि की निजी मिलकियत को अन्यायपूर्ण समझता था–तो उसकी माँ और सभी घरवालों को बड़ी निराशा हुई। रिश्तेदारों को तो मज़ाक़ करने का बहाना मिल गया। लोग कहते कि इस तरह किसान अमीर थोड़े ही हो गए हैं, उल्टे और भी ग़रीब हुए हैं, क्योंकि एक तो उन्होंने तीन शराबख़ाने खोल लिए हैं, दूसरे ख़ुद काम करना छोड़ दिया है। पर जब नेख़्लूदोव गार्ड्स सेना में भरती हुआ और अपने अमीर साथियों के साथ जुए और ऐशोइशरत में रुपया लुटाने लगा, यहाँ तक कि माँ को अपनी पूँजी में से रुपया निकलवाने की नौबत आ गई तो भी माँ को कोई दुख नहीं हुआ। इसे वह स्वाभाविक ही समझती थी, बल्कि किसी हद तक अच्छा भी, कि आदमी को जो गुल खिलाने हों छोटी उम्र में ही खिला ले और अच्छे ख़ानदानी लोगों की सोहबत में।

शुरू-शुरू में तो नेख़्लूदोव के मन में संघर्ष उठा। उसने देखा कि अपने आप पर विश्वास रखते हुए जो कोई बात उसे अच्छी लगती थी, वही उसके संगी-साथियों को बुरी लगती, और जिसे वह बुरा समझता उसे वे लोग अच्छा समझते थे। किन्तु यह संघर्ष नेख़्लूदोव के लिए बहुत कठिन था और अन्त यही हुआ कि उसने हार मान ली, अर्थात् अपने आप पर विश्वास करना छोड़ दिया और दूसरों पर विश्वास करने लगा। पहले तो उसे इस तरह आत्मविश्वास खोना खला, पर यह स्थिति ज़्यादा देर तक नहीं रही। उसी समय उसने सिगरेट और शराब पीने की आदत डाल ली, इस तरह शीघ्र ही यह अप्रिय भावना बिलकुल ही दब गई, और यहाँ तक कि उसे लगा मानो उस पर से कोई बोझ हट गया है।

---

* हमारा प्यारा दार्शनिक। (फ्रेंच)

नेख़्लूदोव धुन का पक्का युवक था। नए ढंग का जीवन अपनाने की देर थी कि बेलगाम होकर उसमें कूद पड़ा। अब जो कुछ भी वह करता उसमें उसे मित्रों-सम्बन्धियों की अनुमति प्राप्त थी। हाँ, अन्तरात्मा की आवाज़ कुछ और ही कहती थी, पर उसका उसने गला घोंट दिया था। इस स्थिति का आरम्भ उस समय हुआ जब वह पीटर्सबर्ग में जाकर रहने लगा, परन्तु पराकाष्ठा तक वह उस समय पहुँची जब वह फ़ौज में भरती हुआ।

सामान्यतया फ़ौज में जाकर लोगों का नैतिक पतन होने लगता है। वहाँ का जीवन ऐसा है कि उन्हें कोई काम नहीं करना पड़ता, कम-से-कम कोई ऐसा काम नहीं जिसे सूझ-बूझवाला और उपयोगी कहा जा सके। साधारण मानवीय कर्तव्यों तक से उन्हें छुट्टी मिल जाती है, और उनके स्थान पर उन्हें केवल औपचारिक कर्तव्य निभाने पड़ते हैं, जैसे अपनी रेजिमेन्ट और वर्दी और झंडे का गौरव बनाए रखना। एक तरफ़ अपने से छोटे अफ़सरों पर उन्हें निरंकुश अधिकार प्राप्त होता है, दूसरी तरफ़ अपने से बड़े अफ़सरों का उन्हें दासों की तरह हुक्म मानना पड़ता है।

सेना की नौकरी में जहाँ बड़ी वर्दी और झंडे के गौरव का ढोल पीटा जाता है और हिंसा और हत्या को वैध माना जाता है, वहाँ पर एक तो मनुष्य का यों ही पतन होने लगता है। पर इसके साथ-साथ एक दूसरी तरह का भी पतन होने लगता है जिसका स्रोत पैसा और ज़ार-परिवार से निकट का सम्पर्क है। गार्ड्स के लिए केवल अमीर और कुलीन घरानों से ही अफ़सर चुने जाते हैं। जब इस तरह दोनों तरफ़ से पतन होने लगे तो मनुष्य को घोर स्वार्थ के अलावा कुछ नज़र नहीं आता। और नेख़्लूदोव उसी वक़्त से स्वार्थान्धता के कीच में फँस गया जब वह फ़ौज में दाख़िल हुआ और अपने साथियों का सा जीवन व्यतीत करने लगा।

उसका कोई और काम नहीं था, सिवाय इसके कि बढ़िया वर्दी कसता, जिसको बनानेवाला कोई और होता और ब्रुश से साफ़ करनेवाला कोई दूसरा। फिर हथियारों से लैस हो जाता। ये हथियार भी दूसरों के हाथ के बने होते, और दूसरे ही इन्हें साफ़ करके नेख़्लूदोव को पकड़ाते। परेड या क़वायद पर जाने के लिए वह बढ़िया घोड़े पर सवार होता, और इस घोड़े को पालकर बड़ा करनेवाले, सवारी के लिए तैयार करनेवाले, और अब उसकी देख-रेख करनेवाले भी और लोग थे। वह बड़े ठाठ से तलवार घुमाता, और तोप चलाता जिस तरह उसके अन्य साथी करते, और अन्य लोगों को इसकी शिक्षा देता। इसके अलावा उसका कोई और काम नहीं था। और इस काम के लिए बड़े-बड़े अफ़सर, बूढ़े और जवान, स्वयं ज़ार और उसके निकट के लोग न केवल अपनी अनुमति देते बल्कि इसकी सराहना करते और इसका धन्यवाद करते। इसके अतिरिक्त वहाँ किस चीज़ को अच्छा और महत्वपूर्ण समझा जाता था ? खाने-पीने को, विशेषकर पीने को, अफ़सरों के क्लबों और होटलों में पैसे लुटाने को, जो पैसे किसी अदृश्य स्रोत से चले आते थे। फिर नाटक, नाच, स्त्रियाँ। इसके उपरान्त फिर घुड़सवारी, तलवार घुमाना और घुड़दौड़ें। जब यह समाप्त होता तो पैसे लुटाने का दौर शुरू हो जाता –शराब, जुआ, औरतें।

जो आदमी सेना में नहीं है, यदि वह इस प्रकार का जीवन व्यतीत करे तो उसे अन्दर-ही-अन्दर शर्म महसूस होने लगेगी। परन्तु इसके विपरीत फ़ौजी को इस प्रकार के जीवन पर दम्भ होता है, विशेषकर जब जंग का ज़माना हो, और नेख़्लूदोव ने तो फ़ौज में उस समय प्रवेश किया था जब अभी-अभी तुर्की के ख़िलाफ़ जंग का ऐलान हुआ था। "लड़ाई में हम अपनी जान कुरबान करने के लिए तैयार रहते हैं। इसलिए हमारे लिए हँसी-खेल और ऐश न केवल क्षम्य है बल्कि आवश्यक भी। और इसीलिए हम ऐसा जीवन व्यतीत करते हैं।"

इस तरह के अस्पष्ट विचार उन दिनों नेख़्लूदोव के मन में घूमते थे। वह मन-ही-मन ख़ुश

था कि उस नैतिक नियन्त्रण से छुटकारा मिला जो उसने अपने ऊपर लाद रखा था। और उसके जीवन की स्थिति बिलकुल ऐसे आदमी की थी जिसे स्वार्थ ने अन्धा कर रखा हो।

और इसी स्थिति में वह, तीन साल के बाद, अपनी फूफियों से मिलने के लिए आया था।

14

जिस रास्ते नेख़्लूदोव अपनी रेजिमेन्ट में शामिल होने के लिए जा रहा था, उसी के नज़दीक ही उसकी फूफियों की ज़मींदारी पड़ती थी। एक तो इस कारण वह उनसे मिलने के लिए चला गया। दूसरे इसलिए कि उन्होंने बड़े प्यार से उसे आने को कहा था। पर वहाँ जाने का सबसे बड़ा कारण यह था कि वह कात्यूशा को देखना चाहता था। शायद पहले से ही उसके अन्तर्मन में कात्यूशा के ख़िलाफ नीच इरादे बन चुके हों, जिसकी प्रेरणा अब उसे अपनी असंयत पाशविक वृत्तियों से मिल रही थी। पर इसकी उसके चेतन मन को ख़बर न थी। वह दोबारा वहाँ केवल इसलिए जाना चाहता था कि उसने पहले वहाँ बड़े अच्छे दिन बिताए थे, और अपनी बूढ़ी फूफियों से मिलना चाहता था, जो थीं तो अनोखी-सी जीव पर दिल की बड़ी अच्छी थीं, और प्यार से भरी। उसे पता भी न चलता था कैसे, लेकिन वे सदा उसके इर्द-गिर्द प्रेम और आनन्दोल्लास का वातावरण बना देती थीं। वह कात्यूशा से भी मिलना चाहता था, जिसकी बड़ी मधुर स्मृति वह मन में सँजोए हुए था।

वह वहाँ मार्च महीने के अन्त में, ईस्टर-शुक्रवार के दिन पहुँचा। बर्फ़ पिघलनी शुरू हो गई थी। उस रोज़ मूसलाधार बारिश हो रही थी, और वह बुरी तरह से भीग गया था, और ठिठुर रहा था, लेकिन फिर भी ख़ूब चुस्त और ख़ुश था जैसा कि उन दिनों वह हर वक़्त रहा करता था। "क्या कात्यूशा अब भी उनके साथ रहती होगी? वह मन-ही-मन सोच रहा था, जब वह बग्घी में बैठा, जाने-पहचाने, पुराने ढंग के सहन में दाख़िल हुआ। सहन के चारों तरफ़ ईंटों की दीवार थी और उसमें छतों पर से गिर-गिरकर बर्फ़ इकट्ठी हो रही थी।

उसका ख़याल था कि बग्घी की घंटियों की आवाज़ सुनते ही वह भागकर बाहर आ जाएगी। परन्तु वह नहीं आई। दो स्त्रियाँ, नंगे पाँव, घाघरे ऊपर करके बाँधे हुए, और हाथों में बाल्टियाँ उठाए, बग़ल के दरवाज़े में से बाहर निकलीं। ज़ाहिर था कि फ़र्श साफ़ कर रही थीं। कात्यूशा सामने के दरवाज़े पर भी नहीं मिली। केवल नौकर तीख़ोन बाहर निकलकर सायबान में आया। उसने एप्रन पहन रखा था, और ज़ाहिर था कि वह भी सफ़ाई में लगा हुआ है। छोटी बैठक में उसे केवल उसकी छोटी फूफी सोफ़िया इवानोव्ना मिली। उसने रेशमी पोशाक पहन रखी थी, और सिर पर टोपी पहन रखी थी।

"कितना अच्छा किया तुमने जो तुम आ गए!" अपने भतीजे को चूमते हुए सोफ़िया इवानोव्ना ने कहा। "मारिया की तबीयत ठीक नहीं, कुछ थक गई है। हम कम्यूनियन में गई थीं।"

"ईस्टर की मुबारक हो फूफी," सोफ़िया इवानोव्ना का हाथ चूमते हुए नेख़्लूदोव ने कहा। "उह! मैंने तो आपके कपड़े गीले कर दिए! माफ़ कीजिए।"

"तुम चलो अपने कमरे में–अरे तुम तो सिर से पाँव तक भीग रहे हो। और तुम्हारी तो अब मूँछे भी आ गई हैं! कात्यूशा! कात्यूशा! इन्हें गरम-गरम कॉफ़ी पिलाओ, जल्दी करो।"

"अभी लाती हूँ," एक मधुर सुपरिचित आवाज़ ने गलियारे में से जवाब दिया।

नेख़्लूदोव का दिल बल्लियों उछलने लगा, "यहीं पर है!" उसे ऐसे जान पड़ा जैसे सूरज बादलों के पीछे से निकल आया हो। नेख़्लूदोव ख़ुश-ख़ुश अपने पहले कमरे की ओर बढ़ गया

ताकि कपड़े बदल डाले। उसके पीछे-पीछे तीख़ोन हो लिया।

नेख़्लूदोव का मन चाहता था कि तीख़ोन से कात्यूशा के बारे में पूछे, उसका क्या हाल है, क्या करती है, शादी करेगी या नहीं। पर तीख़ोन की भाव-भंगिमा में इतना आदर-भाव और साथ ही इतनी दृढ़ता थी–यहाँ तक कि हाथ धुलाने का भी तीख़ोन हठ करने लगा कि वही हाथों पर पानी डालेगा–कि नेख़्लूदोव फ़ैसला ही नहीं कर पाया कि पूछूँ या न पूछूँ। केवल तीख़ोन के ही नाती-पोतों के बारे में पूछता रहा, और भाई के बूढ़े घोड़े के बारे में और पोल्कान कुत्ते के बारे में। पोल्कान को छोड़कर सभी जीते-जागते थे। पोल्कान पिछली गरमियों में बावला हो गया था।

नेख़्लूदोव ने गीले कपड़े उतारे और दूसरे कपड़े पहन ही रहा था कि तेज़-तेज़ क़दमों की आवाज़ आई और किसी ने दरवाज़ा खटखटाया। नेख़्लूदोव इन क़दमों को पहचानता था और इस विशेष खटखटाहट को भी। केवल वही इस तरह चलती और दरवाज़ा खटखटाती थी।

नेख़्लूदोव ने अपना गीला बरान कोट कन्धों पर डाल लिया और दरवाज़ा खोला।

''आ जाओ।''

कात्यूशा ही थी। बिलकुल पहले-सी, केवल पहले से अधिक प्यारी। पहले की ही तरह उसने अपनी मुस्कराती, भोली, थोड़ी ऐंची काली आँखें ऊपर उठाकर उसे देखा। अब भी उसने सफ़ेद एप्रन पहन रखा था। उसने हाथों में ख़ुशबूदार साबुन की नई टिकिया, जिस पर से अभी-अभी काग़ज़ उतारा गया था और दो तौलिए उठाए हुए थी, जो फूफियों ने भेजे थे। एक तौलिया मुँह-हाथ पोंछने के लिए था, दूसरा लम्बा रूसी तौलिया था, जिस पर कसीदाकारी की हुई थी। ताज़ा साबुन पर नाम का ठप्पा, तौलिए, हर चीज, कात्यूशा समेत, स्वच्छ, ताज़ा, निष्कलंक और प्रिय थी। नेख़्लूदोव को देखकर कात्यूशा बरबस ख़ुशी से मुस्करा उठी, और उसके प्यारे-प्यारे सुगठित होंठ उसी तरह सिकुड़ उठे जिस तरह पहले सिकुड़ा करते थे।

''तुम कैसे हो, द्मीत्री इवानोविच,'' कात्यूशा बड़ी मुश्किल से कह पाई। उसका चेहरा लाल हो गया।

''कहो, अच्छी हो !'' नेख़्लूदोव ने कहा। वह भी शर्मा रहा था। ''मज़े में हो ?''

''भगवान की दया है। यह रहा गुलाबी साबुन जो तुम्हें इतना अच्छा लगता था, और यह रहे तौलिए। तुम्हारी फूफी ने भेजे हैं।'' उसने कहा और साबुन की टिकिया मेज़ पर रख दी और तौलिए एक कुरसी के हत्थे पर लटका दिए।

''यहाँ पर सब कुछ मौजूद है,'' मेहमान की आत्मनिर्भरता का पक्ष लेते हुए तीख़ोन बोला, और नेख़्लूदोव के सामान की ओर इशारा किया जहाँ साबुन-तेल रखनेवाला बक्स खुला पड़ा था और उसमें तरह-तरह की शृंगार की चीज़ें, ब्रुश, इत्र तथा बहुत-सी बोतलें रखी थीं जिनके ढँकने चाँदी के बने थे।

''मेरी ओर से फूफी को धन्यवाद कहना। यहाँ आकर मुझे बेहद ख़ुशी हुई है,'' नेख़्लूदोव ने कहा। पहले की तरह अब भी उसका हृदय प्यार और मृदुता से भर उठा।

इन शब्दों को सुनकर कात्यूशा केवल मुस्करा दी और बाहर चली गई।

नेख़्लूदोव से फूफियों को बेहद प्रेम था। अबकी वे और भी प्यार से मिलीं। द्मीत्री लड़ाई में जा रहा था, क्या मालूम वहाँ वह जख़्मी हो जाए, या मारा जाए। यह सोचकर वृद्ध महिलाओं का हृदय द्रवित हो उठा था।

नेख़्लूदोव आया तो इस इरादे से था कि वहाँ पर केवल एक दिन और एक रात रहेगा, लेकिन जब उसने कात्यूशा को देखा तो ईस्टर का पर्व वहीं मनाने के लिए राज़ी हो गया। उसने अपने

दोस्त शेनबोक के साथ यह फ़ैसला कर रखा था कि उसे ओदेस्सा में मिलेगा। अब उसे तार दे दिया कि सीधे यहीं आ जाओ।

कात्यूशा को देखते ही नेख़्लूदोव के मन में पहली भावनाएँ जाग उठीं। अब भी उसके सफ़ेद एप्रन की झलक पड़ते ही उसका दिल उद्वेलित हो उठता। उसकी आवाज़ सुनकर, उसके पाँवों की आहट पाकर, उसे हँसते सुनकर, उसका दिल खिल उठता। जब कात्यूशा मुस्कराती और नेख़्लूदोव उसकी काली-काली, भीगे जंगली बेरों की सी आँखों की ओर देखता तो उसका दिल कोमलतम भावनाओं से भर उठता। उससे सामना होते ही कात्यूशा का चेहरा लाल पड़ जाता, और उसे लजाते देख नेख़्लूदोव के दिल में स्नेह उमड़ पड़ता था। नेख़्लूदोव को महसूस होने लगा जैसे वह कात्यूशा को प्रेम करने लगा है। परन्तु यह प्रेम की भावना पहले की सी न थी। तब वह प्रेम एक पहेली-सा था। तब वह स्वयं भी स्वीकार न कर पाता कि उसे प्रेम है, तब उसे विश्वास था कि मनुष्य जीवन में एक ही बार प्रेम कर सकता है। परन्तु अब वह जानता था कि उसे प्रेम है; वह ख़ुश था, उसे धूमिल-सा ज्ञान था कि यह प्रेम किस प्रकार का है और इसका क्या अन्त हो सकता है, हालाँकि वह अपने आपसे भी उसे छिपाने की कोशिश कर रहा था।

सभी मुनष्यों की तरह नेख़्लूदोव में भी दो जीव बसते थे, एक आध्यात्मिक जीव, जो ऐसे सुख की कामना करता था जिसमें सभी का सुख हो, दूसरा कामुक जीव, जो केवल अपनी ही तृप्ति चाहता था और उसे प्राप्त करने के लिए बाक़ी सारी दुनिया का सुख होम करने के लिए तैयार था। जीवन के इस काल में नेख़्लूदोव का अहंकार पीटर्सबर्ग में और सेना में रहने के कारण स्वार्थान्धता की सीमा तक जा पहुँचा था, और कामुक जीव ने आध्यात्मिक जीव को बिलकुल कुचलकर वहाँ अपना आधिपत्य जमा लिया था। परन्तु अब, तीन साल के बाद, कात्यूशा से मिलने पर, उसके हृदय में फिर वही भावनाएँ जाग उठीं जो पहले उठी थीं। आध्यात्मिक जीव ने फिर एक बार सिर उठाया। पूरे दो दिन, ईस्टर के दिन तक उसके मन में निरन्तर संघर्ष चलता रहा, हालाँकि वह स्वयं इसका स्पष्ट अनुभव नहीं कर रहा था।

उसके अन्तर्तम से यह आवाज़ उठती थी कि यहाँ से चले जाना चाहिए, फूफियों के घर में टिके रहने का कोई मतलब नहीं, कि नतीजा अच्छा नहीं होगा, परन्तु रहने में इतना मज़ा था, इतना लुत्फ़ था कि उसने सच्चे दिल से इस बारे में नहीं सोचा, और वहीं पर टिका रहा।

शनिवार शाम को एक पादरी डीकन के साथ स्लेज में बैठकर उपासना करवाने आए। गिरजे से घर तक तीन मील का फ़ासला था। उन्हें यहाँ तक पहुँचने में बड़ी कठिनाई हुई, कम-से-कम उनका यही कहना था, क्योंकि सड़क पर जगह-जगह पानी खड़ा था और कही-कहीं पर स्लेज को नंगी ज़मीन पर खींचना पड़ा था।

नेख़्लूदोव भी अपनी फूफियों और घर के नौकर-चाकरों के साथ सम्मिलित उपासना में शामिल हुआ, और सारा वक़्त कात्यूशा की ओर देखता रहा जो दरवाज़े के पास खड़ी थी और पादरी के लिए धूपदानियाँ ला जा रही थी। उपासना ख़त्म होने पर नेख़्लूदोव ने पादरी और फूफियों को ईसा मसीह के पुनर्जन्म पर बधाई देते हुए चूमा और फिर वह सोने जा ही रहा था कि बाहर गलियारे में मारिया इवानोव्ना की बुढ़िया नौकरानी मात्र्योना पाव्लोव्ना को कात्यूशा के साथ ईस्टर के केकों और रंग किए अंडों को पवित्र करवाने के लिए चर्च जाने की तैयारियाँ करते सुना। "मैं भी जाऊँगा," नेख़्लूदोव ने मन-ही-मन कहा।

घर से लेकर गिरजे तक की सड़क बहुत ही ख़राब थी। उस पर न स्लेज में और न ही बग्घी में जाया जा सकता था। नेख़्लूदोव ने फ़ौरन घोड़ा तैयार करने का हुक्म दे दिया और कहा

कि बूढ़े "भाई के घोड़े" पर ज़ीन कस दी जाए। नेख़्लूदोव इस घर को अपना ही घर समझता था, और उसी तरह व्यवहार करता था। बिस्तर पर सोने की बजाय उसने अपना बढ़िया वर्दी-कोट पहना, चुस्त पतलून कसी और कन्धों पर बरान कोट डाले, घोड़े पर सवार हो गया। घोड़ा बूढ़ा था, लेकिन ख़ूब पला हुआ और बोझल गति से चलता था। सारा रास्ता वह हिनहिनाता गया। बाहर गहन अँधेरा था, जिसमें गढ़ों और बर्फ़ को लाँघता हुआ नेख़्लूदोव गिरजे की ओर जाने लगा।

15

नेख़्लूदोव के मन पर ईस्टर उपासना का वह दृश्य अत्यन्त सुन्दर और सजीव छाप छोड़ गया जो उसे आजीवन याद रही।

घने अँधेरे में से होता हुआ, जिसे केवल किसी-किसी जगह सफ़ेद बर्फ़ के पैबन्द भंग करते थे, वह जगह-जगह खड़े पानी पर छप-छप करते हुए गिरजे के आँगन में दाख़िल हुआ। गिरजे के चारों ओर लैंपों की क़तार थी। रोशनी को देखकर घोड़े के कान खड़े हो गए।

जब नेख़्लूदोव गिरजे पहुँचा तो उपासना शुरू हो चुकी थी। आँगन में खड़े किसानों ने मारिया इवानोव्ना के भतीजे को पहचान लिया, और उसके घोड़े की लगाम पकड़कर सूखी जगह पर ले गए, जहाँ नेख़्लूदोव घोड़े पर से उतर सके। फिर घोड़े को ठीक जगह पर ले जाकर बाँध दिया, और नेख़्लूदोव को गिरजे में ले गए। गिरजा खचाखच लोगों से भरा हुआ था।

गिरजे में दाईं तरफ़ किसान खड़े थे, बूढ़े आदमी, घर के कते-बुने कोट पहने और पाँवों में छाल के बूट कसे और साफ़-सुथरी सफ़ेद पट्टियाँ बाँधे। जवानों ने नए-नए ऊनी कोट पहन रखे थे और कमर में शोख रंग की पेटियाँ और चमड़े के लम्बे बूट चढ़ाए थे। बाईं ओर छोटी उम्र की स्त्रियाँ थीं, सिरों पर लाल रंग के रेशमी रूमाल बाँधे, काले रंग की नक़ली मख़मल की जॉकेट जिनके नीचे शोख़ लाल रंग की क़मीज़ें और भड़कीले हरे, नीले और लाल रंग के घाघरे पहने हुए थीं। पाँवों में उन्होंने चमड़े के जूते पहन रखे थे जिनके नीचे लोहे की पतरियाँ लगी थीं। उनके पीछे बूढ़ी स्त्रियाँ खड़ी थीं जिनकी पोशाक अधिक सादा थी। सिर पर सफ़ेद रूमाल, भूरे रंग के कोट, पुरानी चलन के घाघरे, और पाँवों में चमड़े या छाल के जूते। उनके बीच सजे-धजे, सिर पर तेल लगाए बच्चे खड़े थे। पुरुष क्रॉस का चिन्ह बनाते वक़्त अपना सिर झुका लेते और बाद में सीधा कर लेते और झटककर अपने बाल पीछे को कर देते। स्त्रियाँ, विशेषकर बूढ़ी स्त्रियाँ अपनी धुँधली आँखों से टिकटिकी बाँधे एक देव-प्रतिमा की ओर देखे जा रही थीं और क्रॉस का चिन्ह बना रही थीं। देव-प्रतिमा के आस-पास मोमबत्तियाँ जल रही थीं। वे अपनी जुड़ी उँगलियों से अपने सिर के रूमाल को कसकर छूतीं, फिर पेट को और फिर एक-एक करके दोनों कन्धों को। और मुँह में से कुछ फुसफुसाती हुई झुक जातीं या घुटनों के बल बैठ जातीं। बच्चे बड़ों की नक़ल कर रहे थे, जब उन्हें ध्यान होता कि लोग उनकी ओर देख रहे हैं तो बड़े गम्भीर बनकर प्रार्थना करते। देव-प्रतिमाओं के सुनहरी फ्रेम चमक रहे थे। उनके चारों तरफ़ बड़ी-बड़ी मोमबत्तियाँ जल रही थीं जिन पर बेलबूटेदार, सुनहरी खोल बने थे। उनके गिर्द सभी शमादानों में छोटी बत्तियाँ जल रही थीं। सहगान के मंच पर से तरह-तरह के रोचक स्वर सुनाई दे रहे थे। गान-मंडली के सदस्य शौकिया गानेवाले थे। इनमें गहरी आवाज़ें भी थीं और नन्हें बालकों की तीखी आवाज़ें भी।

नेख़्लूदोव सीधा आगे बढ़ गया। गिरजे के बीचोबीच भद्र-जन थे : एक ज़मींदार जो अपनी पत्नी और बेटे के साथ आया था (बेटे ने जहाज़ियों का सूट पहन रखा था), पुलिस-अफ़सर,

तार-बाबू, एक व्यापारी जिसने लम्बे बूट चढ़ा रखे थे, और गाँव का मुखिया जिसकी छाती पर तमग़ा चमक रहा था। वेदी के दाईं ओर ज़मींदार की पत्नी के ऐन पीछे मात्र्योना पाव्लोव्ना हलके बैंगनी रंग की पोशाक पहने और कन्धों पर सफ़ेद झालरदार शाल ओढ़े खड़ी थी। उसके साथ ही कात्यूशा थी। छाती पर झालरोंवाली सफ़ेद पोशाक , नीले रंग का कमरबन्द और काले-काले बालों पर लाल रंग का रिब्बन था।

गिरजे में उत्सव का वातावरण था, हर चीज उज्जवल, पवित्र और सुन्दर लग रही थी। पादरी ज़री का जामा पहने था जिसपर सुनहरी क्रॉस बने थे। डीकन, क्लर्क और गायकों ने सफ़ेद और सुनहरी रंग के वस्त्र पहन रखे थे। शौकिया गान-मंडली के सदस्य, पूरी सज-धज के साथ, सिर पर ख़ूब तेल चुपड़कर आए थे। स्तुतिगान की धुनें बड़ी हलकी-फुलकी और रोचक थीं, ऐसा जान पड़ता जैसे नाच की धुनें बज रही हों। पादरी हाथ में एक मोमबत्ती पकड़े जिस पर फूल बने थे बराबर लोगों को आशीष दिए जा रहा था, गिरजे में बार-बार ''प्रभु ईसा जाग उठे ! प्रभु ईसा जाग उठे !'' की आवाज़ गूँज उठती। हर चीज़ अति सुन्दर थी, पर सबसे अधिक सुन्दर थी कात्यूशा, जो सफ़ेद-सफ़ेद पोशाक पहने, नीला कमरबन्द और अपने काले बालों में लाल रिब्बन बाँधे खड़ी थी, और जिसकी आँखें हृदयोल्लास से चमक रही थीं।

वह नेख़्लूदोव की ओर देख तो नहीं रही थी पर नेख़्लूदोव जानता था कि उसे उसकी उपस्थिति का पूरा-पूरा भास है। वेदी की ओर जाते हुए उसने यह भाँप लिया था। वह उसके पास से गुज़रा। उसे कात्यूशा को कुछ नहीं कहना था, मगर उसने झट से एक बात गढ़ ली और उसके पास जाकर कान में बोला :

''फूफी ने कहा है कि वह दूसरी उपासना के बाद अपना व्रत तोड़ेंगी।''

सदा की तरह उसे देखते ही कात्यूशा का प्यारा चेहरा लाल हो गया। उसकी उल्लसित काली-काली आँखें, जिनमें हँसी फूट रही थी, बड़े भोलेपन से नेख़्लूदोव के चेहरे की ओर देखने लगीं।

''मुझे मालूम है,'' उसने मुस्कराकर कहा।

ऐन इसी वक़्त गिरजे का क्लर्क पास से गुज़रा। वह ताँबे का पात्र लिए भीड़ में रास्ता बना रहा था। उसने कात्यूशा को नहीं देखा जिससे उसका वस्त्र कहीं कात्यूशा से अटक गया। प्रत्यक्षतः यह इसलिए हुआ कि वह नेख़्लूदोव से थोड़ा हटकर निकल जाना चाहता था। पर नेख़्लूदोव को बड़ी हैरानी हुई। क्या वह क्लर्क नहीं जानता कि यहाँ की हर चीज़ कात्यूशा के लिए है। यहाँ की ही क्यों, संसार भर की हर चीज़ कात्यूशा के लिए है! और चीज़ों की ओर ध्यान न जाए तो समझा जा सकता है, परन्तु कात्यूशा की उपेक्षा कैसे की जा सकती है? वह तो सकल विश्व का केन्द्र है। जो देव-प्रतिमाओं के सुनहरी चौखटे चमक रहे हैं तो उसी के लिए, जो शमादानों में मोमबत्तियाँ जल रही हैं तो उसी की ख़ातिर; उसी की ख़ुशी के लिए गिरजे में स्तुतिगान के बोल गूँज रहे हैं–''देखो सब जन ! ईसा का प्रस्थान !'' संसार में जो कुछ भी श्रेष्ठ है, सब उसी के लिए है। ऐसा जान पड़ता था जैसे कात्यूशा को भी मालूम हो कि सब उसी के लिए है। जब नेख़्लूदोव ने उसके सुडौल शरीर की ओर देखा, उसकी सफ़ेद पोशाक और प्रफुल्लित चेहरे को देखा तो उसने समझ लिया कि जिस संगीत से उसकी अपनी आत्मा झंकृत है, वहीं संगीत कात्यूशा की आत्मा में भी गूँज रहा है।

पहली और दूसरी उपासना के बीच अन्तराल था। इस बीच नेख़्लूदोव गिरजे में से बाहर निकल गया। गिरजे में खड़े लोग पीछे हट-हटकर उसके लिए रास्ता बनाने लगे और झुक-झुककर

उसका अभिवादन करने लगे। कुछ लोग तो उसे जानते थे। जो नहीं जानते थे वे एक दूसरे से पूछने लगे कि यह आदमी कौन है। सीढ़ियों पर पहुँचकर वह खड़ा हो गया। बाहर खड़े हुए भिखमंगे भागते हुए उसके पास आ गए। नेख़्लूदोव ने अपना बटुआ निकाला और जितनी भी रेज़गारी उसमें थी उन्हें दे दी, और फिर सीढ़ियाँ उतर गया।

पौ फट रही थी, परन्तु सूर्य अभी नहीं निकला था। लोग गिरजे के क़ब्रिस्तान में, क़ब्रों के पास बैठे हुए थे। कात्यूशा अब भी अन्दर थी, और नेख़्लूदोव उसका इन्तज़ार करने लगा।

लोग अब भी गिरजे में से बाहर निकल रहे थे और निकलकर क़ब्रिस्तान में बिखरते जा रहे थे। पत्थर की सीढ़ियों पर उनके बूटों के नीचे लगे कील खट-खट कर रहे थे।

एक बहुत बूढ़े आदमी ने जिसका सिर हिल रहा था, नेख़्लूदोव को रोक लिया ताकि प्रथानुसार ईस्टर-चुम्बन कर सके। वह नेख़्लूदोव की फूफियों का रसोइया था। उसकी बूढ़ी पत्नी ने जिसके मुँह पर झुर्रियों का जाल बिछा था, अपने रूमाल में से एक अंडा निकाला जिसपर पीला रंग पुता हुआ था और नेख़्लूदोव को भेंट किया। एक युवा किसान मुस्कराता हुआ, नया कोट और हरे रंग की पेटी कसे, नेख़्लूदोव के सामने आ खड़ा हुआ।

"ईसा फिर जाग उठे !" उसने कहा और आगे बढ़कर अपने मज़बूत, ताज़ादम होंठों से नेख़्लूदोव को सीधा मुँह पर चूम लिया। उसकी आँखें हँस रही थीं और सारे शरीर में से एक ख़ास तरह की मधुर गन्ध आ रही थी, जो केवल किसान के ही शरीर से आ सकती है। चूमते वक़्त उसकी घुँघराली दाढ़ी नेख़्लूदोव के गालों को गुदगुदाती रही।

किसान अभी नेख़्लूदोव को चूम ही रहा था और उसे गहरे भूरे रंग का एक अंडा भेंट कर रहा था जब नेख़्लूदोव को मात्र्योना पाव्लोव्ना की बैंगनी पोशाक और कात्यूशा का प्यारा-सा सिर जिस पर लाल रिब्बन बँधा था, नज़र आए।

कात्यूशा के सामने बहुत से लोग चले थे। उसके सिरों के ऊपर से देखते हुए उसे भी नेख़्लूदोव नज़र आ गया और नेख़्लूदोव ने देखा कि उस पर नज़र पड़ते ही कात्यूशा का चेहरा खिल उठा है।

वह मात्र्योना पाव्लोव्ना के साथ गिरजे की सीढ़ियों पर चली आई थी और भिखमंगों को भीख बाँट रही थी। एक भिखारी उसके पास आया। उसके मुँह पर, नाक की जगह, लाल पपड़ी जमी थी। कात्यूशा ने उसे भीख दी, फिर आगे बढ़कर, बिना किसी प्रकार की घिन महसूस किए, तीन बार उसे चूम लिया। कात्यूशा की आँखें अब भी ख़ुशी से चमक रही थीं। इस बीच उसने नेख़्लूदोव की ओर देखा। दोनों की आँखें मिलीं। कात्यूशा की आँखें मानो पूछ रही हों–"मैं ठीक, अच्छा कर रही हूँ न ?"

"ठीक प्रिये, ठीक। तुम जो कुछ कर रही हो ठीक है, शुभ है, हर चीज़ सुन्दर है ! मेरा रोम-रोम तुमसे प्रेम करता है !"

वे सीढ़ियाँ उतर आईं और नेख़्लूदोव उनके पास चला गया। वह कात्यूशा के पास ईस्टर-चुम्बन के लिए नहीं गया, वह केवल उसके नज़दीक रहना चाहता था।

मात्र्योना पाव्लोव्ना ने सिर झुकाकर मुस्कराते हुए कहा–

"ईसा जाग उठे !" उसने ये शब्द इस लहजे में कहे जिसका मतलब था, "आज हम सब बराबर हैं।" उसने अपना रूमाल निकाला जिसे उसने गोल करके गेंद की सी शक्ल का बना रखा था और अपने होंठ पोछे, और फिर चुम्बन के लिए मुँह आगे कर दिया।

"बेशक, ईसा जाग उठे," नेख़्लूदोव ने जवाब में कहा और उसे चूम लिया।

फिर उसने कात्यूशा की ओर देखा। कात्यूशा शर्मा गई, और उसके नज़दीक बढ़ आई।

''ईसा जाग उठे, द्मीत्री इवानोविच!''

''बेशक, ईसा जाग उठे!'' नेख़्लूदोव ने जवाब में कहा, और उन्होंने दो बार एक दूसरे को चूमा। फिर क्षण भर के लिए रुक गए मानो सोच रहे हों कि तीसरी बार चूमने की ज़रूरत है या नहीं, फिर यह निश्चय करके कि ज़रूरत है, उन्होंने तीसरी बार चुम्बन किया और मुस्कराने लगे।

''क्या तुम दोनों पादरी के पास नहीं जाओगी ?'' नेख़्लूदोव ने पूछा।

''नहीं, द्मीत्री इवानोविच, हम थोड़ी देर यहीं पर बाहर बैठेंगी,'' कात्यूशा ने कहा। उसके लिए बोलना कठिन हो रहा था, मानो वह कोई अतीव हर्षपूर्ण कार्य सम्पन्न कर पाई हो। उसने एक गहरी साँस ली, उसका समूचा वक्ष फूल उठा। नज़र उठाकर उसने सीधा नेख़्लूदोव की ओर देखा। उसकी आँखों में जिनमें हलका-सा ऐंच रहा करता था, इस समय विनम्रता, कौमार्य की पवित्रता तथा सच्चा प्रेम छलक रहे थे।

पुरुष और स्त्री के प्रेम में सदैव एक ऐसा समय आता है जब यह प्रेम पराकाष्ठा तक जा पहुँचता है। उस समय यह अचेतन तथा विवेकशून्य होता है तथा इसमें कामुकता का लेशमात्र भी नहीं होता। उस ईस्टर की रात को नेख़्लूदोव का प्रेम भी उसी स्तर तक जा पहुँचा था। अब जब वह कात्यूशा को याद करता तो उसकी आँखों के सामने उसी समय का दृश्य साकार होता। बाक़ी सब गौण था। कात्यूशा के चिकने, काले बाल, सफ़ेद लिबास जो उसके कोमल, सुडौल शरीर पर बिलकुल ठीक बैठता था, उसकी छोटी-छोटी छातियाँ, लज्जाशील चेहरा, चमकती, मृदु, काली आँखें। उसके समूचे व्यक्तित्व पर पवित्रता और सच्चे प्रेम की छाप थी–उस प्रेम की जो उसके दिल में केवल नेख़्लूदोव के प्रति ही न था, बल्कि हर प्राणी और हर वस्तु के लिए था, न केवल जो कुछ भी अच्छा है उसके लिए ही, बल्कि संसार में हर चीज़, हर किसी के लिए था, यहाँ तक कि उस भिखारी तक के लिए था, जिसका कात्यूशा ने अभी-अभी मुँह चूमा था।

नेख़्लूदोव जानता था कि कात्यूशा का हृदय इस प्रकार के प्रेम से उद्वेलित है, क्योंकि उस रात और दूसरे दिन सुबह वह अपने में भी ऐसे ही प्रेम का अनुभव कर रहा था, और जानता था कि इस प्रेम के नाते दोनों एक हो गए हैं।

काश कि वह वहीं पर रुक जाता, उसी स्तर तक रहता जिस स्तर पर उस रात पहुँचा था। ''ईस्टर की रात के बाद ही वह भयंकर व्यापार हुआ था !'' जूरी के कमरे की खिड़की के पास बैठा नेख़्लूदोव सोच रहा था।

16

गिरजे से लौटकर नेख़्लूदोव ने अपनी फूफियों के साथ बैठकर व्रत तोड़ा, और थोड़ी शराब पी। रेजिमेन्ट में उसे पीने की आदत पड़ गई थी। उसके बाद वह अपने कमरे में आया और बिना कपड़े उतारे सो गया। उसकी नींद उस वक़्त टूटी जब किसी ने दरवाज़ा खटखटाया। खटखटाहट सुनते ही वह पहचान गया कि कौन आया है। उसने अँगड़ाई ली, आँखें मलते हुए उठ बैठा।

''क्या तुम हो, कात्यूशा? आ जाओ,'' उसने कहा।

कात्यूशा ने दरवाज़ा खोला।

''खाना तैयार है,'' उसने कहा।

कात्यूशा ने अब भी वही सफ़ेद पोशाक पहन रखी थी, परन्तु उसके बालों में रिब्बन न था।

उसने मुस्कराते हुए नेख़्लूदोव की ओर देखा, मानो कोई ख़ुशख़बरी दे रही हो।

"मैं आ रहा हूँ," उसने उठते हुए कहा और कंघी लेकर बाल ठीक करने लगा।

कात्यूशा मिनट भर वहीं खड़ी रही। नेख़्लूदोव ने उसे खड़े देखा तो कंघी फेंककर उसकी ओर बढ़ा। पर ऐन उसी वक़्त वह सहसा मुड़ पड़ी और गलियारे के बीचोबीच बिछी दरी पर हलके-हलके पाँव रखती हुई तेज़-तेज़ वापस जाने लगी।

"मैं भी कैसा मूर्ख हूँ," नेख़्लूदोव ने सोचा, "मैंने उसे रोका क्यों नहीं" और भागकर उसके पास जा पहुँचा।

वह क्या चाहता था, यह वह स्वयं नहीं जानता था। परन्तु उसे महसूस हो रहा था कि जब कात्यूशा कमरे में आई तो मुझे कुछ करना चाहिए था, कोई ऐसी बात जो ऐसे मौक़ों पर की जाती है, पर मैं चूक गया हूँ।

"ज़रा ठहरो, कात्यूशा !" उसने कहा।

"जी, क्या बात है ?" कात्यूशा ने रुकते हुए पूछा।

"कुछ नहीं, केवल..." नेख़्लूदोव ठिठक गया, लेकिन फिर याद करके कि ऐसी स्थिति में लोग अक्सर क्या करते हैं, उसने अपना हाथ कात्यूशा की कमर पर रख दिया।

वह मूर्तिवत् खड़ी हो गई और उसकी आँखों में देखने लगी।

"नहीं, द्मीत्री इवानोविच, ऐसा मत करो," उसने कहा। लज्जावश उसकी आँखों में आँसू आ गए, और उसने अपने दृढ़, मजबूत हाथ से नेख़्लूदोव का बाजू परे हटा दिया।

नेख़्लूदोव ने उसे जाने दिया। क्षण भर के लिए वह हतबुद्धि और लज्जित-सा खड़ा रहा। उसके दिल में अपने प्रति नफ़रत-सी पैदा हुई। इस समय उसे चाहिए था कि वह अपने अन्तःकरण की आवाज़ सुनता। तब उसे पता चल जाता कि इस घबराहट और लज्जा का कारण आत्मा की वे उच्चतम भावनाएँ हैं जो मुक्त होना चाहती हैं। पर उसने समझा कि यह केवल उसकी मूढ़ता है, और उसे वही कुछ करना चाहिए जो सब लोग करते हैं। वह लपककर फिर उसके पास जा पहुँचा और उसे गरदन पर चूम लिया।

यह चुम्बन उस भोले चुम्बन से बड़ा भिन्न था जो तीन साल पहले, लिलक की झाड़ी के पीछे उसने लिया था, और उस चुम्बन से भी जो आज ही प्रातः गिरजे के आँगन में लिया था। यह तो एक भयानक चुम्बन था और कात्यूशा ने भी ऐसा ही महसूस किया।

"यह तुम क्या कर रहे हो ?" वह इस तरह चिल्लाई मानो नेख़्लूदोव ने उसके दिल के किन्हीं कोमल, अमूल्य तारों को सदा के लिए तोड़ दिया हो और दौड़ती हुई वहाँ से भाग गई।

नेख़्लूदोव खानेवाले कमरे में आया। कमरे में पहले से ही उसकी सजी-धजी फूफियाँ, परिवार का डाक्टर तथा एक पड़ोसिन बैठे थे। सब कुछ साधारण ही था परन्तु नेख़्लूदोव के मन में एक तूफ़ान मचा हुआ था। उनकी बातें उसकी समझ में नहीं आ रही थीं और वह बिना सोचे समझे जवाब दिए जा रहा था। उसके मन में कात्यूशा समाई हुई थी। गलियारे में लिए गए इस आख़िरी चुम्बन से उसके शरीर में जो सनसनी-सी पैदा हुई थी, उसी को वह बार-बार याद कर रहा था। वह और कुछ भी नहीं सोच पा रहा था। जब कात्यूशा कमरे में आई तो बिना सिर ऊपर उठाए ही नेख़्लूदोव को उसके आने का पता चल गया। उसका रोम-रोम उसकी उपस्थिति को महसूस कर रहा था। वह उसकी ओर देखना चाहता था, परन्तु बड़ी मुश्किल से इस इच्छा को संवरण कर रहा था।

भोजन के बाद वह सीधा अपने कमरे में चला गया। वह बेहद उत्तेजित था और बड़ी देर

तक इधर-उधर टहलता रहा। उसके कान घर की हर आहट की ओर लगे हुए थे। उसे यह आशा थी कि कात्यूशा की पदचाप सुनाई देगी। अब उसके अन्दर कामुक जीव ने सिर उठा लिया था। इतना ही नहीं, उसने उस आध्यात्मिक जीव को पूर्णतया कुचल भी डाला था जो आज से तीन साल पहले जीवित था, जब वह पहली बार यहाँ आया था, बल्कि जो आज प्रातः भी जीवित था। अब उसके अन्दर कामुक जीव का ही निरंकुश शासन था।

दिन भर वह कात्यूशा की टोह में रहा, मगर उसे अकेले में नहीं मिल सका। शायद वह उससे जानबूझकर दूर रहना चाहती थी। परन्तु शाम के वक़्त कात्यूशा को मजबूर होकर उसके साथवाले कमरे में आना पड़ा। डाक्टर से आग्रह किया गया था कि वह रात को यहीं पर रह जाए, इसलिए कात्यूशा उसका बिस्तर बिछाने आई थी। जब नेख़्लूदोव को उसके अन्दर जाने की आहट मिली तो वह भी पीछे-पीछे कमरे में चला गया। वह दबे पाँव, साँस रोककर इस तरह जा रहा था मानो कोई जुर्म करने जा रहा हो।

कात्यूशा तकिए पर नया ग़िलाफ़ चढ़ा रही थी। अपने बाज़ू ग़िलाफ़ के अन्दर डाले वह दोनों कोनों से तकिए को पकड़े हुए थी। उसने मुड़कर नेख़्लूदोव की ओर देखा और मुस्कराई। पर इस मुस्कराहट में पहले-सी ख़ुशी और उल्लास न था, बल्कि भय और दयनीयता थी। इस मुस्कान को भी देखकर उसे लगा जैसे वह कोई ग़लत काम करने जा रहा हो। वह क्षण-भर के लिए रुक गया। उसके मन में संघर्ष की अब भी सम्भावना थी। उसके हृदय में से एक क्षीण-सी आवाज़ अब भी उठ रही थी। यह कात्यूशा के प्रति उसके सच्चे प्रेम की आवाज़ थी, जो कह रही थी–"कात्यूशा को मत भूल जाओ, उसकी भावनाओं की तो सोचो, उसके जीवन की तो सोचो।" पर एक दूसरी आवाज़ भी थी, जो कह रही थी–"यही मौक़ा है ! मत चूको ! अपनी ख़ुशी और सम्भोग के इस अवसर को हाथ से मत जाने दो !" और इस दूसरी आवाज़ ने पहली आवाज़ को दबा दिया। वह दृढ़ निश्चय से कात्यूशा की ओर बढ़ गया। भयानक, अदम्य कामवासना ने उसे बेचैन कर दिया।

कात्यूशा की कमर में बाँह डालकर उसने उसे बिस्तर पर बिठा लिया। फिर यह सोचकर कि उसे कुछ और भी करना चाहिए, वह उसके साथ सटकर बैठ गया।

"द्मीत्री इवानोविच ! मुझे जाने दो !" उसने बड़ी दयनीय आवाज़ में कहा। "मात्र्योना पाव्लोव्ना आ रही है !" वह चिल्लाई, और अपने को छुड़ाकर खड़ी हो गई। सचमुच कोई दरवाज़े की तरफ़ आ रहा था।

"अच्छी बात है, मैं रात को तुम्हारे पास आऊँगा," वह फुसफुसाया।

"तुम वहाँ अकेली हो ना ?"

"तुम क्या सोच रहे हो ? हरगिज़ नहीं ! नहीं, नहीं !" परन्तु ये शब्द केवल उसके होंठों में से ही निकल पाए। उसका शरीर, जिसके रोम-रोम में उद्भ्रान्ति के कारण कम्पन उठ रहा था, कुछ और ही कह रहा था।

मात्र्योना पाव्लोव्ना ही थी जो दरवाज़े के पास आई। बाज़ू के ऊपर एक कम्बल रखे उसने अन्दर झाँका और बड़ी भर्त्सना भरी नज़र से नेख़्लूदोव की ओर देखा, और फिर गुस्से से कात्यूशा को झिड़कने लगी कि वह गलत कम्बल क्यों उठा लाई है।

नेख़्लूदोव चुपचाप बाहर चला गया लेकिन उसे ज़रा भी शर्म नहीं आई। मात्र्योना पाव्लोव्ना के चेहरे से साफ़ नज़र आ रहा था कि वह नेख़्लूदोव पर नाराज़ है, उसे कुसूरवार समझती है। स्वयं नेख़्लूदोव भी जानता था कि मात्र्योना पाव्लोव्ना का ग़ुस्सा वाजिब है, कि वह ग़लती कर रहा है। पर जो घृणित काम-पिपासा इस समय उसके मन पर छाई हुई थी, उसमें न तो कात्यूशा के

प्रति पहले सच्चे प्रेम की भावना का लेशमात्र ही रह गया था, और न ही उसके रहते कोई दूसरी भावना उसके मन में उठ सकती थी। वह अब जानता था कि इस पिपासा को शान्त करने के लिए उसे क्या करना है, और सोच रहा था कि कैसे इसके लिए मौक़ा निकाला जाए।

सारी शाम वह पागलों की तरह कभी एक कमरे में जाता रहा कभी दूसरे में। कभी फूफियों के कमरे में जाता, कभी अपने कमरे में लौट आता, कभी बाहर सायबान के नीचे जा खड़ा होता। उसके मन में एक ही धुन समाई हुई थी कि किसी तरह कात्यूशा को अकेले में मिल पाए। पर वह नेख़्लूदोव से कन्नी काट रही थी, और मात्र्योना पाव्लोव्ना की कड़ी नज़र उस पर थी।

17

इस तरह शाम आख़िर ख़त्म हुई और रात आई। डाक्टर आकर सो गया। नेख़्लूदोव की फूफियाँ भी सोने के लिए चली गई थीं। नेख़्लूदोव ने सोचा कि इस वक़्त मात्र्योना पाव्लोव्ना ज़रूर उन्हीं के पास होगी, जिसका मतलब है कि दासियों के कमरे में कात्यूशा अकेली बैठी होगी। वह फिर बाहर सायबान के नीचे आया। बाहर अँधेरा था और कुछ-कुछ गरमी थी। हवा में नमी थी और वसन्त की सफ़ेद धुन्ध छाई हुई थी जो बर्फ़ की आख़िरी पर्तों को साफ़ कर जाती है, या शायद आख़िरी पर्तों के पिघलने के ही कारण पैदा होती है। फाटक से लगभग सौ क़दम की दूरी पर, पहाड़ी के नीचे, नदी बहती थी। इस समय उस ओर से अजीब-सी आवाज़ आ रही थी। नदी पर जमी बर्फ़ टूट रही थी।

नेख़्लूदोव सीढ़ियाँ उतरकर दासियों के कमरे की ओर जाने लगा। जगह-जगह चिकनी बर्फ़ पर पानी पड़ा था। नेख़्लूदोव बच-बचकर चलता हुआ खिड़की के पास जा खड़ा हुआ। उसका दिल धक्-धक् कर रहा था और साँस फूल रही थी। साँस खींचता तो जैसे लम्बी आहें भरता। दासियों के कमरे में एक छोटा-सा लैंप जल रहा था। मेज़ के पास कात्यूशा अकेली बैठी थी, और विचारशील मुद्रा में सामने की ओर देख रही थी। नेख़्लूदोव वहीं चुपचाप, बिना हिले-डुले, बड़ी देर तक खड़ा रहा। वह देखना चाहता था कि कात्यूशा अब क्या करेगी, जिसे यह नहीं मालूम था कि उसे कोई देख रहा है। मिनट, दो मिनट तक तो कात्यूशा ने कोई हरकत नहीं की। फिर उसने आँखें ऊपर उठाई, मुस्कराई, और सिर झटका, मानो अपने को डाँट रही हो, फिर रुख़ बदलकर बैठ गई, दोनों बाजू मेज़ पर रख लिए और सामने, नीचे की ओर देखने लगी।

वह वहीं खड़ा उसे देखता रहा। न चाहते हुए भी उसे अपने दिल की धड़कन और नदी की ओर से आती हुई विचित्र-सी आवाजें सुनाई दे रही थीं। वहाँ, नदी पर, धुन्ध के नीचे, प्रकृति का अनवरत श्रम चल रहा था। तरह-तरह की आवाज़ें मिलकर आ रही थीं : मानो कोई चीज़ सिसक रही हो, टूट रही हो, गिर रही हो, टुकड़े-टुकड़े हो रही हो। इन्हीं आवाज़ों के साथ एक और टुनटुनाती-सी आवाज़ भी मिल रही थी : काँच की तरह, बर्फ़ की पतली पर्तों के टूटने की आवाज़।

कात्यूशा का चेहरा गम्भीर और दुखी था। उससे उसके विकट आन्तरिक संघर्ष का बोध होता था। उसकी ओर देखते हुए नेख़्लूदोव का हृदय अनुकम्पा से भर उठा। परन्तु, अजीब बात है, इस अनुकम्पा से उसकी कामवासना और भी भड़क उठी।

वह कामान्ध हो रहा था।

उसने खिड़की पर दस्तक दी। कात्यूशा चौंक गई, मानो उसे बिजली छू गई हो। उसका अंग-अंग काँप उठा और चेहरे पर भय छा गया। फिर वह उछलकर खड़ी हो गई और खिड़की

के पास आकर अपना चेहरा खिड़की के शीशे के नज़दीक ले आई। आँखों के ऊपर अपने दोनों हाथों से छज्जा बनाकर उसने झाँककर बाहर देखा। वह नेख़्लूदोव को पहचान गई लेकिन उसके चेहरे पर त्रास का भाव उसी तरह बना रहा। कात्यूशा का चेहरा बेहद गम्भीर हो रहा था। नेख़्लूदोव ने उसे इस तरह पहले कभी नहीं देखा था। नेख़्लूदोव को मुस्कराते देखकर वह भी मुस्कराई, मगर जैसे हुक्म मान रही हो। उसका हृदय नहीं मुस्करा रहा था, वहाँ तो केवल भय छाया हुआ था। नेख़्लूदोव ने हाथ से उसे इशारा किया कि बाहर आँगन में आकर मुझे मिलो। पर कात्यूशा ने सिर हिला दिया और खिड़की के पीछे ही खड़ी रही। नेख़्लूदोव खिड़की के शीशे के पास मुँह ले जाकर उसे कहना चाहता था कि वह बाहर आ जाए, जब वह सहसा दरवाज़े की ओर घूम गई। प्रत्यक्षतः किसी ने अन्दर से उसे बुला लिया था। नेख़्लूदोव खिड़की पर से हट गया। धुन्ध इतनी गहरी थी कि घर से पाँच क़दम की दूरी पर से भी खिड़कियाँ नज़र नहीं आती थीं, केवल लैंप की लाल-लाल रोशनी का विशाल वृत्त अन्धकार के निराकृत पुँज में से निकलता हुआ नज़र आ रहा था। नदी पर से वही विचित्र आवाज़ें आ रही थीं, सिसकने की, सरसराने की, टूटने की, खनकने की। धुन्ध में ही, नज़दीक कहीं किसी मुर्ग़ ने बाँग दी। जवाब मे एक दूसरे मुर्ग़ ने बाँग दी। फिर दूर, गाँव में बहुत से मुर्ग़ एक साथ बाँग देने लगे। होते-होते सभी मुर्ग़ों की आवाज़ें मिलकर एक हो गईं। यों चारों ओर निस्तब्धता छाई हुई थी। केवल नदी पर से वही शब्द सुनाई दे रहे थे। उस रात यह दूसरी बार थी कि मुर्ग़ बाँग देने लगे थे।

घर के नुक्कड़ के पीछे नेख़्लूदोव टहलने लगा। किसी-किसी वक़्त उसका पाँव किसी गढ़े में जा पड़ता। वह फिर खिड़की के पास आया। लैंप अब भी जल रहा था और कात्यूशा फिर अकेली मेज़ के पास बैठी थी। वह द्विविधा में जान पड़ती थी, मानो उसकी समझ में न आ रहा हो कि क्या करे और क्या न करे। वह खिड़की के पास पहुँचा ही था कि उसने आँख उठाकर देखा। नेख़्लूदोव ने दस्तक दी। बिना देखे कि कौन खिड़की खटखटा रहा है, वह फ़ौरन कमरे में से भाग गई। नेख़्लूदोव को बाहर का दरवाज़ा खुलने की आवाज़ आई। बग़लवाले सायबान के नीचे वह उसका इन्तज़ार करने लगा। वह आई और नेख़्लूदोव ने बिना कुछ कहे उसे बाँहों में भर लिया। वह नेख़्लूदोव से निःसहाय-सी लिपट गई, और अपना मुँह ऊपर को उठाया। दोनों के होंठ मिले। वे सायबान के कोने के पीछे खड़े थे। यहाँ पर से बर्फ़ गल चुकी थी। अतृप्त वासना के कारण वह बेचैन हो रहा था। इसके बाद फिर दरवाज़ा खुलने की वैसी ही आवाज़ आई, और मात्र्योना पाव्लोव्ना ने गुस्से से चिल्लाकर पुकारा–

''कात्यूशा!''

कात्यूशा अपने को छुड़ाकर दासियों के कमरे में वापस लौट गई। नेख़्लूदोव ने सिटकनी लगने की आवाज़ सुनी, फिर सब चुप हो गया। लाल रोशनी बुझ गई, केवल धुन्ध अब भी छाई हुई थी, और नदी पर से वही आवाज़ें आ रही थीं।

नेख़्लूदोव खिड़की के पास गया। वहाँ कोई भी नज़र नहीं आ रहा था। उसने खिड़की पर दस्तक दी। कोई जवाब नहीं आया। सामने के दरवाज़े में से वह घर के अन्दर लौट गया, मगर उसे नींद नहीं आई। वह उठ खड़ा हुआ और नंगे पाँव गलियारे को लाँघता हुआ कात्यूशा के कमरे के पास जा पहुँचा जो मात्र्योना पाव्लोव्ना के कमरे की बग़ल में था मात्र्योना पाव्लोव्ना नींद में हलके-हलके ख़र्राटे ले रही थी। नेख़्लूदोव आगे क़दम रखने ही वाला था कि मात्र्योना पाव्लोव्ना खाँसी और करवट बदली जिससे उसकी खाट चरमरा उठी। नेख़्लूदोव का दिल बैठ गया। वह जड़वत् लगभग पाँच मिनट तक, बिना हिले-डुले, खड़ा रहा। जब फिर सन्नाटा छा गया और

मात्र्योना पाब्लोव्ना फिर आराम से खर्राटे भरने लगी तो उसने आगे क़दम रखा। फ़र्श के एक-एक तख़्ते पर वह बड़े ध्यान से पाँव रखता ताकि कोई आवाज़ न हो। वह कात्यूशा के दरवाज़े तक जा पहुँचा। कोई आवाज़ नहीं आ रही थी। शायद वह जाग रही थी, वरना उसे उसके साँस लेने की आवाज़ आती। पर ज्यों ही उसने फुसफुसाकर कहा–"कात्यूशा!" वह उछलकर खड़ी हो गई और उसे वापस लौट जाने का आग्रह करने लगी, मानो उसे बहुत गुस्सा हो।

"तुम्हारा मतलब क्या है? तुम कर क्या रहे हो? तुम्हारी फूफियाँ सुन लेंगी," उसके मुँह से तो ये शब्द निकल रहे थे, परन्तु उसका रोम-रोम कह रहा था–"मेरा सर्वस्व तुम्हारा है।" और नेख़्लूदोव केवल इसी को समझ पा रहा था।

"दरवाजा खोलो ! एक मिनट के लिए ! मेहरबानी करके दरवाजा खोलो।" नेख़्लूदोव ख़ुद भी नहीं जानता था कि वह क्या कह रहा है।

कात्यूशा चुप थी। फिर नेख़्लूदोव ने सुना, उसका हाथ सिटकनी को ढूँढ रहा था। सिटकनी खुलने की आवाज़ आई। वह अन्दर चला गया।

नेख़्लूदोव ने झट-से उसे उठा लिया और बाहर ले आया। उसने यह नहीं देखा कि वह केवल एक मोटी-सी खुरदरी क़मीज पहने थी और उसके बाज़ू नंगे थे।

"यह तुम क्या कर रहे हो ?" वह फुसफुसाई, पर नेख़्लूदोव ने उसके शब्दों की ओर कोई ध्यान नहीं दिया और उसे उठाए हुए अपने कमरे में ले आया।

"नहीं नहीं, ऐसा मत करो, मुझे जाने दो!" कात्यूशा कह रही थी, परन्तु उसके साथ और भी सटकर लिपट रही थी।

कात्यूशा नेख़्लूदोव के कमरे में से निकली। चुपचाप, काँपती हुई। उसने कुछ कहा मगर कात्यूशा ने कोई जवाब नहीं दिया। वह फिर निकलकर सायबान के नीचे जा खड़ा हुआ, और जो कुछ हुआ था उसे समझने, उसकी तह तक पहुँचने की कोशिश करने लगा

दिन चढ़ रहा था। नीचे, नदी की ओर से टूटती बर्फ़ के खनकने और सिसकने की आवाज़ें और भी ऊँची हो उठी थीं। साथ ही पानी का कल-कल शब्द भी आ रहा था। धुन्ध नीची होने लगी थी और उसके ऊपर से घटता चाँद नज़र आ रहा था। उसके क्षीण प्रकाश में कोई काली, भयानक-सी चीज़ दिख रही थी।

"इस सबका क्या मतलब है ? क्या मैंने किसी महान सुख का अनुभव किया है, या मुझपर बहुत बड़ा दुर्भाग्य टूटा है ?" उसने मन-ही-मन पूछा।

"ऐसा सभी के साथ होता है–सभी लोग यही कुछ करते हैं," उसने अपने आपसे कहा और सोने चला गया।

18

दूसरे दिन उसका दोस्त शेनबोक आ पहुँचा, बड़ा हँसमुख, ख़ूबसूरत और चतुर जवान था वह। बात करता तो बड़े सलीके से, मिलनसार, दरियादिल और खिलाड़ी तबीयत का लड़का था। एक तो इन गुणों के कारण और दूसरे द्मीत्री के प्रति प्रेम के कारण आते ही उसने दोनों फूफियों का दिल जीत लिया। उसकी दरियादिली देखकर फूफियाँ प्रभावित तो हुईं, पर साथ-ही-साथ उलझन

में भी पड़ीं क्योंकि यह दरियादिली स्वाभाविक नहीं जान पड़ती थी। फाटक पर कुछ अन्धे भिखारी आए, उसने उन्हें एक रूबल निकालकर दे दिया। नौकरों को बख़्शीश में पन्द्रह रूबल दे दिए। सोफ़िया इवानोव्ना के कुत्ते को पंजे पर चोट लग गई और ख़ून बहने लगा तो इसने अपना केम्ब्रिक का रूमाल निकाला और देखते-ही-देखते उसे फाड़कर उसमें से पट्टियाँ बना दीं (सोफ़िया इवानोव्ना जानती थी कि ऐसे रूमाल पन्द्रह रूबल फ़ी दर्जन से कम पर नहीं मिलते) और कुत्ते के पंजे की मरहम-पट्टी करने लगा। बूढ़ी स्त्रियों ने इस सरीखे लोग पहले कभी नहीं देखे थे। उन्हें यह मालूम नहीं था कि शेनबोक पर दो लाख रूबल का क़र्ज है जिसमें से यह एक कौड़ी भी अदा नहीं करेगा। अगर और बीस-पचीस रूबलों पर पानी फिर गया तो उसे कोई फ़र्क नहीं पड़ेगा।

केवल एक दिन के लिए ही शेनबोक वहाँ ठहरा। उसी रात वह और नेख़्लूदोव, दोनों रवाना हो गए। रेजिमेन्ट में हाज़िरी देना लाज़मी था क्योंकि दोनों की छुट्टी ख़त्म हो रही थी।

नेख़्लूदोव का इस घर में आख़िरी दिन था। पिछली रात का व्यापार अब भी उसकी आँखों के सामने घूम रहा था, जिससे उसके हृदय में दो पृथक् भावनाओं का संघर्ष चल रहा था। एक तो उस कामुक सम्भोग की याद थी, हालाँकि जिस इन्द्रियसुख की उसे आशा थी वह उसे प्राप्त नहीं हुआ था, और इस बात की तुष्टि भी थी कि मैदान मार लिया, जो करना चाहता था, कर दिखाया। दूसरी ओर रह-रहकर यह ख़याल उठता था कि मैंने जो कुछ किया है बहुत बुरा किया है। उसका प्रायश्चित करना होगा, उस लड़की की ख़ातिर नहीं, बल्कि अपनी ख़ातिर।

नेख़्लूदोव की स्वार्थान्धता जिस सीमा तक जा पहुँची थी वहाँ उसे केवल अपना ही ख़याल आ सकता था, और किसी का नहीं। वह सोच रहा था कि अगर इस बात का पता लोगों को लग गया तो उसकी बहुत निन्दा तो नहीं होगी ? लोग उसे दोषी ठहराएँगे भी या नहीं ? उसे कात्यूशा का ख़याल नहीं आया कि उसपर इस समय क्या बीत रही होगी, या भविष्य में उसे क्या भुगतना पड़ेगा।

शेनबोक ने भाँप लिया कि कात्यूशा के साथ नेख़्लूदोव का कैसा सम्बन्ध है। नेख़्लूदोव ने भी देख लिया कि वह भाँप गया है। पर इससे वह और भी फूल उठा।

''जी, अब मैं समझा कि फूफियाँ क्यों तुम्हें इतनी प्यारी लगने लगी हैं, किसलिए तुम हफ़्ते भर से यहाँ आसन जमाए हो,'' कात्यूशा पर नज़र पड़ते ही शेनबोक ने कहा, ''ख़ूब रहा... पर लड़की प्यारी है। मैं भी तुम्हारी जगह होता तो यही करता।''

नेख़्लूदोव को इस बात का खेद तो था कि उसे जल्दी जाना पड़ रहा है। यहाँ रहता तो जी भरकर कात्यूशा के प्रेम का रस लेता। उसे मजबूरी में जाना पड़ रहा था। लेकिन साथ ही इस तरह चले जाने में एक लाभ भी था। ऐसे सम्बन्ध जिन्हें निभाना कठिन हो, शुरू में ही तोड़ दिए जाएँ तो अच्छा रहता है। फिर उसे ख़याल आया कि कात्यूशा को कुछ देते जाना चाहिए। इसलिए नहीं कि उसे पैसों की ज़रूरत होगी, मगर इसलिए कि सभी ऐसा करते हैं। कात्यूशा को इस्तेमाल भी किया और पैसे भी न दिए तो बड़ी शर्म की बात होगी। इसलिए उसने उसे कुछ रक़म दे दी, जो अपनी और कात्यूशा की स्थिति को देखते हुए उसे वाजिब लगी।

विदाई के दिन, भोजन के बाद, नेख़्लूदोव घर के बाहर आ गया, और बग़लवाले दरवाज़े के पास कात्यूशा का इन्तज़ार करने लगा। कात्यूशा आई। नेख़्लूदोव को देखते ही उसका चेहरा शर्म से लाल हो गया। वह कन्नी काटकर निकल जाना चाहती थी। उसने आँख का इशारा भी किया कि दासियों के कमरे का दरवाज़ा खुला है, लेकिन नेख़्लूदोव ने उसे रोक लिया।,

''मैं तुमसे विदा लेने आया हूँ,'' अपने हाथ में एक लिफ़ाफ़े को मरोड़ते हुए उसने कहा।

लिफ़ाफ़े में सौ रूबल का एक नोट था। "यह मैं..."

वह उसका अभिप्राय समझ गई, और भौंहें सिकोड़कर, सिर हिलाते हुए, उसने नेख़्लूदोव का हाथ झटक दिया।

"ले लो, तुम्हें लेना होगा," उसने हकलाकर कहा और लिफ़ाफ़ा उसके एप्रन में ठूँस दिया। फिर उन्हीं कदमों से वापस अपने कमरे में भाग गया। भौंहें सिकोड़े, वह कराहता-सा अपने कमरे में पहुँचा, मानो अपने ही हाथों उसे कोई चोट लगी हो। बड़ी देर तक वह कमरे में लम्बे-लम्बे डग भरता हुआ घूमता रहा, जैसे दर्द से छटपटा रहा हो। यहाँ तक कि इस आख़िरी दृश्य को याद करके वह फ़र्श पर पाँव पटकता और ऊँची-ऊँची आवाज़ में कराहने लगता।

"पर मैं और कर भी क्या सकता था ? क्या सबके साथ ऐसा नहीं होता ? शेनबोक ने अपनी अध्यापिका के साथ क्या किया ? यही कुछ। वह खुद बता रहा था। और चाचा ग्रीशा ने। और मेरे पिता ने तो एक किसान औरत से जारज लड़का तक पैदा कर दिया था, जब वह गाँव में थे। मीतेन्का उसका नाम था, आज भी वह ज़िन्दा है। अगर सभी लोग ऐसा करते हैं तो इसका मतलब है कि ऐसा ही होना चाहिए," इस तरह अपने मन को शान्त करने की कोशिश करने लगा। पर बेसूद। इस घटना को याद करके उसका दिल छलनी हो रहा था।

उसका अन्तर्तम कह रहा था कि उसने एक अत्यन्त नीच, क्रूर और कायरों का सा काम किया है। जो ख़ुद यह करतूत की तो औरों पर उँगली उठानी तो क्या, किसी से आँख तक नहीं मिला सकेगा। आज तक वह अपने को बड़ा शानदार, श्रेष्ठ और ऊँचें विचारोंवाला आदमी समझता रहा था। भविष्य में भी वह अपनी नज़रों में यही कुछ बने रहना चाहता था, क्योंकि साहस के साथ जीवन का आनन्द लूटने के लिए यह बड़ा ज़रूरी था। परन्तु अब यह असम्भव हो गया था। इस समस्या का एक ही हल था, कि इसके बारे में सोचना छोड़ दे। और उसने ऐसा ही किया।

जिस ढंग के जीवन में वह अब प्रवेश करने जा रहा था, वहाँ बहुत कुछ नया था –नया पास-पड़ोस, नए दोस्त, और युद्ध। इन सब बातों ने भी इस घटना को भूल जाने में उसकी सहायता की। ज्यों-ज्यों वक़्त गुज़रता गया, यह बात उसके मन पर से उतरती गई, और आख़िर वह इसे बिलकुल भूल गया।

लड़ाई के बाद नेख़्लूदोव अपनी फूफियों को मिलने गया, इस आशा से कि वहाँ कात्यूशा से भेंट होगी। पर कात्यूशा वहाँ पर नहीं थी। नेख़्लूदोव के विदा होने के कुछ ही मुद्दत बाद वह वहाँ से चली गई थी। फूफियों ने कहीं से सुना था कि उसे गर्भ हो गया था और वह बच्चा जनने के लिए कहीं रहने गई थी। उन्होंने कहा कि कात्यूशा का पतन हो चुका था। नेख़्लूदोव के दिल में कसक उठी थी। यदि कात्यूशा के प्रसवकाल से अनुमान लगाया जाए तो बच्चा नेख़्लूदोव का हो भी सकता था और नहीं भी हो सकता था। उसकी फूफियाँ कात्यूशा को ही दोष देती थीं, कहती थीं, जैसी माँ वैसी बेटी। उनकी यह राय सुनकर नेख़्लूदोव दिल-ही-दिल में ख़ुश हुआ। इससे जैसे वह अपने गुनाह से बरी हो जाता था। पहले तो उसकी इच्छा हुई कि कात्यूशा का पता लगाए, उसके बच्चे का पता लगाए। पर जब कात्यूशा का ख़याल आता तो वह अन्दर-ही- अन्दर इतना लज्जित और दुखी महसूस करता कि उसने कात्यूशा को ढूँढ़ने की कोई कोशिश नहीं की, बल्कि इस दुष्कर्म के बारे में सोचना ही छोड़ दिया और इस तरह उसे भुलाने की कोशिश करने लगा।

और आज यह विचित्र, आकस्मिक घटना घटी जिसने सोई स्मृतियाँ जगा दीं और नेख़्लूदोव से माँग करने लगी कि अपने उस निर्दयी, क्रूर और कायरतापूर्ण आचरण को स्वीकार करो जिसके

कारण तुम दस साल से पाप का बोझा उठाए जी रहे हो। परन्तु स्वीकार करना तो दूर रहा, नेख़्लूदोव को तो केवल इस बात की फिक्र थी कि कहीं उसका भंडाफोड़ न हो जाए, कहीं कात्यूशा या उसका वकील सारी कहानी सुनानी न शुरू कर दे ओर उसे सबके सामने लज्जित होना पड़े।

19

इस तरह के विचार नेख़्लूदोव के मन में उठ रहे थे जब वह अदालत में से उठकर जूरी के कमरे में आया। वह खिड़की के पास बैठा सिगरेट-पर-सिगरेट फूँके जा रहा था और आस-पास के लोगों की बातें सुन रहा था।

हँसोड़ व्यापारी स्मेल्कोव की तारीफ़ कर रहा था। कह रहा था कि उस आदमी को मज़ा लूटने का ढंग आता था–

"ऐश कर गया पट्ठा! इस कहते हैं ऐश ! असल साइबेरियाई ढंग की ऐश! वह ढंग जानता था साहिब, क्या छोकरी चुनी थी!"

मुखिया को विश्वास था कि इस मामले में जो निष्कर्ष विशेषज्ञ ने निकाले हैं, वही किसी-न-किसी रूप में महत्वपूर्ण साबित होंगे। प्योत्र गेरासिमोविच ने यहूदी क्लर्क से कोई हँसी की बात कही, जिस पर वे दोनों ठहाका मारकर हँस पड़े। नेख़्लूदोव से यदि कोई कुछ पूछता तो उसका जवाब वह संक्षिप्त सा हाँ या न में देकर चुप हो जाता। वह नहीं चाहता था कि उसे कोई छेड़े।

पेशकार उसी तरह टेढ़ा चलता हुआ आया और जूरी के सदस्यों को वापस अदालत में चलने को कहा। नेख़्लूदोव को भय ने जकड़ लिया, मानो वह जूरी न होकर स्वयं मुजरिम हो। अपने अन्तर्तम में वह महसूस करता था कि वह एक पतित आदमी है, जिसे लोगों के साथ आँखें मिलाते हुए भी शर्म आनी चाहिए। परन्तु वह अभ्यासवश उठा, उसी तरह स्थिर, आश्वस्त चाल से चलता हुआ मंच पर जा पहुँचा, और मुखिया की बग़ल में बैठकर, टाँग पर टाँग रखे, अपनी कमानीदार ऐनक को हाथ में हिलाने-डुलाने लगा।

क़ैदियों को भी बाहर ले जाया गया था। अब वे भी अन्दर लाए गए।

अदालत में कुछ नए चेहरे भी दिखाई दिए। ये गवाह थे। नेख़्लूदोव ने देखा कि एक गवाह पर से कात्यूशा की आँखें हटाए नहीं हटतीं। यह कोई बड़ी मोटी-सी औरत थी जो जंगले के सामनेवाली क़तार में बैठी थी। शोख़, भड़कीले रंग के रेशमी व मख़मल के कपड़े पहने थी, और सिर पर एक रिब्बनवाला हैट लगाए थी। उसकी दोनो बाँहें कोहनियों तक नंगी थीं, और एक बाजू पर बड़ा नाजुक और ख़ूबसूरत सा बटुआ लटक रहा था। बाद में नेख़्लूदोव को पता चला कि यह औरत उस चकले की मालकिन थी जिसमें मास्लोवा रहा करती थी।

गवाहों की जाँच-पड़ताल शुरू हुई। उनके नाम, धर्म इत्यादि पूछे गए। फिर यह सवाल उठा कि गवाहों के बयान शपथ पर लिए जाएँगे या नहीं। बूढ़ा पादरी फिर पाँव घसीटता अन्दर आया। छाती पर लटकते सुनहरी क्रॉस को उँगली से हिलाते-डुलाते पहले की तरह धीमी आवाज़ में उसने गवाहों और विशेषज्ञ से शपथ ली। अब भी उसके चेहरे पर वही आश्वासन का भाव था कि जो काम वह कर रहा है वह कोई उपयोगी और महत्वपूर्ण काम है।

शपथ के बाद गवाह फिर बाहर ले जाए गए। केवल चकले की मालकिन कितायेवा अपनी जगह पर बैठी रही। उससे इस वारदात के बारे में पूछा गया कि बताइए, आप क्या जानती हैं। एक-एक वाक्य पर वह अपना सिर हिलाती, मय अपने ऊँचें टोप के और बड़े बनावटी ढंग से

मुस्कराती। उसने बातफ़सील और चतुराई के साथ अपना बयान दिया। उसके बोलने के ढंग में जर्मन लहजे की पुट थी।

वह बताने लगी कि सबसे पहले होटल का नौकर सीमन हमारे पास एक लड़की की फ़र्माइश लेकर आया। बोला साइबेरिया के एक मालदार व्यापारी के लिए दरकार है। हम सीमन को पहले से जानता है। हमने ल्युबोव को भेजा। कुछ देर बाद जब ल्युबोव लौटा तो व्यापारी भी उसके साथ था। वह उस वक़्त भी सरूर में था–यह शब्द कहते हुए वह मुस्कराई–और हमारे यहाँ पहुँचकर भी वह पीता रहा और लड़कियों को खिलाता-पिलाता रहा। उसके पास पैसा कम हो गया तो उसने इसी ल्युबोव को होटल में भेजा। इसके साथ उसका कुछ मुहब्बत हो गया था। वह वाक्य कहते हुए उसने क़ैदी की ओर देखा।

नेख़्लूदोव को ऐसे लगा जैसे मास्लोवा भी इस वाक्य पर मुस्कराई है। कैसी ज़लालत है, उसने सोचा। नेख़्लूदोव के मन में एक अजीब और धूमिल-सी भावना मास्लोवा के प्रति उठी, जिसमें घृणा और अनुकम्पा दोनों मिली हुई थीं।

''मास्लोवा के बारे में तुम्हारी क्या राय है?'' मास्लोवा के वकील ने झेंपते शर्माते हुए सवाल किया। इस आदमी ने अदालत में नौकरी के लिए दरख़्वास्त दे रखी थी। इस समय उसे मास्लोवा का वकील मुक़र्रर किया गया था।

''बहुत ही अच्छा लड़की है,'' कितायेवा ने जवाब दिया। ''पढ़ा-लिखा और सलीक़ेवाला लड़की है। अच्छे घर में पलकर बड़ा हुआ है, फ़्रांसीसी ज़बान पढ़ सकता है। कभी-कभी शराब ज़रा ज़्यादा पी जाता है, फिर भी सँभलकर रहता है। बहुत अच्छा लड़की है।''

कात्यूशा ने उस औरत की तरफ़ देखा, फिर सहसा जूरी के सदस्यों की ओर आँखें फेर लीं और नेख़्लूदोव के चेहरे को एकटक देखने लगी। उसका चेहरा गम्भीर और कठोर हो उठा। उसकी एक आँख में हलका-सा ऐंच था। दानों आँखें बड़े विचित्र ढंग से, कुछ देर तक नेख़्लूदोव के चेहरे पर जमी रहीं। नेख़्लूदोव को अब भी भय ने जकड़ रखा था, फिर भी वह अपनी नज़र इन तिरछी आँखों पर से नहीं हटा पाया। उन आँखों की सफ़ेदी में बड़ी स्वच्छता और चमक थी। उसे वह भयानक रात याद हो आई। चारों ओर छाई हुई धुन्ध, नीचे, नदी पर टूटती बर्फ़ और वह घटता चाँद, जो पौ फटने से पहले उभर आया था, और जिसके कोने ऊपर को उठे हुए थे। कोई भयानक काली-सी चीज़ उस चाँद की रोशनी में चमकने लगी थी। इन काली-काली आँखों को देखते हुए जो उसकी ओर टिकटिकी बाँधे थी, उसे वह भयानक काली चीज़ याद हो आई।

''इसने मुझे पहचान लिया है!'' नेख़्लूदोव ने सोचा, और सिकुड़कर पीछे हो गया, मानो डर रहा हो कि मुँह पर तमाचा पड़ेगा। पर उसने उसे नहीं पहचाना था। कात्यूशा ने ठंडी साँस ली और फिर प्रधान जज की ओर देखने लगी। नेख़्लूदोव ने भी ठंडी साँस ली। ''यह कब ख़त्म होगा! जल्दी-जल्दी क्यों नहीं करते?'' उसने मन-ही-मन कहा। जब कभी शिकार खेलते समय कोई परिन्दा ज़ख़्मी हो जाए और उसे हाथ से मारना पड़े तो जो भावना मनुष्य के मन में उठती है–घृणा और अनुकम्पा और परेशानी की भावना–वही इस समय नेख़्लूदोव के मन में उठ रही थी। शिकार के थैले में ज़ख़्मी परिन्दा छटपटा रहा होता है। आदमी को उस वक़्त बड़ी घिन होती है, पर साथ ही दया भी आती है और आदमी चाहता है कि जल्दी-से-जल्दी उसे मारकर ख़त्म करे और किसी तरह मन में से निकल दे।

इस प्रकार की मिश्रित भावनाएँ नेख़्लूदोव के मन में उठ रही थीं जब वह अदालत में बैठा गवाहों की जिरह सुन रहा था।

20

पर मुक़दमे की कार्रवाई तूल पकड़ती गई मानो नेख़्लूदोव से उसे कोई वैर हो। एक-एक गवाह से अलग-अलग जिरह की गई। आख़िर में विशेषज्ञ से जिरह हुई। सरकारी वकील और दोनों वकीलों ने बड़ा गम्भीर मुँह बनाकर तरह-तरह के फ़िज़ूल और अनगिनत सवाल पूछे। इसके बाद प्रधान जज ने जूरी से कहा कि शहादती चीज़ों की जाँच कर लें। इन चीज़ों में एक बड़ी-सी अँगूठी थी जिसके अन्दर छोटी-छोटी पंखुड़ियों की शक्ल में हीरे जड़े हुए थे। ज़ाहिर है उसे पहली उँगली में ही पहना जाता रहा होगा। एक टेस्ट-ट्यूब रखी थी जिसमें ज़हर का विश्लेषण किया गया था। इन चीज़ों के साथ बाक़ायदा लेबल लगे थे और उन पर सरकारी मोहर थी।

जूरी उठकर इन चीज़ों का मुआइना करने जा ही रहे थे जब सरकारी वकील उठ खड़ा हुआ और माँग की कि इन चीज़ों की जाँच करने से पहले डाक्टर की शव-परीक्षा की रिपोर्ट पढ़कर सुनाई जाए।

प्रधान जज जल्दी-जल्दी काम ख़त्म करना चाहता था ताकि अपनी स्विस लड़की के पास पहुँच सके। वह जानता था कि इस रिपोर्ट से केवल सुननेवालों को ऊब ही बढ़ेगी और भोजन का समय और पीछे पड़ जाएगा। वह यह भी जानता था कि सरकारी वकील इसकी माँग इसलिए कर रहा है कि क़ानून ने उसे इसका अधिकार दे रखा है। लाचार, उसे इजाज़त देनी पड़ी।

सेक्रेटरी ने डाक्टर की रिपोर्ट निकाली और अपनी नीरस, तुतलाती आवाज़ में पढ़ने लगा। जब वह पढ़ता तो ''ल'' और ''र'' के उच्चारण में कोई भेद पता न चलता।

''शरीर की बाहरी जाँच से पता चला कि–''

1. फ़ेरापोंत स्मेल्कोव का क़द छः फुट पाँच इंच था।

''वाह, क्या डीलडौल था, ऐं!'' नेख़्लूदोव के कान में व्यापारी ने बड़ा रस लेते हुए फुसफुसाकर कहा।

2. शक्ल-सूरत से वह लगभग चालीस साल का नज़र आता था।

3. लाश सूजी हुई थी।

4. मांस का रंग हरा था, कुछेक जगह पर गहरे रंग के धब्बे थे।

5. चमड़ी पर भिन्न-भिन्न आकार के फफोले निकल आए थे। कहीं-कहीं से चमड़ी के बड़े-बड़े टुकड़े फटकर उतर आए थे।

6. बाल मोटे और भूरे रंग के थे। हाथ लगाने पर उखड़ आते थे।

7. आँखें बाहर को निकली हुई थीं, पुतलियाँ धूमिल पड़ गई थीं।

8. नाक, कान और मुँह में से कोई तरल-सी चीज़ रिस-रिसकर बह रही थी।

9. चेहरा और छाती इस क़दर सूजे हुए थे कि गरदन नज़र नहीं आती थी।

इत्यादि, इत्यादि।

पूरे चार पन्नों की रिपोर्ट थी, जिसमें इस तरह के 27 पैरे थे। एक-एक तफ़सील के साथ उस व्यापारी की लाश की जाँच की गई थी, जो शहर में मौज मनाता रहा था। लाश बहुत बड़ी, सूजी हुई और मोटी थी। पहले से ही नेख़्लूदोव के मन में एक अस्पष्ट-सी घिन उठ रही थी, लाश का वर्णन सुनकर वह और भी तीव्र हो उठी। कात्यूशा का जीवन, लाश की नाक में से रिसता मवाद, बाहर को निकली हुई आँखें, कात्यूशा के प्रति उसका अपना व्यवहार, सभी बातें एक ही

क्रम से सम्बन्धित जान पड़ती थी। उसे ऐसा जान पड़ा जैसे उसके चारों ओर इसी प्रकार की घिनौनी चीज़े उसे घेरे हुए हों और वह उनमें डूब रहा हो।

आख़िर बाहरी जाँच की रिपोर्ट ख़त्म हुई। प्रधान जज ने इत्मिनान की साँस ली और सिर ऊपर उठाया, यह सोचकर कि रिपोर्ट अन्त तक पढ़ डाली गई होगी, पर सेक्रटरी फ़ौरन अन्दरूनी जाँच की रिपोर्ट पढ़ने लगा।

प्रधान जज ने फिर सिर झुका लिया और हाथ माथे पर रखकर आँखें बन्द कर लीं। नेख़्लूदोव के साथ बैठा व्यापारी कब से ऊँघने लगा था, और किसी-किसी वक़्त उसका शरीर दाएँ-बाएँ झूलने लगता। क़ैदी और सशस्त्र पुलिस के सिपाही चुपचाप बैठे थे।

''अन्दरूनी जाँच से पता चला कि–''

1. खोपड़ी की हड्डियों पर से चमड़ी बहुत आसानी से उतर आई। उसमें कहीं भी जमा हुआ ख़ून नहीं मिला।

2. खोपड़ी की हड्डियाँ साधारण मोटाई की थीं, और अच्छी हालत में थीं।

3. दिमाग़ की झिल्ली पर लगभग चार-चार इंच लम्बे दो धब्बे थे। झिल्ली का रंग गदला सफ़ेद था। इत्यादि। रिपोर्ट में इसी तरह के 13 और पैरे दर्ज थे।

उसके बाद सहायकों के नाम और दस्तख़त थे। और डाक्टर इस नतीजे पर पहुँचा था कि शव-परीक्षा के दौरान पेट में तथा किसी हद तक अन्तड़ियों और गुर्दे में जो तब्दीलियाँ देखने में आईं, और जिनकी तफ़सील सरकारी रिपोर्ट में दी गई है, उनके आधार पर इस बात की पूरी-पूरी सम्भावना जान पड़ती है कि स्मेल्कोव की मौत ज़हर के कारण हुई। यह ज़हर जब उसके पेट में पहुँचा तो शराब से मिली हुई हालत में था। पेट की स्थिति से यह निश्चय करना बड़ा कठिन है कि कौन-सा ज़हर दिया गया। पर यह अनुमान ठीक जान पड़ता है कि ज़हर शराब में मिलाकर दिया गया क्योंकि स्मेल्कोव के पेट में बहुत-सी शराब पाई गई थी।

''पीने में भी लाजवाब था, ऐं,'' व्यापारी फिर फुसफुसाया, जिसने अभी-अभी आँख खोली थी।

इस रिपोर्ट को पढ़ने में पूरा एक घंटा लग गया था, परन्तु सरकारी वकील अभी भी सन्तुष्ट नहीं था। इसकी समाप्ति पर प्रधान जज ने उसकी ओर देखते हुए कहा–

''मैं सोचता हूँ अब अन्दर के एक-एक अंग की रिपोर्ट पढ़ने की कोई ज़रूरत न होगी?''

जवाब में सरकारी वकील ने, बिना प्रधान जज की ओर देखे, रूखी आवाज़ में कहा–

''मैं चाहता हूँ कि वह भी पढ़कर सुनाई जाए।'' सरकारी वकील बैठे-बैठे, तनिक-सा ऊपर को उठा। उसके चेहरे के भाव से लगता था मानो कह रहा हो कि रिपोर्ट पढ़वाने का मुझे अधिकार है, और मैं अपना अधिकार मनवाकर छोड़ूँगा। अगर इसकी इजाज़त न दी गई तो मैं अपील दायर कर दूँगा।

लम्बी दाढ़ीवाले सज्जन, जिनकी दयार्द्र आँखों के नीचे गहरे छल्ले पड़े हुए थे और जिनके पेट में शूल था, इस समय बहुत कमज़ोरी महसूस कर रहे थे। उन्होंने प्रधान जज से कहा-

''यह सब पढ़वाने का आख़िर लाभ क्या है ? मुक़दमे को घसीटते जाना है और क्या! ये नए रंगरूट काम-वाम कुछ नहीं करते, केवल लम्बी हाँकना जानते हैं।''

सुनहरी चश्मेवाले जज ने कुछ नहीं कहा। वह केवल मुँह लटकाए सामने देखते रहे। उन्हें किसी ओर से भी भलाई की आशा नहीं थी, न अपनी बीवी की ओर से, न ही सामान्यतः जीवन की ओर से।

रिपोर्ट पढ़ी जाने लगी–

"चिकित्सा विभाग के आदेशानुसार, 15 फरवरी, सन् 188... के दिन मैंने सहायक चिकित्सा इन्सपेक्टर की उपस्थिति में परीक्षण नं. 638 सम्पन्न किया।" सेक्रेटरी की आवाज़ में पहले-सी स्थिरता थी। परन्तु अबकी वह और भी ऊँची आवाज़ में पढ़ने लगा था, मानो ऊँघते लोगों को जगा देना चाहता हो। "इस परीक्षण में निम्नलिखित भीतरी अंग शामिल थे–"

1. दिल और दायाँ फेफड़ा (छः पौंडवाले शीशे के मर्तबान में)।
2. आमाशय के अन्दर पाई गई चीज़ें (छः पौंडवाले शीशे के मर्तबान में)।
3. आमाशय (छः पौंडवाले शीशे के मतबान में)।
4. कलेजा, तिल्ली, गुर्दे (तीन पौंडवाले शीशे के मर्तबान में)।
5. अन्तड़ियाँ (छः पौंडवाले मिट्टी के मर्तबान में)।

रिपोर्ट की पढ़वाई अभी शुरू हुई थी कि प्रधान जज ने एक जज की ओर झुककर उसके कान में कुछ कहा, फिर दूसरी ओर झुककर दूसरे जज के कान में कुछ कहा, फिर दोनों की स्वीकृति प्राप्त करने के बाद ऊँची आवाज में बोला–

"अदालत का मत है कि इस रिपोर्ट के पढ़ने की कोई ज़रूरत नहीं।"

सेक्रेटरी ने पढ़ना बन्द कर दिया और काग़ज़ समेटने लगा। सरकारी वकील ग़ुस्से में कुछ लिखने लगा।

"जूरी से अनुरोध है कि वे शहादती चीज़ों की आकर जाँच कर लें," प्रधान जज ने कहा।

मुखिया और कुछेक अन्य सदस्य उठकर मेज़ के पास आए। उनकी समझ में नहीं आ रहा था कि अपने हाथों को कहाँ रखें। बारी-बारी उन्होंने अँगूठी को, शीशे के मर्तबान तथा टेस्ट-ट्यूब को देखा। व्यापारी ने तो अँगूठी को पहनकर भी देखा।

"वाह, ख़ूब मोटी उँगली थी उसकी ! खीरे जैसी !" अपनी जगह पर लौटते हुए वह बोला। ज़ाहिर है कि उसने अपने मन में उस भीमकाय व्यापारी का बड़ा मनोरंजक चित्र बना रखा था।

21

शहादती चीज़ों की जाँच ख़त्म हुई। प्रधान जज ने घोषणा की कि जाँच का काम समाप्त हुआ। इसके बाद उसने जल्दी-जल्दी काम निबटाने के लिए, बिना अन्तराल किए ही, सरकारी वकील से बोलने को कहा। वह आस लगाए बैठा था कि आख़िर सरकारी वकील भी इन्सान है, इसे भी सिगरेट पीने या कुछ खाने की ख़्वाहिश होती होगी, या कम-से-कम औरों पर तो रहम करेगा। परन्तु सरकारी वकील ने किसी पर रहम नहीं किया–अपने आप पर भी नहीं। वह स्वभावतः बड़ा मन्दबुद्धि आदमी था, इसपर यह दुर्भाग्य की स्कूल की अन्तिम परीक्षा में सोने का तमग़ा पाया था। और जब विश्वविद्यालय में पढ़ता था तो रोमन लॉ का अध्ययन करते समय उसने "दासता" के विषय पर एक निबन्ध लिखा और इस निबन्ध पर भी उसे इनाम मिला था। अतः इस आदमी में आत्मविश्वास और आत्मसन्तोष कूट-कूटकर भरे थे। (इसलिए भी कि स्त्रियाँ उसे बहुत चाहती थीं) उसकी मूर्खता का कोई वार-पार न था।

जब उसे बोलने के लिए कहा गया तो वह बड़ा धीरे-धीरे उठा, ताकि सभी लोग कामदार बढ़िया वर्दी में सजे उसके सुडौल शरीर को आँख भरकर देख सकें। उसने दोनों हाथ मेज़ पर रखे, सिर को हलका-सा टेढ़ा करके कमरे के चारों ओर देखा। फिर, क़ैदियो की ओर बिना देखे वह अपना भाषण देने लगा जिसे वह उस समय तैयार करता रहा था जब रिपोर्टें पढ़ी जा रही थीं।

''जूरी के आदरणीय सदस्यो ! आपके विचाराधीन केस को आपकी आज्ञा से मैं एक लाक्षणिक अपराध का नाम दूँगा।''

सरकारी वकील यह समझता था कि वह जो भाषण देगा, वह एक महान सार्वजनिक महत्व का भाषण होगा, उन वकीलों के प्रसिद्ध भाषणों की ही तरह, जिनका उन दिनों बहुत नाम था। यह ठीक है कि आज उसका भाषण सुननेवाली केवल तीन औरतें थीं –एक दर्ज़िन, एक बावर्चिन और एक सीमन की बहिन–और इनके अलावा एक मर्द था जो कोचवानी का काम करता था, पर इससे क्या फ़र्क पड़ता है। शुरू-शुरू में विख्यात वकीलों को भी ऐसी ही स्थिति का सामना करना पड़ा था। और उसका यह सिद्धान्त था कि सरकारी वकील हर बात में सदा मामले की जड़ देखे, अर्थात् अपराध के मनोवैज्ञानिक कारणों की गहराइयों तक पहुँचे और समाज के ज़ख़्मों को खोलकर सामने रख दे।

''जूरी के माननीय सदस्यो! आपके विचाराधीन अपराध को आपकी आज्ञा से मैं इस शताब्दी के अन्तिम वर्षों का–हमारे काल का–ऐसा प्रतीकात्मक अपराध कहूँगा, जिसमें वे सब विशिष्टताएँ हैं, जो नैतिक पतन की उस शोचनीय प्रक्रिया की लाक्षिणकताएँ हैं, जिसके प्रभाव में हमारे काल में हमारे समाज के वे तत्व डूब रहे हैं, जो, आपकी आज्ञा से, मैं यह कहूँगा कि पतन की भयानक प्रक्रिया की चपेट में आए हुए हैं।''

सरकारी वकील ने ख़ूब लम्बा चौड़ा भाषण दिया। उसकी कोशिश थी कि कोई भी ऐसी प्रभावोत्पादक बात छूट न जाए, जिसे उसने पहले से दिमाग़ में बिठा रखा था। साथ ही, कहीं भी भाषण टूटे नहीं, उसका प्रवाह अबाध गति से बहता जाए। इस तरह वह पूरे 75 मिनट तक बोलता रहा। केवल एक बार वह रुका, और थोड़ी देर तक खड़ा अपनी थूक निगलता रहा। पर शीघ्र ही वह सँभल गया और पहले से भी ज़्यादा जोश के साथ बोलने लगा ताकि जो क्षति इस बाधा के कारण हुई थी वह पूरी हो जाय।

बोलते हुए कभी उसका लहजा कोमल हो उठता, कभी उसमें ख़ुशामद की पुट होती। कभी एक पाँव पर खड़ा होता, कभी दूसरे पर और जूरी की ओर देखता। कभी वह धीमे-धीमे व्यवहारिक लहजे में बोलने लगता और अपनी कापी में लिखी टिप्पणियों की ओर देखता। फिर कभी उसकी आवाज़ ऊँची हो उठती और वह अपराधियों को ललकारने लगता। श्रोताओं की ओर से आँखें हटाकर जूरी की ओर देखने लगता। परन्तु क़ैदियों की ओर वह कभी नहीं देखता था। उनसे नज़र चुरा जाता था, हालाँकि तीनों अभियुक्त आँखें फाड़-फाड़कर उसी की ओर देख रहे थे। अपनी विद्वता दिखाने के लिए वह जगह-जगह ऐसे विषयों का हवाला देता जिनका उन दिनों, उस जैसे लोगों के बीच फ़ैशन-सा चल पड़ा था–कुछेक का आज भी फ़ैशन है–और जिन्हें वैज्ञानिक ज्ञान की चरम सीमा माना जाता था। इनमें से कुछ विषय थे : जुर्म करने की वंशगत तथा जन्मजात प्रवृत्ति, लोम्ब्रोसो और तार्द्र, क्रमिक विकास तथा आस्तित्व के लिए संघर्ष, सम्मोहन विद्या तथा सम्मोहन का प्रभाव, शारको तथा ह्रासवाद इत्यादि।

सरकारी वकील की व्याख्या के अनुसार व्यापारी स्मेल्कोव एक विशिष्ट रूसी था–बलिष्ठ और सदाचारी–जिसने नीच लोगों के हाथों पड़कर अपने उदार और विश्वासी स्वभाव के कारण अपना सर्वनाश कर लिया था।

सीमन कार्तीनकिन के चरित्र में वे प्रवृत्तिया थीं जो भूदास प्रथा की देन हैं और जिसका वंशानुगत प्रभाव अब भी उसके ख़ून में मौजूद है। इस मूढ़ और निरक्षर आदमी का कोई सिद्धान्त नहीं, यहाँ तक कि उसका कोई धर्म भी नहीं है। येवफ़ीमिया इस आदमी की रखैल है और

वंशानुगत प्रवृत्ति की शिकार है। इसके चरित्र में पतन के सभी लक्षण प्रकट हैं। परन्तु अपराध की जड़ मास्लोवा है जो ह्रासवाद के निम्नतम स्तर का प्रतिनिधित्व करती है।

"यह औरत," मास्लोवा की ओर देखे बिना उसने कहा, "जैसा कि इसकी मालकिन ने आज अदालत के सामने कहा, पढ़ी-लिखी है, और केवल लिखना-पढ़ना ही नहीं जानती बल्कि फ़्रांसीसी भी जानती है। यह अनाथ, जिसमें सम्भवतः अपराध की जन्मजात प्रवृत्ति है, एक कुलीन सुसंस्कृत परिवार में पाली-पोसी गई और अगर चाहती तो ईमानदारी का परिश्रमी जीवन व्यतीत कर सकती थी, किन्तु यह अपने हितकारी अन्नदाताओं को छोड़, अपनी काम-वासना की प्यास बुझाने, विषय-भोग का रस लेने चकले में जा बैठी और वहाँ भी इसने अपनी शिक्षा के फलस्वरूप अपने जैसी दूसरी पतिताओं से अलग एक विशिष्ट स्थान पा लिया और जैसा कि माननीय जूरी ने अभी-अभी इसकी मालकिन से सुना है यह चकले में आनेवाले लोगों को एक रहस्यमय आकर्षण शक्ति से अपने वश में करती थी, वह शक्ति, जिसकी हमारे काल में विज्ञान में भी खोज हुई है, विशेषकर शारको प्रणाली के वैज्ञानिकों द्वारा और जिसे विज्ञान की भाषा में सम्मोहन प्रभाव का नाम दिया गया है। ठीक इस सम्मोहन प्रभाव द्वारा इसने उस अमीर रूसी मेहमान को फाँस लिया, जो दिल का इतना दयालु था कि हम उसे दूसरा सादको कह सकते हैं और उसके भोले विश्वास का अनुचित लाभ उठाकर इसने पहले उसे लूटा और उसके बाद क्रूरता के साथ उसकी जान ले डाली।"

"इसने तो ज़बान की पूरी लगाम ही छोड़ दी है," प्रधान जज ने गम्भीर जज की ओर झुककर मुस्कराते हुए कहा।

"बिलकुल खर-दिमाग़ आदमी है," गम्भीर जज बोला।

परन्तु सरकारी वकील ने बड़े नाटकीय अन्दाज़ में झूमते हुए अपना भाषण उसी तरह जारी रखा–

"जूरी के आदरणीय सदस्यो, आपको न केवल इन लोगों के ही भाग्य का निर्णय करना है, बल्कि किसी हद तक समाज का भाग्य निर्धारण भी करना है। समाज आपके निर्णय से प्रभावित होगा। मैं चाहता हूँ कि आप इस अपराध की गम्भीरता को पूर्णतया समझें, उस ख़तरे को समझें जो मास्लोवा जैसे अपराधियों से समाज को पहुँचता है। आपकी आज्ञा से मैं ऐसे लोगों को समाज के विकार-ग्रस्त तत्वों का नाम दूँगा। समाज को इस संक्रामक रोग से बचाइए, समाज के भोले-भाले और स्वस्थ प्राणियों को इस संक्रामक रोग से बचाइए, सर्वनाश से बचाइए!"

सरकारी वकील अपनी कुर्सी पर बैठ गया। प्रत्यक्षतः उसे अपने भाषण से बेहद ख़ुशी हुई थी। लगता था जैसे वह स्वयं इस बात से अभिभूत हो उठा हो कि जजों के प्रत्याशित निर्णय का कितना महत्व होगा।

अगर अलंकारों और शब्दाडम्बर की ओर ध्यान न दें तो सीधे-सादे शब्दों में सरकारी वकील के भाषण का यह अर्थ निकलता था कि मास्लोवा ने व्यापारी का विश्वास प्राप्त करके उसके मन पर जादू कर दिया। फिर उसी की चाभी लेकर, वह उसके होटल में गई, इस इरादे से कि उसका सभी रुपया लूट लेगी। लेकिन जब सीमन और येवफ़ीमिया ने उसे चोरी करते हुए पकड़ लिया तो इसे मजबूर होकर उनके साथ चोरी का रुपया बाँटना पड़ा। इसके बाद अपने अपराध के चिन्ह मिटाने के लिए वह व्यापारी को वापस होटल में ले आई और वहाँ उसे ज़हर देकर मार डाला।

सरकारी वकील के बाद एक अधेड़ उम्र का आदमी वकीलों के बैंच पर से बोलने के लिए उठा। उसने फ़्रॉक-कोट पहन रखा था जो पीछे से अबाबील की पूँछ की तरह लटक रहा था।

कोट के नीचे से कलफ़ लगी सफ़ेद क़मीज़ अर्द्धवृत्त-सा दिख रहा था। उसने कार्तीनकिन और बोच्कोवा के पक्ष में भाषण दिया। इस वकील को उन्होंने तीन सौ रूबल देकर अपने लिए नियुक्त कर रखा था। अपने भाषण में उसने यह साबित करने की कोशिश की कि ये दोनों निर्दोष हैं, और सारा दोष मास्लोवा का है।

उसने मास्लोवा के इस बयान को मानने से इनकार किया कि रुपया निकालते वक़्त बोच्कोवा और कार्तीनकिन दोनों उसके साथ थे। वह बार-बार इस बात पर बल देता कि चूँकि उस पर ज़हर देने का जुर्म लगाया गया है, इसलिए उसके बयान को स्वीकार नहीं किया जा सकता। 2,500 रूबल की रकम के बारे में उसने कहा कि इतनी रक़म आसानी से दो मेहनती और ईमानदार आदमी कमा सकते हैं, जबकि उन्हें तीन से पाँच रूबल तक रोज़ाना मेहमानों से बख़्शीश मिल जाती हो। व्यापारी के पैसे मास्लोवा ने चुराए। चुराने के बाद यह रक़म उसने किसी को दे दी होगी, या इससे खो गई होगी, क्योंकि उस समय इसका दिमाग़ ठीक तरह काम नहीं कर रहा था। व्यापारी को ज़हर केवल मास्लोवा ने ही दिया।

इसलिए उसने जूरी से अनुरोध किया कि वे चोरी के इल्ज़ाम से कार्तीनकिन और बोच्कोवा को बरी कर दें, और यदि वे बरी नहीं कर सकते तो कम-से-कम यह मान लें कि ज़हर देने में उसका कोई हाथ नहीं था।

अन्त में सरकारी वकील पर व्यंग्य कसते हुए उसने कहा कि मेरे विद्वान मित्र ने वंशानुगत प्रवृत्तियों के बारे में बड़ा आलिमाना लेक्चर दिया है, लेकिन इससे वैज्ञानिक तथ्यों पर भले ही प्रकाश पड़ता हो, पर बोच्कोवा से उसका कोई सम्बन्ध नहीं क्योंकि उसके कुल और वंश के बारे में किसी को कुछ भी मालूम नहीं।

सरकारी वकील ने क्रुद्ध दिखने की कोशिश की और घृणा और आश्चर्य प्रकट करते हुए अपने कन्धे उचकाए और अपनी कॉपी में कुछ लिख लिया।

इसके बाद मास्लोवा का वकील उठा, और डरते-डरते, बड़े संकोच के साथ अपना भाषण देने लगा। उसने इस बात से इनकार नहीं किया कि रुपया चुराने में मास्लोवा का हाथ था, पर साथ ही यह बात बड़े ज़ोर से कही कि स्मेल्कोव को ज़हर देने का उसका कोई इरादा नहीं था। उसने वह पाउडर केवल नींद लाने के लिए दिया था। इस वकील ने भी अपने भाषण को थोड़ा जोशीला बनाने की कोशिश की। कहने लगा कि जिस आदमी ने वास्तव में मास्लोवा को व्यभिचार के गर्त में झोंका, उसे क़ानून की ओर से कोई सज़ा नहीं मिली। उस कुकर्म की सारी यन्त्रणा मास्लोवा को सहनी पड़ी है। परन्तु मनोविज्ञान के क्षेत्र में वकील की यह चेष्टा बिलकुल असफल रही, यहाँ तक कि अदालत में बैठे लोग भी झेंप-सी महसूस करने लगे। जिस समय उसने दबी ज़बान में पुरुषों की निर्दयता और स्त्रियों की असहायता के बारे में कुछ कहा तो प्रधान जज ने उसे पटरी पर लाने के लिए, उसकी सहायतार्थ उसे धीरे-से सुझाया कि इधर-उधर की बातें करने के बजाय वह सीधा तथ्यों पर ही बोले।

उसके भाषण के बाद सरकारी वकील जवाब देने के लिए उठा। पहले वकील के तर्कों का उत्तर देते हुए कहा कि भले ही बोच्कोवा के कुल-वंश का कुछ भी मालूम न हो, पर इससे वंशानुगत प्रवृत्तियों का सिद्धान्त ग़लत साबित नहीं हो जाता। वंशानुगत प्रवृत्तियों के नियमों को विज्ञान ने यहाँ तक प्रमाणित कर दिया है कि हम न केवल वंश से जुर्म का बल्कि जुर्म से वंश का भी अनुमान लगा सकते हैं। जहाँ तक मास्लोवा के पक्ष में दिए गए तर्कों का सवाल है—मास्लोवा के वकील ने किसी काल्पनिक व्यक्ति पर दोष लगाया है कि उसने मास्लोवा की अस्मत लूटी और उसे

व्यभिचार के गर्त में झोंका (सरकारी वकील ने ''काल्पनिक'' शब्द पर विशेष कटुता से बल दिया)– तो साक्ष्य हमारे सामने है, वह तो यही बतलाता है कि इस औरत ने अनगिनत लोगों को अपने जाल में फँसकर उन्हें भ्रष्ट किया होगा। इतना कह चुकने के बाद सरकारी वकील बड़े गर्वोल्लास के साथ अपनी कुर्सी पर जा बैठा।

इसके बाद क़ैदियों को इजाज़त दी गई कि वे अपने पक्ष में जो कुछ कहना चाहें कह सकते हैं।

येवफ़ीमिया बोच्कोवा ने फिर वही बात दोहराई कि न उसे इस मामले का कुछ मालूम है और न ही उसने उसमें भाग लिया है। उसने सारा दोष मास्लोवा पर लगाया। सीमन कार्तीनकिन बार-बार यही कहता रहा–''यह आपका काम है, पर मैं निर्दोष हूँ। यह बड़ा अन्याय है।''

मास्लोवा अपने पक्ष में कुछ भी नहीं बोली। जब प्रधान जज ने कहा कि यदि वह कुछ कहना चाहे तो कह सकती है तो उसने केवल आँख उठाकर प्रधान जज की ओर देखा, फिर कमरे में चारों ओर इस नज़र से देखा मानो किसी निरीह हिरन पर शिकारी टूट पड़े हों, और सिर झुकाकर फफक-फफककर रोने लगी।

''क्या बात है ?'' व्यापारी ने नेख़्लूदोव से पूछा। नेख़्लूदोव के मुँह से एक अजीब-सी आवाज निकली थी। वह सिसकी दबाने की चेष्टा कर रहा था।

नेख़्लूदोव अभी तक अपनी वर्तमान स्थिति के महत्व को नहीं समझ पाया था। उसका ख़याल था कि उसके स्नायु कमज़ोर होने के कारण ये सिसकियाँ उठ रही हैं, और आँसू आँखों में भर रहे हैं। उसने आँसू छिपाने के लिए अपनी कमानीदार ऐनक आँखों पर लगा ली, फिर रूमाल निकालकर नाक साफ़ करने लगा।

वह डर रहा था कि यदि अदालत में सब लोगों को उसके दुर्व्यवहार का पता चल गया तो बड़ी बदनामी होगी। इस डर ने आत्मा की आवाज़ को दबा दिया। यह डर ही इस समय सबसे अधिक बलवान था।

22

क़ैदियों ने जो कहना था कह लिया। इसके बाद इस बात का निश्चय होने लगा कि किस रूप में जूरी के सदस्यों के सामने सवाल रखे जाएँ। इसमें कुछ वक़्त लग गया। आख़िर सवाल तैयार हो गए और प्रधान जज ने अपना अन्तिम भाषण देना शुरू किया।

जूरी को अपना फ़ैसला देने के लिए कहने से पहले प्रधान जज थोड़ी देर तक बड़े मीठे-मीठे और दोस्ताना ढंग से भाषण देता रहा और समझाता रहा कि किस भाँति चोरी, चोरी होती है और डाका, डाका होता है। अगर किसी जगह पर ताला पड़ा हुआ है और चोरी हो जाती है तो वह भी चोरी है और अगर किसी जगह पर ताला नहीं पड़ा हुआ है और चोरी हो जाती है तो वह भी चोरी है। केवल पहली चोरी एक ऐसे स्थान पर हुई जहाँ पर ताला था और दूसरी एक ऐसे स्थान पर जहाँ पर ताला नहीं था। बोलते हुए प्रधान जज किसी-किसी वक़्त नेख़्लूदोव की ओर देखता, इस आशा से कि यदि ये महत्वपूर्ण तथ्य उसकी समझ में आ गए तो वह बाक़ी सदस्यों को भी समझा देगा। जब उसने देखा कि इन तथ्यों पर वह काफ़ी प्रकाश डाल चुका है तो वह एक दूसरे विषय की व्याख्या करने लगा। हत्या एक ऐसी क्रिया है जिसके परिणामस्वरूप इन्सान की मौत हो जाती है। इसलिए ज़हर देने को भी हत्या का नाम दिया जा सकता है। जब प्रधान जज ने देखा कि यह तथ्य भी जूरी के सदस्यों के दिमाग़ में बैठ गया है तो उसने समझाना शुरू

किया कि यदि चोरी और हत्या एक ही वक़्त में एक साथ किए जाएँ तो इस सम्मिलित जुर्म को हम हत्या के साथ की गई चोरी कहेंगे।

वह स्वयं अपना भाषण जल्दी समाप्त करना चाहता था, क्योंकि जानता था कि उसकी स्विस प्रेमिका उसकी राह देख रही होगी, लेकिन अपने व्यवसाय की उसे कुछ ऐसी आदत पड़ गई थी कि जब एक बार बोलना शुरू कर देता तो उसके लिए बोलना बन्द करना कठिन हो जाता था। अतः अब वह जूरी को बड़ी तफ़सील के साथ यह समझाने लगा कि यदि वे समझे कि क़ैदियों ने जुर्म किया है तो वे अपने फ़ैसले में उन्हें मुजरिम ठहराएँ, और यदि समझें कि उन्होंने जुर्म नहीं किया है तो अपने फ़ैसले में कह दें कि वे मुजरिम नहीं हैं, और यदि वे देखें कि उन्होंने एक जुर्म तो किया है लेकिन दूसरा जुर्म नहीं किया, तो वे उन्हें एक जुर्म में मुजरिम करार दें। और दूसरे जुर्म में कह दें कि वे मुजरिम नहीं हैं। आगे चलकर प्रधान जज ने बताया कि उन्हें इस अधिकार का समझदारी के साथ प्रयोग करना चाहिए। वह यह भी समझाना चाहता था कि यदि किसी सवाल के जवाब में वे अपना उत्तर हाँ में देना चाहते हों, तो यह सकारात्मक उत्तर उस सवाल के सभी अंशों पर लागू होगा। परन्तु यदि वे समूचे प्रश्न का उत्तर हाँ में नहीं देना चाहते हों, तो उन्हें चाहिए कि स्पष्टतया बता दें कि उनका जवाब प्रश्न के किस अंश पर लागू नहीं होता। पर प्रधान जज ने घड़ी की ओर देखा। तीन बजने में पाँच मिनट रह गए थे। यह सोचकर कि और देर करना ठीक नहीं प्रधान जज ने अपने क़ानूनी तथ्यों का लेखा समेटने का निश्चय किया।

"इस मुक़दमे की मुख्य बातें क्या हैं ?" प्रधान जज ने कहा, और फिर वे सब बातें दोहराने लगा, जो कई बार सरकारी वकील, अन्य वकीलों तथा गवाहों द्वारा कही जा चुकी थीं।

प्रधान जज अपना भाषण देता गया। उसके साथ बैठे जज बड़े ध्यान से उसका भाषण सुनते रहे। पर किसी-किसी वक़्त आँख उठाकर घड़ी की ओर देख लेते। उनके विचार में प्रधान जज का भाषण कुछ ज़्यादा लम्बा था, लेकिन था बहुत अच्छा। ऐसा ही होना चाहिए था। सरकारी वकील, अन्य वकील तथा अदालत में बैठे सभी लोगों का यही विचार था। प्रधान जज ने अपनी अन्तिम टिप्पणियाँ समाप्त कीं।

जान पड़ा जैसे सब कुछ कहा जा चुका है। लेकिन नहीं। प्रधान जज को बोलने का अधिकार था, और वह इस अधिकार को जल्दी छोड़ देनेवाला नहीं था। अपनी आवाज़ सुनते हुए उसे बड़ा आनन्द आ रहा था। अपना लहजा बड़ा प्रभावशाली लग रहा था। इसलिए उसने उचित समझा कि जूरी के सदस्यों को उनके अधिकारों के बारे में भी दो शब्द कह दे, कि उन्हें अपने अधिकारों का किस भाँति उचित प्रयोग करना चाहिए और अनुचित प्रयोग नहीं करना चाहिए। उन्हें यह नहीं भूलना चाहिए कि उन्होंने शपथ ले रखी है, कि वे समाज के अन्तःकरण हैं। जो बातें वे अपने कमरे में करें उन्हें पवित्र मानें और उनका भेद बाहर किसी को न दें, इत्यादि, इत्यादि।

जबसे प्रधान जज ने बोलना शुरू किया था, मास्लोवा की आँखें उसके चेहरे पर गड़ी हुई थीं, मानो उसे डर हो कि कहीं कोई शब्द छूट न जाए। इधर नेख़्लूदोव मास्लोवा के चेहरे की ओर देखे जा रहा था, क्योंकि उसे अब यह डर नहीं था कि वह उसकी ओर देखने लगेगी। जब हम मुद्दत के बाद किसी परिचित चेहरे को देखते हैं तो सबसे पहले हमारा ध्यान उन बाहरी तबदीलियों की ओर जाता है जो उस अर्से में उस पर घटी हैं। फिर धीरे-धीरे वह चेहरा अधिकाधिक अपने पहले रूप जैसा लगने लगता है, और जो परिवर्तन उसमें समय के कारण हुए हैं वे आँखों से ओझल होने लगते हैं और हमारे आन्तरिक नेत्रों के सामने उसके विलक्षण, एकमात्र

आध्यात्मिक व्यक्तित्व का मुख्य भाव उभरकर सामने आ जाता है।

और यही नेख़्लूदोव अनुभव कर रहा था।

मास्लोवा ने क़ैदियों का लिबास पहन रखा था। उसका शरीर गदरा गया था। छातियाँ उभर आई थीं। चेहरे का निचला हिस्सा भर गया था। माथे और कनपटियों पर कुछेक झुर्रियाँ नज़र आने लगी थीं। आँखें सूजी हुई थीं। पर इन सब तबदीलियों के बावजूद यह वही कात्यूशा थी जो उस ईस्टर के दिन अपने निष्कपट, प्रेमपूर्ण नेत्रों से नेख़्लूदोव की ओर देखती रही थी, जिसे वह हृदय से प्रेम करती थी। तब उसकी प्रेमभरी, हँसती आँखों में ख़ुशी और जीवन की उमंगें छलछला रही थीं।

"कितने बरसों से मैंने उसे नहीं देखा। अजीब बात है कि आज ही यह मुक़दमा पेश होना था जब मैं जूरी का सदस्य हूँ और यह एक क़ैदी की हालत में, मुजरिमों के कटघरे में मेरे सामने खड़ी है। इस मामले का अन्त क्या होगा? काश कि यह मुक़दमा जल्दी-से-जल्दी ख़त्म हो पाए!"

उसके दिल में पश्चाताप की भावना उठने लगी, परन्तु नेख़्लूदोव ने उसे दबा दिया। वह चाहता था कि इसे केवल एक आकस्मिक घटना मात्र ही समझे, जो शीघ्र ही टल जाएगी और उसका कोई असर उसकी जीवन-चर्या पर नहीं पड़ेगा। उसे अपनी स्थिति उस पिल्ले की सी लग रही थी जो किसी स्थान को अपने मल-मूत्र से गन्दा कर देता है और उसका मालिक उसे गरदन से पकड़कर उसी जगह ले आता है, और उसकी नाक ज़बरदस्ती उस गन्दगी में घुसेड़ता है ताकि उसे सबक़ आ जाए। पिल्ला किकियाता है, पीछे को हटता है, और अपने दुष्कृत्य के परिणाम से जहाँ तक हो सके दूर भागना चाहता है, परन्तु उसका निर्मम मालिक उसे छोड़ता नहीं। उसी तरह नेख़्लूदोव को महसूस होने लगा था कि उसने कैसा घृणित काम किया। साथ ही वह मालिक के बलिष्ठ हाथ का भी अनुभव कर रहा था। परन्तु अभी तक वह अपने दुष्कृत्य की गम्भीरता को पूर्णतया समझ नहीं पाया था, और यह मानने से इनकार कर रहा था कि उसे किसी मालिक ने पकड़ा हुआ है। वह यह मानना नहीं चाहता था कि जो कुछ वह देख रहा है वह उसी के दुष्कृत्य का परिणाम है। परन्तु मालिक का निर्मम हाथ उसे पकड़े हुए था, और नेख़्लूदोव को पूर्वाभास-सा हो रहा था कि वह भाग नहीं पाएगा। उसका धैर्य अब तक क़ायम था, और वह जूरी की पहली पंक्ति में रोज़ की तरह, बड़ी स्थिरता और आत्मविश्वास के साथ, बड़े आराम से एक टाँग दूसरी टाँग पर रखे कुर्सी पर बैठा था, और हाथ में अपनी ऐनक हिला-डुला रहा था। परन्तु आत्मा की गहराइयों में उसे सारा वक़्त अपने दुष्कृत्य की क्रूरता, कायरपन और नीचता नज़र आ रही थी। केवल इसी दुष्कृत्य की नहीं, बल्कि उसे अपने समूचे जीवन की भी स्वार्थान्धता, अधःपतन, क्रूरता और निष्क्रियता का बोध हो रहा था। एक भयानक पर्दा था जो, न मालूम कैसे, इस पाप को तथा पिछले बारह साल के जीवन को उसकी आँखों से छिपाए हुए था। आज वह पर्दा हिलने लगा था, और उसे इसके पीछे छिपी चीज़ों की झलक मिलने लगी थी।

23

आख़िर प्रधान जज ने अपना भाषण समाप्त किया, और बड़े ख़ूबसूरत अन्दाज़ से प्रश्नों की सूची उठाकर जूरी के मुखिया के हाथ में दी, जो उसे लेने के लिए आगे बढ़ आया। जूरी के सदस्यों ने चैन की साँस ली कि अब अपने कमरे में जा पाएँगे और उठ-उठकर अदालत से बाहर जाने लगे। बाहर जाते हुए वे ऐसे लग रहे थे मानो किसी बात पर लज्जित महसूस कर रहे हों। अब

भी उनकी समझ में नहीं आ रहा था कि अपने हाथ कहाँ पर रखें। ज्यों ही वे अपने कमरे में अन्दर पहुँचे तो दरवाज़ा बन्द कर दिया गया और एक हथियारबन्द सिपाही दरवाज़े के बाहर आकर खड़ा हो गया। उसने म्यान में से तलवार निकाली और उसे कन्धे पर रखकर पहरा देने लगा। जज भी अदालत के कमरे में से उठ गए। क़ैदियों को भी बाहर ले जाया गया।

जूरी के सदस्यों ने कमरे में पहुँचते ही पहले की तरह अपने सिगरेट सुलगाए। जितनी देर तक वे अदालत में बैठे रहे थे, उन सब को अपनी स्थिति किसी हद तक अस्वाभाविक और झूठी लगती रही थी। पर अपने कमरे में पहुँचकर, सिगरेट सुलगाते ही, यह भावना जाती रही थी। उन्होंने इत्मिनान की साँस ली और बैठते ही बड़े जोश से एक दूसरे के साथ बातें करने लगे।

"लड़की निर्दोष है, वह इस मामले में फँस गई है," दयालुस्वभाव व्यापारी बोला। "हमें सिफ़ारिश करनी चाहिए कि इसे क्षमा कर दिया जाए।"

"इसी बात पर तो हमें विचार करना है," मुखिया कहने लगा, "हमें अपनी निजी भावनाओं को बहुत महत्व नहीं देना चाहिए।"

"प्रधान जज का भाषण अच्छा था," कर्नल बोला !

"खाक अच्छा था, मुझे तो नींद आने लगी थी !"

"मुख्य बात तो यह है कि अगर मास्लोवा नौकरों के साथ नहीं मिली थी तो नौकरों को रुपए का पता ही नहीं चल सकता था," यहूदी क्लर्क बोला।

"तो आप क्या समझते हैं, रुपए मास्लोवा ने चुराए हैं ?" जूरी के एक सदस्य ने पूछा।

"मैं कभी भी यह नहीं मान सकता," दयालु स्वभाव व्यापारी बोला, "यह सब उस लाल-लाल आँखोंवाली चुड़ैल की करतूत है।"

"सभी छटे हुए बदमाश हैं," कर्नल ने कहा।

"पर वह तो कहती है कि उसने कमरे के अन्दर पाँव तक नहीं रखा था।"

"तो तुम उसकी बात मानोगे ? कुछ भी हो जाए, मैं उस डायन की बात तो कभी भी नहीं मान सकता।"

"तुम्हारे मानने या न मानने से तो इस सवाल का फ़ैसला नहीं हो जाएगा," क्लर्क बोला।

"चाभी तो लड़की के पास थी।"

"तो क्या हुआ ?" व्यापारी झट से बोल उठा।

"और अँगूठी भी।"

"पर क्या लड़की ने सब बात साफ़-साफ़ नहीं बता दी ?" व्यापारी ने फिर चिल्लाकर कहा। "वह आदमी अपने मिज़ाज का था, और कुछ ज़्यादा पी भी गया था। उसने लड़की को एक घूँसा जमा दिया। सीधी-सी बात है। उसके बाद उसे अफ़सोस हुआ–स्वाभाविक बात है, और उसने कहा, बस, बस, रोओं नहीं, यह लो, यह ले लो। कहते हैं उसका क़द छः फुट पाँच इंच था। वज़न भी कम-से-कम तीन मन रहा होगा।"

"सवाल यह नहीं है," प्योत्र गेरासिमोविच कहने लगा, "सवाल यह है कि इस मामले की जड़ में कौन है ? यह लड़की या नौकर ? इनमें से किसको इसका ख़याल आया और किसने बाक़ियों को उकसाया ?"

"नौकर अकेले यह काम नहीं कर सकते थे। चाभी लड़की के पास थी।"

इस तरह की फुटकर बातें काफ़ी देर तक चलती रहीं। अन्त में मुखिया ने कहा–

"क्षमा कीजिए, क्या यह बेहतर नहीं होगा कि हम मेज़ पर बैठकर इस मामले पर विचार

करें? आइए, चलिए।'' और वह जाकर अध्यक्ष की कुर्सी पर बैठ गया।

''लेकिन ये रंडियाँ जो न करें वह थोड़ा,'' क्लर्क बोला। उसकी राय में मास्लोवा मुजरिम थी। और इस राय की पुष्टि में वह सुनाने लगा कि किस तरह एक दिन एक सड़क पर उसके किसी दोस्त को एक रंडी मिली जिसने उसकी घड़ी चुरा ली।

यह सुनकर कर्नल को भी एक घटना याद हो आई, जा इससे भी ज़्यादा रोचक थी और जिसमें चाँदी की समोवार चुराई गई थी।

''सज्जनों, मेरी प्रार्थना है कि आप इन प्रश्नों को सुनें,'' मुखिया ने पेंसिल से मेज़ को ठोकते हुए कहा।

सब चुप हो गए।

प्रश्नों को इस तरह पेश किया गया था–

1. क्या सीमन कार्तीनकिन–किसान, उम्र तैंतीस वर्ष, गाँव बोर्की ज़िला क्रपीवेन्स्की–इस बात का मुजरिम है कि उसने 17 जनवरी, 188... के दिन और लोगों से मिलकर...नामक शहर में स्मेल्कोव नामक व्यापारी को ब्रांडी में ज़हर मिलाकर पिलाया, इस इरादे से कि उसे मारकर उसका रुपया लूट लिया जाए, जिसके परिणामवश स्मेल्कोव की मृत्यु हो गई? क्या वह इस बात का भी मुजरिम है कि इसने उस आदमी से लगभग दो हजार पाँच सौ रूबल नक़द और एक अँगूठी चुरा ली?

2. क्या येवफ़ीमिया इवानोव्ना बोच्कोवा, उम्र 43 वर्ष, इस बात की मुजरिम है कि उसने उपरोक्त अपराध किए हैं?

3. क्या येकातेरीना मिख़ाइलोव्ना मास्लोवा, उम्र 27 वर्ष, इस बात की मुजरिम है कि उसने उपरोक्त पहले सवाल में दिए गए अपराध किए हैं?

4. यदि क़ैदी येवफ़ीमिया बोच्कोवा ने वह अपराध नहीं किया जिसका उल्लेख पहले प्रश्न में किया गया है तो क्या वह इस बात की मुजरिम है कि उसने 17 जनवरी, 188...को ...शहर में, जहाँ वह होटल ''माव्रीतानिया'' में मुलाज़िम थी, होटल के एक मेहमान, व्यापारी स्मेल्कोव के बैग में से, जिस पर ताला चढ़ा हुआ था, और जो उपरोक्त व्यापारी के कमरे में रखा था, 2,500 रूबल की रक़म चुरा ली? और इस काम के लिए उसने बैग पर लगे ताले को उसी द्वारा लाई चाभी लगाकर खोला?

मुखिया ने पहला सवाल पढ़कर सुनाया।

'' तो सज्जनो, आपकी क्या राय है ?''

इस प्रश्न का उत्तर मिलने में देर नहीं लगी। सभी ने एकमत होकर कहा–''मुजरिम है !'' उन्हें विश्वास था कि ज़हर देने और चोरी करने, दोनों कामों में कार्तीनकिन का हाथ था। केवल एक बूढ़े मज़दूर की राय इससे भिन्न थी। प्रत्येक प्रश्न के उत्तर में उसने एक ही जवाब दिया था कि बरी कर दिया जाए।

मुखिया ने समझा कि सवाल उसकी समझ में नहीं आया, इसलिए वह उसे बताने लगा कि किस तरह हर बात से कार्तीनकिन और बोच्कोवा का अपराध सिद्ध होता है। जवाब में बूढ़े ने कहा कि मैं सवाल को भली-भाँति समझता हूँ पर अब भी समझता हूँ कि यह बेहतर होगा कि उस पर दया की जाए। ''हम ख़ुद भी कोई सन्त नहीं हैं,'' उसने कहा और अपनी राय पर अड़ा रहा।

दूसरे सवाल पर जिसका सम्बन्ध बोच्कोवा से था बहुत बहस हुई, बहुत शोर-गुल हुआ, परन्तु अन्त में यही कहा गया कि ''मुज़रिम नहीं है''। उसके विरुद्ध कोई स्पष्ट प्रमाण नहीं था कि

ज़हर देने में उसका कोई हाथ था। इस तथ्य पर उसके वकील ने भी बहुत बल दिया था।

व्यापारी मास्लोवा को बरी करवाना चाहता था। इसलिए उसने इस बात पर ज़ोर दिया कि अपराध की जड़ बोच्कोवा ही थी। जूरी के बहुत से सदस्यों का भी यही ख़याल था। लेकिन मुखिया बड़ा क़ानूनी आदमी था, उसने कहा कि हमारे पास कोई प्रमाण नहीं जिसके आधार पर हम कह सकें कि ज़हर देने में बोच्कोवा ने भाग लिया। बड़ी बहस हुई, पर अन्त में मुखिया की राय ही सबको माननी पड़ी।

लेकिन चौथे सवाल के जवाब में, जिसका सम्बन्ध भी बोच्कोवा से था, कहा गया कि "मुजरिम है"। परन्तु बूढ़े मज़दूर के आग्रह पर सिफ़ारिश की गई कि उसे क्षमा कर दिया जाए।

तीसरे सवाल पर बड़ी गरमागरम बहस हुई। यह मास्लोवा के बारे में था। मुखिया का कहना था कि ज़हर देने और चोरी करने, दोनों में वह अपराधी थी। लेकिन व्यापारी इसका विरोध करता था। कर्नल, क्लर्क और बूढ़े मज़दूर ने व्यापारी का पक्ष लिया, बाक़ी लोग असमंजस में थे। नतीजा यह हुआ कि मुखिया की राय ज़ोर पकड़ने लगी। इसका मुख्य कारण यह था कि सभी थक गए थे, और ऐसा मत अपनाना चाहते थे जिससे जल्दी-जल्दी किसी फ़ैसले पर पहुँच सकें ताकि छुट्टी हो।

नेख़्लूदोव को यक़ीन था कि मास्लोवा निर्दोष है। उसने न चोरी की है और न ही ज़हर दिया है। उसने आज जो कुछ देखा, और जो कुछ वह मास्लोवा के बारे में पहले से जानता था, उसके आधार पर वह इस नतीजे पर पहुँचा, और उसे यक़ीन था कि बाक़ी सब लोग भी इसी नतीजे पर पहुँचेंगे। व्यापारी के तर्क बड़े बैडोल से थे (प्रत्यक्षतः इनका आधार मास्लोवा का शारीरिक आकर्षण था जिसपर व्यापारी लट्टू हो रहा था, और जिसे छिपाने की व्यापारी ने कोई कोशिश भी नहीं की थी)। उधर मुखिया अपनी बात पर अड़ा हुआ था। और सबसे बड़ी बात यह थी कि लोग थक गए थे। इन सब बातों के कारण इस बात की सम्भावना बढ़ने लगी थी कि मास्लोवा को मुजरिम करार दिया जाएगा। जब नेख़्लूदोव ने यह देखा तो वह चिन्तित हो उठा और उसका मन चाहा कि उठकर अपनी राय दे। लेकिन वह डर रहा था कि कहीं लोगों को मास्लोवा के साथ उसके सम्बन्ध का पता न चल जाए। पर फिर भी उसने सोचा कि यदि इसी तरह चलता रहा तो मामला हाथ से निकल जाएगा। शर्माते-सकुचाते हुए उसने बोलने का निश्चय किया, उसका चेहरा भी पीला पड़ गया। पर ऐन उसी वक़्त प्योत्र गेरासिमोविच ने एतराज़ उठाने शुरू कर दिए और वही बात कहने लगा जो नेख़्लूदोव कहना चाहता था। मुखिया को अफ़सरों की तरह बातें करते देखकर वह झल्ला उठा था।

"मुझे भी एक मिनट के लिए बोलने की इजाज़त दीजिए," वह बोला, "आप यह समझते जान पड़ते हैं कि चूँकि चाभी मास्लोवा के पास थी इसलिए चोरी भी उसी ने की है। क्या यह नौकरों के लिए कहीं ज़्यादा आसान नहीं था कि मास्लोवा के होटल में से चले जाने के बाद वे कोई दूसरी चाभी लगाकर बैग खोल लेते?"

"क्यों नहीं, क्यों नहीं," व्यापारी ने कहा।

"यह सम्भव ही नहीं कि उसने रुपया लिया हो। रुपया ले लेती तो उसकी समझ में ही नहीं आता कि उसके साथ करे क्या।"

"यही तो मैं कहता हूँ," व्यापारी बोला।

"हाँ, यह मुमकिन है कि मास्लोवा के होटल में आने पर ही उन्हें चोरी करने का ख़याल आया। इसके बाद उन्होंने मौक़े का फ़ायदा उठाया और सारा दोष मास्लोवा के सिर मढ़ दिया।"

प्योत्र गेरासिमोविच इतना चिढ़कर बोला कि उसे सुनकर मुखिया भी चिढ़ उठा। उसने ज़िद्द पकड़ ली और उसकी बात का विरोध करने लगा। पर प्योत्र गेरासिमोविच की बातें जूरी के सदस्यों को इतनी तर्कसंगत जान पड़ीं कि उनमें से अधिकांश उसके हक़ में हो गए, और यह निश्चय किया कि मास्लोवा ने रुपए नहीं चुराए और अँगूठी भी उसे दी गई थी, उसने ख़ुद नहीं ली। पर जब यह सवाल उठा कि ज़हर देने में उसका कोई हाथ था या नहीं तो व्यापारी बड़े जोश के साथ बोला कि इस अपराध से भी उसे बरी कर दिया जाना चाहिए, क्योंकि उसके ज़हर देने का कोई प्रयोजन ही नहीं हो सकता था। जवाब में मुखिया ने कहा कि उसे किसी सूरत में भी बरी नहीं किया जा सकता क्योंकि उसने स्वयं अपना जुर्म क़बूल किया है और कहा है कि उसने पाउडर दिया।''

''हाँ, मगर यह समझकर कि वह अफ़ीम थी।''

''अफ़ीम से भी तो आदमी मर सकता है,'' कर्नल ने कहा। कर्नल का ध्यान किसी बात पर भी ज़्यादा देर तक टिक नहीं सकता था। उसने बताना शुरू किया कि एक बार उसके साले की पत्नी ने कुछ ज़्यादा मात्रा में अफ़ीम खा ली। अगर पड़ोस में ही डाक्टर नहीं रहता होता, और वक़्त पर इलाज न हो जाता तो वह ज़रूर मर जाती। कर्नल ने यह कहानी इतने रोचक ढंग से सुनाई, इतनी स्थिरता और बड़प्पन के साथ कि बीच में बोलने का किसी को भी साहस नहीं हुआ। पर उसकी कहानी सुनकर, छूत की बीमारी की तरह, क्लर्क को भी एक कहानी याद हो आई।

''कई लोगों को अफ़ीम खाने की आदत पड़ जाती है, यहाँ तक कि चालीस-चालीस बूँदों तक वे चढ़ा जाते हैं। मेरा एक रिश्तेदार था...''

परन्तु कर्नल की उसका इस तरह विघ्न डालना पसन्द नहीं था। उसने अपनी कहानी जारी रखी और सुनाने लगा कि अफ़ीम की उसके साले की पत्नी पर क्या असर हुआ।

''सज्जनों, यह मत भूलिए कि पाँच बजा चाहते हैं,'' जूरी का एक सदस्य बोला।

''अच्छी बात है, तो सज्जनों, बताइए, क्या निश्चय हुआ?'' मुखिया ने पूछा। ''क्या हम यह कहें कि उसने अपराध तो किया है लेकिन चोरी करने का उसका इरादा नहीं था? न ही कोई चीज़ उठाने का? क्या यह काफ़ी होगा?''

प्योत्र गेरासिमोविच सहमत हो गया। उसे इस बात की ख़ुशी थी कि उसकी जीत हुई है।

''पर हमें यह सिफ़ारिश करनी चाहिए कि उसे क्षमादान दिया जाए,'' व्यापारी बोला।

सभी सहमत हो गए। केवल बूढ़ा मज़दूर बार-बार यही कहता रहा कि उन्हें यह घोषणा करनी चाहिए कि वह मुजरिम नहीं है।

''एक ही बात है,'' मुखिया ने समझाया, ''चोरी करने का इरादा नहीं था, और कोई चीज़ नहीं उठाई। इसलिए स्पष्ट है कि वह बेक़सूर है।''

''अच्छी बात है। यही ठीक रहेगा। और हम सिफ़ारिश करते हैं कि उसे क्षमादान दिया जाए,'' व्यापारी ने ख़ुशी-ख़ुशी कहा।

वे सब इस क़दर थके हुए थे, और बहस के कारण यहाँ तक अपनी सुध-बुध खो बैठे थे कि किसी को भी यह नहीं सूझा कि साथ में यह भी जोड़ दें कि मास्लोवा ने पाउडर देने का अपराध तो किया है परन्तु उसका कोई इरादा जान लेने का नहीं था।

नेख़्लूदोव इतना उत्तेजित था कि इस छूट की ओर उसका ध्यान ही नहीं गया। बस जैसा फ़ैसला हुआ था उसके अनुसार जवाब लिख डाले गए और जूरी उन्हें अदालत में ले चले।

रब्ले ने एक जगह एक जज का जिक्र किया है जो किसी मुक़दमे की पैरवी करते समय तरह-तरह के क़ानूनों के हवाले देता, कितने ही पन्ने न्याय-ग्रन्थों में से लातीनी ज़बान के पढ़कर

सुनाता और इसके बाद मुद्दई-मुद्दालेह से कहता कि पासा फेंककर फ़ैसला कर लीजिए, अगर पासा जिस्त में बैठे तो मुद्दई ठीक कहता, और जो ताक में बैठे तो मुद्दालेह।

इस मुक़दमे की भी वैसी ही स्थिति थी। यह फ़ैसला इसलिए नहीं किया गया कि सभी इससे सहमत थे, बल्कि इसलिए कि प्रधान जज अपने लम्बे भाषण में वह बात बताना भूल गया था जो वह हमेशा ऐसे मौक़ों पर बता दिया करता था कि इन प्रश्नों के उत्तर में यह भी लिखा जा सकता है–"क़ुसूरवार है, लेकिन इसका इरादा जान लेने का नहीं था।" इसलिए भी कि कर्नल बड़ी देर तक अपने साले की बीवी की कहानी सुनाता रहा था। और नेख़्लूदोव इतना उत्तेजित हो उठा था कि इस शर्त की ओर–"इरादा जान लेने का नहीं था"–उसका ध्यान ही नहीं गया। उसका ख़याल था कि एक शब्द लिख देने से ही कि "लूटने का इरादा नहीं था", फ़र्देजुर्म रद्द हो जाता है। इसलिए भी कि जब प्रश्न और उनके उत्तर पढ़े जा रहे थे तो प्योत्र गेरासिमोविच कमरे में से बाहर गया हुआ था। पर मुख्य कारण यह था कि सभी थक चुके थे और जल्दी-से-जल्दी छुट्टी करना चाहते थे, इसलिए इस मामले को ख़त्म करने के लिए जो भी फ़ैसला किया जा सके उससे सहमत होने के लिए तैयार थे।

जूरी ने घंटी बजाई। हथियारबन्द सिपाही ने, जो बाहर पहरे पर खड़ा था, अपनी तलवार म्यान में रखी और दरवाज़े के सामने से हट गया। जज अपनी-अपनी जगह पर बैठ गए, और एक-एक करके जूरी के सदस्य बाहर आने लगे।

मुखिया जवाबों का काग़ज़ उठाए बड़ी गम्भीरता से अदालत में दाख़िल हुआ और उस प्रधान जज के हाथ में दे दिया। प्रधान जज ने उसे पढ़ा, और हैरान होकर हाथ हिलाया, फिर अपने साथियों से मशविरा करने लगा। प्रधान जज को इस बात का अचम्भा हुआ था कि जहाँ पंचों ने यह शर्त तो लिख दी कि "लूटने का इरादा नहीं था" वहाँ दूसरी शर्त नहीं लिखी, कि "जान लेने का इरादा नहीं था"। जूरी के फ़ैसले का तो यह मतलब निकलता था कि मास्लोवा ने न चोरी की है, न लूटा है, लेकिन फिर भी बिना किसी प्रत्यक्ष कारण के एक आदमी को ज़हर दे डाला है।

"कैसा बेहूदा फ़ैसला है," प्रधान जज ने बाएँ हाथ बैठे जज से फुसफुसाकर कहा। "इसका मतलब है साइबेरिया में क़ैद व मशक़्क़त की सज़ा। और लड़की निर्दोष है।"

"क्या आप समझते हैं कि लड़की निर्दोष है ?"

"हाँ, बिलकुल निर्दोष है। मेरे ख़याल में इस केस पर धारा 818 लागू की जानी चाहिए (धारा 818 के अनुसार यदि अदालत जूरी के फ़ैसले को अन्यायपूर्ण समझे तो उसे रद्द कर सकती है)।

"आपका क्या ख़याल है ?" प्रधान जज ने दूसरे जज से पूछा।

दयालु स्वभाव जज ने फ़ौरन जवाब नहीं दिया। उसके सामने एक काग़ज़ पर किसी संख्या के अंक लिखे थे। उसने इन अंकों को जोड़ा और तीन पर तक़सीम किया। लेकिन वह तीन पर तक़सीम नहीं हो सका। उसने मन में फ़ैसला किया था कि अगर जोड़ तीन पर तक़सीम हो गया तो वह प्रधान जज से सहमत हो जाएगा। पर अब तक़सीम न होने पर भी, चूँकि वह दयालु स्वभाव पुरुष था, इसलिए सहमत हो गया।

"मैं भी सोचता हूँ कि उस धारा को लागू करना चाहिए," वह बोला।

"और आप ?" प्रधान जज ने गम्भीर जज को सम्बोधित करते हुए पूछा।

"हरगिज़ नहीं," उसने दृढ़ता से जवाब दिया, "पहले ही अख़बारों में ख़बरें छपती रहती हैं कि जूरी क़ैदियों को बरी करते रहते हैं। अब अगर जजों ने बरी करना शुरू कर दिया तो लोग क्या कहेंगे। मैं किसी सूरत में भी इससे सहमत नहीं हो सकता।

प्रधान जज ने घड़ी निकालकर देखी।

"बड़े अफ़सोस की बात है, मगर किया क्या जाए ?" और उसने काग़ज़ मुखिया को पढ़कर सुनाने के लिए दिया।

सभी उठ खड़े हुए। मुखिया ने एक पाँव पर से अपना बोझ हटाकर दूसरे पाँव पर रखा, खाँसा, और फिर प्रश्न और उत्तर पढ़ने शुरू कर दिए। अदालत में सभी लोग–सेक्रेटरी, वकील, यहाँ तक कि सरकारी वकील भी–हैरान रह गए।

क़ैदी अचेत से बैठे थे। ज़ाहिर था कि इन जवाबों का मतलब उनकी समझ में नहीं आया। सब लोग बैठ गए। प्रधान जज ने सरकारी वकील से अभियुक्तों को सज़ा तजवीज़ करने के लिए कहा।

सरकारी वकील को इस सफलता की आशा नहीं थी। वह खुश था कि मास्लोवा को सज़ा दिलाने में कामयाब हुआ है, और समझता था कि इसका श्रेय उसकी वाक्पटुता को है। उसने यथावश्यक निर्देशपुस्तकें देखीं, और उठकर बोलने लगा–

"मैं चाहता हूँ कि सीमन कार्तीनकिन को धारा 1452 तथा धारा 1453 के चौथे पैरे के अनुसार सज़ा दी जाए; येवफ़ीमिया बोच्कोवा को धारा 1659 के अनुसार और येकातेरीना मास्लोवा को धारा 1454 के अनुसार।"

तीनों सजाएँ बेहद कड़ी थीं। इनसे ज़्यादा कड़ी सजाएँ नहीं दी जा सकती थीं।

"सज़ाओं पर विचार करने के लिए अदालत की कार्यवाही कुछ समय के लिए स्थगित की जाती है," प्रधान जज ने उठते हुए कहा।

उसके उठने के बाद सभी लोग उठ खड़े हुए। कोई बाहर चला गया और कोई वहीं टहलने लगा। सब ख़ुश थे कि एक काम अच्छी तरह सम्पन्न हो गया।

मुखिया नेख़्लूदोव के पास खड़ा उसे कुछ बता रहा था। इतने में प्योत्र गेरासिमोविच पास आकर नेख़्लूदोव से बोला–

"क्या आपको मालूम है कि हमने तो सारा मामला ही ख़राब कर दिया है ? लड़की तो अब साइबेरिया की हवा खाएगी।"

"क्या कह रहे हो?" नेख़्लूदोव ने चिल्लाकर कहा। अब की उसे इस अध्यापक की बेतकल्लुफ़ी बुरी नहीं लगी।

"हम लोगों ने जवाब में यह नहीं लिखा कि कुसूरवार तो है लेकिन इसका इरादा जान लेने का नहीं था। सेक्रेटरी ने अभी-अभी मुझे बताया है कि सरकारी वकील उसे पन्द्रह साल कड़ी क़ैद की सज़ा दिलवा रहा है।"

"तो क्या हुआ ? यही तो निश्चय हुआ था," मुखिया बोला।

प्योत्र गेरासिमोविच ने इसका विरोध किया, कहने लगा कि चूँकि उसने रुपया नहीं चुराया इसलिए ज़ाहिर है कि उस आदमी को मारने का इसका कोई इरादा नहीं हो सकता था।

"लेकिन बाहर निकलने से पहले मैंने सब जवाब पढ़कर सुना दिए थे" मुखिया ने अपनी सफ़ाई देते हुए कहा। "उस वक़्त किसी ने कोई एतराज़ नहीं उठाया।"

"मैं उसी वक़्त कमरे से बाहर गया था," प्योत्र गेरासिमोविच बोला, फिर नेख़्लूदोव की ओर मुड़कर बोला, "आपका दिमाग़ भी उस वक़्त घास चरने गया होगा कि आपने इसकी ओर कोई ध्यान नहीं दिया।"

"मुझे ख़याल ही नहीं था," नेख़्लूदोव कहने लगा।

"ख़याल नहीं था?"

"पर हम अब भी तो इसे ठीक कर सकते हैं," नेख़्लूदोव बोला।

"जी नहीं, अब कुछ नहीं हो सकता। मामला ख़त्म हो गया है।"

नेख़्लूदोव ने क़ैदियों की ओर देखा। वे लोग, जिनकी क़िस्मत का फ़ैसला होने जा रहा था, अब भी डंडहरे के पीछे, सिपाहियों के सामने गतिहीन बैठे थे। मास्लोवा मुस्करा रही थी। नेख़्लूदोव के मन में कुविचार उठा। अब तक उसे आशा थी कि मास्लोवा बरी हो जाएगी। लेकिन यह सोचकर कि वह इसी शहर में रहने लगेगी उसकी समझ में नहीं आ रहा था कि उसके प्रति वह कैसा रवैया अपनाए। उसके साथ अब किसी प्रकार का भी सम्बन्ध रखना बड़ा कठिन था। यदि उसे कड़ी मशक़्क़त की सज़ा देकर साइबेरिया भेज दिया गया तो उसके प्रति कोई रवैया अपनाने का सवाल ही नहीं उठेगा। जख़्मी परिन्दा शिकारी के बैग में ही छटपटा-छटपटाकर दम तोड़ देगा और शिकारी को उसकी याद तक नहीं आएगी।

24

प्योत्र गेरासिमोविच का अनुमान ठीक निकला।

प्रधन जज विचार-कक्ष में से निकलकर वापस आया। उसके हाथ में एक क़ागज़ था जिसे उसने पढ़ना शुरू कर दिया :

"तिथि 18 अप्रैल 188...। महाराजाधिराज के अदेशानुसार, जूरी के निश्यच तथा ज़ाब्ता फ़ौजदारी की धारा 771 के भाग 3, धारा 776 के भाग 3 और धारा 777 के आधार पर अदालत फ़ौजदारी किसान सीमन कार्तीनकिन, उम्र 33 साल और मेश्चान्का येकातेरीना मास्लोवा, उम्र 27 साल को सब प्रकार के सम्पत्ति-अधिकारों से वंचित करके दोनों को कड़ी मशक़्क़त की सज़ा देकर साइबेरिया में भेजती है–कार्तीनकिन को 8 साल के लिए और मास्लोवा को 4 साल के लिए–उन्हीं अनुवर्ती परिणामों के साथ जिनका उल्लेख ज़ाब्ता फ़ौजदारी की धारा 28 में किया गया है। मेश्चान्का बोच्कोवा, उम्र 43 साल, को सभी विशिष्ट निजी व अनुप्राप्त अधिकारों से वंचित करके 3 साल क़ैद की सज़ा दी जाती है, उन्ही अनुवर्ती परिणामों के साथ जिनका उल्लेख ज़ाब्ता फ़ौजदारी की धारा 49 में किया गया है। मुक़दमे का सारा ख़र्च क़ैदी बरदाश्त करेंगे, जो बराबर-बराबर हिस्सों में उनसे वसूल किया जाएगा। यदि अदायगी के पर्याप्त साधन उनके पास नहीं होंगे तो यह ख़र्च सरकारी ख़ज़ाने में से अदा किया जाएगा। सब शहादती चीज़ें बेच दी जाएँगी, अँगूठी वापस कर दी जाएगी और शीशे के पात्र तोड़ दिए जाएँगे।"

कार्तीनकिन अब भी सीधा तनकर खड़ा हुआ था और उसके गाल फरफरा रहे थे। बोच्कोवा पूर्णतया शान्त नज़र आ रही थी। मास्लोवा ने जब फ़ैसला सुना तो उसका चेहरा लाल हो गया।

"मैंने कोई क़सूर नहीं किया, मेरा कोई दोष नहीं," सहसा वह चिल्ला उठी और उसकी आवाज़ सारे कमरे में गूँज उठी। "यह पाप है। मैं निर्दोष हूँ। मेरी कोई इच्छा उसे... मुझे इसका ख़याल तक नहीं आया। मैं सच कहती हूँ, बिलकुल सच कहती हूँ।" वह बेंच पर ढह गई और बिलख-बिलखकर रोने लगी।

कार्तीनकिन और बोच्कोवा अदालत में से बाहर चले गए। मास्लोवा फिर भी बैठी रोती रही, यहाँ तक कि सिपाही को उसके लबादे की आस्तीन छूकर उसे उठाना पड़ा।

जो बुरे विचार नेख़्लूदोव के मन में उठे थे, वे सब ग़ायब हो गए। "इस मामले को यहीं

पर नहीं छोड़ा जा सकता, नामुमकिन है,'' उसने मन-ही-मन कहा और बरामदे में तेज़-तेज़ चलता हुआ मास्लोवा के पीछे जाने लगा। न जाने क्यों, वह उसे फिर एक बार देख लेना चाहता था। दरवाज़े पर लोगों की ख़ासी भीड़ जमा हो गई थी। वकील और जूरी के सदस्य बाहर निकल रहे थे। वे ख़ुश थे कि काम समाप्त हुआ। नेख़्लूदोव को कुछ देर इन्तज़ार करना पड़ा, इसलिए जब वह बरामदे में निकलकर आया तो मास्लोवा बहुत दूर जा चुकी थी। वह फिर तेज़-तेज़ चलता हुआ, बिना इस बात की परवाह किए कि लोग उसे देख रहे होंगे, उसके पीछे-पीछे जाने लगा। वह उसके पास जा पहुँचा, फिर आगे निकल गया और एक जगह रुककर उसकी ओर देखने लगा। वह अब रो नहीं रही थी, केवल सिसकियाँ भर रही थी, और सिर पर बँधे रूमाल के एक कोने से मुँह पोंछ रही थी। उसका चेहरा लाल हो रहा था और उस पर जगह-जगह धब्बे पड़े हुए थे। उसने नेख़्लूदोव की ओर नहीं देखा और आगे निकल गई। इसके बाद नेख़्लूदोव भागा हुआ प्रधान जज को मिलने गया। प्रधान जज अदालत के कमरे में से जा चुका था। नेख़्लूदोव उसके पीछे-पीछे ड्योढ़ी में जा पहुँचा जहाँ प्रधान जज अपना हलका भूरे रंग का ओवरकोट पहन रहा था और अर्दली से अपनी चाँदी की मूठवाली छड़ी ले रहा था। नेख़्लूदोव सीधा उसके पास चला गया।

''जनाब, इजाज़त हो तो मैं आपसे कुछ कहना चाहता हूँ। यह इस मुक़दमे के बारे में है जिसका अभी-अभी फ़ैसला हुआ है। मैं जूरी का एक सदस्य हूँ।''

''ज़रूर, ज़रूर, प्रिन्स नेख़्लूदोव, मुझे ख़ुशी होगी। मैं सोचता हूँ हम पहले एक दूसरे को मिल चुके हैं,'' प्रधान जज ने नेख़्लूदोव का हाथ दबाते हुए कहा। उसे वह शाम याद हो आई जब वह पहली बार नेख़्लूदोव से मिला था। और याद आते ही उसका मन ख़ुशी से भर उठा। उस शाम वह दिल खोलकर नाचा था और इतना बढ़िया कि वहाँ नाचनेवाले युवक भी देखते रह गए थे। ''मैं आपकी क्या ख़िदमत कर सकता हूँ?''

''मास्लोवा के बारे में जो जवाब दिया गया, उसमें एक भूल हो गई। उस पर ज़हर देने का जुर्म नहीं है फिर भी उसे बामशक़्क़त कड़ी सज़ा दी गई है,'' नेख़्लूदोव ने कहा। वह अनमना और उदास लग रहा था।

''आपके जवाबों की ही बिना पर अदालत ने सज़ा दी है,'' दरवाज़े की ओर जाते हुए प्रधान जज ने कहा। ''हालाँकि आपके जवाब जजों को भी असंगत से लगते थे।''

उसे याद आया कि वह जूरी को यह बताने जा ही रहा था कि अभियुक्त को ''मुजरिम'' क़रार देते वक़्त अगर ये शब्द साथ में न जोड़े जाएँ कि ''जुर्म जान लेने के इरादे से नहीं किया'', तो इसका यही अर्थ लिया जाता है कि जुर्म जानबूझकर मार डालने के इरादे से किया गया। मगर उस वक़्त उसे काम ख़त्म करने की इतनी जल्दी थी कि वह समझाना भूल गया था।

''लेकिन क्या अब इस ग़लती को ठीक नहीं किया जा सकता ?''

''अपील करनी हो तो हमेशा कोई-न-कोई वजह तो मिल ही सकती है। आपको किसी वकील से सलाह लेनी होगी,'' प्रधान जज ने चलते-चलते कहा, और सिर पर तिरछे से अन्दाज़ से टोप पहना।

''लेकिन यह बड़ा जुल्म है।''

''आप जानते हैं, मास्लोवा के सम्बन्ध में दो ही सम्भावनाएँ थीं,'' प्रधान जज ने कहा। ज़ाहिर था कि वह नेख़्लूदोव से यथासम्भव विनम्रता और शिष्टता से बात करना चाहता था। कोट के कॉलर के ऊपर अपने गलमुच्छे ठीक करते हुए उसने हलके से नेख़्लूदोव की कोहनी के नीचे हाथ रखा, और अब भी दरवाज़े की ओर बढ़ते हुए बोला–''आप भी चल रहे हैं ?''

"जी हाँ," नेख़्लूदोव ने कहा, और जल्दी-जल्दी अपना कोट पहनकर उसके साथ हो लिया।

बाहर धूप खिल रही थी, और सड़क पर गाड़ियों के पहियों की गड़गड़ाहट सुनाई दे रही थी, इस कारण उन्हें अपनी आवाज़ ऊँची करके बोलना पड़ा।

"स्थिति बड़ी अजीब-सी है," प्रधान जज ने कहा, "मास्लोवा के सम्बन्ध में दो में से एक ही बात हो सकती थी। या तो उसे थोड़ी-सी क़ैद की सज़ा देकर लगभग बरी कर दिया जाता। और इस बात का ख़याल रखते हुए कि वह जेल में काफ़ी वक़्त पहले ही काट चुकी है, उसे बिलकुल बरी कर दिया जा सकता था। या फिर उसे साइबेरिया भेजा जाता। इनके बीच और कोई रास्ता नहीं था। यदि आप लोग केवल ये शब्द जोड़ देते कि 'उसका जान लेने का इरादा नहीं था' तो वह बरी हो जाती।"

"हाँ, मुझसे बहुत बड़ी भूल हुई, मैं अपने को कभी माफ़ नहीं कर सकता," नेख़्लूदोव ने कहा।

"इसी पर सब बात का दारोमदार है," प्रधान जज ने मुस्कराते हुए कहा, और अपनी घड़ी को देखा।

केवल 45 मिनट बाक़ी रह गए थे। इसके बाद वह अपनी क्लारा को नहीं मिल सकेगा।

"अब यदि आप चाहें तो वकीलों से बात कर देखिए। आपको अपील दायर करने के लिए कोई आधार चाहिए और वह आसानी से मिल जाएगा।" फिर एक गाड़ीवान की ओर मुँह करके बोला, "द्वोर्यान्स्काया चलोगे ? तीस कोपेक दूँगा। इससे ज़्यादा मैं कभी नहीं देता।"

"चलूँगा, हुज़ूर, मैं आपको ले चलूँगा।"

"तो इजाज़त है ? यदि मैं आपकी कोई ख़िदमत कर सकूँ तो शौक़ से मेरे पास तशरीफ़ लाइए। मेरा पता है : द्वोर्यान्स्काया रोड, द्वोर्निकोव भवन। इसे याद रखना आसान है।"

और बड़े दोस्ताना ढंग से झुककर विदा लेते हुए वह गाड़ी में बैठकर रवाना हो गया।

25

प्रधान जज के साथ बात कर लेने से नेख़्लूदोव का मन कुछ हलका हुआ। कुछ इस कारण भी कि बाहर ताज़ा हवा बह रही थी। उसने सोचा कि इतनी तीव्रता से ये भावनाएँ उसके दिल में न उठतीं यदि वह सुबह से इस वक़्त तक इस अजीब से वातावरण में न बैठा रहता।

"सचमुच कैसी विचित्र घटना घटी है, आकस्मिक और विलक्षण! और यह बेहद ज़रूरी है कि यथाशक्ति मैं उसकी सज़ा को कम करवाने की कोशिश करूँ। और वह भी फ़ौरन! मुझे यहीं कचहरी में से ही दर्याफ़्त कर लेना चाहिए कि फ़ानारिन या मिकीशिन कहाँ रहते हैं," दो प्रसिद्ध वकीलों के नाम याद करते हुए उसने मन-ही-मन कहा।

वह कचहरी में लौट आया, और ओवरकोट उतारकर ऊपर चला गया। पहले बरामदे में जाते हुए उसकी स्वयं फ़ानारिन से ही भेंट हो गई। उसने फ़ानारिन को रोक लिया और कहा कि मैं आपको एक काम के सिलसिले में मिलने ही जा रहा था। फ़ानारिन ने नेख़्लूदोव का नाम सुन रखा था, और शक्ल-सूरत से भी उसे पहचानता था। बोला कि जो भी ख़िदमत हो, मैं ख़ुशी से करने के लिए हाज़िर हूँ।

"मैं इस वक़्त कुछ थका हुआ हूँ लेकिन बात लम्बी न हो तो आप बेशक इसी वक़्त मुझे उसके बारे में बता दीजिए। चलिए, इधर अन्दर चले चलिए।"

और वह नेख़्लूदोव को एक कमरे में ले गया जो शायद किसी जज का कमरा था। दोनों मेज़

के सामने बैठ गए।

"कहिए, क्या काम है ?"

"सबसे पहले तो मैं गुज़ारिश करूँगा कि इसे अपने तक ही रखिए। मैं नहीं चाहता कि किसी को भी मालूम हो कि मेरी इस मामले में कोई दिलचस्पी है।"

"बेशक, बेशक, यह बताने की आपको कोई ज़रूरत नहीं।"

"आज मैं जूरी पर था और हमने एक बेगुनाह औरत को कड़ी मशक़्क़त की सज़ा दिलवा दी है। इससे मेरा मन बहुत बेचैन हुआ है।"

नेख़्लूदोव का चेहरा लाल हो गया और घबरा-सा गया। वह ख़ुद हैरान हो रहा था कि उसे क्या हो गया है। फ़ानारिन ने उसके चेहरे पर एक नज़र फेंकी और फिर नीचे देखने लगा, और उसकी बात सुनने लगा।

"कहिए।"

"हमने एक बेगुनाह औरत को सज़ा दिलवा दी है और मैं इस बारे में ऊँची अदालत में अपील करना चाहता हूँ।"

"आपका मतलब है सेनेट में," नेख़्लूदोव की अशुद्धि ठीक करते हुए फ़ानारिन ने कहा।

"और मैं आपसे अनुरोध करूँगा कि आप इस मुक़दमे को हाथ में ले लें।"

जो बात नेख़्लूदोव के लिए कहना कठिन हो रहा था, वह उसे जल्दी-जल्दी कह डालना चाहता था। बोला–

"इस मुक़दमे का जितना भी ख़र्च होगा, मैं दूँगा।" और उसका चेहरा लाल हो गया।

"कोई बात नहीं, यह हम बाद में देख लेंगे," इन मामलों में नेख़्लूदोव की अनुभवहीनता पर कृपाभाव से मुस्कराते हुए वकील ने कहा।

"मामला क्या है ?"

जो कुछ हुआ था नेख़्लूदोव ने कह सुनाया।

"अच्छी बात है। मैं इस पर काम करना शुरू कर दूँगा और कल इसकी मिसल देखूँगा। आप मुझे परसों मिलिए, नहीं, बेहतर है बृहस्पतिवार को मिलिए। छः बजे के बाद आप मेरे पास आ जाइए और मैं इसके बारे में आपको जवाब दूँगा। तो अब चलें। मुझे यहाँ कुछेक बातों के बारे में पूछना है।"

नेख़्लूदोव ने विदा ली और बाहर निकल आया।

वकील के साथ बात कर लेने से, और यह सोचकर कि मास्लोवा को बचाने के लिए उसने क़दम उठाया है, नेख़्लूदोव का मन और भी हलका हो गया। वह बाहर सड़क पर आ गया। मौसम बेहद सुहावना था। वसन्त की ताज़ा हवा में उसने लम्बी साँस ली। बहुत से गाड़ीवान उसके आस-पास इकट्ठे हो गए और गाड़ी लेने के लिए बार-बार कहने लगे। मगर नेख़्लूदोव गाड़ी में नहीं बैठा और पैदल जाने लगा। सहसा उसके मन में तरह-तरह की स्मृतियाँ और चित्र घूमने लगे– कात्यूशा के बारे में, और उसके प्रति अपने व्यवहार के बारे में। वह उदास हो गया और हर चीज़ उसे उदास नज़र आने लगी। "नहीं, इन सब बातों के बारे में बाद में सोचा जाएगा। आज जो कुछ देखा है, कितना घिनौना था। उसे मन में से निकाल देना चाहिए," वह मन-ही-मन सोचने लगा।

उसे याद आया कि कोर्चागिन परिवार के घर उसे डिनर खाने जाना है। उसने घड़ी देखी। अभी भी वक़्त था, वह पहुँच सकता था। उस एक ट्राम की घंटी की आवाज़ सुनाई दी। भागकर

वह उसके पास जा पहुँचा और कूदकर उसके ऊपर चढ़ गया। बाज़ार के पास पहुँचकर वह उस पर से कूद पड़ा, और एक अच्छी घोड़ागाड़ी में जा बैठा। दस मिनट के बाद वह कोर्चागिन परिवार के विशाल भवन के सामने खड़ा था।

26

"आइए हुज़ूर, पधारिए," दरवाज़ा खोलते हुए इस बड़े घर के मोटे दरबान ने बड़े अदब से कहा और बढ़िया अंग्रेज़ी क़ब्जे लगा बलूत का भारी दरवाज़ा ज़रा भी शोर किए बिना खोल दिया। "सब लोग आपका इन्तज़ार कर रहे हैं। भोजन शुरू हो गया है लेकिन मुझे हुक्म है कि आपको अन्दर ले चलूँ।"

दरबान ने सीढ़ियों के पास जाकर घंटी बजाई।

"बाहर के लोग भी हैं क्या?" नेख़्लूदोव ने अपना ओवरकोट उतारते हुए पूछा।

"जी, घर के लोगों को छोड़कर केवल श्रीमान् कोलोसोव और मिख़ाईल सेर्गेयेविच हैं।"

फ़्रॉक-कोट और सफ़ेद दस्ताने पहने हुए एक बेहद ख़ूबसूरत चोबदार सीढ़ियों के ऊपर आ खड़ा हुआ।

"चलिए, हुज़ूर, सब आपका इन्तज़ार कर रहे हैं," उसने कहा।

नेख़्लूदोव सीढ़ियाँ चढ़कर ऊपर पहुँचा। सामने एक बड़ा हॉल था, बड़े ठाठ से सजा हुआ। नेख़्लूदोव इससे भली भाँति परिचित था। इसे लाँघकर वह भोजन-कक्ष में पहुँचा। परिवार के सभी सदस्य मेज़ पर मौजूद थे, सिवाय प्रिन्सेस सोफ़िया वासील्येव्ना के, जो सदा अपने कमरे में ही रहती थीं। मेज़ के सिरे पर वृद्ध कोर्चागिन विराजमान थे। उनके बाएँ हाथ डाक्टर, और दाएँ हाथ एक अतिथि इवान इवानोविच कोलोसोव बैठे थे। यह सज्जन कभी अपने ज़िले के अभिजात वर्ग के निर्वाचित प्रधान रह चुके थे और आजकल एक बैंक के डायरेक्टर थे। विचारों के उदारवादी और कोर्चागिन के मित्र थे। बाएँ हाथ मिस्सी की छोटी चार साला बहिन तथा उसकी अध्यापिका मिस रेडर बैठी थीं। उनके सामने, दूसरी तरफ मिस्सी का भाई पेत्या बैठा था। कोर्चागिन परिवार का यही एक लड़का था। वह छठी कक्षा में पढ़ रहा था। आजकल उसके इम्तहान हो रहे थे। यही कारण था कि अब तक सारा परिवार शहर में टिका हुआ था। उसके साथ विश्वविद्यालय का एक छात्र था, जो उसे पढ़ाता था, और मिस्सी का चचेरा भाई मिख़ाईल सेर्गेयेविच तेलेगिन, जिसे अक्सर लोग मीशा कहकर पुकारते थे, बैठे थे। मीशा के ऐन सामने येकातेरीना अलेक्सेयेव्ना बैठी थी। इस महिला की उम्र 40 वर्ष की थी और वह कुँवारी थी, और उसके दिमाग़ पर स्लाव जाति की श्रेष्ठता का भूत सवार था। मेज़ के दूसरे सिरे पर स्वयं मिस्सी बैठी थी, और उसके साथवाली कुर्सी ख़ाली पड़ी थी।

"अच्छा हुआ तुम आ गए। हमने अभी मछली खाना ही शुरू किया है," अपनी लाल आँखें ऊपर को उठाकर वृद्ध कोर्चागिन ने कहा। उसकी आँखों को देखकर ऐसा लगता था जैसे उनपर पलकें नहीं हैं। कोर्चागिन को बात करने में तकलीफ़ हो रही थी, क्योंकि उसका मुँह भरा हुआ था और दाँत नकली थे जिनसे वह बड़े ध्यान से, धीरे-धीरे मछली चबा रहा था। उसी तरह भरे हुए मुँह से उसने दस्तरख़ान के नौकर को आवाज़ दी–

"स्तेपान !" और आँखों से ख़ाली कुर्सी की ओर इशारा किया।

नेख़्लूदोव कोर्चागिन को भली भाँति जानता था, पहले भी उसे कई बार भोजन करते देख चुका

था, लेकिन आज कोर्चागिन का लाल-लाल चेहरा, वॉस्कट में लगे नेप्किन के ऊपर मोटी, स्थूल गर्दन, तथा कामुक होंठ देखकर जिनसे वह बार-बार चटख़ारे ले रहा था, उसे बड़ी घिन हुई। उसका अंग-अंग बता रहा था कि वह एक पेटू, फ़ौजी अफ़सर है। अपने आप ही नेख़्लूदोव को वे बातें याद हो आईं जिनसे इस आदमी की क्रूरता का पता चलता था। जिन दिनों फ़ौज की कमान इसके हाथ में थी, कोर्चागिन, बिना किसी वज़ह के, लोगों को हंटर लगवाता, यहाँ तक कि फ़ाँसी तक चढ़वा देता था। और यह महज़ इसलिए कि अमीर होने के कारण उसे किसी की ख़ुशामद करने की ज़रूरत नहीं थी।

"अभी, हुज़ूर," स्तेपान ने कहा और चाँदी के गुलदानों से सजी हुई बर्तनों की अलमारी में से शोरबा डालने की कलछी उठाई। फिर सिर झटककर उसने ख़ूबसूरत गलमुच्छोंवाले चोबदार को इशारा किया। चोबदार फ़ौरन ख़ाली कुर्सी के सामने काँटे-छुरियाँ और नेप्किन अपनी-अपनी जगह रखने लगा। नेप्किन की बड़ी ख़ूबसूरत ढंग से तहें बनी हुई थीं और उस पर कुल-चिन्ह कसीदा किया हुआ था।

नेख़्लूदोव एक-एक करके सबसे हाथ मिलाने लगा। वृद्ध कोर्चागिन और महिलाओं को छोड़कर, सभी उठ-उठकर उससे हाथ मिलाते। नेख़्लूदोव को इस तरह मेज़ के इर्द-गिर्द घूमना और लोगों से हाथ मिलाना, जिनमें से बहुतों के साथ उसकी दुआ-सलाम तक न थी, बड़ा अजीब और अप्रिय लगा। देरी से पहुँचने के लिए उसने माफ़ी माँगी। फिर मिस्सी और येकातेरीना अलेक्सेयेव्ना के बीचवाली कुर्सी पर बैठने ही जा रहा था कि कोर्चागिन ने रोक लिया। कहने लगा कि खाना खाने से पहले अगर एक जाम वोद्का नहीं पीना चाहते तो कम-से-कम छोटी मेज़ पर से कुछ तो मुँह में डाल लो ताकि भूख चमक उठे। साथवाली छोटी मेज़ पर प्लेटों में झींगा मछली, केवियर, पनीर और हेरिंग मछली रखी थी। नेख़्लूदोव का ख़याल भी नहीं था वह इतना भूखा है और डबलरोटी- पनीर का सैंडविच लेकर उसने जो खाना शुरू किया तो फिर रुक ही नहीं पाया और दबादब खाता गया।

"कहो, आज कैसा रहा? ख़ूब तोड़ीं समाज की नीवें?" कोलोसोव ने व्यंग्य से एक अख़बार का फ़िकरा दोहराते हुए पूछा। एक प्रतिक्रियावादी अख़बार में उन्ही दिनों उस अदालती प्रथा की कटु आलोचना की गई थी जिसमें मुक़दमे का फ़ैसला जूरी के सदस्यों पर छोड़ा जाता है। "जरूर अपराधियों को बरी कर आए होगे और बेगुनाहों को सज़ा दी होगी, क्यों ?"

"तोड़ी समाज की नीवें...तोड़ी समाज की नीवें...हाँ ! हाँ !" प्रिन्स कोर्चागिन ने हँसते हुए कोलोसोव के शब्द दोहराए। उसे अपने इस उदारवादी मित्र और साथी की बुद्धिमता पर बड़ा विश्वास था।

नेख़्लूदोव ने कोई जवाब नहीं दिया, यह जानते हुए भी कि उसका चुप रहना शायद कोलोसोव को बुरा लगे, और गरमागरम शोरबा खाता रहा।

"कुछ खाने तो दीजिए उसे," मिस्सी ने मुस्कराते हुए कहा। "उसे" का प्रयोग करके उसने मानो याद दिलाई कि देखो नेख़्लूदोव के साथ मेरी कितनी घनिष्ठता है।

कोलोसोव ख़ूब ऊँची-ऊँची आवाज़ में बड़े जोश के साथ उस लेख का ब्योरा देने लगा जिसमें जूरी-मुक़दमों की प्रथा का विरोध किया गया था। उसे वह लेख बिलकुल पसन्द नहीं था। मिस्सी का चचेरा भाई मिख़ाईल सेर्गेयेविच उसकी हाँ-में-हाँ मिलाने लगा और ख़ुद भी किसी दूसरे लेख की चर्चा करने लगा जो उसी अख़बार में छपा था।

मिस्सी बड़ी अच्छी लग रही थी। उसने सादे किन्तु बड़े सुरुचिपूर्ण ढंग के कपड़े पहन रखे थे।

"तुम तो बहुत थक गए होगे, और बड़ी भूख लगी होगी," जब नेख़्लूदोव ने मुँह का कौर निगल लिया तो मिस्सी उसे बोली।

"नहीं, बहुत तो नहीं, और तुम ? क्या तुम तस्वीरें देखने गई थीं ?" उसने पूछा।

"नहीं, हमने सोचा फिर किसी दिन जाएँगे। हम सालामातोव परिवार को मिलने चले गए और वहाँ टेनिस खेलते रहे। मिसटर क्रूक्स सचमुच बहुत अच्छा खेलते हैं।"

नेख़्लूदोव जो यहाँ आया था तो अपना ध्यान दूसरी ओर करने के लिए। उसे इस घर में आना अच्छा लगता था। यहाँ के ऐशो-आराम में एक तरह की नफ़ासत थी जो उसके मन को भाती थी। साथ ही यहाँ पर सब उसे चाहते थे और उसकी हलकी चापलूसी करते रहते थे। पर अजीब बात है, आज उसे इस घर की हर चीज़ घिनौनी लग रही थी, उसी वक़्त से जिस वक़्त उसने इस घर में क़दम रखा था। इस घर का दरबान, चौड़ा ज़ीना, फूल, चोबदार, मेज़ की सजावट, हर चीज़ उसे बुरी लग रही थी। स्वयं मिस्सी में भी आज कोई आकर्षण नहीं था। वह उसे बनावटी लग रही थी। जिस ओछे, उदारवादी ढंग से, आत्मविश्वास के साथ कोलोसोव बातें कर रहा था, वह भी उसे भद्दा लग रहा था। इसी प्रकार बूढ़े कोर्चागिन का कामुक, आत्मतुष्ट, साँड का सा आकार-प्रकार और येकातेरीना अलेक्सेयेव्ना के फ़्रांसीसी वाक्यांश उसे खल रहे थे। अध्यापिका और विश्वविद्यालय के छात्र के दब्बू चेहरे भी बड़े अप्रिय थे। पर जो चीज़ उसे सबसे बुरी लगी वह थी, मिस्सी का उसके लिए "उसे" शब्द का प्रयोग। मुद्दत से नेख़्लूदोव असमंजस में था कि वह मिस्सी को किस दृष्टि से देखे। कभी-कभी वह उसे इस तरह देखता मानो चाँद की चाँदनी में उसे देख रहा हो। उस समय मिस्सी के सौन्दर्य के अतिरिक्त उसे कुछ भी नज़र नहीं आता था। उस समय वह उसे सुन्दर, ताज़ादम चतुर प्रतीत होती थी, ऐसी लड़की जिसमें बनावट का नाम-निशान न हो। फिर सहसा उसे ऐसा लगने लगता जैसे वह उसे दिन की रोशनी में, सूर्य के प्रकाश में देखने लगा हो। तब उसे मिस्सी के दोष नज़र आते, और उन्हें न देखने की इच्छा रखते हुए भी वे उघड़-उघड़कर उसके सामने आते थे। आज वैसा ही दिन था। आज उसे उसके चेहरे की सभी झुर्रियाँ, उसके बालों में बने कुंडल, उसकी नुकीली कोहनियाँ और विशेषकर उसके अँगूठे का नाख़ुन नज़र आ रहे थे। इसका नाख़ुन कितना बड़ा है,–नेख़्लूदोव सोच रहा था,–और इसके पिता के नाख़ुन से कितना मिलता है!

"टेनिस मज़ेदार खेल नहीं है," कोलोसोव कह रहा था। "हम तो जब छोटे थे तो 'लापता' खेला करते थे। उसमें बहुत मज़ा आता था।"

"नहीं, नहीं, आपने टेनिस खेलकर देखा नहीं है। बेहद रोचक खेल है," मिस्सी ने कहा। जिस ढंग से बल देकर उसने "बेहद" शब्द कहा, वह नेख़्लूदोव को बहुत बनावटी लगा।

इसके बाद एक बहस छिड़ गई जिसमें मिख़ाईल सेर्गेयेविच और येकातेरीना अलेक्सेयेव्ना ने भाग लिया। यदि भाग नहीं लिया तो अध्यापिका, विद्यार्थी और बच्चों ने नहीं लिया, जो चुपचाप बैठे थे और बेहद ऊब उठे थे।

"ओह, ये बहसें तो कभी ख़त्म ही नहीं होतीं !" बूढ़े कोर्चागिन ने वॉस्कट में से नेप्किन खींचकर हँसते हुए कहा और बड़ा शोर मचाते हुए कुर्सी को पीछे धकेलकर उठा (चोबदार ने फ़ौरन बढ़कर कुर्सी सँभाल ली) और वहाँ से चला गया। जब वह उठा तो सभी लोग उठ खड़े हुए और एक दूसरी मेज़ की ओर गए जिस पर गर्म, ख़ुशबूदार पानी के गिलास रखे थे। उन्होंने कुल्ले किए और इसके बाद फिर बहस शुरू कर दी जिसमें किसी को कोई रुचि न थी।

किसी ने कहा कि खेल से मनुष्य के चरित्र का पता चलता है। "ठीक है न ?" मिस्सी ने

नेख़्लूदोव से उसका समर्थन प्राप्त करने की इच्छा से पूछा। उसने देख लिया था कि नेख़्लूदोव का ध्यान किसी दूसरी तरफ़ है, और साथ ही वह उसे असन्तुष्ट-सा लग रहा था। उसे असन्तुष्ट देखकर मिस्सी को डर-सा लगने लगता था, और वह इसका कारण जानना चाहती थी।

"मैं कुछ भी नहीं कह सकता। मैंने इस बारे में कभी भी सोचा नहीं है," नेख़्लूदोव ने जवाब दिया।

"तुम maman से तो मिलने चलोगे न ?" मिस्सी ने पूछा।

"हाँ, हाँ, ज़रूर," उसने कहा और सिगरेट निकालने लगा। उसके लहजे से साफ़ पता चल रहा था कि उसकी maman से मिलने की कोई इच्छा नहीं है।

मिस्सी चुपचाप, प्रश्नसूचक नेत्रों से उसकी ओर देखने लगी, जिससे नेख़्लूदोव को शर्म-सी आ गई। "किसी के घर आओ और मुँह लटकाकर बैठ जाओ," उसने अपने बारे में मन-ही-मन सोचा, फिर बातें करने की चेष्टा करते हुए बोला कि यदि प्रिन्सेस की इजाज़त हुई तो मैं शौक़ से मिलने चलूँगा।

"Maman तो तुम्हें मिलकर बहुत ख़ुश होंगी। वहाँ तुम सिगरेट भी पी सकते हो। इवान इवानोविच भी वहीं पर है।"

घर की मालकिन प्रिन्सेस सोफ़िया वासील्येव्ना सदा लेटी रहती थीं। वह मेहमानों को भी सदा अपने कमरे में ही मिलती। पिछले आठ साल से यही चल रहा था। गहनों-कपड़ों से लदी मालकिन मेहमानों से मिलती और वह भी ऐसे मेहमानों से जिन्हें वह समीपी मित्र कहती थीं, अर्थात् वे लोग जिनका स्तर मामूली लोगों से बहुत ऊपर था। कमरे की सज-धज भी देखते बनती थी, मख़मली पर्दों, फूलों और तरह-तरह के मुलम्मा चढ़े, हाथी दाँत, काँसे, और लाख के बने पदार्थों से वह भरा पड़ा था।

इन मित्रों में नेख़्लूदोव भी शामिल था क्योंकि उसे सयाना-समझदार आदमी समझा जाता था, उसकी माँ की इस परिवार से घनिष्ठ मैत्री रह चुकी थी और साथ ही इसलिए भी कि उसे मिस्सी के लिए उचित वर समझा जाता था।

सोफ़िया वासील्येव्ना का कमरा दीवानख़ाने और छोटी बैठक से परे था। मिस्सी आगे-आगे चल रही थी। दीवानख़ाने में पहुँचकर वह दृढ़ता से खड़ी हो गई और एक मुलम्मा चढ़ी छोटी-सी कुर्सी की पीठ पकड़कर उसकी ओर देखने लगी।

मिस्सी शादी करने के लिए बेचैन थी। चूँकि नेख़्लूदोव उपयुक्त वर था, और वह उसे चाहती भी थी। इसलिए उसने अपने मन में यह बात बिठा ली थी कि वह उसी का होकर रहेगा (यह नहीं कि वह स्वयं नेख़्लूदोव की होगी)। स्वयं न जानते हुए भी वह इस लक्ष्य की ओर बड़े हठ से बढ़ रही थी। यह हठ और चालाकी अक्सर ऐसे व्यक्तियों में देखने को मिलती है जिनके मन विकारग्रस्त हों। मिस्सी जानना चाहती थी कि नेख़्लूदोव के क्या इरादे हैं।

"जान पड़ता है कोई बात हुई है," वह बोली, "क्या हुआ है ?"

नेख़्लूदोव को अदालत की बैठक याद हो आई, उसकी भौंहें चढ़ गईं और चेहरा लाल हो गया।

"हाँ, एक बात हुई है," सच बोलने की इच्छा से उसने जवाब दिया, "एक गम्भीर और असाधारण बात हुई है।"

"क्या हुआ है ? क्या मुझे नहीं बता सकते ?"

"इस समय नहीं, मुझे कहने के लिए कहो ही नहीं। मुझे स्वयं उस पर विचार करने का समय नहीं मिला।" उसका चेहरा और भी लाल हो गया।

"तो तुम मुझे बताओगे नहीं?" मिस्सी के चेहरे पर ऐंठन-सी आई और उसने कुर्सी को धकेलकर पीछे हटा दिया।

"नहीं, मैं नहीं बता सकता," उसने जवाब दिया। यह कहते हुए नेख़्लूदोव को महसूस हुआ जैसे वह अपने आपको भी कह रहा है कि आज की घटना का सचमुच उसके लिए बड़ा महत्त्व था।

"चलो, अन्दर चलें।"

मिस्सी ने सिर झटक दिया, मानो निरर्थक विचारों को मन में से हटाना चाहती हो, और पहले से भी तेज़ क़दम रखती हुई उसके आगे-आगे जाने लगी।

नेख़्लूदोव को लगा जैसे मिस्सी ने अपने होंठ अस्वाभाविक रूप से भींच लिए हैं, ताकि उसे रुलाई न आ जाए। उसे शर्म महसूस हुई कि मैंने नाहक उसका दिल दुखा दिया है। लेकिन फिर भी वह अड़ा रहा, यह जानते हुए कि ज़रा-सी भी कमज़ोरी दिखाने पर वह कहीं का न रहेगा, अर्थात् उसे ज़रूर मिस्सी से शादी करनी पड़ेगी। आज विशेषकर वह इस बात से डर रहा था। चुपचाप, मिस्सी के पीछे-पीछे चलता हुआ, वह प्रिन्सेस के कमरे में दाख़िल हुआ।

27

मिस्सी की माँ भोजन करके हटी थी। भोजन में अनगिनत बढ़िया व्यंजन बने थे। वह सदा अलग से भोजन करती ताकि इस नीरस कवित्वहीन क्रिया को कोई देख न पाए। उसके कोच के पास एक छोटी-सी तिपाई पर कॉफ़ी का सामान रखा था, और वह सिगरेट के कश लगा रही थी। प्रिन्सेस एक लम्बी, पतली औरत थी, काले बाल, बड़ी-बड़ी काली आँखें और लम्बे-लम्बे दाँत, वह अभी भी अपने को जवान समझती थी।

डाक्टर के साथ उसके गहरे सम्बन्ध की काफ़ी चर्चा थी। कुछ मुद्दत से नेख़्लूदोव भी इसके बारे में सुन रहा था। प्रिन्सेस के कोच के पास डाक्टर बैठा था। उसकी चिकनी, चमकती दाढ़ी बीच में से काढ़ी हुई थी। आज डाक्टर को देखकर नेख़्लूदोव को न केवल वे अफ़वाहें याद हो आईं जो उनके बारे में सुनने में आती थीं, बल्कि उसका मन भी घृणा से भर उठा।

सोफ़िया वासील्येव्ना के बिलकुल निकट, तिपाई के साथ एक नीची, नरम-नरम आराम-कुर्सी पर कोलोसोव बैठा कॉफ़ी हिला रहा था। तिपाई पर हलकी शराब का एक गिलास रखा था।

नेख़्लूदोव को लेकर मिस्सी अन्दर आई मगर वहाँ रुकी नहीं।

"जब maman तुमसे ऊब उठें और यहाँ से तुम्हें चलता करें तो मेरे पास आना," उसने कोलोसोव और नेख़्लूदोव को सम्बोधित करते हुए कहा। वह इस तरह बातें कर रही थी मानो कुछ भी न हुआ हो। इसके बाद वह हँसती-मुस्कराती, गुदगुदे क़ालीन पर बड़ी नज़ाकत से पाँव रखती हुई बाहर चली गई।

"आओ मित्र, कहो कैसे हो ? आओ बैठो और मेरे साथ बातें करो," प्रिन्सेस ने कहा। उसके होंठों पर एकदम स्वाभाविक-सी, किन्तु वास्तव में बनावटी, झूठी मुस्कान खेल रही थी। मुस्कराते हुए उसके ख़ूबसूरत लम्बे-लम्बे दाँतों की झलक मिलती थी। ये दाँत नकली थे, मगर उसके पहले दाँतों से बेहद मिलते थे। "कोई कह रहा था कि तुम आज कचहरी से बड़े परेशान लौटे हो। मैं सोचती हूँ जो लोग महसूस बहुत करते हों, उनके लिए कचहरी में बैठना बड़ा कठिन होता होगा," उसने फ़्रांसीसी में यह बात जोड़ी।

''आप ठीक कहती हैं,'' नेख़्लूदोव ने कहा, ''आदमी को अपनी... आदमी महसूस करने लगता है कि उसे किसी की क़िस्मत का फ़ैसला करने का कोई अधिकार नहीं।''

"Comme c+est vrai"* वह बोली, मानो नेख़्लूदोव के वाक्य में छिपा सत्य उसे बड़ा विलक्षण लगा हो। प्रिन्सेस की आदत थी कि वह जिस किसी से भी बातें कर रही होती, तो हलके-हलके बड़े सधे ढंग से उसकी ख़ुशामद करती रहती।

''और तुम्हारी तस्वीर का क्या बना? उसे देखने के लिए मेरा बेहद जी चाहता है। अगर मैं यों खाट से न जुड़ी होती तो कब का उसे देख आई होती,'' उसने कहा।

''मैंने तस्वीर बनाना बिलकुल छोड़ दिया है,'' नेख़्लूदोव ने रूखी आवाज में कहा। इस औरत की ख़ुशामद कितनी झूठी है, आज नेख़्लूदोव को साफ़ नज़र आ रहा था, उसी तरह जिस तरह आज उसे उसके चेहरे पर की झुर्रियाँ साफ़ नज़र आने लगी थीं, हालाँकि प्रिन्सेस उन्हें छिपाने की बेहद कोशिश कर रही थी। इसलिए मीठे लहजे में उसके साथ बात करना नेख़्लूदोव के लिए असम्भव हो रहा था।

''ओह! कितने अफ़सोस की बात है! यह शख़्स तो तस्वीर बनाने का हुनर जानता है। स्वयं रेपिन** ने मुझसे कहा था,'' कोलोसोव की ओर घूमकर देखते हुए प्रिन्सेस ने कहा।

''इस औरत को झूठ बोलते हुए शर्म भी नहीं आती !'' नेख़्लूदोव ने मन-ही-मन कहा और उसके माथे पर बल पड़ गए।

जब प्रिन्सेस को यक़ीन हो गया कि नेख़्लूदोव का मिज़ाज बिगड़ा हुआ है और उसे हलकी-फुलकी चुस्त गुफ़्तगू में खींचना कठिन हो रहा है तो वह कोलोसोव की ओर घूम गई और किसी नए नाटक के बारे में उसकी राय पूछने लगी, ऐसे लहजे में , मानो उसकी राय जानकर उसके सब संशय दूर हो जाएँगे, और उसका एक-एक शब्द अमर होने योग्य होगा। कोलोसोव नाटक की निन्दा और साथ ही कला पर अपने विचार प्रकट करने लगा। प्रिन्सेस सोफ़िया वासील्येव्ना उसके तर्कों की सच्च्चाई पर विस्मय प्रकट करतीं, पर साथ ही नाटक के लेखक के पक्ष में कुछ कहने का प्रयत्न करतीं, और फिर तुरन्त ही कोलोसोव की बात मान जातीं या कोई बिचली राय पकड़तीं। नेख़्लूदोव बैठा यह सब देख रहा था, किन्तु दिख उसे कुछ और ही रहा था, उनकी बातें उसके कानों में पड़ रही थीं किन्तु सुनाई उसे कुछ और ही दे रहा था।

कभी सोफ़िया वासील्येव्ना और कभी कोलोसोव की बातें सुनते हुए नेख़्लूदोव साफ़-साफ़ देख रहा था कि उन्हें न तो उस नाटक से कोई दिलचस्पी है न एक दूसरे से। अगर वे बातें कर रहे हैं तो महज़ इसलिए कि खाना खाने के बाद उन्हें गले की मांसपेशियाँ और ज़बान हिलाने की ज़रूरत है। कोलोसोव कुछ सरूर में भी था क्योंकि उसने वोद्का, हलकी शराब और लिकर शराब–तीनों तरह की शराब पी रखी थी। किसानों की तरह सरूर में नहीं जो केवल कभी-कभी पीते हैं, बल्कि उन लोगों की तरह जिन्हें पीने की आदत होती है। वह लड़खड़ा नहीं रहा था, न ही अंट-शंट बक रहा था, लेकिन उसकी स्थिति सीधे-सादे आदमी की भी नहीं थी। वह उत्तेजित और आत्मतुष्ट हो रहा था। नेख़्लूदोव ने यह भी देखा कि बातें करते समय प्रिन्सेस सोफ़िया वासील्येव्ना की नज़र बार-बार खिड़की की ओर जाती थी और वह बेचैन-सी दिख रही थी। खिड़की में से सूरज की एक तिरछी किरण धीरे-धीरे सरकती हुई उसकी ओर बढ़ रही थी। उसे डर था कि मुँह पर पड़ने

---

*क्या ठीक बात है। (फ़्रेंच)

**रूसी चित्रकार (1844-1930)

से उसकी झुर्रियाँ नज़र आने लगेंगी।

''कैसी ठीक बात तुमने कही,'' कोलोसोव की किसी टिप्पणी पर राय देते हुए उसने कहा, और कोच के साथ लगे घंटी के बटन को दबा दिया।

डाक्टर उठ खड़ा हुआ, और बिना कुछ कहे, घर के आदमी की तरह, बाहर चला गया। सोफ़िया वासील्येव्ना की आँखें उसकी पीठ पर लगी रहीं, और साथ-साथ वह बातें भी करती रही।

ख़ूबसूरत चोबदार घंटी सुनकर कमरे में हाज़िर हुआ।

''मेहरबानी करके ये पर्दे गिरा दो, फ़िलिप,'' उसने खिड़की की ओर इशारा करते हुए कहा।

''मैं नहीं मानती, तुम कुछ भी कहो, उसमें एक तरह का रहस्यवाद है। रहस्यवाद के बिना कविता नहीं हो सकती,'' वह कह रही थी, पर साथ ही उसकी एक काली आँख नौकर की ओर लगी हुई थी जो पर्दा गिरा रहा था।

''कविता के बिना रहस्यवाद–अन्धविश्वास बनकर रह जाता है। और रहस्यवाद के बिना कविता–गद्य बनकर रह जाती है,'' एक उदास-सी मुस्कान के साथ वह कहे जा रही थी और साथ ही चोबदार और पर्दों को भी उसी तरह देखे जा रही थी।

''नहीं, नहीं, वह पर्दा नहीं, फ़िलिप, वह पर्दा जो बड़ी खिड़की पर है,'' उसने दुखी लहजे में कहा। प्रत्यक्षतः सोफ़िया वासील्येव्ना को अपने पर तरस आ रहा था कि उसे ये शब्द कहने की चेष्टा करनी पड़ रही है। इसलिए अपने को ढाढ़स बँधाने के लिए उसने सिगरेट को होठों से लगाया और एक महकभरा कश लिया। जिन उँगलियों में उसने सिगरेट उठा रखा था, उन पर अनगिनत अँगूठियाँ झिलमिला रही थीं।

फ़िलिप ने हलके-से सिर झुकाया, मानो क्षमाप्रार्थना कर रहा हो, फिर क़ालीन पर हलके-हलके क़दम रखते हुए, आज्ञाकारी नौकरों की तरह चुपचाप दूसरी खिड़की के पास गया, और बड़े ध्यान से प्रिन्सेस की ओर देखते हुए पर्दा ठीक करने लगा, ताकि एक भी किरण प्रिन्सेस के चेहरे पर न पड़ पाए। फ़िलिप बड़ा ख़ूबसूरत जवान था, चौड़ी छाती, मज़बूत पट्ठे, मज़बूत टाँगें, और चौड़ी-चौड़ी पिंडलियाँ। पर अब भी प्रिन्सेस सन्तुष्ट नहीं थी। फ़िलिप उस पर ज़ुल्म ढा रहा था। उसे फिर रहस्यवाद की चर्चा छोड़कर, शहीदों की सी आवाज़ में उस मूर्ख नौकर को समझाना पड़ा। क्षण-भर के लिए फ़िलिप की आँखें चमक उठीं।

''शैतान की नानी, तुम चाहती क्या हो ?–नौकर यही मन में कह रहा होगा,'' नेख़्लूदोव ने सोचा, जो बैठा यह दृश्य देख रहा था। पर उस सुन्दर और हृष्ट-पुष्ट फ़िलिप ने फ़ौरन अपने चेहरे का भाव बदल लिया ताकि प्रिन्सेस को उसकी खीज का पता न चल पाए, और चुपचाप उस थकी-माँदी, दुर्बल, और झूठी औरत के आदेश का पालन करता रहा।

''बेशक, डारविन की बातों में सच्चाई है,'' अपनी नीची आरामकुर्सी में सुस्ताते हुए और उनींदी आँखों से सोफ़िया वासील्येव्ना की ओर देखते हुए कोलोसोव ने कहा, ''लेकिन किसी हद तक। उसने कई एक बातों को बढ़ा-चढ़ाकर भी कहा है।''

''तुम कहो, क्या तुम्हारा वंशानुगति में विश्वास है ?'' उसने नेख़्लूदोव से पूछा। नेख़्लूदोव की चुप्पी देखकर वह मन-ही-मन नाराज हो रही थी।

''वंशानुगति में ?'' नेख़्लूदोव ने पूछा, ''नहीं, मैं नहीं मानता।'' इस समय उसके मन में अजीब से चित्र घूम रहे थे, और वह उन्हीं में खोया हुआ था। एक तरफ़ फ़िलिप का चित्र था–सुन्दर और सबल फ़िलिप का, जो एक चित्रकार के मॉडल के रूप में खड़ा था। उसके सामने उसे कोलोसोव का नग्नरूप नज़र आ रहा था–तरबूज़ की तरह बढ़ी हुई तोंद, गंजा सिर और मूसलों

की तरह लटकते बाजू जिनमें पट्ठों का नाम निशान नहीं। इसी धुन्धलके में सोफ़िया वासील्येव्ना के कन्धे भी उसे नज़र आए, जो इस समय मख़मल और रेशम से ढँके थे। उनके वास्तविक रूप की कल्पना करते ही वह सिहर उठा और उसे मन में से निकालने की कोशिश करने लगा।

सोफ़िया वासील्येव्ना नेख़्लूदोव का आँखों-ही-आँखों से जायज़ा ले रही थी।

''तुम्हें मालूम है मिस्सी तुम्हारा इन्तज़ार कर रही है,'' उसने कहा, ''जाओ वह तुम्हें शूमाँ की एक नई धुन बजाकर सुनाना चाहती है। बेहद दिलचस्प धुन है।''

''उसका कोई इरादा संगीत सुनाने का नहीं। यह औरत महज़ झूठ बोले जा रही है, न जाने क्यों,'' नेख़्लूदोव ने मन-ही-मन कहा, और उठकर प्रिन्सेस के पतले, पारदर्शी, अँगूठियों से सजे हाथ को दबाकर बाहर चला गया।

दीवानख़ाने में उसे येकातेरीना अलेक्सेयेव्ना मिली, और मिलते ही वह रोज़ की तरह फ़्रांसीसी भाषा में बातें करने लगी–

''जो पड़ता है, कि जूरी के काम से तुम्हारा मन उदास हो उठता है।''

'जी हाँ। क्षमा कीजिए, मैं आज बहुत ख़ुश नहीं हूँ, और सोचता हूँ कि यहाँ रहकर और लोगों का भी मन ख़राब करने का मेरा कोई अधिकार नहीं है।''

''तुम ख़ुश क्यों नहीं हो ?''

''क्षमा कीजिए, मैं इस बारे में बात करना नहीं चाहता,'' अपनी टोपी ढूँढ़ते हुए उसने कहा।

''क्या तुम भूल गए हो–तुम ख़ुद ही तो कहा करते थे कि हमें सदा सच बोलना चाहिए। और किस निर्दयता से तुम हम सबको सच्ची बातें बताया करते थे! अब क्यों नहीं बताना चाहते?'' फिर मिस्सी की ओर घूमकर देखते हुए, जो अभी-अभी अन्दर आई थी, वह बोली, ''क्यों मिस्सी, याद है ?''

''वह खेल-खेल में था,'' नेख़्लूदोव ने गम्भीरता से कहा,'' खेल में सच बोला जा सकता है, लेकिन वास्तविक जीवन में, हम लोग–मेरा मतलब है मैं–इतना बुरा हूँ कि कम-से-कम मैं तो सच नहीं बोल सकता।''

''जो कहना चाहते हो वही कहो, अपने लफ़्ज बदलते क्यों हो। हमें बताओ हम क्यों इतने बुरे हैं,'' येकातेरीना अलेक्सेयेव्ना ने शब्दाडम्बर दिखाते हुए इस तरह कहा मानो उसे मालूम ही न हो कि नेख़्लूदोव गम्भीर हो उठा है।

''किसी को भी यह कभी स्वीकार नहीं करना चाहिए कि मैं बहुत उदास हूँ। इससे बुरी बात कोई नहीं,'' मिस्सी बोली, ''मैं कभी स्वीकार नहीं करती, इसीलिए मैं हर वक़्त ख़ुश रहती हूँ। चलो, हमारे साथ चलो, हम तुम्हारा mauvaise humeur* दूर करने की कोशिश करेंगी।''

नेख़्लूदोव को लगा जैसे वह कोई धोड़ा हो जिसे पुचकारा जा रहा हो ताकि वह चुपचाप मुँह में लगाम और पीठ पर साज़ डलवा ले। परन्तु आज उसका मन बिलकुल ही नहीं चाह रहा था कि कोई उससे मनमानी करवाए। उसने माफ़ी माँगी, कहा कि उसे घर जाना है, और विदा लेने लगा। हाथ मिलाते वक़्त मिस्सी पहले से ज़्यादा देर तक उसका हाथ अपने हाथ में रखे रही।

''यह नहीं भूलना कि जिस बात को तुम ज़रूरी समझते हो वह तुम्हारे मित्रों के लिए भी ज़रूरी है,'' वह बोली, ''कल आओगे न ?''

---

*बुरा मिज़ाज। (फ़्रेंच)

"शायद नहीं," नेख़्लूदोव ने कहा और लज्जित-सा अनुभव करने लगा–न मालूम मिस्सी के कारण या अपनी वज़ह से, और शर्म से लाल होते हुए वहाँ से चला गया।

"बात क्या है ?" Comme cela m+intrigue,"* येकातेरीना अलेक्सेयेव्ना बोली, "मैं ज़रूर इसकी तह तक पहुँचूँगी। मैं सोचती हूँ कि यह कोई affaire d+amour-propre: il est tres susceptible, notre cher **द्मीत्री।"

+Plutot une affaire d+amour sale*** मिस्सी कहने जा रही थी पर रुक गई। उसके चेहरे पर से सारी रौनक जाती रही। जब नेख़्लूदोव से बातें कर रही थी तो उसका चेहरा खिला हुआ था, मगर अब वह बात न रही थी। यहाँ तक कि येकातेरीना अलेक्सेयेव्ना के सामने भी वह ऐसे भद्दे शब्द नहीं कह सकती थी। उसने केवल इतना भर कहा–

"हम सबके साथ यही कुछ होता है, कभी ख़ुश तो कभी उदास।"

"क्या यह मुमकिन है कि यह भी मुझे धोखा दे जाएगा," वह सोच रही थी। "इतना कुछ हो चुकने के बाद बहुत ही बुरी बात होगी।"

यदि मिस्सी से पूछा जाता कि "इतना कुछ हो चुकने" का क्या मतलब है तो शायद वह कुछ भी निश्चित तौर पर न कह पाती। फिर भी वह जानती थी कि नेख़्लूदोव ने न केवल उसकी आशाओं को जगा दिया था बल्कि एक तरह का वचन तक दे दिया था। हाँ, उन दोनों के बीच स्पष्टतया कुछ भी नहीं कहा गया था–केवल आँखों-आँखों में, मुस्कराहटों और इशारों में बातें हुई थीं। फिर भी मिस्सी उसे अपना समझती थी, उसे खो देना उसके लिए असह्य था।

28

"कितनी शर्म की बात है, कितनी घिनौनी बात है !" चिरपरिचित सड़कों पर घर की ओर जाते हुए नेख़्लूदोव सोच रहा था। मिस्सी से बातें करते हुए उसका मन खिन्न हो उठा था, और अब भी उसका असर बराबर उसके मन पर बना हुआ था। औपचारिक रूप से वह कह सकता था कि उसने कभी भी मिस्सी को कोई वचन नहीं दिया, उसके सामने कोई प्रस्ताव नहीं रखा, इसलिए वह निर्दोष है। परन्तु दिल-ही-दिल में वह जानता था कि वह अपने को मिस्सी के साथ बाँध चुका है, उसकी आशाओं को जगा चुका है। फिर भी आज उसका रोम-रोम कह रहा था कि वह किसी सूरत में भी उसके साथ शादी नहीं कर सकता। "कितनी शर्म की बात है ! कितनी घिनौनी बात है !" उसने फिर सोचा। वह मिस्सी के साथ अपने सम्बन्ध के बारे में ही नहीं बल्कि हर चीज़ के बारे में सोच रहा था। "हर चीज़ शर्मनाक और घिनौनी है !" उसने अपने घर के सायबान में पाँव रखते हुए सोचा।

"मैं कुछ नहीं खाऊँगा," नेख़्लूदोव ने अपने नौकर कोर्नेई से कहा, जो उसके पीछे-पीछे खानेवाले कमरे में चला आया था जहाँ भोजन और चाय के लिए मेज़ लगी थी। "तुम जा सकते हो।"

"अच्छा हुज़ूर," उसने कहा, पर वहीं खड़ा रहा और मेज़ पर से चीज़ें उठाने लगा। नेख़्लूदोव

---

*कितनी उत्सुक हूँ मैं (यह जानने को)। (फ्रेंच)

**ज़रूर कोई आत्मसम्मान की बात है। हमारा प्यारा द्मीत्री है भी बहुत भावुक। (फ्रेंच)।

***बात शायद इश्कबाज़ी की है। (फ्रेंच)।

के मन में कोर्नेई के प्रति भी बुरी भावना उठी। वह एकान्त चाहता था, लेकिन उसे लग रहा था जैसे हर आदमी जान-बूझकर उसे परेशान करने पर तुला हुआ है। जब कोर्नेई बर्तन उठाकर चला गया, तो नेख़्लूदोव चाय बनाने के लिए समोवार की ओर बढ़ा। पर ऐन उसी वक़्त उसे आग्राफ़ेना पेत्रेव्ना के क़दमों की आवाज़ आई और वह भागा हुआ बैठक में चला गया ताकि उससे सामना न हो, और अन्दर-से दरवाज़ा बन्द कर लिया। आज से तीन महीने पहले इसी कमरे में उसकी माँ का देहान्त हुआ था। कमरे में दो लैंप जल रहे थे, दोनों के साथ रिफ़लैक्टर लगे थे। एक की रोशनी उसके पिता के चित्र पर पड़ रही थी, और दूसरे की रोशनी उसकी माँ के चित्र पर। कमरे में दाख़िल होते ही उसे याद हो आया माँ की मृत्यु से पहले उसके साथ उसके कैसे सम्बन्ध रहे थे। अस्वाभाविक और घिनौने। यह भी कितनी शर्मनाक और घिनौनी बात थी। उसकी बीमारी के अन्तिम दिनों में वह चाहता था कि उसकी माँ मर जाए। अपने आपसे तो वह यह कहता था कि मैं माँ की ख़ातिर ऐसा सोच रहा हूँ, ताकि उसे इस यन्त्रणा से छुटकारा मिले, लेकिन वास्तव में वह अपना छुटकारा चाहता था, ताकि उसे माँ का दुख न देखना पड़े।

वह चाहता था कि उसके मन में माँ के अच्छे दिनों की कोई याद जागे। वह तस्वीर के पास गया। यह तस्वीर एक विख्यात कलाकार ने पाँच हज़ार रूबल लेकर बनाई थी। तस्वीर में माँ ने काले रंग की मख़मली पोशाक पहन रखी थी, जिसका गला बहुत नीचा था। कलाकार ने ख़ासतौर पर बड़े ध्यान से स्तनों की गोलाई, उनके बीच का हिस्सा, माँ की बेहद ख़ूबसूरत ग्रीवा और कन्धों को चित्रित किया था। यह भी शर्म की बात थी। इसे भी देखकर मन में घिन उठती थी। माँ को अर्धनग्न सुन्दरी के रूप में चित्रित किया गया था। माँ को इस रूप में दिखाना बेहद घिनौना काम है। यह और भी घिनौना इसलिए है कि तीन ही महीने पहले यही स्त्री इस कमरे में लेटी थी, जब वह सूखकर ममी बन गई थी, और उससे ऐसी दुर्गन्ध उठ रही थी जो न केवल इस कमरे में ही बल्कि सारे घर में फैली हुई थी। उससे नाक में दम हो उठा था और उसे दूर करना असम्भव हो रहा था। नेख़्लूदोव को ऐसा जान पड़ा जैसे अब भी वह दुर्गन्ध आ रही हो। उसे याद आया, मौत से एक ही दिन पहले माँ ने अपने कृश हाथ में, जिसकी उँगलियों का रंग पीला पड़ चुका था, उसका सबल, सफ़ेद हाथ लेकर उसकी आँखों में आँखें डालकर कहा था–"मेरा बुरा नहीं चेतना, द्मीत्री, अगर मुझसे कोई भूल हुई हो।" और उसकी आँखों में आँसू भर आए थे। यन्त्रणा के कारण उसकी आँखें पीली पड़ चुकी थीं।

उसने फिर आँख उठाकर तस्वीर की ओर देखा। इस अर्धनग्न स्त्री के होंठों पर विजय की मुस्कान खेल रही थी और कन्धे और बाज़ू इतने सुन्दर थे मानो संगमरमर तराशकर बनाए गए हों। नेख़्लूदोव ने मन-ही-मन कहा–"उफ! कितनी घिनौनी बात है!" तस्वीर में माँ की आधी नंगी छातियाँ देखकर उसे एक दूसरी स्त्री की याद आ गई, जिसे कुछ ही दिन पहले इसी तरह अर्ध-नग्न स्थिति में उसने देखा था। वह मिस्सी थी। वह किसी नाच पर जाने के लिए तैयार थी और किसी बहाने उसने नेख़्लूदोव को अपने घर बुला लिया ताकि वह उसे नाच की पोशाक में देख सके। उसकी सुन्दर बाँहों और कन्धों को याद करके उसका मन घृणा से भर उठा। "और उसका भौंडा बाप, जो इन्सान नहीं पशु है, अतीत में न मालूम क्या-क्या करता रहा है और कितना ज़ालिम है। और उसकी माँ bel esprit* होने की यह कुख्याती।" यह सब सोचकर उसे घृणा हो आई, साथ ही लज्जा का भी भास हुआ। "कितनी शर्म की बात है, कितनी घिनौनी बात है।"

* हाज़िरजवाब (फ़्रेंच)

वह सोचने लगा–"नहीं, नहीं। मुझे आज़ादी चाहिए ! इन झूठे सम्बन्धों से आज़ादी, जो इन कोर्चागिनों और मारिया वासील्येव्ना के साथ चल रहे हैं, इस विरासत से आज़ादी। हर चीज़ से आज़ादी ! मैं खुली हवा में साँस लेना चाहता हूँ ! मैं विदेश जाऊँगा, रोम में जाऊँगा, अपनी तस्वीर मुकम्मल करूँगा।" उसके मन में संशय उठा, क्या चित्रकार बनने की मुझमें योग्यता भी है? "तस्वीर, न सही, मैं केवल आज़ाद हवा में साँस लूँगा। पहले कुस्तुनतुनिया जाऊँगा, उसके बाद रोम जाऊँगा। बस, यह जूरीवाले काम से निबट लूँ, और वकील के साथ जो इन्तज़ाम करना है कर लूँ। बस यह काम ख़त्म हो जाए, फिर..."

फिर सहसा उसकी आँखों के सामने उस क़ैदी की तस्वीर उठी, बेहद सजीव, उसकी काली-काली आँखें, जिनमें हलका-सा ऐंच था, किस तरह वह रो पड़ी थी जब क़ैदियों से कहा गया था कि तुम्हें जो कहना है कह लो। नेख़्लूदोव ने तेजी से अपना सिगरेट बुझा दिया। उसने सिगरेट के टुकड़े को राख़दानी में दबाकर बुझाया, फिर एक दूसरा सिगरेट सुलगा लिया, और कमरे में इधर-उधर चलने लगा। एक के बाद दूसरी वे घड़ियाँ उसकी आँखों के सामने साकार हो आईं जो उसने उस लड़की के साथ बिताई थीं। उसे वह आख़िरी मुलाक़ात याद हो आई जब उसने एक कामान्ध पशु की तरह व्यवहार किया था, और वासना की भूख शान्त करने के बाद उसे कितनी निराशा हुई थी। गिरजे में प्रार्थना के समय लड़की ने सफ़ेद पोशाक और नीले रंग का कमरबन्द पहन रखा था। "हाँ, मुझे उससे प्रेम था। उस रात मेरे हृदय में सचमुच उसके प्रति प्रेम था, और मेरा प्रेम पवित्र था, निर्मल था। इससे पहले भी मैं उससे प्रेम करता था। हाँ, जब मैं पहली बार अपनी फूफियों के घर ठहरा था, और अपना निबन्ध लिख रहा था तब भी मैं उससे प्रेम करता था।" उसे याद हो आया कि उन दिनों वह कैसा व्यक्ति हुआ करता था। उसे ऐसा जान पड़ा जैसे उस ताज़गी, यौवन, और जीवन की पूर्णता का एक हलका-सा झोंका उसे फिर छू गया हो, और उसके दिल में गहरी टीस उठी।

कितना फ़र्क़ पड़ गया था उसमें, तब क्या था वह और आज क्या है। यह उतना ही फ़र्क़ था जितना कि उस कात्यूशा में जो उस समय गिरजे में गई थी, और इस वेश्या में जो उस व्यापारी के साथ शराब पीती रही थी और जिसे आज सुबह सज़ा दी गई थी। तब वह आज़ाद था, निश्शंक था, उसके सामने असंख्य सम्भावनाएँ थीं। आज वह ऐसा महसूस कर रहा था जैसे किसी जाल में फँस गया हो, एक विवेकहीन, खोखले, निरर्थक और तुच्छ जीवन के जाल में। अगर वह चाहता भी तो उसमें से निकलने का कोई रास्ता उसके सामने नहीं था। और निकलने की ख़्वाहिश भी विरले ही उसके मन में कभी उठती थी। उसे याद आया–एक ज़माना था जब उसे अपनी सत्यवादिता पर गर्व हुआ करता था, उसने नियम बना रखा था कि सदैव सच बोला करेगा, और इस नियम का पालन भी किया करता था। और आज वह झूठ के पंक में कितना गहरा धँस गया था। ये झूठ कितने भयानक थे, और इन झूठों को उसके आस-पास के लोग सच समझते थे। इन झूठों में से निकलने का कोई साधन उसे नहीं सूझ रहा था। वह कीच में धँस गया था, और अब इसी के लोटने की उसे आदत हो गई थी।

मारिया वासील्येव्ना और उसके पति के साथ वह किस तरह अपना सम्बन्ध तोड़े जिससे वह फिर आँख उठाकर उसके पति और उनके बच्चों की ओर देख सके ? बिना किसी झूठ के किस प्रकार वह मिस्सी से अपना पीछा छुड़ाए ? एक तरफ़ वह मानता था कि भूमि का स्वामी बनना अन्यायपूर्ण है, दूसरी ओर वह उस ज़मीन का मालिक बना हुआ है जो उसे अपनी माँ से विरासत में मिली है। इस विरोधाभास से कैसे छुटकारा पाए ? कात्यूशा के प्रति किए गए पाप का किस भाँति प्रायश्चित करे ?

इन अन्तिम प्रश्न को तो यहीं नहीं छोड़ा जा सकता था। जिस स्त्री से वह प्यार करता था, उसके प्रति इतना भर कर देने से वह सन्तुष्ट नहीं हो सकता था कि एक वकील को पैसे दे दे कि वह उसे साइबेरिया के कड़े श्रम से बचा ले। उसे कड़े श्रम की सज़ा देना ही अन्यायपूर्ण था। क्या पैसे देकर अपने पाप का प्रायश्चित करे ? उस दिन भी उसने उसे पैसे दिए थे और पैसे देते समय क्या यही नहीं समझा था कि वह अपने पाप का प्रायश्चित कर रहा है?

उसे वह क्षण स्पष्टतया याद हो आया जब उसने बरामदे में लड़की को रोक लिया था और उसके एप्रन में पैसे ठूँसकर भाग गया था। "उफ़, पैसा !" उसने कहा, और उसके मन में वैसी ही घृणा और भय उठे जो उस रोज़ उठे थे। "हे भगवान ! कितना घृणित काम है!" उसके मुँह से उसी भाँति ये शब्द आज भी निकले जिस भाँति उस दिन निकले थे। "कोई नीच पापी ही ऐसा काम कर सकता था–और मैं ही वह पापी हूँ, मैं ही वह नीच हूँ !" वह ऊँची-ऊँची आवाज़ में बोलने लगा। "परन्तु क्या यह सम्भव है ?" वह चलते-चलते रुक गया और निश्चल खड़ा हो गया। "क्या मैं सचमुच नीच हूँ ?–यदि मैं नहीं हूँ तो और कौन है ?" उसने स्वयं अपने सवाल का जवाब दिया। "और क्या यही एक पाप मैंने किया है ?" वह अपने पर इल्ज़ाम लगाता गया। "क्या मारिया वासील्येव्ना और उसके पति के प्रति मेरा व्यवहार घृणित और नीच नहीं है? और सम्पत्ति के प्रति? यह जानते हुए कि सम्पत्ति का उपभोग अन्यायपूर्ण है, मैं उसका उपभोग किए जा रहा हूँ, यह कहकर कि यह मुझे मेरी माँ से प्राप्त हुई है। और मेरा समूचा निष्क्रिय घृणित जीवन? और क्या कात्यूशा के प्रति मेरा व्यवहार सबसे अधिक घृणापूर्ण नहीं था ? नीच और पापी! वे लोग भले ही जो चाहें मेरे बारे में सोचें, मुझे बुरा समझें या अच्छा, मैं उनको तो धोखा दे सकता हूँ, परन्तु अपने आपको तो धोखा नहीं दे सकता।"

सहसा उसकी समझ में यह बात आ गई कि आज जो घृणा भाव सब लोगों के प्रति–प्रिन्स कोर्चागिन, सोफ़िया वासील्येव्ना, मिस्सी और कोर्नेई के प्रति–उसके मन में उठा था, वह वास्तव में स्वयं उसके अपने प्रति था। और अजीब बात है, जहाँ अपनी नीचता को इस भाँति स्वीकार करते हुए उसके मन को क्लेश हुआ, वहाँ एक तरह की ख़ुशी और सन्तोष का भी उसने अनुभव किया।

एक बार नहीं, कई बार नेख़्लूदोव के जीवन में ऐसे क्षण आए थे जिन्हें वह "आत्मपरिशोध" के क्षण कहा करता था। आत्मपरिशोध से उसका मतलब था वह आन्तरिक स्थिति जब वह अपने मन में से वह सब कूड़ा-करकट साफ़ कर देता था जो बड़ी देर तक मन की निष्क्रियता के कारण वहाँ इकट्ठा होता रहता था और जिससे मन में अवरोध पैदा हो जाता था।

इस जागरण के बाद नेख़्लूदोव सदैव अपने लिए कुछ नियम निर्धारित करता, निश्चय करता कि उनका पालन करेगा, डायरी लिखने लगता, और नए सिरे से अपना जीवन शुरू करता, यह सोचते हुए कि फिर उसमें कभी कोई परिवर्तन नहीं आने देगा। अंग्रेजी का मुहावरा दुहराते हुए वह इसे turning a new leaf कहता। परन्तु हर बार सांसारिक प्रलोभन उसे अपने जाल में खींच लेते, और बिना जाने ही उसका फिर पतन हो जाता, और वह पहले से भी कहीं गहरे गर्त में जा गिरता।

इस तरह जीवन में कई बार उसने उठने और अपनी आत्मा का कलुष धोने की कोशिश की थी। पहली बार यह तब हुआ था जब वह गर्मियों के मौसम में अपनी फूफियों के घर रहा था। वह जागरण सबसे सशक्त तथा उल्लासपूर्ण रहा था, और उसका असर भी काफ़ी देर तक रहा था। दूसरी बार उसे जागरण का अनुभव तब हुआ था जब वह सरकारी नौकरी छोड़कर फ़ौज

में दाख़िल हुआ था, और अपने जीवन तक की बलि देने के लिए तैयार था। यह लड़ाई के दिनों की बात है। पर यहाँ अन्तःकरण की आवाज़ शीघ्र ही फिर दब गई थी। फिर एक बार वह जागा। यह उस समय हुआ था जब वह फ़ौज की नौकरी छोड़कर विदेश गया था और कला की सेवा करने लगा था।

उसके बाद आज तक बहुत-सा समय बिना आत्मपरिशोध के निकल गया था। इसलिए वह खाई बहुत चौड़ी हो गई थी जो उसके अन्तःकरण की माँगों और उसके जीवन की माँगों के बीच पैदा हो गई थी। इतना अधिक भी भेद हो सकता है, यह देखकर उसका दिल काँप उठा।

खाई बहुत चौड़ी थी, उसकी आत्मा पूर्णतया कलुषित हो चुकी थी। उसे कोई उम्मीद न थी कि यह मल अब कभी धोया जा सकेगा। ''पहले भी तो तुमने कई बार अपने को सुधारने की, पूर्ण बनाने की चेष्टा की थी। क्या उन चेष्टाओं का कुछ नतीजा निकला ? कुछ भी तो नहीं,'' उसके अन्दर बैठे शैतान ने फुसफुसाकर कहा। ''अब फिर कोशिश करने का क्या लाभ ? इस तरह का स्वभाव केवल तुम्हारा ही तो नहीं है। सभी एक जैसे हैं–यही जीवन है,'' आवाज़ ने फिर फुसफुसाकर कहा। पर उसके अन्दर का उन्मुक्त आध्यात्मिक जीव जाग उठा था। वही एकमात्र जीव सत्य है, सक्षम है, अनन्त है। इसलिए वह उस पर विश्वास किए बिना नहीं रह सकता था। बेशक, उसकी वर्तमान स्थिति और वांछित स्थिति में बहुत गहरा अन्तर था, परन्तु इस नव-जागृत आध्यात्मिक जीव को कुछ भी असम्भव नहीं जान पड़ता था।

''किसी भी क़ीमत पर मैं इस झूठ को तो तार-तार करके छोड़ूँगा जो इस समय मुझे बाँधे हुए है। मैं सबको सच-सच बता दूँगा, और सत्य पर ही आचरण करूँगा,'' नेख़्लूदोव ने दृढ़ता के साथ, ऊँची आवाज़ में कहा। ''मै मिस्सी को सच-सच बता दूँगा, कह दूँगा कि मैं दुराचारी हूँ, इसलिए तुम्हारे साथ विवाह नहीं कर सकता, मुझे खेद है कि मैंने बेसूद ही तुम्हें परेशान किया। मैं मारिया वासील्येव्ना को कह दूँगा...मगर उसको कहने के लिए क्या है। मैं उसके पति को बता दूँगा कि मैं नीच आदमी हूँ, तुम्हें धोखा देता रहा हूँ। अपनी विरासत को भी मैं दे डालूँगा, इस ढंग से कि मैं सत्य को स्वीकार कर सकूँ। मैं कात्यूशा को बता दूँगा कि मैं एक नीच, पतित हूँ जिसने उसके प्रति घोर पाप किया है। उसकी यन्त्रणा कम करने का भरसक प्रयत्न करूँगा। ठीक है, मैं उसे मिलूँगा और उससे क्षमा-याचना करूँगा। हाँ, मैं उसी तरह उससे माफ़ी माँगूँगा जिस तरह बच्चे माँगते हैं।'' वह रुक गया। ''और ज़रूरत हुई तो उसके साथ शादी कर लूँगा।''

वह फिर रुक गया, अपनी छाती पर दोनों हाथ ले जाकर जोड़ लिए जिस तरह वह बचपन में किया करता था, फिर आँखें ऊपर उठाकर किसी को सम्बोधन करते हुए कहने लगा–

''भगवान, मेरी सहायता करो, मुझे शिक्षा दो, मेरे अन्दर प्रवेश करो और मेरे अन्दर का सारा कलुष दूर कर दो।''

वह प्रार्थना कर रहा था, भगवान से सहायता की याचना कर रहा था, कि भगवान उसके अन्दर प्रवेश करें और उसका कलुष धो डालें। पर जिस बात के लिए वह प्रार्थना कर रहा था वह पहले ही हो चुकी थी। उसके अन्दर का भगवान उसकी चेतना में जाग उठा था। उसे महसूस हो रहा था जैसे वह भगवान के साथ एकाकार हो रहा है। इसलिए उसे न केवल स्वतन्त्रता, जीवन की पूर्णता तथा आनन्द का अनुभव होने लगा था, बल्कि नेकी की समूची शक्ति का भी। वह महसूस कर रहा था जैसे वह अच्छे-से-अच्छा काम सम्पन्न कर सकता है, जिसे करने की मनुष्य में योग्यता हो सकती है।

इस तरह अपने आपसे बातें करते हुए उसकी आँखों में आँसू भर आए। ये आँसू अच्छे

भी थे और बुरे भी। अच्छे इसलिए कि ये ख़ुशी के आँसू थे। बरसों तक निद्राग्रस्त रहने के बाद आज उसके अन्दर का आध्यात्मिक जीव जाग उठा था। बुरे इसलिए कि ये आत्मानुकम्पा के आँसू थे, वह अपनी अच्छाई पर गद्‌गद् होकर रो रहा था।

नेख़्लूदोव को कमरे में घुटन-सी महसूस हुई। उसने आगे बढ़कर खिड़की खोल दी। खिड़की बाग में खुलती थी। बाहर चाँदनी रात थी, मौन, स्वच्छ। किसी गाड़ी के पहियों की गड़गड़ाहट सुनाई दी, फिर सब चुप हो गया। खिड़की के बाहर पोपलर का ऊँचा पेड़ खड़ा था जिसकी पल्लवहीन टहनियों की छाया बाग़ की कंकड़ी पर अपना जाल बिछाए हुए थी। बाएँ हाथ बग्घी-ख़ाना था जिसकी छत चाँदनी में चमक रही थी और सफ़ेद लग रही थी। सामने पेड़ों की उलझी हुई शाख़ों में से बाग़ की दीवार का अन्धियारा साया नज़र आ रहा था। नेख़्लूदोव छत की ओर चाँदनी में नहाए बाग़ की ओर, पोपलर की छाया की ओर देखता रहा और ताज़ा, शक्ति-दायिनी हवा में गहरी साँस लेता रहा।

"कितना सुन्दर है, कितना सुन्दर ! हे भगवान, कितना सुन्दर है!" वह कह रहा था। उसका अभिप्राय उस परिवर्तन से था जो उसके अन्दर घट रहा था।

29

मास्लोवा जेलख़ाने की अपनी कोठरी में शाम के छः बजे जाकर कहीं पहुँची। थककर चूर हो रही थी, और पाँवों में छाले पड़ गए थे। चलने की उसे आदत न थी, और यहाँ पथरीली सड़क पर दिन में दस मील चलना पड़ा था। इस सज़ा को सुनकर उसका दिल टूट गया था, उसे आशा न थी कि इतनी कड़ी सज़ा मिलेगी। और भूख के कारण वह बेचैन हो रही थी।

मुक़दमे के वक़्त जब बीच में पहली छुट्टी हुई थी तो उसके नज़दीक ही कुछ सिपाही बैठकर डबलरोटी और उबले हुए अंडे खाने लगे थे। मास्लोवा के मुँह में पानी भर आया था, और उसे मालूम हुआ था कि उसे भूख लग रही है। लेकिन सिपाहियों से माँगना उसने आत्मसम्मान के विरुद्ध समझा था। तीन घंटे बाद उसकी भूख मर चुकी थी, केवल बदन में वह कमज़ोरी महसूस करने लगी थी। इसी समय उसे वह अप्रत्याशित सज़ा सुनाई गई। पहले तो उसे यक़ीन नहीं हुआ, उसने सोचा कि वह ठीक तरह से समझ नहीं पाई। वह इस बात की कल्पना भी नहीं कर सकती थी कि वह साइबेरिया में एक अपराधी की तरह भेजी जा सकती है। उसने जजों और जूरी के सदस्यों के चेहरों की ओर देखा। सभी चुप थे, चेहरों पर व्यावहारिक तटस्थता छाई थी, मानो जो उन्होंने सुना था वह स्वाभाविक और प्रत्याशित ही था। यह देखकर मास्लोवा क्रुद्ध हो उठी थी, और चिल्लाकर सारी अदालत को कहा था कि मैं बेगुनाह हूँ। पर उसने देखा कि उसकी पुकार को भी लोगों ने स्वाभाविक और प्रत्याशित ही समझा है, और उससे कुछ भी नहीं बन पाएगा। यह देखकर निराशा से वह रो पड़ी थी, और महसूस करने लगी थी इस निर्दयी, विचित्र अन्याय के सामने उसे सिर झुकाना ही पड़ेगा, इसके सिवा कोई चारा नहीं। उसे सबसे ज़्यादा अचम्भा इस बात का था कि वही जवान आदमी या कम-से-कम वे लोग जो अभी बूढ़े नहीं हुए थे जो सदा नज़र भरकर उसकी ओर देखते थे–उन्होंने ही उसे सज़ा दिलवाई थी। उनमें से एक आदमी को, सरकारी वकील को, तो वह बिलकुल दूसरे रंग से देख चुकी थी। मुक़दमा शुरू होने से पहले और बीच-बीच में जब छुट्टी होती थी, तो यही लोग दरवाज़ा खुला देखकर अन्दर झाँकते थे, यह दिखाते हुए कि वे किसी काम से उधर से होकर जा रहे हैं, या सीधे अन्दर आ जाते और आँखें

भरकर उसकी ओर देखते। फिर इन्हीं लोगों ने ही न जाने क्यों उसे कड़े श्रम की सज़ा दे दी थी, हालाँकि वह निर्दोष थी, और उस पर जो अपराध लगाया गया था, वह ग़लत था। पहले तो वह रोती रही, फिर चुप हो गई, और क़ैदियों के कमरे में निरुद्ध-सी इन्तज़ार में बैठी रही कि कब उसे वापस ले जाया जाएगा। उस वक़्त उसकी एक ही इच्छा हो रही थी–सिगरेट पीने की। वह इस हालत में बैठी थी जब बोच्कोवा और कार्तीनकिन को भी उसी कमरे में लाया गया। उन्हें भी फ़ैसला सुना दिया गया था। अन्दर आते ही बोच्कोवा ने मास्लोवा को बुरा-भला कहना शुरू कर दिया और उसे "मुजरिम" कहकर पुकारने लगी।

"तुम्हें आख़िर मिला क्या, बड़ा कहती थी, मैंने कोई जुर्म नहीं किया, कोई जुर्म नहीं किया, ले लिया मज़ा, छिछोरी रांड ! किए का फल मिल गया न ? अब जाओ साइबेरिया, वहाँ ये गहने-कपड़े नहीं चलेंगे।"

लबादे की आस्तीनों में दोनों हाथ खोंसे मास्लोवा चुपचाप गर्दन झुकाए बैठी थी, और नीचे गन्दे फ़र्श की ओर एकटक देखे जा रही थी। उसने केवल इतना भर कहा –

"मैं तुम्हें कुछ नहीं कहती, तुम भी मुझे कुछ मत कहो...मैंने क्या तुम्हें कुछ कहा है ?" उसने बार-बार दोहराकर कहा, फिर चुप हो गई। जब बोच्कोवा और कार्तीनकिन को वहाँ से ले गए और एक कर्मचारी ने उसे तीन रूबल लाकर दिए तो उसके चेहरे पर कुछ रौनक आई।

"तुम्हारा ही नाम मास्लोवा है" उसने पूछा, "यह लो। एक औरत ने तुम्हारे लिए दिए हैं।" और उसने रूबल आगे बढ़ा दिए।

"औरत ने–किस औरत ने ?"

"तुम ले लो–मैं तुम्हारे साथ कलाम नहीं करूँगा।"

ये रूबल चकले की मालकिन कितायेवा ने भेजे थे। कचहरी से जाते वक़्त उसने पेशकार से पूछा था कि क्या वह कुछ रक़म मास्लोवा को दे सकती है। पेशकार ने जवाब दिया कि हाँ, दे सकती हो। इजाज़त मिलने पर उसने एक-एक बटन करके तीनों बटन खोलकर अपने गोरे-चिट्टे स्थूल हाथ पर से स्वेड का दस्ताना उतारा, फिर कमर में से अपने रेशमी घाघरे की सिलवटों में से एक बढ़िया-सा बटुआ निकाला। उसमें कूपनों का एक पूरा पुलिन्दा रखा था जो उसने कुछ लाभांश-पत्रकों में से फाड़ रखे थे। यह नफ़ा उसे अपने चकले के व्यापार में से हुआ था। उसने ढाई रूबल का एक कूपन निकाला, उसके साथ दो बीस-बीस के और एक दस कोपेक का सिक्का जोड़े, और यह सब रक़म पेशकार के सुपुर्द कर दी। पेशकार ने कितायेवा की मौजूदगी में ही एक कर्मचारी को बुलाया और पैसे उसके हाथ में दे दिए।

"किरपा करके ठीक-ठीक दे देना," कितायेवा ने कहा।

इस अविश्वास से कर्मचारी के मन को खेद हुआ। यही कारण था कि उसने मास्लोवा के साथ रूखाई से बात की।

पैसे मिले तो मास्लोवा बड़ी खुश हुई। इससे वह अपनी एकमात्र ललक तो शान्त कर पाएगी।

"अगर कहीं से सिगरेट मिल पाएँ और मैं एक कश लगा सकूँ !" उसने मन-ही-मन कहा। बरामदे में दूसरे कमरों के भी दरवाजे खुलते थे, जिनमें से सिगरेटों का धुआँ छन-छनकर आ रहा था। मास्लोवा सिगरेट पीने के लिए इतनी बेचैन थी कि वह इसी धुएँ में लम्बी-लम्बी साँस खींचने लगी। सिगरेटों के लिए उसे बड़ी देर तक इन्तज़ार करना पड़ा। सेक्रेटरी का आर्डर मिलने पर ही क़ैदियों को वहाँ से ले जाया जा सकता था। और सेक्रेटरी बातें करने में ऐसा मस्त था कि उसे क़ैदी भूल ही गए। वह फिर एक वकील के साथ उस लेख के बारे में बहस करने लगा था,

जिसे छापने की सेंसर ने मनाही कर रखी थी।

मुक़दमे के बाद, छोटे-बड़े, कितने ही आदमी मास्लोवा को घूरने के लिए कमरे में आए, और एक दूसरे के साथ फुसफुसाकर बातें करते रहे। पर मास्लोवा ने उनकी ओर कोई ध्यान नहीं दिया।

आख़िर पाँच बजे जाकर कहीं उसे वहाँ से निकलने की इजाज़त मिली। पिछले दरवाज़े में से वह निकली। दो संरक्षक, वही नीज्नी नोवगोरोद का आदमी और चुवाश उसके साथ थे। अभी वह कचहरी के अहाते में ही थी कि उसने उन्हें बीस कोपेक दिए और कहा कि उसके लिए दो छोटी डबलरोटियाँ और एक डिबिया सिगरेट ला दें। चुवाश हँस दिया, बोला–"अच्छी बात है, ला देता हूँ," और पैसे ले लिए। और सचमुच वह सिगरेट और डबलरोटियाँ ले भी आया और ईमानदारी से बाक़ी पैसे भी लौटा दिए।

रास्ते में उसे सिगरेट पीने की इजाज़त नहीं दी गई। वह उसी तरह बेचैन जेलख़ाने की ओर चलती गई। जब वह जेल के फाटक पर पहुँची तो उसी वक़्त बाहर कहीं से एक सौ क़ैदी रेलगाड़ी द्वारा वहाँ लाए गए थे और उन्हें अन्दर ले जाया जा रहा था। गलियारे में उसका उनसे सामना हुआ।

बाहर की ड्योढ़ी क़ैदियों से भर गई थी। सभी तरह के क़ैदी थे, बूढ़े, जवान, दाढ़ीवाले, बेदाढ़ी, रूसी, ग़ैर-रूसी, किसी-किसी का सिर भी घुटा हुआ था, सभी के पाँवों में बेड़ियाँ खनखना रही थीं। ड्योढ़ी धूल, शोर और क़ैदियों के पसीने की तीखी गन्ध से भर गई। मास्लोवा के पास से गुज़रते हुए सभी कैदी उसकी ओर घूर-घूरकर देखते थे। कुछेक तो जानबूझकर उसे ठोकर लगा रहे थे।

"कैसी लौंडिया है–रसभरी," एक बोला।

"सलाम है मेम साहिब," एक दूसरे ने आँख मारते हुए कहा। एक साँवला-सा आदमी बेड़ियाँ खनखनाता आया। उसकी बड़ी-बड़ी मूँछें थीं, लेकिन बाक़ी चेहरा, गर्दन तक, सफ़ाचट था। पास आते ही वह रुक गया, और उछलकर मास्लोवा को बाँहों में भर लिया।

"तुम अपने यार को भूल ही गई हो ! वाह-वाह, बड़ा ग़रूर करती हो।" अपने दाँत दिखाते हुए वह चिल्लाया। मास्लोवा ने उसे धकेलकर हटा दिया तो उसकी आँखें चमकने लगीं।

"ऐ सूअर! क्या कर रहे हो?" छोटे इन्स्पेक्टर ने पीछे से कहा।

क़ैदी डरकर पीछे हट गया। छोटे अफ़सर ने मास्लोवा की ओर घूमकर पूछा–

"तुम यहाँ क्यों ?"

मास्लोवा कहना चाहती थी कि उसे कचहरी से यहाँ वापस लाया गया है, लेकिन वह इतनी थकी हुई थी कि उसने जवाब देना नहीं चाहा।

"इसे कचहरी से लाया गया है, साहब !" एक सिपाही ने सैल्यूट करते हुए आगे बढ़कर कहा।

"तो इसे बड़े वार्डर के हवाले करो। मैं यहाँ यह बकवास नहीं चलने दूँगा।"

"जी, जनाब !"

"सोकोलोव, इसे ले जाओ यहाँ से," छोटे इन्स्पेक्टर ने चिल्लाकर कहा।

बड़ा जमादार आया। उसने गुस्से से मास्लोवा का कन्धा पकड़कर धक्का दिया और सिर झटककर इशारा किया कि मेरे पीछे-पीछे चलती आओ, और उसे एक दूसरे वार्ड के बरामदे में ले गया जहाँ क़ैदी औरतों को रखा जाता था। यहाँ पर उसकी तलाशी ली गई। जब कुछ भी बरामद न हुआ (उसने सिगरेटों की डिबिया डबलरोटी के अन्दर छिपा ली थी) तो उसे उसी कोठरी में ले जाया गया जहाँ से निकलकर वह सुबह कचहरी में गई थी।

30

एक लम्बोतरी-सी कोठरी में मास्लोवा को रखा गया था, जिसकी लम्बाई 21 फुट और चौड़ाई 16 फुट थी। उसमें दो खिड़कियाँ और एक टूटा-फूटा आलावघर था। इसके दो-तिहाई हिस्से में क़ैदियों के लिए एक के ऊपर दूसरे तख़्ते लगे हुए थे। उनकी लकड़ी जगह-जगह से ऐंठी और सिकुड़ी हुई थी। दरवाज़े के ऐन सामने देवप्रतिमा टँगी थी जिसके पास एक मोमबत्ती खोंसी हुई थी, और सदाबहार फूलों का एक गुच्छा लटक रहा था। बाईं ओर दरवाज़े के पीछे जहाँ फ़र्श काला पड़ गया था, एक टब रखा था जिसमें से बदबू आ रही थी। क़ैदी औरतों की जाँच हो चुकी थी और उन्हें रात के लिए कोठरी में बन्द कर दिया गया था।

इस कोठरी में पन्द्रह लोगों को रखा गया था जिनमें से तीन बच्चे थे।

अभी रोशनी काफ़ी थी। केवल दो औरतें लेटी हुई थीं। उनमें से एक तपेदिक की मारी थी, जिसे चोरी के इल्ज़ाम में क़ैद किया गया था। दूसरी मूढ़ थी जिसे पासपोर्ट न होने के कारण पकड़ लिया गया था, और जो अधिकांश समय सोती रहती थी। तपेदिकवाली औरत सो नहीं रही थी, केवल लेटी थी और आँखें फाड़-फाड़कर देख रही थी। उसने सिर के नीचे अपना क़ैदियों का लबादा लपेटकर रखा हुआ था, और गले में उठती बलग़म को दबाने की चेष्टा कर रही थी ताकि खाँसी न होने लगे।

अधिकांश स्त्रियों ने केवल भूरे रंग की गाढ़े की शमीज़ें पहन रखी थीं। उनमें से कुछेक खिड़की के पास खड़ी बाहर मैदान में झाँक रही थीं जहाँ क़ैदी जा रहे थे। तीन स्त्रियाँ बैठी सिलाई कर रही थीं। इन तीन स्त्रियों में केराब्ल्योवा भी थी। यह वही औरत थी जिसने सुबह मास्लोवा को विदा किया था। क़द की ऊँची-लम्बी, और मज़बूत औरत थी। चेहरा कठोर, भवें चढ़ी हुईं, गालों का मांस पिलपिला हो रहा था जिससे ठोड़ी दोहरी हो गई थी। पीठ पर सुनहरी रंग के बालों की हलकी-सी चोटी लटक रही थी, कनपटियों पर के बाल सफ़ेद हो चले थे, और गाल पर एक मस्सा था जिसमें बाल उग रहे थे। इसे साइबेरिया में कड़ी मशक़्क़त करने की सज़ा दी गई थी। इसने एक कुल्हाड़ी के साथ अपने पति की हत्या कर डाली थी जो इसकी बेटी के साथ अनुचित सम्बन्ध रखना चाहता था। कोठरी में सब औरतों की यह मुखिया थी, और लुक-छिपकर किसी तरह इन्हें शराब बेचा करती थी। वह चश्मा पहने कुछ-सी रही थी। अपने बड़े-बड़े काम के आदी हाथों में उसने सुई पकड़ रखी थी–तीन उँगलियों से और नोक अपनी तरफ़ किए, जैसे कि किसान औरतें पकड़ती हैं। उसकी बग़ल में एक दूसरी स्त्री बैठी थी जो मोटी किरमिच का एक थैला-सी रही थी। यह औरत रेलवे में चौकीदारी का काम करती थी। इसे तीन महीने क़ैद की सज़ा दी गई थी, क्योंकि उसने वक़्त पर गाड़ी को झंडी नहीं दिखाई थी जिससे हादसा हो गया था। दयालु-स्वभाव और बातें करने की शौकीन थी, क़द छोटा-था, नाक चपटी और आँखें काली-काली थीं। सिलाई करनेवाली औरतों में तीसरी औरत का नाम फ़ेदोस्या था। यह बेहद सुन्दर युवती थी, गोरा रंग, गुलाबी गाल, बच्चों-सी चमकती आँखें, सुनहरी बालों की लम्बी-लम्बी चोटियाँ जो इसने सिर पर लपेट-सी रखी थीं। इसे इसलिए क़ैद कर रखा था कि इसने अपनी शादी के फ़ौरन ही बाद अपने घरवाले को ज़हर देने की कोशिश की थी (इसकी शादी, इससे बिना पूछे 16 साल की उम्र में ही कर दी गई थी) आठ महीने तक यह ज़मानत पर रिहा रही। इस दौरान इसकी अपने पति के साथ सुलह हो गई। सुलह ही नहीं हो गई, यह उसे प्यार करने लगी। और जब मुक़दमे का वक़्त आया तो दोनों जी-जान से एक दूसरे को चाहते थे। इसके पति, ससुर और

सास ने–ख़ासतौर पर सास ने जो इसे बेहद प्यार करने लगी थी–इसे छुड़ाने की भरसक कोशिश की, लेकिन फिर भी इसे साइबेरिया में कड़े परिश्रम की सज़ा दे दी गई। फ़ेदोस्या बड़ी दयालु-स्वभाव, और हँसमुख लड़की थी, सारा वक़्त हँसती-खेलती रहती। उसका तख़्ता मास्लोवा के बिलकुल साथ था। उसे मास्लोवा से बेहद प्यार हो गया था, यहाँ तक कि उसकी देखभाल और ख़िदमत करना वह अपना फ़र्ज समझती थी। तख़्तों पर दो और स्त्रियाँ बैठी थीं जो कोई काम नहीं कर रही थीं। उनमें से एक की उम्र लगभग 40 वर्ष की होगी, दुबला-पतला, पीला-सा चेहरा, जो शायद किसी ज़माने में बड़ा ख़ूबसूरत रही होगी। उसकी गोद में बच्चा था जो उसके गोरे चिचुड़े स्तन को मुँह लगाए दूध पी रहा था। इसके गाँव में पुलिस अफ़सर एक रंगरूट को ले जा रहा था (यह लड़का इस औरत का भतीजा था)। गाँववालों ने आपत्ति उठाई, क्योंकि उनकी राय में वह उसे ग़ैरक़ानूनी तौर पर ले जाया जा रहा था और पुलिस अफ़सर का रास्ता रोककर लड़के को छुड़ा लिया। इस औरत ने सबसे पहले आगे बढ़कर उस घोड़े की लगाम पकड़ी थी जिस पर बिठाकर उसे ले जाया जा रहा था। यही इसका जुर्म था। दूसरी स्त्री जो बेकार बैठी थी, कोई बुढ़िया थी जिसके बाल पके हुए थे और पीठ झुक गई थी। उसकी आँखों से भी दयालुता टपकती थी। उसका तख़्ता अलावघर के पीछे था। इस वक़्त वह चार साल के फूले हुए पेटवाले लड़के को पकड़ने की कोशिश कर रही थी जो हँसता हुआ उसके सामने आगे-पीछे भाग रहा था। इस लड़के ने केवल एक क़मीज़ पहन रखी थी, और इसके बाल छोटे-छोटे थे। जब भी औरत के पास से होकर निकलता तो बार-बार कहता–"देखा, नहीं पकड़ा, नहीं पकड़ा।" बुढ़िया और उसके बेटे को आग लगाने के जुर्म में क़ैद किया गया था। यह अपनी सज़ा हँसते-हँसते काट रही थी। उसे चिन्ता थी तो अपने बेटे की, और मुख्यतया अपने बूढ़े पति की। वह सोचती कि उसका "बूढ़ा" बहुत बिगड़ता होगा क्योंकि उसके कपड़े धोनेवाला अब कोई नहीं रहा था।

इन सात स्त्रियों को छोड़कर चार स्त्रियाँ खुली खिड़की के पास, सीखचों को पकड़े खड़ी थीं। बाहर आँगन में से उन क़ैदियों को ले जाया जा रहा था जिनसे मास्लोवा की टक्कर हुई थी और ये स्त्रियाँ उन्हें इशारे कर रही थीं और चिल्ला-चिल्लाकर उनसे बातें कर रही थीं। इनमें से एक बड़ी भारी-भरकम औरत थी, थलथल-पिलपिल, सिर पर लाल रंग के बाल, ज़र्द चेहरे, हाथों और गर्दन पर चित्तियाँ, गर्दन स्थूल जो कॉलर में से बाहर निकली हुई जान पड़ती थी। उसने कॉलर के बटन खोल रखे थे। वह चिल्लाकर, फटी आवाज़ में कोई अश्लील बात कह रही थी। यह औरत चोरी के इल्ज़ाम में क़ैद काट रही थी। उसकी बग़ल में एक दस बरस की लड़की जितनी साँवले रंग की स्त्री खड़ी थी। लम्बी कमर, छोटी-छोटी टाँगें, लाल धब्बों भरा चेहरा, आँखें एक दूसरे से दूर-दूर, और मोटे-मोटे होंठ थे जो उसके लम्बे-लम्बे सफ़ेद दाँतों को भी ढँक नहीं पाते थे। आँगन में जो कुछ हो रहा था, उसे देखकर वह किसी-किसी वक़्त अचानक ऊँची कर्कश आवाज़ में हँसने लगती। वह चोरी और आग लगाने के इल्ज़ाम में सज़ा काट रही थी। उसे सिंगार-सजावट का बड़ा शौक था, इसीलिए औरतों ने उसका नाम छबीली रख छोड़ा था। इनके पीछे एक दुबली-पतली, दयनीय-सी स्त्री, भूरे रंग की बेहद गन्दी शमीज़ पहने खड़ी थी। उसे गर्भ था। इसे चोरी का माल छिपाकर रखने का अभियोग लगाया गया था। यह औरत चुपचाप खड़ी थी, लेकिन आँगन में जो कुछ हो रहा था, उसे देख-देखकर ख़ुश हो रही थी और मुस्करा रही थी, मानो उसे अच्छा लग रहा हो। इन्हीं के साथ एक नाटे क़द की गठीली किसान औरत खड़ी थी, बड़ी-बड़ी आँखें, मिलनसार चेहरा। यह उस लड़के की माँ थी जो बुढ़िया के साथ खेल रहा था। इसी की एक सात बरस की बेटी भी थी जो उसी के साथ जेल में थी। बच्चे भी इसलिए उसके साथ

जेल में आए थे क्योंकि बाहर इनकी देखभाल करनेवाला कोई न था। नाजायज़ शराब बेचने के जुर्म में क़ैद काट रही थी। वह खिड़की से कुछ हटकर खड़ी मोज़ा बुन रही थी। खिड़की से जो कुछ कहा जा रहा था उसे सुन तो रही थी लेकिन उसे बुरा समझती थी, और बार-बार सिर हिलाकर आँखें बन्द कर रही थी। पर उसकी सात साल की बेटी, छोटी-सी शमीज़ पहने, छोटे-से, दुबले-पतले हाथ से लाल बालोंवाली औरत की स्कर्ट पकड़े खड़ी थी, और बड़े ध्यान से उन अश्लील गालियों को सुने जा रही थी जो औरतें और मर्द क़ैदी एक दूसरे को निकाल रहे थे, और धीरे-धीरे उन्हें मुँह में दोहरा रही थी, मानो ज़बानी याद कर रही हो। उसके पटुए के से बाल खुले लटक रहे थे और नीली-नीली आँखें एकटक लाल बालोंवाली औरत को देखे जा रही थीं। बारहवीं औरत एक पादरी की लड़की थी, लम्बी-ऊँची, रोबीले आकारवाली लड़की जिसने अपने अवैध बच्चे को कुँए में फेंक दिया था। वह इस गाली-गलौच की ओर कोई ध्यान नहीं दे रही थी। उसने भी केवल एक गन्दी-सी शमीज़ पहन रखी थी और नंगे पाँवों घूम रही थी। उसके सुनहरी बालों की एक छोटी-सी लट जूड़े में से निकलकर लटक रही थी और बड़ी भद्दी लग रही थी। कोठरी में ख़ाली जगह पर बिना किसी की ओर देखे, वह इधर-उधर चल रही थी, और जब भी दीवार के सामने पहुँचती तो झट से घूमकर फिर चलने लगती।

31

ताला खुलने की आवाज़ आई। दरवाज़ा खुला और मास्लोवा कोठरी में दाख़िल हुई। सभी औरतें घूमकर उसकी ओर देखने लगीं। यहाँ तक कि पादरी की बेटी भी क्षण भर के लिए रुक गई और भँवें चढ़ाकर मास्लोवा की ओर देखा, पर फिर बिना कुछ कहे, लम्बे-लम्बे डग भरती हुई तेज़-तेज़ चलने लगी। कोराब्ल्योवा ने सूई अपने भूरे रंग के टाट में खोंसी और चश्मे में से प्रश्नसूचक नेत्रों से मास्लोवा की ओर देखा।

"हे भगवान, लौट आई क्या? मुझे तो पक्का यक़ीन था कि वे तुम्हें छोड़ देंगे। तो तुम्हें भी सज़ा मिल गई !" उसने गहरी खरज आवाज़ में कहा। उसकी आवाज़ आदमियों जैसी थी।

उसने अपना चश्मा उतारा और अपना काम उठाकर पास ही तख़्ते पर रख दिया।

"और यहाँ मैं और बुढ़िया चाची बैठी कह रही थीं, 'यह भी हो सकता है कि मास्लोवा को फ़ौरन ही छोड़ दें', सुनती हैं ऐसे भी होता है। किसी-किसी को तो ढेरों रुपया भी मिलता है। लेकिन सब क़िस्मत की बात है," चौकीदारिन कहने लगी। वह जब बातें करती तो ऐसा जान पड़ता जैसे गा रही है। "और हुआ बिलकुल ही उलट। हमारा अनुमान बिलकुल ग़लत निकला। भगवान को यह मंज़ूर नहीं था, प्यारी।" वह अपनी मधुर आवाज़ में कहती गई।

"क्या यह कभी मुमकिन हो सकता है? क्या तुम्हें सज़ा दी गई है ?" फ़ेदोस्या ने सद्भावना भरी, व्यग्र आवाज़ में पूछा और अपनी हलकी नीली, बच्चों की सी आँखों से उसकी ओर देखने लगी। उसका चमकता चेहरा मुर्झा गया मानों उसे रुलाई आ रही हो।

मास्लोवा ने कोई उत्तर नहीं दिया। वह सीधी अपने तख़्ते की ओर गई, जो दीवार के साथ दूसरे नम्बर पर कोराब्ल्योवा के पास था, और जाकर बैठ गई।

"कुछ खाया भी है या नहीं ?" फ़ेदोस्या ने पूछा और उठकर मास्लोवा के पास चली आई।

मास्लोवा ने जवाब नहीं दिया और डबलरोटी के दोनों रोल तख़्ते पर रख दिया। फिर अपना धूल भरा लबादा उतारा और अपने घुँघराले बालों पर से रूमाल हटाया।

बूढ़िया औरत जो बच्चे के साथ खेल रही थी, चली आई और मास्लोवा के सामने आकर खड़ी हो गई।

''च...च...च !'' उसने बड़ी दया से सिर हिलाते हुए कहा।

लड़का भी उसके साथ चला आया। डबलरोटी को देखकर उसके होंठ खुल गए और आँखें फाड़-फाड़कर उसकी ओर देखने लगा। आज दिन भर जो उसके साथ बीती थी, उसके बाद इन संवेदनापूर्ण चेहरों को देखकर मास्लोवा के होंठ काँपने लगे और उसे रोना आ गया। लेकिन उसने अपने को सँभाल लिया। पर यह उस वक़्त तक रहा जब तक कि बुढ़िया और लड़का वहाँ पर नहीं पहुँचे। जब उसने बुढ़िया की दयार्द्र, सहानुभूतिपूर्ण आवाज़ सुनी और बच्चे को डबलरोटी पर से हटकर अपनी ओर देखते पाया तो वह अपने को न रोक सकी। उसका सारा चेहरा काँपने लगा और वह फफक-फफककर रोने लगी।

''मैंने कहा नहीं था कि कोई अच्छा-सा वकील कर ले,'' कोराब्ल्योवा ने कहा। ''अब क्या मिला ? देश निकाला ?''

मास्लोवा कोई जवाब नहीं दे पाई। उसने डबलरोटी में से सिगरेटों की डिबिया निकाली और कोराब्ल्योवा के सामने बढ़ा दी। डिबिया पर एक गुलाबी गालोंवाली औरत की तस्वीर थी, जिसके बाल ऊपर को उठे हुए थे और बहुत नीचे गलेवाली क़मीज पहने थी। कोराब्ल्योवा ने डिबिया को देखकर सिर हिला दिया। लेकिन मुख्यतया इसलिए कि उसे मास्लोवा का इन चीज़ों पर पैसा ज़ाया करना अच्छा नहीं लगा। फिर भी उसने एक सिगरेट निकाली, लैंप के पास जाकर उसे सुलगाया, और एक कश लेकर मास्लोवा के हाथ में दे दिया। मास्लोवा अब भी रो रही थी। लेकिन वह बड़ी अधीरता से तम्बाकू के कश खींचने लगी।

''कड़ी मशक़्क़त की सज़ा मिली है,'' मास्लोवा ने धुआँ छोड़ते हुए, सिसकी भर कर कहा।

''इन जान लेवाओं को भगवान का भी डर नहीं,'' कोराब्ल्योवा बुदबुदाई। ''बिना किसी दोष के लड़की को सज़ा दे दी।''

खिड़की की ओर से ऊँची-ऊँची हँसने की कर्कश आवाज़ आई। औरतें हँस रही थीं। छोटी लड़की भी हँस रही थी और उसकी पतली बचपना आवाज़ औरतों की तीखी फटी आवाज़ में मिल रही थी। बाहर आँगन में किसी क़ैदी ने कोई ऐसी हरकत की थी जिस पर ये दर्शक औरतें हँसने लगी थीं।

''अरे, वह देखो उस सिर-मुंडे शिकारी कुत्ते को, क्या कर रहा है,'' लाल बालोंवाली मोटी औरत ने कहा, और हँसी से उसका सारा शरीर हिलने लगा। फिर सीखचों के पास आगे की ओर झुककर उसने अश्लील ज़बान में फ़िजूल चिल्लाना शुरू कर दिया।

''मोटी खूसट चिल्लाए जा रही है। क्या हुआ है जो इतना हँस रही है ?'' कोराब्ल्योवा ने कहा और फिर मास्लोवा की ओर घूमकर बोली, ''कितने साल?''

''चार साल?'' मास्लोवा ने जवाब दिया। उसकी आँखों से झर-झर आँसू बह रहे थे, यहाँ तक कि एक आँसू सिगरेट पर भी जा पड़ा। मास्लोवा ने गुस्से से सिगरेट मरोड़कर फेंक दी और एक दूसरी सिगरेट निकाली।

चौकीदारिन सिगरेट पीती तो नहीं थी लेकिन उसने फिर भी सिगरेट उठा ली और से सीधा करने लगी। और उसी तरह सारा वक़्त बातें करती रही–

''हाँ, तो यह हुआ प्यारी, आख़िर तो यह सच है कि सच को तो इन्होंने भाड़ में झोंक दिया है। अब जो मन में आए करते हैं। यहाँ हम बैठी अनुमान लगा रही थीं कि तुम्हें छोड़ दिया जाएगा।

कोराब्ल्योवा कहती थी–'उसे ज़रूर छोड़ देंगे'। मैं कहती थी–'नहीं, नहीं मेरी प्यारी, मेरा दिल कहता है कि उसे कभी नहीं छोड़ेंगे।' और वही कुछ हुआ भी,'' वह बोलती जा रही थी। प्रत्यक्षतः उसे अपनी आवाज़ सुन-सुनकर मज़ा आ रहा था।

एक-एक करके वे औरतें भी मास्लोवा के पास चली आईं जो खिड़की के पास खड़ी थीं। बाहर आँगन में से क़ैदी चले गए थे जिनसे उनका दिलबहलाव हो रहा था। सबसे पहले मोटी-मोटी आँखोंवाली औरत आई जो नाजायज़ शराब बेचने के कारण क़ैद काट रही थी। उसके साथ उसकी नन्हीं बेटी भी आई।

''इतनी सख़्त सज़ा क्यों मिली ?'' मास्लोवा के पास बैठते हुए और ख़ूब तेज़-तेज़ बुनते हुए उसने कहा।

''इतनी सख़्त क्यों ?'' क्योंकि पैसे नहीं थे। इसलिए। अगर पैसे होते, और एक अच्छा वकील कर लिया जाता तो उनकी चालाकियाँ पकड़ सकता, तो यह छूट जाती। यक़ीनी बात है,'' कोराब्ल्योवा ने कहा। ''वहाँ एक वकील है, क्या नाम है उसका–वह जिसके मुँह पर बाल-ही-बाल हैं और लम्बी-सी नाक है–वह ऐसा मर्म जानता है कि फाँसी के तख़्ते पर से उतरवा लेता है आदमी को। मैं बताऊँ तुम्हें। अगर उसे कर लिया होता तो कोई बात ही नहीं थी।''

''जी, वह तुम्हारे हाथ ज़रूर आता ?'' छबीली ने उनके पास बैठते और अपनी बत्तीसी निपोरते हुए कहा, ''वह एक हज़ार से नीचे तो बात ही नहीं करता।''

''लगता है जैसे तुम पर ग्रह है,'' उस बुढ़िया ने कहा जिसे आग लगाने के जुर्म में क़ैद कर लिया गया था। ''ज़रा सोचो तो, एक तो लड़के की घरवाली को फँसा लिया, दूसरे उसे क़ैद कर दिया। और मुझे भी, मेरा बुढ़ापा नहीं देखा। कीड़े खा जाएँगे हमें यहाँ पर,'' अपनी कहानी उसने फिर शुरू कर दी जो सैकड़ों बार पहले सुना चुकी थी। ''या जेल भुगतो या माँग कर खाओ। भिखारी और क़ैदी बनते देर नहीं लगती।''

''लगता है सभी एक जैसे हैं,'' नाजायज़ शराब बेचनेवाली ने कहा, और अपनी बेटी के सिर की ओर देखकर अपनी बुनाई तख़्ते पर रख दी और लड़की को घुटनों के बीच खड़ा करके उसके बालों में से जुएँ निकालनी शुरू कर दीं। ''पूछते हैं–'तुम शराब क्यों बेचती हो?' वाह!'' वह बोलती गई, ''क्यों, बच्चों का पेट कैसे पालें?''

मास्लोवा ने ये शब्द सुने तो उसका शराब पीने को जी का आया।

''थोड़ी-सी शराब मिल जाए ?'' अपनी आस्तीन से आँखें पोंछते हुए उसने कोराब्ल्योवा से पूछा। अब उसकी सिसकियाँ कुछ थमने लगी थीं।

''अच्छी बात है, हो जाए ?'' कोराब्ल्योवा बोली।

32

मास्लोवा ने पैसों का कूपन निकाला और कोराब्ल्योवा के हाथ में दे दिया। इसे भी उसने डबलरोटी में छिपा रखा था। कोराब्ल्योवा पढ़ना नहीं जानती थी, फिर भी उसने कूपन ले लिया। उसे छबीली पर यक़ीन था, और छबीली ने बताया था कि कूपन दो रूबल और पचास कोपेक का है। कोराब्ल्योवा तख़्तों पर पाँव रखती हुई रोशनदान तक जा पहुँची जहाँ उसने शराब की एक छोटी-सी शीशी छिपा रखी थी। उसे शराब निकालते देखकर वे औरतें वहाँ से सरक गई जिनके तख़्ते वहाँ से दूर थे। इस बीच मास्लोवा ने अपने लबादे और रूमाल को झाड़कर साफ़ किया और तख़्ते

पर चढ़कर बैठ गई और डबलरोटी खाने लगी।

"मैंने तुम्हारे लिए चाय रख दी थी," फ़ेदोस्या बोली, और एक तख़्ते पर से टीन की चायदानी और एक मग उठा लाई जिन्हें उसने एक चिथड़े में लपेट कर रखा हुआ था, "पर चाय जरूर ठंडी हो गई होगी।"

चाय ठंडी थी, और उसमें चाय की कम और टीन की अधिक गन्ध आ रही थी। फिर भी मास्लोवा ने मग भर लिया और डबलरोटी के साथ-साथ उसे पीने लगी।

"फ़िनाश्का, यह लो," उसने डबलरोटी का एक टुकड़ा तोड़ते हुए छोटे लड़के को दिया जो खड़ा उसके चलते मुँह को देखे जा रहा था।

इस बीच कोराब्ल्योवा ने शराब की शीशी और एक मग मास्लोवा के आगे बढ़ा दिया। मास्लोवा ने थोड़ी-थोड़ी शराब कोराब्ल्योवा और छबीली को भी पीने के लिए दी। इन कैदियों को इस कमरे में बहुत ऊँचा समझा जाता था, क्योंकि इनके पास कुछ पैसे थे। इसलिए भी कि इनके पास जो कुछ होता ये दूसरों के साथ बाँटकर खाते थे।

कुछ ही मिनटों में मास्लोवा सरूर में आ गई और चहक-चहककर अदालत की बातें सुनाने लगी। सरकारी वकील की नक़ल उतारती। जिस बात ने उसे सबसे अधिक प्रभावित किया, उसके बारे में बोली। सभी आदमी उसके पीछे-पीछे जाते रहे थे, वह सुनाती रही, सभी आदमी उसे घूर-घूरकर देखते थे, और जितनी देर वह क़ैदियों के कमरे में रही, बार-बार अन्दर आते रहे।

"एक सिपाही मुझे कहने लगा–'ये सब तुम्हें देखते आते हैं।' एक आदमी अन्दर आता और पूछता–'यहाँ मेरा कागज पड़ा था।' या कुछ और। मगर मैं जानती थी, वह काग़ज़ ढूँढ़ने नहीं आया था, वह तो मुझे घूरने के लिए आया है," उसने सिर हिलाते हुए कहा, "पूरे कलाकार थे।"

"ठीक कहती हो," चौकीदारिन की सुरीली आवाज़ आई, "वे तो इस तरह मँडराते हैं जैसे गुड़ पर मक्खियाँ, और कुछ मिले या न मिले, उन जैसे लोग रोटी छोड़ देंगे पर औरत को नहीं छोड़ेंगे।"

"यहाँ पर भी वही कुछ हुआ," मास्लोवा ने उसकी बात काटते हुए कहा, "मैं अभी कचहरी से वापस पहुँची ही थी कि रेल पर से क़ैदियों का एक गिरोह यहाँ पहुँचा। मुझे छोड़ते ही न थे, मेरी समझ में नहीं आ रहा था कि उनसे कैसे पीछा छुड़ाऊँ। शुक्र है, छोटे इन्स्पेक्टर ने उन्हें वहाँ से भगा दिया। एक तो मेरे पीछे ही पड़ गया था। मैं तो मुश्किल से उसके हाथों से बच पाई।

"कैसा था वह ?" छबीली ने पूछा।

"साँवले रंग का था, बड़ी-बड़ी मूँछें थीं।"

"वही होगा।"

"वही कौन ?"

"श्चेग्लोव, वही जो अभी-अभी आँगन में से गया है।"

"श्चेग्लोव कौन है?"

"वाह, तुम श्चेग्लोव को भी नहीं जानती ? दो बार वह साइबेरिया से भाग चुका है। अब उन्होंने फिर उसे पकड़ लिया है, मगर यह फिर भाग जाएगा। जेल के वार्डर खुद उससे डरते हैं," छबीली बोली। उसे जेल की सब बातों की जानकारी रहती थी। किसी-न-किसी तरह यह क़ैदियों को पुर्जे भेजती रहती थी। "वह ज़रूर भाग जाएगा, मानी हुई बात है।"

"अगर वह भाग जाएगा तो हमें कौन-सा अपने साथ ले जाएगा।" कोराब्ल्योवा ने कहा और मास्लोवा की ओर घूम गई, "तुम बताओ कि अपील करने के बारे में वकील क्या कहता है ?

दरख़्वास्त देने का यही वक़्त है।''

मास्लोवा ने कहा कि मुझे इस बारे में कुछ भी मालूम नहीं।

उसी वक़्त लाल बालोंवाली औरत इन 'बड़े लोगों'' के पास चली आई। अपने दोनों चित्तीदार हाथ उसने बालों में खूँस रखे थे और नाखूनों से सिर खुजला रही थी।

''मैं तुम्हें सब बताए देती हूँ, येकातेरीना,'' वह कहने लगी, ''सबसे पहली बात तो यह कि तुम्हें लिखकर देना होगा कि यह सज़ा नाजायज़ है, फिर इसके बाद सरकारी वकील को नोटिस देना होगा।''

''तुम्हारा यहाँ क्या काम है ?'' कोराब्ल्योवा ने गुस्से से कहा। ''शराब की गन्ध तुम तक पहुँच गई है न ! तुम्हारी बक-बक की यहाँ कोई ज़रूरत नहीं। अपनी नसीहत अपने पास रखो।''

''तुम्हारे साथ कौन बात कर रहा है ? तुम अपनी टाँग मत अड़ाओ।''

''शराब लेने आई हो और क्या। इसीलिए नाक रगड़ती यहाँ आ गई हो।''

''इसे थोड़ी दे देंगे,'' मास्लोवा ने कहा, जो हमेशा अपनी चीज़े दूसरों के साथ बाँटने के लिए तैयार रहती थी।

''इसे मैं मज़ा चखाऊँगी...''

''आओ, चखाओ मज़ा,'' लाल बालोंवाली ने कोराब्ल्योवा की ओर बढ़ते हुए कहा, ''तुम समझती हो मैं तुमसे डरती हूँ ?''

''डायन !''

''डायन वह जो दूसरों को कहे।''

''रंडी।''

''रंडी मैं ? मैं रंडी हूँ। तू कौन है ? हत्यारी, क़ैदी !'' लाल बालोंवाली ने चीख़कर कहा।

''चली जाओ यहाँ से, मैं तुम्हें कह रही हूँ,'' कोराब्ल्योवा ने दृढ़ता से कहा, मगर लाल बालोंवाली पास आती गई, और कोराब्ल्योवा ने उसे धक्का दिया। जान पड़ता है लाल बालोंवाली इसी इन्तज़ार में थी। उसने झट हाथ बढ़ाकर कोराब्ल्योवा के बाल पकड़ लिए और दूसरे हाथ से उसे मुँह पर घूँसा जमाने की कोशिश की। कोराब्ल्योवा ने उसका यह हाथ पकड़ लिया। मास्लोवा और छबीली ने लाल बालोंवाली की बाँहें पकड़ लीं और उसे पीछे खींचने की कोशिश करने लगीं। क्षण भर के लिए उसने बुढ़िया के बाल छोड़ दिए, पर दूसरे ही क्षण उसने फिर उन्हें पकड़कर अपनी कलाई पर लपेट लिया। कोराब्ल्योवा का सिर एक ओर को झुका हुआ था। एक हाथ से वह लाल बालोंवाली को घूँसे लगा रही थी और कोशिश कर रही थी कि किसी तरह उसके हाथ को दाँतों से काट सके। बाक़ी औरतें चीख़ती चिल्लातीं उन्हें छुड़ाने की कोशिश कर रही थीं। यहाँ तक कि तपेदिक की मरीज़ भी उठ आई थी और खड़ी खाँस रही थी और तमाशा देखे जा रही थी। बच्चे रोने लगे थे और एक दूसरे के साथ सिमटकर खड़े हो गए थे। शोर सुनकर जमादारिन और जमादार वहाँ आ गए। जो औरतें लड़ रही थीं वह अलग हो गईं और शिकायतें करने लगीं। कोराब्ल्योवा अपनी सफ़ेद चुटिया को खोलकर उसमें से टूटे बाल निकाल रही थी। और लाल बालोंवाली औरत की शमीज़ फट गई थी जिससे उसकी पीली-पीली छाती नज़र आने लगी थी, और वह दोनों हाथों से शमीज़ को पकड़े हुए थी।

''मैं जानती हूँ यह सब शराब की करतूत है। ज़रा ठहरो, मैं कल ही इन्स्पेक्टर को बताऊँगी और वह तुम्हें मज़ा चखाएगा। मुझे साफ़ उसकी गन्ध आ रही है। हटा लो सब कुछ वरना बहुत बुरा होगा,'' जमादारिन ने कहा, ''हमारे पास तुम्हारे निबटाने के लिए वक़्त नहीं है। अब चुपचाप

अपनी-अपनी जगह पर चली जाओ। ख़बरदार जो शोर मचाया तो।''

मगर शोर फिर भी बड़ी देर तक मचता रहा। बड़ी देर तक औरतें एक दूसरी से झगड़ती रहीं और बोलती रहीं कि किसका कसूर है। आख़िर जमादारिन और जमादार दोनों कोठरी में से चले गए, औरतें थोड़ी देर के लिए चुप हो गईं और अपने-अपने तख़्ते पर जा लेटीं। बुढ़िया देव-प्रतिमा के सामने जा खड़ी हुई और प्रार्थना करने लगी।

''मिल गईं दो सैबेरन रांडे,'' सहसा कमरे के दूसरे सिरे से लाल बालोंवाली औरत की फटी हुई आवाज़ आई, एक-एक शब्द के साथ चुनी-चुनी गाली निकल रही थी।

''अभी जी नहीं भरा ? फिर से सीधा कर दूँगी ?'' कोराब्ल्योवा ने जवाब दिया। उसने भी गालियाँ निकालीं। फिर दोनों चुप हो गईं।

''किसी ने छुड़ाया न होता तो मैं तेरी आँखें नोच लेती,'' लाल बालों वाली ने फिर बोलना शुरू किया। दूसरी ओर से पट से वैसा ही जवाब आया।

फिर थोड़ी देर तक चुप्पी छाई रही, परन्तु कुछ देर तक ही। गालियों की बौछार फिर पड़ने लगी। पर बौछारों के बीच की चुप्पी ज़्यादा लम्बी होती गई और अन्त में कमरे में बिलकुल सन्नाटा छा गया। बाक़ी सब स्त्रियाँ भी तख़्तों पर लेटी हुई थीं, कुछेक तो ख़र्राटे भी भरने लगी थीं। केवल बुढ़िया, जो हमेशा बड़ी देर तक प्रार्थना करती रहती थी, अब भी देव-प्रतिमा के आगे बार-बार सिर नवा रही थी। और पादरी की बेटी वार्डर के चले जाने पर उठ खड़ी हुई थी, और फिर कमरे में इधर-उधर टहलने लगी थी।

मास्लोवा के दिमाग़ में बड़ी देर तक यह ख़याल चक्कर लगाता रहा कि मैं मुजरिम हूँ, सज़ायाफ़्ता मुजरिम, जिसे कड़ी मशक़्क़त की सजा दी गई है। आज दो बार अलग-अलग औरतों ने उसके लिए इस शब्द का प्रयोग किया था। एक बार बोच्कोवा ने और दूसरी बार इस लाल बालोंवाली औरत ने। पर उसका मन मानने को तैयार नहीं था। उसके साथवाले तख़्ते पर कोराब्ल्योवा ने करवट बदली।

''किसे ख़याल था कि ऐसा होगा,'' धीमी आवाज़ में मास्लोवा ने कहा, ''लोग कैसे-कैसे जुर्म करते हैं और साफ़ छूट जाते हैं, और मैं बेक़सूर भुगत रही हूँ।''

''चिन्ता नहीं करो बच्ची, लोग साइबेरिया में भी रह लेते हैं। तुम भी वहाँ पर खो नहीं जाओगी,'' कोराब्ल्योवा ने ढाढ़स बँधाते हुए कहा।

''खो तो नहीं जाऊँगी, पर फिर भी है तो सब बेइन्साफ़ी ही। मैं यह सब नहीं भुगतना चाहती–मुझे ज़्यादा आराम से रहने की आदत है।''

''भगवान के आगे किसी का बस नहीं चलता,'' कोराब्ल्योवा ने उसाँस भरते हुए कहा, ''कुछ बस नहीं चलता।''

''ठीक है, बड़ी बी, पर मेरे लिए बड़ा मुश्किल है।''

कुछ देर तक दोनों चुप रहीं।

''सुनती हो उस नामुराद की आवाज़ ?'' कोराब्ल्योवा ने फुसफुसाकर कहा। कमरे के दूसरे सिरे से एक अजीब-सी आवाज़ आने लगी थी।

लाल बालोंवाली औरत दबी-दबी सिसकियाँ ले रही थी। यह इसलिए रो रही थी कि उसे गालियाँ निकाली गई, पीटा गया और फिर भी शराब नहीं मिली, जिसके लिए वह तरस गई थी। साथ ही उसे याद आ रहा था कि हमेशा ही लोग उसे गालियाँ देते रहे हैं, उसका अपमान करते रहे हैं, उसकी खिल्ली उड़ाते रहे हैं, पीटते रहे हैं। अपने दिल को ढाढ़स देने के लिए वह फ़ैक्ट्री

के मजदूर फ़ेदका मोलोदेन्कोव से अपने पहले प्यार की बातें सोचने लगी। पर साथ ही उसे यह भी याद आने लगा कि उस प्यार का क्या अन्त हुआ था। और अन्त यह हुआ था कि इसी मोलोदेन्कोव ने नशे में धुत होकर हँसी-हँसी में उसके सबसे कोमल अंग पर गन्धक का तेज़ाब लगा दिया था और फिर उसे दर्द से छटपटता देखकर अपने दोस्तों के साथ ठहाके मारता रहा था। यह याद करके उसे अपने पर तरस आने लगा। फिर यह सोचकर कि कोई भी सुन नहीं रहा है, वह बच्चों की तरह रोने लगी, नाम में से सूँ सूँ करती और अपने आँसू निगलती जाती।

''तरस आता है बेचारी पर,'' मास्लोवा बोली।

''हाँ, तरस तो आता ही है, पर टाँग अड़ाने का क्या काम।''

33

दूसरे दिन जब नेख़्लूदोव जागा तो उसे ऐसा भास हुआ जैसे उसके साथ कोई घटना घटी है। क्या हुआ है, यह याद आने से पहले ही उसे यह महसूस हो रहा था कि कोई अच्छी और महत्वपूर्ण बात हुई है।

''कात्यूशा, मुक़दमा।'' ठीक है, अब और झूठ नहीं बोलना होगा, अब सच-सच बता देना होगा।

अचानक उसी दिन ही उसे मारिया वासील्येव्ना से वह पत्र भी मिल गया जिसका उसे बहुत दिनों से इन्तज़ार था। इस चिट्ठी की उसे ख़ासतौर पर ज़रूरत भी थी। मारिया वासील्येव्ना ने उसे आज़ाद कर दिया था और शादी के लिए अपनी शुभेच्छाएँ भेजी थीं।

''शादी!'' उसने व्यंग्य भरे लहजे में कहा, '' इस वक़्त तो शादी के ख़याल तक से मैं कोसों दूर हूँ!''

उसे वे इरादे याद आए जो पिछले रोज़ उसने किए थे : कि उसके पति से साफ़-साफ़ सब बात कह दूँगा, अपना सारा दोष स्वीकार करूँगा, और कहूँगा कि जो भी तुम इसकी सज़ा मुझे देना चाहो, मुझे सिर-आँखों पर मंजूर होगी। पर यह सब कल जितना आसान लग रहा था, आज उतना आसान नहीं था। फिर एक आदमी को जान-बूझकर दुखी करने से क्या हासिल–जब वह जानता ही नहीं तो उसे बताने का क्या लाभ? हाँ, अगर वह ख़ुद मेरे पास आए और पूछे तो मैं सबकुछ बता दूँगा। लेकिन ख़ुद यह मतलब लेकर उसके पास जाऊँ और सब कुछ बताऊँ–इसकी बिलकुल कोई ज़रूरत नहीं।

इसी तरह मिस्सी को भी सच-सच बता देना आज कठिन लग रहा था। वह बोलना शुरू ही करेगा तो वह नाराज़ हो उठेगी। सांसारिक मामलों में हर बात साफ़-साफ़ नहीं कही जाती। हाँ, उसके मन में एक बात बिलकुल साफ़ थी, कि वह उनके घर कभी नहीं जाएगा, और जो उन्होंने पूछा तो सच-सच बता भी देगा।

परन्तु जहाँ तक कात्यूशा का सवाल है, उससे कोई भी बात नहीं छिपानी होगी, सब कह देना होगा।

''मैं जेलख़ाने में जाकर उससे मिलूँगा, और सब बात कहकर उससे माफ़ी माँगूँगा। और अगर ज़रूरत हुई...हाँ, अगर ज़रूरत हुई तो उससे शादी भी कर लूँगा,'' उसने सोचा।

यह विचार आते ही कि अपनी नैतिक सन्तुष्टि की ख़ातिर वह सब कुछ कुरबान करने के लिए तैयार है और उसके साथ शादी कर लेगा, वह द्रवित हो उठा।

बहुत दिनों के बाद आज उसे दिन का काम आरम्भ करते समय इतनी स्फूर्ति का अनुभव हो रहा था। जब आग्राफ़ेना पेत्रोव्ना उसके कमरे में आई तो उसने साफ़-साफ़ कह दिया कि अब वह इस घर में नहीं रहेगा, और उसे उसकी ख़िदमत की ज़रूरत नहीं होगी। वह घर में इतने नौकर-चाकर और इतना साज़-सामान इसलिए रखे हुए था कि उसका ख़याल था कि शादी करेगा। यह बात सभी समझते थे। इसलिए अब घर छोड़ देने का विशेष महत्व था। आग्राफ़ेना पेत्रोव्ना ने हैरान होकर उसकी ओर देखा।

''जिस ध्यान से आपने मेरी देख-सँभार की है, मैं उसके लिए आपका शुक्रगुज़ार हूँ। पर अब मुझे इतने बड़े घर की और इतने नौकरों की कोई ज़रूरत नहीं है। अगर आप मेरी मदद करना चाहती हैं, तो बस सब साज़-सामान ठिकाने लगवा दें, जैसा कि माँ के जीते-जी हुआ करता था। जब नताशा आएगी तो खुद सारा प्रबन्ध कर लेगी।'' (नताशा नेख़्लूदोव की बहिन थी।)

आग्राफ़ेना पेत्रोव्ना ने सिर हिलाया –

''ठिकाने लगवा दूँ, क्यों ? उनकी तो ज़रूरत होगी।''

''नहीं, इनकी ज़रूरत नहीं होगी, आग्राफ़ेना पेत्रोव्ना, इनकी बिलकुल ज़रूरत नहीं होगी,'' उसके सिर हिलाने का अभिप्राय समझकर नेख़्लूदोव ने जवाब दिया। ''साथ ही मेहरबानी करके कोर्नेई को भी कह देना कि अब मुझे उसकी भी ज़रूरत नहीं होगी। मैं उसे दो महीने की तनख़्वाह दे दूँगा।''

''बड़े खेद की बात है, द्मीत्री इवानोविच, कि आप ऐसा करने की सोच रहे हैं,'' वह बोली, ''अगर आप विदेश घूमने भी गए, तो भी लौटकर शहर में घर की तो ज़रूरत होगी।''

''आप जो कुछ सोच रही हैं वह ठीक नहीं है, आग्राफ़ेना पेत्रोव्ना। मैं विदेश नहीं जा रहा हूँ। यदि मैं कही गया भी तो किसी दूसरी ही दिशा में जाऊँगा।''

सहसा उसका चेहरा लाल हो गया।

''मुझे ज़रूर बता देना चाहिए,'' उसने सोचा, ''अब कुछ छिपाना नहीं चाहिए। सभी को सबकुछ बताना चाहिए।''

''कल मेरे साथ एक बहुत ही अजीब और महत्वपूर्ण बात घटी। आपको वह लड़की कात्यूशा याद है जो फूफी मारिया इवानोव्ना के यहाँ रहती थी?''

''हाँ, हाँ, क्यों नहीं, मैंने ही तो उसे सीना-पिरोना सिखाया था।''

''कल अदालत में इसी लड़की का मुक़दमा था और मैं जूरी में था।''

''हे भगवान, बड़े खेद की बात है। किस जुर्म के लिए उस पर मुक़दमा चलाया जा रहा था?''

''क़त्ल के लिए, और यह सब मेरा दोष है।''

''वाह, कैसी अजीब बात कहते हैं। इसमें आपका कैसे दोष हो सकता है ?'' आग्राफ़ेना पेत्रोव्ना ने कहा। उसकी बूढ़ी आँखों में एक चमक-सी दौड़ गई।

उसे कात्यूशावाला क़िस्सा मालूम था।

''हाँ, वह सब मेरे ही कारण हुआ। यही वज़ह है कि आज मेरे सब इरादे बदल गए हैं।''

''आपको इससे क्या फ़रक पड़ता है ?'' अपनी हँसी दबाते हुए आग्राफ़ेना पेत्रोव्ना ने कहा।

''फ़रक यह पड़ता है कि मैंने ही उसे इस रास्ते पर डाला है, अब मेरा फ़र्ज़ हो जाता है कि मैं उसकी हर तरह से मदद करूँ।''

''जैसे आपकी खुशी हो करो, लेकिन इसमें आपकी कोई ख़ास क़सूर तो नहीं। हर किसी के साथ ऐसी बातें होती रहती हैं, और आदमी ज़रा समझ-बूझ से काम ले तो बात रफ़ा-दफ़ा हो

जाती है और लोग उसे भूल जाते हैं,'' उसने बड़ी गम्भीरता और सख़्ती से कहा। ''आप इसका दोष अपने पर क्यों लेते हो ? इसकी क्या ज़रूरत है ? मैंने भी सुना था कि वह बुरे रास्ते पर पड़ गई थी। इसमें दोष किसका है ?''

''मेरा। इसीलिए मैं अपनी ग़लती ठीक करना चाहता हूँ।''

''इन मामलों को ठीक करना आसान नहीं होता।''

''यह मेरा काम है। लेकिन अगर आपको अपना ख़याल आ रहा है तो उसकी चिन्ता नहीं करो। माँ की जैसी इच्छा थी, मैं उसी के अनुसार...''

''मैं अपने बारे में नहीं सोच रही हूँ। आपकी स्वर्गीय माँ का बर्ताव मेरे साथ इतना अच्छा रहा है कि मुझे किसी चीज़ की कमी नहीं। लीज़ा मुझे बार-बार बुलाती रही है (लीज़ा उसकी भतीजी का नाम था)। जब मेरी ज़रूरत यहाँ पर नहीं रहेगी तो मैं उसके पास चली जाऊँगी। मुझे अफ़सोस केवल इस बात का है कि आपने इस बात को दिल-से लगा लिया है। ऐसी बातें तो आए दिन हर किसी के साथ होती रहती हैं।''

''मैं ऐसा नहीं समझता। मेरी आपसे यही प्रार्थना है कि आप सब सामान ठिकाने लगाने में और घर में कोई किराएदार बिठाने में मेरी मदद करो। और मुझ पर ख़फ़ा नहीं होना। आपने मेरे लिए बहुत कुछ किया है, और मैं आपका बेहद शुक्रगुज़ार हूँ।''

और अजीब बात है, जिस क्षण नेख़्लूदोव को यह महसूस होने लगा कि वह खुद बुरा है और घृणास्पद है, उसी क्षण से उसे अन्य लोग अच्छे लगने लगे। आग्राफ़ेना पेत्रोव्ना और कोर्नेई के प्रति उसके दिल में आदर का भाव उठने लगा। उसका मन चाहता था कि वह कोर्नेई के पास भी जाकर अपना दोष क़बूल करे, परन्तु कोर्नेई सदा ही इतने आदर और शिष्टता के साथ उससे पेश आता था कि उसकी हिम्मत नहीं हुई।

कचहरी की ओर जाते हुए वह उन्हीं सड़कों पर से जा रहा था जिन पर कल गया था, गाड़ी भी वही थी। लेकिन वह महसूस कर रहा था जैसे कोई दूसरा ही व्यक्ति चला जा रहा हो। इस परिवर्तन पर वह स्वयं बहुत हैरान था।

कल उसे लग रहा था कि वह मिस्सी से शादी करेगा, आज उसे यह शादी असम्भव लग रही थी। कल वह अपनी स्थिति यों समझता था कि मिस्सी उससे विवाह करके खुश होगी, इस बात में ज़रा भी सन्देह उसे नहीं था। आज उसे महसूस होने लगा था कि वह शादी करने के सर्वथा अयोग्य है, न केवल शादी करने के ही, बल्कि मिस्सी के साथ किसी प्रकार की घनिष्ठता के भी। ''अगर उसे पता चल पाए कि मैं कैसा आदमी हूँ तो मेरा तो वह मुँह तक नहीं देखना चाहेगी। और कल ही मैं उसके दोष निकाल रहा था कि वह उस आदमी से आँखें लड़ा रही थी। पर नहीं, यदि वह मेरे साथ विवाह करना मंजूर भी कर ले तो मेरे मन को चैन नहीं होगा। खुशी तो दूर रही। मुझे सारा वक़्त यह बात सताएगी कि दूसरी जेल में पड़ी है और कल या परसों उसे साइबेरिया में कड़ी मशक़्क़त के लिए भेज देंगे। जिस लड़की को मैंने बरबाद किया है वह तो साइबेरिया ले जाई जा रही होगी, और मैं अपनी दुल्हन के साथ मित्रों और सम्बन्धियों को मिलने जाऊँगा, और वे मुझे बधाइयाँ देंगे। या स्थानीय स्कूलों की जाँच होगी, और सदस्यों की बैठक में उन सुधारों पर बहस होगी जो जाँच कमेटी प्रस्तुत करेगी। लोग पर्चियाँ डालेंगे और मैं अभिजात वर्ग के उसी प्रधान के साथ बैठकर, जिसे मैं इतनी नीचता से धोखा देता आया हूँ, इन्हें गिनूँगा। वहाँ तो पर्चियाँ गिनूँगा और उसके बाद छिपकर उसकी पत्नी से मिलने जाऊँगा (उफ़! कैसा घिनौना विचार है!)। या मैं अपनी तस्वीर पर काम करने लगूँगा जो कभी भी ख़त्म नहीं

हो पाएगी, क्योंकि मुझे ऐसी फ़िज़ूल चीज़ों पर न तो वक़्त ज़ाया करना ही चाहिए और न ही अब मैं यह सब कर सकता हूँ।'' वह सोचता जा रहा था। अपने में इस परिवर्तन का भास पाकर उसका मन बल्लियों उछल रहा था।

''पहला काम तो यह है कि वकील से मिलूँ और पता लगाऊँ कि उसने क्या निश्चय किया है...फिर उसे मिलने जाऊँ जिसे कल मुजरिम क़रार दिया गया था, और उसके सामने दिल खोलकर रख दूँ।''

और जब मन-ही-मन उसने इस बात की कल्पना की कि वह कैसे उससे मिलेगा, किस भाँति उसे सबकुछ बताएगा, अपना पाप स्वीकार करेगा, उससे कहेगा कि मैं इस पाप को धोने के लिए जो बन पड़ेगा करूँगा और उससे शादी कर लेगा, तो उसका हृदय एक विचित्र आनन्द से भर उठा और उसकी आँखों में आँसू छलक आए।

34

जब नेख़्लूदोव कचहरी पहुँचा तो बरामदे में ही उसे कलवाला पेशकार मिला। उसने पेशकार से पूछा कि सज़ायाफ़्ता क़ैदियों को कहाँ रखा जाता है, और उनसे मिलने के लिए किसकी इजाज़त लेने की ज़रूरत होती है। पेशकार ने बताया कि सज़ायाफ़्ता क़ैदी अलग-अलग स्थानों पर रखे जाते हैं, और जब तक उन्हें आख़िरी फ़ैसला नहीं सुना दिया जाता उनसे मिलने की किसी को इजाज़त नहीं होती। लेकिन अगर बड़ा सरकारी वकील मिलने की इजाज़त दे दे तो दूसरी बात है।

''आज अदालत की कार्यवाही के बाद मैं ख़ुद आपको सरकारी वकील के पास ले चलूँगा। इस वक़्त तो वह यहाँ पर है भी नहीं। अदालत की कार्यवाही के बाद मिल सकेगा। अब आप अन्दर तशरीफ़ ले चलिए। काम शुरू होने ही वाला है।''

नेख़्लूदोव ने पेशकार का धन्यवाद किया (जो आज उसे बड़ा दयनीय लगा) और जूरी के कमरे की ओर चल दिया।

कमरे के नज़दीक पहुँचा तो उसने देखा कि बाक़ी सदस्य कमरे में से निकलकर अदालत की ओर जा रहे हैं। आज भी व्यापारी ने थोड़ी चढ़ा रखी थी और कल की ही तरह चहक रहा था। नेख़्लूदोव को वह इस तरह मिला जैसे उसका पुराना दोस्त हो। प्योत्र गेरासिमोविच भी कल की ही तरह बेतक़ल्लुफ़ी दिखाने की कोशिश कर रहा था और ऊँचे-ऊँचे हँस रहा था। लेकिन आज नेख़्लूदोव के दिल में इन बातों को देखकर नफ़रत पैदा नहीं हुई।

नेख़्लूदोव चाहता था कि जूरी के सभी सदस्यों को बता दे कि कलवाले क़ैदी के साथ उसके कैसे सम्बन्ध रहे थे। ''अच्छा तो यह होता कि मुक़दमे के समय मैं उठकर अपना जुर्म सबके सामने क़बूल कर लेता,'' वह सोच रहा था। पर अदालत में प्रवेश करने पर उसने देखा कि कल की ही तरह आज भी सारी कार्यवाही बड़ी गम्भीरता और रीति अनुसार चल रही है। ''जज साहिबान तशरीफ़ ला रहे हैं,'' आज भी यह घोषणा हुई और तीन आदमी फूलदार कॉलर लगाए, मंच पर पहुँचे, उसी तरह जूरी के सदस्य अपनी ऊँची पीठवाली कुर्सियों पर बैठे, वही सिपाही, वही चित्र, वही पादरी। और नेख़्लूदोव अपना कर्तव्य पहचानते हुए भी यह सोच रहा था कि अदालत के इस संजीदा माहौल में विघ्न डालना उसके वश की बात नहीं। वह कल भी यह नहीं कर सकता था और आज भी नहीं कर सकता।

आज भी अदालत की कार्यवाही की तैयारियाँ उसी तरह चल रही थीं, हाँ, जूरी से कल की

तरह शपथ नहीं ली गई, प्रधान जज ने उनके सामने भाषण भी नहीं दिया।

आज अदालत के सामने चोरी का मुक़दमा था। क़ैदी बीसेक साल का दुबला-पतला युवक था, जिसकी छाती अन्दर को धँसी हुई थी, और चेहरे पर रंगत का नाम न था। उसने भूरे रंग का लबादा पहन रखा था और उसे दो सिपाही, नंगी तलवार के पहरे में अन्दर लाए थे। क़ैदियों के कटघरे में वह अकेला बैठा था और अदालत के अन्दर आनेवाले लोगों को झुकी-झुकी नज़रों से देखे जा रहा था। उसका जुर्म यह था कि उसने एक और आदमी के साथ मिलकर एक गोदाम का ताला तोड़ा और उसमें से कुछेक पुरानी चटाइयाँ चुराईं, जिनकी कुल क़ीमत 3 रूबल और 67 कोपेक बनती थी। नालिशी पर्चे के अनुसार चटाइयाँ इसके साथी ने अपनी पीठ पर उठा रखी थीं, और जब ये दोनों सड़क पर जा रहे थे तो पुलिस के सिपाही ने इन्हें रोका। दोनों ने उसी वक़्त अपना जुर्म क़बूल कर लिया, और दोनों को हिरासत में ले लिया गया। उसका साथी कोई लुहार था। वह जेल में ही मर गया था। इसलिए इस लड़के पर अकेले मुक़दमा चलाया जा रहा था। चटाइयाँ एक मेज पर शहादती चीज़ों के तौर पर रखी थीं।

अदालत की कार्यवाही का क्रम भी कल जैसा ही था। शहादतें, सबूत, गवाहियाँ, शपथ, सवाल-जवाब, विशेषज्ञ, जिरह आदि सब कल की ही तरह था। जब भी प्रधान जज या सरकारी वकील या वकील सिपाही से कोई सवाल पूछते (जो एक गवाह था) तो जवाब में वह यही कहता– ''ठीक है, सा'ब'' या ''जी नहीं जानता, सा'ब।'' बेशक, कठोर अनुशासन ने उसे एक मशीन बना डाला था, और उसके मन में जड़ता आ गई थी, फिर भी ज़ाहिर था कि वह सकुचा रहा था और मुजरिम के क़ैद किए जाने के बारे में कुछ नहीं कहना चाहता था।

एक दूसरा गवाह भी सकुचा रहा था। यह उस घर का बूढ़ा मालिक था जिसमें चोरी हुई थी। चटाइयाँ इसी की थीं। इस चिड़चिड़े आदमी से जब पूछा गया कि चटाइयाँ तुम्हारी हैं या नहीं, तो बड़े देर तक हिचकिचाने के बाद उसने स्वीकर किया कि हाँ, मेरी ही हैं। जब सरकारी वकील ने पूछा कि इन चटाइयों का वह क्या करेगा, वे उसके किस काम आएँगी तो वह खीजकर बोला –

''भाड़ में जाएँ चटाइयाँ। मुझे उनकी कोई ज़रूरत नहीं। अगर मुझे मालूम होता कि इन पर इतना तूफ़ान खड़ा किया जाएगा तो मैं इनके बारे में पूछता तक नहीं, बल्कि दस रूबल का नोट अपनी तरफ़ से इनके साथ रख देता ताकि मुझे कचहरियों की ख़ाक नहीं छाननी पड़ती। मैं इन सवालों से परेशान हो उठा हूँ। पाँच रूबल तो मैं गाड़ियों के भाड़े में दे चुका हूँ। और फिर मेरी सेहत भी ठीक नहीं। मुझे जोड़ों का दर्द रहता है और गठिया है।

ये थे गवाहों के बयान। मुजरिम ने ख़ुद सब कुछ क़बूल कर लिया था। और जाल में फँसे जंगली जानवर की भाँति अपने चारों ओर मूढ़ दृष्टि से देखते हुए उसने रुक-रुककर सारी घटना का ब्योरा दे दिया था।

सब बात साफ़ थी, लेकिन फिर भी सरकारी वकील, कल की तरह, कन्धे झाड़ता हुआ उठ खड़ा हुआ और तरह-तरह के बारीक सवाल पूछने लगा मानो किसी चालाक मुजरिम को फाँसने की कोशिश कर रहा हो।

अपनी तक़रीर में उसने साबित किया कि चोरी एक रिहायशी मकान में हुई है और ताला तोड़कर की गई है, इसलिए लड़के को सख़्त सज़ा दी जानी चाहिए।

मुजरिम के वकील ने, जिसे अदालत ने नियुक्त किया था, कहा कि चोरी रिहायशी मकान में नहीं हुई है। बेशक, मुजरिम ने अपना अपराध स्वीकार किया है, फिर भी वह समाज के लिए इतना ख़तरनाक नहीं है जितना कि सरकारी वकील ने दिखाने की कोशिश की है।

प्रधान जज कल की तरह आज भी पूर्णतया तटस्थ था और इन्साफ़ करना चाहता था। उसने जूरी के सामने उन सभी तथ्यों की व्याख्या की और उन्हें खोलकर समझाया जिन्हें वे पहले से भली भाँति जानते थे और जिन्हें वे जाने बिना रह भी न सकते थे। कल की तरह आज भी कार्यवाही बार-बार स्थगित की गई, आज भी वे सिगरेट पीते रहे, आज भी पेशकार बार-बार चिल्लाकर कहता रहा–''जज साहिबान तशरीफ़ ला रहे हैं'' और आज भी क़ैदी के ऊपर नंगी तलवार का पहरा था, और दोनों सिपाही भरसक कोशिश कर रहे थे कि वे ऊँघने से बचे रहें।

अदालत की कार्यवाही से पता चला कि यह लड़का एक तम्बाकू की फ़ैक्ट्री में काम करता था जहाँ इसके बाप ने इसे शार्गिद लगा रखा था। पाँच साल तक वहाँ पर यह काम करता रहा। इस साल फ़ैक्ट्री में हड़ताल हो गई और इसे बरख़ास्त कर दिया गया। काम न होने के कारण यह शहर में आवारा घूमता रहा और जो थोड़ा-बहुत इसके पास था शराब में लुटाता रहा। एक शराबख़ाने में इसे अपने जैसा ही बेकार लुहार मिला, जिसकी नौकरी इससे पहले की छूट चुकी थी। एक रात दोनों ने शराब पीकर एक गोदाम का ताला तोड़ा और जो चीज़ सबसे पहले हाथ लगी उसे उठा लिया। वे पकड़े गए। उन्होंने सब बात क़बूल कर ली और उन्हें क़ैद कर लिया गया। जेल में, मुक़दमे से पहले ही, लुहार की मृत्यु हो गई। लड़के को अब एक ख़तरनाक व्यक्ति मानकर उस पर मुक़दमा चलाया जा रहा था जिससे समाज की रक्षा करना ज़रूरी है।

''यह भी उतना ही ख़तरनाक है जितना कि कलवाला अपराधी था,'' अदालत की कार्यवाही को सुनते हुए नेख़्लूदोव सोच रहा था। ''ये लोग ख़तरनाक हैं, और हम ?–जो उन पर बैठकर न्याय करते हैं–क्या हम ख़तरनाक नहीं हैं ? मैं कौन हूँ ? एक कपटी, भोग-विलासी और व्यभिचारी। फिर भी लोग, मुझे अच्छी तरह जानते हुए भी, मुझसे नफ़रत करने की बजाय मेरा आदर करते हैं। पर मान लें कि इन सब आदमियों में से जो इस वक़्त इस कमरे में मौजूद हैं, यह लड़का ही समाज के लिए सबसे अधिक ख़तरनाक है, तो हमारी अक़्ल क्या कहती है, इसे पकड़ने के बाद हमें इसके साथ कैसा सलूक करना चाहिए था ?

''यह तो स्पष्ट है कि यही सबसे बड़ा अपराधी नहीं है। साधारण-सा लड़का है। आज यदि यह अपराधी बन गया है तो उन परिस्थितियों के कारण जो ऐसे चरित्रों का निर्माण करती है। अतः इस जैसे लड़कों को कुमार्ग से बचाने के लिए ज़रूरत इस बात की है कि उन परिस्थितियों को बदला जाए जिनमें ऐसे अभागे युवक परवरिश पाते हैं।

''पर हम करते क्या हैं ? जो लड़का हमारे हाथ में आ जाए उसे तो हम झपटकर पकड़ लेते हैं और जेल में ठूँस देते हैं यह अच्छी तरह जानते हुए कि इस जैसे हज़ारों और लड़के हैं जिन्हें हम नहीं पकड़ पाते। जेल में यह लड़का या तो बिलकुल बेकार पड़ा रहता है, या फिर इसे हम इस जैसे ही दुर्बल और पतित लोगों की संगति में ऐसा काम करने पर मजबूर करते हैं जो निरर्थक और स्वास्थ्य के लिए हानिकारक होता है और इसके बाद हम इसे सरकारी खर्च पर अन्य भ्रष्ट लोगों के साथ मास्को से इर्कूत्स्क गुबेर्निया में भेज देते हैं।

''हम उन परिस्थितियों को बदलने की कोई कोशिश नहीं करते, जिनमें इस तरह के लोग पैदा होते हैं। उल्टे हम ऐसी संस्थाओं को बढ़ावा देते हैं जिनके कारण ऐसी परिस्थितियाँ पनपती हैं। इन संस्थाओं को हम भली-भाँति जानते हैं : कारख़ाने, फ़ैक्ट्रियाँ, शराबख़ाने, जुएख़ाने और चकले। हम इन संस्थाओं को न केवल बरकरार रखे हुए हैं, बल्कि हम इनको प्रोत्साहन देते हैं, इनकी व्यवस्था करते हैं और इन्हें अत्यावश्यक समझते हैं।

''इस तरह हम, एक नहीं, लाखों ऐसे लड़कों को जन्म देते हैं। जब हम उनमें से किसी एक

को पकड़ पाते हैं तो उसे अपनी बहुत बड़ी सिद्धि समझते हैं। हम समझते हैं कि हमने समाज की रक्षा की है। फिर हम उसे मास्को से इर्कूत्स्क गुबेर्निया भेजकर निश्चिन्त हो जाते हैं कि अब हमें और कुछ भी करने की ज़रूरत नहीं।'' नेख़्लूदोव के मन में ये विचार बड़ी स्पष्टता से उठ रहे थे। जूरी में वह कर्नल की बग़ल में बैठा प्रधान जज, छोटे सरकारी वकील और वकील के लयबद्ध भाषणों को सुन रहा था और उनकी आत्मतुष्ट भाव-भंगिमा को देखे जा रहा था। ''यह आडम्बर खड़ा करने के लिए कितनी मेहनत की गई है!'' वह अपने चारों ओर कमरे में नज़र दौड़ाते हुए सोच रहा था–''ये तस्वीरें, झाड़-फ़ानूस, आराम-कुर्सियाँ, वर्दियाँ, मोटी-मोटी दीवारें और आलीशान खिड़कियाँ, इतनी बड़ी इमारत और इससे भी बड़ी संस्था, जिसमें अनगिनत अफ़सर, क्लर्क, चौकीदार और चपरासी काम कर रहे हैं, और इस नाटक में खेलने के लिए जिसका किसी को कोई लाभ नहीं, इन्हें बड़ी-बड़ी तनख़्वाहें दी जाती हैं। केवल यहीं पर नहीं, रूस भर में यही कुछ हो रहा है। जितना परिश्रम इस आडम्बर को खड़ा रखने पर बर्बाद किया जाता है, यदि उसका सौवाँ हिस्सा भी उन परित्यक्त लोगों की मदद करने में लगाया जाता तो कितना बड़ा उपकार होता। आज हम उन लोगों को इन्सान तक नहीं समझते और उन्हें केवल अपने सुख और आराम के लिए इस्तेमाल करते हैं।

''यह लड़का ग़रीब था। ग़रीबी के कारण मजबूर होकर इसके सगे-सम्बन्धियों ने इसे शहर भेज दिया। यदि उस समय कोई आदमी इस पर तरस खाकर इसकी मदद कर देता, तो यह बच जाता,'' लड़के के रूग्ण और त्रस्त चेहरे की ओर देखते हुए नेख़्लूदोव सोच रहा था। ''या बाद में उस वक़्त भी, जब यह फ़ैक्ट्री में बारह-बारह घंटे तक काम करने के बाद अपने से बड़े साथियों के साथ शराबख़ानों के चक्कर लगाने लगा था, तो कोई आदमी आकर इसे कहता–'नहीं, वान्या, मत जा, यहाँ जाना ठीक नहीं,' तो यह सँभल जाता, बुरे रास्ते पर नहीं पड़ता और आज यह जुर्म नहीं करता।''

''लेकिन नहीं, इसके जीवन में कोई ऐसा आदमी नहीं आया जो इस पर तरस खाता। बरसों तक यह फ़ैक्ट्री में शागिर्दी करता रहा, और एक असहाय जानवर की तरह शहर में घूमता रहा। इसका सिर मूँड दिया गया ताकि उसमें जुएँ नहीं पड़ें, और यह मिस्त्री लोगों के छोटे-मोटे काम करने के लिए भागता रहा। इसके विपरित, जब से वह शहर में रहने लगा था अपने से बड़े कारीगरों के मुँह से यही कुछ सुन रहा था कि जो भी दग़ा करता है, शराब पीता है, गालियाँ बकता है, दूसरे को पीट सकता है, व्यभिचार कर सकता है, वही सबसे बड़ा सूरमा है।''

''इस तरह यह बीमार लड़का, जिसका स्वास्थ्य कड़े परिश्रम, शराब और व्यभिचार के कारण टूट चुका है, बावला-सा शहर में निष्प्रयोजन चक्कर काटता फिरता है, मानो वह नींद में ही चल रहा हो। और ऐसे ही अपने बावलेपन में एक दिन वह किसी गोदाम में जा पहुँचता है और वहाँ से कुछ पुरानी चटाइयाँ उठा लेता है जिनकी किसी को कोई ज़रूरत नहीं। यहाँ बैठे हुए हम शिक्षित, अमीर लोग यह नहीं सोचते कि उन कारणों को किस भाँति दूर किया जाए जिनसे यह लड़का इस स्थिति तक पहुँचा, उल्टे हम उसे सज़ा देना चाहते हैं और समझे बैठे हैं कि सुधार का यही तरीक़ा है !

''कैसी भयानक स्थिति है! क्रूरता और मूढ़ता का बोलबाला है। और यह कहना कठिन है कि दोनों में से कौन अधिक प्रबल है–क्रूरता या मूढ़ता। जान पड़ता है, दोनों चरम सीमा तक जा पहुँची है।''

नेख़्लूदोव के मन में इस तरह के विचार उठ रहे थे। उसका ध्यान अदालत की कार्यवाही से हट

गया था। आज जिन बातों को वह देख रहा था, उनसे उसका मन भयाकुल हो उठा था। और वह सोच रहा था, मैं इन्हें पहले क्यों नहीं देख पाया, और लोगों को ये क्यों नज़र नहीं आतीं ?

35

एक बार जब अदालत की कार्यवाही कुछ देर के लिए स्थगित हुई तो वह उठकर बरामदे में आ गया। अदालत में अब वह लौटकर नहीं जाना चाहता था। अब इस घृणित नाटक में मैं भाग नहीं लूँगा, उनके जी में जो आए कर लें।

उसने बड़े सरकारी वकील के दफ़्तर का पता लगाया और सीधा वहाँ जा पहुँचा। बाहर खड़े अर्दली ने उसे रोकने की कोशिश की, कहा कि साहिब मसरूफ़ हैं, लेकिन नेख़्लूदोव ने कोई परवाह नहीं की और सीधा दरवाज़े के पास चला गया। दरवाज़े पर एक कर्मचारी खड़ा था। नेख़्लूदोव ने उससे कहा कि जाकर सरकारी वकील को मेरा नाम बताओ और कहो कि मैं जूरी का सदस्य हूँ और एक ज़रूरी बात कहने के लिए आया हूँ।

नेख़्लूदोव की उपाधि और कपड़े बड़े सहायक सिद्ध हुए। नेख़्लूदोव को अन्दर बुला लिया गया। सरकारी वक़ील उसे खड़े-खड़े ही मिला, प्रत्यक्षतः वह नेख़्लूदोव की धृष्टता पर नाराज़ था।

''आप क्या चाहते हैं ?'' सरकारी वकील ने बड़े कठोर लहजे में पूछा।

''मैं जूरी का सदस्य हूँ। मेरा नाम नेख़्लूदोव है। मैं क़ैदी मास्लोवा से मिलना चाहता हूँ। उससे मिलना मेरे लिए बहुत ज़रूरी है ?'' नेख़्लूदोव दृढ़ता से, जल्दी-जल्दी कह गया। वह शर्माने लगा था और महसूस करने लगा था कि जो क़दम वह आज उठाने जा रहा है उसका उसके जीवन पर गहरा प्रभाव पड़ेगा।

सरकारी वकील एक छोटे-से क़द का, साँवला-सा आदमी था, छोटे-छोटे भूरे रंग के बाल, चमकती, सजीव आँखें। निचला जबड़ा कुछ आगे को बढ़ा हुआ था ओर उस पर घनी, कटी-तराशी दाढ़ी थी।

''मास्लोवा ? हाँ, ठीक है, याद आया। उस पर ज़हर देने का जुर्म था,'' सरकारी वकील ने धीरे से कहा। ''आप उसे क्यों मिलना चाहते हैं?'' फिर मानो अपने सवाल की कठोरता को कम करने के लिए स्वयं ही कहने लगा, ''मैं उस वक़्त तक इजाज़त नहीं कर सकता जब तक कि मुझे मालूम न हो कि आप क्यों उससे मिलना चाहते हैं।''

नेख़्लूदोव का चेहरा लाल हो गया।

''एक विशेष कारण है जिसके लिए मैं यह इजाज़त माँग रहा हूँ। वह बेहद ज़रूरी है।''

''अच्छा ?'' सरकारी वकील ने आँख उठाकर बड़े ध्यान से नेख़्लूदोव की ओर देखते हुए पूछा। ''उसके मुक़दमे की सुनवाई हो चुकी है या नहीं ?''

''उसका मुक़दमा कल पेश हुआ था, और उसे चार साल की कड़ी मशक़्क़त की सज़ा दी गई थी। यह सज़ा ठीक नहीं थी। लड़की बेगुनाह है।''

''अच्छा ? अगर कल ही उसे सज़ा दी गई है तब तो वह अभी हवालात में होगी,'' सरकारी वकील ने कहा। उसने नेख़्लूदोव के उन शब्दों की ओर कोई ध्यान नहीं दिया जो उसने मास्लोवा के निर्दोष होने के बारे में कहे थे। ''जब तक आख़िरी तौर पर सज़ा नहीं सुना दी जाती, मुजरिमों को वहीं रखा जाता है। वहाँ क़ैदियों को मिलने के लिए ख़ास-ख़ास दिन मुकर्रर हैं। आप वहीं से दरयाफ़्त कीजिए।''

"पर मैं उससे जल्दी-से-जल्दी मिलना चाहता हूँ," नेख़्लूदोव ने कहा। निर्णायक घड़ी को नज़दीक आता देखकर उसकी ठोड़ी काँपने लगी।

"क्यों चाहते हैं ?" सरकारी वकील ने आँख उठाकर तनिक झल्लाहट के साथ पूछा।

"क्योंकि वह निर्दोष है, फिर भी उसे इतनी कड़ी सज़ा दी गई है। यह सब मेरे कारण हुआ है," नेख़्लूदोव ने काँपती आवाज़ में कहा। वह महसूस कर रहा था कि वह जो कुछ कह रहा है, उसके कहने की कोई ज़रूरत नहीं।

"वह किस तरह ?" सरकारी वकील ने पूछा।

"क्योंकि मैंने उसकी अस्मत लूटी थी, इसी कारण उसकी आज यह हालत है। मैंने ही उसे इस स्थिति में झोंका है, अगर मैंने ऐसा नहीं किया होता तो आज उसे यह सज़ा नहीं मिलती।"

"फिर भी मैं नहीं समझ सकता कि इस सबका उससे मिलने से क्या सम्बन्ध है।"

"सम्बन्ध यह है कि मैं उसके साथ जाना चाहता हूँ...उससे विवाह करना चाहता हूँ ?" नेख़्लूदोव ने हकला कर कहा। अपने ही व्यवहार से अभिभूत, उसकी आँखों में आँसू आ चले थे।

"क्या सच ? ख़ूब !" सरकारी वकील बोला, "यह तो सचमुच ही निराली स्थिति है। यदि मैं भूल नहीं करता तो आप क्रास्नोपेस्र्क स्थानीय बोर्ड के सदस्य हैं न?" उसने पूछा, मानो उसे याद हो आया हो कि इस नेख़्लूदोव के बारे में कहीं कुछ सुना था। यह वही आदमी है जो आज ऐसी विचित्र घोषणा कर रहा है।

"क्षमा कीजिए, इसका मेरी प्रार्थना के साथ कोई सम्बन्ध नहीं है ?" गुस्से से तमतमाते हुए नेख़्लूदोव ने कहा।

"नहीं, नहीं, कोई सम्बन्ध नहीं," सरकारी वकील ने निर्लज्जता से मुस्कराते हुए कहा। "मैं तो केवल यह सोच रहा था कि आपकी इच्छा कुछ इतनी विलक्षण और असाधारण-सी है।"

"तो कहिए, आप मुझे इजाज़त देंगे।"

"इजाज़त ? हाँ, हाँ, अभी लीजिए। मैं आपको प्रवेश-पत्र अभी लिखे देता हूँ। आप तशरीफ़ रखिए।"

और वह मेज़ के पास जाकर लिखने बैठ गया।

"आप बैठ जाइए।"

नेख़्लूदोव अब भी खड़ा रहा।

उसने प्रवेश-पत्र लिखा और नेख़्लूदोव के हाथ में देते हुए बड़ी कुतूहल भरी आँखों से उसकी ओर देखने लगा।

"मैं यह भी बता देना चाहता हूँ कि मैं अबसे अदालत की कार्यवाही में भाग नहीं लूँगा।"

"इसके लिए आपको बाक़ायदा अदालत को लिखकर देना होगा कि आप क्यों भाग नहीं लेना चाहते। यह तो आपको मालूम ही होगा।"

"इसलिए कि मैं दूसरों का न्याय करना न केवल निरर्थक समझता हूँ बल्कि पाप भी।"

"ठीक है ?" फिर वही हलकी-सी मुस्कान सरकारी वकील के होंठों पर आई, मानो वह दिखाना चाहता हो कि इस प्रकार की घोषणाओं से वह भली-भाँति परिचित है, और इन्हें वह हास्यास्पद समझता है। "ठीक है, मगर आप यह तो मानेंगे कि सरकारी वकील होने के नाते इस बात पर मैं आपसे सहमत नहीं हो सकता। इसलिए मैं आपसे कहूँगा कि इस बारे में आप अदालत से दरख़्वास्त कीजिए। वही आपके इस बयान पर ग़ौर करेगी और फ़ैसला करेगी कि वह बाज़ाब्ता है या नहीं। अगर बाज़ाब्ता न हुई तो आपको जुर्माना भरना होगा। इसलिए आप अदालत से

दरख़्वास्त कीजिए।

"मैंने जो कहना था कह दिया है, अब मैं कहीं दरख़्वास्त देने नहीं जाऊँगा," नेख़्लूदोव ने गुस्से से कहा।

"अच्छी बात है, तो ख़ुदा-हाफ़िज ?" सरकारी वकील ने तनिक-सा सिर झुकाकर कहा। ज़ाहिर था कि वह इस अनोखे मुलाक़ाती से पीछा छुड़ाना चाहता था।

"यह कौन आदमी तुमसे बातें कर रहा था ?" नेख़्लूदोव के चले जाने पर अदालत के एक सदस्य ने अन्दर प्रवेश करते हुए पूछा।

"नेख़्लूदोव था। तुम उसे जानते होगे, वही जो क्रास्नोपेर्स्क के स्थानीय बोर्ड में तरह-तरह के अजीब बयान दिया करता था। ज़रा सोचो ! यह शख़्स जूरी का सदस्य है। यहाँ क़ैदियों में एक औरत है या कोई लड़की है जिसे कड़ी मशक़्क़त की सज़ा दी गई है। यह कहता है कि मैंने उसकी अस्मत लूटी है, और अब उससे शादी करना चाहता हूँ।"

"सच ?"

"यही कुछ उसने मुझसे कहा है। और बहुत उत्तेजित हो रहा था।"

"आजकल के नौजवानों के दिमाग़ ख़राब हो गए हैं।"

"पर यह तो लड़का नहीं है, काफ़ी उम्र का है।"

"अरे, बाबा, तुम्हारे इस सहायक इवाशेंकोव ने तो सबकी नाक में दम कर रखा है। बोले जाएगा, बोले जाएगा, जब तक अदालत में सब उसकी बक-बक से निढाल न हो जाएँ।"

"उफ़, ऐसे लोगों का मुँह बन्द कर देना चाहिए, वरना ये कोई काम नहीं होने देंगे। हर काम में रुकावट डालेंगे।"

36

बड़े सरकारी वकील को मिलने के बाद नेख़्लूदोव सीधा हवालात में गया। मालूम हुआ कि मास्लोवा नाम की कोई औरत वहाँ पर नहीं है। इन्स्पेक्टर ने बताया कि मुमकिन है वह पुरानी जेल में ही हो। नेख़्लूदोव उधर चल पड़ा।

येकातेरीना मास्लोवा सचमुच वहीं थी। बड़े सरकारी वकील को यह याद नहीं रहा था कि तब से कोई छः महीने पहले पुलिस ने बेहद बढ़ा-चढ़ाकर एक राजनीतिक मामला खड़ा किया था और इस कारण हवालात की सभी जगहें छात्र-छात्राओं, डॉक्टरों, मजदूरों, नर्सों से भरी पड़ी थीं।

पुरानी जेल हवालात से बहुत दूरी पर थी। इसलिए वहाँ तक पहुँचते-पहुँचते नेख़्लूदोव को शाम हो गई। जेल की इमारत बहुत बड़ी और भयावह-सी थी। वह दरवाजे की ओर जा ही रहा था कि एक सन्तरी ने उसे रोक दिया और घंटी बजाई। घंटी सुनकर एक जेलर बाहर आया। नेख़्लूदोव ने उसे प्रवेश-पत्र दिखा दिया, मगर जेलर ने कहा कि जब तक इन्स्पेक्टर इजाज़त न दें वह उसे अन्दर नहीं जाने दे सकता। नेख़्लूदोव इन्स्पेक्टर से मिलने गया। वह सीढ़ियाँ चढ़ रहा था जब उसके कानों में संगीत की आवाज़ पड़ी। दूर कोई पियानो पर कठिन-सी धुन बजा रहा था। एक गुस्सैल नौकरानी ने, जिसकी एक आँख पर पट्टी बँधी थी, दरवाज़ा खोला। दरवाज़ा खुलने पर अन्दर से संगीत की आवाज़ उफनती हुई उसके कानों में पड़ी। लिस्त की एक रचना बजाई जा रही थी, एक रैप्सोडी। बजानेवाला बड़ी कुशलता से बज़ा रहा था, लेकिन एक ख़ास स्थल तक पहुँचकर वह रुक जाता और शुरू से बजाने लगता। नेख़्लूदोव ने नौकरानी से इन्स्पेक्टर

के बारे में पूछा। मालूम हुआ कि वह घर पर नहीं है।

"क्या जल्दी लौटेंगे ?"

धुन बजनी बन्द हो गई। बजानेवाला उसी स्थल तक आ पहुँचा था। थोड़ी देर ख़ामोशी रही, इसके बाद धुन फिर शुरू से बजाई जाने लगी। अब की बार और भी ज़ोर-ज़ोर से, और पहले से भी अधिक कुशलता के साथ। लेकिन उसी विलक्षण स्थल तक पहुँचकर फिर चुप हो गई।

"मैं जाकर पूछती हूँ ?" दासी ने कहा।

रैप्सोडी फिर बड़ी तरंग से बजने लगी थी, लेकिन उस विलक्षण स्थल तक पहुँचने से पहले ही फिर बन्द हो गई, और उसके स्थान पर एक आवाज़ सुनाई दी –

"कह दे कि घर पर नहीं हैं, और आज लौटेंगे भी नहीं। किसी के यहाँ गए हुए हैं। घड़ी भर के लिए चैन भी लेने देंगे ?" आवाज़ एक औरत की थी, और दरवाज़े के पीछे से आ रही थी। धुन फिर बजने लगी, और फिर बन्द हो गई। फिर एक कुर्सी के फ़र्श पर घिसटने की आवाज़ आई। ज़ाहिर था कि पियानो बजानेवाली खीज उठी है और आगन्तुक को खरी-खरी सुनाना चाहती है जो ऐसे ग़लत वक़्त पर आ टपका है, और यों परेशान कर रहा है।

"पिताजी घर पर नहीं हैं ?" एक लड़की ने ड्योढ़ी में आते हुए खीजकर कहा। पीली-दुबली लड़की, थकी हुई आँखों के नीचे स्याल छल्ले और कुरमुरे बाल। लेकिन बाहर एक युवक को खड़े देखकर, जिसने बढ़िया कोट पहन रखा था, वह धीमी पड़ गई।

"आइए...तशरीफ़ ले आइए, आपको क्या चाहिए ?"

"मैं जेल में एक क़ैदी से मिलना चाहता हूँ।"

"कोई सियासी क़ैदी होगा शायद ?"

"नहीं सियासी क़ैदी नहीं है। मेरे पास बड़े सरकारी वकील का दिया हुआ प्रवेश-पत्र है।"

"मैं तो जानती नहीं हूँ, और पिताजी घर पर नहीं हैं, पर आप अन्दर आइए", उसने फिर कहा, "या फिर आप छोटे इन्स्पेक्टर से बात कर देखिए। वह इस वक़्त दफ़्तर में ही हैं। आप उनसे पूछ लीजिए। आपका शुभ नाम ?"

"धन्यवाद ?" लड़की के सवाल का उत्तर दिए बिना नेख़्लूदोव वहाँ से चला गया।

दरवाज़ा बन्द होने की देर थी कि वही धुन फिर सुनाई देने लगी। पहले की ही तरह सजीव। यह संगीत इस स्थान के साथ बिलकुल मेल नहीं खाता था और इस रुग्ण लड़की की शक्ल-सूरत के साथ भी नहीं जो इतनी ढिठाई से इस धुन को बजाए जा रही थी। बाहर आँगन में उसे एक अफ़सर मिला जिसके मुँह पर तीखी खुरदरी मूँछें थीं। उससे नेख़्लूदोव ने छोटे इन्स्पेक्टर के बारे में पूछा। वही आदमी छोटा इन्स्पेक्टर निकला। उसने प्रवेश-पत्र पर नज़र दौड़ाई और बोला कि यह प्रवेश-पत्र हवालात के लिए है। वह इजाज़त नहीं दे सकता। साथ ही अब बहुत देर हो चुकी है।

"आप कल आ जाइए। कल सुबह, दस बजे। उस वक़्त हर किसी को मिलने की इजाज़त होती है। इन्स्पेक्टर साहिब भी उस वक़्त घर पर होंगे। तब आप क़ैदी से बड़े कमरे में मिल सकते हैं जिसमें सभी मुलाक़ाती मिलते हैं, या फिर, अगर इन्स्पेक्टर साहिब ने इजाज़त दे दी तो दफ़्तर में भी मिल सकते हैं।"

इस तरह नेख़्लूदोव मुलाक़ात नहीं कर सका और घर लौट गया। वह मास्लोवा से मिलेगा, इसका ध्यान आते ही, वह उत्तेजित हो उठा था। इस उत्तेजना में, सड़कों पर चलते हुए, उसे कचहरी की कार्यवाही बिलकुल भूल गई। उसे केवल सरकारी वकील और छोटे इन्स्पेक्टर के साथ

हुई बातचीत ही याद आ रही थी। यह सोचकर ही कि वह मास्लोवा से मिलने की कोशिश करता रहा है, और सरकारी वकील से सारी बात कह दी है, और दो जेलों में उससे मिलने के लिए जा भी चुका है, वह बेहद उत्तेजित हो उठा था और बड़ी देर तक उसका मन ठिकाने पर नहीं आया। घर पहुँचते ही उसने अपनी डायरी निकाली, जिसमें मुद्दत से उसने कुछ नहीं लिखा था, उसमें से कुछ वाक्य पढ़े और फिर लिखने लगा –

''दो बरस से मैंने इस डायरी में कुछ नहीं लिखा। सोचता था डायरी लिखना बड़ी बचकाना बात है और आगे से कभी नहीं लिखूँगा। लेकिन यह बचकाना बात नहीं है। इसके द्वारा मैं अपनी अन्तरात्मा से बातें करता हूँ–उस दैवी ज्योति से जो हर मनुष्य में वास करती है। जितनी देर यह सुप्तावस्था में रही, मेरे लिए इसके साथ वार्तालाप करना असम्भव था। लेकिन 28 अप्रैल के दिन कचहरी में एक विलक्षण घटना घटी जिसने इसे जगा दिया। उस दिन मैं जूरी के सदस्य के नाते अदालत में बैठा था। वहाँ मैंने उसे क़ैदियों के कटघरे में देखा, उसी कात्यूशा को जिसे मैंने भ्रष्ट किया था। उसने क़ैदियों के कपड़े पहन रखे थे। एक अजीब-सी ग़लती के कारण और मेरी भूल से उसे कड़ी मशक़्क़त की सज़ा दी गई है। मैं आज सरकारी वकील से मिला था और अभी जेल से आ रहा हूँ। आज अन्दर जाने की इजाज़त नहीं मिली। परन्तु मैंने निश्चय कर लिया है कि उससे मिलने की यथासम्भव कोशिश करूँगा, उसके सामने अपने गुनाह तसलीम करूँगा, और अपने पाप का प्रायश्चित करूँगा–ज़रूरी हुआ तो उसके साथ शादी तक करूँगा। भगवान मेरी सहायता करें। आज मेरी आत्मा शान्त है, और मेरा हृदय ख़ुशी से भर उठा है।''

37

उस रात मास्लोवा बड़ी देर तक आँखें खोले लेटी रही। उसकी आँखें दरवाज़े पर लगी हुई थीं, जिसके सामने पादरी की लड़की टहल रही थी। वह लाल बालोंवाली का सुड़कना सुन रही थी और उसके मन में तरह-तरह के विचार घूम रहे थे।

वह सोच रही थी कि कुछ भी हो जाए, मैं सख़ालिन में किसी क़ैदी से तो शादी नहीं करूँगी। अगर जेल के किसी अफ़सर से बात बन जाए, किसी क्लर्क या वार्डर या छोटे वार्डर तक से भी, तो ठीक रहेगा। ''सभी मर्द एक जैसे होते हैं। बस कहीं दुबली न हो जाऊँ। नहीं तो सब मामला गड़बड़ हो जाएगा।'' मास्लोवा को याद आया कि वकील किस तरह मेरी तरफ़ देख रहा था, और वह बड़ा जज भी, और सभी लोग जो मुझे मिलते थे। कचहरी में कितने ही आदमी तो बार-बार पास से गुज़रते थे। उसे याद आया कैसे बेरता उससे जेल में मिलने आई थी और उसे बता रही थी कि जिस विद्यार्थी को मास्लोवा चाहती थी, जब वह कितायेवा के यहाँ रहती थी, वही उसके बारे में पूछ रहा था और उसकी सज़ा की बात सुनकर बहुत दुखी हो रहा था। मास्लोवा को लाल बालोंवाली के साथ हुआ झगड़ा भी याद आया और उस पर दया आई। उसे वह डबलरोटीवाला याद आया जिसने एक डबलरोटी मुफ़्त में अलग उसे दे दी थी। उसे बहुत लोग याद आए। यदि कोई याद नहीं आया तो नेख़्लूदोव याद नहीं आया। मास्लोवा अपने बचपन और यौवन के दिनों को, और विशेष रूप से नेख़्लूदोव के प्रति अपने प्रेम को कभी याद नहीं करती थी, उन्हें याद करना बेहद दुखपूर्ण होता। ये स्मृतियाँ उसकी आत्मा की गहराइयों में अछूती पड़ी थीं। वह उसे कभी याद नहीं आया, स्वप्न में भी नहीं। आज अदालत में भी मास्लोवा ने उसे नहीं पहचाना। जब आख़िरी बार उसने उसे देखा था तो वह वर्दी पहने हुए था, तब उसके

मुँह पर दाढ़ी नहीं थी, केवल छोटी-सी मूँछें थीं, और सिर पर घने, छोटे-छोटे, घुँघराले बाल थे। अब नेख़्लूदोव बड़ा हो गया था, उसके दाढ़ी थी। लेकिन उसे न पहचानने का यह कारण नहीं था। कारण यह था कि उसने नेख़्लूदोव के बारे में कभी सोचा ही नहीं था। उसकी याद को उसने उस रात उस भयानक अँधेरी रात को दफ़ना दिया था, जब वह फ़ौज में से लौट रहा था और बिना अपनी फूफियों को मिले सीधा आगे निकल गया था।

जब तक कात्यूशा को यह आशा बनी रही कि वह उसके पास लौट आएगा, उसे अपना गर्भ बोझल नहीं लगा। कभी-कभी गर्भ के अन्दर बच्चा हरकत करता, नन्हीं-नन्हीं, आकस्मिक करवटें लेता, तो मास्लोवा का दिल गदगद हो उठता। पर उस रात सब बदल गया, और बच्चा निरा बोझ बन गया।

फूफियाँ नेख़्लूदोव का इन्तज़ार कर रही थीं। उन्होंने उसे कहा था कि लौटते समय ज़रूर मिलकर जाना। लेकिन उसने तार दे दी कि मुझे ख़ास वक़्त पर पीटर्सबर्ग पहुँचना है, इसलिए रुक नहीं सकता। जब कात्यूशा ने यह सुना तो दिल में ठान ली कि मैं ज़रूर उसे स्टेशन पर मिलने जाऊँगी। रात को दो बजे गाड़ी वहाँ से गुज़रती थी। सोने के वक़्त तक कात्यूशा फूफियों के साथ रही। जब वे सोने चली गईं, तो उसने बावर्चिन की छोटी बेटी माश्का को अपने साथ चलने के लिए तैयार कर लिया, फिर पुराने बूट निकालकर पहने, शाल ओढ़ी, और अपने कपड़े सँभालती हुई स्टेशन की ओर भाग निकली।

पतझड़ की अँधेरी रात थी, पानी बरस रहा था और हवा चल रही थी। किसी-किसी वक़्त पानी की मोटी-मोटी, गर्म बूँदें गिरतीं, फिर बन्द हो जातीं। खेतों में से जाते हुए उसे रास्ता नहीं सूझ रहा था और जंगल में तो घुप्प अँधेरा था। रास्ता जानते हुए भी कात्यूशा भटक गई। उसे उम्मीद थी कि वह छोटे-से स्टेशन पर, जहाँ गाड़ी सिर्फ़ तीन मिनट खड़ी होती थी, गाड़ी आने से पहले ही पहुँच जाएगी, लेकिन जब वह पहुँची तो गाड़ी की रवानगी की दूसरी घंटी भी बज चुकी थी। भागी हुई कात्यूशा प्लेटफ़ार्म पर पहुँची। उसे फ़ौरन नेख़्लूदोव नज़र आ गया। फ़र्स्ट क्लास के डिब्बे में, खिड़की के पास वह बैठा था। डिब्बे में ख़ूब रोशनी थी। मख़मली सीटों पर दो अफ़सर एक दूसरे के सामने बैठे ताश खेल रहे थें सीटों के बीच एक मेज़ रखी थी जिसपर दो मोटी-मोटी मोमबत्तियाँ जल रही थीं, और उनका मोम पिघल-पिघलकर गिर रहा था। नेख़्लूदोव ने सफ़ेद क़मीज और चुस्त बिर्जस पहन रखी थी, और सीट के बाज़ू पर बैठा, पीठ के साथ टेक लगाए, किसी बात पर हँस रहा था। सर्दी के कारण कात्यूशा के हाथ सुन्न हो रहे थे। उसे पहचानते ही कात्यूशा ने आगे बढ़कर खिड़की के शीशे को खटखटाया। ऐन उसी वक़्त तीसरी घंटी बजी, गाड़ी ने पीछे की ओर एक हलका-सा झटका लिया और चल पड़ी। डिब्बे धीरे-धीरे आगे बढ़ने लगे। ताश खेलनेवालों में से एक उठ खड़ा हुआ, और बाहर की ओर झाँककर देखा। उसने हाथ में ताश के पत्ते पकड़ रखे थे। कात्यूशा ने फिर खिड़की को खटखटाया, और अपना मुँह शीशे के पास ले गई। लेकिन डिब्बा आगे बढ़ता जा रहा था और वह उसके साथ-साथ चलने लगी थी। सारा वक़्त वह अन्दर देखे जा रही थी। अफ़सर ने शीशा गिराने की कोशिश की, लेकिन नहीं गिरा पाया। इस पर नेख़्लूदोव उठा और उसे हटाकर खुद शीशा गिराने लगा। गाड़ी की रफ़्तार तेज़ होने लगी, और कात्यूशा भी तेज़-तेज़ चलने लगी। जब शीशा उतरा तो गाड़ी की रफ़्तार और भी तेज़ हो चुकी थी। ऐन उसी वक़्त गार्ड ने उसे धक्का देकर परे हटा दिया और ख़ुद उछलकर गाड़ी पर चढ़ गया। प्लेटफ़ार्म के भीगे तख़्तों पर कात्यूशा भागती चली जा रही थी। प्लेटफ़ार्म का दूसरा सिरा आ पहुँचा। कात्यूशा सीढ़ियाँ उतरते हुए गिरते-गिरते बची। अब वह गाड़ी के

साथ-साथ भाग रही थी, हालाँकि फ़र्स्ट क्लॉस के डिब्बे कब के आगे निकल गए थे, और अब सैकेंड क्लॉस के डिब्बे भी बड़ी तेज़ी से आगे बढ़ते जा रहे थे। थर्ड क्लॉस के डिब्बों के पहुँचते-पहुँचते गाड़ी की रफ़्तार और भी तेज़ हो चुकी थी। पर कात्यूशा अब भी दौड़े जा रही थी। आख़िर गाड़ी का सबसे पिछला डिब्बा भी आगे निकल गया, जिसके पीछे बत्तियाँ लगी होती हैं। तब तक कात्यूशा उस टैंक तक जा पहुँची थी, जिसमें से इंजनों में पानी डाला जाता है। यहाँ तेज़ हवा चल रही थी जिसमें उसकी शाल उड़ रही थी और उसका घाँघरा टाँगों के साथ चिपका जा रहा था। उसके सिर पर से शाल उड़ गई, पर वह अब भी दौड़े जा रही थी।

"मौसी मिख़ाइलोव्ना, शाल उड़ गई !" बच्ची ने चिल्लाकर कहा जो उसके पीछे-पीछे बड़ी मुश्किल से भागी आ रही थी।

"वह तो जगमग करती गाड़ी में बैठा हँसी-मजाक़ कर रहा है, मख़मली कुर्सियों पर बैठा शराबें पी रहा है, और मैं यहाँ घुप्प अँधेरे में कीचड़ में बारिश, हवा के थपेड़े खाती खड़ी रो रही हूँ ?" कात्यूशा ने सोचा और रुक गई। सिर पीछे को झटककर, उसे दोनों हाथों में लेकर वह फफक-फफककर रोने लगी।

"चला गया !" उसने चीख़कर कहा।

बच्ची डर गई और उसे अपनी बाँहों में भर लिया।

"मौसी, चलो घर चलें।"

"अगली गाड़ी आते ही उसके पहियों के नीचे...बस," कात्यूशा सोच रही थी। बच्ची की ओर उसने कोई ध्यान नहीं दिया।

कात्यूशा ने निश्चय कर लिया था कि वह ऐसा करके रहेगी। पर जैसे कि सदा होता है, गहरी उत्तेजना के बाद छानेवाली शान्ति के पहले क्षण में बच्चा–उसका बच्चा–जो उसके गर्भ में था, सहसा काँप उठा और धक्का-सा देकर, धीरे-धीरे सीधा हुआ और फिर किसी पतली, कोमल और तेज़-सी चीज़ से हलके-हलके आघात करने लगा और सहसा सबकुछ बदल गया। क्षण भर पहले उसे जीना असम्भव लग रहा था, और वह बेहद दुखी थी। पर सहसा उसके प्रति सारी कटुता दूर हो गई। अपनी जान देकर उससे बदला लेने की जो भावना उसके मन में उठी थी, वह जाती रही। वह शान्त हो गई, शाल सिर पर ओढ़ी और घर चल दी।

बारिश में भीगी, कीचड़ से लथपथ, और थककर चूर वह घर पहुँची। और उसी दिन से उसके अन्दर वह परिवर्तन होने लगा जो आज उसे इस स्थिति पर ले आया था। यह परिवर्तन उसी भयानक रात को शुरू हो गया था, जब नेकी में उसका विश्वास जाता रहा। उसे नेकी में गहरा विश्वास था, और वह समझती थी कि बाक़ी सब लोगों को भी उसमें विश्वास है। परन्तु उस रात के बाद कात्यूशा को यक़ीन हो गया कि नेकी में किसी को भी विश्वास नहीं, कि भगवान और उसके नियमों के बारे में जो कुछ भी कहा जाता है, सब धोखा है, झूठ है। जिससे वह प्रेम करती थी और जो उसे प्रेम करता था–हाँ, कात्यूशा जानती थी कि वह उससे प्रेम करता था–उसी ने उसके शरीर का भोग करके उसे घूरे पर फेंक दिया था, उसके प्रेम को ठुकरा दिया था। और वह सबसे अच्छा आदमी था। जितने भी लोगों को वह जानती थी, उनमें वह सबसे अच्छा था। बाक़ी लोग तो और भी बुरे थे। इस घटना के बाद उसके जीवन में जो कुछ भी हुआ, उससे क़दम-क़दम पर उसका यह विश्वास और भी दृढ़ होता गया। नेख़्लूदोव की फूफियाँ कैसी भद्र महिलाएँ थीं। जब कात्यूशा पहले की तरह उनकी सेवा नहीं कर सकी तो झट उसे निकाल फेंका। जितने लोग भी उसे मिले सभी एक जैसे थे। स्त्रियाँ पैसे कमाने के लिए उसे इस्तेमाल करतीं और

पुरुष वासना-तृप्ति के लिए। बूढ़े पुलिस अफ़सर से लेकर जेल के वार्डरों तक सभी यही चाहते थे। अपनी खुशी के सिवा दुनिया में किसी को किसी चीज़ की परवाह नहीं। कात्यूशा का यह विश्वास उस समय और भी दृढ़ हो गया था जब वह अपनी आज़ादी के दूसरे साल बूढ़े लेखक के साथ रह रही थी। वह कात्यूशा को सीधे से यही कहा करता था कि जीवन का सुख इसी में है, इसे वह कविता और सौन्दर्य कहा करता था।

सभी अपने लिए जीते थे, अपनी ख़ुशी के लिए और भगवान और सदाचार की दुहाई देना धोखा था। कभी-कभी कात्यूशा के मन में संशय उठते, और वह हैरान होकर मन-ही-मन पूछती कि संसार की व्यवस्था क्यों इतनी बुरी है कि सब लोग एक दूसरे को कष्ट देते हैं और दुखी करते हैं। पर जब ऐसे संशय उठते तो वह सोचना छोड़ देती। यही सबसे अच्छा था। जब बहुत उदास हुई तो सिगरेट का कश लगा लिया या शराब का घूँट गले तले उतार लिया या फिर किसी मर्द से इश्क़ कर लिया और उदासी ख़त्म।

38

इतवार के दिन सुबह पाँच बजे जेल के उस हिस्से में जहाँ औरतों को रखा जाता था, बरामदे में एक सीटी बजी। कोराब्ल्योवा पहले से जाग रही थी। उसने मास्लोवा को जगाया।

"मैं मुजरिम हूँ !" जागते ही यह विचार उसके मन में आया। सुबह के वक़्त जेल की हवा में और भी अधिक सड़ाँध आ गई थी। उस बदबू भरी हवा में साँसें लेती हुई मास्लोवा आँखें मल रही थी। उसका जी चाहा कि फिर सो जाए, विस्मृति के लोक में फिर चली जाए, लेकिन उसके दिल में ऐसा डर बैठ गया था कि नींद उड़ते देर न लगती थी। वह उठ बैठी और टाँगें अपने नीचे समेटते हुए कमरे में इधर-उधर देखने लगी। सभी स्त्रियाँ जाग चुकी थीं, केवल बच्चे अब भी सो रहे थे। जिस औरत को नाजायज़ शराब बेचने के जुर्म में सज़ा मिली थी, वह धीरे-धीरे, बड़े ध्यान से, बच्चों के नीचे से लबादा खींच रही थी, ताकि वे जाग न जाएँ। जिस औरत ने रंगरूट को छुड़ाया था, वह अलगनी पर सूखने के लिए चिथड़े टाँग रही थी। इन्हीं चिथड़ों में बच्चे को लपेटकर रखा जाता था। बच्चा ज़ोर-ज़ोर से रो रहा था। नीली आँखोंवाली फ़ेदोस्या उसे उठाए हुए थी और अपनी कोमल आवाज़ में उसे चुप कराने की कोशिश कर रही थी। तपेदिक की रोगी अपनी छाती को हाथों से दबाए ज़ोर-ज़ोर से खाँस रही थी। उसका चेहरा लाल हो रहा था। जब-जब खाँसी रुकती तो वह ऊँचे-ऊँचे उसाँसें भरती। ऐसा लगता जैसे चीख़ रही हो। लाल बालोंवाली मोटी औरत घुटने ऊपर को उठाए पीठ के बल लेटी थी और मज़े से ऊँची-ऊँची आवाज़ में अपना सपना सुना रही थी। जिस बुढ़िया को आग लगाने के जुर्म में क़ैद किया गया था, वह देव-प्रतिमा के सामने खड़ी बार-बार सिर नवा रही थी और छाती पर क्रॉस का चिन्ह बना रही थी, और एक ही वाक्य को बार-बार गुनगुना रही थी। पादरी की बेटी अपने तख़्ते पर बैठी थकी हुई, उनींदी आँखों से सामने देखे जा रही थी। छबीली अपने चिकने, काले, खुरदरे बालों को अपनी उँगलियों के इर्द-गिर्द लपेटे जा रही थी।

गलियारे में किसी के घिसटते जूतों की आवाज़ आई। दरवाज़ा खुला और दो क़ैदी कोठरी में दाख़िल हुए। दोनों ने जॉकेटें और भूरे रंग की पतलूनें पहन रखी थीं जो उनके टखनों तक भी नहीं पहुँच पा रही थीं। चेहरों से वे गम्भीर और खीजे हुए से लग रहे थे। वे अन्दर आए और बदबू से भरा टब उठाकर बाहर ले गए। औरतें मुँह हाथ धोने के लिए बरामदे में चली गई

जहाँ पानी के नल लगे थे। वहाँ पर भी लाल बालोंवाली औरत ने एक दूसरी औरत के साथ झगड़ना शुरू कर दिया जो किसी दूसरी कोठरी में से आई थी। एक बार फिर गाली-गलौज, चीख़ना-चिल्लाना, शिकवा-शिकायत शुरू हो गया।

''क्या चाहती हो, अकेली कोठरी में डाल दूँ ?'' एक जेलर ने चिल्लाकर कहा और ज़ोर से लाल बालोंवाली की नंगी, मोटी पीठ पर चपत जमाई। आवाज़ बरामदे भर में गूँज गई। ''ख़बरदार जो फिर मैंने तुम्हें लड़ते देखा तो!''

''अरे, बूढ़ा तो चुहलें करता है !'' लाल बालोंवाली औरत बोली। चाँटे को वह लाड़-प्यार समझ रही थी।

''जल्दी करो, गिरजे के लिए तैयार हो जाओ।''

मास्लोवा मुश्किल से कपड़े पहनकर बालों में कंघी कर पाई थी कि अपने सहायकों को साथ लेकर इन्स्पेक्टर वहाँ आ पहुँचा।

''जाँच के लिए हाज़िर होओ!'' एक जेलर ने चिल्लाकर कहा।

अन्य कोठरियों में से भी क़ैदी निकल-निकलकर आने लगे। बरामदें में सभी औरतें दो लाइनें बनाकर खड़ी हो गईं। प्रत्येक स्त्री ने अपने दोनों हाथ सामनेवाली स्त्री के कन्धों पर रखे। इसके बाद क़ैदियों की गिनती हुई।

''जाँच के बाद एक वार्डर-स्त्री क़ैदियों को गिरजे की ओर ले जाने लगी। अलग-अलग कोठरियों में से आई लगभग एक सौ क़ैदी स्त्रियों की लाइन आगे बढ़ने लगी। इस लाइन के मध्य में मास्लोवा और फ़ेदोस्या एक साथ चली जा रही थीं। लगभग सभी स्त्रियों ने सफ़ेद घाघरे और सफ़ेद जॉकेटें पहन रखी थीं और सिर पर सफ़ेद रूमाल बाँध रखे थे। कुछेक ने अपने रंगदार कपड़े पहन रखे थे। ये वे औरतें थीं जिनके पति साइबेरिया भेजे जा रहे थे और ये भी उनके साथ, अपने बाल-बच्चों को लेकर साइबेरिया जा रही थीं। सीढ़ियों पर, ऊपर से नीचे तक, क़ैदियों की लाइन लगी हुई थी, जूतों की हलकी-हलकी टप-टप के साथ बातें करने की आवाज़ और किसी-किसी वक़्त हँसने की आवाज़ सुनाई देती। मोड़ पर पहुँचकर मास्लोवा को अपनी दुश्मन बोच्कोवा की सड़ियल सूरत नज़र आई। वह आगे-आगे जा रही थी। मास्लोवा ने अपनी साथिन फ़ेदोस्या को इशारा करके उसे दिखाया। सीढ़ियों पर से उतरते हुए औरतें चुप हो गईं और सिर नवाते और क्रॉस का चिन्ह बनाते हुए गिरजे के अन्दर दाख़िल होने लगीं। गिरजे में अभी तक कोई न था। सुनहरी मुलम्मे से गिरजा चमचमा रहा था। औरतों की जगह दाएँ हाथ को थी और वे धक्का-मुक्की करती हुई वहाँ खड़ी होने लगीं।

स्त्रियों के बाद पुरुष क़ैदी अन्दर आने लगे। उन्होंने भूरे रंग के लबादे पहन रखे थे। इनमें कई तरह के क़ैदी थे : कुछ यहाँ जेल में अपनी सज़ा काट रहे थे, और कुछ वे जिन्हें ग्राम-पंचायतों द्वारा साइबेरिया भेजा जा रहा था। ज़ोर-ज़ोर से खाँसते हुए वे गिरजे के मध्य में और बाईं ओर भीड़ बनाकर खड़े हो गए।

ऊपर की गैलरी में एक तरफ़ को वे क़ैदी खड़े थे जिन्हें साइबेरिया में कड़ी मशक़्क़त की सज़ा दी गई थी। इन्हें सबसे पहले गिरजे में लाया गया था। सबके आधे-आधे सिर मुँडे हुए थे, और उनके पाँवों में से बेड़ियों के खनकने की आवाज़ आ रही थी। गैलरी की दूसरी ओर वे क़ैदी थे जिन्हें हवालात में रखा गया था। इनके पाँवों में बेड़ियाँ नहीं थीं, और न ही इनके सिर मुँडे हुए थे।

जेलख़ाने के इस गिरजे का निर्माण और साज-सजावट एक व्यापारी के पैसों से की गई थी, जिसने हज़ारों रूबल इसपर ख़र्च कर दिए थे। तरह-तहर के शोख़ रंगों और सुनहरी मुलम्मे से गिरजा

चमचमा रहा था।

कुछ देर तक गिरजे में चुप्पी छाई रही। केवल खाँसने-खखारने, नाक साफ़ करने, बच्चों के रोने और किसी-किसी वक़्त बेड़ियों के खनकने की आवाज़ें आ रही थीं। आख़िर गिरजे के मध्य में खड़े क़ैदी हिलने लगे और एक दूसरे को धकेलने लगे, गिरजे के ऐन बीचोबीच एक रास्ता-सा बन गया। इस रास्ते पर इन्स्पेक्टर चलता हुआ आया और गिरजे के मध्य में क़ैदियों के आगे आकर खड़ा हो गया।

39

उपासना आरम्भ हुई।

उपासना इस तरह थी : पादरी ने अजीब-सा ज़री का जामा पहना। इस जामे को पहनकर खड़े होना आसान न था। फिर उसने एक तश्तरी में डबलरोटी के छोटे-छोटे टुकड़े किए, और उन्हें शराब से भरे एक प्याले में डाल दिया। सारा वक़्त वह प्रार्थना के शब्द गुनगुनाता रहा और अलग-अलग नाम लेता रहा। इसी बीच डीकन ने स्लावोनिक भाषा में प्रार्थना की। एक तो उसे समझना यों भी कठिन था, दूसरे डीकन इतनी तेज़ी से पढ़ रहा था कि कुछ भी पल्ले नहीं पड़ता था। प्रार्थना की इन्हीं सूक्तियों को उसने बाद में क़ैदियों को गा-गाकर दोहराया। प्रार्थना में ज़ार और उसके परिवार के स्वास्थ्य की कामना की गई थी। प्रार्थना की इन उक्तियों को बार-बार दोहराया गया, अकेले में भी और अन्य उक्तियों के साथ मिलाकर भी। सारा वक़्त लोग घुटने टेके रहे। इसके अतिरिक्त डीकन ने धर्मदूतों के कर्म-ग्रन्थ में से कुछेक पद पढ़कर सुनाए। उसकी आवाज़ में इतना तनाव था कि उन्हें समझना असम्भव था। इसके बाद स्वयं पादरी ने इंजील में से सन्त मार्क के उपदेश का एक अंश बड़ी साफ़ आवाज़ में पढ़ा। इसमें ईसा के पुनर्जागरण का उल्लेख था। पुनर्जागरण के पश्चात् ईसा उड़कर स्वर्ग जाने और वहाँ पर अपने पिता अर्थात् परमात्मा के दाएँ हाथ पर बैठने से पूर्व मरियम मैग्डेलीन से मिले, जिसके शरीर में से उन्होंने सात दुष्टात्माओं को निकाल भगाया। तत्पश्चात् वह अपने ग्यारह अनुयाइयों से मिले और उन्हें आदेश दिया कि वे संसार भर में उनकी वाणी का प्रचार करें, और कहा कि जो इंजील में विश्वास नहीं करेगा उसका सर्वनाश होगा, और जो विश्वास करेगा और बपतिस्मा लेगा उसकी भगवान रक्षा करेंगे और वह अपने स्पर्श द्वारा लोगों को रोगमुक्त और उनके शरीर में से पिशाचों को भगाएगा, नई भाषाओं में बात करेगा, साँपों को पकड़ेगा और यदि वह विषपान भी करेगा तो मरेगा नहीं, अपितु जीता-जागता और स्वस्थ रहेगा।

उपासना का सार यह था कि डबलरोटी के जो छोटे-छोटे टुकड़े पादरी ने तोड़-तोड़कर शराब में डाले हैं, उनपर जब विशेष रीति से प्रार्थना की जाएगी, तथा विधिवत् कृत्य सम्पन्न किया जाएगा, तो डबलरोटी के टुकड़े भगवान के मांस के टुकड़े बन जाएँगे और शराब ख़ून में बदल जाएगी। कृत्य इस तरह था : पादरी सुनहरी ज़री का जामा पहने, बार-बार हाथ ऊपर को उठाता–जामे के कारण हाथ उठाना कठिन हो रहा था–फिर घुटने टेक देता और मेज़ को चूमता, और मेज़ पर रखी प्रत्येक चीज़ को चूमता। परन्तु कृत्य की मुख्य क्रिया यह थी कि पादरी एक कपड़े को दो सिरों से पकड़कर सोने के प्याले और चाँदी की तश्तरी के ऊपर हलके-हलके और एक लय में झुलाता। अनुमान किया जाता था कि ऐन इसी वक़्त डबलरोटी मांस में और शराब ख़ून में परिवर्तित हुई है। इसीलिए कृत्य का यह भाग बड़ी गम्भीरता से सम्पन्न किया गया।

फिर पार्टीशन के पीछे से पादरी की आवाज़ आई–''अब भगवान की परम भाग्यशालिनी, परमपावन, परमपवित्र माँ के हेतु !'' इस पर संगीत मंडली बड़ी गम्भीरता से गाने लगी। गीत में यह कहा गया था कि माता मरियम का यशोगान सर्वथोचित है, क्योंकि ईसा को अपने शरीर में धारण करने के पश्चात् भी उसका कौमार्य भंग नहीं हुआ। अतः वह फ़रिश्तों से कहीं अधिक माननीय है और देवदूतों से कहीं अधिक कीर्ति के योग्य है। माना जाता था कि इस गान के बाद परिवर्तन सम्पन्न हुआ। पादरी ने तश्तरी पर से कपड़ा उठाया। उस पर रखे डबलरोटी के टुकड़ों में से बीचवाले टुकड़े को काटकर चार हिस्से किए, फिर एक हिस्से को उठाया, उसे पहले शराब में भिगोया और फिर अपने मुँह में डाल लिया। इसका अर्थ था कि उसने भगवान का मांस खाया है और ख़ून पिया है। इसके बाद पादरी ने एक पर्दा गिराया, और पार्टीशन के बीच का दरवाजा खोलकर हाथ में सोने का प्याला उठाए वह बीचवाले दरवाज़े में से बाहर आ गया, और लोगों को निमन्त्रण देने लगा कि जिसकी इच्छा हो, वह आए और भगवान का मांस खाए और ख़ून पिए।

कुछेक बच्चों की ऐसा करने की इच्छा हुई।

पादरी ने बच्चों के नाम पूछे। फिर चमचे से शराब में भीगा एक डबलरोटी का टुकड़ा प्याले में से निकाला और एक बच्चे के गले में दूर ले जाकर डाल दिया। फिर बारी-बारी सभी बच्चों के गले में डाला। डीकन ने बच्चों के मुँह पोंछे, और पोंछते हुए ऊँची-ऊँची आवाज़ में बड़े आनन्द से गाने लगा कि बच्चे भगवान का मांस खा रहे हैं और ख़ून पी रहे हैं। इसके बाद प्याला उठाए पादरी पार्टीशन के पीछे चला गया और वहाँ जाकर भगवान के मांस के सभी बचे हुए टुकड़े ख़ुद खा लिए, ख़ून पी लिया और प्याला और मूँछें अच्छी तरह साफ़ करके, बड़ी प्रसन्नता से, तेज़-तेज़ क़दम रखता हुआ बाहर आ गया। पाँवों में उसने बछड़े की खाल के जूते पहन रखे, जो चलते वक्त ख़ूब चरमराते थे।

उपासना का सबसे ज़रूरी भाग सम्पन्न हो चुका था। परन्तु इन अभागे क़ैदियों को सान्त्वना देने के लिए पादरी ने साधारण उपासना के साथ एक छोटी-सी उपासना और जोड़ दी। वह चलता हुआ देव-प्रतिमा के पास गया जिस पर सोने का मुलम्मा चढ़ा हुआ था और जिसके हाथ और मुँह काले रंग के थे। उसके आगे दर्जन भर लगभग मोमबत्तियाँ जल रही थीं। यह उसी भगवान की प्रतिमा थी जिसका मांस पादरी अभी-अभी खाकर हटा था। देव-प्रतिमा के सामने खड़े होकर वह अनोखी, फटी हुई आवाज़ में गुनगुनाने और गाने लगा–

''हे यीसु! सबसे प्यारे यीसु! धर्मदूतों ने जिसका यशोगान किया, हुतात्माओं ने जिसका गुणगान किया। हे सर्वशक्तिमान, राजाधिराज, मेरी रक्षा करो ! मेरे मुक्तिदाता यीसु, सबसे सुन्दर यीसु इस याचक की रक्षा करो ! हे मुक्तिदाता, हे आराधना के पुत्र यीसु, अपने सभी सन्तों की, सभी पैग़म्बरों की रक्षा करो, उन्हें स्वर्ग के आनन्द का अधिकारी बनाओ, हे यीसु! तुम्हारे हृदय में सभी मनुष्यों के प्रति प्रेम है!''

फिर वह चुप हो गया, एक गहरी साँस खींची, छाती पर क्रॉस का चिन्ह बनाया और ज़मीन तक सिर नवा लिया। गिरजे में खड़े सभी लोगों ने–इन्स्पेक्टर, वार्डर, क़ैदी–सभी ने ऐसा ही किया। ऊपर बड़ी देर तक बेड़ियाँ खनखनाती रहीं।

पादरी की प्रार्थना अब भी चल रही थी–''हे देवदूतों के जन्मदाता, तुम सभी शक्तियों के स्वामी हो, तुम सबसे अद्भुत, सर्वशक्तिमान, देवदूतों को अपने प्रताप से चकित करनेवाले, तथा हमारे पुरखाओं को उबारनेवाले हो ! हे यीसु, तुम सबसे प्यारे हो, हमारे बड़ों ने तुम्हारा यशोगान किया है ! हे यीसु, तुम्हारी महिमा अपरम्पार है, तुम राजाओं को शक्ति प्रदान करते हो। हे सर्वश्रेष्ठ

यीसु, तुमने पैग़म्बरों को सिद्धि प्रदान की है ! हे यीसु, तुम सबसे अद्भुत हो, तुमने हुतात्माओं को शक्ति प्रदान की है। हे यीसु, तुम सबसे विनम्र हो, धर्मभिक्षुओं के आनन्द का स्रोत हो। हे यीसु, तुम दयालुता की मूर्ति हो, पादरियों की आँख का तारा हो। हे कृपानिधान, तुम व्रतधारियों को संयम प्रदान करते हो। हे सर्वप्रिय यीसु, सभी न्यायप्रिय व्यक्तियों के लिए तुम आनन्द का स्रोत हो ! हे परमपावन यीसु, तुम ब्रह्मचारियों का ब्रह्मचर्य हो। हे यीसु, आदिकाल से तुम पापियों का उद्धार कर रहे हो! हे यीसु, भगवान के पुत्र, मुझ पर कृपादृष्टि रखो!''

हर बार ''यीसु'' शब्द के साथ ''स'' की आवाज़ और अधिक ज़ोर से सीटी की तरह निकलती। अन्त में वह चुप हो गया। फिर अपना वस्त्र उठाकर, जिसके नीचे रेशम का अस्तर लगा था, वह एक घुटने के बल झुक गया और ज़मीन तक सिर नवाया। संगीत मंडली ने फिर गीत आरम्भ किया–''भगवान के बेटे यीसु, हम पर कृपादृष्टि रखो !'' क़ैदियों ने भी घुटनों के बल झुककर माथा नवाया। फिर उठे, सिर के आधे हिस्से पर जो बाल बच रहे थे, उन्हें झटककर पीछे किया। बेड़ियाँ फिर खनकीं जिनसे क़ैदियों के टखने जख़्मी हो रहे थे।

यही कुछ बड़ी देर तक चलता रहा। पहले महिमागान हुआ, जिसके अन्तिम शब्द थे–''हम पर कृपादृष्टि रखो !'' इसके बाद और महिमागान हुआ , जिसके अन्त में ''अल्लेलूइया'' कहा गया। क़ैदियों ने क्रॉस का चिन्ह बनाया, सिर नवाया और ज़मीन पर गिरे। पहले वे हर वाक्य के बाद और बाद में हर दूसरे और हर तीसरे वाक्य के बाद सिर नवाते रहे। सभी ख़ुश थे कि महिमागान समाप्त हुआ। पादरी ने भी पोथी बन्द की, और चैन की साँस लेते हुए पार्टीशन के पीछे चला गया। हाँ, एक क्रिया अभी और बाक़ी थी। पादरी ने एक मेज़ पर से बड़ा-सा क्रॉस उठाया और उसे लेकर गिरजे के ऐन बीचोबीच आकर खड़ा हो गया। क्रॉस पर सोने का मुलम्मा चढ़ा हुआ था और दोनों सिरों पर इनेमल के पदक लगे थे। सबसे पहले इन्स्पेक्टर ने आगे बढ़कर उसका चुम्बन किया, उसके बाद छोटे इन्स्पेक्टर और वार्डरों ने। और इसके बाद क़ैदी, एक दूसरे को धकेलते, कोहनियाँ मारते, और एक दूसरे को दबी आवाज़ में गालियाँ देते हुए आगे बढ़-बढ़कर उसे चूमने लगे। पादरी इन्स्पेक्टर से बातें करने लगा। जिस हाथ में उसने क्रॉस को पकड़ रखा था उसे क़ैदियों की ओर बढ़ा दिया। कभी उसे क़ैदियों के मुँह के सामने ले जाता, कभी उनके नाक के सामने। क़ैदी क्रॉस को भी चूमने की कोशिश कर रहे थे और पादरी के हाथ को भी। इस भाँति ईसाई धर्म की यह उपासना सम्पन्न हुई, जिसका अभिप्राय अपने उन भाइयों को उबारना और सान्त्वना प्रदान करना था जो सन्मार्ग से भटक गए थे।

40

पादरी और इन्स्पेक्टर से लेकर मास्लोवा तक, वहाँ खड़े सभी लोगों में से किसी को भी यह ख़याल नहीं आया कि जिस यीसु का नाम पादरी बार-बार ले रहा था, और इन विचित्र शब्दों में जिसका गुणगान कर रहा था, उस यीसु ने उन सभी बातों की मनाही कर दी थी जो यहाँ पर की जा रही थीं। यह कोलाहाल सर्वथा निरर्थक था। रोटी और शराब के ऊपर किया गया मन्त्रपाठ पाखंडपूर्ण था। यीसु ने न केवल इसकी मनाही कर रखी थी, बल्कि बड़े स्पष्ट शब्दों में आदेश दिया था कि कोई किसी को अपना गुरू न पुकारे, मन्दिरों में जाकर उपासना नहीं करे। उसकी यह शिक्षा थी कि सभी एकान्त में उपासना करें। उसने मन्दिरों के बनाने तक की मनाही कर दी थी और कहा था कि मैं उनका नाश करने के लिए संसार में आया हूँ। उसकी शिक्षा थी कि

सच्ची उपासना मन्दिरों में नहीं, वरन् हृदय में तथा सत्याचरण में होती है। उसका आदेश था कि कोई किसी का न्याय नहीं करे, किसी को क़ैद नहीं करे, यन्त्रणा नहीं पहुँचाए, फाँसी नहीं लगाए, और ये सब कार्य यहाँ पर किए जा रहे थे। उसका आदेश था कि किसी प्रकार की हिंसा नहीं की जाए। मैं बन्दियों को मुक्त कराने आया हूँ–यह उसका कथन था।

किसी ने नहीं सोचा कि जो कुछ यहाँ हो रहा है, बड़े-से-बड़ा पाखंड है, उस ईसा का अपमान है जिसके नाम पर ये क्रियाएँ की जा रही हैं। किसी को यह ख़याल नहीं आया कि जिस सोने चढ़े और पदकों के सजे क्रॉस को पादरी चूमने के लिए लोगों के सामने बढ़ा रहा था, यह उसी फाँसी के तख़्ते का प्रतीक है जिस पर ईसा को लटकाया गया था, इसलिए कि ईसा ने इन सब कार्यों का विरोध किया था जो आज यहाँ पर किए जा रहे थे। ये पादरी यह सोचते हैं कि वे भगवान का मांस खाते और ख़ून पीते हैं। वास्तव में वे सचमुच उसका मांस खाने और ख़ून पीने के अपराधी हैं। इसलिए नहीं कि वे रोटी के टुकड़े खाते और शराब पीते रहे हैं बल्कि इसलिए कि वे उन निरीह लोगों को अपने जाल में फँसा रहे हैं जिन्हें ईसा ने अपना भाई माना था, उन्हें सभी सुखों से वंचित कर रहे हैं। उन्हें क्रूरतम यन्त्रणा पहुँचा रहे हैं और जिस महान सुख का सन्देश वह संसार में लाया था उसे लोगों से छिपा रहे हैं। यह ख़याल वहाँ खड़े किसी आदमी को भी नहीं आया।

पादरी का अन्तःकरण साफ़ था वह अपना काम सन्तोष के साथ किए जा रहा था। उसे बचपन से यही सिखाया गया था कि यही एकमात्र सच्चा धर्म है। प्राचीन काल में सर्वोत्कृष्ट लोगों का यही मत था और आज भी राज्य तथा धर्म के सभी अधिकारी इसी मत के अनुयायी हैं। वह यह नहीं मानता था कि रोटी सचमुच मांस में परिणत हो जाती है, या कुछेक शब्दों को बार-बार दोहराने से आत्मा का उद्धार होता है, या डबलरोटी और शराब के सेवन से उसने सचमुच भगवान के एक अंश को अपने अन्दर ग्रहण किया है। किसी को भी यह यक़ीन नहीं हो सकता था। लेकिन पादरी को यह विश्वास था कि इसमें यक़ीन करना चाहिए। और यह विश्वास और भी दृढ़ इसलिए हो पाता था कि धर्म की इन माँगों को पूरा करते हुए पिछले 18 साल से वह अच्छे पैसे कमा रहा था, जिससे वह एक बड़े परिवार का लालन-पालन कर पाया था, अपने बेटे को जिम्नेज़ियम में और अपनी बेटी को एक कन्या पाठशाला में भेज पाया था जिसमें पादरियों की बेटियाँ पढ़ती थीं। डीकन का भी विश्वास इसी तरह का था, बल्कि उसकी आस्था पादरी की आस्था से भी अधिक दृढ़ थी। धर्म के सिद्धान्तों का सार वह कब का भूल चुका था। वह केवल इतना जानता था कि उसकी सभी प्रार्थनाओं का, पित्रों के लिए की गई प्रार्थनाओं, सामूहिक प्रार्थनाओं, एकेथिस्टस के साथ या उसके बिना की गई प्रार्थनाओं–सबका निश्चित मूल्य है। और यह मूल्य सच्चे ईसाई बड़ी ख़ुशी से चुका देते हैं। इसलिए वह बड़े उत्साह से "कृपादृष्टि" रखो ! कृपादृष्टि रखो, भगवान !" का उच्चारण किया करता था। निर्धारित सूत्रों तथा उक्तियों को आवश्यक मानता था और उनका पाठ पूरी निष्ठा से करता था, उसी तरह जिस तरह दूकानदार लोग ईंधन, आटा और आलू बेचते हैं। जेल का इन्स्पेक्टर तथा वार्डर लोग इन सिद्धान्तों को या गिरजे में होनेवाली क्रियाओं को नहीं समझते थे, न ही उन्होंने कभी इनपर विचार किया था। फिर भी वे समझते थे कि उन्हें ज़रूर इनमें विश्वास करना चाहिए क्योंकि ऊँचे पदाधिकारी, स्वयं ज़ार बादशाह तक इनमें विश्वास रखते हैं। साथ ही एक धूमिल-सा विचार भी उनके मन में था (जिसका कारण वे नहीं जानते थे)–इस धर्म में विश्वास रखते हुए वे अपना अमानुषिक धन्धा बेधड़क होकर किए जा सकते हैं, कि यह धर्म उनकी पीठ ठोंकता है। यदि यह विश्वास न होता तो वे लोगों पर अपनी पूरी शक्ति से जुल्म नहीं ढा सकते थे, जैसा कि वे अब शुद्ध अन्तःकरण के साथ कर सकते थे। इस

विश्वास के बिना ऐसा करना कठिन होता, शायद असम्भव होता। इन्स्पेक्टर तो ऐसा दयालु-स्वभाव पुरुष था कि यदि उसमें विश्वास की दृढ़ता न होती तो उसके लिए इस प्रकार जीना कठिन हो जाता। इसलिए वह बड़े उत्साह के साथ सीधा खड़ा होता, सिर नवाता और छाती पर क्रॉस का चिन्ह बनाता। जिस समय देवदूतों का गीत गाया जा रहा था, उस समय उसने पूरी कोशिश की कि उसकी आँखों में आँसू आ जाएँ। और जब बच्चों ने पादरी से भगवान के मांस और ख़ून को ग्रहण किया तो उसने एक बच्चे को स्वयं बाँहों में उठाकर पादरी के सामने किया था।

अधिकांश क़ैदी समझते थे कि इन सुनहरी प्रतिमाओं, पादरी के वस्त्रों, मोमबत्तियों, प्यालों, क्रॉसों तथा ''मधुरतम यीसु'' तथा ''कृपादृष्टि रखो'' ऐसे गोपनीय शब्दों में कोई रहस्यपूर्ण शक्ति विद्यमान है, जिससे उन्हें लोक में तथा परलोक में सुख की प्राप्ति हो सकती है। केवल कुछेक ही लोग स्पष्टतया उस धोखाधड़ी को देख पाते थे जो इस मत के अनुयाइयों के साथ की जाती थी। मन-ही-मन में वे हँसते थे। परन्तु अधिकांश लोगों से प्रार्थनाओं, प्रीतिभोजों और मोमबत्तियों इत्यादि से, वांछित सुख प्राप्त करने की कुछेक बार कोशिश की। उन्हें सुख नहीं मिला, भगवान ने उनकी प्रार्थनाएँ नहीं सुनीं। फिर भी वे यही समझते रहे कि उनकी असफलता किसी आकस्मिक कारणवश रही होगी। उन्हें विश्वास था कि यह संस्था, जिसे शिक्षित समुदाय का तथा बड़े-बड़े पादरियों का समर्थन प्राप्त है, बड़ी महत्वपूर्ण तथा आवश्यक है, यदि लोक के लिए नहीं तो परलोक के लिए जो ज़रूर ही है।

मास्लोवा का भी यही विश्वास था। और लोगों की तरह उसमें भी एक मिश्रित-सी भावना उठती थी, भक्ति की तथा ऊब की। पहले तो वह डंडहरे के पीछे भीड़ में खड़ी रही, पर इस तरह वह केवल अपने साथियों को ही देख पाती थी, और किसी को नहीं। लेकिन जब कम्युनियन ग्रहण करनेवाली स्त्रियाँ आगे बढ़ गईं तो वह और फ़ेदोस्या दोनों आगे चली आईं। यहाँ से उन्होंने इन्स्पेक्टर को देखा, और उसके पीछे जहाँ वार्डर खड़े थे, एक छोटे-से किसान को भी खड़े देखा जिसके छोटी-सी दाढ़ी और सिर पर सुनहरी बाल थे। यह आदमी फ़ेदोस्या का पति था और एकटक अपनी पत्नी की ओर देखे जा रहा था। अकाथिस्टस के समय मास्लोवा बड़े ग़ौर से उसकी ओर देखती रही और फ़ेदोस्या के साथ दबी आवाज़ में बातें करती रही। जिस वक़्त सब लोग सिर नवाते और क्रॉस का चिन्ह बनाते तो वह भी बना लेती थी।

41

नेख़्लूदोव घर से जल्दी ही निकल पड़ा। गली में एक किसान, जो गाँव से दूध बेचने आया था, एक छकड़े पर बैठा, अजीब-से लहजे में बराबर चिल्लाए जा रहा था–''दूध ! दूध, ले लो दूध ! दूध !''

पिछले ही दिन वसन्त की पहली स्निग्ध वर्षा हुई थी। जहाँ कहीं भी पटरी नहीं बिछी थी, हरी-हरी घास लहरा रही थी। बाग़ों में बर्च के वृक्ष हरियाली की ओढ़नी ओढ़े थे, बर्ड-चेरी और पोपलर के पेड़ों के लम्बे-लम्बे महकभरे पत्ते निकल रहे थे। लोग अपनी दूकानों और घरों में खिड़कियों के दोहरे चौखटों में से अन्दरवाले चौखटे उतार रहे थे जो उन्होंने सर्दी के मौसम के लिए लगा रखे थे और खिड़कियाँ साफ़ कर रहे थे। फेरी बाज़ार में, जहाँ से नेख़्लूदोव को होकर जाना था, दूकानों की क़तार के सामने अभी से लोगों की भीड़ उमड़ रही थी।

फटे-पुराने कपड़े पहने कुछ लोग ऊँचे बूट बग़ल में दबाए और लोहा की हुई पैंटें और जॉकेटें

कन्धे पर डालकर बेचते फिर रहे थे।

अपनी फ़ैक्ट्रियों से छुटकारा पाकर मज़दूर स्त्री-पुरुष ढाबों के पास भीड़ लगाए खड़े थे। स्त्रियाँ सिर पर चटकीले रंगोंवाले रेशमी रूमाल बाँधे व काँच के मोती लगे कोट पहने थीं, पुरुष साफ़ सुथरे लम्बे कोट और चमकीले ऊँचे बूट डाले थे। अपनी पिस्तौलों की पीली डोरियाँ चमकाते सिपाही इस ताक में खड़े थे कि कोई गड़बड़ हो और वे अपनी ऊब भगा पाएँ। चौड़ी सड़कों की पटरियों पर तथा हरी-हरी घास पर छोटे-छोटे बच्चे और कुत्ते इधर-उधर भाग-दौड़ रहे थे और दाइयाँ बेंचों पर बैठी मज़े से गप्पें हाँक रही थीं।

बाईं ओर, जहाँ साया था, सड़कें अभी भी नम और ठंडी थीं, लेकिन बीच में से वे सूख गई थीं। गड़गड़ाते बोझल छकड़े, खड़खड़ करती बग्घियाँ और टनटन करती ट्रॉम-गाड़ियाँ लगातार आ जा रही थीं। इस तरह-तरह के शोर और गिरजों के घंटों की गूँज से वातावरण कम्पित हो रहा था। गिरजों के घंटे लोगों को ईश्वर के वैसे ही महिमा-जय में भाग लेने के लिए बुला रहे थे, जैसा इस समय जेल में हो रहा था और लोग अपने-अपने गिरज़ों की ओर सजे-धजे चले जा रहे थे।

बग्घीवाले ने नेख़्लूदोव को जेल तक न ले जाकर, जेल से पहले मोड़ पर ही उतार दिया।

इसी मोड़ पर, जेल से लगभग सौ क़दम की दूरी पर कुछेक स्त्रियाँ और पुरुष खड़े थे। अधिकांश बंडल उठाए थे। दाएँ हाथ लकड़ी के नीचे से मकान थे। बाएँ हाथ एक दो मंज़िला इमारत थी जिसके बाहर एक बोर्ड लगा था। सामने ही जेलख़ाने की, ईंटों की बनी, भीमकाय इमारत थी, लेकिन आगन्तुकों को उसके पास जाने की इजाज़त नहीं थी। उसके सामने ही एक सन्तरी ड्यूटी दे रहा था। जो भी आदमी उसके पास से निकलकर जेलख़ाने की तरफ़ जाने की कोशिश करता, उसे वह रोक देता।

लकड़ी के घरों के बाहर, सन्तरी के ऐन सामने एक वार्डर वर्दी पहने बैंच पर बैठा था। उसकी वर्दी पर सुनहरी पाइपिंग लगी थी, और उसके हाथ में एक कॉपी थी। मुलाक़ाती उसके पास जाकर क़ैदियों के नाम बताते जिनसे वे मिलने आए हैं और वह अपनी कॉपी में उनके नाम दर्ज कर लेता। नेख़्लूदोव भी उसके पास गया और येकातेरीना मास्लोवा का नाम बताया। वार्डर ने नाम लिख लिया।

"अन्दर क्यों नहीं जाने देते ?" नेख़्लूदोव ने पूछा।

"गिरजे में उपासना हो रही है। जब ख़त्म हो जाएगी तो अन्दर जाने देंगे।"

नेख़्लूदोव घूमकर मुलाक़ातियों की भीड़ में आ मिला। फटे-पुराने कपड़े पहने एक आदमी, नंगे पाँव, सिर पर मुचड़ा हुआ टोप रखे, भीड़ से अलग होकर जेलख़ाने की ओर जाने लगा। उसका चेहरा लाल-लाल रेखाओं से भरा पड़ा था।

"अबे ओ ! किधर चला ?" बन्दूक़वाले सन्तरी ने पुकारा।

"अरे तो चिल्ला क्यों रहा है ?" फटेहाल आदमी ने ज़रा भी झेंपे बिना जवाब दिया, और लौट आया। "नहीं जाने देता तो ना सही, इन्तज़ार कर लूँगा। देखियो तो बड़ा आया है, जनरल चिल्लानेवाला!"

लोग हँसने लगे। उन्हें उसकी बात पसन्द आई थी। अधिकांश लोगों के तन पर ढंग से कपड़े न थे, कुछेक तो बिलकुल फटे-पुराने कपड़े पहने थे। लेकिन उसी भीड़ में कुछेक स्त्रियाँ-पुरुष भले घरों के जान पड़ते थे। नेख़्लूदोव के साथ ही एक हट्टा-कट्टा आदमी खड़ा था। चेहरा सफ़ाचट और लाल-लाल, हाथ में एक बंडल उठाए हुए था जिसमें प्रत्यक्षतः नीचे पहननेवाले कपड़े रखे थे। नेख़्लूदोव ने उससे पूछा कि क्या वह पहली बार यहाँ आया है। वह बोला कि नहीं, वह

हर इतवार यहाँ आता है। बातें चल पड़ीं। वह किसी बैंक में चौकीदार था। यहाँ वह अपने भाई से मिलने आया था जिसे जालसाज़ी के जुर्म में पकड़ा गया था। यह आदमी इतने सरल स्वभाव का था कि उसने नेख़्लूदोव को अपनी सारी जीवन-कहानी कह सुनाई। सुना चुकने पर उसने नेख़्लूदोव से उसकी राम-कहानी सुनाने को कहा। लेकिन उसी वक़्त एक छोटी बग्घी वहाँ आ पहुँची जिसमें एक विद्यार्थी और एक युवती बैठे थे। युवती के हैट से जाली गिरकर उसके मुँह पर पड़ रही थी। बग्घी के पहियों पर रबड़ के टायर थे और आगे एक बड़ा नस्ली घोड़ा जुता हुआ था। लड़के के हाथ में एक बड़ा-सा बंडल था। उस बंडल में डबलरोटियाँ थीं। नेख़्लूदोव से आकर बोला कि वह इन डबलरोटियों को क़ैदियों में बाँटना चाहता है। क्या बाँटने की इज़ाजत होगी? यदि इजाज़त होगी तो किस भाँति बाँटना होगा? उसके साथ जो युवती आई थी, वह उसकी मंगेतर थी। उसी की इच्छा से वह यहाँ आया था। उसके माता-पिता ने परामर्श दिया था कि क़ैदियों को कुछ दान कर आएँ।

"मैं ख़ुद आज पहली बार यहाँ आया हूँ" नेख़्लूदोव ने कहा, "मुझे मालूम नहीं है। पर तुम उस आदमी से दरयाफ़्त करो।" और उसने दाईं तरफ़ बैठे वार्डर की ओर इशारा किया जिसकी वर्दी पर सुनहरी पाइपिंग लगी थी, और हाथ में कॉपी पकड़े हुए था।

वे बातें कर ही रहे थे कि जेल का लोहे का फाटक खुला, जिसमें एक खिड़की थी, और एक बावर्दी अफ़सर बाहर निकलकर आया। उसके पीछे-पीछे एक और वार्डर भी बाहर आया। जिस जेलर के हाथ में कॉपी थी, उसने पुकारकर कहा कि अब मुलाक़ाती अन्दर जा सकते हैं। सन्तरी हटकर एक तरफ़ को खड़ा हो गया, और लोग लपककर फाटक की ओर दौड़े, मानो उन्हें डर हो कि कहीं देर न हो जाए। मुलाक़ाती अन्दर जाने लगे। एक वार्डर दरवाज़े के पास खड़ा उन्हें ऊँची-ऊँची आवाज़ में गिनने लगा–सोलह, सत्तरह, इत्यादि। अन्दर की तरफ़ एक और वार्डर खड़ा अगले दरवाज़े से अन्दर जाते मुलाकातियों को छू-छूकर गिन रहा था, ताकि जब ये लोग वापस लौटकर आएँ, तो इनमें से कोई भी पीछे जेल में न रह जाए, और कोई क़ैदी बाहर न निकल जाए। इस वार्डर ने यह देखे बिना कि कौन गुज़र रहा है, नेख़्लूदोव की पीठ पर हाथ मारा और वार्डर का यह स्पर्श शुरू में उसे अपना अपमान लगा, लेकिन यह याद करके कि किस काम के लिए यहाँ आया है, उसे अपनी इस नाराज़गी और अपमान की भावना पर लज्जा होने लगी।

दरवाज़ों में से निकलकर सामने एक बड़ा, मेहराबदार कमरा था। इसकी खिड़कियाँ छोटी-छोटी थीं और उन पर लोहे के सीखचे लगे थे। यह मुलाक़ात का कमरा था। नेख़्लूदोव यह देखकर हैरान रह गया कि कमरे में क्रॉस से लटके ईसा का एक विशालकाय चित्र था।

"इस तस्वीर का यहाँ क्या काम?" उसके मन में सवाल उठा। "ईसा का सम्बन्ध तो आज़ादी से है, न कि क़ैद से।"

धीरे-धीरे वह आगे बढ़ने लगा, उन मुलाक़ातियों को रास्ता देता हुआ जो जल्दी में थे। इस इमारत में वे लोग भी बन्द थे जिन्होंने बुरे काम किए थे। उनके बारे में सोचकर उसका मन भय से काँप उठता। लेकिन जब वह निर्दोष लोगों के बारे में सोचता, जैसे कि कात्यूशा, या वह लड़का जिसे कल ही सज़ा दी गई थी, तो उसके मन में अनुकम्पा उठती। ऐसे लोग भी यहाँ पर क़ैद थे। कात्यूशा के साथ होनेवाली भेंट के बारे में सोचकर उसका हृदय द्रवित हो उठा और हलकी-हलकी घबराहट का भास होने लगा। मुलाक़ाती-कमरे के दूसरे सिरे पर एक जेलर खड़ा था। पास से गुज़रते हुए मुलाक़ातियों को वह कुछ कह रहा था। परन्तु नेख़्लूदोव अपने विचारों में खोया हुआ था, उसने उसकी ओर कोई ध्यान नहीं दिया। मुलाक़ातियों की भीड़ के पीछे-पीछे चलता

हुआ औरतोंवाले हिस्से में जाने की बजाए मर्द-क़ैदियोंवाले हिस्से में जा पहुँचा।

वह सबसे पीछे मुलाक़ाती-कमरे में दाख़िल हुआ। जो लोग जल्दी पहुँचने के लिए उद्विग्न थे, वे आगे बढ़ते गए थे। कमरे का दरवाज़ा खोलते ही नेख़्लूदोव भौंचक्का रह गया। अन्दर कोलाहल मचा हुआ था, सौ आदमियों की चीखें मिलकर एक कानफाड़ शोर बन गई थीं। पहले तो नेख़्लूदोव की समझ में नहीं आया कि इस शोर का क्या कारण हो सकता है, लेकिन जब वह लोगों के और नज़दीक पहुँचा तो उसने देखा कि सब लोग लोहे की जाली पर टूटे पड़ते हैं जैसे मक्खियाँ चीनी पर टूटती हैं। तब उसकी समझ में सब बात आ गई। एक नहीं, दो जालियाँ, फ़र्श से लेकर छत तक, कमरे के एक सिरे से दूसरे सिरे तक लगी थीं, जिनसे कमरे में दो अलग-अलग विभाग बन गए थे। दोनों जालियों के बीच सात फुट का गलियारा था, जिसमें वार्डर आगे-पीछे चल रहे थे। जिस दरवाज़े को लाँघकर वह अन्दर आया था, उसके ऐन सामनेवाली दीवार में खिड़कियाँ थीं। नज़दीकवाली जाली के पीछे मुलाक़ाती खड़े थे, और दूर, उनके सामनेवाली जाली के पीछे, क़ैदी। दोनों के बीच में जालियाँ थीं, और 7 फुट का गलियारा था, ताकि वे एक दूसरे के हाथ में कुछ दे नहीं सकें। यदि किसी आदमी की नज़र कमज़ोर हो, तो वह गलियारे के पार जाली के पीछे खड़े आदमी को ठीक तरह से पहचान भी नहीं सकता था। बातें करना भी बड़ा कठिन था। जब तक चिल्लाओ नहीं, दूसरा आदमी कुछ समझ नहीं सकता था।

दोनो तरफ़ लोग जालियों के साथ जुड़कर खड़े थे। इनमें पत्नियाँ थीं, पति थे, पिता और माताएँ थीं, बच्चे थे। सभी एक दूसरे को पहचानने की कोशिश कर रहे थे, और इस बात का भरसक प्रयत्न कर रहे थे कि उन्हें जो कहना है वह कह पाएँ।

हर कोई चाहता था कि उसका सम्बन्धी उसकी बात सुन सके, और उसके पड़ोसी भी यही चाहते थे और उनकी आवाज़ें एक-दूसरे के लिए बाधा थीं। इसलिए हर कोई अपने साथवाले आदमी से ज़्यादा ऊँचा चिल्ला-चिल्लाकर बोलने की कोशिश कर रहा था। यही कारण था कि यहाँ ऐसा कोलाहल मचा हुआ था जिससे नेख़्लूदोव अन्दर आते ही भौचक्का-सा खड़ा रह गया था। एक दूसरे की आवाज़ सुनना असम्भव हो रहा था। एक दूसरे के चेहरे की ओर ही देखकर ही अनुमान लगाया जा सकता था कि दूसरा आदमी क्या कह रहा है। इसी से उन आपसी सम्बन्धों का भी अनुमान लगाया जा सकता था। नेख़्लूदोव के साथ ही एक बूढ़ी औरत जाली के साथ सटकर खड़ी थी। उसने सिर पर रूमाल बाँध रखा था और उसकी ठुड्डी काँप रही थी। चिल्ला-चिल्लाकर वह सामने, जाली के दूसरी तरफ़ खड़े, एक पीले से युवक को कुछ कह रही थी। युवक का आधा सिर मुँडा हुआ था, और वह भौंहें उठाए, बड़े ध्यान से बुढ़िया की बात सुन रहा था। बुढ़िया की बगल में एक युवक खड़ा था जिसने किसानों का कोट पहन रखा था। वह बार-बार सिर हिला रहा था और कानों पर हाथ रखकर सामने, दूसरी जाली के पीछे खड़े एक वयस्क आदमी की आवाज़ को बड़े ध्यान से सुन रहा था। आदमी का चेहरा थका-माँदा था और दाढ़ी के बाल सफ़ेद हो चले थे। जान पड़ता था कि वह इस लड़के का बाप है। युवक से आगे फटे-पुराने कपड़ोंवाला आदमी खड़ा था। वह बाज़ू हिला-हिलाकर चिल्ला रहा था और हँसे जा रहा था। उसके साथ ही एक स्त्री फ़र्श पर एक बच्चे को गोद में लिए बैठी थी, और ज़ार-ज़ार रोए जा रही थी। वह कन्धों पर एक अच्छी-सी शाल ओढ़े हुए थी। दूसरी तरफ़ एक बूढ़ा आदमी खड़ा था जिसका सिर मुँडा हुआ था। प्रत्यक्षतः पहली बार वह स्त्री इस आदमी को क़ैदियों की वर्दी और बेड़ियों में और मुँडे हुए सिर से देख रही थी। इस स्त्री से आगे वह चौकीदार खड़ा था जिसके साथ, जेल से बाहर, नेख़्लूदोव ने बातें की थीं। वह पूरे ज़ोर से चिल्ला-चिल्लाकर एक

गंजे क़ैदी से कुछ कह रहा था। क़ैदी की आँखें चमक रही थीं।

नेख़्लूदोव ने समझ लिया कि इन्हीं हालात में उसे भी बातें करनी होंगी। उसका दिल इस व्यवस्था के प्रबन्धकों के विरुद्ध घृणा से भर उठा। यह मानवीय भावनाओं का अपमान था। नेख़्लूदोव हैरान था कि इस स्थिति में अपने को पाकर किसी आदमी के मन में भी विद्रोह की भावना नहीं उठ रही थी। सिपाहियों, इन्स्पेक्टर, मुलाक़ातियों तथा क़ैदियों का व्यवहार ऐसा था मानो वे इसे आवश्यक समझते हों।

लगभग पाँच मिनट तक नेख़्लूदोव इस कमरे में खड़ा रहा। यह देखकर कि वह कितना लाचार है, और उसके विचार और लोगों के विचारों से कितने भिन्न हैं, उसके मन पर एक अज़ीब-सी उदासी छा गई। जिस तरह जहाज़ में बैठे आदमी को उबकाई-सी आने लगती है, नेख़्लूदोव को अपनी मानसिक विवशता की पीड़ा से मतली-सी आने लगी।

42

"पर मैं जिस काम से यहाँ आया हूँ करूँ ?" अपना हौसला बढ़ाने की कोशिश करते हुए नेख़्लूदोव ने मन-ही-मन कहा। "अब मुझे क्या करना चाहिए ?"

उसने इधर-उधर देखा, ताकि कोई जेल का अधिकारी मिले तो उससे पूछ सके। एक पतला, ठिगना-सा आदमी, अफ़सरों की वर्दी पहने, लोगों के पीछे टहल रहा था। नेख़्लूदोव उसके पास जा पहुँचा।

"हुज़ूर क्या मुझे बता सकते हैं ?" अतीव नम्रता दिखाते हुए नेख़्लूदोव ने पूछा, "कि स्त्री क़ैदियों को कहाँ रखा जाता है, और उन्हें मिलने के लिए कहाँ जाना होगा।"

"औरतों के विभाग में जाना चाहते हैं?"

"जी, मैं वहाँ एक क़ैदी औरत से मिलना चाहता हूँ" उसी खिचे-खिचे विनम्र लहजे में नेख़्लूदोव से कहा।

"आपको चाहिए था कि यह बात हॉल-कमरे में बताते। किसे मिलना चाहते हैं ?"

"मैं क़ैदी येकातेरीना मास्लोवा से मिलना चाहता हूँ।"

"क्या वह सियासी क़ैदी है ?"

"नहीं, वह तो केवल..."

"हूँ, उसे सज़ा मिल चुकी है ?"

"जी, परसों सज़ा दी गई थी," नेख़्लूदोव ने उसी तरह यतीमों के से लहजे में कहा। जान पड़ता था कि इन्स्पेक्टर उसकी मदद कर देगा, इसलिए वह पूरी कोशिश कर रहा था कि उसका मिज़ाज नहीं बिगड़े।

नेख़्लूदोव के रूप-रंग से अधिकारी ने समझ लिया कि इस व्यक्ति की उपेक्षा नहीं करनी चाहिए।

"यदि आपको स्त्री-क़ैदियों के विभाग में जाना है, तो कृपया, इस तरफ़ आइए," अफ़सर ने कहा, और फिर एक मूँछोंवाले कार्पोरल की ओर घूमकर, जिसकी छाती पर तमग़े लटक रहे थे, बोला, "सीदोरोव साहब को स्त्री-विभाग में ले जाओ।"

"जनाब।"

ऐन इसी वक़्त किसी के ज़ार-ज़ार रोने की आवाज़ नेख़्लूदोव के कान में पड़ी। जाली के

नज़दीक कोई व्यक्ति बिलख-बिलखकर रो रहा था।

यहाँ की हर चीज नेख़्लूदोव को अजीब-सी लगी। परन्तु जो बात उसे सबसे विचित्र लगी वह यह थी कि उसे जेल के इन्स्पेक्टर तथा दूसरे वार्डरों का शुक्रिया अदा करना पड़ रहा था और अपने आपको उनका कृतज्ञ मानना पड़ रहा था–उन लोगों के प्रति जो इस इमारत के अन्दर तरह-तरह के जुल्म ढा रहे थे।

कमरे से बाहर निकलकर, कार्पोरल नेख़्लूदोव को एक लम्बे बरामदे में ले गया। उसके दूसरे सिरे पर एक दरवाज़ा था जो औरतों के मुलाक़ाती-कमरे में खुलता था।

यह कमरा मर्दों के कमरे से छोटा था। इसमें भी जालियों की पार्टीशनें लगी थीं। यहाँ पर क़ैदी भी कम थे और मिलनेवालों की संख्या भी कम थी। पर शोर-गुल उतना ही था जितना कि मर्दों के कमरे में। यहाँ पर भी जालियों के बीच की जगह में अधिकारी टहल रहा था, फ़र्क केवल इतना था की यहाँ पर अधिकारी एक महिला थी। इस वार्डर-स्त्री ने वर्दी की जॉकेट पहन रखी थी जिसके किनारों पर नीले रंग की मग़जी और आस्तीनों पर सुनहरी डोरी लगी थी और कमर में नीले रंग की पेटी लगा रखी थी। मर्दों के कमरे की तरह यहाँ पर भी दोनों तरफ़ लोग जालियों से सटकर खड़े थे। जहाँ नेख़्लूदोव खड़ा था उसके नज़दीक शहर से आए लोग थे और तरह-तरह के कपड़े पहने हुए थे। दूसरी तरफ़ क़ैदी औरतें थीं जिनमें से कुछेक ने क़ैदियों की सफ़ेद पोशाक पहन रखी थी, और बाक़ियों ने अपने रंगदार कपड़े पहन रखे थे। कमरे के एक सिरे से लेकर दूसरे सिरे तक लोग जाली के साथ जुड़कर खड़े थे। कुछ लोग, पंजों के बल उठ-उठकर , लोगों के सिरों के ऊपर से बोल रहे थे ताकि उनकी आवाज़ सुनाई दे सके। कुछ लोग फ़र्श पर बैठे बातें कर रहे थे।

एक पतली-सी जिप्सी औरत, बाल और कपड़े अस्त-व्यस्त, चीख़-चीख़कर बातें कर रही थी। जिस ढंग से वह चिल्ला-चिल्लाकर बातें कर रही थी, उसे देखकर, और उसके रूप-रंग को देखकर, वह औरत सभी क़ैदियों में विलक्षण लग रही थी। जिस हिस्से में क़ैदी औरतें खड़ी थीं, उसके ऐन बीचोबीच वह एक खम्भे के पास खड़ी, हाथ हिला-हिलाकर चिल्लाए जा रही थी। उसके सिर पर से रूमाल फिसल गया था और घुँघराले बाल नज़र आने लगे थे। वह इस ओर खड़े एक जिप्सी आदमी से बातें कर रही थी जिसने नीले रंग का कोट पहन रखा था और उसके ऊपर कमर के नीचे कसकर पेटी बाँध रखी थी। इस जिप्सी आदमी की बग़ल में एक फ़ौजी फ़र्श पर बैठा किसी क़ैदी औरत से बातें कर रहा था। फ़ौजी के आगे, जाली के साथ सटकर एक किसान युवक खड़ा था। उसके मुँह पर हलके सुनहरी रंग की दाढ़ी थी और चेहरा लाल हो रहा था। वह अपने आँसू रोकने की भरसक चेष्टा कर रहा था। उसके साथ एक ख़ूबसूरत-सी क़ैदी-लड़की बातें कर रही थी। लड़की की नीली-नीली आँखों में चमक थी, और सिर पर सुनहरी रंग के बाल थे। ये फ़ेदोस्या और उसका पति थे। उनके आगे एक आवारा आदमी एक चौड़े मुँहवाली औरत से बातें कर रहा था। उसके आगे दो औरतें थीं, फिर एक आदमी, फिर एक औरत, हरेक के सामने एक क़ैदी औरत खड़ी थी। मास्लोवा इनमें नहीं थी। परन्तु क़ैदियों के पीछे कोई और खड़ा था, और नेख़्लूदोव का दिल कह रहा था कि वही मास्लोवा है। उसका दिल धक-धक करने लगा और साँस फूलने लगी। निर्णायक क्षण आ रहा था। वह जाली के पास गया और मास्लोवा को पहचान लिया। वह नीली आँखोंवाली फ़ेदोस्या के पीछे खड़ी, उसकी बातें सुन-सुनकर मुस्करा रही थी। इस समय वह क़ैदियों के लबादे में नहीं थी, बल्कि एक सफ़ेद पोशाक पहने थी, जिसे उसने कमर पर पेटी से कस रखा था और जो छातियों पर ऊँची उभरी हुई थी। रूमाल के नीचे से काले-काले कुंडल उसी

तरह नज़र आ रहे थे जिस तरह कचहरी में नज़र आ रहे थे।

''बस, क्षण भर में निर्णय हो जाएगा,'' नेख़्लूदोव ने सोचा, ''इसे कैसे बुलाऊँ ? क्या वह ख़ुद इधर आ जाएगी ?''

लेकिन वह उधर नहीं आई। उसे क्लारा का इन्तज़ार था और यह ख़याल भी नहीं था कि यह आदमी उसे मिलने आया है।

''आप किससे मिलना चाहते हैं ?'' स्त्री-वार्डर ने, जो जालियों के बीच घूम रही थी, नेख़्लूदोव के पास आकर पूछा।

''येकातेरीना मास्लोवा से,'' नेख़्लूदोव के मुँह से ये शब्द कठिनाई से निकले।

''मास्लोवा ! तुम्हें कोई मिलने आया है !'' वार्डर ने चिल्लाकर कहा।

43

मास्लोवा ने घूमकर देखा, फिर सिर झटककर, और छाती फूलाकर, जाली के पास आ गई। उसके चेहरे पर वही तत्परता का भाव था, जिससे नेख़्लूदोव भली-भाँति परिचित था। दो क़ैदियों के बीच जगह बनाते हुए वह खड़ी हो गई और विस्मित, प्रश्नसूचक नेत्रों से नेख़्लूदोव की ओर एकटक देखने लगी।

नेख़्लूदोव के कपड़े देखकर उसने समझ लिया कि यह कोई अमीर आदमी है, और मुस्कराने लगी।

''आप मुझसे मिलना चाहते हैं ?'' उसने मुस्कराते हुए पूछा और अपना चेहरा जाली के और नज़दीक ले आई। उसकी आँखों में वही हलका-सा ऐंचापन था।

''मैं...मैं...मिलना चाहता था...''नेख़्लूदोव निश्चय नहीं कर पा रहा था कि ''आप'' कहे या ''तुम'' और अन्त में उसने ''आप'' ही कहा। वह साधारणतया जैसे बोलता था, अब भी उससे ऊँचा नहीं बोल रहा था। ''मैं आपसे मिलना चाहता था...मैं...''

''झूठ नहीं बोल,'' खड़ा आवारा आदमी चिल्ला रहा था। ''तूने उठाया था या नहीं ?''

''बहुत कमज़ोर हो गई है, मर रही है !'' दूसरी तरफ़ से कोई और चिल्ला रहा था।

मास्लोवा को नेख़्लूदोव की आवाज़ सुनाई नहीं दी। परन्तु जब वह बोल रहा था, तो उसके चेहरे के भाव को देखकर उसे उसकी याद हो आई। किन्तु वह अपनी आँखों पर विश्वास नहीं कर पा रही थी। फिर भी उसके चेहरे पर से मुस्कराहट ग़ायब हो गई और माथे पर गहरी यन्त्रणा की रेखाएँ खिंच गई।

''क्या कह रहे हैं, कुछ सुनाई नहीं देता,'' आँखें सिकोड़ते हुए तथा माथे पर और भी अधिक बल डालते हुए उसने कहा।

''मैं इसलिए आया हूँ कि...''

''ठीक है, मैं अपना कर्तव्य निभा रहा हूँ–अपना अपराध स्वीकार कर रहा हूँ ?'' नेख़्लूदोव ने सोचा, और यह सोचते ही उसकी आँखों में आँसू आ गए, और गला भर आया। दोनों हाथों से उसने जाली को पकड़ लिया और भरसक चेष्टा करते हुए कि कहीं फूट-फूटकर रोने लग जाए, चुप हो गया।

''जहाँ तेरा कोई काम नहीं क्यों वहाँ अपनी टाँग अड़ाई ?'' एक ओर से कोई चिल्ला रहा था।

"भगवान जानता है, मुझे कुछ भी मालूम नहीं है ?" एक क़ैदी चीख़कर दूसरी ओर से कह रही थी।

मास्लोवा ने नेख़्लूदोव की उद्विग्नता देखी और उसे पहचान लिया।

"शक्ल तो वैसी ही है, पर नहीं, वह नहीं"

नेख़्लूदोव की ओर देखे बिना वह चिल्लाई। उसका लाल चेहरा और भी अधिक उदास हो उठा।

"मैं तुमसे माफ़ी माँगने आया हूँ" नेख़्लूदोव ने ऊँची लेकिन नीरस आवाज़ में कहा, मानो रटा हुआ पाठ दोहरा रहा हो।

ये शब्द कहते ही उसे झेंप होने लगी। उसने अपने आस-पास देखा। फिर सहसा उसके मन में यह विचार उठा कि यदि मैं लज्जित महसूस कर रहा हूँ तो यह और भी अच्छा है, मुझे यह लज्जा सहन करनी होगी। और वह फिर ऊँची आवाज़ में बोला –

"मुझे क्षमा कर दो। मैंने तुम्हारे साथ बड़ा जुल्म किया है..." उसने इतना ही कहा।

मास्लोवा निश्चेष्ट खड़ी थी, और अपनी ऐंचवाली आँखों से एकटक उसकी ओर देखे जा रही थी।

उसके लिए बोलना कठिन हो रहा था। वह जाली के पास से हट आया और अपनी सिसकियाँ दबाने की भरसक चेष्टा करने लगा जो उसके गले को रुँधे जा रही थी।

जिस इन्स्पेक्टर ने नेख़्लूदोव को स्त्रियों के विभाग की ओर भेजा था, वह टहलता हुआ वहाँ आ पहुँचा। नेख़्लूदोव के बारे में उसे कुतूहल हो रहा था। जब उसने देखा कि नेख़्लूदोव जाली के पास नहीं खड़ा है तो उसके पास आ गया और पूछने लगा कि क्यों वह उस औरत के साथ बातें नहीं कर रहा है जिसे वह मिलने आया था। नेख़्लूदोव ने नाक साफ़ किया, और अपने को सँभालने की कोशिश करते हुए कहा–

"इन जालियों में से बात करना बेहद मुश्किल है। कुछ भी तो सुनाई नहीं देता।"

इन्स्पेक्टर ने क्षण-भर के लिए सोचा, और फिर बोला–

"तो कुछ देर के लिए उसे बाहर भी लाया जा सकता है...मारिया कार्लोव्ना..." वार्डर की ओर मुख़ातिब होते हुए उसने कहा, "मास्लोवा को बाहर ले आओ।"

मिनट भर बाद मास्लोवा बग़लवाले दरवाज़े में से बाहर आ गई। हलके-हलके क़दम रखती हुई वह सीधी नेख़्लूदोव के बिलकुल पास आकर खड़ी हो गई और आँख उठाकर भौंहों के नीचे से उसकी ओर देखा। आज भी उसके माथे पर उसी तरह काले बालों के कुंडल बने हुए थे जैसे कि दो दिन पहले उसने देखे थे। उसका चेहरा अस्वस्थ और फूला हुआ था, लेकिन फिर भी शान्त और आकर्षक था। केवल उसकी काली आँखें सूजी हुई पलकों के नीचे से अजीब ढंग से चमक रही थीं।

"आप यहाँ बातें कर सकते हैं ?" इन्स्पेक्टर ने कहा और एक तरफ़ हट गया।

दीवार के साथ एक बेंच रखा था। नेख़्लूदोव उसकी ओर जाने लगा।

मास्लोवा ने प्रश्नसूचक नेत्रों से इन्स्पेक्टर की ओर देखा, फिर विस्मय से कन्ध उचकाकर, नेख़्लूदोव के पीछे-पीछे जाने लगी और अपनी स्कर्ट ठीक करके बेंच पर बैठ गई।

"मैं जानता हूँ कि तुम्हारे लिए क्षमा करना आसान नहीं है ?" उसने फिर कहना शुरू किया, लेकिन आगे नहीं कह सका। उसका गल रुँध रहा था। "मैं अपने पिछले किए को मिटा तो नहीं सकता, लेकिन अब मैं यथाशक्ति जो भी कर सकता हूँ करूँगा। मुझे बताओ..."

"आपको मेरा पता कैसे मालूम हुआ ?" मास्लोवा ने उसके सवाल का जवाब दिए बिना

पूछा। उसकी ऐंची आँखें न तो नेख़्लूदोव के चेहरे की ओर सीधा देख रही थीं न ही उस पर से हट रही थीं।

"हे भगवान, मेरी सहायता करो, मुझे सुझाओ मैं क्या करूँ," मास्लोवा के चेहरे की ओर देखते हुए नेख़्लूदोव मन-ही-मन कह रहा था। मास्लोवा का चेहरा अब बहुत कुछ बदल गया था। उसमें पहले-सी कोमलता नहीं थी।

"परसों मैं अदालत में था। जूरी में बैठा था," वह बोला, "क्या तुमने मुझे वहाँ नहीं पहचाना ?"

"नहीं, मैं नहीं पहचान पाई। पहचानने का वक़्त ही कहाँ था। मैंने तो उस तरफ़ देखा भी नहीं," उसने कहा।

"तुम्हारे बच्चा हो गया था न ?" उसने पूछा और उसका चेहरा शर्म से लाल होने लगा।

"शुक्र है भगवान का, पैदा होते ही मर गया ?" उसके चेहरे पर से नज़र हटाते हुए उसने कटुता से दो टूक उत्तर दिया।

"कैसे? क्या हुआ था?"

"मैं ख़ुद मरते-मरते बची। बहुत बीमार हो गई थी ?" बिना नज़र उठाए उसने कहा।

"पर फूफियों ने तुम्हें जाने कैसे दिया ?"

"बच्चे के साथ नौकरानी को कौन रखता है ? ज्यों ही उन्हें पता चला फ़ौरन जवाब दे दिया। लेकिन इन बातों का जिक्र करने का क्या लाभ ? मुझे कुछ भी याद नहीं, सब भूल गई हूँ। वे सब बातें ख़त्म हो चुकी हैं।"

"नहीं, ख़त्म नहीं हुई हैं। मैं अपने पाप का देर से सही प्रायश्चित करना चाहता हूँ।"

"प्रायश्चित करने की कौन-सी बात है। जो होना था हो गया, अब यह बीते दिनों की बात है," मास्लोवा ने कहा, और नेख़्लूदोव की ओर लुभावनी, दयनीय आँखों से देखा जिसकी नेख़्लूदोव को तनिक भी आशा नहीं थी। उसे उसका यों देखना अप्रिय लगा।

मास्लोवा को ख़याल न था कि वह फिर कभी नेख़्लूदोव से मिल पाएगी। कम-से-कम यहाँ पर और इस समय मिलने की तो उसे तनिक भी आशा न थी। इसलिए नेख़्लूदोव को पहचानने पर अनायास ही वे स्मृतियाँ जाग उठीं जिन्हें वह कभी भी याद करना नहीं चाहती थी। क्षण भर के लिए उसकी आँखों के सामने भावनाओं और विचारों के उस नवीन और अद्वितीय संसार का धूमिल दृश्य घूम गया, जिसके द्वार एक सुन्दर युवक ने एक दिन उसके आगे खोल दिए थे। वह युवक उससे प्यार करता था, और वह स्वयं उससे प्यार करती थी। इसके बाद उसे उस युवक की बर्बरता याद हो आई, अगम्य बर्बरता! फिर एक के बाद एक उसे वे सब अपमान, तिरस्कार और यन्त्रणाएँ याद आने लगीं जो उसे भोगनी पड़ी थीं। उस अपूर्व आनन्द की घड़ियों के बाद इनका ताँता लग गया था, और इनका उद्गम भी उसी अपूर्व आनन्द से हुआ था। उसका हृदय व्यथित हो उठा। लेकिन वह अपनी वेदनाओं का कारण समझने में असमर्थ थी, अतः इस समय भी उसने वही कुछ किया जिसकी उसे आदत हो गई थी : इन कटु स्मृतियों को उसने मन में से निकाल दिया और उन्हें अपने भ्रष्ट जीवन के धुँधलेपन में डुबो देने का प्रयत्न करने लगी। शुरू-शुरू में तो उसने इस आदमी का सम्बन्ध उस युवक से जोड़ा जिससे वह प्रेम करती थी। पर यह देखकर कि इससे उसके दिल में दर्द उठता है, उसने अपने मन में यह सम्बन्ध जोड़ना छोड़ दिया। अब यह आदमी, जो बन-सँवरकर उसके सामने बैठा था, जिसकी दाढ़ी पर इत्र छिड़का हुआ था, वह नेख़्लूदोव नहीं था जिससे वह प्रेम करती थी। यह आदमी भी अब उन अनगिनत

आदमियों में से एक था, जो ज़रूरत के वक़्त उस जैसी स्त्रियों का इस्तेमाल करते हैं और उस जैसी स्त्रियाँ भी अपने लाभ के लिए इन आदमियों का इस्तेमाल करती हैं। यही कारण था कि मास्लोवा ने उसकी ओर लुभावने ढंग से मुस्कराते हुए देखा था। वह चुपचाप बैठी सोच रही थी कि किस भाँति इसका अधिक-से-अधिक लाभ उठाया जाए।

"वह सब बीत चुका है," वह बोली, "अब तो मुझे कड़ी मशक़्क़त की सज़ा भुगतनी होगी।"

और ये भयानक शब्द कहते हुए उसके होंठ काँपने लगे।

"मुझे मालूम था, मुझे पक्का विश्वास था कि तुमने कोई जुर्म नहीं किया?" नेख़्लूदोव ने कहा।

"हाँ, सो तो है ही। मैं भला कोई चोर हूँ या डाकू हूँ। यहाँ औरतें कहती हैं बात सारी वकील की है ?" वह कहने लगी, "कहती हैं, दरख़्वास्त करनी चाहिए, पर सुना है पैसे बहुत लगते हैं..."

"ज़रूर करनी चाहिए," नेख़्लूदोव ने कहा, "मैंने पहले ही एक वकील से बात कर ली है।"

"पैसे का ख़याल नहीं करना चाहिए। वकील अच्छा होना चाहिए," मास्लोवा बोली।

"मैं जो भी कर सका करूँगा।"

दोनो चुप हो गए।

मास्लोवा फिर लुभावने ढंग से मुस्कराई।

"और मैं कहना चाहती थी...अगर आप...कुछ पैसे मुझे दे सकें...बहुत नहीं...सिर्फ़ दस रूबल," उसने एकाएक कहा।

"हाँ, हाँ," नेख़्लूदोव ने कहा। और वह झेंपकर अपना बटुआ निकालने लगा।

मास्लोवा की नज़र झट इन्स्पेक्टर की ओर गई जो कमरे में आगे-पीछे टहल रहा था।

"इसके सामने नहीं देना, वह ले लेगा।"

ज्यों ही इन्स्पेक्टर की पीठ हुई, नेख़्लूदोव ने झट से बटुआ निकालकर उसमें से दस रूबल का नोट निकाल लिया। लेकिन वह मास्लोवा को दे नहीं पाया, क्योंकि उसी वक़्त इन्स्पेक्टर घूमकर उनकी ओर आने लगा था। नेख़्लूदोव ने नोट को मरोड़कर मुट्ठी में बन्द कर लिया।

"यह स्त्री तो मर चुकी है," नेख़्लूदोव ने सोचा। यही चेहरा जो किसी जमाने में इतना प्यारा हुआ करता था, अब भ्रष्ट और सूजा हुआ था। काली-काली ऐंची आँखों में धृष्टता की चमक थी, जो इस समय कभी नेख़्लूदोव की मुट्ठी की ओर देख रही थीं, जिसमें नोट बन्द था, कभी इन्स्पेक्टर की ओर। क्षण भर के लिए नेख़्लूदोव द्विविधा में पड़ गया।

गत रात उसकी दुरात्मा उसे तरह-तरह के मशविरे देती रही थी। अब फिर उसकी आवाज़ आने लगी। दुरात्मा उसका मन कर्तव्य पर से हटाकर उसके परिणामों की ओर ले जाने की चेष्टा करने लगी, उसे समझाने लगी कि व्यावहारिक दृष्टि से क्या करना चाहिए।

"अब इस स्त्री का तुम कुछ नहीं बना सकते," दुरात्मा की आवाज़ आई, "तुम केवल पाँवों में बेड़ियाँ डाल लोगे, जो तुम्हें ले डूबेंगी, और तुम दूसरे लोगों के लिए कुछ भी नहीं कर पाओगे। क्या यह बेहतर नहीं कि तुम्हारे बटुए में इस वक़्त जितने भी पैसे हैं, इसके हवाले करो, इसे ख़ैर-बाद कहो और इससे सदा के लिए पल्ला छुड़ाओ ?" दुरात्मा ने फुसफुसाकर कहा। लेकिन उसे महसूस हुआ जैसे ऐन उसी वक़्त उसकी आत्मा में एक महत्वपूर्ण घटना घटने लगी है। उसका आन्तरिक जीवन डगमगाने लगा है। तनिक-सी भी कुचेष्टा उसे डुबो देगी, और सुचेष्टा उसे उबार लेगी। उसने भगवान से सहायता की प्रार्थना की, उस भगवान से जिसकी उपस्थिति उसने दो दिन पहले अपनी आत्मा में महसूस की थी। भगवान ने उसकी प्रार्थना सुनी। और नेख़्लूदोव ने फ़ौरन,

उसी वक़्त, मास्लोवा को सब कुछ कह डालने का निश्चय किया।

"कात्यूशा, मैं तो तुमसे क्षमा माँगने आया हूँ, और तुमने मुझे कोई उत्तर नहीं दिया। क्या तुमने मुझे क्षमा कर दिया है ? क्या तुम कभी भी मुझे क्षमा कर पाओगी ?" उसने पूछा।

मास्लोवा ने उसकी बात नहीं सुनी। उसकी आँखें उसकी मुट्ठी पर और इन्स्पेक्टर पर लगी हुई थीं। ज्यों ही इन्स्पेक्टर ने पीठ मोड़ी, उसने हाथ फैला दिया, झपटकर नोट हाथ मे लिए और उसे अपनी पेटी में छिपा लिया।

"कैसी अजीब बातें कर रहे हैं आप," मास्लोवा ने मुस्कराकर कहा। नेख़्लूदोव को लगा जैसे उसकी मुस्कान में तिरस्कार की भावना छिपी हुई है।

नेख़्लूदोव को ऐसा महसूस हुआ जैसे मास्लोवा की आत्मा में कोई ऐसी चीज़ है जो उसका विरोध कर रही है, जो मास्लोवा की वर्तमान स्थिति का समर्थन करती है, और उसे उसके दिल तक पहुँचने से रोक रही है।

परन्तु यह अजीब बात है कि इससे उसके दिल में घृणा नहीं उठी। बल्कि कोई नई विचित्र शक्ति उसे मास्लोवा के और भी निकट ले जाने लगी। वह जानता था कि उसे मास्लोवा की आत्मा को जगाना है। यह काम मुश्किल होगा। लेकिन इस काम की कठिनाई ही उसे बढ़ावा दे रही थी। मास्लोवा के प्रति उसके हृदय में ऐसी भावनाएँ उठ रही थीं जैसी कि पहले उसके प्रति, या किसी भी अन्य व्यक्ति के प्रति नहीं उठी थीं। इन भावनाओं में स्वार्थ का लेशमात्र भी नहीं था। वह उससे अपने लिए कुछ भी नहीं चाहता था। उसकी केवल यही इच्छा थी कि मास्लोवा वह न रहे जो इस समय थी, बल्कि फिर से जाग उठे और वैसी ही बन जाए जैसी वह पहले हुआ करती थी।

"ऐसा क्यों कहती हो कात्यूशा ? मैं तुम्हें जानता हूँ। मुझे पानोवो के वे दिन याद हैं, तुम याद हो।"

"बीती बातों को याद करने का क्या लाभ ?" उसने रूखी आवाज़ में कहा।

"मैं उन्हें इसलिए याद कर रहा हूँ कि मैं अपने पाप का प्रायश्चित करना चाहता हूँ, कात्यूशा," नेख़्लूदोव ने कहा और उससे कहने जा ही रहा था कि मैं तुम्हारे साथ विवाह करूँगा। जब मास्लोवा की आँखों के साथ उसकी आँखें मिलीं तो उनमें उसे ऐसी भयानक, अशिष्ट, और घृणित भावना नज़र आई कि उसका मुँह बन्द हो गया।

ऐन इसी वक़्त मुलाक़ाती जाने लगे। इन्स्पेक्टर ने नेख़्लूदोव के पास आकर कहा कि मुलाक़ात का वक़्त ख़त्म हो चुका है। मास्लोवा सहमी हुई-सी उठ खड़ी हुई, और इन्तज़ार करने लगी कि कब उसे वहाँ से चले जाने को कहा जाएगा।

"ख़ुदा-हाफ़िज़, मुझे तुमसे बहुत कुछ कहना है, मगर, तुम देख रही हो, इस वक़्त कहना मुमकिन नहीं," नेख़्लूदोव ने कहा और अपना हाथ आगे बढ़ाया। "मैं फिर आऊँगा।"

"मैं तो सोचती हूँ तुमने जो कहना था कह लिया है।"

मास्लोवा ने हाथ मिलाया लेकिन नेख़्लूदोव के हाथ को दबाया नहीं।

"नहीं, मैं फिर तुम्हें मिलने की कोशिश करूँगा, और किसी ऐसी जगह जहाँ हम बातें कर सकें। तब मैं तुम्हें अपने दिल की बात बताऊँगा–वह बहुत ज़रूरी है।"

"अच्छी बात है, तो आओ," उसने जवाब में कहा और उसी तरह मुस्कराई जिस तरह वह उन आदमियों के सामने मुस्कराया करती थी जिन्हें वह ख़ुश करना चाहती थी।

"तुम मुझे मेरी बहिन से भी ज़्यादा अज़ीज़ हो," नेख़्लूदोव ने कहा।

"अजीब बात है," उसने फिर कहा, और सिर झटककर जाली के पीछे चली गई।

44

इस भेंट से पहले नेख़्लूदोव का ख़याल था कि जब कात्यूशा को पता चलेगा कि उसके मन में कितना अनुताप है, जब वह जान जाएगी कि वह उसकी सेवा करना चाहता है तो वह बेहद खुश होगी, उसका हृदय द्रवित हो उठेगा, और वह फिर पहले-सी कात्यूशा हो जाएगी। पर जब उसने देखा कि कात्यूशा का तो वहाँ लेशमात्र भी नहीं रहा है, कि उसके स्थान पर अब मास्लोवा है, तो वह बेहद हैरान और भयभीत हो उठा।

उसे सबसे ज़्यादा हैरानी यह देखकर हुई कि कात्यूशा तनिक भी लज्जा का अनुभव नहीं करती–इस बात पर नहीं कि वह एक क़ैदी है (इस पर तो वह ज़रूर लज्जित महसूस करती थी), लेकिन इस बात पर कि वह वेश्या है। इसके विपरीत, ऐसा जान पड़ता था जैसे वह अपनी स्थिति से सन्तुष्ट हो, उसे उस पर गर्व हो। परन्तु देखा जाए तो इसके अतिरिक्त कुछ हो भी नहीं सकता था। हर आदमी को अपना धन्धा उत्कृष्ट और महत्वपूर्ण समझना पड़ता है। यदि वह ऐसा न समझे तो उसके लिए काम करना मुश्किल हो जाता है। इसलिए, किसी स्थिति में भी इन्सान हो, वह मानव-जीवन के प्रति एक ऐसा दृष्टिकोण बना लेता है जिसमें उसका अपना व्यवसाय उसे उत्कृष्ट और महत्वपूर्ण नज़र आने लगता है।

अक्सर यह समझा जाता है कि चोर-चकार, हत्यारे, जासूस, वेश्याएँ आदि यह मान कर कि उनका धन्धा बड़ा अधम है, लज्जित महसूस करते होंगे। लेकिन सच्चाई इसके बिलकुल उलट है। ऐसे लोग जिन्हें भाग्य ने या उनके कुकर्मों ने एक विशेष स्थिति में ला पटका है, जीवन का एक ऐसा दृष्टिकोण बना लेते हैं जिसमें उन्हें अपनी स्थिति अच्छी और स्वीकार्य जान पड़ती है। भले ही वह स्थिति कितनी ही बुरी क्यों न हो। और इस दृष्टिकोण को बनाए रखने के लिए वे उन्हीं लोगों के साथ उठते-बैठते हैं जिनका उन जैसा ही दृष्टिकोण और उन जैसी ही स्थिति हो। जब चोर अपनी चालाकी की डींग मारते हैं, वेश्याएँ अपने पतन की शेख़ी बघारती हैं, और हत्यारे अपनी क्रूरता पर ऐंठते हैं, तो हम हैरान रह जाते हैं। कारण ये लोग सीमित दायरे तथा वातावरण में रहते हैं। परन्तु हमारे आश्चर्य का मुख्य कारण यह होता है कि हम स्वयं इनके दायरे से बाहर होते हैं। लेकिन जब धनी लोग अपने धन की डींग मारते हैं–जो और कुछ नहीं लूट-खसोट ही है, और फ़ौजी जनरल अपने कारनामों की–जो निरी हत्या ही है, और उच्च पदाधिकारी अपनी शक्ति की–जो मात्र हिंसा ही है, तो यह सब क्या वही कुछ नहीं है ? यदि उनका दृष्टिकोण हमें विकृत नहीं लगता तो इसलिए कि उनका दायरा बड़ा होता है, और हम खुद उसी में रहते हैं।

इसी तरह मास्लोवा ने भी जीवन तथा अपनी स्थिति के प्रति अपना दृष्टिकोण स्थिर कर रखा था। वह थी तो एक वेश्या जिसे कड़ी मशक़्क़त की सज़ा दी गई थी, परन्तु अपनी जीवन-धारणा के कारण अपने आपसे सन्तुष्ट थी, यहाँ तक की अपनी स्थिति पर उसे गर्व भी था।

इस धारणा के अनुसार वह समझती थी कि पुरुषों–भले ही वे बूढ़े हों या जवान, स्कूलों के छात्र हों या जनरल, शिक्षित हों या अशिक्षित–सभी पुरुषों की सिद्धि इसी में है कि वे सुन्दर स्त्रियों के साथ इन्द्रिय-भोग करें। सभी पुरुषों के अन्तर्तम में यही इच्छा होती है, भले ही बाहर से वे अन्य कामों में व्यस्त होने का बहाना करते हों। वह जानती थी कि वह एक सुन्दर स्त्री है, कि यह उसकी सामर्थ्य में है कि किसी की इच्छा को सन्तुष्ट करे या न करे। इसलिए वह अपने को आवश्यक और महत्वपूर्ण व्यक्ति समझती थी। उसका समूचा पिछला तथा वर्तमान जीवन इस धारणा को सिद्ध करता था।

पिछले दस सालों से वह देखती आई थी कि जिस किसी स्थिति में भी वह रही, सभी आदमियों को उसकी ज़रूरत रहती थी–नेख़्लूदोव तथा बूढ़े पुलिस अफ़सर से लेकर जेलख़ाने के जेलरों तक। कारण, जिन लोगों को उसकी ज़रूरत नहीं थी, उन्हें न ही कभी उसने देखा था और न ही उनकी परवाह की थी। इसलिए उसे संसार में सभी लोग इन्द्रिय-भोग के लिए बेचैन नज़र आते थे जो हर तरीक़े से–कपट, हिंसा, धन तथा धूर्तता से–उसे अपने वश में करने की कोशिश कर रहे हों।

यह थी मास्लोवा की जीवन के बारे में धारणा। और इस दृष्टिकोण के अनुसार वह अपनी नज़रों में एक अधमतम व्यक्ति नहीं थी बल्कि एक प्रतिष्ठित व्यक्ति थी। और यह दृष्टिकोण मास्लोवा के लिए बहुमूल्य था। यदि वह इस दृष्टिकोण को खो देती तो वह अपना महत्व खो बैठती। इसलिए उसे मूल्यवान समझना उसके लिए अनिवार्य था। जीवन में अपना महत्व बनाए रखने के लिए वह स्वभावतः ऐसे लोगों के साथ रहती थी जिनका जीवन के प्रति उस जैसा ही दृष्टिकोण था। जब उसने देखा कि नेख़्लूदोव उसे इस दायरे में से बाहर, किसी दूसरी दुनिया में ले जाना चाहता है, तो उसने इसका विरोध किया। वह जानती थी कि ऐसा करने से वह जीवन में अपना स्थान खो बैठेगी, जिससे उसको स्थिरता और आत्मसम्मान मिलता था। इसी कारण उसने अपने मन में से अपनी किशोरावस्था तथा नेख़्लूदोव से अपने प्रथम सम्बन्धों की स्मृतियों को निकाल दिया था। संसार के प्रति उसकी वर्तमान धारणा के साथ ये स्मृतियाँ मेल नहीं खाती थीं। इसीलिए उनके लिए मन में जगह न थी। या यह कहना चाहिए कि ये स्मृतियाँ कहीं दबा दी गई थीं। उन्हें कभी छुआ नहीं गया था। ऐसा जान पड़ता जैसे उन्हें बन्द करके ऊपर से पलस्तर कर दिया गया हो ताकि कभी भी बाहर निकल नहीं सकें–उसी तरह जिस तरह मधुमक्खियाँ, अपने परिश्रम के फल को सुरक्षित रखने के लिए, कीड़ों के छत्ते को ऊपर से बन्द कर देती हैं। अतः यह नेख़्लूदोव वह आदमी नहीं है, जिस पर उसने कभी अपना पवित्रतम प्रेम न्योछावर किया था, बल्कि एक अमीर आदमी है जिसका वह लाभ उठा सकती है, और उसे अवश्य उठाना चाहिए, और जिसके साथ उसके सम्बन्ध वही कुछ हो सकते हैं जो सामान्यतया पुरुषों के साथ रहे हैं।

''नहीं, मैं ज़रूरी बात तो उससे कह ही नहीं पाया,'' मुलाक़ातियों के साथ बाहर जाते हुए नेख़्लूदोव सोच रहा था, ''मैंने उससे यह नही कहा कि मैं तुम्हारे साथ शादी करूँगा। यह नहीं कहा, लेकिन मैं उसे ज़रूर कहूँगा।''

फाटक पर दो वार्डर खड़े थे जो पहले की ही तरह गिन-गिनकर मुलाक़ातियों को बाहर निकाल रहे थे। एक-एक मुलाक़ाती को वे हाथ से छूते ताकि कोई अन्दर का आदमी बाहर नहीं निकल जाए, न ही कोई मुलाक़ाती अन्दर रह जाए। अब भी गुज़रते हुए नेख़्लूदोव की पीठ पर हाथ पड़ा। लेकिन अबकी वह नाराज़ नहीं हुआ, बल्कि उसने इस ओर ध्यान ही नहीं दिया।

45

नेख़्लूदोव अपने समूचे बाह्य जीवन की फिर से व्यवस्था करना चाहता था। वह चाहता था कि नौकरों को निकाल दे, बड़े मकान को किराए पर चढ़ा दे और ख़ुद होटल में कमरा लेकर रहने लगे। परन्तु आग्राफ़ेना पेत्रोव्ना ने सुझाव दिया कि सर्दी के मौसम से पहले कोई भी तब्दीली करना बेसूद होगा। गरमी के मौसम में कौन आदमी शहर में घर लेकर रहेगा ? फिर सामान को भी तो कहीं रखना है। अतः अपनी जीवनचर्या बदलने की उसकी सभी कोशिशें नाकामयाब रहीं (वह छात्रों की तरह सादा जीवन व्यतीत करना चाहता था)। सब बात वैसी-की-वैसी ही रही। इतना ही नहीं

, घर में एक दूसरी ही तरह की गहमागहमी शुरू हो गई। घर के सब ऊनी व फ़र के वस्त्र निकालकर उन्हें धूप में रखा जाने लगा और साफ़ किया जाने लगा। इस काम में पहरी, छोकरा, बावर्ची और स्वयं कोर्नेई तक जुट गए। तरह-तरह के फ़र के कपड़े जिन्हें कभी इस्तेमाल नहीं किया गया था, तथा तरह-तरह की वर्दियाँ रस्सी पर लटका दी गईं। इसके बाद फ़र्नीचर और क़ालीन बाहर डाल दिए गए। पहरी और छोकरे दोनों ने अपनी मांसल बाँहों पर आस्तीनें चढ़ा लीं और डंडे हाथ में लेकर इन्हें एक साथ, एक ताल में पीटने लगे। कमरों में फ़ीनाइल की गोलियों की गन्ध फैल गई।

आँगन लाँघते हुए या खिड़की में खड़े-खड़े जब नेख़्लूदोव यह कार्रवाई देखता तो हैरान रह जाता कि घर में कितना अधिक सामान धरा पड़ा है, और सबका सब फ़िज़ूल है। इन सब चीजों का एक ही उपयोग और लाभ था कि इससे आग्राफ़ेना पेत्रोव्ना, कोर्नेई, पहरी, छोकरे और बावर्ची–सबकी वर्ज़िश हो जाती थी।

"इस समय अपने रहन-सहन का ढंग बदलने का लाभ भी क्या है," वह सोचने लगा, "मास्लोवा के मामले का कोई फ़ैसला नहीं हुआ। इसके अलावा रहन-सहन बदलना बहुत मुश्किल है। जब उसे छोड़ दिया जाएगा या अगर साइबेरिया भेज दिया गया और मैं उसके पीछे-पीछे वहाँ चला गया, तो मेरा रहन-सहन अपने आप बदल जाएगा।"

निश्चित दिन को नेख़्लूदोव बग्घी में बैठकर वकील फ़ानारिन के घर जा पहुँचा। बड़ा आलीशान मकान था, ऊँचे-ऊँचे ताड़-वृक्षों और तरह-तरह के बेलबूटों से सजा हुआ। अद्भुत पर्दे टँगे थे। वास्तव में ऐशो-आराम की हर चीज़ से साफ़ झलकता कि यहाँ मुफ़्त का पैसा बहुत है (जिसे कमाने के लिए मेहनत नहीं की गई), और जिसकी नुमाइश वही लोग करते हैं जो सहसा अमीर हो जाएँ। बाहर ड्योढ़ी में बहुत से आदमी मेज़ों के पास बैठे थे, जैसे किसी डाक्टर के घर की ड्योढ़ी में बैठते हैं। सब इस इन्तज़ार में थे कि कब उनकी बारी आए और वे वकील साहब से मुलाक़ात कर सकें। सभी के चेहरे उदास थे। मेज़ों पर उनके मनबहलाव के लिए सचित्र पत्रिकाएँ रखी थीं। कमरे में वक़ील का मुंशी एक ऊँची-सी मेज़ के सामने बैठा था। उसने नेख़्लूदोव को देखते ही पहचान लिया, और उठकर उसके पास चला आया, और कहने लगा कि मैं अभी जाकर वकील साहिब से आपके आने की सूचना देता हूँ। लेकिन अभी मुंशी दरवाज़े तक पहुँच भी नहीं पाया था कि दरवाज़ा खुल गया और कमरे में से ऊँचा-ऊँचा बोलने की आवाज़ें आने लगीं। एक व्यापारी और फ़ानारिन आपस में बातें कर रहे थे। व्यापारी अधेड़ उम्र का हृष्ट-पुष्ट व्यक्ति था, लाल-लाल चेहरा और बड़ी-बड़ी मूँछें, नए बढ़िया कपड़े पहनकर आया था। दोनों के चेहरे का भाव बताता था कि अभी-अभी उनमें कोई सौदा पटा है, जिससे लाभ तो बहुत होगा लेकिन जिसमें ईमानदारी नहीं है।

"माफ़ कीजिए, लेकिन क़सूर आप ही का है," फ़ानारिन मुस्कराकर कह रहा था।

"अजी फरिस्ता कौन भयो हमन में। फरिस्ते होते तो सुर्ग में नहीं पौंच जाते।"

"हाँ, ठीक है, ठीक है, यह तो सभी जानते हैं।"

और दोनो बड़े बनावटी ढंग से हँसे।

"ओह, प्रिन्स! आइए, आइए, तशरीफ़ लाइए," नेख़्लूदोव को देखते ही वकील बोला। एक बार फिर उसने व्यापारी को झुककर विदा किया और नेख़्लूदोव को अपने कमरे में ले गया। इस कमरे की हर चीज़ बिलकुल सही ढंग से सजाई गई थी। "सिगरेट पीजिए," नेख़्लूदोव के सामने बैठते हुए वकील ने कहा। उसके होंठों पर मुस्कराहट थी जिसे वह दबाने की चेष्टा कर रहा था।

ज़ाहिर था कि उस सौदे की सफलता से उसके दिल में अभी भी गुदगुदी हो रही थी।

"शुक्रिया। मैं मास्लोवा के केस के बारे में आपसे मिलने आया हूँ।"

"हाँ, हाँ, अभी लीजिए ! ये मोटी तोंदवाले लोग बड़े लुच्चे होते हैं," उसने कहा, "आपने इस आदमी को देखा ? करोड़पति है यह। और बात करता है तो 'फरिस्ता कौन भयो हमन में'। फिर भी एक-एक कौड़ी को दाँत से रगड़ता है।"

"वह कहता है 'फरिस्ते' और 'हमन में' और तुम कहते हो 'कौड़ी को रगड़ता है'," नेख़्लूदोव सोच रहा था। और नेख़्लूदोव का मन इस आदमी के प्रति गहरी घृणा से भर उठा। "मेरे साथ हँस-हँसकर बातें करके यह दिखाना चाहता है कि यह और मैं दोनों एक ही पक्ष के हैं और इसके बाक़ी सब मुवक्किल दूसरे पक्ष के।"

"इसने मुझे परेशान कर रखा है। बेहद नीच आदमी है। क्या करूँ, मुझे अपने दिल का गुबार तो हलका करना है," वकील बोला, मानो इस बात के लिए माफ़ी माँग रहा हो कि वह ऐसी बातों की चर्चा करने लग गया है जिनका उनके काम से कोई सम्बन्ध नहीं। "अच्छा, तो काम की बात करें। मैंने केस ध्यान से पढ़ा है, और जैसा कि तुर्गेनेव ने एक जगह लिखा है 'उसकी हिमायत नहीं करता'। मतलब यह कि वह नौसिखुआ वकील एकदम भोंदू है और उसने अपील के लिए कोई आधार ही नहीं छोड़ा।"

"तो फिर, अब क्या करना होगा ?"

"जरा माफ़ कीजिए," वकील ने कहा और मुंशी की ओर मुख़ातिब होकर, जो अभी-अभी अन्दर आया था, बोला, "उसे कह दो कि मेरी बात पत्थर पर लकीर होती है। अगर वह कर सकता है, तो ठीक है, नहीं कर सकता, तो मैं मजबूर हूँ।"

"लेकिन वह नहीं मानता।"

"तो मैं मजबूर हूँ।" और वकील का चेहरा जो पहले खिला हुआ और शान्त था, सहसा चिड़चिड़ा और क्रुद्ध हो उठा।

"यह लीजिए ! और लोग कहते हैं कि वकील मुफ़्त की कमाई खाते हैं," कुछ देर रुककर, पहले की तरह हँस-हँसकर बातें करने की चेष्टा करते हुए वह कहने लगा, "एक दिवालिए पर बिलकुल झूठा मुक़दमा चला रहा था, मैंने उसे बचा लिया। अब सब लोग मेरे यहाँ भीड़ लगाए रहते हैं। लोग यह नहीं समझते कि एक-एक मुक़दमे के लिए ख़ून-पसीना एक करना पड़ता है। हम भी तो, जैसा किसी लेखक ने कहा है, अपनी दवातों में दिल का टुकड़ा छोड़ते हैं। अच्छा, तो आपके मुक़दमे के बारे में–यानी उस मुक़दमे के बारे में जिसमें आपकी दिलचस्पी है–मैं कहूँगा कि मुक़दमे की पैरवी निहायत नामाक़ूल तरीक़े से हुई है। अपील करने का कोई माक़ूल आधार ही नहीं रह गया। तो भी," वह कहता गया, "हम अपील करने की कोशिश तो कर सकते हैं। मैंने इस सम्बन्ध में यह दर्ज किया है।"

उसने कुछ पन्ने उठाए जिन पर उसने बहुत कुछ लिख रखा था और तेज़-तेज़ पढ़ने लगा। किसी-किसी वाक्य को ख़ास बल देकर पढ़ता और जहाँ कहीं नीरस क़ानूनी बातें लिखी होतीं उन्हें छोड़ता जाता।

"उच्च न्यायालय, महकमा फ़ौजदारी, वग़ैरा-वग़ैरा। अदालत के निर्णयानुसार जो सज़ा दी गई है, वग़ैरा, वग़ैरा। मास्लोवा को मुज़रिम क़रार दिया गया है कि उसने व्यापारी स्मेल्कोव को ज़हर दिया जिससे उसकी मृत्यु हो गई, और इसलिए ज़ाब्ता फ़ौजदारी की दफ़ा 1454 के अनुसार उसे कड़ी मशक़्क़त की सज़ा दी गई है। वग़ैरा वग़ैरा।"

वह रुक गया। ज़ाहिर था कि वह अपनी रचना को पढ़कर खुश हो रहा था, हालाँकि इन्हें पढ़ने का उसे रोज़ मौक़ा मिलता था।

''मुक़दमे की सुनवाई में अदालती कार्यवाही का जो जगह-जगह उल्लंघन किया गया है और जो ग़लतियाँ की गई हैं, वे स्पष्ट हैं। यह सज़ा उन्हीं भूलों का सीधा परिणाम है,'' उसने प्रभावपूर्ण आवाज़ में पढ़ा, ''और इस सज़ा को रद्द किया जाना चाहिए। पहले तो, जब स्मेल्कोव की अँतड़ियों की परीक्षा की रिपोर्ट अदालत में पढ़कर सुनाई जाने लगी तो प्रधान जज ने शुरू में ही उसे पढ़ने से रोक दिया। यह रहा पहला नुक़ता।''

''लेकिन इसे पढ़ने की माँग तो सरकारी वकील ने की थी,'' नेख़्लूदोव ने हैरान होकर पूछा।

''कोई बात नहीं। मुद्दालेह की ओर से भी इसे पढ़कर सुनाने की माँग की जा सकती थी। उसके भी उपयुक्त कारण हो सकते थे।''

''पर इसकी तो किसी को भी कोई ज़रूरत नहीं थी।''

''लेकिन अपील करने के लिए इसे आधार बनाया जा सकता है। आगे चलें, नम्बर दो,'' वह पढ़ता गया, '' मुद्दालेह के वकील ने जब मास्लोवा की शख़्सियत पर रोशनी डालने की कोशिश की और यह बताने लगा कि किन कारणों से उसका पतन हुआ तो प्रधान जज ने उसे रोक दिया और कहा कि इन बातों का विचाराधीन विषय के साथ कोई सम्बन्ध नहीं। लेकिन मुज़रिम के गुण-दोषों तथा उसके सामान्य नैतिक दृष्टिकोण का स्पष्टीकरण फ़ौजदारी मुक़दमों में बेहद महत्वपूर्ण होता है। और नहीं तो इससे अपराधी का निर्णय करने में मदद मिलती है। इस बात पर सेनेट ने बार-बार बल दिया है। यह रहा दूसरा नुक़ता,'' नेख़्लूदोव की ओर देखकर वकील ने कहा।

''पर मुद्दालेह का वकील इतने भद्दे ढंग से जिरह कर रहा था कि किसी के कुछ भी पल्ले नहीं पड़ रहा था,'' नेख़्लूदोव ने कहा। वह और भी हैरान हो उठा था।

''वह तो बेवकूफ़ है, काम की बात क्या कहेगा,'' फ़ानारिन ने हँसकर कहा, ''फिर भी अपील के लिए इस नुक़ते को आधार बनाया जा सकता है। नम्बर तीन : प्रधान जज ने अपने भाषण में, जब वह सारी बात का ब्योरा दे रहा था, जूरी को यह नहीं बताया कि क़ानून की दृष्टि से अपराध की परिभाषा क्या होती है। इस तरह ज़ाब्ता फ़ौजदारी के भाग 1, दफ़ा 801 का उल्लंघन हुआ है। यह मान लिया गया है कि मास्लोवा ने स्मेल्कोव को ज़हर दिया। लेकिन इस बात का कोई सबूत नहीं कि वह जानबूझकर स्मेल्कोव की हत्या करना चाहती थी। इसलिए जूरी को पूरा-पूरा हक़ था कि वह मास्लोवा को हत्या का अपराधी नहीं ठहराए बल्कि उस पर केवल लापरवाही का दोष लगाए, जिस कारण स्मेल्कोव की मृत्यु हो गई, हालाँकि मास्लोवा की कोई इच्छा उसे मारने की नहीं थी। प्रधान जज ने जूरी के इस अधिकार का उल्लेख नहीं किया। यह है सबसे बड़ा नुक़ता।''

''हाँ, लेकिन इसकी ख़बर हमें खुद होनी चाहिए। यह भूल तो हमारी है।''

''ख़ैर। नम्बर चार,'' वकील कहता गया, '' जो जवाब जूरी ने दिया है उसमें प्रत्यक्षतः विरोधाभास पाया जाता है। मास्लोवा पर यह दोष लगाया गया है कि उसने लोभवश, अपनी इच्छा से स्मेल्कोव को ज़हर दिया। उसकी हत्या करने का यही एक हेतु बताया गया है। जूरी ने अपने फ़ैसले में कहा है कि मास्लोवा का कोई इरादा चोरी करने का न था, या और लोगों के साथ मिलकर क़ीमती चीज़े चुराने का न था। इस जुर्म से उसे बरी किया गया है जिसका मतलब यह है कि जूरी उसे इस जुर्म से भी बरी करना चाहते थे कि मास्लोवा हत्या करने का इरादा रखती थी। यदि जूरी अपने जवाब में इस बात को स्पष्टतया कहना भूल गए तो ग़लतफ़हमी के कारण।

और यह ग़लतफ़हमी इसलिए उठी कि प्रधान जज ने जो ब्योरा दिया वह अधूरा था। अतः जब जूरी की ओर से इस क़िस्म का जवाब दिया जाता है तो उस पर ज़ाब्ता फ़ौजदारी की दफ़ा 816 और 808 को लगाना ज़रूरी हो जाता है जिसके अनुसार प्रधान जज का यह फ़र्ज हो जाता है कि वह जूरी को उनकी भूल समझाए, और मुजरिम के अपराध के बारे में दोबारा जिरह की जाए और मुक़दमे का फ़ैसला फिर से हो।''

''तो प्रधान जज ने ऐसा क्यों नहीं किया ?''

''मैं भी यही जानना चाहता हूँ कि उसने क्यों ऐसा नहीं किया ?'' हँसते हुए फ़ानारिन ने कहा।

''तो यक़ीनन सेनेट इस भूल को ठीक कर देगी ?''

''यह इस बात पर निर्भर करता है कि उस समय सेनेट की अध्यक्षता किसके हाथ में है। ख़ैर, आगे लिखा है,'' वह तेज़-तेज़ पढ़ने लगा, ''जब जूरी की ओर से इस क़िस्म का फ़ैसला आया तो अदालत को कोई अधिकार नहीं था कि वह मास्लोवा को मुज़रिम क़राद देकर उसे सज़ा देती, और उसके मुक़दमे पर ज़ाब्ता फ़ौजदारी की दफ़ा 771,भाग 3 लागू करती। इस तरह अदालत ने हमारे क़ानून फ़ौजदारी के मूलभूत सिद्धान्तों का निश्चित तौर पर घोर उल्लंघन किया है। उपरोक्त आधार पर मैं प्रार्थना करूँगा कि ज़ाब्ता फ़ौजदारी की दफ़ा 909, 910, 912 के भाग 2 और 928 के अनुसार इस सज़ा को रद्द किया जाए वग़ैरा-वग़ैरा... इस मुक़दमे की उसी अदालत के किसी दूसरे विभाग में और जाँच की जाए। यह रहा! जो मुमकिन है वह मैंने कर दिया है। पर सच कहूँ तो मुझे कामयाबी की उम्मीद कम है, हालाँकि यहाँ सब कुछ इस बात पर निर्भर करता है कि उस समय सेनेट में कौन-कौन से सदस्य मौजूद होंगे। वहाँ पर कोई असर-रसूख़ हो तो ज़रूर लड़ाइए।

''कुछ सदस्यों को तो मैं ज़रूर जानता हूँ।''

''अच्छी बात है। लेकिन जो भी करना हो जल्दी कीजिए। वरना सब लोग अपनी बवासीर का इलाज कराने भाग जाएँगे और आपको उनकी वापसी तक, पूरे तीन महीने इन्तज़ार करना पड़ेगा। अगर इसमें हम असफ़ल रहें तो एक सम्भावना और भी है। हम ज़ार से अपील कर सकते हैं। उसके लिए भी तिकड़म लड़ानी पड़ेगी। उस हालत में भी मैं सेवा करने के लिए हाज़िर हूँ। मेरा मतलब है अपील लिखने के लिए, तिकड़म लड़ाने के लिए नहीं।''

''धन्यवाद। और फ़ीस...''

''मेरा मुंशी आपको दरख़्वास्त भी दे देगा और इसके बारे में भी बता देगा।''

''एक बात और। इस मुजरिम को जेल में मिलने के लिए मुझे सरकारी वकील ने पास दिया था। मगर वहाँ मुझे पता चला कि अगर मैं मुज़रिम को किसी दूसरे वक़्त और किसी दूसरे कमरे में मिलना चाहूँ तो उसके लिए मुझे गर्वनर से इजाज़त लेनी होगी। क्या इसकी कोई ज़रूरत है ?''

''हाँ, मैं सोचता हूँ ज़रूरत है। पर आजकल गवर्नर यहाँ पर नहीं है। उसकी जगह पर सहायक-गर्वनर है। लेकिन वह ऐसा बेवकूफ़ है कि उसके साथ आपके लिए बात करना मुश्किल हो जाएगा।''

''क्या उसका नाम मास्लेन्निकोव है ?''

''हाँ।''

''मैं उसे जानता हूँ ?'' नेख़्लूदोव ने कहा, और वहाँ से जाने के लिए उठ खड़ा हुआ।

ऐन उसी समय एक बेहद कुरूप स्त्री भागी हुई कमरे में आई–नाटा क़द, पतली-सी, ऊपर को उठी हुई नाक, पीला-ज़र्द चेहरा, हड्डियाँ निकली हुई। यह वकील की पत्नी थी। अपनी

कुरूपता के कारण उसका मन तनिक भी विचलित नहीं हुआ था। न केवल उसकी पोशाक बेमिसाल भड़कीली थी–रेशम भी और मख़मल भी, सुर्ख़ पीला और हरा भी सभी कुछ उस पर लदा हुआ था, उसके पतले-झीने बालों में कुंडल भी बने हुए थे। बड़े गर्व के साथ वह कमरे में उड़ती चली आई। उसके पीछे-पीछे मटमैले रंग के चेहरेवाला, रेशमी कॉलरोंवाला कोट और सफ़ेद नेकटाई पहने एक लम्बा-सा आदमी भी मुस्कराता हुआ चला आया। वह एक लेखक था। नेख़्लूदोव ने उसे देखा हुआ था।

''अनातोल,'' दरवाज़ा खोलते हुए उसने कहा, ''चलो, मेरे कमरे में चलें। यह रहे सेम्योन इवानोविच। इन्होंने वादा किया है कि अपनी कविता ज़रूर पढ़कर सुनाएँगे। और तुम्हें गार्शिन के बारे में पढ़कर सुनाना होगा।''

''नेख़्लूदोव वहाँ से जाने लगा तो उसने अपने पति के कान में कुछ फुसफुसाकर कहा फिर फ़ौरन नेख़्लूदोव को सम्बोधन करके बोली–

''क्षमा कीजिए, प्रिन्स, मैं आपको जानती हूँ इसलिए परिचय की कोई ज़रूरत नहीं। मैं चाहती हूँ कि आप भी हमारी साहित्यिक गोष्ठी में भाग लें। थोड़ी देर के लिए रुक जाइए। गोष्ठी बहुत दिलचस्प होगी। अनातोल ऐसा बढ़िया कविता-पाठ करते हैं कि क्या कहूँ।''

''देखा आपने, मुझे क्या-क्या करना पड़ता है,'' फ़ानारिन ने अपने हाथ फैला दिए और मुस्कराकर अपनी पत्नी की ओर इशारा करते हुए कहा मानो दिखाना चाहता हो कि ऐसी सुन्दर स्त्री की आज्ञा का पालन कौन नहीं करेगा।

इस सम्मान के लिए नेख़्लूदोव ने बड़ी विनम्रता से वक़ील की पत्नी को धन्यवाद दिया, लेकिन अपनी मजबूरी भी बताई कि वह रुक नहीं सकेगा। उसका चेहरा गम्भीर और उदास हो रहा था। उसने विदा ली और बाहर निकल आया।

''जाने अपने को क्या समझता है !'' उसके चले जाने के बाद वकील की पत्नी ने टिप्पणी कसी।

ड्योढ़ी में मुंशी ने उसके हाथ में तैयार दरख़्वास्त दी और बताया कि वकील साहिब की फ़ीस एक हज़ार रूबल होगी। साथ ही यह भी कहा कि मिस्टर फ़ानारिन अक्सर इस तरह का काम नहीं करते, लेकिन इस बार केवल उसकी ख़ातिर उन्होंने यह काम सिर पर ले लिया है।

''इस दरख़्वास्त को क्या करना है ? इस पर कौन दस्तख़त करेगा ?'' नेख़्लूदोव ने पूछा।

''अभियुक्ता स्वयं दस्तख़त कर सकती है, लेकिन अगर यह मुमकिन न हो तो मिस्टर फ़ानारिन दस्तख़त कर देंगे। उस हालत में अभियुक्ता से वकालतनामा लाना होगा।''

''नहीं, नहीं, मैं ख़ुद जाकर दस्तख़त करवा लाऊँगा ?'' नेख़्लूदोव ने कहा। वह ख़ुश था कि निश्चित दिन से पहले उससे मिल पाएगा।

46

नियमानुसार, ऐन वक़्त पर जेलख़ाने के बरामदों में वार्डर की सीटी की आवाज़ गूँज गई। कोठरियों पर लगे लोहे के दरवाज़े खड़खड़ाकर खुलने लगे। नंगे पाँवों के चलने की आवाज़ आई। एड़ियाँ खनखनाई। जिन क़ैदियों को मेहतरों का काम करना था वे बरामदों को लाँघकर जाने लगे। उनसे तीखी बदबू आ रही थी, जिससे हवा बोझल हो उठी। क़ैदियों ने मुँह हाथ धोया, कपड़े पहने, जाँच के लिए बाहर आए, और फिर चाय के लिए उबलता पानी लेने चले गए।

नाश्ते के समय सभी कोठरियों में क़ैदी बड़ी सजीवता से बातें कर रहे थे। दो क़ैदियों को उस रोज़ कोड़ों से पीटा जाना था। उनमें से एक पढ़ा-लिखा युवक था जिसका नाम वासील्येव था। यह कोई क्लर्क था जिसने ईर्ष्या से पागल होकर अपनी रखैल को मार डाला था। सभी क़ैदी उसे पसन्द करते थे क्योंकि वह दिल का उदार और हँसमुख युवक था और जेलख़ाने के अधिकारियों के सामने डटकर खड़ा हो जाता था। वह क़ानून के वाक़िफ़ था, इसलिए हर नियम का पालन ज़ोर देकर करवाता था। इसलिए अधिकारियों को वह बहुत बुरा लगता था। तीन हफ़्ते पहले भोजन करते समय एक मेहतर से वार्डर की नई वर्दी पर शोरबा गिर गया था। वार्डर ने ज़ोर से उसके मुँह पर तमाचा दे मारा। वासील्येव ने मेहतर का पक्ष लिया और कहा कि क़ैदी को पीटना क़ानून के ख़िलाफ़ है। ''मैं तुम्हें क़ानून सिखाऊँगा ?'' वार्डर बोला और गुस्से से वासील्येव को गालियाँ देने लगा। जवाब में वासील्येव ने भी गालियाँ दीं। वार्डर उस पर भी हाथ चलाने के लिए आगे बढ़ा लेकिन वासील्येव ने उसके दोनों हाथ पकड़ लिए, और थोड़ी देर तक पकड़े रहने के बाद उसे घुमाकर दरवाज़े में से बाहर निकाल दिया। वार्डर ने जाकर इन्स्पेक्टर से शिकायत कर दी। और इन्स्पेक्टर ने हुक्म दे दिया कि वासील्येव को क़ैद-तनहाई में रखा जाए।

क़ैद-तनहाई के लिए क़ैदियों को छोटी-छोटी अँधेरी कोठरियों में बन्द कर दिया जाता था। एक के साथ एक ऐसी कोठरियों की एक लम्बी क़तार थी। कोठरियों को बाहर से ताला चढ़ा दिया जाता। अन्दर न खाट थी, न मेज़, न कोई कुर्सी। क़ैदी गन्दे फ़र्श पर बैठते और सोते। और चूहे इतने निडर कि क़ैदियों की रोटी तक चुरा ले जाते। जितनी देर क़ैदी हिलता-डुलता रहता तो वे दूर रहते, लेकिन ज्यों ही वह हिलना-डुलना बन्द कर देता तो उसे काटने तक के लिए चले आते। वासील्येव ने क़ैद-तनहाई में जाने से इनकार कर दिया, बोला कि उसने कोई क़सूर नहीं किया। लेकिन वे ज़बरदस्ती से उसे अन्दर धकेलने लगे। वासील्येव ने विरोध किया। दो और क़ैदी उसकी मदद करने के लिए आ गए और उसे वार्डरों के हाथ से छुड़ा लिया। सब वार्डर इकट्ठे हो गए। इनमें पेत्रोव नाम का एक वार्डर था जिसमें वहशियों की सी ताक़त थी। क़ैदियों को उन्होंने नीचे गिरा दिया और धकेलकर कोठरियों में बन्द कर दिया। साथ ही गर्वनर को फ़ौरन ख़बर कर दी कि जेलख़ाने में क़ैदियों ने बग़ावत कर दी है। गवर्नर ने हुक्म दिया कि मुख्य अपराधियों वासील्येव और नेपोम्नियाश्ची की पीठ पर तीस-तीस कोड़े लगाए जाएँ।

यह सज़ा उस कमरे में दी जानी थी जिसमें स्त्री-क़ैदी अपने मुलाक़ातियों से मिलती थीं।

यह ख़बर पिछली शाम को ही सब क़ैदियों को पता चल गई थी, इसीलिए कोठरियों में इसकी बड़ी चर्चा थी।

अपने कमरे के कोने में कोराब्ल्योवा, छबीली, फ़ेदोस्या और मास्लोवा एक साथ बैठी चाय पी रही थीं। सभी के चेहरे वोद्का के कारण लाल हो रहे थे। सभी खुल-खुलकर बातें कर रही थीं। मास्लोवा को अब बराबर शराब मिलती रहती थी, और वह अपनी साथिनों को मुफ़्त पिलाती रहती थी।

''उसने कोई दंगा-फ़साद तो नहीं किया,'' हाथ में चीनी की डली पकड़े, अपने मज़बूत दाँतों से उसे थोड़ा-थोड़ा करके कुतरते हुए कोराब्ल्योवा ने कहा। वह वासील्येव की बात कर रही थी। ''अपने साथी की पीठ पर खड़ा हुआ, बस। आजकल क़ैदी को पीटने का कोई क़ानून नहीं है।''

''मैंने सुना है वह बहुत अच्छा आदमी है,'' फ़ेदोस्या बोली। वह एक लकड़ी के कुन्दे पर तख़्ते के सामने बैठी थी जिस पर चायदानी रखी थी। बालों की लम्बी-लम्बी चोटियाँ उसने सिर के इर्द-गिर्द लपेट रखी थीं।

"तुम्हें चाहिए कि तुम इस बारे में उससे बात करो," चौकीदारिन ने मास्लोवा से कहा। "उससे" का मतलब था नेख़्लूदोव से।

"मैं ज़रूर कहूँगी। वह मेरी कोई भी बात भी नहीं टालेगा," मास्लोवा ने सिर झटककर मुस्कराते हुए कहा।

"हाँ, मगर वह आएगा कब ? ये लोग तो क़ैदियों को लाने भी चले गए हैं," फ़ेदोस्या बोली, फिर ठंडी साँस भरकर कहने लगी, "कितनी भयानक बात है।"

"मैंने एक बार एक किसान को कोड़े लगते देखा था। मेरे ससुर ने मुझे गाँव के मुखिया के घर भेजा। वहाँ मैं गई, और वहाँ..." चौकीदारिन एक लम्बी कहानी सुनाने लगी, लेकिन उसी वक़्त ऊपरवाले बरामदे से लोगों के चलने और बोलने की अवाज़े आने लगीं। चौकीदारिन आगे नहीं कह पाई।

सभी स्त्रियाँ चुप हो गईं। उनके कान इन आवाज़ों की ओर लगे हुए थे।

"उसे खींच लिए जाते हैं, शैतान के बच्चे !" छबीली बोली। "वे उसे मार डालेंगे, ज़रूर मार डालेंगे। सभी वार्डर उसके दुश्मन हैं, क्योंकि यह उनसे डरता नहीं है।"

ऊपर से आवाज़ें आनी बन्द हो गईं। चुप्पी छा गई। चौकीदारिन ने फिर अपनी कहानी कहनी शुरू की और अन्त तक सुनाती गई। कहने लगी कि जब वह खलिहान में गई और किसान को पिटते देखा तो ऐसी डरी कि उसे मतली आने लगी। वग़ैरा वग़ैरा। छबीली सुनाने लगी कि उन्होंने एक बार श्चेग्लोव को कोड़े लगाए तो उसने सी तक नहीं की। फिर फ़ेदोस्या ने चाय के बरतन उठा दिए, और कोराब्ल्योवा और चौकीदारिन सिलाई लेकर बैठ गई। मास्लोवा अपने घुटनों के इर्द-गिर्द बाँहें डाले, खिन्न और उदास, तख़्ते पर बैठी रही। वह चाहती थी कि लेट जाए और सोने की कोशिश करे, लेकिन उसी वक़्त स्त्री-वार्डर ने उसे बुलाया और कहा कि दफ़्तर में चलो, वहाँ कोई आदमी तुमसे मिलने आया है।

"अब भूलना नहीं, हमारे बारे में ज़रूर कहना," बुढ़िया मेन्शोवा बोली। मास्लोवा उठकर धुँधले से शीशे के सामने सिर का रूमाल ठीक करने लगी। "हमने घर को आग नहीं लगाई। उस शैतान ने ख़ुद लगाई। उसके कारिन्दे ने अपनी आँखों से उसे करते देखा। अब इनकार करता है कि नहीं देखा। समझता है सच बोलेगा तो नरक में जाएगा। उसे कहना कि मित्री से मिले। मित्री उसे सारी बात साफ़-साफ़ बता देगा। ज़रा सोचो तो, हमने सपने में बुरा नहीं चेता और हम तो यहाँ जेल में सड़ रहे हैं, और वह ख़ुद किसी की बीवी को बग़ल में लेकर शराबख़ाने में बैठा गुलछर्रे उड़ा रहा होगा।"

"यह इन्साफ़ नहीं है," कोराब्ल्योवा ने हामी भरी।

"ज़रूर बताऊँगी–सबकुछ बता दूँगी," मास्लोवा ने जवाब दिया। "घूँट भर और शराब दे दो। इससे मेरा साहस बना रहेगा," आँख मारते हुए उसने कहा। कोराब्ल्योवा ने आधा प्याला वोद्का डालकर दे दी, जो मास्लोवा पी गई। फिर मुँह पोंछा और बार-बार "साहस बना रहेगा, साहस बना रहेगा" कहती हुई, हँसती, सिर झटकती, वार्डर के पीछे-पीछे बरामदे में जाने लगी।

47

नेख़्लूदोव हॉल में बैठा बड़ी देर तक इन्तज़ार करता रहा।

जेलख़ाने पहुँचकर उसने बाहर के दरवाज़े पर लगी घंटी बजाई। जवाब वार्डर ने दिया जो ड्यूटी

पर था। नेख़्लूदोव ने पास उसके हाथ में दे दिया जो बड़े सरकारी वकील ने उसे दिया था।

''आप किसे मिलना चाहते हैं ?''

''क़ैदी मास्लोवा को।''

''इस वक़्त आप उसे नहीं मिल सकते। इन्स्पेक्टर साहब को फ़ुर्सत नहीं है।''

''क्या वह दफ़्तर में है ?''

''नहीं, मुलाक़ातियों के कमरे में हैं,'' वार्डर ने जवाब दिया। वह कुछ घबराया हुआ-सा लग रहा था।

''क्यों, क्या आज मुलाक़ात का दिन है ?''

''नहीं, उन्हें ख़ास काम है।''

''तो उनसे कैसे मिला जाए ?''

''अभी बाहर आएँगे तो मिल लेना। थोड़ा इन्तज़ार कीजिए,'' वार्डर बोला।

उसी वक़्त एक सॉर्जेंट-मेज़र बग़लवाले दरवाज़े में से बाहर निकला, चिकना-चुपड़ा चेहरा, मूँछें तम्बाकू से पीली पड़ी हुई। उसकी वर्दी पर लगी सुनहरी डोरी चमक रही थी। आते ही वार्डर पर बरस पड़ा –

''तुमने क्यों अन्दर आने दिया है ? दफ़्तर में...''

''मुझे बताया गया कि इन्स्पेक्टर साहब यहाँ पर हैं,'' नेख़्लूदोव ने कहा। सॉर्जेंट-मेजर को इतना उत्तेजित देखकर वह हैरान हो रहा था।

उसी वक़्त अन्दर का दरवाज़ा खुला और पेत्रोव बाहर निकला, पसीने से तर और हाँफता हुआ।

''याद रखेगा,'' उसने सॉर्जेंट-मेजर को सम्बोधन करते हुए कहा।

सॉर्जेंट-मेजर ने आँख के इशारे से समझाया कि नेख़्लूदोव खड़ा है। पेत्रोव तेवर चढ़ाए, पीछे के दरवाज़े से बाहर निकल गया।

''कौन याद रखेगा ? ये सब इतने घबराए हुए क्यों हैं ? सॉर्जेंट-मेजर ने इसे इशारा क्यों किया?'' नेख़्लूदोव सोच रहा था।

सॉर्जेंट-मेजर ने फिर नेख़्लूदोव को सम्बोधित किया –

''आप यहाँ पर किसी से नहीं मिल सकते। कृपा करके इधर दफ़्तर में आ जाइए।''

नेख़्लूदोव चलने ही वाला था कि पीछे का दरवाज़ा खुला और इन्स्पेक्टर अन्दर आ गया। वह सबसे ज़्यादा घबराया हुआ था और बार-बार ठंडी साँसें ले रहा था। नेख़्लूदोव को देखते ही वह वार्डर से बोला –

''फ़ेदोतोव, स्त्रियों की पाँच नम्बर की कोठरी में से मास्लोवा को दफ़्तर में भेज दो।''

''मेरे साथ आइए,'' नेख़्लूदोव की ओर घूमते हुए इन्स्पेक्टर ने कहा। वे सीढ़ियों पर चढ़कर एक छोटे-से कमरे में पहुँचे जिसमें एक ही खिड़की, मेज़ और कुछ कुर्सियाँ थीं। इन्स्पेक्टर बैठ गया।

''बहुत, बहुत मुश्किल काम है। ऐसी कड़ी जिम्मेदारियाँ हैं,'' सिगरेट निकालते हुए उसने फिर नेख़्लूदोव से कहा।

''ज़ाहिर है, आप बहुत थक गए हैं,'' नेख़्लूदोव बोला।

''मैं इस नौकरी से ही थक गया हूँ। मुझ पर बहुत बड़ी ज़िम्मेदारियाँ हैं। मेरी कोशिश तो रहती है कि इनका बोझ हलका हो लेकिन उल्टे काम और भी ख़राब होता है। मैं तो सोचता हूँ कि किसी तरह इस काम से छुट्टी मिले। बहुत कड़ी ज़िम्मेदारियाँ हैं।''

नेख़्लूदोव को मालूम नहीं था कि इन्स्पेक्टर को कौन-सी ख़ास मुश्किलें पेश आ रही हैं, लेकिन आज वह ख़ासतौर पर उदास और निराश था और चाहता था कि लोग अपनी सहानुभूति प्रकट करें।

"हाँ, मुझे भी यही लगता है, आपकी ज़िम्मेदारियाँ सचमुच बहुत कड़ी हैं," नेख़्लूदोव ने कहा, "आप यह काम करते ही क्यों हैं ?"

"क्या करूँ ? घर है, परिवार है, आमदनी का और कोई ज़रिया नहीं।"

"लेकिन अगर इतना ही कड़ा काम है तो..."

"फिर भी, आप जानते हैं, आदमी किसी हद तक उपयोगी हो सकता है। जहाँ तक मुझसे बन पड़ता है मैं नरमी बरतता हूँ। मेरी जगह कोई और होता तो दूसरी ही तरह का व्यवहार करता। आप जानते हैं, हमारे पास यहाँ दो हज़ार से भी ज़्यादा क़ैदी हैं। और क़ैदी भी कैसे ! उन्हें सँभालने का ढंग आना चाहिए। आख़िर वे भी इन्सान हैं। उनके प्रति अपने आप मन में दया उठती है। पर फिर भी उन्हें क़ाबू में तो रखना ही पड़ता है।"

और इन्स्पेक्टर नेख़्लूदोव को बताने लगा कि कुछ ही दिन पहले क़ैदी आपस में लड़ने लगे, जिससे एक क़ैदी मारा गया।

कहानी जारी रहती मगर उसी वक़्त एक वार्डर मास्लोवा को कमरे में ले आया।

मास्लोवा की नज़र अभी इन्स्पेक्टर पर नहीं पड़ी थी कि नेख़्लूदोव ने दरवाज़े में से उसे देख लिया। मास्लोवा का चेहरा लाल हो रहा था, और वार्डर के पीछे-पीछे तेज़-तेज़ चलती हुई वह मुस्करा रही थी और बार-बार अपना सर झटक रही थी। परन्तु इन्स्पेक्टर को देखते ही वह डर गई और एकटक उसकी ओर देखने लगी। उसके चेहरे का भाव बिलकुल बदल गया। फिर फ़ौरन ही सँभल गई, और बड़ी निडरता से, हँसते हुए नेख़्लूदोव से बोली–

"कहिए, आप कैसे हैं?" एक-एक शब्द को लम्बा करते हुए वह बोल रही थी। फिर मुस्कराते हुए, ख़ूब ज़ोर से नेख़्लूदोव के साथ हाथ मिलाया। पहली बार जब नेख़्लूदोव से मिली थी तो इस तरह हाथ नहीं मिलाया था।

"मैं यह एक दरख़्वास्त लाया हूँ। इस पर दस्तख़त कर दो," नेख़्लूदोव ने कहा। जिस निडरता से आज मास्लोवा उसके साथ बातें कर रही थी, उसे देखकर वह हैरान हो रहा था। "यह दरख़्वास्त वकील ने लिखी है, तुम्हारा उस पर दस्तख़त करना ज़रूरी है, फिर हम उसे पीटर्सबर्ग भेज देंगे।"

"बेशक, जो आप कहें मुझे मन्जूर है," आँख मारकर मुस्कराते हुए उसने कहा।

नेख़्लूदोव ने जेब में हाथ डाला और एक तह किया हुआ काग़ज़ बाहर निकाला और उसे लिए हुए मेज़ के पास गया।

"आपकी इज़ाजत हो तो यहाँ बैठकर यह इस पर दस्तख़त कर दे," नेख़्लूदोव ने इन्स्पेक्टर से पूछा।

"हाँ, हाँ, बैठो। लो, यह क़लम लो। लिखना जानती हो ?" इन्स्पेक्टर ने कहा।

"किसी ज़माने में तो जानती थी," मास्लोवा बोली, और अपना घाघरा और जॉकेट की आस्तीनें ठीक करके मेज़ के सामने बैठ गई। फिर मुस्कराई और अपने छोटे-से चुस्त हाथ में बेढब से तरीके से क़लम पकड़ी, और नेख़्लूदोव की तरफ़ देखकर हँस पड़ी।

नेख़्लूदोव ने बताया कि क्या लिखना है और कहाँ पर दस्तख़त करना है।

उसने क़लम को स्याही में डुबोया, बड़े ध्यान से उससे कुछ क़तरे स्याही के गिराए, और अपना नाम लिख दिया।

"बस ?" उसने पूछा। वह कभी नेख़्लूदोव की ओर और कभी इन्स्पेक्टर की ओर देखती और क़लम को कभी क़लमदान पर और कभी काग़ज़ों पर रखती।

"मुझे तुमसे कुछ कहना है," मास्लोवा के हाथ में से क़लम लेते हुए नेख़्लूदोव ने कहा।

"अच्छी बात है, बताओ क्या कहना है," उसने कहा। फिर सहसा उसका चेहरा गम्भीर पड़ गया, मानो उसे कुछ याद हो आया हो या नींद आने लगी हो।

नेख़्लूदोव को मास्लोवा के पास छोड़कर इन्स्पेक्टर उठकर कमरे में से बाहर चला गया।

48

जो वार्डर मास्लोवा को साथ लेकर आया था, वह कुछ दूर हटकर खिड़की के दासे पर जा बैठा। नेख़्लूदोव के लिए निर्णायक क्षण आ पहुँचा था। वह सारा वक़्त मन-ही-मन अपने को धिक्कारता रहा था कि उसने पहली बार मास्लोवा से मिलने पर मुख्य बात नहीं कही। अब वह निश्यच करके आया था कि उससे साफ़ कह देगा कि मैं तुमसे शादी करूँगा। मास्लोवा मेज़ के एक सिरे पर बैठी थी। नेख़्लूदोव उसके बिलकुल सामने बैठा था। कमरे में रोशनी थी, और नेख़्लूदोव को पहली बार उसका चेहरा नज़दीक से नज़र आ रहा था। उसने साफ़-साफ़ देखा कि उसकी आँखों और मुँह के आस-पास रेखाएँ थीं, पलकें सूजी हुई थीं। नेख़्लूदोव के हृदय में उसके प्रति इतनी अनुकम्पा उठी जितनी पहले कभी नहीं थी।

वार्डर कोई यहूदी लगता था। उसके मुँह पर भूरे रंग के गलमुच्छे थे। नेख़्लूदोव ने मेज़ के ऊपर सामने की ओर झुककर, फुसफुसाकर कहा ताकि वार्डर न सुन सके–

"अगर इस दरख़्वास्त से कुछ नहीं हुआ तो हम महाराज के नाम प्रार्थना-पत्र भेजेंगे। जो कुछ भी मुमकिन हुआ किया जाएगा।"

"अगर शुरू में ही कोई ढंग का वकील किया होता तो यह नौबत ही न आती," वह बीच ही में बोल उठी। "मेरा वकील तो निरा बुद्धू था। सारा वक़्त मेरी ही तारीफ़ें करता रहता था," वह कहकर हँसने लगी। "अगर उस वक़्त उन्हें मालूम होता कि मेरी तुमसे जान-पहचान है तो बात ही बदल जाती। सब यही सोचे बैठे हैं कि मैं चोर हूँ।"

"आज यह कैसे अजीब ढंग से बातें कर रही है," नेख़्लूदोव सोच रहा था। वह अपने मन की बात कहने जा ही रहा था जब मास्लोवा ने फिर बोलना शुरू कर दिया–

"हाँ, मुझे तुमसे एक बात कहनी है। हमारे यहाँ एक बूढ़ी औरत है। इतनी अच्छी, इतनी अच्छी कि क्या कहूँ, सब हैरान होते हैं। उसने कोई जुर्म नहीं किया, फिर भी उसे पकड़ा हुआ है। उसके बेटे को भी। सभी जानते हैं कि उनका कोई दोष नहीं, उन पर जुर्म लगाया गया है कि उन्होंने किसी के घर को आग लगाई। जानते हो, जब उसे मालूम हुआ कि हमारी-तुम्हारी जान-पहचान है तो मुझसे कहने लगी–'उनसे कहो मेरे बेटे को मिलें।' वह उन्हें सारी बात बता देगा।" बातें करते हुए मास्लोवा कभी दाईं ओर कभी बाईं ओर सिर झुकाकर नेख़्लूदोव की ओर देखती। "उसका नाम मेन्शोव है। मिलोगे न उसे ? इतनी अच्छी है वह बुढ़िया, तुम्हें क्या बताऊँ। देखते ही पता चल जाता है कि उसका कोई दोष नहीं। यह काम करोगे न? तुम बड़े अच्छे हो!" यह कहते हुए मास्लोवा मुस्कराई, फिर उसकी ओर देखकर आँखें नीची कर लीं।

"अच्छी बात है, मैं पता करूँगा," नेख़्लूदोव ने कहा। नेख़्लूदोव मास्लोवा को यों खुल-खुलकर बातें करते देखकर अधिकाधिक हैरान हो रहा था। "पर मैं तो तुम्हारे साथ अपने बारे में बात

करने आया हूँ। तुम्हें याद है जो कुछ मैंने पिछली बार तुमसे कहा था ?''

''पिछली बार तुमने तो कितनी ही बातें कही थीं। क्या कहा था तुमने ?'' मास्लोवा बोली। वह अब भी मुस्कराए जा रही थी और सिर दाएँ से बाएँ घुमा रही थी।

''मैंने कहा था कि मैं तुमसे माफ़ी माँगने आया हूँ,'' नेख़्लूदोव ने कहना शुरू किया।

''उसका क्या फ़ायदा ? माफ़ी, माफ़ी, उससे क्या होगा ? इससे तो यही अच्छा है कि...''

''मैं अपने पाप का प्रायश्चित करना चाहता हूँ। बातों से नहीं, बल्कि कर्म से। मैंने निश्चय कर लिया है कि मैं तुमसे शादी करूँगा।''

''सहसा मास्लोवा के चेहरे पर भय छा गया। उसकी ऐंची तनी आँखें नेख़्लूदोव के चेहरे पर गड़ गईं, मगर फिर भी ऐसा लग रहा था जैसे उसे देख नहीं रही हैं।

''यह किसलिए?'' गुस्से में भौंहें सिकोड़कर उसने कहा।

''भगवान के सामने मैं अपना कर्तव्य निभाना चाहता हूँ।''

''अब कौन-सा भगवान तुम्हें मिल गया है? क्या ऊल-जलूल बोल रहे हो? भगवान? कौन-सा भगवान? तुम्हें उस वक़्त भगवान को याद करना था,'' मास्लोवा ने कहा और उसका मुँह खुला-का-खुला रह गया।

अब जाकर नेख़्लूदोव का पता चला कि मास्लोवा की साँस में से शराब की गन्ध आ रही है। वह मास्लोवा की उत्तेजना का कारण समझ गया।

''शान्त हो जाओ,'' वह बोला।

''मैं क्यों शान्त होऊँ ? तू समझता है मैं नशे में हूँ? हाँ मैं नशे में हूँ, पर मैं फिर भी जानती हूँ मैं क्या कह रही हूँ,'' वह तेज़-तेज़ बोलने लगी। उसका चेहरा तमतमा उठा। ''मैं तो मुजरिम हूँ, रंडी हूँ। और तुम भले आदमी हो, एक प्रिन्स हो। मुझे हाथ लगाकर तू अपने को नापाक नहीं कर। तू जा अपनी प्रिन्सेसों के पास। मेरी क़ीमत तो दस रूबल है।''

''तुम बड़ी सख़्त बातें कर रही हो, लेकिन इस वक़्त जो मेरे मन पर गुज़र रही है वह मैं ही जानता हूँ,'' नेख़्लूदोव ने कहा। उसका शरीर काँप रहा था। ''तुम सोच भी नहीं सकती हो कि मैं तुम्हारे प्रति अपने को कितना बड़ा मुजरिम समझता हूँ।''

''मुज़रित समझता हूँ !'' मास्लोवा ने गुस्से से नेख़्लूदोव की नक़ल उतारते हुए कहा। ''उस वक़्त तो तू अपने को मुज़रिम नहीं समझता था। उस वक़्त तो सौ रूबल का नोट फेंककर चलते बना था। यह ले–तेरी क़ीमत...''

''जानता हूँ, जानता हूँ, पर अब क्या किया जाए ?'' नेख़्लूदोव ने कहा। ''अब मैं तुम्हें छोड़कर नहीं जाऊँगा, मैंने निश्चय कर लिया है और मैं अपनी बात पूरी करके रहूँगा।''

''और मैं कहती हूँ कि तू कभी पूरी नहीं करेगा,'' मास्लोवा बोली और ज़ोर-ज़ोर से हँसने लगी।

''कात्यूशा !'' उसके हाथ को छूते हुए नेख़्लूदोव कहने लगा।

''चला जा यहाँ से। तू ठहरा प्रिन्स, मैं मुज़रिम। तेरा यहाँ क्या काम ?'' उसने हाथ छुड़ाते हुए चीख़कर कहा। गुस्से से उसका चेहरा विकृत हो रहा था। ''तू मेरे ज़रिए अपने आपको बचाना चाहता है ?'' वह कहे जा रही थी। उसके दिल में तूफ़ान उठ रहा था। आज वह अपने दिल का सारा गुबार निकाल देना चाहती थी। ''इस लोक में तूने मुझे भोगा और अब मुझसे ही अपना परलोक सुधारना चाहता है ! मुझे तुझसे नफ़रत है–तेरी इन ऐनकों से, तेरी इस मोटी गन्दी सूरत से मुझे नफ़रत है ! चला जा यहाँ से, चला जा !'' उसने चिल्लाकर कहा और ज़ोर से उठ खड़ी हुई।

वार्डर भागा हुआ उसके पास आया।

"क्या शोर मचा रही हो ? ऐसा करोगी तो..."

"कृपया, रहने दीजिए," नेख़्लूदोव ने कहा।

"शोर मचाने का क्या मतलब है !" वार्डर बोला।

"मेहरबानी करके थोड़ा इन्तज़ार कीजिए," नेख़्लूदोव ने कहा। वार्डर खिड़की के पास लौट आया।

मास्लोवा, आँखें नीची किए, अपने छोटे-छोटे हाथ कसकर एक दूसरे से पकड़े, फिर बैठ गई।

नेख़्लूदोव उसके पास खड़ा था। उसकी समझ में नहीं आ रहा था कि क्या कहे।

"तुम्हें मुझपर विश्वास नहीं है ?" वह बोला।

"किस बात का, कि तुम मेरे साथ ब्याह करना चाहते हो ! यह कभी नहीं होगा। मैं मर जाऊँगी लेकिन तुम्हारे साथ ब्याह नहीं करूँगी। बस, सुन लिया ?"

"कोई बात नहीं। मैं फिर भी तुम्हारी सेवा करता रहूँगा।"

"यह तुम जानो। पर यह समझ लो कि मुझे तुमसे किसी चीज़ की भी ज़रूरत नहीं है। यह मैं सच कह रही हूँ। मर क्यों नहीं गई मैं तभी !" उसने कहा और बिलख-बिलखकर रोने लगी।

नेख़्लूदोन के मुँह में ज़बान नहीं थी। उसे रोता देखकर उसकी आँखों में भी आँसू आ गए।

मास्लोवा ने सिर उठाकर उसकी ओर देखा तो हैरान रह गई, फिर रूमाल से अपने आँसू पोंछने लगी।

वार्डर ने फिर पास आकर कहा कि मुलाक़ात का वक़्त ख़त्म हो चुका है। मास्लोवा उठ खड़ी हुई।

"तुम इस वक़्त बेचैन हो। हो सका तो मैं कल फिर तुमसे मिलने आऊँगा। जो कुछ मैंने कहा है, उसपर विचार करना," नेख़्लूदोव ने कहा।

मास्लोवा ने कोई जवाब नहीं दिया, और बिना उसकी ओर देखे, वार्डर के पीछे-पीछे कमरे में से बाहर चली गई।

"अब तो तुम्हारे मज़े-ही-मज़े हैं," कोठरी में मास्लोवा के लौटने पर कोराब्ल्योवा कहने लगी। "जान पड़ता है वह तुम पर फ़िदा है। जब तक वह तुम्हें चाहता है, उसका पूरा-पूरा फ़ायदा उठा लो। उसने मदद की तो छूट जाओगी। अमीर लोग सब कुछ कर सकते हैं।"

"ठीक है, बिलकुल ठीक कहती हो," चौकीदारिन अपनी सुरीली आवाज़ में कहने लगी। "जब कोई ग़रीब आदमी ब्याह करना चाहे तो हज़ार झँझट उठते हैं। पर अमीर आदमी के लिए तो बस कहने की देर है, उसका झट से ब्याह हो जाता है। मैं ऐसे एक अमीरज़ादे को जानती हूँ। जानती हो उसने क्या किया ?..."

"क्या तुमने मेरे बारे में उससे बात की थी ?" बुढ़िया ने पूछा।

परन्तु मास्लोवा ने अपनी साथिनों के किसी भी सवाल का जवाब नहीं दिया, और तख़्ते पर जाकर लेट रही और शाम तक वहीं पड़ी रही। सारा वक़्त वह अपनी ऐंची आँखों से छत के एक कोने की ओर देखती रही। उसकी आत्मा में एक कड़ा संघर्ष चल रहा था। नेख़्लूदोव की बातों से उसे वह दूसरी दुनिया याद हो आई थी जिसमें उसने यन्त्रणा भोगी थी। उस दुनिया को बिना समझे, उससे घृणा करती हुई वह उसमें से निकल आई थी। सारा वक़्त वह एक तन्द्रा की

हालत में जीती रही थी। आज उसकी तन्द्रा टूट गई थी। परन्तु उन दिनों की स्पष्ट स्मृतियाँ लेकर जीना असम्भव-सा लगता था, वे स्मृतियाँ उसे असह्य वेदना पहुँचाती थीं। शाम को उसने फिर वोद्का माँगी और अपनी साथिनों के साथ जी भर कर पी।

49

''हूँ, तो यह बात है,'' जेलख़ाने में से निकलते हुए नेख़्लूदोव सोच रहा था। अब जाकर वह अपने अपराध की गम्भीरता को पूरी तरह से समझ पा रहा था। यदि उसने प्रायश्चित करने की कोशिश नहीं की होती तो उसे मालूम ही नहीं हो पाता कि उसने कितना बड़ा अपराध किया है। इतना ही नहीं, स्वयं मास्लोवा भी समझ नहीं पाती कि उसके साथ कैसा ज़ुल्म हुआ है। अब नेख़्लूदोव को अपने पाप की भयंकरता स्पष्टतया नज़र आने लगी थी। अब वह देख रहा था कि उसने इस स्त्री की आत्मा को किस तरह रौंद डाला है। और अब मास्लोवा को भी नज़र आने लगा था, वह भी समझने लगी थी कि उसके साथ कितना बुरा व्यवहार हुआ है। आज तक तो नेख़्लूदोव के मन में आत्मश्लाघा की भावना उठती रही थी, और वह इसी भावना से जैसे खेलता रहा था। जब उसके मन में पश्चाताप भी उठता तो उसका हृदय अपने प्रति श्रद्धा से भर उठता था। परन्तु अब वह भय से काँप उठा। वह जानता था कि अब वह मास्लोवा से किनारा नहीं कर सकता। पर साथ ही उसकी समझ में यह नहीं आ रहा था कि उनका एक दूसरे के साथ कैसा सम्बन्ध होगा, और ऐसे सम्बन्ध का क्या बनेगा।

वह बाहर निकल ही रहा था जब एक वार्डर चलता हुआ उसके पास आया और बड़े रहस्यपूर्ण अन्दाज़ से एक पुर्ज़ा उसके हाथ में दिया। वार्डर के चेहरे पर बड़ा घिनौना-सा भाव था, मानो वह जानबूझकर नेख़्लूदोव को उकसाने के लिए आया हो। उसकी छाती पर क्रॉस और तमग़े चमक रहे थे।

''किसी ने आपके नाम यह पुर्ज़ा दिया है, हुज़ूर,'' लिफ़ाफ़ा नेख़्लूदोव के हाथ में देते हुए उसने कहा।

''किसने ?''

''आप पढ़ेंगे तो आपको मालूम हो जाएगा। वह सियासी क़ैदी है। मैं उसी वार्ड में काम करता हूँ। इसलिए उस औरत ने मुझी को यह पुर्जा देने को कहा। आप जानते हैं, यह है तो क़ानून के खिलाफ़, मगर फिर भी, इन्सान को इन्सान से हमदर्दी होती है...'' वार्डर का बात करने का लहजा बड़ा अस्वाभाविक था।

नेख़्लूदोव हैरान हुआ। यह वार्डर उसी वार्ड में काम करता है, जिसमें सियासी क़ैदी रखे गए हैं, और ख़ुद पुर्ज़े पहुँचा रहा है, और वह भी जेल के अन्दर, खुल्लमखुल्ला, सबके सामने। नेख़्लूदोव यह नहीं जानता था कि यह आदमी वार्डर भी था और जासूस भी। उसने पुर्ज़ा ले लिया और जेलख़ाने से बाहर आकर पढ़ा। पुर्ज़ा चुस्त लिखावट में लिखा था।

''यह जानकर कि आप यहाँ आते हैं और एक मुजरिम के मुक़दमे में आपकी दिलचस्पी है, मेरे दिल में भी आपसे मिलने की ख़्वाहिश उठी है। मुझसे मिलने के लिए इजाज़त माँगिए। आपको फ़ौरन इजाज़त मिल जाएगी। मिलने पर मैं आपको आपकी आश्रिता के बारे में बहुत कुछ बता सकूँगी। साथ ही अपने दल के बारे में भी। आपकी, कृतज्ञा, वेरा बोगोदूख़ोव्स्काया।''

वेरा बोगोदूख़ोव्स्काया नोवगोरोद गुबेर्निया के एक दूर-पार के गाँव में अध्यापिका का काम

करती थी। एक बार जब नेख़्लूदोव अपने मित्रों के साथ रीछ का शिकार खेलने गया तो वे उसी गाँव में ठहरे थे। वहाँ इस महिला ने नेख़्लूदोव से आर्थिक सहायता की प्रार्थना की थी ताकि वह आगे अपनी पढ़ाई जारी रख सके। नेख़्लूदोव ने उसे कुछ पैसे दिए थे। उसके बाद यह महिला उसके मन से उतर गई थी। अब जान पड़ता था कि इस महिला ने सियासी जुर्म किए हैं, और जेल में है (शायद जेल में ही उसे नेख़्लूदोव की कहानी मालूम हुई है) और उसकी मदद करना चाहती है। उन दिनों जीवन कितना सरल और सुगम था, और अब कितना जटिल और कठोर हो उठा है ! नेख़्लूदोव को वे दिन याद हो आए, जिन दिनों उसका बोगोदूख़ोव्स्काया से परिचय हुआ था। उन्हें याद करके उसके दिल में ख़ुशी की लहर दौड़ गई। बड़ी स्पष्टता से वह दृश्य उसकी आँखों के आगे घूम गया। शीतकाल की समाप्ति के पर्व से कुछ ही दिन पहले की बात थी। वे एक ऐसी जगह पर थे जहाँ से रेल का स्टेशन 40 मील दूर था। उस दिन शिकार अच्छा हुआ था–उन्होंने दो रीछ मार डाले थे, और वापस लौटने से पहले सभी लोग बैठे भोजन कर रहे थे। जिस घर में वे बैठे थे उस घर की मालकिन उनके पास आकर बोली थी कि पादरी की बेटी प्रिन्स नेख़्लूदोव से बात करना चाहती है।

"क्या देखने में अच्छी है?" किसी ने पूछा था।

"ऐसी बात मत कहो," नेख़्लूदोव ने कहा था और बड़ी गम्भीर मुद्रा धारण किए उठ खड़ा हुआ था। फिर मुँह पोंछकर, यह सोचते हुए कि पादरी की बेटी को मेरे साथ क्या काम हो सकता है, वह मकान के उस हिस्से में चला गया था जिसमें घर के लोग रहते थे।

वहाँ उसने एक लड़की को खड़े देखा था, फ़ेल्ट का टोप लगाए, वह कन्धों पर गरम कोट ओढ़े थी। लड़की शरीर की मज़बूत थी लेकिन शक्ल की कुरूप थी। केवल कमान जैसी भौहों के नीचे उसकी आँखें बेहद सुन्दर थीं।

"लो बेटी, यह है प्रिन्स। जो कहना हो इनसे कह लो। मैं बाहर ठहरती हूँ," बुढ़िया मालकिन ने कहा था।

"मैं आपकी क्या सेवा कर सकता हूँ ?" नेख़्लूदोव ने पूछा।

"आप...आप...आप तो धनी हैं, अपना रुपया शिकार जैसी फ़िज़ूल बातों पर बर्बाद करते हैं," लड़की कहने लगी थी। वह बेहद घबराई हुई थी। "मैं जानती हूँ...मुझे केवल एक चीज़ की ज़रूरत है...मैं लोगों की सेवा करना चाहती हूँ। पर मैं कुछ भी नहीं कर सकती, क्योंकि मैं बहुत कम जानती हूँ।"

लड़की की आँखों से नज़र आ रहा था कि वह बड़ी दयालु-स्वभाव की है, और जो कुछ कह रही है बिलकुल सच होगा। जिस लहजे में वह बात कर रही थी उसमें संकोच और दृढ़ता का भाव था जो हृदय को छूता था। नेख़्लूदोव ने, जैसा कि उसका स्वभाव था, मन-ही-मन लड़की की स्थिति में अपने को रखकर देखा। सहसा उसने लड़की की स्थिति को समझ लिया और उसका हृदय सहानुभूति से भर उठा।

"मैं आपके लिए क्या कर सकता हूँ ?"

"मैं अध्यापिका का काम करती हूँ। मैं यूनीवर्सिटी में पढ़ना चाहती हूँ लेकिन इसकी मुझे इजाज़त नहीं मिलती। इजाज़त तो मिलती है लेकिन इसके लिए मेरे पास पैसे नहीं हैं। आप मुझे पैसे दीजिए। कोर्स ख़त्म होने के बाद मैं यह रक़म लौटा दूँगी। मैं सोचती हूँ कि धनी लोग तो रीछों का शिकार करते हैं और किसानों को शराबें पिलाते हैं। यह कोई अच्छी बात है ? वे लोगों का भला क्यों नहीं करते ? मुझे केवल 80 रूबल की ज़रूरत है... लेकिन अगर आप देना नहीं

चाहते, तो न दें,'' उसने तनिक गुस्से से कहा।

''नहीं, नहीं, बल्कि मैं तो आपका कृतज्ञ हूँ कि आपने मुझे सेवा का यह अवसर दिया। मैं अभी पैसे लाता हूँ,'' नेख़्लूदोव ने कहा।

वह गलियारे में निकल आया जहाँ उसे अपना एक साथी मिला जो वहाँ खड़ा उनकी बातें सुन रहा था। वह नेख़्लूदोव से मज़ाक़ करने लगा। उसके मज़ाक़ की कोई परवाह न करते हुए, नेख़्लूदोव ने अपने बटुए में से पैसे निकाले और लड़की को दे दिए।

''नहीं, नहीं, मेरा धन्यवाद करने की कोई ज़रूरत नहीं। उल्टे मुझे आपका धन्यवाद करना चाहिए।''

इस वक़्त ये सब बातें याद करके मन को सुख पहुँचता था। एक अफ़सर ने इस बात पर एक भद्दा-सा मज़ाक़ किया था, और नेख़्लूदोव उससे झगड़ पड़ा था। उस झगड़े को याद करके भी आज मन को सुख पहुँचता था। एक दूसरे दोस्त ने नेख़्लूदोव का पक्ष लिया था, और इसके फलस्वरूप वे बाद में गहरे दोस्त हो गए थे। शिकार का वह अभियान कितना सफल रहा था। और उस रात जब वे रेलवे स्टेशन पर पहुँचे थे तो वह मन-ही-मन कितना खुश था...

जंगल के बीच तंग-सा रास्ता। उस रास्ते पर स्लेजों की एक क़तार चली जा रही है। हर स्लेज के आगे दो घोड़े जुते हुए हैं। तेज़-तेज़ जाते हुए कभी स्लेज ऊँचे-ऊँचे वृक्षों के बीच में से, कभी छोटे-छोटे फ़र-वृक्षों के बीच में से गुज़रने लगते हैं। फ़र वृक्षों की शाख़ें बर्फ़ के बोझ से जिसके बड़े-बड़े लोंदे उन पर पड़े हैं, झुक-झुक जाती हैं। अँधेरे में सहसा लाल-लाल रोशनी चमकती है। किसी ने ख़ुशबूदार सिगरेट सुलगाया है। रीछों का शिकारिया, ओसिप, कभी एक स्लेज में जाता है कभी दूसरे में। बर्फ़ उसके घुटनों-घुटनों तक आती है। शिकार का साज़-सामान ठीक करते हुए वह कहानियाँ सुनाता जा रहा है। बाहरसिंघों की कहानियाँ, जो इस वक़्त गहरी बरफ़ में घूम रहे होंगे, और ऐस्पन के पेड़ों पर से छाल खरोंच रहे होंगे और रीछों की कहानियाँ, जो इस वक़्त अपनी गहरी गुप्त खोहों में सोए पड़े होंगे और उनकी नाक में से गरम-गरम साँसें निकल रही होंगी।

सारा दृश्य नेख़्लूदोव की आँखों के सामने घूम जाता है। परन्तु जिस चीज़ की उसे सबसे अधिक याद आती है वह है स्वास्थ्य, शारीरिक बल, तथा निश्चिन्तता की अनुभूति। हवा में पाले की सर्दी है, और वह उसमें लम्बी-लम्बी साँसे ले रहा है जिससे उसकी छाती फूल उठती है और फ़र का कोट तंग महसूस होने लगता है। पेड़ों की निचली शाख़ों पर से हलकी-हलकी बर्फ़ उसके चेहरे पर गिर रही है। उसके शरीर में गर्मी है, चेहरे पर ताज़गी है, और उसकी आत्मा पर न चिन्ता का, न आत्मग्लानि, भय अथवा लालसाओं का बोझ है...जीवन जैसा सौन्दर्यमय था। और अब, हे भगवान, कैसी यन्त्रणा है, कितना क्षोभ है!

ज़ाहिर था कि वेरा बोगोदूख़ोव्स्काया कोई क्रान्तिकारी थी और इसी करण उसे जेल में भी रखा गया था। वह उससे ज़रूर मिलेगा, विशेषकर इसलिए भी कि उसने उसे मास्लोवा के बारे में परामर्श देने का वचन दिया है।

50

दूसरे दिन सुबह नेख़्लूदोव जल्दी जाग गया। पिछले दिनों की बातों को याद करते ही उसे भय ने जकड़ लिया।

लेकिन इस भय के बावजूद, वह पहले से भी अधिक दृढ़ता से उस काम को जारी रखना

चाहता था जो उसने शुरू किया था।

अपने कर्तव्य को समझते हुए वह घर से निकल पड़ा और सीधा मास्लेन्निकोव को मिलने चल पड़ा। उससे वह जेल में मास्लोवा से मिलने के लिए तथा, मेन्शोव, माँ और बेटे से मिलने के लिए जिनका जिक्र मास्लोवा ने किया था, इजाज़त लेना चाहता था। साथ ही, वह बोगोदूख़ोव्स्काया से मिलने की भी इजाज़त लेना चाहता था। सम्भव है वह मास्लोवा की सहायता कर सके।

नेख़्लूदोव का परिचय मास्लेन्निकोव से काफ़ी पुराना था। दोनों एक ही रेजिमेन्ट में रह चुके थे। उन दिनों मास्लेन्निकोव रेजिमेन्ट में बख़्शी के पद पर नियुक्त था। वह बड़ा नेक-दिल और उत्साही अफ़सर था। रेजिमेन्ट और राजपरिवार को छोड़कर उसे किसी तीसरी चीज़ में रुचि न थी। अब जब नेख़्लूदोव उससे मिला तो वह रेजिमेन्ट छोड़कर प्रबन्ध विभाग का एक पदाधिकारी बना हुआ था। उसकी शादी अमीर घर की एक चुस्त लड़की से हुई थी, जिसने उसे अपना धन्धा बदलने पर मजबूर किया था।

उसकी स्त्री उसका मज़ाक़ उड़ाती, साथ ही उससे लाड़-प्यार भी करती, मानो उसने कोई जानवर पाल रखा हो। सर्दी के मौसम में नेख़्लूदोव एक बार उनसे मिलने गया। पति-पत्नी दोनों इतने नीरस निकले कि दोबारा उनसे मिलने जाने की उसे इच्छा नहीं हुई।

नेख़्लूदोव को देखते ही मास्लेन्निकोव का चेहरा खिल उठा। अब भी उसका मुँह वैसा ही लाल और फूला हुआ था, शरीर उसी तरह गदराया हुआ था जैसा कि फ़ौज के दिनों में हुआ करता था। पोशाक भी पहले ही की तरह बढ़िया थी। फ़ौज के दिनों में वह नए-से-नए फ़ैशन की वर्दी पहना करता था, जो छाती और कन्धों पर ख़ूब चुस्त सिली होती। अब वह सिविल पोशाक डाटे हुए था। यह भी नए-से-नए चलन की थी, उसके मांसल शरीर पर ख़ूब फ़िट बैठती थी, और इसमें उसकी चौड़ी छाती भी ख़ूब उभरकर निकल आई थी। दोनों की उम्र में काफ़ी फ़र्क था (मास्लेन्निकोव 40 बरस का था)। इसके बावजूद दोनों में अच्छी दोस्ती थी।

''कहो दोस्त, आज तो बड़ी कृपा की! चलो, पहले चलकर मेरी पत्नी से मिलो। मुझे एक मीटिंग में पहुँचना है। लेकिन अभी दस मिनट हैं। आजकल चीफ़ यहाँ नहीं है, मैं उसकी जगह गुबेर्निया प्रबन्ध का चीफ़ हूँ,'' उसने कहा। वह अपनी ख़ुशी को छिपा नहीं पा रहा था।

''मैं एक काम से तुम्हें मिलने आया हूँ।''

''क्या काम है ?'' मास्लेन्निकोव ने सहसा सतर्क होकर थोड़ी सहमी और साथ ही सख़्ती लिए आवाज़ में पूछा।

''जेल में एक क़ैदी है, उसमें मेरी गहरी दिलचस्पी है।'' (जेल का नाम सुनते ही मास्लेन्निकोव का चेहरा कठोर पड़ गया)। '' मैं उससे मिलना चाहता हूँ, लेकिन मुलाक़ाती कमरे में नहीं, अलग, दफ़्तर में, और केवल उस वक़्त ही नहीं जब सब लोग मिलते हैं। मैंने सुना है कि इसकी इजाज़त तुमसे लेनी होगी।''

''ज़रूर, mon cher* वाह, तुम्हारा काम नहीं करूँगा ?'' मास्लेन्निकोव ने कहा और अपने दोनों हाथ नेख़्लूदोव के घुटनों पर रख दिए, मानो अपना रोब-दाब कम करना चाहता हो। ''पर यह मत भूलो कि मेरा राज बस एक घंटे के लिए है।''

'' तो क्या तुम मुझे आर्डर लिख दे सकते हो, ताकि मैं उस औरत को मिल सकूँ ?''

''क्या वह कोई औरत है ?''

''हाँ।''

---

* मेरे प्यारे (दोस्त)। (फ्रेंच)

"किस जुर्म के कारण क़ैद है ?"

"ज़हर देने के कारण। लेकिन उसके साथ अन्याय हुआ है।"

"हाँ, देख लो, यही है जूरी का न्याय ils n+en font point d+autres,"* जाने क्यों उसने फ्रांसीसी में कहा। मैं जानता हूँ तुम मेरे साथ सहमत नहीं हो, पर चारा ही क्या है ? C+est mon opinion bien arretee,"** उसने अपनी राय ज़ाहिर करते हुए कहा। यह राय वह पिछले बारह महीने से एक प्रतिक्रियावादी अख़बार में भिन्न-भिन्न रूपों में पढ़ता आ रहा था। "मैं जानता हूँ कि तुम उदारवादी हो।"

"मैं नहीं जानता उदारवादी हूँ या कुछ और," नेख़्लूदोव ने मुस्कराते हुए कहा। जब भी लोग उसे उदारवादी कहकर किसी राजनीतिक पार्टी के साथ उसका सम्बन्ध जोड़ते तो उसे बड़ी हैरानी होती उसका तो केवल यही कहना था कि सज़ा देने से पहले मुजरिम को अपनी सफ़ाई देने की पूरी आज़ादी हो, कि क़ानून की नज़र में उस वक़्त तक सब बराबर हैं जब तक कि किसी का जुर्म साबित नहीं हो जाता, कि किसी के साथ भी अनुचित व्यवहार, मार-पीट आदि नहीं होनी चाहिए, उन लोगों के साथ तो विशेषकर नहीं होनी चाहिए जिनका जुर्म अभी साबित नहीं हुआ हो। "मैं नहीं जानता की मैं उदारवादी हूँ या नहीं, लेकिन मैं इतना ज़रूर जानता हूँ कि बुरी होते हुए भी मौजूदा अदालती प्रणाली पहली प्रणाली से बेहतर है।"

"तुमने वकील कौन-सा किया है ?"

"मैंने फ़ानारिन से बात की है।"

"फ़ानारिन से ? अरे !" मास्लेन्निकोव ने मुँह बनाते हुए कहा। उसे याद हो आया कि साल भर पहले इसी फ़ानारिन ने उसका मज़ाक उड़ाया था। एक मुक़दमे में वह गवाह बनकर पेश हुआ था। और फ़ानारिन घंटा भर बड़ी विनम्रता से उससे सवाल पूछता रहा, और सारा वक़्त लोग हँसते रहे थे। "मैं तुम्हें परामर्श दूँगा कि इस फ़ानारिन से कोई वास्ता न रखो। फ़ानारिन तो est un homme tare."***

"मुझे एक और अर्ज़ भी करनी है," नेख़्लूदोव ने कहा, " एक और लड़की भी है। मुद्दत हुई उससे मेरी जान-पहिचान हुई थी। बड़ी निरीह-सी लड़की है, अध्यापिका का काम करती थी। वह भी जेल में है। उसने मुझसे मिलने की ख़्वाहिश ज़ाहिर की है। क्या उससे भी मिलने की मुझे इजाज़त मिल सकती है ?"

मास्लेन्निकोव ने गर्दन थोड़ी टेढ़ी की और सोचने लगा।

"सियासी क़ैदी है ?"

"हाँ, मुझे तो यही बताया गया है।"

"सियासी क़ैदियों से मिलने की केवल सम्बन्धियों को इजाज़त होती है। फिर भी कोई बात नहीं, मैं एक खुला प्रवेश-पत्र तुम्हें लिख देता हूँ। Je sais que vous n+auserez pas...**** तुम्हारी इस रक्षिता का नाम क्या है, बोगोदूख़ोव्स्काया ? Elle est jollii ?"*****

+Hideuse." ******

---

* और कुछ तो वे करते ही नहीं। (फ्रेंच)

** यह मेरा दृढ़ मत है। (फ्रेंच)

*** बदनाम इन्सान है। (फ्रेंच)

**** मैं जानता हूँ ? तुम इसका दुरूपयोग नहीं करोगे। (फ्रेंच)

***** वह अच्छी है ? (फ्रेंच)

****** बेहूदा। (फ्रेंच)

मास्लेन्निकोव ने इस तरह सिर हिलाया मानो उसे यह बात पसन्द नहीं थी और मेज़ के पास जाकर एक काग़ज़ लिया और प्रवेश-पत्र लिखने बैठ गया। काग़ज़ पर मास्लेन्निकोव का शिरोनामा छपा हुआ था।

"हामिल रुक्क़ा प्रिन्स द्मीत्री इवानोविच नेख़्लूदोव को इजाज़त है कि वह जेलख़ाने के दफ़्तर में क़ैदी मास्लोवा तथा चिकित्सा-सहायिका बोगोदूख़ोव्स्काया से भेंट कर सकता है।" और नीचे बड़ी शान के साथ अपना नाम लिखकर उसने पत्र को ख़त्म किया।

"अब तुम्हें देखने का मौक़ा मिलेगा कि हमारा इन्तज़ाम कितना अच्छा है। हालाँकि बता दूँ कि इन्तज़ाम करना आसान नहीं है। जेलख़ाना छोटा है, मगर क़ैदियों की संख्या बहुत ज़्यादा है, विशेषकर उन क़ैदियों की जिन्हें जलावतन किया जाएगा। लेकिन मैं ख़ूब कड़ी निगरानी रखता हूँ। और अपना काम बड़ी लगन से करता हूँ। तुम देखोगे कि क़ैदी वहाँ बड़े आराम से रहते हैं और ख़ुश हैं। पर उन्हें हाथ में रखने का ढंग आना चाहिए। कुछ ही दिन पहले मामूली-सी गड़बड़ हुई। क़ैदियों ने हुक्म-उदूली की। मेरी जगह कोई और होता तो इसे बग़ावत समझता, और बहुत लोगों को दुख देता। लेकिन हमारे यहाँ चुपचाप सब काम ठीक हो गया। ज़रूरत इस बात की है कि एक तरफ़ हितचिन्ता हो और दूसरी तरफ़ दृढ़ता और शक्ति," उसने अपने स्थूल सफ़ेद हाथ से मुट्ठी भींचते हुए कहा, जो मांडी-लगी कमीज़ की आस्तीन में से निकल रहा था। एक उँगली पर फ़िरोजे की अँगूठी थी, और कफ़ पर सोने का स्टड चमक रहा था। "हितचिन्ता के साथ-साथ दृढ़ शक्ति की ज़रूरत है।"

" इस बारे में तो मैं कुछ नहीं जानता," नेख़्लूदोव ने कहा, "मैं दो बार वहाँ जा चुका हूँ, लेकिन दोनों ही बार मन बड़ा उदास हुआ।"

"जानते हो, तुम्हें काउंटेस पास्सेक से मिलना चाहिए," मास्लेन्निकोव बोला। वह अब बड़े जोश से बातें करने लगा था। "वह अपना सारा वक़्त इसी काम को देने लगी है। Elle fait beaucoup de bien. * यह उसी की कोशिशों का नतीजा है–और मैं अपनी तारीफ़ नहीं करता, किसी हद तक मेरी कोशिशों का भी–कि जेल की सारी व्यवस्था बदल गई है। जो भयानक बातें पहले हुआ करती थीं, वे कहीं तुम्हें देखने को नहीं मिलेंगी। क़ैदी सचमुच बड़े आराम से रहते हैं। यह सब तुम खुद देख लोगे। जहाँ तक फ़ानारिन का सवाल है, वह सचमुच बहुत बुरा आदमी है। मैं उसे खुद नहीं जानता। मेरी सामाजिक पोज़िशन के कारण हमारे रास्ते अलग-अलग हैं। और फिर वह अदालत में ऐसी फ़िज़ूल बातें कह देता है, जो उसके मुँह में आता है बक देता है।"

"अच्छा, तो धन्यवाद," काग़ज़ हाथ में लेकर और बिना उसकी बातों की ओर ध्यान दिए नेख़्लूदोव ने अपने भूतपूर्व साथी-अफ़सर से छुट्टी ली।

"तो क्या तुम मेरी पत्नी से मिलकर नहीं जाओगे?"

"माफ़ करना, मेरे पास इस समय वक़्त नहीं है।"

"ओ हो, वह मुझपर बेहद नाराज़ होगी," सीढ़ियाँ उतरते हुए मास्लेन्निकोव बोला। आधी सीढ़ियों तक आकर वह रुक गया। जो लोग बहुत रुतबेवाले हों, उन्हें नीचे तक छोड़ने जाया करता था, जो उनसे कम रुतबे के हों उन्हें आधी सीढ़ियों तक। नेख़्लूदोव को वह दूसरे दर्जे में रखता था। "और नहीं तो थोड़ी देर के लिए चले चलो।"

परन्तु नेख़्लूदोव दृढ़ बना रहा। चोबदार ने भागकर उसे छड़ी ओर ओवरकोट दिया, दरबान ने उसके लिए बाहर का दरवाज़ा खोला। सारा वक़्त वह यही कहता रहा कि वह मजबूर है, रुक

* वह बहुत-से भलाई के काम करती है। (फ़्रेंच)

नहीं सकता। दरवाज़े के बाहर पुलिस का सिपाही ड्यूटी पर खड़ा था।

"अच्छी बात है, लेकिन बृहस्पतिवार को ज़रूर आना। मेरी पत्नी ने दावत दे रखी है। मैं उसे कह दूँगा कि तुम आ रहे हो," सीढ़ियों पर से मास्लेन्निकोव ने कहा।

51

मास्लेन्निकोव के घर से नेख़्लूदोव सीधा बग्गी में बैठकर जेलख़ाने की ओर चल पड़ा, और वहाँ पहुँचकर इन्स्पेक्टर के घर गया। वह अब जानता था कि इन्स्पेक्टर का घर कहाँ पर है। अबकी बार फिर उसे उसी घटिया पियानो की आवाज़ सुनाई दी। लेकिन अबकी रैप्सोडी नहीं बजाई जा रही थी, अबकी क्लेमेंटी कुछ लघु रचनाएँ बजाई जा रही थीं। पर वादन उतना ही ओजपूर्ण, स्पष्ट और तेज़ था। नौकरानी ने आकर कहा कि इन्स्पेक्टर साहिब घर पर हैं और नेख़्लूदोव को एक छोटी-सी बैठक में ले गई। वही नौकरानी थी, जिसकी एक आँख पर पट्टी बँधी थी। बैठक में एक सोफ़ा रखा था, और उसके सामने एक मेज़ थी जिस पर एक बड़ा-सा लैंप रखा था। लैंप के ऊपर गुलाबी रंग के काग़ज़ का शेड लगा था, जो एक तरफ़ से जल गया था। लैंप के नीचे क्रोशिए के काम का छोटा-सा रूमाल बिछा था। इन्स्पेक्टर ने कमरे में प्रवेश किया। उसका चेहरा उदास और थका हुआ था।

"तशरीफ़ रखिए। मैं आपकी क्या ख़िदमत कर सकता हूँ ?" वर्दी-कोट का बीचवाला बटन बन्द करते हुए उसने कहा।

"मैं अभी-अभी सहायक-गवर्नर को मिलकर आ रहा हूँ। उन्होंने यह आर्डर दिया है। मैं क़ैदी मास्लोवा से मिलना चाहता हूँ।"

"मार्कोवा?" इन्स्पेक्टर ने पूछा। संगीत की वजह से वह नाम स्पष्टतया नहीं सुन पाया था।

"मास्लोवा!"

"हाँ, हाँ, ठीक है।"

इन्स्पेक्टर उठकर दरवाज़े की ओर गया जहाँ से क्लेमेंटी के संगीत की धुनें बराबर आ रही थीं।

"मारिया, ज़रा दो मिनट के लिए तो इसे बन्द करो," उसने कहा। उसके लहजे से पता चलता था कि यह संगीत उसकी जान पर आफ़त बना हुआ है। "एक लफ़्ज तक सुनाई नहीं देता।"

पियानो बन्द हो गया। लेकिन उसकी जगह नाराज़ क़दमों की आवाज़ आने लगी। फिर किसी ने दरवाज़े में से झाँककर देखा।

संगीत बन्द होने से थोड़ी देर के लिए वातावरण शान्त हो गया। जान पड़ता था कि इससे इन्स्पेक्टर को कुछ चैन मिला है। उसने एक मोटा-सा सिग़रेट सुलगाया, जिसमें कोई हलका-सा तम्बाकू भरा था, और नेख़्लूदोव को भी पीने के लिए कहा। नेख़्लूदोव ने इनकार कर दिया।

"मैं मास्लोवा से मिलने आया हूँ।"

"आज मास्लोवा से मिलना ठीक नहीं होगा।"

"क्यों ?"

"क्या कहूँ, दरअसल क़सूर आपका है," इन्स्पेक्टर ने कहा। उसके होंठों पर हलकी-सी मुस्कराहट थी। "देखिए, प्रिन्स, आप उसके हाथों में पैसे मत दिया कीजिए। अगर देना भी चाहें तो मुझे दीजिए। मेरे पास वह रक़म जमा रहेगी। कल आपने ज़रूर उसे कुछ पैसे दिए होंगे। उनसे उसने शराब ख़रीदी–इस इल्लत को दूर करना हमारे लिए बड़ा मुश्किल है,–और आज वह नशे

में है, और लोगों से हाथापाई तक कर रही है।''

''क्या सच है ?''

''मैं ठीक कहता हूँ। मजबूर होकर मुझे उसके साथ सख़्ती का बर्ताव करना पड़ा। मैंने उसे दूसरे कमरे में डाल दिया है। यों तो वह शान्त स्वभाव की औरत है। पर कृपा करके आप उसे पैसे न दिया कीजिए। ये लोग इतने...''

कल की सारी घटना नेख़्लूदोव की आँखों के सामने उभर आई और उसे फिर भय ने जकड़ लिया।

''और सियासी क़ैदी बोगोदूख़ोव्स्काया क्या मैं उसे मिल सकता हूँ ?''

''हाँ, हाँ यदि आप मिलना चाहते हैं तो,'' इन्स्पेक्टर बोला। उसी वक़्त एक छोटी-सी पाँच-छः साल की लड़की कमरे में आई और भागती हुई अपने बाप की ओर जाने लगी, लेकिन सारा वक़्त सिर टेढ़ा किए नेख़्लूदोव की ओर देखती आ रही थी। ''क्यों क्या है ? देखो, सँभल के, गिर पड़ोगी,'' इन्स्पेक्टर ने मुस्कराते हुए कहा। लड़की ने ध्यान नहीं दिया और उसका पाँव फ़र्श पर बिछे क़ालीन में अटक गया।

''अगर मिलना मुमकिन है तो मैं चलूँगा।''

''ज़रूर मुमकिन है।''

इन्स्पेक्टर ने लड़की को बाँहों में भर लिया। लड़की अब भी नेख़्लूदोव की ओर देखे जा रही थी। इन्स्पेक्टर उठ खड़ा हुआ और बड़े प्यार से लड़की को एक तरफ़ को जाने का इशारा करते हुए ड्योढ़ी में चला गया।

ड्योढ़ी में खड़ी नौकरानी ने उसे ओवरकोट पहनाया, और दोनों बाहर जाने को हुए। दरवाज़े के पास पहुँचे ही थे कि क्लेमेंटी के संगीत की ध्वनियाँ फिर आने लगीं।

''संगीत-महाविद्यालय में शिक्षा पाती रही है। लेकिन वहाँ इतनी बदइन्तज़ामी है कि क्या कहूँ। यों इसमें संगीत के लिए बड़ी योग्यता है,'' सीढ़ियाँ उतरते हुए इन्स्पेक्टर कहने लगा, ''वह कन्सर्टों में भाग लेना चाहती है।''

इन्स्पेक्टर और नेख़्लूदोव जेलख़ाने में पहुँचे। उन्हें देखते ही फाटक खोल दिए गए। वार्डरों ने सैल्यूट मारे और एकटक इन्स्पेक्टर की ओर देखते रहे। चार आदमी जिनके सिर आधे मुँडे हुए थे, किसी चीज़ से भरे टब उठाए लिए जा रहे थे। इन्स्पेक्टर पर नज़र पड़ते ही वे दुबककर एक तरफ़ खड़े हो गए। उनमें से एक विशेष रूप से झुक गया, उसके तेवर चढ़े हुए थे, और काली-काली आँखें चमक रही थीं।

''जो अन्दर गुण हो तो ज़रूर सीखना चाहिए, गुण को मरने नहीं देना चाहिए। पर आप जानते हैं, छोटे घर में इससे जी तंग पड़ जाता है,'' इन्स्पेक्टर अब भी बातें किए जा रहा था। क़ैदियों की ओर उसने कोई ध्यान नहीं दिया। थका-माँदा, वह अपने पाँव घसीटता, नेख़्लूदोव के आगे हॉल में दाख़िल हुआ। ''आप किसे मिलना चाहते हैं ?''

''बोगोदूख़ोव्स्काया से।''

''ओह, वह तो बुर्ज में है। आपको थोड़ा इन्तजार करना पड़ेगा,'' उसने कहा।

''तो इस बीच, यदि सम्भव हो, तो मैं उन दो क़ैदियों से मिल लूँगा–माँ और बेटे से। उनका नाम मेन्शोव है। वही जिन पर आग लगाने का जुर्म था।''

''हाँ, 21 नम्बर कोठरी में है। उन्हें बुलाया जा सकता है।''

''क्या मैं मेन्शोव से उसकी कोठरी में ही नहीं मिल सकता?''

"लेकिन मैं सोचता हूँ मुलाक़ाती कमरे में ज़्यादा आराम रहेगा।"

"नहीं नहीं, मैं कोठरी में मिलना अधिक पसन्द करूँगा। वहाँ ज़्यादा दिलचस्प रहेगा।"

"यहाँ भी दिलचस्पी की कोई चीज़ आपको नज़र आ गई।"

बग़लवाले दरवाज़े में से उसका सहायक अफ़सर दाख़िल हुआ। उसने ख़ूब चुस्त कपड़े पहन रखे थे।

"सुनो, प्रिन्स को 21 नम्बर कोठरी में मेन्शोव के पास ले जाओ," इन्स्पेक्टर ने अपने सहायक से कहा। "इसके बाद इन्हें दफ़्तर में ले आना। मैं जाकर दूसरे क़ैदी को बुलाता हूँ। क्या नाम है उसका ?"

"वेरा बोगोदूख़ोव्स्काया।"

सहायक इन्स्पेक्टर एक गोरे रंग का युवक था, मूँछें चुपड़कर ऐंठी हुई, कपड़ों से हलकी-हलकी कोलोन के इत्र की ख़ुशबू आ रही थी।

"इस तरफ़ तशरीफ़ ले चलिए," एक मधुर मुस्कान के साथ उसने नेख़्लूदोव से कहा। "हमारे जेलख़ाने में आपकी दिलचस्पी है ?"

"हाँ, हाँ, ज़रूर दिलचस्पी है। साथ ही मैं अपना फ़र्ज समझता हूँ कि किसी इन्सान की मदद करूँ जो यहाँ बन्द है और जिसके बारे में कहते हैं कि बेगुनाह है।"

सहायक इन्स्पेक्टर ने कन्धे उचका दिए।

"हाँ, ऐसे भी हो जाता है," उसने धीमे से कहा, और बड़े तपाक से एक तरफ़ हटकर खड़ा हो गया ताकि मेहमान बरामदे में दाख़िल हो सके। बरामदे में से दुर्गन्ध की लपटें उठ रही थीं। "पर कई बार ऐसा भी होता है कि ये लोग झूठ बोलते हैं। इधर तशरीफ़ ले चलिए।"

कोठरियों के दरवाज़े खुले थे। कुछेक क़ैदी बरामदे में खड़े थे। वार्डरों की सैल्यूट के जवाब में सहायक इन्स्पेक्टर ने हलके-से सिर हिलाया, और कनखियों से क़ैदियों की ओर देखा। क़ैदी दीवार के साथ सटकर खड़े थे। इन्स्पेक्टर को देखते ही या तो वे अपनी कोठरियों में सरक गए, या हाथ लटकाए सिपाहियों की तरह खड़े हो गए और इन्स्पेक्टर की ओर एकटक देखने लगे। एक बरामदा लाँघकर सहायक इन्स्पेक्टर नेख़्लूदोव को बाएँ हाथ एक दूसरे बरामदे में ले गया। दोनों बरामदों के बीच एक लोहे का दरवाज़ा था।

यह बरामदा पहले बरामदे से ज़्यादा तंग और अँधियारा था। बदबू भी यहाँ पहले से कहीं ज़्यादा थी। बरामदे के दोनो तरफ़ ताले लगे दरवाजे थे जिनमें छोटे-छोटे, एक-एक इंच व्यास के सूराख़ थे। यहाँ केवल एक ही बूढ़ा वार्डर ड्यूटी पर था। उसका चेहरा उदास और झुर्रियों भरा था।

"मेन्शोव कहाँ है ?" सहायक इन्स्पेक्टर ने पूछा।

"बाएँ हाथ, आठवीं कोठरी में।"

52

"क्या मैं अन्दर झाँककर देख सकता हूँ ?"

"ज़रूर, ज़रूर," सहायक ने मुस्कराकर कहा और फिर वार्डर से कुछ पूछने के लिए घूम गया। नेख़्लूदोव ने एक छोटे-से सूराख़ में से अन्दर देखा। कोठरी में एक लम्बे क़द का युवक, नीचे पहनने के कपड़ों में टहल रहा था। उसके मुँह पर छोटी-सी काली दाढ़ी थी। दरवाज़े के बाहर किसी की आहट पाकर उसने सिर ऊपर उठाया और भौहें चढ़ाकर देखा लेकिन फिर भी टहलता रहा।

नेख़्लूदोव ने एक दूसरे सूराख़ में से देखा। अन्दर झाँकते ही उसने एक और आँख को देखा, बड़ी-सी आँख थी और डरी हुई, जो सूराख़ में से बाहर उसकी ओर देख रही थी। नेख़्लूदोव झट से पीछे हट गया। तीसरी कोठरी में एक बहुत ही छोटा-सा आदमी तख़्ते पर पड़ा सो रहा था। सिर से पाँव तक उसने अपने ऊपर क़ैदियों का लबादा ओढ़ रखा था। चौथी कोठरी में एक आदमी, घुटनों पर कोहनियाँ रखे बैठा था। उसका चेहरा चौड़ा और पीला था और सिर बहुत नीचे को झुका था। बाहर क़दमों की आवाज़ सुनकर उसने सिर उठाया और ऊपर को देखा। उसके चेहरे पर, विशेषकर उसकी बड़ी-बड़ी आँखों में, घोर निराशा का भाव था। स्पष्ट था कि उसे इस बात में कोई दिलचस्पी नहीं कि कौन उसकी कोठरी का निरीक्षण कर रहा है। कोई भी हो, क़ैदी को प्रत्यक्षतः उससे किसी अच्छाई की आशा न थी। नेख़्लूदोव घबरा उठा और बिना किसी और सूराख़ में से झाँके सीधा मेन्शोव की 21 नम्बर की कोठरी की ओर जाने लगा। वार्डर ने ताले में चाभी लगाई और दरवाज़ा खोल दिया। एक युवक, सोनेवाले तख़्ते के पास खड़ा, जल्दी-जल्दी अपना लबादा पहन रहा था। जब उसने आगन्तुकों की ओर देखा तो उसके चेहरे पर भय छाया हुआ था। युवक की गर्दन लम्बी और पट्ठे मज़बूत थे। मुँह पर छोटी-सी दाढ़ी थी और आँखें गोल-गोल और सद्भावना भरी थीं। नेख़्लूदोव का ध्यान ख़ासतौर पर उन सद्भावना भरी गोल आँखों की ओर गया। त्रस्त और प्रश्नसूचक नज़रों से वे कभी नेख़्लूदोव की ओर देखतीं, कभी वार्डर की ओर, कभी सहायक इन्स्पेक्टर की ओर, और फिर नेख़्लूदोव की ओर देखने लगतीं।

"ये सज्जन तुम्हारे मुक़दमे के बारे में तुमसे कुछ पूछना चाहते हैं।"

"बड़ी मेहरबानी जी।"

"हाँ, तुम्हारे बारे में मुझे बताया गया है," कोठरी को लाँघकर खिड़की की ओर जाते हुए नेख़्लूदोव ने कहा। खिड़की गन्दी थी और उसमें सींखचे लगे थे। "मैं सारी बात तुम्हारे मुँह से सुनना चाहता हूँ।"

मेन्शोव भी खिड़की के पास आ गया, और झट से अपनी कहानी कहने लगा। शुरू-शुरू में तो वह झेंप से सहायक इन्स्पेक्टर की ओर देखता रहा, बाद में धीरे-धीरे उसका साहस बढ़ता गया। जब सहायक इन्स्पेक्टर, कुछ आदेश देने के लिए, कोठरी में से निकलकर बरामदे में चला गया, तब तो वह बिलकुल ही निर्भीक होकर बोलने लगा। बड़े स्वाभाविक ढंग से उसने अपनी कहानी सुनाई। उसके ढंग और लहजे से ही पता लग रहा था कि वह युवक कोई साधारण, भोला-भाला किसान है। नेख़्लूदोव हैरान हो रहा था कि यह कहानी उसे एक क़ैदी सुना रहा है जो हीन लिबास में, जेलख़ाने की कोठरी में खड़ा है। नेख़्लूदोव उसकी बातें सुन रहा था, पर साथ ही अपने आस-पास की चीज़ों को देख रहा था। सोने का तख़्ता नीचा था, और उस पर फूस का गद्दा बिछा था। खिड़की पर लोहे के मोटे सींखचे लगे थे। दीवार गन्दी और गीली थी। और जेलख़ाने का लबादा और बूट पहने इस अभागे, कुरूप किसान का चेहरा अतिदयनीय था। नेख़्लूदोव का हृदय अधिकाधिक उदास हो रहा था। उसका मन चाहता था कि जो कुछ यह भोला युवक कहे जा रहा है, वह ग़लत हो। क्या यह सम्भव है कि एक ऐसे आदमी को पकड़कर जिसका केवल यही दोष है कि उसके साथ स्वयं बुरा व्यवहार किया गया है, उसे क़ैदियों के कपड़े पहनाकर ऐसी भयानक जगह पर रखा जाए ? सोचकर ही मन सिहर उठता है। इस युवक की कहानी सुनने में तो सच जान पड़ती थी। लड़के के चेहरे से सरलता टपकती थी। लेकिन क्या मालूम जो कुछ यह कह रहा है झूठ हो, यह कहानी इसने खुद गढ़ रखी हो। यह सोचकर तो मन और भी सिहर उठता है। जो कहानी उसने सुनाई वह यों थी। उस लड़के ने शादी की। इनके गाँव में एक सराय

थी। शादी के फ़ौरन ही बाद सराय के मालिक ने इसकी बीवी को लालच देकर फँसा लिया। यह लड़का मारा-मारा भटकता रहा कि कोई इसके साथ इन्साफ़ करे और इसकी बीवी इसे वापस दिला दे। पर यह जहाँ जाता वहीं पर सराय का मालिक अधिकारियों को रिश्वत देकर साफ़ निकल जाता। एक बार यह ज़बरदस्ती अपनी बीवी को पकड़ लाया, लेकिन दूसरे ही दिन वह भाग गई। यह फिर उसके घर गया। लड़की घर में मौजूद थी। अन्दर जाते वक़्त उसने उसे देखा भी था। लेकिन फिर भी सराय के मालिक ने कह दिया कि नहीं है और इसे वहाँ से चले जाने को कहा। लड़के ने जाने से इनकार कर दिया जिस पर सराय का मालिक और उसका नौकर इस पर पिल पड़े और अधमरा करके छोड़ा। दूसरे ही दिन सराय में आग लग गई। सराय के मालिक ने इस लड़के और इसकी माँ को मुजरिम कहकर पकड़वा दिया। जिस वक़्त आग लगी थी उस वक़्त लड़का वहाँ पर मौजूद ही नहीं था, बल्कि किसी दोस्त को मिलने गया हुआ था।

"सच कहते हो कि तुमने आग नहीं लगाई ?"

"मुझे तो यह सूझा भी नहीं जनाब। आग ख़ुद मेरे दुश्मन ने लगाई है। कोई जन कह रहा था कि उसने कुछ ही दिन पहले सराय का बीमा करवाया था। अब कहते हैं कि आग मेरी माँ और मैंने लगाई है। यह भी कहते थे कि हमने उन्हें मारने की भी धमकी दी। यह तो सच है कि मैंने उस दिन उसे गाली दी थी। मैं और बरदाश्त नहीं कर सकता था। पर घर को मैंने आग नहीं लगाई। उसने ख़ुद आग लगाई और जुर्म हमारे सिर मढ़ दिया। जब आग लगी तो मैं वहाँ पर था ही नहीं। लेकिन उसने ऐसा इन्तजाम करके आग लगाई जब थोड़ी ही देर पहले मैं और माँ उधर से गुज़रे थे।"

"क्या तुम सच कह रहे हो ?"

"भगवान देख रहा है, मैं सच कहता हूँ जी। आप मुझ पर दया कीजिए, हुज़ूर..." वह झुककर ज़मीन पर माथा रखने लगा। नेख़्लूदोव बड़ी मुश्किल से उसे रोक पाया। "मुझ पर दया कीजिए...मैंने कोई क़सूर नहीं किया, यहाँ तो मैं पड़ा-पड़ा मर जाऊँगा।"

सहसा उसके होंठ काँपने लगे। उसने लबादे की आस्तीनों में मुँह छिपा लिया और रोने लगा, और अपने आँसू अपनी गन्दी क़मीज की आस्तीन से पोंछने लगा।

"क्या बात ख़त्म हो गई ?" सहायक ने पूछा।

"हाँ। तुम बहुत चिन्ता नहीं करो। जो मुमकिन हुआ हम करेंगे।" नेख़्लूदोव ने कहा और बाहर निकल गया। मेन्शोव दरवाज़े के ऐन पास खड़ा था, इसलिए वार्डर ने दरवाज़ा बन्द करते हुए उसे धकेलकर हटा दिया। वार्डर ने दरवाज़े पर ताला चढ़ाया। मेन्शोव छोटे-से सूराख़ में से बाहर झाँक-झाँककर देखता रहा।

53

चौड़े बरामदे को लाँघकर वे फिर वापस जाने लगे। बरामदे में बहुत-से क़ैदी खड़े थे (खाने का वक़्त हो गया था और कोठरियों के दरवाज़े खुले थे) हलके पीले रंग के लबादे, चौड़ी निक्करें और क़ैदियों के जूते पहने वे बड़ी उत्सुकता से नेख़्लूदोव की ओर देखे जा रहे थे। नेख़्लूदोव के मन में एक अजीब मिश्रित-सा भाव उठ रहा था। क़ैदियों के प्रति दया उठती थी। पर उन लोगों के व्यवहार के प्रति जिन्होंने उन्हें यहाँ बन्दकर रखा था, भय और व्यग्रता का भाव उठता था। इतना ही नहीं, उसे अपने आप पर शर्म आ रही थी कि वह यह सब चुपचाप देखे जा रहा है,

हालाँकि इस शर्म का कारण वह नहीं जानता था।

एक बरामदे में कोई आदमी भागता हुआ, जूते खटकाता, कोठरी के दरवाज़े पर आया। कोठरी में से कुछेक आदमी बाहर निकले और नेख़्लूदोव को सिर नवाने लगे और उसका रास्ता रोककर खड़े हो गए।

"कृपा कीजिए, हुज़ूर,–हम आपका शुभ नाम नहीं जानते,–हमारा फ़ैसला करवा दीजिए। "

"मैं सरकारी आदमी नहीं हूँ। मुझे तुम्हारे मामले का कुछ भी मालूम नहीं है।"

"फिर भी आप बाहर से आए हैं। किसी से बात कीजिए–ज़रूरत हो तो यहीं के किसी अफ़सर से बात कीजिए," किसी ने क्रुद्ध आवाज़ में कहा। "यह दूसरा महीना चल रहा है। हम बेक़सूर यहाँ पड़े हैं।"

"क्या मतलब ? क्यों ?" नेख़्लूदोव ने पूछा।

"क्यों ? हम ख़ुद नहीं जानते क्यों। पर हम दो महीने से यहाँ पर बन्द हैं।"

"ठीक है, यह ठीक कहता है। एक हादसा हो गया था, इसलिए," सहायक इन्स्पेक्टर ने कहा। "इन लोगों के पास पासपोर्ट नहीं थे इसीलिए इन्हें पकड़ा गया। चाहिए तो यह था कि इन्हें इनके इलाक़े में वापस भेज दिया जाता, लेकिन वहाँ के जेलख़ाने को आग लग गई, और वहाँ के अधिकारियों ने हमें लिख भेजा कि इन्हें अभी नहीं भेजें। और लोगों को तो जिनके पास पासपोर्ट नहीं थे, हमने अपने-अपने ज़िले में वापस भेज दिया है, लेकिन इनकों यहीं पर रखे हुए हैं।"

"क्या ? क्या इतने-से कारण के लिए ?" दरवाज़े के पास खड़े होते हुए नेख़्लूदोव ने कहा।

लगभग 40 आदमी, जेल के कपड़े पहने हुए, नेख़्लूदोव और सहायक इन्स्पेक्टर को घेरकर खड़े हो गए। कइयों ने एक साथ बोलना शुरू कर दिया। सहायक ने उन्हें चुप करा दिया।

"एक आदमी बोले।"

एक ऊँचा-लम्बा भलामानस-सा किसान भीड़ में से निकलकर सामने आया। उसने नेख़्लूदोव को बताया कि सबको जेल में इसलिए बन्द रखा जा रहा है कि उनके पास पासपोर्ट नहीं है। वास्तव में नए पासपोर्ट बनवाने में उन्हें केवल दो हफ़्ते की देरी हुई। मगर यह कोई नई बात नहीं है, हर साल नए पासपोर्ट बनवाने में उन्हें थोड़ी बहुत देरी हो जाती रही है, और कभी किसी ने कुछ नहीं कहा। पर इस साल उन्हें पकड़ लिया गया है और मुजरिमों की तरह जेलख़ाने में रखा जा रहा है।

"हम सब थवई हैं और एक ही आर्तेल[1] के सदस्य हैं। हमें बताया गया है कि हमारे जिले के जेलख़ाने को आग लग गई है। मगर इसमें हमारा क्या दोष है ? कृपा करके ज़रूर हमारी मदद कीजिए।"

नेख़्लूदोव के कान में तो उसकी बात पड़ रही थी मगर उसे वह समझ नहीं रहा था। उसकी आँखें एकटक वृद्ध के चेहरे को देखे जा रही थीं जिनपर एक मोटी-सी जूँ रेंग रही थी। गहरे भूरे रंग की जूँ थी, और कितनी ही उसकी टाँगे थीं।

"ऐसा क्यों? क्या इतनी छोटी-सी बात के लिए भी?" सहायक की ओर घूमते हुए नेख़्लूदोव ने कहा।

"हाँ, इन्हें अपने घरों को वापस भेज दिया जाना चाहिए था," सहायक ने कहा, "लेकिन जान पड़ता है इन्हें वे भूल गए हैं, या कोई और बात हो गई है।"

अभी सहायक बोल ही रहा था कि एक भीड़ में से एक छोटा-सा आदमी आगे बढ़ गया। उसने भी जेल के कपड़े पहन रखे थे और बेहद उत्तेजित था। अजीब ढंग से मुँह बिचकाकर वह

1. आर्तेल–श्रमिकों का संघ

कहने लगा कि उनका कोई क़सूर नहीं फिर भी जेल में उनके साथ बुरा सलूक किया जाता है।

"कुत्तों से भी बुरा..." वह कह रहा था।

"बस, बस, बहुत कह चुके। ज़बान बन्द करो वरना..."

"वरना क्या ?" नाटा आदमी अत्यन्त उत्तेजित होकर चिल्लाया। "हमारा क़सूर क्या है?"

"चुप रहो !" सहायक ने चिल्लाकर कहा और वह आदमी चुप हो गया।

"पर इस सब का मतलब क्या है?" बरामदे में से जाते हुए नेख़्लूदोव सोच रहा था। कोठरियों के दरवाज़ों में से अनगिनत आँखें झाँक-झाँककर उसकी ओर देख रही थीं। बरामदे में खड़े क़ैदी उसकी ओर एकटक देख रहे थे। उसे ऐसा महसूस हो रहा था जैसे बरामदे के दोनों ओर क़ैदियों की कतारें खड़ी हों, और हर क़ैदी उसकी पीठ पर कोड़े लगा रहा हो।

"क्या यह सम्भव है कि बिलकुल निर्दोष आदमियों को भी यहाँ रखा जाता है ?" बरामदे में से बाहर निकलते हुए नेख़्लूदोव ने कहा।

"आप क्या चाहते हैं, हम क्या करें ? लेकिन वे झूठ भी बहुत बोलते हैं। उनकी बात सुनो तो जैसे सबके सब मासूम हों," सहायक इन्स्पेक्टर बोला।

"पर इन लोगों ने तो कोई क़सूर नहीं किया।"

"ठीक है, यह तो मानना पड़ता है। पर ये लोग बेहद बिगड़े हुए हैं। कोई-कोई तो इनमें परले दर्जे के दुष्ट होते हैं। उन पर हमें कड़ी निगरानी रखनी पड़ती है। कल ही हमें ऐसे दो आदमियों को सज़ा देनी पड़ी।"

"सज़ा ? कैसे ?"

"कोड़े लगाने पड़े। हमें हुक्म हुआ था।"

"लेकिन शारीरिक दंड की तो क़ानूनी तौर पर मनाही कर दी गई है।"

"उन लोगों के लिए मनाही नहीं है जिन्हें अधिकारों से वंचित कर दिया गया हो। उन्हें अब भी शारीरिक दंड दिया जा सकता है।"

नेख़्लूदोव को कल का दृश्य याद हो आया जब वह हॉल में खड़ा इन्तज़ार कर रहा था। अब उसकी समझ में आया कि उस समय सज़ा दी जा रही थी। कुतूहल, उदासी, हैरानी–ये सब भावनाएँ एक साथ उसके मन में उठने लगीं। उसकी आत्मा में एक घिन-सी उठी, यहाँ तक कि उसे मतली होने लगी। पहले कभी भी वह इतना बेचैन नहीं हुआ था।

बिना सहायक इन्स्पेक्टर की बात सुने, और बिना घूमकर देखे, वह जल्दी से बरामदे में से निकल आया और दफ़्तर की ओर जाने लगा। इन्स्पेक्टर बरामदे में ही था, लेकिन और काम में व्यस्त हो जाने के कारण, बोगोदूख़ोव्स्काया को बुलाना तक भूल गया था। जब नेख़्लूदोव ने दफ़्तर में पाँव रखा तब उसे अपना वचन याद आया कि मैं बोगोदूख़ोव्स्काया को पहले से बुलवा भेजूँगा।

"आप तशरीफ़ रखिए। मैं अभी उसे बुलवाए देता हूँ," उसने कहा।

54

दफ़्तर दो कमरों में बँटा हुआ था। पहले कमरे के एक कोने में एक काले रंग का स्टैंड रखा था जिस पर क़ैदियों का क़द मापा जाता था। कमरे में एक टूटा-फूटा अलावघर और दो गन्दी-सी खिड़कियाँ थीं। दूसरे कोने में ईसा की एक बड़ी-सी प्रतिमा टँगी थी। जिन स्थानों पर लोगों को यन्त्रणा दी जाती हो, वहाँ अक्सर ईसा की प्रतिमा टाँग दी जाती है। मानो उसके उपदेशों का मज़ाक़

उड़ाने के लिए ऐसा किया जाता हो। इस कमरे में कुछेक वार्डर खड़े थे। साथवाले कमरे में लगभग 20 स्त्रियाँ और पुरुष थे, जो टोलियों में या जोड़ों में बैठे धीमी-धीमी आवाज़ में बातें कर रहे थे। खिड़की के पास एक दफ़्तरी मेज़ रखी थी।

इन्स्पेक्टर मेज़ के सामने बैठ गया, और नेख़्लूदोव को अपने पास एक कुर्सी पर बैठने को कहा। नेख़्लूदोव बैठकर कमरे में बैठे लोगों को देखने लगा।

सबसे पहले उसकी नज़र एक युवक पर पड़ी। इस युवक का चेहरा बड़ा प्यारा-सा था और उसने छोटी-सी जॉकेट पहन रखी थी। वह एक स्त्री के सामने खड़ा बड़े उत्साह से, हाथ हिला-हिलाकर बातें कर रहा था। स्त्री अधेड़ उम्र की थी, और उसकी भौंहें काली थीं। उसके साथ ही एक बूढ़ा आदमी, आँखों पर नीले रंग का चश्मा लगाए, एक लड़की का हाथ अपने हाथ में लिए बैठा था। लड़की ने क़ैदियों के कपड़े पहन रखे थे, और बूढे को कोई बात सुना रही थी। एक छोटा-सा स्कूली लड़का, सहमी हुई आँखों से, एकटक बूढ़े के मुँह की ओर देखे जा रहा था। एक कोने में दो प्रेमी बैठे थे। लड़की छोटी-सी और काफ़ी ख़ूबसूरत थी, सिर पर सुनहरी कटे हुए बाल थे, और चेहरे से ओज टपकता था। बड़े बढ़िया कपड़े पहने हुए थी। लड़के के नाक-नक़्श सुन्दर, और बाल कुंडलदार थे। रबड़ की जॉकेट पहने हुए था। कोने में बैठे दोनों एक दूसरे से फुसफुसाकर बातें कर रहे थे और दोनों प्रेम में बेसुध हो रहे थे। मेज़ के सबसे निकट एक सफ़ेद बालोंवाली महिला बैठी थी, जिसने सिर से पाँव तक काले रंग के कपड़े पहन रखे थे। उसके पास ही एक दुबला-पतला युवक बैठा था। इस युवक ने भी रबड़ की जॉकेट पहन रखी थी और लगता था जैसे उसे दिक़ का रोग हो। ज़ाहिर था कि महिला इस लड़के की माँ है। महिला कुछ कहना चाहती थी लेकिन सिसकियों के कारण बोल न सकती थी। कई बार उसने कोशिश की लेकिन उसे बीच ही में रुक जाना पड़ता। युवक की समझ में नहीं आ रहा था कि क्या करे। हाथ में एक काग़ज़ पकड़े वह उसे बार-बार गुस्से से कभी तह करता कभी मरोड़ता था। उनकी बग़ल में एक मोटी-ताजी सुन्दर लड़की बैठी थी, जिसके चेहरे पर ताज़गी थी और आँखें बड़ी-बड़ी थीं। इस लड़की ने भूरे रंग की पोशाक पहन रखी थी और ऊपर केप लगाए थी। वह बड़े स्नेह से अपनी सिसकियाँ भरती माँ का कन्धा सहला रही थी। इस लड़की की हर चीज़ सुन्दर थी : उसके बड़े-बड़े सफ़ेद हाथ, छोटे कुंडलोंवाले बाल, नाक ,होंठ। पर उसके रूप का सबसे सुन्दर अंग थीं उसकी आँखें, सहृदयता और सरलता से भरी, बादामी रंग की गोल-गोल आँखें। जब नेख़्लूदोव ने कमरे में प्रवेश किया तो ये सुन्दर आँखें माँ पर से क्षण भर के लिए हटकर उसकी आँखों से जा मिलीं। लेकिन वह फ़ौरन घूम गई और माँ से कुछ कहने लगी। प्रेमियों से थोड़ी ही दूरी पर एक साँवला-सा आदमी, अस्त-व्यस्त बाल, और उदास चेहरा, बड़े गुस्से से एक आदमी से बातें कर रहा था जो उससे मिलने आया था। मुलाक़ाती के दाढ़ी-मूँछ नहीं थी और शक्ल-सूरत से हिजड़ा लगता था।

इन्स्पेक्टर की बगल में बैठा नेख़्लूदोव बड़े कुतूहल के साथ अपने आस-पास के लोगों को देख रहा था। एक छोटा-सा लड़का, जिसने हाल ही में बाल कटवाए थे, उसके पास चला आया और पतली-सी आवाज़ में उससे बातें करने लगा।

"तुम किसका इन्तज़ार कर रहे हो?"

सवाल सुनकर नेख़्लूदोव हैरान हुआ। लेकिन लड़के के नन्हे-से चेहरे पर गम्भीरता का भाव देखकर, तथा उसकी चमकती, सतर्क आँखों को देखकर जो एकटक उसके चेहरे पर जमी थीं, गम्भीरता से जवाब दिया कि वह अपनी जान-पहचान की एक स्त्री का इन्तज़ार कर रहा है।

"क्या वह तुम्हारी बहिन है ?" लड़के ने पूछा।

"नहीं, बहिन तो नहीं है," नेख़्लूदोव ने हैरान होकर जवाब दिया। "और तुम, तुम यहाँ किसके

साथ आए हो ?'' उसने लड़के से पूछा।

''मैं ? माँ के साथ हूँ। वह सियासी क़ैदी है,'' उसने जवाब दिया।

''मारिया पाव्लोव्ना, आकर कोल्या को ले जाओ,'' इन्स्पेक्टर ने कहा। प्रत्यक्षतः उसे नेख़्लूदोव का लड़के के साथ बातें करना नियम-विरुद्ध लग रहा था।

मारिया पाव्लोव्ना वही सुन्दर गोल-गोल आँखोंवाली लड़की थी जिसकी ओर नेख़्लूदोव का ध्यान आकर्षित हुआ था। ऊँची-लम्बी, सीधी-सतर, वह उठी और बड़ी दृढ़ता से पुरुषों की तरह डग भरती हुई नेख़्लूदोव तथा उस बालक के पास आई।

''यह आपसे क्या पूछ रहा है कि आप कौन हैं ?'' नेख़्लूदोव की ओर सीधा देखते हुए उसने पूछा। उसके होंठों पर हलकी-सी मुस्कान थी, और बड़ी-बड़ी सद्भावनापूर्ण आँखों से विश्वास छलकता था। इस सादगी से उसने यह सवाल पूछा कि सहज ही विश्वास हो जाता था कि इस युवती का हर किसी के प्रति बहिनों का सा स्नेह है। इससे भिन्न भावना उसके हृदय में उठ ही नहीं सकती। ''यह हर बात जानना चाहता है।'' ये शब्द उसने लड़के की ओर इतने प्यार और सद्भावना के साथ देखते हुए कहे कि लड़का और नेख़्लूदोव विवश होकर जवाब में मुस्कराने लगे।

''यह मुझसे पूछ रहा था कि मैं किससे मिलने आया हूँ।''

''मारिया पाव्लोव्ना, तुम जानती हो बाहर के लोगों से बात करना मना है,'' इन्स्पेक्टर ने कहा।

''अच्छा, अच्छा,'' कहते हुए उसने कोल्या का नन्हा-सा हाथ अपने चौड़े सफ़ेद हाथ में लिया, और दिक़ के रोगी की माँ के पास लौट गई। बालक उसके चेहरे की ओर बराबर देखे जा रहा था।

''यह नन्हा लड़का कौन है ?'' नेख़्लूदोव ने इन्स्पेक्टर से पूछा।

''इसकी माँ सियासी क़ैदी है। यहीं जेल में ही यह पैदा हुआ था,'' इन्स्पेक्टर ने सन्तोषपूर्ण लहजे में कहा, मानो वह यह बताकर ख़ुश हो रहा हो कि देखो, यह हमारा जेलख़ाना कितनी विलक्षण संस्था है।

''क्या यह मुमकिन हो सकता है ?''

''जी, क्यों नहीं, और अब वह अपनी माँ के साथ साइबेरिया जा रहा है।''

''और वह युवती ?''

''मैं आपके सवाल का जवाब नहीं दे सकता,'' इन्स्पेक्टर ने कन्धे उचकाते हुए कहा। ''लीजिए, बोगोदूख़ोव्स्काया आ गई।''

55

कमरे के पीछे एक दरवाज़े में से वेरा बोगोदूख़ोव्स्काया बल खाती हुई अन्दर चली आ रही थी। उसका चेहरा ज़र्द था, बाल कटे हुए थे, और शरीर दुबला-पतला। बड़ी-बड़ी आँखों से सद्भावना टपकती थी।

''बहुत-बहुत शुक्रिया, आप आए,'' नेख़्लूदोव के साथ हाथ मिलाते हुए उसने कहा। ''तो आप मुझे भूले नहीं हैं ? आइए, कहीं बैठ जाएँ।''

''मुझे ख़याल भी न था कि मैं तुम्हें इस स्थिति में देखूँगा।''

''मैं तो बहुत ख़ुश हूँ। इस स्थिति में इतना सुख है, इतना सुख है कि मैं इससे बेहतर किसी

चीज़ की इच्छा ही नहीं कर सकती,'' अपनी बेहद पतली गर्दन को घुमाते हुए और एकटक नेख़्लूदोव की ओर देखते हुए उसने कहा। उसकी गोल, बड़ी-बड़ी सद्भावनापूर्ण आँखों में पहले की तरह आज भी भय छाया हुआ था। और पतली किन्तु मज़बूत गर्दन को उसके ब्लाउज़ का फटा-पुराना, मैला और मुचड़ा हुआ कॉलर ढँके हुए था।

नेख़्लूदोव के पूछने पर कि वह कैसे यहाँ आ पहुँची, उसने बड़े उत्साह से अपने अनुभवों की कहानी कहनी शुरू कर दी। उसके भाषण में कुछेक विशेष शब्दों का बार-बार प्रयोग होता, जैसे प्रापेगैंडा, अव्यवस्थता, दल, विभाग, उप-विभाग, इत्यादि। उसका ख़याल था कि हर कोई इन शब्दों से परिचित होगा, लेकिन नेख़्लूदोव ने उन्हें पहले कभी नहीं सुना था।

उसने नेख़्लूदोव को 'नरोदनाया वोल्या'* के सभी भेद बता दिए। प्रत्यक्षतः उसे यह विश्वास था कि नेख़्लूदोव उन्हें जानकर ख़ुश होगा। लेकिन नेख़्लूदोव कभी उसकी पतली-सी गर्दन की ओर देखता, कभी उसके विरले उलझे बालों की ओर, और हैरान होकर सोचता कि वह ऐसी बातें क्यों करती रही है और अब मुझे उनके बारे में क्यों सुना रही है। उसका दिल इस लड़की के प्रति अनुकम्पा से भर उठा, परन्तु यह दयाभावना उस दयाभावना से भिन्न थी जो उसके हृदय में उस निर्दोष किसान मेन्शोव के प्रति उठी थी जो इस बदबूदार जेलख़ाने में पड़ा सड़ रहा था। इस लड़की की स्थिति दयनीय इसलिए थी कि उसके विचार बेहद उलझे हुए थे। यह तो स्पष्ट था कि वह अपने को एक वीरांगना समझे बैठी थी जो अपने लक्ष्य की सिद्धि के लिए जान हथेली पर लिए जी रही थी। परन्तु वह लक्ष्य क्या था और उसकी सिद्धि किस बात में है, यह उसके लिए बताना बड़ा कठिन था।

जिस काम के लिए वेरा बोगोदूख़ोव्स्काया ने नेख़्लूदोव से मिलने की इच्छा प्रकट की थी, वह इस प्रकार था। लगभग पाँच महीने पहले शूस्तोवा नाम की उसकी एक सहेली गिरफ़्तार हुई थी और पीटर-पॉल क़िले में बन्द थी। यह लड़की निर्दोष थी, उस तथाकथित उप-विभाग की सदस्या भी नहीं थी जिसमें बोगोदूख़ोव्स्काया स्वयं काम करती थी। उसे पकड़ा इसलिए गया था कि उसके पास अवैध साहित्य पाया गया था जो किसी और को देने के लिए उसने रखा हुआ था। अपनी उस मित्र की गिरफ़्तारी के लिए वेरा किसी हद तक अपने को दोषी समझती थी, इसलिए वह चाहती थी कि नेख़्लूदोव उसे रिहा करवाने की पूरी-पूरी कोशिश करे। चूँकि नेख़्लूदोव का अधिकारियों से मेल-जोल था, इसलिए उसने सोचा कि यह सम्भव होगा। इसके अतिरिक्त उसने अपने एक दूसरे मित्र, गुर्केविच का भी ज़िक्र किया। वह भी पीटर-पॉल किले में बन्द था। वह चाहती थी कि नेख़्लूदोव उसे अपनी माँ से मिलने की इजाज़त ले दे, और उसके अध्ययन के लिए कुछेक विज्ञान सम्बन्धी पुस्तकों के पहुँचाने का प्रबन्ध कर दे।

नेख़्लूदोव ने उसे आश्वासन दिया कि जब भी वह पीटर्सबर्ग जाएगा तो जो कुछ भी उससे बन पड़ा, करेगा।

जो कहानी उसने अपने बारे में सुनाई वह यों थी। दाइयों का कोर्स पूरा करने के बाद उसका सम्पर्क 'नरोदनाया वोल्या' के अनुयाइयों के एक दल से हो गया। पहले तो सब काम सुभीते से चलता गया। वे लोग घोषणाएँ लिखते और फ़ैक्ट्रियों में प्रचार का काम करते। फिर एक दिन दल का एक प्रमुख सदस्य पकड़ा गया। अधिकारियों के हाथ ज़रूरी काग़ज़ात पड़ गए जिनसे सभी सम्बन्धित लोग गिरफ़्तार कर लिए गए।

''मैं भी पकड़ी गई। अब मुझे भी निर्वासित कर दिया जाएगा। पर क्या हुआ ? मैं तो बेहद

* नरोदनाया वोल्या' (जनता की आज़ादी)—पिछली शती की आठवीं दशाब्दी का एक क्रान्तिकारी संगठन।

ख़ुश हूँ।'' यह कहते हुए, उसने अपनी कहानी समाप्त की। उसके होंठों पर दयनीय मुस्कान खेल रही थी।

नेख़्लूदोव ने उससे उस बड़ी-बड़ी आँखोंवाली लड़की के बारे में पूछा। वेरा ने बताया कि वह एक जनरल की बेटी है और मुद्दत से क्रान्तिकारी पार्टी के सम्पर्क में है। अदालत में यह क़बूल करने पर कि उसने राजनीतिक पुलिस के एक सिपाही पर गोली चलाई थी उसे जेलख़ाने में बन्द कर दिया गया। वह कुछेक षड्यन्त्रकारियों के साथ एक घर में रहा करती थी। उसी घर में उन्होंने छिपाकर एक छापाख़ाना रखा हुआ था। एक रात, पुलिस उस घर की तलाशी लेने आ पहुँची। घरवालों ने उनका मुक़ाबला करने की ठान ली और बत्तियाँ बुझाकर उन सब चीज़ों को नष्ट करना शुरू कर दिया जिनके कारण उन पर अभियोग चल सकता था। पुलिस दरवाज़े तोड़कर अन्दर घुस आई। किसी षड्यन्त्रकारी ने गोली चला दी जिससे एक सिपाही को घातक चोट लगी। जब जाँच शुरू हुई तो इस लड़की ने कहा कि गोली उसने चलाई थी, हालाँकि वास्तव में उसने कभी रिवाल्वर को हाथ तक नहीं लगाया था, और किसी पक्षी तक पर हाथ नहीं उठा सकती थी। पर वह अपने बयान पर डटी रही, और अब उसे कड़ी मशक़्क़त की सज़ा देकर साइबेरिया भेजा जा रहा है।

''बड़ी परोपकारी लड़की है, बहुत अच्छी लड़की है,'' वेरा बोगोदूख़ोव्स्काया ने उसकी सराहना करते हुए कहा।

तीसरी बात वह मास्लोवा के बारे में कहना चाहती थी। मास्लोवा के जीवन के बारे में, तथा नेख़्लूदोव के साथ उसके सम्बन्ध के बारे में वह जानती थी–जेलख़ाने में इस तरह की बातें सभी को पता चल जाती हैं। वेरा ने यह परामर्श दिया कि या तो नेख़्लूदोव उसकी सियासी क़ैदियों के वार्ड में बदली करा दे, या उसे जेल के अस्पताल में भिजवा दे जहाँ वह रोगियों की टहल-सेवा कर सके। इस समय अस्पताल में रोगियों की संख्या बहुत ज़्यादा थी जिस कारण नर्सों की बहुत ज़रूरत थी। इस परामर्श के लिए नेख़्लूदोव ने उसका धन्यवाद किया और कहा कि वह ज़रूर इस पर अमल करने की कोशिश करेगा।

56

यहाँ पहुँचकर उनकी बातचीत कट गई। इन्स्पेक्टर उठ खड़ा हुआ और बोला कि मुलाक़ात का वक़्त ख़त्म हो चुका है, इसलिए क़ैदियों और उनके मिलनेवालों को एक दूसरे से विदा लेनी होगी। नेख़्लूदोव ने वेरा से विदा ली और दरवाज़े पर जाकर खड़ा हो गया और वहाँ का दृश्य देखने लगा।

''सज्जनो, वक़्त ख़त्म हो चुका है, वक्त ख़त्म हो चुका है !'' इन्स्पेक्टर बार-बार कह रहा था। वह कभी उठता और कभी बैठ जाता।

इन्स्पेक्टर का हुक्म सुनकर कमरे में लोग और भी अधिक उत्साह से बातें करने लगे। कोई भी बाहर नहीं गया। कुछ लोग उठ खड़े हुए, और खड़े-खड़े बातें करने लगे। कुछ बैठे-बैठे ही बातें करते रहे। कुछेक ने रोना शुरू कर दिया और एक दूसरे से विदा लेने लगे। माँ और उसके तपेदिक़ के रोगी बेटे की विदाई का दृश्य सचमुच मर्मस्पर्शी था। लड़का अब भी काग़ज़ के टुकड़े को मरोड़े जा रहा था, उसके चेहरे से लगता था कि वह बहुत क्रुद्ध है। वह भरसक कोशिश कर रहा था कि उसकी माँ की भावना का उस पर असर न हो। जब माँ ने यह सुना कि विदा लेने का वक़्त आ गया है तो लड़के के कन्धे पर सिर रखकर फफक-फफककर रोने लगी। गोल-गोल, सद्भावनाभरी आँखोंवाली लड़की–नेख़्लूदोव अनचाहे उसकी ओर देखे जा रहा था–सिसकती माँ के

सामने खड़ी उसे ढाढ़स बँधाने के लिए कुछ कह रही थी। नीली ऐनकोंवाला वृद्ध, अपनी बेटी का हाथ पकड़े खड़ा था, और बेटी जो कुछ कहती उसके जवाब में बार-बार सिर हिला रहा था। युवा प्रेमी उठ खड़े हुए थे, और एक दूसरे का हाथ पकड़े, चुपचाप एक दूसरे की आँखों में देखे जा रहे थे।

"यहाँ पर केवल यही दो खुश हैं," प्रेमियों की ओर इशारा करते हुए, नेख़्लूदोव की बग़ल में खड़े छोटा-सा कोट पहने युवक ने कहा। वह भी जुदा होते लोगों को देखे जा रहा था।

जब प्रेमियों को–रबड़ की जॉकेटवाले लड़के और सुन्दर युवती को–यह भास हुआ कि नेख़्लूदोव और युवक उनकी ओर देख रहे हैं, तो उन्होंने बाँहें फैला दीं और एक दूसरे का हाथ पकड़कर गोल चक्कर में नाचने लगे।

"आज रात को इनकी शादी है। यहीं जेलख़ाने में। उसके बाद लड़की उसके साथ साइबेरिया जाएगी," युवक ने बताया।

"वह क्या ?..."

"क़ैदी है। कड़ी मशक़्क़त की सज़ा हुई है। चलो, कम-से-कम इन दोनों को तो कुछ ख़ुशी नसीब हो। यहाँ पर तो क्लेश-ही-क्लेश है," तपेदिक़ के रोगी की माँ की सिसकियों को सुनते हुए युवक ने कहा।

"अच्छा भले लोगों, अब कृपा करो और मुझे मजबूर न करो कि मैं कोई सख़्त क़दम उठाऊँ," इन्स्पेक्टर ने कहा और बार-बार इन शब्दों को दोहराने लगा। "कृपा करो !" शिथिल, संकोचपूर्ण आवाज़ में वह कहे जा रहा था, "वक़्त कब का ख़त्म हो चुका है। आपका आख़िर मतलब क्या है ? इस तरह की बात नहीं चल सकेगी...अब मैं आख़िरी बार आपसे कह रहा हूँ," उसने थकी हुई आवाज़ में कहा और अपनी सिगरेट बुझाकर दूसरी सिगरेट जला ली।

अपने को जिम्मेवार न ठहराते हुए दूसरों को दुख पहुँचाने का अधिकार रखने की लोगों की दलीलें भले ही कितनी भी कुशल, कितनी भी पुरानी, कितनी भी परिचित क्यों न हों, फिर भी ज़ाहिर था कि इस कमरे में जो क्लेश लोगों को पहुँच रहा था, उसके लिए इन्स्पेक्टर अपने को चाहते हुए भी सर्वथा निर्दोष नहीं समझ सकता था। जाहिर था कि उसे यह बात बेचैन किए हुए थी। वह जानता था कि इन लोगों को दुख पहुँचानेवालों में से वह भी एक है।

आख़िर क़ैदी अपने-अपने मुलाक़ातियों से जुदा होने लगे। क़ैदी अन्दरवाले दरवाज़े से और मुलाक़ाती बाहरवाले दरवाज़ों से जाने लगे। रबड़ की जॉकेटोंवाले आदमी, और तपेदिक़ का रोगी लड़का और वह आदमी जिसके बाल अस्त-व्यस्त थे, सब चले गए। मारिया पाव्लोव्ना भी उस लड़के के साथ चली जो जेल में पैदा हुआ था।

मिलनेवाले भी चले गए। नेख़्लूदोव के आगे-आगे नीली ऐनकोंवाला वृद्ध, क़दम घसीटता हुआ चला जा रहा था।

"सचमुच बड़ी विचित्र स्थिति है," नेख़्लूदोव के साथ सीढ़ियाँ उतरते हुए बातूनी युवक कह रहा था, मानो टूटे हुए वार्तालाप की कड़ी फिर से जोड़ रहा हो। "फिर भी हम इन्स्पेक्टर के बड़े कृतज्ञ हैं। बहुत अच्छा आदमी है, नियमों की बहुत परवाह नहीं करता। इन लोगों के लिए इतना भी बहुत है कि थोड़ी देर के लिए एक दूसरे से बातें कर लें। इससे इनके दिल का गुबार कुछ हलका हो जाता है।"

"दूसरे जेलों में क्या ऐसी मुलाक़ातों की इजाज़त नहीं ?"

"हा-हा ! नाम भी मत लो। अकेले में नहीं मिलना चाहते जनाब ? वह भी जाली के आर-पार?"

इस युवक ने अपना परिचय कराते हुए कहा था कि इसका नाम मेदिन्त्सेव है। इससे बातें करते हुए नेख़्लूदोव हॉल में पहुँचा, जहाँ उन्हें इन्स्पेक्टर मिला जो उसी तरह थका-माँदा उनकी ओर चला आ रहा था।

"यदि आप मास्लोवा से मिलना चाहते हैं, तो कृपया कल आइए," प्रत्यक्षतः नेख़्लूदोव के प्रति विनम्रता दिखाने की इच्छा रखते हुए उसने कहा।

"अच्छी बात है," नेख़्लूदोव ने जवाब दिया और जल्दी-जल्दी वहाँ से निकल गया।

मेन्शोव की यन्त्रणा, जो प्रत्यक्षतः निर्दोष था, बड़ी भयानक थी। परन्तु उसकी शारीरिक यन्त्रणा से भी बढ़कर भयानक उसकी मानसिक व्यग्रता थी, भगवान तथा मनुष्य की अच्छाई में अविश्वास था। यह व्यग्रता और अविश्वास बरबस उसके मन में उठते जब वह इन लोगों की निर्दयता को देखता जो बिना किसी कारण के उसे यन्त्रणा पहुँचा रहे हैं। बीसियों निर्दोष लोगों को भयानक तिरस्कार और यातना सहनी पड़ती, केवल इसलिए कि काग़ज़ों पर कोई बात जिस तरह लिखी जानी चाहिए थी वैसे नहीं लिखी गई थी। वार्डर भी भयानक थे जिनका स्वभाव ही बर्बर हो गया था। इनका काम ही अपने भाइयों को यन्त्रणा पहुँचाना था। उन्हें विश्वास था कि वे अपना कर्तव्य निभा रहे हैं जो महत्वपूर्ण और उपयोगी है। परन्तु इन सबसे भयानक यह दुबला-पतला, ढलती उम्र का, नेकदिल इन्स्पेक्टर था, जिसे मजबूर होकर माँ को बेटे से, और बाप को बेटी से अलग करना पड़ता था। आख़िर इन लोगों का भी तो सम्बन्ध वैसा ही था जैसा कि इन्स्पेक्टर का अपने बच्चों से था।

"यह सब किस लिए?" नेख़्लूदोव ने मन-ही-मन पूछा। जब भी वह जेलख़ाने में आता तो उसकी आत्मा बेचैन हो उठती, और यह बेचैनी मतली का रूप ले लेती। आज तो पहले से भी बढ़कर उसकी यह दशा हुई, और इस प्रश्न का कोई उत्तर उसे नहीं सूझ पाया।

57

दूसरे दिन नेख़्लूदोव वकील से मिलने गया, और उससे, मेन्शोव माँ और बेटे की स्थिति के बारे में बात की और उससे आग्रह किया कि उनके मुक़दमे की पैरवी करे। वकील ने वचन दिया कि वह मुक़दमे की जाँच करेगा, और यदि नेख़्लूदोव का कहना ठीक निकला–जैसा कि बहुत सम्भव जान पड़ता था–तो उसकी पैरवी मुफ़्त करेगा। फिर नेख़्लूदोव ने उन 130 आदमियों का जिक्र किया जिन्हें किसी भूल के कारण जेलख़ाने में रखा जा रहा था।

"किसे यह फ़ैसला करना है ? किसका क़सूर है ?"

वकील क्षण भर के लिए चुप रहा। ज़ाहिर है वह सवाल का ठीक-ठीक जवाब देना चाहता था।

"किसका क़सूर है ? किसी का भी नहीं," उसने निश्चयपूर्वक कहा। "सरकारी वकील से पूछिए तो वह कहेगा गवर्नर का क़सूर है, गर्वनर से पूछिए तो वह सरकारी वकील का क़सूर बताएगा। किसी का भी क़सूर नहीं।"

"मैं अभी सहायक गवर्नर से मिलने जा रहा हूँ। मैं उससे बात करूँगा।"

"इसका कुछ फ़ायदा नहीं," वकील ने मुस्कराकर कहा, "वह तो, क्या कहूँ–कहीं वह आपका मित्र या सम्बन्धी तो नहीं ?–वह तो निरा काठ का उल्लू है। फिर भी अपना काम साधना ख़ूब जानता है।"

नेख़्लूदोव को मास्लेन्निकोव के शब्द याद आ गए जो उसने वकील के बारे में कहे थे, और बिना कुछ जवाब में कहे उससे विदा ली और मास्लेन्निकोव को मिलने चल दिया।

मास्लेन्निकोव से उसे दो काम थे : एक तो यह कि मास्लोवा को जेल के अस्पताल में भेज दिया जाए, और दूसरा उन 130 आदमियों के बारे में जिन्हें बिना किसी क़सूर के, पासपोर्ट न होने के कारण, जेलख़ाने में रखा जा रहा था। एक ऐसे आदमी के सामने गिड़गिड़ाना जिसके प्रति मन में कोई आदर-भाव न हो, नेख़्लूदोव के लिए बड़ा कठिन था, मगर वह क्या करता, अपना काम निकालने का यही एक तरीक़ा था और वह उसे अपनाना पड़ा।

जब नेख़्लूदोव बग्घी में बैठकर मास्लेन्निकोव के घर पहुँचा तो उसने पाया कि बहुत-सी गाड़ियाँ फाटक के सामने खड़ी हैं। उसे याद हो आया कि आज सहायक गर्वनर की पत्नी का दावत का दिन है जिस पर उसे भी आमन्त्रित किया गया था। जिस वक़्त नेख़्लूदोव की गाड़ी पहुँची उसी वक़्त दरवाजे के सामने एक गाड़ी खड़ी थी, और एक बावर्दी चोबदार, टोपी में रिब्बन लगाए, एक महिला को घर की बाहरी सीढ़ियाँ उतरवा रहा था। महिला ने अपने गाउन को हलके-से ऊपर उठा रखा था जिससे उसके नाजुक टखने, काले लम्बे मोज़े और जूते नज़र आ रहे थे। गाड़ियों में एक बन्दगाड़ी, लैंडो भी थी। नेख़्लूदोव जानता था कि यह गाड़ी कोर्चागिन परिवार की है। गाड़ी पर उनका कोचवान बैठा था–सफ़ेद बाल, लाल-लाल गाल–उसने टोपी उतारी और सिर झुकाकर बड़े अदब से, और साथ ही बड़े मैत्रीपूर्ण ढंग से अभिवादन किया, जैसे किसी सुपरिचित व्यक्ति का किया जाता है। नेख़्लूदोव मास्लेन्निकोव के बारे में पूछने ही जा रहा था जब उसने देखा कि वह एक बहुत ही प्रतिष्ठित मेहमान के साथ-साथ सीढ़ियाँ उतरता हुआ चला आ रहा है। सीढ़ियों पर क़ालीन बिछा था। मास्लेन्निकोव उसे आधी सीढ़ियों तक नहीं बल्कि नीचे तक छोड़ने जा रहा था। यह अति-प्रतिष्ठित मेहमान कोई फ़ौजी आदमी था, और फ़्रांसीसी भाषा में किसी लॉटरी की चर्चा कर रहा था जिसके पैसे से शहर में अनाथालय खोले जाएँगे। वह कह रहा था कि स्त्रियों के लिए लॉटरियों के लिए काम करना बड़ा अच्छा है। " इससे उनका मन बहलाव होता है, और हमें पैसे मिलते हैं।'

+Qu+elles s+amusent et que le bon dieu les benisse…*"ओह, नेख़्लूदोव! कहो कैसे हो ? बहुत दिन हो गए, कभी नज़र नहीं आए ?" नेख़्लूदोव का अभिवादन करते हुए उसने कहा।।llez presenter vos devoirs a madame.**कोर्चागिन भी आए हैं, और नादीना बुक्सगेव्दन भी यहीं पर है। Toutes les jolies femmes de la ville,"***प्रतिष्ठित मेहमान ने कहा और अपने बावर्दी कन्धे तनिक ऊपर को उठा दिए ताकि उसका नौकर उसे फ़ौजी बरानकोट पहना सके। नौकर ने भी बहुत बढ़िया वर्दी पहन रखी थी।"Au revoir, mon cher !"**** और उसने मास्लेन्निकोव का हाथ दबाया।

"आओ, अब चलो। मुझे बहुत खुशी है कि तुम आ गए," नेख़्लूदोव का हाथ अपने हाथ में लेते हुए मास्लेन्निकोव ने उत्तेजित स्वर में कहा। मास्लेन्निकोव मोटा था, फिर भी जल्दी-जल्दी सीढ़ियाँ चढ़ने लगा।

मास्लेन्निकोव ख़ासतौर पर खुश था। इतने बड़े आदमी ने उसके साथ बातें जो की थीं। ऐसा

---

* इनका मन बहलाव हो और ईश्वर उन्हें आशीश दे...(फ़्रेंच)

** जाओ, गृहस्वामिनी को अपना आदर प्रकट करो। (फ़्रेंच)

*** शहर की सभी सुन्दरियाँ, (फ़्रेंच)

**** अलविदा मेरे प्रिय ! (फ़्रेच)।

सोचा जा सकता था कि स्वयं ज़ार की रेजिमेन्ट में रह चुकने के बाद उसे राजपरिवार के लोगों से मिलने की आम आदत हो जानी चाहिए, लेकिन जान पड़ता है कि नीच की नीचता उसे पुचकारने से बढ़ती ही जाती है और हर बार किसी बड़े आदमी का ध्यान पाकर वह उसी तरह ख़ुश होता जिस तरह कोई वफ़ादार कुत्ता ख़ुश होता है जब उसका मालिक उसे थपथपाए, सहलाए या उसके कान खुजलाए। वह अपनी दुम हिलाता है, क़दमों में लोटता है, उछलता है, अपने कान दबा लेता है और ज़ोर-ज़ोर से चक्कर लगाने लगता है। मास्लेन्निकोव भी यही कुछ करने के लिए तत्पर था। नेख़्लूदोव का चेहरा गम्भीर हो रहा था, लेकिन मास्लेन्निकोव ने नहीं देखा, न ही उसके शब्दों की ओर कोई ध्यान दिया, बल्कि उसे खींचता हुआ बैठक की ओर ले गया। पीछे-पीछे चलते जाने के सिवाय नेख़्लूदोव के सामने कोई चारा नहीं था।

''काम बाद में होता रहेगा। जो कहोगे कर दूँगा,'' नाचनेवाले हॉल में से नेख़्लूदोव को ले जाते हुए मास्लेन्निकोव ने कहा। फिर बिना रुके अपने चोबदार से बोला, ''अन्दर जाकर कहो कि प्रिन्स नेख़्लूदोव आए हैं।'' चोबदार भागता हुआ उनके आगे निकल गया।'' Vous n+avez qu+a ordonner.* पहले तुम्हें जरूर मेरी पत्नी से मिलना होगा। पिछली बार उसे बिना मिले चले गए तो उसने मेरी अच्छी गत बनाई।''

उनकी बैठक तक पहुँचने से पहले ही चोबदार ने अन्दर जाकर सूचना दे दी थी। सहायक गवर्नर की पत्नी आन्ना इग्नात्येव्ना स्त्रियों से घिरी बैठी थी जिन्होंने बढ़िया बान्नेट लगा रखे थे। खिलकर मुस्कराते हुए उसने नेख़्लूदोव का स्वागत किया। बैठक के दूसरे सिरे पर कुछ स्त्रियाँ चाय की मेज़ के इर्द-गिर्द बैठी थीं। उनके नज़दीक ही कुछ फ़ौजी और गैरफ़ौजी आदमी खड़े थे। स्त्रियाँ और पुरुष ख़ूब चहक-चहककर बातें कर रहे थे।

Enfinl ! ** हमने तो सोचा तुम हमें भूल ही गए हो ! हमने क्या क़सूर किया है ?''

इन शब्दों से आन्ना इग्नात्येव्ना ने नवागन्तुक का स्वागत किया। वह दिखाना चाहती थी कि नेख़्लूदोव के साथ उसकी गहरी घनिष्ठता है, हालाँकि वास्तव में उनमें कोई घनिष्ठता नहीं थी, न कभी रही थी।

''तुम इन्हें जानते हो ?–मदाम बेल्याव्स्काया, मि. चेर्नोव। ज़रा नज़दीक बैठो। मिस्सी, venez donc a notre table. On vous apportera votre the, *** और तुम,'' उसने एक अफ़सर से कहा जो मिस्सी से बातें कर रहा था, जान पड़ता था जैसे वह अफ़सर का नाम भूल गई हो, ''इधर आ जाओ। चाय का प्याला बनाऊँ प्रिन्स?''

''मैं तुम्हारे साथ बिलकुल सहमत नहीं हूँ, बिलकुल नहीं। सीधी-सी बात है। वह उससे प्यार नहीं करती थी,'' किसी स्त्री की आवाज़ आ रही थी।

''पर उसे चाट-मिठाइयों से तो प्यार था।''

''उफ़! हमेशा ऐसे ही भोंडे मज़ाक सूझते हैं,'' किसी दूसरी स्त्री ने हँसते हुए कहा। स्त्री रेशमी कपड़ों, हीरे-सोने में चमचमा रही थी।

''C+est excellent,**** ये छोटी-छोटी बिस्कुटें तो बहुत अच्छी हैं। कितनी हलकी हैं ! मैं तो एक और लूँगी।''

---

* तुम्हें हुक्म भर देना होगा। (फ़्रेंच)

** अन्ततः ! (फ़्रेंच)

*** हमारी मेज़ पर आ जाओ। तुम्हारी चाय यहाँ आ जाएगी, .(फ़्रेंच)

**** लाजवाब, (फ़्रेंच)।

"क्या तुम जल्दी ही शहर से चली जाओगी ?"

"हाँ, आज हमारा यहाँ आख़िरी दिन है। इसीलिए हम आ गए हैं।"

"ठीक है। देहात में तो बहुत अच्छा होगा। इस बार तो वसन्त कैसा खिल कर आया है !"

मिस्सी, टोप पहने और किसी गहरे रंग की चुस्त, धारीदार पोशाक पहने, बड़ी सुन्दर लग रही थी। नेख़्लूदोव को देखते ही वह शर्मा गई।

"ओह, मैंने तो सोचा था कि तुम चले गए हो," उसने नेख़्लूदोव से कहा।

"बस जल्दी ही चला जाऊँगा। काम की वजह से शहर में रुका हुआ हूँ। यहाँ भी काम के ही कारण आया हूँ।"

"Maman को मिलने नहीं आओगे क्या ? वह तुम्हें मिलकर बहुत ख़ुश होंगी," उसने कहा। यह जानते हुए कि जो कुछ वह कह रही है, वह सच नहीं है, और नेख़्लूदोव भी जानता है कि वह सच नहीं है, मिस्सी और भी शर्मा गई।

"उम्मीद नहीं कि मुझे वक़्त मिल सके," नेख़्लूदोव ने गम्भीरता से जवाब दिया यह दिखाने की कोशिश करते हुए कि उसने मिस्सी को शर्माते हुए नहीं देखा।

मिस्सी ने ग़ुस्से से भौंहे सिकोड़ीं, कन्धे उचकाए और बाँके अफ़सर की ओर घूम गई। अफ़सर ने मिस्सी के हाथ से ख़ाली प्याला ले लिया, और बड़े जवाँमर्दों की तरह उसे उठाए हुए दूसरी मेज़ पर रखने के लिए चला गया। जाते हुए, जगह-जगह उसकी तलवार कुर्सियों के साथ टकरा रही थी।

"तुम्हें ज़रूर अनाथालाय के लिए दान देना चाहिए।"

"मैंने इनकार तो नहीं किया। मैं तो केवल इतना चाहता हूँ कि मैं यह दान लॉटरी के लिए तैयार रखूँ। उस वक़्त देने पर इसकी शान होगी।"

"अच्छा तो भूलना नहीं !" किसी ने कहा और उसके बाद हँसने की आवाज़ आई। हँसी प्रत्यक्षतः बनावटी थी।

आन्ना इग्नात्येव्ना तो जैसे हवा में उड़ रही थी। उसकी पार्टी बेहद कामयाब रही थी।

"मीका कह रहा था कि तुम जेल-सुधार का काम करने लगे हो। मैं यह सब बड़ी अच्छी तरह समझती हूँ," उसने नेख़्लूदोव से कहा, "मीका में कितने ही दोष हों लेकिन उसका दिल बड़ा कोमल है। (मीका से मतलब उसका मोटा पति, मास्लेन्निकोव था) इन बेचारे क़ैदियों को वह अपने बच्चों के समान समझता है। और कुछ तो वह समझ ही नहीं सकता। Il est d+une bonte..."*

वह रुक गई। उसे अपने पति के bont'e को अभिव्यक्त करने के लिए उपयुक्त शब्द नहीं सूझ रहे थे। और यह पति वही था जिसके आदेश से लोगों को कोड़ों से पीटा जाता था। उसी समय एक झुर्रियों से भरी वृद्ध महिला ने कमरे में प्रवेश किया और वह मुस्कराते हुए उसकी ओर घूम गई। बुढ़िया ने बेशुमार बैंगनी रंग के रिब्बन लगा रखे थे।

औपचारिकता निभाने के लिए जो दो शब्द कहने ज़रूरी थे, नेख़्लूदोव ने कहे और उठकर मास्लेन्निकोव के पास चला गया। इन औपचारिक शब्दों का कोई अर्थ नहीं होता।

"क्या दो मिनट मेरी बात सुन सकते हो ?"

"हाँ, हाँ, क्यों नहीं ? कहो, क्या है ? आओ, इधर अन्दर बैठ जाते हैं।"

दोनों एक छोटी-सी जापानी सजावट की बैठक में खिड़की के पास जाकर बैठ गए।

---

* वह इतना दयालु है...(फ़्रेंच)

''अच्छा तो je suis a vous.* सिगरेट पियोगे? ज़रा ठहरो, मैं कोई इन्तज़ाम कर लूँ। कहीं यहाँ कुछ ख़राब हो गया, तो,'' मास्लेन्निकोव ने कहा और एक राख़दानी उठा लाया। ''अब कहो।''

''मुझे तुमसे दो काम हैं।''

''अच्छा !''

मास्लेन्निकोव का मुँह लटक गया। वह उत्तेजना एकदम हवा हो गई, जो मालिक के कान खुजलाने पर कुत्ते में पैदा हो जाती है। बड़ी बैठक में से लोगों की आवाजें आ रही थीं। कोई स्त्री कह रही थी–"jamais, je ne croirais !!"** दूसरी ओर से किसी आदमी की आवाज़ आ रही थी, जो कोई वार्ता सुना रहा था जिसमें काउंटेस वोरोन्त्सोवा और विक्तोर अप्राक्सिन का नाम बार-बार आ रहा था। किसी तीसरी ओर से बातों की भनभनाहट और हँसी की मिलीजुली आवाज़ें आ रही थीं। मास्लेन्निकोव एक कान से इन आवाज़ों को सुनने की कोशिश कर रहा था और दूसरे कान से नेख़्लूदोव की बात को।

''मैं फिर उसी औरत के बारे में तुमसे मिलने आया हूँ,'' नेख़्लूदोव ने कहा।

''हाँ, हाँ, मैं जानता हूँ। वही न, जो बेक़सूर है लेकिन उसे सज़ा दी गई है ?''

''मैं चाहता हूँ कि उसे जेल के अस्पताल में भेज दिया जाए। वहाँ पर वह कोई काम करे। मुझे मालूम हुआ है कि यह मुमकिन है।''

मास्लेन्निकोव होंठ भींचकर सोचने लगा।

''मुश्किल है,'' उसने कहा, ''फिर भी मैं देखूँगा, जो बन पड़ा कर दूँगा। मैं कल तुम्हें इसका जवाब तार द्वारा भेज दूँगा।''

''मुझे मालूम हुआ है कि वहाँ बीमारों की संख्या काफ़ी ज़्यादा है और सहायता की ज़रूरत है।''

''अच्छी बात है, अच्छी बात है। मैं ज़रूर तुम्हें इत्तला करूँगा।''

''ज़रूर, बड़ी कृपा होगी,'' नेख़्लूदोव ने कहा।

बड़ी बैठक में से लोगों के हँसने की आवाज़ आई। उनमें से कोई-कोई स्वाभाविक हँसी भी हँस रहे थे।

''यह सब उस विक्तोर के कारण है। जब तरंग में हो तो किसी को सामने टिकने नहीं देता,'' मास्लेन्निकोव बोला।

''दूसरी बात जो मैं तुमसे कहना चाहता था, वह यह थी,'' नेख़्लूदोव कह रहा था, ''जेल में 130 आदमी महज़ इसलिए बन्द हैं कि उन्होंने अपने पासपोर्ट नए नहीं बनवाए। एक महीने से ज़्यादा अर्से से वे वहाँ पड़े हुए हैं।''

और उसने स्थिति का ब्यौरा दिया।

''तुम्हें यह कैसे मालूम हुआ ?'' मास्लेन्निकोव ने पूछा। उसके चेहरे पर असन्तोष और घबराहट नज़र आने लगी।

''मैं एक क़ैदी को मिलने गया, और इन लोगों ने बरामदे में मुझे घेर लिया और मुझसे पूछने लगे...''

''तुम किस क़ैदी से मिलने गए थे ?''

---

* मैं तुम्हारी सेवा में हाज़िर हूँ। (फ़्रेंच)

** कभी नहीं, कभी नहीं मान सकती ! (फ़्रेंच)।

‘‘एक किसान कै़दी। वह भी निर्दोष है और उसे भी जेल में रखा हुआ है। इसका मुक़दमा तो मैंने एक वकील को पैरवी करने के लिए दे दिया है। लेकिन सवाल यह नहीं है। मैं यह पूछना चाहता हूँ कि क्या यह मुमकिन है कि जिन लोगों ने कोई जुर्म न किया हो, उन्हें महज़ इसलिए जेल में रखा जाए कि उन्होंने नए पासपोर्ट बनवाने में देर कर दी है ? और...’’

‘‘यह काम तो सरकारी वकील का है,’’ गुस्से से बात काटते हुए मास्लेन्निकोव ने कहा। ‘‘अब देख लिया तुमने ! तुम कहते थे कि इस ढंग के मुक़दमे किए जाएँ तो फ़ौरी फ़ैसला होता है और इन्साफ़ से होता है। देख लिया नतीजा ? यह फ़र्ज सरकारी वकील का है कि जेलख़ाने में जाकर जाँच करे कि क़ैदियों को क़ानून के मुताबिक रखा जा रहा है या नहीं। लेकिन उन लोगों को ताश खेलने से फ़ुर्सत मिले, तब न ! वे तो यही कुछ करते हैं।’’

‘‘क्या मैं यह समझूँ कि तुम कुछ नहीं कर सकते?’’ नेख़्लूदोव ने निराशा से कहा। उसे वकील के शब्द याद हो आए कि सहायक गवर्नर सरकारी वकील पर दोष मढ़ेगा।

‘‘नहीं, मैं कुछ-न-कुछ करूँगा। मैं फ़ौरन इसकी जाँच करूँगा।’’

‘‘अपना ही बुरा करेगी। C+est un souffre-douleur,’’* बैठक में से किसी स्त्री की आवाज़ आई। प्रत्यक्षतः उसे इस बात की कोई परवाह नहीं थी कि वह क्या कहे जा रही है।

‘‘और भी अच्छी बात है। मैं इसे भी ले लूँगा,’’ दूसरी ओर से एक आदमी की आवाज़ आई। फिर किसी स्त्री की चंचल हँसी की आवाज़ आई। ऐसा जान पड़ता था जैसे आदमी उससे कोई चीज़ छीनना चाहता हो और वह रोक रही हो।

‘‘नहीं नहीं, कभी नहीं,’’ औरत कह रही थी।

‘‘अच्छी बात है, मैं यह सब कर दूँगा,’’ मास्लेन्निकोव ने कहा और अपनी सिगरेट बुझा दी जो उसने अपने गोरे-चिट्टे हाथ में पकड़ रखी थी। और जिसकी उँगली में फ़िरोज़े की अँगूठी चमक रही थी। ‘‘और अब चलो, स्त्रियाँ इन्तज़ार कर रही होंगी।’’

‘‘ज़रा ठहरो,’’ बैठक के दरवाज़े पर रुकते हुए नेख़्लूदोव ने कहा, ‘‘मुझे किसी ने बताया कि कल जेलख़ाने में किसी क़ैदी को शारीरिक दंड दिया गया था। क्या यह ठीक है ?’’

मास्लेन्निकोव का चेहरा लाल हो गया।

‘‘ओ, वह! नहीं mon cher, तुम्हे वहाँ जाने देना बहुत बड़ी भूल है तुम हर बात का पता लगाना चाहते हो। आओ, आओ, चलें–आन्ना हमें बुला रही है,’’ नेख़्लूदोव को बाज़ू से पकड़ते हुए मास्लेन्निकोव ने कहा। वह अब भी उसी तरह उत्तेजित हो उठा था जैसा कि प्रतिष्ठित मेहमान के साथ बातें करते वक़्त हुआ था, केवल फ़र्क यह था कि यह उत्तेजना ख़ुशी की नहीं थी, बल्कि घबराहट की थी।

नेख़्लूदोव ने ज़ोर से बाज़ू खींच लिया, और बिना किसी से विदा लिए या कुछ कहे बैठक को लाँघता हुआ नीचे हॉल में चला गया। चोबदार लपककर उसके पास आया, लेकिन नेख़्लूदोव सीधा उसके पास से होकर बाहर के दरवाज़े तक जा पहुँचा। सारा वक़्त उसका चेहरा गम्भीर बना हुआ था।

‘‘इसे क्या हो गया है ? तुमने उसे क्या कर दिया है ?’’ आन्ना ने अपने पति से पूछा।

‘‘यह तो बिलकुल a la francaise** है,’’ किसी ने टिप्पणी कसी।

‘‘वाह, a la francaise नहीं, a la zoulou*** है।’’

---

* यह दुखिया, (फ़्रेंच)

** फ़्रांसीसियों का अन्दाज़ (फ़्रेंच)

*** जुलुओं का अन्दाज़ (फ़्रेंच)।

"हाँ, वह सदा से ही ऐसा सनकी है।"

कोई उठ खड़ा हुआ, फिर उसकी जगह कोई दूसरा आ गया, और लोगों का चहकना उसी तरह ज़ारी रहा। लोगों के लिए यही घटना वार्तालाप का विषय बन गई, और जितनी देर तक पार्टी चलती रही, इसी की चर्चा होती रही।

दूसरे रोज़ नेख़्लूदोव को मास्लेन्निकोवा का ख़त मिला। ख़त मोटे चमकीले काग़ज़ पर सुन्दर, दृढ़ लिखावट में लिखा था। काग़ज़ के ऊपर राज-चिन्ह छपा था और लिफ़ाफ़े पर बाक़ायदा मोहर लगी थी। उसमें लिखा था कि मैंने मास्लोवा के बारे में अस्पताल के डाक्टर को लिख दिया है, और आशा है तुम्हारी इच्छा के अनुसार कार्रवाई की जाएगी। नीचे लिखा था : बड़े प्यार से, तुम्हारा पुराना साथी, और दस्तख़त बड़े-बड़े, दृढ़ और कलापूर्ण अक्षरों में, बड़ी शान के साथ किया गया था।

"गधा कहीं का !" बरबस नेख़्लूदोव के मुँह से निकल गया, विशेषकर "साथी" शब्द को पढ़कर जिससे मास्लेन्निकोव की उसके प्रति कृपालुता का भास होता था। जो काम मास्लेन्निकोव कर रहा था, वह नैतिक दृष्टि से घृणित और लज्जाजनक था। फिर भी वह समझे बैठा था कि बहुत बड़ा आदमी है। और नेख़्लूदोव को वह दिखाना चाहता था कि देखो, इतना बड़ा आदमी होते हुए भी मैं तुम्हें साथी कहकर बुला रहा हूँ।

59

यह मिथ्या विश्वास बहुत प्रचलित है कि हर मनुष्य में कोई-न-कोई विशेष गुण होता है : किसी में दयालुता है, किसी में निर्दयता, कोई बुद्धिमान है तो कोई बेवकूफ़, कोई चुस्त है तो कोई सुस्त। लेकिन वास्तव में लोग ऐसे नहीं होते। हम यह कह सकते हैं कि एक मनुष्य का व्यवहार अधिकतर दयालुता का होता है, निर्दयता का कम, वह अधिकतर सूझ-बूझ से काम लेता है, बेवकूफ़ियाँ कम करता है, अधिकतर चुस्त रहता है, सुस्त कम। या हम इसके उलट कह सकते हैं। लेकिन यह कहना ग़लत होगा कि एक आदमी दयालु या बुद्धिमान है, और दूसरा बुरा या मूर्ख है। लेकिन फिर भी हम लोगों को हमेशा इसी तरह श्रेणियों में बाँटते रहते हैं। और यह सर्वथा असत्य है। मनुष्य तो नदियों के समान होते हैं। सभी नदियों में एक-सा ही जल बहता है। लेकिन प्रत्येक नदी का पाट किसी जगह पर तंग है, कहीं पर वह तेज़ बहने लगती है, कहीं पर सुस्त हो जाती है, कहीं अधिक चौड़ी, किसी जगह पर उसका पानी साफ़ है, तो किसी दूसरी जगह पर गन्दला, कहीं ठंडा तो कहीं पर गरम। यही स्थिति मनुष्यों की भी है। प्रत्येक मनुष्य में मानव स्वभाव के सभी गुण बीजरूप में मौजूद होते हैं। पर कभी एक गुण प्रकट होता है तो कभी दूसरा, कई बार उसका स्वभाव अपने सामान्य स्वभाव के प्रतिकूल हो उठता है, हालाँकि मनुष्य वही रहता है। किसी-किसी मनुष्य में यह स्वभाव-परिवर्तन चरम सीमा तक जा पहुँचता है। नेख़्लूदोव ऐसा ही मनुष्य था। उसमें ये परिवर्तन शारीरिक तथा मानसिक कारणों से हुआ करते थे। ऐसा ही एक परिवर्तन अब उसमें आया।

कात्यूशा के मुक़दमे तथा उससे पहली बार मिलने के उपरान्त नेख़्लूदोव को ऐसा भास हुआ था जैसे वह फिर से जी उठा है और उसका हृदय विजय और उल्लास से भर उठा था। लेकिन यह भावना अब बिलकुल ख़त्म हो चुकी थी। आख़िरी बार जब वह उससे मिलकर आया तो ख़ुशी का स्थान भय और घृणा ने ले लिया था। वह अब भी इस निश्चय पर दृढ़ था कि वह उसे छोड़ेगा नहीं, और अगर वह मान गई तो उससे अवश्य विवाह करेगा, अपने इस फ़ैसले को बदलेगा नहीं। लेकिन इस पर अमल

करना उसे बड़ा कठिन लग रहा था, और इस कारण उसका मन दुखी रहता।

मास्लेन्निकोव से मिलने के बाद, दूसरे दिन वह फिर उसे मिलने जेलख़ाने में गया।

इन्स्पेक्टर ने उसे मिलने की इजाज़त तो दे दी लेकिन दफ़्तर में नहीं, न ही वकील के कमरे में, बल्कि औरतों के मुलाक़ाती कमरे में।

इन्स्पेक्टर मेहरबान था, लेकिन नेख़्लूदोव के प्रति पहले से कुछ खिंचा-खिंचा-सा था। जो वार्तालाप नेख़्लूदोव का मास्लेन्निकोव से हुआ था, उसके फलस्वरूप, जान पड़ता था कि इन्स्पेक्टर को अधिक सावधान रहने का हुक्म हुआ है।

''आप उसे मिल सकते हैं,'' इन्स्पेक्टर ने कहा, ''लेकिन पैसे देने के बारे में आपसे जो कुछ कहा था, कृपया उसे नहीं भूलिए। और उसे अस्पताल में भेजने के बारे में जनाब गवर्नर साहब ने मुझे लिखा है। यह काम हो जाएगा। डाक्टर मान जाएगा। लेकिन वह ख़ुद वहाँ जाना नहीं चाहती। वह कहती है 'और नहीं तो मैं उन गले-सड़े भिखमंगों को खाना खिलाऊँ। मैं नहीं जाऊँगी।' प्रिन्स, आप इन लोगों को नहीं जानते।''

नेख़्लूदोव ने कोई जवाब नहीं दिया, केवल उससे मिलने का प्रबन्ध करने के लिए कहा। इन्स्पेक्टर ने एक वार्डर को भेजा, और नेख़्लूदोव उसके पीछे-पीछे स्त्रियों के मुलाक़ाती कमरे में दाख़िल हुआ। वहाँ केवल मास्लोवा, अकेली बैठी इन्तज़ार कर रही थी। चुपचाप, सहमी हुई-सी, वह जाली के पीछे से आई और उसके ऐन पास आकर खड़ी हो गई। फिर, बिना उसकी ओर देखे कहने लगी–

''मुझे क्षमा करना, द्मीत्री इवानोविच, परसों मैं बहुत अंट-संट बोलती रही।''

''मैं क्या क्षमा कर सकता हूँ, मैं तो...'' नेख़्लूदोव ने कहना शुरू किया।

''पर जो भी हो, तुम मुझे छोड़ दो,'' उसने बात काटते हुए कहा और अपनी ऐंची आँखों से नेख़्लूदोव की ओर देखा। नेख़्लूदोव को लगा जैसे उनमें फिर वही पहले-सा खिंचाव और क्रोध झलक रहा है।

''क्यों छोड़ क्यों दूँ ?''

''तुम्हें छोड़ना होगा।''

''परन्तु क्यों ?''

मास्लोवा ने फिर नेख़्लूदोव की ओर देखा। नेख़्लूदोव को उसकी नज़र में फिर उसी क्रोध का भास हुआ।

''बस यही बात है,'' उसने कहा, ''तुम्हें ज़रूर छोड़ना होगा। मैं जो कुछ कह रही हूँ बिलकुल ठीक है। मैं यह नहीं कर सकती। तुम यह सब छोड़ दो।'' उसके होंठ काँपने लगे और वह क्षणभर के लिए चुप हो गई। ''मैं ठीक कहती हूँ। मैं मर जाऊँगी लेकिन यह नहीं करूँगी।''

मास्लोवा के इनकार करने में नेख़्लूदोव को घृणा और क्रोध का भास हुआ। वह उसे क्षमा नहीं करना चाहती जान पड़ती थी। लेकिन इसके साथ ही और भी कुछ था, कोई अच्छी और महत्वपूर्ण बात भी थी। पहले भी उसने इनकार किया था। आज वह उसी इनकार को दोहरा रही थी, लेकिन बड़ी स्थिरता के साथ। इससे नेख़्लूदोव के हृदय में जितनी भी शंकाएँ उठ रही थीं, सब शान्त हो गईं, और फिर से उसमें उस गम्भीर विजय भावना का संचार होने लगा जो कात्यूशा के सम्बन्ध में पहले उसके हृदय में उठी थी।

''कात्यूशा, मैंने जो कुछ तुम्हें कहा था, अब फिर कहूँगा,'' उसने बड़ी गम्भीरता से कहा, ''मुझसे शादी कर लो। अगर तुम नहीं चाहती हो, तो मैं उस वक़्त तक तुम्हारा साथ नहीं छोड़ूँगा,

जहाँ जाओगी, वहीं तुम्हारे पीछे-पीछे जाऊँगा जब तक कि तुम अपना इरादा बदल नहीं लेती हो।''

''यह तुम्हारा काम है। मैं और कुछ नहीं कहूँगी,'' मास्लोवा ने जवाब दिया और उसके होंठ फिर काँपने लगे।

नेख़्लूदोव भी चुप हो गया, उसके भी कहे कुछ नहीं कहा गया। जब उसका मन कुछ स्थिर हुआ तो बोला–

''अब मैं देहात में जाऊँगा, और उसके बाद पीटर्सबर्ग में। मैं पूरी-पूरी कोशिश करूँगा कि तुम्हारे मुक़दमे पर...मेरा मतलब है हमारे मुक़दमे पर फिर विचार हो और भगवान ने चाहा तो सज़ा मन्सूख़ हो जाएगी।''

''अगर मन्सूख़ नहीं हुई, तो तुम चिन्ता नहीं करना। मुझे अपने किए का फल मिल रहा है। इस वारदात में न सही, और कई बातों में,'' मास्लोवा ने कहा। नेख़्लूदोव ने देखा कि मास्लोवा के लिए अपने आँसू रोकना बेहद कठिन हो रहा है। ''क्या मेन्शोव से मिले थे ?'' अपने आँसू छिपाने की चेष्टा करते हुए उसने झट से कहा, ''वे निर्दोष हैं, क्यों, ठीक है न ?''

''हाँ, मेरे ख़याल में वे निर्दोष हैं।''

''वह बुढ़िया कितनी अच्छी है !''

जो-जो बात नेख़्लूदोव को मेन्शोव के बारे में पता चली थी, उसने कह सुनाई और फिर पूछा कि उसे किसी चीज़ की जरूरत तो नहीं। मास्लोवा ने सिर हिला दिया।

दोनों फिर चुप हो गए।

''और, अस्पताल के बारे में,'' अपनी ऐंची आँखों से नेख़्लूदोव की ओर देखते हुए सहसा मास्लोवा बोली, ''अगर तुम चाहते हो तो मैं वहाँ चली जाऊँगी। और अब से शराब भी नहीं पियूँगी।''

नेख़्लूदोव ने उसकी आँखों की ओर देखा। वे मुस्करा रही थीं।

''बड़ी अच्छी बात है,'' यही शब्द वह कह पाया, और फिर विदा लेकर वहाँ से चला आया।

''हाँ, हाँ, वह सचमुच बदल गई है,'' नेख़्लूदोव सोच रहा था। उसका मन पहले संशयों से घिरा रहता था। लेकिन जो भावना अब उसके मन में उठ रही थी, उसका अनुभव उसे पहले कभी नहीं हुआ था–उसे विश्वास हो रहा था कि प्रेम सचमुच अजेय है।

इस भेंट के बाद मास्लोवा अपनी बदबूदार कोठरी में लौट गई। उसने अपना लबादा उतारा और दोनों हाथ अपनी गोद में रखे तख़्ते पर बैठ गई। उस वक़्त कोठरी में केवल तपेदिक़ की बीमार स्त्री, जो व्लादीमिर से आई थी, उसका बच्चा, मेन्शोव की बुढ़िया माँ, तथा चौकीदारिन और उसके बच्चे ही थे। पादरी की बेटी को परसों यहाँ से अस्पताल में ले गए थे। डाक्टरों ने कहा था कि उसका दिमाग़ ख़राब हो गया है। बाक़ी औरतें कपड़े धोने के लिए गई हुई थीं। बुढ़िया सो रही थी, कोठरी का दरवाज़ा खुला था और चौकीदारिन के बच्चे बाहर बरामदे में खेल रहे थे। दोनों स्त्रियाँ –व्लादीमिर वाली स्त्री, अपने बच्चे को उठाए हुए, और चौकीदारिन दोनों मास्लोवा के पास आ गईं। चौकीदारिन ने हाथ में मोज़ा उठा रखा था जो वह अपनी चपल उँगलियों से बुनती जा रही थी।

''बात कर आई हो ?'' उन्होंने पूछा।

मास्लोवा चुपचाप ऊँचे तख़्ते पर बैठी रही, और टाँगे झुलाती रही। तख़्ता इतना ऊँचा था कि उसके पैर ज़मीन पर नहीं लगते थे।

"रोने बिसूरने से क्या होगा ?" चौकीदारिन बोली, "सबसे ज़रूरी यह बात है कि मन पक्का रखो। ए कात्यूशा, क्यों दुखी होती है ?" अपनी उँगलियाँ तेज़-तेज़ चलाते हुए वह बोली।

मास्लोवा ने कोई जवाब नहीं दिया।

"हमारी कोठरी की सब औरतें कपड़े धोने गई हैं," व्लादीमिर वाली स्त्री बोली, "कह रही थीं कि आज बहुत ख़रात आई है। बहुत-सी चीज़ें आई हैं।"

"फिनाश्का !" चौकीदारिन ने पुकारकर कहा, "कहाँ गया कलमुँहा ?"

उसने एक सिलाई लेकर ऊन के गोले और मोज़े दोनों में खुभोई और बाहर बरामदे में चली गई।

इसी वक़्त बरामदे में औरतों से बातें करने की आवाज़ें आने लगीं और स्त्रियाँ अपनी कोठरी में दाख़िल हुईं। सभी ने पाँवों में जेलख़ाने के जूते पहन रखे थे, लेकिन मोज़े नहीं पहने हुए थे। हरेक के हाथ में पावरोटी थी। किसी-किसी के हाथ में दो भी थीं। फ़ेदोस्या सीधी मास्लोवा के पास आ गई।

"क्या है ? क्या कोई बुरी बात हुई है ?" अपनी स्वच्छ नीली आँखों से, बड़ी स्नेहभरी दृष्टि से मास्लोवा की ओर देखते हुए उसने पूछा। "ये हमारी चाय के लिए है," और उसने पावरोटियाँ ऊपर तख़्ते पर रख दीं।

"क्यों , वह शादी करने को कहता था, उसने अपना मन तो नहीं बदल लिया ?" कोराब्ल्योवा ने पूछा।

"नहीं, उसने तो नहीं बदला, मगर मैं नहीं चाहती," मास्लोवा बोली, "और मैंने उसे कह भी दिया है।"

"है ना बेवकूफ़," कोराब्ल्योवा अपनी गहरी आवाज़ में बड़बड़ाई।

"अगर एकसाथ रहना नहीं हो तो शादी करने का क्या फ़ायदा है ?" फ़ेदोस्या बोली।

"तुम्हारा पति तो तुम्हारे साथ जा रहा है न ?" चौकीदारिन ने कहा।

"हमारी बात दूसरी है, हमारी तो पहले से शादी हो चुकी थी," फ़ेदोस्या बोली, "अगर उसे इसके साथ रहना नहीं है, तो शादी की रस्म करने का क्या लाभ ?"

"वाह, क्या लाभ ? पागलों की सी बातें मत करो। तुम तो जानती हो, अगर उसने शादी कर ली तो यह धन से खेलेगी," कोराब्ल्योवा बोली।

"वह कहता है 'ये लोग जहाँ कहीं भी तुम्हें ले गए, मैं तुम्हारे पीछे-पीछे आऊँगा,' " मास्लोवा ने कहा, "अगर उसने ऐसा किया तो भी अच्छा है, जो नहीं किया, तो भी अच्छा है। मैं उसे कहूँगी नहीं। अब वह पीटर्सबर्ग में जाकर इस मामले के बारे में कोशिश करेगा। वहाँ के सब मन्त्री उसके रिश्तेदार हैं। पर फिर भी, मुझे उसकी कोई ज़रूरत नहीं है," वह कहती गई।

"ठीक है," कोरोब्ल्योवा ने सहसा सहमति प्रकट की। ज़ाहिर है उसका ध्यान किसी दूसरी तरफ़ था। वह अपने बैग में रखी चीज़ों की जाँच-पड़ताल कर रही थी। "तो कहो, एक-एक घूँट हो जाए?"

"तुम पियो, मैं नहीं पियूँगी," मास्लोवा ने जवाब दिया।

पहला भाग समाप्त

दूसरा भाग

1

लगभग दो हफ़्ते के बाद मास्लोवा का मुक़दमा सेनेट के सामने पेश होगा, ऐसी सम्भावना थी। नेख़्लूदोव को उस समय पीटर्सबर्ग में मौजूद होना था। और अगर सेनेट ने अपील रद्द कर दी तो ज़ार के सामने दरख़्वास्त करनी होगी जैसा कि वकील ने कहा था। उसी ने दरख़्वास्त भी तैयार की थी। वकील का कहना था कि यह दरख़्वास्त देने के लिए तैयार रहना चाहिए, क्योंकि अपील के तर्क बहुत कमज़ोर हैं। क़ैदियों के जिस दल के साथ मास्लोवा को साइबेरिया भेजा जाएगा वह शायद जून महीने के शुरू में चल दे और चूँकि नेख़्लूदोव ने उसके पीछे-पीछे साइबेरिया जाने का पक्का निश्चय कर लिया था, उस सूरत में यह ज़रूरी था कि वह अब अपनी ज़मीन-जायदाद पर जाए, और वहाँ पर आवश्यक बातों का निबटारा करे।

सबसे पहले नेख़्लूदोव अपनी पास ही की काली मिट्टीवाली जागीर कुज़्मिंस्कोए गया। अपनी आमदमी का अधिकांश भाग उसे इसी जागीर से प्राप्त होता था। अपने बचपन और जवानी के दिनों में नेख़्लूदोव कई बार वहाँ गया था। उसके बाद भी दो बार जा चुका था। एक बार तो माँ के कहने पर वह एक जर्मन कारिन्दे को साथ लेकर गया था और वहाँ का हिसाब-किताब किया था। इसलिए वहाँ की स्थिति से भली-भाँति परिचित था, तथा साथ ही किसानों के प्रबन्धक के साथ (अर्थात् मालिक के साथ) सम्बन्धों को भी अच्छी तरह जानता था। मालिक-किसान सम्बन्धों की व्याख्या यदि शिष्ट रूप में करें तो हम कहेंगे कि किसान मालिक पर पूर्णतया आश्रित थे, और यदि अशिष्ट रूप में करें तो कहेंगे कि वे इस प्रबन्ध के गुलाम थे। यह वह ज़िन्दा गुलामी नहीं थी जिसे 1861 में ख़त्म कर दिया गया था। इसमें, समूचे तौर पर, सभी किसान जिनके पास या तो ज़मीन थी ही नहीं या बहुत कम थी सभी बड़े-बड़े ज़मींदारों के गुलाम थे, या व्यक्तिगत तौर पर उन बड़े-बड़े ज़मींदारों के गुलाम थे जिनके बीच वे रहते थे। नेख़्लूदोव इसे जानता था, यह जाने बिना वह रह भी नहीं सकता था, क्योंकि उसकी ज़मीन-जायदाद का प्रबन्ध ऐसी ही गुलामी पर निर्भर था। वह स्वयं इस प्रबन्ध को बनाए हुए था। इतना ही नहीं, वह यह भी जानता था कि यह प्रबन्ध-प्रणाली निर्दयी और अन्यायपूर्ण है। यह वह उस समय से जानता था जब वह विश्वविद्यालय का छात्र था और हैनरी जार्ज के सिद्धान्तों को मानकर उनका प्रचार किया करता था। उन्हीं सिद्धान्तों के आधार पर उसने अपनी वह ज़मीन किसानों में बाँट दी थी जो उसे अपने पिता की ओर से विरासत में मिली थी क्योंकि वह भू-स्वामित्व को आजकल वैसा ही पाप समझता था, जैसा कि पचास साल पहले भू-दासों पर स्वामित्व था। हाँ, यह ज़रूर सच है कि फ़ौज में नौकरी करने के बाद, जहाँ उसे एक साल में बीस हज़ार रूबल ख़र्च कर देने की आदत पड़ गई थी, वह अपने को उन पहले सिद्धान्तों से बाध्य नहीं समझता था, वे उसे भूल तक गए थे। और उसने न केवल यह पूछना छोड़ दिया था कि जो रुपया उसे माँ भेजती है, वह कहाँ से आता है, बल्कि इस बारे में सोचना तक छोड़ दिया था। पर माँ की मृत्यु हो जाने से, तथा अपनी विरासत की ज़मीन-जायदाद पर अधिकार ग्रहण करने और उसका प्रबन्ध हाथ में लेने की आवश्यकता उठने

पर यह सवाल उसके सामने फिर उठ खड़ा हुआ था कि भूमि के निजी स्वामित्व के प्रति उसकी स्थिति क्या है। महीने भर पहले यदि नेख़्लूदोव से पूछा जाता तो वह जवाब देता कि मौजूदा व्यवस्था को बदलना उसके वश की बात नहीं, वह स्वयं अपनी ज़मीन-जायदाद का प्रबन्ध नहीं कर रहा है। और वह ख़ुद जमीन-जायदाद से दूर रहकर, ज़रूरत के रुपए वहाँ से मँगवाता रहता और इस तरह उसका ज़मीर साफ़ बना रहता। परन्तु अब बावजूद इसके कि नेख़्लूदोव को निकट भविष्य में साइबेरिया जाना था, जहाँ जेलों की दुनिया के साथ कठिन और पेचीदा सम्बन्धों से उसका साबका पड़ेगा और जहाँ पैसों की ज़रूरत होगी उसने निश्चय कर लिया था कि वह मौजूदा व्यवस्था को यों नहीं छोड़ सकता बल्कि उसे नुक़सान उठाकर भी इसको बदलना होगा। इसके लिए उसने निश्चय किया कि वह ज़मीन क़ी ख़ुद काश्त तो नहीं करवाएगा बल्कि उसे मामूली लगान पर किसानों को दे देगा और इस तरह उन्हें ज़मींदार पर निर्भर हुए बिना ज़मीन की काश्त करते रहने का अवसर देगा। कई बार ज़मींदारों की स्थिति की तुलना भू-दासों के स्वामियों से करते हुए नेख़्लूदोव ने यह सोचा था कि उनके द्वारा किसानों को ज़मीन लगान पर दे देना वैसा ही है जैसा कि किसी जमाने में भू-दासों के स्वामियों द्वारा अपने दासों से बेगार पर काम लेने की जगह उन्हें उन्मोचन भाटक पर खेती करने देना था। इससे समस्या का समाधान तो नहीं हो जाता, लेकिन उसे हम समाधान की ओर एक क़दम ज़रूर कह सकते हैं। यह ग़ुलामी की बर्बरता को कम करने में सहायक है। और इसी के अनुसार अब वह आचरण भी करना चाहता था।

नेख़्लूदोव लगभग दोपहर के समय कुज़्मिंस्कोए पहुँचा। वह अपने जीवन को हर तरह से सादा बनाने की कोशिश कर रहा था, इसलिए उसने पहले तार नहीं दी और स्टेशन से भी दो घोड़ोंवाले एक छकड़े में बैठकर चला। गाड़ीवान–नौजवान छोकरा मोटे सूती कपड़े का कोट पहने था, जिसे उसने लम्बी-सी कमर के नीचे पेटी से कस रखा था। गाड़ीवान को साहब के साथ बातें करने में मज़ा आ रहा था, विशेषकर इसलिए भी कि इस तरह उसका लंगड़ा सफ़ेद मरियल बिचला घोड़ा और बग़लवाला दुबला-पतला थका-हारा घोड़ा–दोनों धीमी चाल से चल सकते थे, और उन्हें इसी चाल से चलना पसन्द भी था।

गाड़ीवान कुज़्मिस्कोये जागीर के कारिन्दे के बारे में बातें करने लगा। उसे मालूम नहीं था कि जागीर का मालिक उसके छकड़े में बैठा है। नेख़्लूदोव ने जान-बूझकर उसे अपने बारे में नहीं बताया था।

गाड़ीवान अपनी सीट पर तिरछा होकर बैठ गया, अपनी लम्बी चाबुक पर ऊपर से नीचे तक हाथ फेरा और अपनी योग्यता दिखाने की कोशिश करते हुए (वह शहर हो आया था और कुछेक उपन्यास पढ़ चुका था) बोला–

"वह जर्मन बड़ा दिखावटी आदमी है ! कहीं से तीन जवान, मुश्की घोड़े ले आया है। जब वह अपनी औरत को बग़ल में बैठालकर सवारी को निकलता है, तो बाप रे, देखते बनता है ! बड़े दिन पर उसने ज़मींदार की कोठी में क्रिसमस का पेड़ खड़ा किया। मैं कुछ मेहमानों को गाड़ी में बिठलाकर वहाँ ले गया था। पेड़ में बिजली के कुमकुमे चमक रहे थे! सारे इलाक़े में आपको ऐसी सजावट कहीं देखने को नहीं मिलेगी। मालिक के रुपए मार-मार के उसने बहुत-सा धन बटोर लिया है। और बटोरे भी क्यों नहीं ? उसे रोकनेवाला तो कोई है ही नहीं। सुनते हैं उसने एक बहुत बढ़िया जागीर मोल ले ली है।

नेख़्लूदोव समझता था कि उसे इस बात की कोई परवाह नहीं कि कारिन्दा उसकी ज़मीन-जायदाद का कैसा प्रबन्ध करता है, और उसमें से अपने लिए क्या-क्या लाभ निकालता है। फिर

भी जो बातें इस लम्बी कमरवाले लड़के ने कही, उसे अप्रिय लगीं।

दिन बड़ा सुहावना था, उसे बहुत प्यारा लग रहा था। किसी-किसी वक़्त गहरे, अँधियारे बादलों की टुकड़ियाँ सूरज को ढँक लेतीं। खेतों में किसान, चारों ओर ताज़ा जई की गुड़ाई कर रहे थे। मैदानों पर हरियाली बिछी थी और उनके ऊपर लार्क पक्षी पंख फैलाए उड़ रहे थे। बलूत के कुछेक पेड़ों को छोड़कर सभी पेड़ नए पत्तों की ओढ़नी ओढ़े हुए थे। चरागाहों में जगह-जगह ढोर और घोड़े चर रहे थे। दूर-दूर तक खेतों में जोताई हो चुकी थी। समूचा दृश्य बहुत सुन्दर था, फिर भी किसी-किसी वक़्त उसे ऐसा भास होता जैसे कहीं कोई अप्रिय बात हुई है। जब वह मन-ही-मन पूछता कि यह अप्रिय बात क्या हो सकती है तो उसे गाड़ीवान की वार्ता याद हो आती, जो उसने कुज़्मिंस्कोए की ज़मीन के बारे में की थी कि जर्मन उसका कैसे प्रबन्ध कर रहा है।

लेकिन जब वह अपने ठिकाने पर पहुँच गया और काम में जुट गया तो यह अप्रिय भावना जाती रही।

नेख़्लूदोव ने हिसाब देखा। कारिन्दे से बातें कीं। कारिन्दे ने बड़ी सरलता से उसे समझाना शुरू किया कि किसानों के पास अपनी ज़मीन बहुत कम है, जो है भी तो वह ज़मींदार की ज़मीनों के बीच में है। इससे ज़मींदार को बहुत फ़ायदा है। इन बातों से नेख़्लूदोव का निश्चय और भी पक्का हो गया कि वह खेतीबारी छोड़ देगा और ज़मीन किसानों को लगान पर दे देगा।

दफ़्तर में रखे बही-खाते और कारिन्दे की बातों से नेख़्लूदोव को पता चला कि सबसे अच्छी ज़मीन के दो तिहाई भाग पर बढ़िया औज़ारों द्वारा मज़दूरों से काश्त करवाई जाती है, और मज़दूरों को निश्चित पगार दी जाती है। बाक़ी एक तिहाई ज़मीन की जोताई किसान करते हैं और उन्हें पाँच रूबल फ़ी देस्यातीना के हिसाब से पैसे मिलते हैं। इसका मतलब यह है कि किसान प्रत्येक देस्यातीना पर तीन बार हल चलाते हैं, तीन बार उस पर हेंगी करते हैं, अनाज बोते और काटते हैं, उसके गट्ठर बनाकर अनाज साफ़ करनेवाले स्थान तक पहुँचाते हैं, और इस सब काम के लिए उन्हें पाँच रूबल मिलते हैं। यही काम अगर मज़दूरों द्वारा पगार देकर करवाया जाए तो इसके लिए कम-से-कम दस रूबल देने पड़ेंगे। किसान जो कुछ भी ज़मींदारी में से उठाते हैं उसके लिए उन्हें श्रम के रूप में बहुत अधिक मूल्य चुकाना पड़ता है। अपने ढोर चराने का, लकड़ी का, आलुओं के डंठल-पत्तों का–इन सब चीज़ों का मूल्य उन्हें कड़े श्रम द्वारा चुकाना पड़ता हैं इस तरह अगर हिसाब लगाकर देखा जाए तो काश्तशुदा ज़मीनों से परे जो ज़मीनें किसानों को लगान पर दी गई हैं, अगर उनके मूल्य की रक़म पाँच प्रतिशत ब्याज पर लगाई जाए तो जो आमदनी उससे होगी, उससे चार गुना ज़्यादा आमदमी ज़मींदार किसानों से वसूल कर लेता है।

नेख़्लूदोव यह सब पहले से जानता था, लेकिन ये बातें अब उसे एक नई रोशनी में नज़र आने लगी थीं। वह इस बात पर हैरान हो रहा था कि उसे और उस जैसे अन्य ज़मींदारों को इस स्थिति की अस्वाभाविकता का बोध क्यों नहीं होता। कारिन्दे का यह तर्क था कि अगर ज़मीनें लगान पर चढ़ा दी गई तो खेतीबारी के औज़ारों से कुछ भी प्राप्त नहीं होगा, उनकी क़ीमत का एक चौथाई भी वसूल नहीं होगा; किसान ज़मीन ख़राब कर देंगे और नेख़्लूदोव का बड़ा नुकसान होगा। ये तर्क सुनकर नेख़्लूदोव का विश्वास और भी दृढ़ हो रहा था कि ज़मीन किसानों को लगान पर देकर और इस तरह अपनी आय के बहुत बड़े भाग से वंचित रहकर वह बहुत ही शुभ काम कर रहा है। उसने निश्चय कर लिया कि इस बात का निबटारा अभी वह अपनी मौजूदगी में करके जाएगा। बाक़ी काम–अनाज की कटाई, बिक्री, खेतीबारी के औज़ारों का बेचना, अनुपयोगी मकानों का बेचना इत्यादि–वक़्त आने पर कारिन्दा ख़ुद करता रहेगा। परन्तु इस समय उसने कारिन्दे को

उन तीन गाँवों के किसानों की मीटिंग बुलाने को कहा जो कुज़्मिंस्कोए ज़मींदारी से घिरे थे। इस मीटिंग में वह अपना इरादा साफ़ कर देना चाहता था और लगान की शर्तों का फ़ैसला कर देना चाहता था।

जब नेख़्लूदोव दफ़्तर में से निकलकर बाहर आया तो वह मन-ही-मन ख़ुश था। कारिन्दे के तर्कों के सामने वह दृढ़ रहा था और स्वयं नुक़सान उठाने के लिए तत्पर था। अपने अगले काम के बारे में सोचते हुए वह घर के आस-पास टहलने लगा। फूलों की क्यारियाँ उपेक्षित पड़ी थीं–अबकी फूल कारिन्दे के घर के सामने लगाए गए थे। टेनिस के मैदान में चिकोरी उग आई थी। इनके पास से टहलते हुए वह उस रास्ते पर जाने लगा जिसके दोनों ओर लाइम-वृक्ष लगे थे। किसी ज़माने में वह यहाँ पर सिगार पीने आया करता था। यहीं पर वह किरिमोवा से चुहलें किया करता था। किरिमोवा एक बड़ी सुन्दर युवती थी जो उसकी माँ से मिलने आया करती थी। मन-ही-मन उसने संक्षेप रूप में अपना भाषण तैयार कर लिया जो वह दूसरे रोज़ किसानों के सामने देना चाहता था। इसके बाद वह कारिन्दे के पास गया और चाय पीते समय उसके साथ एक बार फिर इस बात पर विचार-विमर्श किया कि कैसे ज़मीन-जायदाद किसानों को दी जाए और इस ओर से बिलकुल शान्त होकर अपने कमरे में आराम करने के लिए चला गया। यह कमरा बड़ी कोठी में उसके लिए तैयार किया गया था। पहले इस कमरे को एक फ़ालतू सोनेवाले कमरे के रूप में इस्तेमाल किया जाता था।

कमरा छोटा-सा था और साफ़-सुथरा था। दीवारों पर वेनिस नगर के चित्र टँगे थे। दो खिड़कियों के बीच, दीवार पर आईना लटक रहा था। बिस्तर बड़ा साफ़ था और उस पर कमानीदार गद्दा बिछा था। पलँग के पास ही छोटी-सी मेज़ पर पानी की सुराही, दियासलाई और मोमबत्ती बुझानेवाला उपकरण रखा था। आइने के नीचे एक मेज़ पर उसका बैग खुला पड़ा था। उसमें उसका साबुन-तेल का डिब्बा और कुछेक किताबें रखी थीं। किताबों में से एक किताब रूसी भाषा में थी : 'जाब्ता फ़ौजदारी की जाँच'। इसके अलावा एक किताब जर्मन भाषा में और एक अंग्रेजी में थी। इन किताबों का भी विषय वही था। इन्हें वह देहात में सफ़र करते वक़्त पढ़ने के लिए ले आया था। लेकिन आज पढ़ना सम्भव नहीं था, बहुत देर हो गई थी। इसलिए वह सोने की तैयारी करने लगा ताकि सुबह जल्दी उठकर किसानों से भेंट करने के लिए तैयार हो सके।

कमरे के एक कोने में एक आराम-कुर्सी रखी थी। पुराने ढंग की, महोगनी की बनी कुर्सी थी, जिस पर पच्चीकारी का काम किया हुआ था। नेख़्लूदोव को याद आ गया कि यही कुर्सी माँ के सोनेवाले कमरे में रखी रहती थी। यह याद आने की देर थी कि उसके हृदय में एक ऐसी भावना जाग उठी जिसकी उसे तनिक भी आशा न थी। वह सोचने लगा कि यह घर खंडहर बन जाएगा, बाग़ में झाड़-झंखाड़ उगने लगेंगे, जंगल काट डाला जाएगा, ये सब चौपाल, अस्तबल, छप्पर, यन्त्र, घोड़े, गौएँ उपेक्षित पड़े रह जाएँगे जिन्हें जुटाने में और जिनकी सार-सँभाल करने में इतनी मेहनत करनी पड़ी थी–भले ही यह मेहनत नेख़्लूदोव को नहीं करनी पड़ी हो। उसका हृदय अनुताप से भर उठा। इन सब चीज़ों को छोड़ देना पहले आसान लगता था, लेकिन अब मुश्किल हो रहा था। न केवल इन्हें त्यागना ही, बल्कि ज़मीन का लगान पर चढ़ा देना भी, क्योंकि उससे आमदनी आधी रह जाएगी। सहसा एक दूसरे तर्क ने इस भावना की पुष्टि की। किसानों को ज़मीन देने से उसकी सारी जागीर नष्ट-भ्रष्ट हो जाएगी, ऐसा करना सर्वथा अनुचित होगा।

"ज़मीन का स्वामी बनकर मुझे नहीं रहना चाहिए। लेकिन अगर यह स्वामित्व न रहा तो इस सारी जायदाद को भी मैं सँभाल नहीं सकता। इसके अलावा साइबेरिया जाना है, मुझे न घर

की ज़रूरत होगी न जमीन की,'' उसके अन्दर एक आवाज़ उठती। पर जवाब में दूसरी आवाज़ कहती–''यह सब ठीक है, लेकिन साइबेरिया में तुम सारी ज़िन्दगी तो नहीं बैठे रहोगे। सम्भव है तुम शादी करो, तुम्हारे बच्चे हों, तुम्हारा फ़र्ज हो जाता है कि यह जायदाद उतनी ही अच्छी हालत में तुम उनके सुपुर्द करो जितनी अच्छी हालत में तुम्हें स्वयं प्राप्त हुई थी। ज़मीन के प्रति भी तुम्हारा वैसा ही कर्तव्य है। इसे छोड़ देना, हर चीज़ को नष्ट-भ्रष्ट कर देना आसान है, लेकिन फिर बनाना बहुत मुश्किल होगा। सबसे ज़रूरी बात यह है कि तुम अपने भविष्य के बारे में सोचो, कि तुम क्या करोगे, और उसी के अनुसार ज़मीन-जायदाद का निबटारा करो। फिर यह तो बताओ, क्या तुम यह त्याग सचमुच अपनी अन्तरात्मा के आदेश का पालन करते हुए कर रहे हो, या महज़ दिखावा करने के लिए ?'' नेख़्लूदोव ने मन-ही-मन अपने-से ये सब सवाल किए। उसे स्वीकार करना पड़ा कि उस पर इस विचार का ज़रूर असर हुआ था कि लोग उसके बारे में क्या कहेंगे। जितना अधिक वह इन प्रश्नों के बारे में सोचता, उतनी ही अधिक संख्या में प्रश्न उसके मन में उठते, और उतने ही अधिक वे असाध्य जान पड़ते।

वह अपने साफ़-सुथरे बिस्तर पर लेट गया और सोने की कोशिश करने लगा। सो जाऊँगा तो ये विचार परेशान नहीं करेंगे। सुबह के वक़्त दिमाग़ साफ़ होता है, उस वक़्त इन समस्याओं को सुलझाऊँगा। लेकिन फिर भी उसे बड़ी देर तक नींद नहीं आई। कमरे में ताज़ा हवा के झोंके आ रहे थे और चाँद की चाँदनी छन-छनकर आ रही थी। बाहर मेंढक टर्रा रहे थे। उनकी आवाज़ दो बुलबुलों की आवाज़ से मिलकर सुनाई पड़ रही थी, एक बुलबुल बाग़ में और दूसरी खिड़की के पास लिलक की फूलों से लदी झाड़ी में बैठी गा रही थी। बुलबुलों और मेंढकों की आवाजों को सुनते हुए नेख़्लूदोव को सहसा इन्स्पेक्टर की बेटी का संगीत याद हो आया और फिर स्वयं इन्स्पेक्टर भी। उससे उसे मास्लोवा की याद आई। मास्लोवा ने जब कहा था–''तुम्हें यह सब बिलकुल छोड़ देना होगा,'' तो उसके होंठ किस तरह काँप रहे थे बिलकुल उसी तरह जिस तरह ये मेंढक टर्रा रहे हैं। फिर जर्मन कारिन्दा मेंढकों के पास जाने लगा। उसे ज़बरदस्ती पीछे हटाया गया। लेकिन वह नहीं रुका बल्कि मास्लोवा में बदल गया और मास्लोवा धिक्कारने लगी–''तुम प्रिन्स हो, मैं मुज़रिम हूँ।'' ''नहीं, मैं हार कभी नहीं मानूँगा,'' नेख़्लूदोव ने सोचा, फिर जागकर अपने से पूछा–''मैं जो कुछ कर रहा हूँ क्या यह ठीक है या ग़लत ? मैं नहीं जानता। और मुझे इसकी कोई परवाह नहीं है। कोई फ़र्क नहीं पड़ता। मुझे सो जाना चाहिए।'' और जिस ओर उसने कारिन्दे और मास्लोवा को नीचे उतरते देखा था, उसी ओर वह स्वयं भी उतरने लगा। वहीं पर यह सब ख़त्म हो गया।

2

दूसरे दिन सुबह नौ बजे नेख़्लूदोव की नींद टूटी। उसकी टहल-सेवा का काम एक युवक कर रहा था जो दफ़्तर में क्लर्क था। ज्यों ही उसने देखा कि मालिक बिस्तर पर हिल-डुल रहे हैं, तो वह उनके बूट ले आया। बूट ऐसे चमक रहे थे जैसे पहले कभी नहीं चमके थे। साथ ही मुँह-हाथ धोने के लिए चश्मे का स्वच्छ ठंडा जल भी लाया। और मालिक से कहा कि किसान अभी से जमा होने लगे हैं। नेख़्लूदोव उठकर खड़ा हो गया और स्थिरता से सोचने लगा। जो अनुताप उसे कल यह सोचकर होने लगा था कि अपनी ज़मीन-जायदाद देकर वह उसे नष्ट-भ्रष्ट कर रहा है उसका लेशमात्र भी इस समय नहीं था। इस अनुपात को याद करके वह हैरान हुआ। इस समय

जो काम उसके सामने था, उसके बारे में सोचते हुए उसके हृदय में उल्लास था, और अनजाने में ही उसे गर्व का भास होने लगा था।

खिड़की में से उसे टेनिस खेलने का मैदान नज़र आ रहा था जिसपर चिकरी उग रही थी। वहीं पर किसान इकट्ठे हो रहे थे। पिछली रात जो मेंढक टर्राते रहे थे तो किसी कारण ही। आज दिन साफ़ नहीं था, बादल छाए थे। हवा बन्द थी। सुबह सवेरे ही हलकी-हलकी, स्निग्ध-सी बूँदाबाँदी होने लगी थी, और बारिश की बूँदें पेड़ों की शाखों और पत्तों और घास पर लटक रही थीं। खिड़की में से ताज़ा हरियाली, और भीगी धरती की गन्ध आ रही थी। जान पड़ता जैसे धरती और बारिश माँग रही है।

कपड़े पहनते हुए नेख़्लूदोव ने कई बार किसानों की ओर देखा जो टेनिस के मैदान पर जमा हो रहे थे। एक-एक करके वे आ रहे थे। एक किसान आता, सिर पर से टोपी उतारकर, झुककर सबका अभिवादन करता, अपनी जगह पर जा खड़ा होता। सभी लोग एक दायरे की शक्ल में खड़े हो रहे थे, और अपनी-अपनी लाठी की टेक लेकर खड़े बातें कर रहे थे। कारिन्दा अन्दर आया और बोला कि सभी किसान पहुँच गए हैं लेकिन आप पहले नाश्ता कर लीजिए, चाय और कॉफ़ी दोनों हाज़िर हैं, इतनी देर तक किसान इन्तज़ार कर सकते हैं। कारिन्दा हृष्ट-पुष्ट, गठे हुए बदन का युवक था। उसने एक छोटी-सी जॉकेट पहन रखी थी जिस पर बड़े-बड़े बटन लगे थे और हरे रंग का खड़ा-सा कॉलर था।

''नहीं, मैं सोचता हूँ मैं अभी उनसे मिलूँगा,'' नेख़्लूदोव ने कहा। सहसा यह सोचकर कि वह किसानों से क्या बातें करने जा रहा है, नेख़्लूदोव को झेंप और शर्म महसूस होने लगी थी।

वह किसानों की इच्छा-पूर्ति करने जा रहा था, जिस इच्छा-पूर्ति की आशा तक करने का उन्हें साहस नहीं हो पाता था। वह मामूली से लगान पर अपनी ज़मीन उन्हें देने जा रहा था, उन पर बहुत बड़ा उपकार करने जा रहा था। फिर भी किसी बात पर उसे शर्म महसूस हो रही थी। नेख़्लूदोव किसानों के पास पहुँचा। किसानों ने सिर पर से टोपियाँ उतारीं, कितने ही सिर उसके सामने नंगे हो गए, किसी पर सुनहरे बाल थे, किसी पर घुँघराले, कोई सिर गंजा था, किसी पर सब बाल सफ़ेद हो चुके थे। उस समय घबराहट के कारण नेख़्लूदोव के मुँह से एक शब्द भी नहीं निकल सका। हलकी-हलकी बूँदाबाँदी अब भी हो रही थी जिससे किसानों के बाल, उनकी दाढ़ियाँ, उनके खुरदरे कोटों के रोएँ भीग रहे थे। किसान इस इन्तज़ार में थे कि कब मालिक बोलना शुरू करें, वे उनकी ओर देखे जा रहे थे, लेकिन नेख़्लूदोव इस क़दर शर्मा रहा था कि उसके मुँह से एक शब्द भी नहीं निकल रहा था। एक झेंप भरी चुप्पी छाई हुई थी। आख़िर इसे तोड़ा जर्मन कारिन्दे ने, जो धीर-गम्भीर, आत्म-विश्वासी आदमी था, और समझता था कि वह रूसी किसानों की रग-रग पहचानता है, और जो बहुत अच्छी तरह रूसी बोल सकता था। एक तरफ़ यह हृष्ट-पुष्ट, मोटा-ताज़ा आदमी खड़ा था। उसके साथ खड़ा नेख़्लूदोव भी वैसा ही था। दूसरी ओर किसान थे, उनके दुबले-पतले, झुर्रियों भरे चेहरे, मोटे-मोटे कोटों में से कन्धों की हड्डियाँ निकली हुईं। कितना अन्तर था !

''प्रिन्स तुम पर बहुत बड़ा उपकार करनेवाले हैं, परन्तु तुम इस उपकार के योग्य नहीं हो। वह तुम्हें ज़मीन लगान पर दे देंगे,'' कारिन्दे ने कहा।

''योग्य कैसे नहीं हैं वासीली कार्लेविच, क्या हम तुम्हारे लिए काम नहीं करते ? जब कुँवर जी की माँ ज़िन्दा थीं–भगवान उनकी आत्मा को शान्ति दें–तो हम बड़े आराम से रहते थे। और हमें विश्वास है, कुँवर जी भी हमें बिसराएँगे नहीं। हम इनके बहुत शुक्रगुज़ार हैं,'' लाल बालोंवाले एक वाक्-पटु किसान ने कहा।

"हाँ, इसीलिए मैंने आज तुम सबको बुलाया है। अगर तुम चाहो तो सारी-की-सारी ज़मीन मैं तुम्हें लगान पर दे दूँगा।"

किसान कुछ नहीं बोले। ऐसा जान पड़ता था जैसे या तो बात उनकी समझ में नहीं आई, या उस पर उन्हें विश्वास नहीं हो रहा था।

"ज़रा ठहरो जी। ज़मीन हमें देंगे। क्या मतलब हुआ ?" एक वयस्क आदमी बोला।

"ज़मीन तुम्हें देंगे ताकि तुम उस पर खेतीबारी कर सको। लगान तुम्हें बहुत कम देना पड़ेगा।"

"अच्छी बात है," एक बूढ़े ने कहा।

"बस, लगान हमारे बूते में हो," एक दूसरा बोला।

"हाँ, हाँ, ज़मीन क्यों न ली जाए।"

"खेती करके ही तो अपना पेट पालते हैं। बाप-दादा से यही चल रहा है।"

"इससे तुमको भी आराम रहेगा। कोई काम नहीं करना पड़ेगा। घर बैठे-बैठे लगान लेते रहोगे। सोचो तो, आजकल तुम्हें कोई चैन नहीं। और कितना पाप तुम्हारे सिर पर है!" कुछेक के मुँह से निकला।

"पाप सब तुम्हारे सिर है," जर्मन बोला, "अगर काम ठीक तरह करते और ढंग से रहते..."

"यह हम जैसों के लिए नामुमकिन है," तीखी नाकवाले एक बूढ़े ने कहा। "तुम हमसे कहते हो कि 'तुमने खेत में क्यों घोड़ा घुसने दिया ?' जैसे मैंने ख़ुद उसे खेत के अन्दर डाल दिया हो। मैं इधर दिन भर अपने हाड़ तोड़ता रहा, हँसिया चलाता रहा या कुछ और, लगे जैसे दिन कभी ख़त्म ही नहीं होगा। किसान का एक-एक दिन एक-एक साल बराबर होता है। रात को घोड़ों को चराने ले गया तो कहीं नींद आ गई। पता नहीं चला और घोड़ा तुम्हारी जई में घुस गया। और अब तुम मेरी चमड़ी उधेड़ रहे हो।"

"कहा तो, सब कुछ ढंग से रखो।"

"तुम्हें तो क्या, कह दिया ढंग से रखो। किसान के इतने हाड़ कहाँ।" अधेड़ उम्र के एक ऊँचे-लम्बे आदमी ने कहा। उसके सिर और मुँह पर काले बाल-ही-बाल थे।

"कहा नहीं था कि बाड़ लगाओ ?"

"लाओ लकड़ी दो, हम बाड़ बना लेंगे," एक नाटे क़द के , सीधे-सादे किसान ने कहा। "पिछले साल मैं बाड़ लगाने चला था। मैंने ज्योंही एक पेड़ पर कुल्हाड़ी चलाई तो तुमने मुझे तीन महीने के लिए ज़ेल में डाल दिया। बस, बाड़ बन गई।"

"यह क्या कह रहा है ?" कारिन्दे की ओर घूमकर नेख़्लूदोव ने पूछा।

+Der erste Dieb im Dorfe,"* कारिन्दे ने जर्मन भाषा में उत्तर दिया, "हर साल यह आदमी जंगल में से लकड़ी चुराते हुए पकड़ा जाता है।" फिर किसान को सम्बोधित करते हुए बोला, "दूसरे की चीज़ को इज़्ज़त से देखना चाहिए।"

"क्या हम तुम्हारी इज़्ज़त नहीं करते ?" बूढ़े ने कहा। "तुम्हारी इज़्ज़त नहीं करेंगे तो जाएँगे कहाँ ? हम तो तुम्हारे हाथ में हैं, तुम चाहो तो हमें बटकर रस्सी बना सकते हो।"

"उल्टी बात कह रहे हो, भले आदमी। तुम्हारे साथ ऐसा करना नामुमकिन है। उल्टे तुम हमारी गर्दन पर सवार रहते हो," जर्मन बोला।

1. गाँव का एक नम्बर चोर है (जर्मन)

"हम सवार रहते हैं। भली कही। तुम्हीं ने मेरा जबड़ा तोड़ा था न। मुझे क्या मिला। अमीरों के सामने भला ग़रीब की भी कभी चली है।"

"तुम्हें क़ानून के मुताबिक चलना चाहिए।"

तू-तू मैं-मैं का मुकाबला चल रहा था। इसमें भाग लेनेवाले भी नहीं जानते थे कि वे क्यों ऐसा कर रहे हैं। पर इतना ज़रूर नज़र आ रहा था कि एक ओर कटुता है जिसे भय के कारण दबाने की कोशिश की जा रही है। दूसरी ओर अपनी ताक़त और बड़प्पन का घमंड है। इन बातों को सुनना नेख़्लूदोव के लिए बहुत मुश्किल हो रहा था। इसलिए उसने लगान की फिर चर्चा शुरू कर दी कि यह निश्चय किया जाए कि लगान कितना हो और किन शर्तों पर हो।

"अच्छा, अब ज़मीन की बात करो। लेना चाहते हो ? अगर मैं सारी-की-सारी तुम्हें दे दूँ तो कितना लगान दोगे ?"

"माल तुम्हारा है, तुम्हीं बताओ।"

नेख़्लूदोव ने रक़म बताई। पास-पड़ोस में जो लगान लिया जाता था, उससे यह बहुत कम था। फिर भी किसानों ने कहा कि यह बहुत ज़्यादा है, और आदत के मुताबिक सौदेबाज़ी करने लगे। नेख़्लूदोव का ख़याल था कि रक़म सुनते ही उनके चेहरे ख़ुशी से खिल उठेंगे, मगर वहाँ ख़ुशी कहीं नज़र नहीं आती थी। हाँ एक बात ऐसी हुई जिससे नेख़्लूदोव को पता चल गया कि उसके प्रस्ताव से किसानों को लाभ पहुँचेगा। जब उनके सामने यह सवाल रखा गया कि ज़मीन किसको दी जाए, सारे ग्राम-समुदाय को जिसमें सभी किसान शामिल हैं या किसी ख़ास सोसायटी को जिसमें केवल वही किसान शामिल होंगे जो ज़मीन लेना चाहते हैं, तो झगड़ा खड़ा हो गया। कुछ किसान चाहते थे कि ऐसे किसानों को जो ग़रीब हैं और वक़्त पर लगान नहीं चुका सकेंगे बाहर रखा जाए। जवाब में वे लोग शिकवा-शिकायत करने लगे जिन्हें डर था कि उन्हें इस कारण शामिल नहीं किया जाएगा। आख़िर कारिन्दे ने स्थिति सँभाल ली, लगान की रक़म और शर्तें मुक़र्रर की गईं। किसान ऊँचा-ऊँचा बोलते हुए पहाड़ी उतरकर अपने-अपने गाँवों को जाने लगे। नेख़्लूदोव और कारिन्दा क़रारनामा तैयार करने के लिए दफ़्तर में चले गए।

हर बात का फ़ैसला नेख़्लूदोव की इच्छानुसार तथा आशानुसार हो गया। ज़िले भर में जिस लगान पर किसानों को ज़मीन मिल सकती थी, उससे तीस प्रतिशत कम पर उन्हें यहाँ पर मिली। नेख़्लूदोव के लिए ज़मीन से आमदनी पहले से आधी रह गई। पर अब भी यह रक़म उसकी ज़रूरतों से ज़्यादा थी विशेषकर इसलिए कि उसने एक जंगल बेच दिया था और कुछ रक़म खेतीबारी के औज़ार बेचने पर भी उसे वसूल होगी। हर बात का इन्तज़ाम बहुत बढ़िया ढंग से हुआ था, फिर भी वह किसी कारण लज्जित-सा अनुभव कर रहा था। किसानों ने उसका धन्यवाद तो किया था लेकिन वे सन्तुष्ट नहीं थे। उन्हें इससे भी अधिक लाभ की आशा थी। परिणाम यह निकला कि उसने अपने को बहुत-सी रक़म से वंचित भी कर दिया, और फिर भी किसान सन्तुष्ट नहीं हुए।

दूसरे दिन क़ारनामे पर दस्तख़त हो गया। नेख़्लूदोव, कुछेक वयोवृद्ध किसानों के साथ जिन्हें प्रतिनिधि चुना गया था, दफ़्तर में से बाहर निकला। उसका मन अब भी अशान्त था, मानो कोई बात अधूरी रह गई हो। दफ़्तर में से निकलकर वह कारिन्दे की रईसाना सवारी में (स्टेशन से उसे लानवाले गाड़ीवान के शब्दों में) जा बैठा, किसानों से विदा ली और स्टेशन की ओर चल दिया। किसान अब भी खड़े सिर हिलाए जा रहे थे, मानो निराश और असन्तुष्ट हों। नेख़्लूदोव मन-ही-मन अपने आपसे असन्तुष्ट था। सारा वक़्त, अनजाने में ही, वह किसी बात पर उदास और लज्जित अनुभव करता रहा।

3

कुज़्मिंस्कोए से नेख़्लूदोव सीधा उस जागीर पर गया जो उसे फूफियों से विरासत में मिली थी। यह वही जगह थी जहाँ उसकी कात्यूशा से भेंट हुई थी। उसका इरादा यह था कि कुज़्मिंस्कोए की तरह यहाँ पर भी ज़मीन का वैसा ही प्रबन्ध कर दिया जाए। इसके अलावा वह कात्यूशा तथा अपने बच्चे के बारे में भी पता लगाना चाहता था। क्या बच्चा सचमुच मर गया था ? और जो मर गया था तो किन परिस्थितियों में मरा ?

वह सुबह सवेरे पानोवो पहुँच गया, घर पहुँचा तो देखा कि सभी इमारतें जर्जर और जीर्ण-शीर्ण दशा में पड़ी हैं, विशेषकर रिहायशी मकान। छत पर मुद्दत से रंग नहीं किया गया था, जिससे लोहे की चादरें ज़ंग के कारण लाल हो रही हैं। पहले उन पर हरा रंग किया जाता था। कुछ चादरें तो ऊपर को मुड़ी थीं, शायद अँधड़ और तूफ़ान के कारण। दीवारों पर मढ़े हुए तख़्तों को लोग जगर-जगह से उखाड़ ले गए थे। जिन जगहों पर कीलें जंग खाकर कमज़ोर हो गई थीं, वहीं उन्होंने तख़्ते उखाड़ लिए थे। दोनों ओसारे टूट-फूट गए थे, विशेषकर बगल का ओसारा जिससे वह भली भाँति परिचित था। केवल कड़ियाँ अब तक खड़ी थीं। कुछ खिड़कियों पर शीशों की जगह तख़्ते मढ़े हुए थे। मकान का बग़लवाला हिस्सा जिसमें कारिन्दा रह रहा था, बावर्चीख़ाना और अस्तबल –सभी कुछ गई-गुज़री हालत में था और गल सड़ रहा था। अगर कोई स्थान जर्जर नहीं हुआ था तो वह बाग़ था। वह पहले से भी घना हो रहा था, और पूरे जोबन पर था। बाड़ के पीछे से ही चेरी, सेब और आलूबुख़ारे के पेड़ नज़र आ रहे थे। उन पर फूल आए हुए थे जिससे वे सफ़ेद बादलों के पुँज से लग रहे थे। लिलक की झाड़ियाँ ख़ूब खिल रही थीं। बारह साल पहले भी वे इसी तरह खिल रही थीं जब नेख़्लूदोव ने कात्यूशा के साथ यहाँ नाम का खेल खेला था और इनके पीछे वह कँटीले पौधे पर गिर पड़ा था, जिससे उसके हाथ छिल गए थे। तब कात्यूशा की उम्र सोलह वर्ष की थी। घर के निकट ही फूफी सोफ़िया इवानोव्ना ने लार्च का पेड़ लगाया था। उन दिनों वह एक छड़ी के समान छोटा-सा था। अब वह एक पेड़ बन गया था। उसका तना इतना मोटा था कि उसमें से मकान की कड़ी निकल सकती थी। उसकी टहनियों पर कोमल, हरे रंग की, सुइयों जैसी पत्तियाँ उग रही थीं, ऐसे लगता था जैसे रोएँ निकल आए हों। नदी का प्रवाह, अपने दोनों किनारों में सीमित, पनचक्की के बाँध पर से ठाँठें मारता हुआ बहे जा रहा था। नदी के पार घास का मैदान था जिसमें जगह-जगह किसानों के मिले-जुले ढोर चर रहे थे।

आँगन में ही उसे कारिन्दा मिला जो खड़ा मुस्करा रहा था। वह कोई विद्यार्थी था जो विद्यालय की शिक्षा पूरी करने से पहले ही चला आया था। जब उसने नेख़्लूदोव से दफ़्तर में चलने को कहा तब भी उसके होंठों पर मुस्कराहट थी। अन्दर पहुँचते ही मुस्कराते हुए वह पार्टीशन के पीछे चला गया, मानो उसकी मुस्कराहट के पीछे कोई भेद छिपा हो, वह कोई बहुत ही बढ़िया चीज़ नेख़्लूदोव को भेंट करना चाहता हो। कुछ देर तक पार्टीशन के पीछे फुसफुसाकर बातें करने की आवाजें आती रहीं। इसके बाद वह गाड़ीवान जो नेख़्लूदोव को स्टेशन पर से लाया था, बख़्शीश लेकर अपनी गाड़ी हाँक ले गया। चलती गाड़ी से घंटियों की आवाज़ आती रही। फिर सब चुप हो गया। इसके बाद खिड़की से सामने से एक लड़की गाढ़े की कामदार क़मीज़ पहने, नंगे पाँवों भागती हुई निकल गई। उसने कानों में बुन्दों के स्थान पर रेशम के फुनगे लटका रखे थे। फिर एक किसान सामने से गुज़रा। उसके बूटों के नीचे कील लगे थे जिससे बाहर पगडंडी पर चलते हुए उसके बूटों से खटखट की आवाज़ आ रही थी।

छोटी-सी खिड़की के पास बैठकर नेख़्लूदोव बाहर बाग़ की ओर देखने लगा। उसके कान बाहर की ओर लगे हुए थे। खिड़की में से वसन्त की ताज़ी हवा के हलके-हलके झोंके आ रहे थे, उनमें धरती की गन्ध थी जिसे हाल ही में खोदा गया हो। हवा के झोंके उसके पसीने से गीले माथे पर लटक आए बालों के साथ और चाकू-से कटे-फटे दासे पर रखे काग़ज़ों के साथ खिलवाड़ करते बह रहे थे।

''त्रा-पा-तप ! त्रा-पा-तप !'' नदी पर से स्त्रियों के कपड़े धोने की आवाज़ आ रही थी। सभी एकलय में लकड़ी के बल्लों से कपड़ों को पीट रही थीं। पनचक्की का तालाब झिलमिल कर रहा था। ऐसा जान पड़ता जैसे यह आवाज़ छितरकर तालाब पर फैल रही हो। पनचक्की पर से गिरते पानी की लयबद्ध आवाज़ आ रही थी। नेख़्लूदोव के कान के पास से एक डरी हुई मक्खी ज़ोर-ज़ोर से भिनभिनाती हुई उड़ गई।

और सहसा नेख़्लूदोव को याद आया जैसे बरसों पहले, जब वह भोला-भाला युवक था, पनचक्की पर से यही लयबद्ध शब्द सुनाई दिया करता था, और उस पर से स्त्रियों के कपड़ा पीटने की आवाज़ इसी तरह आया करती थी। इसी तरह वसन्त समीर के झोंके उसके गीले माथे पर लटकते बालों को सहलाते थे तथा खिड़की से कटे-फटे दासे पर रखे काग़जों को उड़ाते थे। इसी तरह एक मक्खी भिनभिनाती हुई उसके कान के पास से उड़कर गई थी। यह कहना ग़लत होगा कि नेख़्लूदोव को उन दिनों की बातें याद हो आई थीं जब वह अठारह वर्ष का युवक था। लेकिन इस समय वह ऐसा ही महसूस कर रहा था जैसे वह अठारह वर्ष का युवक हो, वही ताज़गी और स्वच्छता, ऐसी मानसिक स्थिति जब भविष्य की महान तथा असीम सम्भावनाएँ उसके सामने खुल रही हों। पर साथ ही वह यह भी महसूस कर रहा था–जैसा कि सपना देखते समय होता है–कि यह सब अब नहीं रहेगा, और इससे उसका हृदय बेहद उदास हो उठा।

''आप भोजन किस समय करना चाहते हैं ?'' कारिन्दे ने मुस्कराते हुए पूछा।

''जब भी तुम कहो। मुझे भूख नहीं है। मैं पहले गाँव में थोड़ा टहलने जाऊँगा।''

''क्या आप घर के अन्दर नहीं चलना चाहते ? सब चीज़े बड़े ढंग से रखी हैं। कृपया अन्दर चलिए। यदि बाहर...''

''इस समय नहीं, धन्यवाद, बाद में चलूँगा। मेहरबानी करके यह तो बताओ, क्या यहाँ कोई मात्र्योना ख़ारिना नाम की औरत रहती है ?''

(यह कात्यूशा की मौसी का नाम था।)

''जी हाँ, गाँव में रहती है। उसने अपने घर में शराबख़ाना खोल रखा है, जहाँ लोग लुक-छिपकर शराब पीने जाते हैं। मुझे मालूम है, मैंने कई बार उसे समझाया-झिड़का भी है कि तुम जुर्म कर रही हो, लेकिन उसे पकड़ने को तो दिल नहीं मानता, बूढ़ी औरत है, नाती-पोते हैं उसके,'' कारिन्दे ने कहा। वह अब भी मुस्करा रहा था। वह मालिक को ख़ुश भी करना चाहता था, और अपना यह विश्वास भी व्यक्त करना चाहता था कि इन बातों के प्रति नेख़्लूदोव का और उसका एक ही मत है।

''वह किस जगह रहती है ? मैं चाहता हूँ कि अभी टहलते हुए चला जाऊँ और उससे मिल लूँ।''

''गाँव के दूसरे सिरे पर रहती है। उस तरफ़ से तीसरा झोंपड़ा है। बाएँ हाथ पहले एक पक्का, ईंटों का मकान आता है, उसके आगे उसका झोंपड़ा है। लेकिन मैं आपको ले चलूँगा,'' ख़ुशी से मुस्कराते हुए कारिन्दे ने कहा।

"नहीं, शुक्रिया, मैं ख़ुद ढूँढ लूँगा। तुम एक बात करो। कृपया किसानों की एक मीटिंग बुला लो। उनसे कहो कि मैं उनसे ज़मीन के बारे में बात करना चाहता हूँ," नेख़्लूदोव ने कहा। उसका इरादा यह था कि यहाँ के किसानों के साथ भी वह वैसा ही क़रारनामा कर ले जैसा कि उसने कुज़्मिंस्कोए के किसानों के साथ किया था। और अगर हो सके तो वह उसी दिन शाम को इस काम से निबट जाना चाहता था।

4

नेख़्लूदोव फाटक में से बाहर निकला तो उसे फिर वही लड़की मिली जिसने कानों में रेशमी फुनगे लटका रखे थे। वह उसी पुरानी पगडंडी पर चरागाह की ओर से लौट रही थी जिस पर तरह-तरह के झाड़-पात उग रहे थे। उसने शोख़ रंग का, लम्बा-सा एप्रन पहन रखा था। उसके गुदगुदे पाँव अब भी नंगे थे। भागते हुए वह अपना बायाँ बाज़ू तेज़-तेज़ झुला रही थी। दाएँ बाज़ू से वह एक मुर्ग़ को पेट के साथ चिपकाए हुए थी। मुर्ग़ चुपचाप बैठा था, उसकी लाल कलगी हिल रही थी। बस कभी-कभी वह आँखें घुमाता और अपनी काली टाँग को कभी बाहर निकाल देता और कभी वापस खींच लेता। उसका पंजा बार-बार लड़की के एप्रन से अटक रहा था। जब लड़की मालिक के अधिक नज़दीक पहुँची तो उसने अपनी रफ़्तार धीमी कर दी, और दौड़ने के बजाय चलने लगी। उसके सामने पहुँचकर वह खड़ी हो गई और एक बार अपना सिर पीछे की ओर झटका, और झुककर अभिवादन किया। जब नेख़्लूदोव आगे निकल गया तो वह फिर मुर्ग़ को लिए घर की ओर भागने लगी। कुएँ की ओर जाते हुए नेख़्लूदोव को एक बुढ़िया मिली। उसने गाढ़े की मोटी-सी क़मीज़ पहन रखी थी, और बहँगी पर दो बाल्टियाँ पानी की लटकाए चली जा रही थी। बहँगी के नीचे उसकी पीठ बैठी जा रही थी। बुढ़िया ने बड़े ध्यान से दोनों बाल्टियाँ ज़मीन पर रखीं, उसी तरह सिर को पीछे झटका और फिर झुककर अभिवादन किया।

कुएँ के पास से होकर नेख़्लूदोव ने गाँव में प्रवेश किया। सूरज चमक रहा था, और हवा में घुटन और गर्मी थी, हालाँकि अभी दिन के केवल दस ही बजे थे। आकाश में बादल घिर रहे थे, जो किसी-किसी वक़्त सूरज को ढँक लेते। गाँव की गली में पहुँचा तो हवा में गोबर की तीखी गन्ध छाई हुई थी, परन्तु यह गन्ध अप्रिय नहीं लगती थी। यह गन्ध कुछ तो उन छकड़ों में से आ रही थी जो खाद से लदे पहाड़ी पर चढ़ रहे थे, लेकिन मुख्यतया यह गन्ध घरों के आँगनों में लगे खाद के ढेरों में से आ रही थी। ढेर में से खाद निकालने पर गन्ध उड़ती थी। जिस-जिस घर के सामने से नेख़्लूदोव गुज़रा उसका दरवाज़ा खुला था। किसान घूम-घूमकर इस ऊँचे-लम्बे, हृष्ट-पुष्ट धनी आदमी को देखते, जो भूरे रंग का टोप पहने और उसमें छम-छम करता रेशमी फीता लगाए, हाथ में बढ़िया, चमकती मूठवाली छड़ी पकड़े, जिसे वह हर दूसरे क़दम पर ज़मीन से छूता हुआ गाँव की सड़क पर चला जा रहा था। किसानों के पाँव नंगे थे और जो क़मीज़ें और पतलूनें उन्होंने पहन रखी थीं, उनपर जगह-जगह गोबर लगा हुआ था। कुछ किसान अपने ख़ाली छकड़ों में बैठे दुलकी चाल से चलते, हिचकोले खाते खेतों से लौट रहे थे। सिर पर से अपनी टोपियाँ उठा-उठाकर वे नेख़्लूदोव का अभिवादन करते और फिर विस्मित आँखों से इस विलक्षण आदमी को देखते रह जाते जो गाँव की सड़क पर चला जा रहा था। औरतें घरों के फाटकों से बाहर आ खड़ी होतीं या घरों के ओसारों के नीचे खड़ी, एक दूसरी से नेख़्लूदोव की ओर इशारा करती हुई, आँखें फाड़-फाड़कर देखे जा रही थीं।

चौथे घर के सामने से जाते हुए नेख़्लूदोव को रुक जाना पड़ा। फाटक में से एक छकड़ा निकल रहा था। पहिए चीं-चीं कर रहे थे। छकड़े पर ढेरों खाद रखी थी, और ऊपर से दबाकर उस पर चटाई बिछा दी गई थी ताकि बैठा जा सके। छकड़े के पीछे-पीछे एक छोटा-सा छः साल का लड़का चला आ रहा था। इस आशा से कि छकड़े में सवारी मिलेगी, वह बड़ा उत्तेजित हो रहा था। एक किसान युवक, छाल के जूते पहने, लम्बे-लम्बे डग भरता हुआ घोड़ी को हाँककर बाहर ला रहा था। फाटक में से एक भूरे रंग का बछेड़ा, लम्बी-लम्बी टाँगोंवाला, कूदकर निकला, परन्तु नेख़्लूदोव पर नज़र पड़ते ही वह छकड़े के पास दुबक गया। उसकी टाँगें गाड़ी के पहियों के साथ रगड़ने लगीं। अपने पीछे भारी बोझ को खींचते हुए घोड़ी उत्तेजित हो रही थी और हलके-हलके हिनहिना रही थी। फिर बछेड़े ने एक छलाँग लगाई और अपनी माँ से आगे निकल गया। दूसरे घोड़े को एक बूढ़ा आदमी हाँककर बाहर लाया। वह दुबला-पतला मगर बड़ा फुर्तीला था। पाँवों से नंगा, कन्धों की हड्डियाँ बाहर को निकली हुईं, वह एक मैली क़मीज और धारीधार पतलून पहने हुए था।

जब दोनों घोड़े पक्की सड़क पर पहुँच गए जहाँ जगह-जगह सूखी भूरे रंग की खाद बिखरी पड़ी थी, तो बूढ़ा लौटकर फाटक के पास आ गया और झुककर नेख़्लूदोव का अभिवादन किया।

"आप तो हमारी मालकिनों के भतीजे हैं न ?"

"हाँ मैं उनका भतीजा हूँ।"

"आप हमें देखने आए हैं ? बड़ी किरपा की।" बूढ़ा आदमी बड़ा बातूनी जान पड़ता था।

"हाँ, तुम्हें देखने आया हूँ। कहो तुम्हारे कैसे हाल-चाल हैं ?" नेख़्लूदोव ने पूछा। उसे कुछ सूझ नहीं रहा था कि क्या कहे।

"हाल-चाल कैसे हैं ? बहुत बुरे," बूढ़े ने लटका-लटकाकर कहा, मानो इस तरह बोलने से उसे ख़ुशी मिलती हो।

"बहुत बुरे क्यों ?" फाटक के अन्दर क़दम रखते हुए नेख़्लूदोव ने पूछा।

"हमारी ज़िन्दगी क्या है जी, बहुत बुरी," बूढ़े ने कहा और नेख़्लूदोव के पीछे-पीछे आँगन के उस हिस्से में जा खड़ा हुआ जो ऊपर से छता हुआ था।

नेख़्लूदोव छत के नीचे जाकर खड़ा हो गया।

"यह देखो, पूरे बारह जन हैं खानेवाले," उन दो औरतों की ओर इशारा करते हुए बूढ़े ने कहा, जो हाथों में तंगली उठाए, खाद के बचे-खुचे ढेर के पास पसीने से तर खड़ी थीं। उनके सिर पर के रूमाल फिसल आए थे, घाघरे उन्होंने ऊपर को चढ़ा रखे थे जिससे उनकी नंगी, मैली पिंडलियाँ नज़र आ रही थीं। "एक महीना गुज़रे-न-गुज़रे छः पूड अनाज ख़रीद दो इन्हें। इतने पैसे कहाँ से आवें ?"

"तुम्हारा अपना अनाज काफ़ी नहीं होता ?"

"हमारा अपना ?" बूढ़े ने दोहराकर कहा। उसके होंठों पर तिरस्कार भरी मुस्कराहट थी। "मेरे पास ज़मीन ही कितनी है—तीन आदमियों के लिए। पिछले साल तो इतना भी अनाज नहीं हुआ कि बड़े दिन तक गुज़र चल सके।"

"फिर तुम क्या करते हो ?"

"क्या करते हैं ? एक बेटे को मजूरी करने भेज दिया है। फिर हुज़ूर की कोठी से भी मैंने उधार ले रखा है। यह सब पैसे लेंट से पहले ही चुक गए। और टैक्स अभी तक नहीं दिया गया।"

"टैक्स कितना है ?"

"हमारे घर को साल में तीन बार सत्रह-सत्रह रूबल देने होते हैं। हे भगवान, यह भी कोई

ज़िन्दगी है ! मालूम नहीं हम जी कैसे रहे हैं।"

"मैं तुम्हारे घर के अन्दर जा सकता हूँ ?" नेख़्लूदोव ने पूछा और आँगन पार करने लगा। आँगन में खाद के ढेर पर से उतारी हुई पीली-मटमैली परतें रखी थीं, जिन्हें तंगली से उतारा गया था। उनके कारण गोबर की तीखी गन्ध उठ रही थी।

"ज़रूर ज़रूर, चलिए !" बूढ़े ने कहा और गोबर पर अपने नंगे पाँव रखता हुआ, जिससे उसकी पाँवों की उँगलियों से गोबर का पानी चू रहा था, वह नेख़्लूदोव के पास से होकर आगे गया और घर का दरवाज़ा खोल दिया।

औरतों ने सिर पर रूमाल ठीक कर लिए, घाघरे ठीक किए, और बड़े विस्मय और आदर से इस साफ़-सुथरे कुलीन की ओर देखने लगी। जिसकी आस्तीनों पर सोने के स्टड लगे थे और जो उनके घर के अन्दर जा रहा था।

घर के अन्दर से दो छोटी-छोटी लड़कियाँ भागकर निकलीं। उन्होंने केवल नीचे की कुर्तियाँ ही पहन रखी थीं। दरवाज़ा छोटा था। नेख़्लूदोव ने अन्दर जाने के लिए सिर पर से टोप उतारा और सिर झुकाकर बरामदे में दाख़िल हुआ, और बरामदे में से होकर घर के अन्दर गया। घर तंग और गन्दा था और उसमें से खट्टे खाने की गन्ध आ रही थी। बहुत-सी जगह दो खड्डियों ने घेर रखी थी। झोंपड़े के अन्दर, चूल्हे के पास एक वृद्धा स्त्री आस्तीनें चढ़ाए खड़ी थी। उसकी सँवलाई हुई बाँहें पतली लेकिन मज़बूत थीं।

"मालिक आए हैं," बूढ़े ने कहा।

"धन्नभाग हमारे," बुढ़िया ने स्नेह भरे स्वर में कहा, और आस्तीनें उतारने लगी।

"मैं देखना चाहता था कि तुम लोग कैसे रहते हो।"

"बस, ऐसे ही रहते हैं जैसे देख रहे हो। झोंपड़ा आज गिरा कि कल गिरा। किसी की जान ज़रूर लेगा। मगर मेरा घरवाला कहता है कि यह चंगा-भला है, इसलिए हम बादशाहों की तरह रहते हैं," बुढ़िया ने सिर झटकते हुए कहा। बुढ़िया चुस्त औरत थी। "अब खाना लगाने लगी हूँ, अपने मजूरों का पेट भरूँगी।"

"भोजन के लिए क्या दोगी ?"

"भोजन ? हमारा भोजन बहुत अच्छा होता है। सबसे पहले डबलरोटी और क्वास* उसके बाद क्वास और डबलरोटी," बुढ़िया ने अपने दाँत दिखाते हुए कहा, जो आधे से ज़्यादा घिस चुके थे।

"नहीं नहीं, सच-सच बताओ, तुम लोग क्या खाओगे ?"

"क्या खाएँगें ?" बूढ़े ने हँसते हुए कहा। "हमारी ख़ुराक सीधी-सादी है। इन्हें दिखा दो, बीवी।"

बुढ़िया ने सिर हिला दिया।

"हम किसान क्या खाते हैं, यह देखना चाहते हो ? बड़ी खोज-बीन करनेवाले आदमी जान पड़ते हो। सब बात जानना चाहते हो, क्यों ? मैंने कहा नहीं, डबलरोटी और क्वास खाएँगे। इसके पीछे शोरबा पिएँगे। एक औरत हमारे लिए मछली लेती आई थी। उसी का शोरबा बनाया है। उसके बाद आलू खाएँगे।"

"बस इतना ही ?"

"और क्या चाहते हो ? थोड़ा-सा दूध भी होगा," हँसती हुई आँखों से दरवाज़े की ओर देखते

1. एक खट्टा पेय।

हुए बुढ़िया ने कहा।

दरवाज़ा खुला था, और बरामदे में लोगों की भीड़ इकट्ठी हो गई थी–लड़के, लड़कियाँ, औरतें जिन्होंने गोद में बच्चे उठा रखे थे–सभी भीड़ बनाए इस विचित्र आदमी की ओर देख रहे थे जो किसानों की ख़ुराक देखना चाहता था। बुढ़िया को इस बात पर बड़ा गर्व था कि वह कुलीनों के साथ व्यवहार करना जानती है।

''हाँ, हुज़ूर, बहुत ही ख़राब ज़िन्दगी है हमारी, कहना ही क्या,'' बूढ़ा बोला। ''ऐ, कहाँ चले आ रहे हो !'' बरामदे में खड़े लोगों की ओर देखते हुए उसने चिल्लाकर कहा।

''अच्छा, तो मैं अब चलूँगा,'' नेख़्लूदोव ने कहा। वह फिर बेचैन और लज्जित-सा अनुभव करने लगा था, हालाँकि इसका कारण वह नहीं जानता था।

''बड़ी किरपा की, हुज़ूर, जो हमारी खोज-ख़बर ली,'' बूढ़े ने कहा।

बरामदे में खड़े लोग एक दूसरे के साथ सटकर खड़े हो गए ताकि नेख़्लूदोव को निकल जाने दें। नेख़्लूदोव बाहर निकल आया और फिर पहले की तरह सड़क पर जाने लगा। दो नंगे-पाँव लड़के उसके पीछे-पीछे बरामदे में से निकलकर आ गए। दोनों ने क़मीजें पहन रखी थीं। बड़े लड़के की क़मीज़ किसी ज़माने में सफ़ेद रंग की रही होगी। दूसरे की फटी-पुरानी क़मीज गुलाबी रंग की थी, मगर उसका भी रंग फीका पड़ गया था। नेख़्लूदोव ने मुड़कर उनकी ओर देखा।

''अब आप कहाँ जाओगे?'' सफ़ेद क़मीज़वाले लड़के ने पूछा।

''मात्र्योना ख़ारिना के घर,'' नेख़्लूदोव ने जवाब दिया, ''क्या तुम उसे जानते हो,''

गुलाबी कमीजवाला लड़का किसी बात पर हँसने लगा। लेकिन बड़े लड़के ने गम्भीरता से पूछा–

''कौन-सी मात्र्योना ? वह जो बूढ़ी है?''

''हाँ, वही।''

''ओ–ह ! वह वाली !'' उसने लम्बा करके कहा, '' वह गाँव के दूसरे सिरे पर रहती है। चल फ़ेदका, हम इन्हें ले चलें।''

''चल, मगर घोड़ों का क्या करेंगे ?''

''उनकी कोई फ़िक्र नहीं।''

फ़ेदका मान गया, और तीनों सड़क पर जाने लगे।

5

नेख़्लूदोव को बड़ी उम्र के लोगों के साथ बातें करने से बच्चों के साथ बातें करना कहीं आसान लगा और वह रास्ते में लड़कों के साथ खुलकर बातें करने लगा। छोटे लड़के ने हँसना बन्द कर दिया, और बड़े लड़के की तरह ही हर बात का जवाब ठीक-ठीक और गम्भीरता से देने लगा।

''यहाँ पर सबसे ग़रीब लोग कौन है, क्या तुम बता सकते हो ?'' नेख़्लूदोव ने पूछा।

''सबसे ग़रीब ? मिख़ाईल ग़रीब है, सेम्योन माकारोव और मार्फ़ा ग़रीब है।''

''और अनीसिया, वह उनसे भी ज़्यादा ग़रीब है। उसके पास तो गाय भी नहीं। वे लोग तो माँगकर खाते हैं,'' नन्हें फ़ेदका ने कहा।

''उसके पास गाय तो नहीं है, मगर उसके घर में केवल तीन जने हैं। मार्फ़ा के घर में तो पाँच जने हैं,'' बड़े लड़के ने आपत्ति की।

"लेकिन अनीसिया तो विधवा है," गुलाबी क़मीज़वाले लड़के ने अनीसिया का पक्ष लेते हुए कहा।

"अनीसिया विधवा है तो मार्फ़ा कौन-सी उससे अच्छी है, वह भी विधवा जैसी ही है," बड़े लड़के ने कहा, "उसका भी तो घरवाला कोई नहीं।"

"कहाँ है उसका घरवाला ?" नेख़्लूदोव ने पूछा।

"जेल में उसे कीड़े खा रहे हैं," बड़े लड़के ने किसानों के प्रचलित शब्दों में जवाब दिया।

"दो साल हुए उसने ज़मींदार के जंगल में से दो बर्च के पेड़ काट डाले थे," गुलाबी क़मीजवाला छोटा लड़का झट से बोल उठा, "बस, उसे जेल में डाल दिया। अब वह छः महीने से वहीं पड़ा है, और उसकी घरवाली भीख माँगती है। घर में तीन बच्चे हैं और एक बूढ़ी नानी है," ब्योरा देते हुए उसने कहा।

"रहती कहाँ पर है?" नेख़्लूदोव ने पूछा।

"इसी घर में," एक झोंपड़े की ओर इशारा करते हुए लड़के ने कहा। झोंपड़े के सामने, जिस रास्ते पर नेख़्लूदोव जा रहा था, एक नन्हा-सा लड़का, पटुए के से पीले बाल, अपनी पतली, टेढ़ी, घुटनों पर बाहर को मुड़ी हुई टाँगों पर खड़ा था, और लगता था कि अभी गिरा कि गिरा।

"वास्का ! कहाँ गया कम्बख़्त ?" एक स्त्री ने चिल्लाकर कहा, जो घर में से बाहर दौड़ी आ रही थी। उसने भूरे रंग की मैली-सी क़मीज़ पहन रखी थी। त्रस्त आँखों से देखती हुई वह भागी हुई आई, और नेख़्लूदोव के पहुँचने से पहले ही उसे उठाकर अन्दर ले गई, मानो डर रही हो कि नेख़्लूदोव उसके बच्चे को पीट डालेगा।

यही वह स्त्री थी जिसका पति नेख़्लूदोव के बर्च-वृक्षों के कारण जेल भुगत रहा था।

"और मात्र्योना? क्या वह भी ग़रीब है ?" मात्र्योना के घर के सामने पहुँचते हुए नेख़्लूदोव ने पूछा।

"वह ग़रीब क्यों होगी, वह तो शराब बेचती है," गुलाबी क़मीज़वाले, दुबले-पतले लड़के ने निश्चय से जवाब दिया।

झोपड़े के पास पहुँचकर नेख़्लूदोव ने लड़कों को बाहर ही रुकने को कहा और बरामदा लाँघकर अन्दर चला गया। झोंपड़ा चौदह फ़ुट लम्बा था। झोंपड़े में एक बड़ा-सा अलावघर लगा था, जिसके पीछे एक खाट थी। खाट लम्बाई में इतनी छोटी थी कि लम्बे क़द का आदमी उस पर नहीं सो सकता था। "इसी खाट पर," नेख़्लूदोव सोच रहा था, "कात्यूशा ने बच्चे को जन्म दिया था, और बाद में बीमार पड़ी थी।" झोंपड़े में बहुत-सी जगह खड्डी ने घेर रखी थी। जब नेख़्लूदोव ने झोंपड़े में प्रवेश किया उस समय बुढ़िया अपनी सबसे बड़ी पोती के साथ उस पर ताना ठीक कर रही थी। दरवाज़ा नीचा था जिस कारण नेख़्लूदोव का माथा उससे टकरा गया। नेख़्लूदोव के पीछे-पीछे और दो पोते भागते हुए अन्दर आए।, लेकिन दरवाज़े पर ही रुक गए और चौखटा पकड़कर खड़े हो गए।

"क्या चाहिए ?" रूखी आवाज़ में बुढ़िया ने पूछा। उसका मिज़ाज बिगड़ा हुआ था, एक तो इसलिए कि ताना ठीक नहीं बैठ रहा था, दूसरे इसलिए कि अवैध शराब बेचने के कारण जब भी कोई अजनबी उसके झोंपड़े में आता तो वह डर जाती थी।

"मैं यहाँ का जमींदार हूँ। तुम्हारे साथ बात करना चाहता हूँ।"

बुढ़िया चुप हो गई और उसकी ओर बड़े ध्यान से देखने लगी, फिर सहसा उसके चेहरे का भाव बदल गया।

''अरे लाला, तुम आए हो ! मैं भी कैसी पगली हूँ, मैं सोच रही थी कि कोई राह-जाता आदमी अन्दर घुस आया है। छिमा करना लाला, भगवान के वास्ते,'' बुढ़िया ने स्नेह का स्वाँग भरते हुए कहा।

''मैं तुम्हारे साथ अकेले में बात करना चाहता हूँ,'' नेख़्लूदोव ने दरवाज़े की ओर देखते हुए कहा, जहाँ बच्चों के पीछे एक स्त्री क्षीणकाय, पीले बच्चे को गोद में लिए खड़ी थी। बच्चे के सिर पर टुकड़े जोड़कर बनाई टोपी रखी थी, और होंठों पर जीर्ण मुस्कान थी।

''क्या देख रहे हो ? लाओ तो ज़रा बैशाखी मेरी, मैं इन्हें सीधा करूँ,'' दरवाज़े पर खड़े लोगों की ओर देखकर वह चिल्लाई। ''दरवाजा बन्द कर दो, सुनते हो ?''

बच्चे भाग गए और बच्चेवाली औरत ने दरवाज़ा बन्द कर दिया।

''मैं सोच रही थी 'यह आदमी कौन है?' मुझे क्या मालूम की खुद मालिक आए हैं, मैं वारी-वारी जाऊँ, तुम पर लाला,'' बुढ़िया बोली, ''आज तो चींटी के घर भगवान आए हैं, आओ, आओ मालिक, यहाँ बैठो,'' अपने एप्रन से एक तख़्ता साफ़ करते हुए वह बोली। ''मैं सोच रही थी, 'यह कौन कलमुँहा अन्दर घुसा आ रहा है' और निकला कौन, हाय, हाय, ख़ुद मालिक, हमारे सिर के स्वामी, साधु-सज्जन, हमारा रक्षक। छिमा करना, मैं तो बुढ़ा गई हूँ, मैं तो अन्धी हो गई हूँ।''

नेख़्लूदोव बैठ गया, और बुढ़िया उसके सामने खड़ी हो गई। दायाँ हाथ उसका गाल पर था, और बाएँ हाथ से दाएँ बाज़ू की कोहनी थामे हुए थी।

फिर गाती हुई आवाज़ में कहने लगी–

''मैं वारी-वारी जाऊँ, मालिक, तुम्हारे तो अब बाल पकने लगे। तुम्हारा तो चेहरा ऐसा खिला-खिला होता था जैसे सदाबहार का फूल। और अब देखो ! बहुत चिन्ता करते होंगे?''

''मुझे तुमसे यह पूछना था : कात्यूशा मास्लोवा तुम्हें याद है ?''

''येकातेरीना, क्यों नहीं। वह तो मेरी भाँजी रही। उसे कैसे भूल सकती हूँ ? मुझे सब मालूम है। ओह, मालिक, कौन है जिसकी चादर साफ़ हो ? कौन है जिसने राजा का क़ानून नहीं तोड़ा हो? जवानी मस्तानी होती है। तुम दोनों चाय-कॉफ़ी मिलकर पीते थे न, बस शैतान ने तुम्हें वश में कर लिया। कभी-कभी उसके आगे किसी की नहीं चलती। अब करते तो क्या करते? उसे छोड़ देते, तो? मगर नहीं, तुमने तो उसकी झोली भर दी, उसे पूरे एक सौ रूबल दे डाले। और वह? जानते हो उसने क्या किया ? उसने कोई भी बात समझदारी की नहीं की। मेरा कहा मानती तो सुख से रहती। मैं तो सच्ची बात कहती हूँ, भले ही वह मेरी भाँजी है, वह लड़की अच्छी नहीं है। मैंने उसे इतनी अच्छी नौकरी दिलवाई ! वहाँ मालिक की उसने नहीं मानी, उल्टे उसे गालियाँ दीं। हम जैसे लोग क्या भले आदमियों को गालियाँ देंगे ? उन्होंने उसे निकाल बाहर किया। फिर जंगलातवाले के घर। वहाँ आराम से रह सकती थी, मगर नहीं, वहाँ से भी चली आई।''

''मैं बच्चे के बारे में जानना चाहता हूँ। बच्चा तुम्हारे ही घर में हुआ था न ? वह कहाँ है ?''

''अब बच्चे की सुनो। उस वक़्त मैंने उसके बारे में बहुत सोचा। कात्यूशा की एक साँस ऊपर एक नीचे, मैं सोचूँ यह तो जीती नहीं बचेगी। मैंने बच्चे का बपतिस्मा करवाया और उसे यतीमख़ाने में भेज दिया। अब माँ मर रही हो तो बच्चे को तो बचाना चाहिए। उस बेचारे ने क्या कुसूर किया है। और लोग तो बस, बच्चे को छोड़ देते हैं, खाने को कुछ नहीं देते, वह अपने आप सूखकर ख़त्म हो जाता है। पर मैं सोचूँ, हाय नहीं, मैं थोड़ा कष्ट सह लूँगी, मगर इसे यतीमख़ाने में ज़रूर भेजूँगी। पैसे थे, बस मैंने उसे भिजवा दिया।''

''तो यतीमख़ाने के अस्पताल से रसीद ली होगी। उसका नम्बर तो होगा तुम्हारे पास?''

"हाँ नम्बर तो था, मगर बच्चा मर गया," वह बोली, "वह औरत बता रही थी कि ले के पहुँची ही कि मर गया।"

"औरत, कौन औरत ?"

"वही जो स्कोरोद्नो में रहती थी। उसका यही धन्धा था। मालानिया नाम था उसका। अब तो वह मर गई है। बड़ी समझदार औरत थी। जानते हो वह क्या करती थी ? लोग उसके पास कोई बच्चा ले जाते तो वह उसे अपने पास रख लेती, उसे खिलाती-पिलाती। जब काफ़ी बच्चे हो जाते–तीन या चार–तो उन्हें सीधे यतीमख़ाने में दे आती। उसने बहुत बढिया इन्तज़ाम कर रखा था– एक बड़ा-सा पालना बना रखा था, दोहरा पालना। उसमें वह बच्चों को एक तरफ़ से या दूसरी तरफ़ से लिटा देती थी। उसके साथ हैंडल भी लगा था। उसमें वह चारों बच्चों को लिटा देती–एक के पाँव दूसरे के साथ जुड़े होते, मगर सिर दूर-दूर रखती ताकि एक दूसरे के साथ टकराए नहीं। इस तरह वह चारों बच्चों को एक साथ ले जाती थी। वह उनके मुँह में चीथड़ों के चूचुक बनाकर दे देती जिससे वे बेचारे चुप बने रहते।"

"कहो, आगे कहो।"

"बस, येकातेरीना के बच्चे को चौदह दिन तक अपने पास रखा। फिर उसी तरह उसे भी ले गई। मगर बच्चा उसी के घर में बीमार पड़ने लगा था।"

"क्या बच्चा सुन्दर था?" नेख़्लूदोव ने पूछा।

"ऐसा सुन्दर, ऐसा सुन्दर, हाथ लगाओ तो मैला होता था। बिलकुल तुम्हारी सूरत थी," बुढ़िया ने आँख मारकर कहा।

"बीमार क्यों होने लगा था ? क्या ख़ुराक अच्छी नहीं थी ?"

"ख़ुराक कहाँ थी, ख़ुराक का तो नाम ही था। बात भी ठीक है, अपना बच्चा न हो तो कोई क्यों पाले। इतना भर देती थी कि यतीमख़ाने पहुँचने तक बचे रहें। कहती थी, किसी तरह मैंने उसे मास्को पहुँचाया। मगर वहाँ पहुँचते ही वह मर गया। वह वहाँ से सार्टीफ़ीकट भी ले आई थी–बिलकुल क़ायदे के मुताबिक़। इतनी समझदार औरत थी वह।"

बस, अपने बच्चे के बारे में नेख़्लूदोव को यही कुछ पता चल पाया।

6

नेख़्लूदोव बाहर सड़क पर आ गया। अबकी बार फिर बाहर निकलते हुए उसका सिर दोनों दरवाज़ों से टकराया। सड़क पर सफ़ेद और गुलाबी क़मीज़ोंवाले दोनों लड़के उसका इन्तज़ार कर रहे थे। कुछेक अन्य लोग भी उनके पास आ खड़े हुए थे। स्त्रियों में से कई एक की गोद में बच्चे थे। इनमें वह दुबली-पतली स्त्री भी थी जिसने अपने बच्चे के सिर पर चीथड़ों की बनी टोपी पहना रखी थी। बच्चा दुबला था, और उसके सूखे हुए पतले चेहरे पर एक अजीब-सी मुस्कान खेल रही थी। बार-बार वह अपना टेढ़ा-सा अँगूठा हिलाने लगता। नेख़्लूदोव जानता था कि इस मुस्कान में यन्त्रणा छिपी है। उसने लड़कों से उस औरत के बारे में पूछा।

"यही तो अनीसिया है। मैंने आपको बताया था न ?" बड़े लड़के ने कहा।

नेख़्लूदोव ने अनीसिया को सम्बोधित करके पूछा–

"तुम्हारी गुज़र कैसे होती है ? क्या काम करती हो ?"

"क्या काम करती हूँ–भीख माँगती हूँ," अनीसिया ने कहा और रोने लगी।

बच्चे के सूखे हुए चेहरे पर फिर मुस्कान खेल गई और वह लातें मारने लगा। उसकी टाँगें सूखकर काँटा हो रही थीं।

नेख़्लूदोव ने जेब में से बटुआ निकाला और दस रूबल का एक नोट उस औरत के हाथ में दे दिया। वह दो-एक क़दम ही आगे बढ़ पाया होगा जब एक और औरत उसके पास पहुँची। उसकी गोद में भी बच्चा था। उसके पीछे-पीछे एक बूढ़ी औरत चली आई, और उसके बाद एक और जवान स्त्री आ पहुँची। सभी अपनी गरीबी का रोना रोने लगीं और नेख़्लूदोव के आगे हाथ फैला दिए। नेख़्लूदोव के पास कुल मिलाकर साठ रूबल थे। उसने सबके सब उन्हें दे डाले, और कारिन्दे के घर की ओर लौट पड़ा। उसका हृदय व्याकुल हो उठा।

कारिन्दा अब भी मुस्करा रहा था। कहने लगा कि किसान शाम के वक़्त मीटिंग के लिए इकट्ठे हो जाएँगे। नेख़्लूदोव ने धन्यवाद किया और सीधा बाग़ में जाकर टहलने लगा। सेब के पेड़ों पर बौर आया हुआ था, और फूलों की पत्तियाँ घास-पत्तर से भरी रविशों पर छितरी हुई थीं। आज जो कुछ नेख़्लूदोव ने देखा था वह उस पर विचार करना चाहता था।

पहले तो चारों ओर मौन छाया रहा, लेकिन फिर सहसा कारिन्दे के घर के पिछवाड़े से आवाज़ें आने लगीं। दो औरतें गुस्से से बोल रही थीं, और एक दूसरी की बात बार-बार काट रही थीं। बीच में कभी-कभी मुस्कराते कारिन्दे की भी आवाज़ सुनाई पड़ जाती। नेख़्लूदोव कान लगाकर सुनने लगा।

"मुझमें अब और सकत नहीं है। तुम क्या कर रहे हो, मेरे गले का क्रॉस छीन रहे हो," एक औरत की क्रुद्ध आवाज़ आई।

"मेरी गाय तो ज़रा-सी देर के लिए घुसी थी," दूसरी औरत बोली। "मुझे मेरी गाय वापस कर दो। पशु पर तो ज़ुल्म नहीं करो। मेरे बच्चे क्या करेंगे, उन्हें दूध कैसे मिलेगा?"

"गाय चाहती हो तो पैसे निकालो, या पैसे के बदले काम करो," कारिन्दे की आवाज़ आई।

नेख़्लूदोव बाग़ में से निकलकर सायबान में आ गया। उसी के पास दो फटेहाल स्त्रियाँ खड़ी थीं, और उनमें से एक गर्भवती थीं, लगता था जैसे उसके दिन पूरे होनेवाले हैं। कारिन्दा, सायबान की सीढ़ियों पर, दोनों हाथ अपने हॉलैंड-कोट की जेबों में डाले, खड़ा था। मालिक को देखते ही स्त्रियाँ चुप हो गईं और सिर पर से फिसल आए रूमाल ठीक करने लगीं, कारिन्दा भी जेबों में से हाथ निकालकर मुस्कराने लगा।

जो कुछ हुआ था वह यह था। कारिन्दे का कहना था कि किसान लोग अक्सर अपने बछड़े, और कभी-कभी गौएँ भी, जमींदार के मैदान में चरने के लिए छोड़ देते हैं। इन दो औरतों के घरों की दो गौएँ मैदान में चरती पाई गईं। उन्हें हाँककर बाड़े में ले जाया गया। कारिन्दे ने औरतों पर फ़ी गाय तीस-तीस कोपेक जुर्माना कर दिया, और कहा कि अगर पैसे नहीं देना चहती हो तो दो-दो दिन काम करो। औरतों ने जवाब दिया कि गौएँ ख़ुद मैदान में चली गईं, इसमें हमारा कोई दोष नहीं। हमारे पास पैसे नहीं हैं। गौएँ वापस कर दो, उन पर दया करो, देखो वे सुबह से भूखी खड़ी डकार रही हैं। जो कहोगे तो हम बाद में जुर्माना भी दें देंगी।

"मैं बार-बार तुम्हारी मिन्नतें कर चुका हूँ कि जब दोपहर को अपने ढोर घर वापस ले जाया करो, तो उन पर नज़र रखा करो, " नेख़्लूदोव की ओर देखते हुए कारिन्दा मुस्कराकर कहने लगा मानो उसे अपना गवाह बना रहा हो।

"मैं अपने नन्हें को पकड़ने के लिए उसके पीछे भागी। मेरी पीठ हुई कि वे मैदान में घुस गईं।"

"जब ढोर देखने का ज़िम्मा लिया है तब भागना तो नहीं चाहिए।"

"मेरे बच्चे को कौन दूध पिलाता ? क्या तुम पिलाते ?"

"अगर गौएँ मैदान में नुक़सान करतीं तब तो कोई बात थी पर वे तो मिनट भर के लिए अन्दर गई थीं," दूसरी औरत बोली।

"सभी मैदान चौपट हो गए हैं," नेख़्लूदोव की ओर देखते हुए कारिन्दे ने कहा। "मैं जुर्माना नहीं करूँ तो घास का तिनका भी नहीं बचेगा।"

"यह पाप मत करो, झूठ नहीं बोलो। मेरी गौएँ कभी भी पहले वहाँ गई हैं ?" गर्भवती स्त्री ने चिल्लाकर कहा।

"आज तो गई थी। बस, जुर्माना अदा करो या बदले में मजूरी करो।"

"अच्छी बात है, मैं मजूरी कर दूँगी। अब गाय मेरे हवाले करो। उसे भूखों तो नहीं मारो," उसने गुस्से से कहा। "यों मैं कौन-सी सुखी हूँ, न दिन को चैन है न रात को। सास बीमार और घरवाला शराबी। सारा काम मुझे करना पड़ता है, और शरीर में ताक़त नहीं। भाड़ में जाओ तुम और तुम्हारे जुर्माने !"

नेख़्लूदोव ने कारिन्दे को गौएँ लौटा देने को कहा और ख़ुद बाग़ में वापस लौट गया, ताकि फिर अपनी समस्या पर विचार कर सके। पर सोचने के लिए बाक़ी रह ही क्या गया था ? उसे हर बात इतनी स्पष्ट जान पड़ती थी कि वह हैरान था कि सब लोग उसे क्यों नहीं देख पाते, और वह स्वयं भी उस बात को पहले क्यों नहीं देख पाया, जो अब इतनी स्पष्ट लग रही है।

"लोग मर रहे हैं। मरने का एक क्रम चल रहा है, और वे उसके अभ्यस्त हो गए हैं। इसी के अनुसार उन्होंने अपने जीवन को भी ढाल लिया है। अनगिनत बच्चे मर जाते हैं, स्त्रियाँ काम के बोझ के नीचे पिस रही हैं, लोगों को भर-पेट खाना नहीं मिलना, विशेष रूप से बूढ़ों को। धीरे-धीरे लोगों की यह स्थिति हो गई है कि वे इसकी वीभत्सता को नहीं देख पाते, और कोई शिकवा-शिकायत नहीं करते। इसलिए हम भी यह समझते हैं कि उनकी स्थिति स्वाभाविक और न्यायोचित ही है।" अब यह बात उसके लिए सर्वथा स्पष्ट हो गई थी कि जनता के घोर दारिद्रय का मुख्य कारण यही है कि जिस ज़मीन से उनका पालन-पोषण हो सकता था, उसे ज़मींदारों ने हथिया लिया है। किसान स्वयं यह बात जानते थे और हमेशा इसकी ओर संकेत भी किया करते थे। बात बिलकुल स्पष्ट थी कि बच्चे और बूढ़े इसलिए मर रहे हैं कि उन्हें दूध मयस्सर नहीं होता। और दूध इसलिए मयस्सर नहीं होता कि उनके पास गोचर-भूमि नहीं है, न ही ज़मीन है जिस पर वे अनाज या चारा पैदा कर सकें। लोगों के सभी क्लेशों का स्वतः स्पष्ट कारण यही है—या कम-से-कम उनके सारे दुख-दर्द का मुख्य कारण यही है कि जो ज़मीन उनका पेट पाल सकती है वह उनके अपने हाथ में नहीं है। इसके विपरीत वह उन लोगों के हाथ में है जो भूमि के स्वामित्व का लाभ उठाते हुए इन लोगों की मेहनत पर जीते हैं। यह भूमि लोगों के लिए अत्यावश्यक है। उससे वंचित हो जाने पर वे मरने लगते हैं। उसी भूमि पर भूखे पेट रहकर ये लोग काश्त करते हैं ताकि अनाज विदेश में जाकर बिके और भूमि के स्वामी टोप और छड़ियाँ, घोड़े-गाड़ियाँ और काँसे की मूर्तियाँ ख़रीद सकें। नेख़्लूदोव के लिए यह सारी बात वैसे ही स्पष्ट हो गई थी, जैसे कि यह स्पष्ट था कि बाड़े में बन्द घोड़े अपने पैरों तले की घास खा चुकने के बाद दुबले होने लगेंगे और भूखों मरने लगेंगे जब तक कि उन्हें उस ज़मीन पर न जाने दिया जाए, जाहँ वे अपने लिए चारा ढूँढ़ सकते हों...वर्तमान स्थिति अत्यन्त भयानक है और उसे क़ायम

नहीं रहने देना होगा। उसे बदलने के साधन ढूँढ़ने होंगे। यदि ऐसा नहीं कर सकते तो कम-से-कम उसमें भाग नहीं लेना होगा। "मैं उन्हें अवश्य ढूँढूँगा," बर्च के पेड़ों के नीचे टहलते हुए नेख़्लूदोव सोच रहा था। "वैज्ञानिक क्षेत्रों, सरकारी दफ़्तरों, और अख़बारों इत्यादि में हम लोगों की दरिद्रता के कारणों की चर्चा करते हैं तथा उसे दूर करने के साधनों पर विचार करते हैं। परन्तु उनकी स्थिति को सुधारने का जो एकमात्र निश्चित साधन है–उन्हें ज़मीन लौटा देना जिसकी उन्हें बेहद ज़रूरत है– उसकी चर्चा कभी नहीं करते।"

नेख़्लूदोव को हैनरी जार्ज का मूल सिद्धान्त याद हो आया। कोई ज़माना था जब इस सिद्धान्त से वह बेहद प्रभावित हुआ था। वह हैरान था कि उसे भूल कैसे गया। "भूमि पर किसी का स्वामित्व नहीं हो सकता। जिस भाँति जल, वायु तथा धूप का क्रय-विक्रय नहीं किया जा सकता, उसी भाँति ज़मीन को भी ख़रीदा और बेचा नहीं जा सकता। इससे प्राप्त होनेवाले लाभ पर सभी का समान अधिकार है।" अब उसकी समझ में आया कि कुज़्मिंस्कोए के प्रबन्ध से उसे क्यों लज्जा का अनुभव हो रहा था। वह अपने को धोखा देता रहा था। यह जानते हुए कि ज़मीन के स्वामित्व का अधिकार किसी को भी नहीं होना चाहिए, फिर भी उसने अपने लिए इस अधिकार को स्वीकार किया था, और किसानों को एक ऐसी चीज़ का एक भाग दिया था जिस पर स्वयं उसका कोई अधिकार नहीं था। उसका अन्तर्तम इस बात को जानता था। यहाँ पर वह वही बात नहीं दोहराएगा, बल्कि, कुज़्मिंस्कोए वाले प्रबन्ध को भी बदल देगा। उसने मन-ही-मन एक योजना तैयार की, जिसके अनुसार वह ज़मीन किसानों को लगान पर दे देगा, और उनके सामने यह स्वीकार करेगा कि जो लगान वे देंगे उस पर उन्हीं का अधिकार रहेगा, और वे उसे टैक्स अदा करने तथा सामूहिक हित के कामों के लिए ही इस्तेमाल करेंगे। Single tax* यह तो नहीं होगा, परन्तु आधुनिक परिस्थितियों में यह उस प्रणाली के निकटतम अवश्य होगा। मुख्य बात यह थी कि वह भू-स्वामित्व का लाभ उठाने से इनकार कर रहा था।

जब नेख़्लूदोव लौटकर आया तो कारिन्दे ने उसे भोजन करने को कहा। इस समय भी वह मुस्करा रहा था, और यह मुस्कान विशेषतया हर्षपूर्ण थी। उसकी पत्नी ज़ियाफ़त तैयार कर रही थी, और इसमें उस लड़की की मदद ले रही थी जिसके कानों में रेशमी फुनगे थे। कारिन्दे को डर था कि यदि भोजन करने में देरी हो गई, तो भाजियाँ बहुत ज्यादा उबल जाएँगी।

मेज़ पर गाढ़े का मेज़पोश बिछा था। नैप्किन की जगह एक तौलिया रखा हुआ था जिस पर कढ़ाई का काम हुआ था। एक पुराने सैक्सन बर्तन में जिसका दस्ता टूटा हुआ था आलुओं का शोरबा रखा था। शोरबे में मुर्ग़ के टुकड़े तैर रहे थे। यह वही मुर्ग़ था जिसने फड़फड़ाकर अपनी काली टाँग खींची थी। अब उसे काट डाला गया था, या यों कहें कि टुकड़े कर डाले गए थे, और किसी-किसी टुकड़े पर अब भी उसके बाल मौजूद थे। शोरबे के बाद फिर यही बालोंवाला मुर्ग़ परोसा गया। अब की इसके टुकड़े भूनकर रखे गए थे। उसके बाद दही में तैयार की गई पेस्ट्रियाँ रखी गईं, उनमें से घी चू रहा था, और बेहद शक्कर डाली गई थी। इस भोजन को खाने में किसी की तनिक भी रुचि नहीं हो सकती थी, लेकिन नेख़्लूदोव इसे खाता गया। इसके ज़ायके की ओर उसका ध्यान तक नहीं गया। जब वह गाँव में से लौटकर आया था तो वह उदास था, लेकिन एक विचार ने उस सारी उदासी को छिन्न-भिन्न कर दिया था। और भोजन करते समय यही विचार उसके मन में घूम रहा था।

---

* एकीकृत कर (अंग्रेज़ी)।

मेज़ पर वही सहमी हुई लड़की भोजन ला रही थी जिसने कानों में फुनगे लटका रखे थे। कारिन्दे की पत्नी बार-बार दरवाज़े पर आकर अन्दर झाँक जाती, और कारिन्दा बराबर मुस्कराए जा रहा था, वह फूला नहीं समा रहा था, और मन-ही-मन इस बात पर गर्व कर रहा था, कि उसकी पत्नी कैसी अच्छी रसोई बना लेती है।

भोजन समाप्त हुआ, और नेख़्लूदोव आख़िर किसी तरह कारिन्दे को अपने पास बिठा पाया। उसे बिठाना आसान नहीं था। नेख़्लूदोव अपनी योजना पर फिर एक बार विचार करना चाहता था और किसी को सुनाना चाहता था। इस कारण उसने किसानों को ज़मीन देने की अपनी योजना कारिन्दे को सुनाई और उससे उसकी राय पूछी। वह मुस्कराता रहा, मानो मुद्दत से उसने स्वयं यही बात सोच रखी हो और अब उसे नेख़्लूदोव के मुँह से सुनकर ख़ुश हो रहा हो। लेकिन वास्तव में उसके पल्ले कुछ भी नहीं पड़ा था। इसलिए नहीं कि नेख़्लूदोव ने अपने विचार स्पष्टता से नहीं समझाए थे, बल्कि इसलिए कि नेख़्लूदोव दूसरों के लाभ के लिए अपना लाभ त्याग कर रहा था। कारिन्दे के दिमाग़ में यह धारणा जड़ पकड़ चुकी थी कि हर व्यक्ति को केवल अपने लाभ का और दूसरों के नुक़सान का ही ख़याल होता है। इसलिए जब नेख़्लूदोव ने बताया कि भूमि से प्राप्त होनेवाली सारी आय से किसानों की सामूहिक पूँजी तैयार की जाएगी तो उसने सोचा कि यह बात उसकी समझ में नहीं आ रही है।

"जी, समझा, तो आपको इस पूँजी में से हिस्सा मिलता रहेगा," कारिन्दे ने कहा। उसका चेहरा खिल उठा।

"अरे नहीं भाई, नहीं, ज़मीन व्यक्तिगत रूप से अलग-अलग व्यक्तियों की मिलकियत नहीं हो सकती। आया समझ में?"

"जी, आ गया।"

"इस तरह ज़मीन की सारी उपज पर सबका अधिकार होगा।"

"तो फिर आपको कुछ नहीं मिलेगा ?" कारिन्दे ने कहा। उसकी हँसी उड़ गई थी।

"नहीं, उसे मैं छोड़ रहा हूँ।"

कारिन्दे ने ठंडी उसाँस भरी, और फिर मुस्कराने लगा। अब बात उसकी समझ में आ गई थी। ज़ाहिर है नेख़्लूदोव का दिमाग़ ठीक नहीं है। वह फ़ौरन इस बात पर विचार करने लगा कि नेख़्लूदोव की इस योजना से, जिसके अनुसार वह अपनी ज़मीन सौंप देगा, वह अपने लिए क्या लाभ निकाल सकता है। वह इस योजना को अपने लाभ की दृष्टि से देखने लगा।

पर जब उसने देखा कि यह भी सम्भव नहीं तो उसका चेहरा लटक गया, योजना में उसकी रुचि जाती रही। अब भी जो वह मुस्करा रहा था तो केवल मालिक को ख़ुश करने के लिए। यह देखकर कि कारिन्दे की समझ में उसकी बात नहीं आ रही है, नेख़्लूदोव ने उसे वहाँ से भेज दिया, और स्वयं मेज़ के सामने बैठकर अपनी योजना को काग़ज़ पर लिखने लगा। मेज़ जगह-जगह से कटी-छिली थी और स्याही के धब्बों से गन्दी हो रही थी।

लाइम-वृक्षों के पीछे, जिन पर नई हरियाली छाई थी, सूरज डूब गया। कमरे में धड़ाधड़ मच्छर आने लगे, और नेख़्लूदोव को काटने लगे। ज्यों ही उसने अपनी टिप्पणियों को लिखना समाप्त किया तो उसे गाँव की ओर से आती आवाज़े सुनाई दीं। ढोर डकार रहे थे और फाटक चर्रा कर खुल रहे थे। इसके अतिरिक्त किसानों की आवाज़ें थीं जो मीटिंग के लिए इकट्ठे हो रहे थे। नेख़्लूदोव ने कारिन्दे को कह रखा था कि वह किसानों को दफ़्तर में नहीं बुलाए , क्योंकि वह स्वयं गाँव में जाकर उसी स्थान पर उनसे मिलना चाहता था जहाँ पर वे इकट्ठे हुए थे। जल्दी-जल्दी एक प्याला चाय पीकर, जो

कारिन्दे ने उसे लाकर दिया, नेख़्लूदोव गाँव की ओर चल पड़ा।

7

गाँव के मुखिया के घर के सामने भीड़ खड़ी थी, और लोगों के बतियाने की आवाज़ें आ रही थीं। पर ज्यों ही नेख़्लूदोव वहाँ पहुँचा तो सब चुप हो गए। किसानों ने सिर पर से टोपियाँ उतार लीं, उसी तरह जिस तरह कुज़्मिंस्कोए के किसानों ने किया था। यहाँ के किसान कुज़्मिंस्कोए के किसानों से भी अधिक ग़रीब थे। लड़कियाँ और स्त्रियाँ कानों में सिर्फ़ रेशमी फुनगे लटकाए हुए थीं, पुरुषों ने पाँवों में छाल के जूते पहन रखे थे और बदन पर गाढ़े के कुर्ते और कोट लगाए थे। कुछेक ने केवल कुर्ते पहन रखे थे और पाँवों से नंगे थे। जिस तरह वे काम पर से लौटे थे उसी तरह सीधे यहाँ चले आए थे।

नेख़्लूदोव ने भाषण देने की कोशिश की, और कहने लगा कि मैं अपनी ज़मीन पूर्णतया आप लोगों को सौंप देना चाहता हूँ। किसान चुपचाप सुनते रहे, उनके चेहरों पर कोई भाव-परिवर्तन नहीं आया।

"मैं यह मानता हूँ, और मेरा यह दृढ़ विश्वास है," नेख़्लूदोव ने लजाते हुए कहा, "कि जो आदमी ज़मीन पर काम नहीं करता, उसे ज़मीन का मालिक बनने का कोई अधिकार नहीं। और हर इन्सान को हक़ है कि वह ज़मीन का इस्तेमाल करे।"

"ठीक बात है, बिलकुल सच है," कुछेक लोगों की आवाज़ें आईं।

नेख़्लूदोव ने कहा कि ज़मीन से जो आमदनी होगी उसे सबमें बाँट देना चाहिए। मैं तुम्हें ज़मीन देता हूँ, और मेरी राय है कि तुम लोग ख़ुद ज़मीन का मोल लगाकर उस पर लगान का निश्चय करो। और यह लगान की रक़म सबके साझे इस्तेमाल के लिए एक जगह जुड़ती जाएगी। भीड़ में से समर्थन की आवाज़ें अब भी आ रही थीं, लेकिन किसानों के गम्भीर चेहरे और भी गम्भीर हो गए थे। जो लोग पहले ज़मींदार की ओर देख रहे थे, उन्होंने आँखें नीची कर लीं, मानो ज़मींदार की कपट चाल को समझ गए हों और उसे यह दिखाकर कि वे उसके जाल में नहीं फँसेंगे, उसे शर्मिन्दा नहीं करना चाहते हों।

नेख़्लूदोव ने अपनी बात बड़े स्पष्ट शब्दों में कही थी। किसान भी समझदार थे। लेकिन फिर भी वे उसकी बात को नहीं समझे, और न ही समझ सकते थे। कारण वही रहा होगा जिस कारण कारिन्दा अभी तक उसकी बात को नहीं समझ पाया था। उन्हें पूर्ण विश्वास था कि प्रत्येक मनुष्य स्वभावतः अपने ही हित की बात सोचता है। कई पुश्तों के अनुभव ने उन पर यह बात सिद्ध कर दी थी कि ज़मींदार सदा अपने हित का सोचते हैं और उनसे सदा किसानों का अहित होता है। इसलिए आज जो ज़मींदार ने मीटिंग बुलाई है जिसमें वह कोई नई तजवीज़ उनके सामने रखना चाहता है, तो उसका एक ही अभिप्राय हो सकता है कि वह पहले से भी अधिक धूर्तता के साथ उन्हें ठगना चाहता है।

"तो बोलो ज़मीन का क्या लगान लगाओगे ?" नेख़्लूदोव ने पूछा।

"हम कैसे मोल लगा सकते हैं ? हम नहीं लगा सकते। ज़मीन आपकी है, और ताक़त भी आपके हाथ में है," जवाब में भीड़ में से कुछेक आवाज़ें आईं।

"नहीं, नहीं, जो रकम इकट्ठी होगी उसे तुम सब साझे खर्च के लिए उठा सकोगे।"

"हम ऐसा नहीं कर सकते। ग्राम-समुदाय एक बात है, और यह बिलकुल दूसरी बात है।"

"क्या तुम यह नहीं समझते," कारिन्दे ने मुस्कराते हुए कहा (वह मीटिंग में नेख़्लूदोव के पीछे-पीछे चला आया था) "कि प्रिन्स लगान पर तुम्हें ज़मीन दे रहे हैं, और लगान की रक़म तुम्हीं को वापस भी लौटा रहे हैं ताकि उस रक़म से ग्राम-समुदाय की साझी पूँजी बनती जाए?"

"हम ख़ूब समझते हैं," आँखें ऊपर उठाए बिना एक बूढ़ा बोला, जिसके मुँह में दाँत नहीं थे। "यह भी बैंक ही की तरह की चीज़ है, और क्या ? हमें मुक़र्रर वक़्त पर पैसे देने होंगे। हम यह नहीं चाहते। पहले ही हमारे लिए मुश्किलें कम नहीं हैं, इससे तो हम बिलकुल तबाह हो जाएँगे।"

"यह नहीं चलेगा। हमारे लिए वही रास्ता ठीक है जिस रास्ते हम चलते आए हैं," कई एक लोगों की आवाज़ें आईं। उनकी आवाज़ में असन्तोष और धृष्टता थी।

और जब नेख़्लूदोव ने कहा कि वह एक क़रारनामा तैयार करेगा जिस पर उनसे और सब किसानों को दस्तख़त करना होगा तब तो किसानों का विरोध और भी तीव्र हो उठा।

"दस्तख़त किस बात का ? हम जिस तरह पहले काम करते रहे हैं, उसी तरह अब भी करते जाएँगे। इस सबका क्या मतलब है ? हम कुछ जानते-समझते नहीं।"

"हमें यह मन्जूर नहीं। हमारे लिए यह बिलकुल नई चीज़ है। जैसे पहले चलता रहा है वैसे ही अब भी चलने दीजिए। हाँ, हम चाहते हैं कि हमें बीज नहीं देना पड़े।"

इसका मतलब यह था कि मौजूदा प्रबन्ध में बीज किसानों को देना पड़ता था, अब वे चाहते थे कि बीज ज़मींदार दे।

"तो क्या मैं यह समझूँ कि तुम लोग ज़मीन लेने से इनकार करते हो ?" नेख़्लूदोव ने एक वयस्क किसान से पूछा जो चेहरे से समझदार लगता था। उसके पाँवों में जूते नहीं थे, एक फटा-पुराना कोट पहने वह बाएँ हाथ में फटी-पुरानी टोपी उठाए इस अन्दाज़ से सीधा खड़ा था जिस अन्दाज़ में सिपाही खड़े होते हैं जब उन्हें टोपी उतारने का हुक्म होता है।

"जी, ठीक है," किसान बोला। प्रत्यक्षतः उस पर से फ़ौज की नौकरी का जादू अभी तक नहीं उतरा था।

"क्या इसका मतलब यह है कि तुम्हारे पास काफ़ी ज़मीन है?" नेख़्लूदोव ने कहा।

"नहीं, हुज़ूर, हमारे पास काफ़ी ज़मीन नहीं है," भूतपूर्व फ़ौजी ने जवाब दिया। उसके चेहरे पर बनावटी ख़ुशी का भाव था, और वह अपनी फटी-पुरानी टोपी सामने की ओर किए हुए खड़ा था, मानो कह रहा हो कि जिसे ज़रूरत हो, ले ले।

"फिर भी जो कुछ मैंने तुमसे कहा है, उस पर विचार करना," नेख़्लूदोव ने हैरान होकर कहा और फिर एक बार अपनी तजवीज़ दोहराकर सुना दी।

"हमें विचार करने की कोई ज़रूरत नहीं है। जो कुछ हमने कहा है, वही होगा," दन्तहीन, गुस्सैल बूढ़े ने बड़बड़ाकर कहा।

"मैं कल तक यहीं पर रहूँगा। अगर तुम्हारा ख़याल बदल जाए तो तुम मुझे इत्तला करना।"

किसानों ने कोई जवाब नहीं दिया।

इस तरह इस भेंट द्वारा किसी भी परिणाम तक पहुँचने में नेख़्लूदोव सफल नहीं हुआ।

जब नेख़्लूदोव घर पहुँचा तो कारिन्दा उससे कहने लगा –

"इजाज़त हो तो मैं एक बात कहूँ, प्रिन्स। इस तरह आप किसानों के साथ किसी भी फ़ैसले पर नहीं पहुँच पाएँगे। ये लोग बड़े जिद्दी होते हैं। मीटिंग में ये लोग एक बात पर अड़ जाते हैं और उससे टस-से-मस नहीं होते। कारण यह है कि इन्हें हर बात से डर लगता है। लेकिन

यही किसान–जैसे वह सफ़ेद बालोंवाला, या वह साँवले रंगवाला किसान समझदार लोग हैं। जब इन्हीं में से कोई दफ़्तर में आता है, और हम उसके आगे चाय का प्याला रखते हैं, तो उसका मन इस तरह चलने लगता है जैसे वह कोई राजनीतिज्ञ हो," उसने मुस्कराते हुए कहा। "हर बात पर वह ठीक तरह से विचार करेगा। लेकिन मीटिंग में वह बदल जाता है, वह आदमी नहीं रहता। वहाँ वह एक ही बात की रट लगाए रहता है।"

"जो लोग इनमें से ज़्यादा समझदार है, क्या उन्हें यहाँ पर नहीं बुलाया जा सकता ?" नेख़्लूदोव ने कहा, "मैं अपनी तजवीज़ ज़्यादा ध्यान से उन्हें समझाऊँगा।"

"यह हो सकता है," मुस्कराते हुए कारिन्दे ने कहा।

"ठीक है, तो उन्हें कल बुला लो।"

"ज़रूर, मैं ज़रूर बुला लूँगा," कारिन्दे ने कहा और पहले से भी अधिक ख़ुशी के साथ मुस्कराया। "मैं उन्हें कल बुला लूँगा।"

"उसकी बात सुनो तुम। बड़ा सीधा बनता है," दो घोड़ों पर साथ-साथ जाते दो किसानों में से एक किसान ने कहा। सिर पर काले बाल, अस्त-व्यस्त दाढ़ी, वह अपनी मोटी-ताज़ी घोड़ी की पीठ पर बैठा दाएँ-से-बाएँ हिचकोले खा रहा था। जिस आदमी से वह बात कर रहा था वह बूढ़ा था और फटा हुआ कोट पहने था। रात का वक़्त था और ये दोनों आदमी किसानों के घोड़ों के एक झुंड को घास चराने के लिए ले जा रहे थे। प्रत्यक्षतः तो वे उन्हें बड़ी सड़क के किनारे-किनारे घास चरा रहे थे। लेकिन उनका अभिप्राय यह था कि लुक-छिपकर ज़मींदार के जंगल में चरने के लिए ले जाएँगे।

"हम मुफ़्त में तुम्हें ज़मीन दे देंगे, बस इधर दस्तख़्त कर दो–ये पहली बार थोड़े ही हमे झाँसा देने की कोशिश कर रहे हैं। हम जैसों के साथ पहले भी कई बार यह दाँव खेले जा चुके हैं। नहीं, भले आदमी, अब हम तुम्हारे झाँसे में नहीं आने के। अब हमें कुछ अक़्ल आ गई है," उसने कहा और एक बछेड़े को हाँक लगाने लगा जो भटककर पीछे रह गया था।

उसने अपना घोड़ा रोक लिया और आस-पास देखने लगा। बछेड़ा पीछे नहीं रह गया था, वास्तव में वह सड़क के किनारे एक चरागाह में घुस गया था।

"देखो उस बदज़ात को, ज़मींदार की चरागाहों में घुसने लगा है," साँवले रंगवाला किसान बोला जिसकी दाढ़ी के बाल बिखरे हुए थे। बछेड़ा हिनहिनाता हुआ महकती चरागाह में चूके के डंठलों को रौंदता भागा चला जा रहा था। उसके पाँवों के नीचे डंठल चरमरा रहे थे।

"यह चर्र-मर्र सुन रहे हो ? किसी छुट्टी के दिन औरतों को चरागाह में भेजना होगा कि आकर यहाँ से मोथा साफ़ कर जाएँ," पतले किसान ने कहा जिसने फटा हुआ कोट पहन रखा था, "वरना यहाँ हमारी दराँतियाँ टूट के रहेंगी।"

"कहता है 'दस्तख़त करो'," ज़मींदार के भाषण पर टिप्पणी कसते हुए बिखरी दाढ़ीवाला किसान कहने लगा, " 'दस्तख़्त करो', जी ज़रूर ताकि तुम हमें ज़िन्दा ही हड़प कर जाओ !"

"यह तो पक्की बात है," बूढ़े ने जवाब दिया।

फिर दोनों चुप हो गए। बड़ी सड़क पर केवल घोड़ों के चलने की आवाज़ आने लगी।

8

नेख़्लूदोव ने लौटकर देखा कि दफ़्तर में ही उसके सोने का प्रबन्ध कर दिया गया है। कमरे में एक ऊँचा पलँग बिछाया गया है, जिस पर पंखों का बिस्तर और दो बड़े-बड़े तकिए लगा दिए हैं। बिस्तर के ऊपर गहरे लाल रंग का बड़ा-सा रेशमी लिहाफ़ रखा है। लिहाफ़ को बड़ी बारीकी से और बड़े परिश्रम के साथ तागा गया था, प्रत्यक्षतः कारिन्दे की जब शादी हुई थी तो उसकी पत्नी दहेज में इसे अपने साथ लाई थी। कारिन्दे ने नेख़्लूदोव से फिर भोजन करने को कहा। वह दिन के भोजन से बची हुई चीज़ें उसके सामने रखना चाहता था। लेकिन नेख़्लूदोव ने इनकार कर दिया, जिस पर कारिन्दा अपने ग़रीबाना दस्तरख़ान और ग़रीबाना रहन-सहन के लिए माफ़ी माँगने के बाद नेख़्लूदोव से विदा लेकर बाहर चला गया।

किसानों ने ज़मीन लेने से इनकार कर दिया था। लेकिन इससे नेख़्लूदोव के मन को तनिक भी क्लेश नहीं पहुँचा। कुज़्मिंस्कोए में किसानों ने उसका प्रस्ताव स्वीकार किया था और उसके प्रति कृतज्ञता प्रकट की थी। इसके विपरीत यहाँ पर उसे सन्देह और विरोध का सामना करना पड़ा था। फिर भी उसका हृदय सन्तुष्ट और उल्लसित था।

दफ़्तर बहुत साफ़ नहीं था, और उसमें घुटन महसूस होती थी। नेख़्लूदोव बाहर आँगन में चला गया। वहाँ से वह बाग़ की ओर जा रहा था जब उसे वह रात याद आ गई–दासियों के कमरे की वह खिड़की, और बग़लवाला सायबान–और उसका मन विचलित हो उठा। वह उस स्थान के पास से होकर नहीं जाना चाहता था, जिसके साथ इतनी अनुतापपूर्ण स्मृतियाँ जुड़ी हुई थीं। वह दरवाज़े के बाहर सीढ़ियों पर बैठ गया और बाग़ के अँधेरे में देखने लगा। हलकी-हलकी स्निग्ध हवा बह रही थी, और उसमें बर्च-वृक्षों के नए-नए पत्तों की महक फैली हुई थी। पनचक्की की आवाज़ बराबर आ रही थी, बुलबुलें गा रही थीं, और नज़दीक ही किसी झाड़ी में कोई पक्षी नीरस आवाज़ में निरन्तर सीटी बजा रहा था। कारिन्दे के कमरे की खिड़की में से रोशनी बुझ गई। पूर्व की ओर, खलिहान के पीछे, आकाश नवोदित चाँद की ज्योत्स्ना से भरने लगा। बार-बार बिजली चमकने लगी जिसकी रोशनी में टूटा-फूटा घर और फूलों से लदा तथा झाड़-झँखाड़ से भरा बाग़ नज़र आने लगे। दूर से बादलों का गर्जन सुनाई देने लगा, और एक तिहाई आकाश में घने बादल छा गए। बुलबुलें और अन्य पक्षी चुप हो गए। पनचक्की में से पानी की गड़गड़ाहट सुनाई देती, किन्तु उससे भी अधिक कलहंसों की चूँ-चूँ सुनाई देने लगी। इसके बाद गाँव में तथा कारिन्दे के आँगन में मुर्ग़ बाँग देने लगे। गर्मी के मौसम में जब बादल गरजते हैं तो मुर्ग़ वक्त से पहले बाँग देने लगते हैं। कहावत है कि अगर मुर्ग़ बाँग जल्दी दें तो रात अच्छी गुज़रती है। नेख़्लूदोव के लिए रात सुखद ही नहीं, उल्लसित और आह्लादपूर्ण भी हो उठी थी। उसकी कल्पना जाग उठी और उसे वे दिन याद आने लगे जब लड़कपन में उसने यहाँ गर्मियों का मौसम व्यतीत किया था। वे दिन कितने ख़ुशियों से भरे थे, और वह कितना सरल बालक हुआ करता था! मन-ही-मन वह फिर अपने को वैसा ही महसूस करने लगा, न केवल उस समय ही बल्कि ऐसे सब अवसरों पर जिन्हें वह अपने जीवन की सर्वोत्कृष्ट घड़ियाँ समझता था। उसे वह दिन याद हो आया–याद ही नहीं, वह वैसा ही महसूस भी करने लगा–जब चौदह वर्ष की उम्र में उसने भगवान से प्रार्थना की थी कि मुझे सत्य के दर्शन कराइए। या वह घड़ी जब माँ से विदा होते समय वह उसकी गोद में सिर रखकर रोया था और उसे वचन दिया था कि मैं कभी भी कोई बुरा काम नहीं करूँगा, और कभी आपको क्लेश नहीं पहुँचाऊँगा। उसके हृदय में फिर वही भावनाएँ जाग उठीं, जब

निकोलेंका इर्तेनेव के साथ मिलकर उसने शपथ ली थी कि स्वच्छ, सदाचारी जीवन व्यतीन करने में सदा एक दूसरे की मदद करेंगे और सबको ख़ुश रखने की कोशिश करेंगे

उसे याद आया कि किस तरह कुज़्मिंस्कोए में वह प्रलोभन में फँसने लगा था, और उसे अपना घर, जंगल, खेत और ज़मीन त्यागते हुए अफ़सोस होने लगा था। उसने मन-ही-मन पूछा कि क्या अब भी मुझे उनके लिए अफ़सोस हो रहा है ? उसे यह सोचकर ही हैरानी हो रही थी कि उसे कभी अफ़सोस हुआ था। फिर आज की सब घटनाएँ उसकी आँखों के सामने घूम गईं। बच्चोंवाली वह माँ जिसके पति को इसलिए जेलख़ाने में ठूँस दिया गया था कि उसने नेख़्लूदोव के जंगल में से पेड़ काटा था। फिर उसे वह भयानक औरत मात्र्योना याद आई जो यह समझती थी–कम-से-कम उसकी बातों से तो ऐसा ही लगता था–कि कुलीन लोग यदि उस जैसी स्थिति की औरतों से व्यभिचार करना चाहें तो उन्हें विरोध नहीं करना चाहिए। बच्चों के प्रति उसका कैसा रुख़ था, किस तरह बच्चों को यतीमख़ाने में पहुँचाया जाता था। उसे वह अभागा चीथड़ों की टोपीवाला बच्चा याद हो आया जिसके सूखे हुए चेहरे पर मुस्कान खेल रही थी, और जो भूख के कारण धीरे-धीरे मर रहा था। उसे वह दुबली-पतली, गर्भवती स्त्री याद आई, जिसे विवश होकर उसके लिए मजदूरी करनी पड़ेगी, क्योंकि कमर तोड़ काम के कारण वह अपनी भूखी गाय की ओर ध्यान नहीं दे पाई थी। फिर सहसा उसे वह जेलख़ाना याद हो आया, क़ैदियों के मुँडे हुए सिर, कोठरियाँ, दुर्गन्ध, बेड़ियाँ-हथकड़ियाँ, और दूसरी तरफ़ शहर में अमीरों की ऐशो-इशरत से भरी ज़िन्दगी, जिसमें वह भी शामिल था। हर चीज़ नग्न स्पष्टता में उसकी आँखों के सामने घूम गई।

खलिहान के ऊपर चाँद उभरकर आ गया–लगभग पूर्णिमा का चाँद, चमकता हुआ। आँगन में लम्बे-लम्बे साए पड़ने लगे। उजड़े हुए घर की लोहे की छत चमकने लगी।

बुलबुल फिर गाने लगी, मानो वह इस रोशनी का पूरा-पूरा लाभ उठाना चाहती हो।

कुज़्मिंस्कोए में उसका मन उलझन में पड़ गया था। जो क़दम वह उठाने जा रहा था उसका निश्चय करते समय उसे अपने जीवन की चिन्ता होने लगी थी। उसके लिए निश्चय करना कठिन हो गया था, एक-एक सवाल पर कितनी ही कठिनाइयाँ उठ खड़ी होती थीं। उसने वही सवाल अब फिर अपने से पूछे और देखकर हैरान रह गया कि सारी बात कितनी सरल है। अब वह यह नहीं सोच रहा था कि इन कार्यों का परिणाम उसके अपने हित में कैसा होगा, वह केवल अपने कर्तव्य का सोच रहा था। इसीलिए सारी बात सरल हो उठी थी। और अज़ीब बात यह थी कि उसके लिए अपने हित की बात का निश्चय करना कठिन था, लेकिन जब वह सोचता कि उसे औरों के लिए क्या करना चाहिए तो उसने मन में कोई संशय नहीं रहता। उसे यक़ीन हो गया था कि उसे किसानों को ज़रूर ज़मीन दे देनी चाहिए, क्योंकि यदि वह नहीं देगा तो यह शठता होगी। वह निश्चित तौर पर जानता था कि उसे कात्यूशा को कभी भी नहीं छोड़ना चाहिए, बल्कि उसकी निरन्तर सेवा करनी चाहिए तथा उसके प्रति किए गए अपने पाप का प्रायश्चित करना चाहिए। वह पक्के तौर पर जानता था कि मुक़दमों और दंडों के इस प्रश्न पर उसे अध्ययन करना चाहिए, इस सवाल का स्पष्टीकरण करना तथा उसे समझना चाहिए, क्योंकि उसका ख़याल था कि इसके प्रति उसका दृष्टिकोण और लोगों के दृष्टिकोण से भिन्न है। इस सबका क्या परिणाम होगा, वह नहीं जानता था, परन्तु इतना वह निश्चय जानता था कि यह काम उसे ज़रूर करना होगा। और इस दृढ़ आश्वासन से उसका हृदय उल्लास से भर उठता था।

सारा आकाश काले बादलों से ढँक गया। चकाचौंध करनेवाली बिजली बार-बार चमकती, जिससे आँगन तथा पुराना घर और उसके टूटे-फूटे सायबान स्पष्ट हो उठते। सिर पर बादल गरज

रहे थे। पक्षी चुप थे, लेकिन पेड़ों के पत्ते सरसरा रहे थे, और जिन सीढ़ियों पर नेख़्लूदोव बैठा था, वहाँ हवा के झोंके आने लगे थे और नेख़्लूदोव के बालों से खेलने लगे थे। पहले बारिश की एक बूँद गिरी, फिर दूसरी, और तत्पश्चात् बरडॉक के बड़े-बड़े पत्तों और लोहे की छत पर टपाटप बूँदें पड़ने लगीं। सारा वातावरण आलोकित हो उठा। और पलक मारने की देर थी कि सिर के ऊपर बिजली कड़की और उसकी भयानक कड़क दूर तक आकाश में गूँजती हुई सुनाई दी।

नेख़्लूदोव अन्दर चला गया।''

''ठीक है, ठीक बात है,'' वह सोच रहा था, ''जीवन द्वारा कौन-सा कार्य सिद्ध होता है, वह सारा काम, इसका अर्थ, यह सब मैं नहीं समझता, न ही समझ सकता हूँ। मेरी फूफियाँ किसलिए संसार में आई थीं ? निकोलेंका इर्तेनेव की मृत्यु हो गई, और मैं जी रहा हूँ, यह क्यों ? कात्यूशा के जीवन का प्रयोजन क्या था ? और मेरा पागलपन? और उस जंग का प्रयोजन? बाद में मैं क्यों वैसा अनियन्त्रित जीवन व्यतीत करने लगा? इसे समझना, भगवान की इच्छा की पूरी थाह पाना मेरे वश की बात नहीं। परन्तु मेरे अन्तःकरण में भगवान की जो इच्छा व्याप रही है, मैं उसका पालन करने में समर्थ हूँ। और इस इच्छा को मैं भली भाँति जानता हूँ। और इस इच्छा का पालन करते समय मेरी आत्मा में शान्ति होती है।''

मूसलाधार बारिश होने लगी, और छत पर से बह-बहकर नीचे बने एक हौज़ में गिरने लगी। अब बिजली कम चमकने लगी थी, जिससे घर और आँगन पर रोशनी कम पड़ती थी। नेख़्लूदोव अन्दर चला गया और कपड़े उतारकर लेट गया। दीवार पर लगा हुआ काग़ज़ गन्दा हो रहा था और जगह-जगह से फट रहा था जिस कारण उसे डर था कि यहाँ पर खटमल होंगे।

''हाँ, मुझे स्वयं को मालिक नहीं, सेवक समझना चाहिए,'' वह सोच रहा था और इस विचार से खुश हो रहा था।

वही बात निकली। बत्ती बुझाने की देर थी कि खटमल आ पहुँचे और उसे काटने लगे।

''ज़मीन दे दूँ और साइबेरिया चला जाऊँ–पिस्सू, खटमल, गन्दगी ! तो क्या हुआ ? यदि यह अनिवार्य है तो मैं इसे सहन करूँगा।'' परन्तु अपने नेक इरादों के बावजूद भी वह सहन नहीं कर पाया। वह उठकर खुली खिड़की के सामने बैठ गया। बादल छितरने लगे थे और चाँद फिर निकल आया था। नेख़्लूदोव मुग्ध नेत्रों से उनकी ओर देखने लगा।

9

सुबह जाकर कहीं नेख़्लूदोव को नींद आई, इसीलिए जब वह जागा तो काफ़ी देर हो गई थी।

दोपहर के समय किसानों के सात प्रतिनिधि, जिन्हें कारिन्दे ने चुनकर बुला लिया था, फलों के बाग़ में आ पहुँचे। सेबों के पेड़ों के नीचे, ज़मीन में छोटे-छोटे खम्भे गाड़कर और उन पर तख़्ते रख के कारिन्दे ने एक मेज़ और बेंचों का प्रबन्ध कर दिया था। बड़ी देर के बाद किसान इस बात पर रजामन्द हो पाए कि वे अपनी टोपियाँ सिर पर पहन लेंगे और बेंचों पर बैठ जाएँगे। सबसे ज़्यादा हठ तो भूतपूर्व फ़ौजी ने किया जो आज छाल के जूते पहनकर आया था। वह तनकर खड़ा था और हाथ में अपनी टोपी इस तरह उठाए हुए था जिस तरह फ़ौज में अर्थी के समय उठाने का नियम है। उनमें से एक बूढ़े किसान ने जो शक्ल-सूरत से बड़ा रोबदार लगता था, सिर पर अपनी बड़ी-सी टोपी रख ली और अपने इर्द गिर्द कोट लपेटता हुआ मेज़ के पीछे आकर बैठ गया। चौड़े कन्धे, उसकी दाढ़ी में कुंडल पड़ते थे जैसे मिकेल अंजेलो द्वारा बनाई गई तस्वीर

में मोज़िस की दाढ़ी में है, और सँवलाए ऊँचे माथे पर सफ़ेद घुँघराले बालों की लटें गिरती थीं। उसे बैठते देखकर बाक़ी किसानों ने भी सिर पर टोपियाँ रखीं और बैठने लगे।

जब सब बैठ गए तो उनके सामने नेख़्लूदोव भी आकर बैठ गया। मेज़ पर उसके सामने काग़ज़ रखा था जिसपर उसने अपनी योजना लिख रखी थी। तनिक आगे की ओर झुकते हुए नेख़्लूदोव ने अपनी बात समझानी शुरू की।

अबकी बार नेख़्लूदोव के मन में कोई उलझन नहीं थी। उसका कारण शायद यह रहा हो कि आज किसानों की संख्या बहुत कम थी, या शायद यह कि उसका ध्यान अपने काम की ओर ज़्यादा था, और अपने अहं की ओर कम। उसने अपने आप ही उस चौड़े कन्धों और घुँघराली दाढ़ीवाले वृद्ध को सम्बोधित करना शुरू कर दिया। उसका ख़याल था कि उसी की ओर से अनुमोदन अथवा आपत्ति के शब्द सुनने को मिलेंगे। लेकिन नेख़्लूदोव का अनुमान ग़लत निकला। वह रोबदार आदमी, जो वयोवृद्ध कुलपति लगता था, किसी-किसी वक़्त स्वीकृति में अपना ख़ूबसूरत सिर हिला देता, और जब कोई किसान आपत्ति करता तो यह भी भौंहें चढ़ाकर सिर हिलाता। लेकिन इसके बावजूद, उसे समझने में प्रत्यक्षतः बड़ी कठिनाई हो रही थी। जब और लोग नेख़्लूदोव के शब्दों को अपने शब्दों में दोहराकर कहते तब कहीं कुछ उसके पल्ले पड़ता। इसी कुलपति के साथ ही एक टुईयाँ सा बूढ़ा आदमी बैठा था, जो इससे बेहतर समझ रहा था। उसने नेनकिन का कोट पहन रखा था जिस पर जगह-जगह पैबन्द लगे थे। पाँवों में पुराने बूट थे। एक आँख से काना था, और दाढ़ी ख़स्ता हो रही थी। बाद में नेख़्लूदोव को मालूम हुआ कि यह आदमी भट्ठी बनाता है। यह आदमी अपनी भौंहें बड़ी तेज-तेज़ हिलाता, बड़े ध्यान से नेख़्लूदोव के शब्द सुनता और सुनते ही उन्हें अपने शब्दों में दोहरा लेता था। एक और आदमी भी बातों को उतनी ही जल्दी समझ रहा था। गठीले बदन का बूढ़ा आदमी था, सफ़ेद दाढ़ी, पैनी आँखें, व्यंग्य करने का कोई मौक़ा हाथ से नहीं जाने देता था। प्रत्यक्षतः दिखावे के लिए ठिठोली करता था। भूतपूर्व फ़ौजी भी, जान पड़ता था कि बातों को समझ रहा है, लेकिन चूँकि उसे केवल फ़ौजियों का बकवाद सुनने की आदत थी, इसलिए वह उलझन में पड़ जाता था। लेकिन जो आदमी बातों को सबसे अधिक गम्भीरता और ध्यान से सुन रहा था, वह था एक ऊँचे-लम्बे क़द का किसान, छोटी-सी दाढ़ी, लम्बी नाक और गहरी आवाज़वाला। उसने घर के कते-बुने मगर साफ़-सुथरे कपड़े पहन रखे थे और छाल के नए जूते पहनकर आया था। इस आदमी के दिमाग़ में हर बात बैठ रही थी, और वह तभी बोलता था जब ज़रूरत होती थी। इनके अलावा दो वृद्ध पुरुष और थे। एक तो वही बूढ़ा था जिसके मुँह में दाँत नहीं थे और जो पहली मीटिंग में नेख़्लूदोव की हर तजवीज़ को रद्द करता रहा था। दूसरा एक ऊँचे-लम्बे क़द का गोरा-चिट्टा आदमी था जिसके चेहरे से सद्भावना टपकती थी। यह आदमी लँगड़ा था, और उसने अपनी पतली-पतली टाँगों पर कसकर पट्टियाँ बाँध रखी थीं। वे दोनों बोलते बहुत कम थे, हालाँकि हर बात को बड़े ध्यान से सुन रहे थे।

नेख़्लूदोव ने सबसे पहले भूमि पर निजी स्वामित्व के बारे में अपने विचार बताए।

"मेरे विचार में भूमि का क्रय-विक्रय नहीं हो सकता। यदि यह हो सकता हो तो जिस आदमी के पास पर्याप्त धन-राशि होगी वह सारी-की-सारी ज़मीन ख़रीद लेगा, और जिनके पास भूमि नहीं है, उन्हें इस्तेमाल के लिए देकर उनसे मनमानी रक़म ऐंठेगा। यहाँ तक कि वह ज़मीन पर खड़ा तक होने के पैसे ले सकेगा," स्पेंसर का तर्क दोहराते हुए उसने कहा।

"एक ही उपाय रह जाएगा–पंख जोड़ लो और उड़ो," सफ़ेद दाढ़ी और हँसोड़ आँखोंवाला बूढ़ा बोला।

"सच है," लम्बी नाकवाले ने अपनी गहरी आवाज़ में कहा।

“बिलकुल ठीक है,” भूतपूर्व फ़ौजी बोला।

“एक औरत अपनी गाय के लिए मुट्ठी भर घास उखाड़ती है, उसे पकड़कर जेल में ठूँस देते हैं,” नेकदिल लँगड़े आदमी ने कहा।

“हमारी अपनी ज़मीन तो यहाँ से पाँच वेर्स्ता दूर है। लगान पर ज़मीन लेने के लिए हमारी तौफ़ीक नहीं है : लगान इतना बढ़ा देते हैं कि उससे हमारे लिए कुछ बचता ही नहीं है,” चिड़चिड़े, दन्तहीन बूढ़े ने कहा, “वे हमारे शरीर की रस्सियाँ बनाते हैं। यह तो ज़मीन-गुलामों से भी बुरा है।”

“मेरे भी वही विचार हैं जो तुम्हारे हैं। मैं ज़मीन की मिल्कियत को पाप समझता हूँ। इसलिए मैं उसे दे देना चाहता हूँ,” नेख़्लूदोव ने कहा।

“बड़ी अच्छी बात है,” मिकेल अंजेलो के मोज़िस के से घुँघराले बालोंवाले बूढ़े ने कहा। प्रत्यक्षतः वह यह समझ रहा था कि नेख़्लूदोव अपनी ज़मीन लगान पर देना चाहता है।

“मैं यहाँ इसलिए आया हूँ कि मैं ज़मीन का मालिक नहीं बने रहना चाहता। अब आइए, इस बात पर विचार करें कि ज़मीन का कैसे बँटवारा किया जाए।”

“किसानों के हवाले कर दीजिए, बस,” चिड़चिड़े, दन्तहीन बूढ़े ने कहा।

क्षण भर के लिए नेख़्लूदोव लज्जित-सा अनुभव करने लगा। उसे महसूस होने लगा कि इस टिप्पणी का मतलब है इन लोगों को मेरे इरादों पर शक है। पर वह फ़ौरन सँभल गया और इसी टिप्पणी का प्रयोग करते हुए अपना मतलब साफ़ करने लगा।

“मैं तो ख़ुशी से दे दूँ,” वह बोला, “मगर किसे दूँ और कैसे दूँ? किस गाँव के किसानों को दूँ ? तुम्हारे गाँव को क्यों दूँ और द्योमिन्स्कोए के किसानों को क्यों नहीं दूँ?” (यह पड़ोस के एक गाँव का नाम था जहाँ बहुत कम ज़मीन थी।)

सब चुप रहे, केवल भूतपूर्व फ़ौजी ने कहा–

“बिलकुल ठीक है।”

“अच्छा,” नेख़्लूदोव ने कहा, “तो अगर ज़ार कहे कि ज़मींदारों से सारी-की-सारी ज़मीन लेकर किसानों में बाँट दी जाएगी, तो इसे आप कैसे करेंगे?”

“कोई अफ़वाह है क्या ?” उसी बूढ़े ने पूछा।

“नहीं, ज़ार ने कुछ नहीं कहा है। मैं वैसे ही अपनी ओर से कह रहा हूँ : अगर ज़ार कहे : ज़मींदारों से सारी ज़मीन लेकर किसानों में बाँट दी जाए, तो तुम लोग यह कैसे करोगे ?”

“कैसे करेंगे ? बस, बराबर-बराबर बाँट लेंगे। इतनी-इतनी ज़मीन हर आदमी के लिए, चाहे वह किसान हो या ज़मींदार,” भट्ठी बनानेवाले ने कहा। वह जब बात करता तो अपनी भवें बड़ी तेज़ी से उठाता और गिराता था।

“और कौन-सा तरीक़ा है? बस फ़ी आदमी इतना-इतना दे दो,” दयालु स्वभाव लँगड़ा बोला, जिसने टाँगों पर सफ़ेद पट्टियाँ बाँध रखी थीं।

सबने इस बात का समर्थन किया, सबको यह सन्तोषजनक लगी।

“फ़ी आदमी इतना दे दो? तो क्या घर के नौकरों को भी हिस्सा दोगे?” नेख़्लूदोव ने पूछा।

“नहीं हुज़ूर,” भूतपूर्व फ़ौजी बोला। वह बड़ा लापरवाह और ख़ुशमिज़ाज नज़र आने की कोशिश कर रहा था।

लेकिन ऊँचे कद का समझदार आदमी उससे सहमत नहीं हुआ।

“अगर बाँटना हो तो सबको एक जैसा हिस्सा मिलना चाहिए,” थोड़ी देर सोचते रहने के

बाद वह अपनी गहरी आवाज़ में बोला।

''यह नहीं हो सकता,'' नेख़्लूदोव ने कहा। उसने अपना जवाब पहले से तैयार कर लिया था। ''अगर सबको एक जैसा हिस्सा मिले तो जो लोग काम नहीं करते, ख़ुद हल नहीं चलाते, वे अपना हिस्सा अमीर लोगों को बेच देंगे–जैसे, मालिक और नौकर, बावर्ची, अधिकारी, क्लर्क, सभी शहरी लोग। नतीजा यह होगा कि ज़मीन फिर अमीर लोगों के हाथ में चली जाएगी। ज़मीन पर काम करनेवालों की संख्या बढ़ती चली जाएगी और ज़मीन का मिलना मुश्किल होता जाएगा। इस तरह अमीर लोगों का फिर उन लोगों पर अधिकार हो जाएगा जिन्हें ज़मीन की ज़रूरत होगी।''

''बिलकुल ठीक है,'' भूतपूर्व फ़ौजी बोल उठा।

''ज़मीनों को बेचने की मनाही कर दो। ज़मीन केवल उसी को मिले जो उस पर हल चलाता हो,'' भट्ठी बनानेवाला झल्लाकर बीच में बोल उठा।

इसका जवाब नेख़्लूदोव ने यह दिया कि यह जानना असम्भव है कि कौन आदमी अपने लिए हल जोत रहा है, और कौन किसी दूसरे के लिए।

ऊँचे क़दवाले समझदार आदमी ने सुझाव दिया कि ऐसी व्यवस्था की जाए जिससे सब मिलकर हल जोतें। जो जोतें उन्हें ज़मीन मिले, और जो नहीं जोतें उन्हें कुछ नहीं मिले।

इस साम्यवादी योजना का जवाब भी नेख़्लूदोव के पास तैयार था वह कहने लगा कि ऐसी व्यवस्था के लिए ज़रूरी होगा कि सबके पास हल हों, सबके पास बराबर संख्या में घोड़े हों, ताकि कोई पीछे न रह जाए। हल, घोड़े, अनाज निकालने की मशीनें तथा बाक़ी सब औज़ार साझे होने चाहिए। लेकिन ऐसा आप तभी कर सकते हैं जब सभी लोग सहमत हों।

''हमारे लोगों को मनाना कौन-सा आसान काम है। मरते दम तक सहमत नहीं होंगे,'' चिड़चिड़े स्वभाववाला बूढ़ा बोला।

''रोज़ लड़ाइयाँ होंगी,'' हँसोड़ आँखोंवाले बूढ़े ने कहा। ''औरतें एक दूसरी की आँखें नोच डालेंगी।''

''ज़मीन की समानता के बारे में फिर क्या कहते हो ?'' नेख़्लूदोव ने पूछा, ''एक आदमी को उपजाऊ ज़मीन मिले और दूसरे को ऐसी जिसमें रेता और कीच हो, ऐसा क्यों?''

''यह बात है तो ज़मीन के छोटे-छोटे टुकड़े बनाए जाएँ, और सबको हिस्से में बराबर-बराबर टुकड़े मिलें,'' भट्ठी बनानेवाला बोला।

इसके जवाब में नेख़्लूदोव ने कहा कि वह केवल एक ही ग्राम में ज़मीन के बँटवारे की बात नहीं सोच रहा है, बल्कि अलग-अलग गुबेर्नियाओं में ज़मीन के व्यापक बँटवारे की। यदि ज़मीन किसानों में मुफ़्त बाँटी जाएगी। तो फिर कुछ किसानों को अच्छी और कुछ को बुरी ज़मीन क्यों मिले ? सभी की इच्छा होगी कि उन्हें अच्छी ज़मीन मिले।

''बिलकुल ठीक है,'' भूतपूर्व फ़ौजी ने कहा।

बाक़ी लोग चुप रहे।

''इसका मतलब है कि यह बात इतनी आसान नहीं है जितनी कि नज़र आती है,'' नेख़्लूदोव ने कहा। ''पर इस सवाल के बारे में केवल हम ही नहीं बल्कि बहुत से लोगों ने विचार किया है। मसलन हैनरी जार्ज नाम का एक अमरीकी है, मैं उससे सहमत हूँ। उसका विचार यह था कि. ..''

''आप तो मालिक हो, जैसे चाहो ज़मीन दे सकते हो। आपको कौन रोक सकता है? ताक़त आपके हाथ में है,'' चिड़चिड़े स्वभावाले बूढ़े ने कहा।

इस वाक्य को सुनकर नेख़्लूदोव सकपका गया। मगर उसे यह देखकर ख़ुशी हुई कि केवल वही इस बाधा पर नाराज़ नहीं हुआ था।

''बीच में नहीं बोलो, चाचा सेम्योन, उन्हें बात कर लेने दो,'' समझदार आदमी ने अपनी गहरी, रोबीली अवाज़ में कहा।

इससे नेख़्लूदोव को हौसला हुआ और वह हैनरी जार्ज द्वारा प्रतिपादित उस पद्धति की व्याख्या करने लगा जिसके अनुसार ज़मीन पर एक ही कर लगाया जाना चाहिए।

''धरती भगवान की है, धरती किसी आदमी की नहीं है,'' वह कहने लगा।

''ठीक है, बिलकुल ठीक है,'' एक साथ कई आवाज़ें आईं।

''ज़मीन सबकी साझी है। सभी को उस पर समान अधिकार है। पर ज़मीन अच्छी भी है बुरी भी है, सभी चाहेंगे कि उन्हें अच्छी ज़मीन मिले। अब यह किस भाँति किया जाए ताकि बँटवारा इन्साफ़ के साथ हो ? तरीक़ा यह है : जो अच्छी ज़मीन का प्रयोग करे वह उस ज़मीन की लागत उन लोगों को अदा करे जिनके पास कोई ज़मीन नहीं है।'' अपने ही प्रश्न का उत्तर देते हुए नेख़्लूदोव कहने लगा, लेकिन यह कहना मुश्किल है कि कौन किसको पैसे दे, और सामूहिक ज़रूरतों को पूरा करने के लिए भी पैसे की ज़रूरत है, इसलिए प्रबन्ध ऐसा हो कि जो अच्छी ज़मीन का प्रयोग करे वह उस ज़मीन की क़ीमत ग्राम-समुदाय को उसकी ज़रूरतों के लिए दे दे। इस तरह सबको बराबर-बराबर हिस्सा मिलेगा। अगर तुम ज़मीन को इस्तेमाल करना चाहते हो तो उसका दाम चुकाओ–अच्छी ज़मीन के लिए ज़्यादा, बुरी के लिए कम। अगर ज़मीन का इस्तेमाल नहीं करना चाहते तो कुछ भी मत दो, जो लोग ज़मीन का इस्तेमाल करेंगे वे तुम्हारी जग़ह टैक्स तथा सामूहिक ख़र्च अदा करेंगे।''

''यह ठीक है,'' भट्ठी बनानेवाले ने भौंहे हिलाते हुए कहा, ''जिसके पास अच्छी ज़मीन हो वह ज़्यादा पैसे दे।''

''वाह-भाई-वाह, बड़ा सियाना आदमी था यह जार्ज,'' घुंघराले बालोंवाला बुर्जुग बोला।

''बस, जो पैसे हमें देने पड़ें वे अगर हमारी तौफ़ीक के बाहर न हों तो सब ठीक है,'' गहरी आवाज़ लम्बे क़द के आदमी ने कहा। प्रत्यक्षतः वह समझ गया था कि इस योजना का लक्ष्य क्या है।

''जो रक़म तुम्हें देनी पड़ेगी वह न बहुत ज़्यादा होनी चाहिए और न ही बहुत कम। अगर बहुत ज़्यादा होगी तो कोई भी नहीं देगा, नतीजा यह होगा कि नुक़सान होगा। अगर बहुत कम हुई तो लोग ज़मीन की ख़रीद-फ़रोख़्त करने लगेंगे। ज़मीन का व्यापार होने लगेगा,'' नेख़्लूदोव ने कहा। ''मैं तुम्हारे लिए इसी बात का प्रबन्ध करना चाहता हूँ।''

''बड़ी इन्साफ़ की बात है, बिलकुल ठीक है, यह बिलकुल ठीक रहेगा,'' किसानों ने कहा।

''बड़ा सियाना आदमी था, वह जार्ज,'' चौड़े कन्धों और घुँघराले बालोंवाले बूढ़े ने कहा, ''वाह, कैसी बात सोच निकाली है !''

''और यदि मैं कुछ ज़मीन लेना चाहूँ, तो ?'' मुस्कराते कारिन्दे ने कहा।

''कोई टुकड़ा खाली हो तो उसे लेकर काश्त करो,'' नेख़्लूदोव ने कहा।

''तुम्हें ज़मीन की क्या ज़रूरत है ? तुम तो वैसे ही खाते-पीते हो,'' हँसोड़ आँखोंवाले बूढ़े ने कहा।

इस पर मीटिंग समाप्त हो गई।

नेख़्लूदोव ने अपना प्रस्ताव फिर एक बार समझाया। उसने कहा कि मैं आप लोगों से इसी

वक़्त कोई जवाब देने को नहीं कह रहा हूँ। आप इस पर विचार करें, गाँव के बाक़ी लोगों से सलाह-मशविरा करें, और फिर जिस नतीजे पर पहुँचे मुझे आकर बताएँ।

किसानों ने कहा कि वे आपस में बात करेंगे, और जो जवाब हुआ लाकर देंगे, और बड़ी उत्तेजना में वहाँ से विदा हुए। सड़क पर जाते हुए भी उनके ऊँचा-ऊँचा बोलने की आवाज़ आ रही थी। और गहरी रात गए तक भी नदी के पास, गाँव में से उनकी आवाज़ आती रही।

किसान लोग दूसरे दिन काम पर नहीं गए। वे जमींदार के प्रस्ताव पर विचार करते रहे! किसानों की कम्यून में दो पार्टियाँ बन गईं। एक वे थे जिन्हें इस प्रस्ताव में फ़ायदा नज़र आता था, और जो समझते थे कि इसे मन्जूर करने में कोई ख़तरा नहीं। दूसरे वे थे जिनकी समझ में यह प्रस्ताव बैठा ही नहीं, इसलिए वे डरते थे और शक़ करते थे। मगर तीसरे दिन सभी सहमत हो गए, और अपने कुछ प्रतिनिधि भी नेख़्लूदोव के पास यह कहने के लिए भेज दिए कि हमें आपका प्रस्ताव मन्जूर है। उनके इस निर्णय पर पहुँचने का एक कारण था। एक बुढ़िया ने उन्हें कहा कि मालिक तो बहुत भला आदमी है, उसे अपनी आत्मा की चिन्ता होने लगी है, वह यह काम इसलिए कर रहा है कि उसे मोक्ष मिले। इस बात का उन पर बहुत असर हुआ और उनके दिल में से यह भय जाता रहा कि उनके साथ धोखा होने जा रहा है। इसके बाद जब लोगों को पता चला कि मालिक पानोवो में बहुत दान-पुण्य कर रहे हैं तो इस बात की पुष्टि भी हो गई। वास्तव में नेख़्लूदोव ने पहले कभी इतनी घोर दरिद्रता तथा जीवन में इतनी साधनहीनता नहीं देखी थी, जितनी की यहाँ उसे अपने किसानों में नज़र आई। वह इसे देखकर सिहर उठा था, और यह जानते हुए कि इस तरह पैसे देना उचित नहीं, वह देता रहा। पैसे दिए बिना वह रह नहीं सकता था, और उसके पास पैसे थे भी बहुत। पिछले साल ही उसने एक जंगल बेचा था, उससे बहुत-सी रक़म मिली थी। इसके अतिरिक्त हाल ही में कुज़्मिंस्कोए ज़मींदारी के पशु और औज़ार बेचने का बयाना उसे मिला था।

यह पता चलने की देर थी कि मालिक दान दे रहे हैं कि धड़ाधड़ लोग विशेषतया औरतें, माँगने के लिए आ पहुँचीं। नेख़्लूदोव को कुछ भी मालूम नहीं था कि दान कैसे दिया जाता है, अथवा यह निश्चय कैसे किया जाता है कि किसको कितना देना चाहिए। एक तरफ़ तो उसकी जेब में पैसे थे, और उसके सामने लोगों का घोर दारिद्रय था, वह अपना हाथ कैसे रोक सकता था। दूसरी तरफ़ वह यह भी समझता था कि इस तरह ऊल-जलूल पैसे देना बुद्धिमता नहीं है। इस स्थिति में उसे एक ही रास्ता सूझ रहा था, और वह यह कि यहाँ से भाग चले और यही उसने किया भी।

पानोवो में नेख़्लूदोव का आख़िरी दिन था। वह अपनी फूफियों का साज-सामन देख रहा था। वहाँ एक महागनी की कपड़ों की आलमारी रखी थी जिस पर ताँबे के बने शेरों के मुँह लगे थे जिनमें गोल-गोल रिंग डले हुए थे। इस आलमारी के निचले दराज़ में उसे बहुत-सी चिट्ठियाँ मिलीं जिनमें एक तस्वीर भी पड़ी थी। यह तस्वीर एक ग्रुप की थी जिसमें उसकी फूफियाँ—सोफ़िया इवानोव्ना तथा मारिया इवानोव्ना, स्वयं नेख़्लूदोव और कात्यूशा शामिल थे। उस ज़माने की तस्वीर थी जब वह विद्यार्थी था और कात्यूशा पवित्र, सुन्दर और जीवन के उल्लास से छलछला रही थी। घर की सभी चीजों में से केवल ये चिट्ठियाँ और तस्वीर ही उसने उठाई। बाक़ी सब पनचक्की के मालिक के हवाले कर दीं। मुस्कराते कारिन्दे की सिफ़ारिश पर पनचक्की के मालिक ने मकान और उसका सारा सामान असल लागत का केवल दसवाँ हिस्सा देकर ख़रीद लिया था। नेख़्लूदोव

के चले जाने पर मकान गिरा दिया जाएगा और सामान छकड़ों पर लादकर यहाँ से ले जाया जाएगा।

कुज़्मिंस्कोए में अपनी ज़मीन-जायदाद छोड़ते हुए नेख़्लूदोव को अफ़सोस हुआ था। आज वह हैरान हो रहा था कि क्योंकर उसके मन में उस दिन पश्चाताप की भावना उठी थी। आज इस मुक्ति पर उसके हृदय में निरन्तर उल्लास की भावना थी। आज उसे नवीनता का भास हो रहा था, उस यात्री की तरह जो नए-नए स्थलों तथा देश-देशान्तरों को पहली बार देख रहा हो।

10

जब नेख़्लूदोव वापस लौटा तो उसे अपना शहर नए और विचित्र रंग में नज़र आया। वह शाम के वक़्त लौटा था जब बत्तियाँ जल चुकी थीं, और रेलवे-स्टेशन से सीधे घर आया। कमरों में अब भी फिनाइल की बू छाई हुई थी। आग्राफ़ेना पेत्रोव्ना और कोर्नेई दोनों थके हुए और असन्तुष्ट लग रहे थे। उनकी आपस में झड़प भी हो चुकी थी, इन चीजों को लेकर, जिन्हें, जान पड़ता है, केवल बाहर टाँगने, हवा लगवाने और फिर तह करके बक्सों में बन्द कर देने के लिए ही बनाया गया हो। नेख़्लूदोव का कमरा ख़ाली, लेकिन अव्यवस्थित था। दरवाज़े में ट्रंक पड़े थे, जिस कारण रास्ता रुका हुआ था। प्रत्यक्षतः उसके आ जाने से उस काम में बाधा पड़ गई थी, जो एक अज़ीब परम्परा के अनुसार इस घर में चल रहा था। किसानों के दीन-हीन जीवन का जो प्रभाव उसके मन पर पड़ा था, उसके बाद यह काम प्रत्यक्षतः उसे फ़िज़ूल लग रहा था, जिसमें वह स्वयं भी किसी ज़माने में भाग लेता रहा था। अब उसे यह इतना अरुचिकर लगने लगा कि उसने दूसरे ही दिन किसी होटल में जाकर रहने का निश्चय कर लिया, और चीज़ों के सँभालने का काम आग्राफ़ेना पेत्रोव्ना पर छोड़ दिया कि वह जैसा ठीक समझे इन्हें ठिकाने लगा दे। नेख़्लूदोव की बहिन बाद में आकर घर के साज़-सामान का जैसा चाहेगी निबटारा कर देगी।

दूसरे दिन नेख़्लूदोव जल्दी ही घर से निकल पड़ा और एक होटल में दो कमरे किराए पर ले लिए। साधारण-सी जगह थी, और बहुत साफ़ भी नहीं थी। जेलख़ाने के नज़दीक थी। फिर कुछेक चीज़ों के बारे में आदेश देकर कि उन्हें वहाँ भिजवा दिया जाए, वह स्वयं वकील को मिलने चला गया।

बाहर सर्दी थी। कुछ दिन तक बारिश और अँधड़ रहने के बाद सर्दी हो गई थी, जैसा कि वसन्त ऋतु में अक्सर होता है। नेख़्लूदोव ने हलका ओवरकोट पहन रखा था, फिर भी सर्दी इतनी अधिक थी और हवा इतनी तीखी कि बदन को काटती थी। नेख़्लूदोव तेज़-तेज़ चलने लगा ताकि शरीर में कुछ गरमी आ जाए।

उसके मन में अब भी किसानों की आकृतियाँ घूम रही थीं–स्त्रियाँ, बच्चे, बूढ़े–उनकी ग़रीबी और थकान जिसे उसने मानो पहली बार देखा हो। विशेषकर उसकी आँखों के सामने उस नन्हें बच्चे का सूखा हुआ चेहरा घूम जाता जिसके होंठों पर मुस्कान थी और जो बार-बार पतली टाँगे मरोड़ता। ऐसा जान पड़ता जैसे उन टाँगों में पिंडलियाँ नहीं हैं। बरबस वह इस जीवन की तुलना शहरी जीवन से करने लगा। गोश्त, मछली और कपड़े इत्यादि की दूकानों के सामने से जाते हुए उसे फिर यही भास हुआ जैसे वह इस दृश्य को पहली बार देख रहा है। लगभग सभी दूकानदार कितने साफ़-सुथरे और मोटे-ताज़े लग रहे थे। उन जैसे डील-डौल का एक भी किसान ढूँढ़ने से नहीं मिलेगा। इनका काम लोगों को धोखा देना था।, जो इनकी चीज़ों का वास्तविक मूल्य नहीं

जानते थे। और इस पर वे बड़ी मेहनत करते थे। इसे वे निरर्थक काम नहीं समझते थे। इसके विपरीत उन्हें पूर्ण विश्वास था कि वे बड़ा महत्वपूर्ण काम कर रहे हैं। सड़क पर जो भी लोग उसे नज़र आए, सभी खाते-पीते और मोटे-ताज़े लग रहे थे। बड़े-बड़े नितम्बोंवाले कोचवान, जिनकी पीठों पर बटन चमक रहे थे और सुनहरी डोरीवाली टोपियाँ पहने दरबान, एप्रन पहने कुंडलोंवाली दासियाँ–सभी ऐसे ही खाते-पीते नज़र आते थे। और विशेषकर हृष्ट-पुष्ट तो गाड़ीवान नज़र आ रहे थे, गर्दन पीछे से मुँडी हुई, अपनी बग्घियों में आराम से टेक लगाए बैठे थे और आने-जानेवालों को देखे जा रहे थे। उनकी आँखों से घृणा और दुर्वासना का भाव टपकता था। इन सब लोगों में उसे अनचाहे ही वे किसान नज़र आ रहे थे जो ज़मीनें न होने के कारण गाँव छोड़कर शहरों में आ गए थे। कुछेक को तो शहरी जीवन की स्थिति से लाभ उठाने का अवसर मिल गया था, और अब वे भी अपने मालिकों की तरह ही हो गए थे और अपनी स्थिति से सन्तुष्ट थे। लेकिन बाक़ी लोगों की हालत तो गाँव से भी बदतर थी। उनकी दशा तो किसानों की दशा से भी अधिक दयनीय थी। मिसाल के तौर पर ऐसे ही लोग थे वे जूते बनानेवाले मोची जिन्हें नेख़्लूदोव ने एक मकान के तहख़ाने में काम करते देखा था। या वे धोबिनें जो खुली खिड़कियों में अपनी पतली-पतली बाँहों से कपड़े इस्त्री करती हुई नज़र आती हैं–चेहरे पीले, बाल अस्त-व्यस्त, खिड़कियों में से साबुन से भरी भाप निकलती हुई। या वे दो रंगसाज जिन्हें नेख़्लूदोव ने सड़क पर देखा था। एप्रन लगाए और हाथों में रंग से भरी बाल्टी उठाए वे एक दूसरे से झगड़ते चले जा रहे थे। पाँवों में उनके मोज़े तक न थे, ऊपर से नीचे तक रंग ही रंग पुता हुआ था। दोनों आस्तीनें चढ़ाए थे जिससे कोहनियों तक उनकी दुबली-पतली और सँवलाई बाँहें नज़र आ रही थीं। उनके चेहरे थके-माँदे और चिड़चिड़े लग रहे थे। यही भाव छकड़ेवालों के सँवलाए चेहरों पर भी नज़र आ रहा था, जो हिचकोले खाते छकड़ों पर चले जा रहे थे। और उन मर्दों और औरतों के चेहरों पर भी जो चिथड़े पहने सड़कों के नाकों पर खड़े भीख माँग रहे थे। ऐसे ही चेहरे उसे ढाबों की खिड़कियों में से भी नज़र आए, जिनके सामने से होकर नेख़्लूदोव जा रहा था। गन्दे मेज़ों पर चाय के बरतन और बोतलें रखी थीं, और मेज़ों के बीच सफेद क़मीज़ें पहने वेटर इध ार-उधर भाग रहे थे। और मेज़ों के सामने लोग बैठे चिल्ला रहे थे या गा रहे थे। उनके चेहरे लाल और पसीने से तर हो रहे थे और उन पर मूढ़ता छाई हुई थी। ऐसा ही एक आदमी एक खिड़की के सामने बैठा था भौंहें चढ़ी हुई, होंठ फूले हुए, और आँखें एकटक देखती हुई, मानो कोई बात याद करने की कोशिश कर रहा हो।

"ये लोग यहाँ पर क्यों जमा हैं?" नेख़्लूदोव ने मन-ही-मन पूछा। ठंडी तेज़ हवा के कारण सड़क पर धूल उड़ रही थी। धूल के अतिरिक्त हवा में जले तेल और ताज़ा रोगन की गन्ध छाई हुई थी।

एक सड़क पर चलता हुआ वह किसी छकड़ों की क़तार के पास जा पहुँचा जिन पर किसी प्रकार का कोई लोहे का सामान लदा था। सड़क में जगह-जगह खड्डे थे जिस कारण लोहे की इतनी खड़खड़ हो रही थी कि नेख़्लूदोव के कान फटने लगे और सिरदर्द होने लगा। उसने क़दम तेज़ कर दिए ताकि छकड़ों की क़तार से आगे निकल जाए। सहसा इस शोर में उसे अपना नाम सुनाई दिया। कोई उसे बुला रहा था। नेख़्लूदोव खड़ा हो गया और देखा कि एक छैले गाड़ीवान की बग्घी में एक फ़ौजी अफ़सर बैठा मुस्करा रहा है और उसकी ओर बड़े दोस्ताना ढंग से हाथ हिला रहा है। अफ़सर की पतली नोकदार मूँछें ख़ूब चुपड़ी हुई थीं, चेहरा चमक रहा था, और दाँत बेहद सफ़ेद थे ।

''नेख़्लूदोव! अरे तुम यहाँ ?''

उसे देखकर नेख़्लूदोव को पहले तो बड़ी ख़ुशी हुई।

''वाह शेनबोक !'' उसने बड़े उत्साह से कहा, परन्तु दूसरे की क्षण उसे ख़याल आया कि ख़ुश होने का कोई मतलब नहीं है।

यह वही शेनबोक था जो उस दिन उसकी फूफियों के घर आया था। मुद्दत से नेख़्लूदोव ने उसे नहीं देखा था, मगर उसने इतना सुन रखा था कि क़र्जों के बावजूद अब भी शेनबोक किसी तरह रिसाले में अपने पद पर क़ायम है और अमीरों में अपना स्थान बनाए हुए है। उसके दमकते, सन्तुष्ट चेहरे को देखकर नेख़्लूदोव समझ गया कि जो कुछ उसने सुन रखा था वह ग़लत नहीं था।

''बहुत अच्छा हुआ जो मुलाक़ात हो गई। शहर में कोई भी नहीं है। अरे, यार, तुम तो बूढ़े हो चले हो,'' बग्घी में से निकलकर कन्धे फैलाते हुए उसने कहा। ''मैं तो तुम्हारी चाल से ही तुम्हें पहचान गया। अच्छा सुनो, आज खाना इकट्ठा खाएँगे। यहाँ कोई अच्छा होटल-वोटल भी है जहाँ ढंग का खाना मिल सकता हो?''

''माफ़ करना, मेरे पास तो वक़्त नहीं होगा,'' नेख़्लूदोव ने कहा। वह चाहता था कि किसी तरह इस आदमी से पिंड छूट जाए, परन्तु ऐसे ढंग से कि वह नाराज़ न हो। ''कहो, तुम्हारा यहाँ कैसे आना हुआ ?''

''काम पर आया हूँ, दोस्त। अभिभावक के काम पर। आजकल मैं अभिभावक बना हुआ हूँ। समानोव को जानते हो न ? वही लखपती ? उसके मामलों की देख-रेख करता हूँ। उसका दिमाग़ कुछ सठिया गया है, लेकिन चौवन हज़ार देस्यातीना ज़मीन का मालिक है,'' उसने विशेष गर्व के साथ कहा मानो यह सारी ज़मीन उसकी अपनी कमाई हो। ''उसके मामले बुरी तरह उलझे हुए थे, कोई देखनेवाला न था। सारी-की-सारी ज़मीन किसानों को लगान पर चढ़ा दी गई थी, मगर उन्होंने एक कौड़ी लगान नहीं दिया। इधर अस्सी हज़ार रूबल से भी ज़्यादा क़र्ज चढ़ा हुआ था। मैंने साल भर में सब बदल के रख दिया, और सत्तर फ़ीसदी मुनाफ़ा भी निकाल दिखाया। कहो, क्या कहते हो ?'' उसने गर्व से पूछा।

नेख़्लूदोव को याद आया, किसी ने उससे कहा था कि शेनबोक अपनी सारी दौलत लुटा चुका है और उस पर बड़ा क़र्ज है, लेकिन किसी आदमी के ख़ास असर-रसूख़ से वह किसी जायदाद का अभिभावक बना दिया गया है। जायदाद किसी बूढ़े धनी की है जो उसके हाथ से निकली जा रही है। प्रत्यक्षतः अब इसी अभिभावकता पर शेनबोक का गुज़र चल रहा था।

''इस आदमी से कैसे पीछा छुड़ाऊँ ताकि यह नाराज़ भी न हो ?'' शेनबोक के चमकते चेहरे और ऐंठी हुई मूँछों की ओर देखते हुए नेख़्लूदोव सोच रहा था। यह आदमी बड़े दोस्ताना ढंग से हँस-हँसकर बतिया रहा है कि कहाँ पर सबसे अच्छा खाना मिल सकता है, और अभिभावक के नाते उसने क्या-क्या कारनामे किए हैं।

''अच्छा तो कहो, कहाँ पर भोजन करें ?''

''सच मानो, मेरे पास वक़्त नहीं है,'' अपनी घड़ी की ओर देखते हुए नेख़्लूदोव ने कहा।

''अच्छा तो यह बताओ आज शाम को घुड़दौड़ पर जाओगे ?''

''नहीं, मैं नहीं जा पाऊँगा।''

''ज़रूर आना। मेरे पास अपने घोड़े तो नहीं हैं, लेकिन मैं ग्रीशा के घोड़ों पर खेलता हूँ। तुम्हें याद है न, उसके पास बहुत बढ़िया घोड़े हैं। तो आओगे न ? शाम का खाना मिलकर खाएँगे।''

"नहीं, मैं तुम्हारे साथ शाम का खाना भी नहीं खा पाऊँगा," नेख़्लूदोव ने मुस्कराकर कहा।

"उफ़ ओ ! यार यह तो बहुत बुरी बात है। कहो, इस वक़्त कहाँ जा रहे हो ? मेरे साथ बग्घी में बैठ चलो।"

"मैं एक वकील से मिलने जा रहा हूँ। वह नज़दीक ही, इसी सड़क के मोड़ पर रहता है।"

"हाँ, हाँ याद आया। तुम जेलख़ानों के बारे में कुछ कर रहे हो न ? क़ैदियों के मध्यस्थ बन गए हो, मैंने सुना है," शेनबोक ने हँसकर कहा, "मुझे कोर्चागिनों के घर से पता चला था। वे तो अभी से शहर छोड़कर चले गए हैं। इस सबका क्या मतलब है, कुछ समझाओ तो ?"

"हाँ, हाँ, बिलकुल ठीक है," नेख़्लूदोव ने जवाब दिया, "मगर यहाँ सड़क पर मैं तुम्हे क्या बता सकता हूँ ?"

"ठीक है, ठीक है, तुम हमेशा से सनकी रहे हो। मगर घुड़दौड़ पर तो आओगे?"

"नहीं, मैं नहीं आ सकूँगा, और आना चाहता भी नहीं हूँ। देखो, नाराज़ नहीं होना।"

"नाराज़? अरे नाराज़ किस बात पर? बताओ, रहते कहाँ हो?" सहसा उसके चेहरे पर गम्भीरता आ गई, आँखें एकटक देखने लगीं। और भौहें सिकुड़ गईं। जान पड़ता था जैसे कुछ याद करने की कोशिश कर रहा हो। नेख़्लूदोव का उसके चेहरे पर वही जड़ता का भाव नज़र आया जो उसे उस आदमी के चेहरे पर नज़र आया था जो भौहें चढ़ाए और होंठ फुलाए ढाबे की खिड़की में बैठा था।

"आज कितनी सर्दी है, क्यों ?"

"हाँ, बहुत सर्दी है।"

"सामान तेरे पास है ना ?" गाड़ीवान की ओर घूमकर शेनबोक ने पूछा।

"अच्छा तो ख़ुदा हाफ़िज़ ! तुम्हें मिलकर सचमुच बड़ी ख़ुशी हुई।" और बड़े तपाक से नेख़्लूदोव के साथ हाथ मिलाकर उछलकर बग्घी में जा बैठा और मुस्कराते हुए हाथ हिलाने लगा। हाथ पर उसने सफ़ेद दस्ताना पहन रखा था। हाथ के पीछे उसका चमकता चेहरा और चमकते सफ़ेद दाँत नज़र आ रहे थे।

"क्या यह सम्भव है कि मैं भी इसी आदमी जैसा था ?" वकील के घर की ओर जाते हुए नेख़्लूदोव सोच रहा था। "हाँ, मैं उस जैसा बनना चाहता था, हालाँकि मैं बिलकुल उस जैसा नहीं था। मैं उसी की तरह का जीवन बिताने की सोचा करता था।"

11

नेख़्लूदोव के पहुँचते ही वकील ने उसे अन्दर बुला लिया हालाँकि बहुत से लोग बाहर बैठे इन्तज़ार कर रहे थे, और छूटते ही मेन्शोव के मुक़दमे की चर्चा करने लगा। उसने मुक़दमे की मिसाल पढ़ी थी और पढ़कर उसे बेहद गुस्सा आया था क्योंकि जो अभियोग लगाया गया था वह बिलकुल असंगत था।

"इस मुक़दमे के बारे में पढ़कर तो सचमुच रोंगटे खड़े हो जाते हैं," वह कहने लगा, "ऐन मुमकिन है कि घर के मालिक ने ख़ुद आग लगाई हो ताकि उसे बीमे के पैसे मिल सकें। पर मुख्य बात तो यह है कि मेन्शोव का दोष साबित नहीं हुआ। कोई शहादत ही वहाँ पर नहीं है। यह सब जाँचकर्ता के बढ़े-चढ़े जोश और सरकारी वकील की इतनी ही बढ़ी-चढ़ी लापरवाही का नतीजा है। अगर यह मुक़दमा इस अदालत में पेश हो–प्रान्तीय अदालत में नहीं–तो मैं यक़ीन से

कह सकता हूँ कि वे बरी हो जाएँगे, और मैं पैरवी का कुछ भी नहीं लूँगा। अब दूसरे मुक़दमे की सुनिए–फ़ेदोस्या बिर्युकोवावाले मुक़दमे की ज़ार के नाम अपील मैंने लिख दी है। जब आप पीटर्सबर्ग जाएँ तो उसे साथ लेते जाइए, और ख़ुद दाख़िल करवा आइए। उसे लिए ख़ुद वहाँ बात भी कीजिए वरना वे लोग मामूली तफ़तीश करके मामला ख़त्म कर देंगे, बने-बनाएगा कुछ नहीं। और आप कोशिश कीजिए ऊपर तक पहुँच निकालने की।''

''ज़ार तक ?'' नेख़्लूदोव ने पूछा।

वकील हँस पड़ा।

''यह तो सबसे ऊपर की पहुँच होगी। ऊपर का मतलब अपील कमेटी का सेक्रेटरी या अध्यक्ष वग़ैरा तक किसी की सिफ़ारिश ढूँढ़िए। सो, जनाब अब बस ?''

''नहीं, एक बात और। मुझे यह ख़त मिला है। किसी धार्मिक सम्प्रदाय के लोगों ने मुझे लिखा है,'' जेब में से चिट्ठी निकालते हुए नेख़्लूदोव ने कहा। ''जो कुछ उन्होंने ख़त में लिखा है अगर वह ठीक है, तो सचमुच उनका मुक़दमा बहुत दिलचस्प है। आज मैं उन्हें ख़ुद मिलकर पता लगाऊँगा।''

''आप तो एक तरह से जेल का चोंगा बने हुए हैं, या नल कह लीजिए, जिसके ज़रिए क़ैदियों की शिकायतें बाहर पहुँचने लगी हैं,'' वकील ने मुस्कराकर कहा, ''यह बहुत बड़ा काम है, आप इसे सँभाल नहीं पाएँगे।''

''लेकिन यह एक ख़ास ही क़िस्म का मुक़दमा है,'' नेख़्लूदोव ने कहा और मुक़दमे का संक्षिप्त-सा ब्योरा देने लगा। कुछ किसान इंजील पढ़ने के लिए अपने गाँव में इकट्ठे हुए, लेकिन पुलिस ने आकर उन्हें उठा दिया। अगले इतवार को वे फिर इकट्ठे हुए। अबकी बार पुलिस का एक अफ़सर आया और उन्हें पकड़कर कचहरी में ले गया। मजिस्ट्रेट ने जिरह की, और सरकारी वकील ने अभियोग लगाया और जजों ने उन्हें अदालत के सुपुर्द किया। सरकारी वकील ने उन पर अभियोग लगाया जिसके लिए ठोस शहादत मौजूद थी–इंजील। बस, उन्हें देश-निकाला दे दिया गया। कितनी भयानक बात है,'' नेख़्लूदोव ने कहा, ''क्या सचमुच ऐसी बातें हो सकती हैं ?''

''इसमें हैरान होने की बात क्या है ?''

''क्यों, मैं तो सोचता हूँ इसकी हर बात विचित्र है। पुलिस के अफ़सर का रवैया तो मेरी समझ में आ सकता है, क्योंकि वे लोग तो केवल हुक्म की तामील करना जानते हैं, लेकिन सरकारी वकील तो एक पढ़ा-लिखा आदमी होता है, वह ऐसी नालिश लगाए...''

''बस, यहीं हम लोग भूलकर जाते हैं। हम समझते हैं कि सरकारी वकील और सामान्यतया जज वग़ैरा उदार विचारोंवाले होंगे। एक ज़माना था जब वे उदार हुआ करते थे, लेकिन अब वह बात नहीं रही। अब तो वे केवल सरकारी अफ़सर हैं, इससे ज़्यादा कुछ नहीं, उन्हें तो केवल अपनी तनख़्वाह से मतलब है। उन्हें तनख़्वाहें मिलती हैं, मगर वे इससे भी ज़्यादा पैसे चाहते हैं। बस, सिद्धान्त तो वहीं ख़त्म हो जाते हैं। जिस पर चाहें आप उनसे मुक़दमा चलवा सकते हैं, अदालत में पेश करवा सकते हैं, सज़ा दिलवा सकते हैं।''

''हाँ, मगर ऐसा तो कोई क़ानून नहीं कि कुछ आदमी मिलकर इंजील पढ़ना चाहते हैं तो आप उन्हें पकड़कर साइबेरिया भिजवा दें।''

''हाँ, कड़ी मशक़्क़त की सज़ा दिलवाकर साइबेरिया भेज सकते हैं। बस, केवल इतना भर साबित करने की ज़रूरत है कि इंजील की व्याख्या करते समय ऐसी बातें कही गईं जो चर्च द्वारा दी गई व्याख्या से पृथक हैं। यदि लोगों के सामने आप प्राचीन यूनानी चर्च की आलोचना करते हैं तो धारा 196 के अनुसार आपको साइबेरिया में निर्वासित किए जाने की सज़ा होगी।''

"नामुमकिन है !"

"मैं ठीक कहता हूँ, आप यक़ीन मानिए। मैं तो इन सज्जनों को, अपने जज-भाइयों को हमेशा कहा करता हूँ," वकील कहता गया, "कि मैं आपका एहसान माने बिना नहीं रह सकता क्योंकि मैं अभी तक जेलख़ाने से बाहर हूँ। अगर हम और आप, और सब लोग जेलख़ाने से बाहर हैं तो उन्हीं की मेहरबानी से। वरना उनके इशारे भर की देर है कि हमारे अधिकार छीनकर हमें ये साइबेरिया भेज दें। दूर नहीं सही, साइबेरिया के नज़दीकी इलाक़ों में तो भेज ही देंगे।"

"अगर सब बात सरकारी वकील और उस जैसे अन्य अफ़सरों पर ही निर्भर है कि उनका मन आए तो क़ानून की पैरवी कराएँ, वरना उसे भूले रहें तो फिर मुक़दमे चलाने का मतलब ही क्या है?"

वकील ठहाका मारकर हँस पड़ा।

"आप भी अजीब सवाल पूछते हैं ! भले आदमी, यह तो फ़िलासफ़ी है, दर्शनशास्त्र की बात है। इस पर भी हम विचार कर सकते हैं। क्या आप शनिवार को हमारे यहाँ आ सकते हैं ? वहाँ आपको वैज्ञानिक, साहित्यकार और कलाकार मिलेंगे। वहाँ पर हम इन आम विषयों पर विचार कर सकते हैं," वकील ने आम विषयों पर बल देते हुए कहा, मानो व्यंग्य से एक आडम्बरपूर्ण शब्द का प्रयोग कर रहा हो। "आप मेरी पत्नी से तो मिल चुके हैं न? ज़रूर आइए।"

"शुक्रिया, मैं कोशिश करूँगा," नेख़्लूदोव ने कहा, मगर वह जानता था कि झूठ कह रहा है। अगर वह कोशिश करेगा तो इस बात की कि वकील की साहित्यिक गोष्ठी से तथा उसकी वैज्ञानिकों, साहित्यिकों और कलाकारों की मित्रमंडली से दूर रहे।

जब नेख़्लूदोव ने कहा कि अगर क़ानून की पैरवी कराने में जज लोग मनमानी कर सकते हैं तो फिर मुक़दमे करने का कोई मतलब ही नहीं रह जाता तो जिस ढंग से वकील ठहाका मारकर हँसा था, और जिस लहजे में वह 'दर्शनशास्त्र' और "आम विषय" शब्दों का उच्चारण कर रहा था, उसी से पता चल जाता था कि नेख़्लूदोव, वकील और उसकी मंडली से कोसों दूर है। नेख़्लूदोव का शेनबोक जैसे अपने भूतपूर्व साथियों से भी अब कोई मेल नहीं रह गया था लेकिन उनसे भी उसकी भिन्नता इतनी अधिक नहीं होगी जितनी कि वकील तथा उसकी मित्रमंडली से।

12

जेलख़ाना यहाँ से दूर था, और काफ़ी देर हो चुकी थी, इसलिए नेख़्लूदोव बग्घी में बैठ गया। गाड़ीवान अधेड़ उम्र का आदमी था और शक्ल-सूरत से समझदार और दयालु स्वभाव का जान पड़ता था। एक सड़क पर एक बहुत बड़ी इमारत बन रही थी। जब बग्घी उसके पास से गुज़री तो गाड़ीवान उसकी ओर इशारा करते हुए नेख़्लूदोव को बोला–

"देखिए हुज़ूर कितनी शानदार इमारत बन रही है," उसने इस तरह गर्व से कहा मानो इमारत में उसका भी हाथ हो।

इमारत सचमुच बहुत बड़ी थी, और उसकी बनावट पेचीदा और मौलिक थी। इमारत के चारों तरफ़ देवदार की मज़बूत बल्लियों की मज़बूत मचान लग रही थी जिन्हें लोहे के बिच्छुओं से एक दूसरे के साथ बाँधा गया था। सड़क से इमारत को अलग रखने के लिए सड़क के किनारे लकड़ी की एक दीवार खड़ी कर दी गई थी। मचान के तख़्तों पर कामगार चीटियों की तरह इधर-उधर आ जा रहे थे। उनके कपड़े गारे से पुते हुए थे। उनमें से कुछ ईंटे लगा रहे थे, कुछ उन्हें तराश

रहे थे, कुछ तसले और बाल्टियाँ ढो-ढोकर ऊपर ले जा रहे थे और उन्हें ख़ाली कर-करके नीचे ला रहे थे।

मचान के पास ही एक मोटा-ताज़ा आदमी, बढ़िया कपड़े पहने खड़ा, ऊपर की ओर इशारा करता हुआ किसी ठेकेदार को कुछ समझा रहा था। यह आदमी शायद गृहशिल्पी था। ठेकेदार व्लादीमिर गुर्बेनिया का रहनेवाला था और बड़े आदर के साथ उसकी बातों को सुन रहा था। पास ही, फाटक में से इमारती सामान से लदे हुए छकड़े अन्दर जा रहे थे और ख़ाली छकड़े बाहर निकल रहे थे।

"इन लोगों को पूरा-पूरा विश्वास है–जो काम कर रहे हैं उन्हें भी, और जो दूसरों से काम करवा रहे हैं, उन्हें भी–कि यह बड़ा शानदार काम हो रहा है। घर में इनकी औरतें, गर्भ में बच्चे लिए, जी तोड़ मेहनत करती हैं, इनके बच्चे, सिर पर चिथड़ों की टोपियाँ पहने, भूख से बेबस, धीरे-धीरे मौत के मुँह में जा रहे हैं, वे हँसते भी हैं तो बूढ़ों की तरह और बार-बार उनकी टाँगें ऐंठ जाती हैं। लेकिन यहाँ इन लोगों को ज़रूर महल खड़ा करना है, एक बिलकुल फ़िज़ूल और मूर्खतापूर्ण महल, किसी उतने ही फ़िज़ूल और बेसमझ आदमी के लिए, वैसे ही किसी आदमी के लिए जो इन्हें लूटता और बरबाद करता है।"

"ठीक कहते हो, यह घर बनाना हिमाकत है," नेख़्लूदोव ने अपने मन की बात खुलकर कह दी।

"हिमाकत क्यों साहिब ?" गाड़ीवान ने नाराज़ होकर कहा, "इससे लोगों को रोज़गार मिलता है, यह हिमाकत क्यों है ?"

"लेकिन इस काम का कोई फ़ायदा नहीं।"

" फ़ायदा न हो तो ये करें ही क्यों ?" गाड़ीवान बोला। "लोगों को इससे रोटी मिलती है।"

नेख़्लूदोव चुप हो गया। यों भी गाड़ी के पहियों की खड़खड़ इतनी ज़्यादा थी कि बातें करना मुश्किल हो रहा था। लेकिन जब वे जेलख़ाने के नज़दीक पहुँचे और गाड़ी गोल पत्थरोंवाली सड़क से हटकर समतल सड़क पर चलने लगी तो बातें करना आसान हो गया। गाड़ीवान ने फिर नेख़्लूदोव को सम्बोधित किया–

"शहर में इतने लोग बाहर से चले आ रहे हैं कि क्या कहूँ," उसने कहा और अपनी सीट पर घूमकर किसान-मज़दूरों के एक दल की ओर इशारा किया जो उनकी ओर चला आ रहा था। मज़दूरों ने हाथों में आरे और कुल्हाड़ियाँ उठा रखी थीं और कन्धों पर अपने खाल के कोट और थैले बाँधे हुए थे।

"क्या पिछले सालों से भी ज़्यादा ?" नेख़्लूदोव ने पूछा।

"कोई मुक़ाबला नहीं, साहिब। शहर में कोई जगह ख़ाली नहीं मिलती। पूछिए मत क्या हो रहा है। मालिक लोग यों मज़दूरों को इस तरह काम से बरख़ास्त करते हैं, मानो चोकर साफ़ कर रहे हों। कहीं काम नहीं मिलता।"

"क्यों?"

"आदमी बहुत ज़्यादा आ गए हैं। इतने आदमियों के लिए गुँजाइश नहीं है।"

"इतने ज़्यादा लोग क्यों आ गए हैं ? वे अपने गाँवों में क्यों नहीं रहते ?"

"गाँवों में क्या करेंगे। उन्हें ज़मीन ही जो नहीं मिलती।"

नेख़्लूदोव को ऐसा लगा जैसे गाड़ीवान ने उसकी दुखती रग छेड़ दी हो। जिस अंग पर हमें चोट लगी हो, हमें लगता है जैसे उसी पर सदा ठोकर लगती रहती है। लेकिन यह इसलिए कि

अंग दुखता है और उस पर लगी ठोकर को हम अधिक महसूस करते हैं, इसी कारण ऐसा सोचते हैं।

"क्या यह सम्भव है कि सब जगहों पर यही कुछ हो रहा है ?" नेख़्लूदोव सोचने लगा और गाड़ीवान से पूछने लगा कि उसके गाँव में कुल ज़मीन कितनी है, उसके अपने पास कितनी ज़मीन है, और वह गाँव छोड़कर क्यों चला आया है।

"हमारे गाँव में फ़ी किसान एक देस्यातीना ज़मीन है, हुज़ूर, और हमारे घरवालों के पास तीन देस्यातीना हैं, तीन आदमियों का हिस्सा," गाड़ीवान बड़े शौक से सुनाने लगा, "मेरा बाप और भाई गाँव में रहते हैं और खेती करते हैं, मेरा एक दूसरा भाई फ़ौज में है। पर खेती में कुछ हो तब न! मेरा भाई भी मास्को चले आने की सोच रहा है।

"क्या ज़मीन लगान पर नहीं मिल सकती ?"

"आजकल लगान पर कैसे मिलेगी ? ज़मींदारों ने तो अपनी ज़मीनें लुटा दीं, और वे अब आ गई हैं व्यापारियों के हाथ। उनसे लगान पर ज़मीन नहीं मिल सकती, वे ख़ुद काश्त करते हैं। हमारे गाँव में एक फ़्रांसीसी साहिब की हुकूमत है। हमारे पहले ज़मींदार से उसने सारी ज़मीन-जायदाद ख़रीद ली, अब वह आगे किसी को लगान पर नहीं देता। बस, क़िस्सा ख़त्म हुआ।"

"यह फ़्रांसीसी कौन है?"

"दुफ़ार है साहिब, इस फ़्रांसीसी का नाम। शायद आपने कहीं सुना हो। बड़े थियेटर में एक्टरों के लिए बनावटी बालों की टोपियाँ बना-बनाकर बेचता है। काम अच्छा है इसलिए उसने ख़ूब पैसे बनाए हैं। हमारी मालकिन से उसने सारी-की-सारी जायदाद मोल ले ली, अब हमे लताड़ता है, जैसे उसका मन चाहे। ख़ुद आदमी बुरा नहीं है, शुक्र है भगवान का, मगर उसकी घरवाली, क्या कहूँ, ऐसी ज़ालिम है वह कि भगवान बचाए। रूसी औरत है वह। लोगों को तो बस लूटती है। बहुत बुरी हालत है। लीजिए साहिब, यह रहा जेलख़ाना। फाटक तक ले चलूँ ? मगर मुझे डर है, वहाँ तक हमें जानें नहीं देंगे।"

13

बाहर के दरवाज़े के पास पहुँचकर नेख़्लूदोव ने घंटी बजाई। मगर यह सोचकर उसका दिल बैठ गया कि न मालूम आज मास्लोवा किस हालत में होगी। उसे मास्लोवा में और जेल के सभी लोगों में किसी गूढ़ रहस्य का भास होता था, और उस रहस्य के बारे में सोचकर उसका साहस टूट जाता था।

वार्डर के दरवाज़ा खोलने पर नेख़्लूदोव ने कहा कि वह मास्लोवा से मिलना चाहता है। वार्डर ने अन्दर जाकर कुछ पूछताछ की और फिर लौटकर कहा कि मास्लोवा अस्पताल में है। नेख़्लूदोव अस्पताल गया। वहाँ पर एक नेकदिल बूढ़ा आदमी दरवाज़े पर प्रहरी का काम कर रहा था। उसने फ़ौरन नेख़्लूदोव को अन्दर जाने दिया, और यह पूछकर कि वह किससे मिलना चाहता है, उसे सीधा बच्चों के वार्ड का रास्ता बता दिया।

गलियारे में पहुँचा तो एक युवा डाक्टर बाहर निकल आया और बड़े रूखे ढंग से नेख़्लूदोव से पूछा कि क्या चाहता है। उससे कार्बालिक एसिड की तीख़ी गन्ध आ रही थी। वह युवा डाक्टर क़ैदियों को सहूलियत दिया करता था, इसी कारण उसकी जेल के अधिकारियों से, यहाँ तक कि बड़े डाक्टर तक से मुठभेड़ होती रहती थी। उसे डर था कि नेख़्लूदोव कोई नाज़ायज़ माँग पेश

करने आया है। वह उसे दिखाना चाहता था कि वह किसी का भी लिहाज़ नहीं करता, इसीलिए वह उसके साथ रूखाई से पेश आया।

"यहाँ पर औरतें-वौरतें नहीं हैं। यह बच्चों का अस्पताल है।"

"हाँ, मैं जानता हूँ, लेकिन एक क़ैदी-औरत को यहाँ पर सहायक नर्स के काम पर रखा गया है।"

"हाँ, ऐसी दो औरतें यहाँ पर काम करती हैं। आप क्या चाहते हैं ?"

"उनमें से एक–मास्लोवा–के साथ मेरा नज़दीक का सम्बन्ध है," नेख़्लूदोव ने जवाब दिया, "मैं उससे मिलना चाहता हूँ। मैं सेनेट के दफ़्तर में उसके मुक़दमे की अपील दाख़िल करने पीटर्सबर्ग जा रहा हूँ। साथ ही मुझे उसको यह भी देना है। केवल एक तस्वीर है, और कुछ नहीं," जेब में से एक लिफ़ाफ़ा निकालते हुए नेख़्लूदोव ने कहा।

"अच्छी बात है, दे दो," डाक्टर ने पसीजते हुए कहा और एक बुढ़िया को सम्बोधित करते हुए जिसने सफ़ेद एप्रन पहन रखा था, क़ैदी मास्लोवा को बुलाने के लिए कहा। "आप यहाँ बैठेंगे या वेटिंग रूप में ?" उसने पूछा।

"शुक्रिया," नेख़्लूदोव ने कहा, फिर यह देखकर कि डाक्टर का रुख़ बदल गया है, उसने अवसर का लाभ उठाते हुए पूछ लिया कि मास्लोवा काम कैसा करती है, क्या वे उसके काम से सन्तुष्ट हैं।

"अच्छा काम करती है, जिस तरह की ज़िन्दगी वह पहले बिताती रही है, उसे देखते हुए तो मैं कहूँगा कि काफ़ी अच्छा काम करती है। लीजिए वह आ गई।"

एक दरवाज़े में से बूढ़ी नर्स निकलकर आई और उसके पीछे मास्लोवा चली आ रही थी। मास्लोवा ने धारीदार पोशाक पहन रखी थी और उसके ऊपर सफ़ेद एप्रन लगा रखा था। सिर पर रूमाल था, जिससे उसके बाल प्रायः बिलकुल ढँक गए थे। नेख़्लूदोव को देखते ही वह लजा गई, और खड़ी हो गई मानो संकोच कर रही हो। फिर उसने भौंहें सिकोड़ीं, और नीचे की ओर देखते हुए गलियारे के बीचोबीच जहाँ छोटी-सी दरी बिछी थी तेज़-तेज़ चलती हुई सीधी उसकी ओर आने लगी। पास पहुँचने पर पहले तो नेख़्लूदोव से हाथ नहीं मिलाना चाहती थी, फिर मिला भी लिया, और उसका चेहरा लज्जा से और भी लाल हो गया।

नेख़्लूदोव को उससे मिले काफ़ी दिन हो गए थे। आख़िरी बार उस दिन मिला था जब मास्लोवा ने उससे माफ़ी माँगी थी कि वह ग़ुस्से में आकर अंट-संट बोलती रही थी। नेख़्लूदोव का ख़याल था कि आज भी उसकी मनःस्थिति वैसी ही होगी। मगर नहीं, आज वह बहुत कुछ बदली हुई थी। उसके चेहरे पर एक नया ही भाव नज़र आ रहा था, एक प्रकार का संकोच और लज्जा का भाव और साथ ही, उसे लगा, जैसे उसके प्रति एक प्रकार का वैमनस्य का भाव भी है। नेख़्लूदोव ने मास्लोवा से भी वही बात कही जो उसने डाक्टर से कही थी कि वह पीटर्सबर्ग जा रहा है। फिर उसने तस्वीरवाला लिफ़ाफ़ा निकालकर उसके हाथ में दिया जिसे वह पानोवो से लाया था।

"पानोवो में मुझे यह तस्वीर मिली–पुरानी तस्वीर–है–मैं साथ लेता आया। शायद तुम्हें अच्छी लगे। इसे ले लो।"

मास्लोवा ने भौंहें उठाकर नेख़्लूदोव की ओर देखा। उसकी ऐंचदार आँखें आश्चर्य से उसकी ओर देख रही थीं, मानो पूछ रही हों–"यह किस लिए ?" बिना कुछ कहे उसने तस्वीर ले ली और उसे अपने एप्रन की जेब में रख लिया।

"वहाँ मैं तुम्हारी मौसी से मिला था," नेख़्लूदोव बोला।

"अच्छा?" मास्लोवा ने उपेक्षा से कहा।

"यहाँ रहना अच्छा लगता है ?" नेख़्लूदोव ने पूछा।

"हाँ, अच्छा है," मास्लोवा ने जवाब दिया।

"काम बहुत मुश्किल तो नहीं ?"

"नहीं, मगर मुझे इस काम की अभी आदत नहीं है।"

"चलो, अगर तुम ख़ुश हो तो मैं भी ख़ुश हूँ। वहाँ से तो बेहतर है।"

"वहाँ से–कहाँ से ?" वह बोली, और उसका चेहरा फिर लाल हो गया।

"वहाँ से–जेलख़ाने से," नेख़्लूदोव ने फ़ौरन जवाब दिया।

"बेहतर क्यों ?" मास्लोवा ने पूछा।

"मैं सोचता हूँ कि यहाँ पर ज़्यादा अच्छे लोग मिलते होंगे। जिस तरह के लोग वहाँ पर थे वैसे यहाँ पर नहीं होंगे।"

"वहाँ पर भी कई लोग बहुत अच्छे थे," वह बोली।

"मैं मेन्शोव माँ-बेटे के मुक़दमे के बारे में कोशिश कर रहा हूँ। ख़याल है उन्हें छोड़ दिया जाएगा," नेख़्लूदोव ने कहा।

"भगवान करे छूट जाएँ। वह बुढ़िया इतनी भली औरत है," बुढ़िया के बारे में फिर एक बार मास्लोवा ने अपनी राय दोहरा दी। उसके होंठों पर हलकी-सी मुस्कान आ गई।

"मैं आज पीटर्सबर्ग जा रहा हूँ। जल्दी ही तुम्हारी अपील की सुनवाई होगी, और मेरा ख़याल है कि सज़ा मंसूख़ हो जाएगी।"

"मंसूख हो या न हो अब कोई फ़रक नहीं पड़ता," वह बोली।

"अब क्यों ?"

"यों ही," उसने कहा और झट से नेख़्लूदोव की आँखों में देखा, मानो कुछ पूछ रही हो।

इस शब्द से और उसकी आँखों के भाव से नेख़्लूदोव ने यह मतलब निकाला कि मास्लोवा जानना चाहती है कि क्या मैं अपने निश्चय पर अब भी दृढ़ हूँ या मैं उसके इनकार कर देने पर चुप हो गया हूँ।

"तुम कहती हो कि कोई फ़र्क़ नहीं पड़ता। मैं नहीं समझ सकता कि क्यों," वह बोला, 'जहाँ तक मेरा सम्बन्ध है, मुझे सचमुच कोई फ़र्क़ नहीं पड़ता कि तुम्हे छोड़ते हैं या नहीं। मैं तो हर हालत में वही करूँगा जो मैंने कहा था," उसने निश्चय से कहा।

मास्लोवा ने सिर ऊँचा किया। उसकी काली ऐंचदार आँखें एकटक नेख़्लूदोव के चेहरे को देखने लगीं। चेहरे को ही नहीं, मानो उससे आगे भी कहीं देख रही हों। उसका चेहरा ख़ुशी से चमक उठा। लेकिन जो भाव उसकी आँखों में था, वह उसके शब्दों से लक्षित नहीं हुआ।

"यह तुम व्यर्थ ही कह रहे हो," वह बोली।

"मैं तो इसलिए कह रहा हूँ कि तुम्हें पता चल जाए।"

"सब कुछ कहा जा चुका है, और कुछ कहने की कोई ज़रूरत नहीं है," बड़ी मुश्किल से अपनी मुस्कराहट दबाते हुए उसने कहा।

सहसा अस्पताल के अन्दर से शोर सुनाई दिया, फिर एक बच्चे के रोने की आवाज़ आई।

"शायद मुझे बुला रहे हैं," वह बोली और बेचैनी से मुड़कर देखा।

"अच्छा, तो ख़ुदा हाफ़िज," नेख़्लूदोव ने कहा।

नेख़्लूदोव ने हाथ आगे बढ़ाया, लेकिन मास्लोवा बिना हाथ मिलाए, घूमकर वापस जाने लगी,

मानो उसने नेख़्लूदोव को हाथ बढ़ाते देखा ही न हो। उसका दिल बल्लियों उछल रहा था जिसे वह छिपाने की चेष्टा कर रही थी। वह तेज़-तेज़ चलती हुई उसी छोटी-सी दरी पर वापस जाने लगी।

"इसके दिल में क्या है ? वह क्या महसूस करती है ? क्या वह मेरा इम्तहान लेना चाहती है या सचमुच वह मुझे माफ़ नहीं कर सकती ? क्या अपने दिल की बात वह बता नहीं पा रही है, या बताना चाहती ही नहीं ? उसका दिल पसीजा है या और भी कड़ा हो गया है?" नेख़्लूदोव मन-ही-मन सोचने लगा, मगर इन प्रश्नों का उसे कोई उत्तर नहीं मिला। वह केवल इतना ही जानता था कि मास्लोवा बदल गई है, उसकी आत्मा की गहराइयों में कोई महत्वपूर्ण परिवर्तन हो रहा है। और यह परिवर्तन उसे न केवल मास्लोवा के साथ ही परन्तु भगवान के साथ भी मिलाता था, उसी की दया से यह परिवर्तन हो रहा था। इस संयोग से उसका रोम-रोम पुलकित हो रहा था।

मास्लोवा अपने वार्ड में लौटकर आई जहाँ आठ छोटी-छोटी खाटें बिछीं थीं। नर्स से उसे एक खाट का बिस्तर ठीक करने को कहा। बिस्तर की चादर ठीक करते समय वह बहुत ज़्यादा आगे की ओर झुक गई जिस कारण उसका पाँव फिसल गया और मुश्किल से गिरते-गिरते बची।

एक नन्हा-सा लड़का जिसके गले पर पट्टी बँधी थी, और जो बीमारी से अभी-अभी उठा था, यह देखकर हँस पड़ा। मास्लोवा भी अपने को रोक न सकी और ठहाका मारकर हँस पड़ी। उसे हँसते देखकर कुछेक और बच्चे भी हँसने लगे। नर्स गुस्से से डाँटने लगी –

"क्या हुआ है जो खी-खी कर रही हो। क्या इसे भी चकला समझ रखा है ? जाओ और जाकर खाना लाओ।"

मास्लोवा चुप हो गई, और बर्तन उठाकर बाहर जाने लगी। लेकिन जाते हुए उसकी नज़र फिर उसी पट्टीवाले लड़के से जा मिली जिसे हँसने की मनाही थी और वह फिर मुँह दबाकर हँस दी।

जब कभी मास्लोवा अकेली होती तो वह लिफ़ाफ़े में से तस्वीर को थोड़ा-सा खींचकर देख लेती और ख़ुश हो लेती। लेकिन पूरी-की-पूरी तस्वीर को वह केवल शाम के वक़्त देख पाई जब ड्यूटी से फ़ारिग़ होकर, वह अपने सोनेवाले कमरे में गई, जिसमें वह बुढ़िया नर्स के साथ रहती थी। उसने लिफ़ाफ़े में से तस्वीर निकाली और चुपचाप बैठकर निहारने लगी, उसकी आँखें तस्वीर की एक-एक चीज़ को सहलाने लगीं–चेहरे, कपड़े, बरामदे की सीढ़ियाँ, पीछे की झाड़ियाँ जिनके आगे वह और नेख़्लूदोव और उसकी फूफियों के चेहरे थे। तस्वीर पुरानी होकर फीकी पड़ गई थी। बड़ी देर तक वह उसे देखती रही। उसकी आँखें विशेषकर अपनी आकृति पर बार-बार जातीं। कितना प्यारा चेहरा था मेरा बचपन के दिनों में ! माथे पर घुँघराले बाल झूला करते थे। वह उसे देखने में इतनी खो गई कि जब उसकी साथिन-नर्स कमरे में आई तो उसे पता ही नहीं चला।

"क्या दे गया है तुम्हें ?" फ़ोटो को झुककर देखते हुए नर्स ने पूछा। नर्स मोटी-ताज़ी और अच्छे स्वभाव की थी। "यह कौन है ? क्या तुम हो ?"

"और कौन होगा ?" मुस्कराकर अपनी साथिन के चेहरे की ओर देखते हुए मास्लोवा ने कहा।

"और यह कौन है–क्या वह है ? और यह कौन है, उसकी माँ है ?"

"नहीं, फूफी है। क्या तस्वीर देखकर तुम मुझे पहचान पातीं ?"

"कभी नहीं। तुम्हारी शक्ल तो बिलकुल बदल गई है। वक़्त भी तो बहुत हो चुका है, दस साल हो गए होंगे ?"

"दस साल क्या, ज़िन्दगी बीत गई है।" सहसा मास्लोवा का दिल मसोस उठा, चेहरा उदास

हो गया और भौंहों के बीच एक गहरी रेखा खिंच गई।

"क्यों भला ? तुम्हारे दिन तो बड़े आराम से कटते रहे होंगे ?"

"आराम से ज़रूर," आँखें बन्दकर सिर हिलाते हुए मास्लोवा ने दोहराया। "नरक से भी बुरी जगह थी।"

"क्यों ?"

"क्यों ? शाम के आठ बजे से लेकर सुबह चार बजे तक, हर रोज़।"

"तो औरतें यह धन्धा छोड़ क्यों नहीं देतीं ?"

"छोड़ना चाहें भी तो नहीं छोड़ सकतीं। लेकिन इन बातों में क्या रखा है ?" मास्लोवा ने कहा और फ़ोटो को मेज़ के दराज़ में फेंकती हुई उठ खड़ी हुई। वह क्षुब्ध हो उठी और बड़ी मुश्किल से अपने आँसू रोकते हुए अपने पीछे दरवाज़ा ज़ोर से बन्द करती हुई भागकर बाहर बरामदे में चली गई।

तस्वीर में खड़े सभी लोगों को देखते हुए वह अपने को उन दिनों जैसी महसूस करने लगी थी। मन-ही-मन कल्पना करने लगी थी कि वह उन दिनों कैसी हुआ करती थी, कितनी ख़ुश थी वह तब और अब भी उसके साथ उसका जीवन सुखी हो सकता था। उसकी साथिन के शब्दों ने उसे याद दिला दिया कि वह क्या है और "वहाँ" क्या रही थी और उसकी आँखों के सामने अपने जीवन की सभी वीभत्सताएँ साकार हो गईं, जिनका धूमिल भास तो उसे हमेशा रहता था परन्तु जिनके बारे में कभी भी उसे ध्यान से सोचने का साहस नहीं हुआ था। केवल आज वे भयानक रातें उसे स्पष्टता से याद आने लगीं। उनमें से एक रात तो ख़ासतौर पर भयानक थी। शीत-समाप्ति पर्व की रात थी और वह एक विद्यार्थी का इन्तज़ार कर रही थी। उसने उसे वचन दिया था कि वह पैसे देकर उसे चकले में से छुड़ा ले जाएगा। उसे याद आया–रात के दो बजे का वक़्त होगा, जो लोग उसके साथ हम-बिस्तरी करने आए थे, जा चुके थे। उसने नीचे गले का रेशमी फ़्रॉक पहन रखा था, जिस पर जगह-जगह शराब के धब्बे थे। बाल उलझे हुए थे और उनमें लाल फीता बँधा हुआ था। थकी-माँदी, अंग-अंग में शिथिल, और कुछ-कुछ नशे में बेसुध वह अपनी आसामियों को विदा कहकर आई थी और पियानो बजानेवाली के पास जा बैठी थी। उस वक़्त नाच थोड़ी देर के लिए थम गया था। पियानो बजानेवाली औरत बड़ी दुबली-पतली थी और उसके चेहरे पर दाग़ थे। वह पियानो पर वायलिन बजानेवाले का साथ देती थी। मास्लोवा अपने असह्य, कठोर जीवन की बातें करने लगी थी। पियानो बजानेवाली औरत ने भी यही कहा, कि मैं भी परेशान हूँ और इस तरह की ज़िन्दगी को बदलना चाहती हूँ। सहसा क्लारा भी उनसे आ मिली, और तीनों ने अपनी ज़िन्दगी बदलने का निश्चय कर लिया। वे सोच रही थीं कि अब चकले में और कोई नहीं आएगा, रात ख़त्म हो चुकी है। वे अपने-अपने कमरों में जाने ही वाली थीं कि ड्योढ़ी में से कुछेक शराबियों की आवाज़ें आने लगीं। वायलिन पर फिर धुन बजने लगी और पियानो बजानेवाली ने उसका साथ देते हुए क्वाड्रिल नाच की धुन बजानी शुरू कर दी। यह धुन किसी जोशीले रूसी गीत की थी। एक नाटा-सा आदमी दुमदार कोट पहने और सफ़ेद नेकटाई लगाए मास्लोवा की तरफ़ बढ़ आया। पसीने से तर, उसके मुँह से शराब की बू आ रही थी। हिचकियाँ लेता हुआ वह उसके पास आया और उसे बग़ल में भरकर नाचने लगा। जब नाच का पहला भाग ख़त्म हुआ तो उसने अपना कोट भी उतार दिया। इसी तरह एक मोटे से, दाढ़ीवाले आदमी ने क्लारा को पकड़ लिया। उसने भी ड्रेस-कोट पहन रखा था (ये लोग सीधे एक नाच पर से आ रहे थे), बड़ी देर तक वे नाचते, उछलते, चीख़ते-चिल्लाते और शराब पीते रहे...और इस तरह एक साल गुज़र गया, फिर दूसरा साल, फिर तीसरा। उसका चेहरा बदलता नहीं तो क्या होता? और इस सब का मूल कारण नेख़्लूदोव था!

सहसा उसका मन नेख़्लूदोव के विरुद्ध फिर पहली-सी कटुता से भर उठा। उसका जी चाहा कि उसे जी भरकर गालियाँ दे, उसे बुरा-भला कहे। उसे अफ़सोस होने लगा कि आज उसे क्यों कुछ नहीं कहा। मुझे चाहिए था मैं उससे कहती कि मैं तुम्हें अच्छी तरह जानती हूँ, अब तुम्हारे झाँसे में नहीं आऊँगी। तुमने मेरे शरीर का तो उपभोग किया है, पर अब मैं तुम्हें अपनी आत्मा का उपयोग नहीं करने दूँगी, तुम कभी भी मुझे अपनी उदारता का पात्र नहीं बना सकोगे। मास्लोवा को अपने आप पर तरस आने लगा। उसका जी चाहा कि कहीं से दो घूँट शराब मिल पाए ताकि दिल में यह उठती हुई आत्मानुकम्पा की भावना तथा नेख़्लूदोव के प्रति निरर्थक भर्त्सना की भावना दब जाए। जेलख़ाने में होती तो वह ज़रूर अपना वचन तोड़ देती, लेकिन यहाँ शराब मिलती नहीं थी। उसे हासिल करने के लिए छोटे डाक्टर से दरख़्वास्त करनी पड़ती थी। मगर मास्लोवा उससे डरती थी क्योंकि वह उससे छेड़छाड़ करने लगता था। पुरुषों के साथ अब किसी प्रकार का भी घनिष्ठ सम्पर्क रखने में उसे घृणा होती थी। थोड़ी देर तक वह बरामदे में एक बेंच पर बैठी रही फिर अपने छोटे-से कमरे में लौट आई। उसने अपनी साथिन के शब्दों की ओर कोई ध्यान नहीं दिया और बड़ी देर तक अपने बर्बाद जीवन के बारे में सोचती हुई आँसू बहाती रही।

14

पीटर्सबर्ग में नेख़्लूदोव को तीन काम करने थे : सेनेट में मास्लोवा की दरख़्वास्त देना, अपील कमेटी में फ़ेदोस्या बिर्युकोवा का मामला पेश करना, वेरा बोगोदूख़ोव्स्काया का काम : उसकी मित्र शूस्तोवा को जेल से रिहा करवाना, और जेंडार्मरी के दफ़्तर में जाकर इस बात की इजाज़त हासिल करना कि एक माँ को अपने बेटे से जेल में मिलने दिया जाए। इन दो बातों को जिनके बारे में वेरा ने उसे लिखा था, वह मन में एक ही समझता था। और चौथा मामला उस मंडली का था जिन्हें अपने परिवारों से अलग करके काकेशस में निर्वासित किया जा रहा था क्योंकि उसके सदस्य इकट्ठे बैठकर इंजील पढ़ते और उस पर विचार करते थे। इस मामले को निबटाने की उसने मन-ही-मन शपथ ले ली थी, हालाँकि उस मंडली को उसने कोई ऐसा वचन नहीं दिया था।

आख़िरी बार मास्लेन्निकोव को मिलने के बाद और गाँवों का दौरा करने के बाद नेख़्लूदोव का मन उस समाज के प्रति घृणा से भर उठा था जिसमें वह आज तक रहता आया था। यह वह समाज था जो करोड़ों इन्सानों की यन्त्रणा को बड़ी सावधानी से छिपाए रहता है ताकि कुछेक लोग ऐश-आराम की ज़िन्दगी बसर कर सकें। इस समाज में रहनेवाले लोग इन यन्त्रणाओं को नहीं देखते, न ही देख सकते हैं, न ही वे अपने जीवन की क्रूरता तथा दुष्टता को ही देख पाते हैं। समाज के प्रति नेख़्लूदोव की यह भावना थी हालाँकि इस सम्बन्ध में उसने कोई निश्चय नहीं किया था। अब इस समाज में रहते हुए नेख़्लूदोव को झेंप होती थी और उसका मन आत्मभर्त्सना से भर उठता था। फिर भी वह बार-बार इसी समाज की ओर खिंचा जाता था, क्योंकि उसके मित्र और सम्बन्धी इसी समाज के रहनेवाले थे, और उसे स्वयं इस समाज में रहने की आदत पड़ गई थी। इस समय उसका सारा ध्यान एक ही बात पर केन्द्रित था कि वह किसी भाँति मास्लोवा तथा अन्य दुखी जनों की सहायता कर सके। इस काम को करने के लिए भी यह ज़रूरी हो जाता था कि वह इसी समाज के लोगों से मिले ओर उनसे मदद माँगे, हालाँकि उनके प्रति उसके मन में कोई आदर का भाव नहीं उठता था। आदर ही क्यों, उन्हें मिलकर उसके मन में क्रोध और घृणा पैदा होती थी।

पीटर्सबर्ग में पहुँचकर नेख़्लूदोव अपनी मौसी के यहाँ ठहरा। उसकी मौसी काउंटेस चार्स्काया एक भूतपूर्व मन्त्री की पत्नी थी। वहाँ पहुँचते ही नेख़्लूदोव ने फिर अपने को उसी कुलीन समाज में पाया जिससे वह मन-ही-मन दूर होता जा रहा था। यह उसे बड़ा अप्रिय लगा मगर करता भी तो क्या। अगर किसी होटल में रहता तो मौसी नाराज़ होती। इसके अतिरिक्त उसकी मौसी का बड़े-बड़े लोगों से सम्पर्क था, और जो काम नेख़्लूदोव यहाँ करने आया था उनमें उसे मौसी से बड़ी मदद मिल सकती थी।

''ज़रा बताओ तो, यह मैं क्या सुन रही हूँ। यह तुम क्या घोड़े दौड़ाने लगे हो,'' नेख़्लूदोव के पहुँचने के फ़ौरन ही बाद, अपने भाँजे को कॉफ़ी पिलाते हुए काउंटेस येकातेरीना इवानोव्ना चार्स्काया ने कहा–+Vous posez pour un Howard !* मुजरिमों की मदद करते फिरते हो, जेलख़ानों के चक्कर काटते हो, सुधार का काम करने लगे हो।''

''नहीं नहीं, मैं सुधार क्या करूँगा।''

''क्यों नहीं। बड़ी अच्छी बात है। पर मैं सुनती हूँ इस काम से कोई प्रेम-कहानी भी जुड़ी हुई है। सुनाओ मुझे सारा क़िस्सा क्या है।''

मास्लोवा के साथ अपने सम्बन्ध की सारी कहानी नेख़्लूदोव ने अपनी मौसी को सच-सच सुना दी।

''हाँ, मुझे याद है। तुम्हारी माँ बेचारी ने मुझे बताया था। यह उन दिनों की बात है जब तुम उन बुढ़िया औरतों के पास रहते थे। उनकी ज़रूर यह इच्छा रही होगी कि तुम उनकी नौकरानी से शादी कर लो।'' (काउंटेस येकातेरीना इवानोव्ना को नेख़्लूदोव की फूफियों से नफ़रत थी)। ''तो यह वह लड़की है। Elle est encore jolie ?'' **

येकातेरीना इवानोव्ना साठ साल की हृष्ट-पुष्ट, स्वस्थ, फुर्तीली और बातूनी औरत थी। क़द की ऊँची-लम्बी और मज़बूत थी, और होंठों पर उसके हलकी-सी काली मूँछ थी। नेख़्लूदोव उसे बहुत चाहता था। बचपन से ही वह उसके हँसमुख स्वभाव और ओजस्विता की ओर आकर्षित हुआ था।

''नहीं ma tante,*** वह बात तो ख़त्म हो चुकी है। अब तो मैं केवल उसकी मदद करना चाहता हूँ क्योंकि बिना किसी जुर्म के उसे जेल में डाल दिया गया है। यह मेरे कारण हुआ है, मैं ही उसके दुर्भाग्य का कारण हूँ। मैं सोचता हूँ यह मेरा कर्तव्य है कि जो भी उसके लिए कर सकूँ, करूँ।''

''पर मैंने तो सुना है कि तुम उसके साथ शादी करने की सोच रहे हो। क्या यह सच है ?''

''हाँ, मेरा इरादा था, लेकिन वह शादी करना नहीं चाहती।''

येकातेरीना इवानोव्ना आश्चर्यचकित रह गई। चुपचाप, भौंहे चढ़ाए और आँखें नीची किए वह अपने भाँजे के चेहरे की ओर देखती रही। फिर सहसा उसके चेहरे का भाव बदल गया। वह अधिक खुश नज़र आने लगी और बोली–

''तो वह तुमसे ज़्यादा समझदार है। तुम तो निरे पागल हो। क्या तुम सचमुच उसके साथ शादी कर लेते ?''

''ज़रूर।''

---

* तुम बड़े हॉवर्ड बनते फिरते हो। (फ़्रेंच)

** वह अभी भी सुन्दर है(फ़्रेंच)

*** मौसी(फ़्रेंच)।

"यह जानते हुए भी कि उसकी ज़िन्दगी कैसी रही है ?"

"यह जानकर तो और भी निश्चय से शादी करता, क्योंकि मैं ही उसका कारण था।"

"तुम बहुत भोले हो," होंठों पर आई मुस्कान दबाते हुए मौसी ने कहा। "बहुत ही भोले हो, और इसी कारण मुझे इतने प्यारे भी लगते हो," उसने "भोले" शब्द को दोहराते हुए कहा, प्रत्यक्षतः इसे बार-बार कहना उसे अच्छा लग रहा था। ऐसा जान पड़ता था जैसे इस एक शब्द से उसे अपने भाँजे की नैतिक स्थिति का ठीक-ठीक पता चल रहा हो। "क्या तुम जानते हो एलीन एक बहुत अच्छा आश्रम चला रही है–मैग्डेलीन गृह। यह तो बड़ा ही अच्छा हुआ जो मुझे तुमने यह बात सुना दी। मैं एक बार वहाँ गई थी। उनमें जो लोग रहते हैं, उफ़ ! क्या बताऊँ बेहद गन्दे हैं! घर लौटकर मुझे बार-बार नहाना पड़ा। पर एलीन तन-मन से इस काम में जुटी हुई है। हम उसे उसी आश्रम में रख देंगे–मेरा मतलब है, तुम्हारी उस लड़की को। अगर कहीं उसका सुधार हो सकता है तो एलीन के ही आश्रम में, और कहीं नहीं।"

"पर उसे तो कड़ी मशक़्क़त की सज़ा मिल चुकी है। उसी की अपील करने तो मैं यहाँ आया हूँ। इसके लिए मैं आपसे भी प्रार्थना करना चाहता हूँ।"

"अरे, और अपील कहाँ करोगे ?"

"सेनेट में।"

"ओह, सेनेट में। मेरा चचेरा भाई लेव सेनेट में ही है, लेकिन वह तो बेवकूफ़ों के विभाग–हैरल्डी डिपार्टमेन्ट–में है। वहाँ के किसी असली अधिकारी को तो मैं नहीं जानती। सेनेट में जर्मन ही जर्मन भरे पड़े हैं–गे, फ़े, डे tout l+alphabet,* या सभी तरह के इवानोव, सेम्योनोव, निकीतन, और या फिर इवानेन्को, सिमोनेन्को, निकीतेनको pour varier** भरे पड़े हैं। Des gens de l+autre monde.*** फिर भी मैं तुम्हारे मौसाजी से बात करूँगी। वह उन्हें जानते हैं। वह सब तरह के लोगों को जानते हैं। मैं उनसे जिक्र तो कर दूँगी, लेकिन समझाना तुम्हीं। वह मेरी बात कभी नहीं समझते। मैं कुछ भी कहूँ, वह यही रट लगाए रहते हैं कि उनके पल्ले कुछ नहीं पड़ा। C+est un parti pris.**** बाक़ी सबके पल्ले पड़ जाता है, केवल इन्हीं के पल्ले कुछ नहीं पड़ता।"

ऐन उसी वक़्त मोज़े पहने एक चोबदार ने कमरे में प्रवेश किया और चाँदी की रक़ाबी में एक चिट्ठी लाकर मालकिन के सामने पेश की।

"लो, खुद एलीन की ही चिट्ठी है। तुम्हें कीज़वेतेर का भाषण सुनने का भी मौक़ा मिल जाएगा।"

"कीज़ेवेतेर कौन है ?"

"कीज़ेवेतेर ? आज शाम मेरे साथ चलना, तुम्हें पता चल जाएगा कीज़ेवेतेर कौन है। उसकी वाणी में ऐसी शक्ति है कि बड़े-से-बड़ा मुज़रिम भी उसके सामने घुटनों के बल बैठकर रोने लगता है और अपने पापों का प्रायश्चित करने लगता है।"

काउंटेस येकातेरीना इवानोव्ना उन लोगों के मत की अनुयायी थी जो यह मानते हैं कि आपने पाप क़बूलने में ईसाई धर्म का सार निहित है। यह बड़ी अजीब बात थी क्योंकि येकातेरीना इवानोव्ना का यह विश्वास उसके स्वभाव से मेल नहीं खाता था। उन दिनों इस मत का फ़ैशन-सा

---

* पूरी वर्णमाला(फ़्रेंच)

** विविधता के लिए(फ़्रेंच)

*** दूसरी सोसायटी के लोग। (फ़्रेंच)

**** यह तो उसने पहले से ही निश्चित कर रखा है (फ़्रेंच)

चल पड़ा था। जहाँ कहीं भी, जिस किसी सभा में इसका प्रचार होता, येकातेरीना इवानोव्ना वहाँ जा पहुँचती। और इस मत के ''अनुयाइयों'' की अपने घर में भी सभाएँ करती। इस मत में हर प्रकार की धार्मिक विधियों, देव-प्रतिमाओं, अनुष्ठानों इत्यादि का निषेध था, परन्तु येकातेरीना इवानोव्ना ने अपने सभी कमरों में देव-प्रतिमाएँ लटका रखीं थीं, यहाँ तक कि सोनेवाले कमरे में पलँग के ऐन ऊपर भी दीवार पर एक देव-प्रतिमा लटक रही थी। साथ ही वह चर्च की सभी विधियों-अनुष्ठानों का पालन भी करती थी। उसे इसमें कोई असंगति नज़र नहीं आती थी।

''अगर तुम्हारी वह मैग्डेलीन उसका भाषण सुन पाए तो सचमुच उसके पाप धुल जाएँगे। वह बदल जाएगी,'' काउंटेस ने कहा। ''आज रात ज़रूर घर पर ही रहना। तुम उसका भाषण सुन पाओगे। वह बड़ा विलक्षण आदमी है।''

''मुझे इसमें कोई दिलचस्पी नहीं ma tante.''

''लेकिन मैं जो तुम्हें कहती हूँ कि वह बड़ा दिलचस्प होगा। ज़रूर घर पहुँच जाना। इसके अलावा तुम्हें मेरे साथ कौन-सा काम है ? Videz Votre sac.''*

''एक काम मुझे क़िले में करवाना है।''

''क़िले में ? उसके लिए मैं तुम्हें बैरन क्रीगस्मथ के नाम चिट्ठी दे सकती हूँ। C+est un tres brave homme.** लेकिन तुम भी तो उसे जानते हो, वह तुम्हारे पिता का अच्छा मित्र था। I donne dans le spiritisme.*** पर कोई फ़र्क नहीं पड़ता, वह अच्छा आदमी है। वहाँ तुम्हें क्या काम है?''

''एक स्त्री के लिए इजाज़त लेनी है कि वह जेलख़ाने में अपने बेटे से मिल सके। लेकिन मुझे मालूम हुआ है कि यह काम क्रीगस्मथ के वश का नहीं है, केवल चेर्व्यान्स्की ही इसकी इजाज़त दे सकता है।''

''दो कौड़ी का आदमी है, चेर्व्यान्स्की। पर मेरियट उसी की बीवी है न। मेरे कहने पर वह ज़रूर यह काम कर देगी।

Elle est tres gentile.''****

''मुझे एक दूसरी औरत के लिए भी अर्ज़ी करना है। वह भी जेल में बन्द है, उसे यह मालूम तक नहीं कि उसे क्यों क़ैद किया गया।''

''रहने दो जी, उसे ख़ूब मालूम होगा। ये बाल-कटी छोकरियाँ सब अच्छी तरह जानती हैं कि इन्हें क्यों वहाँ रखा हुआ है। जो हुआ है ठीक हुआ है। उन्हें अपने किए की मिल रही है।''

''यह तो मैं नहीं जानता कि ठीक हुआ है या नहीं, लेकिन वे बड़े कष्ट में है। आप तो मौसी, ईसाई धर्म को माननेवाली है, और इंजील के सदुपदेशों में विश्वास रखती है, फिर भी आपके दिल में दर्द नहीं है।''

''उसका इसके साथ क्या सम्बन्ध है ? इंजील इंजील है, और जो चीज़ बुरी है वह बुरी है। मैं तो दिखावे के लिए भी यह नहीं कह सकती कि मुझे नकारवादी अच्छे लगते हैं। ख़ासतौर पर ये कटे बालोंवाली नकारवादी छोकरियाँ तो मुझे फूटी आँख नहीं सुहातीं।''

''क्यों नहीं सुहातीं ?''

---

* बता दो सब कुछ। (फ्रेंच)

** वह बहुत नेक आदमी है। (फ्रेंच)

*** उसे प्रेतवाद में रुचि है। (फ्रेंच)

**** वह बहुत भली है। (फ्रेंच)।

"पूछते हो क्यों? पहली मार्च के क़िस्से के बाद यह पूछते हो ?"*

"हर किसी ने तो उसमें भाग नहीं लिया था।"

"भले ही न लिया हो। जो काम उनका नहीं उसमें वे क्यों नाक घुसेड़ती हैं ? ये काम औरतों के नहीं हैं।"

"पर आप मेरियेट के बारे में तो समझती हैं कि वह काम कर सकती है।"

"मेरियेट ? हाँ, मेरियेट आख़िर मेरियेट ठहरी। वे छोकरियाँ भगवान जाने क्या हैं। हर किसी को सीख देती फिरती हैं।"

"सीख नहीं, वे तो जनता की मदद करना चाहती हैं।"

"उनके बिना भी हम जानती हैं किसकी मदद करें और किसकी न करें।"

"पर जनता की हालत तो बहुत बुरी है। मैं अभी देहात से आ रहा हूँ। कितना अन्याय है कि किसान तो ख़ून-पसीना एक करते रहें और फिर भी उन्हें भर-पेट खाना न मिले। और हम लोग गुलछर्रे उड़ाते रहें," नेख़्लूदोव बोला। उसकी मौसी का स्वभाव बहुत अच्छा था। नेख़्लूदोव निःसंकोच अपने मन की बात कहने लगा।

"तुम क्या चाहते हो ? मैं भी काम करूँ और मेरे पास भी खाने-पीने को कुछ न हो ?"

"नहीं, मैं यह नहीं चाहता," नेख़्लूदोव बरबस मुस्करा उठा, "मैं तो चाहता हूँ कि हम सभी काम करें और सभी आराम से रहें।"

मौसी ने फिर पहले की तरह भौंहें चढ़ाईं, आँखें नीची कीं, और अनोखे ढंग से उसकी ओर देखा।

+Mon cher, vous finirez mal,"** वह बोली।

"पर क्यों ?"

ऐन उसी वक़्त काउंटेस चार्स्काया के पति ने कमरे में प्रवेश किया। ऊँचा-लम्बा, चौड़े कन्धोंवाला जनरल, जो पहले मन्त्री के पद पर था।

"ओह द्मीत्री, कहो कैसे हो ?" उसने कहा और चुम्बन के लिए अपना गाल नेख़्लूदोव के सामने कर दिया। वह अभी-अभी दाढ़ी बनाकर आया था।

"तुम कब आए ?" और काउंट ने चुपचाप अपनी पत्नी को माथे पर चूमा।

+Non, il est impayable,"*** पति को सम्बोधित करते हुए काउंटेस ने कहा। "वह चाहता है कि मैं कपड़े धोया करूँ और आलू खाकर गुज़र करूँ। कैसा मूढ़ है। लेकिन फिर भी इसका काम कर देना। बड़ा भोला है," उसने लहजा बदलकर कहा। "तुमने सुना ? कामेन्स्की की माँ बहुत कष्ट में है। लोग कहते हैं कि वह बचेगी नहीं," उसने अपने पति से कहा, "तुम्हें जाकर मिलना चाहिए।"

"हाँ, बहुत बुरी बात है," पति ने कहा।

"अब मुझे कुछ चिट्ठियाँ लिखनी हैं। तुम जाओ और इनसे बात करो।"

नेख़्लूदोव ने बैठक में से निकलकर साथवाले कमरे में क़दम रखा ही था कि मौसी की आवाज़ आई–

"तो फिर मेरियेट को ख़त लिख दूँ ?"

"ज़रूर, ma tante."

---

* पहली मार्च, 1881 को (पुराने कैलेंडर के अनुसार) ज़ार अलेक्सादर द्वितीय की हत्या की गई थी।

** मेरे प्रिय तेरा अन्त बुरा होगा, (फ़्रेंच)

*** नहीं, यह बिलकुल लाजवाब है, (फ़्रेंच)

"मैं ख़त में थोड़ी जगह ख़ाली रख दूँगी। बाल-कटी छोकरी के बारे में जो कुछ लिखवाना चाहोगे मैं बाद में लिख दूँगी। मेरियेट के हुक्म देने की देर है कि उसका पति तुम्हारा काम कर देगा। क्या तुम मुझे बुरी औरत समझते हो ? जिन बाल-कटी छोकरियों की तुम मदद करना चाहते हो बड़ी भयानक होती हैं। पर je ne leur veux pas de mal.* भगवान उनका मालिक है! अच्छा जाओ। मगर शाम को घर पर रहना भूलना नहीं, कीज़ेवेतेर का उपदेश होगा, और हम प्रार्थना करेंगे। अगर कहीं तुम यों हठ न करो, पर Ca vous fera beaucoup de bien.** पर मैं जानती हूँ, तुम्हारी माँ और तुम भी इन मामलों में बहुत पिछड़े हुए थे। अच्छा, अब जाओ।

15

काउंट इवान मिख़ाइलोविच मन्त्री रह चुका था और विश्वास का बड़ा पक्का आदमी था।

एक तो उसे इस बात का दृढ़ विश्वास था कि जिस भाँति पक्षी स्वभावतः कीड़े खाता है, मुलायम परों से अपने को ढँके रहता है, हवा में उड़ानें भरता है उसी भाँति उसके लिए भी यह स्वाभाविक है कि वह सबसे लज़ीज और सबसे बढ़िया व्यंजनों से भोजन करे, जिन्हें ऊँची तनख़्वाह पानेवाले बावर्चियों ने तैयार किया हो, सबसे उम्दा और सबसे बढ़िया कपड़े पहने, उसकी गाड़ी में सबसे सुन्दर और सबसे तेज़ भागनेवाले घोड़े जुते हों। अतः उसका यह अधिकार है कि ये सब चीजें उसके लिए जुटाई जाएँ। इसके अतिरिक्त काउंट इवान मिख़ाइलोविच का विचार था कि सरकारी ख़जाने में से उसे ज़्यादा-से-ज़्यादा रुपया बटोरना चाहिए, जैसे भी बटोरा जा सके, ज़्यादा-से-ज़्यादा उपाधियाँ प्राप्त होनी चाहिए, यहाँ तक कि वह अधिकार-चिह्न भी, जिसमें हीरे जड़े होते हैं, और ज्यादा-से-ज़्यादा राज परिवार के लोगों–स्त्रियों और पुरुषों–के सम्पर्क में रहना चाहिए। इन धारणाओं की तुलना में बाक़ी सब चीज़ों को काउंट इवान मिख़ाइलोविच तुच्छ और निरर्थक समझता था। बाक़ी चीज़ें वैसी-की-वैसी रहें या बदल जाएँ, उसे इनसे कोई सरोकार न था। इन्हीं धारणाओं का अनुसरण करते हुए काउंट इवान मिख़ाइलोविच पीटर्सबर्ग में पिछले चालीस वर्ष से रह रहा था और इस लम्बे अर्से के अन्त में मन्त्री के पद पर जा पहुँचा था।

वे कौन से प्रधान गुण थे जिनके बल पर वह इस पद पर पहुँचा ? सबसे पहले तो यह गुण कि उसमें सभी सरकारी दस्तावेज़ों और क़ानूनों को समझने, तथा सरकारी दस्तावेज तैयार करने की योग्यता थी। इन दस्तावेज़ों की भाषा भले ही भोंडी हो, मगर समझ में आ जाती थी और शब्दों के जोड़ ठीक होते थे। दूसरे, उसकी रोबीली चाल-ढाल। इसके बल पर वह ज़रूरत पड़ने पर बेहद गर्वीला और शाहाना नज़र आ सकता था, एक ऐसा व्यक्ति जिसके पास तक पहुँचना कठिन हो। और वक़्त का तक़ाजा होने पर वह चापलूसी और कमीनेपन की सभी सीमाएँ तोड़ सकता था। तीसरे, उसके कोई सामान्य नैतिक सिद्धान्त अथवा नियम नहीं थे–न शासकीय, न व्यक्तिगत। इस गुण के बल पर वह ज़माने का रुख़ देख लेता था और उसी के अनुसार लोगों से या तो सहमत होता या उनका विरोध करता था। इस तरह का आचरण करते समय वह एक बात का ख़याल रखता : शिष्टता का आवरण बना रहे, और लोगों को यह पता न चले कि उसके व्यवहार में अस्थिरता है। उसे इस बात की कोई परवाह नहीं थी कि उसका आचरण अपने आप में नैतिक है अथवा अनैतिक, और वह लोगों के लिए हितकर होगा अथवा समूचे रूसी साम्राज्य

* मैं उनका बुरा नहीं चाहती। (फ्रेंच)

** तुम्हे इससे बहुत लाभ होगा। (फ्रेंच)।

के लिए घोर हानि का कारण।

वह मन्त्री बना। लोगों ने समझा कि वह बड़ा चतुर राजनेता है। इनमें केवल वे लोग ही शामिल नहीं थे जो उस पर निर्भर हों (उनकी संख्या भी कम नहीं थी) अथवा उसके सम्पर्क में हो, बल्कि कई अजनबी लोगों ने भी यही समझा। उसे स्वयं भी अपने बारे में यही विश्वास था। फिर वक़्त गुज़रा। इस बीच उसने कोई बड़ा काम नहीं कर दिखाया, न ही उसके द्वारा किसी महत्वपूर्ण बात का स्पष्टीकरण हुआ। अब यहाँ पर उस जैसे और भी कई रोबीले अफ़सर मौजूद थे जिनका जीवन में कोई उसूल नहीं था। इन लोगों ने भी दस्तावोज़ लिखना और पढ़ना सीख लिया था। जीवन के संघर्ष-नियम के अनुसार काउंट को धकेलकर उन्होंने उसकी जगह सँभाल ली। तब सब लोग समझ गए कि इस आदमी में कोई चतुराई नहीं। बल्कि वह बड़ा ओछा, अशिक्षित और दम्भी आदमी है, और उसके विचारों का स्तर मुश्किल से उन सम्पादकीय लेखों के स्तर तक पहुँच पाता है जो सबसे घटिया, कट्टरपन्थी अख़बारों में छपते रहते हैं। पता चल गया कि इस आदमी में कोई विशेषता नहीं। यह भी उन अशिक्षित और दम्भी अफ़सरों जैसा ही है जिन्होंने उसकी जगह सँभाल ली है। उसे स्वयं भी इस बात का पता चल गया। पर फिर भी उसकी यह धारणा ज्यों-की-त्यों बनी रही कि उसे हर साल सरकारी ख़ज़ाने में से बहुत-सी रक़म खींचनी है और अपनी पोशाकों के लिए नए-नए पदक प्राप्त करते रहना है। उसकी यह धारणा इतनी दृढ़ थी कि किसी में भी यह साहस न था कि इन्हें देने से इनकार कर सके। इस तरह वह हर साल हज़ारों रूबल वसूल कर लेता था। इनमें कुछ रक़म तो उसकी पेंशन की थी, और कुछ किसी सरकारी संस्था के सदस्य होने के नाते तथा तरह-तरह की कमेटियों और परिषदों का अध्यक्ष होने के नाते। इसके अतिरिक्त उसे यह अधिकार भी प्राप्त था–और इसे वह बहुत बड़ा अधिकार समझता था–कि वह तरह-तरह की डोरी कन्धों और पतलूनों के साथ लगाता रहे और अपने कपड़ों को फ़ीतों और इनेमल के सितारों के सजाता रहे। इस कारण काउंट इवान मिख़ाइलोविच की बड़े ऊँचे पदाधिकारियों तक पहुँच थी।

काउंट इवान मिख़ाइलोविच ने नेख़्लूदोव की बात उसी ढंग से सुनी जिस ढंग से वह अपने विभाग के स्थायी सेक्रेटरी की रिपोर्ट सुनने का आदी था। जब सुन चुका तो कहने लगा कि वह उसे दो चिट्ठियाँ लिखकर देगा, एक तो अपील विभाग के सेनेटर वोल्फ़ के नाम।

"उसके बारे में तरह-तरह की बातें सुनने में आती हैं, लेकिन Dans tous les cas c'est un homme tres comme il faut," * वह बोला, "लेकिन मैंने उस आदमी पर बहुत एहसान किए हैं, इसलिए मेरी बात नहीं टालेगा। जो भी उससे बन पड़ा ज़रूर कर देगा।"

दूसरी चिट्ठी काउंट ने अपील कमेटी के एक सदस्य के नाम लिख दी जिसका बड़ा असर-रसूख़ था। नेख़्लूदोव ने फ़ेदोस्या बिर्युकोवा की कहानी सुनाई जिसे काउंट ने बड़ी दिलचस्पी से सुना। नेख़्लूदोव ने कहा कि मैं इसके बारे में सीधे महारानी को दरख़्वास्त देना चाहता हूँ। सुनकर काउंट बोला कि कहानी सचमुच बड़ी दर्दनाक है, और मौक़ा मिलने पर महारानी को सुनाई भी जा सकती है, लेकिन मैं इसका वचन नहीं दे सकता। बेहतर यही है कि दरख़्वास्त ज़ाब्ते के मुताबिक दाख़िल कर दी जाए। मन-ही-मन उसने सोचा कि अगर मौक़ा मिला, और अगर बृहस्पतिवार को ही petit comite ** में उसे बुलाया गया तो महारानी से इस बारे में बात हो जाएगी।

नेख़्लूदोव ने दोनों चिट्ठियाँ ले लीं। साथ ही एक चिट्ठी मेरियेट के नाम अपनी मौसी से

---

* जो भी हो वह आदमी बिलकुल अच्छा है। (फ़्रेंच)

** अन्तरंग बैठक (फ़्रेंच)।

भी ले ली और इन लोगों से मिलने के लिए निकल पड़ा।

सबसे पहले वह मेरियेट के घर गया। किसी ज़माने में नेख़्लूदोव का उससे परिचय रहा था। तब वह 16-17 बरस की लड़की थी। मेरियेट ऊँचे खानदान की थी लेकिन उसके माँ-बाप अमीर नहीं थे। उसकी शादी एक ऐसे आदमी से हुई थी जो नौकरी में तो बड़े ऊँचे ओहदे तक जा पहुँचा था लेकिन यों उसकी इज़्ज़त नहीं थी। नेख़्लूदोव ने उसके बारे में बहुत कुछ सुन रखा था–विशेषकर यह कि वह राजनीतिक क़ैदियों पर ज़रा भी रहम नहीं करता था। सैकड़ों-हज़ारों उसके अधीन थे जिनपर ज़ुल्म करना वह अपना सरकारी फ़र्ज समझता था। हमेशा की तरह अब भी नेख़्लूदोव को यह बात नागवार गुज़री कि पीड़ितों की मदद करने के लिए उसे उत्पीड़कों का पक्ष लेना पड़ रहा है। अब जब वह उनके पास दरख़्वास्त भी करने जाता कि कम-से-कम कुछ व्यक्तियों पर ज़ुल्म कम करें तो उसे लगता जैसे वह उनके काम का समर्थन कर रहा है। ज़ुल्म करने की अब उन्हें आदत पड़ गई थी, और सम्भवतः इसका उन्हें आभास तक न होता था। ऐसी स्थिति में उसके अन्दर द्वन्द्व होने लगता और उसका मन खिन्न हो उठता। वह द्विविधा में पड़ जाता कि फ़रमाइश करे या न करे, पर अन्त में हमेशा फ़रमाइश करने का ही निश्चय करता था। आख़िर बात तो यही है न कि इस मरियेट और उसके पति के यहाँ जाना उसके लिए अप्रिय है, कि उनके यहाँ वह घबराया हुआ-सा और शर्मिन्दा महसूस करेगा, लेकिन इस सबके बदले हो सकता है एक अभागी, एकाकी कारावास में पड़ी लड़की रिहा हो जाए और उसकी तथा उसके घरवालों की यातनाएँ समाप्त हो जाएँ। अपने को अब वह इन लोगों की श्रेणी का नहीं समझता था, इसलिए इनके साथ उठना-बैठना उसे असंगत और अभद्र लगता था। लेकिन ये लोग उसे अब भी अपना ही समझते थे। इसलिए भी नेख़्लूदोव को महसूस होने लगता कि वह पुराने ही ढर्रे पर चला जा रहा है और अपनी धारणाओं के बावजूद उन्हीं के से भोंडे और अश्लील लहजे में बातें करने लगता है। यह उससे अपनी मौसी के घर पर भी महसूस किया था। आज सुबह जब अत्यन्त गम्भीर बातों की चर्चा हो रही थी वह स्वयं छिछले मज़ाक़िया लहजे में बात करने लग गया था।

बड़ी मुद्दत के बाद वह पीटर्सबर्ग आया था। इस बार भी यहाँ के वातावरण का वही आम प्रभाव उस पर पड़ा था। वह एक ओर तो शरीरिक स्फूर्ति, परन्तु दूसरी ओर नैतिक जड़ता का अनुभव कर रहा था। यहाँ पर हर चीज़ साफ़-सुथरी, आरामदेह थी, हर बात में करीना था। आचार सम्बन्धी बातों में लोग उदार थे जिससे जीवन बड़ा सुभीते से चलता हुआ जान पड़ता था।

जिस गाड़ीवान की गाड़ी में वह बैठा था, वह बड़ा साफ़-सुथरा, चिकना-चुपड़ा और मीटी-मीठी बातें करनेवाला आदमी था। वहाँ खड़े सिपाही बड़े चिकने-चुपड़े, साफ़-सुथरे और मधुरभाषी थे। जिन सड़कों पर उसकी गाड़ी बढ़ चली, वे भी बड़ी नफ़ीस, साफ़-सुथरी, पानी से धुली सड़कें थीं। सड़कों के किनारों पर के घर भी बढ़िया और साफ़-सुथरे थे। इन्हीं में से एक घर में मेरियेट रहती थी।

फाटक के सामने एक फ़िटन खड़ी थी जिसमें दो अंग्रेजी घोड़े जुते थे। उन पर लगा साज़ भी अंग्रेजी था। बावर्दी कोचवान भी जो हाथ में छांटा लिए अपनी सीट पर बड़े गर्व से बैठा था, अंग्रेज़ी जान पड़ता था। उसने बड़े-बड़े गलमुच्छे उगा रखे थे जो उसकी आधी गालों को ढँके हुए थे।

जिस दरबान ने ड्योढ़ी का दरवाजा खोला, उसने भी बेहद साफ़ वर्दी पहन रखी थी। ड्योढ़ी के अन्दर चोबदार खड़ा था। उसकी वर्दी दरबान की वर्दी से भी ज़्यादा साफ़ थी और उस पर सुनहरी डोरी लगी थी। मुँह पर बड़े रोबीले गलमुच्छे थे जिन्हें उसने ख़ूब कंघी कर रखा था। उसके साथ एक अर्दली खड़ा था। अर्दली ने भी बढ़िया नई वर्दी पहन रखी थी।

“आज जनरल साहब किसी से नहीं मिलेंगे। मेम साहब भी नहीं मिल सकेंगी। वे अभी बाहर जा रही हैं।”

नेख़्लूदोव ने येकातेरीना इवानोव्ना की चिट्ठी चोबदार को दे दी। एक मेज़ पर मुलाक़ातियों का रजिस्टर रखा था। नेख़्लूदोव वहाँ जा बैठा और अपना कार्ड निकालकर उसके पीछे लिखने लगा कि खेद है घर में किसी से भी भेंट नहीं हो पाई। इतने में चोबदार सीढ़ियों की ओर बढ़ गया, दरबान बाहर जाकर कोचवान को पुकारने लगा, और अर्दली तनकर खड़ा हो गया है। अर्दली की आँखें सीढ़ियों पर गड़ी थीं जिनपर से एक छोटी-सी महिला तेज़-तेज़ क़दम रखती हुई नीचे उतर रही थी। उसकी शान-शौक़त को देखते हुए उसका यों तेज़-तेज़ उतरना बड़ा बेढब लग रहा था।

मेरियेट ने काले रंग की पोशाक पहन रखी थी, ऊपर काले ही रंग का केप था, सिर पर बड़ा सा टोप जिसमें पंख लगे थे और हाथों में नए काले रंग के दास्ताने थे। चेहरे पर एक हलकी-सी जाली लटक रही थी।

नेख़्लूदोव को देखकर उसने चेहरे पर से जाली उठा दी, उसके पीछे से चमकती आँखोंवाला उसका सुन्दर चेहरा निकला, बड़े कुतूहल से उसने नेख़्लूदोव की ओर देखा।

“ओह, प्रिन्स द्मीत्री इवानोविच,” कोमल, मधुर आवाज़ में उसने कहा, “मैं ज़रूर पहचान जाती...”

“अच्छा, आपको मेरा नाम भी याद है ?”

“क्यों नहीं। मेरी बहिन और मैं तो तुमसे प्रेम भी करती थीं,” उसने फ्रांसीसी भाषा में कहा। “लेकिन तुम तो बड़े बदल गए हो। च च च, मुझे खेद है कि मुझे कहीं जाना है। मगर कोई बात नहीं, चलो आओ, ऊपर चलें।” कहते हुए वह खड़ी हो गई और फिर द्विविधा में पड़ गई। फिर उसने घड़ी की ओर देखा। “नहीं, नहीं, मैं नहीं रुक सकती। मुझे कामेन्स्की के घर जाना है, वहाँ मृतक की आत्मा के लिए प्रार्थना होगी। माँ बेचारी का बुरा हाल है?”

“कामेन्स्की कौन है?”

“क्या तुमने नहीं सुना ? उनका बेटा द्वन्द्व युद्ध में मारा गया था। पोज़ेन के साथ उसकी लड़ाई हुई थी। माँ-बाप का इकलौता बेटा था। बड़ा जुल्म हुआ है ! माँ बेचारी का तो बुरा हाल है।”

“हाँ, मैंने कुछ-कुछ सुना है।”

“तो मैं चलूँगी। तुम कल या आज शाम को ही आ जाना,” उसने कहा और हलके-हलके, तेज़-तेज़ क़दम रखती हुई दरवाज़े की ओर जाने लगी।

“आज शाम को तो मैं नहीं आ सकूँगा,” उसके पीछे-पीछे बाहर निकलते हुए वह बोल रहा था, “पर मैं तो आपके पास एक काम से आया था।” लाखी घोड़ों को फाटक के सामने लाए जाते देखकर उसने कहा।

“क्यों, क्या हुआ ?”

“यह मौसी ने आपके नाम एक चिट्ठी दी है,” एक छोटा-सा लिफ़ाफ़ा उसके हाथ में देते हुए नेख़्लूदोव ने कहा। लिफ़ाफ़े पर बड़ी-सी वंश-चिन्ह समेत सील थी। “चिट्ठी में सब कुछ लिखा है।”

“काउंटेस येकातेरीना इवानोव्ना सोचती है कि मेरे पति मेरी बात सुनते हैं, कि काम-काज के मामलों में मैं उनसे कुछ करवा सकती हूँ। यह उनकी सरासर भूल है। मैं कुछ भी नहीं कर सकती। न ही मैं उनके मामलों में दख़ल देना चाहती हूँ। पर कोई बात नहीं, तुम्हारी ख़ातिर और

काउंटेस की ख़ातिर, मैं अपना उसूल तोड़ दूँगी। काम क्या है ?'' उसने कहा और अपना नन्हा-सा हाथ जिसपर काला दस्ताना चढ़ा था, जेब में डालने का विफल प्रयास करने लगी।

''क़िले में एक लड़की क़ैद है। वह बीमार है, और बेगुनाह है।''

''उसका नाम क्या है ?''

''शूस्तोवा, लीदिया शूस्तोवा। चिट्ठी में लिखा है।''

''अच्छी बात है। मुझसे जो बन पड़ा मैं करूँगी।'' कहते हुए मेरियेट उछलकर अपनी गाड़ी में जा बैठी। गाड़ी छोटी-सी और ऊपर से खुली थी और उसमें नरम-नरम गद्‌दे बिछे थे। गाड़ी के मड-गार्ड ख़ूब पालिश किए हुए थे और धूप में चमक रहे थे। गाड़ी में बैठते ही उसने अपनी छोटी छतरी खोल ली। चोबदार बॉक्स पर चढ़ गया और कोचवान को गाड़ी चलाने का इशारा किया। गाड़ी चलने लगी। लेकिन सहसा उसने छतरी की नोक कोचवान की पीठ में खोंसी। पतली-पतली टाँगोंवाली सुन्दर लाखी घोड़ियाँ फ़ौरन खड़ी हो गईं। लगाम खिंच जाने से उनकी गर्दनें कमान की तरह तन गई थीं, और वे खड़ी-खड़ी बार-बार पाँव बदलने लगी थीं।

''मिलने ज़रूर आना, पर अपना स्वार्थ लेकर नहीं,'' उसने कहा और नेख़्लूदोव की ओर मुस्कराकर देखा। अपनी मुस्कान का प्रभाव वह जानती थी। इसके बाद उसने अपने चेहरे पर फिर जाली गिरा ली, मानो अभिनय समाप्त हो गया हो और नाटक पर पर्दा गिराने का वक़्त आ गया हो। ''अच्छा, चलो।'' और उसने फिर छतरी की नोक कोचवान की पीठ में खोंसी।

नेख़्लूदोव ने सिर पर से टोप उतारकर अभिवादन किया। नस्ली घोड़ियाँ हलके-से फड़फड़ाईं, फिर सड़क के पत्थरों पर अपने खुर खटखटाती हुई चल निकलीं। गाड़ी नए रबड़ के टायरों पर तेज़-तेज़ और समतल गति से जाने लगी। केवल किसी-किसी जगह, सड़क ऊँची-नीची होने के कारण गाड़ी हलका-सा हिचकोला खाती थी।

16

मेरियेट की मुस्कराहट के जवाब में नेख़्लूदोव भी मुस्कराया था। उसे याद करके नेख़्लूदोव ने सिर हिला दिया।

''इस तरह की ज़िन्दगी में से निकलने की अभी सोच ही रहा होता हूँ कि पाँव फिर उसी की ओर खिंच जाते हैं,'' वह सोचने लगा। उसके अन्दर फिर द्वन्द्व छिड़ गया और संशय उठने लगे। जब कभी उसे ऐसे लोगों की चापलूसी करनी पड़ती जिनके लिए उसके दिल में कोई इज़्ज़त न थी, तो उसका मन इसी तरह की भावनाओं से विचलित हो उठता था।

यह सोचते हुए कि पहले कहाँ जाया जाए, कहाँ बाद में , ताकि चक्कर न लगाना पड़े नेख़्लूदोव सबसे पहले सेनेट की ओर चला। उसे अन्दर दफ़्तर तक ले जाया गया, जहाँ उसने आलीशान इमारत में बड़ी संख्या में बहुत ही सलीकेदार और साफ़-सुथरे क्लर्कों को बैठे पाया।

मास्लोवा की दरख़्वास्त पहुँच चुकी थी और उसी सेनेटर वोल्फ़ के पास उस पर विचार करने और रिपोर्ट देने के लिए भेद दी गई थी, जिसके नाम नेख़्लूदोव अपने मौसा से सिफ़ारिशी चिट्ठी लाया था।

''सेनेट की एक बैठक इसी हफ़्ते में होगी,'' एक अफ़सर ने नेख़्लूदोव से कहा। ''पर मास्लोवा का मुक़दमा इस बैठक में पेश नहीं होगा। हाँ, अगर ख़ासतौर पर इसके लिए फ़रमाइश की जाए तो मुमकिन है बुधवार को ही इस पर विचार किया जा सके।''

मास्लोवा के मुक़दमे के काग़ज़ात वग़ैरा निकलवाने में कुछ देर लगी। नेख़्लूदोव दफ़्तर में बैठा रहा। सेनेट के दफ़्तर में सभी लोग उसी द्वन्द्व युद्ध की चर्चा कर रहे थे, जिसमें युवा कामेन्स्की मारा गया था। उनकी बातें सुनते-सुनते उसे इस घटना की पूरी तफ़सील मालूम हो गई। सारा पीटर्सबर्ग उसी की बातें कर रहा था। बात यों हुई थी : कुछ अफ़सर एक शराबख़ाने में बैठे थे, ऑयस्टर और शराब के दौर चल रहे थे। जैसा कि अक्सर होता है सबने ख़ूब पी रखी थी। किसी ने कामेन्स्की की रेजिमेन्ट के बारे में कुछ ऊँच-नीच कह दिया। जवाब में कामेन्स्की ने कहा कि तुम झूठ बकते हो। कहनेवाले ने कामेन्स्की को घूँसा दे मारा। बस दूसरे दिन दोनों का द्वन्द्व युद्ध हो गया। कामेन्स्की को पेट में गोली लगी और दो घंटे के बाद प्राण निकल गए। हत्या करनेवाला और दोनों के सहायक पकड़ लिए गए। उन्हें हिरासत में तो रखा गया लेकिन सुनने में आ रहा था कि दो हफ़्ते तक में उन्हें रिहा कर दिया जाएगा।

सेनेट में से निकलकर नेख़्लूदोव अपील कमेटी के एक सदस्य, बैरन वोरोब्योव को मिलने गया। वह बड़े शानदार मकान में रहता था जो ज़ार की ओर से मिला हुआ था। दरबान ने बड़े रूखे लहजे में नेख़्लूदोव को जवाब दे दिया कि बैरन हर रोज़ नहीं मिल सकते, केवल मुलाक़ातों के दिन ही मिल सकते हैं। इस समय वह ज़ार से मिलने गए हैं, और कल उन्हें कोई रिपोर्ट पढ़नी है। नेख़्लूदोव ने वह चिट्ठी दरबान के हाथ में दी जो वह अपने मौसा से लाया था और सीधा सेनेटर वोल्फ़ से मिलने चला गया।

जब नेख़्लूदोव अन्दर दाख़िल हुआ तो वोल्फ़ उसी वक़्त भोजन करके हटा था, और आदत के मुताबिक़ सिगार सुलगाए कमरे में टहल रहा था। उसका विचार था कि इससे भोजन पचाने में सहायता मिलती है। व्लादीमिर वासील्येविच वोल्फ़ सही मानो में un homme tres comme il faut था। इस गुण को वह अपनी बहुत बड़ी विशेषता समझता था, और इसीलिए वह औरों के साथ बड़प्पन का व्यवहार भी करता था। यों इस गुण को विशेषता देना उसके लिए स्वाभाविक भी था, क्योंकि केवल इसी की बदौलत वह ऊँचे ओहदे पर पहुँचा था। जीवन में वह चाहता भी यही कुछ था। जिस जगह उसने ब्याह किया वहाँ से उसे ऐसी सम्पत्ति हाथ लगी जिससे अठारह हज़ार रूबल सालाना की आमदनी होती थी। अपनी कोशिशों से उसने सेनेटर का पद ग्रहण किया। वह अपने को केवल un homme tres comme il faut ही नहीं समझता था बल्कि सही मानों में ईमानदार भी मानता था। ईमानदारी से मतलब वह यह निकालता था कि स्वयं किसी से भी चोरी-छिपे रिश्वत नहीं लेता था। लेकिन सरकार से आग्रह करके तरह-तरह के भत्ते, किराए, सफ़र खर्च इत्यादि ऐंठने को वह बेईमानी की बात नहीं समझता था। और बदले में जिस तरह का भी काम सरकार करने को कहे, बड़ी तत्परता से करता था। पहले वह पौलेंड के एक प्रान्त का गवर्नर हुआ करता था। उस समय उसने सैकड़ों बेगुनाहों का सर्वनाश किया। उन्हें जेलों में ठूँसा, तथा जलावतन करवाया, इसलिए कि वे अपनी जनता तथा अपने पुरखाओं के धर्म से प्रेम करते थे। उसे वह बेईमानी की बात नहीं समझता था बल्कि उत्कृष्ट वीरोचित तथा देशभक्ति का काम समझता था। वह अपनी पत्नी (जो उससे प्रेम करती थी) तथा उसकी बहिन की सारी सम्पत्ति हड़पकर गया। इसे भी वह बेईमानी की बात नहीं समझता था। इसके विपरीत, उसका विचार था कि उसने बड़े अच्छे ढंग से अपने घरेलू मामलों की व्यवस्था कर दी है।

उसके परिवार के सदस्य थे : उसकी सहमी हुई पत्नी, उसकी साली तथा बेटी। साली की सारी ज़मीन-जायदाद बेचकर जितना भी रुपया वसूल हुआ उसने अपने नाम पर जमा करवा लिया था। उसकी बेटी देखने में साधारण, भीरु और विनीत स्वभाव की थी। उसका जीवन बिलकुल

एकाकी और नीरस था, अतः मन बहलाने के लिए उसने हाल ही में इवैंजेलिकल मत में दिलचस्पी लेना शुरू कर दिया था और एलीन तथा काउंटेस येकातेरीना इवानोव्ना के यहाँ प्रार्थना-सभाओं में जाने लगी थी।

वोल्फ़ के एक बेटा भी था। लापरवाह तबीयत का युवक पन्द्रह बरस की उम्र में ही उसने दाढ़ी रख ली थी, पीना-पिलाना शुरू कर दिया और हर तरह के व्यसनों में पड़ गया। बीस बरस की उम्र तक वह यही कुछ करता रहा और अन्त में पिता ने उसे घर से निकाल दिया। वह पढ़ाई पूरी नहीं कर सका था और बुरे लोगों की सोहबत में घूमता, और कर्ज़ चढ़ाता हुआ अपने पिता की इज़्ज़त पर दाग़ लगाता रहा था। एक बार पिता ने उसका दो सौ तीस रूबल क़र्ज अदा किया, दूसरी बार छः सौ रूबल। पर इस बार उसे चेतावनी दे दी कि इसके बाद कोई क़र्ज अदा नहीं करेगा। बेटे को डराया-धमकाया कि सँभल जाओ तो ठीक वरना घर से बाहर निकाल दूँगा और घर के साथ कोई सम्बन्ध नहीं रहने दूँगा। लड़का नहीं सुधरा, बल्कि अबकी एक हज़ार रूबल क़र्ज चढ़ा आया और पिता को साफ़-साफ़ कह दिया कि घर में रहना उसके लिए नरक भोगने के बराबर है। वोल्फ़ ने घोषणा कर दी कि आज से तुम मेरे बेटे नहीं हो, जहाँ जाना चाहो जा सकते हो। उस दिन से वोल्फ़ लोगों से यही कहता था कि उसके कोई बेटा नहीं है। घर में भी बेटे के बारे में उसके साथ बात करने का किसी को साहस नहीं होता था। और व्लादीमिर वासील्येविच वोल्फ़ को पक्का विश्वास था कि उसने अपनी गृहस्थी सर्वोत्कृष्ट ढंग से सँभाली हुई है।

जब नेख़्लूदोव अन्दर पहुँचा तो वोल्फ़ चलते-चलते रुक गया और मैत्रीपूर्ण ढंग से मुस्कराकर नेख़्लूदोव का स्वागत किया। इस मुस्कराहट में व्यंग्य का भी हलका-सा पुट था। इस तरह मुस्कराते हुए वह मानो लोगों को जताना चाहता था कि वह कितना comme il faut है, और अधिकांश लोगों से कितना ऊँचा है। उसने वह चिट्ठी बड़े ध्यान से पढ़ी जो नेख़्लूदोव ने उसके हाथ में दी थी।

''तशरीफ़ रखिए। आपकी इजाज़त हो तो मैं कमरे में टहलता रहूँ,'' कोट की जेबों में हाथ डालते हुए और हलके-हलके क़दम रखकर टहलना जारी रखते हुए उसने कहा। यह उसका पढ़ने का कमरा था जो काफ़ी बड़ा और बिलकुल मुनासिब ढंग से सजाया गया था। ''आपसे मिलकर बड़ी ख़ुशी हुई। और जो काउंट इवान मिख़ाइलोविच ने करने का हुक्म दिया है, सिर आँखों पर,'' मुँह में से सिगार का ख़ुशबूदार नीला धुआँ छोड़ते हुए वह बोला, फिर सिगार को बड़े ध्यान से मुँह में से निकाल लिया ताकि राख नीचे न गिरने पाए।

''मेरी केवल यही प्रार्थना है कि इस मुक़दमे की सुनवाई जल्दी हो जाए, ताकि अगर क़ैदी को साइबेरिया भेजे जाना है तो वह जल्दी रवाना हो सके,'' नेख़्लूदोव ने कहा।

''ज़रूर, ज़रूर, नीज्नी नवगोरोद से जो पहला जहाज़ जाए, उसी में जा सकती है,'' बड़प्पन के अन्दाज़ से मुस्कराते हुए वोल्फ़ ने कहा। उसे लोगों की फ़रमाइश का पहले ही पता चल जाता था। ''क़ैदी का नाम क्या है ?''

''मास्लोवा।''

वोल्फ़ मेज़ के पास गया और फ़ाइल में, काम-काज़ के अन्य काग़ज़ों में से एक काग़ज़ उठाकर देखने लगा।

''हाँ, मास्लोवा, ठीक है। मैं और सदस्यों से बात करूँगा। हम बुधवार के दिन इस मुक़दमे पर विचार करेंगे।''

''तो क्या मैं वकील को तार दे दूँ ?''

''ओह, आपने वकील कर रखा है ? इसकी क्या ज़रूरत थी ? पर ख़ैर, अगर आप चाहते

हैं तो बेशक तार दे दें।''

''अपील के तर्क शायद काफ़ी न हों,'' नेख़्लूदोव ने कहा, ''पर मैं समझता हूँ मुक़दमे की फ़ाइल देखने पर पता चल जाएगा कि सज़ा ग़लतफ़हमी के कारण दी गई थी।''

''हाँ, हो सकता है। लेकिन सेनेट मुक़दमे का फ़ैसला गुण-दोष के आधार पर नहीं कर सकती।'' वोल्फ़ ने रुखाई के साथ कहा। उसकी आँखें सिगार की राख पर अटकी थीं। ''सेनेट केवल यह देखती है कि क़ानून ठीक तरह से लागू किया गया है या नहीं, और उसका ठीक-ठीक मतलब निकाला गया या नहीं।''

''लेकिन मैं समझता हूँ कि यह असाधारण मुक़दमा है।''

''मुझे मालूम है, मालूम है। सभी मुक़दमे असाधारण होते हैं। हम अपने फ़र्ज निभाएँगे। बस।'' सिगार के सिरे पर राख अभी भी अटकी हुई थी, हालाँकि उसमें दरार पड़ गई थी, और डर था कि कहीं नीचे गिर न पड़े। ''आप पीटर्सबर्ग बहुत कम आते हैं, क्या?'' सिगार को इस ढंग से पकड़े हुए कि राख गिरे नहीं, वोल्फ़ ने पूछा। पर राख हिलने लगी थी। वोल्फ़ ध्यान से चलते हुए उसे राखदानी तक ले आया, जहाँ पहुँचते ही वह ढेर हो गई। ''कामेन्स्कीवाली घटना कितनी भयानक है!'' वह बोला। ''कितना अच्छा लड़का था! इकलौता बेटा। माँ की हालत पर तो सचमुच रहम आता है।'' उसके मुँह से भी वही शब्द निकल रहे थे जो इस समय कामेन्स्की के बारे में पीटर्सबर्ग में हर किसी की ज़बान पर थे।

कुछेक शब्द वोल्फ़ ने काउंटेस येकातेरीना इवानोव्ना के बारे में तथा उसके नए धर्म अनुराग के बारे में भी कहे। लेकिन सहमति अथवा विरोध प्रकट नहीं किया। इसकी ज़रूरत भी नहीं थी क्योंकि वह तो comme il faut था। इसके बाद घंटी बजाई।

नेख़्लूदोव ने झुककर विदा ली।

''अगर तकलीफ़ न हो तो बुधवार के दिन भोजन मेरे साथ कीजिए। मैं इस बारे में पक्का जवाब भी दे सकूँगा,'' अपना हाथ बढ़ाते हुए वोल्फ़ ने कहा।

देर हो चुकी थी, इसलिए नेख़्लूदोव सीधा अपनी मौसी के घर लौट गया।

17

काउंटेस येकातेरीना इवानोव्ना के घर शाम के भोजन का समय साढ़े सात बजे था। खाना परोसने का ढंग नया था, जिसे नेख़्लूदोव पहली बार देख रहा था। चोबदारों ने मेज़ पर प्लेटें वग़ैरा रखीं, खाने का पहना व्यंजन भी और फ़ौरन कमरे में से निकल गए, सो खानेवाले ख़ुद ही खाना ले रहे थे। पुरुष स्त्रियों को किसी तरह का कष्ट नहीं उठाने देना चाहते थे और इसलिए ख़ुद बड़ी मर्दानगी से उनके लिए और अपने लिए प्लेटों में खाना डालने और जाम उँडेलने का भार उठा रहे थे। मेज़ के साथ ही एक बिजली की घंटी का बटन लगा था। जब एक व्यंजन समाप्त हो जाता तो काउंटेस बटन दबाती, चोबदार फिर हौले-हौले चलते हुए कमरे में आते, प्लेटें बदल देते, दूसरा व्यंजन मेज़ पर रख देते और फिर पहले की तरह कमरे में से निकल जाते। भोजन अत्यन्त स्वादिष्ट और शराबें बेहद महँगी थीं। एक फ़्रांसीसी सफ़ेद लबादे पहने दो छोटे बावर्चियों के साथ खुले, रोशन रसोईघर में काम कर रहा था। छः व्यक्ति भोजन कर रहे थे : काउंट तथा काउंटेस, उनका बेटा, सदा नाराज़-सा रहनेवाला एक आदमी जो गार्ड रेजिमेन्ट में अफ़सर के पद पर था और इस समय मेज़ पर कोहनियाँ चढ़ाए बैठा था, नेख़्लूदोव, एक फ़्रांसीसी अध्यापिका, और काउंट

का मुख्य कारिन्दा जो देहात से आया हुआ था।

यहाँ पर भी वार्तालाप द्वन्द्व युद्ध के ही बारे में चल रहा था, और सभी अपनी राय दे रहे थे कि ज़ार के इस सम्बन्ध में क्या विचार होंगे। इतना तो सबको मालूम था कि ज़ार की बेचारी माँ के साथ बड़ी हमदर्दी है, सभी को उससे हमदर्दी थी। साथ ही लोगों को यह भी मालूम था कि ज़ार हत्या करनेवाले को भी कड़ी सज़ा नहीं देना चाहते, क्योंकि उसने अपनी वर्दी की इज़्ज़त की रक्षा के लिए द्वन्द्व युद्ध लड़ा था। लोग भी उस अफ़सर के प्रति दयावान थे क्योंकि उसने अपनी वर्दी की इज़्ज़त के लिए द्वन्द्व युद्ध लड़ा था। केवल काउंटेस येकातेरीना इवानोव्ना ही इसका विरोध कर रही थी –

"पहले शराब पीते रहते हैं फिर भोले-भाले युवकों को मार डालते हैं। ऐसे लोगों को मैं किसी सूरत में भी माफ़ नहीं करूँ," उसने कहा।

"अब यह बात मेरी समझ में नहीं आ सकती," काउंट बोला।

"मेरी बात तो तुम्हारी समझ में कभी आ ही नहीं सकती। यह तो मैं जानती हूँ," काउंटेस कहने लगी, फिर नेख़्लूदोव की ओर घूमकर बोली, "सब को मेरी बात समझ आ जाती है, लेकिन मेरे पति को समझ नहीं आती। मुझे माँ के साथ दिली हमदर्दी है, और मैं नहीं चाहती कि हत्यारा पहले तो क़त्ल करे और फिर उसे कुछ कहा भी न जाए।"

इस पर उनका बेटा जो अब तक चुप बैठा था, हत्यारे का पक्ष लेकर बड़ी गुस्ताख़ी से माँ का विरोध करने लगा। कहने लगा कि हत्यारे के लिए और कोई चारा ही न था, अगर वह लड़ता नहीं तो उसके साथी अफ़सर उसकी लानत-मलामात करते और उसे रेजिमेन्ट में से निकाल देते। नेख़्लूदोव कान लगाकर वार्तालाप सुन रहा था लेकिन स्वयं उसमें भाग नहीं ले रहा था। वह ख़ुद फ़ौज में अफ़सर रह चुका था, इसलिए युवा चार्स्की के तर्क को समझता था, हालाँकि उसके साथ सहमत नहीं था। साथ ही उसे रह-रहकर ख़याल आ रहा था कि इस अफ़सर के भाग्य से उस युवक का भाग्य कितना पृथक है जिसे उसने जेल में बन्द देखा था। उस पर भी यही इल्ज़ाम था कि उसने किसी आदमी से लड़ाई की थी और उसे मार डाला था। उसे कड़ी मशक़्क़त की सज़ा दी गई थी। दोनों ने शराब के नशे में हत्या की थी। पर उस किसान को, जिसने आवेग में आकर आदमी को मार डाला था, अब बीवी-बच्चों से अलग करके, पाँवों में बेड़ियाँ पहनाकर, और सिर मूँडकर कड़ी मशक़्क़त करने साइबेरिया भेजा जा रहा है। और अफ़सर गार्ड-हाउस में एक सजे-सजाए कमरे में रखा गया है, उसे बढ़िया भोजन और शराब मिलती है, किताबें पढ़ता है, और दो-एक दिन में उसे छोड़ भी दिया जाएगा, ताकि वह फिर उसी तरह रह सके जैसे पहले रहा करता था। इस घटना की बदौलत, लोगों की नज़रों में वह और भी रोचक व्यक्ति होगा।

जो विचार नेख़्लूदोव के मन में उठ रहे थे, उसने कह डाले। पहले तो ऐसा जान पड़ा जैसे उसकी मौसी येकातेरीना इवानोव्ना उससे सहमत है। पर फिर वह भी और लोगों की तरह बिलकुल चुप हो गई, और नेख़्लूदोव को भास होने लगा जैसे उसने कोई अनुचित बात कह दी हो।

शाम के समय, भोजन के फ़ौरन ही बाद, लोग कीज़ेवेतेर का भाषण सुनने आने लगे। नाचनेवाले कमरे में ऊँची पीठवाली कामदार कुर्सियाँ लाइनों की शक्ल में जोड़ दी गई थीं जैसा कि किसी मीटिंग के समय किया जाता है। एक ओर, एक छोटे-से मेज़ पर वक्ता के लिए पानी का जग रखा गया था, और उसके साथ ही एक आराम कुर्सी रख दी गई थी।

बड़ी-बड़ी शानदार गाड़ियाँ फाटक पर खड़ी थीं। कमरे की सजधज चकाचौंध करती थी। स्त्रियाँ रेशमी और मख़मली कपड़े पहने, गोटे-किनारी से सजी, सिर पर मसनूई बाल लगाए, बदन

को गदराया दिखाने के लिए जगह-जगह कपड़ों के अन्दर गद्दियाँ लगाए और नाज़ुक कमर को कसकर बाँधे बैठी थीं। उनके साथ आए पुरुष वर्दियों में या शाम के कपड़ों में लैस थे। इनके अतिरिक्त आधी दर्जन के क़रीब साधारण लोग भी थे : दो घर के नौकर, एक दूकानदार, एक चोबदार, और एक कोचवान।

कीज़ेवेतेर हट्टा-कट्टा, पके बालोंवाला आदमी था। वह अपना भाषण अंग्रेजी में दे रहा था। साथ में एक पतली-सी छोटी उम्र की लड़की, जिसने आँख पर बिना डंडी के चश्मा चढ़ा रखा था, उसके वाक्यों का फ़ौरन रूसी भाषा में अनुवाद करती जाती थी। अनुवाद अच्छा था।

वह कह रहा था कि हमने घोर पाप किए हैं और उनकी हमें कड़ी सज़ा मिलेगी। कोई छुटकारा नहीं। इस आनेवाली सज़ा के बारे में सोचकर जीना असम्भव हो जाता है।

''प्यारे भाइयो तथा बहिनो, ज़रा सोचिए तो कि हम कर क्या रहे हैं, कैसा जीवन व्यतीत कर रहे हैं, दयामय भगवान की आज्ञा का किस भाँति उल्लंघन कर रहे हैं, यीसु को कितना दुखी कर रहे हैं। और हम यह समझे बिना नहीं रह सकते कि हम क्षमा के अधिकारी नहीं हैं, हमारे लिए कोई छुटकारा नहीं, कोई मुक्ति नहीं। हमारा सर्वनाश अनिवार्य है। हम पर भयानक दुर्भाग्य–अनन्त दुर्भाग्य टूटेगा,'' वह काँपती हुई, रोनी आवाज़ में कह रहा था। ''भाइयो, हम कैसे बच सकते हैं? इस भयानक आग से हम कैसे बच सकते हैं जो किसी के भी बुझाए बुझ नहीं सकती। घर में से आग के शोले निकल रहे हैं, इसमें से भागकर कोई नहीं निकल सकता।''

कुछ देर तक वह चुप रहा। सचमुच के आँसू उसके गालों पर बह रहे थे। पिछले आठ साल से जब भी वह भाषण करता हुआ इस स्थल पर पहुँचता तो उसका गला रुँधने लगता और नाक में खुजली-सी होने लगती और अपने आप आँखों में आँसू आ जाते। भाषण का यह अंश उसे स्वयं भी बहुत अच्छा लगता था। इन आँसुओं से उसका हृदय और भी द्रवित हो उठता। कमरे में लोग सिसकियाँ लेने लगे। अपने सामने जड़ाऊ मेज़ पर दोनों कोहनियाँ रखे, हाथों पर सिर रखे, काउंटेस येकातेरीना इवानोव्ना झुकी हुई थी, और सिसकियों के कारण उसके मोटे-मोटे कन्धे हिल रहे थे। कोचवान भयातुर तथा विस्मयपूर्ण आँखों से जर्मन वक्ता की ओर देखे जा रहा था। उसे लग रहा था जैसे उसकी गाड़ी आगे बढ़ रही है और उसके बम से यह आदमी खदेड़ा जाएगा, मगर यह विदेशी आगे से हटने का नाम नहीं लेता। सभी लोग काउंटेस की सी मुद्रा में बैठे थे। वोल्फ़ की बेटी हाथों में मुँह ढाँपे घुटनों के बल बैठी थी। दुबली-पतली-सी लड़की थी और बड़े फ़ैशनेबुल कपड़े पहने हुए थी। उसकी शक्ल-सूरत अपने बाप से बहुत कुछ मिलती थी।

वक़्ता ने सहसा चेहरे पर से हाथ हटाया और मुस्कराने लगा। उसकी मुस्कान सच्ची जान पड़ती थी, ऐसी मुस्कान जिससे नाटक के अभिनेता ख़ुशी का भाव दर्शाते हैं। फिर बड़ी मधुर, विनम्र आवाज़ में कहने लगा–

''लेकिन बचाव का उपाय है। और यह उपाय आसान भी है और उल्लासपूर्ण भी। भगवान के इकलौते बेटे ने हमारी ख़ातिर घोर यातनाएँ सहीं, हमारी मुक्ति उस ख़ून में है जो उसने बहाया। उसकी यातनाएँ, उसका ख़ून हमारी रक्षा करेगा। बहिनो तथा भाइयों,'' उसकी आवाज़ फिर काँपने लगी, ''आओ हम उस भगवान की आराधना करें, जिसने अपना एक मात्र बेटा संसार को उबारने के लिए अर्पण कर दिया। उसका पवित्र रुधिर...''

नेख़्लूदोव के मन में ऐसी घिन उठी की वह चुपचाप उठ खड़ा हुआ और दबे पाँव बाहर निकल गया और सीधा अपने कमरे में चला गया। उसकी भौंहें तनी थीं और लज्जावश उसके मुँह से एक आह-सी निकलने जा रही थी जिसे वह बड़ी मुश्किल से रोक पाया।

18

दूसरे दिन प्रातः नेख़्लूदोव ने कपड़े पहने और नीचे जाने ही को था जब चोबदार ने आकर उसे एक कार्ड दिया। कार्ड मास्को के वकील की ओर से था। वकील अपने काम पर पीटर्सबर्ग आया था, और उसका ख़याल था कि अगर उसी समय मास्लोवा का मुक़दमा भी पेश हो गया तो वह सेनेट में उपस्थित हो सकेगा। जब नेख़्लूदोव ने तार भेजी तो वह मास्को से चल चुका था। जब नेख़्लूदोव से उसे पता चला कि मास्लोवा का मुक़दमा कब पेश होनेवाला है और सेनेट के कौन-कौन से सदस्य उस पर विचार करेंगे तो वह मुस्कराने लगा।

"तीनों प्रकार के सेनेटर वहाँ मौजूद होंगे," वह बोला, "वोल्फ़ पीटर्सबर्ग का अफ़सर है, स्कोवोरोद्निकोव क़ानून का विद्वान, और वे व्यावहारिक दृष्टि से विचार करनेवाला, इसीलिए वह सबसे अधिक जानदार आदमी है," वकील ने कहा, "उसी से हमें सबसे ज़्यादा उम्मीद हो सकती है। अब अपील कमेटी के बारे में कुछ बताइए।

"आज मैं बैरन वोरोब्योव से मिलने जा रहा हूँ। कल उनसे भेंट नहीं हो सकी," नेख़्लूदोव ने बैरन शब्द पर बल देते हुए कहा। सेनेटर का नाम रूसी था मगर ख़िताब विदेशी।

"क्या आपको मालूम है उसे 'बैरन' का ख़िताब कहाँ से मिला ?" नेख़्लूदोव की अवाज़ में हलके-से व्यंग्य का भास पाकर वकील बोला, "उसके दादा को ज़ार पावेल ने यह ख़िताब इनाम में दिया था। मेरा ख़याल है वह दरबार में चोबदार था। ज़ार उससे किसी बात पर ख़ुश हुआ था इसलिए उसे बैरन बना दिया। 'मेरी यह इच्छा है, इसका विरोध मत करो!' उसने कहा, और लीजिए आज यह 'बैरन' वोरोब्योव भी मौजूद है, जो इस ख़िताब पर इतना अकड़ते हैं। एकदम चालाक धूर्त है यह बूढ़ा!"

"आज मैं उसे मिलने जा रहा हूँ," नेख़्लूदोव बोला।

"अच्छी बात है, हम एक साथ चलेंगे। मैं अपनी गाड़ी में आपको वहाँ तक ले चलूँगा।"

वे घर से निकल ही रहे थे जब ड्योढ़ी में एक चोबदार ने नेख़्लूदोव को एक चिट्ठी लाकर दी। चिट्ठी मेरियट की ओर से थी–

+Pour vous faire plaisir, j'ai agi tout a fait contre mes principes, et j+ai intercede aupres de mon mari pour votre protégée. Il se trouve que cette personne peut etre relachee immediatement. Mon mari a ecrit au commandant : Venez donc, पर अपना स्वार्थ लेकर नहीं। Je vous attend.* मे.।"

"देखा आपने?" नेख़्लूदोव ने वकील से कहा। "कितनी भयानक बात है! सात महीने से एक लड़की को यह क़ैद-तनहाई में रखे रहे हैं। और वह बेगुनाह निकली। बस कहलवाने भर की देर थी कि उसे रिहाकर दिया गया।"

"यही कुछ हमेशा होता है। चलिए, आप अपने काम में सफ़ल तो हो गए।"

"ठीक है, पर इस सफलता से मेरा मन और भी क्षुब्ध हो उठा है। ज़रा सोचो तो वहाँ पर कैसे-कैसे कांड होते होंगे। सरकार उसे क्यों क़ैद किए हुए थी ?"

---

* आपकी ख़ुशी के लिए मैंने अपना नियम तोड़कर अपने पति से आपकी संरक्षिता की सिफ़ारिश की है। इनका कहना है कि उसे फ़ौरन रिहा किया जा सकता है। इन्होंने क़िले के कमांडेट को लिख दिया है। सो, अब तो आना...आपका इन्तज़ार करूँगी। (फ़्रेंच)

"इन बातों पर ज्यादा नहीं सोचा करते। कोई लाभ नहीं। तो चलिए, मेरी गाड़ी में चलेंगे न ?" घर से बाहर क़दम रखते हुए वकील ने कहा। एक बढ़िया गाड़ी जो वकील ने किराए पर ले रखी थी, फाटक के सामने आकर खड़ी हो गई। "आप बैरन वोरोब्योव से ही मिलने जा रहे हैं न ?"

वकील ने गाड़ीवान से कह दिया कि कहाँ चलना है। दोनों घोड़े बहुत बढ़िया थे। शीघ्र ही गाड़ी बैरन के घर के सामने जा पहुँची। बैरन घर पर ही था। बाहरवाले कमरे में एक बावर्दी युवा अफ़सर और दो स्त्रियाँ थीं। युवक की गरदन पतली और लम्बी थी और टेंटुआ आगे को बढ़ा हुआ था। जब चलता तो बड़े हलके-हलके क़दम रखते हुए।

"आपका शुभनाम ?" बड़े बाँकेपान से स्त्रियों के पास से हौले-हौले आगे बढ़कर उसने नेख़्लूदोव से पूछा।

नेख़्लूदोव ने अपना नाम बताया।

"बैरन आपका जिक्र कर रहे थे। ज़रा ठहरिए," युवक ने कहा और भीतर के एक दरवाज़े में से निकल गया। जब वह लौटकर आया तो उसके साथ-साथ एक स्त्री भी रोती हुई आई जिसने मातमी कपड़े पहन रखे थे। अपने आँसू छिपाने के लिए वह महिला अपनी पतली सुखी हुई अँगुलियों से चेहरे पर की जाली नीचे खींचने की कोशिश कर रही थी। जाली उलझी हुई थी।

"तशरीफ़ लाइए," युवक ने नेख़्लूदोव से कहा और तनिक आगे बढ़कर कमरे का दरवाज़ा खोलकर खड़ा हो गया।

जब नेख़्लूदोव अन्दर पहुँचा तो कमरे में एक मँझोले क़द का गठीला-सा आदमी बड़ी-सी मेज़ के पीछे आराम-कुर्सी पर बैठा था। सिर पर छोटे-छोटे बाल थे और फ़्रॉक-कोट पहने हुए था। चेहरे का भाव बड़ा हँसमुख था। सिर के बाल, मूँछें तथा दाढ़ी सब सफ़ेद पड़ गए थे, लेकिन इसके विपरित, चेहरा गुलाब की तरह लाल था और आँखों से दयालुता टपक रही थी। दोस्तों की तरह मुस्कराते हुए उसने नेख़्लूदोव को सम्बोधित किया–

"तुमसे मिलकर बड़ी ख़ुशी हुई। तुम्हारी माँ से मेरी अच्छी जान-पहचान थी, अच्छी मैत्री थी। मैंने तुम्हें उस वक़्त देखा जब तुम छोटे-से लड़के थे। बाद में भी तुम्हें देखा जब तुम अफ़सर बन गए थे। आओ बैठो। बताओ क्या काम है...हाँ, हाँ," जब नेख़्लूदोव ने फ़ेदोस्या की कहानी सुनानी शुरू की तो अपने सिर के छोटे-छोटे सफ़ेद बाल झटकते हुए कहने लगा, "कहो, कहो, कहते जाओ। ठीक कहते हो, कहानी बड़ी दर्दनाक है। क्या तुमने दरख़्वास्त दाख़िल कर दी है ?"

"दरख़्वास्त मैं साथ लेता आया हूँ," जेब में से दरख़्वास्त निकालते हुए उसने कहा, "पर मैंने सोचा आपसे पहले बात कर लूँ, इस आशा से कि इस तरह मुक़दमे की ओर विशेष ध्यान दिया जाएगा।"

"तुमने ठीक ही किया। मैं ख़ुद इसकी रिपोर्ट दूँगा," अपने हँसमूख चेहरे पर अनुकम्पा का भाव लाने का विफल प्रयास करते हुए बैरन ने कहा। "बड़ी दर्दनाक कहानी है। साफ़ मालूम होता है कि वह बच्चा थी। पति ने उसके साथ बुरा व्यवहार किया जिससे उसके दिल में घृणा उठी, पर ज्यों-ज्यों वक़्त गुज़रता गया वे एक दूसरे के निकट आने लगे और एक दूसरे से प्यार करने लगे। ठीक है, मैं इसकी रिपोर्ट दूँगा।"

"काउंट इवान मिख़ाइलोविच कह रहे थे कि वे महारानी से इस बारे में बात करेंगे।"

नेख़्लूदोव के मुँह से ये शब्द निकलने की देर थी कि बैरन के चेहरे का भाव बदल गया।

"तुम दरख़्वास्त दफ़्तर में दे दो, फिर जो मुमकिन होगा किया जाएगा," उसने कहा।

इसी वक़्त युवा अफ़सर फिर कमरे में दाख़िल हुआ। ज़ाहिर था कि वह अपनी बाँकी चाल

दिखाना चाहता है।

"वही महिला फिर आपसे मिलना चाहती है। कहती है थोड़ी-सी बात और कहनी है।"

"भेज दो। ओह, mon cher, कितने लोगों की विपदा हमें देखनी पड़ती है। काश कि हम सभी के आँसू पोंछ पाते। जो हमसे बन पड़ता है। हम करते हैं।"

महिला अन्दर दाख़िल हुई।

"मैं आपसे यह कहना भूल गई थी। मैं चाहती हूँ कि उसे अपनी बेटी को छोड़ देने की इजाज़त नहीं दी जाए। वह तो तैयार है कि ..."

"मैंने आपसे पहले ही कह दिया है कि मुझसे जो कुछ भी बन पाया कर दूँगा।"

"भगवान के लिए, बैरन, आप एक माँ की रक्षा करेंगे।"

स्त्री ने बैरन का हाथ पकड़ लिया और उसे बार-बार चूमने लगी।

"हर मुमकिन कोशिश की जाएगी।"

महिला के चले जाने पर नेख़्लूदोव भी रुख़सत लेने लगा।

"जो बन पड़ा किया जाएगा। मैं न्याय मन्त्रालय में इस सम्बन्ध में बात करूँगा। उनका जवाब आने पर जो कुछ भी सम्भव हुआ ज़रूर किया जाएगा।"

कमरे में से निकलकर नेख़्लूदोव फिर दफ़्तर में गया। बड़ा ठाठदार दफ़्तर था, और उसमें भी, सेनेट के दफ़्तर की तरह बाँके अफ़सर बैठे थे–साफ़-सुधरे, मधुरभाषी, हर बात नियमानुकूल करनेवाले। उनके लिबास से, उनकी बोल-चाल से, शिष्टता टपकती थी।

"इन अफ़सरों का कोई अन्त नहीं, अनगिनत अफ़सर हैं। और सभी कितने मोटे-ताज़े हो रहे हैं। क़मीज़ें कितनी साफ़-सुधरी पहन रखी हैं, और इनके हाथ कितने साफ़ हैं। इनके बूट पालिश से कैसे चमकते हैं यह सब इनके लिए कौन करता होगा ? क़ैदियों की ही तुलना में क्यों, ये लोग तो किसानों की तुलना में भी बड़े सुखी जान पड़ते हैं!" नेख़्लूदोव के मन में अपने आप फिर ये विचार उठने लगे।

19

यदि कोई व्यक्ति पीटर्सबर्ग के बन्दियों का भाग्य सुधार सकता था तो वह एक प्रसिद्ध बूढ़ा जनरल था, एक बैरन जिसके पुरखा जर्मन थे और जिसके बारे में लोग कहा करते थे कि उसकी अक़्ल अब काम नहीं करती। अपने जीवन में उसने बहुत से पदक प्राप्त किए थे, लेकिन छाती पर केवल एक ही पदक –श्वेत क्रॉस का पदक–लगाया करता था। इस पदक को वह बहुत बड़ा पुरस्कार मानता था। इससे उसे काकेशस में की गई सेवाओं के फलस्वरूप विभूषित किया गया था। उस समय उसके आदेश पर फ़ौज के सिपाहियों यानी बाल कटे, फ़ौजी वर्दी पहने, बन्दूकों और संगीनों से लैस रूसी किसानों ने एक हज़ार से अधिक लोगों को मौत के घाट उतार दिया था, उन लोगों को जो अपनी स्वाधीनता, अपने देश तथा अपने परिवारों की रक्षा कर रहे थे। इसे बाद वह पोलैंड में नियुक्त होकर चला गया। वहाँ पर भी उसने फ़ौजी सिपाहियों–रूसी किसानों के हाथों तरह-तरह के जुर्म करवाए। इनके फलस्वरूप भी उसे अपनी वर्दी की शोभा बढ़ाने के लिए बहुत से पदक तथा पुरस्कार प्राप्त हुए। उसके बाद वह कहीं और चला गया। अब वह बूढ़ा और कमज़ोर हो चला था, इसलिए उसे इस पद पर नियुक्त किया गया था। इससे उसे रहने के लिए एक अच्छा घर, बँधी-बँधाई आमदनी और समाज में सम्मान प्राप्त था। वह बड़ी दृढ़ता से उन सभी नियमों का पालन करता था जो "ऊपर से" निर्धारित किए जाते थे। इन

नियमों को वह विशेषतया महत्वपूर्ण मानता था और इन्हें वह तन-मन से पूरा करने की चेष्टा करता था। उसकी यह धारणा थी कि संसार की किसी भी दूसरी चीज़ में अदला-बदली की जा सकती है, लेकिन ''ऊपर से'' आए नियम नहीं बदल सकते। उसका काम राजनीतिक क़ैदियों को क़ैद तनहाई में रखना था, और वह उन्हें इस कुशलता से रखता था कि आधे से ज़्यादा क़ैदी दस साल से अन्दर-ही-अन्दर ख़त्म हो जाते थे, कुछ पागल हो जाते, कुछ तपेदिक का शिकार हो जाते, कुछ आत्महत्या कर लेते–भूखे रहकर, काँच के टुकड़ों से अपनी नाड़ियाँ काटकर या अपने को आग लगाकर।

बूढ़ा जनरल सब जानता था। ये बातें उसकी आँखों के सामने घटती थीं। पर इनका उसकी अन्तरात्मा पर कोई असर नहीं होता था। वह इन्हें उतना ही महत्व देता था जितना कि दुर्घटनाओं को जो आँधी-तूफ़ान या बाढ़ आने पर घट जाती है। ''ऊपर से'' ज़ार के नाम से जो नियम बनकर आते थे, वह उनका पालन करता था, और उन्हीं के फलस्वरूप ये घटनाएँ हो जाती थीं। इन नियमों का पालन करना अनिवार्य था, इसलिए उनके पालन के परिणामस्वरूप होनेवाली घटनाओं पर विचार करना व्यर्थ था। बूढ़ा जनरल इसे एक सैनिक का देशभक्तिपूर्ण कर्तव्य समझता था कि वह इन बातों के बारे में सोचे तक नहीं, क्योंकि बहुत सोचने से उसके संकल्प में शिथिलता आ सकती थी जिससे वह अपनी जिम्मेवारियाँ ठीक तरह से नहीं निभा पाएगा।

हफ़्ते में एक दिन बूढ़ा जनरल क़ैदियों की कोठरियों का दौरा करता था। यह भी उसका काम था। उस समय वह क़ैदियों से पूछता कि अगर कोई फ़रमाइश करनी हो तो कर सकते हो। क़ैदी तरह-तरह की फ़रमाइशें करते। वह चुपचाप उन्हें सुनता रहता। इस चुप्पी की कोई थाह नहीं पा सकता था। और सब सुन चुकने के बाद वह किसी एक फ़रमाइश को भी पूरा नहीं करता था। कारण, सभी फ़रमाइशें नियमों की दृष्टि से असंगत होती थीं।

नेख़्लूदोव गाड़ी में बूढ़े जनरल के मकान पर जा पहुँचा। ऐन उसी वक़्त मीनार पर के घंटाघर से घंटियों की सुरीली धुन बजी–''भगवान तेरी महिमा अपार है'' और उसके बाद घड़ी ने दो बजाए। घंटियों की यह धुन सुनकर नेख़्लूदोव को दिसम्बरवादियों * के संस्मरण याद हो आए जो उसने किसी ज़माने में पढ़े थे। उसमें लिखा था कि जिन लोगों को उम्रभर कैद भोगनी हो, उसके दिल में किस भाँति एक-एक घंटे के बाद बजने वाली यह मधुर धुन बार-बार गूँजती है।

इस समय बूढ़ा जनरल अपनी बैठक में एक जड़ाऊ मेज़ के सामने बैठा था। कमरे में अँधेरा किया हुआ था। मेज़ पर एक काग़ज़ के ऊपर एक चाय की तश्तरी रखी थी। कमरे में उसके साथ एक युवा कलाकार भी था जो जनरल के नीचे काम करनेवाले एक अफ़सर का छोटा भाई था। कलाकार की पतली, नम, दुर्बल उँगलियाँ बूढ़े जनरल की कर्कश, झुर्रियों भरी, जोड़ों पर सख़्त पड़ गई उँगलियों में गूँथी हुई थीं और ये जुड़े हुए हाथ तश्तरी को लिए हुए झटकों के साथ काग़ज़ पर चल रहे थे, जिसपर वर्णमाला के सभी अक्षर लिखे थे। तश्तरी जनरल के प्रश्न के उत्तर में बता रही थी कि मृत्यु के बाद आत्माएँ किस भाँति एक दूसरे को पहचानती हैं।

एक अर्दली बाहर खड़ा चोबदार का काम कर रहा था। उसके हाथ जिस समय नेख़्लूदोव ने अपना कार्ड अन्दर भेजा, उस समय तश्तरी के माध्यम से जोन ऑफ़ आर्क की आत्मा बोल रही थी। एक-एक अक्षर जोड़कर जोन ऑफ़ आर्क की आत्मा ने ये शब्द बना डाले थे–''उनके पहचानने का माध्यम...'' और ये शब्द बक़ायदा नोट कर लिए गए थे। जब अर्दली अन्दर आया

* दिसम्बरवादी–अभिजात वर्ग के रूसी क्रान्तिकारी; उन्होंने सामन्तशाही और स्वेच्छाचारी शासन का विरोध किया। 14 दिसम्बर, 1825 को उन्होंने सशस्त्र विद्रोह छेड़ दिया।

उस समय तश्तरी ''हो'' और ''गी'' पर आकर अटक गई थी, और इसके बाद कभी एक तरफ़ को और कभी दूसरी तरफ़ को हिचकोले खाने लगी थी। इन हिचकोलों का कारण यह था कि जनरल चाहता था कि तश्तरी-''आ'' की ओर मुड़े, कि जोन ऑफ़ आर्क को यह कहना चाहिए की आत्माओं के पहचानने का माध्यम होगी आन्तरिक शुद्धता, जो वे लौकिक जीवन के कलुष को धोकर प्राप्त करेंगी, या ऐसा ही कुछ। परन्तु कलाकार का यह मत नहीं था। वह चाहता था कि अगला अक्षर ''ज्यो'' हो, अर्थात आत्माएँ ''ज्योति'' द्वारा एक दूसरे को पहचानेंगी जो उनके अलौकिक प्रतिरूपों से फूट रही होगी। जनरल की सफ़ेद, घनी भौंहें चढ़ी हुई थीं, और वह एकटक तश्तरी पर रखे हाथों की ओर देख रहा था। उसका ख़याल था कि तश्तरी अपने आप चल रही है, पर वास्तव में वह उसे ''आ'' की ओर खींच रहा था। दुबला-पतला कलाकार, जिसने अपने पतले-पतले बालों को कानों के पीछे कंघी कर रखा था, अपनी कान्तिहीन नीली आँखों से बैठक के एक अँधेरे कोने की ओर देखे जा रहा था, और तश्तरी को ''ज्यो'' अक्षर की ओर खींचे जा रहा था। उत्तेजना में उसके होंठ फड़फड़ा रहे थे ?

अर्दली के यों बीच में आ टपकने पर जनरल ने मुँह बनाया, लेकिन क्षण-भर बाद उसके हाथ से कार्ड ले लिया। फिर चश्मा लगा, बड़बड़ाते हुए उठ खड़ा हुआ। उसकी पीठ में दर्द था, फिर भी वह सीधा-सतर खड़ा हो गया, और अपनी ठिठुरती उँगलियों को एक दूसरे के साथ रगड़ने लगा।

''उन्हें पढ़नेवाले कमरे में ले चला।''

''हुज़ूर की आज्ञा हो तो मैं अकेले ही इस सन्देश को प्राप्त कर लूँ,'' कलाकार ने कहा, ''मुझे भास हो रहा है कि आत्मा उतर रही है।''

''अच्छी बात है, अकेले ही प्राप्त कर लो,'' जनरल ने दृढ़ता से सख़्ती भरी आवाज़ में कहा, और बड़े-बड़े, नपे-तुले क़दम रखते हुए चुस्ती से पढ़नेवाले कमरे की ओर चला गया।

''आपसे मिलकर बड़ी ख़ुशी हुई,'' जनरल ने नेख़्लूदोव से कहा, और मेज़ की बग़ल में रखी आराम-कुर्सी की ओर बैठने का इशारा किया। जनरल के शब्द तो मैत्रीपूर्ण थे लेकिन अवाज़ रूखी थी। ''पीटर्सबर्ग में आए बहुत दिन हो गए?''

नेख़्लूदोव ने जवाब दिया कि नहीं, अभी-अभी आया हूँ।

''आपकी माँ, प्रिन्सेस, कैसी है?''

''माँ का तो देहान्त हो चुका है।''

''क्षमा करना। मुझे बड़ा अफ़सोस है। मेरे बेटे ने मुझे बताया था कि वह आपसे मिला था।''

जनरल का बेटा भी नौकरी में बाप की ही तरह आगे बढ़ता जा रहा था। फ़ौजी अकादमी में से निकलने के बाद वह अब गुप्त विभाग में काम करता था, और उसे अपने काम पर बड़ा गर्व था। सरकारी गुप्तचर उसी के अधीन काम करते थे।

''मैं और आपके पिता एक साथ फ़ौज में रहे। हमारी बड़ी अच्छी दोस्ती थी, हम कॉमरेड थे। और आप क्या नौकरी में हैं?''

''जी नहीं।''

जनरल ने असम्मति प्रकट करते हुए अपना सिर एक तरफ़ को झुका दिया।

''मुझे आपसे एक दरख़्वास्त करनी है।''

''बड़ी ख़ुशी से, कहिए। मैं आपकी क्या सेवा कर सकता हूँ ?''

''यदि मेरी दरख़्वास्त नामुनासिब हो तो क्षमा कीजिएगा। मैं मजबूर होकर आपके पास आया हूँ।''

"कहिए क्या है?"

"क़िले में एक गुर्केविच क़ैद है। उसकी माँ चाहती है कि उसे बेटे से मिलने की इजाज़त मिल जाए। और नहीं तो कम-से-कम उसे कुछ किताबें भेजने की इजाज़त मिल जाए।"

नेख़्लूदोव की प्रार्थना पर जनरल ने न तो सन्तोष प्रकट किया न असन्तोष ही। सिर एक ओर को टेढ़ा करके उसने आँखें बन्द कर लीं। मानो उस पर विचार कर रहा हो। लेकिन वास्तव में वह किसी बात पर भी विचार नहीं कर रहा था। न ही उसे नेख़्लूदोव की दरख़्वास्तों में कोई दिलचस्पी थी। वह भली भाँति जानता था कि जवाब वही होगा जिसकी क़ानून इजाज़त देता है। वह तो केवल अपने दिमाग़ को आराम दे रहा था और कुछ भी नहीं सोच रहा था।

"देखिए," वह आख़िर बोला, "यह मेरे वश की बात नहीं है। मुलाक़ातों के बारे में स्वयं ज़ार द्वारा अनुमोदित एक नियम है, और जिस बात की उसमें इजाज़त है, उसी की इजाज़त मिल सकती है। जहाँ तक किताबों का सवाल है, हमारे पास पुस्तकालय है। जो-जो किताबें पढ़ने की इजाज़त है, वे मिल सकती हैं।"

"ठीक है, परन्तु वह विज्ञान की किताबें मँगवाना चाहता है। वह पढ़ाई करना चाहता है।"

"उसकी बातों में न आइए," जनरल ने कहा और थोड़ी देर के लिए चुप हो गया। "वह पढ़ाई करना नहीं चाहता। यह केवल बेचैनी है।"

"पर किया क्या जाए? उनका जीवन इतना कड़ा है कि वक़्त काटने के लिए कुछ तो करना ही पड़ता है," नेख़्लूदोव ने कहा।

"ये लोग हमेशा शिकायत करते रहते हैं," जनरल बोला, "हम उन्हें अच्छी तरह जानते हैं।" वह क़ैदियों के बारे में इस तरह बात कर रहा था जैसे वे किसी ख़ास, बहुत बुरी जाति के लोग हों। "जो आराम उन्हें यहाँ पर है वह शायद ही किसी दूसरे जेलख़ाने में मिले," जनरल कहता गया।

और अपनी सफ़ाई-सी देते हुए वह उन सुविधाओं को गिनाने लगा जो क़ैदियों को प्राप्त थीं, मानो इस संस्था का उद्‌देश्य क़ैदियों को आरामदेह घर बनाकर देना हो।

"किसी ज़माने में ज़रूर वे तकलीफ़ में थे, लेकिन अब तो उनका बड़ी अच्छी तरह से ख़याल रखा जाता है," वह कह रहा था। "खाने के लिए उन्हें हमेशा तीन व्यंजन मिलते हैं, और उनमें से एक ज़रूर गोश्त होता है, चाहे कटलेट के रूप में हो या रिस्सोल के रूप में। इतवार के दिन चार व्यंजन दिए जाते हैं, एक मीठी चीज़ भी उन्हें मिलती है। भगवान करे हर रूसी को ऐसा खाना नसीब हो जो इन क़ैदियों को मिलता है।"

वृद्ध पुरुष जब भी अपने प्रिय विषय पर बातें करने लगते हैं तो उनके लिए रुकना कठिन हो जाता है। जनरल भी, एक के बाद एक, तरह-तरह के सबूत दे रहा था, यह सिद्ध करने के लिए कि क़ैदियों की माँगे कितनी अनुचित हैं और वे कितने कृतघ्न लोग हैं। ये सबूत वह पहले भी कई बार दे चुका था।

"उन्हें धार्मिक पुस्तकें तथा पुराने रिसाले दिए जाते हैं। हमने मुनासिब पुस्तकालय खोल रखा है। लेकिन वे लोग बहुत कम पढ़ते हैं। शुरू-शुरू में तो वे बड़ी दिलचस्पी दिखाते हैं, लेकिन बाद में नई किताबें ज्यों-की-त्यों पड़ी रहती हैं, उनके आधे पन्ने काटे तक नहीं जाते। और पुरानी किताबों के पन्ने कोई उलटता ही नहीं। हमने यह आज़माकर देख लिया है," बूढ़े जनरल ने कहा, और उसके चेहरे का भाव कुछ बदला, मानो हलकी-सी मुसकान आई हो। "किताबों में हम जान-बूझकर काग़जों की छोटी-छोटी निशानियाँ रख देते थे। और वे ज्यों-की-त्यों वहीं पड़ी रहतीं।

लिखने की भी कोई मनाही नहीं है,'' वह कहता गया, ''वहाँ एक स्लेट रख दी गई है और साथ में स्लेट-पेंसिल भी। मनबहलाव के लिए जी भरकर लिख सकते हैं। जब स्लेट भर जाए तो उसे पोंछकर फिर लिख सकते हैं। मगर उन्हें लिखने का कोई शौक़ नहीं है। जल्दी ही वे शान्त हो जाते हैं। शुरू-शुरू में वे बेचैन होते हैं, लेकिन बाद में तो वे मोटे होने लगते हैं और बड़े चुपचाप रहते हैं।'' इस तरह की बातें जनरल कहे जा रहा था। वह सोच तक न सकता था कि उसके शब्दों का कितना भयानक अर्थ है।

नेख़्लूदोव उसकी जीर्ण फटी हुई आवाज को सुन रहा था, उसके कठोर पड़ गए अवयवों, सफ़ेद भौहों के नीचे कान्तिहीन आँखों, तथा बूढ़े, सफ़ाचट, लटकते गालों को जिन्हें उसकी फ़ौजी वर्दी का कॉलर ऊपर उठाए हुए था, देखे जा रहा था। उसकी छाती पर सफ़ेद क्रॉस लटक रहा था, जिस पर उसे बेहद गर्व था, मुख्यतया इस कारण कि इसे प्राप्त करने के लिए उसने बड़े विस्तृत पैमाने पर क़त्ले-आम किया था और ज़ुल्म ढाए थे। नेख़्लूदोव समझ गया कि बूढ़े की बातों का जवाब देना या उसे यह बताना कि उसके शब्दों के पीछे कैसे भयानक अर्थ छिपे हैं, सर्वथा निरर्थक था। उसने फिर एक बार प्रयास किया और क़ैदी शूस्तोवा के बारे में पूछा जिसकी रिहाई का हुक्म जारी हो चुका था, जैसा कि उसे उसी दिन प्रातः मालूम हुआ था।

''शूस्तोवा–शूस्तोवा ? क़ैदी इतने ज़्यादा है कि मुझे हरेक का नाम कैसे याद रह सकता है ?'' उसने कहा मानो उनकी संख्या के लिए उनकी भर्त्सना कर रहा हो। उसने घंटी बजाई और अपने सेक्रेटरी को बुलवा भेजा। जितनी देर सेक्रेटरी नहीं आया, वह नेख़्लूदोव का समझाता रहा कि उसे सरकारी नौकरी करनी चाहिए, क्योंकि ईमानदार और कुलीन लोगों की (जिनमें वह अपने को भी शामिल करता था) ज़ार को, तथा देश को बहुत ज़रूरत है। ज़ाहिर था कि अन्तिम शब्द उसने केवल वाक्य को सुगठित रूप देने के लिए कहे थे।

''मैं बूढ़ा हो चला हूँ, फिर भी यथाशक्ति सेवा किए जा रहा हूँ।''

सेक्रेटरी आया। क्षीण, दुर्बल चेहरा, आँखों में बुद्धिमता तथा बेचैनी झलकती थी। उसने रिपोर्ट दी कि शूस्तोवा किसी अजीब-सी जगह पर बन्द है, और उसके बारे में अभी तक कोई आर्डर नहीं मिला।

''जिस दिन आर्डर मिला, हम उसी दिन उसे रिहा कर देंगे। हम उन्हें रखना नहीं चाहते। उन्हें अपने पास रखने की हमें बहुत चाह नहीं है,'' फिर एक बार चेहरे पर मीठी मुस्कान लाने की चेष्टा करते हुए जनरल ने कहा। लेकिन इस मुस्कराहट से उसका वृद्ध चेहरा और भी कुरूप हो उठा।

नेख़्लूदोव उठ खड़ा हुआ। उसके मन में इस भयानक वृद्ध पुरुष के प्रति घृणा और अनुकम्पा की मिश्रित-सी भावना पैदा हो गई थी। लेकिन वह इस कोशिश में था कि उसे ज़बान पर न लाए। दूसरी तरफ़ वृद्ध जनरल यह महसूस कर रहा था कि नेख़्लूदोव के साथ बहुत रुखाई से पेश नहीं आना चाहिए। ज़ाहिर है कि यह गुमराह, लापरवाह युवक है, लेकिन आख़िर उसके साथी का बेटा है, इसलिए उसे सीधा रास्ता दिखाए बिना नहीं जाने देना चाहिए।

''अच्छा, तो चलते हो ? मेरे कहे का बुरा नहीं मानना। मेरे दिल में तुम्हारे लिए प्यार है इसलिए कह दिया। इन लोगों का संग नहीं करो। इनमें कोई भी निर्दोष नहीं है। सबके सब बहुत गिरे हुए हैं। हम उन्हें ख़ूब जानते हैं,'' उसने इस लहजे में कहा जिसमें शक की कोई गुंजाइश ही न थी।

और उसके मन में कोई संशय नहीं था। इसलिए नहीं कि यह बात सच थी, वरन् इसलिए,

कि यदि यह सच न होती, तो उसे मानना पड़ता कि वह कोई वीर नायक नहीं है जो अपने उत्कृष्ट जीवन के अन्तिम दिन व्यतीत कर रहा है, बल्कि एक महानीच आदमी है जिसने अपना ईमान बेच डाला है, और इस बुढ़ापे में भी इसे बेचे जा रहा है।

"सबसे अच्छी बात तो यह है कि तुम सरकारी नौकरी कर लो," वह कहता गया। "ज़ार को ईमानदार लोगों की ज़रूरत है—और देश को भी," उसने जोड़ा। "अगर मैं और अन्य लोग भी तुम्हारी तरह सेवा करना छोड़ दें तो क्या होगा ? पीछे रह कौन जाएगा ? यहाँ हम बैठे सरकार के प्रबन्ध की आलोचना कर रहे हैं, लेकिन सरकार की कोई मदद नहीं करना चाहते।"

नेख़्लूदोव ने एक भरपूर ठंडी साँस ली, और झुककर नमस्कार किया, फिर उसके बड़े से, कठोर हाथ से हाथ मिलाया, जो जनरल ने बड़ी कृपालुता से आगे बढ़ा दिया था, और कमरे में से बाहर निकल आया।

जनरल ने भर्त्सना में सिर हिलाया, और पीठ मलते हुए बैठक में वापस लौट गया जहाँ कलाकार उसका इन्तज़ार कर रहा था। उसने जोन ऑफ़ आर्क की आत्मा का पूरा उत्तर लिख दिया था। जनरल ने चश्मा लगाया और पढ़ने लगा। लिखा था—"उनके पहचानने का माध्यम होगी वह ज्योति जो उनके आलौकिक प्रतिरूपों से फूट रही होगी।"

"ओह," जनरल ने समर्थन की आवाज़ में कहा और आँखें बन्द कर लीं। "लेकिन यदि सबकी ज्योति एक जैसी हुई तो वे एक दूसरे को कैसे पहचान पाएँगी?" उसने पूछा और फिर तश्तरी पर कलाकार की अँगुलियों में अपनी अँगुलियाँ गूँथकर बैठ गया।

गाड़ीवान ने गाड़ी चलाई और नेख़्लूदोव को फाटक में से बाहर ले आया।

"यहाँ पर बहुत ऊब उठती थी, हुज़ूर," नेख़्लूदोव की ओर घूमकर वह कहने लगा। "मेरा तो जी चाहता था कि आपका इन्तज़ार किए बिना यहाँ से चल दूँ।"

"हाँ, ज़रूर ऊब उठती है," नेख़्लूदोव ने सहमति प्रकट की और एक गहरी साँस ली। आकाश में भूरे रंग के बादल उड़ रहे थे। नेवा नदी की सतह पर जहाज और किश्तियाँ चल रही थीं जिनसे पानी में उठती हुई हलकी-हलकी लहरें सूरज की रोशनी में झिलमिला रही थीं। इनकी ओर देखते हुए नेख़्लूदोव के मन को कुछ चैन मिला।

20

दूसरे दिन सेनेट में मास्लोवा के मुक़दमे की सुनवाई थी। सेनेट भवन के शानदार फाटक के सामने बहुत-सी गाड़ियाँ खड़ी थीं। यहीं पर नेख़्लूदोव और वकील एक दूसरे से मिले, और एक साथ सीढ़ियाँ चढ़ते हुए पहली मंज़िल पर पहुँचे। इस भवन की सीढ़ियाँ इतनी बढ़ियाँ थीं कि देखते आँखें नहीं थकती थीं। फ़ानारिन इस घर के कोने-कोने से वाकिफ़ था। ऊपर पहुँचकर वे बाईं ओर घूम गए और एक दरवाजे में से अन्दर दाख़िल हुए जिसके ऊपर बड़े-बड़े अक्षरो में वह तारीख़ लिखी थी जिस दिन से ज़ाब्ता-क़ानून लागू हुआ था।

एक तंग से कमरे में फ़ानारिन ने अपना ओवरकोट उतारा। वहाँ खड़े कर्मचारी से उसे पता चला कि सभी सेनेटर पहुँच चुके हैं। आख़िरी सेनेटर को आए कुछ ही मिनट हुए थे। फ़ानारिन ने अपना दुमदार कोट पहन रखा था और सफ़ेद क़मीज़ पर सफ़ेद नेकटाई लगाए हुए था। उसके होंठों पर आत्मविश्वास की मुस्कान खेल रही थी। वहाँ से निकलकर वह साथवाले कमरे में चला गया जहाँ दाएँ हाथ एक बड़ी-सी अलमारी और एक मेज़ रखी थी और बाईं ओर एक घुमावदार

सीढ़ी ऊपर को चली गई थी। एक बाँका-सा सरकारी अफ़सर, बग़ल में बस्ता दबाए, सीढ़ी पर से नीचे उतर रहा था। इस कमरे में एक वयोवृद्ध पुरुष खड़ा था, जिसके सिर पर लम्बे-लम्बे सफ़ेद बाल थे। एक छोटा-सा कोट और भूरे रंग की पतलून पहने हुए, वह सबका ध्यान अपनी ओर आकर्षित कर रहा था। उसके पास दो नौकर बड़े अदब से खड़े थे।

वयोवृद्ध पुरुष उस अलमारी के अन्दर चला गया और अन्दर से दरवाज़ा बन्द कर लिया।

फ़ानारिन को एक साथी-वकील नज़र आ गया, जिसने उसी की तरह सफ़ेद नेकटाई और ड्रेस-कोट पहन रखे थे और फ़ौरन उसके साथ गर्मजोशी से बातें करने लगा। इस बीच नेख़्लूदोव कमरे में बैठे लोगों की जाँच करने लगा। वहाँ पर लगभग पन्द्रह व्यक्ति बाहर के थे, जिनमें से दो स्त्रियाँ थीं–एक तो छोटी उम्र की थी जिसने कमानीदार चश्मा लगा रखा था और दूसरी स्त्री बड़ी उम्र की थी, और उसके बाल सफ़ेद हो रहे थे।

उस दिन किसी अख़बार में छपे एक लेख के सम्बन्ध में मानहानि के मुक़दमे की सुनवाई थी, जिसे सुनने के लिए बाहर से लोग अधिक संख्या में आए हुए थे। इनमें से अधिकांश पत्रकारिता के धन्धे से सम्बन्ध रखते थे।

अदालत का पेशकार हाथ में एक काग़ज़ उठाए फ़ानारिन के पास आया। पेशकार लाल-लाल गालोंवाला एक सुन्दर आदमी था और बहुत बढ़िया वर्दी पहने हुए था। फ़ानारिन के पास पहुँचकर उसने उसका काम पूछा, और यह सुनकर कि वह मास्लोवा के मुक़दमे के सम्बन्ध में आया है, काग़ज़ पर कुछ नोट करके वहाँ से चला गया। इसके बाद अलमारी का दरवाज़ा खुला और लम्बे-लम्बे सफ़ेद बालोंवाले वृद्ध ने बाहर क़दम रखा। अब वह छोटा कोट पहने हुए नहीं था। उसके स्थान पर उसने दूसरी पोशाक पहन रखी थी जिस पर सुनहरी गोटा लगा था और छाती पर धातु के चमकते पतरे लगे थे। इस लिबास में वह पंछी-सा लगता था।

यह अजीब-सी पोशाक पहनकर वृद्ध को स्वयं झेंप होने लगी थी। अपनी आम रफ़्तार से तेज़ चलता हुआ वह जल्दी-जल्दी सामने के दरवाज़े में से बाहर निकल गया।

"यह बे था। उसकी बड़ी इज़्ज़त है," फ़ानारिन ने नेख़्लूदोव से कहा, फिर उसे अपने सहकर्मी से मिलाया और उस मुक़दमे की चर्चा करने लगा जो अभी पेश होने जा रहा था। कहने लगा कि वह बड़ा दिलचस्प मुक़दमा है।

कुछ ही देर बार मुक़दमे की सुनवाई शुरू हो गई, और नेख़्लूदोव, अन्य लोगों के साथ बाईं ओर अदालत के कमरे में चला गया। अन्दर जाकर, फ़ानारिन समेत, सभी एक डंडहरे के पीछे बैठ गए। केवल पीटर्सबर्ग का वकील डंडहरे के सामने एक मेज़ पर जा बैठा।

आकार में सेनेट का अदालती कमरा इतना बड़ा नहीं था जितना कि ज़िला-कचहरी। इसकी साज-सज्जा भी अधिक साधारण थी। हाँ सेनेट के सामने रखे मेज़ का कपड़ा हरे रंग का होने के बजाय गुलाबी मख़मल का था और उसके किनारों पर सुनहरी गोटा लगा था। पर यहाँ पर भी वही चीज़ें रखी थीं जो सभी न्यायालयों में रखी रहती हैं : बड़ा शीशा, देव प्रतिमा तथा ज़ार की तस्वीर। उसी तरह गम्भीर आवाज़ में पेशकार ने पुकारा–"जज साहिबान तशरीफ़ ला रहे हैं।" उसी तरह सभी लोग खड़े हो गए। वर्दी पहने सेनेटरों ने उसी तरह प्रवेश किया और ऊँची पीठवाली कुर्सियों पर बैठकर, स्वाभाविक लगने की कोशिश में मेज़ पर झुक गए।

वहाँ पर चार सेनेटर बैठे थे–निकीतन, जो प्रधान की कुर्सी पर बैठा था, सफ़ाचट, पतले चेहरे और कठोर आँखोंवाला आदमी था। दूसरा वोल्फ़ था। उसके होंठ एक विचित्र अर्थपूर्ण ढंग से भिंचे हुए थे। अपने छोटे-छोटे सफ़ेद हाथों से वह मुक़दमों के काग़ज़ात के पन्ने उलट रहा

था। तीसरा स्कोवोरोद्निकोव था, मोटा, बोझल-सा व्यक्ति जिसके मुँह पर चेचक के दाग़ थे। यह क़ानून का बड़ा विद्वान था। और चौथा बे था, लम्बे-लम्बे सफ़ेद बालोंवाला आदमी जो सबसे आख़िर में पहुँचा था।

सेनेटरों के साथ ही मुख्य सेक्रेटरी और सरकारी वकील भी अन्दर आ गया था। सरकारी वकील दुबला-पतला, मँझोले कद का युवक था, जिसने दाढ़ी-मूँछ मूँड रखी थी। चेहरा साँवला और आँखें स्याह तथा उदास-सी थीं। नेख़्लूदोव ने उसे देखते ही पहचान लिया, हालाँकि वह बड़ी अजीब-सी वर्दी पहने हुए था और नेख़्लूदोव को उससे मिले छः साल का अर्सा हो चुका था। पढ़ाई के ज़माने में वह नेख़्लूदोव के सबसे गहरे मित्रों में से था।

"क्या सरकारी वकील का नाम सेलेनिन है ?" नेख़्लूदोव ने वकील से पूछा।

"हाँ, क्यों, क्या बात है ?"

"मैं उसे बहुत अच्छी तरह जानता हूँ। बहुत ही भला आदमी है।"

"अपने काम में भी अच्छा है। इधर-उधर की बातें नहीं करता, मतलब की बात करता है। आपको इस आदमी से मिलना चाहिए था।"

"कोई डर नहीं, वह अपने ज़मीर के ख़िलाफ़ कोई काम नहीं करेगा, बड़ा ईमानदार आदमी है," नेख़्लूदोव ने कहा। उसे सेलेनिन के साथ अपने घनिष्ठ सम्बन्ध तथा मैत्री याद आ रही थी। और उसके व्यक्तित्व के विशेष गुण याद आ रहे थे। सेलेनिन बड़े सच्चे दिल का, ईमानदार तथा शिष्ट युवक हुआ करता था।

"ठीक है, अब तो समय भी नहीं है," फ़ानारिन ने फुसफुसाकर कहा। मुक़दमा शुरू हो गया था और उसकी रिपोर्ट पढ़ी जाने लगी थी। फ़ानारिन का ध्यान रिपोर्ट की तरफ़ था।

मुक़दमे में अपील-न्यायलय के एक फ़ैसले के विरुद्ध अपील की गई थी जिसमें उसने ज़िला-कचहरी के निर्णय की पुष्टि की थी।

नेख़्लूदोव भी ध्यान से सुनने और मामले को समझने की कोशिश करने लगा। लेकिन यहाँ पर भी उसे वदी कठिनाई पेश आ रही थी जो ज़िला-कचहरी में पेश आई थी। यहाँ पर भी असल बात को छोड़कर इधर-उधर की गौण बातों पर विचार किया जा रहा था। मुक़दमा एक अख़बार के बारे में था जिसमें एक लेख छपा था। अख़बार में किसी ज्वाइंट स्टॉक कम्पनी के डायरेक्टर की पोल खोली गई थी जिसने कोई प्रपंच रचा था। जान पड़ता था कि इस मुक़दमे में एक ही बात महत्व की है, यह देखना कि डायरेक्टर अपनी स्थिति का नाजायज़ फायदा उठा रहा है या नहीं, और यदि उठा रहा है तो उसे ऐसा करने से रोकना। लेकिन यहाँ पर और ही बातों पर विचार किया जा रहा था : क्या अख़बार के सम्पादक को इस लेख के छापने का क़ानून की दृष्टि से अधिकार था या नहीं, और उसे छापकर उसने कौन-सा जुर्म किया है–मिथ्या निन्दा का या दोषारोप का–और कहाँ तक मिथ्या निन्दा में दोषारोप का अंश शामिल है, अथवा दोषारोप में मिथ्या निन्दा का। इसके अतिरिक्त तरह-तरह के क़ानूनों तथा फ़ैसलों पर विचार किया जा रहा था जो किसी सार्वजनिक विभाग द्वारा पास किए गए थे लेकिन जो साधारण लोगों की समझ के बाहर थे।

नेख़्लूदोव की समझ में एक ही बात आई। बावजूद इस बात के कि एक ही दिन पहले वोल्फ़ बड़े जोर से यह कह रहा था कि सेनेट किसी मुक़दमे की जाँच गुण-दोष के आधार पर नहीं कर सकती, यहाँ, प्रत्यक्षतः इस मुक़दमे में वह न्यायालय के निर्णय को रद्द करने के हक़ में था। और सेलेनिन, जो स्वभावतः संयम से काम लेता था, यहाँ अप्रत्याशित रूप से बड़े जोश-खरोश से इसके विरुद्ध बोल रहा था। आत्मानुशासी सेलेनिन के इस तरह जोश से बोलने का एक कारण था

हालाँकि उसे यों बोलते देखकर नेख़्लूदोव हैरान हो रहा था। एक तो उसे मालूम हो गया था कि पैसे के मामले में डायरेक्टर साफ़ नहीं है। दूसरे, उसके कानों में अचानक यह ख़बर पड़ गई थी कि कुछ ही दिन पहले इस धोखेबाज़ के घर में एक बहुत बड़ी डिनर-पार्टी हुई थी और उसमें वोल्फ़ भी शरीक हुआ था। मुक़दमे पर अपनी रिपोर्ट देते समय वोल्फ एक-एक शब्द तौल-तौलकर बोला, लेकिन इसके वावजूद साफ़ ज़ाहिर हो रहा था कि वह डायरेक्टर का पक्ष ले रहा है इससे सेलेनिन उत्तेजित हो उठा और बड़े ग़ुस्से से जिरह करने लगा। स्पष्टतया, सेलेनिन के भाषण से वोल्फ़ नाराज़ हो गया। उसका चेहरा तमतमा उठा, बार-बार वह अपनी कुर्सी से हिलने लगा, चुपचाप बैठे-बैठे भी वह इस तरह के इशारे कर रहा था मानो हैरान हो रहा हो, और जब अन्य सेनेटरों के साथ वह उठकर विचार-कक्ष में गया तो बड़े रोब के साथ और नाराज़ दिखते हुए।

"आप किस मुक़दमे के सिलसिले में यहाँ आए हैं ?" फ़ानारिन को सम्बोधित करते हुए पेशकार ने फिर पूछा।

"मैंने आपको बतला तो दिया है। मास्लोवा के मुक़दमे के सिलसिले में।"

"हाँ, ठीक है। उसकी सुनवाई तो आज ही होगी, लेकिन..."

"लेकिन क्या ?" वकील ने पूछा।

"बात यह है कि सेनेटरों का विचार था कि उस मुक़दमे पर कोई जिरह नहीं होगी। इसलिए, इस मौजूदा मुक़दमे पर अपना निर्णय देने के बाद सेनेटर शायद फिर बाहर नहीं आएँगे। लेकिन मैं जाकर उन्हें इत्तला किए देता हूँ।"

"क्या मतलब?"

"मैं उन्हें इत्तला किए देता हूँ। अभी इत्तला किए देता हूँ।" और पेशकार ने फिर अपने काग़ज़ पर कुछ लिख लिया।

सेनेटरों का यही इरादा था। वे चाहते थे कि दोषारोप के मुक़दमे का फ़ैसला सुनाएँगे और उसके बाद विचार-कक्ष में ही बैठे-बैठे, चाय-सिगरेट पीते हुए बाक़ी काम–जिसमें मास्लोवा का मुक़दमा भी शामिल था–निबटा देंगे।

21

बहस के कमरे में गोल मेज़ के इर्द-गिर्द सभी सेनेटर बैठ गए। उनके बैठते ही वोल्फ़ बड़ी गर्मजोशी से तर्क पेश करने लगा कि सज़ा रद्द कर दी जानी चाहिए।

प्रधान चिड़चिड़े मिज़ाज का आदमी था। आज तो वह और दिनों से भी ज़्यादा बदमिज़ाज हो रहा था। अदालत में सुनवाई के दौरान ही उसने इस केस पर अपनी राय तय कर ली थी और वोल्फ़ की बातों पर कोई ध्यान न देता हुआ वह अपने विचारों में खोया बैठा था। उसे एक महत्वपूर्ण पद पर नियुक्त किया जाना चाहिए था, लेकिन विल्यानोव को नियुक्त कर दिया गया था। इस घटना की चर्चा करते हुए जो शब्द कल उसने अपने संस्मरणों में लिखे थे, वे अब उसके मन में बार-बार घूम रहे थे। बड़ी मुद्दत से इस पद का उसे इन्तज़ार रहा था। प्रधान निकीतिन ऐसे पदाधिकारियों के सम्पर्क में था जो सबसे ऊँचे दो दर्जों में रखे गए थे। उसे सच्चे दिल से यह विश्वास था कि उन पदाधिकारियों के बारे में उसकी राय भावी इतिहासकारों के लिए अमूल्य सामग्री का काम देगी। एक ही दिन पहले उसने एक अध्याय लिखा था जिसमें उन विशेष पदाधिकारियों की जी खोलकर भर्त्सना की थी और कहा था कि जब रूस के वर्तमान शासक देश

को सर्वनाश की ओर ले जा रहे थे, उस समय इन पदाधिकारियों ने स्थिति को बचाने की कोई चेष्टा नहीं की, मतलब कि उसे ऊँची तनख़्वाह पर नियुक्त नहीं होने दिया। अब उसका विचार था कि आनेवाली पीढ़ियों के लिए यह अध्याय घटनाओं पर एक नई रोशनी डालेगा।

''हाँ, ज़रूर,'' वोल्फ़ के सवाल में जवाब में, बिना उसका एक भी शब्द सुने, उसने कह दिया।

बे का मुँह लटका हुआ था। वह वोल्फ़ की बात सुन रहा था, लेकिन साथ ही सामने रखे काग़ज़ पर एक हार बना रहा था। बे पक्का उदारवादी था। इस शताब्दी की सातवीं दशाब्दी की उदारवादी परम्पराओं को वह पवित्र मानता था। आम तौर पर वह तटस्थ रहता, लेकिन जब कभी वह तटस्थता की दृढ़ सीमाओं को लाँघता तो उदारवाद की ही दिशा में। इस मुक़दमे में भी उसने ऐसा ही किया। एक तो धोखेबाज़ डायरेक्टर जिसने अपील कर रखी थी बड़ा दुष्ट आदमी था। इसके अलावा एक पत्रकार पर लिखित दोषारोप के जुर्म में मुक़दमा चलाना प्रेस-स्वातन्त्र्य को सीमित करना था। इन्हीं कारणों से बे की इच्छा थी कि अपील को रद्द कर दिया जाए।

वोल्फ़ ने अपना तर्क समाप्त किया। इस पर बे ने तस्वीर बनाना बन्द कर दिया और बड़ी उदास और विनम्र आवाज़ में, बड़े स्पष्ट, सरल तथा विश्वासोत्पादक शब्दों में यह साबित करने लगा कि अपील निराधार है (वह उदास इसलिए था कि उसे इन स्वतःसिद्ध वचनों को समझाना पड़ रहा था)। इसके बाद उसने अपना सिर झुका लिया, जिस पर के बाल सफ़ेद हो चुके थे और फिर से हार की तस्वीर बनाने लगा।

स्कोवोरोद्निकोव वोल्फ़ के ऐन सामने बैठा था और अपनी मोटी-मोटी अँगुलियों से दाढ़ी और मूँछों के बाल मुँह में घुसेड़ रहा था। बे के बोल चुकने पर उसने दाढ़ी के बाल चबाना बन्द कर दिया और ऊँची, कर्कश आवाज़ में अपनी राय देने लगा। अपील करनेवाला बड़ा दुष्ट आदमी है, उसने कहा, लेकिन इसके बावजूद मैं उसकी सज़ा मनसूख़ करने को कहता यदि अपील किसी क़ानूनी आधार पर खड़ी होती। लेकिन चूँकि क़ानूनी आधार बिलकुल कोई नहीं है, इसलिए मैं बे की राय का समर्थन करता हूँ। वोल्फ़ के रास्ते में रोड़ा अटकाते हुए स्कोवोरोद्निकोव मन-ही-मन ख़ुश था। प्रधान ने स्कोवोरोद्निकोव की राय का समर्थन किया और अपील रद्द कर दी गई।

वोल्फ़ असन्तुष्ट था, विशेषकर इसलिए कि उसे लग रहा था जैसे रंगे हाथों पकड़ा गया हो, कि पक्षपात का कपट करते हुए लोगों ने देख लिया हो। इसलिए यह दिखाने की कोशिश करते हुए कि उसे इस मामले से कोई सरोकार नहीं, उसने मास्लोवा के मुक़दमे की दस्तावेज निकाली और उसे पढ़ने में मगन हो गया। इस बीच सेनेटरों ने घंटी बजाई और चाय लाने का आर्डर दिया। उन दिनों पीटर्सबर्ग में द्वन्द्व युद्ध की चर्चा सबकी ज़बान पर थी। साथ ही एक दूसरा विषय भी लोकप्रिय हो चला था। किसी सरकारी विभाग के अध्यक्ष ने धरा 995 के अन्तर्गत कोई जुर्म किया था।

''कितनी गन्दी बात है,'' बे ने घृणा से कहा।

''वाह, इसमें क्या बुराई है ? मैं तुम्हें एक किताब दिखा सकता हूँ जिसमें एक जर्मन लेखक ने इस सम्बन्ध में अपनी योजना दे रखी है। उसने बिना लाग-लपेट के यह सुझाव पेश किया है कि पुरुषों के बीच इस प्रकार के सम्बन्ध को जुर्म क़रार नहीं दिया जाना चाहिए, पुरुषों को पुरुषों के साथ विवाह करने की इजाज़त होनी चाहिए,'' बड़े लोभ से सिगरेट का कश लेते हुए स्कोवोरोद्निकोव ने कहा और ज़ोर-ज़ोर से हँसने लगा। सिगरेट तुड़-मुड़ चुका था लेकिन उसने अपनी मोटी-मोटी अँगुलियों में, हथेली के नज़दीक, दबा रखा था।

''नामुमकिन है!'' बे बोला।

''मैं तुम्हें लाकर दिखा दूँगा,'' स्कोवोरोद्निकोव ने कहा और किताब का नाम, यहाँ तक कि

उसके प्रकाशन का स्थान और तिथि तक बता दी।

"मैंने सुना है कि उसे साइबेरिया में किसी शहर का गवर्नर बनाकर भेज दिया गया है।"

"यह तो बड़ी अच्छी बात है! लाट पादरी बड़े ठाठ से उसका स्वागत करेगा। बस लाट पादरी भी कोई ऐसा ही आदमी होना चाहिए," स्कोवोरोद्निकोव ने कहा। "मैं एक पादरी की सिफ़ारिश भी कर सकता हूँ।" उसने सिगरेट चाय की तश्तरी में फेंक दिया और फिर मूँछों और दाढ़ी के जितने भी बाल ठूँसे जा सकते थे, मुँह में ठूँसकर उन्हें चबाने लगा।

पेशकार अन्दर आया और बोला कि नेख़्लूदोव और वकील मास्लोवा के मुक़दमे की जाँच के समय मौजूद होना चाहते हैं।

"यह मामला भी बड़ा रोमांटिक है," वोल्फ़ बोला, और जो कुछ उसे मास्लोवा और नेख़्लूदोव के सम्बन्ध के बारे में मालूम था कह सुनाया।

थोड़ी देर तक वे इसकी चर्चा करते रहे। फिर चाय-सिगरेट पी चुकने पर वे उठे और अदालत के कमरे में चले गए, पहले दोषारोप के मुक़दमे का फ़ैसला सुनाया और फिर मास्लोवा की अपील सुनने लगे।

वोल्फ़ अपनी पतली-सी आवाज़ में मास्लोवा की अपील पर रिपोर्ट देने लगा। रिपोर्ट पूरी-की-पूरी थी पर इसमें भी पक्षपात की झलक मिलती थी और साफ़ ज़ाहिर था कि वोल्फ़ चाहता है कि सज़ा मन्सूख कर दी जाए।

"क्या तुम्हें कुछ कहना है?" फ़ानारिन को सम्बोधित करते हुए प्रधान ने कहा।

फ़ानारिन उठा और अपनी चौड़ी सफ़ेद छाती फैलाकर, जिरह करने लगा। एक-एक नुक्ते को लेकर उसने बड़े यथार्थ और आकर्षक ढंग से यह साबित किया कि न्यायालय ने छः स्थानों पर क़ानून का ग़लत मतलब निकाला है। इसके अतिरिक्त, संक्षेप में उसने मुक़दमे के गुण-दोष की भी चर्चा की और कहा कि यह सज़ा देकर न्यायालय ने घोर अन्याय किया है। उसका भाषण संक्षिप्त किन्तु युक्तियुक्त था। जिस लहजे में वह बोला उसमें सेनेटरों के प्रति अनुनय का भाव पाया जाता था, मानो कह रहा हो कि आप कुशाग्र बुद्धि तथा न्याय के पारंगत विद्वान हैं, आप मुझसे अधिक इस मामले को देख-समझ सकते हैं, मैं तो यहाँ जिरह करके केवल अपना कर्तव्य पूरा कर रहा हूँ।

फ़ानारिन के भाषण के बाद ऐसा जान पड़ता था जैसे शक की कोई गुँजाइश ही न रह गई हो, कि सेनेट ज़रूर न्यायालय के निर्णय को रद्द कर देगी। भाषण समाप्त करने के बाद फ़ानारिन ने विजयोल्लास में मुस्कराते हुए आस-पास देखा। उसे देखकर नेख़्लूदोव को यक़ीन हो गया कि मामला जीत लिया। परन्तु जब उसने गर्दन घुमाकर सेनेटरों की ओर देखा तो उसे लगा जैसे फ़ानारिन अकेला ही अपनी विजय पर मुस्करा रहा हो। सेनेटर और सरकारी वकील के चेहरे पर विजय की मुस्कान नहीं थी। इसके विपरीत सेनेटर तथा सरकारी वकील थके हुए से लग रहे थे। उनके चेहरे के भाव से लग रहा था मानो सोच रहे हों–"हमने तुम जैसे लोगों के बहुत भाषण सुने हैं–पर यह सब व्यर्थ है।" उसके भाषण की समाप्ति पर ऐसा जान पड़ा जैसे उन्होंने चैन की साँस ली हो, कि अब ज़्यादा देर यहाँ नहीं रुकना पड़ेगा। वकील का भाषण समाप्त होने के फ़ौरन बाद प्रधान ने सरकारी वकील को बोलने के लिए कहा। सेलेनिन थोड़े-से शब्दों में बड़ी स्पष्टता से न्यायालय के फ़ैसले को बरक़रार रखने के पक्ष में बोला। उसने कहा कि फ़ैसला रद्द करने के लिए जितने भी तर्क पेश किए गए हैं, सभी अपर्याप्त हैं। इस जिरह के बाद सभी सेनेटर बहस के कमरे में चले गए। उनके मत अलग-अलग थे। वोल्फ़ इस हक में था कि अपील मंजूर की जानी चाहिए। बे ने, मामला समझने के बाद, वोल्फ़

के पक्ष की बड़े जोर से हिमायत की, और अपने साथियों के सामने न्यायालय के सारे दृश्य का सजीव वर्णन किया, जिस भाँति वह उसे अपनी कल्पना में साफ़ नज़र आ रहा था। निकीतीन ने दूसरा पक्ष लिया, क्योंकि सदा ही उसे दृढ़ता और नियमिकता पसन्द थी। अब सारा मामला स्कोवोरोदूनिकोव की वोट पर निर्भर था, और उसने अपना मत अपील को रद्द करने के हक़ में दिया। इसका मुख्य कारण यह था कि नेख़्लूदोव का यह निश्चय कि वह नैतिक कारणों से प्रेरित होकर मास्लोवा से शादी करेगा, उसे अत्यन्त घृणास्पद लगा।

स्कोवारोदूनिकोव भौतिकवादी था और डारविन के सिद्धान्त का अनुयायी था। इसलिए नैतिकता के प्रत्येक भावात्मक रूप को–और इससे भी बुरा यह कि धर्म को–घृणास्पद मूर्खता समझता था। इतना ही नहीं इसे वह अपना अपमान समझता था। उसे यह निहायत बुरा लग रहा था कि एक वेश्या के मामले को लेकर इतना बावैला खड़ा किया गया है, और स्वयं नेख़्लूदोव और एक प्रतिष्ठित वकील सेनेट में आ पहुँचे हैं। इसलिए उसने दाढ़ी के बाल मुँह में खोंसे और तरह-तरह के मुँह बनाता रहा, और बड़ी चालाकी से यह दिखाते हुए कि इस मामले के बारे में उसे केवल इतना ही मालूम है कि अपील के लिए जो आधार प्रस्तुत किए गए हैं वे अपर्याप्त हैं, उसने प्रधान के मत का समर्थन किया कि न्यायालय के निर्णय को बरक़रार रखा जाए।

इस तरह मास्लोवा को दी गई सज़ा बरक़रार रही।

22

"घोर अन्याय है!" वकील के साथ वेटिंग-रूम में जाते हुए नेख़्लूदोव ने कहा। वकील अपने बस्ते में काग़ज़ात ठीक कर रहा था। "एक ऐसे मामले में जो बिलकुल साफ़ है, वे केवल नियमों का महत्व दिए जा रहे हैं, और दख़ल देने से इनकार कर रहे हैं। उफ़, कैसा घोर अन्याय है!"

"मुक़दमा जो ख़राब हुआ है तो फ़ौजदारी अदालत में," वकील बोला।

"और तो और, सेलेनिन भी इस हक़ में था कि अपील को रद्द कर दिया जाए। उफ़, कैसा घोर अन्याय है !" नेख़्लूदोव ने फिर दोहराया। "अब कहो, क्या करना चाहिए ?"

"हम ज़ार से अपील करेंगे। आप ख़ुद आजकल पीटर्सबर्ग में हैं, यह दरख़्वास्त दाख़िल करते जाइए। मैं इसे तैयार कर दूँगा।"

इसी समय वोल्फ़–छोटा-सा क़द, वर्दी चढ़ाए हुए जिस पर सितारे चमक रहे थे–वेटिंग-रूम में दाख़िल होकर नेख़्लूदोव की ओर चला आया।

"हम लाचार थे, प्रिन्स, अपील के लिए दिए गए आधार काफ़ी नहीं थे," अपने सँकरे कन्धे उचकाकर, आँखें बन्द करते हुए उसने कहा, और फिर वहाँ से चला गया।

वोल्फ़ के बाद सेलेनिन भी बाहर आया। उसे सेनेटरों से मालूम हो गया था कि उसका पुराना दोस्त नेख़्लूदोव यहाँ पर मौजूद है

"मुझे तो ख़्वाब-ख़याल भी न था कि तुम्हारे साथ यहाँ मुलाक़ात होगी," नेख़्लूदोव की ओर आते हुए उसने कहा। वह मुस्करा रहा था लेकिन उसकी मुस्कान केवल होंठों तक ही थी। आँखों में अब भी उदासी का भाव था। "मुझे तो मालूम ही नहीं था कि तुम पीटर्सबर्ग में हो।"

"मुझे भी मालूम नहीं था कि तुम सेनेट में सरकारी वकील के पद पर हो।"

"मैं सहायक सरकारी वकील हूँ," सेलेनिन ने ग़लती ठीक करते हुए कहा, "यहाँ सेनेट में कैसे आना हुआ ? मुझे इतना तो मालूम हो गया था कि तुम पीटर्सबर्ग में हो। लेकिन यहाँ किस

काम पर आए हो ?''

''यहाँ ? यहाँ मैं न्याय की आशा लेकर आया था, ताकि एक बेगुनाह औरत को बचा सकूँ जिसे कड़ी सज़ा दे दी गई है।''

''कौन-सी औरत?''

''वही जिसके मुक़दमे का अभी-अभी फ़ैसला हुआ है।''

''ओह, मास्लोवा का मुक़दमा,'' सेलेनिन को मुक़दमे की याद आ गई। ''अपील का तो कोई आधार ही नहीं था।''

''मैं अपील की नहीं, औरत की बात करता हूँ, वह निर्दोष है, फिर भी उसे सज़ा दी जा रही है।''

सेलेनिन ने ठंडी साँस भरी।

''मुमकिन है, लेकिन...''

''मुमकिन नहीं, सचमुच निर्दोष...''

''तुम्हें कैसे मालूम है ?''

''क्योंकि मैं जूरी में था। मुझे मालूम है हमसे कैसे भूल हुई।''

सेलेनिन सोच में पड़ गया।

''तुम्हें उस वक़्त एक बयान देना चाहिए था,'' उसने कहा।

''मैंने बयान दिया था।''

''उसे सरकारी रिपोर्ट में दर्ज करवाना चाहिए था। अपील की दरख़्वास्त के साथ अगर वह जोड़ दिया गया होता तो...''

सेलेनिन को अपने काम से सिर उठाने की फ़ुर्सत नहीं होती थी, इसलिए वह सभा-सोसायटी में बहुत कम आया-जाया करता था। प्रत्यक्षतः उसे नेख़्लूदोव के प्रेम का कुछ भी मालूम नहीं था। नेख़्लूदोव ने यह देख लिया, और मन-ही-मन निश्चय किया कि उसे मास्लोवा के साथ अपने निजी सम्बन्ध के बारे में बताने की कोई ज़रूरत नहीं।

''हाँ, फिर भी फ़ैसला बिलकुल बेहूदा दिया गया था। और यह आज भी ज़ाहिर था।''

''सेनेट को यह कहने का कोई अधिकार नहीं है। अगर सेनेट अपने मतानुसार यह देखकर कि अदालतों के फ़ैसले जायज़ हैं या नाजायज़, उन्हें बदलने लगे, तो जूरी के फ़ैसले का कोई मूल्य नहीं रह जाएगा। यही नहीं, सेनेट का कोई मतलब ही नहीं रहेगा। यह संस्था न्याय का समर्थन करने के बजाय न्याय का उल्लंघन करने लगेगी,'' जिस मुक़द्दमें की अभी-अभी सुनवाई हुई थी, उसे याद करते हुए सेलेनिन ने कहा।

''मैं तो केवल इतना जानता हूँ कि यह औरत बिलकुल निर्दोष है। और अब इस अनुचित दंड से उसे बचाने की एक मात्र आशा भी जाती रही है। सर्वोच्च न्यायालय ने घोर अन्याय का समर्थन किया है।''

''सर्मथन नहीं किया है। सेनेट ने मुक़दमे के गुण-दोष की जाँच नहीं की, न ही कर सकती है,'' सेलेनिन ने आँखें मिचकाते हुए कहा। ''अपनी मौसी के पास ठहरे हो न ?'' उसने पूछा। ज़ाहिर था कि वह वार्तालाप का रुख़ बदलना चाहता था। ''उन्होंने कल मुझे बताया कि तुम यहाँ पर हो। और मुझे शाम को घर पर भी आने के लिए कहा, कि कोई विदेशी उपदेशक भाषण देने के लिए आएँगे, और वहीं पर तुमसे भी मुलाक़ात हो सकेगी,'' सिर्फ़ होंठों में मुस्कराते हुए सेलेनिन ने कहा।

"हाँ, मैं था, लेकिन मुझे बड़ी नफ़रत हुई थी और मैं वहाँ से उठ गया," नेख़्लूदोव ने खीजकर कहा। उसे इस बात का गुस्सा था कि सेलेनिन ने वार्तालाप का विषय ही बदल दिया है।

"क्यों, नफ़रत क्यों हुई ? आख़िर यह भी धार्मिक भावना को व्यक्त करने का एक रूप है। हाँ, इतना मैं मानता हूँ कुछ एकांगी और संकीर्ण ज़रूर है," सेलेनिन ने कहा।

"छिः, यह केवल सनक और मूर्खता है, और कुछ नहीं।"

"अरे नहीं भाई, नहीं। विचित्र बात यह है कि हमें अपने ही चर्च के उपदेशों के बारे में बहुत कम जानकारी है। इसलिए जब हमारी ही मूल धारणाओं को किसी नए रूप में व्यक्त किया जाता है तो हम समझने लगते हैं कि यह कोई नया दैविक सन्देश है," सेलेनिन ने कहा। ऐसा लगता था मानो वह जल्दी-से-जल्दी अपने मित्र को अपनी नई धारणाओं के बारे में बता देना चाहता हो।

नेख़्लूदोव ने बड़े ग़ौर और हैरानी से सेलेनिन की ओर देखा। सेलेनिन ने आँखें नीची नहीं कीं। इन आँखों में न केवल उदासीनता का ही बल्कि वैमनस्य का भी भाव झलकता जान पड़ता था।

"तो क्या तुम चर्च के सिद्धान्तों को मानते हो?" नेख़्लूदोव ने पूछा।

"हाँ ज़रूर मानता हूँ," सेलेनिन ने अपनी कान्तिहीन आँखों से नेख़्लूदोव की आँखों में सीधा देखते हुए जवाब दिया।

नेख़्लूदोव ने ठंडी साँस ली।

"अजीब बात है" वह बोला।

"हम इस बारे में फिर किसी वक़्त बात करेंगे," सेलेनिन ने कहा। इसी बीच पेशकार उसके पास आकर बड़े अदब से खड़ा था। "मैं आ रहा हूँ," उसने पेशकार से कहा। "तो हमें ज़रूर फिर मिलना चाहिए," उसने ठंडी उसाँस छोड़ते हुए कहा। "पर तुम मिलोगे भी? मैं तो रोज़ शाम को सात बजे भोजन के समय घर पर होता हूँ। मेरा पता नोट कर लो। नादेज्दिन्स्काया।" उसने मकान का नम्बर बताया। "उफ़, वक़्त किसी का इन्तज़ार नहीं करता।" और वह घूमकर जाने लगा। अब भी उसकी मुस्कान केवल होंठों तक ही सीमित थी।

"हो सका तो तुम्हें मिलने आऊँगा," नेख़्लूदोव ने कहा। उसे महसूस हो रहा था कि यही आदमी जो एक दिन इतना निकट और प्यारा था आज सहसा अजनबी, दूर-पास का और अगम्य, यहाँ तक कि किसी हद तक विरोधी-सा बन गया है।

23

पढ़ाई के दिनों में, जब नेख़्लूदोव और सेलेनिन एक दूसरे के मित्र थे, सेलेनिन का आचार-व्यवहार घर में सुपुत्र-सा और बाहर सच्चे मित्र का सा था। उसकी अवस्था को देखते हुए वह एक सुशिक्षित युवक था। और साथ ही एक सुन्दर, कमनीय तथा व्यवहार-कुशल युवक था, दिल का सच्चा और बेहद ईमानदार। पढ़ाई में उसने बड़ी प्रगति की, लेकिन बिना माथापच्ची किए और बिना किसी पर अपना पांडित्य बघारे। अपने निबन्धों पर सोने के तमग़े प्राप्त करता रहा।

युवावस्था में वह जन-सेवा को अपने जीवन का लक्ष्य मानता था, और वह भी केवल शाब्दिक सद्भावना के रूप में नहीं, क्रियात्मक रूप में। उसने देखा कि यदि मानवजाति की सेवा करनी हो तो राज्य की सेवा करनी चाहिए। इसलिए पढ़ाई ख़त्म करने के बाद उसने बड़े क्रमबद्ध तरीक़े से एक-एक धन्धे की जाँच की और अन्त में फ़ैसला किया कि वह चांसलरी के द्वितीय विभाग में, जहाँ क़ानून बनाए

जाते हैं, सबसे उपयोगी सिद्ध हो सकता है। अतः वह लोक-सेवा के इस विभाग में नौकर हो गया। बड़ी ईमानदारी और सुतथ्यता से अपना काम करने लगा, एक-एक बात की ओर ध्यान देता, लेकिन इसके बावजूद उसे आन्तरिक सन्तोष नहीं मिला, उसकी यह इच्छा पूरी नहीं हो सकी कि वह मानवजाति के लिए उपयोगी हो सके; न ही उसे विश्वास हो पाया कि वह ठीक रास्ते पर जा रहा है। जिस अफ़सर के अधीन उसे काम करना पड़ा वह इतना छोटे दिल का और दम्भी आदमी था, कि आए दिन सेलेनिन की उसके साथ छोटी-मोटी झड़पें हो जातीं। इससे उसका असन्तोष और भी बढ़ गया और सेलेनिन चांसलरी छोड़कर सेनेट में काम करने लगा। यहाँ पर स्थिति कुछ बेहतर थी लेकिन उसका असन्तोष फिर भी दूर नहीं हुआ। उसे महसूस होता रहता कि यह स्थिति भी उसकी आशाओं के अनुरूप नहीं और जैसा होना चाहिए था, वैसा नहीं हुआ।

सेनेट में काम करते हुए, सम्बन्धियों की मदद से उसे जेंटलमैन ऑफ बेडचैम्बर का पद मिल गया। नियुक्ति के बाद वह कामदार वर्दी पहने और ऊपर सफ़ेद रंग का एप्रन लगाए, गाड़ी में बैठकर तरह-तरह के लोगों के घर जाकर उनका धन्यवाद करता फिरा, जिन्होंने उसे पिट्ठू के पद पर बिठा दिया था। हज़ार कोशिश करने पर भी उसकी समझ में नहीं आया कि इस पद की उपयोगिता क्या है। और इस कारण सेनेट की नौकरी से भी अधिक असन्तुष्टि उसे हो रही थी और वह समझ रहा था कि ''यह तो वह नहीं'' है, जिसकी जीवन में उसे खोज है। पर वह इस पद को छोड़ भी नहीं सकता था। उसे डर था कि ऐसा करने से वे लोग नाराज़ हो जाएँगे जो यह समझे बैठे थे कि इस पद पर बिठाकर उन्होंने उसे असीम आनन्द पहुँचाया है। साथ ही इस पद से उसकी निम्न कोटि की वृत्तियों की तृप्ति होती थी। जब वह सुनहरी कढ़ाई की वर्दी पहने शीशे के सामने खड़ा होता तो उसका दिल बाग़-बाग़ हो जाता। और कुछ लोगों से अदब और इज़्ज़त पाकर भी वह ख़ुश होता जो इसी पद के कारण उसका मान करते थे।

इसी तरह की बात उसके ब्याह के समय भी हुई। दुनियादारी की दृष्टि से उसके लिए एक बहुत बढ़िया लड़की चुनी गई। और उसने शादी कर ली, मुख्यतया इस कारण कि यदि इनकार कर देता तो एक तो उस लड़की को सदमा पहुँचता जो उसके साथ शादी करना चाहती थी। और साथ ही वे लोग भी मायूस होते जिन्होंने इसकी व्यवस्था की थी। इसके अलावा कुलीन घराने की एक सुमुख लड़की से ब्याह करने से उसकी शान बढ़ती थी और उसका दिल ख़ुश होता था। पर शीघ्र ही उसे महसूस होने लगा कि यहाँ पर भी ''यह तो वह नहीं'' है। बल्कि सरकारी नौकरी तथा न्यायालय के पद से भी कम सन्तोष इससे मिलता था।

उनके एक बच्चा हुआ। पत्नी ने निश्चय कर लिया कि उसे और बच्चा नहीं चाहिए और इसके बाद वह ऐश-आराम और दुनियावी तड़क-भड़क की ज़िन्दगी में पड़ गई। इस प्रकार के जीवन में उसे भी शरीक होना पड़ता था, भले ही उसे पसन्द हो या न हो। सौन्दर्य की दृष्टि से उसकी पत्नी में कोई विशेषता नहीं थी, हाँ, वह पतिव्रता ज़रूर थी। उसे इस प्रकार के जीवन से थकावट के अलावा हाथ कुछ न लगता था। पर वह फिर भी ऐसे जीवन से बड़े यत्न से चिपटी हुई थी और उसमें से निकलना नहीं चाहती थी, यह जानते हुए भी कि इससे उसके पति का जीवन नरक बन रहा था। पति ने उसकी जीवन-चर्या बदलने की बड़ी कोशिश की लेकिन नाकाम रहा, मानो उसके सामने पत्थर की दीवार खड़ी हो जाती हो। पत्नी की धारणाएँ गहरी जड़ पकड़ चुकी थीं। उसके रिश्तेदार भी उसकी पीठ ठोंकते थे कि उसे ऐसा ही जीवन व्यतीत करना चाहिए।

अपनी बेटी के साथ उसे कोई लगाव न था, क्योंकि जिस ढंग से उसका लालन-पालन हो रहा था वह उसे पसन्द न था। छोटी-सी लड़की जिसकी टाँगे उघड़ी-उघड़ी रहतीं और सिर पर

लम्बे सुनहरी बाल थे। पति-पत्नी के बीच वही ग़लतफ़हमियाँ उठने लगीं जो अक्सर उठती रहती हैं, दोनों तरफ़ से एक दूसरे का दृष्टिकोण समझने की कोई कोशिश नहीं की जाती, फिर अन्दर-ही-अन्दर वैमनस्य की आग सुलगने लगी जो बाहर के लोगों को नज़र नहीं आती थी, लेकिन जो शिष्टाचार के आवरण के नीचे और भी तेज़ होती जा रही थी। इन कारणों से घर के अन्दर उसका जीना दूभर हो उठा था। इस तरह पारिवारिक जीवन में सरकारी नौकरी और दरबार की नियुक्ति से भी अधिक असन्तुष्ट वह अनुभव करने लगा कि "यह तो वह नहीं है"।

परन्तु सबसे अधिक असन्तुष्टि की बात धर्म के प्रति उसका दृष्टिकोण था। वह धार्मिक अन्धविश्वासों के वातावरण में पला था। लेकिन होश सँभालते ही, अपने समय के अन्य हमजोलियों की तरह, बिना किसी विशेष प्रयास के उसने इन अन्धविश्वासों की बेड़ियाँ काट डालीं और आज़ाद हो गया। उसे यह भी मालूम न था कि किस समय उसने यह मुक्ति प्राप्त की। जवानी के दिनों में, जब वह नेख़्लूदोव का गहरा मित्र हुआ करता था, वह इतना शुद्ध हृदय और ईमानदार युवक था कि किसी से यह बात नहीं छिपाता था कि राजकीय धर्म में उसे कोई विश्वास नहीं रहा। पर ज्यों-ज्यों वक़्त गुज़रने लगा और वह सरकारी नौकरी में तरक्की करने लगा तो यह मानसिक स्वतन्त्रता उसकी तरक्की के रास्ते में रुकावट बनने लगी। यह विशेषकर उस समय हुआ जब समाज में रूढ़िवाद की ओर प्रतिक्रिया हुई। एक तो उस पर घरवालों ने दबाव डाला, विशेषकर उस समय जब उसके पिता की मृत्यु हुई, और मृतक की आत्मा के लिए सम्मिलित उपासना का आयोजन हुआ। इसके अतिरिक्त उसकी माँ की बड़ी इच्छा थी कि वह व्रत रखे। साथ ही समाज और सरकारी नौकरी का यह तक़ाज़ा था कि वह हर प्रकार की उपासनाओं, कान्सिक्रेशन, तथा स्तुतिगान इत्यादि में शामिल हो। आए दिन कोई-न-कोई धार्मिक उपचार निभाना पड़ता। इन उपासनाओं के सम्बन्ध में वह दो में से एक ही रास्ता अपना सकता था। या तो वह सच को छिपा जाए, ऊपर से यह दिखावा करे कि मैं धर्म को मानता हूँ और अन्दर-ही-अन्दर न माने। ऐसा वह नहीं कर सकता था क्योंकि वह दिल का बड़ा सच्चा आदमी था। या फिर दिल में यह धारणा पक्की करने के बाद कि सभी बाहरी उपचार आडम्बर मात्र हैं, वह अपनी जीवन-चर्या को ऐसी दिशा में ढाले कि उसे इन धार्मिक संस्कारों में उपस्थित न होना पड़े। बात तो सीधी-सी नज़र आती थी लेकिन उसे निभाने में बहुत बड़ी क़ीमत चुकानी पड़ती। एक तो निकट सम्बन्धियों का निरन्तर विरोध सहन करना पड़ता। दूसरे अपने सारे पद-गौरव को तिलांजलि देनी पड़ती। नौकरी छोड़नी पड़ती, और ऐसा करने से वह मनुष्य जाति की जो उपयोगी सेवा कर रहा था (उसे यही लगता था), और जो वह भविष्य में और भी बड़े पैमाने पर करना चाहता था, वह नहीं कर पाएगा। वह कुर्बानी मनुष्य तभी कर सकता है जब उसके मन में यह पक्का विश्वास हो कि उसकी धारणाएँ सच्ची हैं। और यह उसे विश्वास था। हमारे ज़माने का कोई भी पढ़ा-लिखा आदमी जिसने इतिहास का कुछ भी पठन-पाठन किया है, जो यह जानता है कि आमतौर पर धर्मों का प्रादुर्भाव कैसे हुआ, और विशेषकर गिरजोंवाले ईसाई धर्म का प्रादुर्भाव किस भाँति हुआ और विघटन किस भाँति हुआ, वह अपने सामान्य बोध की सच्चाई में विश्वास किए बिना रह भी नहीं सकता। वह यह स्वीकार करने पर विवश था कि गिरजे के उपदेशों को ठुकराकर उसने ठीक ही किया है।

परन्तु दैनिक जीवन के दबाव में आकर इस सच्चे आदमी ने एक छोटे-से झूठ को मन में प्रवेश करने की इजाज़त दे दी। उसने मन-ही-मन कहा कि इन्साफ़ का तक़ाजा है कि एक अनुचित चीज़ को भी ठुकराने से पहले उसे देख-परख लिया जाए। बस, इतना-सा झूठ था लेकिन वह उसे एक और बड़े झूठ में धकेल ले गया, जिसमें आज वह डूब-उतरा रहा था।

वह रूढ़िवादी धर्म के वातावरण में पलकर बड़ा हुआ था। सभी लोग यह आशा करते थे कि वह इसे मानेगा। इसे माने बिना वह अपना काम भी नहीं कर सकता था जिसे वह मानवजाति के लिए इतना उपयोगी समझता था। क्या वह रूढ़िवादी धर्म सच्चा है ? वह सवाल अपने मन से पूछने से पहले ही उसने इसका उत्तर स्थिर कर लिया था। अतः इस प्रश्न का समाधान करने के लिए वह वाल्तेयर, शोपिनहॉर, हर्बर्ट स्पेंसेर अथवा कोन्त की रचनाएँ पढ़ने के बजाय हेगेल के दार्शनिक ग्रन्थ तथा विनेत और ख़ोम्याकोवा के धार्मिक ग्रन्थ पढ़ने लगा। और जो बात वह ढूँढ़ रहा था वह स्वभावतः उसे इन ग्रन्थों में मिल गई। वह मानसिक शान्ति चाहता था, वह उसे यहाँ पर मिल गई। जो धार्मिक शिक्षा उसे बचपन में दी गई थी उसे उसकी बुद्धि ने स्वीकार नहीं किया था, परन्तु उसके बिना उसका सारा जीवन कटुता से भर गया, और इन ग्रन्थों में उस ध ार्मिक शिक्षा को सच्चा बताया गया था, जिसे मान लेने से सारी कटुता एकदम दूर हो जाती थी। इस तरह वह ऐसे कुतर्कों को मानने लगा जो आम तौर पर पेश किए जाते हैं : कि एक अकेले इन्सान की बुद्धि सत्य को नहीं समझ सकती कि सत्य का दर्शन मनुष्यों के समूह को हो सकता है, और वह भी केवल आकाशवाणी द्वारा, यह दैविक सन्देश चर्च के पास मौजूद है, इत्यादि। बस, उसके बाद उसका मन शान्त हो गया और यह भावना जाती रही कि यह सब झूठ है। और वह मृतक के लिए आयोजित प्रार्थनाओं पर जाने लगा, पादरी के सामने अपने पाप क़बूलने लगा, देव प्रतिमाओं के सामने खड़े होकर क्रॉस का चिन्ह बनाने लगा, और निश्चिन्त होकर सरकारी नौकरी करने लगा, जिसे करते हुए उसे महसूस होता था कि वह मानवजाति की सेवा कर रहा है, और जिससे वह अपने पारिवारिक जीवन की कटुता को भूले रहता था। वह सोचता था कि वह धर्म और भगवान में विश्वास करता है, किन्तु अपनी अन्तरात्मा में वह बिलकुल स्पष्टतया यह अनुभव कर रहा था कि और सब बातों से भी अधिक उसका यह विश्वास तो "वह नहीं है", और इसी कारण उसकी आँखों में उदासी छाई रहती थी।

आज नेख़्लूदोव को मिलने पर उसे याद आ गया कि वह पहले क्या हुआ करता था। नेख़्लूदोव से उसकी जान-पहचान उस समय से थी जब उसके मन में ये झूठ जड़ नहीं पकड़ पाए थे। आज, नेख़्लूदोव से मिलने पर जब जल्दी-जल्दी में उसने अपनी वर्तमान धार्मिक धारणाओं का संकेत किया तो उसे पहले से भी अधिक कटुता के साथ यह अनुभव हुआ कि यह सब तो "वह नहीं है," और वह बेहद उदास हो गया। और जब अपने मित्र को मुद्दत के बाद मिलने की ख़ुशी कुछ ठंडी पड़ी तो नेख़्लूदोव को भी यह महसूस हुआ।

दोनों ने एक दूसरे से मिलने का वादा किया, लेकिन न एक ने न दूसरे ने मिलने की कोई कोशिश की। जितने दिन नेख़्लूदोव पीटर्सबर्ग में रहा, वे एक दूसरे से नहीं मिले।

24

सेनेट में से निकलकर वकील और नेख़्लूदोव एक साथ पैदल जाने लगे। वकील ने अपने गाड़ीवाले को पीछे-पीछे चले आने को कह दिया। वकील उसे उस आदमी का क़िस्सा सुनाने लगा जिसकी चर्चा सेनेटर लोग कर रहे थे, और जो आदमी एक सरकारी विभाग का चीफ़ था। वकील ने बताया कि बात कैसे पकड़ी गई, और जिस आदमी को क़ानून के मुताबिक़ कड़ी सजा मिलनी चाहिए थी, उसे साइबेरिया के एक शहर का गवर्नर बनाकर भेज दिया गया है। उसने यह कहानी मज़ा ले लेकर और गन्दी तफ़सीलों के साथ सुनाई। इसके बाद वह एक स्मारक की चर्चा करने लगा जिसके पास से होकर

उसी दिन प्रातः वे सेनेट भवन में गए थे। वह स्मारक कब से बन रहा था और अभी तक मुकम्मल नहीं हो पाया था। स्मारक के लिए बहुत-सा धन इकट्ठा किया गया लेकिन बड़े ओहदोंवाले लोग इस धन का बहुत-सा हिस्सा ऊपर-ही-ऊपर से उड़ा गए। फिर सुनाने लगा कि अमुक व्यक्ति की रखैल ने स्टॉक-एक्सचेंज पर लाखों रूबल बनाए है, और अमुक ने अपनी बीवी का सौदा किया है और अमुक ने बीवी ख़रीद ली है। वकील और भी तरह-तरह की ठगी और जुर्मों की कहानियाँ सुनाता रहा जो उन लोगों ने किए हैं जो बड़े-बड़े ओहदों पर बैठे हैं। और उन्हें जेल में भेजना तो दूर रहा वे आज भी विभिन्न सरकारी संस्थाओं में अध्यक्षों की कुर्सियों पर बैठे हैं।

जान पड़ता था जैसे वकील ने इन कहानियों का जो ज़खीरा इकट्ठा कर रखा है वह कभी ख़त्म नहीं होगा। और वह बड़ा रस ले-लेकर इन्हें सुना रहा था। उनसे साफ़ ज़ाहिर हो रहा था कि पीटर्सबर्ग के बड़े-बड़े अफ़सरों की तुलना में वकील का पैसे बनाने का ढंग बड़ा न्यायसंगत और निर्दोष है। लेकिन अभी वकील बातें कर ही रहा था कि नेख़्लूदोव ने एक गाड़ी रोकी और झट-से विदा लेकर उसमें बैठ गया। वकील हैरान रह गया।

नेख़्लूदोव का मन उदास हो उठा। उदासी का सबसे बड़ा कारण तो यह था कि सेनेट ने अपील मन्सूख़ कर दी थी और इस तरह निर्दोष मास्लोवा को जो यातनाएँ बिना किसी प्रयोजन के भुगतनी पड़ रही थीं, उनका समर्थन कर दिया था। इस कारण भी वह उदास था कि इस नामंज़ूरी के बाद उसके लिए मास्लोवा के जीवन के साथ अपना जीवन जोड़ना और भी कठिन हो गया था। आज की कुरीतियों की जो कहानियाँ वकील ने इतना मज़ा ले-लेकर सुनाई थीं, उनसे उसकी उदासी और भी बढ़ गई थी। साथ ही, सेलेनिन की आँखों में छाया निर्मम उपेक्षा का भाव देखकर भी वह उदास हो उठा था और बार-बार वह उसे याद आ रहा था। ज़माना था जब यही सेलेनिन मृदु-स्वभाव, निष्कपट और श्रेष्ठ व्यक्ति हुआ करता था।

घर पहुँचा तो दरबान ने उसके हाथ में एक रुक्क़ा दिया और बोला कि कोई औरत आई थी और ड्योढ़ी में बैठकर यह रुक्क़ा लिख गई थी। दरबान के लहजे में कुछ-कुछ घिन का आभास होता था। रुक्क़ा शूस्तोवा की माँ की ओर से था। उसने रुक्क़े में अपनी बेटी के सहायक तथा रक्षक का धन्यावाद किया था और साग्रह अनुरोध किया था कि वह उन्हें इस पते पर मिलने ज़रूर आए : वासील्येव्स्की, पाँचवी क़तार, घर का नम्बर–। वेरा बोगोदूख़ोव्स्काया की ख़ातिर उन्हें ज़रूर मिलना चाहिए। ख़त में इस बात का आश्वासन दिया गया था कि हम मिलने पर आपको बार-बार धन्यवाद कहकर परेशान नहीं करेंगी। हम कुछ भी नहीं कहेंगी, केवल आपसे मिलना चाहती हैं। क्या यह सम्भव होगा कि आप कल प्रातः हमारे घर पधारें?

एक रुक्क़ा बोगातिर्योव की ओर से भी था। बोगातिर्योव नेख़्लूदोव का पुराना साथी-अफ़सर था और अब ज़ार का एड-डि-कैंप था। जो दरख़्वास्त नेख़्लूदोव धार्मिक सम्प्रदाय की ओर से ज़ार के नाम लाया था, वह उसने बोगातिर्योव को दे दी थी कि ख़ुद ज़ार के हाथ में दे दे। बोगातिर्योव ने मोटे-मोटे अक्षरों में–जैसा कि उसका लिखने का ढंग था–यह लिखकर उसे विश्वास दिलाया था कि वह ज़रूर ज़ार को उसकी दरख़्वास्त दे देगा, पर साथ ही उसका ख़याल था कि बेहतर होगा अगर नेख़्लूदोव जाकर पहले उस व्यक्ति से मिल ले जिस पर यह काम निर्भर था।

जिस तरह के प्रभाव पिछले कुछ दिनों से उसके मन पर पड़ रहे थे, उन्हें देखते हुए नेख़्लूदोव बिलकुल निराश हो उठा था, और सोचता था कि कोई भी काम पूरा नहीं हो पाएगा। मास्को में जो योजनाएँ वह बनाता रहा था, आज वे उसे जवानी के स्वप्नों-सी लग रही थीं, जो जीवन से साक्षात् करने पर अनिवार्यतः छिन्न-भिन्न हो जाते हैं। फिर भी उसने निश्चय किया कि चूँकि मैं

पीटर्सबर्ग में मौजूद हूँ, मेरा फ़र्ज है कि जो-जो काम यहाँ पर करने का इरादा करके आया था, उसे पूरा करूँ। इसलिए कल ही, बोगातिर्योव को मिलकर, उसके परामर्शानुसार वह उस व्यक्ति को मिलने जाऊँगा जिस पर धार्मिक सम्प्रदाय के लोगों का मुक़दमा निर्भर है।

उसने अपने बस्ते में से सम्प्रदाइयों की दरख्वास्त निकाली और पढ़ने लगा। उसी वक़्त दरवाजे पर दस्तक हुई और एक चोबदार ने आकर कहा कि काउंटेस येकातेरीना इवानोव्ना बुला रही हैं, और कह रही हैं कि चाय का प्याला हमारे साथ आकर पीजिए।

नेख़्लूदोव ने कहा कि वह अभी आ रहा है। उसने काग़ज़ों को वापस बस्ते में रखा और सीढ़ियाँ चढ़कर मौसी की बैठक की ओर जाने लगा। रास्ते में एक खिड़की में से बाहर नज़र डाली और देखा कि घर के सामने मेरियट के लाखी घोड़ों की जोड़ी खड़ी है। देखते ही उसका मन खिल उठा और उसके होंठों पर एक हलकी-सी मुस्कान दौड़ गई।

काउंटेस की आराम-कुर्सी की बग़ल में ही मेरियेट बैठी थी, सिर पर टोप लगाए, और हाथ में चाय का प्याला पकड़े थी। आज उसने काले रंग की पोशाक नहीं पहन रखी थी, बल्कि विविध रंगों की कोई हलकी-सी पोशाक पहने थी। वह किसी विषय पर काउंटेस के साथ बतिया रही थी, और उसकी चमकती, सुन्दर आँखों में से हँसी फूट रही थी। अन्दर पहुँचते ही नेख़्लूदोव ने देखा कि उसकी मौसी–मोटी-ताज़ी, नेक-दिल, हलकी-हलकी मूँछोंवाली मौसी–हँसी से लोट-पोट हो रही है। और मेरियेट चुपचाप मुस्कराती हुई उसके चेहरे की ओर देखे जा रही है। मेरियेट के मुस्कराते होंठ एक ओर को खिंचे हुए थे और गर्दन तनिक एक ओर को झुकी थी। मेरियेट के सजीव हँसते चेहरे पर एक अजीब शरारत का सा भाव था। ज़ाहिर था कि मेरियेट ने काउंटेस को कोई मज़ाकिया बात सुनाई थी जो कुछ-कुछ अश्लील भी थी, जिसका अन्दाज़ा नेख़्लूदोव को उस हँसी से ही लग गया था, जो उसने कमरे के अन्दर प्रवेश करते समय सुनी थी।

कुछ शब्द नेख़्लूदोव के कान में भी पड़ गए थे, और उसने समझ लिया था कि बात साइबेरिया के नए गवर्नर के बारे में चल रही है, जो आजकल पीटर्सबर्ग में चर्चा का दूसरा लोकप्रिय विषय बना हुआ था। इसी के बारे में मेरियेट ने कोई ऐसी मज़ाकिया बात कही थी कि बड़ी देर तक काउंटेस अपनी हँसी को नहीं दबा पाई थी।

"तुम तो मुझे हँसा-हँसाकर मार डालोगी," काउंटेस ने खाँसते हुए कहा।

नेख़्लूदोव अभिवादन करके बैठ गया। वह मन-ही-मन इस उच्छृंखलता के लिए मेरियेट की भर्त्सना करने जा रहा था जब मेरियेट की नज़र उसके गम्भीर तथा कुछ-कुछ असन्तुष्ट चेहरे पर पड़ी, और सहसा उसने चेहरे का भाव बदल लिया। चेहरे का भाव ही नहीं, अपनी मनःस्थिति भी बदल ली। उसने यह इसलिए किया कि जब से उसने नेख़्लूदोव को देखा था, तब से मन-ही-मन वह उसे भाने को व्याकुल थी। उसने सहसा गम्भीर मुद्रा धारणकर ली, अपने जीवन से असन्तुष्ट, मानो वह किसी चीज़ को ढूँढने तथा पाने के लिए व्याकुल हो। वह बन नहीं रही थी, उसने सचमुच अपने मन को नेख़्लूदोव की मनःस्थिति के अनुरूप ढाल लिया था, हालाँकि उस समय नेख़्लूदोव के मन की क्या स्थिति थी, इसे शब्दों में व्यक्त करना उसके लिए असम्भव होता।

मेरियेट ने नेख़्लूदोव से उन कामों के बारे में पूछा, जो वह पीटर्सबर्ग में करने के लिए आया था। उसने सेनेट का क़िस्सा और सेलेनिन से अपनी भेंट के बारे में बताया।

"कितना नेक आदमी है ! वह तो सचमुच a chevalier sans peur et sans reproche* है। बड़ा नेक आदमी है," दोनों स्त्रियों ने एक साथ कहा। पीटर्सबर्ग की सोसायटी में सेलेनिन के

* निडर और निष्कलंक वीर। (फ्रेंच)

लिए इसी विशेषण का प्रयोग किया जाता था।

"उसकी पत्नी कैसी औरत है?" नेख़्लूदोव ने पूछा।

"पत्नी? किसी के बारे में अच्छा या बुरा कहने का मेरा कोई अधिकार नहीं है, लेकिन इतना ज़रूर कहूँगी कि उसकी पत्नी उसे समझ नहीं पाई। क्या यह मुमकिन है कि उसने भी यही राय दी हो कि अपील नामंज़ूर कर दी जाए ?" मेरियेट ने सच्ची सहानुभूति से पूछा। "बड़ी भयानक बात है। मुझे सचमुच उस लड़की पर दया आती है," उसने ठंडी साँस भरकर कहा।

नेख़्लूदोव की भौंहें चढ़ गईं और वह बात बदलकर शूस्तोवा की चर्चा करने लगा। शूस्तोवा क़िले में क़ैद काट रही थी लेकिन मेरियेट की मदद से उसे रिहा कर दिया गया था। नेख़्लूदोव ने इस सहायता के लिए मेरियेट का धन्यवाद किया। वह कहने जा ही रहा था कि इस स्त्री को तथा उसके सारे परिवार को कितनी यातना सहनी पड़ी है, केवल इस कारण कि किसी ने भी उनके बारे में अधिकारियों को याद नहीं कराया। लेकिन मेरियेट बीच में ही बात काटकर अपना रोष प्रकट करने लगी–

"इसकी बात ही न करो," वह कहने लगी। "जब मेरे पति ने मुझे कहा कि उस लड़की को रिहा किया जा सकता है, तो झट उसी वक़्त मेरे मन में ख़याल आया, अगर वह निर्दोष है तो उसे जेल में रखा ही क्यों गया था ?" मेरियेट ने मुँह से वही शब्द निकाले जो नेख़्लूदोव कहने जा रहा था। "कितनी घृणित बात है, घृणित !"

मेरियेट को नेख़्लूदोव के साथ चुहलें करते देख, काउंटेस के मन ने चुटकी ली। जब दोनों चुप हो गए तो कहने लगी–

"सुनो, कल तुम एलीन के घर क्यों नहीं चलते? कीज़ेवेतेर भी वहीं पर होगा।" फिर मेरियेट की ओर मुड़कर बोली, "और तुम भी चलना।"

"Il vous a remarque,"* उसने अपने भाँजे से कहा। "जो कुछ तुमने मुझे कहा था मैंने कीज़ेवेतेर को सुनाया। सुनकर वह कहने लगा कि यह बड़ा अच्छा लक्षण है, तुम अवश्य ईसा की शरण में आओगे। तुम्हें ज़रूर चलना चाहिए। इसे कहो, मेरियेट, और ख़ुद भी ज़रूर आना।"

"काउंटेस, पहली बात तो यह कि प्रिन्स को किसी क़िस्म की नसीहत करने का मुझे कोई अधिकार नहीं है," मेरियेट बोली, और साथ ही इस नज़र से नेख़्लूदोव की ओर देखा जिससे यह बात एक तरह से तय हो गई कि दोनों की काउंटेस के शब्दों के प्रति तथा सामान्यतया इवैंजेलिकल मत के प्रति एक ही राय है, "दूसरे, आप तो जानती हैं कि इसमें मेरी कोई रुचि नहीं है..."

"हाँ, हाँ, मैं जानती हूँ, तुम हर बात ग़लत ढंग से करती हो, हमेशा तुम्हारे विचार अनोखे रहे हैं।"

"अनोखे ? मेरे तो वही विचार हैं जो साधारण-से-साधारण किसान स्त्री के होंगे," मेरियेट ने मुस्कराकर कहा। "और तीसरे यह कि कल रात मैं फ़्रांसीसी नाटक देखने जा रही हूँ।"

"ओह ! क्या तुमने उसे देखा है–क्या नाम है उसका ?" काउंटेस येकातेरीना इवानोव्ना ने नेख़्लूदोव से पूछा। मेरियेट ने एक विख्यात फ़्रांसीसी अभिनेत्री का नाम बताया।

"तुम्हें ज़रूर देखना चाहिए। हर हालत में। वह कमाल का अभिनय करती है।"

"मैं किसके शब्द पहले सुनूँ ma tante, अभिनेत्री के या उपदेशक के?" नेख़्लूदोव ने मुस्कराते हुए पूछा।

"वाक्छल मत करो।"

---

* उसका ध्यान तुम पर पड़ा है। (फ़्रेंच)

"मैं सोचता हूँ पहले उपदेशक का व्याख्यान सुनूँ और बाद में अभिनेत्री का अभिनय देखूँ, नहीं तो व्याख्यान सुनने के लिए मन में इच्छा ही नहीं रहेगी।"

"नहीं, पहले फ़्रांसीसी नाटक देखो और बाद में प्रायश्चित करो।"

"सुनो, सुनो, मेरे साथ ठिठोली मत करो। उपदेशक अपनी जगह है और नाटक अपनी जगह। आत्मा की रक्षा के लिए ज़रूरी नहीं कि मनुष्य मुँह लटकाकर रोता रहे। मन में विश्वास हो तो मनुष्य को ज़रूर ख़ुशी मिलती है।"

"तुम तो ma tante उपदेशकों से भी अच्छा व्याख्यान देती हो।"

"सुनो," विचारों में खोई-खोई-सी मेरियेट बोली, "कल तुम मेरे ही बॉक्स में आकर बैठना।"

"मैं तो कल नहीं..."

ऐन उसी वक़्त चोबदार ने आकर वार्तालाप में विघ्न डाल दिया। कोई आदमी मिलने आया है, उसने कहा। वह एक जन-कल्याण संस्था का सेक्रेटरी था। काउंटेस उस संस्था की प्रधान थी।

"उफ़ ! बड़ा उबाऊ है। मैं सोचती हूँ मैं बाहर ही उससे मिल लूँगी। मेरियेट, नेख़्लूदोव को चाय पिलाना। मैं अभी लौटकर आती हूँ।" और डगमगाती हुई, तेज़-तेज़ कदमों से वह बाहर निकल गई।

मेरियेट ने दस्ताना उतारा। उसका हाथ ख़ूब गठा हुआ किन्तु कुछ-कुछ स्थूल था। चौथी अँगुली अँगूठियों ने भरी थी।

"पियोगे?" उसने चाँदी की केतली उठाते हुए कहा, जिसके नीचे स्पिरिट-लैंप जल रहा था। केतली उठाते हुए उसने अपनी छोटी अँगुली को अजीब अन्दाज़ से अलग-सा रखा।

मेरियेट का चेहरा उदास और गम्भीर-सा था।

"मुझे इस बात का बड़ा खे़द है कि वही लोग जिनकी राय की मैं क़द्र करती हूँ मेरी स्थिति को मेरा असली रूप समझते हैं।"

अन्तिम शब्द कहते-कहते तो जैसे उसका रोना निकलने लगा था। ध्यान से इन शब्दों का विश्लेषण करो तो कोई मतलब न निकलता था, कम-से-कम कोई स्पष्ट मतलब नहीं निकलता था। लेकिन नेख़्लूदोव पर मेरियेट की चमकती आँखें ऐसा जादू कर रही थीं कि इस बनी-ठनी युवा सुन्दरी के मुँह से निकले शब्द उसे बेहद सारपूर्ण, गहरे तथा उत्कृष्ट लगे।

नेख़्लूदोव चुपचाप उसकी ओर देखे जा रहा था। उसकी आँखें उसके चेहरे पर से हटाए न हटती थीं।

"क्या तुम सोचते हो मैं तुम्हें या तुम्हारी मनःस्थिति को नहीं समझती हूँ ? सभी जानते हैं तुमने क्या कुछ किया है। C'est le secret de polichinelle.* और तुम्हारे काम को देखकर मेरा मन बड़ा प्रसन्न होता है, मैं उसका पूरा-पूरा समर्थन करती हूँ।"

"नहीं, इसमें प्रसन्नता की कोई बात नहीं। मैंने तो अभी तक कुछ ख़ास किया ही नहीं।"

"कोई बात नहीं। मैं तुम्हारी भावनाओं को समझती हूँ। और उस लड़की को भी समझती हूँ। ठीक है, ठीक है। मैं इस बारे में और बात नहीं करूँगी।" नेख़्लूदोव के चेहरे पर नाराज़गी की झलक देखकर उसने कहा। "पर मैं यह भी समझ सकती हूँ कि तुमने जेल में नरक कुंड को देखा है और उसमें अभागे लोगों को जलते देखा है।" मेरियेट ने अपनी स्त्री सुलभ अन्तःप्रेरणा से समझ लिया कि नेख़्लूदोव के लिए कौन-सी चीज़ प्रिय और महत्वपूर्ण है, और उसी की चर्चा करते हुए उसके मन में सिर्फ़ एक इच्छा थी–उसे अपनी ओर आकर्षित करना। "जो लोग वहाँ

* यह तो अब कोई रहस्य नहीं रहा। (फ़्रेंच)

यातनाएँ भोग रहे हैं तुम उनकी मदद करना चाहते हो। यह स्वाभाविक ही है। वे बेचारे और लोगों के अत्याचार और उपेक्षा के शिकार बनते हैं। तुम उनके लिए अपनी ज़िन्दगी तक कुर्बान करना चाहते हो। मैं इस भावना को समझती हूँ। इतने महान उद्देश्य के लिए, यदि मेरा वश चले तो मैं भी अपना जीवन दे दूँ, पर हर आदमी का अपना-अपना भाग्य होता है।''

''क्या तुम अपने भाग्य से सन्तुष्ट नहीं हो ?''

''मैं ?'' मेरियेट ने कहा, मानो इस अप्रत्याशित सवाल पर वह हैरान हो उठी हो। ''मुझे सन्तोष करना पड़ता है, और मैं सन्तुष्ट हूँ। पर कभी-कभी, अन्दर-ही-अन्दर कोई जीव है जो जाग उठता है...''

''उसके जीव को जगाए रखना चाहिए, उसे फिर सोने नहीं देना चाहिए, उसकी आज्ञा का पालन करना चाहिए,'' नेख़्लूदोव ने जाल में फँसते हुए कहा।

बाद में कई बार इस वार्तालाप को याद करके नेख़्लूदोव ने लज्जा का अनुभव किया। उसे मेरियेट के शब्द याद आते। वह न केवल झूठ ही बोल रही थी, उससे भी अधिक, वह नेख़्लूदोव की नक़ल उतार रही थी। उसे मेरियेट का चेहरा याद आता। जेलों की भयानक स्थिति की चर्चा करते समय, या यह बताते समय कि देहात में उसने क्या कुछ देखा, नेख़्लूदोव को लगता जैसे मेरियेट के चेहरे से सहानुभूति और उत्सुकता टपक रही है।

जब काउंटेस लौटकर आई तो दोनों आपस में ऐसे घुलमिल कर बातें कर रहे थे मानो वे पुराने मित्र ही नहीं, एक दूसरे के अनन्य मित्र हों, मानो आस-पास के लोग उन्हें समझने में असमर्थ थे और उनके दिल पूर्णतया एक दूसरे को समझ पाते हैं।

शासकों का अन्याय, अभागे लोगों का उत्पीड़न, जनता की ग़रीबी–उनकी ज़बान पर तो इनकी चर्चा थी, लेकिन वार्तालाप के बीचों-बीच उनकी आँखें एक दूसरे से कुछ और ही पूछ रही थीं– ''क्या मुझे तुम्हारा प्यार मिल सकता है?'' और जवाब मिलता, ''हाँ, ज़रूर।'' कामवासना, तरह-तरह के अनोखे और आकर्षक रूप ले-लेकर उन्हें एक दूसरे की ओर खींच रही थी।

विदा लेते वक़्त मेरियेट कहने लगी कि मैं हर तरह से तुम्हारी सेवा करने के लिए तैयार हूँ। फिर कहने लगी कि कल ज़रूर मुझे थियेटर में आकर मिलना। भले ही क्षण भर के लिए आओ, मगर आना ज़रूर, मुझे तुमसे एक बहुत ज़रूरी बात कहनी है।

''कौन जाने, फिर कब मुलाक़ात हो,'' मेरियेट ने ठंडी साँस लेकर कहा, और अँगूठियों से चमकते अपने हाथ पर दस्ताना चढ़ाने लगी। ''वचन दो कि तुम आओगे।''

नेख़्लूदोव ने वचन दे दिया।

उस रात जब नेख़्लूदोव अपने कमरे में अकेला रह गया तो उसने बत्ती बुझाई और सोने की चेष्टा करने लगा। मगर उसे नींद नहीं आई। मास्लोवा, सेनेट का निर्णय, मास्लोवा के साथ साइबेरिया जाने का निश्चय, ज़मीन-जायदाद का त्याग–ये बातें उसके मन में चक्कर काट रही थीं, लेकिन अचानक, इस सबके उत्तर में मेरियेट का चेहरा, उसकी ठंडी साँस और उसकी नज़र, जब उसने कहा था–''कौन जाने, फिर कब मुलाक़ात हो'' और उसकी मुस्कान–सब कुछ इतनी स्पष्टता से उसकी आँखों के सामने घूम गया, मानो वह उसे प्रत्यक्षतः देख रहा हो और मुस्करा दिया। ''क्या मैं साइबेरिया जाकर भूल तो नहीं कर रहा ? क्या ज़मीन-जायदाद त्यागना ग़लती तो नहीं होगी ?'' उसने अपने आपसे पूछा।

पीटर्सबर्ग की उस रजत रात में, जिसका प्रकाश बारीक पर्दों में से छन-छनकर आ रहा था, इन सवालों के बड़े अस्पष्ट से जवाब उसे मिले। उसे सारी स्थिति उलझी हुई सी लग रही थी।

उसे याद आया कि पहले उसके मन की कैसी स्थिति थी, क्रमानुसार एक-एक विचार याद आया जो उसके मन में उठा करते थे पर इन विचारों में अब पहले-सी शक्ति न थी, न ही वे न्यायसंगत जान पड़ते थे।

"फ़र्ज करो कि यह सब मेरी कल्पना हो, और मैं उसे कार्यरूप नहीं दे पाऊँ ? या ठीक काम भी करूँ और बाद में मुझे पछतावा हो ?" नेख़्लूदोव को इन प्रश्नों का कोई उत्तर नहीं सूझ रहा था। उसका मन दुखी और निराश हो उठा। कभी पहले वह इतना बेचैन नहीं हुआ था। वह इन बातों के बारे में सोच ही रहा था जब उसे बोझिल नींद ने आ घेरा जैसी पहले दिनों में कभी जुए में बहुत बड़ी रक़म हार जाने पर आया करती थी।

25

दूसरे दिन जब नेख़्लूदोव उठा तो उसे ऐसा लगा जैसे पिछले दिन उसने कोई बड़ी गन्दी बात कर दी हो।

वह सोचने लगा। उसे याद नहीं आया कि उसने कोई गन्दी बात की हो। उसने कोई बुरा काम नहीं किया था। परन्तु उसके मन में बुरे विचार आए थे। उसने सोचा था कि कात्यूशा से शादी करना, और ज़मीन-जायदाद का त्याग करना–जितने भी निश्चय उसने इस समय किए थे, सभी स्वप्न मात्र हैं, जिन्हें व्यावहारिक रूप नहीं दिया जा सकता। उस प्रकार का जीवन उससे सहन नहीं हो सकेगा, यह बनावटी है, अस्वाभाविक है, इसलिए यही उचित है कि वह उसी तरह रहता जाए जिस तरह आज तक रहता आया है।

उसने कोई बुरा काम तो नहीं किया था, पर जो बात उसने की वह बुरे काम से भी बुरी थी। उसने मन में बुरे विचारों को प्रोत्साहन दिया था, और उन्हीं से सभी बुरे कर्म जन्म लेते हैं। सम्भव है कि एक बार किया गया बुरा काम दोबारा न किया जाए, उसका पछतावा भी हो। परन्तु सभी बुरे कर्म बुरे विचारों से ही पैदा होते हैं।

एक बुरा काम और बुरे कामों के लिए रास्ता साफ़ करता है। बुरे विचार मनुष्य को उस रास्ते पर चलने के लिए विवश कर देते हैं।

जो विचार पिछले रोज़ नेख़्लूदोव के मन में उठे थे, उन्हें याद करके, उसे इस बात की हैरानी हुई कि वह उन पर यक़ीन कैसे कर पाया। जो काम करने का उसने निश्चय किया है, वह कितना ही अनोखा और दुष्कर क्यों न हो, परन्तु फिर भी वही उसके जीवन का अब एकमात्र रास्ता होगा। फिर से पहला-सा जीवन बिताना भले ही बड़ा आसान और स्वाभाविक हो, पर वह रास्ता मौत का रास्ता है। कई बार गहरी नींद सो चुकने के बाद हम थोड़ी देर और बिस्तर में पड़े रहना चाहते हैं। हम जानते हैं कि हम नींद पूरी कर चुके हैं, और अब उठकर अपने काम में जुट जाना चाहिए, पर फिर भी आराम से लेटने का लोभ संवरण नहीं कर सकते। कुछ ऐसी ही भावना पिछले दिन के प्रलोभन ने नेख़्लूदोव के मन में पैदा की थी।

पीटर्सबर्ग में आज नेख़्लूदोव का आख़िरी दिन था। सुबह के वक़्त वह वासील्येव्स्की द्वीप की ओर शूस्तोवा को मिलने चल पड़ा।

शूस्तोवा पहली मंजिल पर रहती थी। चौकीदार ने नेख़्लूदोव को घर के पीछे की सीढ़ियाँ दिखा दीं, और उन्हें चढ़कर वह सीधा रसोईघर में जा पहुँचा। रसोईघर के अन्दर बड़ी गर्मी थी और खाने-पीने की चीज़ों की तेज़ गन्ध आ रही थी। एक बड़ी उम्र की औरत अँगीठी के पास खड़ी

बर्तन में कुछ बना रही थी। बर्तन में से उफन-उफनकर भाप निकल रही थी। औरत ने आँखों पर चश्मा लगा रखा था, और एप्रन लगाए थी, और आस्तीनें चढ़ा रखी थीं।

"किसे मिलना चाहते हैं?" चश्मे के ऊपर से झाँकते हुए उसने रुखाई से पूछा।

नेख़्लूदोव अभी ठीक तरह से अपना नाम भी नहीं बतला पाया था जब औरत के चेहरे पर सहसा भय और उल्लास का भाव छा गया।

"ओह प्रिन्स!" एप्रन पर हाथ पोंछते हुए उसने चिल्लाकर कहा। "पर आप पीछे के रास्ते से क्यों आए ? आप तो हमारे रक्षक हो। शूस्तोवा मेरी बेटी है। अधमरी करके उन्होंने मेरी बेटी को छोड़ा है। आपने हमें हाथ देकर बचा लिया है," नेख़्लूदोव का हाथ पकड़कर उसे चूमने की चेष्टा करते हुए उसने कहा। "मैं कल आपसे मिलने गई थी। मेरी बहिन ने मुझे भेजा था। वह भी यहीं पर है। उधर चलिए, उधर से," शूस्तोवा की माँ ने कहा और आगे-आगे चलती हुई नेख़्लूदोव को अपने साथ ले जाने लगी। एक तंग से दरवाज़े में से निकलकर वे एक अँधेरे बरामदे में पहुँचे। शूस्तोवा की माँ कभी अपने बालों को ठीक करती कभी स्कर्ट को जिसका किनारा उसने मोड़ रखा था। "मेरी बहिन का नाम कर्नीलोवा है। आपने ज़रूर उसका नाम सुना होगा," एक बन्द दरवाज़े के बाहर रुककर उसने नेख़्लूदोव से फुसफुसाकर कहा। "किसी राजनीतिक मामले में वह फँस गई थी। बड़ी चतुर है !"

शूस्तोवा की माँ ने दरवाज़ा खोला। एक छोटे-से कमरे में, मेज़ के सामने सोफ़े पर एक गोल-मटोल और ठिंगनी-सी लड़की बैठी थी। सिर पर सुनहरी रंग के घुँघराले बाल थे जो उसके पीले, गोल चेहरे के आस-पास फैले हुए थे। उसका चेहरा अपनी माँ से बहुत मिलता था। वह सूती कपड़े का धारीधार ब्लाउज़ पहने थी। उसके ऐन सामने एक आराम-कुर्सी पर एक युवक दोहरा होकर आगे की ओर झुका बैठा था। हलकी-सी काले रंग की दाढ़ी और मूँछ थी और वह रूसी ढंग की कामदार क़मीज पहने था। वे दोनों बातें करने में इतने मशगूल थे कि उन्हें नेख़्लूदोव के आने का उस वक़्त पता चला जब वह कमरे में प्रवेश कर चुका था।

"लीदिया, प्रिन्स नेख़्लूदोव! इन्होंने ही..." माँ ने कहा।

लड़की उछलकर खड़ी हो गई और घबराकर बालों की लट कान के पीछे दबाने लगी। उसकी बड़ी-बड़ी भूरे रंग की आँखें नवागन्तुक के चेहरे पर टिकी थीं और उनमें भय छाया था।

"तो तुम वह ख़तरनाक औरत हो जिसके लिए वेरा ने मुझे सिफ़ारिश करने के लिए कहा था ?" नेख़्लूदोव ने मुस्कराते हुए कहा।

"हाँ, मैं ही हूँ," लीदिया शूस्तोवा ने कहा और उसके मुँह पर बच्चों की-सी सरल मुस्कान खिल उठी जिससे उसके ख़ूबसूरत दाँतों की लड़ी नज़र आने लगी। "मेरी मौसी आपसे मिलने के लिए बड़ी बेताब थीं। मौसी!" उसने एक दरवाज़े में से पुकारा। उसकी आवाज़ बड़ी मृदुल और मधुर थी।

"तुम्हारे जेल जाने पर वेरा को बहुत क्लेश हुआ," नेख़्लूदोव ने कहा।

"यहाँ बैठिए। नहीं, बेहतर होगा इस कुर्सी पर बैठ जाइए," एक टूटी-फूटी आराम-कुर्सी की ओर इशारा करते हुए लीदिया ने कहा, जिस पर से युवक अभी-अभी उठा था। "यह मेरा चचेरा भाई, जख़ारोव है," लीदिया ने कहा, जब उसने देखा कि नेख़्लूदोव युवक की ओर देखे जा रहा है।

युवक ने नेख़्लूदोव का अभिवादन किया। उसके चेहरे पर भी वैसी ही सद्‌भावनापूर्ण मुस्कान थी जैसी कि लीदिया के चेहरे पर। जब नेख़्लूदोव बैठ गया वह अपने लिए एक कुर्सी उठा लाया

और नेख़्लूदोव के पास आकर बैठ गया। लगभग सोलह बरस का सुनहरी बालोंवाला एक स्कूली लड़का भी अन्दर आ गया और चुपचाप खिड़की के दासे पर बैठ गया।

"वेरा बोगोदूख़ोव्स्काया मेरी मौसी की बड़ी गहरी मित्र है। मैं तो उसे बहुत कम जानती हूँ," शूस्तोवा ने कहा।

इसके बाद साथ वाले कमरे में से एक स्त्री ने प्रवेश किया। उसका चेहरा खिला हुआ और बड़ा प्यारा-सा था। वह सफ़ेद रंग का ब्लाउज़ पहने थी और कमर में पेटी लगाए थी।

"नमस्कार! आपने बड़ी कृपा की," सोफ़े पर लीदिया के साथ बैठते ही उसने कहना शुरू किया। "वेरा कैसी है ? आप उससे मिले हैं ? अपनी हालत से परेशान तो नहीं?"

"वह शिकायत नहीं करती," नेख़्लूदोव ने कहा, "कहती थी डटी हुई हूँ।"

"वेरा यही कहेगी। मैं उसे जानती हूँ," मुस्कराकर सिर हिलाते हुए मौसी ने कहा। "बहुत ऊँचे चरित्र की लड़की है। उसे नजदीक से देखने पर ही उसे आदमी पहचान सकता है। और के लिए जान भी वार देगी, अपने लिए कुछ नहीं करेगी।"

"हाँ, उसने अपने लिए कुछ भी करने को नहीं कहा। उसे केवल अपनी भाँजी की चिन्ता थी। कहती थी निर्दोष लड़की को जेल में ठूँस दिया गया है। इसी बात का उसे सबसे अधिक क्लेश होता था।"

"हाँ, ठीक बात है। जो कुछ हुआ बहुत भयानक हुआ है। वास्तव में इसे मेरे कारण इतनी यातना सहनी पड़ी।"

"नहीं मौसी, यह बात नहीं। अगर तुम न भी होतीं तो भी मैं वह काग़ज़ात पहुँचाने जाती।"

"मैं तुमसे ज़्यादा जानती हूँ, बेटी," मौसी कहने लगी। "सारी बात हुई ही इस कारण कि एक आदमी ने मुझे कुछ देर के लिए अपने काग़ज़ रखने के लिए दिए। मेरा उस समय कोई घर-घाट नहीं था। मैं वे काग़ज़ उठाकर इसके पास ले आई। उसी रात पुलिस ने इसके कमरे की तलाशी ली, काग़ज़ात भी उठाकर ले गई और इसे भी हिरासत में ले लिया। और आज तक इसे बन्द रखा। उससे बार-बार यही पूछते थे कि बताओ किस आदमी ने तुम्हें ये काग़ज़ दिए हैं।"

"मगर मैंने नहीं बताया," लीदिया झट से बोल उठी। घबराहट में उसने एक और लट खींच ली जो पहले अच्छी-भली अपनी जगह पर थी।

"मैंने कब कहा है कि तुमने बता दिया ?" मौसी ने कहा।

"अगर उन्होंने मीतिन को पकड़ा है तो मेरे द्वारा नहीं," लीदिया ने कहा। शर्म से उसका चेहरा लाल हो गया और वह विचलित होकर इधर-उधर देखने लगी।

"इसकी चर्चा ही नहीं करो, लीदिया," माँ ने कहा।

"क्यों नहीं करूँ ? मैं बता देना चाहती हूँ," लीदिया बोली। अब उसके चेहरे पर से मुस्कान ग़ायब हो गई थी। उसका चेहरा अधिकाधिक लाल होता जा रहा था। अबकी, बालों की लट सँभालने के बजाय वह उसे अपनी अँगुली के इर्द-गिर्द लपेटे जा रही थी।

"याद है न, कल इसकी बात करने पर क्या हुआ था?"

"नहीं नहीं, मुझे कुछ मत कहो, माँ। मैंने नहीं बतया। मैं केवल चुप बनी रही। जब उसने मीतिन और मौसी के बारे में पूछताछ की तो मैं कुछ नहीं बोली, बल्कि मैंने कह दिया कि मैं जवाब नहीं दूँगी। उसके बार यह...पेत्रोव..."

"पेत्रोव जासूस है, राजनीतिक पुलिस का आदमी है और बेहद नीच है," मौसी ने बीच में कहा ताकि नेख़्लूदोव लीदिया की बात को स्पष्टतया समझ सके।

"फिर उसने मुझ पर डोरे डालने शुरू किए," लीदिया ने घबराकर जल्दी-जल्दी कहना शुरू किया। "वह मुझसे कहने लगा, 'जो कुछ भी तुम मुझे बताओगी उससे किसी को नुक़सान नहीं पहुँच सकता। इसके विपरीत यदि तुम हमें बता दोगी तो हम बहुत से निर्दोष लोगों को रिहा कर सकेंगे जिन्हें व्यर्थ में हम परेशान कर रहे हैं।' इस पर भी मैंने कह दिया कि मैं नहीं बताऊँगी। फिर वह बोला–'अच्छा कुछ भी मत बताओ, पर मैं अगर किसी का नाम लूँ तो तुम उसका निषेध नहीं करना।' और उसने मीतिन का नाम लिया।"

"इस बारे में कुछ मत कहो," मौसी ने कहा।

"बीच में नहीं बोलो, मौसी..."और वह इधर-उधर देखती हुई अपने बालों की लट खींचती रही। "और उसके बाद दूसरे ही दिन, आप ख़याल कीजिए, उन्होंने मेरी कोठरी की दीवार खटखटाकर बताया कि मीतिन को पकड़ लिया गया है। मैं सोचती हूँ मैंने मीतिन के साथ विश्वासघात किया है। इस कारण मैं इतनी व्याकुल रहती, इतनी व्याकुल कि मैं पागल हो चली थी।"

"बाद में पता चला कि तुम्हारे कारण उसे नहीं पकड़ा गया था, " मौसी ने कहा।

"हाँ, पर मुझे तो मालूम नहीं था। मैं तो यही सोचती थी 'लो मैंने उसे धोखा दे दिया है।' मैं अपनी कोठरी में चक्कर काटती रहती और बरबस यही सोचती, 'मैंने उसके साथ दग़ा की है।' मैं तख़्ते पर लेट जाती, ऊपर से कम्बल ओढ़ लेती, फिर भी कोई आवाज़ मेरे कान में फुसफुसाती– 'विश्वासघात ! तुमने मीतिन के साथ विश्वासघात किया है ! मीतिन के साथ विश्वासघात किया है !' मैं जानती थी कि यह मतिभ्रम है, पर फिर भी मेरे कानों में ये शब्द गूँजते रहते थे। मैं सोना चाहती थी लेकिन सो नहीं पाती। मैं इसके बारे में कुछ भी सोचना नहीं चाहती थी, लेकिन फिर भी यही बात मेरे दिमाग़ में चक्कर लगाती रहती। कितनी भयानक बात है !" बातें करते-करते लीदिया अधिकाधिक उत्तेजित होती जा रही थी, अँगुली पर कभी बालों की लट चढ़ाती कभी उतार देती, और बार-बार इधर-उधर देखती।

"बस लीदिया, अपना मन शान्त करो," उसके कन्धे पर हाथ रखते हुए लीदिया की माँ ने कहा।

लेकिन शूस्तोवा के लिए रुकना असम्भव हो रहा था।

"इससे भी भयानक बात यह थी..." वह कहने लगी, लेकिन आगे नहीं कह पाई, और सिसकी भरती हुई उठी और भागती हुई कमरे में से बाहर चली गई। उसकी माँ उसके पीछे-पीछे बाहर जाने लगी।

"इन पाजियों को फ़ाँसी लगा देना चाहिए," खिड़की के दासे पर बैठे स्कूली लड़के ने कहा।

"क्या कहा ?" माँ ने पूछा।

"मैंने केवल यही कहा है कि...नहीं, नहीं, कुछ नहीं," लड़के ने जवाब दिया, और मेज़ पर से एक सिगरेट उठाकर पीने लगा।

26

"छोटी उम्रवालों के लिए क़ैद-तनहाई जैसी भयानक चीज़ और कोई नहीं। यह ठीक बात है," मौसी ने सिर हिलाते हुए कहा। वह भी एक सिगरेट उठाकर सुलगाने लगी।

"जवानों के लिए ही क्यों, मैं तो कहूँगा सभी के लिए भयानक है," नेख़्लूदोव ने जवाब दिया।

"नहीं, सबके लिए नहीं," मौसी बोली। "मैंने सुना है कि सच्चे क्रान्तिकारी तो क़ैद-तनहाई में बड़े सुख-चैन से रहते हैं। जिस आदमी के पीछे पुलिस पड़ी हो, उसे तो हर वक़्त चिन्ता रहती है, अपनी चिन्ता, अपने सगे-सम्बन्धियों की चिन्ता, यह चिन्ता कि वह अपना फ़र्ज़ पूरा नहीं कर रहा है। उधर पैसे की तंगी उसे परेशान किए रहती है। आख़िर जब वह पकड़ा जाता है तो एक तरह से उसका छुटकारा हो जाता है, सारी जिम्मेवारी उस पर से हट जाती है, वह चैन से कुछ देर आराम कर सकता है। मैंने तो यहाँ तक सुना है कि पकड़े जाने पर वे सचमुच ख़ुश होते हैं। लेकिन युवा लोग, जो निर्दोष हों जैसे लीदिया–उनके लिए तो पकड़े जाने का सदमा ही बहुत भयानक होता है। इसलिए नहीं कि जेल में आज़ादी नहीं होती, या ख़ुराक बुरी मिलती है या हवा गन्दी होती है, यह कोई बड़ी बात नहीं। असल बात तो यह है कि पहली बार पकड़े जाने पर उनकी आत्मा को धक्का लगता है। अगर यह नैतिक सदमा न हो तो भले ही इनसे तिगुनी यातनाएँ उन्हें सहनी पड़ें, वे हँसते-हँसते बरदाश्त कर लेंगे।"

"तो क्या आपको इसका अनुभव हो चुका है?"

"मुझे? मैं दो बार जेल जा चुकी हूँ," मौसी ने कहा। उसके होंठों पर एक मधुर, उदास-सी मुस्कान आ गई। "जब पहली बार मैं गिरफ़्तार हुई तो मैंने कोई अपराध नहीं किया था। उस वक़्त मेरी उम्र 22 बरस की रही होगी, मेरे एक बच्चा था और दूसरा होनेवाला था। इसमें शक नहीं कि अपनी आज़ादी छिन जाने से, और अपने पति और बच्चे से बिछुड़ जाने का मुझे बेहद शोक हुआ। पर जो शोक मुझे यह जानकर हुआ कि अब मैं इन्सान नहीं रही, बल्कि एक चीज़ बना दी गई हूँ, वह असह्य था। मैं अपनी नन्हीं बच्ची को आख़िरी बार चूमना चाहती थी। मुझे कहा गया कि जाओ और जाकर गाड़ी में बैठ जाओ। मैंने पूछा कि मुझे कहाँ ले जाया जा रहा है? जवाब मिला कि जब वहाँ पहुँचोगी तो अपने आप पता चल जाएगा। मैंने पूछा कि मेरा अपराध क्या है। कोई जवाब नहीं मिला। फिर मेरी पूछताछ हुई, मेरे कपड़े उतारकर उन्होंने मुझे क़ैदियों के कपड़े पहना दिए जिन पर नम्बर लगे होते हैं। इसके बाद वे मुझे एक मेहराबदार तहख़ाने की ओर ले गए, और एक दरवाज़ा खोलकर मुझे अन्दर धकेल दिया, फिर दरवाज़े पर ताला चढ़ाकर वहाँ से चले गए। मैं अकेली रह गई। दरवाजे के बाहर एक सन्तरी, बन्दूक़ उठाए, पहरा दे रहा था। किसी-किसी वक़्त वह रुककर दरार में से अन्दर झाँककर देखता। मैं बेहद दुखी हो उठी। एक बात मुझे बहुत अजीब लगी। राजनीतिक पुलिस के जिस अफ़सर ने मेरी जाँच की थी, उसी ने मुझे एक सिगरेट भी पीने के लिए दिया था। इसका मतलब है कि उसे मालूम था कि लोगों को सिगरेट पीने की चाह होती है। अगर यह मालूम था तो यह भी मालूम होगा कि उन्हें आज़ादी और दिन के उजाले की भी चाह होती है, माताओं को अपने बच्चों की और बच्चों को अपनी माताओं की चाह होती है। तो फिर क्या कारण है उन लोगों ने इतनी बेरहमी के साथ मुझे उन सब चीज़ों से वंचित करके जो मुझे प्रिय थीं, एक जंगली जानवर की तरह जेल की कोठरी में बन्द कर दिया ? लाज़िमी था कि इस प्रकार के अनुभव का बुरा असर मुझ पर पड़ता। जिस किसी को भी भगवान तथा इन्सान में विश्वास हो और वह मानता हो कि मनुष्यों को एक दूसरे

से प्रेम होता है, ऐसे अनुभव के बाद उसका विश्वास टूट जाएगा। उस दिन के बाद मेरा मानवीयता पर से ही विश्वास उठ गया है और मन में कटुता आ गई है,'' उसने अन्त में मुस्कराकर कहा।

लीदिया की माँ उसी दरवाज़े में से लौटकर आई जिसमें से लीदिया भागकर गई थी, और आकर कहने लगी कि लीदिया बेहद परेशान है और लौटकर यहाँ नहीं आ पाएगी।

''इस तरुण जीवन को क्यों नष्ट किया गया है?'' मौसी ने कहा। ''मुझे सबसे बढ़कर इस बात का दुख है कि अनजाने में मैं ही इसका कारण बनी।''

''इसे गाँव भेज देंगे। भगवान की दया से वहाँ चंगी हो जाएगी,'' लीदिया की माँ ने कहा। ''वहाँ इसका बाप है।''

''अगर आपने मदद न की होती तो यह तो मर-मिट जाती,'' मौसी ने कहा। ''हम पर आपने बहुत बड़ा एहसान किया है। पर जिस काम के लिए मैंने आपको तकलीफ़ दी है, वह कुछ और है। मैं एक चिट्ठी वेरा के नाम भेजना चाहती हूँ, क्या आप यह चिट्ठी उस तक पहुँचा सकेंगे ?'' यह कहते हुए उसने जेब में से एक लिफ़ाफ़ा निकाला। ''मैंने लिफ़ाफ़े को बन्द नहीं किया है। आप इसे पढ़ लें, और मन आए तो उसके हाथ में दे दें और जो मन न आए तो इसे फाड़ डालें जैसा भी आप ठीक समझें,'' उसने कहा, ''इसमें कोई भी ऐसी बात नहीं है जिससे किसी को ख़तरा पहुँच सके।''

नेख़्लूदोव ने चिट्ठी ले ली और आश्वासन दिया कि वह उसे वेरा को दे देगा। इसके बाद वह विदा लेकर वहाँ से चला गया।

रास्ते में उसने चिट्ठी को बिना पढ़े बन्द कर दिया, और निश्चय किया कि उसे ज़रूर पहुँचा देगा।

27

पीटर्सबर्ग में नेख़्लूदोव के सब काम समाप्त हो चुके थे, केवल एक ही काम करना बाक़ी रह गया था, वह था सम्प्रदाइयों की दरख़्वास्त ज़ार तक पहुँचाना। यह काम वह अपने भूतपूर्व साथी-अफ़सर, एड-डी-कैंप बोगातिर्योव के द्वारा करवाना चाहता था। सुबह होते ही वह बोगातिर्योव के घर जा पहुँचा। बोगातिर्योव बाहर जाने के लिए तैयार था और उस समय नाश्ता कर रहा था। यह व्यक्ति ऊँचा-लम्बा तो नहीं था लेकिन इसका शरीर ख़ूब गठा हुआ और बेहद मज़बूत था (वह घोड़े की नाल को हाथों से मोड़ सकता था)। स्वभाव का दयालु, ईमानदार, निष्कपट और उदार पुरुष था। इन गुणों के बावजूद राज-दरबार से उसका घनिष्ठ सम्बन्ध था और ज़ार तथा ज़ार के परिवार से बड़ा प्रेम था। इतनी ऊँची सोसायटी में रहते हुए भी उसने ऐसा दृष्टिकोण अपना रखा था जिससे उसे इस सोसायटी की अच्छाइयाँ-ही-अच्छाइयाँ नज़र आती थीं। इसकी बुराइयों और भ्रष्टाचार से दूर रहता था। वह अपने में एक विचित्र स्थिति थी। वह कभी भी किसी व्यक्ति अथवा किसी भी कार्रवाई की निन्दा नहीं करता था। या तो चुप रहता, या फिर बड़ी ऊँची, गूँजती आवाज़ में जो भी इसे कहना होता कह डालता। हँसता भी तो इसी अन्दाज़ से, ख़ूब ठहाका मारकर। इसका यह व्यवहार कूटनीतिज्ञ होने के कारण नहीं था, बल्कि उसका स्वभाव ही ऐसा था।

''बहुत अच्छा किया जो चले आए। नाश्ता करोगे ? आओ बैठो बीफ़स्टेक बहुत अच्छे बने हैं। नाश्ता करते वक़्त मैं सबसे पहले ज़रूर कोई ठोस चीज़ खाता हूँ। और आख़िर में भी। हा...हा....हा! और नहीं तो थोड़ी शराब पी लो,'' क्लैरेट शराब की सुराही की ओर इशारा करते

हुए उसने ऊँची आवाज़ में कहा। "मैं तुम्हारे बारे में सोचता रहा हूँ। मैं दरख़्वास्त दे दूँगा, मैं ख़ुद ज़ार के हाथ में दे दूँगा, विश्वास रखो। हाँ, पर मुझे यह ख़याल आया कि अगर तुम पहले तोपोरोव से मिल लो तो बहुत अच्छा होगा।"

तोपोरोव का नाम सुनते ही नेख़्लूदोव की भवें चढ़ गईं।

"सारी बात उसी पर निर्भर करती है। ज़ार उससे परामर्श ज़रूर करेंगे। और क्या मालूम वह अपने आप ही तुम्हारा काम कर दे।"

"अगर तुम्हारी यही सलाह है तो मैं उससे जाकर मिल लेता हूँ।"

"मैं तो यही ठीक समझता हूँ। अच्छा अब बताओ पीटर्सबर्ग तुम्हें कैसा लगा ?" बोगातिर्योव ने अपनी अक्खड़, ऊँची आवाज़ में पूछा, "बताओ, बताओ।"

"लगता है मैं तो होश में नहीं हूँ," नेख़्लूदोव ने जवाब दिया।

"होश में नहीं हो !" बोगातिर्योव ने दोहराकर कहा और ठहाका मारकर हँस पड़ा। "तुम कुछ भी नहीं खाओगे क्या ? जैसी तुम्हारी मर्जी," और उसने नैप्किन से अपनी मूँछे पोंछीं। "तुम तोपोरोव से मिलोगे न? अगर वह तुम्हारा काम नहीं करे तो दरख़्वास्त मुझे दे जाना, और मैं कल ही ज़ार के हाथ में दे दूँगा," ख़ूब ऊँची आवाज में उसने कहा और उठ खड़ा हुआ। फिर उसने छाती पर क्रॉस का चिन्ह बनाया–उसी लापरवाही से जिस लापरवाही से उसने अपना मुँह पोंछा था–और कमर में तलवार बाँधने लगा। "तो ख़ुदा-हाफ़िज़, मुझे जाना है।"

"मुझे भी जाना है," नेख़्लूदोव ने कहा और उसके साथ-साथ चलता हुआ घर के बाहर निकल आया, और दरवाज़े पर उससे हाथ मिलाकर अलग हो गया। बोगातिर्योव के चौड़े, मज़बूत हाथ-से-हाथ मिलाकर नेख़्लूदोव को ख़ुशी हुई, मानो किसी ताज़ा और स्वस्थ चीज़ के साथ उसका सम्पर्क हुआ हो।

तोपोरोव से मिलने का कुछ लाभ होगा, नेख़्लूदोव को ऐसी कोई उम्मीद न थी। पर बोगातिर्योव के परामर्श का अनुकरण करते हुए वह तोपोरोव के घर की ओर चल दिया। सम्प्रदाइयों का भाग्य इसी आदमी पर निर्भर था।

तोपोरोव के पद पर केवल वही आदमी बैठ सकता था जो मन्दबुद्धि और नीच प्रकृति का हो क्योंकि उस पद के उद्‌देश्य में ही विरोधाभास पाया जाता था। ये दोनों नकारात्मक गुण तोपोरोव में विद्यमान थे। विरोधाभास यह था : चर्च की अपनी घोषणा के अनुसार चर्च की स्थापना स्वयं भगवान ने की है। अतः इसे न इन्सान की शक्ति और न शैतान की ताक़त अपनी जगह से हिला सकती है। इसी चर्च को क़ायम रखना और उसकी रक्षा करना तोपोरोव का काम था और इस फ़र्ज को निभाने के लिए वह कोई भी साधन इस्तेमाल कर सकता था, हिंसा तक का प्रयोग कर सकता था। भगवान द्वारा स्थापित इस दैवी तथा अविकल संस्था को क़ायम रखना तथा उसकी रक्षा करना एक मानवी संस्था के हाथ में था जिसे पावन सिनॉड कहते हैं। और इस संस्था का संचालन तोपोरोव तथा उसके कर्मचारी करते थे। यही विरोधाभास था और यह तोपोरोव को नज़र नहीं आता था, न ही वह इसे देखना चाहता था। अतः उसे सदा इस बात की चिन्ता रहती कि कोई रोमन कैथोलिक पादरी, कोई गिरजे का अध्यक्ष पादरी या कोई सम्प्रदायवादी इस चर्च का नाश न कर दे जिसका नारकीय शक्तियाँ भी कुछ बिगाड़ नहीं सकती थीं। धर्म का सार इस भावना में निहित है कि सब मनुष्य एक समान हैं और एक दूसरे के भाई-भाई हैं। परन्तु तोपोरोव को यह भावना छू तक न गई थी। अपने ही जैसे और लोगों की तरह उसे पूर्ण विश्वास था कि उसमें और साधारण लोगों में आकाश-पाताल का अन्तर है। जिन चीज़ों की उन्हें ज़रूरत है, उनकी उसे

कोई ज़रूरत नहीं। पर सच तो यह है कि उसे किसी चीज़ में भी विश्वास नहीं था और इस स्थिति में वह बड़े चैन और सुख से रह रहा था। पर उसे डर था कि कहीं और लोग भी उस जैसी स्थिति में न पहुँच जाएँ। इसलिए, उनकी आत्मा की रक्षा करना वह अपना परम धर्म समझता था।

पाक-कला की किसी पुस्तक में लिखा है कि केकड़ों को यदि ज़िन्दा उबालकर पकाया जाए तो उन्हें बड़ा अच्छा लगता है। ऐसा ही तोपोरोव का भी मत था। उसका भी यही कहना था कि जनता को अन्धविश्वास के गर्त में रहना अच्छा लगता है। भेद केवल यह था कि पाक-कला की पुस्तक में यह लाक्षणिक अर्थ में लिखा था और तोपोरोव इसे वास्तविक सत्य समझता था।

जिस धर्म की रक्षा तोपोरोव कर रहा था, उसके प्रति उसका रवैया वैसा ही था, जैसा एक मुर्ग़ी पालक को मुर्ग़ियों को खिलाए जानेवाले मुर्दा पशुओं के मांस के प्रति होता है : मुर्दा पशुओं के मांस से उसे घिन होती है, लेकिन मुर्ग़ियाँ उसे शौक़ से खाती हैं, इसलिए उसे वह मांस उन्हें खिलाना चाहिए।

निःसन्देह माता मरियम की इबेरियाई, कज़ान तथा स्मोलेन्स्क की प्रतिमाओं की आराधना करना मूर्तिपूजा है, और कुछ नहीं, लेकिन लोगों की मूर्तिपूजा अच्छी लगती है, उनका इसमें विश्वास है, इसलिए लाज़िमी है कि इस अन्धविश्वास को क़ायम रखा जाए। तोपोरोव का यही तर्क था। वह यह नहीं सोचता था कि लोगों को यदि अन्धविश्वास में रहना पसन्द है तो उसका एक कारण है। संसार में हमेशा से ऐसे ज़ालिम आदमी रहते चले आए हैं, और अब भी हैं—और तोपोरोव उन्हीं में से एक था—जो स्वयं रोशन-दिमाग़ होते हुए भी और लोगों को अज्ञान के गर्त में से नहीं निकालते। बल्कि इसके विपरीत उन्हें इस गर्त में और भी गहरा धकेलते हैं।

जिस समय नेख़्लूदोव ने प्रतीक्षा-कक्ष में क़दम रखा उस समय तोपोरोव अपने दफ़्तर में बैठा मठ की प्रधान महन्तिन से बातें कर रहा था। यह महिला किसी कुलीन घराने की स्त्री थी और स्वभाव की बड़ी सजीव। पश्चिमी रूस में ऑर्थोडॉक्स धर्म का प्रचार कर रही थी। इस क्षेत्र के लोगों को जबरन् ऑर्थोडॉक्स धर्म का अनुयायी बनाया जा रहा था।

प्रतीक्षा-कक्ष में एक कर्मचारी बैठा था। उसने नेख़्लूदोव से पूछा कि वह किस काम से मिलने आया है। जब उसे पता चला कि नेख़्लूदोव के पास ज़ार के नाम एक दरख़्वास्त है तो उसने पूछा कि क्या वह इस दरख़्वास्त को पढ़ने के लिए दे सकता है। नेख़्लूदोव ने दरख़्वास्त उसके हाथ में दे दी, और कर्मचारी उसे अन्दर ले गया। प्रधान महन्तिन सिर पर कनटोप और बदन पर महन्तिनों का लम्बा जामा पहने जो उसके पीछे फ़र्श पर घिसटता जा रहा था, और गोरे-गोरे हाथों में (जिनके नाख़ूनों को ख़ूब बनाया-सँवारा गया था) पुखराज के मनकों की माला पकड़े दफ़्तर में से निकली, और चलती हुई सीधी घर से बाहर चली गई। नेख़्लूदोव को उसी समय अन्दर नहीं बुलाया गया। दफ़्तर के अन्दर बैठा तोपोरोव दरख़्वास्त पढ़ रहा था और बार-बार सिर हिला रहा था। दरख़्वास्त बड़े स्पष्ट और प्रभावशाली शब्दों में लिखी थी। इससे उसे हैरानी भी हुई, और कुछ-कुछ अप्रिय भी लगा।

"अगर यह ज़ार के हाथ में चली गई तो इससे कई प्रकार की ग़लतफ़हमियाँ पैदा हो सकती हैं, कई आड़े सवाल पूछे जा सकते हैं," वह पढ़ते-पढ़ते सोच रहा था। उसने दरख़्वास्त को मेज़ पर रखा, घंटी बजाई और नेख़्लूदोव को अन्दर भेजने का हुक़्म दिया।

उसे सम्प्रदाइयों के मुक़दमे का पता था। उनकी ओर से पहले भी उसे एक दरख़्वास्त मिली थी। मामला इस तरह था। ये सम्प्रदाई ईसाई धर्म के माननेवाले थे लेकिन ऑर्थोडॉक्स मत पर

से उनका विश्वास उठ गया था। पहले तो उन्हें वापस लाने का यत्न किया गया, उन्हें बड़े उपदेश दिए गए, लेकिन जब वे न माने तो उन पर मुक़दमा चलाया गया। लेकिन वे बरी हो गए। इसके बाद लाट-पादरी और गवर्नर ने परामर्श किया, और इस मिथ्या तर्क के आधार पर कि उनकी शादियाँ ग़ैर-क़ानूनी हैं, इन सम्प्रदाइयों–पतियों, पत्नियों और बच्चों को–अलग-अलग स्थानों पर निर्वासित कर दिया। इस तरह ये आदमी अपने बीवी-बच्चों से अलग कर दिए गए। अब पत्नियाँ और पति दरख़्वास्त कर रहे थे कि उन्हें यों एक दूसरे से अलग न किया जाए। तोपोरोव को याद आया कि पहले जब उसे इस मामले का पता चला तो इसकी इच्छा हुई थी कि इसे वहीं पर रोक दिया जाए, लेकिन वह द्विविधा में पड़ गया था। फिर उसने यही ठीक समझा कि इस निर्णय का समर्थन कर देने का और इस तरह एक-एक परिवार के लोगों को एक दूसरे से अलग करके निर्वासित कर देने का कोई दुष्परिणाम नहीं होगा। इसके विपरीत यदि इन्हें निर्वासित नहीं किया गया तो इसका बहुत बुरा प्रभाव उन लोगों पर पड़ेगा जो इन्हीं किसान-सम्प्रदाइयों के आस-पास रहते हैं। वे लोग ऑर्थोडॉक्स मत से विमुख होने लगेंगे। साथ ही इस मामले में लाट-पादरी ने अपना धर्मानुराग दिखाया था। इसलिए तोपोरोव ने हस्तक्षेप नहीं किया और जैसा निर्णय हुआ था उसी के अनुसार इसे चलने दिया।

पर अब स्थिति कुछ और हो गई थी। तोपोरोव ने देखा कि नेख़्लूदोव ने इन सम्प्रदाइयों का पक्ष ले लिया है और इस आदमी का पीटर्सबर्ग में काफ़ी रसूख़ है। सम्भव है ज़ार के कान में यह बात कही जाए कि बहुत बड़ा जुल्म हुआ है, या इस मामले की रिपोर्ट विदेशी अख़बारों में जा छपे। इसलिए तोपोरोव ने फ़ौरन अपना निश्चय बदल लिया, जिसकी पहले आशा नहीं की जा सकती थी।

"नमस्ते," उसने खड़े होकर नेख़्लूदोव का इस ढंग से स्वागत किया मानो बहुत ही व्यस्त रहनेवाला आदमी हो और उसे सिर उठाने की फ़ुर्सत न हो, और सीधा काम की बात करने लगा।

"मुझे यह मामला मालूम है। ज्यों ही मैंने दरख़्वास्त में लिखे नाम पढ़े तो मुझे सारा क़िस्सा याद आ गया। बड़ी अफ़सोसनाक बात है," दरख़्वास्त नेख़्लूदोव को दिखाते हुए तोपोरोव ने कहा। "मैं आपका आभारी हूँ कि आपने मुझे यह बात याद करा दी। इस मामले में प्रान्तीय अधिकारियों ने ज़रूरत से ज़्यादा उत्साह से काम लिया है।" नेख़्लूदोव चुपचाप खड़ा तोपोरोव के चेहरे की ओर देख रहा था। चेहरा पीला और गतिहीन था, मानो नक़ाब हो। नेख़्लूदोव के मन में इस आदमी के प्रति कोई सद्भावना नहीं थी। "मैं हुक्म जारी कर दूँगा कि इस निर्णय को रद्द किया जाए और लोगों को फिर से अपने-अपने घरों में बसा दिया जाए।"

"इसका मतलब है मुझे दरख़्वास्त देने की कोई ज़रूरत नहीं रहेगी ?"

"मैं आपको यक़ीन दिलाता हूँ और इस बात का वचन देता हूँ," मैं शब्द पर ज़ोर देते हुए तोपोरोव ने कहा। ज़ाहिर है उसे इस बात का विश्वास था कि उसकी ईमानदारी और उसके वचन से बढ़कर विश्वसनीय कुछ नहीं हो सकता। "सबसे अच्छा यही होगा कि इसे मैं अभी लिख दूँ। आप तशरीफ़ रखिए।"

वह एक मेज़ के सामने जाकर बैठ गया और आदेश लिखने लगा। नेख़्लूदोव कुर्सी पर नहीं बैठा, बल्कि खड़े-खड़े सँकरी, गंजी खोपड़ी की ओर तथा उस स्थूल हाथ की ओर देखने लगा जिसकी नीली-नीली शिराएँ साफ़ नज़र आ रही थीं और जो तेज़-तेज़ काग़ज़ पर क़लम चला रहा था। नेख़्लूदोव मन-ही-मन सोच रहा था कि क्या कारण है यह पत्थर दिल आदमी यह काम करने लगा है, और वह भी इतनी सावधानी के साथ।

"लीजिए, यह रहा," लिफ़ाफ़े पर मोहर लगाते हुए तोपोरोव ने कहा, "आप बेशक अपने मुवक्किलों को इसकी सूचना दे दीजिए।" और उसने अपने होंठ फैलाए, मानो मुस्कराने की चेष्टा कर रहा हो।

"इन लोगों को इतने दुख क्यों झेलने पड़े हैं ?" हाथ में लिफ़ाफ़ा लेते हुए नेख़्लूदोव ने पूछा।

तोपोरोव ने सिर ऊपर उठाया और मुस्करा दिया, मानो नेख़्लूदोव का सवाल सुनकर उसे ख़ुशी हो रही हो।

"यह मैं नहीं बता सकता। मैं इतना कह सकता हूँ कि धार्मिक मामलों में अत्यधिक उत्साह दिखाना इतना ख़तरनाक या हानिकारक नहीं जितना कि उदासीनता जो आजकल इतनी फैल रही है। आप समझ सकते हैं कि जनता की हित रक्षा का हमारे लिए बड़ा महत्व है।"

"परन्तु क्या कारण है कि धर्म के नाम पर सदाचार के सर्वोपरि नियमों को भंग किया जाता है–परिवार के सदस्यों को एक दूसरे से अलग किया जाता है ?"

तोपोरोव मुस्कराए जा रहा था, एक कृपालुता भरी मुस्कान, ज़ाहिर है वह यही सोच रहा था कि नेख़्लूदोव के ख़यालात बड़े अजीब हैं। जो कुछ भी नेख़्लूदोव कहता उसी के बारे में तोपोरोव की यही राय होती कि ख़याल है तो बड़ा अजीब और एक-तरफ़ा, परन्तु बातों को ठीक समझने के लिए एक विस्तृत राजनीतिक दृष्टिकोण की ज़रूरत है जो कि उसी आदमी का हो सकता है जो मेरी तरह बुलन्दी पर खड़ा हो।

"व्यक्तिगत रूप से एक अलग आदमी की बात यों नज़र आ सकती है," वह कहने लगा, "लेकिन राज्य की दृष्टि से देखने पर बात और बन जाती है। अच्छा, तो माफ़ कीजिए, मैं ज़्यादा देर आपको रोकना नहीं चाहता," तोपोरोव ने कहा और सिर झुकाकर हाथ आगे बढ़ा दिया।

नेख़्लूदोव ने चुपचाप हाथ मिलाया और तेज़-तेज़ क़दम रखता हुआ बाहर निकल आया। उसे अफ़सोस हो रहा था कि उस शख़्स के साथ क्यों हाथ मिलाया।

"जनता के हित!" उसने तोपोरोव के शब्द दोहराए। "सब तेरे हित हैं, अकेले तेरे हित!" बाहर जाते हुए नेख़्लूदोव मन-ही-मन कह रहा था।

एक-एक करके नेख़्लूदोव की आँखों के सामने वे व्यक्ति आने लगे जिनकी हित-रक्षा उन संस्थाओं द्वारा हुई है जो न्याय पालन करती है और धर्म तथा शिक्षा की अलम्बरदार हैं। वह स्त्री जिसे ग़ैरक़ानूनी शराब बेचने की सज़ा दी गई। उस लड़के को चोरी करने की, उस आवारा आदमी को आवारा घूमने की, आग लगानेवाले को आग लगाने की, बैंकर के ग़बन की, और उस बदनसीब लीदिया शूस्तोवा को महज इसलिए सज़ा दी गई कि शायद इससे कोई ज़रूरी सूचना मिल सके। फिर उसे सम्प्रदाइयों का ख़याल आया जिन्हें इसलिए सज़ा दी गई कि उन्होंने ऑर्थोडॉक्स मत छोड़ दिया, गुर्केविच को इसलिए कि वह चाहता था कि देश में सांविधानिक सरकार हो। नेख़्लूदोव को साफ़ नज़र आ रहा था कि इन लोगों को जो तरह-तरह की सज़ाएँ दी गई–जेल, हिरासत, निर्वासन–तो इसलिए नहीं कि इन्होंने न्याय का उल्लंघन किया था या अवैध व्यवहार किया था, बल्कि केवल इसलिए कि ये उन सरकारी अफ़सरों और धनी लोगों के रास्ते में रुकावट डाल रहे थे, जो उस सम्पत्ति का उपभोग करना चाहते हैं जो उन्होंने जनता के हाथ से छीन रखी है।

वह स्त्री जो लाइसेंस के बिना शराब बेचती है, वह चोर जो शहर में भटकता-फिरता है, लीदिया शूस्तोवा जो घोषणापत्र छिपाए फिरती है, सम्प्रदायवादी जो अन्धविश्वास तोड़ रहे हैं, और गुर्केविच जो संविधान चाहता है, ये लोग सचमुच रुकावट डालनेवाले हैं। नेख़्लूदोव को साफ़ नज़र आ रहा था कि सभी अफ़सर–उसके अपने मौसा से लेकर, सेनेटरों, तोपोरोव, तथा उन साफ़-सुथरे, रोबदार

कर्मचारियों तक जो मन्त्रालयों में मेज़ों के सामने बैठे होते हैं –इन सब लोगों को इस बात की कोई परवाह नहीं थी कि बेगुनाह लोग दुख झेल रहे हैं, उन्हें केवल इस बात की चिन्ता थी कि सचमुच के ख़तरनाक लोगों को किस तरह रास्ते में से हटाया जाए।

नियम तो यह है कि किसी हालत में भी किसी निर्दोष आदमी को सज़ा न मिले, भले ही इससे दस मुज़रिम बच निकलें। मगर यहाँ तो इसके उलट हो रहा है। एक सचमुच के ख़तरनाक आदमी से पिंड छुड़ाने की ख़ातिर दस ऐसे आदमियों को सज़ा दी जाती है जो बिलकुल निर्दोष हैं। यह तो वैसा ही हुआ जैसे किसी चीज़ का गला-सड़ा भाग काटते समय, आप चंगे-भले हिस्से को भी साथ में काट डालें।

प्रश्न की यह व्याख्या नेख़्लूदोव को बड़ी सीधी-सादी और स्पष्ट जान पड़ी। लेकिन इसकी अत्यधिक सरलता और स्पष्टता के ही कारण वह उसे स्वीकार करने से हिचकिचा रहा था। क्या यह सम्भव है कि इतनी उलझी हुई स्थिति की इतनी सीधी-सादी और भयानक व्याख्या हो? क्या यह सम्भव है कि न्याय, क़ानून, धर्म, भगवान के बारे में जो इतना कुछ कहा जाता है वह केवल मात्र शब्दाडम्बर है, और उसके पीछे घृणित धन-लोलुपता तथा अत्याचार छिपा हुआ है?

28

नेख़्लूदोव उसी दिन शाम को पीटर्सबर्ग से चला जाता लेकिन उसने मेरियेट को वचन दे रखा था कि वह उसे थियेटर में मिलने ज़रूर आएगा। अतः यह जानते हुए भी कि उसे यह वचन नहीं निभाना चाहिए वह मन-ही-मन यह कहकर अपने को धोखा देता रहा कि दिए गए वचन का पालन करना उसका कर्तव्य है।

"क्या मुझमें इन प्रलोभनों का मुक़ाबला करने की क्षमता है ?" उसने अपने आपने पूछा। लेकिन यह सवाल सच्चे दिल से नहीं पूछा गया था। "मैं अन्तिम बार आज अपना इम्तहान लूँगा।"

शाम का लिबास पहने वह थियेटर जा पहुँचा। उस समय नाटक का दूसरा ऐक्ट चल रहा था। वही नाटक था "Dame aux camelias" जो हमेशा दिखाया जाता था जिसमें एक विदेशी अभिनेत्री फिर एक बार और नए ढंग से यह दिखाने की चेष्टा करती थी कि तपेदिक की रोगी स्त्रियाँ कैसे जान देती हैं।

थिएटर काफ़ी भरा हुआ था। नेख़्लूदोव के पूछने पर फ़ौरन और बड़े अदब से उसे मेरियेट का बॉक्स दिखा दिया गया।

बॉक्स के बाहर, बरामदे में, एक बावर्दी नौकर खड़ा था। नेख़्लूदोव को देखकर उसने झुककर अभिवादन किया मानो नेख़्लूदोव को जानता हो, और बॉक्स का दरवाज़ा खोल दिया।

हॉल के दूसरी तरफ़ लोग बॉक्सों में बैठे या खड़े थे। इसी तरह हॉल में भी, और स्टेज के नज़दीक भी। तरह-तरह के लोग थे–किसी के सिर के बाल सफ़ेद, किसी के खिचड़ी, कोई गंजा, किसी के बाल घुँघराले–सभी तल्लीन होकर स्टेज पर आँखें गाड़े थे जिस पर दुबली-पतली अभिनेत्री, रेशमी और जालीदार कपड़ों से सजी-धजी, और बड़ी अस्वाभाविक आवाज़ में बोलती हुई स्टेज पर इधर-उधर ऐंठती हुई आ जा रही थी।

दरवाज़ा खुलने पर किसी ने "श-श-श !" का शब्द किया। उसी वक़्त हवा के दो झोंके एक साथ नेख़्लूदोव के मुँह पर आ लगे–एक गरम और दूसरा ठंडा। बॉक्स में मेरियेट और उसके

जनरल पति के अलावा दो व्यक्ति और बैठे थे–एक स्त्री और एक पुरुष। स्त्री ने लाल रंग का केप पहन रखा था और सिर पर बोझल-सा केश-विन्यास बनाए थी। नेख़्लूदोव उसे नहीं जानता था। पुरुष गोरे रंग का था, जिसने मुँह पर घने गल-मुच्छे उगा रखे थे, और गल-मुच्छों के बीच ठोड़ी की छोटी-सी जगह मूँडी हुई थी। जनरल ऊँचा-लम्बा रूपवान पुरुष था, चेहरे से कठोरता तथा अगम्यता झलक रही थी, नाक रोमन ढंग का, और वर्दी में छाती के आस-पास का हिस्सा गद्दियाँ देकर फुलाया हुआ था।

नेख़्लूदोव के अन्दर पहुँचने पर मेरियेट ने फ़ौरन मुड़कर उसकी ओर देखा, और मुस्करा दी। इस मुस्कराहट में स्वागत तथा कृतज्ञता का भाव था, और साथ ही, नेख़्लूदोव को लगा, जैसे उसमें एक और इशारा भी छिपा था। छरहरा, सुडौल बदन, कमनीय भाव-भंगिमा, मेरियेट नीचे गले की पोशाक पहने हुए थी, जिससे उसके सुडौल, गठे हुए, ढलुएँ कन्धे तथा गर्दन के पास एक छोटा-सा काला तिल नज़र आ रहे थे। हाथ में उसने पंखा उठा रखा था जिससे उसने नेख़्लूदोव को अपने ऐन पीछे की कुर्सी पर बैठ जाने का इशारा किया।

मेरियेट का पति हर काम चुपचाप करने का आदि था। नेख़्लूदोव की ओर भी उसने चुपचाप देखा और झुककर अभिवादन किया। पति पत्नी की आँखें मिलीं। पति की आँखों में वही भाव था जो एक ऐसे पुरुष की आँखों में होता है जो एक सुन्दर स्त्री का मालिक हो।

स्टेज पर अभिनेत्री का एकालाप समाप्त हुआ। हॉल तालियों से गूँज उठा। मेरियेट उठ खड़ी हुई और हाथों से अपनी रेशमी स्कर्ट को पकड़े हुए बॉक्स के पिछले हिस्से में गई और नेख़्लूदोव का अपने पति से परिचय कराया। जनरल की आँखें अब भी मुस्करा रहीं थीं। उसने कहा कि वह बहुत ख़ुश है और फिर उसके चेहरे पर वही पहले-सी दुर्बोध चुप्पी छा गई।

''मैं तो आज ही पीटर्सबर्ग से जानेवाला था, लेकिन मैंने आपको वचन दे रखा था,'' नेख़्लूदोव ने मेरियेट से कहा।

''अगर मुझे मिलने का शौक़ नहीं है तो कम-से-कम एक अच्छी अभिनेत्री को तो देख पाओगे,'' नेख़्लूदोव के शब्दों का मतलब समझकर उनका जवाब देते हुए मेरियेट बोली। ''पिछले सीन में उसने कितना बढ़िया काम किया है?'' अपने पति को सम्बोधित करते हुए उसने कहा।

पति ने सिर हिलाकर समर्थन किया।

''इस तरह के दृश्यों का मुझ पर कोई असर नहीं होता,'' नेख़्लूदोव ने कहा। ''मैंने असल यातनाओं के इतने हृदयविदारक दृश्य देखें हैं कि...''

''बैठो, बैठो, बताओ मुझे।''

पति भी कान लगाकर सुनने लगा। उसकी आँखें अब भी मुस्करा रही थीं, और उनमें व्यंग्य का भाव उत्तरोत्तर बढ़ रहा था।

''आज मैं उस औरत से मिलने गया था जिसे रिहा किया गया है। बड़ी मुद्दत तक उसे जेल में रखा गया था। उसका उन्होंने बुरा हाल किया है।''

''यह वही औरत है जिसका मैंने आपसे ज़िक्र किया था,'' मेरियेट ने अपने पति से कहा।

''हाँ, हाँ, मुझे इस बात की बड़ी ख़ुशी है कि उसे रिहा किया जा सका,'' पति ने सिर हिलाते हुए, धीमी अवाज़ में कहा। मूँछों के नीचे उसके होंठ मुस्करा रहे थे और नेख़्लूदोव को लगा जैसे उस मुस्कराहट में व्यंग्य भरा हो। ''मैं बाहर जाकर ज़रा सिगरेट पी आऊँ।''

नेख़्लूदोव इस इन्तज़ार में था कि कब मेरियेट वह महत्वपूर्ण बात उसे बताएगी जिसका कल उसने ज़िक्र किया था। पर मेरियेट ने कुछ नहीं कहा, उसकी चर्चा तक नहीं की, बल्कि सारा वक़्त

हँस-हँसकर अभिनय की ही बातें करती रही। कहने लगी कि इस अभिनय का तो ज़रूर नेख़्लूदोव के दिल पर असर होना चाहिए था।

नेख़्लूदोव को पता चल गया कि मेरियेट को कुछ भी नहीं बताना है। वह तो केवल अपनी पोशाक की सज-धज से उसे प्रभावित करना चाहती थी, जिसे पहनकर वह अपने कन्धे और नन्हा-सा तिल दिखा सकती थी। नेख़्लूदोव के मन को यह अच्छा भी लगा और इससे घृणा भी हुई।

इस प्रकार के व्यवहार को पहले तो एक रंगीन पर्दा-सा ढँके रहता था जो नेख़्लूदोव को सुन्दर लगता था। आज भी वह पर्दा मौजूद था लेकिन नेख़्लूदोव को उसके पीछे की असलियत नज़र आ गई थी। मेरियेट के सौन्दर्य से वह अब भी अभिभूत हुआ जाता था, लेकिन साथ ही उसे इस बात का भी एहसास था कि वह एक झूठी औरत है। उसका पति सैकड़ो-हज़ारों लोगों को ख़ून के आँसू रुलाकर एक बड़े ओहदे से दूसरे बड़े ओहदे पर तरक़्क़ी करता जा रहा था, और मेरियेट इसके प्रति बिलकुल उदासीन थी। जो कुछ भी उसने कल रोज़ नेख़्लूदोव से कहा था वह झूठा दिखावा था। वह केवल एक ही बात चाहती थी कि नेख़्लूदोव उसके प्रेम-जाल में फँस जाए– और इस इच्छा का कारण न वह खुद जानती थी, न नेख़्लूदोव जानता था। नेख़्लूदोव इस व्यवहार के प्रति आकर्षित भी हुआ पर साथ ही उसका मन घृणा से भी भर उठा। कई बार उसने विदा लेने के लिए अपनी टोपी उठाई, मगर फिर भी बैठा रहा।

मेरियेट का पति लौटकर आया। उसकी घनी मूँछों से तम्बाकू की तेज़ गन्ध आ रही थी। अन्दर आकर उसने नेख़्लूदोव की ओर इस नज़र से देखा मानो उसे पहली बार देख रहा हो। उसकी आँखों में कृपालुता और घृणा दोनों का भाव था। आख़िर नेख़्लूदोव उठ खड़ा हुआ और बॉक्स का दरवाज़ा बन्द होने से पहले बाहर निकल आया, अपना ओवरकोट लिया और थियेटर में से बाहर हो गया।

नेव्स्की सड़क के रास्ते नेख़्लूदोव पैदल अपने घर की ओर जाने लगा। चौड़ी पटरी पर चलते हुए उसकी नज़र एक लम्बे, छरहरे बदन की औरत पर गई जो शोख़-भड़कीले कपड़े पहने चुपचाप उसके आगे-आगे चली जा रही थी। औरत के चेहरे से तथा अंग-अंग से पता चल रहा था कि उसे अपनी घृणित शक्ति का ज्ञान है। जो कोई भी उसके पास से होकर जाता या सामने से आता, ज़रूर उसकी ओर देखता। नेख़्लूदोव की रफ़्तार उस स्त्री की रफ़्तार से तेज़ थी, और उसके पास से गुज़रते हुए उसकी भी आँखें अपने आप उठकर उसके चेहरे पर गईं। औरत का चेहरा ख़ूबसूरत था, शायद उसने पाउडर-सुर्खी भी लगा रखे थे। औरत नेख़्लूदोव की ओर देखकर मुस्कराई और उसकी आँखें चमक उठीं। उस समय, अकारण ही, नेख़्लूदोव को मेरियेट की याद आ गई। यहाँ पर भी वही कुछ हुआ जैसा कि थियेटर में हुआ था। नेख़्लूदोव आकर्षित भी हुआ और उसका मन घृणा से जी भर उठा।

तेज़-तेज़ चलता हुआ नेख़्लूदोव उससे आगे निकल गया। उसे अपने आप पर क्रोध आने लगा। इस सड़क पर से हटकर वह मोस्कार्या की ओर घूम गया, और बँध पर जाने लगा। वहाँ पर वह रुक गया और सड़क की पटरी पर टहलने लगा। इस अप्रत्याशित व्यवहार से ड्यूटी पर खड़ा सन्तरी भी कुछ हैरान-सा हो गया।

''उस दूसरी औरत ने भी मेरी ओर इसी तरह मुस्कराकर देखा था, जिस वक़्त मैंने बॉक्स के अन्दर क़दम रखा था,'' वह सोच रहा था। ''दोनों मुस्कराहटों का मतलब एक ही था। फ़रक केवल इतना है कि इसने अपनी बात सीधे दो-टूक शब्दों में कह दी–'तुम मुझे चाहते हो ? मैं हाज़िर हूँ। अगर नहीं चाहते तो अपना रास्ता पकड़ो।' दूसरी स्त्री दिखावा तो इस बात का करती

थी कि उसे इसका ख़याल तक नहीं है, और वह बड़े ऊँचे और सुसंस्कृत स्तर पर रहती है, लेकिन मूल में बात वहाँ पर भी यही थी। यह कम-से-कम सच तो बोलती थी, उस दूसरी का तो एक-एक शब्द सफ़ेद झूठ था। इसके अतिरिक्त यदि यह औरत ऐसा काम करती है तो विवश होकर, ज़रूरत ने इसे मजबूर किया है। लेकिन दूसरी औरत अपने मनबहलाव के लिए उस वासना के साथ खिलवाड़ करती है, जो इतनी आकर्षक है कि मनुष्य को वशीभूत कर लेती है, पर साथ ही घृणित, और भयानक भी है। सड़कों पर भटकनेवाली यह वेश्या उस गन्दे जल की तलैया के समान है जिस पर वे लोग पानी पीने जाते हैं जिनकी प्यास उनकी घृणा से प्रबल है। वह दूसरी औरत जो थियेटर में बैठी है, विष के समान है जो अदृश्य रूप से जिस चीज़ को छूती है उसी को विषैला बना देती है।" नेख़्लूदोव को अभिजातों के प्रधान की पत्नी के साथ अपना वह मामला याद आ गया, और उसकी आँखों के सामने लज्जाजनक स्मृति-चित्र घूम गए। "मनुष्य की पाशविक वृत्ति अत्यन्त घृणास्पद चीज़ है," वह सोच रहा था। "पर जब तक यह नग्न रूप में हमारे सामने आती रहती है हम आध्यात्मिकता के ऊँचे स्तर से इसकी ओर देखते हुए इससे घृणा करते हैं। और मनुष्य उस पर क़ाबू पाने में समर्थ हो या उसकी वेगवती लहर में बह जाए, अपने में वह वही कुछ रहता है जो पहले था। परन्तु जब यही पाशविक वृत्ति कविता तथा ललित भावना की ओढ़नी ओढ़कर हमारे सामने आती है, और हमसे यह आशा करती है कि हम उसकी पूजा करें, तब हम पूर्णतया इसमें डूब जाते हैं, और काम-वासना की पूजा करते हैं, और हम अच्छाई और बुराई का अन्तर नहीं देख सकते। वह स्थिति अत्यन्त भयानक होती है।"

यह तथ्य नेख़्लूदोव को उतनी ही स्पष्टतया से नज़र आ रहा था जिस स्पष्टता से उसे अपने सामने राज प्रासाद, सन्तरी, क़िला, नदी, किश्तियाँ तथा स्टॉक-एक्सचेंज की इमारत नज़र आ रहे थे।

उत्तरी प्रदेशों में गर्मी के मौसम में रातें अँधेरी नहीं हुआ करतीं। आज की रात वैसी ही थी। सृष्टि पर रात्रि का शान्तिप्रद और सुखद अन्धकार नहीं था। एक तरह की उदास, मन्द-सी रोशनी, न मालूम कहाँ से आकर, आकाश में छाई थी। यही स्थिति नेख़्लूदोव की आत्मा की थी। इस पर से भी अज्ञान का शान्तिप्रद अन्धकार उठ गया था। सब बात साफ़ थी। स्पष्ट था कि हर वह चीज़ जिसे महत्वपूर्ण और श्रेष्ठ माना जाता था, नगण्य और घृणित हो उठी थी। यह भी स्पष्ट था कि इस चमक-दमक और ऐशा-आराम के पीछे वही पुराने चिरपरिचित अपराध छिपे हुए हैं, जिनकी कोई सज़ा न थी, अपितु जिनकी जय-जयकार होती है और जिन्हें लोग अपनी समस्त कल्पना शक्ति से मनोहरतम रूप देते आए हैं।

वह चाहता था कि यह सब भूल जाए, इसकी ओर आँख तक न उठाए लेकिन रह-रहकर उसकी नज़र उसी ओर जाती थी। वह उस प्रकाश के स्रोत को नहीं देख सकता था जिसने इस सच्चाई को उसकी आँखों के सामने प्रकट किया था, ठीक उसी तरह वह उस प्रकाश के स्रोत को नहीं देख पा रहा था जो इस समय पीटर्सबर्ग शहर पर छाया हुआ था। यह प्रकाश उसे मन्द, उदास तथा अस्वाभाविक लगता था फिर भी जिन-जिन चीज़ों को यह प्रकाश उद्भासित कर रहा था, उन्हें देखे बिना वह न रह सकता था। इसी कारण वह मन-ही-मन खुश भी था और चिन्तित भी।

29

मास्को लौटकर नेख़्लूदोव सीधा जेल के अस्पताल की ओर चल दिया। वह मास्लोवा को यह बुरी ख़बर सुना देना चाहता था कि सेनेट ने न्यायालय के निर्णय का समर्थन किया है और अब उसे

साइबेरिया जाने के लिए तैयार रहना चाहिए।

ज़ार के नाम वकील ने एक दरख़्वास्त तो तैयार कर दी थी, और उसे नेख़्लूदोव अपने साथ लेता भी आया था, ताकि उस पर मास्लोवा का दस्तख़त करवा ले, लेकिन उसे इससे कोई आशा न थी। और अजीब बात यह थी कि मन-ही-मन वह चाहता भी नहीं था कि वह मन्जूर हो। कल्पना में वह बहुत दिनों से यही सोच रहा था कि वह साइबेरिया में जाएगा और वहाँ जलावतन और सज़ायाफ़्ता लोगों के साथ रहेगा। इस तरह सोचने की उसे आदत-सी पड़ गई थी। अब उसके लिए ऐसी स्थिति की कल्पना करना कठिन हो रहा था कि अगर मास्लोवा बरी हो गई तो दोनों के जीवन का रुख़ क्या होगा। जिन दिनों अमरीका में दास-प्रथा प्रचलित थी, वहाँ के एक लेखक थोरो ने लिखा था : जिस देश में ग़ुलामी को क़ानून की छत्रछाया प्राप्त हो, वहाँ के किसी भी ईमानदार नागरिक के लिए एकमात्र शोभनीय स्थान जेल ही है। नेख़्लूदोव को थोरो के ये शब्द याद आ गए। उसका भी यही विचार था, विशेषकर पीटर्सबर्ग का दौरा करने के बाद जहाँ उसने बहुत कुछ देखा था।

"ठीक है, रूस में भी इस समय एक ईमानदार आदमी के लिए एकमात्र शोभनीय स्थान जेल ही है," वह सोच रहा था। गाड़ी में जेल के पास पहुँचते हुए और उसकी दीवारों के अन्दर जाते हुए नेख़्लूदोव इस बात का स्पष्टतः अनुभव भी कर रहा था।

अस्पताल के दरवाज़े पर खड़े दरबान ने नेख़्लूदोव को पहचान लिया, और झट कहने लगा कि मास्लोवा अब यहाँ पर नहीं है।

"तो कहाँ पर है ?"

"उसे वापस जेल में भेज दिया गया है।"

"उसे यहाँ से क्यों हटा दिया गया है ?"

"हुज़ूर क्या बताऊँ, इन लोगों को आप जानते हैं," दरबान बोला। उसके होंठों पर घृणाभरी मुस्कान थी। "छोटे डाक्टर से आँखें लड़ाने लगी थी। इसलिए डाक्टर ने वापस भिजवा दिया।"

नेख़्लूदोव को अब तक इस बात का भास नहीं हुआ था कि मास्लोवा और उसकी मनःस्थिति का उसके लिए कितना महत्व है। ख़बर सुनते ही वह सुन्न-सा खड़ा रहा। उसे गहरा आघात पहुँचा, जिस तरह किसी अप्रत्याशित और विकट दुर्भाग्य की ख़बर मिलने पर होता है। सबसे पहले तो उसने लज्जा का अनुभव किया। वह इस भ्रान्ति में था कि मास्लोवा का चरित्र-परिवर्तन हो रहा है, और वह बेहद ख़ुश था। अब उसकी स्थिति उसकी अपनी नज़रों में ही उपहासजनक लगने लगी थी। मास्लोवा कहा करती थी कि मैं तुमसे कोई क़ुर्बानी नहीं माँगती हूँ, मेरी भर्त्सना किया करती थी, रोया करती थी। नेख़्लूदोव को लगा जैसे ये सब एक नीच औरत का तिरिया-चरित्र था। वह इन हथकंडों से उसे अपने हाथ में नचाना चाहती थी और अपना उल्लू सीधा करना चाहती थी। पिछली बार जब वह उससे मिलने आया था तो मास्लोवा में उसे ढिठाई का भास हुआ था। यन्त्रवत् सिर पर टोपी रखते हुए जब वह अस्पताल से बाहर जाने लगा तो यह विचार उसके मन में कौंध-सा गया।

"अब मैं क्या करू ? क्या मैं अब भी उसके साथ बँधा हुआ हूँ? उसकी इस करतूत के बाद क्या मैं आज़ाद नहीं हो गया हूँ ?" उसने अपने आपसे पूछा।

मन-ही-मन वह मास्लोवा का उसके किए की सज़ा देना चाहता था। लेकिन जब ये सवाल उसके मन में उठे तो वह फ़ौरन समझ गया कि अगर वह अपने को आज़ाद समझे और मास्लोवा से किनारा कर ले तो वह उसे नहीं, अपने को सज़ा दे रहा होगा। यह सोचकर उसका मन त्रस्त हो उठा।

''नहीं, इस घटना से मेरा निश्चय शिथिल पड़ने के बजाय और भी दृढ़ होना चाहिए। उसकी मनःस्थिति उसे जिस ओर ले जाना चाहती है, ले जाए। अगर वह छोटे डाक्टर से आँखें लड़ाना चाहती है तो लड़ाए, यह उसका अपना काम है, मेरा इसके साथ कोई वास्ता नहीं। मुझे अपनी अन्तरात्मा के आदेश का पालन करना होगा। और मेरी अन्तरात्मा का यह आदेश है कि मैं अपने पाप का प्रायश्चित करने के लिए अपनी आज़ादी कुर्बान कर दूँ। उसके साथ शादी करने का मेरा निश्चय–भले ही वह शादी औपचारिक रूप में ही क्यों न हो–और जहाँ वह जाए, उसके साथ जाने का निश्चय अब भी ज्यों-के-त्यों क़ायम है। उनमें कोई तब्दीली नहीं हो सकती,'' बड़ी ढिठाई और कटुता के साथ उसने अपने आपसे कहा और अस्पताल में से निकलकर, जेल के बड़े फाटकों की ओर दृढ़ता से जाने लगा।

फाटक पर एक वार्डर ड्यूटी दे रहा था। नेख़्लूदोव ने उसे जाकर इन्स्पेक्टर को यह ख़बर देने को कहा था कि वह मास्लोवा से मिलना चाहता है। वार्डर नेख़्लूदोव को जानता था और एक जाने-पहचाने आदमी के नाते उसे जेल की महत्वपूर्ण ख़बर सुना दी कि पहला इन्स्पेक्टर बदल गया और उसकी जगह एक नया अफ़सर आया है जो स्वभाव का बड़ा कठोर है।

''बहुत कड़ाई करने लगे हैं, साहिब, क्या बताऊँ आपको!'' वार्डर कहने लगा, ''नए इन्स्पेक्टर दफ़्तर में हैं, मैं अभी उन्हें ख़बर किए देता हूँ।

नया इन्स्पेक्टर जेल के अन्दर था, और शीघ्र ही नेख़्लूदोव से मिलने बाहर आ गया। उसका क़द लम्बा और नाक-नक़्श लम्बूतरे थे, गालों की हड्डियाँ उभरी हुई थीं, चाल-ढाल बहुत सुस्त और सूरत मनहूस थी।

''भेंट मुलाक़ाती कमरे में ही की जा सकती है, और उसके लिए दिन मुक़र्रर हैं,'' बिना नेख़्लूदोव की ओर देखे उसने कहा।

''लेकिन ज़ार के नाम मेरे पास एक दरख़्वास्त है जिस पर मुझे दस्तख़त करवाना है।''

''दरख़्वास्त आप मुझे दे सकते हैं।''

''मैं क़ैदी से ख़ुद मिलना चाहता हूँ। पहले मुझे कभी किसी ने नहीं रोका।''

''हाँ, मगर यह पहले की बात है,'' इन्स्पेक्टर ने कहा और कनखियों से नेख़्लूदोव की ओर देखा।

''मुझे गर्वनर की तरफ़ से इजाज़त मिल चुकी है,'' नेख़्लूदोव ने ज़ोर देकर कहा, और जेब में से अपना बटुआ निकाला।

''लाइए,'' इन्स्पेक्टर ने कहा और अपना हाथ बढ़ाकर, जिसकी तर्जनी पर सोने की अँगूठी थी, नेख़्लूदोव से इजाज़तनामा ले लिया। इन्स्पेक्टर के हाथ की अँगुलियाँ लम्बी-लम्बी, गोरी और कठोर थीं। वह धीरे-धीरे इजाज़तनामा पढ़ता रहा। ''दफ़्तर में तशरीफ़ ले चलिए,'' उसने कहा।

अबकी बार दफ़्तर में कोई नहीं था। इन्स्पेक्टर अपने मेज़ के सामने बैठ गया और उस पर रखे काग़ज़ों को छाँटने लगा। प्रत्यक्षतः, भेंट के दौरान उसका इरादा वहीं बैठे रहने का था। नेख़्लूदोव ने राजनीतिक क़ैदी बोगोदूख़ोव्स्काया से मिलने के लिए कहा। इन्स्पेक्टर ने छूटते ही इनकार कर दिया।

''राजनीतिक क़ैदियों से भेंट करने की इजाज़त नहीं है,'' उसने कहा और फिर अपने काग़ज़ों की ओर देखने लगा।

बोगोदूख़ोव्स्काया की चिट्ठी नेख़्लूदोव के जेब में थी। उसे लगा जैसे उसने कोई जुर्म किया और अब उसका भंडाफोड़ हो गया हो और मनसूबे ख़ाक में मिला दिए गए हों।

मास्लोवा अन्दर आई। इन्स्पेक्टर ने सिर उठाकर ऊपर देखा, फिर बिना नेख़्लूदोव या मास्लोवा की ओर देखे बोला –

"तुम लोग बातें कर सकते हो," और फिर अपने काग़ज़ों को छाँटने लगा।

अबकी बार भी मास्लोवा ने सफ़ेद जॉकेट और स्कर्ट पहन रखी थी और सिर पर रूमाल बाँध रखा था। वह पास आई। नेख़्लूदोव की आँखों में कठोरता तथा उपेक्षा का भाव देखकर मास्लोवा का चेहरा शर्म से लाल हो गया। हाथों में जॉकेट का किनारा मरोड़ते हुए उसने आँखें नीची कर लीं। उसकी घबराहट देखकर नेख़्लूदोव का शक और भी पक्का हो गया कि जो कुछ दरबान ने कहा था वह ज़रूर ठीक होगा।

नेख़्लूदोव का इरादा तो मास्लोवा से पहले ही की तरह मिलने का था, लेकिन फिर भी उसके साथ हाथ मिलाने को उसका मन नहीं माना। उसके प्रति नेख़्लूदोव का मन घृणा से भर उठा था।

"मैं तुम्हें बुरी ख़बर सुनाने आया हूँ," उसने समतल, नीरस आवाज़ में कहा, नेख़्लूदोव ने न ही मास्लोवा से हाथ मिलाया और न ही उसकी ओर आँख उठाकर देखा। "सेनेट ने अपील ख़ारिज कर दी है।"

"मैं तो पहले से ही जानती थी यही कुछ होगा," मास्लोवा ने अजीब-सी आवाज में कहा, मानो उसका साँस फूल रहा हो।

अगर पहले कभी ऐसी चर्चा हुई होती तो नेख़्लूदोव उससे ज़रूर पूछता कि तुम्हें कैसे मालूम था यही कुछ होगा। पर अब वह कुछ नहीं बोला, और केवल उसके चेहरे की ओर देखा। मास्लोवा की आँखें डबडबा आई थीं।

यह देखकर भी नेख़्लूदोव का मन नहीं पसीजा। बल्कि उसकी खीज और भी बढ़ गई।

इन्स्पेक्टर उठ खड़ा हुआ और कमरे में टहलने लगा।

नेख़्लूदोव के मन में मास्लोवा के प्रति तीव्र घृणा उठ रही थी। फिर भी उसने यही ठीक समझा कि सेनेट के निर्णय पर अपना अफ़सोस ज़ाहिर करे।

"तुम्हें निराश नहीं होना चाहिए," वह बोला, "क्या मालूम ज़ार के नाम दी गई दरख़्वास्त का अच्छा परिणाम निकले। और मुझे आशा है..."

"मैं इसके बारे में नहीं सोच रही हूँ," उसने दीनता भरी नज़र से नेख़्लूदोव की ओर देखते हुए कहा। उसकी ऐंची आँखें आँसुओं से भरी थीं।

"तो फिर क्या सोच रही थी?"

"तुम शायद अस्पताल गए होगे और वहाँ उन लोगों ने मेरे बारे में तुमसे कहा होगा कि..."

"तो क्या हुआ ? यह तुम्हारा काम है," नेख़्लूदोव ने उपेक्षापूर्ण आवाज़ में कहा और उसकी त्यौरियाँ चढ़ गईं।

नेख़्लूदोव के आत्म-गौरव को धक्का लगा था, लेकिन अब तक वह चुप रहा था। जब मास्लोवा ने अस्पताल का नाम लिया तो वह भावना और अधिक क्रूरता के साथ उसके हृदय में भभक उठी। "आख़िर मेरी भी कोई हैसियत है। अच्छे-से-अच्छे घर की लड़की मेरे साथ ब्याह करना अपना फ़ख्र समझेगी। लेकिन मैंने इस औरत को अपनी पत्नी बनाने का प्रस्ताव किया। इधर यह है कि इन्तज़ार तक नहीं कर सकी और छोटे डाक्टर से आँखें लड़ाने लगी है।" यह सोचकर नेख़्लूदोव ने बड़ी नफ़रतभरी निगाह से मास्लोवा की ओर देखा।

"इस दरख़्वास्त पर दस्तख़त कर दो," नेख़्लूदोव ने जेब में से एक बड़ा-सा लिफ़ाफ़ा निकाला,

और दरख़्वास्त मास्लोवा के सामने रख दी। सिर पर बँधे रूमाल के एक कोने से मास्लोवा ने अपनी आँखें पोंछीं और पूछा कि कहाँ पर क्या लिखना है।

नेख़्लूदोव ने बताया। बाएँ हाथ से दाएँ बाजू की आस्तीन ठीक करते हुए मास्लोवा लिखने बैठी। नेख़्लूदोव उसके पीछे खड़ा चुपचाप उसकी पीठ की ओर देख रहा था जो अवरुद्ध रुदन के कारण कभी-कभी काँप उठती थी। नेख़्लूदोव के मन में नेकी और बदी की भावनाओं के बीच संघर्ष उठ खड़ा हुआ। एक ओर आहत आत्माभिमान की भावना थी; दूसरी ओर इस दुखी स्त्री के प्रति अनुकम्पा की भावना। अन्त में अनुकम्पा की विजय हुई।

उसे याद नहीं था कि पहले क्या हुआ–उसके हृदय में दया की भावना पहले उठी या उसे अपने पाप पहले याद आए–वैसे ही घृणित कुकर्म जिनके लिए आज वह मास्लोवा को दोष दे रहा था ? कुछ भी रहा हो, वह अपने को अपराधी महसूस करने लगा और उसके प्रति दयार्द्र हो उठा।

मास्लोवा ने दरख़्वास्त पर दस्तख़त किया, फिर अपनी अँगुली को, जिस पर स्याही लग गई थी, अपनी स्कर्ट के साथ पोंछकर नेख़्लूदोव की ओर देखा।

''कुछ भी हो जाए, इस दरख़्वास्त का कुछ भी परिणाम निकले, मैं अपना निश्चय नहीं बदलूँगा,'' नेख़्लूदोव ने कहा।

यह सोचकर कि उसने मास्लोवा को क्षमा कर दिया है, उसका हृदय और भी अधिक अनुकम्पा और दयालुता से भर उठा। उसका मन चाहा कि उसे ढाढ़स बँधाए।

''मैं अपने कहे पर अमल करूँगा। वे लोग तुम्हें जहाँ कहीं भी ले गए, मैं तुम्हारे साथ जाऊँगा।''

''इसका क्या लाभ ?'' वह जल्दी से बीच में बोल उठी। लेकिन उसका चेहरा खिल गया।

''तुम मुझे सोचकर बताओ कि तुम्हें रास्ते के लिए क्या दरकार होगा।''

''मेरे ख़याल में तो कुछ नहीं चाहिए। बहुत शुक्रिया।''

इन्स्पेक्टर उनके सामने आ खड़ा हुआ। पेश्तर इसके कि वह कुछ कहे, नेख़्लूदोव ने विदा ली और बाहर निकल आया। उस समय उसका हृदय शान्ति, आह्लाद तथा सकल प्राणिमात्र के प्रति अकथनीय वात्सल्य से भर उठा था। ऐसा उसने पहले कभी महसूस नहीं किया था। इस विश्वास से कि मास्लोवा कुछ भी करे, उसके प्रति उसके प्रेम में रंचमात्र भी फ़रक नहीं आएगा, उसका हृदय उल्लसित हो उठा। उसे ऐसा महसूस हुआ जैसे वह ऊपर उठ आया हो और ऐसे स्तर पर खड़ा हो जिस स्तर पर वह पहले कभी नहीं पहुँच पाया था। उसका मन चाहे तो बेशक छोटे डाक्टर से आँखें लड़ाए। यह उसका अपना काम है। वह अपनी ख़ातिर मास्लोवा से प्रेम नहीं करता था, बल्कि उसकी, मास्लोवा की ख़ातिर, और भगवान की ख़ातिर।

यह मामला क्या था, जिसके लिए मास्लोवा को अस्पताल में से बाहर निकाल दिया गया था, और जिसके बारे में नेख़्लूदोव को विश्वास था कि वह सचमुच दोषी है ? मामला इस तरह हुआ– अस्पताल की बड़ी नर्स ने मास्लोवा को दवाईखाने से जड़ी-बूटियों की चाय लाने को कहा। यह दवाईखाना बरामदे के एक सिरे पर था। मास्लोवा गई, लेकिन वहाँ पर पहुँची तो वहाँ छोटे डाक्टर के अलावा और कोई भी मौजूद न था। छोटा डाक्टर क़द का ऊँचा-लम्बा आदमी था, और उसका चेहरा मुँहासों से भरा था। यह आदमी बहुत दिनों से मास्लोवा को परेशान कर रहा था। वह फिर उसके पास आ धमका। उसने पीछा छुड़ाने के लिए मास्लोवा ने उसे इतने ज़ोर से धक्का दिया कि उसका सिर पीछे तख़्ते पर जा टकराया, और दवाई की दो बोतलें गिरकर टूट गईं।

ऐन उसी वक़्त अस्पताल का बड़ा डाक्टर उधर से गुजरा, और काँच टूटने की आवाज़ उसके कान में पड़ी। इधर मास्लोवा, घबराई हुई भागकर बाहर निकली। उसे देखते ही डाक्टर ने ग़ुस्से से पुकारकर कहा–

"भली औरत, अगर यहाँ पर भी तुमने बदकारियाँ शुरू कर दीं तो मैं कान पकड़कर बाहर निकाल दूँगा...क्या बात हुई है?" अपने चश्मों के ऊपर से छोटे डाक्टर की ओर बड़ी कठोरता से देखते हुए उसने पूछा।

छोटा डाक्टर मुस्कराया और अपनी सफ़ाई देने लगा। डाक्टर ने उसकी बात की ओर कोई ध्यान नहीं दिया, और सिर ऊँचा उठाए–और अबकी बार ऐनकों के बीच में से देखते हुए–वार्ड के अन्दर चला गया। इसी दिन उसने इन्स्पेक्टर को कह दिया कि मास्लोवा के स्थान पर किसी दूसरी सहायक नर्स को भेज दे जो ज़्यादा ठहरी हुई तबीयत की हो।

बस, यही वह "आँखें लड़ाना" था जो मास्लोवा का छोटे डाक्टर के साथ हुआ। मुद्दत से मास्लोवा के मन में पुरुषों से सम्भोग-सम्पर्क रखने के प्रति घिन उठने लगी थी। और नेख़्लूदोव से मिलने के बाद तो उसे यह और भी बुरा लगता था। इसलिए जब दुराचार का दोष लगाकर उसे बाहर निकाल दिया गया तो उसे बेहद दुख हुआ। वह सोचती कि हर किसी का ध्यान मेरे पिछले जीवन और वर्तमान स्थिति की ओर ही जाता है, और हर आदमी मेरा अपमान करना अपना हक़ समझता है। अगर मैं इनकार कर दूँ तो उसे अचम्भा होने लगता है। मुँहासों का मारा यह छोटा डाक्टर भी यही समझता है। उसका हृदय तीव्र वेदना से भर उठता, उसे अपने आप पर तरस आने लगता और आँखों से झर-झार आँसू बहने लगते। जब वह नेख़्लूदोव से मिलने आई तो यह इरादा करके कि मैं सारी बात उसे साफ़-साफ़ बता दूँगी ताकि उसे पता चल जाए कि मुझपर झूठा इल्जाम लगाया गया है। उसने ज़रूर इसके बारे में पहले से सुन रखा होगा। पर जब वह अपनी सफ़ाई देने लगी तो उसने देखा कि नेख़्लूदोव को उसकी बात पर विश्वास नहीं हो रहा, और अगर वह और दलीलें देती गई तो उसका संशय और भी पक्का होता जाएगा। इस पर उसे रुलाई आ गई, उसका गला रुंध गया और वह चुप हो गई।

मास्लोवा अब भी अपने मन को इस बात का भुलावा दिए जा रही थी कि उसने नेख़्लूदोव को क्षमा नहीं किया और उससे घृणा करती है। दूसरी बार जब नेख़्लूदोव उससे मिलने आया था तो उसने उसे कह भी दिया था। लेकिन सच तो यह था कि वह उसे फिर से प्रेम करने लगी थी। और इसी प्रेमवश वह अपने आप वही काम करने लगती जो नेख़्लूदोव चाहता था। उसने शराब, तम्बाकू पीना छोड़ दिया, चुहलबाजी छोड़ दी। अस्पताल में भी इसीलिए काम करने लगी क्योंकि वह जानती थी कि नेख़्लूदोव को यह पसन्द है। लेकिन नेख़्लूदोव जब भी उससे शादी करने का ज़िक्र करता तो वह बड़ी दृढ़ता से इनकार कर देती। इसका कारण यह था कि वह अपने वे गर्वीले शब्द दोहराना चाहती थी जो उसने पहली बार कहे थे। साथ ही वह यह भी जानती थी कि उसके साथ शादी करके नेख़्लूदोव दुख ही पाएगा। उसने पक्का निश्चय कर लिया था कि नेख़्लूदोव के आत्मबलिदान को स्वीकार नहीं करेगी। परन्तु यह देखकर कि नेख़्लूदोव उससे घृणा करता है, और अब भी उसे वही कुछ समझता है जो वह पहले थी, और उसमें जो परिवर्तन हुआ है उसे वह देख नहीं पाता। मास्लोवा अत्यन्त दुखी हुई। सेनेट ने उसकी सज़ा पक्की कर दी, उसे यह जानकर इतना दुख नहीं हुआ, जितना इस बात से कि नेख़्लूदोव शायद अब भी यही सोचता है कि अस्पताल की घटना में उसी का क़सूर था।

30

सम्भव है मास्लोवा को क़ैदियों की पहली टोली के साथ ही साइबेरिया भेज दिया जाए, यह सोचकर नेख़्लूदोव ने अपनी रवानगी की तैयारी शुरू कर दी। परन्तु जाने से पहले उसे बहुत-सा काम निबटाना था और उसने देख लिया कि सारा-का-सारा काम निबटाना असम्भव है, चाहे जितना भी समय वह उसमें लगाए। पहले से अब स्थिति बहुत कुछ बदल गई थी। पहले उसे अपने लिए काम ढूँढ़कर निकालने पड़ते थे और सभी कामों में एक ही व्यक्ति का हित अभीष्ट रहता था और वह था–दूमीत्री इवानोविच नेख़्लूदोव। जीवन की सभी रुचियाँ आत्मतुष्टि पर केन्द्रित थीं। परन्तु ऐसा होते हुए भी ये सब काम उसके लिए अत्यन्त बोझल और नीरस हो उठते थे। अब स्थिति यह थी कि उसके सभी कामों का सम्बन्ध, दूमीत्री इवानोविच से न रहकर, और लोगों से हो गया था। अब ये सभी काम रुचिकर और आकर्षक हो उठे थे, और गणना में इनका कोई अन्त न था।

इतना ही नहीं, पहले अपने कामों से नेख़्लूदोव के मन में खीज उठा करती थी और वह क्षुब्ध हो उठता था। अब उसे अपने कामों से ख़ुशी मिलती थी।

इस समय जो काम नेख़्लूदोव कर रहा था उन्हें तीन हिस्सों में बाँटा जा सकता था। उसकी आदत थी कि छोटे-से-छोटा काम भी बड़ी बारीक़ी और नियमानुसार करता था। इसी आदतवश अब भी उसने स्वयं अपने कामों को यों बाँट रखा था और तदनुसार, प्रत्येक काम से सम्बन्धित काग़ज़ों को भी तीन अलग-अलग बस्तों में रखा था।

इनमें सबसे पहले काम का सम्बन्ध मास्लोवा से था। इसमें मुख्य काम ज़ार के नाम दी गई दरख़्वास्त के लिए सहायता प्राप्त करना था और साथ ही सम्भावित साइबेरिया-यात्रा के लिए तैयारी करना था।

दूसरा काम ज़मीन-जायदाद के मामलों की व्यवस्था से सम्बन्धित था। नेख़्लूदोव ने अपनी पानोवावाली ज़मीन किसानों को इस शर्त पर दी थी कि जो रक़म वे लगान के रूप में देंगे उसे उन्हीं के सामूहिक हित के कामों पर ख़र्च किया जाएगा। परन्तु एक क़ानूनी दस्तावेज़ द्वारा इस प्रबन्ध को पक्का करना ज़रूरी था। इसी के अनुसार उसे अपना दान-पत्र भी तैयार करना था। कुज़्मिंस्कोए में अब भी वही व्यवस्था थी जिसे उसने पहले चालू किया था, कि वह लगान वसूल करेगा। लेकिन इस सम्बन्ध में शर्तों का फ़ैसला अभी नहीं हुआ था। यह भी निश्चय करना बाक़ी था कि वसूली के रुपए में से कितनी रक़म वह अपने जीवन-निर्वाह के लिए निकाला करेगा और कितनी किसानों के हित के लिए अलग रख देगा। उसने सारी-की-सारी आय को छोड़ देने का अभी फ़ैसला नहीं किया था, क्योंकि उसे मालूम नहीं था कि साइबेरिया की यात्रा पर कितना ख़र्च होगा। लेकिन उसने इस आय में आधे की कमी कर देने का ज़रूर निश्चय कर लिया था।

तीसरे उन क़ैदियों की मदद करना था जिनकी ओर से उसे अधिकाधिक संख्या में दरख़्वास्तें आ रही थीं।

पहले पहल जब वह क़ैदियों से मिला और वे उससे मदद के लिए याचना करने लगे तो नेख़्लूदोव फ़ौरन हर क़ैदी का काम करने के लिए चल पड़ता, ताकि उसके जीवन की कठिनाइयाँ कुछ कम हो सकें। लेकिन शीघ्र ही इतनी अधिक संख्या में दरख़्वास्तें आने लगीं कि उन सबकी ओर ध्यान देना उसकी सामर्थ्य से बाहर की बात हो गई। इसी स्थिति के परिणामस्वरूप वह एक नए प्रकार के काम में हाथ लगाने लगा और इसमें उसकी रुचि उत्तरोत्तर बढ़ने लगी, यहाँ तक कि पहले सभी कामों में भी इतनी नहीं हो पाई थी।

यह नया काम था इन प्रश्नों का समाधान करना कि ज़ाब्ता फ़ौजदारी नाम की यह अनोखी संस्था वास्तव में है क्या जिसके कारण यह जेलख़ाना बना, जिसके बहुत से क़ैदियों के बारे में वह कुछ-न-कुछ जान गया था। यह जेलख़ाना ही नहीं, अन्य कितने ही ऐसे स्थानों के–पीटर्सबर्ग में स्थित पीटर-पॉल के किले से लेकर सख़ालिन द्वीप तक जहाँ इस ज़ाब्ता फ़ौजदारी के शिकार, सैकड़ों-हज़ारों क़ैदी अपनी जान तोड़ रहे थे। उसे यह संस्था बड़ी विचित्र लगती थी। यह क्योंकर बनी ? इसका उद्‌गम कहाँ से हुआ ?

क़ैदियों के साथ उसका व्यक्तिगत सम्पर्क था। उसने क़ैदियों की फ़ेहरिस्तें देखी थीं। इस विषय पर वकील से, जेलख़ाने के पादरी तथा इन्स्पेक्टर से कई सवाल पूछे थे। इस तरह जितनी भी जानकारी उसे प्राप्त हुई थी उसके आधार पर वह इस नतीजे पर पहुँचा कि क़ैदियों को–तथाकथित मुज़रिमों को–पाँच श्रेणियों में बाँटा जा सकता है।

पहली श्रेणी में वे मुज़रिम शामिल थे जो सर्वथा निर्दोष थे, लेकिन जिन्हें अदालती भूलों के कारण सज़ा देकर यहाँ बन्द कर रखा था। इन्हीं में मेन्शोव माँ-बेटा, मास्लोवा तथा अन्य क़ैदियों की गणना की जा सकती थी। ऐसे क़ैदियों की संख्या बहुत नहीं थी–पादरी के अनुमानानुसार सात प्रतिशत से अधिक न होगी–लेकिन उनकी स्थिति विशेष रूप से ध्यान आकर्षित करती थी।

दूसरी श्रेणी में वे क़ैदी आते थे जिन्होंने विशेष परिस्थितियों में जैसे उन्माद, ईर्ष्या या नशे की हालत में जुर्म किए थे। ऐसी परिस्थतियाँ थीं जिनमें वे न्यायाधीश भी ज़रूर जुर्म कर सकते थे जिन्होंने इन्हें सज़ा देकर यहाँ डाल दिया था। अपने निरीक्षण के आधार पर नेख़्लूदोव कह सकता था कि कुल क़ैदियों में से 50 प्रतिशत इसी श्रेणी के अन्तर्गत आ जाता था।

तीसरी श्रेणी में वे क़ैदी शामिल थे जिन्होंने जुर्मों को जुर्म समझकर नहीं किया, बल्कि यह समझकर कि वे पूर्णतया स्वाभाविक तथा उचित काम थे। परन्तु क़ानून बनानेवालों की दृष्टि में उन्हें जुर्म समझा जाता था। इन क़ैदियों में ऐसे लोगों की गणना की जा सकती थी जो लाइसेंस के बिना शराब बनाकर बेचते, बिना महसूल अदा किए, छिप-लुककर माल बेचते, बड़ी-बड़ी जागीरों तथा सरकारी जंगलों में से घास और लकड़ी काट लाते, पहाड़ों पर रहनेवाले डाकू तथा ऐसे नास्तिक लोग जो गिरजों को लूटा करते हैं।

चौथी श्रेणी में वे क़ैदी शामिल थे जिन्हें केवल इसलिए जेल में डाल दिया गया था कि वे नैतिक दृष्टि से जनसाधारण से ऊँचे थे। इनमें धार्मिक सम्प्रदाई, पोलेंड तथा चेर्केसिया के देशभक्त शामिल थे जो अपने-अपने देश के लिए पुनः स्वतन्त्रता प्राप्त करने के लिए विद्रोह कर रहे थे। इन्हीं में राजनीतिक क़ैदी, समाजवादी तथा हड़तालें करनेवाले लोग शामिल थे। नेख़्लूदोव के निरीक्षण के आधार पर ऐसे व्यक्तियों की संख्या काफ़ी अधिक थी, इनमें कुछ तो ऐसे थे जिन्हें समाज का सर्वश्रेष्ठ व्यक्ति कहा जा सकता है। इन लोगों को इसलिए सज़ा दी गई थी कि उन्होंने अधिकारियों का विरोध किया था।

पाँचवी श्रेणी उन लोगों की थी जिनके अपने पाप इतने बड़े नहीं थे जितने वे पाप जो समाज ने उन पर किए थे। ये वे लोग थे जिन्हें समाज ने ठुकरा दिया था, जो निरन्तर उत्पीड़न तथा प्रलोभन के चँगुल में उद्‌भ्रान्त से घूमते थे, जैसे वह लड़का जिसने चटाइयाँ चुरायी थीं। इस जैसे सैकड़ों लोगों को नेख़्लूदोव ने न केवल जेलख़ाने के अन्दर, बल्कि बाहर भी देखा था। जिन परिस्थितियों में ये लोग रहते थे वही उन्हें क्रमशः ऐसे काम करने पर बाध्य करती थीं जिन्हें जुर्म का नाम दिया जाता है। नेख़्लूदोव का अनुमान था कि इस श्रेणी में बहुत-सी संख्या में चोर-चकार, हत्यारे इत्यादि शामिल हैं। इनमें से कुछेक हाल ही में उसके सम्पर्क में आए थे। इसी श्रेणी में

वह उन लोगों की भी गणना करता था जिन्हें अपराध-शास्त्र की नई प्रणाली के अनुसार पतित तथा आचार-भ्रष्ट व्यक्ति कहा जाता है। मुख्यतः इन्हीं लोगों की उपस्थिति का हवाला देकर ही यह साबित करने की कोशिश की जाती थी कि ज़ाब्ता फ़ौजदारी तथा सज़ा आवश्यक है। नेख़्लूदोव का विचार था कि यही वे तथाकथित पतित, आचार-भ्रष्ट तथा विकारग्रस्त लोग हैं जो समाज के पापों का शिकार बनते हैं। केवल अन्तर इतना ही था कि उन पर सीधा अत्याचार करने के बजाय समाज ने इनके माता-पिताओं तथा पुरखाओं पर अत्याचार किए थे।

इस पाँचवी श्रेणी के लोगों में जिस आदमी ने विशेष तौर पर नेख़्लूदोव का ध्यान अपनी ओर आकृष्ट किया, वह था ओख़ोतिन नाम का एक पुराना चोर। किसी वेश्या का अवैध बालक, यह आदमी सरायों में पलकर बड़ा हुआ था और तीस वर्ष की उम्र प्रत्यक्षतः इसे कोई ऐसा आदमी नहीं मिला था जिसके आचार-विचार किसी पुलिस के सिपाही से बेहतर हों। छोटी उम्र में ही वह चोरों के एक दल में जा मिला था। इस आदमी में हास्य भावना कूट-कूटकर भरी थी, और इसी कारण उसका व्यक्तित्व बेहद आकर्षक था। इस आदमी ने भी नेख़्लूदोव से मिलकर बीच-बचाव की प्रार्थना की और सारा वक़्त वकीलों, जेलख़ाने, तथा लौकिक और आलौकिक, सभी प्रकार के नियमों का और स्वयं अपने आपका मज़ाक उड़ाता रहा। इसके अतिरिक्त फ़्योदोरोव नाम के एक दूसरे आदमी ने भी नेख़्लूदोव का ध्यान आकृष्ट किया। यह आदमी बेहद सुन्दर था, डाकुओं के एक दल का सरदार था, और अपने दल के अन्य डाकुओं के साथ एक वयोवृद्ध सरकारी अफ़सर की हत्या कर चुका था। यह आदमी एक किसान का बेटा था, जिससे उसका घर बड़े अवैध ढंग से छीन लिया गया था। बाद में वह फ़ौज में भर्ती हो गया, और वहाँ पर भी अपने अफ़सर की रखैल के साथ प्रेम करने के कारण उसे बहुत कष्ट झेलने पड़े। यह आदमी स्वभाव से ही रसिक था। जीवन का आनन्द भोगने की इसमें उन्मत्त अभिलाषा थी। जीवन में उसे कभी कोई ऐसा आदमी नहीं मिला था जो आत्मनियन्त्रण में विश्वास रखता हो, न ही उसने कभी सुना था कि जीवन में आनन्दभोग के अलावा कोई दूसरा उद्देश्य भी हो सकता है। जिस भाँति पौधों की देखभाल न करने से वे गल-सड़ जाते हैं, उसी भाँति ये व्यक्ति की उपेक्षा के कारण पंगु बन गए थे, हालाँकि प्रकृति ने इन्हें बड़ी योग्यता देकर भेजा था। नेख़्लूदोव की भेंट एक आवारा आदमी से भी हुई और उसी जैसी एक औरत से भी। दोनों परले दर्जे के जड़-बुद्धि और देखने में क्रूर थे–यहाँ तक कि नेख़्लूदोव को उनसे घृणा होने लगी थी। पर इनमें भी उसे ऐसे कोई लक्षण नज़र नहीं आए जिन्हें देखकर वह कह सकता कि वे "स्वभाव से ही अपराधी" हैं, और इस तरह इतालवी चिन्तकों के मत का समर्थन कर पाता। उसे वे केवल व्यक्तिगत रूप से घृणास्पद लगे उसी तरह जिस तरह जेल से बाहर अपने मिलनेवालों में उसे वे आदमी घृणास्पद लगते थे, जो दमदार बढ़िया कोट पहने, कन्धों पर झब्बे लगाए, और गोटा-किनारी से सजे घूमते थे।

क्या कारण है कि विभिन्न प्रकार के इन व्यक्तियों को तो जेल में डाल दिया गया है, और इन जैसे ही अन्य लोग बाहर स्वतन्त्र घूमते रहते हैं, स्वतन्त्र ही नहीं, इनके ऊपर न्यायाधीश बनकर बैठते हैं? नेख़्लूदोव इनकी तह में छिपे कारणों की खोज़ करना चाहता था। यह चौथा काम था जिसे उसने अपने ऊपर ले रखा था।

उसे आशा थी कि इस प्रश्न का उत्तर उसे पुस्तकों में मिल जाएगा। अतः इस विषय पर जितनी भी किताबें उसे मिल सकीं, वह ख़रीद लाया। लोम्ब्रोसो, गेरोफ़ालो, फ़ेरी, लिस्त, मॉड्स्ले, तार्द, इत्यादि लेखकों के ग्रन्थ वह उठा लाया और बड़े ध्यान से उन्हें पढ़ने लगा। पर जितना ही अधिक वह उन्हें पढ़ता, उतना ही अधिक निराश हो उठता। वह इन वैज्ञानिक पुस्तकों को इसलिए

नहीं पढ़ रहा था कि वह ख़ुद विज्ञान में कोई भूमिका अदा करना चाहता था : कुछ लिखना चाहता था, या वाद-विवाद करना चाहता था, या किसी को सिखाना चाहता था। यह तो केवल रोज़मर्रा के जीवन से सम्बन्धित एक साधारण से प्रश्न का उत्तर खोज रहा था। इसी कारण उसे निराशा भी हुई। विज्ञान से जाब्ता फ़ौजदारी से सम्बन्ध रखनेवाले हज़ारों अन्य प्रश्नों के उत्तर मिल सकते हैं, जो अपने में बड़े जटिल और बारीक हैं, परन्तु जिस प्रश्न का उत्तर ढूँढ़ने की वह कोशिश कर रहा था वह उसे नहीं मिला।

प्रश्न बड़ा सीधा-सादा था : क्या कारण है, कि कुछ लोग अन्य लोगों को जेल में ठूँसते हैं, उन्हें यन्त्रणाएँ पहुँचाते हैं, कोड़े लगाते हैं, उन्हें मौत के घाट उतारते हैं, जबकि वे स्वयं उन जैसे ही होते हैं ? उन्हें ऐसा करने का क्या अधिकार है ? जवाब में उसे लम्बे-लम्बे प्रबन्ध पढ़ने को मिलते कि मनुष्य में संकल्प-स्वातन्त्र्य है या नहीं। मनुष्य की खोपड़ी को अगर मापें तो क्या पता चल सकता है कि अमुक व्यक्ति अपराधी है? अपराध में वंशानुगत गुणों का क्या हाथ होता है? क्या दुराचार की प्रवृत्ति वंशानुगत हो सकती है? नैतिकता किसे कहते हैं? पागलपन क्या होता है? अधःपतन क्या है ? स्वभाव की क्या परिभाषा है ? किस भाँति जलवायु, ख़ुराक, अज्ञानता, नक़ल करने की इच्छा, सम्मोहन अथवा उन्माद से अपराध करने की प्रेरणा मिलती है ? समाज और उसके कर्तव्य क्या हैं ? इत्यादि।

इन प्रबन्धों को पढ़ते हुए नेख़्लूदोव को एक छोटे-से बालक की बात याद आ गई। एक बार एक छोटा-सा लड़का स्कूल से घर लौट रहा था जब रास्ते में नेख़्लूदोव की उससे भेंट हो गई। नेख़्लूदोव ने उससे पूछा कि क्या तुमने हिज्जे करना-सीख लिया है? "हाँ, कर सकता हूँ," लड़के ने जवाब दिया। "अच्छा बताओ तो, 'टाँग' के हिज्जे क्या हैं?" "किसकी टाँग के, कुत्ते की टाँग के ?" शरारतभरी नज़र से नेख़्लूदोव की ओर देखते हुए उसने पूछा। बस, अपने बुनियादी सवाल के जवाब में इन वैज्ञानिक पुस्तकों से इसी तरह के उत्तर, प्रश्नों के रूप में नेख़्लूदोव को मिले।

इनमें बेशक बहुत-सी ऐसी बातें थीं जो विवेकपूर्ण, विद्वतापूर्ण तथा रोचक थीं। लेकिन मुख्य प्रश्न का उत्तर कि "कुछ लोगों को अन्य लोगों को सज़ा देने का क्यों अधिकार प्राप्त है?" इस प्रश्न का उत्तर उसे नहीं मिला। केवल इसका उत्तर ही नहीं मिला, बल्कि जितने भी तर्क उसे पढ़ने को मिले वे सभी सज़ा के हक़ में सफ़ाई देने और उसे न्यायसंगत बताने के लिए दिए गए थे। सज़ा की आवश्यकता को तो स्वतःसिद्ध माना गया था।

नेख़्लूदोव ने बहुत कुछ पढ़ा, लेकिन थोड़ा-थोड़ा और अंश-अंश करके, और अपनी असफलता का कारण भी वह यही समझा कि ऊपरी ढंग से पढ़ता रहा है। उसे आशा थी कि बाद में उसे अपने प्रश्न का उत्तर मिल जाएगा, यही कारण था कि जो उत्तर उसे दिन प्रतिदिन नज़र आने लगा था, उसकी सत्यता में विश्वास करने से वह हिचकिचा रहा था।

31

सज़ायाफ़्ता मुजरिमों की जिस टोली के साथ मास्लोवा को जाना था, उसे 5 जुलाई को रवाना हो जाना था। नेख़्लूदोव ने भी उसी दिन चल पड़ने की तैयारी कर ली।

उससे एक दिन पहले नेख़्लूदोव की बहिन, अपने पति के साथ, शहर में उसे मिलने आ पहुँचीं।

नेख़्लूदोव की बहिन, नताल्या इवानोव्ना रागोजिन्स्काया, अपने भाई से दस साल बड़ी थी। बचपन में किसी हद तक उसी के प्रभाव के नीचे वह बड़ा हुआ था। बहिन को अपने छोटे भाई

से बड़ा प्यार था, और बाद में, जब वह बड़ा हुआ तो वे एक दूसरे के और भी निकट आ गए मानो वे एक-समान हों। यह बहिन की शादी से पहले की बात है। बहिन की उम्र पचीस की थी और भाई पन्द्रह साल का था। उन दिनों नेख़्लूदोव का एक मित्र हुआ करता था जिसका नाम था निकोलेंका इर्तेनेव। बहिन का उससे प्रेम हो गया था। लेकिन यह लड़का मर गया। दोनों निकोलेंका को बड़ा चाहते थे। निकोलेंका में, तथा एक दूसरे में उन्हें जो अच्छाई नज़र आती थी उससे वे प्रेम करते थे। इस अच्छाई से प्रेम ही मनुष्यों को एक दूसरे से मिलाता है।

परन्तु उसके बाद दोनों ही चरित्रहीन हो गए थे। नेख़्लूदोव फ़ौज में चला गया और वहाँ भ्रष्टाचार में डूब गया; बहिन ने विषय भोग की लालसा से प्रेरित होकर एक ऐसे आदमी से शादी कर ली जिसे नैतिक श्रेष्ठता तथा लोक-सेवा जैसी महत्वाकांक्षाओं में कोई रुचि न थी और न ही वह उनका मूल्य जानता था। किसी ज़माने में यही भावनाएँ उसे और उसके भाई को अत्यन्त प्रिय थीं, और वे इन्हें पवित्र मानते थे। लेकिन उसका पति यह समझता था कि ये केवल दिखावे के लिए तथा समाज में आगे बढ़ने की उत्कट आकाँक्षा से प्रेरित हैं। उनकी यही एक व्याख्या उसकी समझ में आ सकती थी।

नताल्या के पति के पास न तो धन-दौलत थी, और न ही उसे कोई जानता था। लेकिन अपने काम में वह बड़ा चतुर और सधा हुआ आदमी था। हवा का रुख़ पहचानता था। उदारवाद और रूढ़िवाद, दोनों में से देख लेता था कि किस प्रवृत्ति का पक्ष किस समय और किस अवसर पर लेना चाहिए, और इस तरह बड़ी सफ़ाई से अपना उल्लू सीधा कर लेता था। साथ ही स्त्रियों को वश में करने का उसमें विशेष आकर्षण था। इस तरह वह काफ़ी हद तक कामयाब वकील बन गया था। नेख़्लूदोव से उसका परिचय विदेश में हुआ। तब वह यौवन पार कर चुका था। नताल्या पर उसने ऐसे डोरे डाले कि वह उसपर मुग्ध हो उठी। नताल्या की अपनी उम्र भी उस समय काफ़ी ज्यादा हो चुकी थी। इस तरह दोनों की शादी हुई, हालाँकि इस विवाह को नताल्या की माँ ने विरोध किया क्योंकि वह समझती थी कि वह mesalliance* है। नेख़्लूदोव को अपने बहनोई से नफ़रत थी, हालाँकि इस भावना को वह अपने आपसे भी छिपाता रहता था और उसे मन में से निकालने का भरसक प्रयत्न करता रहता था।

रागोजिन्स्की बड़ी नीच प्रकृति का आदमी था। कुछ इस कारण और कुछ उसकी दम्भपूर्ण संकीर्णता के कारण, नेख़्लूदोव को उससे घृणा हो गई थी। पर घृणा का मुख्य कारण स्वयं उसकी बहिन नताल्या थी। नेख़्लूदोव समझ नहीं पा रहा था कि उसकी बहिन, यह जानते हुए भी कि उसका पति संकीर्ण प्रकृति का आदमी है, क्योंकर उसके पीछे उन्मत्त हो उठी है, और क्योंकर उसका प्रेम इतना स्वार्थी और इतना पाशविक हो उठा है। उसकी ख़ातिर वह अपनी आन्तरिक श्रेष्ठता का गला घोंट रही थी। रागोजिन्स्की की चाँद ऊपर से गंजी हो रही थी और बदन पर बाल-ही-बाल थे। यह सोचकर ही कि उसकी बहिन इस दम्भी आदमी की पत्नी है, उसका हृदय क्षुब्ध हो उठता। यहाँ तक कि जब उनके बाल-बच्चे हुए तो वह उनसे भी घृणा किए बिना नहीं रह सका। और हर बार जब उसे मालूम होता कि उसकी बहिन के घर फिर बच्चा होनेवाला है तो उसका हृदय शोकाकुल हो उठता। उसे ऐसा जान पड़ता जैसे फिर एक बार इस ग़ैर आदमी ने उसकी बहिन को छूत की बीमारी दे दी है।

रागोजिन्स्की दम्पति अकेले मास्को आए थे। अपने दोनों बच्चों–एक लड़का और एक लड़की–को वे घर छोड़ आए थे। मास्को में वे सबसे बढ़िया होटल में आकर ठहरे। पहुँचते ही

* बेमेल विवाह (फ्रेंच)

नताल्या अपनी माँ के पुराने घर की ओर चल पड़ी। लेकिन वहाँ उसे आग्राफ़ेना पेत्रोव्ना से पता चला कि उसका भाई घर छोड़ गया है और किराए पर कमरे लेकर रह रहा है। इस पर, गाड़ी में बैठकर वह उस ओर चल दी। अँधेरे, घुटन भरे बरामदे में जिसमें एक लैंप दिनभर टिमटिमाता रहता था उसे एक मैला-कुचैला नौकर मिला। उससे उसे पता चला कि प्रिन्स घर पर नहीं है।

नताल्या ने भाई के कमरे देखने की इच्छा प्रकट की और कहा कि वह उसके लिए एक चिट्ठी लिखकर छोड़ जाना चाहती है। नौकर उसे नेख़्लूदोव के कमरों की ओर लिवा ले गया।

दो छोटे-छोटे कमरों में उसका भाई रहता था। नताल्या ने बड़े ध्यान से उनमें रखी एक-एक चीज़ को देखा। हर चीज़ साफ़-सुथरी और क़रीने से रखी थी। नताल्या जानती थी कि उसके भाई को स्वच्छता और व्यवस्था से विशेष प्रेम है। लेकिन जिस चीज़ ने सबसे अधिक उसे प्रभावित किया वह एक प्रकार की अनूठी सादगी थी, जिसकी झलक हर चीज़ में मिलती थी। लिखने के मेज़ पर वही पुराना काग़ज़-दाब रखा था जिसे वह अच्छी तरह जानती थी, जिसके ऊपर काँसे का कुत्ता बना हुआ था। लिखने का सामान तथा बस्ते उसी तरह, सुपरिचित व्यवस्था के साथ रखे थे। फ़्रांसीसी भाषा में लिखी, तार्द की एक किताब में उसका जाना-पहचाना हाथी दाँत का लम्बा, तिरछी नोकवाला चाकू निशानी के तौर पर रखा था। इसी पुस्तक के साथ दंड के विषय पर बहुत-सी किताबें रखी थीं और हैनरी जार्ज की एक अंग्रेजी पुस्तक भी थी।

मेज़ के सामने बैठकर उसने भाई को पत्र लिखा कि आज ही मुझे मिलने के लिए आओ, भूलना नहीं। फिर कमरों को एक नज़र से देखकर, आश्चर्य से सिर हिलाती हुई, वह अपने होटल वापस चली गई।

अपने भाई के सम्बन्ध में नताल्या का ध्यान इस समय दो प्रश्नों पर केन्द्रित था एक तो कात्यूशा के साथ उसके विवाह के प्रश्न पर। इसकी ख़बर उसे अपने शहर में मिल गई थी–सभी लोग इसकी चर्चा करने लगे थे। दूसरा, किसानों को अपनी ज़मीन दे देने के बारे में। इसकी भी चर्चा लोगों में चल रही थी, और कई लोगों को इसमें राजनीति की गन्ध आती थी, और इसलिए वे इसे बड़ी ख़तरनाक हरकत समझते थे। कात्यूशा के साथ उसके शादी करने पर तो वह एक तरह से ख़ुश थी। इससे नेख़्लूदोव की जिस दृढ़ता का पता चलता था। वह भाई-बहिन दोनों के आचार में पाई जाती थी, विशेषकर उन हँसी-खुशी के दिनों में जब अभी नताल्या का ब्याह नहीं हुआ था। परन्तु जब वह कात्यूशा के बारे में सोचती तो उसका मन सिहर उठता, कि भाई कैसी भयानक औरत से शादी करने जा रहा है। इन दोनों भावनाओं में से पिछली भावना अधिक प्रबल थी, और उसने निश्चय कर लिया कि भाई को इस ब्याह से दूर रखने के लिए वह एड़ी-चोटी का ज़ोर लगा देगी, हालाँकि मन-ही-मन वह जानती थी कि इसमें सफलता प्राप्त करना आसान नहीं होगा।

जहाँ तक दूसरे मामले का सवाल था–किसानों को ज़मीन देने का–नताल्या ने इसकी बहुत परवाह नहीं की। परन्तु उसके पति को यह बहुत बुरा लगा था और वह चाहता था कि उसकी पत्नी अपने भाई को यह क़दम उठाने से रोके। रागोजिन्स्की का कहना था कि इस हरकत से नेख़्लूदोव की अस्थिरता, सनकीपन और दम्भ का पता चलता है, कि वह यह काम दिखावे के लिए कर रहा है, ताकि लोग उसकी चर्चा करें और कहें कि देखो कितना असाधारण आदमी है।

''इसमें क्या तुक है कि ज़मीन किसानों को इस शर्त पर दी जाए कि वे लगान की अदायगी ख़ुद को करें ?'' उसने कहा। ''अगर वह ज़मीन देना चाहता ही है तो किसान बैंक की मार्फ़त उनको बेच ही क्यों नहीं देता ? इसका तो कुछ मतलब भी होता। इससे तो पता चलता है कि वह सचमुच नीम-पागल हो गया है।''

अब रागोजिन्स्की बड़ी संजीदगी के साथ यह सोचने लगा था कि उसे नेख़्लूदोव का अभिभावक बन जाना चाहिए, और इसलिए अपनी पत्नी से अपेक्षा करता था कि वह अपने भाई से इस विचित्र योजना के बारे में पूरी गम्भीरता से बात करे।

32

शाम को घर लौटने पर जब नेख़्लूदोव को अपनी बहिन की चिट्ठी मिली तो वह उसी वक़्त उससे मिलने चल पड़ा। जब से माँ की मृत्यु हुई थी वे एक दूसरे से नहीं मिले थे। नताल्या कमरे में अकेली बैठी थी, उसका पति बग़लवाले कमरे में आराम कर रहा था। नताल्या ने काले रंग की चुस्त रेशमी पोशाक पहन रखी थी, और गले पर लाल "बो" लगा रखी थी। उसके बाल काले थे और नए-से-नए फ़ैशन के मुताबिक कुंडल बनाकर काढ़े हुए थे। उम्र में वह अपने पति जितनी थी। इसलिए साफ़ दिख रहा था कि उसे ख़ुश रखने के लिए वह बन-सँवरकर रहने की अत्यधिक कोशिश करती है।

भाई को देखते ही वह उछलकर खड़ी हो गई और भागकर उसे मिलने के लिए आगे बढ़ आई। उसकी रेशमी पोशाक सरसरा उठी। दोनों ने एक दूसरे को चूमा और मुस्कराकर एक दूसरे की ओर देखते रहे। इस रहस्यपूर्ण नज़र में एक ऐसा तत्व, एक ऐसी सच्चाई छिपी थी जो बयान से बाहर है। इसक बाद होंठों पर शब्द आए, परन्तु इनमें वैसी सच्चाई न थी।

"तुम तो पहले से भी अधिक स्वस्थ और छोटी नज़र आती हो !" नेख़्लूदोव ने कहा।

ख़ुशी से बहिन ने होंठ सिकोड़े।

"तुम कुछ दुबले हो गए हो।"

"और सुनाओ, तुम्हारे पति कैसे हैं ?" नेख़्लूदोव ने पूछा।

"वह आराम कर रहे हैं। रात भर सो नहीं पाए।"

कहने को कितना कुछ था। पर दिल की बात होंठों पर नहीं आ पाती थी। लेकिन आँखों-ही-आँखों से वे बहुत कुछ एक दूसरे को कह रहे थे।

"मैं तुम्हारे यहाँ गई थी।"

"हाँ, मुझे मालूम है। मैंने अपना घर छोड़ दिया क्योंकि मेरे लिए वह बहुत बड़ा था। मैं बिलकुल अकेला वहाँ रहता था, और मुझे बड़ी ऊब उठती थी। वहाँ जो कुछ भी रखा है, अब मेरे किसी काम का नहीं। तुम सब ले लो, मेरा मतलब है, फ़र्नीचर और ऐसी चीज़ें।"

"हाँ, आग्राफ़ेना पेत्रोव्ना ने मुझसे कहा था। मैं वहाँ गई थी। शुक्रिया, लेकिन..."

उसी वक़्त होटल का बेरा चाँदी के सेट में चाय लेकर आया।

जितनी देर वह मेज़ पर चाय लगाता रहा, दोनों चुप रहे। उसके चले जाने के बाद नताल्या मेज़ पर गई और चुपचाप चाय बनाने लगी। नेख़्लूदोव भी चुप था।

आख़िर नताल्या ने दृढ़ता से बात शुरू की–

"द्मीत्री, मुझे सारी बात का पता चल गया है।" कहकर वह उसके चेहरे की ओर देखने लगी।

"तो क्या हुआ? मुझे इस बात की ख़ुशी है कि तुम्हें पता चल गया है।"

"उसका जैसा जीवन रहा है, क्या उसके बाद भी तुम उसे सुधारने की आशा करते हो?" उसने पूछा।

नेख़्लूदोव छोटी-सी कुर्सी पर सीधा बैठा था, और बड़े ध्यान से अपनी बहिन की बात सुन रहा था, ताकि उसे ठीक-ठीक समझ सके और उसका ठीक-ठीक उत्तर दे सके। मास्लोवा से आख़िरी मुलाक़ात के बाद उसका मन शान्त और आह्लालादपूर्ण हो उठा था, और सकल प्राणीमात्र के प्रति सद्भावना से भर उठा था। वह मनःस्थिति अभी तक बनी हुई थी।

"मैं उसका नहीं, अपना सुधार करना चाहता हूँ," उसने जवाब दिया।

नताल्या ने उसाँस भरी।

"तो यह शादी के बिना भी किया जा सकता है।"

"पर मेरे विचार में शादी सबसे अच्छा तरीका है। इसके अलावा, मैं ऐसे लोगों के बीच रहने लगूँगा जिनकी मैं कुछ सेवा कर सकता हूँ।"

"मुझे विश्वास है कि इससे तुम्हें सुख नहीं मिलेगा," नताल्या ने कहा।

"मेरे सुख का यहाँ कोई सवाल ही पैदा नहीं होता।"

"बेशक, लेकिन यदि उस औरत के सीने में दिल है, तो वह सुखी नहीं हो सकती। वह इसकी इच्छा तक नहीं कर सकती।"

"वह शादी करना नहीं चाहती।"

"मैं समझ सकती हूँ। परन्तु जीवन..."

"हाँ तो, जीवन ?"

"जीवन की कुछ और ही माँग होती है।"

"जीवन की एक ही माँग होती है और वह यह कि हम ठीक काम करें," नताल्या के चेहरे की ओर देखते हुए नेख़्लूदोव ने कहा। नताल्या का चेहरा अब भी ख़ूबसूरत था, हाँ, आँखों और मुँह के आस-पास हलकी-हलकी रेखाएँ पड़ने लगी थीं।

"मैं तुम्हारा मतलब नहीं समझी," उसने उसाँस भरते हुए कहा।

"हाय, यह मेरी प्यारी बहिन कितना बदल गई है," नेख़्लूदोव सोच रहा था। उसे वे दिन याद आ गए जब अभी नताल्या की शादी नहीं हुई थी। तब यह कैसी हुआ करती थी। उसका दिल मधुर भावनाओं से भर उठा जिसमें बचपन की कितनी ही स्मृतियाँ गुँथी थीं।

उसी वक़्त रोगोजिन्स्की ने कमरे में प्रवेश किया। छाती फुलाए सिर पीछे को फेंके हुए वह अपनी आदत के मुताबिक़ हलके-हलके, और धीमे-धीमे क़दम रखता हुआ चला आ रहा था। उसकी आँखें, चश्मा, गंजी चाँद, स्याह दाढ़ी, सभी चमक रहे थे।

"कहो भाई मिज़ाज तो अच्छा है?" "मिज़ाज तो अच्छा है?" शब्दों पर विशेष बल देते हुए उसने कहा।

दोनों ने हाथ मिलाए। बिना किसी क़िस्म की आहट किए रागोजिन्स्की आराम-कुर्सी में धँसकर बैठ गया।

"मैं आप लोगों की बातों में ख़लल तो नहीं डाल रहा हूँ ?"

"नहीं, मैं किसी से भी छिपाकर कुछ कहना या करना नहीं चाहता।"

नेख़्लूदोव की नज़र उसके हाथों पर गई जिनपर बहुत अधिक बाल उग रहे थे। साथ ही कानों में उसकी कृपालुता और दम्भपूर्ण आवाज़ पड़ी। उसी क्षण नेख़्लूदोव का दब्बूपन जाता रहा।

"हाँ, हम यही बातें कर रहे थे कि भाई क्या करना चाहता है," नताल्या बोली, "आप चाय लेंगे न?" चायदानी पर हाथ रखते हुए उसने पूछा।

"हाँ। कौन-सी ख़ास बात यह करना चाहते हैं?"

"मेरा इरादा क़ैदियों की एक टोली के साथ साइबेरिया जाने का है। इस टोली में एक औरत है जिसके साथ मैंने बड़ा अन्याय किया है," नेख़्लूदोव ने कहा।

"मैंने तो कुछ और भी सुना है। तुम उसके साथ जाना ही नहीं चाहते हो बल्कि कुछ और भी करने का इरादा रखते हो।"

"हाँ, यदि उसकी इच्छा हुई तो उसके साथ शादी भी करूँगा।"

"ख़ूब! लेकिन अगर बुरा न मानो तो क्या मैं इसका कारण जान सकता हूँ? मेरी समझ में यह बात बैठ नहीं रही है।"

"कारण यही है कि इस स्त्री...इस स्त्री का अधःपतन जब शुरू हुआ..." नेख़्लूदोव को उपयुक्त शब्द नहीं मिल रहे थे, और उसे अपने आप पर गुस्सा आ रहा था, "कारण यह है कि वास्तव में अपराधी मैं हूँ, लेकिन सज़ा उसे दी जा रही है।"

"यदि उसे सज़ा दी जा रही है तो वह भी निर्दोष नहीं हो सकती।"

"वह बिलकुल निर्दोष है।"

और नेख़्लूदोव ने अनावश्यक उत्तेजना के साथ सारा क़िस्सा कह सुनाया।

"हाँ, प्रधान जज ने इस मामले में लापरवाही की, और नतीजा यह हुआ कि जूरी ने भी उलटा-सीधा जवाब दे दिया। पर इस क़िस्म के मामले सेनेट तक ले जाए जा सकते हैं।"

"सेनेट ने अपील ख़ारिज कर दी है।"

"अगर सेनेट ने अपील ख़ारिज कर दी है तो ज़ाहिर है अपील कमज़ोर होगी।" प्रत्यक्षतः और लोगों की तरह रागोजिन्स्की का भी यही मत था कि सच्चाई का जन्म अदालती फ़ैसलों से होता है। "सेनेट का काम मुक़दमे के गुण-दोष पर विचार करना नहीं है। अगर सचमुच कोई भूल हुई है तो ज़ार के सामने दरख़्वास्त देनी चाहिए।"

"दरख़्वास्त दी गई है लेकिन सफलता की कोई आशा नहीं। वे लोग मन्त्रालय से पूछेंगे और वे लोग सेनेट से पूछेंगे और सेनेट अपना निर्णय दोहरा देगा, और जैसा हमेशा होता है, निरपराध लोगों को सज़ा मिल जाएगी।"

"पहली बात तो यह कि मन्त्रालयवाले सेनेट की सलाह नहीं लेंगे," कृपालुताभरी मुस्कराहट के साथ रागोजिन्स्की ने कहा। "वे अदालत से असल काग़ज़ात मँगवाने का हुक़्म देंगे, और अगर देखेंगे कि सचमुच भूल हुई है तो वह उसी के अनुसार अपना फ़ैसला देंगे। दूसरी बात यह कि निर्दोष लोगों को कभी भी सज़ा नहीं दी जाती। या मिलती भी है तो बहुत ही विरले, किसी विशेष स्थिति में। हमेशा अपराधियों को सज़ा दी जाती है," रागोजिन्स्की ने ज़ोर देकर कहा और उसके होंठों पर आत्मतुष्टि की मुस्कान खेलने लगी।

"और मैं पक्की तरह से जानता हूँ कि बात इसके बिलकुल उलट है," नेख़्लूदोव ने कहा। उसके हृदय में अपने बहनोई के प्रति द्वेष की भावना उठ रही थी। "मुझे यक़ीन है कि जितने लोगों को सज़ा मिलती है, उनमें से अधिकांश निर्दोष होते हैं।"

"किन मानों में निर्दोष होते हैं ?"

"इस शब्द के असल मानों में। जिस तरह इस औरत ने किसी को ज़हर नहीं दिया और निर्दोष है, उसी तरह वे भी निर्दोष होते हैं। जिस तरह उस किसान ने, जिसे मैं अभी-अभी मिला हूँ, किसी की हत्या नहीं की और निर्दोष है, उसी तरह वे भी निर्दोष होते हैं। एक माँ और बेटे को आग लगाने के जुर्म में सज़ा मिलने जा रही है। सच यह है कि आग घर के मालिक ने खुद लगाई। जिस तरह इन लोगों का कोई दोष नहीं, वे लोग भी निर्दोष होते हैं।"

"इसमें क्या है, अदालतों में हमेशा ग़लतियाँ होती रहती हैं और होती रहेंगी। हुआ क्या, आख़िर इन्सान ही इन संस्थाओं में काम करते हैं, ये पूर्णतया निर्दोष कैसे हो सकती हैं।"

"यही नहीं, बहुत से ऐसे लोगों को सज़ा दी जाती है जिन्होंने अनजाने में जुर्म किए होते हैं। दरअसल जिन लोगों के बीच वे रहते हैं, उनमें ऐसे कामों को बुरा नहीं समझा जाता।"

"माफ़ करना यह तुम बिलकुल ग़लत बात कह रहे हो। चोर को अच्छी तरह मालूम होता है कि चोरी करना बुरा है, कि हमें चोरी नहीं करना चाहिए, यह पाप है," रागोजिन्स्की ने कहा। उसके होंठों पर वही पहले-सी शान्त, दम्भपूर्ण, कुछ-कुछ घृणाभरी मुस्कान आई, जो ख़ासतौर पर नेख़्लूदोव का बुरी लगी। वह खीज उठा।

"नहीं, वह नहीं जानता। उसे कहा जाता है 'चोरी मत करो' लेकिन वह देखता है कि फ़ैक्टरी का मालिक उसे कम पगार देकर उसकी मेहनत चुराता है। सरकार, सारा वक़्त तरह-तरह के टैक्स लगाकर, अपने अफ़सरों द्वारा उसका धन चुराती रहती है।"

"यह तो अराजकतावाद है," रागोजिन्स्की ने उसी तरह धीमी आवाज़ में अपने साले के शब्दों को व्याख्याबद्ध करते हुए कहा।

"मैं नहीं जानता इसे क्या कहते हैं, मैं तो इतना जानता हूँ कि होता क्या है," नेख़्लूदोव कहता गया। "उसे मालूम है कि सरकार उसका धन लूट लेती है। वह जानता है कि हम ज़मींदार लोग उसे मुद्दत से लूट रहे हैं, हमने उसकी ज़मीन चुरा ली है, वह ज़मीन जिसे सबकी साक्षी मिल्कियत होना चाहिए। अगर बाद में, उसी ज़मीन पर से जो हथिया ली गई है अगर वह कभी लकड़ी की खपच्चियाँ और टुकड़े बटोरकर ले आता है ताकि उनसे आग जला सके तो उसे जेल में डाल दिया जाता है, और उसे समझाने की कोशिश की जाती है कि वह चोर है। वह बेशक जानता है कि वह चोर नहीं है, कि वास्तव में वे लोग चोर हैं जिन्होंने उसकी ज़मीन उससे लूट ली है। अगर वह अपनी ही ज़मीन पर से कुछ उठाकर ले आता है तो यह उसका अपने परिवार के प्रति कर्तव्य है।"

"मैं तुम्हारी बात नहीं समझ सकता। और यदि समझता भी हूँ तो उससे सहमत नहीं हो सकता। ज़मीन का कोई तो मालिक होगा? अगर तुम उसे बाँट दो..." रागोजिन्स्की ने धीमे-धीमे कहना शुरू किया। उसे विश्वास था कि नेख़्लूदोव समाजवादी है और समाजवाद के अनुसार ज़मीन का समान रूप से बँटवारा किया जाता है। और ऐसा करना निपट मूर्खता होगी। इसे वह बड़ी आसानी से साबित कर सकता है। "आज अगर तुम ज़मीन को बराबर-बराबर हिस्सों में बाँट भी दो तो कल फिर ज़मीन उन लोगों के हाथ में चली जाएगी जो सबसे अधिक मेहनती तथा कुशल हैं।"

"ज़मीन को बराबर हिस्सों में बाँटने की बात कोई नहीं सोच रहा है। ज़मीन किसी की भी मिल्कियत नहीं होनी चाहिए। यह ऐसी चीज़ नहीं है जिसे बेचा या ख़रीदा जाए या लगान पर दिया जाए।"

"सम्पत्ति का अधिकार मनुष्य का जन्मजात अधिकार है। अगर यह न होगा तो खेती करने की प्रेरणा ही न रहेगी। सम्पत्ति अधिकार को आप हटा दें तो हम फिर बर्बरता के स्तर पर जा पहुँचेंगे," बड़े अधिकारपूर्ण स्वर में रागोजिन्स्की ने कहा। भूमि के निजी स्वामित्व के पक्ष में यही तर्क बार-बार दिया जाता है। और समझा जाता है कि यह अकाट्य तर्क है। यह तर्क इस अनुमान पर आधारित है कि चूँकि मनुष्य में सम्पत्ति ग्रहण करने की इच्छा होती है इसलिए यह साबित हुआ कि मनुष्य को सम्पत्ति ग्रहण करने का अधिकार है।

"नहीं नहीं, बल्कि स्थिति इसके उलट होगी। जब ज़मीन किसी की मिल्क़ियत में नहीं रहेगी

तो वह ख़ाली भी नहीं रहेगी, जैसे कि आजकल पड़ी रहती है। ज़मींदार लोग ख़ुद तो काश्त करना जानते नहीं, जो लोग जानते हैं उन्हें भी हाथ नहीं लगाने देते। न करना, न करने देना।''

''कैसी बहकी हुई बातें कर रहे हो, द्मीत्री इवानोविच ! क्या आज के ज़माने में भूस्वामित्व को तुम ख़त्म कर सकते हो ? मुझे मालूम है कि मुद्दत से यह सनक तुम्हारे सिर पर सवार है। लेकिन मैं साफ़-साफ़ तुम्हें कह देना चाहता हूँ...'' रागोजिन्स्की का चेहरा पीला पड़ गया और होंठ काँपने लगे। प्रत्यक्षतः इस सवाल ने उसे निजी तौर पर उद्वेलित कर रखा था। ''मैं यह ज़रूर कहूँगा कि इसे व्यावहारिक रूप देने से पहले तुम इस सवाल पर अच्छी तरह सोच लो।''

''क्या आप मेरे निजी मामलों के बारे में कह रहे हैं ?''

''हाँ। जिन विशेष परिस्थितियों में हम लोग रहते हैं, उनकी ज़िम्मेवारियाँ भी हम पर आयद होती हैं। जिस स्थिति में हमारा जन्म हुआ है वह हमारे पुरखाओं की देन है। हमारा कर्तव्य है कि हम अपनी विरासत सँभालकर रखें और जाते समय अपने बच्चों को सौंपकर जाएँ।''

''मेरा कर्तव्य...''

''माफ़ करना,'' रागोजिन्स्की ने नेख़्लूदोव को बीच में बोलने की मनाही करते हुए कहा। ''मैं अपनी या अपने बच्चों की ख़ातिर यह बात नहीं कह रहा हूँ। मेरे बच्चों की स्थिति सुरक्षित है। मेरी आमदनी अच्छी ख़ासी है जिससे हम आराम से ज़िन्दगी बसर कर सकते हैं। और मुझे उम्मीद है कि मेरे बच्चे भी इसी तरह रहते रहेंगे। मैं जो तुम्हारे इस काम के बारे में चिन्तित हूँ तो किसी निजी लाभ की ख़ातिर नहीं। माफ़ करना, तुम यह क़दम सोच-समझकर नहीं उठा रहे हो। मेरा सिद्धान्ततः तुमसे मतभेद है। तुम्हें इस बारे में और सोचना-विचारना चाहिए, पढ़ना चाहिए...''

''माफ़ कीजिए, मैं अपने काम में किसी का हस्तक्षेप नहीं चाहता। मुझे क्या पढ़ना चाहिए, और क्या नहीं पढ़ना चाहिए, इसका फ़ैसला मैं ख़ुद कर सकता हूँ,'' नेख़्लूदोव ने कहा। उसका चेहरा पीला पड़ गया। उसे महसूस हुआ जैसे उसके हाथ ठंडे पड़ने लगे हैं और उसका मन बेक़ाबू होता जा रहा है। वह चुप हो गया और चाय पीने लगा।

33

''कहो, बच्चे कैसे हैं?'' मन कुछ स्थिर हुआ तो नेख़्लूदोव ने बहिन से पूछा।

बहिन ने बताया कि बच्चे अपनी दादी के पास हैं। उसने चैन की साँस ली कि दोनों में बहस ख़त्म हो गई है। वह सुनाने लगी कि उसके बच्चे भी बिलकुल वही खेल खेलते हैं जो बचपन में नेख़्लूदोव खेला करता था–वह भी एक बग़ल में एक गुड़िया दबा लिया करता था और दूसरी में दूसरी, एक हबशी की और दूसरी जिसे वह फ़्रांसीसी औरत कहा करता था, और दोनों को लेकर कहता था कि मैं सफ़र पर जा रहा हूँ।

''क्या सचमुच तुम्हें यह सब याद है ?'' नेख़्लूदोव ने मुस्कराकर पूछा।

''हाँ तो। और ख़याल करो, वे खेलते भी बिलकुल तुम्हारी तरह हैं।''

अप्रिय वाद-विवाद समाप्त हो चुका था, और नताल्या आश्वस्त अनुभव करने लगी थी। लेकिन वह अपने पति की उपस्थिति में भाई के साथ ऐसी बातों की चर्चा नहीं करना चाहती थी, जिन्हें केवल वही समझ सकता हो। इसलिए किसी ऐसे विषय पर बात शुरू कर देने की इच्छा से, जिसमें सबकी रुचि हो उसने कामेन्स्की की माँ का जिक्र छेड़ दिया कि बेचारी कितनी दुखी है। उसका इकलौता बेटा द्वन्द्व युद्ध में मारा गया था। पीटर्सबर्ग का यह लोकप्रिय विषय अब

मास्को तक पहुँच गया था।

रागोजिन्स्की कहने लगा कि मुझे यह स्थिति क़तई पसन्द नहीं है कि एक आदमी द्वन्द्व युद्ध में किसी को मार डाले और उसे साधारण मुज़रिम न क़रार दिया जाए।

नेख़्लूदोव ने फ़ौरन इसका प्रतिवाद किया और दोनों में फिर उसी विषय को लेकर बहस छिड़ गई। बहस में किसी बात को भी खोलकर नहीं समझाया गया। प्रतिद्वन्द्वियों के मन में क्या है, वह भी उन्होंने पूरी तरह नहीं बताया केवल अपने-अपने विश्वास पर अड़े रहे और एक दूसरे के मत की निन्दा करते रहे।

रागोजिन्स्की को महसूस हुआ जैसे नेख़्लूदोव उसकी निन्दा कर रहा है, जैसे उसके काम-काज से उसे घृणा है। वह उसे दिखा देना चाहता था कि उसके विचार सर्वथा अन्यायपूर्ण हैं। दूसरी तरफ़ नेख़्लूदोव इस बात से खीज उठा था कि उसका बहनोई ज़मीन के मामले में दख़ल दे रहा है (अन्दर-ही-अन्दर वह जानता था कि उसकी बहिन, बहनोई और उनके बच्चे उसकी ज़मीन-जायदाद के उत्तराधिकारी हैं, और इस नाते उनका एतराज करना असंगत नहीं है)। उसे गुस्सा था कि यह संकीर्ण मन का आदमी किस आत्मविश्वास के साथ उन बातों को बार-बार न्यायपूर्ण और उचित कहे जा रहा है जबकि नेख़्लूदोव निश्चित तौर पर जानता है कि वे सर्वथा अनुचित और अन्यायपूर्ण हैं। उसके स्थिर आत्मविश्वास को देखकर नेख़्लूदोव मन-ही-मन कुढ़ रहा था।

"क़ानून क्या कर सकता था?" उसने पूछा।

"क़ानून यह कर सकता था कि द्वन्द्व युद्ध लड़नेवालों में से एक को कड़ी मशक़्क़त की सज़ा देकर खानों में भेज देता, जिस तरह साधारण हत्यारे को भेजा जाता है।"

नेख़्लूदोव के हाथ फिर ठंडे पड़ने लगे।

"उसका क्या लाभ होता ?" उसने तुनककर पूछा।

"यह इन्साफ़ होता।"

"जैसे इन्साफ़ करना क़ानून का मक़सद हो," नेख़्लूदोव बोला।

"अगर यह नहीं तो और कौन-सा मक़सद है ?"

"क़ानून का मक़सद वर्ग-हितों की रक्षा करना है। मैं समझता हूँ कि क़ानून केवल एक साधन मात्र है जिसके द्वारा हम मौजूदा व्यवस्था को बनाए रखना चाहते हैं, ताकि इससे हमारे वर्ग-हितों को लाभ पहुँचता रहे।"

"यह अनोखा विचार है," रागोजिन्स्की ने कहा। उसके होंठों पर आश्वस्त मुस्कान खेल रही थी। "सामान्यतया क़ानून का एक बिलकुल ही दूसरा मक़सद माना जाता है।"

"हाँ, लेकिन किताबों में, व्यवहार में नहीं। मैंने देख लिया है। क़ानून का केवल एक ही लक्ष्य है और वह यह कि मौजूदा व्यवस्था को बनाए रखे। इसलिए जो लोग इस व्यवस्था को हटाना चाहते हैं, जो योग्यता में जनसाधारण से ऊँचे होते हैं–तथाकथित राजनीतिक अपराधी–उन्हें तंग करता है और फाँसी पर लटकाता है। इसी तरह उन लोगों को भी जो साधारण स्तर से नीचे के हैं तथाकथित अपराधी कोटि के लोग।"

"मैं तुमसे सहमत नहीं हूँ। अव्वल तो मैं यह नहीं मान सकता कि राजनीतिक अपराधियों को इसलिए सज़ा दी जाती है कि वे असाधारण योग्यता के लोग होते हैं। उनमें से अधिकांश ऐसे होते हैं जिन्हें हम समाज का कचरा कह सकते हैं, उतने ही विकार-ग्रस्त जितने कि अपराधी कोटि के लोग जिन्हें तुम साधारण से निचले स्तर का कहकर पुकारते हो।"

"पर मैं ऐसे व्यक्तियों को जानता हूँ जो नैतिक दृष्टि से उन लोगों से बहुत ऊँचे हैं जो उन

पर न्यायाधीश बनकर बैठते हैं। सभी सम्प्रदाई सदाचारी, दृढ़ता...''

परन्तु रागोजिन्स्की उन लोगों में से था जो किसी का बीच में बोलना बर्दाश्त नहीं कर सकता। नेख़्लूदोव की बात को बिना सुने ही वह बोलता गया। नतीजा यह हुआ कि नेख़्लूदोव और भी चिढ़ उठा।

''मैं यह भी नहीं मान सकता कि क़ानून का मक़सद मौजूदा व्यवस्था को बनाए रखना है। क़ानून का लक्ष्य सुधार करना...''

''वाह, क्या ख़ूब सुधार है जो जेलों में रहा है !'' नेख़्लूदोव बोल उठा।

''...या उन विकार-ग्रस्त तथा वहशी लोगों को हटाना है,'' रागोजिन्स्की अब भी धृष्टता से बोले जा रहा था, ''जिनसे समाज को ख़तरा है।''

''बस, यही काम तो वह नहीं करता। समाज के पास साधन ही नहीं हैं।''

''यह तुम कैसे कह सकते हो ? मैं नहीं समझ सकता,'' रागोजिन्स्की ने बनावटी हँसी हँसते हुए कहा।

''मेरा मतलब है कि केवल दो प्रकार का ही दंड ऐसा है जिसे हम उचित दंड कह सकते हैं, और इसका प्रयोग पुराने ज़माने में किया जाता था। एक, शारीरिक दंड और दूसरा प्राण-दंड। हम देखते हैं कि ज्यों-ज्यों रीति-रिवाज में अधिकाधिक मानवीयता आती गई, इनका प्रयोग कम होता गया,'' नेख़्लूदोव ने कहा।

''तुम्हारे मुँह से यह नई बात सुनकर सचमुच मुझे अचम्भा हो रहा है।''

''यदि कोई आदमी बुरा काम करता है, तो उसे शारीरिक कष्ट देना मैं तर्कसंगत मानता हूँ, ताकि भविष्य में वह ऐसा काम नहीं करे। इसी तरह यदि किसी आदमी से समाज को नुक़सान पहुँचता है, या समाज को उससे ख़तरा है तो उसका सिर क़लम कर देना मैं तर्कसंगत मानता हूँ। इन सज़ाओं का मतलब समझ में आ सकता है। लेकिन यदि आरामतलबी के कारण या किसी बुरे आदमी की देखा-देखी कोई आदमी बुरे काम करने लगता है तो उसे जेलख़ाने में बन्द कर देने में क्या तुक है ? वहाँ आप उसे खाना देते हैं, जबरदस्ती उसे निठल्ला बिठाए रखते हैं, और बुरे-से-बुरे लोगों के संग रखते हैं। इसे कौन समझदारी कहेगा ? इसमें क्या तुक है कि सरकारी ख़र्च पर, और यह ख़र्च फ़ी आदमी पाँच सौ रूबल से अधिक बैठता है, एक आदमी को तुला से इर्कूत्स्क गुबेर्निया तक, या कूर्स्क से...''

''हाँ, लेकिन फिर भी लोग इन यात्राओं पर ले जाए जाने से डरते हैं भले ही यह सरकारी ख़र्च पर है। और अगर इस प्रकार की यात्राएँ और जेलख़ाने न होते तो हम लोग भी आज यहाँ न बैठे होते।''

''जेलख़ानों से हमारी सुरक्षा सुनिश्चित नहीं हो सकती क्योंकि क़ैदी हमेशा के लिए क़ैद नहीं रहते, उन्हें बाद में छोड़ दिया जाता है। इसके विपरित इन संस्थाओं में लोग अत्यधिक भ्रष्ट और दुराचारी बनते हैं, इस तरह समाज के लिए ख़तरा बढ़ता है।''

''तुम्हारा क्या मतलब है कि जेल-पद्धति में सुधार होना चाहिए ?''

''इसमें सुधार नहीं हो सकता। जेलख़ानों को बेहतर बनाने पर इतना ख़र्च बैठेगा जितना लोगों की तालीम पर भी ख़र्च नहीं होता। ऐसा करने से जनता पर और भी बोझ पड़ेगा।''

''लेकिन अगर जेल-पद्धति में त्रुटियाँ रह गई हैं तो इससे क़ानून तो ग़लत नहीं हो जाता,'' अपने साले की बात पर ध्यान दिए बिना रागोजिन्स्की कहता गया।

''इन त्रुटियों का कोई इलाज नहीं है,'' नेख़्लूदोव ने चिल्लाकर कहा।

"तो क्या हुआ ? क्या हम क़ैदियों को मार डालें ? या जैसा किसी राजनीतिज्ञ ने सुझाव दिया था, इनकी आँखें निकालनी शुरू कर दें ?" विजयी मुस्कान के साथ रागोजिन्स्की बोला।

"हाँ, है तो निर्दयता लेकिन इसका असर होगा। जो कुछ आज किया जा रहा है उसमें भी निर्दयता है, लेकिन न केवल यह कि उसका कोई असर नहीं होता, बल्कि वह इतना मूर्खतापूर्ण है कि हम समझ नहीं सकते कि सूझ-बूझ रखनेवाले लोग ज़ाब्ता फ़ौजदारी जैसे बेहूदा और ज़ालिमाना काम में भाग कैसे ले सकते हैं।"

"मैं ख़ुद इसमें भाग लेता हूँ," रागोजिन्स्की ने कहा और उसका चेहरा पीला पड़ गया।

"आप जानें और आपका काम। मगर यह बात मेरी समझ के बाहर है।"

"यही नहीं, बहुत-सी बातें हैं जो तुम्हारी समझ के बाहर हैं," रागोजिन्स्की ने कहा। उसकी आवाज़ काँप रही थी।

"मैंने अपनी आँखों से देखा, कि एक सरकारी वकील एक बदनसीब लड़के को सज़ा दिलवाने की भरसक कोशिश कर रहा था। उस लड़के को देखकर किसी भी आदमी को रहम आ जाता। हाँ, जिन लोगों का मन दूषित हो उठा है, उनकी बात और है। मैंने एक दूसरे सरकारी वकील को एक सम्प्रदाई के विरुद्ध जिरह करते सुना। इंजील के पाठ को उसने संगीन जुर्म बनाकर दिखा दिया। सच तो यह है कि कचहरियों में इसी क़िस्म के मूढ़ और ज़ालिमाना काम होते रहते हैं।"

"अगर मुझे ये काम इस तरह के लगते तो मैं कचहरी में काम नहीं करता।"

नेख़्लूदोव ने देखा कि उसके बहनोई की ऐनकें नीचे से, अजीब तरह से चमकने लगी थीं। "क्या ये आँसू तो नहीं?" उसने सोचा। वे सचमुच आँसू ही थे–आहत स्वाभिमान के आँसू। रागोजिन्स्की उठकर खिड़की के पास चला गया और जेब में से रूमाल निकालकर पहले खाँसने लगा और फिर ऐनकों के शीशे पोंछने लगा, और पोंछ चुकने के बाद रूमाल से अपनी आँखें पोंछता रहा। फिर वह सोफ़े के पास लौट आया और सिगार सुलगा लिया। इसके बाद वह बिलकुल चुप हो गया।

नेख़्लूदोव बड़ा लज्जित और क्षुब्ध महसूस करने लगा कि मैंने नाहक अपने बहनोई और बहन को इतना अधिक नाराज़ कर दिया, विशेषकर जब मैं कल ही यहाँ से जा रहा हूँ और फिर उन्हें नहीं मिल पाऊँगा।

विदा लेते समय उसे बड़ी झेंप हो रही थी। वहाँ से वह सीधा घर लौट आया।

"सम्भव है मैंने जो कुछ कहा वह ठीक हो। उससे भी मेरी बातों का कोई जवाब नहीं बन पड़ा। लेकिन मेरे कहने का ढंग ग़लत था। इसका मतलब है कि मुझमें कोई भी तब्दीली नहीं आई जो मैं एक आदमी से इतना द्वेष कर सकता हूँ कि उसे नाराज़ कर दूँ और उसकी भावनाओं को ठेस पहुँचाऊँ। मैंने बेचारी नताल्या को भी दुखी किया है," वह मन-ही-मन सोच रहा था।

34

क़ैदियों की जिस टोली में मास्लोवा शामिल थी उसे स्टेशन से तीन बजे दोपहर की गाड़ी से रवाना हो जाना था। टोली को जेल में से निकलते देखने के लिए, तथा क़ैदियों के साथ ही स्टेशन तक जा पाने के लिए नेख़्लूदोव ने निश्चय किया कि वह बारह बजे तक ज़रूर जेल में पहुँच जाएगा।

पिछली रात अपना सामान बाँधते तथा काग़ज़ात समेटते समय उसकी नज़र अपनी डायरी पर पड़ी और वह उसमें इधर-उधर लिखे कुछ अंश पढ़ने लगा। पीटर्सबर्ग के लिए रवाना होने

से पहले डायरी में आख़िरी शब्द ये थे–"कात्यूशा को मेरी क़ुर्बानी मन्ज़ूर नहीं। वह स्वयं क़ुर्बानी देना चाहती है। उसकी जीत हुई है, और मेरी भी। यह देखकर कि उसमें एक आन्तरिक परिवर्तन हो रहा है, मुझे बेहद ख़ुशी होती है, हालाँकि इस पर विश्वास करते डरता हूँ। विश्वास करते डर लगता है लेकिन फिर भी उसका पुनर्जन्म हो रहा है।" आगे चलकर एक जगह उसने पढ़ा–"हाल ही में मुझे अत्यन्त कठोर पर साथ ही अत्यन्त सुखद अनुभव हुए हैं। मुझे पता चला कि मास्लोवा का अस्पताल में बहुत बुरा व्यवहार रहा है। यह सुनकर सहसा मुझे बेहद दुख हुआ। जब मैं उससे मिला तो मैं उसके साथ बड़ी घृणा तथा द्वेष से पेश आया। फिर सहसा मुझे ख़याल आया कि जिस अपराध के लिए मैं उससे इतनी घृणा कर रहा हूँ, वह मैं स्वयं कितनी बार कर चुका हूँ। आज भी मैं यह जुर्म करता हूँ, भले ही वह चिन्तन तक सीमित हो। यह सोचते ही मैं अपनी नज़रों में गिर गया, मुझे अपने आपसे घृणा होने लगी। उसके प्रति मेरा हृदय अनुकम्पा से भर उठा। इस तरह फिर मेरे मन में ख़ुशी का संचार हुआ। काश कि हम अपने दोष देख पाएँ, तो हम कितने दयालु हो उठेंगे!" इतना पढ़ चुकने के बाद नेख़्लूदोव ने डायरी में लिखा–"मैं नताल्या से मिलने गया था। आत्मसन्तोष ने मुझे फिर अनुदार और द्वेषपूर्ण व्यवहार करने पर उकसाया। मेरे मन पर इस बात का बहुत बड़ा बोझ है। अब कोई चारा नहीं। कल मैं एक नए जीवन में पदार्पण कर रहा हूँ। पुराने जीवन को अन्तिम बार विदा! मन में तरह-तरह के अनगिनत प्रभाव घूम रहे हैं। अभी उन्हें एकबद्ध करना मेरे लिए सम्भव नहीं।"

दूसरे दिन प्रातः जब नेख़्लूदोव जागा तो उसका मन भारी था। बहनोई के साथ अपने व्यवहार पर उसे पश्चाताप हो रहा था।

"मुझे ज़रूर जाकर उन्हें मना लेना चाहिए," उसने सोचा, "मैं बिना मिले कैसे जा सकता हूँ।"

परन्तु घड़ी देखी तो पता चला की कोई वक़्त नहीं है। अगर टोली के चलने से पहले पहुँचना है तो उसे जल्दी-जल्दी तैयार हो जाना चाहिए। जल्दी-जल्दी उसने तैयारी कर ली, सामान अपने नौकर और फ़ेदोस्या के पति तारास के हाथ स्टेशन पर भेज दिया–फ़ेदोस्या का पति भी साथ चल रहा था–और फिर जो भी घोड़ागाड़ी पहले नज़र आई, उसी पर चढ़कर जेल की ओर चल पड़ा।

जिस गाड़ी से वह ख़ुद जा रहा था, उससे दो ही घंटे पहले क़ैदियों की गाड़ी छूटती थी। इसलिए नेख़्लूदोव ने कमरों का किराया चुकाया और वहाँ से निकल आया।

जुलाई का महीना था। बड़ी तेज़ गर्मी पड़ रही थी। सड़क के पत्थर तप रहे थे, दीवारों और लोहे की छतों से तपिश बन्द हवा में मानो बह-बहकर गिर रही थी। पिछली रात की उमस में भी ये ठंडी नहीं हो पाई थीं। किसी-किसी वक़्त कभी कोई हवा का हलका-सा झोंका उठता लेकिन वह भी गर्म और गर्द से भरा होता, और उससे रोग़न की बू आ रही होती। सड़कों पर बहुत कम लोग आ-जा रहे थे, और वे भी एक तरफ़ साए में रहने की कोशिश कर रहे थे। केवल सड़क की मरम्मत करनेवाले किसान धूप में बैठे तपते बालू में पत्थर कूट रहे थे। उनके तपे हुए चेहरों का रंग काँसे का सा हो रहा था। पाँवों में वे छाल के जूते पहने थे। सड़के के बीचों-बीच पुलिस के सिपाही, छोटा कोट पहने और नारंगी रंग की डोरी से रिवाल्वर लटकाए, उदास और निराश, मुँह लटकाए खड़े थे। कभी एक पाँव पर अपना बोझ डालते कभी दूसरे पर। धूप से चमचमाती सड़क पर घोड़ा-ट्रामें, घंटियाँ बजाती आ-जा रही थीं। घोड़ों के सिरों पर सफ़ेद हुड लगे थे जिनमें कानों के लिए छेद किए हुए थे।

जब नेख़्लूदोव गाड़ी में बैठा जेलख़ाने के सामने पहुँचा तो टोली अभी जेल के आँगन में से बाहर नहीं निकली थी। सुबह चार बजे से क़ैदियों की सुपुर्दगी और वसूली का काम चल रहा था। काम बेहद कड़ा था और अभी तक समाप्त नहीं हो पाया था। टोली में 623 पुरुष और 64 क़ैदी स्त्रियाँ थीं। एक-एक करके सभी को गिनना, फिर रजिस्ट्री-फ़ेहरिस्त से मिलाना, बीमार और कमज़ोर क़ैदियों को अलग करना, फिर सबको कॉनवाय के सुपुर्द करना था। नया इन्स्पेक्टर, उसके दो सहायक, डाक्टर, छोटा डाक्टर, कॉनवाय का अफ़सर और क्लर्क, सभी जेल के आँगन में, एक दीवार के साए में मेज़ लगाकर बैठे थे। मेज़ पर काग़ज़ और लिखने का सामान रखा था। एक-एक करके वे क़ैदियों को बुलाते, उनकी जाँच करते, उनसे सवाल पूछते और क़ाग़जों पर अपनी टिप्पणी लिखते जाते।

सूरज़ की किरणें धीरे-धीरे मेज़ तक भी जा पहुँची थी। हवा बन्द थी, कुछ इस कारण और कुछ पास में खड़ी क़ैदियों की भीड़ के श्वासों के कारण गर्मी असह्य हो उठी थी।

''हे भगवान, यह काम कभी ख़त्म भी होगा या नहीं !'' कॉनवाय अफ़सर बोला। यह आदमी क़द का ऊँचा-लम्बा और मोटा था, चेहरा लाल, कन्धे ऊँचे और बाज़ू छोटे-छोटे थे। बराबर सिगरेट पिए जा रहा था और धुँआ अपनी घनी मूँछों में छोड़े जा रहा था। एक लम्बा कश खींचकर बोला–''तुम लोग मुझे मार डालोगे। कहाँ से पकड़ लाए हो इन्हें ? और कितने रह गए हैं?''

क्लर्क ने लिस्ट देखी।

''औरतों को छोड़कर 23 आदमी अभी और बाक़ी हैं।''

''वहाँ किसलिए खड़े हो? चलो इधर,'' कॉनवाय अफ़सर ने चिल्लाकर उन क़ैदियों को पुकारा जो अभी तक जाँच के लिए नहीं आए थे, और जो एक के पीछे दूसरा भीड़ बनाकर खड़े थे। पिछले तीन घंटे से क़ैदी, लाइनें बाँधे, चुनचुनाती धूप में खड़े अपनी-अपनी बारी का इन्तज़ार कर रहे थे।

जहाँ आँगन में, जेल के अन्दर यह काम हो रहा था, वहाँ जेल के बाहर, फाटक के सामने, जहाँ बन्दूक़ उठाए सन्तरी रोज़ की तरह खड़ा पहरा दे रहा था, बीसेक छकड़े खड़े थे। ये क़ैदियों का सामान ढोने के लिए तथा ऐसे क़ैदियों को ले जाने के लिए खड़े थे जो कमज़ोरी के कारण स्वयं चलकर नहीं जा सकते थे। एक कोने में क़ैदियों के भाई-बन्द इस उम्मीद में खड़े थे कि जब क़ैदी बाहर निकलेंगे तो मौक़ा देखकर ये उनसे दुआ-सलाम कर सकेंगे और छोटी-मोटी चीज़ें उन्हें दे सकेंगे। इन्हीं लोगों के बीच नेख़्लूदोव भी जा खड़ा हुआ।

घंटा भर वहाँ खड़ा रहने के बाद उसके कानों में तरह-तरह की आवाज़ें पड़ने लगीं–बेड़ियाँ खनकने, लोगों के चलने, अफ़सरों की आवाज़ें, खाँसने-काँखने तथा एक बहुत बड़ी भीड़ में लोगों के बुदबुदाने की आवाज़ें आने लगीं। लगभग पाँच मिनट तक यही चलता रहा। इस बीच कुछेक वार्डर फाटक में से बाहर और अन्दर आते-जाते रहे। अन्त में हुक्म सुनाया गया।

बड़े शोर के साथ फाटक खुले। बेड़ियों-जंजीरों की आवाज़ और भी ऊँची हो उठी। कॉनवाय के सिपाही, सफ़ेद वर्दी कोट पहने और कन्धों पर बन्दूकें रखे बाहर सड़क पर आ गए और फाटक के सामने पूरा गोल चक्र बनाकर खड़े हो गए। प्रत्यक्षतः इस तरह रस्मी तौर पर आकर खड़े होने का उन्हें काफ़ी अभ्यास था। इसके बाद एक और आदेश दिया गया और दो-दो करके क़ैदी बाहर आने लगे। उनके घुटे हुए सिरों पर गोल चपटी टोपियाँ थीं और कन्धों पर बोरियाँ थीं। क़ैदियों के पाँवों में बेड़ियाँ पड़ी थीं। एक हाथ से बोरी को थामे, दूसरी बाँह झुलाते हुए, वे पाँव घसीटते चले आ रहे थे। सबसे आगे वे क़ैदी बाहर निकले जिन्हें कड़ी मशक़्क़त की सज़ा दी गई थी। सभी ने भूरे रंग की पतलूनें और कुर्ते पहने रखे थे जिनकी पीठ पर नम्बर लिखे थे। सभी क़ैदी तेज़-तेज़ क़दम

रखते हुए बेड़ियाँ खनखनाते और बाँहें झुलाते बाहर निकले मानो किसी लम्बे सफ़र पर जाने के लिए तैयार होकर आए हों। इनमें जवान भी थे और बूढ़े भी, पतले भी थे और मोटे भी, पीले चेहरोंवाले, लाल चेहरोंवाले और सँवलाए चेहरोंवाले भी थे, दाढ़ीवाले और बिना दाढ़ी के भी थे, रूसी, तातार और यहूदी–सभी तरह के लोग शामिल थे। तेज़-तेज़ चलते हुए वे बाहर निकले लेकिन दस क़दम चलने के बाद वे सहसा रुक गए और बड़ी आज्ञाकारिता के साथ चार-चार की लाइन बनाकर एक दूसरे के पीछे खड़े होने लगे। इसके बाद फ़ौरन ही और आदमी बाहर निकलने लगे। उनके सिर भी मुँडे हुए थे। इन्होंने भी उसी तरह के कपड़े पहन रखे थे। इनके पाँवों में बेड़ियाँ नहीं थीं, लेकिन इनके हाथ आपस में हथकड़ियों के साथ बँधे हुए थे। ये वे क़ैदी थे जिन्हें निर्वासन की सज़ा दी गई थी। ये क़ैदी भी तेज़-तेज़ चलते हुए आए और उसी तरह सहसा रुक गए और चार-चार की लाइन बनाकर खड़े हो गए। इनके बाद वे क़ैदी बाहर निकले जिन्हें उनकी ग्राम-पंचायतों ने निर्वासित कर दिया था। इसके बाद, इसी ढंग से, औरतें बाहर आईं। सबसे पहले वे औरतें जिन्हें कड़ी मशक्क़त की सज़ा दी गई थी। इन्होंने भूरे रंग के लबादे और सिर पर रूमाल बाँध रखे थे। इनके पीछे वे औरतें जिन्हें निर्वासन की सज़ा मिली थी, और अन्त में वे जो स्वेच्छा से अपने पतियों के साथ साइबेरिया जा रही थीं। इन औरतों ने अपने नगर या गाँव की पोशाकें पहन रखी थीं। कुछेक औरतें अपने लबादों के अगले हिस्सों में अपने बच्चों को लपेटे साथ लिए आ रही थीं।

जिस भाँति घोड़ों के एक झुंड में बछेरे अपनी माँओं की टाँगों के साथ सटकर भागे चले आते हैं, इसी तरह इन औरतों के साथ इनके बच्चे, लड़के और लड़कियाँ भी थीं।

आदमी चुपचाप खड़े थे। केवल किसी-किसी वक़्त खाँस देते या छोटी-मोटी बात कह देते। औरतें अनवरत बोले जा रही थीं। जब वे बाहर निकल रही थीं तो नेख़्लूदोव को लगा जैसे उसने मास्लोवा को देखा हो, लेकिन शीघ्र ही मास्लोवा भीड़ में खो गई, और उसे अपने सामने भूरे रंग के कपड़े-ही-कपड़े नज़र आने लगे–यह नहीं लगता था जैसे वे इन्सान हैं, या कम-से-कम औरतों वाली उनमें कोई बात न थी। पीठ पर बोरियाँ उठाए, उनके बच्चे उनकी टाँगों से चिपकते हुए, वे आईं और मर्दों के पीछे आकर खड़ी हो गईं।

जेल में से क़ैदी गिनकर भेजे गए थे। लेकिन बाहर पहुँचने पर कॉनवायवालों ने उन्हें फिर गिना और फ़ेहरिस्त में दर्ज हुए नम्बरों के साथ नम्बर मिलाने लगे। इसमें बहुत देर लगी, ख़ासकर इसलिए कि कुछ क़ैदी अपनी जगह छोड़कर आगे-पीछे हो जाते थे जिससे कॉनवायवालों की गणना में गड़बड़ हो जाती थी। कॉनवाय के सिपाही चिल्ला रहे थे और क़ैदियों को धकेल रहे थे। क़ैदी बड़बड़ाते लेकिन फिर भी जहाँ वे कहते, खड़े हो जाते थे। जब सभी गिने जा चुके तो कॉनवाय अफ़सर ने आदेश दिया। आदेश देने की देर थी कि भीड़ में खलबली मच गई। मर्द, औरतें और बच्चे, जो लोग शरीर के दुर्बल थे, छकड़ों की ओर भागकर जाने लगे, एक दूसरे से आगे निकलने की कोशिश करते हुए। छकड़ों में वे अपनी-अपनी बोरियाँ फेंक ऊपर चढ़ने लगे। औरतें, अपने रोते-चिल्लाते बच्चों को लिए, हँसोड़ लड़के छकड़ों में अपने लिए जगह बनाने के लिए छीना झपटी करते हुए, तथा सुध-बुध खोए, उदास क़ैदी छकड़ों में जा बैठे।

कुछेक क़ैदी चलते हुए कॉनवाय अफ़सर के पास आए और सिरपर से टोपियाँ उतारकर उससे कोई दरख़्वास्त की। नेख़्लूदोव को बाद में पता चला कि वे छकड़ों में बैठने की इजाज़त माँग रहे थे। उस वक़्त उसने इतना ही देखा कि अफ़सर ने बिना क़ैदियों की ओर देखे सिगरेट का कश लिया और फिर सहसा एक क़ैदी की ओर घूँसा दिखाते हुए अपने छोटे-से बाज़ू को झटका। क़ैदी ने झट से अपना मुँडा हुआ सिर कन्धों में छिपा लिया, मानो डर रहा हो कि अफ़सर उसे घूँसा

मार बैठेगा, और उछलकर पीछे हट गया।

"छकड़ों में तुम्हें ऐसा बिठाऊँगा कि उम्रभर याद रखोगे। चलो हटो यहाँ से, तुम्हें पैदल जाना होगा," अफ़सर चिल्लाया।

केवल एक आदमी को छकड़े में बैठने की इजाज़त दे दी गई। यह कोई बूढ़ा आदमी था जिसके पाँवों में बेड़ियाँ पड़ी थीं। नेख़्लूदोव ने उसे छकड़ों की ओर जाते हुए देखा। उसने सिर पर से गोल चपटी टोपी उतार रखी थी और बार-बार छाती पर क्रॉस का चिन्ह बना रहा था। बेड़ियों के कारण उसके लिए छकड़े पर चढ़ना मुश्किल हो रहा था, वह अपनी जीर्ण, दुर्बल टाँगों को ऊपर नहीं उठा पा रहा था। आख़िर एक औरत ने, जो पहले से छकड़े में बैठी थी, उसका हाथ पकड़कर उसे ऊपर खींच लिया।

जब छकड़ों पर बोरियाँ लद गईं और जिन लोगों को उनमें बैठना था, बैठ गए, तो अफ़सर ने सिर पर से टोपी उतारी, अपने माथे, गंजे सिर, और मोटी, लाल गर्दन को पोंछा और छाती पर क्रॉस का चिन्ह बनाया।

"मार्च!" उसने हुक्म दिया।

सिपाहियों की बन्दूकें खड़खड़ाईं। क़ैदियों ने सिरों पर से टोपियाँ उतारीं और क्रॉस का चिन्ह बनाने लगे। जो लोग उन्हें छोड़ने आए थे उन्होंने पुकारकर कुछ कहा। क़ैदियों ने जवाब में कुछ पुकारकर कहा। औरतों के बीच बड़ी उत्तेजना थी। इस तरह टोली आगे बढ़ने लगी। उसे चारों ओर सफ़ेद कोटोंवाले सिपाही घेरे हुए थे। क़ैदियों के पाँवों में पड़ी बेड़ियों के कारण धूल उड़ने लगी। सबसे आगे सिपाहियों की लाइन थी। उनके पीछे वे क़ैदी थे जिन्हें कड़ी मशक़्क़त की सज़ा दी गई थी। उनके पाँवों में बेड़ियाँ खनखना रही थीं। उनके पीछे निर्वासित क़ैदी तथा वे क़ैदी थे जिन्हें उनकी ग्राम-पंचायतों ने जलावतन कर दिया था। दो-दो करके इनकी कलाइयों पर हथकड़ियाँ लगी थीं। इनके पीछे औरतें थीं। उनके पीछे बोरियों से लदे छकड़ों पर दुबले और कमज़ोर क़ैदी बैठे थे। एक छकड़े में, बोरियों के ढेर के ऊपर एक औरत बैठी, ज़ोर-ज़ोर से रो रही थी और सिसकियाँ भर रही थी। उसने अपने को ख़ूब कपड़ों में लपेट रखा था।

35

क़ैदियों का जुलूस इतना लम्बा था कि जब छकड़ों की बारी आई, जिनमें सामान लदा था तथा कमज़ोर क़ैदी बैठे थे, तो जुलूस का अगला सिरा आँखों से ओझल हो चुका था। जब आख़िरी छकड़ा भी चल निकला तो नेख़्लूदोव अपनी गाड़ी में आ बैठा जो खड़ी इन्तज़ार कर रही थी और गाड़ीवान को गाड़ी बढ़ाकर सबसे आगे चलनेवाले क़ैदियों तक ले चलने को कहा। वह यह देखना चाहता था कि इस टोली में उसके कोई परिचित क़ैदी भी हैं या नहीं, साथ ही मास्लोवा से मिलकर यह पूछना चाहता था कि उसे वे चीज़े मिल गई थीं या नहीं जो उसने भेजी थीं।

गर्मी बहुत थी। हवा बन्द थी। जुलूस सड़क के ऐन बीचों-बीच चल रहा था। हज़ारों क़दमों से उठती गर्द और धूल सारा वक़्त टोली को ढँके हुए थी। क़ैदी तेज़-तेज़ चल रहे थे, इसलिए नेख़्लूदोव की गाड़ी को आगे तक पहुँचने में काफ़ी वक़्त लगा, क्योंकि घोड़ा बहुत आहिस्ता चल रहा था। एक-एक करके, वह इन विचित्र, भयानक दिखने वाले जीवों की पंक्तियाँ पीछे छोड़ता चला जा रहा था। इनमें से किसी को भी नेख़्लूदोव नहीं जानता था।

जूलूस आगे बढ़ता गया। सभी क़ैदियों ने एक से जूते और कपड़े पहन रखे थे। हज़ारों क़दम

एक साथ चल रहे थे। सभी क़ैदी अपना स्वतन्त्र बाज़ू ख़ूब झुलाते हुए चल रहे थे, मानो वे अपना हौसला क़ायम रखना चाहते हों। अनगिनत क़ैदी, सभी एक जैसे, सभी की स्थिति एक जैसी, अजीब और असाधारण–नेख़्लूदोव को लग रहा था जैसे ये लोग इन्सान नहीं है, बल्कि किसी प्रकार के अनोखे, भयानक जीव हैं। उस वक़्त तक उसे ऐसा ही प्रतीत होता रहा जब तक कि क़ैदियों की भीड़ में उसने दो-एक आदमी पहचान नहीं लिए। एक तो उनमें से फ़्योदोरोव था, जिसने हत्या की थी; दूसरा ओख़ोतिन, मसख़रा, जो जलावतनों की लाइन में चल रहा था। एक तीसरा आवारा सड़क-सवार भी था जिसने नेख़्लूदोव से सहायता की प्रार्थना की थी। लगभग सभी क़ैदियों ने घूमकर गाड़ी की ओर तथा गाड़ी में बैठे अमीर आदमी की ओर देखा। फ़्योदोरोव ने नेख़्लूदोव की ओर देखकर अपना सिर पीछे की ओर झटक दिया, जिसका मतलब यह दिखाना था कि मैंने आपको पहचान लिया है। ओख़ोतिन ने आँख मारी। पर दोनों में से किसी ने भी झुककर अभिवादन नहीं किया, क्योंकि उनका ख़याल था कि इसकी इजाज़त नहीं होगी।

औरतों के नज़दीक पहुँचते ही नेख़्लूदोव ने झट मास्लोवा को पहचान लिया। वह दूसरी लाइन में चल रही थी। लाइन के सिरे पर एक बड़ी कुरूप-सी औरत चल रही थी, जिसकी टाँगें छोटी-छोटी, और आँखें काली थीं, और जिसने अपना लबादा कमरबन्द में खोंस रखा था। यह छबीली थी। उसके साथवाली स्त्री गर्भवती थी, और बड़ी मुश्किल से पाँव घसीटती चली जा रही थी। तीसरे नम्बर पर मास्लोवा थी। उसने अपनी बोरी को कन्धे पर उठा रखा था और सीधे आगे की ओर देख रही थी। चेहरे से शान्ति तथा दृढ़ता झलक रही थी। लाइन में चौथे नम्बर पर एक ख़ूबसूरत छोटी उम्र की औरत थी जो तेज़-तेज़ क़दम रखती हुई चली जा रही थी। उसने छोटा-सा लबादा पहन रखा था, और सिर पर इस ढंग से रूमाल बाँध रखा था जिस ढंग से किसान औरतें बाँधती हैं। यह फ़ेदोस्या थी।

नेख़्लूदोव गाड़ी में से उतरकर औरतों की ओर बढ़ गया। वह मास्लोवा से पूछना चाहता था कि उसे चीज़ें मिलीं या नहीं, साथ ही यह भी कि उसका हाल-चाल कैसा है। लेकिन कॉनवाय के सॉर्जेंट ने देख लिया जो इसी तरफ़ लाइन के साथ-साथ चल रहा था और भागा हुआ नेख़्लूदोव के पास आ गया।

''आप ऐसा नहीं कर सकते। टोली के क़ैदियों से बात करने की इजाज़त नहीं है,'' पास आते हुए सॉर्जेंट ने चिल्लाकर कहा।

फिर सहसा उसने नेख़्लूदोव को पहचान लिया (जेल में सभी लोग उसे जानते थे) और सलाम करते हुए पास आकर बोला–

''इस वक़्त नहीं जनाब, स्टेशन पर बात कर लीजिए। यहाँ पर बात करने की इजाज़त नहीं है। पीछे मत रहो, चलो आगे, ए ! मार्च !'' उसने क़ैदियों से कहा और चुस्ती दिखाते हुए भागकर अपनी जगह पर आ गया, हालाँकि गर्मी बहुत थी, और उसने नए, बढ़िया बूट पहन रखे थे।

नेख़्लूदोव पटरी पर चढ़ गया और गाड़ीवाले को पीछे-पीछे गाड़ी ले आने को कह पैदल चलने लगा ताकि टोली को देखता रह सके। जिधर से भी टोली गुज़रती लोग मुड़-मुड़कर उसकी ओर देखते, और उनकी आँखों में दया तथा भय के भाव छा जाते। जो लोग गाड़ियों में बैठे पास से गुज़रते वे गाड़ियों में से सिर निकाल-निकालकर क़ैदियों की ओर देखते। पैदल जानेवाले आदमी रुक जाते और इस भयानक दृश्य को हैरान तथा भयातुर आँखों से देखने लगते। कुछ लोग आगे बढ़ आते और क़ैदियों को भीख देते, लेकिन इसे कॉनवाय के सिपाही वसूल करते थे। कुछ लोग

तो मन्त्रमुग्ध की भाँति टोली के पीछे-पीछे चलने लगते, फिर सहसा रुक जाते, सिर हिलाते, और वहीं खड़े-खड़े क़ैदियों की ओर देखते रहते। जिस तरफ़ से भी यह भयानक जुलूस गुज़रता, लोग फाटकों और दरवाज़ों में से बाहर निकल आते, और अन्य लोगों को भी बाहर आने के लिए कहते, या खिड़कियों में से बाहर सिर निकाले, चुपचाप, मूर्तिवत् खड़े इनकी ओर देखते रह जाते। एक चौराहे पर जुलूस के कारण एक बढ़िया गाड़ी को रुक जाना पड़ा। गाड़ी के बॉक्स पर एक स्थूलकाय कोचवान बैठा था जिसका चेहरा दमक रहा था और पीठ पर बटनों की दो पंक्तियाँ लगी थीं। गाड़ी के अन्दर एक दम्पती बैठे थे। पत्नी, पीतवर्ण, पतली-सी औरत थी जिसने सिर पर हलके से रंग का टोप पहन रखा था और हाथ में भड़कीले रंग का छाता पकड़े हुए थी। पति ने टॉप-हैट और हलके रंग का चुस्त, हलका-सा ओवरकोट पहन रखा था। उनके सामनेवाली सीट पर उनके बच्चे बैठे थे। एक लड़की और एक आठेक साल का लड़का। लड़की ने बहुत ख़ूबसूरत कपड़े पहन रखे थे, उसके सुनहरी बाल कन्धों पर गिर रहे थे और वह एक नई खिली कली की तरह सुन्दर लग रही थी। उसके हाथ में भी भड़कीले रंग का छाता था। लड़के की गरदन पतली थी और कन्धों के दोनों तरफ़ की हड्डियाँ नज़र आ रही थीं। उसने सिर पर ज़हाजियों की टोपी पहन रखी थी, जिसके साथ लम्बे-लम्बे फ़ीते लटक रहे थे।

बाप कोचवान को फटकारने लगा कि जब मौक़ा था तो तुम जुलूस के आगे से क्यों नहीं निकल गए। माँ ने भौंहें चढ़ाईं, और घृणा से अपनी आँखें कुछ-कुछ बन्द कर लीं, और गर्द और धूप से अपने को बचाने के लिए अपना रेशमी छाता मुँह के आगे कर लिया।

मालिक के इन अन्यायपूर्ण शब्दों पर मोटे नितम्बवाले कोचवान ने गुस्से से भौंहे चढ़ाईं–मालिक ने ख़ुद ही तो इस रास्ते से गाड़ी ले चलने का हुक़्म दिया था। बड़ी मुश्किल से वह घोड़ों को क़ाबू में कर पा रहा था जो आगे बढ़ने के लिए बेचैन थे। उनके मुँह से झाग निकल रही थी। घोड़े काले रंग के थे और उनकी पीठ ख़ूब चमक रही थी।

पुलिस का सिपाही जी-जान से इस बढ़िया गाड़ी के मालिक को ख़ुश करना चाहता था। वह चाहता तो था कि टोली को रोक दे ताकि गाड़ी निकल जाए। लेकिन जिस भयानक संजीदगी से क़ैदियों का जुलूस चला जा रहा था, उसमें बाधा डालने की सिपाही को भी हिम्मत नहीं हुई ? इसलिए चाहते हुए भी वह इस अमीर आदमी को ख़ुश नहीं कर सका। उसने हाथ उठाकर सलाम किया ताकि धन-ऐश्वर्य के प्रति अपनी श्रद्धा व्यक्त कर सके, और घूरकर क़ैदियों की ओर देखा, मानो गाड़ी में बैठे अमीरज़ादों को इस बात का वचन दे रहा हो कि हर हालत में मैं इन लोगों से आपकी रक्षा करूँगा। सो गाड़ी को उस वक़्त तक खड़े रहना पड़ा जब तक कि सारा-का-सारा जुलूस निकल नहीं गया और आख़िरी छकड़े, बोरियों और क़ैदियों से लदे, खड़खड़ाते गुज़र नहीं गए। जो औरत छकड़े में बैठी पहले चीख़ चिल्ला रही थी, अब शान्त हो गई थी। लेकिन इस अमीराना गाड़ी को देखकर वह फिर चीख़ने और सिसकियाँ भरने लगी। उसके बाद कोचवान ने रासों को हलका-सा झटका दिया और काले घोड़े आगे बढ़ निकले। उनके नाल गोल पत्थरों की बनी सड़क पर खनकने लगे। गाड़ी के पहियों पर रबड़ के टायर चढ़े थे, हलके-हलके झूलती हुई वह देहात की ओर जाने लगी जहाँ पति, पत्नी, लड़की और लड़का–जिसके कन्धों की हड्डियाँ नज़र आ रही थीं–छुट्टी मनाने जा रहे थे।

लड़का और लड़की दोनों ने यह अनोखा दृश्य देखा। लेकिन न तो माँ ने और न ही उनके बाप ने इसके बारे में उन्हें कुछ बताया। अतः बच्चों को स्वयं अपनी समझ के अनुसार इसका कुछ-न-कुछ मतलब निकालना पड़ा।

लड़की ने माँ-बाप के चेहरे का भाव देखा और इस समस्या का समाधान यह सोचकर कर लिया कि ये बिलकुल भिन्न प्रकार के लोग हैं जिनका उसके माँ-बाप तथा अन्य परिचित लोगों से कोई मेल नहीं। ये बुरे लोग हैं, इसीलिए उनके साथ ऐसा सुलूक किया गया है। यही कारण था कि लड़की इन्हें देखकर डर गई थी, और जब वे नज़र से दूर हुए तो उसने चैन की साँस ली।

परन्तु लड़के की प्रतिक्रिया इससे भिन्न हुई। लम्बी पतली गर्दनवाला यह लड़का भी जुलूस को एकटक देखता रहा। उसे इस बात का दृढ़ विश्वास था, और स्वयं भगवान ने उसके हृदय में यह बात डाली थी कि ये लोग भी वैसे ही हैं जैसा कि वह ख़ुद है, जैसे संसार में अन्य लोग हैं। किसी ने इनके साथ कोई ऐसा अन्याय किया है जो नहीं करना चाहिए था। उसे इनकी स्थिति पर रहम आ रहा था। उनक मुँडे हुए सिर और बेड़ियाँ-हथकड़ियाँ देखकर वह डर गया। और उन लोगों के बारे में सोचकर भी वह डर गया जिन्होंने उनके सिर मुँडे थे और उनके पाँवों में बेड़ियाँ डाली थीं। इसी कारण इस दृश्य को देखते हुए उसके होंठ अधिकाधिक फड़फड़ाने लगे। परन्तु यह सोचकर कि इसे देखकर रोने लगना बड़ी लज्जा की बात होगी, वह अपनी रुलाई दबाने की भरसक चेष्टा करने लगा।

36

क़ैदियों के साथ-साथ नेख़्लूदोव भी तेज रफ़्तार से चलता गया। हवा बन्द थी, और चिलचिलाती धूप में वायुमंडल धूल से अटा हुआ था। नेख़्लूदोव ने बहुत कपड़े तो नहीं पहन रखे थे लेकिन उसे बेहद गर्मी लग रही थी और इस हवा में साँस लेना असम्भव हो रहा था।

लगभग दो फ़र्लांग चलते रहने के बाद वह गाड़ी में बैठ गया। लेकिन सड़क के बीचोबीच गाड़ी में बैठकर जाते हुए उसे और भी गर्मी लगी। उसे वह वातार्लाप याद हो आया जो गत रात बहनोई के साथ हुआ था, लेकिन इस वक़्त उसके बारे में सोचकर उसका मन विचलित नहीं हुआ जैसा कि सुबह उठते वक़्त हुआ था। टोली के जेलख़ाने से निकलने तथा उसके साथ-साथ जाने से जो प्रभाव उसके मन पर अंकित हुए थे वे अधिक प्रबल थे। पर मुख्य बात यह थी कि इस तेज़ गर्मी के कारण वह सब कुछ भूला हुआ था।

पटरी पर एक जगह, कुछेक पेड़ों के साए में, जो एक बाड़ पर से बाहर की ओर झाँक रहे थे, दो स्कूली लड़के एक बरफ़ बेचनेवाले के पास खड़े थे। बरफ़ बेचनेवाला घुटनों के बल झुका हुआ था। एक लड़का पहले ही हाथ में सींग का चम्मच पकड़े उसे चूस रहा था और आइसक्रीम का मज़ा ले रहा था। दूसरे के लिए खोंचेवाला गिलास में कोई पीले रंग का रस डाल रहा था।

नेख़्लूदोव को बेहद प्यास लग रही थी। उसने अपने गाड़ीवाले से पूछा–

"क्या यहाँ पीने के लिए कुछ मिल सकेगा?"

"यहाँ नज़दीक ही एक अच्छी जगह है," गाड़ीवान ने जवाब दिया और मोड़ मुड़कर एक ढाबे के सामने गाड़ी खड़ी कर दी, जिसके दरवाज़े के ऊपर बड़ा-सा बोर्ड लगा था।

काउंटर के पीछे एक मोटा-सा बारमैन केवल एक क़मीज़ पहने खड़ा था। बेरे मेज़ों के सामने कुर्सियों पर बैठे थे (उस वक़्त दूकान में कोई इक्का-दुक्का ही ग्राहक आए-तो-आए)। किसी ज़माने में बेरों की वर्दियाँ सफ़ेद रही होंगी, लेकिन इस वक़्त वे काफ़ी मैली हो चुकी थीं। इस असाधारण ग्राहक के अन्दर चले आने पर वे बड़े कुतूहल से उसकी ओर देखने लगे और सेवा करने के लिए उठ खड़े हुए। नेख़्लूदोव ने सोडा-वॉटर की एक बोतल लाने को कहा और खिड़की से थोड़ा

हटकर एक छोटे-से मेज़ के सामने बैठ गया जिस पर गन्दा-सा कपड़ा बिछा था।

एक और मेज़ पर दो आदमी बैठे बड़े दोस्ताना ढंग से कोई हिसाब जोड़ रहे थे। बार-बार वे अपना माथा पोंछते। उनके सामने, मेज़ पर, चाय का सामान और एक सफ़ेद रंग की बोतल रखी थी। उनमें से एक काले बालोंवाला था, जिसकी चाँद गंजी हो रही थी। केवल सिर के पीछे बालों की हलकी-सी झालर उग रही थी, जिस तरह की रागोजिन्स्की के सिर पर थी। उसे देखकर नेख़्लूदोव को फिर बहनोई के साथ हुआ वार्तालाप याद आ गया और उसकी फिर इच्छा हुई कि उसे और अपनी बहिन से जाकर मिले।

"गाड़ी छूटने में इतना कम समय रह गया है कि यह मुमकिन नहीं हो सकेगा," वह सोचने लगा, "इससे बेहतर यही होगा कि मैं चिट्ठी लिख दूँ।" उसने काग़ज़ माँगा, साथ-ही लिफ़ाफ़ा और टिकट भी, और ठंडे-ठंडे सोडा वॉटर के घूँट भरते हुए वह सोचने लगा कि क्या लिखे। लेकिन बार-बार उसका मन भटक जाता और उसे सूझ न पड़ता कि किन शब्दों में पत्र लिखें।

"प्रिय नाताल्या, कल तुम्हारे पति के साथ जो वार्तालाप हुआ उससे मन बड़ा उदास हो उठा है। इस मनःस्थिति में मेरे लिए यहाँ से चले जाना मुश्किल हो रहा है," उसने लिखा। "आगे क्या लिखूँ ? जो कुछ कल मैंने उससे कहा, उसके लिए माफ़ी माँगू? पर मैंने वही कुछ कहा जो मैं महसूस करता हूँ। वह समझेगा कि मैं अपने शब्द वापस ले रहा हूँ। इसके अलावा उसका मेरे निजी मामलों में दख़ल देना...नहीं, नहीं...यह मुझसे न हो सकेगा।" और फिर उसके मन में उस आदमी के प्रति घृणा उठने लगी, जो उससे इतना विभिन्न था। वह चिट्ठी को ख़त्म नहीं कर पाया और काग़ज़ को तह करके जेब में डाल लिया। फिर बिल अदा करके बाहर निकल आया और गाड़ी में बैठ क़ैदियों की टोली की ओर जाने लगा।

गर्मी और भी बढ़ गई थी। ऐसा जान पड़ता था जैसे सड़क के पत्थरों और दीवारों में से आग निकल रही हो। पटरी पर चलते हुए महसूस होता था जैसे पाँव झुलस रहे हों। गाड़ी पर चढ़ते समय जब उसने अपना हाथ गाड़ी के वार्निश हुए मड-गार्ड पर रखा तो उसे ऐसा जान पड़ा जैसे उसने आग को छू लिया हो।

घोड़ा धीरे-धीरे चला जा रहा था मानो थका हुआ हो। सड़क ऊबड़-खाबड़ और धूल से भरी थी। घोड़े के खुर एक ही नीरस लय में सड़क पर पड़ रहे थे। गाड़ीवान बार-बार ऊँघ जाता था। नेख़्लूदोव भावशून्य आँखों से सामने की ओर देखे जा रहा था। वह किसी चीज़ के बारे में भी नहीं सोच रहा था।

ढलुवाँ सड़क के एक बड़े से घर के फाटक के सामने कुछ लोग जमा थे, पास ही में एक कॉनवाय का सिपाही खड़ा था। नेख़्लूदोव ने गाड़ीवान को रुकने के लिए कहा।

"क्या हुआ है?" उसने चौकीदार से पूछा।

"किसी क़ैदी को कुछ हो गया है।"

नेख़्लूदोव गाड़ी पर से उतर पड़ा और उन लोगों के पास जाने लगा। सड़क के नुकीले पत्थरों पर एक बड़ी उम्र का क़ैदी पड़ा था–चौड़े कन्धे, लाल दाढ़ी, चिपकी नाक। उसके पाँव ऊँचाई पर थे और सिर नीचे की ओर लुढ़का हुआ था। उसका चेहरा बहुत लाल हो रहा था। भूरे रंग का कुर्ता और पतलून पहने वह पीठ के बल लेटा था और चित्ती भरे हाथ ज़मीन के साथ लगे थे। उसकी लाल-लाल आँखें आकाश पर लगी थीं। बड़ी-बड़ी देर के बाद उसकी चौड़ी, ऊँची छाती फूल उठती और वह कराह उठता। उसके पास एक चिड़चिड़ा-सा सिपाही, एक फेरीवाला एक डाकिया, एक क्लर्क, छाता उठाए एक बुढ़िया औरत, और एक लड़का जिसके हाथ में खाली टोकरी

थी, खड़े थे। लड़के के सिर पर छोटे-छोटे बाल थे।

"ये लोग दुबले हो जाते हैं। जेलख़ाने में बन्द पड़े रहते हैं, इसलिए कमज़ोर हो जाते हैं। इन्हें जब बाहर भी लाते हैं तो ऐसी जलती धूप में," क्लर्क ने नेख़्लूदोव को सम्बोधित करके कहा जो अभी-अभी वहाँ पहुँचा था।

'यह शायद बचेगा नहीं, मर जाएगा।" छातेवाली बुढ़िया ने दर्द भरी आवाज़ में कहा।

"इसके गले पर के फीते खोल देने चाहिए," डाकिया बोला।

सिपाही अपनी स्थूल काँपती उँगलियों से, बड़े भद्दे ढंग से लाल, मांसल गर्दन पर फीते खोलने लगा। प्रत्यक्षतः वह उत्तेजित और घबराया हुआ था, फिर भी उसे यही ठीक लगा कि लोगों को यहाँ से हट जाने के लिए कहे–

"यहाँ भीड़ क्यों लगा रखी है? इस आदमी की हवा रोक रहे हो, पहले ही गर्मी क्या कम है?"

"इन्हें भेजने से पहले इनकी डाक्टरी जाँच की जानी चाहिए थी। और कमज़ोर क़ैदियों को नहीं लाना चाहिए था। अधमरा करके इसे बाहर निकाला है," क़ानून की जानकारी बघारते हुए क्लर्क ने कहा।

पुलिस के सिपाही ने फीते खोल दिए और फिर सीधा होकर इधर-उधर देखने लगा।

"जाते क्यों नहीं हो, मैं पूछता हूँ ? तुम्हारा यहाँ क्या काम है? यहाँ कोई तमाशा हो रहा है, क्या?" उसने कहा और इस आशा से नेख़्लूदोव की ओर देखा कि वह उसका समर्थन करेगा। लेकिन नेख़्लूदोव से जब सहानुभूति प्राप्त नहीं हुई तो कॉनवाय के सिपाही की ओर घूम गया।

लेकिन कॉनवाय के सिपाही ने भी उस व्यग्रता की ओर कोई ध्यान नहीं दिया। वह अपने बूट की एड़ी उठाकर देख रहा था जो काफ़ी घिस गई थी।

"जिन लोगों का यह काम है उन्हें कोई परवाह ही नहीं...क्या लोगों को इस तरह जान से मार डालना चाहिए..."

"मान लिया क़ैदी है, पर फिर भी इन्सान है," भीड़ में से लोगों की आवाज़ें आ रही थीं।

"इसका सिर ऊँचा उठा दो और इसके मुँह में थोड़ा पानी डालो," नेख़्लूदोव ने कहा।

"पानी मँगवा भेजा है," पुलिस के सिपाही ने कहा, फिर क़ैदी की बग़लों के नीचे से हाथ देकर, उसने बड़ी मुश्किल से उसके शरीर को खींचकर थोड़ा ऊपर किया।

"यह भीड़ यहाँ क्यों बना रखी है?" एक दृढ़, अफ़सराना आवाज़ सुनाई दी। और एक पुलिस अफ़सर बेहद साफ़-सुथरा, चमकता कोट पहने और उससे भी ज़्यादा चमकते टॉप-बूट लगाए भीड़ के पास आने लगा।

"चलो, चलो यहाँ से। यहाँ खड़े रहने का कोई मतलब नहीं है," उसने भीड़ में खड़े लोगों को चिल्लाकर कहा। लेकिन अभी उसे स्वयं यह मालूम नहीं था कि भीड़ किस कारण वहाँ जमा थी।

जब नजदीक पहुँचा और देखा कि एक क़ैदी मर रहा है तो उसने इस तरह सिर हिलाया मानो जो कुछ हो रहा है ठीक है और इसकी उसे पहले से ही आशा थी। फिर पुलिस के सिपाही को सम्बोधित करके बोला–

"यह कैसे हुआ है ?"

पुलिस के सिपाही ने रिपोर्ट दी कि जब क़ैदियों का काफ़िला जा रहा था, तो एक क़ैदी लुढ़ककर गिर पड़ा। कॉनवाय अफ़सर ने उसे वहीं छोड़ जाने का हुक्म दिया।

"तो ठीक है। इसे थाने में पहुँचाना होगा। एक गाड़ी बुलाओ।"

"एक चौकीदार गाड़ी लाने गया है," सैल्यूट मारते हुए सिपाही ने जवाब दिया।

क्लर्क ने तपिश के बारे में कुछ कहना शुरू किया।

"तुम्हारा क्या दख़ल है जी इस मामले में ? चलो, भागो यहाँ से," पुलिस अफ़सर ने कहा और इस कठोरता से उसकी ओर देखा कि क्लर्क अपना-सा मुँह लेकर रह गया।

"इसे थोड़ा पानी देना चाहिए," नेख़्लूदोव ने कहा।

पुलिस अफ़सर ने उसी कठोरता से नेख़्लूदोव की ओर भी देखा मगर कहा कुछ नहीं। जब चौकीदार पानी का एक भरा हुआ जग उठा लाया तो पुलिस अफ़सर ने सिपाही को हुक्म दिया कि थोड़ा पानी क़ैदी को पिला दो। सिपाही ने क़ैदी का झुका हुआ सिर ऊपर को उठाया और उसके मुँह में पानी डालने की कोशिश की, लेकिन क़ैदी निगल नहीं सकता था, इसलिए पानी मुँह में से निकलकर उसकी दाढ़ी से नीचे बहने लगा जिससे उसकी जॉकेट और गाढ़े की मैली क़मीज़ भीग गई।

"इसके सिर पर डाल दो," अफ़सर ने हुक्म दिया। इस पर सिपाही ने क़ैदी के सिर पर से गोल, चपटी टोपी उतारी और उसके घुँघराले लाल बालों तथा सिर के उस हिस्से पर जहाँ से बाल उड़े हुए थे, पानी उँड़ेलने लगा।

क़ैदी की आँखें और अधिक खुल गईं, मानो वह भयभीत हो उठा हो, लेकिन उसकी स्थिति वैसी-की-वैसी ही बनी रही। उसके गर्द भरे चेहरे पर से मैल की धारा बह निकली, पर उसका मुँह अब भी पहले की तरह साँस खींचने के लिए खुलता और इससे उसका सारा शरीर छटपटाने लगता।

"सुनते हो! इधर आओ, इस आदमी को ले चलो," पुलिस अफ़सर ने नेख़्लूदोव के गाड़ीवान को पुकारकर कहा। "इधर लाओ गाड़ी।"

"मेरी गाड़ी लगी हुई है, "बिना सिर उठाए उदास अवाज़ में गाड़ीवान ने जवाब दिया।

"यह गाड़ी मैंने ले रखी है। पर आप बेशक इसे इस्तेमाल कीजिए। मैं तुम्हें पैसे दे दूँगा," मुड़कर गाड़ीवान को सम्बोधित करते हुए नेख़्लूदोव ने कहा।

"खड़े देख क्या रहे हो?" अफ़सर ने चिल्लाकर कहा, "उठाओ इसे।"

सिपाही, चौकीदार और कॉनवाय के सिपाही ने हाथ देकर मृतप्राय क़ैदी को उठाया और उसे गाड़ी की सीट पर बिठाने लगे। लेकिन वह बैठ नहीं सकता था। उसका सिर पीछे की ओर लटक गया और शरीर सीट पर से लुढ़ककर नीचे आ पड़ा।

"इसे लिटा दो," अफ़सर ने हुक्म दिया।

"चिन्ता नहीं कीजिए हुजूर। मैं इसी तरह इसे थाने तक पहुँचा दूँगा," पुलिस के सिपाही ने कहा और ख़ुद सीट पर बैठकर, मरते क़ैदी को अपनी बग़ल में बिठा लिया और अपनी मज़बूत दाईं बाँह उसकी कमर में डाल दी।

कॉनवाय के सिपाही ने क़ैदी के पैर उठाकर गाड़ी के अन्दर कर दिए। पैरों में मोज़े नहीं थे, केवल जेलख़ाने के जूते पड़े थे।

पुलिस अफ़सर ने इधर-उधर देखा। उसकी नज़र क़ैदी की गोल टोपी पर पड़ी। वह उसे उठा लाया और क़ैदी के सिर पर रख दी जिस पर से टप-टप पानी बह रहा था।

"चलो, जाओ !" उसने हुक्म दिया।

गाड़ीवान ने घूमकर गुस्से से देखा, सिर हिलाया और गाड़ी मोड़कर धीरे-धीरे वापस थाने की ओर जाने लगा। सीट पर बैठा पुलिस का सिपाही बार-बार क़ैदी को ऊपर की ओर खींचता परन्तु

बार-बार वह फिर नीचे की ओर फिसल जाता था। उसका सिर दाएँ-बाएँ झूल रहा था। कॉनवाय का सिपाही जो गाड़ी के साथ-साथ चल रहा था, बार-बार क़ैदी के पाँव उठाकर गाड़ी के अन्दर करता। नेख़्लूदोव भी गाड़ी के पीछे-पीछे जाने लगा।

37

थाने के फाटक पर फ़ायर ब्रिगेड का एक सिपाही सन्तरी की ड्यूटी दे रहा था। उसके पास से होकर गाड़ी थाने के अहाते के अन्दर जा पहुँची और एक दरवाज़े के सामने जाकर रुक गई।

अहाते में फ़ायर-ब्रिगेड के कुछ सिपाही, आस्तीनें चढ़ाए, छकड़े जैसी किसी चीज़ को धो रहे थे, और ऊँची-ऊँची आवाज़ में बतिया और हँस रहे थे।

गाड़ी के अन्दर आने पर कुछेक सिपाही उसके आस-पास आकर खड़े हो गए, और क़ैदी की निर्जीव देह को बग़लों के नीचे से हाथ देकर गाड़ी में से निकालने लगे। उनके बोझ के नीचे गाड़ी की एक-एक चूल चरमरा उठी।

जो सिपाही उसे थाने में लेकर आया था, वह नीचे उतरा, पहले अपने सुन्न हुए बाजू को झटकता रहा फिर सिर पर से टोपी उतारकर क्रॉस का चिन्ह बनाया। लाश को दरवाज़े में से ले जाकर सीढ़ियों पर ले जाया गया। नेख़्लूदोव भी पीछे-पीछे जाने लगा। वे उसे एक मैले-कुचैले कमरे में ले गए जिसमें चार खाटें बिछी थीं। दो खाटों पर ढीला-ढाला लबादा पहने दो मरीज़ बैठे थे। एक का मुँह टेढ़ा हो रहा था और गर्दन पर पट्टी बँधी थी, दूसरा तपेदिक़ का रोगी था। दो खाटें ख़ाली पड़ी थीं। उनमें से एक पर क़ैदी को लिटा दिया गया। एक छोटे-से क़द का आदमी, जिसकी आँखें चमक रही थीं और जो बार-बार भौंहें हिला रहा था, तेज़-तेज़ मगर हलके-हलके क़दम रखते हुए उनके पास चला आया। उसने पहले क़ैदी की ओर देखा, फिर नेख़्लूदोव की ओर और सहसा ज़ोर से ठहाका मारकर हँसने लगा। यह आदमी पागल था जिसे थाने के अस्पताल में रखा हुआ था।

''वे मुझे डराना चाहते हैं, लेकिन वे मुझे कभी भी नहीं डरा पाएँगे,'' उसने कहा।

लाश उठानेवाले सिपाहियों के पीछे-पीछे वही पुलिस अफ़सर और एक सहायक डाक्टर अन्दर चले आए।

सहायक डाक्टर ने पास आकर क़ैदी का चित्तीभरा हाथ उठाया। हाथ अब भी नरम था, हालाँकि बेहद पीला और ठंडा पड़ चुका था। क्षण भर तक उसने उसे अपने हाथ में उठाए रखा, फिर छोड़ दिया। निर्जीव मांस की लोथ की तरह वह मृतक के पेट पर जा गिरा।

''ख़त्म हो गया,'' सहायक डाक्टर ने कहा, फिर भी औपचारिकता निभाने के लिए उसने उसकी पानी से सनी, अनधुली क़मीज़ के फीते खोले, फिर अपने घुँघराले बाल पीछे को झटककर क़ैदी की छाती पर कान लगाकर उसके दिल की धड़कन सुनने लगा। क़ैदी की चौड़ी छाती पीली, शिथिल पड़ गई थी। सब आदमी चुपचाप खड़े थे। सहायक डाक्टर फिर उठा, सिर हिलाया और अपनी अँगुलियों से एक-एक करके क़ैदी की पलकों को छुआ। नीली आँखें खुली थीं और एकटक देख रहीं थीं।

''मैं नहीं डरता, मैं नहीं डरता,'' पागल बार-बार कहे जा रहा था और सहायक डाक्टर की ओर थूक रहा था।

''कहो?'' पुलिस अफ़सर ने पूछा।

"कहना क्या है?" सहायक डाक्टर ने जवाब दिया, "इसे मुर्दाख़ाने में ले जाना होगा।"

"ठीक तरह जानते हो न?" अफ़सर ने पूछा।

"अब तक भी नहीं जानूँगा ?" लाश की छाती पर क़मीज नीचे खींचते हुए सहायक डाक्टर ने कहा। "फिर भी मैं मात्वेई इवानोविच को बुला भेजता हूँ। वह भी आकर देख लें। पेत्रोव, जाकर उन्हें बुला लाओ।" और सहायक डाक्टर लाश के पास से हट गया।

"इसे मुर्दाख़ाने में ले जाओ," पुलिस अफ़सर ने हुक्म दिया, "उसके बाद सीधे दफ़्तर में पहुँचो, वहाँ तुम्हें दस्तख़त करना होगा," उसने कॉनवाय के सिपाही से कहा, जो घड़ी भर के लिए भी लाश से अलग नहीं हुआ था।

"जी, जनाब," सिपाही ने जवाब दिया।

पुलिस के सिपाही फिर लाश को उठाकर नीचे ले चले। नेख़्लूदोव उनके पीछे-पीछे जाना चाहता था लेकिन पागल ने उसे रोक लिया।

"तुम मेरे ख़िलाफ़ साज़िश में नहीं हो, मैं जानता हूँ। इसलिए तुम मुझे एक सिगरेट दे दो।"

नेख़्लूदोव ने अपना सिगरेट-केस निकालकर एक सिगरेट दे दिया। पागल सारा वक़्त बड़ी तेज़ी से अपनी भौंहें हिला रहा था। वह नेख़्लूदोव को अपनी वार्ता सुनाने लगा कि किस तरह विचार-संकेत द्वारा वे उसे यातना पहुँचा रहे हैं।

"सब मेरे ख़िलाफ़ हैं, सभी नए-नए तरीक़ों से मुझे सताते हैं, मुझे परेशान करते हैं।"

"माफ़ कीजिए," नेख़्लूदोव ने कहा और बिना कुछ और सुने कमरे में से निकल कर बाहर अहाते में चला गया। वह देखना चाहता था कि लाश को कहाँ रखा जाएगा।

सिपाही अपना बोझ उठाए अहाता पार कर चुके थे और एक तहख़ाने के दरवाज़े में से अन्दर जा रहे थे। नेख़्लूदोव उनके पास जाना चाहता था लेकिन पुलिस अफ़सर ने उसे रोक दिया–

"क्या काम है ?"

"कुछ नहीं।"

"कुछ नहीं ? तो जाओ यहाँ से।"

नेख़्लूदोव चुपचाप अपनी गाड़ी के पास वापस चला आया। गाड़ीवान बैठा ऊँघ रहा था। नेख़्लूदोव ने उसे उठाया और वे फिर स्टेशन की ओर जाने लगे।

अभी वे सौ गज़ तक का फ़ासला भी तय नहीं कर पाए होंगे जब उन्होंने एक छकड़ा आते देखा। उसके साथ-साथ भी एक कॉनवाय का सिपाही, बन्दूक़ उठाए चला आ रहा था। छकड़े के ऊपर एक और क़ैदी लेटा था। प्रत्यक्षतः वह अभी तक मर चुका था। छकड़े में वह पीठ के बल लेटा था। हर हिचकोले पर उसका मुँडा हुआ सिर, जिस पर से गोल, चपटी टोपी खिसककर नाक तक आ गई थी, झटकता और छकड़े से टकराता। गाड़ीवान, मोटे-मोटे बूट पहने, रासें हाथ में पकड़े, छकड़े के साथ-साथ पैदल चल रहा था। पीछे-पीछे पुलिस का एक सिपाही भी चला आ रहा था। नेख़्लूदोव ने अपने गाड़ीवान के कन्धे को छुआ।

"देखिए ये लोग क्या कर रहे हैं," घोड़ा खड़ा करते हुए गाड़ीवान ने कहा।

नेख़्लूदोव नीचे उतर पड़ा, और छकड़े के पीछे जाते हुए फिर एक बार सन्तरी के पास से होकर थाने के फाटक में से अन्दर चला गया। आग बुझानेवाले सिपाही छकड़ा धो चुके थे, और अब उनकी जगह एक ऊँचा-लम्बा, दुबला-पतला फ़ायर ब्रिगेड का कप्तान जेबों में हाथ डाले खड़ा था और बड़ी कठोर नज़रों से एक लाल-भूरे रंग के मोटे-ताज़े, ख़ूब पले हुए घोड़े को देखे जा रहा था, जिसे एक फ़ायरमैन अहाते में ऊपर-नीचे चला रहा था। यह आदमी फायर-ब्रिगेड का

कप्तान था, इसकी टोपी पर नीले रंग का फीता लगा था। घोड़े का एक अगला पाँव लँगड़ा रहा था। पास में ही एक सलोतरी खड़ा था, जिसे कप्तान बड़े गुस्से से कुछ कह रहा था।

पुलिस अफ़सर भी वहीं पर खड़ा था। एक और मुर्दे को अन्दर लाते देखकर वह कॉनवाय के सिपाही के पास गया।

"इसे कहाँ से उठा लाए हो?" झुँझलाहट से सिर हिलाते हुए उसने पूछा।

"गोर्बातोव्स्काया पर से," सिपाही ने जवाब दिया।

"क़ैदी है?" फ़ायर-ब्रिगेड के कप्तान ने पूछा।

"जी।"

"आज यह दूसरी लाश है," पुलिस अफ़सर ने कहा।

"अज़ीब इन्तज़ाम है इन लोगों का! मगर आज गर्मी भी तो बहुत पड़ रही है," कप्तान ने कहा, फिर फ़ायर-मैन को सम्बोधित करते हुए जो लँगड़े घोड़े को चला रहा था, चिल्लाकर बोला–

"इसे ले जाओ और कोनेवाले कटघरे में बाँध दो। और, तुम सुअर के बच्चे, मैं तुम्हें अच्छी तरह सिखाऊँगा किस तरह चंगे-भले घोड़ों को लँगड़ा करते हैं। शैतान कहीं के, इनकी क़ीमत तुमसे ज़्यादा है।"

सिपाहियों ने छकड़े में से लाश निकाली, उसी तरह जैसे पहली लाश निकाली गई थी और सीढ़ियाँ चढ़कर अस्पताल में ले गए। मन्त्रमुग्ध की तरह नेख़्लूदोव भी उनके पीछे-पीछे हो लिया।

"क्या काम है?" एक सिपाही ने पूछा।

लेकिन नेख़्लूदोव ने कोई उत्तर नहीं दिया और उसी तरफ़ चलता गया जिधर लाश को ले जाया जा रहा था।

पागल खाट पर बैठा, बड़े चाव से सिगरेट के कश लगा रहा था जो नेख़्लूदोव ने उसे दिया था।

"ओह, तुम फिर आ गए हो!" उसने कहा और हँसने लगा। जब उसकी नज़र लाश पर गई तो उसने मुँह बनाया और कहने लगा, "फिर ले आए! उफ़, मैं तंग आ गया हूँ ! पर मैं अब बच्चा तो नहीं हूँ, क्यों?" और प्रश्नसूचक मुस्कान के साथ वह नेख़्लूदोव की ओर देखने लगा।

नेख़्लूदोव मृतक के चेहरे की ओर देखे जा रहा था जो पहले टोपी के कारण नज़र नहीं आ रहा था। जितना ही पहला क़ैदी कुरूप था उतना ही यह क़ैदी रूपवान था। उसका चेहरा और शरीर दोनों सुन्दर थे। उसके शरीर पूरे जोबन पर था। सिर आधा मुँडा होने के कारण उसकी आकृति कुछ बिगड़ गई थी, लेकिन फिर भी, काली निर्जीव आँखों के ऊपर उसका ललाट जो बहुत चौड़ा नहीं था और हलका-सा ख़म खाता था, बड़ा सुन्दर था। इसी तरह काली-काली मूँछों के ऊपर उसकी पतली नाक बड़ी सुन्दर लगती थी। होंठ नीले पड़ने लगे थे, मगर अब भी उन पर हलकी-सी मुस्कान खेल रही थी। चेहरे के निचले हिस्से पर छोटी-सी दाढ़ी थी। जिस जगह सिर मुँडा हुआ था, वहाँ उसका एक कान नज़र आ रहा था जिसका आकार सुगठित और सुन्दर था। उसका चेहरा शान्त, गम्भीर तथा दयालुता का भाव लिए हुए था।

इस मनुष्य में आत्मोसर्ग की सभी सम्भावनाओं को कुचल दिया गया था। उसके सुगठित हाथों और बेड़ी लगे पाँवों को देखते हुए तथा उसके सुडौल शरीर के एक-एक अंग की मज़बूत मांसपेशियों को देखते हुए साफ़ नज़र आ रहा था कि यह कितना सुन्दर, शक्तिशाली तथा फुर्तीला मानव–जन्तु रहा होगा और एक जन्तु के रूप में वह उस भूरे घोड़े से कहीं अधिक सम्पूर्ण था जिसके लँगड़े हो जाने पर फ़ायर-ब्रिगेड का कप्तान इतना झुँझला रहा था। फिर भी उन्होंने इसे

मार मिटाया था। एक इन्सान मार डाला गया था, इसका तो उन्हें अफ़सोस क्या होगा, उन्हें तो इस बात का भी अफ़सोस नहीं था कि एक काम करनेवाला पशु मारा गया था। अगर किसी के दिल में कोई भावना उठी भी थी तो झुँझलाहट की, कि एक और बखेड़ा खड़ा हो गया, और किसी तरह इस लाश को गलने-सड़ने से पहले किनारे लगाना होगा।

थाने के इन्स्पेक्टर के साथ डाक्टर तथा सहायक डाक्टर अस्पताल में आए। डाक्टर गठीले बदन का आदमी था, जिसने बढ़िया पाँगी सिल्क का सूट पहन रखा था। उसकी पतलून उसकी मांसल जाँघों के साथ चिपकी हुई थी। इन्स्पेक्टर छोटे क़द का स्थूलकाय आदमी था, चेहरा गेंद की तरह गोल और लाल। उसकी एक आदत थी कि वह गालों में हवा भरकर धीरे-धीरे उसे छोड़ता था, जिससे उसका चेहरा और भी गोल और लाल हो उठता था। डाक्टर मृतक के साथ खाट पर बैठ गया, उसी ढंग से उसके हाथ उठाकर देखे जिस तरह पहले सहायक डाक्टर ने देखे थे, मृतक के दिल पर कान रखा और फिर अपनी पतलून ठीक करते हुए उठ खड़ा हुआ।

''इससे अधिक मरा हुआ क्या होगा,'' वह बोला।

इन्स्पेक्टर ने मुँह में हवा भरी और धीरे-धीरे उसे बाहर निकालने लगा।

''किस जेलख़ाने का क़ैदी है?'' उसने कॉनवाय के सिपाही से पूछा।

सिपाही ने नाम बताया, साथ ही याददहानी के लिए कहा कि क़ैदी के पाँवों में अब भी बेड़ियाँ पड़ी हैं।

''मैं अभी उतरवा देता हूँ। भगवान की कृपा से लोहार तो हैं ही,'' इन्स्पेक्टर ने कहा। उसने गालों में फिर हवा भर ली थी और धीरे-धीरे उसे निकालता हुआ दरवाज़े की ओर जाने लगा।

''यह क्योंकर हुआ है?'' नेख़्लूदोव ने डॉक्टर से पूछा।

डाक्टर ने ऐनकों में से नेख़्लूदोव की ओर देखा।

''क्यों हुआ है? तुम जानना चाहते हो कि लू लग जाने से ये क्यों मरते हैं? सुनो। सर्दी का सारा मौसम यह बिना रोशनी के और बिना व्यायाम के पड़े रहते हैं। फिर किसी आज के से दिन सहसा इन्हें बाहर धूप में निकाल लाया जाता है। बहुत बड़ी भीड़ में ये चलते हैं जिससे इन्हें ताज़ा हवा नहीं मिलती। नतीजा होता है कि लू लग जाती है।''

''यह बात है तो क्यों इन्हें इस तरह बाहर निकाला जाता है?''

''यह पूछना हो तो उन लोगों से जाकर पूछो जो इन्हें भेजते हैं। पर क्या मैं पूछ सकता हूँ कि तुम कौन हो ?''

''मैं, यों ही, इधर से गुज़र रहा था।''

''ओह, तो नमस्ते, मेरे पास वक़्त नहीं है,'' डाक्टर ने चिढ़कर कहा। फिर पतलून को नीचे की ओर खींचते हुए वह मरीज़ों की खाटों की ओर जाने लगा।

''कहो कैसी तबीयत है ?'' उसने पीले चेहरेवाले मरीज़ से पूछा जिसका मुँह टेढ़ा हो रहा था और गर्दन पर पट्टी बँधी थी।

इस बीच, पागल आदमी ने सिगरेट ख़त्म कर दिया था और अब खाट पर बैठा डाक्टर की दिशा में बराबर थूके जा रहा था।

नेख़्लूदोव नीचे उतरकर अहाते में आ गया, जहाँ आग बुझानेवालों के घोड़े और कुछ मुर्गियाँ घूम रही थीं। फिर पीतल की टोपीवाले सन्तरी के पास से होकर फाटक से बाहर हो गया और गाड़ी में जा बैठा। गाड़ीवान फिर सो गया था।

38

जब नेख़्लूदोव स्टेशन पर पहुँचा तो सभी क़ैदी गाड़ी में बैठ चुके थे। गाड़ी के डिब्बों की खिड़कियों में सीखचें लगे थे। कुछ लोग जो क़ैदियों से मिलने आए थे प्लेटफ़ॉर्म पर खड़े थे, मगर उन्हें डिब्बों के नज़दीक जाने की इजाज़त नहीं थी।

कॉनवाय के सिपाही उस दिन बड़े परेशान थे। जेलख़ाने से स्टेशन को जाते हुए रास्ते में तीन और क़ैदी लू लग जाने से गिरकर मर गए थे। ये उन दो क़ैदियों के अलावा थे जिनकी लाशें खुद नेख़्लूदोव ने देखी थीं। एक क़ैदी की लाश नज़दीकवाले थाने में पहुँचा दी गई थी। दो क़ैदी स्टेशन पर मरे थे।* कॉनवाय के सिपाहियों को इसकी कोई चिन्ता नहीं थी कि पाँच आदमी जो उनके दायित्व में थे, जिन्दा रह सकते थे, लेकिन वे मर गए। इसकी तो उन्हें कोई परवाह नहीं थी, हाँ, इस बात की चिन्ता ज़रूर थी कि क़ानूनी कार्यवाही करने में, जिसकी इन मामलों में ज़रूरत रहती है, कोई भूल न हो। लाशों को ठीक जगह पर पहुँचाना, क़ैदियों के काग़ज़ात और सामन हवाले करना, फ़ेहरिस्त में से उनके नाम काटना–जिस फ़ेहरिस्त के मुताबिक उन्हें नीज्नी नोवगोरद सौंपना था–ये सब काम परेशानी के थे, विशेषकर ऐसे दिन जबकि इतनी तेज़ गर्मी पड़ रही थी।

इसी काम में कॉनवाय के आदमी व्यस्त थे। और जब तक यह सब ख़त्म नहीं हो जाए वे नेख़्लूदोव तथा उन लोगों को जो क़ैदियों से मिलने की इजाज़त माँग रहे थे डिब्बों के नज़दीक नहीं जाने दे सकते थे। लेकिन नेख़्लूदोव ने एक सॉर्जेंट के हाथ गर्म किए और उसने फ़ौरन जाने दिया। सॉर्जेंट ने जाने तो दिया मगर साथ ही कह दिया कि जितनी जल्दी हो सके, अपनी बात ख़त्म कर लें ताकि कहीं अफ़सर उन्हें देख न ले। कुल मिलाकर अठारह डिब्बे थे। इनमें अफ़सरों के एक डिब्बे को छोड़कर, बाक़ी सभी डिब्बे क़ैदियों से भरे पड़े थे। डिब्बों के सामने से गुज़रते हुए नेख़्लूदोव कान लगाकर सुनने लगा कि क़ैदी क्या बातें कर रहे हैं। सभी डिब्बों से शोर-गुल और गाली-गलोच के बीच बेड़ियों के खनकने की आवाज़ आ रही थी। लेकिन कहीं भी उसने क़ैदियों को अपने मृत साथियों की चर्चा करते नहीं सुना। बातें चल रही थीं तो बोरियों की, पीने के लिए पानी की, बैठने के जगह की कि कौन किस सीट पर बैठे।

नेख़्लूदोव ने एक डिब्बे में झाँककर देखा। दो कॉनवाय-सिपाही क़ैदियों की कलाइयों पर से हथकड़ियाँ उतार रहे थे। क़ैदी अपने बाज़ू आगे को बढ़ाते, एक सिपाही चाबी से हथकड़ी खोल देता, दूसरा हथकड़ियाँ सँभाल रहा था।

मर्द क़ैदियों के डिब्बे पीछे छूट गए। अब स्त्रियों के डिब्बे शुरू हुए। इनमें से दूसरे डिब्बे में से एक औरत के कराहने की आवाज़ आ रही थी–"उफ़, उफ़, उफ ! हे भगवान! उफ़, ओह! हे भगवान !"

इस डिब्बे को लाँघकर नेख़्लूदोव तीसरे डिब्बे के सिपाही द्वारा दिखाई खिड़की के पास जा खड़ा हुआ। खिड़की के पास मुँह ले जाते ही उसे अन्दर से आती, पसीने की गन्ध से बोझल गरम-गरम हवा महसूस हुई और औरतों की ऊँची-ऊँची चीख़ती-चिल्लाती आवाज़ें साफ़ सुनाई देने लगीं।

सभी सीटों पर औरतें बैठी थीं, उनके चेहरे लाल और पसीने से तर हो रहे थे और सभी ऊँची-ऊँची आवाज़ में बातें कर रही थीं। सभी ने क़ैदियों के लबादे और सफ़ेद रंग के जॉकेट पहन रखे थे। खिड़की पर नेख़्लूदोव को खड़े देखकर सभी का ध्यान उसकी ओर खिंच गया। जो

* सन् 1880 के आस-पास मास्को में एक दिन में पाँच क़ैदी लू लग जाने से मर गए थे, जब उन्हें बुतीर्स्काया जेल से नीज्नी नावेगोरोद लाइन के स्टेशन तक ले जाया जा रहा था। (**लेव तोलस्तोय**)।

औरतें सबसे नज़दीक बैठी थीं उन्होंने बोलना बन्द कर दिया और उसके पास आ गईं। मास्लोवा सामनेवाली खिड़की के पास बैठी थी। उसने सफ़ेद जॉकेट पहन रखी थी और सिर नंगा था। गोरी-चिट्टी फ़ेदोस्या, जो हर वक़्त मुस्कराती रहती थी, नेख़्लूदोव के थोड़ा नज़दीक बैठी थी। उसे पहचानते ही उसने मास्लोवा को कोहनी मारी और खिड़की की ओर इशारा किया।

मास्लोवा झट उठ खड़ी हुई और अपने काले बालों पर रूमाल बाँधती हुई खिड़की के पास आ गई और एक सीखचें को पकड़कर खड़ी हो गई। उसका चेहरा गर्मी के कारण लाल हो रहा था।

"आज बड़ी गर्मी है," ख़ुशी से मुस्कराते हुए उसने कहा।

"तुम्हें चीज़ें मिल गईं?"

"हाँ, शुक्रिया।"

"किसी और चीज़ की जरूरत तो नहीं?" नेख़्लूदोव ने पूछा। डिब्बे में से ऐसी गर्म हवा आ रही थी, मानो आग की भट्ठी में से आ रही हो।

"मुझे किसी चीज़ की ज़रूरत नहीं, शुक्रिया।"

"अगर पानी मिल सके तो," फ़ेदोस्या बोली।

"हाँ, अगर पानी मिल जाए तो बहुत अच्छा हो," मास्लोवा ने भी कहा।

"क्यों, क्या तुम्हारे डिब्बे में पानी नहीं है ?"

"था, मगर चुक गया है।"

"मैं अभी किसी कॉनवाय के आदमी से कहता हूँ। हम अब नीज्नी नोवगोरोद पहुँचकर ही मिल पाएँगे।

"क्यों, क्या तुम भी चल रहे हो?" मास्लोवा ने कहा, मानो उसे मालूम ही न हो, और नेख़्लूदोव की ओर देखा। उसका चेहरा ख़ुशी से चमक रहा था।

"मैं दूसरी गाड़ी से आऊँगा।"

मास्लोवा कुछ नहीं बोली, केवल एक ठंडी साँस भरी।

"जनाब, क्या यह ठीक है कि बारह क़ैदी मारे गए हैं?" एक बुढ़िया क़ैदी ने पूछा जिसका चेहरा बड़ा कठोर और आवाज़ आदमियों की आवाज़ की तरह गहरी थी।

यह कोराब्ल्योवा थी।

"मैंने बारह आदमियों का तो नहीं सुना। हाँ, दो क़ैदियों को मैंने मरे देखा है," नेख़्लूदोव ने कहा।

"लोग कहते हैं कि बारह आदमियों को मार डाला है। क्या मारनेवालों को सज़ा नहीं मिलेगी? ज़रा सोचो तो! शैतान कहीं के!"

"क्या कोई भी औरत बीमार नहीं पड़ी?" नेख़्लूदोव ने पूछा।

"औरतें ज़्यादा मजबूत होती हैं," एक ठिगने से क़द-बुत की औरत ने जवाब दिया और कहकर हँसने लगी। "केवल एक औरत ने यहाँ बच्चा जनने की ठान ली है। वहाँ पर है," उसने बग़लवाले डिब्बे की ओर इशारा करते हुए कहा, जहाँ से कराहने की आवाज़ आ रही थी।

"तुमने पूछा है कि हमें कुछ चाहिए या नहीं," अपनी आह्लादपूर्ण मुस्कान छिपाने की कोशिश करते हुए मास्लोवा ने कहा, "क्या कोई ऐसा इन्तज़ाम नहीं हो सकता कि इस औरत को यहीं रख लिया जाए? वह इस वक़्त बड़ी तकलीफ़ में है। अगर तुम अफ़सरों से कहोगे तो..."

"हाँ, मैं बात करूँगा।"

"एक और बात। क्या यह अपने पति–तारास-से नहीं मिल सकती ?" आँखों से मुस्कराती फ़ेदोस्या की ओर इशारा करते हुए उसने पूछा। "वह भी तुम्हारे साथ जा रहा है न?"

"जनाब, बातें करने की इजाज़त नहीं है," एक कॉनवाय-सॉर्जेंट ने कहा। यह वह सॉर्जेंट नहीं था जिसने नेख़्लूदोव को निकल जाने दिया था।

नेख़्लूदोव डिब्बे के पास से हट गया और कॉनवाय-अफ़सर को ढूँढ़ने गया ताकि उससे प्रसववाली औरत तथा तारास के बारे में पूछ सके। लेकिन वह कहीं भी नज़र नहीं आया, न ही कॉनवाय के किसी दूसरे आदमी से उसका पता चल सका। सब इधर-उधर भाग-दौड़ रहे थे, कुछ लोग किसी क़ैदी को कहीं ले जा रहे थे, कुछ अपने लिए रसद लेने भागे जा रहे थे, कुछ सिपाही अपना सामान डिब्बों में टिका रहे थे या एक महिला की सेवा करने में व्यस्त थे जो कॉनवाय-अफ़सर के साथ जा रही थी। बड़ी उपेक्षा से वे नेख़्लूदोव के सवालों का जवाब देते।

जब दूसरी घंटी हो गई तब कहीं नेख़्लूदोव को कॉनवाय-अफ़सर नज़र आया। छोटे-छोटे बाजुओंवाला यह अफ़सर ठूँठ जैसे हाथ से अपनी मूँछों को पोंछ रहा था जो उसके मुँह पर लटक रही थीं, और कन्धे उचकाते हुए किसी बात पर एक कॉर्पोरल पर नाराज़ हो रहा था।

"आपको क्या कहना है?" उसने नेख़्लूदोव ने पूछा।

"यहाँ एक क़ैदी औरत है जिसे प्रसव-पीड़ा हो रही है। मैं सोच रहा था अगर."

"होने दो प्रसव-पीड़ा। बाद में हम देख लेंगे।" और तेजी से अपने छोटे-छोटे बाजू झुलाता हुआ वह भागकर अपने डिब्बे की ओर जाने लगा।

उसी समय रेलगाड़ी का गार्ड, हाथ में सीटी पकड़े, सामने से गुज़रा। तीसरी घंटी बजाई गई। प्लेटफ़ॉर्म पर खड़े लोगों तथा स्त्रियों के डिब्बों की ओर से रोने की आवाज़ें आने लगीं। गाड़ी चल दी। नेख़्लूदोव तारास के साथ खड़ा, एक-एक डिब्बे को जाते देख रहा था जिनमें मुँडे हुए सिरों वाले क़ैदी खिड़कियों के सीखचों को पकड़े खड़े थे। आदमियों के डिब्बों के बाद औरतों का पहला डिब्बा सामने से गुज़रा। खिड़कियों पर स्त्रियों के सिर नज़र आ रहे थे, कुछ ने रूमाल बाँध रखे थे, कुछ नंगे सिर थीं। फिर दूसरा डिब्बा गुज़रा, जिसमें से कराहने की आवाज़ अब भी आ रही थी। इसके बाद वह डिब्बा जिसमें मास्लोवा थी। और स्त्रियों के साथ वह भी खिड़की पर खड़ी थी, और उसके होंठों पर दयनीय मुस्कान खेल रही थी।

39

नेख़्लूदोव को गाड़ी छूटने में अभी दो घंटे बाक़ी थे। उसे पहले ख़याल आया था कि इस बीच अपनी बहिन से जाकर मिल आऊँगा, लेकिन आज सुबह से जो कुछ वह देख रहा था, उससे वह इतना उद्विग्न और क्लान्त महसूस करने लगा था कि फ़र्स्ट क्लॉस के रिफ़्रेशमेंट-रूम में जाकर एक सोफ़े पर बैठते ही उसे नींद ने आ घेरा। उसे स्वयं भी ख़याल न था कि वह इतना थक चुका है। वहीं बैठे-बैठे उसने करवट बदली और सिर के नीचे अपनी कोहनी रखकर सो गया।

एक बेरे ने उसे जगाया, जिसने ड्रेस-सूट पहन रखा था और हाथ में नेप्किन उठाए हुए था।

"हुज़ूर क्या आप ही प्रिन्स नेख़्लूदोव हैं? एक महिला आपको ढूँढ़ रही है।"

नेख़्लूदोव चौंककर उठ बैठा, और आँखें मलते हुए याद करने लगा कि वह कहाँ पर है और सुबह क्या कुछ घटा था।

उसे अपनी कल्पना में क़ैदियों का क़ाफ़िला नज़र आया, फिर लाशें, रेल के डिब्बे जिनकी

खिड़कियों पर सीखचे लगे थे और अन्दर स्त्रियाँ बन्द थीं। एक स्त्री प्रसव-पीड़ा से परेशान थी लेकिन उसके पास कोई मदद करनेवाला नहीं था, दूसरी सीखचों के बीच से उसे देख रही थी और उसके होंठों पर दयनीय मुस्कान थी। लेकिन जो सचमुच उसके सामने था वह सर्वथा भिन्न था। एक मेज़ पर बोतलें और गुलदान रखे थे, आतिशदान और प्लेटें-प्याले सजे थे। उसके आस-पास फुर्तीले बेरे घूम रहे थे। कमरे के एक सिरे पर एक बड़ी आलमारी रखी थी जिसमें बोतलों की कतारें लगी थीं, फलों से भरे सरपोस रखे थे और काउंटर के पीछे बारमैन खड़ा था। बार पर खड़े मुसाफ़िरों की पीठें नज़र आ रही थीं।

नेख़्लूदोव उठ बैठा और अपने विचारों को व्यवस्थित करने लगा। उसने देखा कि कमरे में सभी लोगों की आँखें बड़े कुतूहल से दरवाज़े पर लगी हैं, जहाँ पर कुछ हो रहा था। एक जुलूस-सा अन्दर चला आ रहा था। कुछ आदमी एक कुर्सी उठाए हुए थे जिस पर एक महिला बैठी थी। महिला का सिर किसी बेहद महीन कपड़े में लिपटा हुआ था। सबसे आगे-आगे कुर्सी को थामे एक चोबदार चला आ रहा था, जो नेख़्लूदोव को जाना-पहचाना लगा। सबसे पिछले आदमी को भी वह जानता था, जिसकी टोपी पर सुनहरी डोरी लगी थी। वह दरबान था। कुर्सी के पीछे-पीछे एक बड़ी सलीकेदार, घुँघराले बालोंवाली नौकरानी एप्रन लगाए चली आ रही थी। हाथ में एक पार्सल, छाते और चमड़े के गोल से बैग में कोई चीज़ रखे लिए आ रही थी। इसके बाद प्रिन्स कोर्चागिन ने कमरे में प्रवेश किया, लटकते गाल, मिरगी की मारी गर्दन, वह सिर पर सफ़री टोपी लगाए हुए था। उसके पीछे मिस्सी, उसका चचेरा भाई मीशा और नेख़्लूदोव का एक परिचित ओस्टन चले आ रहे थे। यह ओस्टन कूटनीतिज्ञ था, लम्बी गर्दन, टेंटुआ बाहर को निकला हुआ, बड़ी हँसोड़ तबीयत का आदमी था, उसके चेहरे पर से हर वक़्त विनोदप्रियता झलकती थी। वह बड़े ज़ोरदार किन्तु मज़ाकिया तरीक़े से मिस्सी को कोई बात सुना रहा था और मिस्सी मुस्करा रही थी। पीछे-पीछे डाक्टर गुस्से से सिगरेट के कश लगाता चला आ रहा था।

कोर्चागिन परिवार की शहर के निकट ज़मीन-जायदाद थी। उसे छोड़कर परिवार प्रिन्सेस की बहिन की जागीर में रहने जा रहा था, जो नीज्नी नोवोगोरोद रेलमार्ग पर स्थित थी।

जुलूस–कुर्सी उठानेवाले, नौकरानी तथा डाक्टर–स्त्रियों के प्रतीक्षा-कक्ष में ग़ायब हो गया। कमरे में बैठे लोग अब भी बड़े कुतूहल और आदर के साथ उस ओर देखे जा रहे थे। बूढ़ा प्रिन्स कमरे में ही रुक गया और एक मेज़ के सामने बैठ, बेरे को बुलाया और भोजन तथा शराब लाने को कहा। मिस्सी तथा ओस्टन भी रिफ़्रेशमेंट-रूम में ही रुक गए। वे दोनों भी बैठने ही वाले थे जब उन्हें दरवाज़े के पास अपना कोई परिचित नज़र आ गया और वे उसकी ओर चले गए। दरवाज़े पर नताल्या रागोजिन्स्काया खड़ी थी।

नताल्या कमरे के अन्दर चली आई। उसके साथ आग्राफ़ेना पेत्रोव्ना थी। दोनों कमरे में इधर-उधर देखने लगीं। नताल्या को एक साथ ही मिस्सी और अपना भाई नज़र आ गए। भाई की ओर सिर हिलाकर उसने अभिवादन किया और पहले मिस्सी से मिलने चली गई। परन्तु उसे चूमने के फ़ौरन ही बाद भाई की ओर मुड़ गई।

"आख़िर तुम मिल ही गए," वह बोली।

मिस्सी, मीशा और ओस्टन से मिलने के लिए नेख़्लूदोव उठ खड़ा हुआ। मिस्सी से उसे मालूम हुआ कि वे अपनी मौसी के घर रहने के लिए इसलिए जा रहे हैं कि उनके देहातवाले घर में आग लग गई थी। ओस्टन किसी दूसरे अग्निकांड के बारे में कोई मज़ाक़िया किस्सा सुनाने लगा।

नेख़्लूदोव ने कोई ध्यान नहीं दिया और बहिन से बातें करने लगा।

"तुम आ गईं, मुझे बेहद ख़ुशी हुई है।"

"मुझे तो आए काफ़ी देर हो गई है," उसने कहा, "आग्राफ़ेना पेत्रोव्ना मेरे साथ आई है।" और आग्राफ़ेना पेत्रोव्ना की ओर इशारा किया जो बरसाती-कोट पहने और सिर पर बानेट लगाए कुछ दूर खड़ी थी, ताकि भाई-बहिन की बातों में बाधक न बने। उसने स्नेहपूर्ण तथा मर्यादित ढंग से झुककर नेख़्लूदोव का अभिवादन किया। "हमने सब जगह तुम्हें तलाश किया।"

"और मैं यहाँ सोया पड़ा था। मुझे बेहद ख़ुशी है कि तुम आईं," नेख़्लूदोव ने दोहराकर कहा।" मैंने तुम्हें एक पत्र लिखना शुरू किया था।"

"क्या, सच?" उसने कहा और डर-सी गई। "किस बारे में?"

मिस्सी तथा उसके साथ के दोनों सज्जन यह देखकर कि भाई बहिन के बीच किसी निजी मामले पर बातचीत होने जा रही है, वहाँ से हट गए। नेख़्लूदोव और उसकी बहिन खिड़की के पास एक सोफ़े पर जा बैठे, जिस पर मख़मल लगी थी और एक कम्बल, एक बक्स तथा कुछ और सामान रखा था।

"कल तुम्हारे घर से लौटने के बाद मेरा मन करता था कि तुम्हारे पास लौटकर जाऊँ और माफ़ी माँगू, लेकिन मेरी समझ में नहीं आ रहा था कि तुम्हारे पति क्या सोचेंगे," नेख़्लूदोव ने कहा, "कल तुम्हारे पति के साथ मेरा बर्ताव अच्छा नहीं था, और बाद में मुझे इसका बड़ा खेद हुआ।"

"मैं जानती थी, मुझे यक़ीन था कि तुम्हारा मतलब यह नहीं है," उसकी बहिन कहने लगी। "तुम जानते हो..."

उसकी आँखों में आँसू आ गए और उसने अपना हाथ भाई के हाथ पर रख दिया।

वाक्य स्पष्ट नहीं था, परन्तु नेख़्लूदोव पूर्णतया उसका अभिप्राय समझ गया, और उससे उसका दिल भर आया। अभिप्राय यही था कि जहाँ मैं अपने पति के प्रेमपाश में बँधी हूँ, वहाँ तुम्हारे प्रति भी मेरा प्रेम बड़ा गहरा और महत्वपूर्ण है। इसलिए तुम दोनों के बीच कोई ग़लतफ़हमी पैदा हो जाए तो मेरे दिल को बहुत कष्ट पहुँचता है।

"धन्यवाद, धन्यवाद! उफ़, तुम नहीं जानती आज मैंने क्या देखा है !" नेख़्लूदोव ने कहा। सहसा उसे दूसरे मृतक क़ैदी का चेहरा याद हो आया। "आज़ दो क़ैदी मारे गए।"

"मारे गए? कैसे?"

"हाँ, मारे गए। इस तपती धूप में वे उन्हें बाहर ले आए, और दो को लू लग गई जिससे वे मर गए।"

"नामुमकिन है! क्या, आज? अभी?"

"हाँ, अभी। मैंने लाशें देखी हैं।"

"पर मारे कैसे गए? किसने उन्हें मारा?" नताल्या ने पूछा।

"जिन लोगों ने धकेलकर उन्हें बाहर निकाला, वे ही उनके क़ातिल थे," नेख़्लूदोव ने चिढ़कर कहा। उसे महसूस हो रहा था कि वह भी इस बात को अपने पति की ही नज़रों से देख रही है।

"हे भगवान!" आग्राफ़ेना पेत्रोव्ना के मुँह से निकला, जो उनके पास चली आई थी।

"इन बदनसीब लोगों के साथ क्या बीत रही है, हमें इसका कुछ भी मालूम नहीं। लेकिन इसका पता चलना चाहिए," नेख़्लूदोव ने कहा और बूढे कोर्चागिन की ओर देखा, जो गले के साथ नेप्किन लगाए, सामने बोतल रखे बैठा था। उसी समय उसकी भी नज़र नेख़्लूदोव पर गई।

"नेख़्लूदोव," उसने पुकारा, "आओ और मेरे साथ बैठकर थोड़ा खा-पी लो। लम्बे सफ़र से पहले यह अच्छा होता है।"

नेख़्लूदोव ने इनकार करके मुँह फेर लिया।

"पर तुम करोगे क्या?" नताल्या कह रही थी।

"जो बन पड़ेगा, करूँगा। मैं कुछ नहीं जानता, लेकिन इतना ज़रूर महसूस करता हूँ कि कुछ करना होगा। और जो कुछ भी हो सका मैं करूँगा।"

"हाँ, मैं समझती हूँ। और उनके बारे में ?" मुस्कराकर कोर्चागिन की ओर इशारा करते हुए उसने पूछा। "क्या सचमुच तुम्हारा अब इनसे कोई वास्ता नहीं रहा है?"

"बिलकुल। और मैं समझता हूँ दोनों तरफ़ से किसी को भी इसका अफ़सोस नहीं होगा।"

"बड़े अफ़सोस की बात है। मुझे इसका बड़ा खेद है। मुझे मिस्सी बड़ी प्यारी लगती है। पर, मान लिया कि तुम यहाँ रिश्ता नहीं करना चाहते, पर तुम अपने को बाँधना क्यों चाहते हो?" उसने शर्मा कर पूछा। "तुम जा क्यों रहे हो?"

"मैं जा रहा हूँ, क्योंकि यह मेरा कर्तव्य है," नेख़्लूदोव ने गम्भीर आवाज़ में रुखाई के साथ कहा, मानो इस वार्तालाप को ख़त्म कर देना चाहता हो।

पर उसे फ़ौरन अपने रूखेपन पर लज्जा होने लगी। "जो कुछ मेरे मन में है, मैं इसे क्यों न बतला दूँ। बेशक आग्राफ़ेना पेत्रोव्ना भी सुन ले," बुढ़िया नौकरानी की ओर देखते हुए वह सोचने लगा। उसके वहाँ मौजूद होने के कारण उसकी इच्छा और भी तीव्र हो गई कि मैं अपना निश्चय बहिन को बता दूँ।

"तुम्हारा मतलब है कि मैं कात्यूशा के साथ क्यों विवाह कर रहा हूँ? बात यह है कि मैंने तो निश्चय कर लिया था परन्तु वह इनकार कर रही है, बड़ी दृढ़ता से इनकार कर रही है," उसने कहा और उसकी आवाज़ काँपने लगी। जब कभी भी वह इस विषय की चर्चा करता था तो उसकी आवाज़ काँपने लगती थी। "उसे मेरा कुर्बानी करना मन्जूर नहीं, पर वह स्वयं कुर्बानी कर रही है। और उसकी स्थिति में यह बहुत बड़ी बात है। और मैं इस कुर्बानी को स्वीकार नहीं कर सकता, यदि यह क्षणिक आवेश है। इसलिए मैं उसके साथ जा रहा हूँ। जहाँ पर वह रहेगी, वहीं पर मैं भी रहूँगा, और जहाँ तक बन पड़ा, मैं उसके बोझ को हलका करने की कोशिश करूँगा।"

नताल्या कुछ नहीं बोली। आग्राफ़ेना पेत्रोव्ना ने प्रश्नसूचक नेत्रों से नेख़्लूदोव की ओर देखा और सिर हिला दिया। ऐन इसी वक़्त स्त्रियों के प्रतीक्षा कक्ष से फिर वही जुलूस निकला। वही रूपवान चोबदार फ़िलिप तथा दरबान प्रिन्सेस कोर्चागिना को उठाए ला रहे थे। उसने अपने वाहकों को रुक जाने को कहा और इशारे से नेख़्लूदोव को अपने पास बुलाया, फिर बड़े दयनीय तथा अलसाए ढंग से अपना गोरा, अँगूठियों भरा हाथ नेख़्लूदोव की ओर बढ़ाया, इस आशा और डर से कि नेख़्लूदोव के हाथ में उसका हाथ दबकर रह जाएगा।

+Epouvantable !"* उसने कहा। उसका अभिप्राय गर्मी से था। "मुझसे बर्दाश्त नहीं हो सकती। Ce climat me tue."** फिर कुछ देर तक वह जलवायु की चर्चा करती रही कि रूस की जलवायु बड़ी भयानक है। इसके बाद नेख़्लूदोव को न्योता दिया कि हमें मिलने ज़रूर आना, और फिर अपने नौकरों को आगे बढ़ने का इशारा करने लगी। "ज़रूर आना, भूलना नहीं," अपना लम्बूतरा चेहरा नेख़्लूदोव की ओर घुमाकर उसने कहा। और नौकर, पालकी उठाए, आगे बढ़ गए।

प्रिन्सेस का जुलूस दाईं ओर को घूम गया जिस तरफ़ फ़र्स्ट क्लास के डिब्बे थे। नेख़्लूदोव, एक कुली से अपना सामान उठवाकर बाईं ओर जाने लगा। तारास भी उसके साथ था। उसने

* तौबा ! (फ़्रेंच)

** यह मौसम तो मेरी जान ही लेकर रहेगा (फ़्रेंच)।

पीठ पर अपना झोला उठा रखा था।

"यह मेरा साथी है," तारास की ओर इशारा करते हुए नेख़्लूदोव ने अपनी बहिन से कहा। तारास की कहानी वह उसे पहले ही सुना चुका था।

"थर्ड क्लास में सफ़र करोगे क्या ?" नताल्या ने कहा जब उसने देखा कि नेख़्लूदोव एक तीसरे दर्जे के डिब्बे के सामने रुक गया है और तारास और सामनेवाला कुली डिब्बे के अन्दर चले गए हैं।

"हाँ, मुझे यही पसन्द है। मैं तारास के साथ जा रहा हूँ" उसने कहा। "एक बात और। अभी तक मैंने अपनी कुज़्मिंस्कोएवाली ज़मीन किसानों को नहीं दी है। इसलिए अगर मैं मर गया तो मेरे बाद तुम्हारे बच्चे उस ज़मीन के वारिस होंगे।"

"ऐसी बातें नहीं कहो, द्मीत्री!" नताल्या बोली।

"अगर मैं उसे दे भी दूँ तो बाक़ी सब कुछ उन्हीं का होगा। क्योंकि उम्मीद नहीं कि मैं शादी करूँ। जो शादी कर भी लूँ तो मेरे बच्चे-बाले नहीं होंगे। इसलिए..."

"द्मीत्री, ऐसी बात मुँह से मत निकालो," नताल्या ने कहा। पर नेख़्लूदोव ने देखा कि उसे यह सुनकर ख़ुशी हुई है।

कुछ दूर आगे, फ़र्स्ट क्लास के एक डिब्बे के सामने कुछ लोग अब भी उस पालकी को देखे जा रहे थे जिसमें प्रिन्सेस बैठकर आई थी। बहुत-से मुसाफ़िर बैठ चुके थे। देर से आनेवाले मुसाफिर भागते हुए प्लेटफ़ॉर्म के तख़्तों पर पाँव खटखटाते गाड़ी की ओर लपक रहे थे। गार्ड डिब्बों के दरवाज़े बन्द करने लगे, मुसाफ़िरों को अन्दर बैठने के लिए और जिन्हें सफ़र नहीं करना था उन्हे डिब्बों में से बाहर निकलने के लिए कहने लगे।

नेख़्लूदोव डिब्बे के अन्दर दाख़िल हुआ। डिब्बा तप रहा था और उसमें से दुर्गन्ध आ रही थी। फ़ौरन ही वह डिब्बे को लाँघकर, सिरे पर बने छोटे-से प्लेटफ़ॉर्म पर जा खड़ा हुआ।

आग्राफ़ेना पेत्रोव्ना के साथ नताल्या, नए फ़ैशन का बॉनेट और केप लगाए, डिब्बे के नज़दीक खड़ी थी। प्रत्यक्षतः वह इस कोशिश में थी कि कोई बात करे।

जब लोग एक दूसरे से जुदा होते हैं तो अक्सर "ecrivez"* कहते हैं। लेकिन दोनों भाई-बहिन इस शब्द का मज़ाक उड़ाया करते थे। इसलिए इस समय यह शब्द भी नताल्या मुँह से नहीं निकाल सकती थी। आत्मीयता की जिन कोमल भावनाओं से उनके दिल भर उठे थे, उन्हें पैसे के मामलों की चर्चा ने एक क्षण में छिन्न-भिन्न कर डाला था। वे फिर एक दूसरे से दूर हो गए थे। इसलिए जब गाड़ी चली और उदास, प्यारभरे मुख से मात्र "अलविदा, द्मीत्री, अलविदा!" कहने का समय आया, तो उसे ख़ुशी ही हुई। लेकिन डिब्बे के आगे निकलते ही उसने सोचा कि कैसे वह अपने पति को भाई के साथ हुआ वार्तालाप सुनाएगी और उसका चेहरा गम्भीर और उद्विग्न हो उठा।

नेख़्लूदोव के हृदय में अपनी बहिन के प्रति कोमलतम भावनाएँ थीं। उसने उससे कोई बात छिपाई भी नहीं थी। परन्तु फिर भी अब उसकी उपस्थिति में वह उदास और खोया-खोया-सा महसूस करने लगा था। इसलिए जब गाड़ी चली तो उसने भी चैन की साँस ली। उसे महसूस हुआ कि पहलेवाली नताल्या, जो कभी उसके इतने निकट थी, अब नहीं रही, और उसके स्थान पर अब एक दासी खड़ी है जिसने अपने को एक अपरिचित अप्रिय, काले बालों से भरे आदमी के हाथों सौंप दिया है। इस तथ्य का प्रमाण उसे उस समय स्पष्ट मिल गया जब उसने किसानों

* लिखना। (फ़्रेंच)।

की ज़मीन देने तथा अपनी विरासत की चर्चा की, और नताल्या का चेहरा उसे सुनकर खिल उठा था क्योंकि यह बात उसके पति के लिए विशेषतया रुचिकर थी।

इस कारण नेख़्लूदोव का दिल उदास हो उठा।

40

तीसरे दर्जे के जिस डिब्बे में नेख़्लूदोव सफ़र कर रहा था वह आकार में काफ़ी बड़ा था। दिन भर चिलचिलाती धूप में खड़े रहने के कारण डिब्बा इस क़दर तप रहा था कि नेख़्लूदोव अन्दर नहीं जा सका, और पीछे ही छोटे-से प्लेटफ़ार्म पर खड़ा रहा। लेकिन यहाँ पर भी हवा का नाम न था। केवल उस वक़्त जब शहर की इमारतें पीछे छूट गईं तो हवा का झोंका आया, और तब कहीं नेख़्लूदोव को राहत मिली।

"हाँ, मारे गए," उसने फिर वही शब्द दोहराए जो उसने अपनी बहिन से कहे थे। उसकी कल्पना में, उन सभी दृश्यों के बीच जो आज उसने देखे थे, दूसरे मृत क़ैदी का चेहरा अपूर्व स्पष्टता से उभर आया। कैसा सुन्दर नौजवान था वह। उसके होंठों पर की मुस्कान, माथे से झलकता गम्भीर भाव, मुँडी हुई, नीला वर्ण खोपड़ी, छोटा-सा सुगठित कान, उसके चेहरे का एक-एक नक़्श स्पष्ट नज़र आने लगा।

"उसकी हत्या तो की गई है लेकिन यह कोई नहीं जानता कि किसने हत्या की है।" वह सोच रहा था। "यही सबसे भयानक बात है। उसकी हत्या हुई है। सभी क़ैदियों की तरह उसे भी मास्लेन्निकोव के हुक्म पर बाहर लाया गया था। निश्चय ही मास्लेन्निकोव अपने को इसका अपराधी नहीं समझता होगा। उसने तो रोज़ की तरह यह आर्डर भी जारी कर दिया होगा। एक काग़ज़ पर, जिसके ऊपर शिरोनामा छपा होगा बेतुके ढंग से रेखाएँ खींचते हुए उसने अपना दस्तख़त कर दिया होगा। जेलख़ाने का डॉक्टर तो अपने को उससे भी कम क़सूरवार समझता होगा, जिसने क़ैदियों को जाँच करके भेजा था। उसने तो बड़ी यथार्थता से अपना फ़र्ज निभाते हुए कमज़ोर क़ैदियों को अलग कर दिया था। उसे कैसे मालूम हो सकता था कि आज इतनी भयानक गर्मी पड़ेगी, या उन्हें धूप तेज़ हो जाने पर बाहर भेजा जाएगा, वह भी इतना बड़ा हुजूम बनाकर? जेलख़ाने का इन्स्पेक्टर? लेकिन जेल के इन्स्पेक्टर ने तो केवल हुक्म की तामील की है कि अमुक दिन, इतने जलावतनों और इतने क़ैदियों को–जिनमें इतनी स्त्रियाँ और इतने पुरुष होंगे–रवाना कर दिया जाए। कॉनवाय-अफ़सर का भी कोई दोष नहीं। उसका काम तो केवल निश्चित स्थान से अमुक संख्या में लोगों को लेना और दूसरे स्थान पर उतनी ही संख्या में पहुँचा देना था। वह उन्हें उसी ढंग से ले गया जैसे हमेशा ले जाया जाता है। उसे क्या मालूम था कि उन जैसे हट्टे-कट्टे आदमी गर्मी बर्दाश्त नहीं कर सकेंगे और मर जाएँगे। किसी का भी दोष नहीं। तिस पर भी इन आदमियों की हत्या हुई है, और हत्या करनेवाले यही आदमी हैं जिन्हें हत्या का दोष नहीं दिया जा सकता।

"इस सारी बात का मूल कारण यह है" वह सोच रहा था, "कि ये लोग–गवर्नर, इन्स्पेक्टर, पुलिस अफ़सर, पुलिस के सिपाही–यह समझते हैं कि कई ऐसी परिस्थितियाँ होती हैं जिनमें मनुष्यों के बीच मानवीय सम्बन्धों की ज़रूरत नहीं रहती। अगर यही लोग–मास्लेन्निकोव, इन्स्पेक्टर तथा कॉनवाय-अफ़सर–वास्तव में गवर्नर, इन्स्पेक्टर, अफ़सर इत्यादि न होते तो इतने बड़े हुजूम को ऐसी चिलचिलाती धूप में भेजने से पहले बीस बार सोचते, रास्ते में बीस बार रुकते, यदि किसी

को लड़खड़ाते देखते, किसी की साँस फूलती देखते, तो उसे साए में ले जाते, उसके मुँह में पानी डालते, उसे आराम करने देते, और यदि फिर भी दुर्घटना हो जाती तो उस पर दुख प्रकट करते। लेकिन केवल उन्होंने स्वयं दुख प्रकट नहीं किया, उन्होंने और लोगों को भी नहीं करने दिया। कारण, इन्सानों के बारे में तथा इन्सानों के प्रति अपने कर्तव्य के बारे में उन्हें कोई चिन्ता नहीं थी। वे तो केवल अपने ओहदों की सोचते थे जिन पर वे चढ़े बैठे थे। इन ओहदों पर उनके जो फ़र्ज होते हैं, उन्हें वे मानवीय सम्बन्धों से ऊँचा समझते थे। मूल कारण यही है," नेख़्लूदोव के विचारों का ताँता जारी रहा। "यदि एक बार हम इस बात को स्वीकार कर लें–घंटे भर के लिए ही सही, अपवादस्वरूप ही सही–कि मानव-प्रेम से अधिक महत्वपूर्ण कोई चीज़ हो सकती है, तो हम निश्चिन्त होकर कोई भी अपराध करने पर उतारू हो सकते हैं, और हमारे हृदय में अपराधी होने की भावना तक नहीं उठेगी।"

नेख़्लूदोव अपने विचारों में यहाँ तक डूबा हुआ था कि उसे मौसम के बदल जाने का पता ही न चला। इस बीच एक बादल के टुकड़े ने सूरज को ढँक लिया था। पश्चिम की ओर से हलके भूरे रंग की घटा तेज़ी से बढ़ती चली आ रही थी, और दूर खेतों तथा जंगलों पर अभी से मूसलाधार बारिश होने लगी थी। इस घटा से हवा में खुनकी आ गई थी। किसी-किसी वक़्त बिजली कौंध जाती, और गाड़ी की खड़खड़ से बादलों का गर्जन मिलने लगता। बादल अधिकाधिक नज़दीक आ रहा था। वर्षा की तिरछी बूँदें, जिन्हें हवा उड़ा लाई थी, प्लेटफ़ॉर्म तथा नेख़्लूदोव के कोट पर गिरने और अपने निशान बनाने लगीं। नेख़्लूदोव हटकर प्लेटफ़ॉर्म के दूसरे सिरे पर जा खड़ा हुआ। ताज़ा, नमदार हवा में अनाज तथा भीगी धरती की गन्ध थी, जो मुद्दत से बारिश के लिए तरस रही थी। नेख़्लूदोव वहाँ खड़ा था और उसकी आँखों के सामने से बाग़, जंगल, रई के पीतवर्ण खेत, जई के हरे-हरे खेत, आलुओं की खेती के लहलहाते गहरे हरे रंग के टुकड़े गुज़रते जा रहे थे। ऐसा लगता था कि जैसे हर चीज़ पर वार्निश कर दी गई हो। हरा रंग और भी गहरा हरा हो गया था, पीला और भी गहरा पीला, काला और भी गहरा काला।

"बरसो! ख़ूब बरसो!" नेख़्लूदोव बोला। प्राणदायिनी वर्षा से प्रफुल्लित बाग़ों और खेतों को देखते हुए नेख़्लूदोव का रोम-रोम पुलकित हो उठा।

परन्तु बारिश का छींटा ज़्यादा देर तक नहीं रहा। बादल का कुछ हिस्सा तो बारिश में निचुड़ गया, बाक़ी आकाश में तिरता हुआ आगे निकल गया। शीघ्र ही गीली धरती पर फुहार की अन्तिम बूँदें पड़ने लगीं। सूरज फिर चमकने लगा, हर चीज़ चमक उठी, और पूर्व में–क्षितिज से कुछ ही ऊपर–उज्जवल इन्द्रधनुष खिंच गया, जिसमें बैंगनी रंग बड़ा स्पष्ट नज़र आ रहा था। केवल एक सिरे पर इन्द्रधनुष टूट गया था।

"हाँ, तो मैं क्या सोच रहा था ?" नेख़्लूदोव ने मन-ही-मन कहा जब प्रकृति में ये परिवर्तन होने बन्द हो गए और गाड़ी एक दर्रे में से गुज़रने लगी जिसके दोनों और ऊँची ढलानें थीं। "मैं यही सोच रहा था कि ये सब लोग–इन्स्पेक्टर, कॉनवाय के आदमी–सभी सरकारी नौकर–अधिकतर अच्छे दिल के लोग होते हैं। यदि ये जुल्म करते हैं तो इसलिए कि ये सरकारी नौकरी करते हैं।"

उसे याद आया : किस उपेक्षा से मास्लेन्निकोव ने उसकी बात सुनी थी जब उसने उसे बताया कि जेल में क्या कुछ होता है। इन्स्पेक्टर की कठोरता, कॉनवाय-अफ़सर की क्रूरता जिसने उन लोगों को छकड़ों पर बैठने की इजाज़त नहीं दी जो उसके सामने हाथ जोड़ते रहे थे कि उन्हें बैठने दिया जाए। उसने इस बात की परवाह नहीं की कि एक स्त्री गाड़ी में प्रसव-पीड़ा से छटपटा रही है। "दया की साधारणतम भावना इनके दिल को छू नहीं पाती, उनके हृदय कठोर और अभेद्य

बन चुके हैं, इसलिए कि वे सरकारी अफ़सर हैं। सरकारी अफ़सर होने के कारण उनके हृदय में अनुकम्पा की भावना उसी भाँति प्रवेश नहीं कर पाती जिस भाँति पत्थरों के इस फ़र्श में बारिश का पानी रिस नहीं पाता," दर्रे की दोनों ओर की ढलानों को देखते हुए, जिन पर तरह-तरह के रंगों के पत्थर लगाए गए थे, नेख़्लूदोव सोच रहा था। पानी अन्दर रिसने के बजाय ऊपर से ही अनगिनत धाराओं के रूप में बह रहा था। "शायद ढलानों पर तो पत्थरों के फ़र्श बाँधने की ज़रूरत हो, पर जिस धरती पर पेड़-पौधे न उग पाते हों, उसे देखकर तो दिल निराश हो उठता है। इसी धरती से अनाज, घास, पौधे, झाड़ियाँ, या वैसे ही पेड़ उग सकते हैं जैसे कि इस दर्रे की चोटी पर उग रहे हैं। यही स्थिति इन्सानों की भी है," नेख़्लूदोव सोच रहा था। "शायद इन गवर्नरों, इन्स्पेक्टरों, पुलिस के सिपाहियों की ज़रूरत रहती हो। पर यह स्थिति सचमुच बड़ी भयानक है जब मनुष्य एक दूसरे के प्रति प्रेम तथा सद्भावना के मुख्य मानवीय गुण से वंचित हों।"

"बात यह है," वह सोच रहा था, "कि ये लोग उस चीज़ को नियम मानते हैं जो वास्तव में नियम नहीं है, लेकिन उस अमर तथा सनातन नियम को जो भगवान ने मनुष्य के हृदय पर अंकित कर दिया है, नियम नहीं मानते। यही कारण है कि जब मैं इन लोगों के साथ होता हूँ तो मन उदास हो उठता है। मुझे इनसे डर लगता है। और वे सचमुच बड़े भयानक लोग हैं, डाकुओं से भी अधिक भयानक। एक डाकू के दिल में शायद फिर भी तरस हो, लेकिन इनके दिल में कोई तरस नहीं। जिस भाँति इन पत्थरों पर किसी पौधे का अंकुर नहीं फूट सकता, इसी भाँति इन लोगों के दिल में तरस नहीं उठ सकता। इसी कारण ये लोग इतने भयानक हैं। लोग कहते हैं कि पुगाचोव तथा राज़िन* भयानक थे। परन्तु ये उनसे हज़ार गुना ज़्यादा भयानक हैं," वह मन-ही-मन सोचे जा रहा था। "अगर यह मनोवैज्ञानिक प्रश्न पूछा जाए कि कौन-सा तरीक़ा अपनाने से हम अपने समय के ईसाई, दयालु स्वभाव परोपकारी लोगों को भयानक-से-भयानक अपराध करने पर उतारू कर सकते हैं, ताकि वे अपने को अपराधी न समझे, तो इसका एक ही जवाब है, कि मौजूदा व्यवस्था को बनाए रखिए, यह अपने आप होता जाएगा। ज़रूरत केवल इस बात की है कि इन लोगों को गवर्नर, इन्स्पेक्टर, पुलिस-अफ़सर बनाया जाए; यानी उन्हें पहले तो पूरा विश्वास हो कि सरकारी नौकरी नाम के धन्धे में काम करनेवाले मनुष्यों को इस बात की खुली इजाज़त है कि वे अन्य मनुष्यों के साथ जड़ पदार्थों का सा व्यवहार करें, कि उनके साथ भाइयों का सा सम्बन्ध न रखें। और दूसरे यह सरकारी नौकरी उन्हें एक दूसरे के साथ इस भाँति जोड़े रहे कि उनके अनेक कारनामों के नतीज़ों की ज़िम्मेवारी उनमें से किसी पर भी व्यक्तिगत रूप से न आए। यदि ये शर्तें न हों तो जो भयानक काम आज मैंने होते देखे हैं वे हमारे इस ज़माने में असम्भव होते। इसका मूल कारण यही है कि लोग समझते हैं कि कई ऐसी परिस्थितियाँ भी होती हैं जिनसे हम इन्सानों के साथ बिना प्रेम के सलूक कर सकते हैं। पर वास्तव में ऐसी कोई परिस्थितियाँ नहीं हैं। हम जड़ पदार्थों के साथ, बिना प्रेम के व्यवहार कर सकते हैं–पेड़ काट सकते हैं, ईंटें बना सकते हैं, बिना किसी प्रेम भावना के लोहे पर हथौड़ा चला सकते हैं, लेकिन हम मनुष्यों के साथ प्रेम के बिना व्यवहार नहीं कर सकते। उसी भाँति जिस भाँति बिना सावधानी बरते हम मधुमक्खियों की देख-रेख नहीं कर सकते। यदि कोई आदमी मधुमक्खियों के साथ लापरवाही बरते तो उन्हें कष्ट भी देगा और स्वयं भी कष्ट उठाएगा। यही स्थिति मनुष्यों की है। इसके विपरीत हो भी नहीं सकता, क्योंकि पारस्परिक प्रेम मानवजीवन का बुनियादी नियम है। यह सच है कि एक मनुष्य अपने को काम करने पर तो मजबूर कर सकता है परन्तु प्रेम करने पर मजबूर नहीं कर सकता। पर इससे यह

* रूस में हुए दो किसान-विद्रोहों के नेता। राज़िन 17 वीं शताब्दी में, और पुगाचोव 18 वीं शताब्दी में हुआ।

निष्कर्ष नहीं निकलता कि मनुष्यों के साथ हमारा व्यवहार प्रेमशून्य हो, विशेषकर उस स्थिति में जब हमें उनसे किसी चीज़ की आशा हो। यदि तुम्हारे हृदय में प्रेम नहीं है तो चुपचाप बैठे रहो,'' नेख़्लूदोव सोच रहा था, ''जड़ पदार्थों के साथ काम करो, अपने आप में मगन रहो, और जो कुछ भी चाहो करो, केवल इन्सानों से कोई वास्ता नहीं रखना। जब तुम भूख लगने पर ही भोजन करते हो तो तुम्हें लाभ होता है, कोई हानि नहीं पहुँचती, इसी भाँति हृदय में प्रेम होने पर ही तुम्हारा वर्ताव मनुष्यों से उपयोगी भी होगा और उससे किसी को हानि भी नहीं पहुँचेगी। परन्तु जब भी तुम बिना प्रेम की भावना के किसी मनुष्य के साथ व्यवहार करोगे–जैसा कि कल मैंने अपने बहनोई के साथ किया–तब और लोगों के प्रति तुम्हारे अत्याचार तथा बर्बरता की कोई सीमा नहीं रहेगी। इसका एक उदाहरण आज मैंने अपनी आँखों से देखा है। इतना ही नहीं, तुम्हारी अपनी यातना की भी कोई सीमा नहीं होगी। मेरा अपना जीवन इसका प्रमाण है। हाँ, हाँ, यही बात है,'' नेख़्लूदोव सोच रहा था। ''यह सच है, हाँ, बिलकुल सच है!'' उसने दोहराकर कहा। चिलचिलाती गरमी के बाद अब नेख़्लूदोव ताज़ा हवा का आनन्द ले रहा था। वह यह भी महसूस कर रहा था कि उसने एक ऐसे सवाल को पूर्ण स्पष्टता से समझ लिया है जिसके साथ वह मुद्दत से जूझ रहा था।

41

गाड़ी के जिस डिब्बे में नेख़्लूदोव सफ़र कर रहा था, वह मुसाफ़िरों से आधा भरा था। नौकर, कामगार, फ़ैक्टरी-मज़दूर, क़साई, यहूदी, दूकानदार, कामगारों की पत्नियाँ, एक फ़ौजी, दो महिलाएँ–एक छोटी उम्र की दूसरी बड़ी उम्र की, जिसकी नंगी बाँहों पर कंगन चमक रहे थे, और एक सज्जन जो कठोर मुद्रा धारण किए और तुर्रेवाली काली टोपी लगाए बैठा था, ये लोग सफ़र कर रहे थे। सीटों पर बैठने से पहले जो शोर-गुल होता है वह कब का शान्त हो चुका था, और अब सभी लोग चुपचाप बैठे थे, कुछ लोग सूरजमुखी के बीज खा रहे थे, कुछ सिगरेट पी रहे थे, कुछ बातें कर रहे थे।

तारास गलियारे के दाएँ हाथ बैठा था और बड़ा ख़ुश नज़र आ रहा था। नेख़्लूदोव के लिए उसने सीट रख छोड़ी थी, और अपने सामने बैठे एक हट्टे-कट्टे आदमी के साथ जो सूती कपड़े का कोट पहने हुए था। चहक-चहककर बातें कर रहा था। नेख़्लूदोव को बाद में मालूम हुआ कि यह शख़्स कोई माली था जो किसी नई जगह पर काम करने जा रहा था। नेख़्लूदोव गलियारे में चला आया, और पेश्तर इसके कि तारास के पास पहुँचकर उसके साथ बैठ जाए, वह रास्ते में ही रुक गया, जहाँ एक सफ़ेद दाढ़ीवाला बुजुर्गाना शक़्ल का बूढ़ा आदमी बैठा एक युवा स्त्री से बातें कर रहा था। बुजुर्ग ने नैनकीन का कोट पहन रखा था, और स्त्री किसानों के लिबास में थी। स्त्री की बग़ल में, सातेक साल की एक छोटी-सी, सुनहरी बालोंवाली लड़की बैठी थी जिसने नई देहाती पोशाक पहन रखी थी और सिर पर रूमाल बाँधे थी। वह सूरजमुखी के बीज खा रही थी। बूढ़े ने जब घूमकर देखा तो उसकी नज़र नेख़्लूदोव पर पड़ी। अपने कोट से लटकते किनारों को सँभालकर वह आगे खिसक गया ताकि नेख़्लूदोव के लिए उस चमकती सीट पर जगह बन जाए, और बड़े मैत्रीपूर्ण लहजे में बोला –

''आइए, यहाँ जगह हैं।''

धन्यवाद कहकर नेख़्लूदोव बैठ गया। स्त्री ने फिर से अपनी आपबीती सुनानी शुरू कर दी जिसमें थोड़ी देर के लिए बीच में बाधा पड़ गई थी। उसका पति शहर में था और उससे मिलकर

वह अब गाँव को लौट रही थी। वह बता रही थी कि शहर में उसके पति ने किस भाँति उसका स्वागत किया।

''मैं जाड़े के आख़िर में त्यौहार पर भी वहाँ गई थी, फिर भगवान की कृपा से अब भी मिलने गई,'' वह कह रही थी, ''और भगवान ने चाहा तो क्रिसमस के समय फिर जाऊँगी।''

''बिलकुल ठीक है,'' एक नज़र नेख़्लूदोव की ओर देखकर वृद्ध कहने लगा, ''सबसे अच्छा तरीक़ा यही है कि उसे जाकर ख़ुद मिल आओ, वरना शहर में तो जवान आदमी को बिगड़ते देर नहीं लगती।''

''नहीं जी, मेरा आदमी ऐसा नहीं है। फ़िज़ूल बातों की तरफ़ उसका ध्यान ही नहीं जाता। वह तो बिलकुल गौ है। जितने पैसे कमाता है, एक-एक कोपेक तक घर भेज देता है। यह हमारी लड़की है। क्या बताऊँ आपको अपनी बेटी से मिलकर वह कितना ख़ुश हुआ,'' औरत ने कहा और मुस्कराने लगी।

छोटी लड़की ने जो चुपचाप बैठी अपनी माँ की बातें सुन रही थी, सिर उठाकर वृद्ध और नेख़्लूदोव की ओर देखा, मानो अपनी माँ की बात का समर्थन करना चाहती हो। उसकी आँखों से स्थिरता तथा चतुराई झलक रही थी। वह सूरजमुखी के बीज चबा रही थी और छिलके थूकती जा रही थी।

''और भी अच्छी बात है अगर वह इतना सियाना-समझदार आदमी है, तो,'' बूढ़े ने कहा। ''वैसी करतूत तो नहीं करता न ?'' एक पति-पत्नी की ओर इशारा करते हुए उसने पूछा जो डिब्बे के दूसरी ओर बैठे थे और प्रत्यक्षतः फ़ैक्टरी-मज़दूर थे।

पति, सिर पीछे की ओर झुकाए और हाथ में बोतल पकड़े, अपने मुँह में वोद्का उँडेल रहा था। पत्नी हाथों में बैग उठाए, जिसमें से बोतल निकाली गई थी, बड़े दत्तचित्त नेत्रों से पति की ओर देखे जा रही थी।

''नहीं मेरा घरवाला तो शराब को हाथ नहीं लगाता। वह तो सिगरेट भी नहीं पीता,'' औरत ने कहा। वह ख़ुश थी कि अपने पति की प्रशंसा करने का उसे एक और मौका मिल गया था। ''उस जैसे तो विरले ही आदमी आपको मिलेंगे, ऐसा आदमी है वह,'' नेख़्लूदोव को भी सम्बोधित करती हुई वह बोली।

''इससे अच्छा और क्या होगा?'' फ़ैक्टरी-मज़दूर की ओर देखते हुए बूढ़े ने कहा।

मज़दूर ने जितनी शराब पीनी थी, पी ली और बोतल पत्नी के हाथ में दे दी। औरत हँसी, सिर हिलाया, और ख़ुद भी बोतल को मुँह से लगा लिया। नेख़्लूदोव और बूढ़े को अपनी ओर देखते हुए पाकर मज़दूर नेख़्लूदोव से कहने लगा–

''क्या बात है, हुज़ूर? हम पी रहे हैं, इसलिए? लोग यह तो नहीं देखते कि हमें कैसा काम करना पड़ता है, मगर हम पीते कैसे हैं, यह सभी देखते हैं। मैं अपने पैसे से पी रहा हूँ, साहिब। ख़ुद भी पी रहा हूँ, और अपनी बीवी को भी पिला रहा हूँ। और मुझे किसी का डर नहीं है।''

''हाँ, हाँ,'' नेख़्लूदोव ने झेंपकर जवाब दिया। उसकी समझ में नहीं आ रहा था कि क्या कहे।

''यह सच है हुज़ूर? मेरी बीवी बड़ी समझदार औरत है। मैं इससे सन्तुष्ट हूँ, क्योंकि इसके दिल में मेरे लिए दर्द है। क्यों, मात्रा, मैं तो कुछ कह रहा हूँ, ठीक है न?''

''यह लो, मुझे और नहीं चाहिए,'' बोतल वापस लौटाते हुए उसकी पत्नी ने कहा, ''और यह बक-बक क्या लगा रखी है ?'' वह बोली।

''लो देखो ! यह बड़ी अच्छी औरत है, बहुत अच्छी, पर फिर झट से चीख़ने-चिचियाने लगती

है। यह गाड़ी का पहिया होता है न, उसे ग्रीस नहीं दो तो जैसे चिचियाने लगता है। क्यों, माव्रा, मैं जो कहता हूँ, ठीक है न ?''

माव्रा हँसने लगी और हाथ को इस तरह झटका, मानो नशे में हो।

''लो, फिर लेक्चर देने लगा।''

''लो देखो! बड़ी अच्छी औरत है यह, बहुत अच्छी है। मगर एक बार बिगड़ जाए तो आसमान सिर पर उठा लेती है। क्यों माव्रा, मैं जो कुछ कह रहा हूँ, ठीक है न? माफ़ कीजिए हुज़ूर, मैंने थोड़ी पी रखी है। किया क्या जाए?'' फ़ैक्टरी-मज़दूर ने कहा और सोने की तैयारी करते हुए उसने अपनी मुस्कराती बीवी की गोद में सिर रख दिया।

नेख़्लूदोव थोड़ी देर तक उसी वृद्ध के पास बैठा रहा, और वृद्ध ने उसे अपनी सारी कहानी कह डाली। बूढ़ा अलाव-घर बनाता था, पिछले 53 साल से अलाव-घर बना रहा था। इतने अलाव-घर बना चुका था कि उसे उनकी गिनती तक याद नहीं थी। अब वह आराम करना चाहता था, मगर उसे फ़ुर्सत नहीं थी। अपने लड़कों को काम पर लगवाने के लिए शहर आया था, और अब घर के बाक़ी लोगों से मिलने गाँव जा रहा था। बूढ़े की कहानी सुन चुकने के बाद नेख़्लूदोव वहाँ से उठकर अपनी जगह पर चला गया जो तारास ने उसके लिए सँभालकर रखी थी।

''आइए, हुज़ूर, आइए, बोरी यहाँ रख देते हैं,'' नेख़्लूदोव की ओर देखते हुए बड़े दोस्ताना लहजे में माली ने कहा जो तारास के सामने बैठा था।

''आइए बैठिए, जगह की क्या है। दिल में जगह होनी चाहिए,'' तारास ने मुस्कराते हुए कहा, और बोरी उठाकर खिड़की की ओर ले गया। बोरी का वज़न कम-से-कम एक मन रहा होगा, लेकिन वह उसे इस तरह उठा ले गया मानो फूल की सी हलकी हो। ''बहुत जगह है। न भी हो तो आदमी कुछ देर खड़ा रह सकता है, सीट के नीचे घुसकर लेट सकता है। वहाँ बड़े आराम से सफ़र किया जा सकता है। लड़ने-झगड़ने की कोई ज़रूरत नहीं,'' तारास ने कहा। मैत्री और सद्भावना से उसका चेहरा दमक रहा था।

अपने बारे में तारास कहा करता था कि जब तक मैं दो घूँट शराब न पी लूँ मेरी ज़बान नहीं खुलती। शराब पी लूँ तो मुझे ठीक-ठाक शब्द मिलते रहते हैं, तब मैं किसी बात का भी ब्योरा दे सकता हूँ। और वास्तव में यह ठीक भी था। जब तारास नशे में नहीं होता, तो चुपचाप बैठा रहता। पर पीकर—और वह केवल कभी-कभी और ख़ास-ख़ास मौक़ों पर ही पिया करता था—वह मज़े से चहकने लगता। तब वह ख़ूब बोलता, बड़ी सरलता और सच्चाई के साथ, और सबसे बड़ी बात बहुत ही प्यार से जो उसकी नीली-नीली, कोमलताभरी आँखों और उसके होंठों से कभी न उतरनेवाली स्नेहभरी मुस्कान से झलक रहा होता।

आज भी वह मस्ती में था। नेख़्लूदोव के चले आने पर उसकी बातों का ताँता थोड़ी देर के लिए टूट गया था। लेकिन बोरी को अपनी जगह पर टिका लेने के बाद तारास फिर बैठ गया, और अपने मज़बूत हाथों को घुटने पर टिकाए, और माली के चेहरे पर आँखें गाड़े, वह फिर अपनी कहानी कहने लगा। वह इस आदमी को, जिसके साथ उसका अभी-अभी परिचय हुआ था अपनी पत्नी के बारे में बता रहा था, और एक-एक बात का पूरा ब्योरा देकर—उसे साइबेरिया क्यों भेजा जा रहा था और वह क्यों उसके पीछे वहाँ जा रहा था।

यह क़िस्सा नेख़्लूदोव ने पहले कभी भी विस्तार के साथ नहीं सुना था, इसलिए वह बड़े ध्यान से सुनने लगा। जब वह पहुँचा तो तारास कहानी के उस हिस्से तक पहुँच चुका था जब ज़हर देने की कोशिश सरअंजाम हो चुकी थी और घरवालों को पता चल गया था कि

यह फ़ेदोस्या की करतूत है।

"मैं अपना दुखड़ा रो रहा हूँ," मित्रों की सी सद्भावना के साथ नेख़्लूदोव को सम्बोधित करते हुए तारास ने कहा। "ऐसा भला आदमी मिल गया है, बस बातें चल पड़ीं, सो अब इसे सारी कहानी सुना रहा हूँ।"

"ठीक है," नेख़्लूदोव ने कहा।

"अच्छा तो, मैं कह रहा था, कि मामला इस तरह पता चल गया। माँ ने वह रोटी उठा ली। 'मैं तो पुलिस-अफ़सर के पास जा रही हूँ।' पर मेरा बाप बड़ा इन्साफ़-पसन्द आदमी है। 'मत जाओ, बीवी,' उसने कहा, 'लड़की तो अभी बच्चा है, उसे ख़ुद भी मालूम नहीं था कि वह क्या करने जा रही है। हमें दिल में से रहम को निकाल नहीं देना चाहिए। उसे अक़्ल आ जाएगी।' पर हे भगवान! माँ कहाँ सुनती थी। 'हम इसे घर में रखेंगे तो यह हम सबको कीड़े-मकोड़ों की तरह मार डालेगी।' तो भाई मेरे, तुम्हें क्या बताऊँ, वह सीधे पुलिस-अफ़सर से मिलने चली गई। वह तो फ़ौरन धमक पड़ा। गवाहों को बुलाने लगा।"

"और तुम ?" माली ने पूछा।

"मैं तो, भाई मेरे, उस वक़्त पेट में दर्द के मारे तड़प रहा था और क़ै-पर-क़ै कर रहा था। मेरी तो अँतड़ियाँ बाहर आ रही थीं। अब बाप ने क्या किया, उसने गाड़ी जोड़ी, छकड़े में फ़ेदोस्या को बिठाया और पहले थाने और फिर मैजिस्ट्रेट के पास जा पहुँचा। और मेरी बीवी ने सारी-की-सारी बात मैजिस्ट्रेट को बता दी–उसे संखिया कहाँ से मिला, रोटी में कैसे गूँथकर मिलाया। 'यह काम तुमने क्यों किया?' मैजिस्ट्रेट ने उससे पूछा। कहने लगी, 'क्यों न करती? इस आदमी से मुझे नफ़रत है। साइबेरिया में रहना मन्जूर, मगर इस आदमी के साथ मैं एक पल के लिए भी न रहूँगी,' वह मेरे बारे में कह रही थी," तारास ने मुस्कराकर कहा। "इस तरह उसने सब बात क़बूल कर ली। इसके बाद बस, जेलख़ाना, और क्या। बाप मेरा अकेला घर लौट आया। ऊपर से फ़सल पकने के दिन आ गए। इधर घर में मेरी माँ ही अकेली औरत रह गई। और वह भी दुबली हो रही थी। अब हम सोच में पड़ गए कि करें तो क्या करें। क्या ऐसा नहीं हो सकता कि उसे ज़मानत पर छुड़ा लें ? तो बाप किसी अफ़सर से जाकर मिला। कुछ काम नहीं बना। फिर दूसरे के पास गया। इस तरह, मैं सोचता हूँ वह पाँच अफ़सरों के पास गया। हम तो तंग आ गए, सोचा छोड़ दें। पर एक दिन क्या हुआ कि हमारी मुलाक़ात एक दफ़्तर के बाबू से हो गई। ऐसा चतुर आदमी कि क्या कहूँ। 'मुझे पाँच रूबल दो और मैं उसे छुड़वा दूँगा,' कहने लगा। आख़िर तीन पर मान गया। मैंने क्या किया, बीवी के कपड़े उठाए, जो उसने अपने हाथ से बुने थे, और गिरवी रखकर पैसे बाबू के हाथ में दे आया। बस उसके काग़ज़ लिखने की देर थी, "तारास इस तरह बोला, मानो गोली चलने की बात सुना रहा हो, "फ़ौरन काम बन गया। उस वक़्त तक मेरी सेहत ठीक हो गई थी और मैं ख़ुद बीवी को लिवाने गया। तो क्या बताऊँ, भाई मेरे, मैं शहर गया, घोड़ी एक जगह बाँधी, हाथ में काग़ज़ लिया और सीधा जेलख़ाने के बाहर जा पहुँचा। 'क्या काम है?' 'काम यह है,' मैंने कहा, 'मेरी घरवाली को इधर तुमने जेल में रखा हुआ है।' 'तुम्हारे पास काग़ज़ है?' मैंने काग़ज़ उसके हाथ में दिया। उसने उसे देखा। 'यहीं ठहरो,' वह बोला। मैं बेंच पर बैठ गया। उस वक़्त दोपहर हो गई थी। एक अफ़सर बाहर आया। 'तुम्हारा नाम बिर्युकोव है?' 'जी।' 'ले जाओ इसे।' बस, दरवाज़े खुल गए और वह बाहर आ गई। उसने अपने ही कपड़े पहन रखे थे। 'चलो मेरे साथ।' 'क्या तुम पैदल आए हो ?' 'नहीं, घोड़े पर आया हूँ।' बस, मैंने सराय में जाकर अस्तबलवाले को पैसे दिए, घोड़ी खोली, छकड़ा जोड़ा, जितनी घास बच रही

थी उठाकर छकड़े में रखी, ऊपर टाट बिछाया ताकि बीवी उस पर बैठ सके। वह ऊपर चढ़ आई, और शाल लपेटकर बैठ गई। और हम निकल पड़े। वह भी चुप और मैं भी चुप। जब हम घर के पास पहुँचे तो कहती है, 'माँ कैसी है? जीती है।' 'हाँ, जीती है।' 'और बापू? जीता है?' 'हाँ, जीता है।' 'मुझे माफ़ कर दो, तारास,' कहने लगी, 'मुझसे बड़ी भूल हुई। मुझे ख़ुद भी मालूम नहीं था मैं क्या कर रही हूँ।' मैंने जवाब दिया, 'बीती पर क्या रोना, मैंने तो कब का तुम्हें माफ़ कर दिया है।' बस, मैं और कुछ नहीं बोला। हम घर के अन्दर गए, और वह सीधी माँ के पाँव पड़ गई। माँ कहने लगी, 'भगवान तुझे बख़्श देंगे।' और बाप ने नमस्ते की और बोला, 'जो होना था हो गया। अब अच्छी तरह रहो। अभी यह सब बातें करने का वक़्त नहीं है। अभी फ़सल काटनी है।' उसने कहा, 'भगवान की दया से जिस ज़मीन को खाद दी थी, वहाँ रई की भरपूर फ़सल हुई है, इतनी घनी की हँसुआ नहीं चल सकता। डंठल एक दूसरे में उलझे हुए हैं, और बालियाँ अपने ही बोझ से दबी जाती हैं। फ़सल काटनी होगी। तुम और तारास कल जाओ और यह काम सँभालो।' तो भाई मेरे, क्या बताऊँ तुम्हें, उस घड़ी से वह काम में जुटी, और ऐसी जुटी की सभी दंग रह गए। उस समय हमने तीन देस्यातीना भूमि लगान पर ली थी, और भगवान की कृपा से जई और रई दोनों की भरपूर फ़सल हमने काटी। मैं काटता हूँ तो वह गट्ठे बाँधती है, और कभी-कभी हम दोनों फ़सल काटते हैं। काम पर मेरा हाथ अच्छा चलता है, मैं काम से डरता नहीं हूँ, पर वह मुझसे भी अच्छी है, जिस काम को हाथ लगाए, सोना-सोना बना देती है। बड़ी चुस्त औरत है, छोटी उम्र की है, बड़ी ज़िन्दा दिल है। और काम करने के लिए तो उसके दिल में ऐसी उमंग उठी कि मुझे उसका हाथ रोकना पड़ा। हम घर लौटते हैं तो हमारी उँगलियाँ सूजी हुई हैं, बाजू दुखते हैं, पर वह है कि बजाय आराम करने के भागी हुई खत्ती में जा पहुँचती है और अगले दिन के लिए गट्ठे बाँधने की पट्टियाँ तैयार करने लगती है। उसमें ऐसी तब्दीली आई कि क्या कहूँ।"

"तो क्या तुम्हारे साथ भी प्यार-मोहब्बत से पेश आई?"

"ज़रूरी बात है। वह सारा वक़्त मेरे साथ जुड़कर रहती जैसे हम एक-जन हों। मेरे मन में जो भी ख़याल उठे, उसे पहले पता चल जाए। यहाँ तक कि माँ भी–उसे बड़ा क्रोध था–कहने लगी, 'हमारी फ़ेदोस्या तो इतनी बदल गई है कि पहचानी नहीं जाती। यह तो कोई दूसरी ही औरत जान पड़ती है।' एक बार हम दो छकड़े लाए–गट्ठों को लादकर ले जाना था। वह और मैं आगेवाले छकड़े में थे। मैंने पूछा, 'तुमने वह काम क्यों किया, तुम्हें ख़याल ही कैसे आया, फ़ेदोस्या?' तो कहती है, 'ख़याल कैसे आया? सुनो, मैं तुम्हारे साथ नहीं रहना चाहती थी। मैं सोचती थी, मैं मर जाऊँगी मगर तुम्हारे साथ नहीं रहूँगी।' मैंने कहा, 'और अब, फ़ेदोस्या?' बोली, 'अब तो तुम मेरे दिल में बसते हो।' " तारास चुप हो गया। ख़ुशी की मुस्कान उसके होंठों पर खेलने लगी। फिर उसने सिर हिलाया, मानो हैरान हो उठा हो, "हम फ़सल काटकर घर लाए ही होंगे, और मैं सन भिगोने गया। जब लौटकर घर आया..." वह चुप हो गया और क्षण भर के लिए रुक गया, "तो आगे सम्मन आया पड़ा था। उसे अदालत के सामने पेश होना होगा। और हम भूल भी चुके थे कि किस बात के लिए उसे पेश होना है।"

"ज़रूर शैतान की शरारत है," माली कहने लगा, "भला कभी कोई इन्सान भी किसी जीव की आत्मा को नष्ट करेगा ? हमारे यहाँ एक आदमी हुआ करता था..." माली कोई कहानी सुनाने जा ही रहा था जब गाड़ी की रफ़्तार सुस्त पड़ गई।

"जान पड़ता है कोई स्टेशन आ गया है," वह बोला, "मैं जाकर ज़रा गला तर करूँगा।"

बातचीत ख़त्म हो गई, और माली के पीछे नेख़्लूदोव भी चलता हुआ स्टेशन के गीले प्लेटफ़ार्म पर उतर आया।

42

उतरने से पहले नेख़्लूदोव ने देखा कि स्टेशन के मैदान में कुछेक शानदार घोड़ा-गाड़ियाँ खड़ी हैं, किसी के साथ तीन घोड़े जुते हैं, और किसी के साथ चार। घोड़े ख़ूब पले हुए थे और उनके साज़ों पर घंटियाँ लगी थीं जो बार-बार खनक उठती थीं। गीले, काले पड़ गए लकड़ी के प्लेटफ़ॉर्म पर उतरकर उसने देखा कि फ़र्स्ट क्लॉस के डिब्बे से सामने कुछ लोग भीड़ बनाए खड़े हैं। उनमें ख़ासतौर पर नेख़्लूदोव की नज़र एक मोटी-ताज़ी महिला पर पड़ी, जिसने बरसाती कोट पहन रखा था और टोप में बड़े कीमती पंख लगा रखे थे। उसके साथ एक ऊँचे क़द का युवक खड़ा था। युवक की टाँगें पतली-पतली थीं और उसने साइकल चलानेवालों की पोशाक पहन रखी थी। वह अपना भीमकाय, ख़ूब पला हुआ कुत्ता साथ लाया था जिसके गले में कीमती पट्टा पड़ा था। इनके पीछे चोबदार, छाते और बरसातियाँ इत्यादि उठाए खड़े थे, एक कोचवान भी उनके साथ था। ये सब लोग किसी को लेने आए थे। मोटी-ताज़ी महिला से लेकर कोचवान तक, जो अपना ओवरकोट उठाए खड़ा था, इस दल में खड़े सभी के चेहरों पर धन-ऐश्वर्य और आत्मतुष्टि की छाप थी। उन्हें देखने के लिए फ़ौरन ही भीड़ जमा हो गई, कुछ लोग अपना कुतूहल शान्त करने के लिए इकट्ठे हो गए, और कुछ चापलूसी करने के लिए। लाल टोपीवाला स्टेशन मास्टर, एक पुलिस का सिपाही, एक दुबली-पतली युवती जो रूसी पोशाक पहने थी, और गले में मनकों का हार डाले थी (यह युवती गर्मियों का सारा मौसम, हर गाड़ी के आने पर स्टेशन पर पहुँचती रही थी), एक तार बाबू, तथा कुछ मुसाफ़िर –स्त्रियाँ और मर्द–सभी इस भीड़ में शामिल थे।

नेख़्लूदोव ने कुत्तेवाले युवक को पहचान लिया। वह छोटा कोर्चागिन था जो स्कूल में पढ़ता था। मोटी महिला प्रिन्सेस की बहिन थी और इसी के घर कोर्चागिन परिवार अब रहने के लिए आया था। गाड़ी के बड़े गार्ड ने, जो सुनहरी डोरी लगाए था और चमकते बूट पहने था, डिब्बे का दरवाज़ा खोला, और बड़े अदब से उसे पकड़े रहा। प्रिन्सेस की सवारी बाहर निकली। लम्बूतरे मुँहवाली प्रिन्सेस एक कुर्सी पर बैठी थी, जिसे तह किया जा सकता था, और जिसे फ़िलिप और एक सफ़ेद एप्रनवाले चोबदार ने उठा रखा था। बड़े ध्यान से कुर्सी बाहर लाई गई। बहिनें एक दूसरे से मिलीं, और वार्तालाप में फ़्रांसीसी वाक्यों की फुलझड़ियाँ छूटने लगीं। क्या प्रिन्सेस बन्द गाड़ी में बैठकर घर जाना पसन्द करेंगी या खुली गाड़ी में? आख़िर जुलूस उस दरवाज़े की ओर जाने लगा जिसमें से निकलकर लोग स्टेशन से बाहर जाते थे। सबसे पीछे प्रिन्सेस की घुँघराले बालोंवाली नौकरानी छाता और चमड़े का बैग उठाए चली जा रही थी।

नेख़्लूदोव दरवाज़े तक पहुँचने से पहले ही रुक गया और जुलूस के निकल जाने का इन्तज़ार करने लगा। वह इन लोगों से दोबारा नहीं मिलना चाहता था, क्योंकि मिलने पर उनसे फिर नए सिरे से विदा लेने का झँझट उठाना पड़ेगा।

आगे-आगे प्रिन्सेस, उसका बेटा, मिस्सी, डॉक्टर, नौकरानी बाहर निकले। बूढ़ा प्रिन्स और उसकी साली पीछे रुक गए और आपस में बातें करने लगे। नेख़्लूदोव इनसे काफ़ी हटकर खड़ा था, इसलिए उनके वार्तालाप में से कुछेक टूटे-फूटे फ़्रांसीसी वाक्य ही वह सुन पा रहा था। लेकिन, जैसा कि अक्सर होता है, एक वाक्य उसे बड़ी स्पष्टता से अब भी याद था, जो प्रिन्स ने बोला

था। न केवल वाक्य ही बल्कि उसका लहजा और प्रिन्स की आवाज़ तक उसे याद रही थी।

+Oh ! Il est du vrai grand monde, du vrai grand monde,"* अपनी साली के साथ स्टेशन से बाहर निकलते हुए ऊँची, आत्मविश्वस्त आवाज़ में प्रिन्स किसी के बारे में कह रहा था। पीछे-पीछे गाड़ी के गार्ड और कुली बड़े अदब से चले आ रहे थे।

ऐन इसी वक़्त, स्टेशन के पीछे से, कामगारों का एक समूह निकला। छाल के जूते पहने और पीठ पर अपनी बोरियाँ और बकरी की खाल के कोट उठाए, वे अन्दर चले आए। हौले-हौले मगर दृढ़ता से क़दम रखते हुए वे सबसे नज़दीकवाले डिब्बे की ओर लपके, लेकिन अन्दर घुसने से पहले ही एक गार्ड ने फ़ौरन उन्हें रोक दिया और आगे जाने को कहा। कामगार रुके नहीं, तेज़-तेज़ चलते हुए और एक-दूसरे को धक्के देते, अगले डिब्बे की ओर बढ़ गए, और एक-एक करके उसके अन्दर घुसने लगे। पीठ पर से लटकती बोरियाँ दरवाज़े के साथ अटक-अटक जातीं। लेकिन स्टेशन के दरवाज़े पर खड़े किसी दूसरे गार्ड की नज़र उन पर पड़ गई और वहीं से चिल्लाकर उसने उन्हें अन्दर जाने से रोक दिया। कामगार अन्दर जा चुके थे। मगर उसकी आवाज़ सुनते ही बाहर निकल आए, और फिर पहले की तरह तेज़-तेज़ चलते हुए और हौले-हौले दृढ़ता से क़दम रखते हुए, अगले डिब्बे की ओर जाने लगे। यह वही डिब्बा था जिसमें नेख़्लूदोव बैठा था। यहाँ पर भी एक गार्ड उन्हें रोकने लगा, लेकिन नेख़्लूदोव बोल उठा कि अन्दर बहुत जगह है, और कामगारों को अन्दर जाने के लिए कहा। नेख़्लूदोव की बात मान करके वे अन्दर घुस आए। पीछे-पीछे नेख़्लूदोव अन्दर आ गया। कामगार सीटों पर बैठने ही वाले थे जब तुर्रेवाली टोपी पहने सज्जन और दोनों स्त्रियाँ जिन्होंने अपनी टोपी में रिब्बन लगा रखा था, बिगड़ उठीं। कामगारों का उस डिब्बे में उनके साथ बैठना उन्हें अपना अपमान लगा। बड़े गुस्से में वे बोलने लगे और इन्हें बाहर निकालने की कोशिश करने लगे। थके-हारे कामगार, दुबले-पतले चेहरे धूप में तपे, फिर अपना सामान उठाकर बाहर जाने लगे। फिर उनकी बोरियाँ कभी सीटों के साथ, कभी दीवारों और दरवाज़ों के साथ उलझने लगीं। उनकी संख्या बीस के क़रीब रही होगी, और उनमें बूढ़े और जवान, कई तो बहुत ही छोटी उम्र के तरुण युवक, शामिल थे। प्रत्यक्षतः उन्हें महसूस हो रहा था कि जैसे वही क़सूरवार हों, और कहीं भी जाकर बैठने के लिए तैयार हों, भले ही वह जगह दुनिया के दूसरे कोने में ही क्यों न हो, नुकीली सलाख़ों पर ही क्यों न हो।

"अब कहाँ भागे जा रहे हो ? गधे कहीं के ! बैठ जाओ यहीं पर !" एक गार्ड उन्हें जाते देखकर चिल्लाया।

"Voila encore des nouvelles !"** दो महिलाओं में से छोटी ने कहा। उसे पूर्ण विश्वास था कि इतनी अच्छी फ़्रांसीसी बोलकर वह ज़रूर नेख़्लूदोव का ध्यान अपनी ओर आकर्षित कर पाएगी। जिस महिला ने कंगन पहन रखे थे, बड़ी देर तक नाक-भौंह चढ़ाती रही, और कुछ इस क़िस्म की बात भी कही कि उसकी क़िस्मत में इन बदबूदार किसानों के साथ ही सफ़र करना लिखा था।

जिस भाँति कोई ख़तरा टल जाने से मन में ख़ुशी और सन्तोष का संचार हो जाता है, कामगार भी ऐसी ही भावनाओं का अनुभव करते हुए कन्धों पर से बोझल बोरियाँ उतार-उतारकर सीटों के नीचे टिकाने लगे।

जो माली अपनी जगह छोड़कर तारास के साथ बातें करने आ बैठा था, अब उठकर उपनी

---

* ओह ! यह तो सचमुच ऊँची सोसायटी का आदमी है, सचमुच ही ऊँची सोसायटी। (फ्रेंच)

** यह क्या बला है! (फ़्रेंच)।

सीट पर वापस चला गया। इस तरह तारास के सामने दो आदमियों के बैठने की जगह ख़ाली थी, और उसकी बग़ल में एक आदमी की। इन जगहों पर तीन कामगार आकर बैठ गए। लेकिन जब नेख़्लूदोव वहाँ बैठने आया तो उसके कुलीनों के से कपड़े देखकर वे बेहद घबरा गए, और वहाँ से उठने लगे। लेकिन नेख़्लूदोव ने उन्हें रोक दिया, और ख़ुद एक सीट की बाज़ू पर, जो गलियारे की ओर थी, बैठ गया।

इस पर एक कामगार ने, जिसकी उम्र लगभग 50 वर्ष की थी, एक युवा कामगार की ओर देखा। दोनों की आँखें मिलीं। वयस्क आदमी की नज़र में हैरानी थी। कुलीन आदमी तो फ़ौरन डाँटने लगते हैं और धक्के देकर उठा देते हैं, मगर यह आदमी उन्हें अपनी सीट दे रहा है, यह देखकर वे चकरा गए थे। यहाँ तक कि उन्हें डर लगने लगा था कि इसका कोई बुरा नतीजा भी निकल सकता है। परन्तु जब नेख़्लूदोव बड़े सीदे-सादे ढंग से तारास के साथ बातें करने लगा, तो उन्हें शीघ्र ही यक़ीन हो गया कि इसके पीछे कोई साज़िश नहीं छिपी है। वे आश्वस्त महसूस करने लगे और एक लड़के को सीट पर से उठकर बोरी पर बैठ जाने को कहा और नेख़्लूदोव से अपनी सीट पर बैठने का आग्रह करने लगे। शुरू-शुरू में तो वयस्क कामगार, जो नेख़्लूदोव के ऐन सामने बैठा था, सकुचाता रहा, और डरकर छालदार जूतों समेत अपने पैर पीछे हटाता रहा कि कहीं वे इस कुलीन से न छू जाएँ, लेकिन थोड़ी देर बार वह खुलने लगा, और आत्मीयता से बातें करने लगा, यहाँ तक कि वह दोस्तों की तरह नेख़्लूदोव के घुटने पर अपना हाथ तक मार देता ताकि वह ध्यान से उसकी बात को सुने। उसने अपनी सारी राम-कहानी कह डाली। वह पीट के दलदलों में काम करता था, और अब वहीं से आ रहा था। ढाई महीने तक काम करने के बाद अब अपनी पगार जेब में डाले, वह घर जा रहा था। पगार केवल दस रूबल बनती थी, क्योंकि काम शुरू करते समय वह कुछ पैसे पेशगी ले चुका था। अपने काम के बारे में बताते हुए वह कहने लगा कि सुबह से शाम तक चौदह-चौदह, सोलह-सोलह घंटे वे लोग सारा वक़्त पानी में खड़े रहते हैं, केवल बीच में दो घंटे के लिए खाना खाने की छुट्टी होती है।

"जिन लोगों को इसकी आदत नहीं उन्हें ज़रूर तकलीफ़ होती है," वह कहने लगा, "पर आदत पड़ जाने पर कुछ पता नहीं चलता। हाँ, ख़ुराक अच्छी मिलनी चाहिए। शुरू-शुरू में ख़ुराक बहुत बुरी मिलती थी। बाद में लोगों ने शिकायत की तो खाना अच्छा मिलने लगा, फिर काम करने में कोई तकलीफ़ न होती थी।"

फिर वह सुनाने लगा कि पिछले 28 बरस से वह बाहर काम कर रहा है, और हर महीने अपनी कमाई के सारे पैसे घर भेजता रहा है। पहले बाप को भेजता था, फिर अपने बड़े भाई को और अब अपने भतीजे को जो घर चला रहा था। साल भर में वह 50-60 रूबल कमा लेता था, लेकिन अपने पर वह इनमें से केवल दो या तीन रूबल ही ख़र्च करता था–तम्बाकू या दियासलाई जैसी मनबहलाव की चीज़ों पर।

"मैं पापी हूँ। जब थक जाता हूँ तो कभी-कभी वोदका भी पी लेता हूँ," उसने अपराधियों की तरह मुस्कराकर कहा।

फिर वह इधर-उधर की बातें सुनाने लगा कि घर पर औरतें कैसे काम करती हैं, और आज सुबह ठेकेदार ने रवाने से पहले उन्हें आधी बाल्टी वोदका पीने को दी। और किस तरह एक कामगार मर गया और दूसरा बीमार घर लौट रहा था। जिस बीमार मज़दूर की वह बात कर रहा था, वह उसी डिब्बे के एक कोने में बैठा था। वह छोटा-सा युवक था, ज़र्द पीला चेहरा और लगभग नीले होंठ। बार-बार मलेरिया होने से उसकी हालत बुरी हो गई थी। नेख़्लूदोव उठकर उसके पास

चला गया, लेकिन नेख़्लूदोव को देखकर वह इतना व्याकुल हो उठा, और इतनी रुखाई से नेख़्लूदोव की ओर देखा कि नेख़्लूदोव ने उससे सवाल पूछकर उसे परेशान करना नहीं चाहा। उसने केवल उसके बड़ी उम्र के साथी से कहा कि उसे कुनीन दे, और एक काग़ज़ पर कुनीन का नाम भी लिख दिया। वह उसके लिए पैसे भी देना चाहता था लेकिन बूढ़े कामगार ने नहीं लिए, और बोला कि वह ख़ुद दवाई के पैसे देगा।

''मैं भी बहुत घूमा हूँ, बहुत दुनिया देखी है पर ऐसा कुलीन कभी नहीं देखा। बजाय घूँसा रसीद करने के इसने अपनी सीट तक हमें दे दी,'' बूढ़े ने तारास से कहा। ''जान पड़ता है कि कुलीन भी सब एक जैसे नहीं होते।''

और उनकी ओर देखते हुए नेख़्लूदोव सोच रहा था, ''हाँ, यह बिलकुल दूसरा, बिलकुल नया संसार है।'' इन पतले किन्तु बलिष्ठ शरीरों, मोटे-मोटे, घर के बने कपड़ों, धूप में तपे, थके हुए, प्यार भरे चेहरों को देख रहा था और यह अनुभव कर रहा था कि वह एक नई ही तरह के लोगों से घिरा है, जिनकी मेहनत मशक़्क़त की ज़िन्दगी सही मायनों में इन्सान की जिन्दगी है, जिसमें उनकी अपनी संजीदा दिलचस्पियाँ, ख़ुशियाँ और अपने ही दुख हैं।

''यह है वास्तव में le vrai grand monde,'' प्रिन्स कोर्चागिन के शब्द याद करते हुए नेख़्लूदोव ने मन-ही-मन कहा। उसकी आँखों के सामने कोर्चागिन जैसे लोगों की निकम्मी, आरामतलब ज़िन्दगी का नक़्शा घूम गया। कितनी तुच्छ और ओछी है इनकी दिलचस्पियाँ।

नेख़्लूदोव को लगा जैसे कोई नया, अनजाना, और ख़ूबसूरत संसार उसकी आँखों के सामने खुल गया हो, और उसका मन ख़ुशी से भर उठा।

दूसरा भाग समाप्त

तीसरा भाग

1

क़ैदियों की जिस टोली के साथ मास्लोवा को भेजा गया था, उसने 3 हज़ार मील तक का सफ़र तय किया। पेर्म शहर तक मास्लोवा आम मुज़रिमों के साथ सफ़र कर रही थी जिन्हें ज़ाब्ता फ़ौजदारी में सजाएँ दी गई थीं। नेख़्लूदोव को वेरा बोगोदूख़ोव्स्काया ने यह परामर्श दिया था कि बेहतर होगा यदि मास्लोवा राजनीतिक क़ैदियों के साथ सफ़र करे। उसे स्वयं भी राजनीतिक क़ैदियों के साथ ही ले जाया जा रहा था। लेकिन पेर्म तक पहुँचकर कहीं नेख़्लूदोव ऐसा करने में सफल हुआ, और आगे का सफ़र मास्लोवा राजनीतिक क़ैदियों के साथ जाने लगी।

पेर्म तक का सफ़र मास्लोवा के लिए बड़ा कठिन था, शारीरिक दृष्टि से भी और नैतिक दृष्टि से भी। शारीरिक दृष्टि से इसलिए कि डिब्बे में भीड़ बहुत थी, गन्दा था, और कीड़े-मकोड़े थे जिन्होंने उसे चैन से नहीं बैठने दिया। नैतिक दृष्टि से इसलिए कि उसके साथ आदमियों का व्यवहार भी कीड़े-मकोड़ों की तरह घृणित रहा था। हर स्टेशन पर नए-नए लोग उसके पीछे पड़ जाते, उसे घेर लेते और परेशान करते। क़ैदी औरतों और क़ैदी मर्दों, वार्डरों तथा कॉनवाय के सिपाहियों के बीच लंपट सम्बन्ध तो एक रिवाज ही बन गए थे। इसलिए जो स्त्री अपने को बचाए रखना चाहती हो और अपने शरीर का व्यापार न करना चाहती हो, उसे हर वक़्त अत्यधिक सावधान रहना पड़ता था। मास्लोवा की स्थिति बड़ी कठिन थी। एक तो वह देखने में अच्छी थी, दूसरे, लोगों को उसका अतीत मालूम था, इसलिए आदमियों की नजर विशेषतया उस पर अधिक जाती। सारा वक़्त उसका दिल धक-धक करता रहता, और अपने को बचाए रखने के लिए उसे विकट संघर्ष करना पड़ता। और अब जब वह दृढ़ता से आदमियों का मुकाबला करती तो वे बिगड़ उठते। अब एक और भावना भी मास्लोवा के प्रति उनके मन में जागने लगी। वह थी द्वेष की भावना। परन्तु फ़ेदोस्या और तारास के साथ घनिष्ठता होने से स्थिति कुछ आसान हो गई थी। जब तारास को पता चला कि उसकी पत्नी को परेशान किया जा रहा है तो नीज्नी नोवगोरोद में जान-बूझकर उसने अपने को पकड़वा दिया ताकि वह अपनी पत्नी का बचाव कर सके। और इस तरह अब वह भी क़ैदियों की तरह टोली के साथ सफ़र कर रहा था।

और जब मास्लोवा को राजनीतिक क़ैदियों के साथ जाने की इजाज़त मिल गई तब तो उसकी स्थिति हर तरह से सुधर गई। राजनीतिक क़ैदियों को सफ़र का ज़्यादा आराम था, उन्हें जगह ज़्यादा मिलती थी, भोजन बेहतर था और लोग भी उनके साथ इतनी रुखाई से पेश नहीं आते थे। इसके अतिरिक्त मर्दों ने उसे परेशान करना छोड़ दिया और अब उसे उसके अतीत की याद दिलानेवाला कोई न था, जिसे वह भूलने को इतनी आकुल थी। परन्तु सबसे बड़ा लाभ जो उसे हुआ वह यह था कि वह कुछेक लोगों के सम्पर्क में आई जिनका प्रभाव उसके आचार-विचार पर बहुत ही अच्छा और निर्णयात्मक रहा।

हर पड़ाव पर मास्लोवा राजनीतिक क़ैदियों के साथ रह सकती थी। लेकिन शरीर की मज़बूत और स्वस्थ होने के कारण, जब क़ैदियों को एक पड़ाव से दूसरे पड़ाव तक पैदल ले जाया जाता

तो उसे भी साधारण मुज़रिमों के साथ पैदल चलना पड़ता था। इस तरह, तोम्स्क तक का सारा रास्ता उसने पैदल तय किया। टोली के साथ दो राजनीतिक क़ैदी भी थे। इनमें से एक तो मारिया पाव्लोव्ना श्चेतीनिना थी। यह वही सुन्दर और हलके भूरे रंग की आँखोंवाली लड़की थी जिसकी ओर नेख़्लूदोव का ध्यान उस रोज़ आकृष्ट हुआ था जब वह वेरा से जेल में मिलने गया था। दूसरा सिमनसन नाम का एक युवक था, अस्त-व्यस्त बाल, साँवला चेहरा और धँसी हुई आँखें। इसे भी नेख़्लूदोव ने वहाँ उसी दिन देखा था। यह आदमी अब याकूत्स्क प्रदेश को जा रहा था, जहाँ इसे निर्वासित किया गया था। मारिया पाव्लोव्ना इसलिए पैदल चल रही थी कि उसने छकड़े में अपना स्थान एक आम मुज़रिम औरत को दे दिया था, जो गर्भवती थी। और सिमनसन इसलिए कि जो सहूलत उसे अपने वर्ग के कारण मिल रही थी उसका वह लाभ नहीं उठाना चाहता था। सुबह तड़के ही आम मुज़रिम क़ैदियों के साथ ये तीनों पैदल चल देते। बाद में राजनीतिक क़ैदी, छकड़ों में बैठकर आते। सफ़र की आख़िरी मंजिल भी इसी नियम के अनुसार तय हुई, और टोली एक बड़े शहर में जा पहुँची जहाँ उसका दायित्व किसी नए कॉनवाय अफ़सर को सौंप दिया गया।

सुबह का वक़्त था, और सितम्बर का महीना। कभी बारिश पड़ने लगती, कभी बर्फ़, और किसी-किसी वक़्त सहसा तेज़, ठंडी हवा के झोंके आने लगते। पड़ाव-घर के आँगन में क़ैदियों की टोली (लगभग चार सौ आदमी और पचास औरतें) अभी से खड़ी थी। कुछ क़ैदी कॉनवाय अफ़सर के इर्द-गिर्द भीड़ लगाए थे जो क़ैदियों के मुखियों को दो-दो दिन का जेब खर्च दे रहा था। बाक़ी क़ैदी खोंचेवाली स्त्रियों से खाने की चीज़ें ख़रीद रहे थे, जिन्हें आँगन में आकर सौदा बेचने की इजाज़त दे दी गई थी। पैसों के खनकने, क़ैदियों की आवाज़ों, सौदा बेचनेवाली औरतों की चीख़-पुकार से वातावरण गूँज रहा था।

कात्यूशा और मारिया पाव्लोव्ना भी घर के अन्दर से निकलकर आँगन में आ गईं। दोनों ने ऊँचे बूट और फ़र के छोटे-छोटे कोट पहन रखे थे और सिर पर शाल लपेटे हुए थीं। यहीं पर खोंचेवाली औरतें, तेज़ हवा से बचने के लिए आँगन की उत्तरी दीवार की आड़ में खोंचे लगाए बैठी थीं, और अपना-अपना सौदा बेचने की फ़िक्र में एक दूसरी से लड़-झगड़ रही थीं। ताज़ा पाव-रोटी, गोश्त के समोसे, मछली-वर्मिसेली, दलिया, कलेजी, गोमांस, अंडे, दूध—ये चीजें वे बेच रही थीं। एक औरत तो पूरा-का-पूरा सुअर भूनकर ले आई थी।

टोली के चलने के इन्तज़ार में सिमनसन भी आँगन में खड़ा था। उसने रबड़ की जॉकेट, और रबड़ के गैलोश चढ़ा रखे थे और उन्हें तस्मों के साथ अपने ऊनी मोजों से बाँधा था (सिमनसन मांस नहीं खाता था, इसलिए जानवरों को मारकर उनके चमड़े से तैयार की गई चीज़ों का इस्तेमाल नहीं करता था)। सायबान के पास खड़ा वह अपनी नोट-बुक में एक बात दर्ज कर रहा था जो उसे अभी-अभी सूझी थी। उसने लिखा—"यदि कोई कीटाणु मनुष्य के नाख़ून का निरीक्षण करने की क्षमता रखता हो तो वह उसे निष्प्राण पदार्थ कहेगा। इसी तरह इस पृथ्वी की ऊपरी कठोर परत को देखकर हम मानव उसे निष्प्राण कह देते हैं। यह ग़लत है।"

मास्लोवा ने अंडे, पाव-रोटी, मछली, और रस्क ख़रीदे, और वह उन्हें अपने बैग में डाल ही रही थी, उधर मारिया पाव्लोव्ना खोंचेवाली औरतों को पैसे दे रही थी जब क़ैदियों में हलचल-सी मच गई। सभी एकदम चुप हो गए और अपनी-अपनी जगह पर लाइनों में खड़े हो गए। अफ़सर बाहर निकल आया और रवानगी से पहले आख़िरी हुक्म दे दिए।

सब बात रोज की तरह चल रही थी। क़ैदियों की गणना कर ली गई, उनके पाँवों में पड़ी बेड़ियों को अच्छी तरह से ठोक-बजाकर देख लिया गया। जिन क़ैदियों को दो-दो की लाइन में जाना था, उनके

हाथ एक दूसरे से हथकड़ियों द्वारा बाँध दिए गए। परन्तु सहसा अफ़सर की क्रोधभरी, अफ़सराना आवाज़ सुनाई दी, और साथ ही किसी को घूँसा पड़ने की, और एक बच्चे के रोने- चिल्लाने की। क्षण भर के लिए सभी चुप हो गए, फिर लोगों के धीरे-धीरे बड़बड़ाने की खोखली-सी आवाज़ सुनाई देने लगी। मास्लोवा और मारिया पाव्लोव्ना उस ओर गईं जहाँ से आवाज़ आई थी।

2

वहाँ पहुँचने पर मारिया पाव्लोव्ना और कात्यूशा ने यह दृश्य देखा : अफ़सर–सुनहरी रंग की मूँछोंवाला, हट्टा-कट्टा आदमी–भौंहें सिकोड़े, अपने दाएँ हाथ की हथेली मल रहा था, और अश्लील गालियाँ बक रहा था क्योंकि उसने अभी-अभी एक क़ैदी के मुँह पर थप्पड़ रसीद किया था जिससे उसके हाथ को चोट पहुँची थी। उसके सामने एक ऊँचे क़द का दुबला-पतला क़ैदी खड़ा एक हाथ से अपने मुँह पर से ख़ून पोंछ रहा था और दूसरे हाथ से एक चीख़ती-चिल्लाती लड़की को उठाए हुए था। लड़की शाल में लिपटी हुई थी। क़ैदी का सिर आधा मुँडा हुआ था, उसका कोट और पतलून क़द के लिए बहुत छोटे थे।

" मैं दूँगा तुम्हें (इसके बाद अश्लील गालियाँ)। मैं तुम्हें बताऊँगा आगे से जवाब कैसे दिया जाता है (और गालियाँ)। इसे औरतों के हवाले कर दो!" अफ़सर ने चिल्लाकर कहा, "फ़ौरन पहनो!"

तोम्स्क से चलने के बाद से वह क़ैदी सारा रास्ता अपनी नन्ही बेटी को उठाकर ला रहा था (इस क़ैदी को इसकी गाँव की पंचायत ने निर्वासन की सज़ा दी थी)। तोम्स्क में उसकी पत्नी टाइफ़स से मर गई थी। अब अफ़सर ने हुक्म दे दिया था कि क़ैदी को हथकड़ियाँ डाल दी जाएँ। क़ैदी ने हुज्जत की और कहा कि हथकड़ियाँ लगाए हुए वह बच्चे को नहीं उठा सकेगा। अफ़सर का मिज़ाज बिगड़ा हुआ था, वह चिढ़ उठा और क़ैदी को पीट दिया।*

जिस क़ैदी को चोट लगी थी उसके पास एक कॉनवाय का सिपाही और एक काली दाढ़ीवाला क़ैदी खड़े थे। क़ैदी के एक हाथ पर हथकड़ी लगी थी, और वह भौंहों के नीचे से, उदास आँखों से कभी अफ़सर की ओर और कभी जख़्मी क़ैदी की ओर–जिसने लड़की को उठा रखा था–देखे जा रहा था। अफ़सर ने फिर सिपाही को हुक्म दिया कि लड़की को ले ले। क़ैदी और भी अधिक बड़बड़ाने लगे।

"तोम्स्क से लेकर यहाँ तक सारा रास्ता तो हथकड़ियाँ नहीं पहनाई गई हैं, और अब..." पीछे कहीं से किसी ने फटी आवाज़ में कहा।

"आख़िर यह बच्ची है, पिल्ला तो नहीं।"

"बच्ची का क्या करे ?"

"यह क़ानून नहीं है," और कोई बोला।

"किसने कहा है ?" मानो अफ़सर को साँप ने डस लिया हो, उसने चिल्लाकर कहा और क़ैदियों की भीड़ के अन्दर घुस गया। "मैं तुम्हें क़ानून सिखाऊँगा। किसने कहा है? तुमने? तुमने?"

"सभी यही कर रहे हैं, क्योंकि..." एक छोटे क़द के, चौड़े मुँहवाले क़ैदी ने कहा।

उसके मुँह से ये शब्द निकल नहीं पाए थे कि अफ़सर ने दोनों हाथों से उसके मुँह पर प्रहार किया।

---

* इस घटना का विवरण द. अ. लिन्येव ने अपनी पुस्तक 'देश निकला' में दिया है। (लेव तोलस्तोय)।

''बगावत ? हैं? मैं तुम्हें सिखाऊँगा बग़ावत किसे कहते हैं। मैं तुम सबको कुत्तों की तरह गोली से मरवा डालूँगा, और अफ़सर मेरे इस काम पर ख़ुश होंगे। ले लो लड़की को!''

भीड़ चुप हो गई। एक सिपाही ने चिल्लाती लड़की को खींचकर उठा लिया, दूसरे सिपाही ने क़ैदी को हथकड़ी लगा दी। क़ैदी ने चुपचाप हाथ आगे कर दिए।

''इसे औरतों के पास ले जाओ!'' अपनी तलवार की पेटी ठीक करते हुए अफ़सर ने चिल्लाकर कहा।

नन्हीं लड़की अब भी ज़ोर-ज़ोर से चिल्लाए जा रही थी, और शाल के नीचे से अपने बाज़ू छुड़ाने की कोशिश कर रही थी। उसका चेहरा लाल हो रहा था। भीड़ में से मारिया पाव्लोव्ना निकलकर आगे आ गई और अफ़सर के पास जाकर बोली–

''आप इजाज़त दें तो मैं लड़की को उठा लूँ।''

''तुम कौन हो ?''

''राजनीतिक क़ैदी?''

मारिया पाव्लोव्ना के सुन्दर चेहरे और बड़ी-बड़ी आकर्षक आँखों का प्रत्यक्षतः उस पर असर हुआ (पहले भी अफ़सर ने उसे देखा था जब क़ैदी उसे सौंपे जा रहे थे)। वह चुपचाप उसकी ओर देखता रहा, मानो कुछ सोच रहा हो, फिर बोला–

''मुझे कोई एतराज नहीं। उठाना चाहती हो तो बेशक उठाओ। बड़ा रहम दिखाने चली हो। लेकिन अगर क़ैदी भाग जाएगा तो कौन इसका जिम्मेवार होगा?''

''बच्चे को उठाए हुए कौन भाग सकता है?'' मारिया पाव्लोव्ना ने कहा।

''तुम्हारे साथ बहस करने के लिए मेरे पास वक़्त नहीं है। उठा लो अगर उठाना चाहती हो।''

''लड़की इनके हवाले कर दूँ ?'' सिपाही ने पूछा।

''हाँ, दे दो।''

''आओ, मेरे पास आओ,'' बच्ची को पुचकारते हुए मारिया पाव्लोव्ना ने कहा।

लेकिन लड़की अपने बाप की ओर बाँहें फैलाए चिल्लाए जा रही थी। मारिया पाव्लोव्ना के पास वह नहीं जाना चाहती थी।

''जरा ठहरो, मारिया पाव्लोव्ना,'' बैग में से एक रस्क निकालते हुए मास्लोवा ने कहा, ''यह मेरे पास आ जाएगी।''

बच्ची मास्लोवा को जानती थी। उसके चेहरे की ओर देखकर और उसके हाथ में रस्क को देखकर, वह मास्लोवा के पास आ गई।

सब चुप हो गए। फाटक खोल दिए गए। टोली बाहर निकल आई और क़ैदी लाइनों में खड़े हो गए। कॉनवाय ने फिर एक बार क़ैदियों की गिनती की। छकड़ों में बोरियों को लाद दिया गया और उनके ऊपर कमजोर क़ैदी बैठ गए। औरतों की टोली में मास्लोवा, लड़की को उठाए, फ़ेदोस्या के साथ जा खड़ी हुई। सिमनसन, जो सारा वक़्त इस दृश्य को देखता रहा था, लम्बे-लम्बे डग भरता हुआ, बड़ी दृढ़ता से अफ़सर के पास जा पहुँचा। अफ़सर अपने आदेश दे चुकने के बाद अपनी गाड़ी में बैठने जा रहा था।

''आपने बहुत बुरा काम किया है,'' सिमनसन बोला।

''जाओ अपनी लाइन में। तुम्हारा इसके साथ कोई मतलब नहीं है।''

''हाँ, मतलब है, मैं तुम्हें बता देना चाहता हूँ कि आपने बहुत बुरा काम किया है,'' अपनी घनी भौंहों के नीचे से अफ़सर के चेहरे की ओर एकटक देखते हुए सिमनसन ने कहा।

"रेडी! मार्च!" सिमनसन की ओर कोई ध्यान न देते हुए, और गाड़ीवान के कन्धे को पकड़कर गाड़ी में चढ़ते हुए अफ़सर ने कहा।

टोली चलने लगी, और बड़ी सड़क पर पहुँचकर फैल गई। सड़क पर कीच-ही-कीच था और उसके दोनों और पानी के नाले थे। और वह एक घने जंगल में से होकर गई थी।

3

राजनीतिक क़ैदियों की स्थिति कठिनाइयों से भरी थी, लेकिन उनके साथ रहना कात्यूशा को अच्छा लगा। पिछले छः साल से शहर में उसका जीवन विकृत, अकर्मण्य तथा भ्रष्ट रहा था और पिछले दो महीनों से वह मुजरिम क़ैदियों के साथ रहती आ रही थी। कात्यूशा का स्वास्थ्य बेहतर होने लगा। हर रोज़ इन्हें पन्द्रह-बीस मील पैदल चलना पड़ता था, और ख़ुराक अच्छी मिलती थी। क़ैदी दो दिन चलते और एक दिन आराम करते थे। इस नए साथियों की संगति में उसकी रुचि नई-नई चीज़ों में पैदा होने लगी जिसका उसे पहले स्वप्न में भी ख़याल नहीं आया था। कितने प्यारे लोग हैं ये (वह कहा करती थी) जिनके साथ मैं आजकल रहती हूँ। ऐसे लोग मैंने पहले कभी नहीं देखे, देखना तो दूर रहा, मैंने कभी कल्पना भी नहीं की थी कि संसार में ऐसे लोग हो सकते हैं।

"और मैं हूँ कि सज़ा मिलने पर रोने लगी थी!" वह कहती। "मुझे तो चाहिए कि इसके लिए भगवान का हज़ार-हज़ार शुक्र करूँ। जिन बातों का मुझे यहाँ आकर पता चला है, वे मुझे कभी भी मालूम न हो पातीं।"

जिन उद्‌देश्यों से ये लोग उत्प्रेरित थे, उन्हें समझने में कात्यूशा को कोई कठिनाई नहीं हुई, न ही उसे कोई विशेष प्रयास करना पड़ा। और चूँकि वह स्वयं जनता की कोख में से जन्मी थी, इसलिए उसके हृदय में उन उद्‌देश्यों के प्रति पूरी-पूरी सहानुभूति थी। वह जानती थी कि ये लोग जनता के हितैषी हैं और उच्च वर्गों का विरोध करते हैं, स्वयं उच्च वर्गों में पैदा हुए हैं, फिर भी जनता की ख़ातिर अपने सब विशेषाधिकार, अपनी आज़ादी तथा जीवन तक क़ुर्बान किए हुए है। इस बात से, कात्यूशा की नज़रों में वे विशेषतया ऊँचे और सम्मानयोग्य हो उठे थे।

यों तो सभी नए साथी उसे अच्छे लगते थे, परन्तु मारिया पाव्लोव्ना के प्रति वह विशेषतया आकृष्ट हुई थी। उसकी संगति में उसे रहना केवल अच्छा ही नहीं लगता था, उसके प्रति कात्यूशा का प्रेम एक विशेष प्रकार का आदर भाव तथा श्रद्धा की भावना लिए हुए था। कात्यूशा को इस बात ने बहुत प्रभावित किया कि यह लड़की, जो इतनी सुन्दर है, तीन भाषाएँ जानती है, एक अमीर जनरल की बेटी है, एक साधारण कामगार स्त्री की तरह रहती है। जितने भी पैसे इसका अमीर भाई इसे भेजता है, सभी ग़रीबों को दे देती है। इसके कपड़े सादा ही नहीं, ग़रीबों जैसे हैं। अच्छी लगती है या बुरी, इसकी इसे तनिक परवाह नहीं। इसमें कोई शोखी नहीं, कोई त्रिया चरित्र नहीं, यह देखकर वह विशेषकर हैरान और प्रभावित हुई। मारिया पाव्लोव्ना जानती थी कि वह सुन्दर है, और यह जानकर उसके मन को ख़ुशी भी होती थी, परन्तु मास्लोवा ने देखा कि उसके सौन्दर्य का जो प्रभाव पुरुषों पर पड़ता, उससे वह तनिक भी ख़ुश नहीं होती थी। बल्कि उसे डर लगता था, और उन सभी लोगों के प्रति उसका हृदय अत्यधिक घृणा तथा भय से भर उठता था, जो उसके प्रति प्रेम प्रदर्शित करने लगते थे। उसके पुरुष साथी यह बात जानते थे, इसलिए कभी भी उस पर अपना प्रेम प्रकट नहीं करते थे, और उसके प्रति वैसा ही व्यवहार करते थे जैसा पुरुष पुरुषों के प्रति करते हैं। परन्तु अजनबी आदमी अक्सर उसके पीछे पड़ जाते थे, लेकिन

मारिया पाव्लोव्ना के शरीर में इतनी ताक़त थी कि वह भली भाँति ऐसे लोगों के साथ निबट लेती थी। और इस शारीरिक बल पर उसे गर्व भी था। "एक बार ऐसा हुआ," वह हँसकर सुनाया करती, "कि मैं एक सड़क पर चली जा रही थी जब एक आदमी मेरा पीछा करने लगा। उससे पल्ला छुड़ाना मुश्किल हो गया, किसी तरह भी वह हटता नहीं था। आख़िर मैंने उसे पकड़कर ऐसा झिंझोड़ा कि वह डरकर भाग गया।"

बचपन से ही उसे जनसाधारण के जीवन से प्रेम और अमीरों के जीवन से घृणा थी। वह कहा करती थी कि इसी कारण उसने क्रान्ति का पथ ग्रहण किया। बचपन में उसे हमेशा इस बात पर डाँट पड़ती रहती थी कि वह बैठक में बैठने के बजाय, नौकरों के कमरे में, रसोईघर तथा अस्तबल में अपना समय व्यतीत करती थी।

"बावर्चियों तथा कोचवानों के साथ बातें करने में मुझे मज़ा आता था, लेकिन कुलीन पुरुषों और स्त्रियों के संग बैठकर मैं ऊब उठती थी," वह कहती। "फिर जब मैं बड़ी हुई तो मैंने देखा कि हमारा जीवन बिलकुल ग़लत रास्ते पर चल रहा है। मेरी माँ मर चुकी थी और पिता के साथ मेरा कोई लगाव नहीं था, इसलिए मैं घर से निकल आई, और अपनी एक सहेली के साथ एक फ़ैक्ट्री में काम करने लगी। उस समय मेरी उम्र उन्नीस बरस की थी।"

जब फ़ैक्ट्री में काम करना छोड़ा तो मारिया पाव्लोव्ना एक गाँव में जाकर रहने लगी। उसके बाद वह वापस शहर में चली गई और एक ऐसे घर में रहने लगी जिसमें पोशीदा तौर पर वे एक छापाख़ाना चला रहे थे। वहाँ पर वह गिरफ़्तार हो गई और उसे कड़ी मशक़्क़त की सज़ा मिली। इसकी चर्चा स्वयं मारिया पाव्लोव्ना ने कभी नहीं की। लेकिन कात्यूशा ने और लोगों के मुँह से सुना कि जब पुलिस उस घर की तलाशी ले चुकी तो अँधेरे में किसी क्रान्तिकारी ने गोली चला दी। मारिया पाव्लोव्ना ने इसका ज़िम्मा अपने ऊपर ले लिया और इस कारण उसे सज़ा दे दी गई।

जब कात्यूशा मारिया पाव्लोव्ना को अधिक घनिष्ठता से जानने लगी तो उसने देखा कि जिस किसी स्थिति में भी मारिया पाव्लोव्ना हो, वह कभी भी अपने बारे में नहीं सोचती थी, बल्कि सेवा करने के लिए तत्पर रहती थी, काम छोटा हो या बड़ा हो, वह ज़रूर किसी की मदद करने के लिए चिन्तित रहती थी। उसका एक साथी जो इन दिनों उनके साथ था, कहा करता था कि मारिया पाव्लोव्ना उसी तरह उपकार का काम करती है जिस तरह शिकारी शिकार खेलता है। और यह ठीक भी था। जिस तरह शिकारी हर वक़्त अपने शिकार की ताक में रहता है, मारिया पाव्लोव्ना इसी तरह उन अवसरों की ताक में रहती थी जब वह और लोगों की सेवा कर सके। उसके सारे जीवन का यही मुख्य उद्देश्य था। और इस शिकार की उसे आदत हो गई थी, यह उसके जीवन का एकमात्र व्यापार बन गया था। और वह अपना सेवा-कार्य इतनी स्वाभाविकता से करती कि जो लोग उससे परिचित थे वे यहाँ तक इसके अभ्यस्त हो गए थे कि उनके हृदय में उसके प्रति कृतज्ञता का भाव नहीं उठता था।

जब मास्लोवा राजनीतिक क़ैदियों के बीच आकर रहने लगी तो मारिया पाव्लोव्ना को बुरा लगा। वह उससे दूर रहना चाहती थी। कात्यूशा ने यह देख लिया, पर साथ ही उसने यह भी देखा कि मारिया पाव्लोव्ना इन भावनाओं को दबाने की कोशिश कर रही है और इसके बाद उसका व्यवहार उसके प्रति विशेष तौर पर विनम्र और सद्भावनापूर्ण हो उठा है। ऐसी आसाधारण लड़की की सद्भावना और विनम्रता ने मास्लोवा को ऐसा प्रभावित किया कि वह उसे अपना दिल दे बैठी। अनजाने में ही उसने मारिया पाव्लोव्ना की धारणाओं को अपना लिया, और हर बात में उसकी नक़ल करने लगी। दूसरी ओर मारिया पाव्लोव्ना कात्यूशा के इस गहरे अनुराग से प्रभावित हुए

बिना न रह सकी और बदले में उससे प्रेम करने लगी।

और उन्हें आपस में मिलानेवाली एक और चीज़ भी थी—दोनों को कामुक प्रेम से घृणा थी। एक को इसलिए कि उसे इस प्रेम के भयानक अनुभव हो चुके थे; दूसरी को इसका अनुभव नहीं हुआ था और उसके लिए यह कोई समझ से बाहर की, बहुत ही घृणित चीज़ थी, मानव गौरव के लिए अपमान की बात थी।

4

जिन लोगों के प्रभाव को मास्लोवा ने दिल खोलकर क़बूल किया था उनमें से एक मारिया पाव्लोव्ना का था। इसका कारण यह था कि मास्लोवा मारिया पाव्लोव्ना से प्रेम करती थी। दूसरा प्रभाव सिमनसन का था। और इसका कारण यह था कि सिमनसन मास्लोवा से प्रेम करता था।

संसार में सभी लोग किसी हद तक अपने और किसी हद तक दूसरों के विचारों के आधार पर जीवन-निर्वाह करते हैं। इसी के अनुसार हम एक मनुष्य को दूसरे से अलग भी करते हैं, कि वह कहाँ तक अपने और कहाँ तक दूसरों के विचारों की प्रेरणा से रहता और काम करता है। कुछ लोगों के लिए सोचना एक मानसिक खेल के समान होता है। अधिकतर वे लोग अपनी बुद्धि का उस गतिपालक चक्र के समान इस्तेमाल करते हैं, जिसका पट्टा उतार लिया गया हो। ऐसे लोग सदा और लोगों के विचारों की प्रेरणा से काम करते हैं : रीति-रिवाज, प्रथा, क़ानून इत्यादि की प्रेरणा से। कुछ अन्य लोग ऐसे होते हैं जो हर काम केवल अपने विचारों से प्रेरित होकर करते हैं। ये लोग अपने तर्क की आवाज़ को सुनते हैं और उसका आदेश मानते हैं। केवल कभी-कभी ही ये और लोगों के विचारों को स्वीकार करते हैं और वह भी अच्छी तरह माप-तौलकर। सिमनसन ऐसा ही आदमी था। वह हर तथ्य को अपने मस्तिष्क की कसौटी पर परखता था और इसी के अनुसार निश्चय करता था। और निश्चय कर लेने पर उसी के अनुसार आचरण करता था।

उसका पिता सेना रसद विभाग का एक अफ़सर था। अभी सिमनसन स्कूल में ही पढ़ता था जब वह इस नतीजे पर पहुँचा कि उसके पिता की कमाई सच्ची मेहनत की कमाई नहीं है, बल्कि झूठ और बेईमानी की कमाई है, तो उसने पिता से साफ़-साफ़ कह दिया कि उन्हें यह धन जनता को दे देना चाहिए। पिता ने बेटे के परामर्श पर ध्यान तो क्या देना था, उल्टा उसे डाँटा-फटकारा जिस पर सिमनसन ने घर छोड़ दिया, और पिता के पैसों से कोई सरोकार न रखा। इसी तरह उसकी यह धारणा बनी कि तत्कालीन सभी बुराइयों का मूल कारण जनता का अज्ञान है। अतः विश्वविद्यालय में से शिक्षा प्राप्त करने के बाद वह सीधा नरोदवादियों में जाकर शामिल हो गया, गाँव के किसी स्कूल में पढ़ाने लगा। अपनी दृष्टि के अनुसार जिस बात को वह सच समझता, बेधड़क होकर अपने विद्यार्थियों और किसानों में उसका प्रचार करता, और जिस बात को झूठ और अन्यायपूर्ण समझता उसका डटकर खुल्लमखुल्ला विरोध करता।

उसे पकड़कर अदालत के सामने पेश किया गया।

मुक़दमे के दौरान वह इस नतीज़े पर पहुँचा कि उन जजों को उसका मुक़दमा करने का कोई अधिकार नहीं और यह बात उसने उनको साफ़-साफ़ कह दी। जजों ने उसकी बात की ओर कोई ध्यान नहीं दिया और मुक़दमा करते गए। जब सिमनसन ने यह देखा तो चुप्पी साध ली और निश्चय कर लिया कि अब उनके सवालों का कोई जवाब नहीं दूँगा। जब भी वे कोई सवाल पूछते तो यह बुत बना खड़ा रहता। उसे आर्ख़ांगेल्स्क गुबेर्निया में निर्वासित कर दिया गया। यहाँ पर

उसने एक धार्मिक सिद्धान्त का प्रतिपादन किया और उसके बाद उसके सभी कर्म इसी सिद्धान्त की प्रेरणा में किए जाने लगे। सिद्धान्त की तह में यह धारणा थी कि ब्रह्मांड की प्रत्येक वस्तु में जीव है, जड़ पदार्थ कोई नहीं। जिन चीज़ों को हम जड़ अथवा निर्जीव समझते हैं, वे वास्तव में एक विराट चेतन शरीर के अंग हैं। मनुष्य इस विराट शरीर को पूर्णतया समझने में असमर्थ है, परन्तु इसका अंग होने के नाते उसका कर्तव्य है कि वह उसके जीवन को तथा उसके सभी जीवित अंगों के जीवन को क़ायम रखे। इस तरह वह किसी भी जीव की हत्या को जुर्म समझता था, जंग, प्राण-दंड तथा हर प्रकार की हत्या का विरोध करता था, न केवल इन्सानों की हत्या का बल्कि पशु-पक्षियों की हत्या का भी। विवाह के प्रश्न पर भी उसका अपना सिद्धान्त था। उसका विश्वास था कि प्रजनन मनुष्य के जीवन की एक गौण क्रिया है, मुख्य क्रिया पहले से विद्यमान जीवित प्राणियों की सेवा करना है। इस सिद्धान्त की पुष्टि वह इस तथ्य से किया करता था कि ख़ून में फ़ैगोसाइट पाए जाते हैं। उसकी दृष्टि में ब्रह्मचारी लोगों की स्थिति फ़ैगोसाइटों की-सी है जिनका काम शरीर के दुर्बल तथा रुग्ण अंगों की सहायता करना है। ज्यों ही वह इस निश्चय पर पहुँचा तो उसने अपने जीवन को भी इसी के अनुसार ढालना शुरू कर दिया, हालाँकि जवानी के दिनों में वह विलासिता में डूबा रहा था। अब वह समझता था कि वह और मारिया पाव्लोव्ना मनुष्य के रूप में फ़ैगोसाइटों का काम कर रहे हैं।

उसे कात्यूशा से प्रेम था, परन्तु यह प्रेम इस धारणा का उल्लंघन नहीं करता था, क्योंकि यह निष्काम प्रेम था। उसे विश्वास था कि ऐसा प्रेम उसकी फ़ैगोसाइट सरीखी क्रियाओं में बाधक नहीं बनेगा बल्कि प्रेरणा का काम करेगा।

वह न केवल नैतिक बल्कि व्यावहारिक प्रश्नों पर भी अपने ही ढंग से निश्चय किया करता था। सभी व्यावहारिक मामलों के बारे में भी उसका एक अपना सिद्धान्त था। कितने घंटे काम करना चाहिए, कितना आराम, भोजन कैसा होना चाहिए, पोशाक कैसी, घरों में रोशनी का प्रबन्ध कैसा होना चाहिए, और उन्हें गर्म कैसे रखना चाहिए–इन सब बातों के बारे में उसने अपने नियम बना रखे थे।

यह सब होते हुए भी सिमनसन बड़ा शर्मीला और विनम्र स्वभाव का व्यक्ति था। हाँ, एक बार निश्चय कर लेने के बाद संसार की कोई भी चीज़ उसे डाँवाडोल नहीं कर सकती थी।

उसके प्रेम का मास्लोवा पर निश्चित तौर पर प्रभाव पड़ा। नारी सुलभ अन्तःप्रेरणा से मास्लोवा को शीघ्र ही पता चल गया कि वह उससे प्रेम करता है। यह सोचकर कि वह उस जैसे आदमी के हृदय में अपने प्रति प्रेम जागृत कर पाई है, मास्लोवा अपनी नज़रों में उठने लगी। यदि नेख़्लूदोव ने उसके सामने शादी का प्रस्ताव रखा था तो इसलिए कि वह उदार हृदय व्यक्ति है, और पीछे जो कुछ हुआ वह उसे धो देना चाहता है। लेकिन सिमनसन तो उस मास्लोवा से प्रेम करता था जो आज उसके सामने थी। और उसके प्रेम का कोई कारण न था, केवल प्रेम ही था। मास्लोवा को ऐसा महसूस होता जैसे सिमनसन उसे विलक्षण नारी समझता है। जिसमें विशेष, उच्च कोटि के नैतिक गुण हों। वह स्पष्टता नहीं जानती थी कि कौन से ऐसे गुण सिमनसन को उसमें नज़र आए हैं, लेकिन वह नहीं चाहती थी कि उसे निराशा हो, इसलिए वह अपने अन्दर उन सभी सर्वोत्कृष्ट गुणों को जगाने का भरसक प्रयास करती जिनकी वह कल्पना कर सकती थी।

यह प्रक्रिया तभी से शुरू हो गई थी जब वे अभी जेल ही में थे। तभी एक दिन मास्लोवा ने उसे अपनी ओर घूरते हुए देखा था, घनी भौंहों के नीचे से उसकी सद्भावनापूर्ण, गहरी नीली आँखें उसे देखे जा रही थीं। उस दिन मुलाक़ातियों से मिलने का दिन था। तब भी उसे नज़र आ

गया था कि यह व्यक्ति कोई असाधारण आदमी है, और बड़े असाधारण ढंग से उसकी ओर देखे जा रहा है। उसके उलझे हुए बालों और चढ़ी हुई भौंहों से दृढ़ता का भास होता था, पर साथ ही चेहरे पर बच्चों की सी सरलता और सद्‌भावना झलक रही थी। इसके बाद मास्लोवा उसे तोम्स्क में मिली थी जहाँ वह राजनीतिक क़ैदियों के साथ रहने लगी थी। दोनों ने एक दूसरे से कुछ नहीं कहा, लेकिन उनकी नज़र में इस बात की स्वीकृति थी कि वे एक दूसरे को जानते हैं, और उनके लिए एक दूसरे का महत्व है। इसके बाद भी उनके बीच कोई गम्भीर वार्तालाप नहीं हुआ, परन्तु मास्लोवा ने यह महसूस किया कि जब कभी उसकी उपस्थिति में सिमनसन कुछ कहता तो उसके शब्द उसी को सम्बोधित होते थे, और वह जो कुछ कहता उसी की ख़ातिर कहता था। अपने भाव वह स्पष्टतम शब्दों में व्यक्त करने की कोशिश किया करता था। परन्तु वास्तव में उनकी घनिष्ठता उस समय बढ़ने लगी थी जब सिमनसन आम मुजरिम क़ैदियों के साथ एक पड़ाव से दूसरे पड़ाव तक पैदल जाने लगा था।

5

पेर्म से चलने से पहले नेख़्लूदोव केवल दो बार कात्यूशा से मिल पाया—एक बार नीज़्नी नोवगोरोद में जब क़ैदी एक जाली लगे बेड़े में ले जाए जानेवाले थे और दूसरी बार पेर्म में जेल के दफ़्तर में। दोनों बार मास्लोवा गुपचुप रही और उसके साथ रुखाई से पेश आई। जब नेख़्लूदोव ने पूछा कि तुम्हें किसी चीज़ की ज़रूरत तो नहीं, तुम आराम से तो हो, तो मास्लोवा ने कोई सीधा जवाब नहीं दिया, सकुचाती और टाल-मटोल करती रही। नेख़्लूदोव को उसके व्यवहार में उसी विरोधपूर्ण भर्त्सना का भास मिला जो कुछेक बार पहले उसे मिला था। उसे उदास देखकर नेख़्लूदोव का मन विचलित हो उठा था, हालाँकि उसकी उदासी का केवल यही कारण था कि उस समय मर्द-क़ैदी उसे बेहद परेशान कर रहे थे। नेख़्लूदोव को डर था कि इन कठोर और भ्रष्टकारी परिस्थितियों के प्रभाववश, जिनमें मास्लोवा यात्रा कर रही थी, कहीं उसका मन फिर पहले-सा निराश और विक्षिप्त न हो उठे, जब वह उसके साथ रुखाई से बोलने लगती थी, और सब कुछ भूलने के लिए तम्बाकू और शराब पीने लगती थी। पर यात्रा के इस भाग में वह मास्लोवा की कोई भी मदद नहीं कर सकता था, क्योंकि वह उसे कभी भी मिल नहीं पाता था। जब मास्लोवा राजनीतिक क़ैदियों के साथ रहने लगी तो नेख़्लूदोव ने जाना कि उसके संशय सर्वथा निर्मूल और निराधार हैं। जिस आन्तरिक परिवर्तन को वह मास्लोवा में देखने का इतना अधिक इच्छुक हुआ करता था, अब हर भेंट में अधिकाधिक निश्चित रूप में उसे नज़र आने लगा। तब तोम्स्क में वह उसे पहली बार मिला तो उसका व्यवहार फिर पहले-सा ही था, जैसा मास्को से रवाना होते समय रहा था। उसने भौंहें नहीं चढ़ाईं, उसे मिलने पर घबराई भी नहीं, बल्कि बड़ी ख़ुश-ख़ुश और सहज भाव से मिली, नेख़्लूदोव की मेहरबानियों के लिए उसका धन्यवाद किया, विशेष कर उसे इन लोगों के बीच लाने के लिए जिनमें वह उस समय रह रही थी।

टोली के साथ दो महीने चलते रहने के बाद मास्लोवा के आन्तरिक परिवर्तन की झलक उसके चेहरे पर भी नज़र आने लगी। धूप में उसका चेहरा सँवला गया, वह दुबली हो गई, उम्र में बड़ी लगने लगी, कनपटियों पर और मुँह के आस-पास झुर्रियाँ नज़र आने लगीं। अब वह माथे पर कुंडल नहीं बनाती थी, उसके बाल रूमाल के नीचे छिपे रहते थे। जिस ढंग से वह अपने बाल बनाती या कपड़े पहनती, उसमें अब नाज़-नख़रे का लेशमात्र भी नहीं था। इस परिवर्तन को

देखकर, जिसकी प्रक्रिया अब भी बराबर चल रही थी, नेख़्लूदोव बेहद ख़ुश हुआ।

नेख़्लूदोव के हृदय में मास्लोवा के प्रति ऐसी भावना उठने लगी जिसका अनुभव उसे पहले कभी नहीं हुआ था। यह भावना उस कवित्वपूर्ण प्रेम-भावना से पृथक थी जिसका अनुभव उसे सबसे पहले हुआ था। यह उस कामवासना से भी बहुत कुछ पृथक थी जिसका अनुभव उसे बाद में हुआ। और कर्तव्य-पूर्ति पर सन्तोष और आत्मश्लाघा की उस भावना से भी, जिसके साथ उसने मुक़दमे के बाद उससे विवाह करने का निश्चय किया था। अब जो भावना उसके हृदय को उद्वेलित कर रही थी वह केवल अनुकम्पा और दयालुता की भावना थी। यह भावना उस समय उसके हृदय में उठी थी जब वह पहली बार उससे जेल में मिला था और फिर एक नई शक्ति के साथ तब उठी थी जब अस्पताल से लौटकर उसने अपनी घृणा पर क़ाबू पाकर उसे छोटे डाक्टरवाले काल्पनिक क़िस्से पर क्षमा कर दिया था (यह तो उसे बाद में ही पता चला था कि क़िस्सा सरासर झूठा था)। फ़र्क केवल इतना था कि पहले जहाँ यह क्षणिक हुआ करती अब वह स्थायी रूप से हृदय में रहती थी। अब उसके प्रत्येक विचार और प्रत्येक काम में यही अनुकम्पा और दयालुता की भावना निहित रहती थी, और यह न केवल मास्लोवा के प्रति बल्कि सभी के प्रति रहती थी।

ऐसा जान पड़ता था जैसे इस भावना ने प्रेम का बाँध तोड़ डाला हो जो नेख़्लूदोव की आत्मा में अभी तक बन्द पड़ा था। अब जिस किसी से भी नेख़्लूदोव मिलता उसी के प्रति यह प्रेम छलछला उठता।

यात्रा के दौरान नेख़्लूदोव का हृदय इन भावनाओं से इतना उद्वेलित हो उठा था कि वह हर किसी से अत्यधिक सद्भावना और विनम्रता से मिलता, भले ही वह कोई कोचवान हो या कॉनवाय का सिपाही, जेल का इन्स्पेक्टर हो या गवर्नर।

मास्लोवा के राजनीतिक क़ैदियों के बीच रहने के कारण नेख़्लूदोव का भी परिचय बहुत से राजनीतिक क़ैदियों के साथ हो गया। यह परिचय पहले येकातेरीनबुर्ग में हुआ जहाँ इन्हें काफ़ी आज़ादी मिली हुई थी, और वे सबके सब एक बड़ी कोठरी में रखे गए थे। बाद में रास्ते में उसका परिचय उन पाँच पुरुषों और चार स्त्रियों के साथ हुआ जिनके संग मास्लोवा को लगा दिया गया था। इस तरह राजनीतिक निर्वासितों के साथ सम्पर्क में आने से नेख़्लूदोव के विचार उनके बारे में बिलकुल बदल गए।

जब से रूस में क्रान्तिकारी आन्दोलन शुरू हुआ, और विशेषकर उस पहली मार्च के दिन से जब अलेक्सान्द्र द्वितीय की हत्या की गई थी, नेख़्लूदोव क्रान्तिकारियों को अवमान और घृणा की दृष्टि से देखता रहा था। उसकी क्रूरता को देखकर, सरकार के विरुद्ध अपने संघर्ष में लुक-छिपकर काम करने के उनके तरीक़ों को देखकर, पर विशेषकर उस बर्बरता को देखकर जिससे वे हत्याएँ किया करते थे, उसके हृदय में गहरी नफ़रत उठा करती थी। साथ ही ये लोग अपने तुल्य किसी को नहीं समझते और उनके स्वभाव का यह दोष भी नेख़्लूदोव को अरुचिकर लगता था। पर जब वह उन्हें समीप से जान पाया, जब पता चला कि सरकार के हाथों उन्हें कितना कुछ सहन करना पड़ा है, तो वह समझ गया कि वे जो कुछ हैं अपनी परिस्थितयों के बनाए हुए हैं, इससे भिन्न वे नहीं हो सकते थे।

यह ठीक है कि तथाकथित जरायमपेशा मुज़रिम क़ैदियों को बड़ी भयानक और फ़िज़ूल यातनाएँ पहुँचाई जाती थीं। फिर भी उन्हें सज़ा मिलने से पहले और बाद में उनके साथ अदालती कार्रवाई तो की जाती थी, इन्साफ़ का दिखावा तो किया जाता था। लेकिन राजनीतिक क़ैदियों के साथ तो यह दिखावा भी नहीं किया जाता था। यह बात नेख़्लूदोव ने न केवल शूस्तोवा के बारे में ही बल्कि अपने कितने ही नए परिचितों के बारे में देखी थी। जिस तरह मछलियों को जाल

में पकड़ लिया जाता है, इसी तरह राजनीतिक क़ैदियों के साथ व्यवहार किया जाता था। पहले जो कुछ भी जाल में फँस जाए उसे खींचकर किनारे ले आते हैं, बाद में बड़ी-बड़ी मछलियों को, जिनकी ज़रूरत होती है, चुन-चुनकर अलग कर दिया जाता है, और छोटी-छोटी मछलियों को वहीं किनारे पर गलने-सड़ने के लिए छोड़ दिया जाता है। सरकार सैकड़ों ऐसे लोगों को पकड़कर जेल में फेंक देती जो प्रत्यक्षतः निर्दोष होते और जिनसे कोई ख़तरा नहीं पहुँच सकता था। फिर साल-दर-साल तक वे वहीं पड़े रहते, कुछ तपेदिक़ के शिकार हो जाते, कुछ पागल हो जाते, कुछ आत्महत्या कर लेते। उन्हें आज़ाद कर देने की अधिकारियों को कोई प्रेरणा नहीं होती थी। वे समझते थे कि यदि यहीं पड़े रहे तो कभी किसी अदालती जाँच के समय किसी नुक़्ते को साफ़ करने में इनसे मदद मिलेगी। सरकार की दृष्टि से भी ये लोग अक्सर निर्दोष होते थे। लेकिन इनका भाग्य पुलिस या ख़ुफ़िया पुलिस के किसी अफ़सर, किसी सरकारी वकील, किसी मैजिस्ट्रेट, गर्वनर या मन्त्री की सनक पर निर्भर रहता। उसका मन आए, या वक़्त हो तो इन्हें छोड़ दे वरना वहीं पड़े रहें। इनमें से किसी अफ़सर का मन कभी ऊब उठा, या शोहरत हासिल करने की ख़्वाहिश उठी तो कुछ लोगों को गिरफ़्तार करने का हुक्म दे दिया। फिर जैसा मन हुआ, या जैसे ऊपर के अधिकारियों का मन हुआ इन्हें जेल में फेंक दिया या छोड़ दिया। ऊपर के अधिकारी भी इसी तरह की प्रेरणा के अनुसार या किसी मन्त्री के साथ अपने सम्बन्ध के प्रभाववश, लोगों को दुनिया के दूसरे कोने में निर्वासित करके भेज देते, क़ैद-तनहाई में डाल देते, साइबेरिया में भेज देते, कड़ी मशक्क़त की, या मौत की सज़ा दे देते, या फिर किसी महिला के कहने पर उन्हें रिहा कर देते।

उनके साथ वैसा ही सलूक किया जाता था जैसा जंग में दुश्मनों के साथ किया जाता है। और यह स्वाभाविक ही था कि जवाब में वे भी उन्हीं हथियारों का प्रयोग करें जिनका प्रयोग उनके ख़िलाफ़ किया जाता था। जंग के दिनों में एक ऐसा लोकमत उठ खड़ा होता है जो फ़ौजी लोगों की नज़रों से उनके भयानक कृत्यों का दोष छिपाए रहता है। छिपाता ही नहीं, उनके कृत्यों को वीरता के कारनामे कहकर पुकारता है। इसी तरह राजनीतिक मुजरिम भी, अपने जैसे लोगों के बीच रहते हुए इसी प्रकार के लोकमत से घिरे रहते हैं। ख़तरे का सामना करते हुए, अपनी आज़ादी और जीवन तक को जोखिम में डालकर किए गए इनके कुकृत्य उन्हें बुरे तो दूर, गौरवपूर्ण तक प्रतीत होते थे। इसी में नेख़्लूदोव के लिए उस आश्चर्यजनक स्थिति की व्याख्या हो सकती थी कि ऐसे विनम्र स्वभाव लोग भी जो किसी को यातना पहुँचाना तो दूर रहा, किसी जीव को दुखी देख तक नहीं सकते थे, चुपचाप हत्या करने पर तैयार हो जाते हैं। उनमें से लगभग सभी यह मानते थे कि किसी-किसी मौक़े पर हत्या करना उचित और वैध होता है, जैसे आत्मरक्षा के लिए, या जनकल्याण के अपने महान उद्देश्य की पूर्ति के लिए। यदि क्रान्तिकारी अपने उद्देश्य को और तदनुरूप अपने आपको इतना महत्व देते थे तो इसका कारण यही था कि सरकार उनके कामों को महत्व देती थी, और उनके लिए उन्हें ज़ालिमाना सज़ाएँ देती थी। जो यातनाएँ इन्हें पहुँचाई जाती थीं, उन्हें सहन करने के लिए यह ज़रूरी था कि ये लोग अपने आपको असाधारण कोटि के मानें।

जब नेख़्लूदोव ने उन्हें ज़्यादा नज़दीक से देखा तो उसे विश्वास हो गया कि ये लोग न तो नीच हैं जैसा कि कुछ लोग इन्हें समझते हैं, और न ही ऐसे वीर हैं जैसे कि कुछ और लोगों की इनके बारे में धारणा है। ये लोग भी साधारण लोगों की ही तरह हैं, जिनमें अच्छे, बुरे और मध्यम कोटि के, सभी तरह के व्यक्ति पाए जाते हैं। कुछ लोगों ने तो क्रान्ति का पथ इसलिए अपनाया कि वे सचमुच, बड़ी ईमानदारी से यह समझते थे कि मौजूदा बुराइयों के विरुद्ध संघर्ष करना उनका कर्तव्य है। परन्तु कुछ ऐसे भी थे जिन्होंने स्वार्थवश, तथा आगे बढ़ने की लालसा से प्रेरित होकर

इस पथ को अपनाया। परन्तु इनमें से अधिकांश क्रान्तिकारी विचारों की ओर इसलिए आकृष्ट हुए कि उनमें ख़तरा मोल लेने, जोखिम में पड़ने तथा अपनी जिन्दगी को ख़तरे में डालने की ललक थी। जवानी के दिनों में, जब शरीर में बल होता है, तो साधारण लोगों में भी ये भावनाएँ आम देखने को मिलती हैं। नेख़्लूदोव ने अपने फ़ौजी अनुभव से यह देख लिया था। लेकिन साधारण लोगों से ये एक बात में ज़रूर ऊँचे थे : इनकी नैतिक धारणा बहुत ऊँची थी। ये लोग आत्मनियन्त्रण, कड़े जीवन, सत्यवादिता, तथा स्वार्थहीनता को कर्तव्य मानकर पालन करते थे। इतना ही नहीं, जन कल्याण के उद्देश्य के लिए ये हर कुर्बानी देने के लिए, यहाँ तक कि जान तक पर खेल जाने के लिए हर वक़्त तत्पर रहते थे। इसलिए इनमें से सर्वोत्कृष्ट व्यक्ति जिस नैतिक स्तर पर खड़े होते थे, उस तक पहुँचना और लोगों के लिए बहुत कठिन था। लेकिन इनमें से जो निकृष्ट थे वे साधारण कोटि के लोगों की तुलना में बहुत गिरे हुए थे। इनमें बहुत से झूठे और पाखंडी थे और साथ ही उनमें आत्मविश्वास और दम्भ भी था। इसलिए अपने नए परिचितों में से कुछेक को नेख़्लूदोव सच्चे दिल से प्रेम करने लगा, उनके प्रति उसका दिल श्रद्धा और मान से भर उठा। लेकिन ऐसे भी थे जिन्हें वह उपेक्षा की दृष्टि से देखता था।

6

जिस टोली में कात्यूशा जा रही थी उसी में क्रिलत्सोव नाम का एक युवक था। नेख़्लूदोव उसे बहुत चाहने लगा। यह युवक तपेदिक़ का बीमार था और इसे कड़ी मशक़्क़त की सज़ा मिली थी। उसके साथ नेख़्लूदोव का परिचय येकातेरीनबुर्ग में हुआ था, और उसके बाद रास्ते में कुछेक बार उसे उसके साथ बातें करने का मौक़ा मिला था। उन दिनों गरमी का मौसम था। एक बार एक पड़ाव पर जब वे रुके तो नेख़्लूदोव ने लगभग सारा दिन क्रिलत्सोव के साथ व्यतीत किया। जब एक बार क्रिलत्सोव बातें करने लगा तो उसने अपनी सारी कहानी कह सुनाई, कि वह क्रान्तिकारी कैसे बना था। क़ैद की सज़ा मिलने तक की उसकी कहानी बहुत लम्बी नहीं थी, उसने वह शीघ्र ही सुना डाली। उसका पिता दक्षिण का एक धनी ज़मींदार था। अभी वह बच्चा ही था जब उसके पिता का देहान्त हो गया। माँ-बाप का वह इकलौता बेटा था। पिता की मृत्यु के बाद माँ ने उसे पालकर बड़ा किया। क्रिलत्सोव पढ़ाई में अच्छा था और पहले स्कूल में और बाद में विश्वविद्यालय में, बड़ी सुगमता से वह जमातें चढ़ता रहा। विश्वविद्यालय की परीक्षा में वह गणित के सभी छात्रों में पहले नम्बर पर आया। विश्वविद्यालय की ओर से उसे वज़ीफ़ा भी दिया गया कि वह विदेश में जाकर अपनी पढ़ाई जारी रखे। लेकिन वह बड़ी देर तक किसी निश्चय पर नहीं पहुँच सका। उन दिनों वह एक लड़की से प्रेम करता था, और उससे विवाह करने और कृषि-प्रबन्ध में भाग लेने के सपने देखा करता था। वह हर काम में हाथ डालना चाहता था, इसलिए किसी एक काम को अपनाने का निश्चय नहीं कर सका। उन्हीं दिनों उसके कुछ सहपाठियों ने उससे कुछ पैसे माँगे। कहने लगे कि जन-कल्याण के लिए किसी काम के लिए ज़रूरत है। उसे मालूम था कि यह रुपया क्रान्तिकारी काम के लिए माँगा जा रहा है, जिसमें उस समय उसकी कोई रुचि नहीं थी। लेकिन उसने पैसे दे दिए, कुछ साथी होने के नाते, और कुछ दम्भ में ताकि कोई यह न सोचे कि वह इन कामों के लिए पैसे देने से डरता है। बाद में, जिन लोगों ने पैसे लिए थे, वे पकड़े गए। उन्हीं के पास से एक पुर्ज़ा मिला जिससे अधिकारियों को पता चल गया कि पैसे क्रिलत्सोव ने दिए थे। उसे गिरफ़्तार कर लिया गया, पहले उसे थाने में ले गए और बाद में जेलख़ाने में डाल दिया गया।

"जेल में हमारे साथ कोई ख़ास सख़्ती नहीं बरती जाती थी," अपनी कहानी जारी रखते हुए क्रिलत्सोव ने कहा। वह घुटनों पर कोहनियाँ रखे, अपने सोनेवाले ऊँचे तख़्ते पर बैठा था, छाती अन्दर को धँसी हुई थी, और आँखें बीमारी की उत्तेजना के कारण चमक रही थीं। "हम एक दूसरे से बातें कर सकते थे–न केवल दीवारों को खटखटा कर ही बल्कि अन्य तरीक़ों से भी–बरामदों में घूम-फिर सकते थे, खाने-पीने की चीज़ें और तम्बाकू एक दूसरे से बाँट सकते थे, यहाँ तक की शाम के वक़्त मिलकर गाया भी करते थे। मेरी आवाज़ बड़ी सुरीली हुआ करती थी। मुझे यदि कोई चिन्ता थी तो अपनी माँ की, वह मेरे कारण बेहद दुखी थी। यह न होता तो वहाँ सब कुछ ठीक चल रहा था, यहाँ तक कि वहाँ रहने में मुझे मज़ा आ रहा था। यहीं पर मेरा परिचय सुप्रसिद्ध पेत्रोव से तथा अन्य लोगों से हुआ। बाद में पेत्रोव ने काँच का एक टुकड़ा लेकर आत्महत्या कर ली थी। यह घटना क़िले में घटी थी। परन्तु उस वक़्त तक मैं क्रान्तिकारी नहीं बना था। मेरा परिचय अपने दो पड़ोसियों से भी हुआ जो मेरी ही कोठरी के नज़दीक रहते थे। उन दोनों को एक ही जुर्म में पकड़ा गया था, दोनों के पास से पोलिश घोषणा-पत्र बरामद हुए थे। और दोनों पर इस अपराध के लिए मुक़दमा चलाया गया था कि रेलवे-स्टेशन की ओर जाते हुए उन्होंने कॉनवाय में से भाग निकलने की कोशिश की थी। उनमें से एक पोलैंड का रहनेवाला था, जिसका नाम लोज़ीन्स्की था, और दूसरा यहूदी था, उसका नाम रोज़ोव्स्की था। हाँ। यह रोज़ोव्स्की बच्चा ही था। कहा करता था कि मेरी उम्र सतरह बरस की है, लेकिन लगता पन्द्रह बरस का था। दुबला-पतला-सा लड़का, छोटा-सा क़द, बड़ा फुर्तीला, काली चमकती आँखें थीं उसकी। और अधिकांश यहूदियों की तरह संगीत का बड़ा शौकीन था। अभी उसकी आवाज़ भारी होने लगी थी, लेकिन फिर भी वह बहुत अच्छा गाता था। जब उन पर मुक़दमा चला तो मैंने दोनों को अदालत में लिए जाते हुए देखा। सुबह का वक़्त था जब उन्हें ले जाया गया। शाम को वे लौटकर आए और आकर कहने लगे कि उन्हें मौत की सज़ा दी गई है। किसी को ख़याल नहीं था कि यह सज़ा मिलेगी। इतना मामूली-सा तो उनका जुर्म था। यही न की कॉनवाय से उन्होंने भागने की कोशिश की थी। किसी को चोट तक उन्होंने नहीं पहुँचाई थी। और फिर रोजोव्स्की तो बिलकुल बच्चा था। उसे फाँसी लगाना तो कितनी अस्वाभाविक-सी बात लगती है। जेल में हम सबने यही समझा कि उन्हें केवल डराने के लिए धमकी-सी दी गई है, और यह सज़ा कभी भी पक्की नहीं की जाएगी। पहले तो हम बहुत उत्तेजित हुए थे, लेकिन बाद में हमने अपने को ढाढ़स दिया और चुप हो गए, और जीवन पहले की सी गति से चलने लगा। हाँ। एक दिन शाम को चौकीदार मेरी कोठरी के दरवाज़े के पास आया और बड़ी दबी, भेद भरी आवाज़ में कहने लगा कि बढ़ई आ गए हैं, और फाँसी का तख़्ता तैयार कर रहे हैं। पहले तो उसकी बात मेरी समझ में नहीं आई। कौन-सा फाँसी का तख़्ता ? पर चौकीदार इतना उत्तेजित था कि मैं शीघ्र ही समझ गया कि वह हमारे ही दो लड़कों के लिए होगा। मेरी इच्छा हुई कि दीवार खटखटा कर अपने साथियों को बता दूँ लेकिन मैं रुक गया, इस डर से कि वे दोनों सुन लेंगे। हमारे साथी भी चुप थे। ज़ाहिर था कि ख़बर सब तक पहुँच चुकी है। उस शाम बरामदे में और सभी कोठरियों में मौत का सा सन्नाटा था। न किसी ने दीवार खटखटाई, न कोई गीत गाया। दस बजे चौकीदार ने आकर बताया कि मास्को से एक जल्लाद आ गया है। यह कहकर वह चला गया। मैं उसे वापस बुलाने लगा। सहसा मुझे रोज़ोव्स्की की आवाज़ आई, वह बरामदे की दूसरी ओर से मुझे पुकारकर कह रहा था–'क्या बात है? उसे क्यों बुला रहे हो?' जवाब में मैंने उसे कुछ कहा कि मेरे लिए तम्बाकू ला दे, लेकिन जान पड़ता था जैसे वह भाँप गया है, और वह पूछने लगा–'आज

हम गा क्यों नहीं रहे? दीवारों पर खटखट क्यों नहीं करते?' मुझे याद नहीं मैने उसे क्या कहा, और पीछे हट गया ताकि उससे बातें न करनी पड़ें। बड़ी भयानक रात थी वह। रात भर मेरे कान एक-एक शब्द को सुनते रहे। सुबह होने जा रही थी, जब सहसा आवाज़ें आने लगीं। दरवाज़े खुलने लगे और कोई चला आ रहा था–एक नहीं, बहुत-से आदमी आ रहे थे। मैं दरवाज़े के छेद के पास जा पहुँचा और आँख लगाकर बाहर देखने लगा। बरामदे में एक लैंप जल रहा था। पहले इन्स्पेक्टर आया। गठीले बदन का आदमी था और साधारणतया बड़ा दृढ़ और आत्मविश्वास से भरा लगता था। लेकिन आज उसका चेहरा बेहद पीला पड़ गया था, आँखें नीची किए हुए था, ऐसे लगता था जैसे डरा हुआ हो। उसके पीछे-पीछे उसका सहायक आया, उसका चेहरा उतरा हुआ था लेकिन उस पर दृढ़ता थी। और सबके पीछे-पीछे फ़ौजी सिपाही थे। मेरे दरवाज़े के पास से होकर वे साथवाली कोठरी के सामने खड़े हो गए। फिर मैंने सुना, सहायक इन्स्पेक्टर कह रहा था–'लोज़ीन्स्की, उठो और साफ़ कपड़े पहनकर तैयार हो जाओ!' उसकी आवाज़ अजीब-सी हो रही थी। इसके बाद दरवाज़ा चरचराकर खुलने की आवाज़ आई। वे उसकी कोठरी के अन्दर चले गए। फिर लोज़ीन्स्की के क़दमों की आवाज़ आई, वह बरामदे के दूसरी ओर जा रहा था। मैं केवल इन्स्पेक्टर को देख पा रहा था। उसका चेहरा पीला हो रहा था, और वह कभी अपने कोट के बटन खोलता कभी उन्हें बन्द करता, और कन्धे उचकाता। हाँ। वह फिर रास्ते में से हट गया, मानो डर गया हो। वह लोज़ीन्स्की के रास्ते में से हट गया था, जो मेरे दरवाज़े के सामने आ गया था। बड़ा ख़ूबसूरत युवक था, वैसा ही जैसे पोलैंड के लोग होते हैं, चौड़ा, खुला माथा, सिर पर घुँघराले बाल, और सुन्दर नीली आँखें। खिला हुआ चेहरा, इतना ताज़ा और स्वस्थ! वह ऐन मेरे दरवाज़े के छेद के सामने खड़ा था, इसलिए मुझे उसका सारा-का-सारा चेहरा नज़र आ रहा था। पीला ज़र्द चेहरा, पतला और भयानक। 'क्रिलत्सोव, क्या तुम्हारे पास सिगरेट है?' मैं उसे सिगरेट देना चाहता था लेकिन सहायक इन्स्पेक्टर ने झट से अपना सिगरेट-केस निकालकर उसके सामने बढ़ा दिया। उसने एक सिगरेट लिया, फिर सहायक ने दियासलाई जलाई। लोज़ीन्स्की सिगरेट सुलगाकर कश लेने लगा। मुझे ऐसा लगा जैसे वह कुछ सोचने लगा है। फिर सहसा वह बोलने लगा, मानो उसे कुछ याद आ गया हो–'यह जुल्म है, अन्याय है। मैंने कोई जुर्म नहीं किया। मैंने...' उसके गोरे-गोरे तरुण गले में कोई चीज़ काँपती हुई मुझे नज़र आई, और मैं उस पर से अपनी आँखें नहीं हटा सका। फिर वह चुप हो गया। हाँ। उसी वक़्त मैंने सुना कि रोज़ोव्स्की चिल्लाने लगा है। उसकी आवाज़ ऊँची और यहूदियों जैसी थी। लोज़ीन्स्की ने सिगरेट फेंक दिया और दरवाज़े के सामने से हट गया। अब वहाँ पर, मेरे छेद के सामने रोज़ोव्स्की आया। बच्चों का सा उसका चेहरा लाल हो रहा था और नमी से तर था और स्वच्छ काली आँखें चमक रही थीं। उसने भी धुले हुए कपड़े पहन रखे थे। पतलून बहुत चौड़ी थी जिसे वह बार-बार खींचकर ऊपर उठाता। सिर से पाँव तक उसका शरीर काँप रहा था। उसका चेहरा कितना दयनीय लग रहा था। अपना मुँह मेरे छेद के पास ले जाकर बोला–'क्रिलत्सोव, यह ठीक है न कि डाक्टर ने मुझे खाँसी की दवाई लिखकर दी है? मेरी तबीयत अच्छी नहीं। मुझे कुछ देर और दवाई पीने की ज़रूरत है।' किसी ने कोई जवाब नहीं दिया, और वह प्रश्नसूचक नेत्रों से कभी मेरी ओर, कभी इन्स्पेक्टर की ओर देखने लगा। उसके इस वाक्य का मतलब कभी भी मेरी समझ में नहीं आया। हाँ। सहसा इन्स्पेक्टर ने कठोर मुद्रा बनाई, और फिर पहले-सी चीख़ती आवाज़ में बोला–'यह क्या मज़ाक़ है? चलो।' जान पड़ता था जैसे रोज़ोव्स्की को कुछ भी मालूम नहीं था कि उसके साथ क्या होनेवाला है। बरामदे में वह सबसे आगे-आगे तेज़-तेज़ क़दम रखते हुए जाने लगा, यहाँ तक कि

भागने लगा। पर फिर वह पीछे हट गया और मुझे उसके चीख़ने और चिल्लाने की आवाज़ आने लगी। फिर बहुत से लोगों के क़दमों की आवाज़ और भीड़ का सा शोर सुनाई दिया। इस पर उसकी चीख़ों-पुकार और रोना। धीरे-धीरे आवाज़ दूर होने लगी, और अन्त में दरवाज़ा बन्द होने की आवाज़ आई और सब चुप हो गया...हाँ। दोनों को फाँसी पर चढ़ा दिया गया। दोनों का रस्सी से गला घोंट दिया गया था। एक चौकीदार ने–यह कोई दूसरा चौकीदार था–यह सारा कांड देखा। उसने मुझे बताया कि लोज़ीन्स्की ने कोई प्रतिरोध नहीं किया, लेकिन रोज़ोव्स्की बड़ी देर तक संघर्ष करता रहा, यहाँ तक की उन्हें उसे घसीटकर फाँसी के तख़्ते पर चढ़ाना पड़ा और जबरदस्ती उसका सिर फँदे में डालना पड़ा। हाँ। यह चौकीदार कुछ-कुछ बेवकूफ़ था। कहने लगा–'जनाब, मुझे तो बताया गया था कि वह बड़ा भयानक नज़ारा होगा, लेकिन वह तो बिलकुल भयानक नहीं था। जब उन्हें फाँसी पर लटका दिया गया तो, सिर्फ़ दो बार उन्होंने कन्धे उचकाए–इस तरह–बस।' उसने मुझे नक़ल उतारकर दिखाया कि किस भाँति उसके कन्धे छटपटाए थे। 'फिर जल्लाद ने रस्सी को थोड़ा-सा खींचा ताकि फँदा और कस जाए, और बस, खेल ख़त्म हो गया, इसके बाद वे नहीं हिले-डुले।' "

और क्रिलत्सोव ने चौकीदार के शब्दों को दोहराकर कहा–"बिलकुल भयानक नहीं था।" और मुस्कराने की कोशिश की लेकिन फफक-फफककर रोने लगा। इसके बाद बड़ी देर तक वह चुप बैठा रहा, उसके लिए साँस लेना कठिन हो रहा था। बार-बार उसे रुलाई आ जाती जिसे वह दबाने की चेष्टा करता।

"उस वक़्त से मैं क्रान्तिकारी बना, हाँ," जब वह कुछ शान्त हुआ तो उसने कहा। उसके बाद कुछेक शब्दों में ही उसने अपनी कहानी समाप्त कर दी।

वह नरोदवादी पार्टी का सदस्य था, और उपद्रवकारी दल का मुखिया तक था, जिसका काम आतंक फैलाना था ताकि सरकार अपने आप अपनी सत्ता जनता के हवाले कर दे। इसी उद्‌देश्य से सम्बन्धित काम के सिलसिले में वह पीटर्सबर्ग, कीयेव, ओदेस्या, तथा विदेश में घूमा करता था, और जहाँ जाता कामयाब होता था। एक आदमी ने, जिस पर उसे पूरा भरोसा था, उसके साथ दग़ा किया। उसे गिरफ़्तार कर लिया गया, फिर मुक़दमा चला और दो साल तक जेल में रखे जाने के बाद उसे फाँसी की सज़ा दी गई। लेकिन बाद में सज़ा कम कर दी गई और फाँसी की जगह उसे उम्रभर कड़ी मशक़्क़त की सज़ा दे दी गई।

जेल में ही उसे तपेदिक़ का रोग हो गया। जिन स्थितियों में वह अब रह रहा था इनमें वह छः महीने से अधिक नहीं जी पाएगा। यह वह जानता था लेकिन उसे अपने किए पर पछतावा नहीं था। वह कहता कि अगर मुझे फिर इन्सान का जीवन मिले तो मैं उसे उन कारणों का नाश करने में लगा दूँगा जिनसे ऐसी-ऐसी चीज़ें पैदा होती हैं जिन्हें मैंने अपनी आँखों से देखा है।

इस आदमी की कहानी से तथा उसके साथ घनिष्ठता होने पर, नेख़्लूदोव को बहुत-सी बातों का स्पष्टीकरण हुआ जिन्हें वह पहले ठीक तरह नहीं समझ पाया था।

7

जिस रोज़ एक पड़ाव पर बच्चेवाली घटना हुई थी और कॉनवाय अफ़सर ने क़ैदियों को बुरा-भला कहा था, उस रोज़ नेख़्लूदोव ने एक सराय में रात बिताई और प्रातः देर से उठा। उठने के बाद वह बड़ी देर तक चिट्ठियाँ लिखता रहा, इस ख़याल से कि जब आगे किसी बड़े शहर में पहुँचेगा

तो वहाँ उन्हें डाक में डाल देगा। इस कारण वह सराय में से काफ़ी देर से रवाना हुआ, और उस रोज़ वह रास्ते में ही क़ैदियों के कारवाँ को नहीं पकड़ सका, बल्कि अगले पड़ाव पर उस वक़्त पहुँचा जब शाम पड़ चुकी थी और अँधेरा होने लगा था।

वह एक सराय में ठहरा जिसकी मालकिन बेहद मोटी गोरी गर्दनवाली अधेड़ उम्र की भरी-पूरी औरत थी। नेख़्लूदोव ने अपने कपड़े सुखाए और चाय पीने के लिए एक कमरे में गया। कमरा साफ़-सुथरा और बहुत-सी तस्वीरों और देव-प्रतिमाओं से सज़ा था। चाय पीने के बाद वह जल्दी से निकलकर बाहर आ गया ताकि अफ़सर से मिलकर कात्यूशा से भेंट करने की इजाज़त ले सके।

पिछले छः पड़ावों पर उसे कात्यूशा से भेंट करने की इजाज़त नहीं मिली थी। हालाँकि कई बार अफ़सर बदलते रहे थे, फिर भी किसी अफ़सर ने नेख़्लूदोव को पड़ाव के अन्दर घुसने नहीं दिया। इस तरह एक सप्ताह से अधिक समय से वह कात्यूशा से नहीं मिल पाया था। इस कठोरता का कारण यह था कि जेलख़ाने का कोई बड़ा अफ़सर उस रास्ते से गुज़रनेवाला था। अब वह अफ़सर, बिना टोली की ओर आँख तक उठाए, उस रास्ते से चला जा चुका था, इसलिए नेख़्लूदोव को आस बँधने लगी थी कि जिस अफ़सर ने आज प्रातः टोली की कमान अपने हाथ में ली है वह उसे क़ैदियों से मिलने देगा, जिस तरह पहले अफ़सर मिलने दिया करते थे।

पड़ाव गाँव के दूसरे सिरे पर था। सराय की मालकिन ने अपनी घोड़ा-गाड़ी नेख़्लूदोव को पेश कर दी कि उसमें बैठकर वह पड़ाव तक चला जाए, लेकिन नेख़्लूदोव को पैदल जाना अधिक पसन्द था। एक हट्टा-कट्टा, चौड़े कन्धोंवाला मज़दूर उसे रास्ता दिखाने के लिए साथ हो लिया। मज़दूर ने ख़ूब ऊँचे-ऊँचे घुटनों तक के बूट पहन रखे थे, जिन्हें उसने हाल ही में तारकोल से रोग़न किया था, जिस कारण उनसे तारकोल की तीखी गन्ध आ रही थी। गहरी धुन्ध छाई थी, जिस कारण आसमान नज़र नहीं आ रहा था। अँधेरा इतना था कि यदि वह युवा मज़दूर तीन क़दम भी आगे निकल जाता तो वह नज़र नहीं आता था, केवल उसी वक़्त नज़र आता था जब किसी खिड़की में से रोशनी उस पर पड़ती। लेकिन उसके बोझल बूटों की आवाज़ बराबर आ रही थी जो गहरे, चिपचिपे कीच में छप-छप करते आगे बढ़ रहे थे।

गिरजे के सामने खुला मैदान था। मैदान लाँघकर नेख़्लूदोव लम्बी सड़क पर आ गया। सड़क के दोनों तरफ़ मकानों की खिड़कियाँ थीं जिनकी रोशनी अँधेरे में ख़ूब चमक रही थीं। अपने पथ-दर्शक के पीछे-पीछे चलता हुआ नेख़्लूदोव गाँव के बाहर जा पहुँचा, जहाँ पर घुप्प अँधेरा था। परन्तु यहाँ पर भी पड़ाव-घर के सामने लैंप लगे थे जिनकी रोशनी धुन्ध में से छन-छनकर आ रही थी। ज्यों-ज्यों वे नज़दीक जाने लगे, रोशनी के लाल-लाल पुँज आकार में बड़े होने लगे। आख़िर पड़ाव-घर की बाड़ के डंडे, बाहर पहरे पर इधर-उधर टहलता हुआ सन्तरी, एक खम्भा जिस पर काली-सफ़ेद धारियाँ पुती थीं, और सन्तरी की चौकी नज़र आने लगे। जब वे नज़दीक पहुँचे तो सन्तरी ने हमेशा की तरह आवाज़ लगाई–'कौन है ?'' फिर जब देखा कि आगन्तुक बिलकुल अजनबी है तो इतनी कड़ाई से पेश आया कि इन्हें बाड़ के नज़दीक तक खड़ा होकर इन्तज़ार करने की इज़ाजत नहीं देता था। पर इस कड़ाई का नेख़्लूदोव के गाइड पर कोई असर नहीं हुआ।

''क्या बात है यार, इतनी सख़्ती क्यों करते हो ? तुम जाकर अपने अफ़सर को बुला लाओ, हम यहाँ खड़े इन्तजार करते हैं।''

सन्तरी ने कोई जवाब नहीं दिया, परन्तु फाटक में से चिल्लाकर अन्दर कुछ कहा और फिर

इस चौड़े कन्धोंवाले युवा मज़दूर की ओर घूर-घूरकर देखने लगा, जो अब हाथ में लकड़ी की एक खपची लिए लैंप की रोशनी में नेख़्लूदोव के बूटों पर से कीच साफ़ करने लगा था। बाड़ के पीछे से औरतों और मर्दों की आवाजें सुनाई दे रही थीं। लगभग तीन मिनट के बाद किसी चीज़ के खड़खड़ाने की आवाज़ आई, फाटक खुला, और एक सॉर्जेंट, कन्धे पर अपना भारी कोट डाले अँधेरे में से निकलकर लैंप की रोशनी में आया और पूछने लगा कि क्या काम है। सॉर्जेंट इतनी कठोरता से पेश नहीं आया जितनी कठोरता से सन्तरी पेश आया था, लेकिन वह सवाल-पर-सवाल पूछने लगा। तुम कौन हो, अफ़सर से क्यों मिलना चाहते हो, तुम्हें क्या काम है, इत्यादि। ज़ाहिर था कि उसे यहाँ से बख़्शीश पाने की उम्मीद होने लगी थी और वह इस मौके को हाथ से नहीं जाने देना चाहता था। नेख़्लूदोव ने कहा कि वह एक ख़ास काम से आया है, और सॉर्जेंट को ज़रूर ख़ुश कर देगा, और क्या सॉर्जेंट मेहरबानी करके अफ़सर के पास उसका एक पुर्जा ले जा सकता है ? सॉर्जेंट ने पुर्ज़ा हाथ में लिया, सिर हिलाया और वहाँ से चला गया।

कुछ देर बाद फाटक में फिर खड़खड़ हुई और स्त्रियाँ टोकरियाँ, डिब्बे, जग, बोरे इत्यादि उठाए बाहर निकलीं। सभी ऊँची आवाज़ में, अपनी विशेष साइबेरियाई बोली में बतिया रही थीं। किसी ने भी देहातियों-किसानों की पोशाक नहीं पहन रखी थी, सभी शहरियों के से कपड़े पहने थीं, जॉकेट और क्लोक जिनके नीचे फ़र लगी थी। उन्होंने अपने घाघरे काफ़ी ऊपर तक मोड़ रखे थे, और सिरों पर शालें बाँध रखी थीं। लैंप की रोशनी में वे नेख़्लूदोव और उसके गाइड को बड़े ग़ौर से देखती रहीं। चौड़े कन्धोंवाले मज़दूर को देखकर एक औरत तो प्रत्यक्षतः बड़ी ख़ुश हुई और बड़े दुलार से उसे ख़ालिस साइबेरियाई ढंग से गालियाँ देने लगी–''अरे कलमुँहे, यहाँ क्या कर रहा है? शैतान उठाकर ले जाए तुझे!'' औरत ने मज़दूर को सम्बोधित कर के कहा।

''मैं इस मुसाफ़िर को रास्ता दिखाने आया हूँ,'' युवक ने जवाब दिया। ''और तुम यहाँ क्या लाई थीं?''

''दूध-मक्खन। कल सुबह और लाने को कहा है।''

''और रात रहने के लिए नहीं कहा? क्यों?'' युवक ने पूछा।

''तुम जाओ जहन्नुम में, झूठे कहीं के!'' उसने हँसकर कहा। ''पर हमारे साथ गाँव तक तो चलो।''

जवाब में गाइड ने कोई ऐसी बात कही जिस पर न केवल सभी औरतें बल्कि सन्तरी भी हँसने लगा। फिर नेख़्लूदोव की ओर घूमकर बोला–

''अब तो अपने आप रास्ता ढूँढ़ लोगे न ? गुम तो नहीं हो जाओगे?''

''नहीं, मैं ढूँढ़ लूँगा।''

''गिरजे से आगे जाकर, दोमंजिला मकान के साथवाला घर है। और लो, यह मेरी लाठी ले लो।'' कहते हुए उसने नेख़्लूदोव के हाथ में वह लाठी दे दी जो वह उठाए हुए था। लाठी उसके क़द से भी लम्बी थी। फिर अपने बड़े-बड़े बूटों से कीचड़ में से जाते हुए, स्त्रियों के साथ अँधेरे में खो गया।

धुन्ध में से अब भी उसकी आवाज़ आ रही थी जो औरतों की आवाज़ों में घुल-मिल गई थी। फाटक खड़खड़ाकर खुला और सॉर्जेंट बाहर निकलकर नेख़्लूदोव के पास आया और उसे अफ़सर के पास ले गया।

8

पड़ाव-घर साइबेरिया की सड़क पर बने सभी पड़ाव-घरों जैसा था : नुकीले लट्ठों की बाड़ से घिरे आँगन में तीन एकमंजिला मकान थे। सबसे बड़े मकान की खिड़कियों पर सीखचे लगे थे, यहाँ क़ैदी रखे जाते थे। दूसरा मकान कॉनवाय के सिपाहियों के लिए था, और तीसरे में दफ़्तर था। इसी में कॉनवाय का अफ़सर भी रहता था। तीनों मकानों की खिड़कियों में रोशनी थी, ऐसी रोशनी जिसे देखकर लगता है कि इन घरों के अन्दर आराम और असाइश बसती होगी। यहाँ पर यह मिथ्या भ्रम विशेष रूप से अधिक होता था। मकानों के बाहर सायबानों में लैंप जल रहे थे, इनके अतिरिक्त पाँच लैंप दीवारों के साथ लगे थे जिनसे सारे आँगन में काफ़ी रोशनी हो रही थी। मैदान के बीचों बीच एक लम्बा तख़्ता रखा था जिस पर से चलते हुए सॉर्जेंट, नेख़्लूदोव को सबसे छोटे मकान की ओर ले गया। मकान के बाहर सायबान की तीन सीढ़ियाँ चढ़कर सॉर्जेंट रुक गया और अदब से नेख़्लूदोव को ड्योढ़ी के अन्दर चलने को कहा जिसमें एक छोटा-सा लैंप जल रहा था। ड्योढ़ी से धुएँ की गन्ध आ रही थी। एक सिपाही, गाढ़े की कमीज, और काले रंग की पतलून पहने और नेकटाई लगाए, फूँकें मार-मारकर समोवार सुलगा रहा था। उसने एक पाँव में टॉप-बूट चढ़ा रखा था, और दूसरे बूट से भाथी का काम ले रहा था। नेख़्लूदोव पर आँख पड़ते ही सिपाही समोवार को छोड़कर आगे बढ़ आया, नेख़्लूदोव का चमड़े का ओवकोट उतरवाया, और उसके बाद साथवाले कमरे में चला गया।

"वह आ गया है हुज़ूर।"

"अन्दर भेज दो," गुस्से से भरी आवाज़ आई।

"इस दरवाज़े में से अन्दर चले जाइए," सिपाही ने कहा और फिर समोवार सुलगाने में लग गया।

साथवाले कमरे में एक लैंप छत पर से लटक रहा था। नीचे खाने का मेज़ रखा था जिसके सामने, ऑस्ट्रियाई फ़ैशन की जॉकेट पहने एक अफ़सर बैठा था। मेज़ पर भोजन की बची-खुची चीज़ें और दो बोतलें रखी थीं। अफ़सर का चेहरा बहुत लाल हो रहा था और मूँछें सुनहरी रंग की थीं। ऑस्ट्रियाई जॉकेट उसकी चौड़ी छाती और चौड़े कन्धों पर ख़ूब चुस्त बैठी थी। हवा में तम्बाकू तथा किसी सस्ते इत्र की तीखी गन्ध फैली थी। कमरा ख़ूब गरम हो रहा था। नेख़्लूदोव को देखकर अफ़सर उठ खड़ा हुआ और व्यंग्य और संशय की दृष्टि से इस नवागन्तुक की ओर देखते हुए बोला–

"कहिए, क्या काम है ?" और बिना जवाब का इन्तज़ार किए, खुले दरवाज़े में से चिल्लाकर बोला–"बेर्नोव! समोवार को क्या हो गया, लाते-मरते क्यों नहीं हो?"

"अभी लाया हुज़ूर।"

" 'अभी,' का बच्चा। वहाँ तू कर क्या रहा है ?" अफ़सर चिल्लाया और उसकी आँखें गुस्से से चमकने लगीं।

"आया हुज़ूर !" सिपाही ने पुकारकर कहा और समोवार अन्दर ले आया।

सिपाही ने समोवार मेज़ पर रखा और बाहर जाने लगा। अफ़सर की छोटी-छोटी क्रूर आँखें सिपाही की पीठ पर गड़ी थीं, मानो उसे बेधने के लिए निशाना ढूँढ़ रही हो। सारा वक़्त नेख़्लूदोव खड़ा रहा। अफ़सर एक चौरस शक्ल की ब्रांडी से भरी बोतल उठा लाया, फिर अपने सफ़री थैले में से कुछ एल्बर्ट बिस्कुट निकाले और चाय बनाने लगा। सब चीज़े मेज़ पर रखने के बाद वह

नेख़्लूदोव की ओर घूमकर बोला–

"कहिए, मैं आपकी क्या ख़िदमत कर सकता हूँ ?"

"मैं एक क़ैदी से मिलने की इजाज़त चाहता हूँ," नेख़्लूदोव ने खड़े-खड़े जवाब दिया।

"क्या कोई राजनीतिक क़ैदी है? उसकी तो क़ानून इजाज़त नहीं देता," अफ़सर ने कहा।

"जिस क़ैदी औरत का मैं जिक्र कर रहा हूँ वह राजनीतिक क़ैदी नहीं है," नेख़्लूदोव ने कहा।

"हाँ, पर आप तशरीफ़ तो रखिए," अफ़सर बोला।

नेख़्लूदोव बैठ गया।

"वही राजनीतिक क़ैदी तो नहीं है," उसने फिर कहा, "पर मेरी दरख़्वास्त पर बड़े अफ़सरों ने उसे राजनीतिक क़ैदियों के साथ रहने की इजाज़त दे दी थी।"

"हाँ हाँ, मैं जानता हूँ," अफ़सर ने बात काटते हुए कहा। "छोटी-सी, काले बालोंवाली। हाँ। इसका तो इन्तज़ाम हो सकता है। आप सिगरेट पीजिए।

अफ़सर ने सिगरेटों का डिब्बा नेख़्लूदोव की ओर बढ़ाया, फिर दो गिलासों में चाय डालकर एक गिलास नेख़्लूदोव के सामने रखा।

"शौक़ फ़र्माइए।"

"शुक्रिया, मैं चाहता हूँ कि..."

"अभी बहुत वक़्त है, रात लम्बी है। मैं अभी हुक्म दिए देता हूँ कि उसे रात को आपके पास भेज दिया जाए।"

"क्या मैं उसी के पास जाकर उसे नहीं मिल सकता ? उसे मेरे पास भेजने की क्या ज़रूरत है?" नेख़्लूदोव ने कहा।

"जहाँ राजनीतिक क़ैदी रहते हैं? यह क़ानून के ख़िलाफ़ है।"

"पहले तो मुझे कई बार इजाज़त दी जाती रही है। अगर मेरा इरादा राजनीतिक क़ैदियों को कुछ देने का हो तो वह तो मैं उसके ज़रिए भेज सकता हूँ।"

"नहीं नहीं, उसकी तलाशी ली जाएगी," अफ़सर ने कहा और बड़े अप्रिय ढंग से हँसने लगा।

"तो आप मेरी ही तलाशी क्यों न ले लें।"

"चलो, छोड़ो, इसके बिना ही चला लेंगे," अफ़सर ने कहा और बोतल खोलकर नेख़्लूदोव का गिलास भरना चाहा। "लीजिए! नहीं? जैसी आपकी इच्छा। यहाँ साइबेरिया में रहते हुए अगर कोई पढ़ा-लिखा आदमी मिल जाए तो हम शुक्र गुज़ारते हैं। हमारा काम बड़ा क्लेश से भरा है, आप तो जानते हैं, और जिसे आराम से रहने की आदत हो उसके लिए बड़ी कठिनाई होती है। लोग हमारे बारे में सोचते हैं कि कॉनवाय अफ़सर बड़े अभद्र और अशिक्षित लोग होते हैं। किसी को यह याद नहीं रहता कि हमारा जन्म इससे कहीं बेहतर स्थिति के लिए हुआ है।"

नेख़्लूदोव को यह अफ़सर अपने लाल-लाल चेहरे, कपड़ों पर छिड़के इत्र, अँगुली में पहनी अँगूठी और विशेषकर उसकी भौंडी हँसी के कारण बहुत बुरा लगा। परन्तु आज भी उसकी मानसिक स्थिति वैसी ही गम्भीर और दत्तचित्त बनी थी जैसी कि इस सारी यात्रा में रही थी, जिस कारण वह किसी मनुष्य के साथ घृणा तथा अवमान के साथ पेश नहीं आ सकता था। इसके विपरीत वह यह महसूस करता था कि सबके साथ "सम्पूर्णता" से बातचीत करने की ज़रूरत है। मनुष्यों के साथ अपने इस व्यवहार को वह "सम्पूर्णता" कहकर व्यक्त करता था। अफ़सर की बात सुनकर वह मन-ही-मन इस नतीजे पर पहुँचा कि इस अफ़सर को अपने अधीन रखे गए क़ैदियों को दुख देना बुरा लगता है।

"मैं सोचता हूँ कि इस स्थिति में भी यदि आप दुखी लोगों की सहायता करें तो आपके मन को सन्तोष मिलेगा," नेख़्लूदोव ने गम्भीरता से कहा।

"उन्हें दुख क्या है ? आप इन लोगों को जानते नहीं हैं।"

"ये और लोगों से भिन्न तो नहीं हैं," नेख़्लूदोव ने कहा, "ये भी और लोगों जैसे ही हैं, और इनमें से कुछ तो निर्दोष हैं।"

"बेशक इसमें तरह-तरह के लोग शामिल हैं, और यह स्वाभाविक ही है कि इनके प्रति मन में दया उठती है। हममें से कुछ अफ़सर ज़रा उनके साथ कड़ाई से पेश आते हैं, पर मैं, जहाँ भी मुमकिन हो, उनका बोझ हलका करने की कोशिश करता हूँ। मैं तो ख़ुद कष्ट उठा लेता हूँ ताकि उन्हें कष्ट न पहुँचे। और अफ़सर हैं कि ज़रा कुछ हुआ नहीं फ़ौरन क़ानून चलाते हैं, ज़्यादा हुआ तो–शूट, पर एक मैं हूँ, मुझे तरस आता है इन पर। आप और चाय लीजिए," उसने कहा और नेख़्लूदोव के गिलास में और चाय डाली। "और यह औरत कौन है जिससे आप मिलना चहते हैं?" उसने पूछा।

"यह एक बदनसीब औरत है जो भटकती हुई चकले में जा पहुँची थी। वहाँ इस पर ज़हर देने का झूठा इल्ज़ाम लगाया गया। लेकिन यह बड़ी अच्छी औरत है," नेख़्लूदोव ने जवाब दिया।

अफ़सर ने सिर हिलाया।

"हाँ, ऐसी बातें हो जाती हैं। मैं आपको एक औरत का क़िस्सा सुना सकता हूँ जो क़ज़ान में रहा करती थी। उसका नाम एम्मा था। वह पैदा तो हंगरी में हुई थी लेकिन उसकी आँखें बिलकुल ईरानी थीं," वह कहता गया। उस औरत को याद करके उसके होंठों पर मुस्कराहट आ गई जिसे वह रोक नहीं सका। "उसमें इतना बाँकापन था कि जैसे कोई काउंटेस हो..."

नेख़्लूदोव ने अफ़सर की बात बीच में ही काट दी और वार्तालाप को पहले विषय पर ले आया।

"मैं सोचता हूँ कि जितनी देर ये लोग आपके अधीन हैं, आप इन्हें ज़रूर सुख पहुँचा सकते हैं, और मुझे विश्वास है कि ऐसा करने से आपको बड़ी प्रसन्नता होगी," नेख़्लूदोव ने एक-एक शब्द बड़ी स्पष्टता से बोलते हुए कहा, मानो किसी विदेशी से या किसी बच्चे से बात कर रहा हो।

अफ़सर की आँखें चमक रही थीं, उसने बड़ी बेताबी से नेख़्लूदोव की ओर देखा, कि कब वह यह क़िस्सा समाप्त करे और वह उस हंगरी की लड़की की बात सुना सके जिसकी आँखें ईरानियों जैसी थीं। जान पड़ता था कि उस औरत का मुखड़ा बड़ा सजीव होकर उसकी आँखों के सामने घूम रहा था और उसका सारा ध्यान उसी पर लगा हुआ था।

"हाँ, यह सब तो आप ठीक कहते हैं," वह बोला, "और मुझे सचमुच उन पर दया आती है। पर मैं आपको इस एम्मा का क़िस्सा सुनाना चाहता हूँ। आप जानते हैं उसने क्या किया..."

"मुझे इसमें कोई दिलचस्पी नहीं," नेख़्लूदोव ने कहा, "और मैं यह भी साफ़-साफ़ आपको बता दूँ कि मैं ख़ुद पहले किसी दूसरी तरह का आदमी रहा हूँ लेकिन अब मुझे स्त्रियों के साथ इस तरह का सम्बन्ध रखने से घृणा है।"

अफ़सर ने इस तरह नेख़्लूदोव की ओर देखा मानो डर गया हो।

"आप और चाय पीजिए," उसने कहा।

"नहीं, शुक्रिया।"

"बेर्नोव!" अफ़सर ने अवाज़ लगाई, "साहिब को वाकूलोव के पास ले जाओ। कहो कि इन्हें राजनीतिक क़ैदियों के अलग कमरे में ले जाए। वहाँ यह जाँच के वक़्त तक बैठ सकते हैं।"

9

नेख़्लूदोव अर्दली के साथ हो लिया और बाहर मैदान में आ गया। लैंपों की लाल-लाल रोशनी के कारण मैदान में कुछ-कुछ उजाला था।

''कहाँ जा रहे हो ?'' कॉनवाय के एक सिपाही ने अर्दली से पूछा।

''पाँच नम्बरवाले अलग कमरे में।''

''इस तरफ़ से नहीं जा सकोगे। वहाँ ताला चढ़ा है। पीछे से घूमकर जाओ।''

''क्यों ?''

''बड़े साब गाँव चले गए हैं और चाभी साथ लेते गए हैं।''

''तो आइए, इस तरफ़ से जाएँगे।''

अर्दली नेख़्लूदोव को दूसरी तरफ़ से ले गया। कुछेक तख़्तों पर से चलते हुए ये लोग एक दूसरे फाटक के सामने जा पहुँचे। अभी वे आँगन में ही थे कि नेख़्लूदोव को अन्दर के शोर-गुल की आवाज़ सुनाई देने लगीं। ऐसा लग रहा था जैसे मधुमक्खियों के छत्ते में मधुमक्खियाँ प्रजनन की तैयारी कर रही हों। पर जब वे नज़दीक पहुँचे और दरवाज़ा खुला तो यह शोर और भी ऊँचा हो गया और उसमें चिल्लाने, गालियाँ बकने और हँसने की साफ़ आवाज़ें आने लगीं। नेख़्लूदोव के कान में बेड़ियाँ खनकने की आवाज़ आई और उसी बदबू की लपटें आईं जिससे वह भली-भाँति परिचित था।

सदा की तरह यह शोर, बेड़ियों की खनखन, और घुटनभरी बदबू नेख़्लूदोव को व्याकुल करने लगी। उसके मन में पहले तो नैतिक घिन-सी उठी और फिर सचमुच उबकाई आने लगी। दोनों भावनाएँ मिलकर एक दूसरी को तीव्रतर बनाने लगीं।

अन्दर प्रवेश करते ही जिस चीज़ पर सबसे पहले नेख़्लूदोव की नज़र गई वह एक बड़ा-सा, बदबूदार टब था, जिसके किनारे पर एक औरत बैठी थी, और उसके सामने एक आदमी खड़ा था। आदमी ने अपने मुँडे हुए सिर पर गोल चपटी टोपी टेढ़ी करके पहन रखी थी। दोनों किसी विषय पर बातें कर रहे थे। नेख़्लूदोव को देखकर आदमी ने आँख मारी और बोला–

''ख़ुद ज़ार भी इस पानी को बहने से नहीं रोक सकता।''

पर औरत ने फ़ौरन अपने लबादे के किनारों को नीचे खींच लिया और शर्मिन्दा-सी हो गई।

अन्दर दाख़िल होनेवाले दरवाज़े से शुरू होकर एक बरामदा सीधा चला गया था जिसमें बहुत से दरवाज़े खुलते थे। पहला कमरा परिवारों के लिए था। उसके आगे अनब्याहे लोगों का, और आख़िर में दो छोटे-छोटे कमरे राजनीतिक क़ैदियों के लिए अलग रख दिए गए थे।

इस मकान में एक सौ पचास क़ैदियों के लिए स्थान था लेकिन इस समय चार सौ पचास क़ैदी भरे पड़े थे। मकान इस क़दर ठसाठस भरा था कि सभी क़ैदियों के लिए कमरों में जगह नहीं थी, कई क़ैदी गलियारे में पड़े थे। कुछ फ़र्श पर लेटे या बैठे थे, कुछेक हाथों में चायदानियाँ उठाए उबलता पानी लेने जा रहे थे या लेकर आ रहे थे। लौटनेवाले आदमियों में तारास भी था। वह चलता हुआ नेख़्लूदोव के पास आ पहुँचा और बड़े स्नेह से अभिवादन किया। तारास का सद्भावनापूर्ण चेहरा इस समय काले-काले चोट के निशानों से विकृत हो रहा था। निशान तारास के नाम पर और आँख के नीचे थे।

''तुम्हें क्या हुआ है?'' नेख़्लूदोव ने पूछा

''एक झगड़ा हो गया था,'' तारास ने मुस्कराकर कहा।

‘‘ये लोग हमेशा लड़ते रहते हैं,’’ कॉनवाय का सिपाही बोला।

‘‘सारा झगड़ा एक औरत पर हुआ,’’ एक क़ैदी ने कहा जो तारास के पीछे-पीछे चला आया था, ‘‘अन्धे फ़ेदका के साथ इसकी लड़ाई हुई है।’’

‘‘फ़ेदोस्या कैसी है ?’’

‘‘ठीक है। मैं उसी की चाय के लिए पानी ले जा रहा हूँ,’’ तारास ने जवाब दिया और उस कमरे के अन्दर चला गया जिसमें क़ैदी अपने परिवारों के साथ रहते थे।

नेख़्लूदोव ने दरवाज़े में से अन्दर झाँककर देखा। कमरा मर्दों और औरतों से ठसाठस भरा था। उनमें से कुछेक या तो सोनेवाले तख़्तों के ऊपर या उनके नीचे लेटे हुए थे। कमरे में गीले कपड़े सूखने के लिए डाले हुए थे जिस कारण वहाँ भाप-ही-भाप फैली थी। औरतों की चटर-पटर रुकने में न आती थी। अगला दरवाज़ा अनब्याहे लोगों के कमरे में खुलता था। यहाँ पहले कमरे से भी ज़्यादा भीड़ थी, यहाँ तक कि दरवाज़े के बीच और गलियारे में भी वे रास्ता रोके बैठे थे, और गीले कपड़े पहने, ऊँची आवाज़ में बहस कर रहे थे, जैसे किसी निश्चय पर पहुँचने की कोशिश कर रहे हों या कुछ-न-कुछ काम कर रहे थे। कॉनवाय के सॉर्जेंट ने बताया कि जिस क़ैदी को रसद ख़रीदने का काम सौंपा गया था वह यहाँ बैठा रसद के पैसों में से एक जुएबाज़ का उधार चुका रहा है (जुएबाज़ ने कुछेक से पैसे जीत रखे थे या कुछेक को उधार दे रखा था), और उससे ताश के पत्तों से बने छोटे-छोटे टिकट ले रहा है। जब उनकी नज़र कॉनवाय के सॉर्जेंट तथा एक कुलीन पर पड़ी तो जो क़ैदी सबसे नज़दीक बैठे थे वे चुप हो गए और द्वेषभरी नज़रों से उनकी ओर देखने लगे। इन्हीं में नेख़्लूदोव को मुजरिम फ़्योदोरोव नज़र आया जो साइबेरिया में कड़ी मशक़्क़त पर जा रहा था। फ़्योदोरोव हर वक़्त अपने साथ एक मैले-कुचैले गोरे नौजवान को साथ रखता था जिसका मुँह सूजा रहता और भौंहें चढ़ी रहती थीं, और एक और मुज़रिम को भी, जिसे देखकर नेख़्लूदोव को सदा घिन उठती थी। इस आदमी का नाक कटा हुआ और मुँह पर चेचक के दाग थे। क़ैदियों में भी यह आदमी बदनाम था, कहा जाता था कि एक बार जब यह भागने की कोशिश कर रहा था तो इसने अपने किसी साथी को जंगल में मार डाला था और उसका मांस तक खाता रहा था। एक कन्धे पर से अपना गीला लबादा लटकाए वह गलियारे में बड़ी निडर और व्यंग्यपूर्ण नज़रों से नेख़्लूदोव की ओर देखता खड़ा रहा और रास्ता रोके रहा। नेख़्लूदोव उसके पास से होकर निकल गया।

इस तरह के दृश्य वह कई बार देख चुका था। पिछले तीन महीनों के दौरान वह इन चास सौ पचास आम मुज़रिम क़ैदियों को बार-बार विभिन्न परिस्थितियों में देख चुका था : सड़क पर चिलचिलाती धूप में जब ये अपनी बेड़ियाँ घसीटते और गर्द के बवंडर उड़ाते चले जा रहे थे; रास्ते में जगह-जगह जब ये आराम के लिए रुकते थे; पड़ाव-घरों के अन्दर; और गर्मी के मौसम में बाहर, पड़ाव-घरों के आँगनों में, जहाँ व्यभिचार के ऐसे वीभत्स दृश्य उसने देखे थे जिससे रोंगटे खड़े हो जाएँ। फिर भी हर बार जब वह इनके बीच आता, और वे बड़े ध्यान से उसकी ओर देखने लगते, जिस तरह वे अब देख रहे थे, तो नेख़्लूदोव मन-ही-मन लज्जित और व्याकुल हो उठता। उसे लगता जैसे उसने उनके विरुद्ध कोई पाप किया है। एक तरफ़ तो यह लज्जा और जुर्म की भावना होती, दूसरी तरफ़ उसका मन घृणा और भय से भर उठता, जिसे दबाना असम्भव हो जाता था। यह जानते हुए भी कि जिन परिस्थितियों में ये लोग रहते हैं, उनमें उनका आचार इससे बेहतर नहीं हो सकता, फिर भी वह अपनी घृणा को दबा नहीं पाता था।

‘‘इनके तो मज़े हैं हरामखोरों के ,’’ राजनीतिक क़ैदियों के कमरे के पास पहुँचकर नेख़्लूदोव

ने सुना, ''इनका कुछ बिगड़ता थोड़े ही है, पेट थोड़े ही फूलेगा इनका,'' किसी ने फटी आवाज़ में, पीछे से कहा और साथ ही भद्दी-सी गाली जोड़ दी। नेख़्लूदोव की पीठ के पीछे क़ैदी ठहाका मारकर हँसे और उनकी व्यंग्य तथा द्वेषपूर्ण हँसी गूँज उठी।

10

जब नेख़्लूदोव और सॉर्जेंट अनब्याहे क़ैदियों के कमरे को पार कर चुके थे तो सॉर्जेंट यह कहकर वापस लौट गया कि जाँच से पहले वह उसके पास आ जाएगा। सॉर्जेंट के चले जाने की देर थी कि एक क़ैदी नंगे पाँवों, अपनी बेड़ियाँ ऊपर को उठाए हुए, तेज़-तेज़ क़दम रखता हुआ नेख़्लूदोव के पास आया। उससे पसीने की तेज़, तीखी गन्ध आ रही थी। आगे बढ़कर बड़ी रहस्यपूर्ण आवाज़ में फुसफुसाकर बोला–

''मामला अपने हाथ में लीजिए, हुज़ूर। इन्होंने लौंडे को बेवक़ूफ़ बना दिया है। उसे शराब पिला दी, और आज जाँच के वक़्त उसने अपना नाम भी कार्मानोव बता दिया। इसे रोकिए, हुज़ूर। हमारी हिम्मत नहीं पड़ती, ये लोग हमें जान से मार डालेंगे।'' और फिर घबराकर इधर-उधर देखते हुए वहाँ से चला गया।

बात यों हुई थी। कार्मानोव नाम के एक मुज़रिम को खानों में कड़ी मशक़्क़त की सज़ा मिली थी। क़ैदियों में एक युवक भी था जिसकी शक़्ल बहुत कुछ कार्मानोव से मिलती थी, और जिसे निर्वासन की सज़ा मिली थी। कार्मानोव ने उस युवक को फुसलाकर इस बात पर रज़ामन्द कर लिया कि वह उससे अपना नाम बदल ले और उसकी जगह खानों पर काम करने चला जाए, जबकि कार्मानोव ख़ुद निर्वासन में चला जाएगा।

नेख़्लूदोव यह मामला जानता था। इसी क़ैदी ने उसे इसके बारे में हफ़्ता भर पहले बता दिया था। उसने सिर हिला दिया ताकि क़ैदी को पता चल जाए कि उसने सुन लिया है और जो कुछ बन पड़ा वह कर देगा, और बिना मुड़कर देखे आगे की ओर चलता गया।

जिस क़ैदी ने नेख़्लूदोव से यह बात कही थी उसे वह अच्छी तरह से जानता था। और उसके इस काम पर वह हैरान हुआ था। जब क़ैदी येकातेरीनबुर्ग में थे तो इस आदमी ने नेख़्लूदोव से अनुरोध किया था कि वह उसे अपनी पत्नी को मँगवाने की इजाज़त ले दे। यह आदमी बिलकुल साधारण-सा किसान लगता था, उम्र लगभग तीस साल रही होगी, और क़द दरमियाना था। इसे इस जुर्म के लिए कड़ी मशक़्क़त की सज़ा मिली थी कि इसने क़त्ल करने तथा डाका डालने की कोशिश की थी। नाम माकार देव्किन था। इसका जुर्म बड़ा अजीब-सा था। जब वह नेख़्लूदोव को इसका ब्यौरा दे रहा था तो कहता कि यह जुर्म उसने नहीं, शैतान ने किया है। कहने लगा कि एक बार एक मुसाफ़िर उसके पिता के घर आया और एक स्लेज-गाड़ी किराए पर ली। उसे वहाँ से छब्बीस मील दूर किसी गाँव को जाना था। माकार के बाप ने उस यात्री को गाड़ी में ले जाने को कहा। माकार ने घोड़े पर साज़ लगाया, कपड़े पहने और यात्री के साथ बैठकर चाय पीने लगा। अजनबी ने चाय पीते समय बताया कि वह शादी करने जा रहा है और इस वक़्त उसके पास पूरे पाँच सौ रूबल की रक़म है जो उसने मास्को में कमाई है। जब माकार ने यह सुना तो उठकर बाहर आँगन में आ गया और एक कुल्हाड़ी उठाकर स्लेज-गाड़ी में भूसे के नीचे रख दी।

''मुझे ख़ुद उस वक़्त मालूम नहीं था कि मैं यह कुल्हाड़ी क्यों ले रहा हूँ,'' उसने कहा। ''शैतान मेरे कान में कह रहा था, 'कुल्हाड़ी उठा लो,' और मैंने कुल्हाड़ी उठा ली। हम गाड़ी में बैठकर जाने

लगे। पहले तो ठीक चलते रहे। मुझे कुल्हाड़ी भूल ही गई। इसी तरह हम गाँव के नज़दीक जा पहुँचे, गाँव वहाँ से केवल चारेक मील दूर रह गया होगा। चौराहे से बड़ी सड़क तक पहुँचने के लिए पहाड़ी पर चढ़कर जाना पड़ता था। मैं गाड़ी पर से उतर आया, और स्लेज के पीछे-पीछे चलने लगा। शैतान मेरे कान में फुसफुसाने लगा, 'तुम सोच क्या रहे हो? पहाड़ी की चोटी पर पहुँचोगे तो बड़ी सड़क पर तुम्हें लोग मिलने लगेंगे। आगे गाँव आ जाएगा। यह अपना रुपया अपने साथ ले जाएगा, अगर कुछ करने का इरादा है तो यही वक़्त है।' मैं स्लेज की ओर झुका, जैसे भूसा ठीक करने लगा होऊँ, और कुल्हाड़ी मेरे हाथ में अपने आप आ गई। यात्री मेरी ओर घूमा। 'क्या कर रहे हो ?' मैंने कुल्हाड़ी उठाई और एक ही वार में उसका काम तमाम करना चाहता था, लेकिन वह तेज़ निकला, झट-से उछलकर नीचे आ गया और मेरे दोनों हाथ पकड़ लिए। 'शैतान के बच्चे, क्या कर रहे हो ?' उसने कहा और मुझे नीचे बरफ़ पर गिरा दिया। मैंने हाथ-पाँव तक नहीं हिलाए, फ़ौरन ही हार मान ली। उसने मेरे बाज़ू अपने कमरबन्द के साथ बाँध दिए, मुझे उठाकर गाड़ी में डाल दिया और सीधा मुझे थाने में ले गया। गाँववालों ने मेरी सिफ़ारिश की, कहा कि मेरा चालचलन अच्छा है, मैं भला आदमी हूँ और मुझे किसी ने कोई बुरा काम करते नहीं देखा। मेरे मालिकों ने भी, जिनके पास मैं काम करता था, मेरी तारीफ़ की, पर वकील करने के लिए हमारे पास पैसे नहीं थे इसलिए मुझे चार साल की कड़ी मशक़्क़त की सज़ा मिल गई।''

अब यही आदमी, अपने गाँव के एक साथी को बचाने के लिए, अपनी जान जोखिम में डालकर, क़ैदियों का भेद नेख़्लूदोव को दे रहा था। वह जानता था कि अगर क़ैदियों को इस बात का पता चल गया तो वे ज़रूर इसका गला घोंट देंगे।

11

राजनीतिक क़ैदियों को दो कमरों में रखा जाता था जिनके दरवाज़े गलियारे के एक हिस्से में खुलते थे, जहाँ पार्टीशन डालकर उन्हें बाक़ी कमरों से अलग कर दिया गया था। जब नेख़्लूदोव गलियारे के इस हिस्से में पहुँचा तो उसे सिमनसन नज़र आया। रबड़ की जॉकेट पहने और देवदार की लकड़ी का एक कुन्दा हाथ में लिए वह अलावघर के सामने झुका हुआ था। अलावघर का ढकना आग की तपिश के कारण बार-बार काँप उठता था।

जब नेख़्लूदोव अन्दर आया तो उसने बैठे-बैठे ही, अपनी घनी भौंहों के नीचे से आँखें उठाकर उसकी ओर देखा, और हाथ मिलाने के लिए हाथ आगे बढ़ा दिया।

''अच्छा हुआ आप आ गए, मुझे आपसे कुछ कहना है,'' नेख़्लूदोव की आँखों में आँखें डालकर बड़े महत्वपूर्ण ढंग से सिमनसन ने कहा।

''क्या बात है?'' नेख़्लूदोव ने पूछा।

''बाद में बताऊँगा। इस वक़्त मुझे काम है।''

और सिमनसन फिर अलावघर की ओर घूम गया। वह अपने ही किसी फ़ारमूले के मुताबिक़ अलावघर गरम कर रहा था ताकि कम-से-कम तपिश ज़ाया हो।

नेख़्लूदोव पहले दरवाज़े में से अन्दर जाने लगा था जब मास्लोवा झाड़ू लगाती हुई दूसरे दरवाज़े में से बाहर निकली। हाथ में झाड़ू पकड़े वह कूड़े और गर्द के एक ढेर पर झुकी हुई थी और उसे धकेलती हुई स्टोव के पास ले जा रही थी। उसने सफ़ेद रंग की जॉकेट पहन रखी थी और अपना घाघरा ऊपर को खोंस रखा था। सिर पर रूमाल था, जिसे उसने माथे पर भौंहों तक बाँध रखा था

ताकि उसके बाल गर्द से बचे रहें। नेख़्लूदोव को देखकर वह बड़ी ख़ुश हुई और उसका चेहरा लाल हो गया। उसने झाड़ू फेंक दिया और घाघरे पर हाथ पोंछते हुए उसके ऐन सामने खड़ी हो गई।

"झाड़-पोंछ कर रही हो?" हाथ मिलाते हुए नेख़्लूदोव ने कहा।

"हाँ, यह तो मेरा पुराना काम है," मास्लोवा मुस्कराई, "पर उफ़! कितनी गन्दगी है यहाँ। बार-बार साफ़ करो फिर भी जगह वैसी-की-वैसी हो जाती है।" फिर सिमनसन की ओर घूमकर बोली, "कम्बल सूख गया है?"

"हाँ, लगभग सूख गया है," सिमनसन ने मास्लोवा की ओर विलक्षण ढंग से देखते हुए जवाब दिया। उसकी यह नज़र नेख़्लूदोव से छिपी नहीं रही।

"अच्छी बात है, मैं अभी आकर ले जाऊँगी और फिर ओवरकोट सुखाने के लिए ले आऊँगी।" फिर पहले दरवाज़े की ओर इशारा करती हुई नेख़्लूदोव से बोली, "हमारे सभी आदमी इसी कमरे में हैं।" और ख़ुद दूसरे दरवाज़े के अन्दर चली गई।

दरवाज़ा खोलकर नेख़्लूदोव अन्दर दाख़िल हुआ। कमरा छोटा-सा था। दीवार के साथ नीचे की ओर एक तख़्ते पर टीन का छोटा-सा लैंप टिमटिमा रहा था। यही तख़्ता यहाँ सोने के लिए लगाया गया था। कमरे में सीलन थी, सर्दी थी, धूल की गन्ध आ रही थी (धूल अभी तक बैठ नहीं पाई थी), और तम्बाकू का धुआँ छाया हुआ था। टीन के लैंप की रोशनी में उसके आस-पास बैठे लोगों के चेहरे चमक रहे थे, लेकिन सोनेवाले तख़्तों पर अँधेरा था। दीवारों पर साए काँप रहे थे।

अधिकांश राजनीतिक क़ैदी इस छोटे-से कमरे में जमा थे। दो आदमी, जिन पर खाने-पीने की चीज़ें लाने का जिम्मा था, रसद और चाय के लिए उबलता पानी लेने गए हुए थे। यहीं पर वेरा बैठी थी, जिसके साथ नेख़्लूदोव की पुरानी जान-पहचान थी। वेरा पहले से दुबली और पीली लग रही थी, आँखें बड़ी-बड़ी और सहमी हुई-सी, छोटे-छोटे बाल, और माथे पर एक नस उभरी हुई। उसने सलेटी रंग की जॉकेट पहन रखी थी, और अपने सामने अख़बार का काग़ज़ बिछाए, काग़ज़ की नलियों में तम्बाकू भर-भरकर सिगरेट बना रही थी, और ऐसा करते हुए उसके हाथ झटक से जाते थे।

यहीं पर एमीलिया रांत्सेवा भी थी जिसे नेख़्लूदोव राजनीतिक क़ैदियों में सबसे प्रिय समझता था। उसका काम "घर" का इन्तज़ाम करना था, और जो कठिनतम परिस्थितियों में भी घर का सा स्निग्ध तथा आकर्षक वातावरण बना देती थी। आस्तीनें चढ़ाए वह लैंप के पास बैठी, प्याले और गिलास पोंछ-पोंछकर तख़्ते पर रख रही थी जिस पर एक तौलिया बिछा हुआ था। उसके सुन्दर, धूप में सँवलाए हाथ बड़ी दक्षता से काम कर रहे थे। शक्ल-सूरत से रांत्सेवा एक साधारण-सी युवती थी और उसके चेहरे पर मृदुता तथा योग्यता का भाव रहता। जब वह मुस्कराती तो उसका चेहरा सहसा खिल उठता, और बड़ा सजीव और आकर्षक हो उठता। इस समय नेख़्लूदोव का स्वागत करते हुए उसके चेहरे पर ऐसी ही मुस्कान खेल रही थी।

"वाह, हमने तो सोचा आप रूस लौट गए होंगे," वह बोली।

इसी कमरे के एक अँधियारे कोने में मारिया पाव्लोव्ना बैठी एक छोटी-सी, सुनहरी बालोंवाली लड़की को कुछ कर रही थी। लड़की बराबर अपनी तुतलाती ज़बान में प्यारी-प्यारी बातें किए जा रही थी।

"बहुत अच्छा हुआ जो आप आ गए," मारिया पाव्लोव्ना बोली, "कात्यूशा से आप मिले हैं?" फिर नन्हीं लड़की की ओर इशारा करते हुए बोली, "यह देखिए, हमारे यहाँ एक नई मेहमान आई है।"

यहीं पर, दूर एक कोने में अनातोली क्रिलत्सोव पाँव समेटे बैठा ठिठुर रहा था। पाँवों पर उसने फ़ेल्ट के बूट पहन रखे थे, और अपने दोनों हाथ ओवरकोट की आस्तीनों के अन्दर दबाए हुए था। वह नेख़्लूदोव की ओर बराबर देखे जा रहा था और उसकी आँखें बुखार के कारण लाल हो रही थीं। नेख़्लूदोव सीधा उसके पास जाना चाहता था लेकिन दरवाजे के पास ही दाईं ओर एक आदमी को बैठे देखकर रुक गया। यह प्रसिद्ध क्रान्तिकारी नोवोद्वोरोव था। लाल घुँघराले बाल, आँखों पर चश्मा, रबड़ की जॉकेट पहने हुए, वह बैठा ग्राबेत्स से बातें कर रहा था। सुन्दरी ग्राबेत्स मुस्करा रही थी। नेख़्लूदोव जल्दी-जल्दी उसे मिलने चला गया, कारण, सभी राजनीतिक क़ैदियों में वही एक आदमी था जो नेख़्लूदोव को बुरा लगता था। नोवोद्वोरोव ने त्योरियाँ चढ़ाकर नेख़्लूदोव की ओर देखा और चश्मे के पीछे उसकी नीली आँखें चमकने लगीं, फिर हाथ मिलाने के लिए अपना पतला-सा हाथ आगे बढ़ाया।

''कहिए, आपका सफ़र तो मज़े में कट रहा है?'' उसने कहा। उसकी आवाज़ में प्रत्यक्षतः व्यंग्य की झलक थी।

''जी, बहुत-सी बातें मुझे यहाँ बड़ी दिलचस्प लगती हैं,'' नेख़्लूदोव ने जवाब में कहा मानो उसका ध्यान नोवोद्वोरोव के व्यंग्य की ओर गया ही न हो, बल्कि उसे उसने शिष्टतापूर्ण प्रश्न समझा हो। इसके बाद नेख़्लूदोव क्रिलत्सोव की ओर जाने लगा।

प्रकट में तो जान पड़ता था जैसे नेख़्लूदोव को इसकी कोई परवाह न हो, लेकिन वास्तव में इन शब्दों को सुनकर नेख़्लूदोव का मन बहुत विचलित हुआ था। ज़ाहिर था कि नोवोद्वोरोव कोई अप्रिय बात कहना या करना चाहता है। नेख़्लूदोव का मन जो इन दिनों हरेक के प्रति सद्भावनाओं से ओत-प्रोत था, खिन्न उदास हो उठा।

''कहो कैसे हो?'' क्रिलत्सोव का ठंडा, ठिठुरता हाथ दबाते हुए नेख़्लूदोव ने कहा।

''अच्छा हूँ, केवल मेरा बदन गरम नहीं हो पाता। मेरे कपड़े नीचे तक भीग गए थे,'' क्रिलत्सोव ने जवाब दिया और झट-से अपने दोनों हाथ फिर लबादे की आस्तीनों के अन्दर रख लिए। ''यहाँ पर भी कड़ाके की सर्दी पड़ रही है। वह देखो, खिड़की के शीशे टूटे हुए हैं।'' और सीखचों के पीछे उसने टूटे शीशों की ओर इशारा किया। ''तुम अपनी सुनाओ, इतने दिन से हमें मिलने क्यों नहीं आए ?''

''मुझे इजाज़त कहाँ मिलती थी। अफ़सर लोग टस-से-मस न होते थे। आज अफ़सर ने कुछ उदारता दिखाई।''

''उदारता! ख़ूब!'' क्रिलत्सोव ने टिप्पणी कसी, ''मारिया से पूछो आज अफ़सर ने क्या किया।''

कोने में बैठी हुई मारिया पाव्लोव्ना सुनाने लगी कि आज सुबह जब पड़ाव-घर से चलने लगे थे तो इस छोटी-सी लड़की के साथ क्या गुज़री थी।

''मैं समझती हूँ कि यह बेहद ज़रूरी हो गया है कि हम सब मिलकर इसका विरोध करें,'' वेरा ने दृढ़ता से कहा। परन्तु उसकी आँखें अब भी सन्दिग्ध और डरी हुई थीं और कभी एक के चेहरे की ओर और कभी दूसरे के चेहरे की ओर देख रही थीं। ''व्लादीमिर सिमनसन ने विरोध ज़रूर किया है परन्तु वही काफ़ी नहीं है।''

''तुम कैसा विरोध चाहती हो ?'' क्रिलत्सोव चिढ़कर, त्योंरियाँ चढ़ाते हुए बड़बड़ाया। वेरा जब बात करती तो कृत्रिम ढंग से, उसमें सरलता का अभाव था, और वह हर वक़्त घबराई-सी रहती थी। ये बातें प्रत्यक्षतः बहुत दिनों से क्रिलत्सोव को अखरती रही थीं। ''तुम कात्यूशा से मिलने आए हो ?''

क्रिलत्सोव ने घूमकर नेख़्लूदोव से पूछा। "वह तो सारा वक़्त काम करती रहती है। वह मर्दों का कमरा साफ़ कर चुकी है, और अब स्त्रियोंवाला कमरा साफ़ कर रही है। लेकिन यहाँ से पिस्सुओं को कोई कैसे साफ़ कर सकता है ? वे तो इन्सान को जिन्दा चूस जाएँगे। मारिया वहाँ बैठी क्या कर रही है?" कोने में बैठी मारिया पाव्लोव्ना की ओर सिर हिलाकर क्रिलत्सोव ने पूछा।

"बाल काढ़ रही है अपनी गोद ली हुई बेटी के," रांत्सेवा ने जवाब दिया।

"कहीं जुएँ तो नहीं फैलाएगी हम सब पर ?" क्रिलत्सोव ने पूछा।

"नहीं, नहीं, मैं बड़े ध्यान से अपना काम कर रही हूँ। बच्ची भी अब बड़ी साफ़-सुथरी हो गई है। अब तुम इसे ले जाओ," मारिया ने रांत्सेवा से कहा, "मैं जाकर ज़रा कात्यूशा की मदद करूँगी और क्रिलत्सोव के लिए कम्बल भी लेती आऊँगी।"

रांत्सेवा ने नन्हीं लड़की को गोद में बिठा लिया और माँ की तरह प्यार से लड़की की दोनों गुदगुदी, नंगी बाँहें अपनी छाती से लगा लीं, और चीनी का एक टुकड़ा उसे खाने को दिया।

जब मारिया पाव्लोव्ना कमरे में से चली गई तो दो आदमी कमरे में दाख़िल हुए। वे हाथों में खाने-पीने का सामान और उबलते पानी से भरी चायदानियाँ उठाए हुए थे।

12

इन दो नवागन्तुकों में से एक तो पतला या मँझले क़द का युवक था जो घुटनों तक के ऊँचे बूट और भेड़ की खाल का कोट पहने हुए था। कोट पर कपड़ा चढ़ा हुआ था। बड़ी चुस्ती से, हलके-हलके क़दम रखते हुए वह अन्दर दाख़िल हुआ। उसके हाथों में दो चायदानियाँ थीं जिनमें से ख़ूब भाप निकल रही थी, और बग़ल में, एक कपड़े में लिपटी डबलरोटी उठाए हुए था।

"यह लो, आख़िर प्रिन्स भी आ गए," तख़्ते पर प्यालों के साथ चायदानियाँ रखते हुए और डबलरोटी रांत्सेवा के हाथ में देते हुए उसने कहा। "हम बहुत बढ़िया चीज़ें खरीदकर लाए हैं," उसने कहा और अपना खाल का कोट उतारकर बैठे लोगों के सिरों के ऊपर से एक कोने में फेंका। "मार्केल ने दूध और अंडे ख़रीदे हैं। वाह, आज तो ख़ूब जश्न होगा। और रांत्सेवा की सफ़ाई से तो कमरे चमचमा रहे हैं," उसने मुस्कराकर रांत्सेवा की ओर देखा। "और अब यह चाय बनाएगी।"

इस आदमी के रोम-रोम से, उसकी एक-एक हरकत से, उसकी आवाज़, और नज़र से ओज और आनन्द फूट-फूट पड़ता था। दूसरा आदमी इसके बिलकुल उलट था, उसका चेहरा निराश और उदास लग रहा था। वह आदमी क़द का मँझला, और हड्डियों का ढाँचा भर था, गालों की हड्डियाँ ख़ूब उभरी हुई थीं, चेहरा पीला और होंठ पतले थे, लेकिन एक दूसरी से दूर जड़ी उसकी हरी आँखें बड़ी सुन्दर थीं। वह एक पुराना रूईदार कोट पहने हुए था, पाँव पर लम्बे बूट थे जिन पर गैलोश चढ़ा रखे थे। उसके हाथों में दूध के दो बर्तन और बर्च की छाल के बने दो गोल डिब्बे थे, जो उसने रांत्सेवा के सामने रख दिए। नेख़्लूदोव का अभिवादन उसने केवल गर्दन झुकाकर किया और उसकी ओर घूर-घूरकर देखता रहा। फिर, अनिच्छा से उसने अपना नमी भरा हाथ आगे बढ़ाया और नेख़्लूदोव से हाथ मिलाकर रसद का सामान बाहर निकालने लगा।

ये दोनों राजनीतिक क़ैदी जनता में से आए थे। पहला आदमी किसान था, और उसका नाम नाबातोव था; दूसरा फ़ैक्ट्री का मज़दूर था और उसका नाम मार्केल कोन्द्रात्येव था। मार्केल उस समय क्रान्किारियों में शामिल हुआ जब उसकी उम्र काफ़ी बड़ी हो चुकी थी– 35 वर्ष। लेकिन

नाबातोव 18 वर्ष की अवस्था में ही उनमें जा मिला था। गाँव की पाठशाला की पढ़ाई पूरी करने के बाद, प्रतिभासम्पन्न विद्यार्थी होने के नाते, उसे हाईस्कूल में दाख़िला मिल गया। जितनी देर वह वहाँ पढ़ता रहा, साथ में अन्य लड़कों को पढ़ाकर वह अपनी रोज़ी कमाता रहा। स्कूल छोड़ने पर उसे सोने का तमग़ा मिला। वह विश्वविद्यालय में दाख़िल नहीं हुआ। अभी स्कूल की अन्तिम श्रेणी में पढ़ ही रहा था कि उसने निश्चय कर लिया कि वह जनता में जाकर अपने उपेक्षित भाइयों को ज्ञानदान देगा। और यही उसने किया भी। एक बड़े से गाँव में जाकर वह सरकारी दफ़्तर में क्लर्क हो गया। शीघ्र ही उसे गिरफ़्तार कर लिया गया। वह किसानों को किताबें पढ़कर सुनाता था, साथ ही किसानों की उपज को बढ़ाने तथा उसे बेचने के लिए उसने एक सहकारी संगठन की व्यवस्था की थी। अधिकारियों ने आठ महीने तक उसे जेलख़ाने में रखा। रिहाई के बाद भी उसपर पुलिस की निगरानी रही। जब उसे छोड़ दिया गया तो नाबातोव एक दूसरे गाँव में जाकर रहने लगा, एक स्कूल में अध्यापक का काम ले लिया और फिर से वही काम करने लगा जो वह पहले गाँव में करता रहा था। उसे फिर गिरफ़्तार कर लिया गया और अबकी बार चौदह महीने तक जेल में रहा। जेल में उसकी राजनीतिक धारणाएँ और भी दृढ़ हो गईं।

इसके बाद उसे पेर्म गुबेर्निया में निर्वासित करके भेज दिया गया। यहाँ से वह भाग गया। पकड़े जाने पर उसे सात महीने क़ैद की सज़ा हुई और क़ैद से निकलने पर इसे निर्वासित करके आर्ख़ंगेल्स्क गुबेर्निया भेज दिया गया। और वहाँ से याकूतिया में निर्वासित किया गया, क्योंकि उसने नए ज़ार के प्रति प्रजा-भक्ति की शपथ लेने से इनकार कर दिया था। इस तरह उसकी जवानी का आधा हिस्सा जेलों और जलावतनी में कट गया था। परन्तु इस सब अनुभवों के बावजूद उसके स्वभाव में कटुता या उत्साह में शिथिलता नहीं आ पाई। बल्कि इनसे उसे और भी प्रोत्साहन मिला। वह बड़ा सजीव आदमी था, उसकी पाचन शक्ति अद्भुत थी, हर वक़्त ख़ुश, सक्रिय और ताज़ादम रहता था। उसे कभी भी किसी बात पर पश्चाताप नहीं होता था, न ही वह कभी भविष्य की चिन्ता करता था। अपनी सारी शक्ति, योग्यता तथा व्यावहारिक ज्ञान इस हेतु लगा देता था कि वह वर्तमान में सक्रिय हो सके। जब जेल के बाहर होता तो वह अपने ध्येय की पूर्ति में सचेष्ट रहता, मेहनतकश लोगों को, विशेषकर किसानों को शिक्षा देने तथा संगठित करने का काम करता। जब जेल में होता तो उसी स्फूर्ति और व्यावहारिक कुशलता से बाहर की दुनिया से सम्पर्क स्थापित करने तथा अपने और अपने दल के जीवन को यथासम्भव सुखी बनाने में लगा रहता। उसका सबसे बड़ा गुण यह था कि वह एक सामाजिक व्यक्ति था। ऐसा जान पड़ता जैसे वह अपने लिए कुछ भी नहीं चाहता हो, वह थोड़े में ही सन्तुष्ट था, परन्तु अपने साथियों के दल के लिए अत्यधिक चीज़ों की माँग करता था और उसके लिए दिन-रात भूखे और उनींदे रहकर काम कर सकता था, भले ही यह काम शारीरिक हो या मानसिक। किसान होने के कारण उसमें कड़ी मेहनत करने की क्षमता थी, चीज़ों को बड़े ध्यान से देखता था और अपना काम बड़ी कुशलता से करता था। संयत प्रकृति, तथा स्वभाव का विनम्र व्यक्ति था। न केवल लोगों की इच्छाओं की ओर ही बल्कि उनकी राय की ओर भी अत्यधिक ध्यान देता था। उसकी निरक्षर, अन्धविश्वासों से ग्रसित विधवा बूढ़ी माँ अब भी जीवित थी। नाबातोव अब भी उसकी सहायता किया करता था। जब जेल से बाहर होता तो अक्सर उसके पास जाकर रहता था। जितनी देर घर पर रहता, अपनी माँ के प्रत्येक काम में बड़ी रुचि के साथ हाथ बँटाता था। वहाँ पर अपने पुराने साथियों से मिलता, जिनके साथ वह बड़ा हुआ था। उनके साथ बैठकर सस्ते तम्बाकू के कश लगाता, उनकी मुठभेड़ों में भाग लेता, और उन्हें सविस्तार समझाता कि किस भाँति उन सबको धोखे में रखा जा रहा है,

और किस भाँति वे इस झूठ के जाल को तोड़कर बाहर निकलें। क्रान्ति के बारे में उसके विचारों तथा शब्दों के पीछे यही धारणा रहती थी कि जनता को–जिसमें से वह खुद जन्मा था–उसी स्थिति में रहने दिया जाएगा जिसमें वह अब है, केवल लोगों को पर्याप्त ज़मीन मिलेगी, और उनके ऊपर जमींदार व सरकारी अफ़सर नहीं होंगे। उसके मतानुसार क्रान्ति के बाद लोगों के जीवन के आधारभूत स्वरूपों को नहीं बदलना चाहिए, सारे ढाँचे को नहीं तोड़ डालना चाहिए, केवल इस सुदृढ़, विशाल और सुन्दर इमारत की अन्दरवाली दीवारों को बदल देना चाहिए। इस पुरानी इमारत से नाबातोव को मोह था। इस दृष्टि से उसका मत नोवोद्वोरोव तथा उसके अनुयायी मार्केल कोन्द्रात्येव के मत से पृथक था।

धर्म के सवाल पर भी उसके विचार बिलकुल किसानों जैसे ही थे। आध्यात्मिक प्रश्नों –जैसे सभी स्रोतों का मूल स्रोत क्या है, या परलोक इत्यादि के बारे में उसने कभी सोचा तक न था। भगवान को वह कल्पना के समान समझता था, (आरागो की तरह) और इसकी उसे अभी तक आवश्यकता महसूस नहीं हुई थी। विश्व का उद्‌गम कैसे हुआ, मूसा ठीक कहता है या डार्विन, इसकी उसे कोई चिन्ता नहीं थी। उसके साथी डार्विनवाद को बड़ा महत्व देते थे, लेकिन नाबातोव की नज़रों में वह भी मान का वैसा ही खिलौना मात्र था जैसी कि यह धारणा कि विश्व की रचना छः दिन के अन्दर हो गई थी।

इस प्रश्न में उसकी कोई दिलचस्पी नहीं थी कि संसार का उद्‌गम कैसे हुआ। कारण, उसके सामने हर समय यही सवाल रहता था कि इस संसार में अच्छे-से-अच्छे ढंग से कैसे जिएँ। भविष्य के बारे में उसने कभी नहीं सोचा था। कारण, उसकी आत्मा की गहराईयों में यह शान्त और अटल आस्था जड़ जमाए हुए थी कि जिस भाँति पशु-पक्षियों तथा पेड़-पौधों के संसार में कोई चीज़ मरती नहीं, केवल अपना रूप बदलती रहती है–खाद अनाज में, अनाज मुर्गी में, मेंढक का लार्वा मेंढ़क में, तितली का लार्वा तितली में, ओक वृक्ष का बीज ओक वृक्ष में इत्यादि–इसी तरह मनुष्य भी नहीं मरता, केवल उसका रूप बदलता रहता है। यह धारणा जो धरती पर पसीना बहानेवाले सभी किसानों में पाई जाती है, नाबातोव ने अपने पुरखाओं से ग्रहण की थी। इसी विश्वास के कारण उसे मृत्यु का कोई भय न था, और वह उन यन्त्रणाओं को बड़ी निडरता से सहन करता था जो उसे मृत्यु की ओर ले जा रही थीं, परन्तु वह यह नहीं जानता था कि ऐसी चीज़ों की किन शब्दों में व्याख्या करे। काम से उसे प्रेम था और वह हमेशा किसी-न-किसी व्यावहारिक काम में लगा रहता था। वह अपने साथियों को भी सदा काम करने की प्रेरणा दिया करता था।

दूसरा राजनीतिक क़ैदी–मार्केल कोन्द्रात्येव –इससे बहुत ही भिन्न प्रकार का आदमी था। वह भी जनता में से निकलकर आया था। पन्द्रह बरस की उम्र में वह काम करने लगा था। उसी समय उसके मन में एक धूमिल-सी भावना उठी थी कि उसके साथ अन्याय किया जा रहा है। इस भावना को दबाने के लिए उसने तम्बाकू और शराब पीना शुरू कर दिया। अन्याय का भास सबसे पहली बार उसे उस क्रिसमस के दिन हुआ जब फ़ैक्ट्री के मालिक की पत्नी ने क्रिसमस के पेड़ को सजाने का आयोजन किया और उस पर फ़ैक्ट्री के बच्चों को निमन्त्रित किया था। वहाँ पर उसे एक सस्ती-सी सीटी, एक सेब, एक वरक़-चढ़ा अख़रोट और इंजीर दी गई, जबकि फ़ैक्ट्री मालिक के बच्चों को ऐसे सुन्दर उपहार दिए गए जो लगता था जैसे परी-लोक से आए हों। बाद में उसे मालूम हुआ कि उन पर पचास रूबल से अधिक रक़म खर्च हुई थी। जब वह बीस बरस का हुआ तो उनकी फ़ैक्ट्री में एक प्रसिद्ध क्रान्तिकारी महिला आई और फ़ैक्ट्री में ही मज़दूरों की तरह काम करने लगी। कोन्द्रात्येव की योग्यता को देखकर उसने उसे किताबें और

पैम्फ़लेट देना शुरू कर दिया, उससे राजनीतिक मसलों पर बातें करने लगी, उसे उसकी स्थिति की व्याख्या और उसे बदलने के उपाय बताने लगी। जब उसके दिमाग़ में यह बात साफ़ हुई कि उत्पीड़न से उसके और अन्य लोगों को छुटकारा पाने की सम्भावना हो सकती है तो वर्तमान व्यवस्था का अन्याय उसे और भी क्रूर और भयानक नज़र आने लगा। और उसके हृदय में न केवल मुक्ति के लिए तड़प उठने लगी, बल्कि उन लोगों को सज़ा देने के लिए भी, जिन्होंने इस क्रूर अन्याय की व्यवस्था की थी और इसे क़ायम रखे हुए थे। उसे बताया गया कि यह सम्भावना ज्ञान से पैदा होती है। अतः कोन्द्रात्येव पूरे तन-मन से ज्ञान संचय करने में जुट गया। यह बात उसके दिमाग़ में साफ़ नहीं थी कि किस भाँति ज्ञान द्वारा समाजवादी आदर्श को क्रियान्वित किया जा सकता है। पर उसे यह विश्वास था कि जिस ज्ञान से उसे अपने जीवन की वर्तमान परिस्थितियों में छिपे अन्याय का पता चला है, उसी ज्ञान से स्वयं इस अन्याय का भी नाश होगा। इसके अतिरिक्त वह समझता था कि ज्ञानार्जन करके वह औरों से ऊपर उठ जाएगा। इसलिए उसने तम्बाकू और शराब का सेवन छोड़ दिया, और अपना सारा ख़ाली वक़्त (जो स्टॉक-रूम में तबादला हो जाने के बाद उसे अधिक मिलने लगा था) अध्ययन में व्यतीत करने लगा।

क्रान्तिकारी महिला उसे पढ़ाने लगी। हर प्रकार के विषय के प्रति कोन्द्रात्येव की ज्ञान-पिपासा तथा उसकी योग्यता देखकर वह हैरान रह गई। दो साल के अन्दर-ही-अन्दर उसने बीजगणित, रेखागणित तथा इतिहास (जिसमें उसकी विशेष तौर पर रुचि थी) में दक्षता प्राप्त कर ली। साथ ही कविता, गल्प, आलोचनात्मक, और विशेषकर समाजवादी साहित्य की जानकारी प्राप्त कर ली।

क्रान्तिकारी महिला पकड़ी गई। उसके साथ कोन्द्रात्येव भी पकड़ा गया, क्योंकि अवैध किताबें उसके पास पाई गई थीं। दोनों क़ैद कर दिए गए और बाद में उन्हें वोलोग्दा गुबेर्निया में निर्वासित करके भेज दिया गया। यहाँ पर कोन्द्रात्येव का परिचय नोवोद्वोरोव से हुआ। उसने यहाँ और भी अधिक क्रान्तिकारी साहित्य पढ़ा, और जो कुछ पढ़ा उसे याद रखा, और उसकी समाजवादी धारणाएँ और भी पक्की हो गईं। जलावतनी से लौटने के बाद उसने एक बहुत बड़ी हड़ताल का नेतृत्व किया, जिसमें फ़ैक्ट्री को नष्ट-भ्रष्ट कर दिया गया और उसके संचालक को मार डाला गया। उसे फिर गिरफ़्तार करके जलावतन कर दिया गया।

जिस भाँति मौजूदा आर्थिक व्यवस्था के बारे में उसके विचार नकारात्मक थे, उसी भाँति धर्म के सम्बन्ध में भी उसके विचार नकारात्मक थे। जब उसे धर्म की, जिसकी उसे जन्मघुट्टी मिली थी, निरर्थकता का पता चला, तो उसने बड़े प्रयत्न से उसे अपने दिल और दिमाग़ में से निकाला– 'पहले डरते हुए और बाद में गहरे आनन्द का अनुभव करते हुए। अब वह पादरियों और धार्मिक सिद्धान्तों का बड़े क्रोध और विषैले ढंग से मज़ाक उड़ाया करता था, मानो उस कपट का बदला लेना चाहता हो जो धर्म द्वारा उस पर और उसके पुरखाओं पर किया गया था।

उसका रहन-सहन तपस्वियों का सा था, थोड़े में सन्तुष्ट। जो लोग बचपन से ही काम करने के आदी होते हैं, और जिनके पट्ठे ख़ूब मज़बूत हो गए होते हैं, उनकी तरह कोन्द्रात्येव भी बहुत देर तक और बड़ी सुगमता से काम कर सकता था। हर प्रकार का शारीरिक श्रम बड़ी स्फूर्ति से कर सकता था। परन्तु जो चीज़ उसे सबसे ज़्यादा पसन्द थी वह अवकाश था और यह उसे जेलख़ानों और पड़ाव-घरों में मिल जाता था। इसमें वह अपना पठन-पाठन जारी रख सकता था। आजकल वह मार्क्स के संकलन का पहला ग्रन्थ पढ़ रहा था, जिसे वह अपने थैले में छिपाए रहता था, मानो कोई बहुत बड़ा ख़ज़ाना हो। नोवोद्वोरोव को छोड़ कर अपने सभी साथियों के साथ उसका रवैया रुखाई और उदासीनता का था। नोवोद्वोरोव पर उसे बड़ी निष्ठा थी, सभी

विषयों पर उसके तर्कों को वह अकाट्य सत्य मानता था।

स्त्रियों से उसे अत्यधिक घृणा थी। उसका मत था कि स्त्रियाँ हर प्रकार के उपयोगी काम में बाधक बनती हैं। परन्तु मास्लोवा पर उसे रहम आता था और उसके साथ वह बड़ी नर्मी से पेश आता था। कारण, उसके विचार में मास्लोवा एक जीवन्त उदाहरण थी जिससे इस बात का पता चलता था कि किस भाँति उच्च वर्ग के लोग निम्न वर्ग के लोगों का शोषण करते हैं। इसी कारण वह नेख़्लूदोव से भी घृणा करता था। नेख़्लूदोव से वह बहुत कम बोलता था, हाथ मिलाते वक़्त कभी भी उसका हाथ नहीं दबाता था, केवल अभिवादन करते समय अपना हाथ आगे बढ़ा देता ताकि नेख़्लूदोव उसे दबा दे।

13

आग जलने लगी जिससे अलावघर गरम हो गया। चाय तैयार हो गई और दूध मिलाकर प्यालों और गिलासों में डाल दी गई। तख़्ते पर बिछे तौलिए के ऊपर रस्क, ताज़ा गेहूँ की डबलरोटी, मक्खन, उबले हुए अंडे, बछड़े का सिर और टाँगें रख दी गईं। सब लोग तख़्ते के उस हिस्से के पास आ गए जिससे खानेवाली मेज़ का काम लिया जाता था, और खाने-बतियाने लगे। रांत्सेवा एक बक्से पर बैठकर चाय डाल-डालकर देने लगी। क्रिलत्सोव को छोड़कर सभी लोग उसके इर्द-गिर्द जमा हो गए थे। क्रिलत्सोव ने गीला ओवरकोट उतार दिया था और अब अपना सूखा कम्बल लपेटे अपनी जगह पर लेटा नेख़्लूदोव से बातें कर रहा था।

ये लोग सर्दी और बारिश में दिन भर चलते रहे थे। जब यहाँ पहुँचे तो गन्दगी और कूड़ा-करकट से यह स्थान भरा पड़ा था। बड़ी मेहनत और कठिनाई से उन्होंने इसे साफ़ किया और जगह को रहने योग्य बनाया और इसके बाद अब पेट भरने और गरम-गरम चाय पीने के बाद वे बड़े ख़ुश थे और हँसने-चहकने लगे थे।

दीवार के पीछे से मुज़रिम क़ैदियों के क़दमों की आवाजें, उनके चीख़ने-चिल्लाने और गालियाँ बकने की आवाजें आ रही थीं, मानो इन राजनीतिक क़ैदियों को याद दिला रही हों कि वे कहाँ पर हैं, लेकिन वे इस वक़्त मज़े में थे, इन आवाज़ों को सुनकर इनका आराम कम होने के बजाय कुछ बढ़ता ही जान पड़ता था। समुद्र में किसी द्वीप पर पड़े लोगों की तरह, ये लोग भी कुछ देर के लिए अपने को उस अपमान और क्लेश से बचे हुए महसूस कर रहे थे जो उन्हें चारों ओर से घेरे हुए था। इससे वे और भी अधिक ख़ुश और उत्तेजित थे। उनकी वर्तमान स्थिति तथा आगे जो उनके साथ होगा, इन विषयों को छोड़कर वे अन्य सभी विषयों पर बातें कर रहे थे। नौजवान पुरुषों और स्त्रियों के बीच, विशेषकर जब विवश होकर उन्हें एक साथ रहना पड़ता हो जैसे कि ये लोग रह रहे थे, तरह-तरह के, अनोखे रूप से मिश्रित आकर्षण पैदा हो जाते हैं। यहाँ पर भी ऐसा ही हुआ था। लगभग सभी किसी-न-किसी से प्रेम करते थे। नोवोद्वोरोव को सुन्दर युवती ग्राबेत्स से प्रेम था जिसके चेहरे पर हर वक़्त मुस्कान खेला करती थी। ग्राबेत्स एक युवा, लापरवाह लड़की थी, जिसे क्रान्ति सम्बन्धी प्रश्नों से कभी कोई सरोकार न रहा था, परन्तु पढ़ाई के दिनों में तत्कालीन वातावरण के प्रभाव में आकर कहीं कोई भूल कर बैठी, जिससे पकड़ी गई और निर्वासित करके भेज दी गई। जिन दिनों उस पर मुक़दमा चल रहा था, उन दिनों और बाद में जेल तथा निर्वासन के दिनों में उसे सबसे अधिक रुचि इस बात में थी कि वह पुरुषों को अपनी ओर आकर्षित कर पाए। पहले भी, जिन दिनों आज़ाद घूमा करती थी, तब भी उसके जीवन

की मुख्य रुचि यही हुआ करती थी। अब सफ़र के दौरान उसे इस बात से ढाढ़स मिलता था कि नोवोद्वोरोव उसे पसन्द करने लगा है, अतः वह भी उससे प्रेम करने लगी। वेरा के हृदय में प्रेम करने की ललक हर समय रहती, परन्तु वह पुरुषों को आकर्षित नहीं कर पाती थी। फिर भी उसके हृदय में आशा बनी रहती कि वह और उसका प्रेमी गहरे अनुराग से एक दूसरे से प्रेम करेंगे। अतः वह कभी नाबातोव से और कभी नोवोद्वोरोव से प्यार करने लगती। प्रेम से मिलती-जुलती ही भावना क्रिलत्सोव के हृदय में मारिया पाव्लोव्ना के प्रति भी थी। वह उससे पुरुषों की तरह प्रेम करता था, मगर जानता था कि ऐसा प्रेम मारिया पाव्लोव्ना को पसन्द नहीं था। इसलिए वह अपनी भावनाओं को उससे छिपाए रहता था, और जब वह बड़ी कोमलता और सहानुभूति से उसकी देखभाल करती तो वह इन्हें मैत्री और कृतज्ञता का रूप देकर व्यक्त किया करता था। नाबातोव और रांत्सेवा के प्रेम में बड़ी जटिलता और उलझाव था। जिस प्रकार मारिया पाव्लोव्ना कुमारी थी, उसी प्रकार रांत्सेवा अपने पति के प्रति पूर्णतया एकनिष्ठ थी।

अभी उसकी आयु केवल 16 वर्ष की थी और वह स्कूल में पढ़ती थी जब वह रांत्सेव से प्रेम करने लगी। रांत्सेव उस समय पीटर्सबर्ग विश्वविद्यालय का छात्र था। विश्वविद्यालय की परीक्षा पास करने से पहले ही दोनों की शादी हो गई। उस समय इस लड़की की उम्र 19 वर्ष की थी। जब उसका पति विश्वविद्यालय की चौथी कक्षा में पढ़ता था तो वह विद्यार्थियों के किसी आन्दोलन की लपेट में आ गया। उसे पीटर्सबर्ग से निर्वासित कर दिया गया, जिस पर वह क्रान्तिकारी बन गया। रांत्सेवा उस समय डॉक्टरी की पढ़ाई कर रही थी। उसने अपनी पढ़ाई छोड़ दी और पति के साथ चली गई और स्वयं भी क्रान्तिकारी बन गई। वह अपने पति को सबसे योग्य और सर्वोत्कृष्ट व्यक्ति मानती थी। यदि ऐसा न मानती तो उससे प्रेम ही न करती। और जो प्रेम नहीं करती तो उससे शादी भी नहीं करती। पर जब उस सर्वोत्कृष्ट और सबसे योग्य व्यक्ति से प्रेम किया, और शादी की तो यह स्वाभाविक ही था कि जीवन तथा जीवन के ध्येय के बारे में भी उसके वही विचार हों जो उस सर्वोत्कृष्ट और सबसे योग्य व्यक्ति के थे। पहले इस पुरुष की दृष्टि में ज्ञानोपार्जन जीवन का ध्येय था। अतः रांत्सेवा ने भी यही ध्येय अपना लिया था। जब पति क्रान्तिकारी बना तो यह भी क्रान्तिकारी बन गई। वह बड़ी स्पष्टता से यह सिद्ध कर दिखाता था कि मौजूदा व्यवस्था हमेशा नहीं चल सकती, कि प्रत्येक व्यक्ति का यह कर्तव्य है कि वह इस व्यवस्था के विरुद्ध संघर्ष करे, और ऐसी राजनीतिक तथा आर्थिक हालतें पैदा करने का प्रयत्न करे जिनमें व्यक्ति स्वच्छन्दता से विकास कर सके, इत्यादि। रांत्सेवा समझती थी कि उसकी भी सचमुच यही धारणाएँ तथा भावनाएँ हैं, परन्तु वास्तव में वह केवल अपने पति के विचारों को परम सत्य मानती थी। उसकी एकमात्र इच्छा थी कि उसके और उसके पति के एक ही विचार हों, उसकी आत्मा और उसके पति की आत्मा मिलकर एक हो जाए। इसी एक स्थिति में ही उसे पूर्ण नैतिक सन्तोष प्राप्त हो सकता था।

अपने पति और बेटे से अलग रहना उसके लिए घोर यन्त्रणा के समान था (बच्चे को उसकी माँ ने अपने पास रख लिया था), पर उसने यह भी दृढ़ता और शान्ति से सहन किया क्योंकि वह जो कुछ कर रही थी वह अपने पति की ख़ातिर था, और एक ऐसे ध्येय की ख़ातिर जिसे वह निःसन्देह श्रेयस्कर मानती थी क्योंकि उसका पति उसके लिए काम कर रहा था। उसका पति हर वक़्त उसके हृदय में विचरता था, इसलिए उससे दूर रहते हुए भी वह किसी अन्य व्यक्ति से प्रेम नहीं कर सकती थी, ठीक उसी तरह जिस तरह वह उसके संग रहते हुए किसी अन्य व्यक्ति से प्रेम नहीं कर सकती थी। परन्तु नाबातोव के अनुरक्त तथा पवित्र प्रेम से उसका हृदय प्रभावित

हुए बिना न रह सका। यह नेक, दृढ़ विचारोंवाला पुरुष उसके पति का मित्र था और उससे अपनी बहिन की तरह व्यवहार करता था। परन्तु इस व्यवहार में कोई और तत्व भी आने लगा था जिससे दोनों डर से गए थे, फिर भी इससे उनका यातनापूर्ण जीवन अधिक रोचक हो उठा था।

इस तरह इस सारी मंडली में केवल मारिया पाव्लोव्ना और कोन्द्रात्येव ही दो ऐसे व्यक्ति थे जो प्रेम से अछूते रहे थे।

14

क्रिलत्सोव के पास बैठा नेख़्लूदोव बातें कर रहा था। उसे आशा थी कि हमेशा की तरह आज भी चाय के बाद कात्यूशा से मिलकर बातें कर सकेगा। और विषयों पर चर्चा करने के अलावा नेख़्लूदोव ने क्रिलत्सोव को माकार के जुर्म की कहानी सुनाई और उससे माकार ने जो प्रार्थना की थी वह भी कह सुनाई। क्रिलत्सोव बड़े ध्यान से सब सुनता रहा, उसकी कान्तिपूर्ण आँखें सारा वक़्त नेख़्लूदोव के चेहरे पर लगी रहीं।

''हाँ,'' क्रिलत्सोव ने सहसा कहा, ''मेरे मन में अक्सर यह विचार उठता है कि इस यात्रा में हम सारा वक़्त उनके साथ चलते हैं–और ये कौन लोग हैं ? ये वही लोग हैं जिनकी ख़ातिर हम जा रहे हैं, फिर भी हम उन्हें नहीं जानते। जानते ही नहीं, हम उन्हें जानना चाहते भी नहीं। और इससे भी बुरी बात यह है कि ये हमसे नफ़रत करते हैं, और हमें अपना दुश्मन समझते हैं। कितनी भयानक स्थिति है !''

''इसमें भयानक क्या है ?'' जब नोवोद्वोरोव के कानों में बात पड़ी तो वह बोल उठा। ''जनता हमेशा शक्ति की पूजा करती है, केवल शक्ति की। आज सरकार के पास ताक़त है तो वह सरकार की पूजा करती है और हमसे नफ़रत करती है। कल हमारे पास ताक़त होगी तो वह हमारी पूजा करने लगेगी,'' उसने अपनी तड़कती आवाज़ में कहा।

उसी वक़्त दीवार के पीछे से गोलियों की बौछार और बेड़ियाँ खनकने की आवाज़ आई। कोई चीज़ दीवार से टकरा रही थी, साथ ही रोने और चीख़ने की आवाज़ आ रही थी। किसी को पीटा जा रहा था और कोई चिल्ला-चिल्लाकर पुकार रहा था, ''मार डाला! मदद करो! कोई मदद करो!''

''ज़रा सुनो! ये इन्सान हैं या दरिन्दे! भला इनमें और हममें क्या मेल हो सकता है?'' नोवोद्वोरोव ने स्थिर आवाज़ में कहा।

''तुम उन्हें दरिन्दे कहते हो, और यहाँ अभी नेख़्लूदोव मेरे सामने किसी ऐसी ही घटना का जिक्र कर रहा था,'' क्रिलत्सोव ने चिढ़कर कहा और माकार का क़िस्सा सुनाने लगा कि किस तरह वह अपने गाँव के एक आदमी की जान बचाने के लिए अपनी जान जोखिम में डाल रहा है। ''यह दरिन्दों का काम नहीं, यह सच्ची वीरता का काम है।''

''छिछली भावुकता!'' नोवोद्वोरोव ने तिरस्कारपूर्ण स्वर में जोड़ा। ''हमारे लिए यह समझना बड़ा कठिन है कि इन लोगों की क्या भावनाएँ हैं, या इनकी हरकतों के पीछे कौन-सी प्रेरणा काम करती है। तुम्हें इसमें उदारता नज़र आती है, पर क्या मालूम यह काम उस दूसरे मुज़रिम के प्रति ईर्ष्यावश किया जा रहा हो।''

''क्या कारण है कि तुम किसी में भी कोई अच्छाई देखना नहीं चाहते?'' सहसा मारिया पाव्लोव्ना गरम होकर बोल उठी।

"जो चीज़ मौजूद ही न हो उसे देखा कैसे जा सकता है ?"

"मौजूद तो है ही जब एक आदमी ऐसी भयानक मौत का ख़तरा मोल ले रहा है।"

"मेरे विचार में," नोवोद्वोरोव बोला, "यदि हम कुछ करना चाहते हैं तो उसके लिए सबसे पहली शर्त यह है" (कोन्द्रात्येव जो लैंप की रोशनी में बैठा किताब पढ़ रहा था, किताब नीचे रखकर बड़े ध्यान से अपने गुरू का एक-एक शब्द सुनने लगा) "कि हम कपोल-कल्पना को छोड़कर वास्तविकता को देखें। यथाशक्ति हमें जनता के लिए सब कुछ करना चाहिए, और बदले में उससे किसी चीज़ की भी आशा नहीं करनी चाहिए। जब तक जनता उस जड़ता की स्थिति में रहे जैसी कि वह इस समय है, तो हम उसके लिए काम करेंगे, वह हमारे कामों में हमारे साथ भाग नहीं ले सकती।" वह इस तरह बोल रहा था जैसे भाषण दे रहा हो। "इसलिए जनता से यह उम्मीद करना कि वह हमारी सहायता करेगी, जबकि उसे विकास की प्रक्रिया शुरू नहीं हो पाई–जिस प्रक्रिया के लिए हम उसे तैयार कर रहे हैं–तो यह अपने को धोखा देना होगा।"

"किस विकास की प्रक्रिया?" क्रिलत्सोव ने पूछा। उसका चेहरा गुस्से से लाल हो रहा था। "हम कहते तो यह हैं कि हम निरंकुश तानाशाही का विरोध करते हैं, मगर यह तानाशाही नहीं तो क्या है ? इससे भयानक तानाशाही क्या होगी ?"

"इसमें कोई तानाशाही नहीं है," नोवोद्वोरोव ने धीरे से कहा। "मैंने केवल यह कहा है कि मैं उस रास्ते को जानता हूँ जिस पर जनता को चलना चाहिए, और उसे यह रास्ता मैं दिखा सकता हूँ।"

"पर तुम्हें इस बात का यक़ीन कैसे हो गया कि जो रास्ता तुम दिखाओगे वही सही रास्ता है ? क्या यह वैसी ही तानाशाही नहीं जैसी कि फ़्रांसीसी क्रान्ति के समय हुई थी जब इन्क्विज़ीशन और फ़्रांसियों का बोलबाला होने लगा था। वे भी तो जानते थे कि केवल उन्हीं का रास्ता सही रास्ता है, और विज्ञान द्वारा सुझाया हुआ है।"

"उनसे भूल हुई तो इसका यह अर्थ नहीं कि मैं भी भूल कर रहा हूँ। इसके अलावा सिद्धान्तवादियों के प्रलाप और उन तथ्यों के बीच बड़ा फ़रक है जो ठोस आर्थिक विज्ञान पर आधारित है।"

नोवोद्वोरोव की आवाज़ कमरे में गूँज रही थी। सभी चुप थे, केवल वही बोले जा रहा था।

"ये लोग सारा वक़्त झगड़ते रहते हैं," क्षण भर के लिए जब शान्ति हुई तो मारिया पाव्लोव्ना ने कहा।

"तुम्हारी अपनी राय इस बारे में क्या है, तुम ख़ुद क्या सोचती हो?" नेख़्लूदोव ने मारिया पाव्लोव्ना से पूछा।

"मेरे विचार में क्रिलत्सोव ठीक कहता है कि हमें जनता पर अपने विचार नहीं ठूसने चाहिए।"

"और तुम्हारा क्या विचार है, कात्यूशा ?" नेख़्लूदोव ने मुस्कराकर पूछा और उसके उत्तर की प्रतीक्षा करने लगा। उसे डर था कि कहीं कात्यूशा कोई बेढब-सी बात न कह दे।

"मैं सोचती हूँ कि साधारण लोगों के साथ जुल्म होता है," कात्यूशा बोली और उसका चेहरा लाल हो गया, "मेरा ख़याल है कि उनके साथ बहुत भयानक ज़ुल्म होता है।

"ठीक है, मास्लोवा, तुम बिलकुल ठीक कहती हो," नाबातोव ने चिल्लाकर कहा। "जनता के साथ भयानक जुल्म होता है, यह जुल्म बन्द होना चाहिए, और इसे बन्द करना ही हमारा एकमात्र कर्तव्य है।"

"क्रान्ति के उद्देश्य की यह अनोखी परिभाषा है," नोवोद्वोरोव ने चिढ़कर कहा और चुपचाप

सिगरेट पीने लगा।

"इसके साथ बातें करने को मेरा जी नहीं चाहता," क्रिलत्सोव ने फुसफुसाकर कहा और चुप हो गया।

"बातें करने का कोई लाभ भी नहीं," नेख़्लूदोव बोला।

15

सभी क्रान्तिकारी नोवोद्वोरोव की बड़ी इज़्ज़त करते थे। वह बड़ा विद्वान आदमी था और सभी उसे बड़ा बुद्धिमान समझते थे। फिर भी नेख़्लूदोव उसकी गणना उन क्रान्तिकारियों में करता था जिनका नैतिक स्तर औसत स्तर से नीचा होते हुए उसके स्तर से बहुत ही नीचा था। इस आदमी में प्रखर बौद्धिक शक्ति थी, परन्तु आत्मश्लाघा इससे भी कहीं बढ़-चढ़कर थी। वह उसकी बौद्धिक शक्ति से कहीं ज़्यादा बढ़ चुकी थी।

अपने आत्मिक जीवन में यह सिमनसन के बिलकुल उलट था। सिमनसन मूलतः पुरुषसुलभ चरित्रवाले उन लोगों में से था जो हर काम अपनी बुद्धि के अनुसार करते हैं, और उनकी बुद्धि ही उन कामों का निश्चय भी करती है। इसके विपरित नोवोद्वोरोव उन लोगों में से था,–ये मूलतः नारी चरित्र के होते हैं,–जो हर काम भावनाओं की प्रेरणा में करते हैं, और अपनी बुद्धि को किसी हद तक उन्हें क्रियान्वित करने में और किसी हद तक उन्हें सच्चा ठहराने के लिए तर्क करने में लगाते हैं।

नोवोद्वोरोव अपने क्रान्तिकारी काम की बड़ी वाक्पटुता तथा प्रभावशाली ढंग से व्याख्या किया करता था। परन्तु नेख़्लूदोव के विचार में यह सारा क्रान्तिकारी काम स्वयं ऊँचा उठने और सबसे ऊपर का स्थान ग्रहण करने की लालसा पर आधारित था। शुरू-शुरू में लोगों के विचार आत्मसात् करने और उन्हें यथार्थ शब्दों में व्यक्त करने की अपनी क्षमता के कारण उसे हाई स्कूल तथा विश्वविद्यालय के छात्रों तथा अध्यापकों में सर्वोच्च स्थान मिला, क्योंकि वहाँ पर ऐसी क्षमता की बेहद क़द्र होती है। नोवोद्वोरोव सन्तुष्ट था। परन्तु जब उसने पढ़ाई ख़त्म कर ली और डिप्लोमा ले लिया, और यह सर्वोच्च स्थिति छूट गई, तो उसने फ़ौरन अपने विचार बदल लिए ताकि किसी दूसरे क्षेत्र में यही सर्वोच्च स्थान प्राप्त कर सके (क्रिलत्सोव का यही कहना था, जिसे नोवोद्वोरोव अच्छा नहीं लगता था)। पहले नोवोद्वोरोव नरम-उदारवादी हुआ करता था, अब बदल कर नरोदवादियों का कट्टर अनुयायी बन गया। नोवोद्वोरोव का स्वभाव उन नैतिक तथा ललित भावनाओं से सर्वथा शून्य था जिनसे मनुष्य के मन में सन्देह तथा संकोच पैदा होते हैं। इसलिए शीघ्र ही क्रान्ति जगत में उसने ऐसा स्थान प्राप्त कर लिया जिससे उसे सन्तोष हुआ। यह स्थान पार्टी लीडर का था। एक बार अपना मार्ग चुन लेने के बाद उसने कभी सन्देह अथवा संकोच नहीं किया, इसलिए उसे पूर्ण विश्वास था कि उसने कभी कोई भूल नहीं की। उसे हर चीज़ बिलकुल सरल, स्पष्ट तथा निश्चित नज़र आती थी। और उसके विचार इतने संकीर्ण तथा एकांगी थे कि यह स्वाभाविक भी था। बस, केवल तर्कसंगत होने की ज़रूरत थी, जैसे कि वह स्वयं कहा करता था। उसमें आत्मविश्वास की मात्रा इतनी अधिक थी कि या तो लोग उससे दूर हट जाते थे या फिर उसकी सत्ता स्वीकार कर लेते थे। उसका कार्यक्षेत्र तरुण युवकों तथा युवतियों के बीच था। वे लोग इसके असीम आत्मविश्वास को विद्वता और गहराई समझ बैठते थे। अधिकांश उसकी धाक मान लेते जिस कारण क्रान्तिकारी मंडलियों में उसे बहुत सफलता मिली थी। उसके काम

एक ऐसे विद्रोह के लिए ज़मीन तैयार करना था जिसमें सत्ता उसके हाथ आ जाएगी, और वह एक विधान-सभा की व्यवस्था करेगा। विधान-सभा में उस द्वारा तैयार किया गया कार्यक्रम प्रस्तुत होगा। उसे यक़ीन था कि उसका यह कार्यक्रम सभी समस्याओं का समाधान कर देगा, और अनिवार्यतः यह क्रियान्वित होगा।

उसकी दृढ़ता तथा साहस के लिए उसके साथी उसका मान करते थे, परन्तु उससे प्रेम नहीं करते थे। उसे किसी से भी प्रेम नहीं था, और प्रत्येक प्रतिभावान व्यक्ति को वह अपना प्रतिद्वन्द्वी समझता था। और यदि उसका वश चलता तो सभी के साथ ऐसा ही व्यवहार करता जैसे बन्दरों में बूढ़ा नर बन्दर छोटे बन्दरों से करता है। यदि उसका वश चलता तो अन्य लोगों की खोपड़ी में से वह उनका दिमाग़ नोच निकालता, उनकी क्षमता निकाल देता ताकि वे इसके दिमाग़ी करिश्मों में बाधा न डाल पाएँ। उसका व्यवहार केवल उन लोगों के प्रति अच्छा होता था जो उसके आगे सिर नवाते थे। आजकल, इस यात्रा में उसका व्यवहार कोन्द्रात्येव से जिस पर उसके प्रचार का बड़ा प्रभाव था, तथा वेरा बोगोदूख़ोव्स्काया और नन्हीं सुन्दरी ग्राबेत्स से अच्छा था जो दोनों उससे प्रेम करती थीं। सिद्धान्ततः तो वह स्त्री-आन्दोलन के हक़ में था, लेकिन मन की गहराइयों में वह सभी स्त्रियों को मूर्ख और नगण्य समझता था, केवल उन स्त्रियों को छोड़कर जिनसे वह भावुकतावश प्रेम करने लगता था, जिस तरह आजकल वह ग्राबेत्स से करता था। ऐसी स्त्रियाँ उसे विलक्षण लगती थीं और वह मानता था कि अकेले उसी में उनके सूक्ष्म गुणों को पहचानने की क्षमता है।

स्त्रियों और पुरुषों के बीच कैसा सम्बन्ध होना चाहिए ? यह प्रश्न भी अन्य प्रश्नों की तरह उसे बहुत सरल और स्पष्ट जान पड़ता था और उसने इसका पूरा-पूरा हल ढूँढ़ लिया था, और वह था स्वतन्त्र सम्भोग।

उसके दो पत्नियाँ थीं, एक जो केवल नाममात्र से पत्नी थी, और दूसरी वास्तव में पत्नी थी, परन्तु उससे वह अलग हो चुका था, क्योंकि उसे विश्वास हो गया था कि उनके बीच सच्चा प्रेम नहीं है। इसलिए अब वह ग्राबेत्स के साथ स्वतन्त्र सम्भोग का सम्बन्ध स्थापित करने की सोच रहा था।

नोवोद्वोरोव को नेख़्लूदोव से घृणा थी। वह कहा करता कि नेख़्लूदोव मास्लोवा से ''चोचले ले रहा है'', पर घृणा का मुख्य कारण यह था कि नेख़्लूदोव बड़े स्वतन्त्र मन से मौजूदा व्यवस्था के दोषों तथा उन्हें दूर करने के साधनों पर विचार किया करता था। नेख़्लूदोव का विचार करने का ढंग नोवोद्वोरोव के ढंग से पृथक था और बिलकुल अपना था, एक प्रिन्स का अर्थात् एक मूर्ख का ढंग था। नेख़्लूदोव नोवोद्वोरोव के इस रवैए को जानता था। इस यात्रा में उसके मन की स्थिति सामान्यतः बड़ी सद्भावनापूर्ण थी। इसके बावजूद वह इस आदमी के साथ ''जैसे-को-तैसे'' का व्यवहार करता था और उस घृणा को दबा नहीं पाता था जो उसके मन में नोवोद्वोरोव के प्रति उठती थी। इसी कारण मन-ही-मन वह दुखी था।

16

साथ वाले कमरे में से सरकारी कर्मचारियों की आवाज़ें आने लगीं। सभी क़ैदी चुप हो गए। एक सॉर्जेंट कमरे में दाख़िल हुआ, और उसके पीछे-पीछे दो कॉनवाय के सिपाही अन्दर आए। जाँच का वक़्त हो गया था। सॉर्जेंट ने एक-एक करके सभी क़ैदियों को गिना। जब नेख़्लूदोव की बारी आई तो बड़े दोस्ताना ढंग से बोला–

"जाँच के बाद आप यहाँ नहीं ठहर सकते, प्रिन्स। आपको अब चले जाना चाहिए।"

नेख़्लूदोव जानता था कि इसका क्या मतलब है। वह सॉर्जेंट के पास गया और तीन रूबल का एक नोट उसके हाथ में रख दिया।

"ओह, आप जैसों का कोई क्या इलाज करे। अगर मन चाहता है तो बेशक़ थोड़ी देर और रुक जाइए।"

सॉर्जेंट कमरे में से बाहर जाने ही वाला था जब एक और सॉर्जेंट ने कमरे में प्रवेश किया। उसके पीछे-पीछे एक क़ैदी चला आ रहा था। क़ैदी पतले छरहरे बदन का आदमी था, मुँह पर छोटी-सी दाढ़ी और एक आँख के नीचे चोट का निशान था।

"मैं लड़की को लेने के लिए आया हूँ," क़ैदी ने कहा।

"ओह, पिताजी आ गए !" एक बच्चे की खिलखिलाती आवाज़ सुनाई दी। फिर रांत्सेवा के पीछे से एक सुनहरी बालोंवाला सिर नमूदार हुआ। रांत्सेवा लड़की के लिए कात्यूशा तथा मारिया पाव्लोव्ना की मदद से अपने ही एक पेटीकोट में से एक कुर्ता बना रही थी।

"हाँ, बेटी, मैं ही आया हूँ," क़ैदी ने प्यार से कहा। उसका नाम बुजोव्किन था।

"यहाँ यह बड़े आराम से रहती है," बुजोव्किन ने छिले-पिटे चेहरे की ओर दयापूर्ण आँखों से देखते हुए मारिया पाव्लोव्ना ने कहा, "इसे हमारे पास ही रहने दीजिए।"

"रानी दीदी मेरे लिए नए कपड़े बना रही है," रांत्सेवा के हाथ में कपड़े को दिखाती हुई लड़की बोली, "कितने अच्छे कपड़े बना रही हैं, कितने सुन्दर !" लड़की बोलती गई।

"तुम हमारे पास सोना चाहती हो ?" रांत्सेवा ने लड़की को सहलाते हुए पूछा।

"हाँ, सोना चाहती हूँ। और पिताजी भी।"

रांत्सेवा के चेहरे पर मुस्कराहट खिल उठी।

"नहीं, पिताजी नहीं सो सकते। तो हम इसे यहीं पर रखेंगे।" पिता की ओर घूमकर रांत्सेवा ने कहा।

"अच्छी बात है, इसे यहीं छोड़ जाओ," पहले सॉर्जेंट ने कहा और दूसरे सॉर्जेंट को साथ ले कर बाहर चला गया।

ज्यों ही सॉर्जेंट बाहर निकले तो नाबातोव बुज़ोव्किन के पास गया, और उसका कन्धा थपथपाकर बोला–

"कहो दोस्त, क्या यह ठीक है कि कार्मानोव अपनी जगह बदलना चाहता है ?"

बुजोव्किन का विनम्र, दयालुतापूर्ण चेहरा सहसा उदास हो उठा, और एक धुन्धला-सा पर्दा उसकी आँखों के आगे छा गया।

"हमने कुछ नहीं सुना," उसने धीरे से कहा, फिर उसी धुन्धलके में देखते हुए उसने बच्ची की ओर घूमकर कहा, "अक्स्यूत्का, तो जान पड़ता है तुम अपनी रानियों के साथ ही रहना चाहती हो।" और जल्दी-जल्दी बाहर चला गया।

"तबादले की बात ठीक है, और उसे यह अच्छी तरह पता है," नाबातोव ने कहा। "तुम क्या करोगे ?"

"अगले शहर पहुँचकर मैं अधिकारियों को बता दूँगा। मैं दोनों क़ैदियों को पहचानता हूँ," नेख़्लूदोव ने कहा।

सभी चुप हो गए। उन्हें डर लगने लगा कि वाद-विवाद फिर शुरू हो जाएगा।

सिमनसन सिर से नीचे दोनों बाजू रखे चुपचाप लेटा हुआ था। अब वह उठ खड़ा हुआ और

बैठे हुए लोगों के इर्द-गिर्द बड़े ध्यान से चक्कर काटकर, नेख़्लूदोव के पास गया।

''क्या इस वक़्त मैं तुमसे बात कर सकता हूँ ?''

''ज़रूर,'' और नेख़्लूदोव उठकर उसके पीछे-पीछे जाने लगा।

कात्यूशा ने आँख उठाकर ऊपर देखा। उसके चेहरे पर हैरानी का भाव था। जब उसकी आँखें नेख़्लूदोव की आँखों से मिलीं तो वह शर्मा गई और सिर हिला दिया।

''मैं इस बारे में तुमसे बात करना चाहता हूँ,'' जब दोनों गलियारे में आ गए तो सिमनसन ने कहना शुरू किया। गलियारे में क़ैदियों की आवाज़ें और चिल्लाहट और भी ऊँची सुनाई दे रही थीं। नेख़्लूदोव ने मुँह बनाया लेकिन सिमनसन इस शोर से बिलकुल विचलित नहीं हुआ जान पड़ता था। ''मैं मास्लोवा और तुम्हारे सम्बन्धों को जानता हूँ,'' अपनी स्नेहसिक्त आँखों से बड़े ध्यान से सीधे नेख़्लूदोव की आँखों में देखते हुए उसने आगे कहा। ''इसलिए मेरा कर्तव्य है कि ...'' वह अपनी बात जारी रखना चाहता था, किन्तु उसे रुकना पड़ा क्योंकि दरवाज़े के पास ही दो आदमी सहसा झगड़ने और चिल्लाने लगे थे।

''मैंने कह जो दिया है, गधे कहीं के, वे मेरे नहीं थे!'' एक आदमी ने चिल्लाकर कहा।

''ख़ुदा तुम्हे ग़ारत करे, शैतान कहीं के !'' फटी आवाज़ में दूसरा चिल्ला रहा था।

इसी वक़्त मारिया पाव्लोव्ना बाहर गलियारे में आ गई।

''यहाँ कोई कैसे बातें कर सकता है ?'' उसने कहा। ''तुम इस कमरे में चले जाओ। अकेली वेरा ही उस कमरे में है।'' कहती हुई वह दूसरे दरवाज़े में से जाकर एक छोटे-से कमरे में दाख़िल हुई। प्रत्यक्षतः यह कमरा क़ैद-तनहाई के लिए बनाया गया था लेकिन इस समय राजनीतिक महिला क़ैदियों को दे दिया गया था। वेरा बोगोदूख़ोव्स्काया, मुँह-सिर लपेटे, बिस्तर पर लेटी थी।

''उसका सिर दुख रहा था इसलिए सो गई है। वह तुम्हारी बात नहीं सुन सकती, और मैं यहाँ से जा रही हूँ,'' मारिया पाव्लोव्ना ने कहा।

''नहीं नहीं, बल्कि तुम यहीं पर रहो,'' सिमनसन बोला। ''मेरा कुछ भी किसी से छिपा हुआ नहीं है—कम-से-कम तुमसे तो बिलकुल ही नहीं।''

''अच्छी बात है,'' मारिया पाव्लोव्ना ने कहा और बच्चों की तरह अपना सारा शरीर दाएँ-बाएँ झुलाती हुई वापस सोनेवाले तख़्ते के पास जा पहुँची और उनकी बातें सुनने के लिए बैठ गई। उसकी सुन्दर भूरी आँखें दूर किसी जगह पर लगी हुई थीं।

''तो सुनो, मुझे तुमसे यह काम है,'' सिमनसन ने दोहराकर कहा। ''कात्यूशा मास्लोवा से साथ तुम्हारे सम्बन्ध का मुझे मालूम है। इसलिए मेरा यह फ़र्ज हो जाता है कि मैं उस स्त्री के साथ अपने सम्बन्ध के बारे में तुम्हें साफ़-साफ़ बतला दूँ।''

नेख़्लूदोव मन-ही-मन उस सादगी और साफ़गोई का आदर किए बिना न रह सका जिससे सिमनसन बातें करने लगा था।

''क्या मतलब?'' उसने पूछा।

''मेरा मतलब यह है कि मैं कात्यूशा मास्लोवा से शादी करना चाहता हूँ।''

''क्या कहा!'' मारिया पाव्लोव्ना ने हैरान होकर कहा और सिमनसन की ओर देखने लगी।

''मैंने निश्चय किया है कि उसके सामने शादी का प्रस्ताव रखूँगा,'' सिमनसन कहता गया।

''तो इसमें मैं क्या कर सकता हूँ ? यह उसका अपना मामला है,'' नेख़्लूदोव ने कहा।

''पर वह तुम्हारे बिना किसी निश्चय पर नहीं पहुँच पाएगी।''

''क्यों?''

"क्योंकि जब तक उसके साथ तुम्हारे सम्बन्ध का कोई फ़ैसला नहीं हो जाता, वह कोई फ़ैसला नहीं कर सकती।"

"जहाँ तक मेरा ताल्लुक़ है, इसका फ़ैसला हो चुका है। मैं केवल अपना फ़र्ज अदा करना चाहता हूँ, और उसके दुर्भाग्य का बोझ हलका करना चाहता हूँ। पर मैं किसी सूरत में भी उस पर कोई दबाव नहीं डालूँगा।"

"हाँ, लेकिन वह तुम्हारी क़ुर्बानी क़बूल करना नहीं चाहती।"

"यह कोई क़ुर्बानी नहीं है।"

"और मैं जानता हूँ कि यह मास्लावो का आख़िरी फ़ैसला है।"

"तो फिर मेरे साथ इसकी चर्चा करने की कोई ज़रूरत नहीं," नेख़्लूदोव ने कहा।

"वह चाहती है कि तुम इस बात को स्वीकार करो कि तुम्हारा भी वही विचार है जो उसका है।"

"मैं यह कैसे स्वीकार कर लूँ कि जिस काम को मैं अपना कर्तव्य समझता हूँ, उसे नहीं करूँ? मैं केवल इतना कह सकता हूँ कि मैं आज़ाद नहीं हूँ, पर वह आज़ाद है।"

सिमनसन चुप रहा। फिर, थोड़ी देर तक सोचने के बाद बोला –

"अच्छी बात है, तो मैं उससे बात करूँगा। तुम यह मत समझो कि मैं उस पर फ़िदा हूँ," वह कहता गया, "मैं उससे इस नाते प्रेम करता हूँ कि वह एक श्रेष्ठ और विलक्षण नारी है जिसने बहुत दुख सहन किए हैं। मैं उससे कुछ भी नहीं चाहता। मेरे हृदय में यही तीव्र लालसा है कि मैं उसकी सहायता करूँ ताकि..."

सिमनसन की आवाज़ लड़खड़ा गई, जिसे देखकर नेख़्लूदोव को बड़ी हैरानी हुई।

"...उसकी स्थिति को कुछ आसान कर पाऊँ," सिमनसन कहता गया। "यदि मास्लोवा को तुम्हारी सहायता मन्ज़ूर नहीं तो वह मेरी सहायता स्वीकार कर ले। अगर वह मान जाए तो मैं दरख़्वास्त दे दूँगा कि मुझे भी उसी जगह रखा जाए जहाँ उसे रखा जाएगा। चार साल कोई बहुत लम्बा अर्सा नहीं है। मैं उसके समीप रहूँगा और शायद उसके दुर्भाग्य का बोझ हलका कर पाऊँ..."

वह फिर बोलते-बोलते चुप हो गया। वह इतना उत्तेजित हो उठा था कि उसके लिए बोलना कठिन हो गया था।

"मैं क्या कहूँ?" नेख़्लूदोव ने कहा। "मुझे इस बात की ख़ुशी है कि उसे तुम जैसा रक्षक मिला है..."

"मैं यही जानना चाहता था," सिमनसन बीच में बोल उठा, "तुम उससे प्रेम करते हो, उसका सुख चाहते हो, इसलिए मैं जानना चाहता था कि यदि मैं उससे शादी करूँ तो तुम इसे मास्लोवा के लिए हितकर समझोगे या नहीं ?"

"हाँ, ज़रूर," नेख़्लूदोव ने निश्चयात्मक स्वर में कहा।

"सब बात मास्लोवा पर निर्भर है। मैं तो केवल यही चाहता हूँ कि उसकी दुखी आत्मा को शान्ति मिले," बच्चों की सी मृदुता के साथ सिमनसन ने कहा, जिसकी इतने गम्भीर दिखनेवाले व्यक्ति से आशा नहीं हो सकती थी।

सिमनसन उठकर नेख़्लूदोव के पास गया और शर्म से मुस्कराते हुए उसका मुँह चूम लिया।

"मैं मास्लोवा से यह कह दूँगा," उसने कहा और वहाँ से चला गया।

17

"वाह, यह ख़ूब रही।" मारिया पाव्लोव्ना ने कहा, "इसे तो प्रेम हो गया है ! सचमुच प्रेम हो गया है ! किसे उम्मीद थी कि व्लादीमिर सिमनसन प्रेम करने लगेगा, और वह भी पागलों की तरह, बिलकुल लड़कों की तरह! कितनी अज़ीब बात है! और सच पूछो तो मुझे तो इसका अफ़सोस हुआ है," उसने उसाँस भरी।

"पर वह—कात्यूशा? तुम्हारा क्या ख़याल है, वह इस बारे में क्या सोचती होगी ?" नेख़्लूदोव ने पूछा।

"कात्यूशा?" मारिया पाव्लोव्ना रुक गई। ज़ाहिर था कि वह सोचकर, यथासम्भव ठीक-ठीक उत्तर देना चाहती थी। "वह ? बात यह है कि उसका अतीत चाहे जैसा भी रहा हो, परन्तु जहाँ तक उसके स्वभाव का सवाल है, उससे अधिक नैतिक स्त्री शायद ही कोई हो। बड़ी कोमल भावनाओं वाली स्त्री है। वह तुमसे प्रेम करती है, और बहुत अच्छी तरह से प्रेम करती है। वह नहीं चाहती कि तुम्हारा जीवन उसके साथ उलझ जाए। उसे इसी बात की ख़ुशी है कि वह तुम्हे ऐसा करने से रोके रहेगी। तुम्हारे साथ शादी करके वह अपनी नज़रों से गिर जाएगी। और यह यन्त्रणा उसके लिए उन सब यन्त्रणाओं से भयानक होगी जिन्हें वह पहले सहन कर चुकी है। इसलिए वह इस पर कभी भी रज़ामन्द नहीं होगी। पर इसके बावजूद तुम्हारे यहाँ मौजूद रहने से वह विचलित होती है।"

"तो फिर मैं क्या करूँ? क्या यहाँ से ग़ायब हो जाऊँ ?"

मारिया पाव्लोव्ना के होंठों पर बच्चों की सी मधुर मुस्कान आई। वह बोली—

"हाँ, किसी हद तक।"

"किसी हद तक कोई कैसे ग़ायब हो सकता है ?"

"मैं यो ही कह गई। पर जहाँ तक मास्लोवा का ताल्लुक है, मैं कहूँगी कि वह भी शायद समझती है कि सिमनसन का इस तरह उन्मादियों की तरह उसे प्यार करना बेवकूफ़ी है। इससे वह ख़ुश भी होती है और डरती भी है। सिमनसन ने उससे अभी बात नहीं की। तुम जानते हो मैं इन बातों में कोई फ़ैसला देने की योग्यता नहीं रखती। फिर भी मैं समझती हूँ कि सिमनसन की भावनाएँ उसके प्रति एक साधारण पुरुष की सी भावनाएँ हैं, हालाँकि वे प्रकट में ऐसी नज़र नहीं आतीं। वह कहता तो है कि इस प्रेम से उसके शरीर में ओज का संचार होता है, और यह पवित्र प्रेम है, पर मैं जानती हूँ कि विलक्षण होते हुए भी, इसकी तह में वही गन्दगी है...वही जो नोवोद्वोरोव और ग्राबेत्स के प्रेम में है।"

मारिया पाव्लोव्ना जिस बात को लेकर चली थी, वह उसे भूल गई, और इस चहेते मज़मून पर बोलने लगी।

"तो बताओ मैं क्या करूँ?" नेख़्लूदोव ने पूछा।

"मैं सोचती हूँ तुम्हें मास्लोवा से खुलकर सारी बात कर लेनी चाहिए। सब बात साफ़ होनी चाहिए, हमेशा यही अच्छा होता है। तुम उससे बात कर लो। मैं उसे बुलाती हूँ। बुलाऊँ?" मारिया पाव्लोव्ना ने कहा।

"हाँ, धन्यवाद।"

मारिया पाव्लोव्ना बाहर चली गई।

जब नेख़्लूदोव इस छोटे-से कमरे में अकेला रह गया तो विचित्र-सा महसूस करने लगा। वेरा

सो रही थी। उसके धीमे-धीमें साँस लेने की आवाज़ नेख़्लूदोव के कानों में पड़ रही थी। किसी-किसी वक़्त वह कराह-सी उठती। दो दरवाज़ों के पीछे से, जो उसे मुज़रिम क़ैदियों से अलग किए हुए थे, बराबर शोर-गुल की आवाज़ें आ रही थीं।

सिमनसन की बात ने उसे उस कर्तव्य से मुक्त कर दिया था जो नेख़्लूदोव ने अपने ऊपर ले रखा था। जब कभी उसमें दुर्बलता आती तो यह कर्तव्य उसे बड़ा अजीब और कठिन लगा करता था। लेकिन इस समय उसके मन में जो भावना उठी वह न केवल अप्रिय ही थी बल्कि दुखद भी थी। उसे ऐसा महसूस हो रहा था जैसे सिमनसन के प्रस्ताव ने उसकी विलक्षण क़ुर्बानी को मिट्टी में मिला दिया है, जिससे उस क़ुर्बानी का मूल्य उसकी नज़रों में तथा अन्य लोगों की नज़रों में कम हो गया है। यदि सिमनसन जैसा भला आदमी, जिसका मास्लोवा के प्रति कोई दायित्व नहीं, अपनी क़िस्मत उसकी क़िस्मत के साथ जोड़ना चाहता है, तो फिर उसकी क़ुर्बानी तो सचमुच कोई बड़ी क़ुर्बानी नहीं थी। सम्भव है इस भावना में साधारण ईर्ष्या का भी हलका-सा पुट रहा हो। वह मास्लोवा के प्रेम का इतना आदी हो गया था कि वह स्वीकार नहीं कर सकता था कि वह किसी दूसरे से भी प्रेम कर सकती है। इतना ही नहीं। नेख़्लूदोव ने जो यह योजना बना रखी थी कि जहाँ पर मास्लोवा रहेगी, उसी के नज़दीक वह भी रहेगा, वह योजना भी अब किसी काम की न रही थी। अगर सिमनसन के साथ उसने शादी कर ली तो उसकी वहाँ कोई ज़रूरत नहीं रहेगी, और उसे अपने लिए कोई और रास्ता अख़्तियार करना पड़ेगा।

अभी वह अपनी भावनाओं की माप-तौल भी पूरी तरह नहीं कर पाया था कि दरवाज़ा खुला और कात्यूशा अन्दर आ गई। दरवाज़ा खुलने की देर थी कि क़ैदियों का शोर-ग़ुल सुनाई देने लगा (आज कोई ख़ास बात उनके बीच हो गई थी)।

बड़ी चुस्ती से क़दम रखती हुई कात्यूशा सीधी नेख़्लूदोव के पास जा खड़ी हुई।

''मारिया पाव्लोव्ना ने मुझे भेजा है,'' उसने कहा।

''हाँ, मुझे तुमसे दो बातें करनी हैं। बैठो। अभी-अभी व्लादीमिर सिमनसन मेरे साथ बातें कर रहा था।''

कात्यूशा बैठ गई थी, और अपने दोनों हाथ जोड़कर गोद में रख लिए थे। वह काफ़ी शान्त नज़र आती थी, लेकिन नेख़्लूदोव के मुँह से ज्यों ही सिमनसन का नाम निकला, तो कात्यूशा का चेहरा लाल हो गया।

''क्या कहता था?'' उसने पूछा।

''कहता था कि वह तुमसे शादी करना चाहता है।''

सहसा उसका चेहरा मुरझा गया, उस पर वेदना झलकने लगी। पर वह कुछ भी बोली नहीं, केवल आँखें नीची कर लीं।

''वह मुझसे मेरी रज़ामन्दी माँगता है या यह कि मैं कुछ मशविरा दूँ। मैंने उसे कह दिया है कि सारी बात तुम पर निर्भर करती है। इसका निश्चय तुम्हें करना है।''

''उफ़, इस सब का क्या मतलब है? क्यों?'' कात्यूशा बुदबुदाई, और नेख़्लूदोव की आँखों में आँखें डालकर देखा। उस समय उसकी आँखों में वह ऐंचापन था जो हमेशा नेख़्लूदोव को अजीब ढंग से विचलित कर दिया करता था। कुछ क्षणों तक वे चुपचाप बैठे एक दूसरे को देखते रहे। इस नज़र ने बहुत कुछ एक दूसरे से कहा।

''तुम्हें फ़ैसला करना होगा,'' नेख़्लूदोव ने दोहराकर कहा।

''मैं क्या फ़ैसला करूँ ? सब बातों का कब से फ़ैसला हो चुका है।''

"नहीं, तुम्हें इस बात का फ़ैसला करना होगा कि तुम्हें सिमनसन का प्रस्ताव मन्ज़ूर है या नहीं," नेख़्लूदोव ने कहा।

"मैं तो सज़ायाफ़्ता मुजरिम हूँ। मैं किसी की क्या बीवी बनूँगी ? क्या मैं व्लादीमिर सिमनसन की ज़िन्दगी को भी बर्बाद करूँ ?" उसने भौंहें चढ़ाते हुए कहा।

"और अगर सज़ा मन्सूख हो जाए, तो ?"

"ओह, छोड़िए भी ये बातें, मुझे और कुछ नहीं कहना है," कात्यूशा ने कहा और उठकर कमरे से जाने लगी।

18

कात्यूशा के पीछे-पीछे नेख़्लूदोव भी मर्दों के कमरे में वापस लौट आया। वहाँ पर सभी लोग बड़े उत्तेजित हो रहे थे। नबातोव अभी-अभी एक ख़बर लाया था, जिसे सुनकर सभी चकरा गए थे। नबातोव सब जगह घूमता, लोगों से दोस्तियाँ गाँठता था, और कोई बात उससे छिपी न रहती थी। ख़बर यह थी कि उसने एक दीवार पर एक सन्देश लिखा देखा था। यह सन्देश क्रान्तिकारी पेत्लिन की ओर से था जिसे कड़ी मशक़्क़त की सज़ा मिली थी। सब लोग समझे बैठे थे कि वह कब का कारा पहुँच चुका होगा, लेकिन अब पता चला कि वह कुछ ही दिन पहले इस तरफ़ से गुज़रा है। सज़ायाफ़्ता मुजरिमों में वही अकेला राजनीतिक क़ैदी था।

"सतरह अगस्त के दिन," नोट में लिखा था, "मुझे आम मुज़रिम के साथ अकेले भेजा गया। नेवेरोव भी मेरे साथ था लेकिन कज़ान में पहुँचकर उसने पागलख़ाने में आत्महत्या कर ली। मेरा स्वास्थ्य ठीक है और उत्साह भी ज्यों-का-त्यों क़ायम है। मुझे पूर्ण आशा है कि भविष्य उज्जवल होगा।" सभी लोग पेत्लिन की स्थिति और नेवेरोव की आत्महत्या की बातें कर रहे थे। वे सोच रहे थे कि इस आत्महत्या के पीछे क्या कारण रहे होंगे। केवल क्रिलत्सोव चुपचाप बैठा कुछ सोच रहा था। उसकी आँखें चमक रही थीं और एकटक सामने की ओर देखे जा रही थी।

"मेरे पति ने मुझसे एक दिन कहा था कि जब नेवेरोव अभी पीटर-पॉल क़िले में बन्द था तो उसे प्रेत दिखाई देने लगे थे," रांत्सेवा ने कहा।

"हाँ, वह तो कवि था, ख़्वाब देखनेवाला आदमी था। ऐसे लोग क़ैद-तनहाई बर्दाश्त नहीं कर सकते," नोवोद्वोरोव ने कहा। "मुझे याद है जब मैं क़ैद-तनहाई में था तो मैंने कभी भी अपनी कल्पना की बागडोर ढीली नहीं पड़ने दी। मैं एक-एक दिन का कार्यक्रम बड़े बाक़ायदा तौर पर निश्चित कर लिया करता था, इसलिए क़ैद-तनहाई बड़े आराम से बिताई।"

"बिताता भी क्यों न ? मैं तो ख़ुश था जब उन्होंने मुझे क़ैद-तनहाई में रखा," नाबातोव ने चहककर कहा ताकि बोझल वातावरण किसी तरह हलका हो। "पहले तो आदमी को हर बात से डर लगता रहता है, कहीं ख़ुद पकड़ा न जाए, और उसके अन्य साथी भी लपेट में न आ जाएँ, और सारा काम खटाई में न पड़ जाए। पर जब वह पकड़ा जाता है तो उसकी सारी ज़िम्मेवारी ख़त्म हो जाती है और वह आराम कर सकता है—मज़े से बैठे और सिगरेट के कश लगाए।"

"क्या तुम उसे अच्छी तरह जानते थे ?" मारिया पाव्लोव्ना ने क्रिलत्सोव की ओर चिन्तित नज़रों से देखकर पूछा। क्रिलत्सोव का चेहरा उतरा हुआ था और बहुत बदल गया नज़र आता था।

"क्या तुम समझते हो नेवेरोव ख़्वाब देखनेवाला आदमी था?" सहसा क्रिलत्सोव बोल उठा। उसका साँस फूला हुआ था मानो बड़ी देर तक बोलता या गाता रहा हो। "नेवेरोव एक सच्चा

इन्सान था, एक ऐसा इन्सान 'जिस सरीखे बहुत कम इन्सान धरती पर जन्म लेते हैं'–जैसे कि हमारा चौकीदार कहा करता था। उसका मन शीशे की तरह साफ़ था, इतना निष्कपट कि तुम उसके अन्दर झाँककर देख सकते थे। वह कभी झूठ नहीं बोल सकता था। बहाना तक नहीं बना सकता था। न सिर्फ़ यह कि उसकी चमड़ी पतली थी, बल्कि यह कहना चाहिए कि उसके स्नायु तक साफ़ नज़र आते थे, मानो उसकी चमड़ी उतार ली गई हो। उसकी प्रकृति बड़ी जटिल, बड़ी सम्पन्न थी। ऐसी नहीं जैसी कि... पर बहुत बातें करने का क्या लाभ?'' वह रुक गया, फिर गुस्से से त्योरियाँ चढ़ाकर बोला, ''हम तो बहसें करते रहते हैं कि क्या हमें पहले जनता को शिक्षित करना चाहिए और बाद में समाज का स्वरूप बदलना चाहिए, या पहले समाज का स्वरूप बदलें। फिर हम ये बहसें करते हैं कि हमारा संघर्ष किस प्रकार का होना चाहिए, शान्तिपूर्ण प्रचार द्वारा या आतंकवाद द्वारा। हम बहसें करते रहते हैं। लेकिन वे लोग बहसे नहीं करते। वे अपना काम जानते हैं। उन्हें इस बात की कोई परवाह नहीं कि यहाँ बीसियों, सैकड़ों आदमी तिल-तिलकर मर जाएँ। और आदमी भी कैसे! नहीं, वे तो चाहते ही यह हैं कि अच्छे-से-अच्छे आदमी मर जाएँ। हर्ज़न ने ठीक ही कहा था कि जब दिसम्बरवादी लोगों के बीच में से उठ गए तो हमारे समाज का सामान्य स्तर गिर गया था। उसने सचमुच ठीक कहा। उसके बाद स्वयं हर्ज़न और उसके साथी उठा लिए गए। और अब नेवेरोव और उस सरीखे लोग...''

''सब का ख़ात्मा नहीं करेंगे,'' नाबातोव ने अपने प्रफुल्लित स्वर में कहा, ''नस्ल क़ायम रखने के लिए कुछ-न-कुछ तो बच रहेंगे।''

''नहीं बचेंगे, अगर हम हाकिमों से सहानुभूति दिखाने लगेंगे तो कभी नहीं बचेंगे,'' बिना किसी को बोलने का मौक़ा दिए क्रिलत्सोव कहता गया, उसकी आवाज़ और भी ऊँची हो गई। ''एक सिगरेट देना मुझे।''

''ओह, अनातोली, मत सिगरेट पियो, यह तुम्हारे लिए अच्छा नहीं,'' मारिया पाव्लोव्ना ने कहा, ''मत पियो सिगरेट।''

''मुझे कुछ मत कहो,'' उसने गुस्से से कहा और एक सिगरेट सुलगाया, पर फ़ौरन ही खाँसने लगा। बार-बार उसे उबकाई आने लगी, मानो क़ै करने लगा हो। जब गले में से बलग़म निकल गई तो वह फिर बोलने लगा, ''हम ग़लत रास्ते पर चलते रहे हैं। हमारा काम बहसें करना नहीं है। हमारा काम यह है कि हम सब संगठित हों...ताकि उनका नाश कर सकें।''

''पर वे भी तो इन्सान हैं, ''नेख़्लूदोव ने कहा।

''नहीं, वे इन्सान नहीं हैं। जैसे काम वे कर रहे हैं, वैसे काम इन्सान नहीं करते...नहीं...सुनते हैं कि कोई बम और बैलून ईज़ाद हुए हैं। हमें बैलून पर चढ़कर इन लोगों पर ऊपर से बम छिड़कने चाहिए, मानो वे खटमल हों, ताकि सब-के-सब मर जाएँ...हाँ। क्योंकि...'' उसने जारी रखने की कोशिश की लेकिन उसका चेहरा लाल हो गया, और फिर खाँसी का दौरा पड़ गया, जो पहले से भी तेज़ था, और मुँह में से ख़ून की धारा बह निकली।

नाबातोव भागा हुआ बर्फ़ लाने गया। मारिया पाव्लोव्ना वलेरियन ले आई और उसे देने लगी, लेकिन उसने अपना पतला पीला हाथ उठाकर मारिया पाव्लोव्ना को परे हटा दिया और आँखें बन्द किए बैठा रहा। उसकी साँसों की गति तेज़ और बोझल हो रही थी। बर्फ़ और ठंडे पानी से उसकी हालत कुछ सुधरी, उससे कम्बलों में लपेटकर सोने के लिए लिटा दिया गया। नेख़्लूदोव ने विदा ली और सॉर्जेंट के साथ जो थोड़ी देर से खड़ा उसका इन्तज़ार कर रहा था, बाहर निकल आया।

मुजरिम अब शान्त हो गए थे और उनमें से अधिकांश सो रहे थे। क़ैदी तख़्तों पर, तख़्तों के नीचे और तख़्तों के बीच की जगहों पर पड़े सो रहे थे। इसके बावजूद वे सब कमरों में नहीं समा पाए थे। कितने ही कैदी गलियारे में, अपने गीले लबादे ओढ़े हुए और सिरों के नीचे झोले रखे हुए पड़े सो रहे थे।

ख़र्राटें भरने, कराहने और नींद में बड़बड़ाने की आवाज़ें खुले दरवाज़ों और गलियारे में से आ रही थी। हर ओर इन्सानों के ढेर-के-ढेर, जेलख़ाने के लबादों से ढँके हुए पड़े थे। अगर कोई नहीं सो रहा था तो अनब्याहे क़ैदियों के कमरे में कुछेक आदमी, जो मोमबत्ती जलाए उसके पास बैठे थे (लेकिन सॉर्जेंट को आता देखकर उन्होंने वह भी बुझा दी)। या फिर गलियारे में लैंप के नीचे एक बूढ़ा नंगे बदन बैठा था और अपनी क़मीज़ में से जुँए बीन रहा था। यहाँ इतनी बदबू और घुटन थी कि उसके मुक़ाबिले में राजनीतिक क़ैदियों के कमरे की गन्दी हवा भी स्वच्छ लगती थी। लैंप धुआँ छोड़ रहा था और उसकी रोशनी मद्धिम थी मानो धुन्ध से घिरी हो। साँस तक लेना कठिन हो रहा था। गलियारे में इतनी ख़ाली जगह भी नहीं थी कि आदमी खुली तरह चल सके, एक-एक क़दम देख-देखकर रखना पड़ता था। तीन आदमी ऐसे भी थे जिन्हें प्रत्यक्षतः गलियारे में भी लेटने की जगह नहीं मिली थी और वे ड्योढ़ी में, बदबू से भरे और चूते हुए टब के पास लेटे हुए थे। उनमें से एक तो वही बूढ़ा पागल था जिसे नेख़्लूदोव ने कई बार टोली के साथ-साथ मार्च करते हुए देखा था। दूसरा एक लड़का था, जिसकी उम्र दस बरस की रही होगी, जो बाक़ी दो क़ैदियों के बीच, एक की जाँध पर सिर रखे, पड़ा सो रहा था।

फाटक में से बाहर निकलकर नेख़्लूदोव ने लम्बी साँस ली, और बड़ी देर तक पालेभरी हवा में लम्बी-लम्बी साँसे लेता रहा।

19

आसमान साफ़ हो गया था और तारे चमक रहे थे। किसी-किसी जगह को छोड़कर जहाँ कीचड़ जमकर कठोर हो गया था, सभी तरफ़ बरफ़-ही-बरफ़ थी। नेख़्लूदोव वापस अपनी सराय में लौटा और एक अँधेरी खिड़की को खटखटाया। चौड़े कन्धोंवाले मज़दूर ने नंगे पाँव आकर दरवाज़ा खोला। नेख़्लूदोव अन्दर दाख़िल हुआ। दाईं ओर के एक दरवाज़े में से, जहाँ से पिछवाड़े को जाने का रास्ता था, गाड़ीवानों के ख़र्राटों की ऊँची-ऊँची आवाज़ें आ रही थीं। आँगन में से बहुत से घोड़ों के जई चबाने की आवाज़ आ रही थी। सामनेवाले कमरे में देव-प्रतिमाओं के सामने लाल रंग का लैंप जल रहा था। कमरे में से चिरायते और पसीने की गन्ध आ रही थी। पार्टीशन के पीछे कोई आदमी बराबर सुड़-सुड़ करता खर्राटें भर रहा था, जिनको सुनते हुए, लगता था कि उसके फेफड़े बहुत ही मजबूत रहे होंगे। नेख़्लूदोव ने कपड़े उतारे, रोग़नी कपड़ा चढ़े सोफ़े पर अपना कम्बल बिछाया, और चमड़े का अपना सफ़री सिरहाना रखा और लेट गया। उस दिन जो कुछ उसने देखा या सुना था, उसी के बारे में उसके मन में विचार उठ रहे थे। बदबूदार टब और उसमें से चूता हुआ गन्दा पानी, और इसके पास दो क़ैदियों के बीच एक की जाँघ पर सिर रखे सोया हुआ बालक–सभी दृश्यों में से यह दृश्य नेख़्लूदोव को सबसे अधिक भयानक लग रहा था।

जो बातें आज सिमनसन और कात्यूशा से उसकी हुई थीं वे बड़ी अप्रत्याशित और महत्वपूर्ण थीं। लेकिन नेख़्लूदोव उनके बारे में नहीं सोच रहा था। इस सम्बन्ध में उसका रवैया इतना जटिल और अनिश्चित था कि उसने इस बारे में सोचना ही छोड़ दिया था। लेकिन इन बदनसीब क़ैदियों

की तस्वीर, विशेषकर उस भोले-भाले बालक का चेहरा जो क़ैदी की जाँघ पर सिर रखे उस गन्दी हवा में, गन्दे पानी में लेटा सो रहा था, पहले से भी अधिक सजीव होकर उसकी आँखों के सामने घूम रही थी, और हटाए नहीं हटती थी।

सुनने और अपनी आँखों से देखने में बड़ा फ़रक है। इतना भर जान लेना कि दूर कहीं कुछ ऐसे लोग हैं जो अन्य लोगों पर जुल्म ढाते हैं, उन्हें अपमानित करते हैं, उनपर अमानुषिक यन्त्रणाएँ पहुँचाते हैं, यह एक बात है। और ख़ुद अपनी आँखों से तीन महीने तक इस अत्याचार और अपमान को हर वक़्त देखते रहना, बिलकुल दूसरी बात है। और नेख़्लूदोव का हृदय इस बात को महसूस करता था। इन महीनों में, एक बार नहीं कई बार उसने अपने आपसे यह सवाल किया– "क्या मैं पागल हो गया हूँ जो मुझे ऐसी बातें नज़र आती हैं जो औरों को नज़र नहीं आतीं ? या क्या वे लोग पागल हो गए हैं जो ऐसी बातें करते हैं जिन्हें मेरी आँखें देखा करती हैं ?" लेकिन यह मानना कठिन है कि वे लोग–और उनकी संख्या भी कम नहीं है–पागल होंगे, क्योंकि ये काम वे इतने आत्मविश्वास के साथ, इसे बड़ा ज़रूरी और महत्वपूर्ण और लाभदायक समझकर कर रहे थे। न ही नेख़्लूदोव अपने को पागल समझ सकता था, क्योंकि जो कुछ वह सोच रहा था वह इतना स्पष्ट था। अतः सारा वक़्त उसका मन उलझा-सा रहता।

पिछले तीन महीनों में जो कुछ उसने देखा था, उसकी छाप यों उसके मन पर पड़ी थी : सरकार जनता में से उन लोगों को चुन-चुनकर पकड़ती थी जो स्वभावतया सबसे अधिक घबरानेवाले, तेज़ मिज़ाज, जल्दी उत्तेजित होनेवाले, सबसे अधिक प्रतिभावान और सबसे अधिक मज़बूत लोग थे, पर साथ ही जो सबसे कम सावधान तथा चालाक थे। इन्हें वह मुक़दमों तथा शासकीय आज्ञप्तियों द्वारा पकड़ती थी। ये लोग उन लोगों से जो आज़ाद घूमते थे, तनिक भी अधिक दोषी और ख़तरनाक नहीं थे। पर इन्हें या तो जेल की कालकोठरी में बन्द कर दिया जाता था या साइबेरिया भेज दिया जाता था। वहाँ इन्हें रोटी-कपड़ा मिल जाता लेकिन महीनों, बल्कि सालों तक, ये वहाँ निठल्ले पड़े रहते–प्रकृति से दूर, अपने परिवारों से दूर तथा हर प्रकार के उपयोगी काम से दूर–अर्थात् उन सब स्थितियों से दूर जो एक स्वाभाविक तथा नैतिक जीवन के लिए आवश्यक होती है। वह थी पहली बात जो नेख़्लूदोव के मन में उठती थी। दूसरी यह थी कि इन संस्थाओं में इन लोगों को हर तरह से अपमानित किया जाता था जिसकी कोई ज़रूरत नहीं थी, हथकड़ियाँ और बेड़ियाँ पहनाई जातीं, सिर मूँड दिए जाते, लज्जाजनक वर्दियाँ पहनने को दी जातीं, मतलब कि उन्हें उन मुख्य बातों से वंचित कर दिया जाता जिनसे दुर्बल व्यक्तियों को भले आदमियों की तरह रहने की प्रेरणा मिलती है। और ये बातें हैं : यह भावना कि लोग क्या कहते हैं, लज्जा की भावना तथा मानव-गौरव की भावना। तीसरी यह कि क़ैदख़ानों में इन्हें हर वक़्त जान से हाथ धोने का डर रहता–छूत की बीमारी लगने के कारण या शारीरिक दंड और थकान के कारण (यह कहने की ज़रूरत नहीं कि कई लोग लू लगने से, या डूबकर या आग में भस्म होकर जान दे देते थे)। इसलिए सारा वक़्त ये लोग ऐसी स्थिति में रहते जिसमें भले-से-भले और नेक-से-नेक लोग भी, आत्मरक्षा के लिए अत्यन्त बर्बर और भयानक काम करने पर उतारू हो जाते हैं और उन लोगों को क्षमा भी कर देते हैं जो ऐसे काम करते हैं। चौथी यह कि इन लोगों को ऐसे लोगों के साथ रहने पर मज़बूर किया जाता था जो बहुत ही पतित होते थे। इनका पतन भी विशेषतया इन्हीं संस्थाओं द्वारा हो चुका होता था। इन भ्रष्टचारी लोगों, हत्यारों और बदमाशों के साथ रहने से उस पर भी वही असर होता जो गूँथे हुए आटे पर ख़मीर का होता है। पाँचवी यह कि सरकार को जब अपना उल्लू सीधा करना होता तो वह न केवल हर प्रकार

की हिंसा, अत्याचार, और बर्बरता को दरगुज़र ही करती है बल्कि इसकी खुली इजाज़त भी देती है। इस तथ्य पर इन सब लोगों का अनिवार्यतः विश्वास हुआ, क्योंकि इन पर अमानुषिक जुल्म किया जाता था, बच्चों, स्त्रियों और बूढ़ों पर जुल्म होता, डंडों और चाबुकों से इन्हें पीटा जाता, कोई क़ैदी भाग जाता तो उसे पकड़कर वापस लाने के लिए–ज़िन्दा या मरा हुआ–इनाम रखे जाते, पति-पत्नी को एक दूसरे से अलग कर दिया जाता और उन्हें दूसरों की स्त्रियों और पतियों के साथ व्यभिचार करने पर मज़बूर किया जाता, लोगों को गोली से उड़ा दिया जाता और फाँसी पर लटका दिया जाता। इसलिए यदि वे लोग हिंसात्मक कार्रवाइयाँ करें जिनकी आज़ादी छीन ली गई हो और जिन्हें अभाव और हीनता की स्थिति में रखा जाता हो तो यह और भी क्षम्य जान पड़ता है।

ऐसा जान पड़ता था जैसे इन सब संस्थाओं को बनाया ही इसलिए गया हो कि वे भ्रष्टता और दुराचार फैलाएँ। और इस केन्द्रीभूत भ्रष्टता और दुराचार को सारी आबादी में फैलाने के लिए इससे अधिक व्यापक साधन और कोई न होगा।

''ऐसा लगता है मानो इस सवाल का हल ढूँढ़ने का बीड़ा उठाया गया हो कि कौन-सा उपाय है–सबसे अच्छा और सबसे सक्षम–जिसके द्वारा अधिक-से-अधिक संख्या में लोगों को भ्रष्ट बनाया जा सके!'' जेलख़ानों और पड़ाव-घरों में जो कुछ घटता है इसके बारे में सोचते हुए नेख़्लूदोव ने मन-ही-मन कहा। हर साल लाखों लोगों को पतन के निचले-से-निचले स्तर तक पहुँचा दिया जाता था, और जब वे बिलकुल भ्रष्ट हो जाते तो उन्हें छोड़ दिया जाता ताकि जो रोग उन्हें जेलख़ाने में चिपटा था उसे और लोगों में फैला सकें।

समाज ने जो लक्ष्य अपने सामने रखा जान पड़ता था उसे वह किस सफलता से क्रियान्वित कर रहा है, यह नेख़्लूदोव ने त्युमेन, येकातेरीनबुर्ग तथा तोम्स्क के जेलख़ानों में देख लिया था। सीधे-सादे लोगों ने साधारण रूसी सामाजिक, ग्रामीण तथा ईसाई नैतिकता को त्यागकर एक नई नैतिकता को अपना लिया है जो इन जेलों में पनपती है और जो मुख्यतः इस विचार पर आधारित है कि इन्सानों के साथ किसी प्रकार की भी हिंसा और अत्याचार करना उचित है यदि उससे अपने को लाभ पहुँच सकता हो। जेलख़ानों में रह चुकने के बाद इन लोगों का रोम-रोम यह समझने लगता है कि जैसा व्यवहार उनके साथ हुआ है उसे देखते हुए, यथार्थ जीवन में वे सारे-के-सारे नैतिक नियम जिनका उपदेश गिर्जों में तथा सन्तों-महात्माओं द्वारा दिया जाता है–कि लोगों के साथ आदर तथा सहानुभूति से पेश आओ–ताक पर रख दिए जाते हैं। इसलिए उन्हें भी इन नियमों का पालन करने की कोई ज़रूरत नहीं। जितने भी क़ैदियों को नेख़्लूदोव जानता था–फ़्योदोरोव, माकार, यहाँ तक कि तारास पर भी–उन सब पर जेल के जीवन का असर हुआ था। तारास केवल दो महीने तक ही क़ैदियों के बीच रह पाया था लेकिन फिर भी उसके तर्कों में नैतिकता के अभाव से नेख़्लूदोव दंग था। सफ़र के दौरान उसे मालूम हुआ था कि कई क़ैदी जो भागकर टैगा जंगलों में चले जाते थे वे अपने साथ अपने अन्य साथियों को भी बरग़लाकर ले जाते थे, और वहाँ पर उन्हें मारकर उनका मांस खाकर जीते थे। उसने ऐसे ही एक जीते-जागते आदमी को देखा था जिस पर यह दोष लगाया गया था, और उसने इसे स्वीकार किया था। और सबसे भयानक बात यह थी कि मनुष्य-भक्षण का यह एकमात्र उदाहरण नहीं था, अक्सर इस तरह की बात होती रहती थी।

केवल बुराइयों के विशेष संपोषण द्वारा ही, जैसा कि इन संस्थाओं में किया जा रहा था, एक रूसी को नैतिक पतन की चरम सीमा तक ढकेलकर इन जैसा आवारा बनाया जा सकता था।

ये लोग यही मानते थे कि हर काम की खुली छुट्टी है, किसी बात की कोई मनाही नहीं, और इसमें वे नीत्शे के नवीनतम उपदेश का मानो पहले ही जानकर अनुकरण कर रहे थे और इसका प्रचार पहले क़ैदियों में और बाद में जनसाधारण में कर रहे थे।

इस सबकी सफ़ाई में केवल यह कहा जाता था कि इसका उद्देश्य अपराधों को रोकना है, लोगों के दिल में डर पैदा करना है, मुजरिमों को सीधे रास्ते पर लाना और सज़ा के रूप में उन्हें उनके कुकर्मों का नियमित प्रतिफल देना है, जैसा कि पुस्तकों में कहा गया है। पर वास्तव में जो परिणाम निकलते थे उनका इनसे कोई भी मेल नहीं था। बल्कि वे इसके उलट निकलते थे। भ्रष्टता रुकने के बजाय और फैलती थी। अपराधियों के दिल में डर बैठाना तो दूर रहा उनका साहस और बढ़ता था। कितने ही आवारा ख़ुद-ब-ख़ुद जेलख़ानों में लौट आते थे। सीधे रास्ते पर आने के बजाय लोगों को हर प्रकार की भ्रष्टता बड़ी बक़ायदगी से सिखाई जाती थी। और जहाँ तक सज़ा देने की भावना का सवाल है, यह सरकार की दंड-प्रणाली से कमज़ोर पड़ने के बजाय उन लोगों के दिलों में जड़ पकड़ती थी जिनमें यह पहले कभी नहीं थी।

''तो फिर यह सब क्यों किया जाता है ?'' नेख़्लूदोव ने अपने आपसे पूछा। पर उसे कोई उत्तर नहीं मिला।

सबसे आश्चर्यजनक बात यह थी कि ये कार्रवाइयाँ आकस्मिक तौर पर या किसी भूलवश नहीं की जा रही थी। न ही ये इक्के-दुक्के मामले थे, बल्कि सदियों से यह व्यापार चला आ रहा था। भेद केवल इतना था कि पहले लोगों के नाक और कान काट दिए जाते थे, बाद में वक़्त आया जब लोगों के शरीर तपे हुए लोहे से दागे जाते थे, और लोहे की सलाख़ों के साथ उन्हें बाँध दिया जाता था, जहाँ आज उन्हें हथकड़ियाँ लगाई जाती हैं और उन्हें छकड़ों में एक जगह से दूसरी जगह भेजने के बजाय भाप से चलनेवाली गाड़ियों में भेजा जाता है।

सरकारी अफ़सरों का यह तर्क है कि जिन बातों को देखकर क्रोध उठता है उनका कारण यह था कि जेलख़ानों के प्रबन्ध में बड़ी त्रुटियाँ पाई जाती थीं, और ये सब दूर हो सकती हैं यदि आधुनिक ढंग के जेलख़ाने बनाए जाएँ। पर इस तर्क से नेख़्लूदोव को सन्तोष नहीं होता था। उसके मन में जो घृणा उठती थी उसका कारण जेलख़ानों का अच्छा या बुरा प्रबन्ध नहीं था। उसने ऐसे आदर्श जेलख़ानों के बारे में पढ़ रखा था जिनमें बिजली की घंटियाँ लगी रहती हैं, और जहाँ लोगों को बिजली द्वारा फाँसी दी जाती है, जिसका तार्द ने सुझाव दिया है, परन्तु इस प्रकार की सुचारु हिंसा से नेख़्लूदोव के मन में उससे भी अधिक घृणा उठती थी।

परन्तु सबसे अधिक घृणा उसके मन में यह देखकर उठती थी कि कचहरियों और मन्त्रालयों में ऐसे लोग रहते हैं जिन्हें इन कामों के लिए बड़ी-बड़ी तनख़्वाहें मिलती हैं जो तनख़्वाहें जनता की जेब में से आती हैं। इन लोगों के किताबें होती हैं जो इन्हीं जैसे अन्य अफ़सरों ने इन्हीं के उद्देश्यों से प्रेरित होकर लिख रखी होती है। इस तरह की पुस्तकों में क़ानून लिखे होते हैं। और जब इस तरह लिखी गई पुस्तकों के अनुसार किसी क़ानून का उल्लंघन होता है तो ये लोग इन पुस्तकों में झाँकते हैं, एक या दूसरे किसी क़ानून से उसे जोड़ने की चेष्टा करते हैं, और फिर इन्हीं क़ानूनों का अनुकरण करते हुए, अपराधियों को ऐसे स्थानों पर भेज देते हैं, जहाँ वे फिर इन्हें कभी नहीं देख पाते, परन्तु जहाँ पर वे ऐसे इन्स्पेक्टरों, वार्डरों और कॉनवाय-सिपाहियों के रहम पर जीते हैं जो क्रूर और ज़ुल्म करने के आदी होते हैं। वहाँ लाखों-करोड़ों आदमियों का न केवल शारीरिक बल्कि आत्मिक दृष्टि से भी मटियामेट कर दिया जाता है।

अब नेख़्लूदोव जेलख़ानों को अधिक नज़दीक से जानता था। उसे मालूम हो गया था कि

क़ैदियों में जितनी भी बुराइयाँ फैलती हैं–शराबख़ोरी, जुएबाजी, बर्बरता, भयानक जुर्म करने की प्रवृत्ति, यहाँ तक कि मनुष्य-भक्षण भी–ये सब आकस्मिक नहीं होतीं, न ही नैतिक अधःपतन, मानसिक विकारों अथवा जन्मजात अपराध प्रवृत्ति के परिणाम हैं, जैसा कि उन मूढ़ वैज्ञानिकों का कहना है जो सरकार के पिट्ठू बनते हैं। यह सभी बुराईयाँ इस भ्रम का अनिवार्य परिणाम हैं कि मनुष्यों को एक दूसरे को दंड देने का अधिकार है। नेख़्लूदोव ने देखा कि मनुष्य-भक्षण टैगा जंगलों से शुरू नहीं होता बल्कि मन्त्रालयों, समितियों तथा राज्य-विभागों से शुरू होता है। टैगा में तो वह केवल सम्पन्न होता है। उसने देखा कि उसके बहनोई को, मिसाल के तौर पर, या बहनोई को ही क्यों, पेशकार से लेकर मन्त्री तक सभी वकीलों और अधिकारियों को न्याय की तनिक भी चिन्ता नहीं होती, न ही जनकल्याण की जिसकी वे बातें करते हैं, बल्कि केवल अपने रूबलों की चिन्ता होती है जो उन्हें ये कार्रवाइयाँ करने के लिए मिलते हैं जिनके कारण यह सब पतन और क्लेश पैदा होते हैं। यह तथ्य बिलकुल स्पष्ट है।

"तो फिर क्या इस सबकी तह में कोई ग़लतफ़हमी रही है ? क्या ऐसी व्यवस्था नहीं की जा सकती कि सभी अधिकारियों की तनख़्वाहें भी सुनिश्चित रहें, बल्कि इनके अलावा इन्हें बट्टा भी मिले, और ये वे सब काम न करें जो आजकल करते हैं ?" नेख़्लूदोव ने सोचा। बाहर मुर्ग़े दूसरी बार बाँग दे चुके थे। जब भी नेख़्लूदोव करवट बदलता या हरकत करता तो उसके चारों ओर पिस्सु यों दौड़ते, जैसे फौवारे में से पानी की धाराएँ निकल रही हों। पर इनके बावजूद, इन्हीं विचारों में खोया हुआ नेख़्लूदोव गहरी नींद सो पाया।

20

जब नेख़्लूदोव जागा तो छकड़ोंवाले कब के जा चुके थे। सराय की स्थूलकाय मालकिन चाय पी चुकी थी। हाथ में रूमाल लिए अपनी मोटी गर्दन से पसीना पोंछते हुए वह अन्दर आई और नेख़्लूदोव से कहा कि एक सिपाही पड़ाव-घर से उसके नाम कोई चिट्ठी लाया है। चिट्ठी मारिया पाव्लोव्ना की ओर से थी। लिखा था कि क्रिलत्सोव को खाँसी का बहुत बुरा दौरा पड़ा है, हमें उम्मीद न थी कि उसकी हालत इतनी चिन्ताजनक हो जाएगी। "पहले तो हमारी यही इच्छा थी कि इसे यहीं पर रहने दें, और अधिकारियों से इजाज़त माँग लें कि कोई आदमी इसके साथ रह सके, लेकिन इसकी इजाज़त नहीं मिली। अब हम इसे साथ ही ले जाएँगे। लेकिन इसकी स्थिति अत्यन्त शोचनीय है। कृपया ऐसा प्रबन्ध करो कि इसे शहर में छोड़ा जा सके, और हममें से एक आदमी इसके साथ रह सके। यदि इजाज़त हासिल करने के लिए इस बात की ज़रूरत हो कि मैं इसके साथ शादी कर लूँ तो बेशक, मैं यह करने के लिए तैयार हूँ।"

नेख़्लूदोव ने युवा मज़दूर को फ़ौरन घोड़ा-चौकी पर घोड़ों का प्रबन्ध करने के लिए भेज दिया और जल्दी-जल्दी अपना सामान बाँधने लगा। अभी वह चाय का दूसरा गिलास भी नहीं पी पाया था कि सायबान में तीन घोड़ोंवाली गाड़ी घंटियाँ खनकाती आ पहुँची। जमे हुए कीच पर उसके पहिए इस तरह खड़खड़ करते चले आ रहे थे जैसे पत्थरों पर चल रहे हों। नेख़्लूदोव ने पैसे निकाले और मोटी गर्दनवाली मालकिन का हिसाब चुकाया, फिर भागा हुआ बाहर आया और गाड़ी पर पैर रखते ही गाड़ीवान को हुक्म दिया कि गाड़ी भगाकर क़ैदियों की टोली के पास ले चले। पंचायती चरागाह के फाटकों के कुछ ही आगे वे गए होंगे कि उन्हें क़ैदियों के छकड़े मिल गए जिनमें बोरे और बीमार क़ैदी भरे पड़े थे। छकड़ों के पहिए जमे कीच पर खड़खड़ाते चले जा रहे थे, जो अब

उनके बोझ के नीचे धीरे-धीरे हमवार होता जा रहा था। अफ़सर वहाँ पर नहीं था, वह आगे चला गया था। सड़क के किनारे-किनारे कुछ सिपाही हँसते-बतियाते चले जा रहे थे, जो प्रत्यक्षतः शराब पिए हुए थे। छकड़े संख्या में बहुत थे। अगले छकड़ों में, एक-एक छकड़े पर छः छः बीमार क़ैदी बैठे थे, जो मुश्किल से उनमें समा पाए थे। पिछले तीन छकड़ों पर, हरेक में तीन-तीन राजनीतिक क़ैदी थे। एक में नोवोद्वोरोव, ग्राबेत्स और कोन्द्रात्येव थे; दूसरे में रांत्सेवा, नबातोव और वह स्त्री जिसे मारिया पाव्लोव्ना ने अपनी जगह दे दी थी, बैठे थे। तीसरे छकड़े में क्रिलत्सोव भूसे के ढेर पर सिर के नीचे सिरहाना रखे लेटा हुआ था और छकड़े के सिरे पर मारिया पाव्लोव्ना उसके पास बैठी थी। नेख़्लूदोव ने गाड़ीवान को गाड़ी रोकने के लिए कहा और उतरकर क्रिलत्सोव के पास गया। एक शराबी सिपाही ने उसे रोकने के लिए हाथ हिलाया लेकिन नेख़्लूदोव ने कोई परवाह न की और छकड़े के साथ-साथ, एक हाथ से उस पकड़े हुए क्रिलत्सोव के निकट चलने लगा। क्रिलत्सोव ने भेड़ की खाल का कोट और सिर पर फ़र की टोपी पहन रखी थी। मुँह पर रूमाल बँधा हुआ था। पहले से कहीं अधिक पीला और दुबला लग रहा था। उसकी सुन्दर आँखें बड़ी-बड़ी लग रही थीं। और उसमें विचित्र चमक थी। छकड़े में हिचकोलों के कारण उसका शरीर कभी एक तरफ़ को, कभी दूसरी तरफ़ को झूल जाता। लेकिन उसकी आँखें एकटक नेख़्लूदोव को देखे जा रही थीं। जब नेख़्लूदोव ने उससे स्वास्थ्य के बारे में पूछा तो उसने केवल आँखें बन्दकर लीं और गुस्से से सिर हिला दिया। जान पड़ता था कि छकड़े के हिचकोले बर्दाश्त करने के लिए उसे शरीर की सारी शक्ति लगा देने की ज़रूरत है। मारिया पाव्लोव्ना दूसरी तरफ़ बैठी थी। उसने नेख़्लूदोव की ओर बड़े सारपूर्ण ढंग से देखा ताकि उसे क्रिलत्सोव की चिन्ताजनक स्थिति का पता चल जाए, फिर हँस-हँसकर बातें करने लगी।

"जान पड़ता है अफ़सर को शर्म आ गई," उसने चिल्लाकर कहा ताकि पहियों की खड़खड़ के बीच उसकी आवाज़ सुनाई दे सके। "बूज़ोव्किन की हथकड़ियाँ उतार दी गई हैं, अब वह अपनी बेटी को खुद गोद में उठाकर ले जा रहा है। कात्यूशा और सिमनसन उसके साथ हैं, और वेरा भी। वेरा ने मेरी जगह ले ली है।"

क्रिलत्सोव कुछ बोला लेकिन शोर के कारण उसकी आवाज़ सुनाई नहीं दी। उसे खाँसी उठने लगी और उसने भौंहें चढ़ाकर उसे दबाने की चेष्टा करते हुए सिर हिलाया। नेख़्लूदोव आगे की ओर झुककर उसकी बात सुनने की चेष्टा करने लगा। क्रिलत्सोव किसी तरह रूमाल में से मुँह निकालकर फुसफुसाया–

"पहले से तबीयत बहुत अच्छी है। बस, सर्दी नहीं लगनी चाहिए।"

नेख़्लूदोव ने समर्थन में सिर हिलाया। फिर एक बार मारिया पाव्लोव्ना और नेख़्लूदोव की नज़रें मिलीं।

"तीन नक्षत्रों का क्या बना?" बड़ी कठिनाई से मुस्कराने की चेष्टा करते हुए क्रिलत्सोव ने फुसफुसाकर कहा। "क्या उनका मसला हल करना बहुत मुश्किल है?"

बात नेख़्लूदोव की समझ में नहीं आई, लेकिन मारिया पाव्लोव्ना ने समझाया क्रिलत्सोव का मतलब गणित के उस सुपरिचित प्रश्न से है जिसमें सूर्य, चन्द्रमा तथा पृथ्वी के आपसी सम्बन्ध का जिक्र है और यह उससे तुम्हारी, सिमनसन और कात्यूशा की स्थिति की तुलना कर रहा है। इस पर क्रिलत्सोव ने सिर हिलाकर हामी भरी कि मारिया पाव्लोव्ना ने उसके मज़ाक़ को ठीक समझा है।

"इस प्रश्न का हल मेरे हाथ में नहीं है," नेख़्लूदोव ने कहा।

"क्या तुम्हें मेरी चिट्ठी मिल गई है ? क्या यह काम करोगे ?" मारिया पाव्लोवना ने पूछा।

"ज़रूर," नेख़्लूदोव ने जवाब दिया। फिर जब उसने देखा कि क्रिलत्सोव नाराज़ नज़र आ रहा है तो घूमकर सीधा अपनी गाड़ी में जा बैठा, और हिचकोलों से बचने के लिए दोनों तरफ़ से उसे पकड़ लिया। कच्ची सड़क की लीकों पर गाड़ी झूलती हिचकोले खाती क़ैदियों की टोली से आगे बढ़ने लगी, जो अपने भूरे लबादों, भेड़ की खाल के कोटों, बेड़ियों और हथकड़ियों को पहने सड़क पर छः फर्लांग आगे तक फैली हुई थी। सड़क की दूसरी तरफ़ नेख़्लूदोव को कात्यूशा का नीले रंग का शाल, वेरा का काला कोट और सिमनसन की बुनी हुई टोपी और सफ़ेद लम्बे मोज़े नज़र आए जिनपर उसने फीते बाँध रखे थे जैसे सैंडलों पर लगाए जाते हैं। सिमनसन दोनों औरतों के साथ-साथ चल रहा था और किसी मसले पर बड़े जोश से बहस कर रहा था।

नेख़्लूदोव को देखकर तीनों ने उसका झुककर अभिवादन किया, और सिमनसन ने बड़ी गम्भीरता से सिर पर से टोपी उतारी। नेख़्लूदोव रुका नहीं क्योंकि उसे उन्हें कुछ भी कहना नहीं था, और शीघ्र ही आगे निकल गया। थोड़ी देर के बाद सड़क के ज़्यादा हमवार हिस्से पर पहुँचकर गाड़ीवान ने गाड़ी और भी तेज़ कर दी, पर बार-बार उसे लीकों पर से हट जाना पड़ता था क्योंकि सड़क पर दोनों तरफ़ से छकड़ों की कतारें आ-जा रही थीं।

सड़क देवदार के एक घने जंगल में से होकर गई थी जिसमें कहीं-कहीं बर्च और लार्च के वृक्ष भी खड़े थे और जिनके पीले पत्ते अभी तक गिरे नहीं थे और झिलमिला रहे थे। सड़क के बीचोबीच गाड़ियों के पहियों की गहरी लीकें खिंची थीं। आधे रास्ते पर जंगल ख़त्म हो गया। अब सड़क के दोनों तरफ़ दूर-दूर तक खेत फैले हुए थे। दूर किसी मठ के गुम्बद और क्रॉस नज़र आए। बादल छितर गए थे। और मौसम अच्छा हो गया था। जंगल के ऊपर सूरज चमकने लगा था जिसकी रोशनी में पेड़ों के पत्ते, गड्डों में जमा हुआ पानी और मठ के सुनहरी क्रॉस और गुम्बद चमकने लगे थे। थोड़ा दाईं ओर दूर क्षितिज के ऊपर जहाँ आकाश का रंग भूरा-सुरमई हो रहा था बर्फ़ से लदे पहाड़ों की सफ़ेदी झिलमिलाने लगी। गाड़ी ने एक बड़े से गाँव में प्रवेश किया। सड़क पर रूसी तथा अन्य जातियों के बहुत से लोग विचित्र से लबादे और टोपियाँ पहने घूम रहे थे। दूकानों, शराब-घरों और छकड़ों के आस-पास मर्दों और औरतों की भीड़ लगी थी, जिनमें से कई एक ने शराब पी रखी थी। इस सबसे पता चलता था कि नज़दीक ही कोई शहर है।

गाड़ीवान ने रास झटकी, अपने दाएँ हाथवाले घोड़े पर चाबुक चलाई, और रासों को ढीला छोड़कर सीट के दाएँ सिरे पर बैठ गया, और लोगों पर रोब कसने के लिए गाड़ी को तेज़-तेज़ चलाता हुआ, नदी की ओर ले जाने लगा। नदी को बेड़े पर पार किया जाता था। नदी में बेड़ा उन्हीं की दिशा में बहता आ रहा था, और नदी के मध्य तक पहुँच चुका था। किनारे पर लगभग बीस छकड़े नदी पार करने के इन्तज़ार में खड़े थे। नेख़्लूदोव को बहुत देर इन्तज़ार नहीं करना पड़ा। नदी का बहाव तेज़ था साथ ही बेड़े को धार के ऊपर काफ़ी दूर तक ले जाया जा चुका था, जिस कारण शीघ्र ही वह घाट के साथ आ लगा।

नाविक बड़े ऊँचे-ऊँचे कद के, चौड़े कन्धोंवाले, मांसल और चुपचाप काम करनेवाले व्यक्ति थे। सभी ने भेड़ की खाल के कोट पहन रखे थे। किनारे पर पहुँचकर उन्होंने अपने अभ्यस्त हाथों से रस्से फेंककर बेड़े को किनारे से बाँधा, फिर जिन छकड़ों को उस पार से ढोकर लाए थे उन्हें किनारे पर उतारा और किनारे पर खड़े छकड़ों को बेड़े में लादने लगे। छकड़ों और घोड़ों से सारा बेड़ा भर गया। पानी को देखकर घोड़े बेचैन होने लगे। बेड़े के पार्श्व पर चौड़ी, वेगवती

नदी के थपेड़े लग रहे थे जिससे रस्से और भी तन गए थे। बेड़ा भर गया था नेख़्लूदोव की गाड़ी में से घोड़े खोल दिए गए थे और उसे बेड़े के एक तरफ़ बहुत से छकड़ों के बीच खड़ा कर दिया गया था। नाविकों ने और छकड़ों का अन्दर आना बन्द कर दिया, और रस्से खोलकर बेड़ा खेने लगे। बहुत से लोग जिन्हें बेड़े पर जगह नहीं मिली थी, चिल्लाने और मिन्नतें करने लगे लेकिन नाविकों ने उनकी ओर कोई ध्यान नहीं दिया। बेड़े पर मौन छा गया। नाविकों के क़दमों और घोड़ों के खुर पटकने की आवाज़ों के अतिरिक्त कोई आवाज़ सुनाई नहीं पड़ती थी।

21

बेड़े के किनारे पर खड़ा नेख़्लूदोव विशाल नदी का दृश्य देख रहा था। उसके मन में दो चित्र बार-बार उभर रहे थे। कभी उसे आक्रोश से भरपूर, संसार से विदा होते क्रिलत्सोव का गाड़ी के हिचकोले से इधर-उधर झटकता सिर दिखाई देता और कभी कात्यूशा, जो दृढ़ता से डग भरती हुई सिमनसन के साथ-साथ चली जा रही थी। क्रिलत्सोव इस तरह अचानक मरना नहीं चाहता था, इसलिए इस चित्र से नेख़्लूदोव का मन खिन्न और उदास हुआ। कात्यूशा के रोम-रोम से ओज फूट रहा था, उसे सिमनसन जैसे व्यक्ति का प्रेम प्राप्त हुआ था, साथ ही वह भलाई के सच्चे मार्ग पर दृढ़तापूर्वक चली जा रही थी। इस चित्र से नेख़्लूदोव को ख़ुश होना चाहिए था, किन्तु इससे भी उसका मन उदास हुआ और इस उदासी को वह दूर नहीं कर सका।

नगर की ओर से काँसे के किसी घंटे की आवाज़ गूँजती हुई आई। नेख़्लूदोव के गाड़ीवान ने तथा बेड़े में खड़े अन्य लोगों ने सिर पर से टोपियाँ उतारीं और छाती पर क्रॉस का चिन्ह बनाया। रेलिंग के बिलकुल पास खड़े एक छोटे-से बिखरे बालोंवाले बूढ़े ने, जिसकी ओर नेख़्लूदोव का ध्यान पहले नहीं गया था, क्रॉस का चिन्ह नहीं बनाया, बल्कि सिर ऊँचा करके नेख़्लूदोव की ओर देखने लगा। बूढ़ा बदन पर टाकियाँ लगा कोट, सूती पतलून और पैरों में फटे-पुराने, टाकियाँ लगे बूट पहने था। पीठ पर एक छोटा-सा सफ़री थैला लटकाए और सिर पर एक फटी पुरानी फ़र की ऊँची-सी टोपी पहने हुए था।

''तुम प्रार्थना क्यों नहीं कर रहे हो, बड़े मियाँ ?'' नेख़्लूदोव के गाड़ीवान ने सिर पर टोपी रखकर ठीक करते हुए उससे पूछा। ''क्या तुम्हारा बपस्तिमा नहीं हुआ?''

''प्रार्थना किस की करूँ ?'' एक-एक शब्द पर बल देते हुए, रूखी आवाज़ में उस फटेहाल बूढ़े ने पूछा।

''भगवान की, और किस की?'' गाड़ीवान ने तुनककर कहा।

''दिखाओ तो, तुम्हारा भगवान है कहाँ पर ?''

वृद्ध के चेहरे पर कुछ ऐसी गम्भीरता तथा दृढ़ता का भाव था कि गाड़ीवान कुछ झेंप गया। वह समझ गया कि आज किसी सख़्त मिज़ाज आदमी से वास्ता पड़ा है। लेकिन भीड़ खड़ी देख रही थी, और वह नहीं चाहता था कि उसके सामने दब्बू बने और शर्मिन्दा हो। इसलिए अपनी झेंप छिपाने की कोशिश करते हुए झट से बोला–

''कहाँ है? स्वर्ग में है और कहाँ होगा ?''

''तो तुम वहाँ हो आए हो क्या ?''

''मैं वहाँ हो आया हूँ या नहीं, सभी जानते हैं कि भगवान की प्रार्थना करनी चाहिए।''

''आज तक कभी किसी आदमी ने भगवान को नहीं देखा। केवल भगवान का एकमात्र बेटा,

जो उसी के हृदय में बसता है, प्रकट हुआ था,'' उसी तरह त्योरियाँ चढ़ाए वृद्ध ने तेज़ बोलते हुए कहा।

''ज़ाहिर है तुम ईसाई नहीं हो, तुम तो यों ही बे सिर पैर चीज़ को भगवान मानते हो, उसी की पूजा करते हो,'' गाड़ीवान ने चाबुक का दस्ता पेटी में खोंसते हुए और एक घोड़े पर का साज़ सीधा करते हुए कहा।

भीड़ में से कोई हँसने लगा।

''तुम्हारा धर्म क्या है बड़े मियाँ ?'' अधेड़ उम्र के एक आदमी ने पूछा जो बेड़े के उसी तरफ़ अपने छकड़े के पास खड़ा था।

''मेरा कोई भी धर्म नहीं, क्योंकि मेरा किसी में भी विश्वास नहीं है–मेरा विश्वास केवल अपने आप पर है,'' उसी दृढ़ता और तेजी के साथ वृद्ध ने जवाब दिया।

''अपने पर विश्वास कैसे हो सकता है ?'' वाद-विवाद में भाग लेते हुए नेख़्लूदोव ने पूछा, ''तुम भूल भी तो कर सकते हो।''

''नामुमकिन है,'' सिर हिलाकर वृद्ध ने दृढ़ता से जवाब दिया।

''तो फिर लोगों के अलग-अलग धर्म क्यों हैं?'' नेख़्लूदोव ने पूछा।

''केवल इसलिए कि लोग औरों में विश्वास करते हैं, अपने आप पर विश्वास नहीं करतें। इसीलिए संसार में अलग-अलग धर्म हैं। मैंने भी पहले लोगों में विश्वास किया था, यहाँ तक कि मैं दलदल में फँस गया। मुझे कोई बाहर निकलने का रास्ता ही नहीं मिलता था। कट्टरपन्थी और नवीनपन्थी, जूडासवादी और ख़्लिस्ती, पोपोव्सी और बेज़पोपोव्सी, अवस्त्रियाक और मोलोकान, और स्क्योप्त्सी–सभी धर्म अपने ही गुण गाते हैं। यही कारण है कि सभी अन्धे पिल्लों की तरह रेंगते रहते हैं। धर्म तो बहुत है परन्तु आत्मा तो एक ही है–मुझमें, तुममें, उसमें। इसलिए अगर हर आदमी अपने में विश्वास करने लगेगा, तो सबमें एकता आ जाएगी। सभी लोग अपने प्रति सच्चे रहें तो सभी मिलकर एक हो जाएँगे।''

वृद्ध बड़ी ऊँची आवाज़ में बोल रहा था, और बार-बार अपने इर्द-गिर्द देखता था। प्रत्यक्षतः उसकी इच्छा थी कि अधिक-से-अधिक लोग उसकी बात सुनें।

''क्या तुम्हारा यह मत बहुत दिनों से है?'' नेख़्लूदोव ने पूछा।

''मेरा? हाँ, बहुत दिनों से। पिछले 23 बरस से वे मेरे पीछे पड़े हुए हैं।''

''पीछे पड़े हुए हैं ? वह कैसे ?''

''जिस तरह उन्होंने यीसु मसीह पर ज़ुल्म किए उसी तरह मुझ पर भी ज़ुल्म कर रहे हैं। मुझे पकड़ लेते हैं और अदालतों के सामने, पादरियों, क़ानूनदानों और पाखंडियों के सामने पेश करते रहते हैं। एक बार उन्होंने मुझे पागलखाने में बन्द कर दिया। पर वे मेरा क्या बिगाड़ सकते हैं ? मैं तो आज़ाद जीव हूँ। वे मुझसे पूछते हैं–'तुम्हारा नाम क्या है ?' वे समझते हैं कि मैं अपना नाम बतलाऊँगा। पर मेरा कोई नाम ही नहीं है। मैंने सब कुछ त्याग दिया है। मेरा न कोई नाम है, न स्थान, न देश, मेरा कुछ भी नहीं। मैं बस, केवल स्वयं हूँ। 'तुम्हारा नाम क्या है ?' 'इन्सान।' 'तुम्हारी उम्र कितनी है?' मैं जवाब देता हूँ। मैं अपनी उम्र के साल नहीं गिनता, गिन सकता भी नहीं, क्योंकि मैं सदा से था और सदा रहूँगा।' 'तुम्हारे माँ-बाप कौन हैं ?' 'मेरे कोई माँ-बाप नहीं, भगवान और धरती माता के अतिरिक्त मेरा कोई नहीं। भगवान मेरा पिता है, धरती–माता है।' 'और जार? क्या तुम ज़ार को मानते हो ?' वे पूछते हैं। मैं जवाब देता हूँ, 'क्यों नहीं। वह अपना ज़ार है, मैं अपना ज़ार हूँ।' 'तुम्हारे साथ मग़ज़-पच्ची करने का क्या लाभ ?' वे कहते हैं। और

मैं कहता हूँ, 'मैं कब तुमसे कहता हूँ कि मेरे साथ मग़ज़-पच्ची करो।' इस तरह वे लोग मुझे परेशान करते हैं।"

"अब कहाँ जा रहे हो" नेख़्लूदोव ने पूछा।

"जहाँ भगवान ले जाए। जहाँ मुझे काम मिल जाए वहाँ काम करता हूँ। जो काम नहीं मिले तो भीख माँगता हूँ।"

वृद्ध ने देखा कि बेड़ा किनारे पर पहुँचनेवाला है, इसलिए उसने अपनी बात ख़त्म की और बड़े गर्व के साथ आस-पास खड़े लोगों की ओर देखा, मानो मैदान मार लिया हो।

बेड़ा दूसरे किनारे पर जा लगा। नेख़्लूदोव ने अपना बटुआ निकाला और कुछ पैसे बूढ़े को दिए। लेकिन उसने लेने से इनकार कर दिया। बोला –

"मैं इस तरह की चीज़ नहीं लेता, केवल रोटी लेता हूँ।'

"अच्छा तो, अलविदा, माफ़ करना।"

"माफ़ करने की इसमें क्या बात है। आपने मेरा कोई अपमान नहीं किया, और मेरा अपमान किया भी नहीं जा सकता।" और बूढ़े ने अपनी पीठ पर सफ़री थैला फिर रख लिया जो पहले उसने उतार दिया था।

इस बीच गाड़ी किनारे पर उतार दी गई थी और उसमें घोड़े जोत दिए गए थे।

"मैं तो हैरान हो रहा था हुज़ूर, कि आप उस आदमी के साथ बातें करने लगे थे," जब नेख़्लूदोव तगड़े नाविकों को पैसे देकर गाड़ी में बैठा तो गाड़ीवान ने कहा, "वह तो किसी काम का आदमी नहीं, बिलकुल आवारा है।"

22

नदी की ढलान पर चढ़कर जब वे ऊपर पहुँचे तो गाड़ीवान बोला–

"किस होटल में ले चलूँ, हुज़ूर ?"

"सबसे अच्छा कौन-सा होटल है ?"

" 'साइबीरियन' से अच्छा कोई होटल नहीं है, लेकिन 'द्यूकोव' भी बुरा नहीं है।"

"तुम्हारा जहाँ मन चाहे ले चलो।"

"गाड़ीवान फिर सीट के एक तरफ़ होकर तिरछा बैठ गया, और पहले से भी अधिक तेज़ गाड़ी चलाने लगा। यह शहर भी अन्य शहरों जैसा ही था। वैसे ही घर, हर घर की छत हरे रंग की और ऊपर बरसाती, वैसा ही गिरजा, बड़ी सड़क पर वैसी ही छोटी-बड़ी दूकानें, यहाँ तक कि वैसे ही पुलिस के सिपाही भी थे। परन्तु लगभग सभी घर लकड़ी के बने थे और सड़कें कच्ची थीं। एक सड़क पर पहुँचकर, जिस पर काफ़ी रौनक थी, गाड़ीवान एक होटल के सामने रुका। लेकिन कोई भी कमरा ख़ाली नहीं था, इसलिए वह दूसरे होटल की ओर गाड़ी ले चला। यहाँ पर, दो महीने के बाद, नेख़्लूदोव को वैसी जगह रहने को मिली जिसका वह आदी था, जो काफ़ी साफ़ और आरामदेह थी। कमरा साधारण ही उसे मिला लेकिन दो महीने तक छकड़ों पर हिचकोले खाने के बाद तथा गाँवों की सरायों और पड़ाव-घरों में रहने के बाद उसने चैन की साँस ली। पड़ाव-घरों से उसे जुँए पड़ गई थीं जिनसे वह कभी भी पूर्णतया छुटकारा नहीं पा सका था, इसलिए उसने पहला काम यह किया कि अपने बदन और कपड़ों को साफ़ किया। सामान खोलने के बाद वह पहले रूसी हमाम में गया, उसके बाद अपने शहरी कपड़े पहने –कलफ़ लगी क़मीज़, पतलून जिस

पर कुछ-कुछ सिलवटें पड़ गई थीं, फ़्रॉक-कोट, उस पर ओवर-कोट और इलाक़े के गवर्नर को मिलने के लिए चल पड़ा। होटलवाले ने एक गाड़ी मँगवा दी जिसका घोड़ा तो ख़ूब पला हुआ किरग़ीज़ घोड़ा था लेकिन गाड़ी के चूल चलते हुए चर्र-चर्र करते थे। शीघ्र ही गाड़ी एक विशाल और भव्य इमारत के बड़े से सायबान में जाकर खड़ी हो गई। सायबान के सामने सन्तरी और एक पुलिस का सिपाही पहरा दे रहे थे। भवन के सामने और पीछे एक बाग़ था, ऐस्पन और बर्च वृक्षों के बीच, जिनकी पल्लवहीन टहनियाँ फैल रही थीं, देवदार और फ़र के घने पेड़ गहरे हरे रंग की ओढ़नी ओढ़े खड़े थे।

जनरल बीमार था और मुलाकातियों से नहीं मिल रहा था। फिर भी नेख़्लूदोव ने चोबदार से अपना कार्ड अन्दर ले जाने को कहा, और चोबदार अन्दर से सन्तोषप्रद जवाब लेकर आया।

''अन्दर तशरीफ़ ले चलिए।''

हॉल, चोबदार, अर्दली, सीढ़ियाँ, नाचनेवाला कमरा जिसका फ़र्श ख़ूब चमक रहा था–सभी वैसे ही थे जैसे कि पीटर्सबर्ग में। लेकिन यहाँ उनका रोब ज़्यादा था, और वे गन्दे भी उनसे ज़्यादा थे।

नेख़्लूदोव को पढ़नेवाले कमरे में ले जाया गया।

जनरल एक फूला हुआ लेकिन ज़िन्दादिल आदमी था, उभरी हुई नाक, माथे पर जगह-जगह सूजन, आँखों के नीचे का मांस फूला हुआ और गंजा सिर, वह तातारी सिल्का का ड्रेसिंग-गाउन पहने हुए था, और चाँदी के होल्डर में चाय का गिलास थामे चाय की चुस्कियाँ ले रहा था और सिगरेट के कश लगा रहा था।

''मिज़ाज शरीफ़, मेहरबान, आइए। माफ़ करना मैं ड्रेसिंग-गाउन चढ़ाए हुए हूँ। पर न मिलने से तो यों मिलना ही अच्छा है,'' अपनी स्थूल गर्दन पर ड्रेसिंग-गाउन चढ़ाते हुए, और गर्दन के पिछले भाग को गाउन की सिलवटों से ढकते हुए, उसने कहा, ''मेरी तबीयत कुछ अच्छी नहीं, इसलिए घर से बाहर नहीं निकलता। कहो, हमारे इतने दूर-दराज़ इलाक़े में कैसे आना हुआ?''

मैं क़ैदियों की एक टोली के साथ-साथ जा रहा हूँ। इसमें एक व्यक्ति है जिसके साथ मेरा निकट का सम्बन्ध है,'' नेख़्लूदोव ने कहा, ''और मैं हुज़ूर की ख़िदमत में कुछ तो उस व्यक्ति की ख़ातिर और कुछ एक दूसरे मतलब के लिए हाज़िर हुआ हूँ।''

जनरल ने एक और कश लगाया और चाय की चुस्की ली, सिगरेट को मैकालाइट की बनी राख़दानी में रखा और दत्तचित्त होकर नेख़्लूदोव बात सुनने लगा। उसकी चमकती आँखें जो फूले हुए घेरों में छोटी-छोटी दरारों-सी लगती थीं नेख़्लूदोव के चेहरे पर टिकी थीं। केवल एक बार उसने नेख़्लूदोव को टोका और वह भी सिगरेट पेश करने के लिए।

जनरल एक सुसंस्कृत व्यक्ति था और फ़ौज के उन अफ़सरों में से था जिनका यह विश्वास है कि अपने पेशे के साथ उदार तथा मानवीय विचारों का मेल बैठाया जा सकता है। लेकिन स्वभाव का सद्भावनाशील तथा समझदार होने के कारण उसे शीघ्र ही पता चल गया कि यह सन्धि-मिलाप असम्भव है। अतः अन्दर-ही-अन्दर वह अशान्त रहने लगा, और इस आन्तरिक अशान्ति को भुलाने के लिए उसने शराब की शरण ली। यह शराबख़ोरी की आदत फ़ौज के लोगों में बहुत पाई जाती है। धीरे-धीरे वह इसमें अधिकाधिक डूबता गया, यहाँ तक कि 35 वर्ष तक फ़ौज की नौकरी करने के बाद डाक्टरों की परिभाषा में वह बिलकुल ''अलकोहली'' हो गया। अल्कोहल उसके अंग-अंग में रच गया था, यहाँ तक कि अगर वह किसी प्रकार का भी तरल पदार्थ पी ले तो उसे चढ़ जाती थी। शराब के बिना वह रह न सकता था, वह उसके लिए अनिवार्य बन गई थी। शाम को हर रोज़ वह नशे में चूर होता। लेकिन उसकी भी उसे ऐसी आदत पड़ गई थी कि न ही

वह लड़खड़ाता था और न ही मुँह से कोई ऊल-जलूल बात कहता। और यदि कोई ऊल-जलूल बात कह भी जाता तो उसे बड़ी विद्वतापूर्ण बात समझा जाता क्योंकि वह बड़े ऊँचे और महत्वपूर्ण पद पर था। केवल सुबह के वक़्त–उस वक़्त जब नेख़्लूदोव उससे मिलने आया था–उसका दिमाग़ ठीक काम करता और जो कुछ उससे कहा जाता उसे ठीक समझता था। एक मुहावरा दोहराने की उसे बड़ी आदत थी और वास्तव में उसी मुहावरे की वह ख़ुद जीती-जागती मिसाल भी था। वह कहा करता–''वह नशे में है, पर साथ ही अक़्लमन्द भी है, इसलिए उसके संग बैठकर दो मज़े मिलते हैं।'' ऊँचे अधिकारियों को मालूम था कि वह पियक्कड़ है, लेकिन वह अन्य लोगों से ज़्यादा पढ़ा-लिखा था–हालाँकि उसकी शिक्षा उस समय ख़त्म हो गई थी जब उसे पीने की लत्त लगी। साहसी और चतुर आदमी था, चाल-ढाल का रोबीला, नशे में भी चतुराई की बात करता, इसलिए उसे इतनी बड़ी जिम्मेदारीवाले पद पर नियुक्त किया गया था और इस पद पर वह अब भी क़ायम था।

नेख़्लूदोव ने उसे बताया कि जिस क़ैदी में उसकी दिलचस्पी है वह एक स्त्री है, और यह कि उसके साथ अन्याय हुआ है, और उसकी ओर से एक अपील ज़ार के पास भेजी गई है।

''अच्छा, तो फिर?'' जनरल बोला।

''पीटर्सबर्ग में मुझसे कहा गया था कि एक महीने के अन्दर-अन्दर इस दरख़्वास्त का फ़ैसला मेरे पास यहाँ भेज दिया जाएगा...''

जनरल ज़ोर-ज़ोर से खाँसने लगा और अपना हाथ मेज़ की ओर बढ़ाया और वहाँ पर रखी घंटी को अपनी गठीली उँगलियों से बजाया। उसकी आँखें अब भी नेख़्लूदोव के चेहरे पर लगी थीं और वह बराबर सिगरेट के कश लगाए जा रहा था।

''मेरी यह दरख़्वास्त है कि इस औरत को उस वक़्त तक यहीं पर रहने की इजाज़त दी जाए जब तक कि इसकी अपील का जवाब नहीं आ जाता।''

एक अर्दली ने जो वर्दी पहने था कमरे में प्रवेश किया।

''दरयाफ़्त करो कि आन्ना वासील्येव्ना जाग गई है या नहीं,'' जनरल ने अर्दली से कहा। ''और थोड़ी चाय और ले आओ।'' फिर, नेख़्लूदोव की ओर घूमकर बोला, ''हाँ तो और क्या बात है।

''मेरी दूसरी दरख़्वास्त एक राजनीतिक क़ैदी के बारे में है। वह भी इसी टोली में जा रहा है।''

''यह बात है !'' जनरल ने कहा और बड़े महत्वपूर्ण ढंग से सिर हिलाया।

''वह बहुत सख़्त बीमार है–मर रहा है–शायद उसे यों भी यहाँ अस्पताल में छोड़ जाएँगे। इन्हीं राजनीतिक क़ैदियों में से एक स्त्री उसकी टहल-सेवा करने के लिए उसके साथ रहना चाहती है।''

''क्या वह उसकी रिश्तेदार है?''

''नहीं, लेकिन वह उसके साथ शादी कर लेगी, अगर शादी कर लेने से उसे यहाँ रुकने की इजाज़त मिल सकती हो।''

जनरल की चमकती आँखें अब भी नेख़्लूदोव के चेहरे पर लगी थीं। वह चुपचाप सिगरेट के कश लगाता हुआ उसकी ओर देखे जा रहा था ताकि मुलाक़ाती विचलित हो जाए।

जब नेख़्लूदोव अपनी बात कह चुका तो जनरल ने मेज़ पर से एक किताब उठाई, अँगुली को लब से तर किया, और जल्दी-जल्दी पन्ने उलटते हुए वह पन्ना निकालकर पढ़ने लगा जिस पर शादियों के बारे में सरकारी क़ानून दर्ज था।

''उस औरत को क्या सज़ा दी गई है?'' किताब पर से सिर उठाते हुए उसने पूछा।

"कड़ी मशक्कत की।"

"जिसे कड़ी मशक़्क़त की सज़ा दी गई हो उसकी स्थिति शादी द्वारा बेहतर नहीं बनाई जा सकती।"

"यह तो ठीक है, लेकिन..."

"माफ़ कीजिए। यदि कोई आज़ाद आदमी भी उसके साथ ब्याह करेगा, उसी हालत में भी उसे अपनी सज़ा भुगतनी पड़ेगी। ऐसी स्थिति में देखना यह होता है कि किसको ज़्यादा कड़ी सज़ा मिली है–आदमी को या औरत को।"

"दोनों को एक जैसी कड़ी मशक़्क़त की सज़ा मिली है।"

"बस फिर दोनो बराबर हो गए!" जनरल ने हँसकर कहा। "जो मर्द को मिला है, वही औरत को भी मिला है। पर चूँकि मर्द बीमार है, उसे यहीं पर छोड़ा जा सकता है। उसकी देखभाल के लिए जो कुछ भी ज़रूरी हुआ, किया जाएगा। लेकिन जहाँ तक उस स्त्री का सवाल है, यदि वह उससे शादी कर भी ले तो उसके साथ पीछे नहीं रह सकती।'

"मालकिन कॉफ़ी पी रही हैं," अर्दली ने आकर कहा।

जनरल ने सिर हिलाया और अपनी बात जारी रखते हुए कहा–

"अच्छा, मैं सोचूँगा। उनके नाम क्या हैं ? यहाँ कागज़ पर लिख दो।"

नेख़्लूदोव ने उनके नाम लिख दिए।

इसके बाद नेख़्लूदोव ने मरणासन्न क़ैदी से मिलने की इजाज़त माँगी।

"नहीं, इसकी इजाज़त भी मैं नहीं दे सकता," जनरल ने जवाब दिया, "मुझे तुम पर शक तो बिलकुल नहीं है, लेकिन तुम उसमें और अन्य क़ैदियों में दिलचस्पी रखते हो, और तुम्हारे पास पैसा है। और यहाँ, जिसके जेब में पैसा हो वह सब कुछ कर सकता है। मुझसे कहा जाता है, 'रिश्वतख़ोरी को बन्द कराओ।' मगर मैं रिश्वतख़ोरी को कैसे बन्द करा सकता हूँ जब सभी रिश्वत लेते हैं ? जितना छोटा अफ़सर होगा उतना ही जल्दी रिश्वत के लिए हाथ फैलाएगा। और तीन हजार मील के लम्बे चौड़े इलाक़े में इसका पता भी कैसे लगाया जा सकता है ? बाहर तो हर अफ़सर ज़ार बना हुआ है, जिस तरह मैं यहाँ पर हूँ," उसने हँसकर कहा। "और शायद तुम राजनीतिक क़ैदियों से मिल भी चुके हो। बस पैसे दिए होंगे और इजाज़त मिल गई होगी, क्यों?" वह मुस्करा रहा था। "क्यों ठीक है न?"

"हाँ, ठीक है।"

"मैं समझ सकता हूँ कि इसके बिना तुम्हारे लिए कोई चारा न था। तुम्हारे दिल में राजनीतिक क़ैदी के लिए दर्द उठता है और तुम उससे मिलना चाहते हो। दूसरी तरफ़ इन्स्पेक्टर या कॉनवाय का सिपाही इसलिए रिश्वत ले लेता है क्योंकि उसे केवल 40 कोपेक रोज़ाना के हिसाब से तनख़्वाह मिलती है, और उसके बाल-बच्चे हैं। वह अपनी जगह लाचार है। अगर मैं तुम्हारी जगह पर होऊँ, या उसकी जगह पर, तो मैं भी यही कुछ करूँगा। पर अपनी जगह पर यहाँ मैं क़ानून से एक इंच भी इधर-से-उधर नहीं हो सकता। मैं इसकी अपने को इजाज़त भी नहीं देता, क्योंकि मैं इन्सान हूँ और मुझ पर भी भावुकता का असर हो सकता है। मैं तो ख़ुद प्रशासन में हूँ और मेरे हाथ में एक जिम्मेवारी का काम सौंपा गया है, जिसकी अपनी ख़ास शर्तें हैं, और मुझे इन शर्तों को हर हालत में पूरा करना है...अच्छा, अब यह काम तो ख़त्म हुआ। अब कुछ राजधानी की ख़बर सुनाओ।" और जनरल बहुत कुछ पूछने और सुनाने लगा। वह ख़बरें भी सुनाना चाहता था, और साथ ही अपने प्रभुत्व और दयालुता का रोब भी गाँठना चाहता था।

23

"तुम ठहरे कहाँ हो?" जब नेख़्लूदोव विदा होने लगा तो जनरल ने पूछा। "द्यूकोव होटल में ? जगह तो बेकार ही है। आज शाम को पाँच बजे मेरे साथ खाना खाओ। तुम अंग्रेजी जानते हो?"

"जी, जानता हूँ।"

"यह बहुत अच्छा हुआ। अभी-अभी यहाँ एक अंग्रेज यात्री पहुँचा है। वह निर्वासन के विषय पर अध्ययन कर रहा है और साइबेरिया के जेलख़ानों की जाँच करने आया है। आज वह हमारे यहाँ खाना खाने आ रहा है। ज़रूर आना। हम पाँच बजे मेज़ पर बैठ जाते हैं, और मेरी पत्नी वक़्त की बड़ी पाबन्द है। मैं उस वक़्त तुम्हें उस औरत और बीमार क़ैदी के बारे में भी अपना जवाब बता दूँगा। शायद बीमार के पास किसी को छोड़ना सम्भव हो जाए।"

जनरल से विदा लेकर नेख़्लूदोव गाड़ी में बैठ डाकख़ाने की ओर जाने लगा। वह एक नई उत्तेजनाभरी स्फूर्ति का अनुभव कर रहा था।

डाकखाना नीची छत के एक मेहराबदार कमरे में था। काउंटर के पीछे कुछेक कर्मचारी बैठे काम कर रहे थे और काउंटर के सामने लोगों की भीड़ लगी थी। एक कर्मचारी सिर एक ओर को झुकाए चिट्ठियों पर मोहरें लगा रहा था। बड़ी फुर्ती से उसके हाथ चल रहे थे। नेख़्लूदोव को ज़्यादा देर इन्तज़ार नहीं करना पड़ा। उसने अपना नाम बताया तो फ़ौरन ही उसकी डाक उसके हाथ में दे दी गई। डाक में बहुत कुछ था : कई चिट्ठियाँ, रुपया, किताबें, "ओतेचेस्त्वेन्नियं ज़ापीस्की" पत्रिका का नया अंक। नेख़्लूदोव इन्हें उठाकर लकड़ी के एक बैंच पर जा बैठा जिस पर कोई फ़ौजी हाथों में किताब पकड़े, पहले से बैठा इन्तज़ार कर रहा था। नेख़्लूदोव उसके पास ही बैठ गया और अपनी चिट्ठियाँ छाँटने लगा। चिट्ठियों मे एक रजिस्ट्री चिट्ठी थी, जिसका लिफ़ाफ़ा बहुत बढ़िया था और ऊपर साफ़ चमकती लाल रंग की मोहर लगी थी। नेख़्लूदोव ने मोहर को तोड़ा। सन्दर सेलेनिन की एक चिट्ठी थी जिसके साथ कुछेक सरकारी काग़ज़ उसने भेजे थे। देखते ही नेख़्लूदोव का चेहरा लाल हो गया, और दिल धड़कने लगा। कात्यूशा की अपील का जवाब आया था। यह जवाब कैसा होगा ? कहीं अपील को रद्द तो नहीं कर दिया गया। नेख़्लूदोव ने जल्दी-ज़ल्दी ख़त पढ़ डाला, जो बड़ी बारीक लिखावट में लिखा था। शब्दों की बनावट दृढ़ थी किन्तु वे बहुत ही एक दूसरे के साथ जुड़े हुए थे। ख़त को पढ़ना मुश्किल हो रहा था। उसे पढ़ते ही नेख़्लूदोव ने चैन की साँस ली। जवाब उत्सावर्द्धक था।

"प्रिय मित्र," सेलेनिन ने लिखा था, "आख़िरी बार जब तुम मुझसे मिले तो तुम्हारी बातों का मुझ पर गहरा असर हुआ। मास्लोवा के बारे में जो कुछ तुमने बताया वह ठीक था। मैंने मुक़दमे की फ़ाइल को ध्यान से पढ़ा है, और देखता हूँ कि उस पर घोर अन्याय हुआ है। जिस अपील कमेटी को तुमने उसकी दरख़्वास्त पेश की थी, वही इसका निर्णय कर सकती थी। मुक़दमे की जाँच में मैंने भी सहायता की। इस चिट्ठी के साथ उस हुक्मनामे की नक़ल भेज रहा हूँ जिसके अनुसार उसकी सज़ा बहुत कम कर दी गई है। तुम्हारी मौसी काउंटेस येकोतेरीना इवानोव्ना से मुझे तुम्हारा पता मिला और इसी पर मैं तुम्हें यह नक़ल भेज रहा हूँ। असल दस्तावेज उस जगह पर भेज दिया गया है जहाँ पर मुक़दमे से पहले उसे रखा गया था। वहाँ से सम्भवतः फ़ौरन ही साइबेरिया के मुख्य सरकारी दफ़्तर में भेज दिया जाएगा। इस शुभ समाचार को फ़ौरन तुम तक पहुँचाने के लिए यह ख़त लिख रहा हूँ। सप्रेम–तुम्हारा, सेलेनिन।"

सरकारी हुक्मनामा इस तरह था–"महाराजाधिराज के अपील कार्यालय से जहाँ महाराजाधिराज

के नाम दी हुई दरख़्वास्तें ली जाती हैं।'' आगे तारीख़ तथा अन्य क़ानूनी बातें लिखी थीं। 'महाराजाधिराज के अपील कार्यालय के मुख्य अधिकारी की ओर से मेश्चान्का येकातेरीना मास्लोवा को सूचित किया जाता है, कि महाराजाधिराज ने उसकी दरख़्वास्त पर विचार करके उसे मन्ज़ूर करने की कृपा की है, और हुक्म फ़रमाया है कि कड़ी मशक़्क़त की सज़ा के स्थान पर साइबेरिया के किसी निकटवर्ती स्थान पर केवल निर्वासित कर दिया जाए।''

बड़ी अच्छी खबर थी और महत्वपूर्ण। जिस चीज़ की नेख़्लूदोव अपने लिए तथा कात्यूशा के लिए आशा करता था वही पूरी हो गई थी। वह ठीक है कि मास्लोवा की इस नई स्थिति के कारण उनके आपसी सम्बन्धों में नई उलझने पैदा हो गई थीं। जितनी देर तक उस पर कड़ी मशक़्क़त की सज़ा लागू है, उतनी देर तक उसके साथ शादी भी सच्ची शादी नहीं होगी। और सिवाय इसके कि वह इस द्वारा उसकी यातना को हलका बना सके, उसका कोई अर्थ भी नहीं होगा। पर अब दोनों के एक साथ रहने में कोई रुकावट नहीं थी। और इसके लिए नेख़्लूदोव तैयार नहीं था। यही नहीं, सिमनसन के साथ मास्लोवा के सम्बन्ध का क्या होगा ? जो शब्द कल मास्लोवा ने कहे थे, उनका क्या अर्थ था? और यदि वह सिमनसन के साथ शादी करने पर रज़ामन्द हो गई तो यह अच्छा होगा या बुरा? नेख़्लूदोव के लिए इन सवालों की गुत्थी सुलझाना आसान नहीं था, इसलिए उसने इनके बारे में सोचना छोड़ दिया। ''अपने आप कोई रास्ता निकल आएगा,'' उसने सोचा, ''इस समय इस उधेड़बुन में नहीं पड़ना चाहिए। इस वक़्त तो मुझे जितनी जल्दी हो सके यह ख़ुशख़बरी मास्लोवा को सुनानी चाहिए और उसे क़ैद से छुड़ाना चाहिए।'' उसका ख़याल था कि हुक्मनामें की नक़ल से ही वह सम्भव हो जाएगा। इसलिए डाकख़ाने में से निकलते ही उसने गाड़ीवान को जेलख़ाने की तरफ़ चलने को कहा।

जेलख़ाने के भीतर जाने की उसने गवर्नर से उस रोज़ इजाज़त नहीं ली थी। लेकिन अपने अनुभव से वह जानता था कि जिस बात की इजाज़त बड़े अफ़सर नहीं देते वह छोटे अफ़सरों से आसानी से पूरी हो जाती है। अब उसका यही इरादा था कि कोशिश करके जेल के अन्दर चला जाए और कात्यूशा को यह शुभ समाचार सुनाए और हो सके तो उसे फ़ौरन छुड़वा दे। साथ ही वह क्रिलत्सोव की सेहत के बारे में दरयाफ़्त करना चाहता था और जो कुछ गवर्नर ने कहा था वह उसे तथा मारिया पाव्लोव्ना को बता देना चाहता था।

जेल इन्स्पेक्टर ऊँचा-लम्बा, रोबीला आदमी था। मूँछें और गलमुच्छे, दोनों का रुख़ उसके होंठों के कोनों की ओर था। नेख़्लूदोव के साथ वह बड़ी रुखाई से पेश आया और साफ़-साफ़ कह दिया कि चीफ़ के विशेष आर्डर के बिना वह बाहर के किसी भी आदमी को क़ैदियों से मिलने की इजाज़त नहीं दे सकता। जब नेख़्लूदोव ने कहा कि उसे तो राजधानी तक में क़ैदियों से मिलने की इजाज़त मिलती रही है तो बोला–

''जी ठीक होगा, लेकिन मैं तो इजाज़त नहीं दे सकता।'' उसके लहजे से जान पड़ता था मानो कह रहा हो, ''शहरों के अमीरज़ादे समझते हैं कि हम पर रोब गाँठकर हमें हतबुद्धि कर सकेंगे। पर हम पूर्वी साइबेरिया में रहते हुए भी क़ानून से अच्छी तरह वाक़िफ़ हैं, बल्कि हम उन्हें क़ानून सिखा सकते हैं।''

न ही जेल इन्स्पेक्टर पर हुक्मनामे की उस नक़ल का ही कोई असर हुआ जो सीधी महाराजाधिराज के अपने दफ़्तर से आई थी। उसने दृढ़ता से कह दिया कि वह नेख़्लूदोव को जेलख़ाने की चारदीवारी में नहीं घुसने देगा। वह नेख़्लूदोव के भोलेपन पर बड़ी घृणा से मुस्करा दिया, जो यह समझे बैठा था कि मास्लोवा को जेल से छुड़ाने के लिए यह नक़ल ही काफ़ी है।

उसने साफ़-साफ़ कह दिया कि अपने से बड़े अधिकारी की ओर से सीधा हुक्म मिलने पर ही वह किसी क़ैदी को रिहा कर सकता है। हाँ, इस बात का उसने आश्वासन दिया कि वह मास्लोवा से कह देगा कि उसके लिए सज़ा कम करने का हुक्म आ गया है, और ज्यों ही उससे चीफ़ से उसे आदेश मिला वह मास्लोवा को फ़ौरन रिहा कर देगा, उसे बिलकुल नहीं रोकेगा।

क्रिलत्सोव की भी कोई ख़बर वह देने के लिए तैयार न था। वह यह भी बताने के लिए तैयार नहीं था कि इस नाम का कोई क़ैदी जेलख़ाने में है भी या नहीं। इस तरह नेख़्लूदोव के कुछ भी हाथ नहीं लगा और वह गाड़ी में बैठकर वापस अपने होटल की ओर रवाना हो गया।

इन्स्पेक्टर की कठोरता का एक कारण था। जेलख़ाने में टाइफ़स की बीमारी फैल गई थी क्योंकि जेलख़ाने में जितने क़ैदियों के लिए जगह थी उससे दुगुने भरे पड़े थे। गाड़ीवान ने नेख़्लूदोव को बताया कि ''हर रोज़ कितने ही लोग जेलख़ाने में मर जाते हैं। कोई भयानक रोग उन्हें लग गया है। एक-एक दिन में बीस-बीस लाशों को दफ़नाया जाता है।''

24

जेलख़ाने में तो नेख़्लूदोव नाकामयाब रहा, मगर इसके बावजूद वह उसी स्फ़ूर्ति और उत्साह के साथ गवर्नर के दफ़्तर की ओर यह पता लगाने के लिए चल पड़ा कि मास्लोवा के लिए असल हुक्मनामा पहुँचा है या नहीं। वह नहीं पहुँचा था। वहाँ से नेख़्लूदोव सीधा अपने होटल को गया और उसी वक़्त सेलेनिन तथा अपने वक़ील को इस बारे में ख़त लिख दिए। ख़त लिख चुका तो घड़ी देखी। गवर्नर के घर जाने का समय हो गया।

रास्ते में फिर उसे यही ख़याल आने लगा कि जब कात्यूशा को पता चलेगा कि उसकी सज़ा कम कर दी गई है तो उसकी क्या प्रतिक्रिया होगी। अब उसे कहाँ रहना पड़ेगा? यदि नेख़्लूदोव उसके साथ रहे तो उसके बीच कैसा सम्बन्ध होना चाहिए? और सिमनसन? वह उसके बारे में क्या सोचती है? उसे याद आया कि मास्लोवा बदल गई है, और इस परिवर्तन के बारे में सोचते हुए उसे मास्लोवा के अतीत की याद आने लगी।

''फिलहाल मुझे इन बातों के बारे में नहीं सोचना चाहिए,'' उसने सोचा और मास्लोवा को मन में से निकालने की चेष्टा करने लगा। ''जब वक़्त आया तो देख लेंगे,'' उसने मन-ही-मन कहा और यह सोचने लगा कि उसे गवर्नर से क्या कहना चाहिए।

जनरल के घर भोजन का प्रबन्ध उसी शानो-शौकत से हुआ था जिसका नेख़्लूदोव अभ्यस्त रहा था। अमीरों और बड़े-बड़े अफ़सरों के घरों में ऐसा ही आयोजन किया जाता है। नेख़्लूदोव को बहुत आनन्द आया, विशेषकर जब कि आराम-आसाइश तो दूर, वह मुद्दत से साधारण आराम से भी वंचित रहा था।

घर की मालकिन पीटर्सबर्ग की रहनेवाली पुराने ढंग की grande dame* थी, ज़ार निकोलाई प्रथम के दरबार की कुलीन-सेविका थी, फ़्रांसीसी भाषा बड़े स्वाभाविक ढंग से और रूसी भाषा बड़े अस्वाभाविक ढंग से बोलती थी। वह सारा वक़्त सीधी तनकर रहती और जब हाथों को हिलाती तो कोहनियों को कमर के साथ जोड़े रखती। पति के प्रति उसका आदर-भाव संयत और उदासी का पुट लिए था। मेहमानों के प्रति वह अत्यन्त सद्भावनापूर्ण थी हालाँकि प्रत्येक के प्रति, उसकी स्थिति के अनुसार, उसके व्यवहार में हलका-सा फ़रक होता। नेख़्लूदोव से वह इस तरह मिली जैसे घर का आदमी

* ऊँचे समाज की महिला (फ़्रेंच)।

हो। इतने सुचारू ढंग से, बिना पता चले, उसने नेख़्लूदोव की तारीफ़ की कि नेख़्लूदोव को फिर एक बार अपने गुणों का आभास होने लगा और उसका हृदय सन्तोष से भर उठा। उस स्त्री ने नेख़्लूदोव को महसूस कराया जैसे उसे मालूम हो कि वह क्यों साइबेरिया में आया हुआ है, जैसे वह जानती हो कि जो क़दम उसने उठाया है वह अनूठा होते हुए भी सच्चे दिल से उठाया गया है, जैसे वह उसे कोई विलक्षण पुरुष समझती हो। इस चतुर चापलूसी तथा गवर्नर के घर की कमनीयता और ठाट-बाट ने नेख़्लूदोव को अभिभूत कर दिया। इस घर के सुन्दर वातावरण, स्वादिष्ट व्यंजन, तथा सुशिक्षित लोगों के साथ आराम से बैठकर वार्तालाप करने के आनन्द में वह बिलकुल खो गया। उसे ऐसा जान पड़ने लगा जैसे वह वातावरण जिसमें वह पिछले महीने रहता रहा है एक स्वप्न था जिसमें से अब वह जागकर वास्तविकता से साक्षात् कर रहा है।

घर के लोगों के अतिरिक्त–जिनमें जनरल की बेटी, दामाद तथा एड-डि-कैंप शामिल थे–वहाँ पर एक अंग्रेज सज्जन, एक व्यापारी जिसका सोने की खानों से सम्बन्ध था, तथा साइबेरिया के एक दूरस्थ नगर के गवर्नर मौजूद थे। नेख़्लूदोव को सभी लोग बड़े रुचिकर लगे।

अंग्रेज सज्जन की बातें बड़ी रोचक थीं। सेहत अच्छी, और गालों का रंग लाल, यह सज्जन फ़्रांसीसी भाषा तो बहुत बुरी बोलता था लेकिन अपनी भाषा वह ख़ूब जानता था, और एक प्रभावशाली वक्ता था। दुनिया का उसने बहुत कुछ देखा था और अमेरिका, भारत, जापान तथा साइबेरिया के बारे में बड़ी रोचक बातें सुनाता था।

नेख़्लूदोव को वह युवा व्यापारी भी बहुत अच्छा और रुचिकर लगा, जिसका सोने की खानों से सम्बन्ध था। वह एक किसान का बेटा था। लन्दन का सिला सायंकालीन सूट पहनकर आया था, और क़मीज में हीरों के स्टड लगा रखे थे। उसके पास पुस्तकों का बहुत अच्छा संग्रह था, जनकल्याण के कामों में खुले दिल से पैसे दिया करता था। उसके विचार यूरोपीय उदारवादी थे। नेख़्लूदोव को इसमें एक प्रकार की नवीनता और श्रेष्ठता नज़र आई। वह उन स्वस्थ और भोले-भाले किसानों में से था जो यूरोप की सभ्यता और संस्कृति की कलम लग जाने से निखर उठते हैं।

साइबेरिया के दूरस्थ नगर का गवर्नर वही आदमी था–सरकारी विभाग का भूतपूर्व डायरेक्टर–जिसकी पीटर्सबर्ग में उन दिनों बड़ी चर्चा थी जब नेख़्लूदोव वहाँ पर था। स्थूलकाय आदमी था, बारीक घुँघराले बाल, हलकी नीली आँखें, गोरे हाथ जिन पर बहुत-सी अँगूठियाँ थीं, बड़ी नफ़ासत से तराशे हुए नाख़ून, और चेहरे पर मृदु मुस्कान। उसके जिस्म का निचला हिस्सा ख़ासा भारी-भरकम था। जनरल को अपना यह साथी बहुत पसन्द था, क्योंकि जहाँ चारों और सभी अधिकारी घूस लेते थे, वहाँ पर यही एक आदमी था जिसके हाथ बिलकुल साफ़ थे। घर की मालकिन भी इसकी बड़ी कद्र करती थी। मालकिन को संगीत का शौक़ था, और वह बहुत अच्छा पियानो बजाती थी। वे दोनों मिलकर चार हाथों से पियानो बजाते थे। इस समय नेख़्लूदोव का मन इतना ख़ुश था कि उसे यह आदमी भी बुरा नहीं लगा।

नेख़्लूदोव को एड-डि-कैंप भी अच्छा लगा। खिला हुआ चेहरा फुर्तीला बदन, ठोढ़ी का रंग कुछ-कुछ नीला और भूरा, यह आदमी स्वभाव का इतना अच्छा था कि आगे बढ़-बढ़कर सबकी सेवा कर रहा था।

परन्तु सबसे अधिक उसे जनरल की बेटी और उसका पति पसन्द आए। यह जोड़ी बड़ी प्यारी थी। लड़की शकल की सीधी-सादी और मन की सरल थी, और अपने दो बच्चों में दुनिया को भूले हुए थी। शादी से पहले इस युवक से उसे गहरा प्रेम रहा था, और ब्याह करने के लिए उसे अपने माँ-बाप के साथ बड़ी जद्दोजहद करनी पड़ी थी। उसका पति उदार विचारों का युवक

था, मास्को विश्वविद्यालय का स्नातक था और पठन-पाठन में रुचि रखता था। अब सरकारी नौकरी कर रहा था और सांख्यिकीय विभाग में काम करता था। उसका काम मुख्यतया ग़ैररूसी जातियों से सम्बन्धित था, उसमें उसकी गहरी रुचि थी और वह उन्हें नेस्तनाबूद हो जाने से बचाना चाहता था।

सभी लोग नेख़्लूदोव के साथ बड़ी सद्‌भावना से पेश आए, उसकी एक-एक बात को बड़े ध्यान से सुनते। इतना ही नहीं वे उसे एक नए और दिलचस्प व्यक्ति के नाते भी मिलकर ख़ुश हुए थे। जनरल भोजन पर अपनी वर्दी पहनकर आया जिस पर सफ़ेद क्रॉस चमक रहा था। वह नेख़्लूदोव से दोस्तों की तरह मिला और फिर सब मेहमानों को न्यौता दिया कि आइए दो-दो घूँट वोद्‌का के पी लें, और उन्हें साथवाले छोटे-से मेज़ की ओर ले गया जिस पर शराब वग़ैरा रखी थी। जनरल ने नेख़्लूदोव से पूछा कि मेरे यहाँ से जाकर दिन भर क्या करते रहे हो। नेख़्लूदोव ने बताया कि वह डाकख़ाने गया था जहाँ उसे यह ख़बर मिली कि जिस व्यक्ति के बारे में उसने जिक्र किया था, उसकी सज़ा बहुत कम कर दी गई है। नेख़्लूदोव ने दोबारा जेलख़ाने में जाकर क़ैदियों से मिलने की इजाज़त माँगी।

जनरल की भौंहें चढ़ गईं पर वह बोला कुछ नहीं। ज़ाहिर है उसे इस वक़्त काम-काज का पचड़ा ले बैठना अच्छा नहीं लगा।

''वोद्‌का पिएँगें आप?'' जनरल ने फ़्रांसीसी भाषा में अंग्रेज से पूछा जो अभी-अभी मेज़ के पास आया था। अंग्रेज ने वोद्‌का पी, फिर बताने लगा कि वह उस रोज़ गिरजा और फ़ैक्ट्री देखने गया था, लेकिन वह बड़ा जेलखाना देखना चाहता था जहाँ निर्वासित किए जानेवाले क़ैदियों को रखा जाता है।

''तब तो बात बन गई,'' जनरल ने नेख़्लूदोव से कहा, ''आप दोनों एक साथ जा सकेंगे। इन्हें एक पास बना दो,'' उसने एड-डि-कैंप से घूमकर कहा।

''आप कब जाना चाहते हैं ?'' नेख़्लूदोव ने पूछा।

''अक्सर मुझे शाम को जेलख़ानों में जाना ज़्यादा अच्छा लगता है,'' अंग्रेज ने कहा, ''सभी क़ैदी अन्दर होते हैं, और पहले से किसी क़िस्म की तैयारी नहीं की होती। क़ैदियों को आप उनके असली रूप में देखते हैं।''

''ख़ूब, हमारे मित्र उन्हें अपने पूरे जोबन पर देखना चाहते हैं। देखें, ज़रूर देखें। मैं कई बार लिख चुका हूँ, लेकिन वे लोग कोई ध्यान नहीं देते। अब उन्हें विदेशी पत्रिकाओं से इसका पता चलेगा,'' जनरल ने कहा और चलता हुआ खाने की मेज़ के पास जा पहुँचा जहाँ मालकिन मेहमानों को अपने-अपने स्थान पर बिठा रही थी।

नेख़्लूदोव के एक तरफ़ मालकिन और दूसरी तरफ़ अंग्रेज सज्जन थे। उसके सामने जनरल की बेटी और सरकारी विभाग का भूतपूर्व डायरेक्टर बैठे थे। मेज़ पर वार्तालाप उखड़ा-उखड़ा-सा रहा, अब अंग्रेज सज्जन ने हिन्दुस्तान के बारे में कुछ कहा तो फिर जनरल ने टांकिन अभियान की चर्चा की और कहा कि वह उसके बिलकुल हक़ में नहीं है, फिर साइबेरिया में व्यापक घूस और भ्रष्टाचार की बात चली। इन सब विषयों में नेख़्लूदोव की रुचि नहीं थी।

लेकिन भोजन के उपरान्त, कॉफ़ी पीते समय, घर की मालकिन नेख़्लूदोव और अंग्रेज सज्जन के बीच बड़ी दिलचस्प बातचीत होने लगी। विषय था ग्लैड्‌स्टन। नेख़्लूदोव को लगा जैसे उसके मुँह में से बड़ी विद्वतापूर्ण बातें निकल रही हैं। जिनसे उसके साथी काफ़ी प्रभावित हो रहे हैं। भोजन बहुत अच्छा था। और भोजन के बाद आराम-कुर्सी पर इन कुलीन, मिलनसार लोगों के बीच बैठकर

कॉफ़ी की चुस्कियाँ लेते हुए, नेख़्लूदोव को और भी अच्छा लग रहा था। इसके बाद अंग्रेज सज्जन ने मालकिन से पियानो बजाने की दरख़्वास्त की। मालकिन और भूतपूर्व डायरेक्टर बड़े अभ्यस्त ढंग से पियानों पर बीथोवन की पाँचवीं सिम्फ़नी बजाने लगे। उसे सुनते हुए नेख़्लूदोव पूर्ण आत्मसन्तोष का अनुभव करने लगा। मुद्दत से वह इस सन्तोष से अनभिज्ञ रहा था, मानो उसने अभी-अभी जाना हो कि वह कितना अच्छा आदमी है।

ग्रैंड पियानो बहुत बढ़िया था और सिम्फ़नी बड़ी कुशलता से बजाई गई थी। कम-से-कम नेख़्लूदोव को ऐसे ही लग रहा था। उसे यह सिम्फ़नी पसन्द थी और उससे वह परिचित भी था। जब ''अन्दान्त'' बजाया जाने लगा तो नेख़्लूदोव का हृदय अपने बहुसंख्यक गुणों का भास पाकर इतना उद्वेलित हो उठा कि उसके नाक में ख़ारिश होने लगी।

नेख़्लूदोव ने मालकिन का धन्यवाद किया, और कहा कि आज उसने उस आनन्द का अनुभव किया है जिससे वह बहुत दिनों से वंचित रहा था। जब वह विदा लेने लगा तो मालकिन की बेटी उसके पास आई–उसके चेहरे पर दृढ़ता का भाव था–और शर्मा कर कहने लगी–

''आपने मेरे बच्चों के बारे में पूछा था। उन्हें देखना पसन्द करेंगे?''

''यह समझती है कि हर कोई इसके बच्चे देखने के लिए मचल रहा है,'' अपनी बेटी के इस प्यारे भोलेपन को देखकर मालकिन ने मुस्कराकर कहा। ''प्रिन्स को इसमें कोई दिलचस्पी नहीं है।''

''नहीं नहीं, इसके बिलकुल उलट, मुझे इसमें बेहद दिलचस्पी है,'' नेख़्लूदोव ने कहा। इस छलकती आनन्द विभोर ममता ने उसके दिल को अभिभूत कर दिया था। ''ज़रूर मुझे उनके पास ले चलिए।''

''प्रिन्स को अपने बच्चे दिखाने ले जा रही है!'' जनरल ने हँसते हुए ख़ूब ऊँची आवाज़ में कहा। वह एक मेज़ पर बैठा, अपने दामाद, सोने की खानों के मालिक और एड-डि-कैंप के साथ ताश खेल रहा था। ''जाइए, जाइए, अपना फ़र्ज निभा आइए।''

लड़की तेज़-तेज़ चलती हुई भीतर के कमरों की ओर जाने लगी। वह बड़ी उत्तेजित थी कि अभी उसके बच्चों पर निर्णय दिया जाएगा। पीछे-पीछे नेख़्लूदोव जा रहा था। वे तीसरे कमरे में पहुँचे। कमरा विशाल और ऊँचा था, दीवारों पर सफ़ेद काग़ज़ लगा था, एक तरफ़ एक लैंप जल रहा था जिस पर शेड लगा था। दो पालने थे, जिनके बीच एक आया कन्धों पर सफ़ेद रंग का केप डाले बैठी थी। आया के चेहरे पर मृदुता का भाव था और उसकी शक्ल-सूरत ख़ास साइबेरिया के लोगों की सी थी, गालों की हड्डियाँ उभरी हुई थीं। वह उठ खड़ी हुई और झुककर अभिवादन किया। माँ एक पालने के पास जाकर उसके ऊपर झुकी। पालने में दो बरस की एक लड़की आराम से सो रही थी। उसका मुँह खुला था और लम्बे-लम्बे घुँघराले बाल सिरहाने पर छितरे हुए थे।

''इसका नाम कात्या है,'' बच्ची का सफ़ेद और नीले रंग का बुना हुआ कम्बल ठीक करते हुए माँ ने कहा, जिसके नीचे से बच्ची एक गोरा-गोरा पैर बाहर निकला हुआ था। ''सुन्दर है न? अभी केवल दो बरस की है।''

''बड़ी सुन्दर है!''

''और यह वास्युक है। इसके नाना ने इसका यह नाम रखा है। यह बिलकुल और तरह का है। इसकी शकल साइबेरिया के लोगों जैसी है। क्यों, है नहीं ?''

''बड़ा प्यारा बच्चा है।'' नेख़्लूदोव ने कहा। गोल-मटोल बालक पेट के बल मज़े से सो रहा था।

"हाँ ?" माँ बोली। उसके चेहरे पर गर्वपूर्ण मुस्कान खेलने लगी।

नेख़्लूदोव को याद आया : हथकड़ियाँ-बेड़ियाँ, मुँडे हुए सिर, लड़ाई-झगड़ा, भ्रष्टाचार के दृश्य, मरणासन्न क्रिलत्सोव, कात्यूशा और उसका सारा अतीत। उसके मन ईर्ष्या से भर उठा। उसका मन इस सुख के लिए ललक उठा जो उसे स्वच्छ और सुसंस्कृत लग रहा था।

उसने बार-बार बच्चों को सराहा जिससे किसी हद तक ज़रूर माँ को सन्तोष हुआ होगा, क्योंकि वह सराहना का एक-एक शब्द बड़ी आतुरता से सुन रही थी। इसके बाद दोनों बैठक में लौट आए। यहाँ, जैसा कि प्रबन्ध किया गया था, अंग्रेज जेलख़ाने में चलने के लिए नेख़्लूदोव का इन्तज़ार कर रहा था। घर के लोगों–बूढ़ों और छोटों–सभी से विदा लेकर अंग्रेज और नेख़्लूदोव दोनों घर के बाहर ओसारे में आ गए।

मौसम बदल गया था। बरफ़ पड़ रही थी, जिसके बड़े-बड़े फाहों से सड़क, मकानों की छतें, बाग़ के पेड़, ओसारे की सीढ़ियाँ, तथा गाड़ी की छत और घोड़े की पीठ तक सभी ढँक गए थे। अंग्रेज के पास अपनी गाड़ी थी। उसके गाड़ीवान को जेलख़ाने की ओर ले चलने को कहकर नेख़्लूदोव अपनी गाड़ी में अकेला बैठ गया और अंग्रेज की गाड़ी के पीछे-पीछे चल दिया। उसका दिल बोझल हो रहा था, मानो कोई अप्रिय-सा कर्तव्य निभाने जा रहा हो। नरम-नरम बर्फ़ पर गाड़ी कठिनाई से चल रही थी।

25

यद्यपि जेलख़ाने का ओसारा, छत, दीवारें–सभी कुछ बरफ़ की साफ़, सफ़ेद चादर से ढँका हुआ था, फिर भी फाटक पर खड़े सन्तरी और ऊपर से लटकते लैंप समेत यह मनहूस इमारत और उसकी रोशन खिड़कियों की क़तार सुबह से भी अधिक मनहूसी फैला रही थीं।

जेलख़ाने का रोबीला इन्स्पेक्टर फाटक पर आया। लैंप की मद्धिम रोशनी में उसने उस प्रवेशपत्र को पढ़ा जो अंग्रेज और नेख़्लूदोव को दिया गया था। हैरान होकर उसने अपने सुगठित कन्धे उचका दिए परन्तु आदेश का पालन करते हुए उन्हें अन्दर चलने को कहा। आँगन लाँघकर उसने दाएँ हाथ एक दरवाज़े में प्रवेश किया, फिर सीढ़ियाँ चढ़कर उन्हें अपने दफ़्तर में ले गया। उसने उन्हें बैठने को कहा फिर पूछा कि उनकी क्या ख़िदमत कर सकता है। नेख़्लूदोव ने कहा कि वह फ़ौरन मास्लोवा से मिलना चाहता है। इस पर इन्स्पेक्टर ने एक वार्डर को हुक्म दिया कि मास्लोवा को लिवा लाए और स्वयं अंग्रेज के सवालों का जवाब देने को तैयार हो गया। अंग्रेज तुरन्त ही उससे सवाल पूछने लगा। नेख़्लूदोव दोनों के बीच दोभाषिए का काम कर रहा था।

"यह जेलख़ाना कितने क़ैदियों को रखने के लिए बनाया गया है ?" अंग्रेज ने पूछा। "इस समय यहाँ पर कितने क़ैदी मौजूद हैं ? आदमी कितने ? औरतें कितनी हैं ? बच्चे कितने हैं ? कितने क़ैदियों को कड़ी मशक़्क़त की सज़ा मिली है ? जलावतनी की सज़ा वाले कितने हैं? बीमार कितने हैं?"

नेख़्लूदोव यन्त्रवत् अंग्रेज के प्रश्नों और इन्स्पेक्टर के उत्तरों का अनुवाद करता जा रहा था। उनके अर्थों की ओर उसका ध्यान नहीं था। मास्लोवा के साथ होनेवाली भेंट के बारे में सोचकर सहसा उसका मन विचलित हो उठा था। इसकी उसे तनिक भी आशा नहीं थी। अंग्रेज के किसी वाक्य का वह अनुवाद कर रहा था जब क़दमों की आवाज़ आई, फिर दरवाज़ा खुला, और जैसा कि पहले भी कई बार हो चुका था, पहले एक वार्डर ने और उसके पीछे-पीछे कात्यूशा ने प्रवेश

खिड़कियों के बीच देव-प्रतिमा लटक रही थी, दरवाज़े के बाईं ओर वैसा ही टब रखा था। सभी क़ैदी साथ-साथ जुड़कर लेटे हुए थे। उसी तरह वे उछलकर सीधे खड़े हो गए और बाज़ू सीधे कर लिए। तीन क़ैदी नहीं खड़े हुए। उनमें से दो उठकर बैठ गए लेकिन तीसरा ज्यों-का-त्यों लेटा रहा, बल्कि नवागन्तुकों की ओर आँख उठाकर देखा भी नहीं। ये तीनों भी बीमार थे। यहाँ पर भी अंग्रेज ने वैसी ही तकरीर की और इंजील की दो प्रतियाँ दे दीं।

तीसरे कमरे में से चीख़ने-चिल्लाने की आवाज़ें आ रही थीं। इन्स्पेक्टर ने दरवाजा खटखटाया और चिल्लाकर कहा–"शोर बन्द करो!" जब दरवाज़ा खुला तो क़ैदी यहाँ भी उसी तरह तख़्तों के सामने तनकर खड़े थे। कुछेक बीमार होने के कारण नहीं उठे, और दो एक-दूसरे के साथ गुत्थमगुत्था हो रहे थे। दोनों के चेहरे क्रोध से विकृत हो रहे थे, दोनों ने एक-दूसरे को पकड़ रखा था, एक ने बालों से, दूसरे ने दाढ़ी से। जब इन्स्पेक्टर लपककर उनके पास गया तभी उन्होंने एक दूसरे को छोड़ा। एक के नाक में से घूँसा पड़ने के कारण टप टप ख़ून बह रहा था। साथ ही कफ़ और लार भी निकल रही थी। इन्हें अपने लबादे की आस्तीन के साथ पोंछ रहा था, दूसरा अपनी दाढ़ी में से उखड़े बाल निकाल रहा था।

"मुखिया!" इन्स्पेक्टर ने कड़ककर कहा।

एक हृष्ट पुष्ट, सुन्दर जवान आगे आया।

"मैं इन्हें नहीं छुड़ा सका, हुज़ूर," उसने कहा। आमोदवश उसकी आँखें चमक रही थीं।

"मैं इन्हें सीधा कर दूँगा!" इन्स्पेक्टर ने तेवर चढ़ाते हुए कहा।

"What did they fight for?"* अंग्रेज ने पूछा।

नेख़्लूदोव ने मुखिया से सवाल किया।

"एक ने दूसरे के चिथड़े चुरा लिए थे," मुखिया ने जवाब दिया। वह अब भी मुस्करा रहा था। "पहले इसने घूँसा मारा, और जवाब में दूसरे ने लगाया।"

नेख़्लूदोव ने अंग्रेज को बता दिया।

"मैं इन लोगों से कुछ कहना चाहता हूँ," अंग्रेज ने इन्स्पेक्टर से कहा।

नेख़्लूदोव ने अनुवाद किया।

"कहिए," इन्स्पेक्टर ने कहा। इस पर अंग्रेज ने अपनी इंजील निकाली जिस पर चमड़े की जिल्द चढ़ी थी।

"कृपया अनुवाद कीजिए," उसने नेख़्लूदोव से कहा। "तुम्हारे बीच झगड़ा हुआ तो तुम मार-पिटाई पर उतर आए। परन्तु ईसा ने–जिन्होंने हमारी ख़ातिर अपने प्राण निछावर किए थे–हमें झगड़े निबटाने का एक दूसरा तरीक़ा बताया है। इनसे पूछिए कि ईसा के उपदेशों के अनुसार हमें उन लोगों के साथ कैसा बर्ताव करना चाहिए जो हमारे साथ बुरी तरह पेश आते हैं।"

नेख़्लूदोव ने अंग्रेज के वाक्यों तथा उसके प्रश्न का अनुवाद कर दिया।

"साहब से शिकायत करो, वह निबटारा करा देगा। क्या यही उपदेश है ?" एक क़ैदी ने कनखियों से इन्स्पेक्टर के रोबीले डील-डौल की ओर देखते हुए कहा।

"मुँह पर एक घूँसा जड़ दो, दोबारा कोई बुरी तरह पेश नहीं आएगा," दूसरा बोला।

कमरे में हँसी की एक हलकी-सी लहर दौड़ आई। लोगों को यह जवाब पसन्द आया था।

जो कुछ इन आदमियों ने कहा, नेख़्लूदोव ने अनुवाद कर सुनाया।

"इनसे कहिए कि ईसा के आदेशानुसार इनका व्यवहार बिलकुल इसके उलट होना चाहिए।

---

* वे क्यों लड़ रहे थे ? (अंग्रेजी)

अगर कोई तुम्हारे एक गाल पर तमाचा मारे तो तुम्हें चाहिए कि तुम अपना दूसरा गाल उसके सामने कर दो,'' अंग्रेज ने अपना गाल सामने करके दिखाते हुए कहा।

नेख़्लूदोव ने अनुवाद किया।

''यह ख़ुद आज़मा कर देखें,'' क़ैदियों में से किसी की आवाज़ आई।

''अगर वह दूसरे गाल पर भी तमाचा जड़ दे तो फिर सामने क्या करोगे ?'' एक बीमार क़ैदी ने पूछा।

''फिर वह सिर से पाँव तक तुम्हारा भुरता बना देगा।''

''बना के देखे तो!'' किसी ने ठहाका मारकर कहा। कमरे में सभी ज़ोर-ज़ोर से हँसने लगे। जिस आदमी के नाक में से ख़ून बह रहा था वह भी, ख़ून और कफ़ की परवाह न करके हँसने लगा। इस हँसी में बीमार क़ैदी भी शामिल हो गए।

परन्तु अंग्रेज ज़रा भी विचलित नहीं हुआ। उसने नेख़्लूदोव से यह कहने को कहा कि जिन लोगों के हृदय में सच्चा विश्वास है उसके लिए जो कुछ असम्भव जान पड़ता है वही सम्भव और आसान हो जाता है।

''इनसे पूछिए कि क्या ये शराब पीते हैं ?''

''ज़रूर!'' किसी ने कहा और इसके बाद फिर ठहाकों और नाक सुड़कने की आवाजें आने लगीं।

उस कमरे में चार क़ैदी बीमार थे। अंग्रेज ने पूछा कि क्या कारण है, सभी बीमार क़ैदियों को एक ही वार्ड में क्यों नहीं रखा जाता। जवाब में इन्स्पेक्टर ने कहा कि वे ख़ुद अलग रहना नहीं चाहते, उन्हें छूत की बीमारी नहीं है, सहायक डॉक्टर उनकी पूरी-पूरी देखभाल करता है और उनकी हर ज़रूरत पूरी करता है।

''उसकी सूरत देखे दो हफ़्ते गुज़र चुके हैं,'' किसी ने बड़बड़ाकर कहा।

इन्स्पेक्टर ने कोई जवाब नहीं दिया और अगले वार्ड की ओर उन्हें ले चला। यहाँ पर भी उसी तरह दरवाज़ा खोला गया, सभी उठकर चुपचाप खड़े हो गए। यहाँ पर भी अंग्रेज ने इंजील की प्रतियाँ बाँटीं। पाँचवे और छठे और बाकी सभी वार्डों में भी यही कुछ हुआ।

कड़ी मशक़्क़तवाले क़ैदियों के वार्ड देख चुकने के बाद, वे जलावतनों के वार्ड देखने गए। वहाँ से वे उन क़ैदियों के वार्ड में गए जिन्हें उनकी पंचायतों ने निर्वासित किया था, फिर उन लोगों के वार्ड में जो अपनी खुशी से क़ैदियों के साथ-साथ जा रहे थे। हर वार्ड में उन्हें वही कुछ नज़र आया : ठिठुरते, भूखे, निठल्ले क़ैदी, रोग-ग्रस्त, अपमानित और बेड़ियों में जकड़े हुए। उन्हें यों दिखाया जा रहा था मानो वन्य पशु हों।

इंजिल की जितनी प्रतियाँ अंग्रेज को देनी थीं, दे चुकने के बाद, उसने और देना बन्द कर दिया और भाषण भी देना बन्द कर दिया। उस जगह के दृश्य इतने निराशाजनक थे, और वातावरण में तो विशेषतया इतनी घुटन थी कि उसका भी उत्साह शिथिल पड़ गया। वह भी अब एक कोठरी से दूसरी कोठरी में जाते हुए, इन्स्पेक्टर की रिपोर्ट के जवाब में केवल"all right,"* कहे जा रहा था। नेख़्लूदोव उनके पीछे-पीछे चला जा रहा था। उसे लगा जैसे वह स्वप्न देख रहा है। वह न और देखने से इनकार कर पा रहा था, न ही उसमें इतनी शक्ति थी कि वहाँ से बाहर निकल जाए। उसका भी शरीर शिथिल और मन निराश हो रहा था।

---

* ठीक है, (अंग्रेजी)

27

जलावतनों के एक वार्ड में, अचानक नेख़्लूदोव को वह विचित्र बूढ़ा नज़र आया जिसने उसी दिन प्रातः उसके साथ बेड़े में नदी पार की थी। फटे-हाल और मुँह पर झुर्रियाँ पड़ी हुई, वह तख़्तों के बीच फ़र्श पर बैठा था। नंगे पाँव, बदन पर एक मैली सुहागे के रंग की क़मीज़ और उसी रंग की पतलून पहने था। क़मीज एक कन्धे पर से फटी थी। नवागन्तुकों की ओर उसने बड़े कठोर तथा प्रश्नसूचक नेत्रों से देखा। मैली-कुचैली और जगह-जगह से फटी क़मीज़ में से उसका कृश शरीर झाँक रहा था परन्तु उसका चेहरा पहले से भी अधिक सजीव और गम्भीर नज़र आ रहा था। अन्य वार्डों की तरह यहाँ पर भी अफ़सरों के अन्दर आने पर सभी क़ैदी उछलकर सीधे खड़े हो गए। लेकिन बूढ़ा बैठा रहा। उसकी आँखें चमक रही थीं और भौंहें क्रोध से सिकुड़ी हुई थीं।

''खड़े हो जाओ!'' इन्स्पेक्टर ने उसे पुकारकर कहा।

बूढ़ा नहीं उठा, केवल घृणा से मुस्कराने लगा।

''तेरे चाकर तेरे सामने खड़े हैं, मैं तेरा चाकर नहीं हूँ। वह निशान तेरे...'' इन्स्पेक्टर के माथे की ओर इशारा करते हुए बूढ़े ने कहा।

''क्या-आ-आ ?'' इन्स्पेक्टर को धमकाते हुए कहा और उसकी ओर क़दम बढ़ाया।

''मैं इस आदमी को जानता हूँ,'' नेख़्लूदोव बोला, ''इसने क्या क़सूर किया है?''

''इसके पास पासपोर्ट नहीं है, पुलिसवालों ने इसे पकड़कर यहाँ भेज दिया है। हम कई बार उन्हें कह चुके हैं कि ऐसे लोगों को हमारे पास मत भेजा करो लेकिन वे फिर भी भेज देते हैं,'' इन्स्पेक्टर ने ग़ुस्से से, बूढ़े की ओर कनखियों से देखते हुए कहा।

''मालूम पड़ता है तू भी ईसा के दुश्मनों के साथ मिल गया है?'' बूढ़े ने नेख़्लूदोव से कहा।

''नहीं, मैं तो जेलख़ाना देखने आया हूँ।''

''क्या यह देखने आया है कि ईसा का दुश्मन इन्सानों पर किस तरह ज़ुल्म करता है ? हज़ारों इन्सानों को इसने पिंजड़े में बन्द कर रखा है। भगवान ने कहा है कि इन्सान अपने पसीने की कमाई से अपना पेट भरे। पर ईसा के दुश्मन ने उन्हें बन्द कर रखा है ताकि वे निठल्ले बैठे रहें। उनके सामने इस तरह रोटी फेंकता है जिस तरह जानवरों के सामने फेंकी जाती है, ताकि ये भी जानवर बन जाएँ।''

''यह आदमी क्या कह रहा है?'' अंग्रेज ने पूछा।

नेख़्लूदोव ने बताया कि बूढ़ा इन्स्पेक्टर को दोष दे रहा है कि उसने इन्सानों को जेलख़ाने में बन्द कर रखा है।

''उससे पूछिए यह क्या कहता है कि अगर कोई आदमी क़ानून तोड़े तो उसके साथ कैसा व्यवहार किया जाना चाहिए ?'' अंग्रेज ने कहा।

नेख़्लूदोव ने प्रश्न का अनुवाद किया।

बूढ़ा विचित्र ढंग से हँसने लगा। उसके दाँतों की बनावट बड़ी अच्छी थी।

''क़ानून ?'' बूढ़े ने घृणा से कहा। ''पहले ईसा के दुश्मन ने सब को लूटा, सारी पृथ्वी पर क़ब्जा कर लिया, इन्सानों के सब अधिकार छीन लिए–सभी अपने पास रख लिए, अपने सभी विरोधियों को मौत के घाट उतार दिया, फिर क़ानून बनाने बैठ गया कि चोरी करना और हत्या करना ज़ुर्म है। उसे चाहिए था कि ये क़ानून पहले बनाता।''

नेख़्लूदोव ने अनुवाद किया। अंग्रेज मुस्कराने लगा।

किया। कात्यूशा ने सिर पर रूमाल बाँध रखा था और क़ैदियों की जॉकेट पहने हुए थी। उसे देखने ही नेख़्लूदोव का मन उदास हो उठा।

"मैं जीना चाहता हूँ। मैं चाहता हूँ मेरे परिवार हो, बच्चे हों, मैं इन्सानों की तरह जीना चाहता हूँ" सहसा यह विचार नेख़्लूदोव के मन में कौंध गया, जब आँखें नीची किए, तेज़-तेज़ डग भरती हुई कात्यूशा कमरे में दाख़िल हुई।

वह उठ खड़ा हुआ और उसे मिलने के लिए कुछ क़दम आगे बढ़ आया। उसे कात्यूशा का चेहरा कठोर और अप्रिय लगा, वैसा ही जैसा उस दिन लगा था जब कात्यूशा ने उसे बुरा-भला कहा था। वह झेंप गई और उसका रंग पीला पड़ गया, घबराहट में उसकी अँगुलियाँ जॉकेट के एक कोने को बार-बार मरोड़ रही थीं। उसने एक बार नेख़्लूदोव की ओर देखा, फिर आँखें नीची कर लीं।

"तुम्हें मालूम है कि तुम्हारी सज़ा कम कर दी गई है ?"

"हाँ, मुझे वार्डर ने बताया था।"

"ज्यों ही हुक्मनामे की असली कापी पहुँचेगी तुम बाहर आ सकती हो और जहाँ भी रहना चाहो उसका फ़ैसला कर सकती हो। हम इस पर विचार कर लेंगे..."

सहसा कात्यूशा बीच में बोल उठी–

"मुझे क्या विचारना है? जहाँ व्लादीमिर सिमनसन जाएँगे, उनके पीछे-पीछे मैं जाऊँगी।"

वह उत्तेजित थी, फिर भी उसने आँख उठाकर नेख़्लूदोव की ओर देखा और जल्दी-जल्दी किन्तु बड़ी स्पष्टता से ये शब्द बोल गई, मानो पहले से ही यह सोचकर आई हो कि क्या कहेगी।

"क्या सच?"

"सुनो द्मीत्री इवानोविच, वह चाहता है कि मैं उसके साथ रहूँ..." वह डरकर रुक गई और फिर अपनी भूल सुधारती हुई बोली–"उसकी इच्छा है कि मैं उसके नज़दीक रहूँ। मेरे लिए इससे अच्छी बात क्या हो सकती है? मुझे तो इसे ही अपना सुख़ मानना चाहिए। इसके अलावा मेरे लिए और है ही क्या?..."

"दो में से एक ही बात है या तो यह सिमनसन से प्रेम करने लगी है और मेरी कुर्बानी बिलकुल चाहती ही नहीं थी, वह कुर्बानी जिसकी मैं कल्पना करता रहा हूँ कि इसके लिए कर रहा हूँ। या फिर यह है कि यह अब भी मुझसे प्रेम करती है, और मेरी ही ख़ातिर मुझे छोड़े जा रही है। और अब सिमनसन के साथ शादी करके अपना सर्वस्व एक ही दाँव पर लगा देना चाहती है," नेख़्लूदोव ने सोचा। उसे अपने आप पर शर्म आने लगी। उसे अपना चेहरा लाल पड़ता जान पड़ा।

"अगर तुम उससे प्रेम करती हो..." उसने कहा।

"प्रेम करना, ना करना, ये बातें मैंने भुला दी हैं। और फिर व्लादीमिर सिमनसन बहुत विलक्षण आदमी है।"

"हाँ, वह तो है ही," नेख़्लूदोव कहने लगा, "बहुत अच्छा आदमी है, और मैं सोचता हूँ..."

पर कात्यूशा ने फिर उसकी बात काट दी, मानो डर रही हो कि या तो नेख़्लूदोव बहुत कुछ कह जाएगा या उसे स्वयं सारी बात कहने का मौक़ा नहीं मिलेगा।

"नहीं द्मीत्री इवानोविच, मुझे माफ़ कर दो जो मैं तुम्हारी इच्छा का पालन नहीं कर रही हूँ," उसने कहा और अपनी ऐंची आँखों से जिनकी थाह पाना असम्भव था, नेख़्लूदोव की ओर देखा। "ज़ाहिर है ऐसा ही होना चाहिए। तुम्हें भी जीना चाहिए।"

कात्यूशा ने वही बात कही थी जो कुछ ही क्षण पहले स्वयं उसके मन में उठी थी। परन्तु

अब यह विचार उसके मन में नहीं उठ रहा था। अब तो बिलकुल भिन्न विचार उसके मन में उठ रहे थे। वह न केवल लज्जित ही अनुभव कर रहा था बल्कि उसे इस बात का ख़ेद था कि कात्यूशा के चले जाने से वह जीवन में कितना कुछ खो बैठेगा।

''मुझे इसकी आशा नहीं थी,'' उसने कहा।

''तुम क्यों यहाँ रहो और यातना भोगो। तुम पहले ही काफ़ी यातना भोग चुके हो,'' कात्यूशा ने कहा और एक अनूठी-सी मुस्कान उसके होंठों पर काँप गई।

''मैंने कोई यातना नहीं भोगी है। इसमें मेरा हित था और मैं अब भी चाहता हूँ कि जैसा बन पड़े मैं तुम्हारी सेवा करता जाऊँ।''

''हम...'' ''हम'' शब्द कहते ही कात्यूशा ने नेख़्लूदोव की ओर देखा, ''हमें कुछ नहीं चाहिए। तुम पहले ही कितना कुछ मेरे लिए कर चुके हो। अगर तुम न होते...'' वह कुछ कहना चाहती थी परन्तु उसकी आवाज़ लड़खड़ा गई।

''मेरा तो शुक्रिया अदा तुम्हें नहीं करना चाहिए,'' नेख़्लूदोव ने कहा। ''लेखा करने का क्या लाभ ? भगवान हमारा लेखा-जोखा करेंगे,'' उसने कहा और उसकी काली-काली आँखों में आँसू चमकने लगे।

''तुम कितनी अच्छी स्त्री हो!'' उसने कहा।

''मैं? मैं कहाँ अच्छी हूँ ?'' उसने झरते हुए आँसुओं के बीच कहा। एक दयनीय-सी मुस्कान उसके होंठों पर आई और उसका चेहरा खिल उठा।

"Are you ready?"* अंग्रेज ने पूछा।

"Directly,"** नेख़्लूदोव ने जवाब दिया और कात्यूशा ने क्रिलत्सोव के बारे में पूछा।

उसकी उत्तेजना विलीन हो गई और स्थिर आवाज़ में जो कुछ भी उसे मालूम था उसने बता दिया। क्रिलत्सोव बहुत ही कमज़ोर पड़ गया है और उसे अस्पताल में भेज दिया गया है। मारिया पाव्लोव्ना को बड़ी चिन्ता हो रही है और उसने दरख़्वास्त की है कि उसे एक नर्स के नाते अस्पताल में रहने दिया जाए, लेकिन उसे इजाज़त नहीं दी गई।

''तो मैं चलूँ ?'' कात्यूशा ने यह देखकर कि अंग्रेज खड़ा इन्तज़ार कर रहा है, नेख़्लूदोव ने पूछा।

''मैं तुमसे अभी विदा नहीं हो जाऊँगा। मैं तुमसे फिर मिलूँगा,'' नेख़्लूदोव ने कहा।

''मुझे माफ़ कर देना,'' कात्यूशा ने कहा, उसकी आवाज इतनी धीमी थी कि नेख़्लूदोव बड़ी मुश्किल से सुन पाया। उनकी आँखें मिलीं। उसकी ऐंची आँखों में अनोखा भाव था, और ये शब्द कहते हुए उसके होंठो पर दयनीय-सी मुसकान आ गई थी। नेख़्लूदोव समझ गया कि उसके निर्णय के पीछे जिन दो कारणों का मैं सोच रहा था, उनमें से दूसरा ही सच है। यह मुझसे प्रेम करती है और समझती है कि अगर मेरे साथ चली आई तो उससे मेरा जीवन ख़राब होगा। सिमनसन के साथ जाने से, यह समझती है कि मुझे आज़ाद कर देगी। यह काम करते हुए वह ख़ुश भी है, परन्तु फिर भी मुझसे विदा होते समय वह व्याकुल हो रही है।

कात्यूशा ने उसका हाथ दबाया, फिर झट-से घूमकर कमरे से बाहर हो गई।

नेख़्लूदोव चलने के लिए तैयार था, मगर यह देखकर कि अंग्रेज बैठा अपनी टिप्पणियाँ लिख रहा है, उसने उसे बुलाना नहीं चाहा, और दीवार के साथ रखे एक लकड़ी के बेंच पर बैठ गया।

* आप तैयार हैं ? (अंग्रेजी)

** अभी, (अंग्रेजी)।

सहसा उसे महसूस होने लगा जैसे वह थककर चूर हो गया है। उसकी थकान का कारण यह नहीं था कि वह रात भर सोया नहीं था, न ही सफ़र के कारण, न ही इस उत्तेजना के कारण। वह जीने से थक गया था। बेंच की पीठ के साथ उसने टेक लगाई, आँखें बन्द कर लीं, और क्षण भर में ही गहरी नींद सो गया।

"अगर आप चाहें तो अब चलकर जेलख़ाने की कोठरियाँ देख सकते हैं," इन्स्पेक्टर ने कहा।

नेख़्लूदोव ने आँखें खोलीं। वह अपने को उस जगह बैठा देखकर हैरान रह गया। अंग्रेज अपनी टिप्पणियाँ लिख चुका था और कोठरियों को देखने के लिए जाना चाहता था। नेख़्लूदोव उसके पीछे-पीछे चल पड़ा। वह थका हुआ था और इस काम में उसकी कोई रुचि नहीं थी।

26

इन्स्पेक्टर तथा वार्डरों के साथ नेख़्लूदोव और अंग्रेज जेलख़ाने में दाख़िल हुए। ड्योढ़ी लाँघकर वे बरामदे में पहुँचे। बरामदे में से बदबू की लपटें उठ रही थीं और दो क़ैदी फ़र्श पर पेशाब कर रहे थे, नेख़्लूदोव और उसके साथी देखकर हैरान रह गए। बरामदे में से गुजरकर वे पहले वार्ड में गए जिसमें उन क़ैदियों को रखा गया था जिन्हें कड़ी मशक़्क़त की सज़ा दी गई थी। वार्ड के बीचोबीच सोने के लिए तख़्ते लगे थे। उन पर अभी से क़ैदी लेटे हुए थे। लगभग 70 क़ैदी रहे होंगे। सिर के साथ सिर जोड़कर तथा साथ-साथ वे लेटे हुए थे। इनके प्रवेश करने पर सभी उछलकर तख़्तों के सामने खड़े हो गए। बेड़ियाँ खनकीं और आधे मुँडे सिर चमक उठे। केवल दो क़ैदी नहीं उठे। एक युवक था जिसे तेज़ बुखार हो रहा था, दूसरा कोई बूढ़ा क़ैदी था जो लेटे-लेटे कराहे जा रहा था।

अंग्रेज के पूछने पर कि क्या युवक बहुत दिन से बीमार है, इन्स्पेक्टर ने जवाब दिया कि नहीं, उसी रोज़ सुबह से उसे बुखार आने लगा है। हाँ, बूढ़े को बहुत दिनों से पेट में दर्द की शिकायत है, लेकिन अस्पताल में बिलकुल जगह न होने के कारण यहीं पड़ा है। अंग्रेज ने सिर हिलाकर अपनी असम्मति प्रकट की और कहा कि वह इन लोगों से दो शब्द कहना चाहता है। नेख़्लूदोव से उसने अनुवाद करने को कहा। मालूम हुआ कि अंग्रेज केवल साइबेरिया के जेलों और जलावतनों को रखे जाने के स्थानों का अध्ययन करने के लिए ही नहीं निकला है। वह साथ-साथ एक और काम भी कर रहा है। वह जहाँ जाता है लोगों को यह उपदेश देता है कि ईसा पर ईमान लाओ, अपने पापों का प्रायश्चित करो ताकि तुम्हें मुक्ति प्राप्त हो सके।

"इन्हें कहिए," वह बोला, "ईसा के हृदय में इनके लिए दया तथा प्रेम था। इन्हीं के लिए उन्होंने अपनी जान दी थी। यदि इस सत्य में ये विश्वास करेंगे तो भगवान इनकी रक्षा करेंगे।" जितनी देर वह बोलता रहा, क़ैदी अपने बाजू सीधे लटकाए, खड़े सुनते रहे। "इन्हें बताइए कि इस पुस्तक में सब कुछ लिखा है," वह कहता गया, "क्या इनमें से कोई पढ़ना जानता है।"

बीस से अधिक क़ैदी पढ़ना जानते थे।

अंग्रेज ने बैग में से सजिल्द इंजील की कुछ प्रतियाँ निकालीं। बहुत से हाथ आगे बढ़ आए। दृढ़ कठोर हाथ, जिनके नाख़ून काले और कठोर पड़ गए थे, क़मीज़ों की खुरदरी आस्तीनों के नीचे से निकले, और क़ैदी एक दूसरे को धक्के देते हुए आगे बढ़ आए। इस वार्ड में अंग्रेज ने इंजील की दो प्रतियाँ भेंट कर दीं।

दूसरे वार्ड में भी यही कुछ हुआ। यहाँ पर भी बदबू की लपटें उठ रही थीं, उसी तरह

"अच्छा तो इससे पूछिए कि अब क्या करना चाहिए–डाकुओं और हत्यारों के साथ कैसा सलूक करना चाहिए ?"

नेख़्लूदोव ने फिर उसके प्रश्न का अनुवाद किया।

"इससे कहो कि ईसा विरोधी की जो मोहर उस पर लगी है उसे मिटा दे," बूढ़े ने बड़ी दृढ़ता से भौंहें चढ़ाकर कहा। "तब उसे न डाकू नज़र आएँगे और न ही हत्यारे। इसे यह कह दो।'

+He is crazy."* नेख़्लूदोव के अनुवाद करने पर अंग्रेज ने कहा और कन्धे उचकाते हुए कमरे से बाहर चला गया।

"तू अपना काम देख, औरों को मत तंग कर। हर कोई अपनी गठरी ख़ुद उठाए। भगवान जानते हैं किसे सज़ा देनी है और किसे क्षमा करना है। हम इन्सान कुछ नहीं जानते, "बूढ़े ने कहा। "तू अपना अफ़सर ख़ुद बन, फिर अफ़सरों की ज़रूरत नहीं रहेगी। जा, जा," गुस्से से भौंहें सिकोड़ते हुए, और चमकती आँखों से नेख़्लूदोव की ओर देखते हुए जो अभी तक वार्ड में ही खड़ा था, बूढ़ा कहता गया। "क्या तुझे और कुछ देखना बाक़ी है? देख नहीं रहा है किस तरह ईसा के दुश्मन के चाकर इन्सानों के ख़ून पर जुएँ पाल रहे हैं? जा, चला जा।"

नेख़्लूदोव वार्ड में से निकल गया और अंग्रेज के साथ जा मिला जो इन्स्पेक्टर के साथ एक खुले दरवाजे के पास खड़ा था। अंग्रेज इन्स्पेक्टर से पूछ रहा था कि यह कौन-सा कमरा है।

"मुर्दाखाना है।"

"होह!" अंग्रेज ने कहा और कहा कि वह कमरा देखना चाहता है।

साधारण-सा कमरा था, बहुत बड़ा भी नहीं था। दीवार से एक छोटा-सा लैंप लटक रहा था, उसकी मद्धिम-सी रोशनी में एक कोने में रखे कुछ बोरे और लकड़ी के कुन्दे नज़र आ रहे थे। दाईं और सोनेवाले तख़्तों पर चार मुर्दे पड़े थे। पहली लाश किसी ऊँचे-लम्बे आदमी की थी, मुँह पर छोटी-सी दाढ़ी और आधा सिर मुँडा हुआ था। गाढ़े की मोटी क़मीज और पतलून पहने था। लाश अकड़ चुकी थी। नीले-नीले हाथ जिन्हें प्रत्यक्षतः छाती पर जोड़ा गया था, अब एक दूसरे से अलग हो गए थे। टाँगें भी बिखर गई थीं और नंगे पाँव बाहर निकले हुए थे। उससे आगे एक बुढ़िया की लाश रखी थी, पैर नंगे और सिर भी नंगा था। सफ़ेद जॉकेट और पेटीकोट पहने थी। बालों की पतली-सी चोटी कपड़े से नीचे झाँक रही थी। मुँह पिचका हुआ, और पीला था और नाक तीखी। उससे परे एक और आदमी की लाश रखी थी जिसने बैंगनी से रंग के कपड़े पहन रखे थे। इस रंग को देखकर नेख़्लूदोव को किसी चीज़ की याद आई।

उसने और भी नज़दीक जाकर लाश को देखा।

छोटी-सी नोकदार दाढ़ी ऊपर को उठी थी। मज़बूत, सुगढ़ नाक, ऊँचा, सफ़ेद माथा, पतले घुँघराले बाल–नेख़्लूदोव ये परिचित नाक-नक़्श देखकर ही पहचान गया, लेकिन उसे अपनी आँखों पर विश्वास नहीं हो रहा था। कल इसी चेहरे पर कितना क्रोध, कितनी उत्तेजना और यन्त्रणा नजर आ रही थी, परन्तु इस समय शान्त, निश्चल और बेहद सुन्दर लग रहा था।

वह क्रिलत्सोव ही था, या यों कहें उसके पार्थिव जीवन के अवशेष पड़े थे।

"उसने क्यों इतने दुख झेले ? क्यों जिया ? क्या इसका भेद अब इसने पा लिया है ?" नेख़्लूदोव सोचने लगा लेकिन इसका कोई भी उत्तर उसे नहीं मिला। मौत के अलावा और कुछ नज़र नहीं आ रहा था। नेख़्लूदोव का जी घबराने लगा, जैसे बेहोश होने लगा हो।

इन्स्पेक्टर से उसने कहा कि मुझे बाहर आँगन में ले चलो। और बिना अंग्रेज से विदा लिए वह

गाड़ी में बैठकर होटल के लिए रवाना हो गया। वह निराले में बैठकर उन सब बातों के बारे में सोचना चाहता था जो आज शाम को उसने देखी थीं। यह उसके लिए अत्यावश्यक हो गया था।

28

नेख़्लूदोव सोया नहीं, बड़ी देर तक कमरे में चक्कर लगाता रहा। कात्यूशा के साथ अब उसे कोई काम न रहा था। कात्यूशा को अब उसकी ज़रूरत नहीं थी और यह सोचकर वह उदास और लज्जित अनुभव कर रहा था। लेकिन उसका मन इस कारण विचलित नहीं था। उसका दूसरा काम अभी ख़त्म नहीं हुआ था। न केवल ख़त्म ही नहीं हुआ था, बल्कि उसे पहले से कहीं अधिक बेचैन किए हुए था, और नेख़्लूदोव से यह माँग कर रहा था कि वह सक्रिय रूप से कोई काम करे।

पिछले कुछ दिनों से वह जिस घोर दुष्टता को देख रहा था और जिसको उसने जाना था– और विशेषकर आज जिससे उसका उस भयानक जेल में साक्षात्कार हुआ था, जिसके हाथों उस अतिप्रिय क्रिलत्सोव की हत्या हुई थी, उस दुष्टता का चारों ओर राज था। उसी की विजय हुई थी। नेख़्लूदोव को कोई सम्भावना नज़र नहीं आ रही थी कि कभी उस पर विजय पाई जा सकती है, या कैसे पाई जा सकती है।

उसकी आँखों के सामने उन सैकड़ों, हज़ारों अपमानित इन्सानों का चित्र घूम गया जो दुर्गन्ध भरे जेलख़ानों में बन्द है। और जो लोग उन्हें बन्द करते हैं–जनरल, सरकारी वकील तथा इन्स्पेक्टर– उन्हें इन इन्सानों की तनिक भी परवाह नहीं है। उसकी आँखों के सामने उस विचित्र बूढ़े आदमी का चेहरा घूम गया जो आजाद था और अधिकारियों का परदाफ़ाश कर रहा था, इसलिए उसे पागल ठहराया जाता था। उसकी आँखों के सामने, उन लाशों के बीच, क्रिलत्सोव का सुन्दर चेहरा, जो मानो मोम का बना हो, घूम गया, जो मरने से पहले क्रुद्ध हो रहा था। एक बार फिर वही सवाल नेख़्लूदोव के मन में उठने लगा : क्या मैं पागल हूँ या वे लोग पागल हैं जो ये दुष्कर्म करते हुए भी समझे बैठे हैं कि उनके दिमाग़ ठीक काम कर रहे हैं। यह प्रश्न पहले से भी अधिक आग्रह के साथ उसके मन में उठा और उससे इसका उत्तर माँगने लगा।

वह कमरे में इतनी देर तक चलता रहा था और इतना अधिक सोचता रहा था कि वह थक गया और लैंप के निकट सोफ़े पर बैठ गया। यों ही उसने इंजील को मेज़ पर से उठाया और उसके पन्ने उलटने लगा। यह इंजील अंग्रेज ने उसे भेंट की थी, और बाहर से लौटकर उसने अपने जेब ख़ाली करते समय इसे भी निकाल कर मेज़ पर रख दिया था।

''लोग कहते हैं कि हर प्रश्न का उत्तर इस पुस्तक में मिल जाता हैं,'' वह सोचने लगा, और जो पन्ना सामने आया उसी को पढ़ने लगा। पन्ना मत्ती अध्याय 18 पर खुला था।

1. उसी घड़ी चेले यीशु के पास आकर पूछने लगे, कि स्वर्ग के राज्य में बड़ा कौन है?

2. इस पर उसने एक बालक को पास बुलाकर उनके बीच में खड़ा किया।

3. और कहा, मैं तुमसे सच कहता हूँ यदि तुम न फिरो और बालकों के समान न बनो तो स्वर्ग के राज्य में प्रवेश करने नहीं पाओगे।

4. जो कोई अपने आपको इस बालक के समान छोटा करेगा वह स्वर्ग के राज्य में बड़ा होगा।

''हाँ हाँ, यह ठीक बात है,'' नेख़्लूदोव ने सोचा। उसे याद आया कि उसके जीवन का सबसे सुखमय तथा शान्तिमय काल वही था जब उसके हृदय में विनम्रता थी।

5. और जो कोई मेरे नाम से एक ऐसे बालक को ग्रहण करता है वह मुझे ग्रहण करता है।

6. पर जो कोई इन छोटों में से जो मुझ पर विश्वास रखते हैं एक को ठोकर खिलाए, उसके लिए भला होता, कि बड़ी चक्की का पाट उसके गले में लटकाया जाता, और वह गहरे समुद्र में डुबाया जाता।

''यह किसलिए–'जो कोई ग्रहण करता'? कहाँ ग्रहण करता? और 'मेरे नाम से' का क्या मतलब है?'' नेख़्लूदोव ने मन-ही-मन सवाल किया। उसे महसूस हो रहा था कि जैसे ये शब्द उसके पल्ले नहीं पड़ रहे हैं। ''और उसके गले में बड़ी चक्की का पाट क्यों लटकाया जाए? और गहरे समुद्र में क्यों? नहीं, यह ठीक नहीं, यह बात सटीक नहीं है, स्पष्ट नहीं है।'' उसे याद आया कि जीवन में कितनी ही बार उसने इंजील को पढ़ना शुरू किया था लेकिन इन वाक्यों की अस्पष्टता के कारण वह उसे बन्द कर देता रहा था। उसने सातवाँ, आठवाँ, नौवाँ और दसवाँ पद पढ़े। इनमें प्रलोभनों का ज़िक्र था। तथा ये कि वे अवश्य संसार में आएँगे तथा नर्क की आग में दंड का जिक्र था, जिसमें लोगों को झोंका जाएगा और बाल-फ़रिश्तों की चर्चा की गई थी जो स्वर्ग में परम पिता का मुखारविन्द देखते हैं। ''कितने खेद की बात है कि यह इतना अस्पष्ट है,'' वह सोचने लगा, ''फिर भी दिल कहता है कि इसमें कोई अच्छी बात है।''

11. क्योंकि मानव-पुत्र उस चीज़ की रक्षा करने आया है जो खो गई थी–उसने आगे पढ़ा।

12. तुम क्या समझते हो? यदि किसी मनुष्य की सौ भेड़ें हों, और उनमें से एक भटक जाए, तो क्या निन्यानवे को छोड़कर, और पहाड़ों पर जाकर, उस भटकी हुई को न ढूँढ़ेगा?

13. और यदि ऐसा हो कि उसे पाए, तो मैं तुमसे सच कहता हूँ, कि वह उन निन्यानवे भेड़ों के लिए जो भटकी नहीं थीं इतना आनन्द नहीं करेगा, जितना कि इस भेड़ के लिए करेगा।

14. ऐसा ही तुम्हारे पिता की जो स्वर्ग में है यह इच्छा नहीं, कि इन छोटों में से एक भी नाश हो।

''हाँ, पिता की इच्छा नहीं थी कि इनमें से एक का भी नाश हो, और यहाँ सैकड़ों और हज़ारों की संख्या में इन्सान नष्ट हो रहे हैं। और इनके बचाए जाने की कोई सम्भावना नहीं है,'' उसने सोचा और आगे पढ़ने लगा :

21, फिर पतरस ने पास आकर, उससे कहा, हे प्रभु, यदि मेरा भाई अपराध करता रहे, तो मैं कितनी बार उसे क्षमा करूँ, क्या सात बार तक?

22. यीशु ने उससे कहा, मैं तुझसे यह नहीं कहता, कि सात बार, वरन सात बार के सत्तर गुने तक।

23. इसलिए स्वर्ग का राज्य उस राजा के समान है, जिसने अपने दासों से लेखा लेना चाहा।

24. जब वह लेखा लेने लगा, तो एक जन उसके सामने लाया गया जो दस हज़ार तोड़े धारता था।

25. जबकि चुकाने को उसके पास कुछ न था तो उसके स्वामी ने कहा, कि यह और इसकी पत्नी और लड़केवाले और जो कुछ इसका है सब बेचा जाए, और वह कर्ज़ चुका दिया जाए।

26. इस पर उस दास ने गिरकर उसे प्रणाम किया, और कहा, हे स्वामी, धीरज धर, मैं सब कुछ भर दूँगा।

27. तब उस दास के स्वामी ने तरस खाकर उसे छोड़ दिया और उसका धार क्षमा किया।

28. परन्तु जब वह दास बाहर निकला, तो उसके संगी दासों में से एक उसको मिला, जो उसके सौ दीनार धारता था; उसने उसे पकड़कर उसका गला घोंटा, और कहा, जो कुछ तू धारता है भर दे।

29. इस पर उसका संगी दास गिरकर, उससे विनती करने लगा, कि धीरज धर मैं सब भर दूँगा।

30. उसने न माना, परन्तु जाकर उसे बन्दीगृह में डाल दिया, कि जब तक क़र्ज को भर न दे, तब तक वहीं रहे।

31. उसके संगी दास यह जो हुआ था देखकर बहुत उदास हुए, और जाकर अपने स्वामी को पूरा हाल बता दिया। वे राजा के पास गए और उसे सारी बात बताई।

32. तब उसके स्वामी ने उसको बुलाकर उससे कहा, हे दुष्ट दास, जो मुझसे विनती की, तो मैंने तो तेरा वह पूरा क़र्ज क्षमा किया।

33. सो जैसे मैंने तुझ पर दया की, वैसे ही क्या तुझे भी अपने संगी दास पर दया करना नहीं चाहिए था?

''तो क्या यही असल बात है?'' सहसा नेख़्लूदोव चिल्ला उठा। उसके रोम-रोम में से यह आवाज़ उठी –''हाँ यही है, यही है।''

नेख़्लूदोव के साथ भी वही कुछ हुआ जो अक्सर उन लोगों के साथ होता है जो आध्यात्मिक जीवन जी रहे होते हैं। जो विचार पहले अनोखा-सा, विरोधाभास से भरा, यहाँ तक कि मज़ाक़-सा लगा करता था उसे जब जीवन के अनुभवों से अधिकाधिक समर्थन प्राप्त होता गया, तो सहसा वही विचार अतिसरल, तथा अटल सच्चाई नज़र आने लगा। निश्चय ही, जिस भयानक दुष्टता से इन्सान यन्त्रणाएँ भोग रहे हैं उससे छुटकारा पाने का केवल एक ही साधन है कि वे भगवान के सामने हमेशा इस बात को क़बूल करें कि वे क़सूरवार हैं, और इसलिए दूसरों को दंड देने या सुधारने के योग्य नहीं है। यह बात नेख़्लूदोव के सामने स्पष्ट हो गई। उसने समझ लिया कि वह भयानक दुष्टता जिसे वह क़ैदख़ानों और बन्दीगृहों में देखता आ रहा है, तथा इस दुष्टता को बढ़ावा देनेवालो का आत्मविश्वास इसी बात से पैदा हुआ था कि लोग वह काम करना चाहते हैं जो उनके लिए नामुमकिन है, अर्थात् स्वयं बुरे होते हुए दूसरों की बुराई को दूर करना चाहते हैं। दुश्चरित्र लोग अन्य दुश्चरित्र लोगों को सीधे रास्ते पर लाने की कोशिश करते है, और समझते हैं कि यह काम वे यान्त्रिक उपायों द्वारा सम्पन्न कर सकेंगे। परिणाम यह होता है कि ज़रूरतमन्द और स्वार्थी लोग इस मिथ्या दंड तथा सुधार को अपना पेशा बना लेते हैं और स्वयं भ्रष्टता की चरम सीमा तक जा पहुँचते हैं, तथा जिन लोगों पर अत्याचार करते हैं उन्हें भी सारा वक़्त दूषित करते रहते हैं। नेख़्लूदोव की आँखें खुल गईं। उसे साफ़ नज़र आने लगा कि जिन विभीषिकाओं को वह देखता रहा था, उनका स्रोत क्या है, और उनका अन्त करने के लिए क्या करना होगा। यह उत्तर वही था जो ईसा ने पतरस को दिया था और जो नेख़्लूदोव को स्वयं नहीं मिल पाया था। सदा क्षमा करते रहो, सब को क्षमा करते रहो, एक बार नहीं, अनन्त बार, क्योंकि कोई भी ऐसा व्यक्ति नहीं जो स्वयं दोषी न हो, इसलिए कोई भी इस योग्य नहीं कि वह किसी को दंड दे या किसी का सुधार करे।

''लेकिन यह बात इतनी सरल तो नहीं हो सकती,'' नेख़्लूदोव ने सोचा। परन्तु फिर भी उसने देखा कि यही उस प्रश्न का, न केवल सैद्धान्तिक बल्कि व्यावहारिक हल भी है, हालाँकि पहले यही बात उसे बड़ी अजीब-सी लगती थी। साधारणतया यह आपत्ति की जाती है कि : बुरे काम करने वालों का क्या किया जाए? उन्हें सज़ा दिए बिना छोड़ा तो नहीं जा सकता। लेकिन अब यह आपत्ति नेख़्लूदोव को उलझन में नहीं डालती थी। यदि दंड देने के जुर्म कम होते या जुर्म करनेवाले का आचार सुधरता हो तो इस आपत्ति का कोई मूल्य हो सकता है, लेकिन बात इसके बिलकुल उलट है, और यह भी स्पष्ट है कि दूसरों का चरित्र सुधारने की सामर्थ्य किन्हीं को भी नहीं है तो विवेक यही कहता है कि वह काम करना छोड़ दे जो हानिकारक, अनैतिक तथा निर्दयी है। शताब्दियों से उन लोगों को

फाँसी पर चढ़ाया जाता रहा है जिन्हें अपराधी समझा जाता था। तो क्या वे ख़त्म हो गए हैं? ख़त्म तो क्या होंगे, उनकी संख्या पहले से भी बढ़ गई है। और उनको बढ़ानेवाले एक तो मुजरिम हैं जिन्हें सजाएँ देकर भ्रष्ट किया जाता है और दूसरे वे वैद्य मुजरिम हैं–अदालतों के जज, सरकारी वकील, जाँचकर्ता, जेलर इत्यादि–जो लोगों पर इनसाफ़ करने बैठते हैं और उन्हें सज़ाएँ देते हैं। यह बात भी नेख़्लूदोव की समझ में आ गई कि सामान्यतया यदि समाज और उसकी व्यवस्था बनी हुई है तो इसलिए नहीं कि ये वैध मुज़रिम विद्यमान हैं, जो लोगों पर इन्साफ़ करते और उन्हें दंड देते हैं वरन् इसलिए उनके भ्रष्टकारक प्रभाव के बावजूद इन्सानों के दिल में अब भी दया भावना है और वे एक दूसरे से प्रेम करते हैं।

इस आशा से कि शायद उसके विचारों का समर्थन उसे इंजील में मिले, नेख़्लूदोव शुरू से उसे पढ़ने लगा। पढ़ते हुए वह पहाड़ पर दिए गए उपदेश स्थल तक पहुँचा। सदा ही इस उपदेश का उसके मन पर गहरा असर हुआ करता था, हालाँकि वह उसे सुन्दर किन्तु अव्यावहारिक लगता था, और वह समझता था कि इसमें मनुष्य से उन बातों की माँग की गई है जो अत्यधिक दूर की और अप्राप्य हैं। परन्तु आज पहली बार इस उपदेश में उसे सरल, स्पष्ट, व्यावहारिक नियमों का बोध हुआ, जिन पर आचरण करने से (और इन पर आचरण किया जा सकता था) सामाजिक जीवन की बिलकुल नई स्थिति पैदा होगी, और हिंसा, जिससे नेख़्लूदोव का हृदय क्रोध से भर उठता था, अपने आप ख़त्म हो जाएगी। इतना ही नहीं, यह पृथ्वी स्वर्ग तुल्य हो जाएगी और मनुष्य महानतम प्रसाद का भोगी होगा।

ऐसे पाँच नियम थे :

पहला नियम (मत्ती, अध्याय 5, 21-26) यह कि मनुष्य किसी की हत्या न करे, अपने भाई से गुस्सा तक न करे, किसी को भी "राका" अर्थात् अयोग्य न समझे। यदि किसी से उसका झगड़ा हो जाए तो अपनी भेंट भगवान के चरणों में रखने से पहले, अर्थात् आराधना करने से पहले, उससे सुलह कर ले।

दूसरा नियम (मत्ती, अध्याय 5, 27-32) कि मनुष्य परस्त्री के साथ व्याभिचार नहीं करे, स्त्री के सौन्दर्य का रसभोग तक करने की चेष्टा न करे। और जब किसी स्त्री के साथ उसका मिलाप हो जाए तो आजीवन उसके प्रति सच्चा रहे।

तीसरा नियम (मत्ती, अध्याय 5, 33-37) कि मनुष्य कभी भी शपथ द्वारा अपने को बाँधे नहीं।

चौथा नियम (मत्ती, अध्याय 5, 38-42) कि मनुष्य किसी से भी बदला न ले, बल्कि यदि कोई एक गाल पर तमाचा मारे तो अपना दूसरा गाल उसके सामने कर दे। यदि उसे कोई हानि पहुँचाए तो उसे क्षमा कर दे और उसे नम्रता से सहन करे। लोगों की सेवा करने के लिए सदैव तत्पर रहे।

पाँचवा नियम (मत्ती, अध्याय 5, 43-48) कि मनुष्य अपने शत्रुओं से कभी भी घृणा नहीं करे, न ही उनके साथ लड़े बल्कि उनसे प्रेम करे, उनकी सहायता करे, उनकी सेवा करे।

लैंप पर आँखें गाड़े नेख़्लूदोव बैठा था। ऐसा लगता था जैसे उसके दिल की गति बन्द हो गई हो। हमारा जीवन कितना असंगत और उलझा हुआ है। उसे साफ़ नज़र आने लगा कि यदि लोगों को इन नियमों का पालन करना सिखाया जाए तो जीवन में कैसा महान परिवर्तन आ जाएगा। उसकी आत्मा आनन्दविभोर हो उठी। इतने गहरे आनन्द का उसने पहले कभी भी अनुभव नहीं किया था। उसे जान पड़ा जैसे बरसों की थकान और यन्त्रणा के बाद उसे सहसा आराम और आज़ादी मिली हो।

रात भर वह जागता रहा। उसके मन की भी वही स्थिति थी जो अक्सर इंजील पढ़नेवालों के मन की हुआ करती है। आज पहली बात वह उन शब्दों का पूरा अर्थ समझ रहा था जिन्हें पहले वह कई बार पढ़ तो जाया करता था किन्तु उनकी ओर कभी ध्यान नहीं देता था। इस समय ये आवश्यक, महत्वपूर्ण तथा आनन्दपूर्ण शब्द उसके लिए आकाशवाणी के समान हो रहे थे और वह इन्हें इस भाँति हृदयंगम कर रहा था जिस भाँति स्पंज पानी को अपने में समा लेता है। जो कुछ भी वह आज पढ़ रहा था, वह उसे परिचित लग रहा था। वे बातें जिन्हें वह जानता तो पहले से था किन्तु जिनकी सत्यता को उसने महसूस नहीं किया था और उन पर पूर्णतया विश्वास भी नहीं किया था, आज उभर कर उसकी चेतना में आ गई थीं। आज उन्हें समर्थन प्राप्त हो रहा था। आज वह उन्हें समझ रहा था और उसे यह विश्वास भी था कि यदि मनुष्य इन नियमों का पालन करें तो उन्हें महानतम सुख की प्राप्ति होगी। आज वह यह समझ रहा था और इस पर उसकी आस्था पक्की हो गई थी। इतना ही नहीं, वह यह भी समझता और विश्वास करता था कि प्रत्येक मनुष्य के लिए यही एकमात्र उपाय है कि वह इन नियमों पर आचरण करे, कि इसी में जीवन की एकमात्र सार्थकता निहित है; इन नियमों से तनिक भी इधर-उधर होना भूल होगी जिसकी मनुष्य को फ़ौरन सज़ा भोगनी पड़ेगी। सारे उपदेश का यही सार है और यह बात अँगूरोंवाले बग़ीचे की कथा से अत्यधिक स्पष्टता तथा सजीवता से प्रमाणित होती है।

किसान यह समझे बैठे थे कि अँगूरों की जिस खेती में उनका मालिक उन्हें काम करने के लिए भेजता था वह उनकी अपनी थी, कि वहाँ पर जो कुछ भी था उनके लिए था, और उनका काम यही था कि वहाँ मौज-मेला करें, मालिक को भूले रहें और उन लोगों को मौत के घाट उतारते रहें जो उन्हें यह याद तक दिलाएँ कि उनका मालिक भी कहीं मौजूद है।

"क्या हम भी वही बात नहीं करते?" नेख़्लूदोव ने सोचा। "जब हम यह सोचने लगते हैं कि हम ही अपने जीवन के मालिक हैं, और समझते हैं कि जीवन ऐश-आराम करने के लिए है? प्रत्यक्षतः यह फ़िज़ूल बात है। हम यहाँ किसी की इच्छा से और किसी उद्देश्य से भेजे गए हैं। परन्तु हमने यही निश्चय कर लिया है कि हम केवल अपने सुख के लिए जीते हैं। परिणाम यह होता है कि हम भी उन किसानों की तरह दुखी होते हैं जो अपने मालिक के आदेश का पालन नहीं करते। मालिक क्या चाहता है, यह इन नियमों में बता दिया गया है। ज्यों ही मनुष्य इन नियमों को क्रियान्वित कर लेंगे, तो धरा पर स्वर्ग उतर आएगा, और मनुष्य श्रेष्ठतम सुख को प्राप्त करेंगे।

"सबसे पहले भगवान के राज्य तथा उसके सत्य की खोज करो। और बाक़ी सारी चीज़ें तुम्हें स्वयं मिलती रहेंगी।" परन्तु हम इन बाक़ी चीज़ों को खोजते हैं, और, ज़ाहिर है, इन्हें प्राप्त करने में असमर्थ रहते हैं।

"यह है मेरे जीवन का ध्येय। मैं एक काम अभी समाप्त कर ही पाया हूँ कि दूसरा शुरू हो गया है।"

उस रात नेख़्लूदोव के लिए बिलकुल ही नया जीवन आरम्भ हुआ। इसलिए नहीं कि उसके लिए जीवन की परिस्थितियाँ बदल गई थीं, बल्कि इसलिए कि उस रात के बाद जो कुछ भी वह करता उसका उसके लिए नया और सर्वथा भिन्न अर्थ होता। समय ही बताएगा कि उसके जीवन के इस नए अध्याय का अन्त किस भाँति होगा।

1899

●●●